# 夏目漱石周辺人物事典

Biographical Dictionary of Natsume Soseki and His Circle

原武 哲
石田 忠彦
海老井英次 編

笠間書院

# 夏目漱石周辺人物事典

# 【目次】

## 第四期●熊本時代

一八九六（明治二九）年四月〜一九〇〇（明治三三）年七月



## 第五期●留学時代

一九〇〇（明治三三）年八月〜一九〇三（明治三六）年一月



## 第六期●東大・一高時代

一九〇三（明治三六）年二月〜一九〇七（明治四〇）年三月

## 第七期●作家時代

一九〇七（明治四〇）年四月～一九一六（大正五）年一二月九日

# はじめに

「遺墨集を霊前へ」「久留米　菅虎雄氏の法要会」という二段見出しの小さな記事（一九七二年一一月一三日付『朝日新聞』「筑後版」）が、この『夏目漱石周辺人物事典』のそもそもの原点であった。そこには、旧制第一高等学校（現・東京大学教養学部）の伝説的名物教授（ドイツ語）菅虎雄の三〇回忌法要が久留米の梅林寺で行なわれ、全国から教え子ら関係者二〇名余が参列し、一高同窓会が制作した『陵雲無為菅虎雄先生遺墨法帖』が霊前に献ぜられた、と書かれてあった。

郷土久留米出身で夏目漱石の親友菅虎雄に関心を寄せていた私は、この小さな記事に目を留め、なぜ漱石のことが一行も書かれていないのだろうと、不思議に感じた。おそらく、この記事を書いた地方記者は、菅が漱石の親友であったことを教え子の誰からも告げられなかったのであろう。恩師菅虎雄からドイツ語を習ったのが四〇年以上前、師、黄泉路に去って三〇年、功なり名遂げて七〇歳になんなんとする教え子たちは、菅から受けた薫陶のみを忘れず、ことさら漱石と親友であったことを記者に語らなかったことに感佩《かんぱい》した。

私は梅林寺に行き、『陵雲無為菅虎雄先生遺墨法帖』を見せていただき、菅家遺族四男高重氏（逗子市在住）を紹介してもらい、多量の菅虎雄資料と漱石との深い絆を示す資料未発表漱石書簡などを見せられ、圧倒された。遠い明治の古風な香りが、静かに我が身に浸透し、漱石の人と作品に菅がどのように関わり、交流していたか、強く知りたいと思った。

高校教師だった私は、一九七四年一一月から「夏目漱石と菅虎雄」を福岡県筑後地区高等学校国漢部会機関誌『文叢　ちくご』に全八回にわたって連載した。その間、菅虎雄の遺墨遺品すべての資料を保管されていた高重氏から全面的な協力を得て、荒正人先生の指導で『漱石研究年表』（集英社）の増補改訂のお手伝いをした。雑誌に発表した論文を改稿修正した『夏目漱石と菅虎雄――布衣禅情を楽しむ心友――』（教育出版センター）上梓を機に県立高校を退職し、短大に転進、その調査過程で多くの漱石周辺人物の伝記考証に関わった。漱石や菅虎雄に繋がる人々が、漱石の作品誕生に深く関わっていることに強く魅かれた。除籍謄本も親族以外でも研究のためなら比較的簡単に取得することのできた時代だった。漱石周辺人物の遺族を探し、漱石書簡や断簡零墨を探索、全国を飛び回った。いつか漱石周辺人物の伝記や漱石作品との影響関係を事典として纏めたい欲求が高揚し、国会図書館・東京大学明治新聞雑誌文庫・日本近代文学館を始め、遺族・研究者・関係機関を訪ね、資料を収集した。二〇〇二年四月〜〇四年一二月（不定期）、「夏目漱石をめぐる人々」と題して漱石と関わりのある一九人を全五〇回にわたって、『毎日新聞』「筑後版」に連載した。

これをきっかけとして、自分の余命を考えると、「日暮れて途遠《みち》し」の概嘆が懶惰な我が身を責める。出版社を決め、刊行予定日が設定されると、定年退職を機に一日も早く原稿を書き上げなければ、四〇年間収集した資料が立ち腐れになってしまう。単著のつもりであったが、私一人では寿命の方が足りない。編者の石田忠彦氏と海老井英次氏に相談、知人の研究者数名に協同執筆者としてお願いした。各位それぞれご自分の職務・研究がおありにも拘らずご協力いただいて、深く感謝申し上げる次第である。

この『夏目漱石周辺人物事典』は、漱石の親族・恩師・友人知己・教え子・門下生・同時代の文学者を一三八名選んで、その人物の来歴や業績を紹介し、漱石との出会い、接触、交流、どんな影響を受けて漱石文学が成立したか、漱石の人となり・作品がどんな影響をその人物に与えたかを探ろうと心掛けた。一三八名の人物選定は、一見、恣意的と思われるかも知れないが、執筆者の能力・資料の多寡に左右されたことは否めない。私は収載人物を無暗に増大させて、網羅的に収録することを求めなかった。新版『漱石全集』第二二・二三・二四巻（岩波書店）「書簡」上・中・下（一九九六～九七年）の「人名に関する注および索引」は、漱石書簡の受取人、および書簡中に出てくる人物を約八〇〇名網羅的に集めている。最初、私は各出版社が出している一〇数種の夏目漱石事典類を参考にして三一〇名の人物を選んだ。この中から漱石の生涯と文学に関係の深い周辺人物一〇〇名を精選して、列伝風な中事典を目指した。協同執筆者を得たことによって、収録人物は増え、結果的には同時代の文学者や所謂「漱石山脈」をなす人々の項目が充実、厚みを増したと自負している。

小項目主義で、人物の履歴・文学的業績だけならば、一般的な人名事典や文学事典で事足りる。漱石事典・芥川龍之介事典・島崎藤村事典など文学者の個人事典も次第に増加し、内容も充実してきた。しかし、いかんせん、人物以外の他の項目と競合するため、人物に割かれる分量は限度がある。そこで、我々が目指す『夏目漱石周辺人物事典』は、漱石とその人物との結びつきの深度や漱石文学に与えた影響度を勘案して、五段階にランク付けをした。一人物あて、二頁から五頁までくらいを割り当てて、執筆を依頼したが、結果的には私を含めて、この割当頁を無視するほど増減し、自由度を大幅に許容してきた。執筆者によって多少のスタイルの差異や表現に個性的なカラーが出たことはプラスに考えている。

この『夏目漱石周辺人物事典』の特徴の一つは、人物の配列を五十音順ではなく、1幼少時代、2学生時代、3松山時代、4熊本時代、5留学時代、6東大・一高時代、7作家時代の七期に分け、出会いや交流の深かった時代で分けてみたことである。列伝風な事典であるが、時間と共に漱石の生涯をたどる伝記的意味を込めてみたつもりである。特定の人物を調べたい時は、「人名索引」を活用していただきたい。特徴の二つは、各人物に肖像写真（または画）一枚を、出典を明らかにして提示したこと、どうしても入手できない場合は、関連資料を提示したことである。三つ目は、生没年月日・ジャンル別の専門・漱石との関連によって簡潔なまとめをゴチック体でコンパクトに紹介した。四つ目は、生誕地・父母を始めとして、経歴を列挙し、学歴・職歴を瞥見し、漱石との出会いを重視した。漱石との接触、交流を日記・書簡など資料を明記して、直接引用または内容を略記することによって、具体的に描き出した。漱石との相互交感によって、漱石の文学はより完成し、その人物は自己の人格や文学をより高めてゆく過程を考えてみた。五つ目は、最後に漱石とその人物との関係を執筆者がどのように評価しているか、論評していただいた。六つ目は、より詳細に調査したい方のために、人物ごとに〔参考文献〕を五点ほど列挙したので、ご利用いただきたい。

この種の個人作家事典類の中で周辺人物のみを特定して扱った事典は、これまでなかった。比較的研究の進んだ夏目漱石だからこそ、可能であったと言っても過言ではない。今後は個人作家の種々の観点からアプローチした個性ある事典が編まれることであろう。この拙い『夏目漱石周辺人物事典』がその先達となり、今後の試金石となれば、光栄である。我等の壮大な意図に対して、でき上がった著作は、貧弱かもしれないが、読者に評価していただくしかない。羊頭狗肉の誹りを受けても、甘んじて受容するほかない。そもそもテクストを読む読者にとって、文学者の周辺人物事典が必要か、という議論があるかもしれない。しかし、夏目漱石という一人の作家を成り立たせた周辺人物が、作品の成立に無関係ではあり得ない。漱石周辺人物が漱石作品成立に深く関わっていると考えると、『夏目漱石周辺人物事典』の存在意義も多少はあるかもしれない。

この『夏目漱石周辺人物事典』は、必ずしも研究者を対象として企画されたわけではない。できれば多くの人に読んでいただきたいと願っている。引く事典であると共に、読む事典（列伝）を目指した。それと共に研究者の批判にも耐え得る力量を示したいと考えた。単に既刊の著作の寄せ木細工だけではなく、新たに発掘した資料で未開の作家の軌跡に鍬を入れたものもある。果して意図通りにでき上がっているか、どうかは、読者のご判断に一任する他ない。

　読者によっては、この人物のことが知りたいが、この事典には欠落している、こんな人物を取り上げて、どんな意味があるのか、との批判が出て来るであろう。個人的な興味や資料収集の縁に恵まれたかどうかで採否が分れた面がないとは言えない。私自身で言えば、あと三〇名ほど、資料を収集しているけれども、時間不足で割愛した周辺人物がいる。重要度から已むを得ず、収録できず、機会があれば、落ち穂拾い的に復活させたいが、怠惰と不敏な私のこと、確約は望まれない。

　所詮、辞書・事典は縁の下の存在で、作品鑑賞の道具であろう。道具は便利で、使い勝手がいいものが良い。我々は持てる力で、これだけのものを提供、ご披露申し上げる。読者各位はこの『夏目漱石周辺人物事典』を道具として、上手に使いこなしていただきたい。今はただ、辞典作りの難事業を成し遂げた大槻文彦・諸橋轍次・白川静大先達たちの歩みに平身低頭し、拝跪して我が業の未熟を恥じ入るばかりである。

　なお、二〇一〇年一〇月、我が郷里筑後久留米出身で漱石の親友菅虎雄を讃える「菅虎雄先生顕彰会」を設立し、最大の目標であった「漱石句碑（碧巌を提唱す山内《やま》の夜ぞ長き・漱石直筆）・菅虎雄先生顕彰碑」が昨年一〇月二〇日、菅の菩提寺臨済宗梅林寺外苑で除幕式を迎えた。顕彰会会長として句碑・顕彰碑建立に携わってきた者として私は、本書刊行と句碑・顕彰碑除幕式が、期を一にしたことを、何かの奇縁として心秘かに慶びを噛みしめている。

二〇一四（平成二六）年二月九日

編者代表　**原武　哲**

## 凡例

一、漱石作品の引用は、新版『漱石全集』（岩波書店。一九九三〜九九年）を原則とした。
一、人名は原則としてたとえ現存者に対しても敬称を略させていただいたので、御海恕願いたい。
一、年号は原則西暦で表記し、適宜（　）内に元号を入れた。同世紀が繰り返し頻出する場合は、下二桁で示すこともある。
一、年齢は原則満年齢に統一した。
一、▼や漱石の動向を記した年号を太字にして、内容の区切りや時代の変わり目を示し、アクセントを付けて、読みやすくした。
一、地の文は現代仮名遣いであるが、「　」内の引用文は、原典の表記を尊重し、歴史的仮名遣いはそのまま歴史的仮名遣いを温存した。ただし、新字体に改めたものもある。
一、周辺人物として独立項目に取り上げられている人名は、本文で初出個所に＊印を付けて、「人名索引」で検索できるようにした。「人名索引」では周辺人物として独立項目に取り上げられている人名は、太字にしているので、当該の項目を見られたい。
一、原則として単行本・雑誌名・新聞名は『　』で、作品名・論文名は「　」で表記する。
一、［参考文献］では、『漱石全集』（岩波書店）・当該人物の個人全集・荒正人著『増補改訂　漱石研究年表』（集英社）は最も基本的な共通の文献であるから、原則省いた。
一、各項目の末尾に執筆者名を明記し、責任を明らかにした。ただし、編者代表は全文に目を通し、事典としての整合性をとり、意見も申し述べたので、最終的な責任は編者代表が負うものである。

# 第一期●幼少時代

一八六七（慶応三）年二月九日～一八八四（明治一七）年九月一〇日

## ■夏目　千枝

なつめ・ちゑ

松岡譲『漱石写真帖』一九二九年刊。

**一八二六**（文政九）**年一二月一九日～一八八一**（明治一四）**年一月九日。**
**夏目金之助の母。「硝子戸の中」で敬慕の情を示した。知恵とも書く。**

四谷大番町生れ。福田庄兵衛、栄の三女。父は質屋（屋号「鍵屋」）と金貸しを兼業。長姉・鶴《かく》（異父姉）、次姉・久《ひさ》があった。娘時代に一〇年明石侯（あるいは久松侯）に奉公。その後、下野辺の質屋に嫁いだが、夫と姑が不倫の仲になり、内藤新宿で遊女屋（屋号「伊豆橋」）を経営する次姉・久の所へ身を寄せたという。のち、夏目家に後妻として嫁ぐのに先立ち、長姉・鶴の分家、芝金杉将監橋にあった高橋長左衛門（薩摩藩御用達の炭問屋）の養女として入籍。一八五四（安政一）年、夏目小兵衛直克と結婚。直克三七歳、千枝二八歳。この時、直克には先妻・琴との間に佐和、房の二女があった。千枝は大一（大助）、栄之助（直則）、和三郎（直矩）、久吉、ちかを生んだ。このうち久吉は一八六五（元治二）年、三歳で、ちかが一八六五（慶応一）年、一歳で死去した後、**一八六七**（慶応三）年二月九日、金之助誕生。この時、直克五〇歳、千枝四一歳。

▼漱石は生後二月中旬（または下旬）、四谷の古道具屋に里子に出される（一説に豊多摩郡戸塚村字源兵衛村の八百屋とも）。六連からなる俳体詩「童謡」は、「源兵衛が　練馬村から／大根を　馬の背につけ／御歳暮に　持て来てくれた」以下、九回に及ぶ「源兵衛」の繰り返しがあり、「僕の昔」では、「穴八幡の坂をのぼつてずつと行くと、源兵衛村の方へ通ふ分岐道があるだらう」（**『趣味』一九〇七**年二月）と書いているように、「源兵衛」の名称は漱石の記憶に深く食い込んでいる。のちに漱石は人伝に知った話として次のように書いた。「私は両親の晩年になつて出来た所謂末ツ子である。私を生んだ時、母はこんな年歯《とし》をして懐妊するのは面目ないと云つたとかいふ話が、今でも折々は繰り返されてゐる。単に其為ばかりでもあるまいが、私の両親は私が生れ落ちると間もなく、私を里に遣つてしまつた。其里といふのは、無論私の記憶に残つてゐる筈がないけれども、成人の後聞いて見ると、何でも古道具の売買を渡世にしてゐた貧しい夫婦ものであつたらしい。私は其道具屋の我楽多と一所に、小さい笊《ざる》の中に入れられて、毎晩四谷の大通りの夜店に曝《さら》されてゐたのである。それを或晩私の姉が何かの序《ついで》に其所を通り掛つた時見付けて、可哀想とでも思つたのだらう、懐へ入れて宅へ連れて来たが、私は其夜どうしても寐付かずに、とう〳〵一晩中泣き続けに泣いたとかいふので、姉は大いに父から叱られたさうである。」（「硝子戸の中」二九）。

この話は、たとえば「夢十夜」第九夜の、夫の無事を祈願してお百度を踏む母に置き去りにされ、「拝殿に括りつけられた子」が、「暗闇の中で、細帯の丈のゆるす限り、広縁《ひろえん》の上を這ひ廻つて」、「ひいひい泣」く画を思い浮かばせる。母親の胸中に焦点を置けば、夫への思いと、置き去りにしている子への心情とに引裂かれて哀切感を誘うけれど、暗闇に這いまわる子は、理由のわからぬ不安が増すばかりだ。この「三つになる子供」に母が「御父様は」と聞くと「あつち」と答え、「何時《いつ》御帰り」

と聞いても「あつち」と答えて「笑つてゐた。其時は母も笑つた。」そして「『今に御帰り』と云ふ言葉を何遍となく繰返して教へた。けれども子供は『今に』丈を覚えたのみである。時々は『御父様は』と聞かれて『今に』と答へる事もあつた。」この母子の対話のすれ違いは、願いも空しく夫が浪士に切り殺されているのを女は知らないという結末と対応する。

「夢十夜」第四夜、神さんと爺さんの「御爺さんは幾年《いくつ》かね」「幾年か忘れたよ」「御爺さんの家は何処かね」「臍《へそ》の奥だよ」「どこへ行くかね」「あつちへ行くよ」「真直かい」という問答は、神さんの言葉が起点となり、爺さんの行動を決定し、手拭が今に蛇になると期待させた爺さんの言葉は、子供の私を裏切り、大人と子供の間にわだかまる不信の主題が浮上している。

この変形が、「道草」（四二）の島田夫婦が「御前の御父ッさんは誰だい」「ぢや御前の御母さんは」「ぢや御前の本当の御父ッさんと御母さんは」と問いつづけ、お常が「御前は何処で生れたの」「健坊、御前本当は誰の子なの。隠さずにさう御云ひ」「御前誰が一番好きだい。御父ッさん？ 御母さん？」と答を強要するやりとりになる。

▼**一八六九**（明治二）年、この年の初めまでに、漱石は実父直克が仲人を務めた塩原昌之助、やす夫婦の養子となる。昌之助二九歳、やす二九歳。**一八七四**（明治七）年、養父が旗本の娘、日根野かつ（二七歳）と通じ、養母と不和になる。やすは直克に訴えて、直克はやすを金之助と共に引取る。その後やすは彼女の実家榎本現二（小石川指ヶ谷町）宅、あるいはその近くの借家か借間に移り住む。この頃のことを漱石はのちに漢文の作文「居移気説」（**一八八九**年六月三日）で、住環境の変化は人間の性格を変えると書いている。一連の出来事は先の「夢十夜」第九夜のお百度参りが夫と女を呪詛する丑の刻参りに転じる表裏の構造を示唆する。この年の暮、やすは離婚を決意し昌之助に金之助を返す。塩原家には日根野かつ・れん母子が同居。**一八七五**（明治八）年、一二月から翌年初め、金之助は塩原家に籍を置いたまま夏目家に引取られる（**一八八八**年、二〇歳の時、夏目家に復籍）。しかし、その後も金之助は塩原家に出入りした（江藤淳『漱石とその時代』第五部、新潮社、一九八九年一二月）。これには関荘一郎「『道草』のモデルと語る記」（『新日本』一九一七年二月）の塩原昌之助の証言がある。また、「道草」の中に、健三が一五、六歳の頃、お縫が親しげに挨拶するのを見かけた級友がひやかすようなこともあり、二人の間に縁談が持上りかけた昔と、それにお住が嫉妬する場面を書いている。漱石が実家に戻った後、養家と没交渉だったら、たとえ小説とはいえ、こういう書き方にはならないだろう。

▼荒正人は**一八八〇**（明治一三）年頃、金之助が実父に反感を覚え、実母に敬愛の念を抱いたというが、一方で、荒は「一家団欒の雰囲気は全くない。（そんな環境のなかで、どんな暮しをしていたか、よく分らない。）」（荒正人著・小田切秀雄監修『増補改訂　漱石研究年表』集英社、一九八四年六月）と書いている。それならば、実家で癒されぬ思いを養家で晴らすことがあったかもしれない。その時、実家の母子関係は外部によって相対化される。この翌年、**一八八一**（明治一四）年、金之助一三歳の時、実母千枝は死去する。

▼漱石が書き残した文章はほとんど実母の死後のものだから、彼の文章を手がかりに実母への感情を読み取る場合、注意を要する。荒正人が暮しの実態が不明のまま、父への反感、母への敬愛を指摘するのは冷静に考えれば問題を含むし、しかもそれは従来の漱石理解の大方の傾向でもある。長い

間、漱石は実家の実母を見ても婆さんと思い、他人にあれが実母だと告げられてはじめて知った。この場合、すぐに親近感が湧くということはないだろう。なお、はじめの養母に反感を催させる要素があり、それが、単に「道草」の虚構と言い切れないことは、この養母の娘箭内《やない》きぬと結婚した秋田雨雀が、彼女と同居した体験から、「彼女は一種の性格破産者であった。」（『あかつきえの旅』潮流社、一九五〇年三月）と書いている点からも類推できる。また、同居する第二の養母と娘は「虞美人草」の継母と娘の設定に重なるところがある。

「硝子戸の中」で母を語る漱石の記述は、懐かしさが際立つけれど、これと異なる印象で漱石の母を表現した先人の文章が二つあって、一つは森田草平*の「先生はよく『僕は六人の末つ子で、両親から余計者、要らぬ子として扱はれたものだ』といふやうなことを云つてゐられた。」（森田草平「夏目漱石」『近世名人達人大文豪』『現代』一月号附録、有恒社、一九二八年一月）という証言。もう一つは吉本隆明の次の文章。「漱石は『硝子戸の中』で、じぶんの母親は敬愛すべき母親だったというエピソードを書いていて、それがほんとうに敬愛すべき母親だったという材料に使われていますが、僕はそうおもいません。」「幼児なのに背負いきれないほどの借金をおって、それが罪の意識になってうなされるような夢を見るということのほうが重要で」、「僕にはいい母親、いい父親ではなかったことの証拠だとおもえます。」「『坊っちゃん』の父親は、おまえは将来ろくな者にならないといつでも口癖のようにいっている。母親もおまえのような乱暴者はほんとうにこれからのことが思いやられる、というように書かれています。それはたぶん漱石の父親、母親にたいする本音で」、「清が、漱石が描いていた理想の母親像です。」（『夏目漱石を読む』筑摩書房、二〇〇二年一一月）。

清が「おれ」の墓に入る結末もこういう漱石の無意識の願望に起因する発想だったことになる。漱石は「小生は教育上性質上家内のものと気風の合はぬは昔しよりの事にて小児の時分より「ドメスチック　ハッピネス」抔いふ言《ママ》は度外に付し居候へば今更ほしくも無之候」（一八九五年一二月一八日付子規宛書簡）というように子供の頃から、家族に幻想を抱かず「家庭の幸福」を信じていない。このように血縁が人間を結ぶ絆となり得ないとしたら、むしろ信頼する他人同士が同じ墓に葬られてしかるべきだ、という論理が成立する。

「おれ」が「母が死んでから」とくり返すのは、母の死が「おれ」の記憶の起点になっているからだが、死んだ母と入れ替わるように「清」の存在がクローズアップされ、「おれ」を作って誇っているように見える、とある。父「親譲りの無鉄砲」と、清が育てた性情の上に「おれ」がいる。吉本隆明のいうように、「おれ」の母は現実の母、清が理想化された母としてみれば、見事なほどそれが成立している。しかも、読みようによっては「清」こそ「おれ」の実母で、それは公然の秘密なのに、「おれ」だけ知らないと読めなくもない。もしそうならば、この家にとって「おれ」は、存在そのものが不都合であり、したがって両親や兄とそりが合わないのは当然で、「清」だけが「おれ」をまるで自分がこしらえた子供のように可愛がるのに何の不思議もない。そう読むと「坊っちゃん」という作品は一変する。これを牽強付会と見る向きには、「彼岸過迄」の須永市蔵の出生の例をあげれば十分だろう。「吾輩は猫である」の語り手の猫もまたどこで生れたかわからぬ存在で、他人の家に勝手に忍び込んだのが苦沙弥と出会うきっかけで、おさんは乱暴に叩き出そうとするのを、苦沙弥がしばらく無言のまま見つめる、意味深長な心理を圧縮した瞬間を、漱石はちゃんと用意している。他人同士に血が通うように人と獣の間もまた同様だろう。こういう共通感覚は鷗外の専売特許と考えていたが、漱石にもまたこの表現があるわけだが、たとえば「吾輩は猫である」から鷗外が「金貨」を発想したところに、この主題のふれあいが如実にあらわれている。寸刻の後、置いてやるがいい、と猫を飼うことを許可する苦沙弥の胸中に、漱石の自憐の念の投影を見るのは深読みか。苦沙弥と猫が合わせ鏡になる場面を構成したのだ。「それから」と「道草」に母が登場しないのを、父と子の対立を際立たせる方法的処置とばかり考えていたけれど、それもあるいは自明でないのかもしれない。

▼松山赴任中の漱石は東京と往復する中で、亡き母を偲ぶ俳句を集中的に作っている。「亡き母の思はる、哉衣がへ」「便なしや母なき人の衣がへ」（**一八九五**年一二月一三日）「なき母の忌日と知るや網代守」「悼亡一句　亡骸に冷え尽したる煖甫哉」「あんかうや孕み女の釣るし斬り」（**一八九五**年一一月二三日）「なき母の湯婆やさめて十二年」（**一八九五**年一二月一八日）「展先妣墓〔一句〕梅の花不肖なれども梅の花」（**一八九六**年一月二八日）。一連の母を悼む句と、これに挟まれた月岡芳年（大蘇芳年）の「奥州安達原一つ家の図」の連想による句の対照が気になる。しかもこのグロテスクは日清戦争後の悲惨小説、深刻小説の流行にマッチする。漱石の表層の意識はブラックユーモアにあるが、深層に子供を身籠った母親への殺意があるのではないか。

スターンの『トリストラム・シャンディの生涯と意見』は未完の全九巻中、三巻をトリストラムが生れる日の記述に費やしている。漱石は人の意表を突く、新奇な発想だけでなく、人間の出生そのものを異化する方法に注目したのだろう。「吾輩は猫である」から「道草」に至る創作はその自覚の証で、その自己分析が彼の病的な症状の悪化を抑制したと考えられる。

〔**参考文献**〕小宮豊隆『夏目漱石』全三冊、岩波文庫、一九八六年一二月〜八七年二月。／石川悌二『夏目漱石——その実像と虚像』明治書院、一九八〇年一一月。

〔石井和夫〕

## ■安東　真人
あんどう・まひと

**一八六三**（文久三）**年一一月二四日〜一九〇二**（明治三五）**年五月二八日。**

**漱石の二松学舎時代の友人。五高時代に再会、熊本で交流。**

父・安東俊文、母・チヱの二男として、肥後国玉名郡長洲町一三五七番地（現・熊本県玉名市）に生まれた。教え子たちは親しみを込めて「マット」さんと呼び、*夏目鏡子の『漱石の思ひ出』では「しんじん」と音読しているが、本名は「まひと」であろう。父は肥後藩藩物頭。兄清人は藩校時習館で居寮生となり、肥後藩から貢進生として東京大学南校に派遣されて、一八七五（明治八）年官命でドイツ留学するも、一八七七年肺病になり帰朝。一八八〇年文部省に入り、学制教育令改正事業に携わる。一八八五年肺病が再発し、職を辞して帰郷、翌八六年九月一七日没した。妻は先に亡くなっており、子もいなかったので、弟真人が遺骸を収め、長洲の正善寺墓地に葬った。

「安東清人君紀念碑」（長洲町四王寺神社）の一部「弟眞人」の文字あり。

▼真人は一八七五（明治八）年、村学に入り、漢籍習字を修業、七八年、兄を頼って上京、清人にドイツ語を習った。七九年二月、（東京）外国語学校に入学し、ドイツ語を修業した。**一八八一**（明治一四）年同校を退学し、九月、二松学舎に入学し漢籍を修業した。二松学舎では牛込区牛込南町四番地に住み、同期に塩原金之助（夏目漱石）・*池辺吉太郎（三山）・*小城齊らがいた（「二松学友会誌」第三輯では「安藤貞人」と誤っている）。同一八八三年七月同舎の二級を修業した。同年九月、東京職工学校（現・東京工業大学）に入学し、八四年七月同校予科を卒業し、同年九月、化学本科生となり、物理・化学・金石・画法・分析・数学を修むる傍ら、菊池三渓について経書・諸子の講義を聴き、詩文を学んだ。一八八五（明治一八）年五月退学し、郷里長洲に帰った。家事の都合と履歴書にあるが、これは兄清人の帰郷と一致する。

　帰郷後、八五年一〇月には長洲小学校校長心得となり、八六年教則改正につき解職、八七年四月、町会議員及び町村連合会議員に挙げられた。八七年五月長洲小学校校長兼主座教員を属せられ、月給八円を給与された。九三年一〇月、九州学院予備門教師を命ぜられ、一八九四（明治二七）年四月から一九〇一（明治三四）年一月まで熊本県尋常中学済々黌教員として国語漢文を教えたが、同年一〇月一旦依願退職したが、翌九五年四月再び済々黌教師として月給一〇円で勤務、九六年同校助教諭心得となり、月給一二円を給せられた。

▼**一八九六**（明治二九）年四月、夏目漱石が松山から熊本の第五高等学校に赴任した時、月給百円であったが、真人は僅かに一二円であった。一五年前、二松学舎で共に机を並べた友がかくも懸隔してしまったのである。

▼漱石が安東真人の島崎の家を訪れたのは、**一八九七**（明治三〇）年正月のことであった。夏目鏡子の『漱石の思ひ出』（六　上京）に「この年（一八九七年）の正月のことでしたかと思ひますが、安藤（安東の誤）真人といふ自分の小学時代（二松学舎の誤）あたりからのお友達で、随分仲のいい間柄だつたらしいのですが、その方が家庭の事情で学校も中途で退学されて、その頃熊本の郡部の島崎といふところに住んでをられて、済々黌あたりの先生をしてゐられたのをやうやくつきとめて訪ねまして、その訪問記を書き綴りました。」とある。

　**一八八一**年から**八三**年までの二松学舎時代に知り合った時から、漱石はその後も真人が東京職工学校退学帰郷のことまで知っていたようだから、真人の東京在住の間ずっと彼と付き合っていたと考えられる。

　**一八九六**（明治二九）年四月一三日、第五高等学校（熊本）に赴任した漱石が、八ヶ月も友人の消息を放置していたとは考えにくい。真人は五高と隣接する済々黌の教師だったのである。鏡子の『漱石の思ひ出』は続けて、「何枚ぐらゐのものか忘れましたが、その文章を長谷川貞一郎さんに読んできかせてゐたのを覚えてをります。それはどこの雑誌に出たこともないやうですし、家に草稿もありませんし、全集にものつてゐないやうですが、どうなつたものですかしら。あるひは自分で破つて捨てたものかもわかりません。」と島崎の真人訪問記の紛失を惜しがっている。

それはともかくとして、島崎の安東家訪問には一つ気がかりなことがある。**一八九七**年正月といえば、漱石は前年暮れから小天温泉旅行（現・熊本県玉名市天水町）をしていたのであり、小天への道筋に島崎はあったのである。あるいは小天温泉への行きか帰りかに立ち寄ったのかも知れない。

もう一つ、漱石が済々黌で授業をしたという伝承がある（奥村政雄『私の履歴書』）。しかし、それを裏付ける資料はない。あるいは真人が非公式に友人の漱石を教室に招いて、英語英文学か漢詩漢文かの話をしてもらったのかも知れない。

▼**一八九七**年五月ごろ、真人の甥野々口勝太郎が文章で収入を得たいと漱石に頼んで来た。鏡子の『漱石の思ひ出』には「これは安藤（安東）さんの甥御の五高の教授野々口勝太郎さんからうかがつた話ですが、その野々口さんの漢詩を『日本新聞』に紹介して上げたりもしてゐたさうです。」（六　上京）とある。

▼真人は一九〇一（明治三四）年一月二九日、済々黌を依願退職した。永住のつもりで建てた飽託郡島崎村大字石上六〇二番地（現・熊本市中央区島崎町）の家から郷里長洲一三五九番地へ移住したのは、病気のためだったと考えられる。一九〇二年五月、長洲の郷里の家で亡くなった。

真人の熊本時代の住所は最初は熊本市手取本町二七番地で、次が飽田郡横手村一〇八九番地（現・熊本市中央区横手町）になり、三番目が島崎の家であった。

▼安東真人宛の漱石書簡は一通のみ現存する。**一八九七**年六月二九日兄直矩から実父直克死去の電報に接したが、学年末試験のため、直ぐには帰京できない。七月七日、東京から送られてくる新聞『日本』を読後、島崎村に住んでいた真人に転送していたが、上京中、留守をするので、しばらく中断することを知らせたものである。

「拝啓陳ば小弟老父国元にて死去の為め明八日家族引き纏め一先帰省致候行李匆々拝趨告別暇を得ず失敬御海恕右につき兼て御送致置候日本新聞も暫らくは中絶可致につき是亦不悪御承知可被下候九月来熊の節は住所抔重ねて報道可仕候先は再会の節迄随分御厭ひ可被成候。」（七日付安東真人宛書簡）。

一九六六（昭和四一）二月、福岡市在住の松原伍藤から熊本の荒木精之（『日本談義』主宰）に未公開の漱石書簡が持ち込まれた。持ち主は松原の友人中島秀雄（太宰府在住）であって、一九四八、九（昭和二三、四）年頃、太宰府の養老院に入院中の中村キミから買い取ったものだった。その老女はもと野々口永二郎（博多商業会議所第三代書記長）の内縁関係の人であった。その野々口永二郎は、漱石が五高の漢文の教師に世話した野々口勝太郎（後に教授）の弟であった。この勝太郎・永二郎兄弟は安東真人の長姉アヤの子だったのである。真人宛漱石書簡が辿った流れを解き明かしたのは、熊本の文化人荒木精之であった。

〔**参考文献**〕荒木精之「新発見の漱石の手紙　漱石の友人だった熊本人安東真人のこと」『日本談義』一九六六年四月。／荒木精之「続・新発見の漱石の手紙」『日本談義』一九六六年七月。／『安東清人（ママ）君紀念碑』篆額　北白川宮能久親王・撰文　品川弥二郎（熊本県長洲町四王寺神社境内）。

〔中村青史〕

# ■橋本　左五郎

はしもと・さごろう

「北海学園の沿革」。

**一八六六（慶応二）年九月二〇日〜一九五二（昭和二七）年九月二五日。酪農学者。北海道帝国大学教授。成立学舎・東京大学予備門時代の漱石の学友。満韓旅行では一緒に旅する。**

備前国御津郡福浜村（現・岡山県岡山市福浜町）の農業橋本芳太郎の二男として生まれる。分家して、北海道に籍を移す。一八八二（明治一五）年九月か一〇月、上京して共立学校に入学、同年一二月、明治義塾に転校、**八三**年初め、成立学舎（神田区駿河台）に移り、塩原金之助（漱石）・*佐藤友熊（後に旅順警視総長）・中川小十郎（後に立命館大総長）・斎藤英夫（真水。建築家）・上井《うわい》軍平・太田達人《たつと》（後に中学校長）・白浜重敬（医者の息子）・*小城齊《ひとし》（後に内務省）らがいた。**八四**年ごろ、小石川区極楽水傍の新福寺の二階を借りて、橋本・漱石・石原謙三（後に枢密顧問官）・奥山・蜂谷（後に狭間と改姓。海軍少将）などと自炊生活をする。二間をうち通して一間にした大きな部屋で、一日置きに一〇銭の牛肉を大きな鍋に汁を一杯入れ、肉を浮かせて七人で食った。飯は大きな釜に一等米を炊いて、釜から杓って食べた。大鍋に莢豌豆《さやえんどう》を、ろくに拭きもしない火箸で掻き回して煮て、食った。蚕豆《そらまめ》の皮を剝いて黄色に煮た富貴豆を盛んに買って食ったという。ここで漱石や橋本らは　大学予備門に入学する受験準備をした。

橋本は英語や数学が漱石よりも勝れていた。**八四**年九月、予備門入学試験の時、漱石は代数が難しくて途方に暮れ、そっと隣席の橋本から教えてもらったお蔭で合格した。ところが、教えた橋本は見事に不合格になり、一二月の追試験（今でいう二次試験）で入学した。

漱石は入学してすぐ盲腸炎に罹った。寺の門前に売りに来る汁粉を規則のごとく毎晩食ったからである。汁粉屋が団扇をばたばたと鳴らすと、汁粉を食わずにはいられなかった。従って漱石は汁粉屋の親爺に盲腸炎にされたも同然であった。

神田区猿楽町の末富座という下宿屋に月五円の下宿代で住み通学した。橋本・漱石・*柴野（後に中村。満鉄総裁）是公・太田達人・佐藤友熊・中川小十郎・斎藤英夫・小《こ》城《じょう》齊らと十人会を組織した。予備門の黒い制帽をかぶり、ブラック・クラブと称して、ボートを漕いでいた。このころは、みな腕白で、勉強を軽蔑するのが自己の天職であるかのごとく心得ていた。予習はせず、英語は教室で当てられた時にいい加減な訳を付けるだけだった。数学はできるまで黒板の前に立たされるのを常とした。代数の教科書を抱えて、「今日も脚気になるかな。」と言って出掛けた。漱石は入学当初は*芳賀矢一（後の東京帝大教授）の隣に座っていたが、試験の度に下落して、仕舞には土俵際でやっと踏み応えた。橋本は威勢のいい男で、ある時詩を作って皆に示した。韻も平仄もない長い詩で、「何ぞ憂へん席序下算の便」という句があった。「どんな意味か。」と聞くと、「席順を上から勘定しないで、下から数えた方が早わかりだ。」という意味であった。

漱石はおとなしく、注意深く、綿密だった。江戸っ子の漱石は、田舎者の橋本をいつもやっつけていた。田舎者の橋本が寄席に行き、講談・落語・義太夫に興味を持つようになったのは、漱石の影響だった。桃川如燕の「鍋島の化け猫騒動」や三遊亭円朝の「怪談牡丹灯籠」に夢中になった。漱石は陵潮や琴陵の講談ぶりが気に入って、輿に乗って来ると、左手で扇子を持って、パチンパチンと真似をしたそうである。

　ある夏、喜久井町の漱石の家に遊びに行ったことがある。庭が広く、漱石の父が漆塗りの陣笠のようなものをかぶって、庭の手入れのようなことをしていたのを覚えていた。漱石の母は亡くなっていて、老婢が家事をしていた。

▼**八五**年七月、漱石は幾何学の成績悪く、腹膜炎を患い、学期試験を受けることができず、追試験を申し出たが、結局留年してやり直すことにした。橋本も落第して、海軍兵学校に入るか、札幌農学校に入るか、迷ったが、徴兵の関係もあり、先に試験を受けた農学校に合格した。札幌に行く時、橋本の袴がぼろぼろだったので、漱石が「これを穿いて行け。」と言って袴をやったが、これも裾は擦り切れていた。剣舞をする男が穿くような、粗い白い縞の袴を穿き、行李を網に入れ背負って、刀を一本差して、札幌目指して行った。

▼一八八五（明治一八）年八月、札幌農学校に入学した。

▼**一八八八**（明治二一）年一月四日付橋本左五郎宛漱石書簡の下書き英文・訳文（東北大学「漱石文庫」蔵）が新版『漱石全集』第二六巻（一九九六年一二月一〇日）に初めて収録されたが、若い漱石の自己分析が見られて興味深い。「ぼくはいまでも頑固で熱しやすく、見知らぬ人の前に出るとはにかんで人見知りする質で、親しい友の前では冗談を言ったり語呂合わせなどして、陽気にするのが好きで、何でも試しにやってみるのは熱心なくせに途中で放り出し、実りのない空想に耽り、自負心が強く、不注意ときている。」「多少の取り柄があったとしても、それは日に日に失せている。しっかりしていたはずの記憶力も、急速に減退している。注意力は鋭さが鈍り、脳は思考力を大方失ってしまった。」「だからこせこせした気懸かりなど捨てて、精励・勤勉に努めよう。」と過去の欠陥を分析して、未来の勤勉で克服しようと前向きの人生を目指している。二〇歳一一ヶ月の漱石の覚悟がよくわかる。

▼八九（明治二二）年七月、札幌農学校を卒業し、七月七日、同校助教に任ぜられ、九一年八月一六日、札幌農学校助教授に任ぜられる。

▼一八九五（明治二八）年五月七日、畜産と畜産製造学研究のためドイツに留学を命ぜられ、七月二〇日、東京を出発した。ドイツのプロイセンハレ大学に留学、細菌学の研究に従事する。泥炭地に関する調査を北海道庁から委嘱される。一九〇〇（明治三三）年四月からドイツ・フランス・イギリス・アメリカで畜産学上の調査に従事して、一九〇〇年六月二五日帰国した。八月七日、札幌農学校教授に任ぜられた。〇四年、乳糖結晶の研究に着手した。〇七年、札幌農学校が東北帝国大学農科大学に改組され、東北帝国大学農科大学教授に任命された。

▼**一九〇九**（明治四二）年九月三日、漱石は旧友中村是公満鉄総裁の招きで、満韓旅行のため、大阪商船の鉄嶺丸で大阪を出発、大連に向かう。

　九月九日、朝食後、大連ヤマトホテルの読書室で熊本の五高の教え子で満鉄職員俣*野義郎と話していると、ボーイが持って来た名刺には「東北帝国大学農科大学教授　橋本左五郎」と書いてあった。かつて「左五、左五」と言っていた成立学舎以来の旧友である。満鉄の依頼でモンゴルの畜産事情調査をして、大連に戻ったばかりであった。昔は慓悍の相があり、剽軽でかつ苛辣であった。しかし今は、落ち着いて慇懃な教授である。

九月一〇日、漱石は橋本と日露戦争戦跡を見るため、大連から汽車に乗って、成立学舎・予備門同窓の佐藤友熊のいる旅順に向かった。「おい、旅順に着いたら、久し振りに日本流の宿屋へ泊ろうか。」と橋本に相談をかけると、「そうだな、浴衣を着て、ごろごろするのもいいね。」と同意した。しかし、旅順に着いて、出迎えの民政署の秘書に日本旅館に泊まりたいと言うと、「御泊りになられるような日本の宿屋はありません。」と言われ、やはり旅順ヤマトホテル（現・桜花城大酒店、旅順市文化街三〇号）にした。旅順ヤマトホテルは未開拓の新市街にあり、ロシアの未完成建物を修理したもので、中国人は入れず、西欧風文化街を建設しようとしていたが、まだその途上であった。橋本は「淋しいなあ。」と言い、漱石は「まるで廃墟《はいきょ》だ。」と思う。

漱石・橋本は二〇三高地などの戦跡を見たり、旅順港湾を小蒸気艇で乗り廻し閉塞作戦の説明を受けたりする。

一二日、二人は成立学舎以来の共通の旧友佐藤友熊（警視総長）の家を訪ね、朝食に鶉の御馳走を食べる。漱石は佐藤に請われて「手を分つ古き都や鶉泣く」と自作の俳句を短冊に書いた。昼、旅順から大連に帰る。胃が痛むので、「鶉の骨を食い過ぎたせいじゃなかろうか。」と言うと、橋本は「全くそうだろう。」と答えた。前から満洲日日新聞社長伊藤幸次郎から大連滞在中一度講演をしてもらいたいと依頼を受けていた。曖昧な返事をしていたら、もう新聞に広告してしまったと言うので、弱っていると、橋本がにやにや笑いながら、「まあ、やってやるさ。君、そういう時には快く承諾するものだよ。君のような人はやる義務があるさ。」と傍から余計なことを言う。漱石は事務員養成所に行き、午後七時から八時まで一時間「物の関係と三様の人間」の講演をする（『満洲日日新聞』一九〇九年九月一五～一九日）。一三日、出発予定を変更し、今後のプログラムをすべて橋本に任せた。時刻表を見たり、宿泊地の里程を計算したりして、「うまくいかんよ。」と困っても、地理道程に無知な漱石は、呑気なことを言って、橋本から叱られた。

一三日夜は、大連埠頭のホールで講演をする。橋本が先に弁じ、漱石も一時間しゃべる。

一四日午前一一時、満鉄社員らに見送られて、橋本・漱石は、是公総裁が「貴様が生れてから、まだ乗った事のない汽車に乗せてやる」という急行列車の満鉄自慢の豪華客室に乗り込む。橋本は時刻表を眺め、「おい、この部屋は上等切符を買った上に二五ドル払わなければ、這入れない所だよ。」と言った。なるほど専用便所・洗面所・化粧室が付いた立派な客室であった。

午後三時半過ぎ熊岳城に到着、トロに乗って温泉ホテルに着く。熊岳河の砂地の中に板囲いの小屋があり、中に温泉が湧き、二人は湯に飛び込んだ。湯は熱く縮み上って、飛び出し、四半丁先の共同風呂まで行って、どぼりと浸かった。

一五日、小雨が降っているので、松山に梨畑を見に行くのを止めて、休養することにしたが、橋本は農科の教授だけあって、梨・栗・豚・牛を見たがって、出掛けて行った。雨が止み、駅から電話がかかり、梨畑に行くならトロを出すと言う。行くことにして、胃の痛いのを我慢して行くと、橋本たちが梨を食っている。橋本が世話になったから、御礼に梨を三〇銭ほど買いたいと言うと、主人は笑い出して、「三〇銭くらいなら上げるから、持ってお帰りなさい。」と言われた。宿に帰ると、女中があるお客は梨を七円ほどお土産に買って帰ったそうである。漱石は初めて騾馬《らば》を見たが、『三国志』の劉備玄徳の乗った馬を思い出した。腹が太く、背が低く、丸く逞しくて、邪気のないいい動物である。橋本から騾馬と駃騠《けってい》の区別の講義を聞く。

一六日夜八時、営口に着き、清林館に泊まる。

一七日、橋本らは小寺牧場に行き、漱石は営口市街を見る。午後三時ごろ、橋本が来る。漱石は営口倶楽部で『趣味に就て』の講演をした。夜九時、湯崗子に着き、金湯ホテルに泊まる。

漱石は「満韓ところ〴〵」四十一で、橋本が博士になったり、ならなかったりした話が書かれている。大連ヤマトホテルで、満鉄から届いた封書に「橋本農学博士殿」とあったので、漱石は博士号をもっていると思っていた。ところが橋本は、「いや、おれは博士じゃないよ。」と言った。新聞で授与式を見たようだと思って、抗弁したが、「博士ではない。」と橋本は頑固に否定した。栄誉ある博士の同伴者だと自覚していた漱石は、橋本がただの人間になって気の毒になった。確かにこの時、橋本は農学博士ではなかった。橋本が総長の推薦により農学博士になったのは、二年後の一九一一（明治四四）年六月二六日付である。

一八日、橋本らは騾馬で千山に行くが、漱石は断って静養する。午後八時ごろ橋本らが帰って、「そう骨を折って見に行く所でもないよ。」と言う。

一九日午前一一時、奉天（現・遼寧省瀋陽）に向かい、午後三時奉天に着く。橋本と共に瀋陽館に入る。「今十九日湯崗子と云ふ温泉発奉天に向ふ。同行旧友札幌農学校教授橋本左五郎氏」（〇九年九月一九日付鏡子*宛漱石書簡）と漱石は橋本を鏡子に紹介した。

茶を飲むと、酸いような、塩はゆいような味がする。橋本の講釈によると、奉天には下水道がない。古来から何百年となく奉天市民の大小便が自然に地底に浸み込んで、いまだに飲料水に祟りをなしていると言う。馬鹿げているので議論もしなかった。橋本も「これは伝説だよ。」と断った。

二〇日、漱石・橋本は北陵を見学した。

二一日、二人は炭鉱の撫順に行く。事務所で昼食を御馳走になるが、英国人と一緒になる。接待役が英語で英国人と話し、日本語で漱石・橋本たちに話した。元来英人はプライドの高い民族で、紹介されない限り、他に向かって容易に口を利かない。だから、橋本も漱石も英人に対して、誇り高く英語を一切使わなかった。漱石の「満韓ところ〴〵」は撫順で終わっている。

「漱石日記」によって、満韓旅行をたどると、同日、撫順から奉天に戻り、長春（吉林省。満洲国時代は新京）を経由して、二二日、ハルビン（黒龍江省哈爾濱）に着く。市街の大きな店にて外套を二二円で買う。修正してもらい、後で届けたものを見ると、スペリオーテイローメード（superiority low made）とある。橋本の外套の裏には一八六七年一〇月とあったので、二人で大笑いした。

二三日、ハルビンを午前九時発して、薄暮六時長春に到着し、三義旅館に泊まる。

二四日、旅館の女主人が「何か書いてください。」と言う。二帖に一つ宛書いてくれと言う。なぜかと聞くと、「夫婦別れをした時の用心です。」と言う。「黍《きび》行けば黍の向ふに入る日かな　草尽きて松に入りけり秋の風」と書く。橋本に札幌の東北帝大農科大学から電報がくる。一二時三〇分長春を立ち、午前一時、奉天に戻る。

二五日、外出した時、小西辺門の傍の小さな筆店で橋本と漱石は筆と墨壺を買う。

二六日、奉天から軽便鉄道で安東（現・遼寧省丹東）に向かう。草河口の日新館に泊まる。二七日午後七時半、安東に着き、元宝館に泊まる。二八日、午飯後、安東から小蒸気船で鴨緑江を渡り、朝鮮の新義州に着く。駅長室で橋本のパスが手続面倒で貰えず、遂に平壌《ピョンヤン》までの切符を買う。漱石は小城齊からあらかじめ長官に依頼していたので、新聞記者の上等パスを貰う。午後一一時過ぎ、平壌に着く。

三〇日、橋本は、平壌で別れ、午前八時発で出発して行った。漱石は午後二時五〇分平壌発で京城（現・ソウル）に向かい、一一時近く、京城に着く。

一〇月一日、京城に先に来ていた橋本左五郎から電話があり、午後一〇時二〇分で出発すると言って来る。大連からずっと一緒だった橋本は、ここで別れて、一足先に釜山から帰国の途に着くので、漱石は人力車で南大門駅に見送りに行く。

漱石は一三日午前九時、京城南大門駅を出発し、釜山港から関釜連絡船に乗り、一七日帰宅した。

**▼一九一〇**（明治四三）年七月一日、長与胃腸病院に入院した漱石に、中村是公から葉書が来て、「今日、北海道へ行く。十三日頃帰る。一緒に行かれぬが残念なり。左五へはよろしく言ってやる。」とあった。七月一一日、北海道旅行中の是公から絵葉書が来て、左五も一口病気見舞を書き添えていた。七月二四日、橋本左五郎が昨日着いたと言って、長与病院に入院見舞いに来る。三一日午前八時、橋本が農業計画のため札幌から満洲に行く途中、東京に寄ったと言って病院に来て、九時の汽車で三島に行って、大阪に寄るとのことである。

**▼一〇**年八月六日、漱石は転地療養のため、修善寺に行く。八月二四日、大吐血、三〇分間人事不省。一一月一一日、修善寺から帰り、長与胃腸病院に入院中の漱石を、満洲から帰りの橋本が病院に見舞う。一二月二八日、橋本は札幌に帰る前、漱石を見舞った。

橋本左五郎の紹介で、山内義人という男から原稿が送って来たが、多忙や病気でそのままにしていたら、また新作「年賀状」を送ってきたので、読んで返事を書いた。「あれはまだ公けに出来る程成つてゐません。」「御作には此黒人離れのした素人としての好処がありません。」「北海道辺で丸で内地人に知れない珍らしい景色や人情や風俗の写生を御やりになつては如何ですか。」「小説抔といふ色気を離れてたゞ事実のうちで面白い事、愉快な事、珍らしい事、種になりさうな事を平生御見聞の裡から御書きになつたらと思ひます。」「橋本君にも宜しく願ます。」（**一九一一**年三月二一日付山内義人宛漱石書簡）と作品としては未熟であるが、丁寧に欠点を指摘し、今後の進むべき道も示した。

その後、山内は作品「葦毛馬」を漱石に送り、漱石は「前回よりも数等出来よろしく面白く拝見致候」（**一九一一**年四月五日付書簡）と合格点を与え、『ホトトギス』（**一九一一**年六月）に「葦毛馬」（署名は葦人）を紹介、掲載された。

山内宛の第三便は「面白い材料です。」「然し全体から見てもつとどさつと納まらないと不可いかと思ひます。落付が足りないのでせうか。或はもつと簡略にするか、もつと複雑にするか、何方かにしたらまだ好くなるとも思ひます。」と激励した。この山内義人は池上淳之『改訂　橋本左五郎と漱石』によると、御料牧場勤務で、「北海道煉乳史話」（『畜産雑誌』一九二八年四月）・『北海道煉乳製造史』（大日本製酪業組合編、一九四一年)・「北海道煉乳界の回顧」(『畜牛』二七二・二七三号)の著者であるから、橋本の煉乳研究の協力者であろう。文学好きの山内に頼まれて、仲介の労を取ったのである。漱石の没後、山内は『小樽新聞』(一九一六年一二月一七・一八・二〇日の全三回)に「漱石先生の手紙」を執筆しているが、漱石から手紙を貰ったのは一九一五(大正四)年のこととして、『漱石全集』の一九一一(明治四四)年と齟齬している。しかし、『ホトトギス』(一九一一年六月)に「葦毛馬」(葦人)は確かに発表されているので、『漱石全集』の一一年が正しい。

▼一九一二(大正元)年一一月二七日から一五年二月二七日まで、南満洲鉄道株式会社農場事務を嘱託される。一三年一二月一〇日、大学兼任のまま、朝鮮総督府勧業模範場技師となる。一四年九月二七日、北海道煉乳株式会社(後に大日本乳製品株式会社と改称)を設立。

▼一九一八(大正七)年四月一日、官制改正により北海道帝国大学農科大学教授に任ぜられ、一九年四月一日、官制改正により北海道帝国大学農学部教授に任ぜられ、農学部附属農場長、朝鮮総督府勧業模範場長となった。

▼二三年三月一五日、北海道帝国大学および朝鮮総督府を退官した。同年五月一七日、北海道農会副会長となった。二四年一二月二〇日、北海道内務部畜産課長となる。

▼二七(昭和二)年一一月一七日、北海道庁を辞め、二四年から三八年まで北海英語学校当時から関係していた財団法人苗邨学園理事長に就任、四八年から五九年まで改称した北海学園名誉学園長となった。

▼一九五二年、札幌市北三条西一三—三で八六歳をもって永眠した。

▼橋本左五郎は夏目漱石(当時は塩原金之助)と一五、一六歳の成立学舎以来の学友で、下宿を共にした同じ釜の飯を食って、互いに「左五」「金ちゃん」と呼び合った仲間であった。温和な江戸っ子で、綿密細心な漱石に対して、田舎者の鷹揚な橋本は予備門で落第すると、あっさり東京を捨てて、北海道に去った。小事に拘らず、淡白に恩師の言葉を聞いて、札幌農学校を受験し、北海道を中心に満洲・朝鮮で、生涯を農業・酪農の研究に捧げた。特に余剰牛乳の加工処理として煉乳製造を初め、乳糖結晶の研究に着手、道内最初の真空釜を作り、企業化に道を開いた。

漱石との接点では、「満韓ところ〴〵」に尽きるが、胃痛に苦しむ漱石と茫洋とした大陸的な橋本との対照も面白い。晩年は北海学園理事長として学園内紛を収めたこともあったという。

〔**参考文献**〕田内静三「橋本左五郎先生の談話」『漱石全集』月報第十一号、一九三六年九月。/池上淳之『改訂　橋本左五郎と漱石』私家版、二〇〇〇年一二月二五日/『北海道開拓功労者関係資料集録』下巻、北海道総務部行政資料室、一九七二年三月。/夏目漱石「満韓ところ〴〵」『東京朝日新聞』一九〇九年一〇月二一日~一二月三〇日。

〔原武　哲〕

# ■佐藤　友熊

さとう・ともくま

『南満洲写真大観』関東都督府警視総長時代。一九一一年刊。

**一八六五（慶応元）年一一月二四日〜一九二三（大正一二）年九月一日。法学士。満韓旅行中の漱石と旅順で再会。漱石の成立学舎・大学予備門時代の同級生。**

本籍は鹿児島県給黎郡喜入郷（現鹿児島市喜入町）前之濱村一一四番戸。父・彦松、母・比佐の長男として生まれた。一八九〇（明治二三）年第一高等中学校英法科卒業、同級に*中村是公、*正岡常規（子規）、先輩に新渡戸稲造らがいた。同年東京帝国大学法科大学英法科入学、一八九四（明治二七）年同大卒業、各地裁判所検事の後、一九〇〇（明治三三）年二月台湾台南警部長に転じ、桃園、宣蘭、台北庁長を経て一九〇七（明治四〇）年九月関東都督府事務官。翌年一月関東都督府警視総長。その後北海道内務部長など歴任。関東大震災の一九二三（大正一二）年九月一日、千葉県安房郡北條町北條一五五二にて被災。震災の際、息子二人が肺病を患っていて家の小屋に避難させた。そのとき家屋の倒壊に遭い、友熊だけが柱の下敷きとなり没した。享年五八。家族は妻多津、長男実良、次男実忠、三男実信、長女礼子、次女智子、三女悌子、四女敏子。

▼生前の佐藤を知る志々目実春（元鹿児島県喜入町収入役）によると、佐藤の家は神職で父は音吐朗朗と祝詞をあげる神官だったという。志々目氏の少年時代、帰郷した佐藤は必ず佐藤家の本家である同氏宅に挨拶に立寄る礼儀正しく優しい紳士だったらしい。彼は東京では黒馬車に乗るような人になれという一族の期待を背に、一八八三（明治一六）年ごろ笈を負って上京、大学予備門受験準備のため成立学舎に入り、英語を学んだ。牛乳配達や新聞配達などアルバイトで学資を稼ぎながら大学まで出た苦学力行の士だった。生活は質素で紙のこよりを羽織の紐にして結び、袴も破れをつづりながら、なりふり構わず勉強した。下宿を引っ越す時は綿だけの布団を一つ持って行った。傘もなく蓑笠を着て雨具にしたという。

▼佐藤と漱石の出会いは、佐藤が青雲の志に燃えて上京、成立学舎に入った時と思われる。同級生で当時、南満洲鉄道株式会社総裁*中村是公の招待で**一九〇九**（明治四二）年秋、漱石は満洲、朝鮮に旅行した。そのときに取材した紀行文である「満韓ところ〲」（二十一）で次のように書いている。

「旅順には佐藤友熊と云ふ旧友があつて、警視総長と云ふ厳しい役を勤めてゐる。これは友熊の名前が広告する通りの薩州人で、顔も気質も看板の如く精悍に出来上がつてゐる。始めて彼を知つたのは駿河台の成立学舎といふ汚ない学校で、其学校へは佐藤も余も予備門に這入る準備の為めに通学したのであるから余程古い事になる。佐藤は其頃筒袖に、脛の出る袴を穿いて遣つて来た。余の如く東京に生れたもの丶眼には、此姿が頗る異様に感ぜられた。丁度白虎隊の一人が、腹を切り損なつて、入学試験を受に東京に出たとしか思はれなかつた。教場へは無論下駄を穿いた儘上つた。尤も是は佐藤許ぢやない。我等も悉く下駄の儘あがつた。上草履や素足で歩く様な学校ぢやないのだから仕方がない。床に穴が開いてゐて、気を付けないと、縁の下へ落ちる拍子に、向脛を摺剥く丈が、普通の往来より悪い位のものである。

　古い屋敷を其儘学校に用ひてゐるので玄関からが既に教場であつた。ある雨の降る日余は此玄関に上つて時間の来るのを待つてゐると、黒い桐油を着て饅頭笠を被つた郵便脚夫が門から這入つて来た。不思議な事に此郵便屋が鉄瓶を提げてゐる。しかも全くの素足である。足袋は無論の事、草鞋さへ穿いてゐない。さうして、普通なら玄関の前へ来て、郵便と大きな声を出すべき所を、無言の儘すたすた敷台から教場の中へ這入つて来た。此郵便屋が即ち佐藤であつたので大いに感心した。何故鉄瓶を提げてゐたものか其理由は今日迄遂に聞く機会がない。

　其後佐藤は成立学舎の寄宿へ這入つた。そこで賄《まかなひ》征伐を遣つた時、何うした機勢《はずみ》か額に創《きず》をして、しばらくの間白布で頭を巻いてゐたが、それが、後鉢巻の様に如何にも勇ましく見えた。賄に擲《なぐ》られたなと調戯《からか》つて苛《ひど》い目に逢つたので今に其颯爽たる姿を覚えてゐる。」

　ぽっと出の薩摩の田舎者である佐藤は、文明開化の東京では異様な風体だが目だけは澄んでいた。田舎まる出しを恥じない佐藤の人柄が気に入ったのか漱石はすぐに佐藤と仲良しになったようである。成立学舎に入る以前の二松学舎時代からの友人である*小城齊《こじょうひとし》（南さつま市）や白濱重敬（鹿児島市）、上井《うわい》軍治（軍平あるいは軍吉とも。出身地は不詳）などの薩摩隼人とも漱石は親しくなった。西原清敏（元喜入史談会長）によれば漱石は、自分にはない鹿児島人の豪放磊落な気風に興味をもっていたらしく、鹿児島出身の友人を好んで作ったという。ガムシャラな鹿児島の若者たちの集まりの中に、佐藤は漱石をよく引っ張っていったようだ。そこでは漱石は、色白のぎょろぎょろした目つきで、黙ってただじろじろとみんなを見ながら話を聴いているばかりだったという。これに符節を合わせたように、小*宮豊隆宛書簡の中で漱石は「僕も昔は内気で大に恥づかしがつたものだ」（一九〇六年一一月九日付）と述べたり、「落第」という談話の中では「元来僕は訥弁で自分の思つて居ることが言へない性《たち》」であることも告白している。荒正人の『増補改訂　漱石研究年表』の一八八四（明治一七）年の項では「この頃まで、ひどいはにかみやで、家族を初め、他人とも口きくのを余り好まなかったらしい」という記載がある。
▼**一八八四**（明治一七）年九月一一日、漱石も佐藤も首尾よく東京大学予備門予科に入学（一八八六年第一高等中学校と校名変更）。成立学舎出身者が中心となり気の合った者同士で仲良しグループ「十人会」を組織。神田猿楽町の末富屋に下宿して通学する。水泳、ボートなどのスポーツや寄席見物にふけり、あまり勉強しなかった。「此同勢は前後を通じると約十人近くあつたが、みんな揃ひも揃つた馬鹿の腕白で、勉強を軽蔑するのが自己の天職であるかの如くに心得てゐた。下読抔は殆んど遣らずに、一学期から一学期へ辛うじて綱渡りをしてゐた。」（満韓ところ〴〵」（十四））。また、「無暗に牛肉を喰つて端艇《ボート》を漕いだ。試験が済むと其晩から机を重ねて縁側の隅へ積み上げて、誰も勉強の出来ない様な工夫をして、比較的広くなつた座敷へ集つて腕押をやつた。」（同前）。こんなふうで連中の成績は、たいがいは級の下位のほうであったが、それでもみんな得意だったらしい。成績のいい者を点取り虫と言って軽蔑さえしていた。そのうち漱石、佐藤、後に満鉄総裁になった中村是公などはとうとう落第してしまった。漱石はこれを機に一念発起してまじめ

に勉強するようになり、「若し其時落第せず、唯誤魔化して許り通つて来たら今頃は何んな者になつて居たか知れないと思ふ」（談話「落第」）と後に語っている。

漱石は*渋川玄耳（藪野椋十は別号）に序文を頼まれ、青年期を思い出し、佐藤友熊と思われる豪傑を描いた。

「昔し薩摩の男と下宿をして居た時分、其男が何ぞと云ふと胴間声を張り上げて、だれとかさんと誰とかさんは兄弟分ぢゃごわはんかと歌つたものだ。其蛮音は一種異様な蛮音で、矢っ張り「猫」の兄弟分位な所である。此序文をかくにつけても、あの胴間声は今頃どうなつたらうと聊か懐古の念に禁《た》えん。あの胴間声が生きて居て、此評判を聞いたら、屹度「東京見物」さんと「吾輩は猫」さんは兄弟分ぢやごわはんかと余計な唄をうたふに違ない。夫を思ふと余計ながら可笑しくもあり、憐れにもある。あの男を捜し出して椋十先生の前でごわはんかを唄はして見たい。」（漱石「藪野椋十『東京見物』序」一九〇七年六月）。

漱石は友熊を捜し出すまでもなく、旅順で再会することになる。

漱石の日記に「二時頃中村蓊来る。満韓を旅行すと云ふ。中村是公、小城齊、佐藤友熊へ紹介状をかく。」（一九〇九年五月五日付漱石日記）とあり、このころは既に友熊が旅順にいることを知っていた。

再会前に漱石は佐藤の夢を見ている。「昨夢に中村是公佐藤友熊に逢ふ。又青楼に上りたる夢を見る。」（一九〇九年七月五日付漱石日記）。やはり、今は「満洲」にいる是公・友熊らとの放埒な青春時代を思い出していたのだろう。

▼佐藤と漱石の交流は、大学予備門時代が最も盛んだったようである。大学卒業後は二人の交流は途切れがちとなったが漱石の「満韓ところ〴〵」の旅で再会した二人は旅順で旧交を温めている。佐藤は漱石を旅順の戦利品陳列所に案内をした（〇九年九月一〇日付日記）。漱石は手榴弾・鉄条網・魚雷・大砲の記憶は残っていないが、「女の穿いた」繻子の薄鼠色の靴の片方だけはいつまでも鮮やかに覚えていた（「満韓ところどころ」二十三）。佐藤は漱石を朝食に呼んで珍しい旅順名物の鶉のご馳走をした（同月一二日付漱石日記）。漱石はついつい食い過ぎてしまい胃の痛みが増すことになる。食後に佐藤が漱石に向かって短冊に何か書いてくれと頼むと、漱石は「手を分つ古き都や鶉鳴く」という句を書いてやった。

帰国した漱石は、直ぐ友熊に礼状に「旅順の天気はまだ朗だらうと思ふ。」と書き、加賀美五郎七という中国語のできる男から就職の世話を頼まれていたので、通訳か公学堂（満洲の中国人学校）の教師を希望していると、就職の斡旋を友熊に依頼する。「君の子供は丈夫かよろしく云つてくれ。鶉は結構だつた。朝餐の御馳走に呼ばれたのは生れてあれが二度目だつた。僕は旅行中胃カタールで非常に難儀をした。是から少々静養だ」（〇九年一〇月一九日付友熊宛漱石書簡）と書いた。

就職の結果はよくわからないが、その後、「加賀美の事につきわざわざの御通知恐縮致し候本人不都合との事に候へば無論無致方と存候」（年次不明九月一六日付友熊宛漱石書簡）と就職が不首尾になった手紙があるが、一〇年の書簡にしては、間が空き過ぎている。別の就職口か。一九一二（明治四五）年版の『満洲商工人名録』によれば、一二年当時は加賀美は小平島公学堂の学堂長をしていた。漱石・友熊の周旋であろうか、不明である。

▼筆不精の佐藤と漱石の書簡の交換は決して多くはなかったが、一〇数年ぶりの再会でも、会うと直ちに青春時代の昔に返るこ

とができる二人は、肝胆相照らす仲であった。

**〔参考文献〕**『大正人名辞典　上巻　第四版』東洋新報社、一九一八年。

〔白坂数男〕

## ■小城　齊

こじょう・ひとし

朝鮮総督府鉄道局建設課長時代。吉峯美智子提供。

**一八六五（慶応元）年八月一六日～一九一八（大正七）年六月四日。漱石の二松学舎、成立学舎、大学予備門時代の同級生。内務省や朝鮮総督府に勤務し、鉄道関係の仕事に従事。**

本籍は鹿児島県川邊《かわなべ》郡武田村三七番地（現・南さつま市川畑四〇番地）。父・五右衛門、母・マスの三男として生まれた。兄弟に長兄祐相、次兄皎がいる。家族は妻たか、長女武子、長男保、次女廣子、三女文子、四女通子、五女澄子、六女増子、七女元子。兄祐相は一八七七年西南戦争に薩軍として従い、三月二一日、熊本県田原坂で戦死した。享年三〇歳。このため末弟齊が同年五月一七日一一歳の若さで小城家の家督を相続した。次兄皎はそのときすでに吉峯家の養子になっていた。

小城家は、士族ではあったが、親戚の破産の累を受けたりして家計は決して裕福とはいえなかった。村一番の秀才の誉高い齊が、立身出世を夢見て学問を修めるために上京したいと言い出した時、年老いた母マスは反対だった。しかし、吉峯家の養子になっていた皎から、これからの世は学問が大事であり、賊軍の遺族の子弟が栄達するためにどうしても修学の必要があるのだと聞いて老母は、小城家の嫡子の東京への遊学を許諾せざるを得なくなった。そしてやむなく残余の邸宅や田地田畑を売却して学資としたのである。

**▼一八八一**（明治一四）年四月、青雲の志を抱いた小城は一七歳で奮進上京し、薩摩の子弟が一団となって寄宿していた三島中洲の漢学塾二松学舎（麹町区一番町）に入る。そこで漱石と出会い、親しく交わるようになる。その他、*池辺吉太郎（三山）・*安東真人らがいた。

**▼一八八三**（明治一六）年七月、漱石と小城は二松学舎の次に大学予備門の予備校である成立学舎（神田区駿河台鈴木町）で英語を学ぶ。同級に*橋本左五郎・*佐藤友熊らがいた。

▼努力のかいあって**一八八四**（明治一七）年九月、そろって東京大学予備門予科第四級に入学する。その年の一二月（第一学期）の成績表（『漱石全集』月報、第十号、岩波書店、一九三六年八月）によれば漱石は塩原金之助の名で第四級（英学生徒）に出ている。その成績表の表題は「明治一七年一二月（第一学期）東京大学予備門前本黌第一、二、三級、及び第四級生徒試業優劣表」となっている。それによると平均点七三点で一一七人中二二番から順に漱石、芳賀矢一*（国文学者）、小城と続いている。数学においては、小城は級のほぼ最上位を占めているが、彼の六女川瀬増子の記憶では、学生時代、夏目君から英語を習い、自分は数学を教えた、という話を父からよく聞かされたのを覚えているという。

漱石や小城らは、成立学舎以来の気の合う仲間十人ほどで「十人会」と称する仲良しグループを組織して、大学予備門時代一緒に行動していた。**一八八五**（明治一八）年五月、十人会の仲間で江ノ島への片道一六里の徒歩による一泊旅行を計画したことがある。三度分の握飯をこしらえて腰につけて行った。品川に着く頃には履きなれない草鞋に早くも足が痛くなる者もでてくる。夜、江ノ島の見える海岸に着いて、持ってきた毛布にくるまったまま砂浜で野宿して、あくる日鎌倉にたどり着き、見物した。その日のうちに東京まで帰るには駆け足で急がなければいけない。足が痛んで歩けない小城と太田達人だけが横浜から汽車に乗ることを許された。漱石も途中から汽車に乗り込んだらしく、小城らが下宿の末冨屋で待っていると夜ひとりで先に着き、他の連中はずっと遅れて帰ってきた。

同じ大学予備門時代の**一八八六**（明治一九）年六月二八日には、十人会のメンバーと思われる一一人（太田達人・柴野*（中村）是公・佐藤友熊ら）が一緒になり記念写真を撮っている。

漱石は雑誌のインタビューで「何とか彼んとかして予備門へ入るには入つたが、惰《なま》けて居るのは甚だ好きで少しも勉強なんかしなかった。（略）唯遊んで居るのを豪いことの如く思つて怠けて居たものである。（略）皆な悪戯許りして居たものでストーブ攻など、云つて、教室の教師の傍にあるストーブへ薪を一杯くべ、ストーブが真赤になると共に漢学の先生などの真面目な顔が熱いので矢張りストーブの如く真赤になるのを見て、クス〳〵笑つて喜んで居た。数学の先生がボールドに向つて一生懸命説明して居ると、後から白墨《チョーク》を以て其背中へ怪しげな字や絵を描いたり、又授業の始まる前に悉く教室の窓を閉めて真暗な処に静まり返つて居て、入つて来る先生を驚かしたり、そんなこと許り嬉しがつて居た。」（談話「落第」『中学文芸』一巻四号、**一九〇六**年六月二〇日）と語っている。

▼漱石は大学予備門二級のとき、腹膜炎になり、学期試験を受けられず追試験を希望したがそれもかなえられなかった。これは自分に信用がないからだ、信用を得るためにはどうしても勉強が必要だ、と考えて、自分から落第して再び二級を繰り返すことにした。真面目になって勉強すれば今まで全然分らなかったものもはっきり分るようになり、僕の一身にとってこの落第は非常に薬になった、と語っている。この仲間で勉強したのは小城と白浜重敬ぐらいのものだったと証言するのは、大学予備門での同級生、橋本左五郎（北海道帝国大学教授）である。

▼大学予備門二級で落第した漱石より一足先に、小城は一八八九（明治二二）年七月、第一高等中学校（東京大学予備門を改称）を卒業、同年九月、帝国大学工科大学（現・東京

大学工学部）に入学した。

郷里では村中の人々が、我が村からの大学生誕生を喜んだけれど、小城の母の生活は赤貧洗うが如き状態であったので、学資の仕送りも滞りがちとなった。そのため途中から先輩の補助と大学の貸費とを受けたり、次兄皎が村役場に勤めていた関係で村役場から奨学金を受けることでまかなわれるようになった。小城の次女、廣子の嫁いだ吉峯家に当時の村役場からの奨学金の書類が残されている。

▼小城は弊衣破靴の姿で万苦を忍んで勉学に励み、一八九二（明治二五）年七月、帝国大学工科大学土木工学科を卒業し、工学士となった。卒業を誰よりも喜んだのは、郷里の母マスであった。その母は七〇歳に近い老婆になり、健康もあまりすぐれなかった。大学を卒業した小城は、内務省に入り、北陸線や鹿児島線（現・肥薩線）などの鉄道敷設に従事した。学士様としての活躍を心から喜んでいた、苦労をかけた故郷の母マスは一八九五（明治二八）年三月二六日、七〇歳で他界した。

十分な親孝行もできないうちに最愛の母を亡くしたことが、小城を深く悲しませた。その悲しみもようやく癒えた一八九七年の夏には、東京市麻布区富士見町（当時）の本田親英・美秋夫妻の次女、美貌で妙齢の女性である本田たかを妻に迎えた。たかは、元老院大書記官本田親雄の姪にあたり、良家の令嬢であった。

▼小城は福島、広島などで勤務した後、朝鮮総督府の鉄道局建設課長の要職を勤めていた。その頃、日本とロシアの間では中国での利権をめぐって激しく対立していた。一九〇四（明治三七）年二月、日ロの政治交渉は決裂し戦争に突入。そのため日本と朝鮮間の物資輸送も次第に危険となってきた。鉄道建設資材を積み込んで小城らが乗り組んでいた佐渡丸は、軍用船常陸丸に守られながら航行していた。そこを敵からの襲撃に遭い、常陸丸はあえなく沈没し、軍用船でなかった佐渡丸に乗っていた小城たち非戦闘員五人は、敵艦に談判のため乗り移った。ところがそのまま捕虜としてモスクワに連行されてしまった。

軍人ではない小城らは、他の捕虜とは違って丁寧な扱いを受けた。近代的な建築の宿舎で快適な生活だったらしい。小城の甥で元鹿児島県加世田市（現・南さつま市）議会議員の志摩貫一によれば、帰国後の小城は、モスクワでの寄宿舎の写真を見せたりして、むしろ誇らしげでさえあったという。モスクワから妻たか宛てに出したカタカナで書かれた絵はがきは、数多く大切に保管されていた。小城は、帰途、ヨーロッパ各国をまわり、リボン、帽子、布地の英語の絵本、クリケット用具一式など家族に土産を買ってきた。

▼**一九〇九**（明治四二）年五月五日午後二時ごろ、漱石の東大英文学科の教え子で、東京朝日新聞社員の中村蓊（古峡）が訪ねて来て、満洲・韓国を旅行するという。漱石は満洲大連にいる満鉄総裁中村是公・旅順にいる関東都督府警視総長佐藤友熊・韓国平壌《ピョンヤン》にいる朝鮮統監府鉄道管理局平壌出張所長小城齊の三人に紹介状を書いた。漱石の満韓旅行はまだ決まっていなかったので、まさか半年後に三人に会えるとは予想もしなかったであろう。

当時満鉄総裁を務めていた大学予備門以来の親友、中村是公に誘われて漱石が**一九〇九**年「満韓ところ〴〵」の満韓を視察した時、小城は朝鮮統監府平壌鉄道管理局建設課長の要職にあった。そこで、漱石と小城は、久しぶりに旧交を温めた。そのおりの漱石の日記から一部を拾ってみる。

九月二八日（火）、満洲旅行を終えて、朝

鮮との国境の町、安東（現・丹東）から蒸気船に乗って、鴨緑江を渡る。渡し場の待合所で小城からの通知だと言って、新義州駅長に迎えられた。平壌行の汽車に乗る。

「九時が来ても十時が来ても平壌につかず。やがて十一時過に漸く着。小城が書生を連れて迎に来てくれる。（略）小城は鉄道旅館といふのに連れて行くと云ふ。（略）ボイ一人、朝鮮人一人、至極ノンキで閑静なものなり。小城と話してゐるうちに十二時になる。

（九月）二十九日〔水〕

朝九時過小城の案内にて鉄道構内を一覧。苗圃。栗。アカシヤ。銀杏。落葉松。等なり。（略）小城の官舎に行く徐念淳の涙水賦を看る。長さ一丈幅一尺五寸余。字体秀麗名筆なり。（略）食事。鶏の丸焼。（略）晩に入浴。小城の御嬢さん（長女武子。十一歳）と坊ちやん（長男保。九歳）が遊びにくる。（略）此人（平壌日報社の社主白川正治）が色々な額やら古版やらを尋ね出しては小城にやるので小城がそれをあつめてゐるのであるといふ事が分つた。（略）小城の奥さん（妻たか）と二三回ちりんちりんの交換をやる。」

小城夫人から官舎に来るように誘われたが、疲れて寝てしまった。

「（九月）三十日〔木〕

（略）朝小城にたのまれた。春潮といふ人の画に句を題す。

負ふ草に夕立早く逼《せま》るなり

（略）負ふ草にを小城の細君の所へ持つて行つて暇乞をする。」

中村の漱石招待については、「当時、満鉄は、その事業内容を内外に広く宣伝することにつとめていた。満鉄の広報宣伝活動は創立当初から活発で、国内企業のそれの水準をはるかにぬいていた。中村総裁が漱石を招待したのも、たんに友人をまねく目的ではなく、漱石の文筆を通じて満鉄の事業を宣伝させるという目的があったからであろう。」（原田勝正著『満鉄』岩波書店、一九八一年）との見方がある。

▼九月二日に満洲へ出発、一〇月一七日に帰国した四六日間の漱石の長旅は、彼の健康を害していた。持病の胃病が悪化して、旅行中具合が悪く、悩まされた。翌年の夏には吐血して危篤に陥る。いわゆる「修善寺の大患」である。

**一九一六**（大正五）年一二月九日、漱石は胃潰瘍で五〇歳を前にしてその生涯を閉じた。その知らせが小城に届いた時、小城の肉体もむしばまれていた。肺結核の病魔に侵され始めていたのである。一九一八（大正七年）年、その病気は家族の内地への引き揚げを余儀なくした。小城は転地療養のために郷里鹿児島の結核サナトリウム・海浜院で闘病生活を送ったこともあった。

▼無念ながら小城の病状は、悪化の一途をたどり、一九一八（大正七）年六月四日午後四時三〇分、鎌倉の自宅（当時、鎌倉市人町一一〇九番地）で妻や八人の子どもたちをはじめ親族に看取られつつ瞑目した。五一歳。小城の遺体は鎌倉市扇ヶ谷の寿福寺に埋葬された。同寺には、源実朝、その母北条政子、高浜虚子*なども眠っている。墓石には正三位勲三等小城齊の文字が刻まれた。

漱石はすでに黄泉の客となっていたので、その妻鏡子が鎌倉の小城の家まで弔悼に訪れた。

朝鮮時代に温かな恩義を受けたという人々が、小城の没後も慕って書信をよこしたり、小城の石碑を朝鮮のゆかりの地に建てたりしたという。その石碑の石の一部で作った置時計が遺族のもとに送ってきた。これは、今でも末娘の南元子の遺族のもとに大切に保存されている。

▼いま『漱石全集』には、小城宛漱石書簡

は一通だに入っていない。十代の若き日から同学のよしみであった漱石からの音信は、小城のもとに少なからずあった。一九一七年、第一回『漱石全集』（岩波書店）が出版される時小城は親友漱石からの書簡をすべて処分してしまった。小城にとっては、漱石は偉大な文豪などではなく、同級生夏目金之助でしかなかった。他愛のない手紙の内容は二人だけのこと、世間に発表されては夏目君に申し訳ないと小城は考えたのである。後に、妻たかは「お父様は、あまりにも堅いお方だったから、私が少し隠しておけばよかった」と子どもたちに話して聞かせたらしい。小城は漱石や漱石の家族の写真も所蔵していたが、関東大震災の時、三浦に所有していた家の蔵が倒壊し、焼失してしまったという。

小城の三女、文子は、海軍大将柴山矢八の孫にあたる土方久俊に嫁いだ。久俊は彫刻家の土方久功や小山内薫*門下で、築地小劇場の創設で知られる演出家土方与志とは兄弟。文子は筆者への手紙の中で、父小城齊について次のように書いている。

「父の性格は全くの鹿児島人らしく、謹厳、実直、清廉潔白というような堅い堅い人で、非常に無口でございました。私共兄妹は八人で御座いましたが、父と会話らしい話をしたことは全然記憶に御座いません。それで叱られたことも褒められたこともなく、父の笑い顔も記憶に御座いません。でもよく気が付き思いやりもあったようで、母を通して意見されたことを覚えております。また人様が父のことを思いやりのある方だと申されて私はそういうこともあったのかと思うくらいで御座います。」

五女・澄子の愛娘は、オペラ歌手として世界的に知られている伊原直子（東京芸術大学名誉教授）である。

およそ十年という学生時代の若き日、親友として共に過した漱石と小城は、文科と工科の違いはあっても朋友の交わりを続けた。その交遊は生涯続き、ふたりの間に書簡の交換は相当数あったはずである。その書簡が潔癖な小城自身の手で処分されたことは惜しまれてならない。

〔白坂数男〕

〔**参考文献**〕『漱石全集』春陽堂、一九六五年一月。／『第一高等中学校一覧』一八八八年。／『東京帝国大学一覧』一九〇五年。

# 第二期●学生時代

一八八四（明治一七）年九月一一日〜一八九五（明治二八）年三月

# ■夏目 登世

なつめ・とせ

『朝日小事典　夏目漱石』朝日新聞社、一九七七年刊。

**一八六七（慶応三）年四月二〇日〜一八九一（明治二四）年七月二八日。漱石の嫂（三兄和三郎直矩の妻）。江藤淳によると漱石の禁忌の恋の対象と言われる。**

芝区愛宕（現・港区愛宕一丁目）の愛宕権現の祠官であった水田孝蓄《たかます》・和歌の二女。一八八八（明治二一）年四月三〇日、漱石の三兄・和三郎直矩（妻ふじと離婚）は水田登世と再婚した。九一年四月、登世の悪阻は重く、病床に臥すようになり、次第に重症になり、同年七月二八日、満二四歳（当時の数え年で二五歳）で死去した。

▼「不幸と申し候は余の儀にあらず小生嫂の死亡に御座候実は去る四月中より懐妊の気味にて悪阻と申す病気にかゝり兎角打ち勝れず漸次重症に陥り子は闇より闇へ母は浮世の夢廿五年を見残して冥土へまかり越し申候天寿は天命死生は定業とは申しながら洵《まこと》に〳〵口惜しき事致候　わが一族を賞揚するは何となく大人気なき儀には候得共彼程の人物は男にも中々得易からず況《まし》て婦人中には恐らく有之間じくと存居候そは夫に対する妻として完全無欠と申す義には無之候へ共社会の一分子たる人間としてはまことに敬服すべき婦人に候ひし先づ節操の毅然たるは申すに不及性情の公平正直なる胸懐の洒々落々として細事に頓着せざる抔生れながらにして悟道の老僧の如き見識を有したるかと怪まれ候位鬚髯鬖々《しゅぜんさんさん》たる生悟りのえせ居士はとても及ばぬ事小生自から慚愧仕候事幾回なるを知らずかゝる聖人も長生きは勝手に出来ぬ者と見えて遂に魂帰冥漠魄帰泉只住人間廿五年と申す場合に相成候さはれ平生仏けを念じ不申候へば極楽にまかり越す事も叶ふ間じく耶蘇の子弟にも無之候へば天堂に再生せん事も覚束なく一片の精魂もし宇宙に存するものならば二世と契りし夫の傍か平生親しみ暮せし義弟の影に髣髴たらんかと夢中に幻影を描きここかしこかと浮世の羈絆につながるゝ死霊を憐みうたゝ不便の涙にむせび候母を失ひ伯仲二兄を失ひし身のかゝる事には馴れ易き道理なるに一段毎に一層の悼惜を加へ候は小子感情の発達未だ其頂点に達せざる故にや心事御推察被下たく候　悼亡の句数首左に書き連ね申候俳門をくゞりし許りの今道心佳句のあり様は無之一片の衷情御酌取り御批判被下候はゞ幸甚

朝貌《あさがお》や咲た許りの命哉

細眉を落す間もなく此世をば（未だ元服せざれば）

人生を廿五年に縮めけり（死時廿五歳）

君逝きて浮世に花はなかりけり（容姿秀麗）

仮位牌焚く線香に黒む迄

こうろげの飛ぶや木魚の声の下

通夜僧の経の絶間やきり〴〵す（三首通夜の句）

骸骨や是も美人のなれの果（骨揚のとき）

何事ぞ手向し花に狂ふ蝶

鏡台の主の行衛や塵埃（二首初七日）

ますら男に染模様あるかたみかな（記念《かたみ》分《わけ》）

聖人の生れ代りか桐の花（其人物）

今日よりは誰に見立ん秋の月（心気清澄）」

（**一八九一**年八月三日付＊正岡子規宛漱石書簡）

▼三兄和三郎直矩の二人目の妻登世が僅か

二四歳で夭折した時、漱石は同い年の二四歳の帝国大学英文学科一年生が終わり、二年生になる直前の夏休み中だった。子規に宛てた手紙や追悼句は、独身の義弟が嫂の死を悼むにしては、余りに美文調で、「人間としてはまことに敬服すべき婦人」「悟道の老僧の如き見識」「聖人」「平生親しみ暮せし義弟の影に髣髴たらんか」と同じ屋根の下で暮らす若い義弟の、嫂に対する哀悼にしては、誠に過剰な哀情表現に見られる。

▼嫂死亡時の子規宛漱石書簡及び悼亡句と「行人」との関連について注目した最初の人は、小泉信三であった。彼は『読書雑記』「夏目漱石」(文芸春秋新社、一九四八年)の中で、モラリスト漱石の小説の「道ならぬ恋」のテーマが多い、就中、「行人」の中で弟と嫂との関係が微妙で、図らずも暴風雨のため余儀なく旅館で一夜を共に明かす場面や、家を出た弟の下宿を嫂が訪ねる場面は、架空によるものか、実体験によるものか、と疑問を呈した。そして、子規に嫂の死を報じて悲しみ、悼亡句一三句を披歴したこと(**一八九一**年八月三日付漱石書簡)との関連に注目した。

▼小泉の「憶測」に対して、江藤淳は「登世という名の嫂」(『新潮』一九七〇年三月)、『漱石とその時代』第一部・第二部で登世という嫂との禁忌の恋が主張された。江藤は子規宛書簡の「嫂」が直矩の第二番目の妻「登世」であることを突き止め、実家水田家について子孫水田孝一郎を探し出し、伝記的事実を掘り起こした。水田家は苗字帯刀を許された裕福な深川の町家だったが、安政大震災後、芝愛宕下に移住して、愛宕権現の祠官になった。漱石の父夏目小兵衛直克と登世の父水田孝蓄とは警視庁に出入りするうちに知り合うようになり、父親同士の話でまとまったという。

▼直矩の最初の妻は、牛込南榎町の士族朝倉景安の二女ふじといい、一八八七(明治二〇)年九月三日、満一六歳で直矩に婚姻入籍したが、わずか三ヶ月で離婚、一二月一二日朝倉家に復籍している。

　二番目の妻水田登世が夏目直矩と結婚した**一八八八**年四月、漱石は養家塩原家から実家夏目家に復縁した時期であった。水田家と夏目家との間に弟妹間の交流が始まり、漱石も芝愛宕町の水田家をしばしば訪れて、密かに「芋金」とあだ名されていたという。水田家には御家人くずれで言葉使いの丁寧なますという婆やがいて、「金さま、金さま。」と言って大の漱石贔屓で、漱石には料理に一品だけ余計に付けていたという。水田家では未だにますが「坊っちやん」のきよのモデルだと信じているという。さらに、登世の病中漱石が嫂を抱いて二階への上り下りを助けて、濃やかに世話をしたことを伝えた(江藤淳「登世という名の嫂」)。

▼**一九〇三**(明治三六)年一月下旬、英国留学から帰朝した漱石は、前年九月に亡くなった正岡子規の墓参り(小宮豊隆説)をした時の文章と思われる〔無題〕(『漱石全集』第二六巻、岩波書店、一九九六年一二月一〇日)の文章がある。「我西土より帰りて始めて汝が墓門に入る爾時《そのとき》汝が水の泡は既に化して一本の棒杭たりわれこの棒杭を周る事三度花をも捧げず水も手向けず只この棒杭を周る事三度にして去れり我は只汝の土臭き影をかぎて汝の定かならぬ影と較べんと思ひしのみ」とあるが、もし子規の墓参りが正しければ、東京田端の大龍寺に墓があるので、一本の白木の角柱に俗名を記したものである(〇五年墓石が建てられた)。江藤は夏目家の墓所本法寺(小石川小日向水道端)にある登世の墓参りと考え、棒杭は卒塔婆のこととした。江藤の登世墓参説には大岡昇平の

「江藤淳著『漱石とアーサー王伝説』批判」他（『小説家夏目漱石』筑摩書房）によって、痛烈に批判され、子規の墓は仮の墓でまさしく「棒杭」であり、浄土真宗の本法寺には卒塔婆は立てないと否定された。

▼江藤淳は、**一九〇三**年八月一五日の漱石の英詩 Dawn of Creation（創造の夜明け）の中で、「天」が女性のイメージとして捉えられていることに注目して、「天」が男性で「地」が女性という初歩的原則に詩的倒錯を犯していることに、「天」は死んだ登世を、「地」に生き残った漱石を象徴していると見た。江藤は漱石と嫂登世との関係を解く鍵を発見したという。そしてまた、「薤露行《かいろこう》」は騎士ランスロットと王妃ギニギアとの道ならぬ恋をテーマにした作品である。しかし、ランスロットはシャロットの女に呪いをかけられ、一夜の宿を借りたアストラットの古城の娘エレーンに思いをかけられる。江藤はここにも禁忌の恋を登世と重ねている。

▼**一八九一**（明治二四）年七月一七日、漱石は眼を患い、井上眼科病院で「〔銀〕杏返しに竹なはをかけ」た可愛らしい女の子に、突然再会して驚く（子規宛漱石書簡）。鏡子の『漱石の思ひ出』では、大学を出た年、トラホームを患い、駿河台の井上眼科に通っていると、背のすらっとした細面の美しい女が、見ず知らずの不案内な老婆が入って来ると、優しく親切に手を引いて診察室に連れて行き、面倒を見ていて、気持ちがいい（一　松山行）。江藤はこの「銀杏返しに竹なはをかけ」た娘は、実在せず、禁忌に隔てられた登世の象徴であるという。

▼さて、漱石の恋の対象として、登世以外の説として、小坂晋『漱石の愛と文学』（講談社）の*大塚楠緒子説がある。漱石の禁忌的恋愛という点では嫂登世も親友*大塚保治の妻楠緒子も人妻であり、言わば「道ならぬ恋」である。そして、それを主張する江藤淳も小坂晋も「木を見て森を見ない」かのごとく、江藤は何を見ても漱石の恋は登世に見えるし、小坂は何を見ても楠緒子に見えるらしい。宮井一郎『夏目漱石の恋』は「永日小品」中の「心」に出る柳橋の芸者を恋人と主張し、登世、楠緒子両説を激烈に否定した。石川悌二は『夏目漱石　その実像と虚像』（明治書院）で日根野れん説を提出したが、いずれも致命的な欠陥があり、永遠の恋人に仮託することは所詮不可能なことである。人間という者はある時期、我を忘れて心奪われることがあったとしても、他を厳しく峻拒して、常に貞節を保持し続けて、忘却を犯さないとは言えない。

漱石もまた一人の人間である。同じ屋根の下で共に暮らしていた時、同い年の嫂をまぶしく憧れ魅かれたことも事実であろう。だからといって、登世と肉体関係があり得た、ないとは言えない、と言われると首をひねりたくなる。親友の妻になった楠緒子を理想の妻のごとく思ったことも事実であろう。今さら一人に限定して、関係があったか、なかったかと詮議しても徒労であろう。

〔**参考文献**〕江藤淳『漱石とその時代』第一部「13登世という嫂」新潮選書、一九七〇年八月二〇日。／江藤淳『決定版　夏目漱石』新潮社、一九七四年一一月二五日／江藤淳『漱石とアーサー王伝説』東京大学出版会、一九七五年九月二五日。

〔原武　哲〕

# ■中村 是公

なかむら・よしこと

『南満洲写真大観』満鉄総裁。一九一一年刊。

**一八六七（慶応三）年一一月二三日〜一九二七（昭和二）年三月一日。官僚。満鉄総裁。東京市長。漱石の旧友。漱石を満韓旅行に招待。**

安芸国佐伯郡五日市村（広島市佐伯区五日市）の酒造家柴野宗八の五男として生まれた。幼名は登一《といち》という。一八八三（明治一六）年、広島県尋常中学校を卒業後、友人龍口《たつのくち》了信と歩いて上京、**八四**年、明治英学校（神田中猿楽町）に通っていた。下宿していた九段坂上の富士見町には塩原金之助（後の夏目漱石）も下宿していたので、よく一緒になった。これが二人の出会いであった。この明治英学校には、漱石・是公・瀧口のほか、共立学校を退学になった*芳賀矢一や斎藤（真水）英夫・*山川信次郎らがいて、小川町の小川亭という講談専門の寄席にしばしば出掛けていたという。漱石は、**八三**年七月ごろ、大学予備門受験準備のため、成立学舎（神田区駿河台鈴木町）に入り、英語を学んだというが（漱石「一貫したる不勉強——私の経過したる学生時代」）、明治英学校から成立学舎に転じたのか、同時に二校に在籍していたかどうか、わからない。

▼**八四**（明治一七）年九月、是公は東京大学予備門予科（一ツ橋外神田表神保町）に入学した。是公は「ぜこう」、瀧口は「たつさん」、漱石は「きんちゃん」、芳賀は「やいちさん」と呼ばれていた。是公は漱石・瀧口・*菊池謙二郎らと富士見町から神田猿楽町の末富屋に下宿を移した。漱石はじめ太田達人・*佐藤友熊・*橋本左五郎・*小城齊・斎藤英夫・中川小十郎・白浜重敬ら成立学舎出身者が「十人会」を組織した時、成立学舎出身ではないが是公も参加した。

▼**八五**年五月、「十人会」是公・漱石らの仲間は、会費一〇銭で神奈川県江の島に徒歩旅行をする。末富屋に集合し、赤毛布を背負い、草鞋穿きに握り飯を持参して、十六夜の月に照らされて出発した。午後八時ごろ、藤沢に着き、江の島に向かう。是公は江の島には来たことがあるので、案内役を勧めたが、前はこんなはずじゃなかったと言って、島に渡る所が分らず、疲れ切って海岸の窪地で野宿した。翌日、江の島に渡るが、是公も地理がわからず、道順を聞きながら、片瀬に戻り、漱石は川崎停車場から汽車に乗り、是公は末富屋まで歩き通した。大胆大雑把な性格で、健脚だった。

▼**八六**年四月、東京大学予備門は第一高等中学校と改められ、六月二八日、漱石（塩原金之助）・太田達人・柴野（後に中村）是公・佐藤友熊ら一一名の第一高等中学校学生で写真撮影した。七月、漱石は腹膜炎で試験が受けられず、成績も悪く、留年する。是公も留年したらしい。同年九月ごろ、漱石と是公は月給五円で江東義塾（本所区松坂町）に午後二時間ずつ教師をして、英語・幾何などを教え、約一年間続けた。二人は食費二円で共に二階の北向きの三畳間に住んだ（『永日小品』「変化」）。

▼**八七**年夏、漱石・是公ら七名は江の島・富士山登山をした（「木屑録」）。

▼**八九**年四月一〇日、是公は隅田川で行われた帝国大学春期ボート大会の一高対高等商業学校競漕に一高の整調として出場し、一高が勝利し、報奨金をもらい、漱石にアーノルド論文とシェークスピアの「ハムレ

ット」を買ってやった（『永日小品』「変化」）。

▼一八九〇（明治二三）年二月二一日、是公は山口県玖珂郡愛宕村大字門前第七八番地（現・岩国市）の中村弥惣次の養子に行き、中村姓となった。同年七月八日、漱石、是公共に第一高等中学校本科を卒業し、九月一〇日、漱石は帝国大学文科大学英文学科に、是公は帝国大学法科大学に入学した。

▼九一年七月夏、漱石・是公・山川信次郎の三人で第二回の富士山登山をする。出発前か、芝区新桜田町の丸木利陽写真館で登山姿の三人の写真を撮った。

▼一八九三（明治二六）年七月一〇日、漱石は帝国大学文科大学英文学科の二人目の卒業生となり、大学院に入学した。是公は帝国大学法科大学英法学科を卒業し、八月三日、大蔵省試補となる。養父中村弥惣次の五女千代子と結婚した。一二月八日、依頼試補を免じ、大蔵属に任ぜられる。九四年四月、秋田県収税長となる。

九六年四月、是公は日清戦争で日本の領土となった台湾の総督府民政局事務官として転出した。台湾総督府衛生顧問となった後藤新平の知遇を得て、後藤は民政長官となり、是公を重用して、植民地経営に敏腕を振い、後藤新平と中村是公の太いパイプが形成された。

▼一九〇二（明治三五）年四月一三日ごろ、出張でロンドンに来た是公は、英国留学でロンドンに滞在中の漱石と久し振りに偶然再会した。その時、昔通りの顔をした是公は、金をたくさん持っていて、二人で一緒に方々遊覧して歩いた。是公は西洋の美人の話をした。そして、近頃は四千円くらい財産がなくては娘を嫁にもやれない、と言った。筆子*、恒子の二人の娘を持つ漱石は、四千円はおろか百円もおぼつかない。台湾総督府役人の潤沢な出張費に対して、文部省派遣留学生の逼迫した滞在学費の格差に暗然たる憂鬱を感じてしまう（〇二年四月一七日付鏡子*宛漱石書簡。『永日小品』「変化」）。漱石は留学生活の貧窮を同情され、是公から某《なにがし》かの心配りを受けたらしい。

▼〇三年一月、漱石は英国から帰朝、四月、是公は台湾総督府参事官に任ぜられる。是公は台湾総督府の専売局長、総務局長、財務局長の要職を経て、〇六年一一月二六日、南満洲鉄道株式会社が設立され、総裁後藤新平の下、副総裁となった。〇七年三月、大連（現・中国遼寧省）の満鉄本社に赴任、四月関東都督府民政長官に就任した。後藤新平が逓信大臣、鉄道院総裁になったので、〇八年一二月一九日、その後を受けて、満鉄総裁に昇任した。

▼一九〇九（明治四二）年一月二九日、是公は電話で漱石を築地の新喜楽に呼び出すが、漱石の都合が悪く会えない。漱石はロンドン以来会っていない旧友是公を懐かしく思い出し、『大阪朝日新聞』に連載中の「永日小品」の一章「変化」に、是公を「中村」として、予備門時代から最近までのことを描いた（同年三月四日付）。

▼〇九年七月五日、漱石は「昨夢に中村是公佐藤友熊に逢ふ。」（漱石日記）とあるが、先日来会えなかった是公や予備門の同期生のことなどが、意識の上に強く印象付けられて、夢の中まで現れた。七月三一日午後、是公が漱石宅を訪問する。是公はトラホームを療治中、余病を発して左眼を失明して、黒目は鼠色になっていた。満洲に新聞『満洲日日新聞』を設立するから、来ないかと漱石を誘った。漱石は曖昧な返事をする。近いうちに御馳走してやると漱石に言う（漱石日記）。

同年八月六日午後三時半ごろ、漱石は飯倉の満鉄東京支社に行って、是公に会った。それから芝公園の是公の私邸に行って風呂に入った。是公が木挽町の大和という待合に連れて行く。久保田勝美（満鉄理事）、清野《せいの》長太郎（満鉄理事）、田島錦治（経済学者）も来る。この席で漱石の満洲・韓国旅行のことが話し合わされる。真龍斎貞水が講談を二席するのを聴く。料理は浜町の常盤から取り寄せていた。傍らに座っていた芸者の、どこかで拾ったような汚い扇子に柳川春葉の句が書いてあった。漱石は一〇時半に帰った。是公の宅から満洲の払子《ほっす》一本と煙草一箱をもらって帰る。その煙草には藁の管が六センチほど付いていた。特許だそうである（漱石日記）。八月一八日、是公より予定通り満洲に行くか否かを問い合わせて来る。行くと郵便で答えた。ところが、二〇日、激烈な胃カタールを起し、面倒で死にたくなる。二七日、医者は満洲旅行に反対、午後、漱石も無理だと自覚し、是公に電話で、行けそうにないので延期したいと伝える。二八日、止むを得ず、是公だけが先に満洲に出発した。

**▼〇九**年九月二日、漱石は満洲へ出発のため、新橋から乗車、三日大阪から大阪商船の鉄嶺丸に乗船、大連に向かう。六日、大連港に到着、上陸。ヤマトホテルに着き、総裁社宅に行くが、不在、ヤマトホテルに戻ると是公が来て、大連倶楽部（会員制の高級クラブ。会長は中村是公）に連れて行く。七日、是公の案内により、馬車で大連の中央試験所・電気遊園・満鉄本社に行く。是公は馬車の御者に丁寧過ぎる言葉づかいをするので驚き、漱石は「君は御者に対して丁寧過ぎるよ」と忠告した。是公は上田恭輔秘書に、「君の燕尾服をこいつに貸してやらぬか。君のなら、ちょうど似合いそうだ。」と言うと、上田は笑いながら、「私のは誰にも合いません。」と答えた。漱石は腹具合いが悪く、ホテルに帰って寝る。是公から電話があり、今夜の舞踏会に出るか、と聞くので、欠席と伝える。八日夜、是公から電話で話に来いと言う。八時過ぎに行って、法螺を吹く。一二時帰った。九日、是公の総裁社宅で晩餐に招待される。田中清次郎理事、橋本左五郎東北帝国大学農科大学（現・北海道大学農学部）教授も一緒であった。

九月一〇日、漱石は是公に見送られて、橋本左五郎と共に旅順に向かった。是公から予備門時代の共通の友佐藤友熊（関東都督府警視総長）によろしく伝えて欲しいと頼まれた。旅順で日露戦争の戦場跡などを見学した。九月一二日大連に戻り、午後七時から八時過ぎまで従業員養成所で講演「物の関係と三様の人間」をし、是公も傍聴する。是公に費用が不足したから借りたいと約束させる。一四日、大連ヤマトホテルの勘定を支払おうとすると、不要と言われる。満鉄か是公が払ったのであろう。是公の総裁社宅を訪ね、千代子夫人に別れのあいさつを言う。午前一一時、是公を始め、満鉄社員に見送られ、急行列車で北に向かう。是公が「貴様が生まれてから乗ったことのない汽車にのせてやる。」と言って、上等切符の外に二五ドル払わなければ這入れない特別室に入れてくれた。専用の便所・洗面所・化粧室が付いていた。漱石は痛む腹を忘れてその中に横たわった。熊岳城・営口・湯崗子・奉天・撫順・哈爾濱・長春・安東・平壌・京城を経て、一〇月一四日、下関に到着、一七日、帰宅した。一九日、旅行で世話になった是公に礼状を出した。

**▼一九一〇**（明治四三）年六月一八日、漱石は血便が出て長与胃腸病院に入院、二九日、満鉄現状奏上のため参内した是公が、見舞に来て、「昨日は大臣を御馳走した。献立は……」と言い、その時の薔薇の花を持ってくれればよかったと言う。三〇日、是公から見事な楓樹の盆栽を見舞いに贈られ

た。七月一日、是公から葉書が来て、「今日北海道に行く。一三日ごろ帰る。一緒に行かれぬが残念なり。橋本左五郎へはよろしく言ってやる。」とあった。一三日、是公が見舞いに来る。二二日、是公から蚊遣香を病院に届けてくれる。入院費が足りなくなったら、いつでもその旨言って来るようにと伝えて帰る。

　同年八月二四日、漱石は修善寺で大吐血、危篤となる。三〇日、是公から満鉄山崎正秀に託して見舞金三〇〇円を届けて来る。一〇月一一日夜、是公から「ブジゴキキヤウヲシユクス」と祝電を受けた。一二日、満鉄の秘書役長龍居頼三が来て、是公が費用のことを心配していると鏡子に伝える。金が要るなら遠慮なく言えという意味らしい。一三日、山崎正秀は、是公から三百円を見舞いとして託され再び漱石宅を訪れる。

▼一一年六月一一日正午前、薄茶色のレインコートを着た是公が、オットセイのお化けのようななりをして漱石宅の玄関に立っていた。昼食を食うと言うから、牛鍋で飯を食う。同年七月二一日午前一一時過ぎ、漱石は満鉄東京支社（麻布区狸穴町）に是公を訪ね、そこで昼食を取り、自動車で停車場に行き、鎌倉行の汽車に乗った。車中是公は或る男が芸者に惚れられたように老妓に言わせて、その男がそれを真に受けて、皆で笑い者にして担ぐ話を漱石に聞かせた。漱石はそのいたずら話を『彼岸過迄』「停留所十三」の素材として利用した。この日は是公の別荘（鎌倉市長谷）に泊まり、翌二二日、小坪に行き、舟に乗って、蛸を突く。午後、是公と汽車で帰る。車中是公曰く、「汽車に大便所をつける時、大議論ありし由、寝台車をつける時もしかり。」と。井上馨外務卿が浅野長勲イタリア公使から宝物の二幅対を奪った話をした（漱石日記）。

▼一二（明治四五）年七月二三日、突然是公が漱石宅に来て、晩餐を食いに築地の山口に誘われる。六人ばかりの芸者を呼んでいた。

▼一二（大正元）年八月一七日、漱石は是公に誘われ、塩原に旅行する。一汽車先に上野から乗車、西那須野から軽便鉄道に乗り換え、関谷で下車、人力車に乗り、大網で米屋の出迎えを受け、真田幸正伯爵別荘に泊まる。一八日、源三窟、八幡神社を見て、是公と落ち合う。米屋別館に泊まる。二二日、妙雲寺の常楽滝を見る。是公、書画帖に書く。二三日、米屋別館を出発し、宇都宮で乗り換え、日光に着き、輪王寺塔頭華蔵院を見る。二四日、馬で中禅寺湖に行く。胃が膨満、苦痛。清野長太郎が来て、是公と会見。二六日、軽井沢を出発、長野で是公と待ち合わせ、豊野で下車、中野・渋・安代を過ぎ、湯田中に塵表閣に泊まる。二七日、地獄谷の熱湯を見る。夜、是公は渋温泉に義太夫を聴きに行く。二八日午後五時過ぎ、渋温泉の津軽屋で歓迎の義太夫をやるので、出掛ける。『奥州安達原』『菅原伝授手習鑑』「寺子屋」などをやる。是公が祝儀に二〇円やってはと言う。是公の同行者村田はあまりばかばかしいので、一〇円にしたと言う。八月三一日、赤倉から上野に帰った。

▼一二年九月二日、漱石は菅虎雄*に手紙を出し、中村是公と長野・栃木県旅行に行った時、満洲に学徳の高い漢学者を招いて修養上の講話をしてくれる者はいないかとの相談があった、漱石はいっそ名僧知識を招聘してはと言うと、禅僧では誰がいいだろうと言うので、釈宗演*を挙げた、そこで宗演と面識のある菅虎雄に都合を聞いてほしいということであった（一二年九月二日付）。菅は宗演と会って、満鉄の意向を伝え、宗

演の内諾を得て、漱石は是公に知らせた。

▼**一二**年九月一一日、漱石は中村是公・犬塚信太郎満鉄理事と一緒に鎌倉の東慶寺に釈宗演を訪ね、満洲講演旅行を承諾してもらった御礼に表敬した。鎌倉駅で下車し、人力車で東慶寺山門に着き、石段前の稲田に立って、是公が小便をした。漱石も用心のため、是公の傍で顰《ひん》に倣《なら》った。**一八九四**年一二月帰源院に参禅した時以来一八年ぶりに宗演に会った。漱石の眼前にいる小作りな宗演は、昔と大して変ってはいなかった。ただ心持ち色が白くなったのと、年のせいか顔にどこか愛嬌が付いたのが、漱石の予期に反していた。「私ももうじき五二になります。」宗演の言葉を聞いた時、若く見えるはずだと合点がいった。腹の中では六〇くらいに勘定していたが、今満五一歳とすると、昔相見の礼をとった頃はまだ三〇を越えたばかりの壮年だったのである。知識であったから漱石の眼には比較的老けて見えたのである（漱石「初秋の一日」）。なお、連れションをしたと思われる東慶寺山門石段右下の案内板には漱石の「初秋の一日」を刻んだ記念碑を建立し、漱石と是公の立ち小便のことが説明されている。

▼**一三**（大正二）年七月一〇日、漱石は狩野*亨吉を訪ね、是公から依頼の満鉄巡回講演者を相談した。太田達人・緒方正規・南条文雄・丘浅次郎などを推薦する（龍居頼三宛漱石書簡）。

▼一三年一二月一八日、是公は南満洲鉄道株式会社総裁を満期退職する。

▼**一五**（大正四）年一一月九日、漱石は是公・田中清次郎（元満鉄理事）と共に湯河原温泉に行く。夜外出、宿の者が提灯を点けてついて来たので断って、谷川に沿って歩き、ある旅館で少女が女の月琴と男の三味線に合わせて踊っているのを見物する。岫雲楼天野屋旅館に泊まる。一〇日、是公、半農半猟の男と会話。一一日、不動の滝を見る。渓流に臨む茶屋に休む。茶屋の女将は葭町の芸者だったと言う。一二日、是公は道が悪いので鉄砲撃ちは中止。軽便前の茶屋で是公は女将と駒鳥の話をしている。伊豆山の相模屋で昼食をしたため、五〇銭の茶代を払い絵葉書をもらう。前はすぐ海が見え、千人風呂では書生四、五人が泳いでいた。一三日、是公は狩猟に行き、雉一羽、兎一羽を獲って帰る。ただし、是公は一発も打てず、漁師が打ったものであった。一四日、天野屋の老主婦から食い逃げの話を聞く。一五日、御幸さんから泥棒の話、痩せ馬の話を聞く。

▼**一六**（大正五）年一月二八日、漱石はリューマチ治療のため、湯河原の天野屋に転地療養する。二九日、是公が漱石の見舞いと称して、芸者たち五、六人を連れて天野屋に滞在、二日三晩、徹夜で麻雀をして、漱石を悩ます（久米*正雄『風と月と』「風月相知」）。二月初め、鏡子が天野屋に行くと、漱石が是公・田中清次郎・芸者らと共に昼食をとっているので、鏡子は驚く。田中と芸者はあわてて逃げ出す。二月一四日・一五日両日、鎌倉の是公の別荘に泊まる。

同年二月二四日の木曜会に、午前芥川*龍之介が「鼻」を漱石から褒められたので、御礼に来る。夜、是公・森田*草平・久米正雄・中*勘助らが来る。是公は漱石門下の若い者たちと話していたが、先に帰る。

同年一二月九日、漱石は持病の胃潰瘍で危篤状態になり、門下生たちの急報で、是公は午後一時過ぎ、漱石山房に駆け付け、会わせてくれと言う。鏡子が、「あなた、中村さんですよ。」と言うと、漱石は目をつぶったまま、「中村誰？」と尋ねた。「中村是公さんですよ。」と言うと、「ああ、よしよし。」と言った切りであった。午後六時四五分永眠。

翌一〇日、午後三時、是公が来る。離れで*大塚保治・菅虎雄・畔柳芥舟らが集まっている時、是公は葬儀屋を頼んで、準備にかかりたいと言う。是公が葬儀委員長に選ばれ、葬儀屋を呼んで打ち合わせる。鏡子は、是公が「先に立って心配してくださるのはありがたいが、自分の身内の者が亡くなったかのように金を出してやるとかおっしゃいますし、中村さん一人ならいいが、あまり親しくない方も加わっています。門下生もどなたが頭株かわからず、統一がとれません。」と混乱したので、鏡子の意向で妹婿の*鈴木禎次が葬儀係になった。是公としては鏡子の異議申し立ては誤解で、不本意だったが従った。漱石が生前「禅宗のお経なら聞いてもいいね。」という遺志に従って、禅宗の葬儀にして釈宗演を導師として行うことにする。是公は葬儀の導師を依頼するために鎌倉に行くことを買って出た。一〇日付の『東京朝日新聞』に是公の漱石追悼談話が掲載された。数学・英語が堪能で、正しいこと一点張りで、理に合わぬことは受け付けない性質で、意地っ張り、親切、義理堅く、手軽に約束しない代わりに一旦引き受けたら間違えぬ美点がある、と書いた。一二日、青山斎場の告別式に是公・狩野亨吉・大塚保治・菅虎雄らは馬車に同乗して参列した。青山で是公は先に立って、「出棺を早く。」と頻りにせついた。棺を出して、「もう花輪を受け付けちゃいけない。」と世話を焼く。鈴木禎次が、「今から持って来たものはお断りしますよ。」と言っていると、是公はふと満鉄の花輪がまだ来ていない、と気が付く。たった今「断ってしまえ。」と言った手前、引っ込みがつかなくて、「満鉄の花はどうした。」と、片目を光らせて、怒鳴って行った、と鈴木は後で笑って話した（鏡子『漱石の思ひ出』）。一三日、骨上げ。是公は落合の火葬場に行く。一九日、*寺田寅彦は*小宮豊隆と夏目家の後事について相談、漱石の貯蓄は三万二千円くらい、鏡子と相談して、是公に立案を頼むことに同意した。是公の意見は、全財産を知人が保管し、毎月あてがい扶持にする、というものだつた（一七年二月四日付寺田寅彦日記）。しかし、この案は採用されなかった。

▼一九一七（大正六）年五月一六日、是公は貴族院議員に勅選され、五月二四日、鉄道院副総裁に就任する。一八年四月二三日、総裁後藤新平が外務大臣に就任したため、是公は鉄道院総裁に就任した。九月二九日、鉄道院総裁を辞任する。二四（大正一三）年一〇月八日、東京市長に就任し、関東大震災後の復興に尽力した。一九二六（大正一五）年六月八日、東京市会議員選挙で憲政会派が破れ、あっさり辞任する。一九二七（昭和二）年三月一日、鎌倉の静養先から赤十字病院に入院、ここで死去した。満五九歳だった。

▼東京大学予備門の受験生時代からの旧友だった中村是公は、性格の正反対の漱石の最も気のおけない仲間となり、俺・お前で呼び合う唯一の友であった。純情にして剛直で、雄弁ではないが話し好き、正義感が強く、信ずるところを果敢に猛進した。漱石は芸者を連れて見舞いに来た是公を、「お前は元気がありすぎるよ。」と言って微笑して許していた。また、鏡子にとっては経済的に頼りになる夫の旧友であったが、漱石歿後の葬儀の際、先頭に立って費用は心配ないと物事をてきぱきと進めるので、親戚でもないのにと感情的に反発した。満鉄総裁を辞任して浪人中の是公は、一度木曜会に出席し、若い門下生と語り合ったが、春風駘蕩たる文学青年たちとの間には、見えない感情のずれがあったようである。漱石が亡くなった時、是公は追悼談話

で漱石を、「一体が世の中に阿《おもね》らぬ性格で、今頃の文学者には珍らしい。」（『東京朝日新聞』一九一六年一二月一〇日）と評した。

　策を弄さず豪放磊落な生一本の是公を、漱石は官僚政治家としてではなく、書生時代そのままの素朴純粋さを愛した。漱石の小説を読んだことのない是公もまた文豪漱石ではなく、「きんちゃん」時代の意地っ張りで、親切で、義理がたい金之助を愛し、同じ胃潰瘍で、一〇年遅れて、冥府で再会した。

〔**参考文献**〕青柳達雄『満鉄総裁　中村是公と漱石』勉誠社、一九九六年一一月二五日／夏目鏡子述・松岡譲*筆録『漱石の思ひ出』改造社、一九二八年一一月二三日。

〔原武　哲〕

## ■立花　政樹

たちばな・まさき

『英語青年』一九八〇年一二月。

**一八六五（慶応元）年九月二一日～一九四一年。**
**帝国大学文科大学英文学科第一期生、伝習館長。二高教授。清国海関税務司。漱石の帝大英文学科唯一の先輩。英国留学途上の漱石と上海で再会、満韓旅行では大連で再会した。**

　筑後柳河藩士五百石番頭父・親英《ちかひで》、母・茂登《もと》の長男として筑後国山門郡城内《しろうち》村（現・福岡県柳川市本町四番地）で生まれた。一八七九（明治一二）年八月福岡県立柳河中学校（現・福岡県立伝習館高等学校）に入学、八二年七月同校卒業、上京して八三年一月東京共立学校に入学、八四年七月同校を退学、八五年四月東京大学予備門に入学、八八年七月第一高等中学校卒業、八八年九月帝国大学文科大学英文学科ただ一人の学生として入学した。帝国大学文科大学（現・東京大学文学部）に英文学科が開設されたのは八七年九月であったが、その年は志望者なく、翌年立花が日本最初の英文学科大学生となった。立花が帝国大学文科大学英文学科に入学した時、日本で大学は帝国大学ただ一校のみ、英文学科は立花が第一期生でただ一人正規生（他に撰科生二名）だった。先輩もなく、後輩は彼が三年になった時、夏目金之助（漱石）がたった一人入学した。つまり立花政樹は日本で最初の、ただ一人の大学英文学科卒業生で、夏目漱石の大学英文学科唯一の先輩だったのである。

　日本人の教授はおらず、御雇《おやとい》外国人教師ジェイムズ・メイン・ディクソン（James Main Dixon）が事実上の主任教授であった。教師一人に正規生一人であるから、立花が欠席すれば自然休講になった。撰科生や他科生が受講している時は授業がなされただろう。翌年も志願者なく、立花が三年の時、漱石がただ一人入学して英文学科は二人になった。立花と一緒に入学した文科大学生は彼を入れて八名にすぎず、三年あわせても三〇名もいなかった時代のことである。当時は学年制だったので、同じ学科同士ではあったが、立花は、「夏目漱石は二年下でしたので教室では偶にしか会ひませんでした。」（「その頃を語る」）と述懐している。しかし、東京大学予備門で漱石（八四年入学）、立花（八五年入学）は出会い、大学寄宿舎でも一緒の時期もあったので、熟知の仲だったのである。

▼一八九一（明治二四）年七月、立花政樹は帝大を卒業、日本最初の英文学専攻の文学士になった。そして私立山口高等中学校（後の山口高等商業学校。現・山口大学）教授となって赴任した。しかし、一年後九二年一〇月、旧柳河藩主立花寛治伯爵家より郷里の私立尋常中学伝習館で学校騒動が起きて収拾がつかず、帝大出で郷土出身の立花政樹に帰ってもらう以外方法がないと懇願され、二七歳で伝習館館長になった。学校騒動の首謀者の一人、藤村作*《つくる》（後に東大教授）は和解に応じ復学し、国文学専攻を立花館長から勧められ、終生恩義を感じている。そして、私立だった伝習館を県立に復活する運動を展開、九四年一月念願通り県立になり、福岡県立尋常中学伝習館初代館長となった。

▼一八九七年七月、学校騒動後の第二高等学校（現・東北大学）に招聘され仙台に赴任した。学生は優秀で授業は楽しかったが、後から来た菊池謙二郎*校長は狷介不羈《けんかいふき》な性格で不愉快な思いをすることが多くなった。第二高等学校で怏《おう》々たる思いを抱いていた立花政樹は、その内情を帝国大学英文学科時代の恩師神田乃武《ないぶ》（ラテン語）に伝え、その世話で清国税務司となり、一九〇〇（明治三三）年二月中国上海に赴任した。

▼一方、第五高等学校教授だった夏目漱石は、英文学と英語教育研究のため英国留学の命を受け、熊本から一旦東京に帰り、同年九月八日、横浜から出航した。「漱石日記」「芳賀矢一*留学日誌」（『芳賀矢一文集』）によると、漱石と芳賀は同月一三日呉淞《ウースン》に停泊上海に上陸して、清国上海税務司になっていた立花政樹を江海北関（芳賀は江北海関と誤る）に訪問したが、家屋宏大にて容易に分らず困却、東和洋行《トンホーヤンシン》（長崎人経営の日本旅館）を教えられて午餐をとっていると立花が来た。立花の家（旭館。日本旅館）に行き夕餐を共にし大いに歓談した。午後九時三人で公家花園（パブリック・ガーデン）に行き音楽隊の奏楽を聞いた。それより南京路・四馬路の遊技場・寄席・酒楼・書店を見た。漱石は「頗ル稀有ナリ」と書き、芳賀は「京都京極通りの趣あり……提灯の大さ吉原遊郭の古図を見るが如し」と記した。一一時東和洋行に帰り、立花も来てラムネを飲んで別れた。翌一四日午前中は張園と愚園を観覧、東和洋行に帰り立花も来て午餐を共にする。食卓の上は常にパンカ（天井から吊るし綱で引いてあおぐ大うちわ）を動かして涼をとるので、立花に聞くと、税関でパンカを動かす人を雇う一日の賃金一五銭という安さだった。午後三時小蒸気で本船に帰り、ロンドンに向かった。

▼漱石は英国留学を終えて帰国したのは**一九〇三**年一月であった。そして四月から第一高等学校講師と東京帝国大学文科大学英文学科講師を兼ねた。**一九〇七**年四月、一切の教職から離れ、朝日新聞社の専属作家として入社、「虞美人草」で花々しくデビユーした。

▼一九〇七年三月、立花は安東（現・遼寧省丹東）海関副税務司、同年一〇月大東溝分関主任、〇八年四月大連海関署税務司になる。

▼**一九〇九**（明治四二）年九月、夏目漱石は旧友中村是公*《よしこと》満鉄総裁の誘いで満州（中国東北部）韓国旅行に出かけた。同月六日、大連（遼寧省）に上陸、翌七日中村是公と市内見物、立花政樹が大連税関に来ているとい

うので訪ねたが、体不調で帰宅していた。翌八日、ヤマト・ホテルで腹具合が悪いが、朝食をすませて自室でぼんやりしていると、立花が来訪した。立花の「その頃を語る」によると、彼が「おい、夏目。大部金を貯めたそうだな。」と言うので、漱石が「いやいや、神経衰弱で弱ってる。」と答えた。「なら直したらよかろう。」「いや、そうすると小説が書けなくなる。」と言ったそうだ。

▼**一九〇九**年九、一〇月の満洲・韓国旅行から帰った夏目漱石は、『朝日新聞』に「満韓ところ〳〵」という紀行文を発表した。ここでは満韓の風物を描写することよりも満韓で出会った旧友知人の回顧談や人物評の方に力点が置かれている。しかも中国人に対する差別観が当時としては一般的であったとしても、今日から見ると、軽視的、侮蔑な表現が問題になる作品である。

それはそれとして、漱石は「満韓ところ〳〵」十の中で立花政樹について次のように書いた。

「政樹公が大連の税関長になつてゐると聞いて一寸《ちょっと》驚いた。政樹公には十年前上海で出逢つたぎりである。其時政樹公は、サー、ロバート、ハート（Sir Robert Hart）の子分になつて、矢張り其処《そこ》の税関に勤務してゐた。政樹公の大学を卒業したのは余より二年前で、二人とも同じ英文科の出身だから、職業違ひであるに拘はらず、比較的縁が近いのである。

政樹公の姓は立花と云つて柳川藩だから、立派な御侍《おさむらい》に違ない。それを何故立花さんと云はないで、政樹公と呼ぶかと云ふに、同じ頃同じ文科に同藩から出た同姓の男がゐた。しかも双方共寄宿舎に這入《はい》つてゐたものだから、立花君や立花さんでは紛れ易くて不可《いけ》ない。で一方は政樹といふ名だから政樹公と呼び、一方は銑*三郎といふ俗称だから銑さん銑さんと云つた。何故片つ方が公なのに、片つ方はさん付にされて仕舞つたのか、一寸分らない。銑さんの方は、余と前後して洋行したが、不幸にして肺病に罹つて、帰り路に香港で死んで仕舞つた。そこで残るは政樹公ばかりになつた。従つて政樹公をやめて立花君と云つたつて少しも混雑はしないのだが、つい立花よりは政樹公の方が先に出る。矢つ張り中村とも総裁とも云はないで是公《ぜこう》と云ひ馴れた様なものだらう。」

ここにも学生時代の親しげな人間関係が持続している。漱石は政樹公と銑さんを同藩の柳川藩と書いているが、正確にいうと政樹は柳川藩だが、銑三郎は支藩の三池藩（現・大牟田市）である。

▼その後、漱石と立花政樹との間に交流があった痕跡はない。立花は一九一一年一月清国政府より朝鮮安奉両鉄道列車満鮮国境直通連絡運転に関する日清両国協議会委員となる。一九一五（大正四）年九月、青島膠州海関税務司に転じた。二一年一〇月再び大連税務司になったが、いつまでいたかわからない。少なくとも一九二五年までは大連にいる。一九二八（昭和三）年には税務司を辞めて福岡県久留米市津福本町に隠棲していた。二五年から二八年までの間に税関を辞職したのだろう。一九四一年一二月発行の『学士会会員名簿』では鎌倉市鎌倉山旭丘に住んでいる。一九三七年東大英文科創立五十周年記念として、前年三六年一〇月二五日、当時東大英文科副手だった上野景福らが第一期生の立花を鎌倉に訪ね、草創期の東大英文科の談話を聴き、「その頃を語る」として発表した。七六歳で亡くなった。税関長になっても酔えば、ハムレットの〝To be, or not to be〟を名優ばりに吟唱したという。雀百まで踊りを忘れず、日本最初の英文文学士の矜持《きょうじ》を持ち続けてい

たのだろう。柳川市奥州町の黄檗宗福厳寺《おうばくしゅうふくごんじ》に墓がある。

〔**参考文献**〕立花政樹「その頃を語る」『東大英文学会会報』第九号、一九三七年二月。／立花政樹「柳河中学校在学中の思ひ出」「私立県立両伝習館に関する思ひ出の事ども」『七十五周年記念誌』福岡県立伝習館高等学校、一九六九年六月二五日。／上野景福「〝政樹公〟」『英語青年』一九七四年四月。／上野景福「最初の英文科卒業生　立花政樹（1）～（4）」『英語青年』一九七四年一一月～一九七五年三月。／上野景福「立花政樹と神田乃武（1）～（3）」『英語青年』一九八〇年一二月～一九八一年二月。

〔原武　哲〕

## ■隈本　有尚

くまもと・ありたか

『宮本中学校思出の記』一九四一年刊。

**一八六〇（万延元）年六月七日～一九四三（昭和一八）年一一月二六日。**

**数学者、天文学者、教育学者。漱石は成立学舎、さらに東京大学予備門で隈本から数学を習った。**

隈本有尚は筑後国御井郡苧扱川町《おこんがわ》（現・福岡県久留米市原古賀町・本町）で生まれた。旧名は井上木六郎《きろくろう》という。一八七二（明治五）年から二年間宮本中学校（洋学校・久留米市大善寺町宮本）で拓植《つげ》善吾・イギリス人宣教師ジョージ・オーウェンGeorge Owenなどから英語・幾何学・地理・博物学を学び、一時学生の身分で助教（月俸六円）を勧めるも、一八七五年上京、東京英語学校に入学、七六年九月東京開成学校予科に転学、七八年九月東京大学理学部星学（現在の天文学）科に入学、数学、物理を修業した。理学部第一期生としては田中舘愛橘・田中正平・藤沢利喜太郎の四名のみ、星学科は隈本一人であった。八二年一〇月東京大学理学部を卒業予定であった隈本は、理学部長菊池大麓の数学能力を批判し、「人物の真価あに一枚の紙をもって定むるを得んや。」と言って、自らの卒業証書を破って抗議した。そのため卒業できず、理学士の学位を授与されなかった。

▼**一八八三**（明治一六）年八月東京大学理学部星学教場補助として月給二〇円で勤務した。副業として大学予備門の受験予備校である私塾成立学舎の講師として夏目漱石らに数学を教えた。漱石たち生徒から「隈本氏は其の頃、教師と生徒との中間位のところに居たやうに思ふ。」（「一貫したる不勉強―私の経過した学生時代」）と見られていた。それに対して隈本は一つは「自分の服装が如何にも粗末であつて生徒と択ぶ所なかつた為」と、二つは「この間の雰囲気（師弟間の親近味）に匹敵する」（隈本有尚「過去六十の憶出（上）――漱石子規二文豪の懐旧談に因みて――」）からであろうと述べた。

▼**一八八四**年九月隈本は東京大学予備門教諭（年俸三六〇円）となり、同年一一月には

東京大学御用掛兼務理学部准助教授を申し付けられた。同年九月、漱石は東京大学予備門予科に入学した。同学年の正岡子規*（常規）の『墨汁一滴』によると、予備門では隈本から数学（幾何）を習ったが、数学の時間なのに日本語は使わず英語ばかりで説明するので、試験の結果、子規は「幾何学に落第したといふよりも寧ろ英語に落第した」。従って夏目漱石も隈本に幾何学・地理学を習った可能性がある。と言うのは、黒須純一郎の『日常生活の漱石』（中央大学出版部）に、子規が受けたと思われる東京大学予備門の時間割（出処＝『子規の青春』松山市立子規記念博物館友の会）が掲載されている。月曜一限「幾何学」、火曜二限「地理学」、木曜三限「幾何学」金曜三限「地理学」が隈本有尚の担当であり、子規・漱石が受講したと予想されるのである。

生徒らは「数学の先生がボールドに向つて一生懸命説明して居ると、後から白墨《チョーク》を以て其背中へ怪しげな字や絵を描いたり、又授業の始まる前に悉《ことごと》く教室の窓を閉めて真暗な処に静まり返つて居て、入つて来る先生を驚かしたり、そんなこと許《ばか》り嬉しがつて居た」（「落第」）。また「数学は出来る迄塗板《ボールド》の前に立つてゐるのを常としてゐた。余の如きは毎々一時間ぶつ通しに立往生をしたものだ。みんなが、代数書を抱へて今日も脚気《かっけ》になるかなと云つては出掛た」（『満韓ところぐ〵』十四）。しかし「予備門の生徒試業優劣表」（一九三六年岩波書店『漱石全集』月報第一〇号）によると、漱石（塩原金之助）の「第四級・英学生徒」（明治一七年一二月）の代数七八、九　幾何八六、五　地文学七三、〇は和漢文五九、〇に比べて決して悪くない。

▼隈本は一八八五（明治一八）年七月福岡県立修猷館の初代館長となり、一八八九年六月山口高等中学校（現・山口大学）教頭になった。一方、**一八九〇**年九月夏目漱石は帝国大学文科大学英文学科に入学し、**一八九三**年七月英文学科第二期生としてただ一人卒業した。前々年の立花政樹*（柳川出身）についで前年はいなかったので、二人目の英文学専攻の文学士となった。

▼**一八九五**（明治二八）年四月、夏目漱石は菅虎雄*の周旋で六〇円の校長より高い月給八〇円の愛媛県尋常中学校（現・松山東高校）雇教員となる。後に松山での体験をもとに「坊っちゃん」が書かれたのは周知のことである。そして中学校の同僚だった弘中又一が「坊っちゃん」、渡部政和が「山嵐」のモデルであるという説がもっぱら有力である。ところが隈本有尚が「山嵐」のモデルだと言う説が出た。河西善治の『「坊っちゃん」とシュタイナー――隈本有尚とその時代』によると、東京府立一中同窓生の岡田良平（山口高等中学校長、京都帝大総長、文部大臣）が赤シャツ、隈本有尚が山嵐のモデルであるという。

▼**一九〇六**（明治三九）年三月夏目漱石が「坊っちゃん」を『ホトトギス』に書いた時、最初原稿用紙に「中国辺のある中学校」（二）と書いた。つまり「坊っちゃん」の舞台を漱石がいた松山にするのではなく、山口県にしようとする意図があったのではないかと思われる。しかし複製版『坊っちゃん』（番町書房）を見ると「中国辺」の「中」を消して、横に「四」を書き加えたことが、はっきりと認められる。漱石は舞台を山口から松山へ切り替え、構想を変更したのである。では何故漱石は最初舞台を山口に設定しようとしたのか。一八八九（明治二二）年六月から九四年八月まで隈本有尚は山口高等中学校教頭となり、**九五**年三月漱石は東京府立一中の同窓生岡田良平が校長となった山口高等中学校から友人菊池謙二郎*を通じて就任を誘われたが、既に

愛媛県尋常中学校に内定していたので辞退した。そして河西善治によれば、隈本が山口高等中学校教頭時代の九三年一一月に寄宿舎事件が起き、生徒一一四名が除名処分になるという苛酷な処罰を実行した。それらを考え合わせて、隈本の山嵐、岡田の赤シャツ説を提唱している。

▼その後、一八九四年八月隈本は再び福岡県立尋常中学校修猷館長となり、**九五**年四月愛媛県尋常中学校雇教員になった漱石は一年で松山を去り、**九六**年四月菅虎雄の斡旋で第五高等学校に来て、七月教授に昇格した。

▼**一八九七**（明治三〇）年一一月夏目漱石は尋常中学校英語授業視察のため、佐賀中、修猷館、明善校、伝習館を訪ねた。九日修猷館で四時間英語授業を参観し、「西洋人ヲ使用セザル学校ニ於テ斯ノ如ク正則的ニ授業スルハ稀ニ見ル所ニシテ従ツテ其功績モ此方面ニ向ツテハ頗ル顕著ナルベキヲ信ズ」（夏目金之助「佐賀福岡尋常中学校参観報告書」）と褒めた。館長隈本有尚と再会したはずであるが、会っておればどんなことが話題になっただろうか。友人*藤井乙男教諭（国語、後に京大教授）とも再会、「紫影に別るる時 菊の頃なれば帰りの急がれて」の句を詠み、春吉の藤井宅に泊っている。「紫影」は藤井乙男の号である。漱石は一〇日久留米の明善校を訪問、「五年生トシテハ一般ニ学力不足ナルガ如シ然レドモ質問ノ夥多ナルヨリ察スレバ生徒ハアナガチニ不勉強ナルニモアラザルベシ」と学力不足であるが質問が多く不勉強でもないと弁護している。一一日には柳川の伝習館に行き、「誤謬多キコト甚シ以テ生徒ノ余リ英語ニ熱心ナラザルヲ見ルベシ」と辛い批評を下している。

▼隈本有尚が修猷館館長時代の功績として注目すべきことは、一八九九（明治三二）年文部省に東大・京大の次に第三の帝大を設置する意向があることを知るや、九州帝国大学を福岡に誘致する運動を中心となって起こし、説得の情報収集をして、一九〇一年一二月遂に成功したことである。一九〇一年七月隈本は文部省視学官兼東京高等商業学校（現・一橋大学）教授となり東京に赴任したので、九大設置の大きな力となったことだろう。一九〇五年三月八日隈本は福岡県教育会長庄野金十郎から九州帝国大学設置の功績に対し感謝状を授与されたことによっても隈本の実力、政治力を知ることができる。

▼文部省視学官となった隈本有尚の注目すべき事件としては、哲学館事件がある。哲学館（現・東洋大学）は一八九九年来、中学校・師範学校修身科・教育科・国語漢文科教員無試験検定の取り扱いを受けていた。一九〇二年一〇月哲学館は卒業試験を施行し、文部省視学官隈本有尚と*隈本繁吉（福岡県八女郡出身。後に第六高等学校（現・岡山大学）校長）が臨時監督として視察に来た。哲学館倫理学講師中島徳蔵は英人ムイアヘッド著『倫理学』によって教授したが、試験問題に「動機善にして悪なる行為ありや」というのがあり、ある学生が「しからずんば自由のために殺虐をなす者も責罰せらるべく」と解答した。隈本はこれを不穏とし、批評を欠いた中島の教授は不都合だと上申したため、文部省は哲学館の教員無試験検定認可を取り消した。この事件は「目的がよければ手段をかまわぬ」では国体上危険であるという文部官僚と、学問の自由を叫ぶ倫理学界との間に議論が沸騰した。隈本はその発端を作った。松本清張は『小説 東京帝国大学』の中で隈本が学生を唆《そそのか》して、中島や哲学館長井上円了を陥《おとしい》れた陰謀だったと書いた。松本清張らしい解釈であるが小説だから真偽のほどはわから

ない。

▼**一九〇〇**（明治三三）年九月夏目漱石は五高教授のまま英国留学し、**一九〇三**年一月帰朝、四月第一高等学校講師、東京帝国大学講師となった。同年同月隈本有尚は漱石と入れ違いに欧米留学を命ぜられ英国ロンドンに行く。帰国後一九〇五年四月新設の長崎高等商業学校（現・長崎大学）初代校長となった。

校長自ら倫理を担当した隈本は、私服の時は袴を着用するとか、学生は赤革靴を履いてはならぬとか、制服のボタン一つ外れても校門から追い返すとか、中学生に対するごとき規律を厳格に励行粛正させた。学生は隈本有尚の名をもじって「コマゴトユウショウ」（細かいことを言う将）と綽名を付けた。一九〇八年九月、商業担当教授辞表提出を機に隈本校長排斥の学校紛擾《ふんじょう》が起った。教授間の軋轢《あつれき》と厳格な校長に対する学生の不満が爆発して、文部省視学官が調停し、一〇月五日付で隈本は辞任した。しかし、隈本校長の道義的教育の精神的感化は大なるものがあったと追慕する者も多かったという（『暁星淡く瞬きて　長崎高等商業学校・長崎大学経済学部七拾年史』一九七五年一〇月一〇日）。

▼**一九〇七**年四月夏目漱石は一切の教職から身を引き、朝日新聞社の専属作家となった。一九〇九年四月隈本有尚は韓国京城中学校長となり、現在のソウルに赴任した。同年九月漱石は旧友中村*是公《よしこと》満鉄総裁の誘いで満韓旅行に行き、満洲（中国東北部）を回って九月三〇日から一〇月一三日までソウルに滞在した。ソウルでは哲学館事件で文部省視学官だった隈本繁吉が、韓国学部（教育行政担当）書記官兼官立漢城外国語学校長となっていた。漱石が明治大学で非常勤講師をしていた時（**一九〇四**年九月～**〇七**年三月）、隈本繁吉も明治大学におり、漱石は隈本繁吉から頼まれて「倫敦のアミユーズメント」という講演（**一九〇五**年三月一一日）をしている。だからソウルで四年ぶりに再会したのである。漱石は隈本繁吉に頼んで漢城高等女学校と漢城師範学校の授業参観を依頼、高女は休みだったが、師範学校は見て批評している。しかし、同じソウルにいた京城中学校長隈本有尚と会っていないのは、どういう理由からであろうか。中学校参観もしていないのは不思議である。

▼一九一三（大正二）年二月隈本有尚は京城中学校長を退任、官職から離れ、占星術（神秘学）の研究に専念した。その後ルドルフ・シュタイナーの人智学を紹介したり、第一次、第二次世界大戦の予言をしたりしたが、表舞台から消えた。漱石との接点も途絶えたが、一九三九（昭和一四）年三月『書斎』記者の要望で「過去六十年の憶出――漱石子規二文豪の懐旧談に因みて」を書いた。終戦二年前、東京都目黒区柿の木坂の自宅で長逝した。満八三歳。告別式には修猷館の教え子元首相広田弘毅の姿があった。

〔**参考文献**〕隈本有尚「過去六十年の憶出――漱石子規二文豪の懐旧談に因みて――」（上）（下）『書斎』一九三九年三月～四月。／小松醇郎『幕末・明治初期数学者群像（下）明治初期編』「第一〇章　隈本有尚と哲学館事件」吉岡書店、一九九一年七月二五日。／川西善治『「坊っちゃん」とシュタイナー――隈本有尚とその時代――』ぱる出版、二〇〇〇年一〇月二四日。／川添昭二「哲学館事件と文部省視学官、隈本有尚について」『日本歴史』第一九三号、一九六四年六月。

〔原武　哲〕

## ■清水彦五郎
しみず・ひこごろう

一橋大学附属図書館「明治時代の校長」。

**一八五四**（安政元）**年一一月一九日～一九一三**（大正二）**年四月一五日。帝国大学**（現・東大）**書記官。高等商業学校**（現・一橋大学）**校長。漱石は帝大生時代に奨学金や教師になってからも事務的なことで清水の世話になった。**

清水彦五郎は筑後柳河藩士清水藤一の二男として生まれた。一八七〇（明治三）年、柳河藩の貢進生として推薦され十時《とと き》虎雄（後に陸軍少佐）と共に大学南校（後の帝国大学。現・東京大学）に入学し、五年間英語を学ぶ。

▼一八七五（明治八）年、東京英語学校四等教諭になり、七七年四月、同校は東京大学予備門と改称して、東京大学の付属となり、清水は引き続き教諭を勤めた。七八年に英語科を新設した島根県松江中学校に赴任した。松江中学在任は二年足らずで、別れを惜しむ生徒たちはみな、揖屋《いや》（現・松江市東出雲町）から汽船に乗って帰京する清水を見送ったという。

▼八四年文部省に出仕し、八八年帝国大学書記官兼舎監に任ぜられた。

夏目漱石が帝国大学文科大学英文学科の学生であった当時、大学の事務方の最高責任者帝国大学書記官兼舎監は清水彦五郎であった。学生たちは学業のこと、生活上のこと全般について、清水に相談した。

▼漱石は**九〇**（明治二三）年九月帝国大学文科大学英文学科に二人目の専攻生として入学した。文部省貸費生となり、年額八五円の支給を受けたので、事務上清水の世話を受けていただろう。**九三**年七月英文学科学生としては*立花政樹についで二人目の卒業生となり、大学院に入学し、神田乃武《ないぶ》の指導で「英国小説一般」の研究に入った。清水が舎監をしている帝国大学寄宿舎に入り、*小屋保治（美学専攻大学院生）と親しくなった。

▼そのころ、帝大書記官兼舎監清水彦五郎は高知県出身の宮城控訴院長（現・仙台高等裁判所長官）大塚正男の一人娘*楠緒子《くすおこ》（筆名。別称楠緒《くすお》）の婿の候補を依頼されていた。楠緒子は漱石より八歳、小屋保治より一〇歳年下の文学少女で、佐々木信綱の竹柏園に入り、『婦女雑誌』などに短歌を発表、絵を橋本雅邦に学び、音楽にも優れ、容姿の美麗なること比類なく、当時のエリート帝大生注視の的となっていた才媛であった。大塚正男は法科学生の養子を希望したが、文学愛好の楠緒子は文科学生を望んだ。大塚家の相談を受けた清水舎監は、寄宿生の中で文科学生の保治と漱石の二秀才を選んだ。九三年八月、清水の斡旋であろうか、保治は興津《おきつ》清見寺で楠緒子母娘と会い、たちまち楠緒子の魅力に捕らえられてしまった。

▼**九四**年七月、漱石は伊香保温泉に行き、「浴室は汚いが部屋から見る風光は素晴らしい、遊びに来ないか」と誘いの手紙を小屋保治に出した。保治が伊香保に行ったとすれば、二人の間で楠緒子養子問題が語られ、決着が図られたかもしれない。保治は行かなかったかもしれない。いずれにしろ、漱石は楠緒子と結婚することができず、**九五**年三月保治は大塚家の養子になり楠緒子と結婚した。清水の思惑は成就し、漱石は自己流謫《るたく》の思いで四国松山の中学校

英語教師になった。

▼**一八九五**（明治二八）年四月、夏目漱石は親友の菅虎雄*の周旋で愛媛県尋常中学校（現・愛媛県立松山東高等学校）嘱託教員として赴任した。同月一一日、漱石は清水彦五郎に「小生在学中の貸費本月より早速御返済可申上筈の処始めて赴任の折色々の都合にて手元不如意につき両三月間御猶予相願度」と奨学金返還猶予を願う手紙を出した。清水からは猶予承諾の返事があった。しかし、毎月七円の返済が三ヶ月たっても返せず、とうとう清水から督促されてしまった。六月二五日、「申し出候期限も既に経過致候に付ては其中何とか致す心得に有之候処忽ち貴書を拝受し慚愧の至に不堪仰の通り追々両三月中より月賦にて御返済可致候」と返信、あと二、三ヶ月中に月賦で返済することを約束した。

▼**一八九六**（明治二九）年四月、漱石はまたも菅虎雄の斡旋で菅のいる第五高等学校（現・熊本大学）に赴任した。やがて校内でも人事で校長の相談に与《あずか》るようになったのであろう、横浜電話交換局に出仕している小堀十亀という一八九一（明治二四）年卒業の工学士の性行・身体・係累・学業成績などを清水彦五郎書記官に問い合わせてくれるよう、学習院教授の立花銑三郎*に手紙（一**八九七**年八月六日付）を出した。一ヶ月たって立花の妻遼子が亡くなったので、お悔やみの手紙（**九七**年九月六日付立花銑三郎宛漱石書簡）のついでに、小堀十亀の件清水に問い合わせのことを催促している。しかし、調査結果が期待したほどでなかったのか、別の理由からか、小堀は五高に採用されていない。

▼一八九八年五月、高等商業学校（現・一橋大学）小山健三《こやまけんぞう》校長が文部次官に任ぜられ、六月その後任として帝国大学書記官清水彦五郎が校長になった。日清戦争に勝利し、金本位制を採用したのを機に国運は隆盛発展し、高等商業学校は付属外国語学校（現・東京外国語大学）を付置、本科の上に専門部が設置され、商業大学昇格の気運が高まった。帝大事務官が校長としてやって来たことに対して、躍進一橋にふさわしくないとして本科三年を中心とする校長排斥運動が起った。出身教授・在京卒業生の奔走、渋沢栄一・小山文部次官の調停により学生の主張は貫かれ、八月事件は解決、清水はわずか二ヶ月で依願退職した。これを流水事件と言った。一九〇一（明治三四）年、清水は再び東京帝国大学書記官に帰任した。

▼**〇三**年一月、漱石は留学先のロンドンから帰国した。**一九〇〇**年の留学前、漱石の東大の恩師外山正一《とやままさかず》（東大教授、東大総長、文相）が死去（三月八日）し、「外山正一博士奨学資金」設立が計画され、漱石も寄付するはずであったが、出発に取り紛れてそれなりになっていた。**〇四**年一月二六日、大学に講義に行った帰り、清水彦五郎に会って、他との釣り合いを尋ねようと思ったが不在であった。翌二七日、取りあえず五円寄付するつもりで、金子《きんす》入りの手紙を清水宛てに送った。

▼清水は東大に二五年間勤め、東大の生き字引、あるいは名媒酌人として知られた。夫人はしん子。正四位勲四等、東京市小石川区表町の自宅で脳病のため在職のまま病歿した。満五八歳。墓は谷中霊園（甲八号一〇側）にあり、墓碑周囲に略歴が彫られている。編著に菊池武信著述、清水彦五郎訂正、米国博士　フルベッキ校閲『英語発音秘訣』（稲田活版所、一八八六年八月）がある。

　なお、鳥取県立博物館には遠藤董が描いた油彩「清水彦五郎像」（一八八〇年）が所蔵されている。日本初の洋画家・高橋由一の門下生・遠藤董は、清水が松江中学を退任した翌年一八八〇年松江中に赴任し、清水と直接の面識はないが、写真などを基に絵を描いたと言われている日本洋画の黎明期を物語る貴重な史料である。
　なお、大牟田市立三池カルタ・歴史資料館（宝坂町）には、「清水家文書」が寄託され、清水彦五郎書簡一三二通が保管されている。

〔**参考文献**〕『島根県歴史人物事典』山陰中央新報社、一九九七年一一月。／『松江北高等学校百年史』一九七六年。／『一橋大学百年史』一九七五年一〇月二〇日。

〔原武　哲〕

## ■正岡　子規

まさおか・しき

松岡譲『漱石写真帖』一九二九年刊。大学生時代、一八九二年頃撮影。

**一八六七（慶応三）年九月一七日～一九〇二（明治三五）年九月一九日。**
**俳人・歌人。子規の「七艸集《ななくさしゅう》」を漱石が批評し、漱石の「木屑録《ぼくせつろく》」を子規が批評したことで、相互の批評によって、二人の文学研鑽と友情は深まり高められた。漱石の留学通信を待ちつつ他界した子規に対する慙愧の念が、漱石の創作モチーフとなった。**

　幼名、処之助《ところのすけ》、四、五歳の頃に升《のぼる》と改名。本名、常規《つねのり》。別号に、獺祭書屋《だっさいしょおく》主人、竹の里人、香雲、丈鬼、酉子、螺子、越智処之助。
　父・隼太（常尚）は、松山藩馬廻加番で食録一四石の士族。母・八重（後の戸籍表記はヤエ）は、六五年、隼太の後妻として二一歳で入籍。儒者大原有恒（観山）の長女。伊予國温泉郡藤原新町（現・松山市新玉町一丁目）に次男（長男は早逝）として生まれる。七二年に父が没してからは、妹・律と共に八重の実家の大原家で養育され、八重は裁縫を教えて二人を育てた。
▼松山藩は四国における幕府の親藩だったため、幕末には、有力な佐幕藩の一つとしてその政策にしたがって行動した。結果として、鳥羽伏見の役後は「賊徒」に加わった諸侯の一つとして罰せられた。その後、新政府に対して恭順一途の道を辿るが、それを藩に進言したのは大原有恒だった。
　幼少の頃から、祖父の有恒に漢学を学び漢詩の創作にも熱中して資質を磨いたが、明治維新以後に恭順一途の道を辿らざるをえなかった松山藩の出身者だったため、資質を生かして実際の政治に参画することは困難だった。子規は、その生涯を通して士族意識を持ち続けたが、このような経過を辿った松山藩出身者だったことの屈折が、俳句・短歌の創作に向かわせた。その精神形成に影をおとした出自を、俳句・短歌に関心をむけることで超克しようとした。
　ここで漱石と比較しながらその資質形成をみる時、生年が同じで明治と共に年を重ねる点は共通しているが、いかなる変容の方向を辿ったかが焦点となる。漱石は町方名主の家に生まれ、西欧文学に接しイギリス留学も経験して、子規とは異質な道に歩み出していった。

▼**一八九一**年一〇月末か一一月初め付漱石宛子規書簡で、子規は気節論を説き、「学校を出づるや工商の子弟は士家の子弟に一籌《ちゅう》を諭するを常とす」と言っている。また、同書簡と共に『明治豪傑譚』を送り推奨し、この書で語られた人物は、「稜々たる風骨を具したる人」で気節をもっている、また気節をもつのは士族の子であると伝えた。

それへの返信で漱石は「かゝる小供《（ママ）》だましの小冊子を以て気節の手本にせよとてわざ〳〵恵投せられたるはつや〳〵其意を得ず」（**九一**年一一月七日付）と強い言葉で批判した。このやりとりに端的に見られるように、子規には士族の観念が思考の背骨にあり、漱石はIdeaを軸とした文学を考えていった。

こうした資質を背骨にして、子規は、勝山小学校卒業後、八〇年に松山中学（後の愛媛県尋常中学校）に進むが、自由民権運動に熱中して演説したりし、東京遊学の機会を待った。また、漢学者河東静渓*（河東碧梧桐の父）の千舟学舎で学び、香雲の号で漢詩を作り、『莫逆詩文』『五友雑誌』などの回覧雑誌を刊行。漢詩創作によって修得した叙景表現は、後の俳句でも生かされた。

▼八三（明治一六）年五月に松山中学を中退し、叔父・加藤恒忠をたよって上京する。大学予備門受験準備のため共立学校で学び、**八四**年、旧藩主久松家の常盤会給費生となり、九月一一日に、一橋の東京大学予備門予科に入学する。漱石も同時に入学する。野球にも熱中する。八五年七月、予科三級の学年試験、幾何学の成績悪く、落第する。この頃、俳句を創作し始め、八七年に松山の俳句宗匠大原其戎《きじゅう》の教えを受け、上京後も毎月送稿して添削を受ける。

▼八八年、社会進化論者ハーバート・スペンサーSpencer, Herbertの文体論に関心を深める。常盤会の寄宿舎に移る。

▼**八九**（明治二二）年、予備門の学友だった漱石と知り合いになり、寄席が二人とも好きだったことも重なって交友を深めていく。五月九日に、子規は胸部疾患により喀血。これを期に子規と号する。五月一三日に漱石は見舞いに行き、帰宅後に慰労の書簡（同年五月一三日付）を書き、末尾に「歸ろふと泣かずに笑へ時鳥」「聞かふとて誰も待たぬに時鳥」と俳句を付け添えた。子規宛の書簡第一信である。すでに二人は俳句という表現形式を通して絆を深めていたことが分かる。また、子規が『七艸集』を贈呈すると、漱石は五月二六日に批評する文章「『七艸集』評」と九首の七言絶句とを持参して子規と長く話し合う。批評文に漱石と署名し、「清秀超脱」と褒め、子規の簡潔な表現や超脱した感覚をすでに見抜いていた。子規が、漱石を畏友とみなし生涯交わったのはこの批評眼の故である。漱石の方も九月に脱稿した漢詩紀行文『木屑録』を子規に贈呈すると、「吾が兄のごとき者は、千万年に一人なるのみ」という跋を書いて絶賛し、英文学にとどまらない幅広い学識を褒める。『木屑録』は子規の『七艸集』に触発され、子規に見せる目的で書いたものだった。こうして二人は急速に親しくなる。同年冬にも二人の間で書簡が交わされ、漱石は「大兄の文はなよ〳〵として婦人流の習気を脱せず（中略）文章の妙は胸中の思想を飾り気なく平たく造作なく直叙スルガ妙味と被存候」（同年一二月三一日）と評した。翌年初めにも往復書簡で論議され、漱石はIdeaを軸とした文学を主張

する。子規の方は、作者の内面を充実する事を認めつつも、それを表現する技法が優先すると強調する。その後も交流は続き多くの書簡が交わされた。また、学生時代の子規を「正岡といふ男は一向学校へ出なかつた男だ。其れからノートを借りて写すやうな手数をする男でも無かつた。」（「正岡子規」『ホトトギス』一九〇八年九月）とも回想している。スペンサーと芭蕉を結び付け、芭蕉の俳句に傾倒する。

▼**九〇**（明治二三）年、帝国大学文科大学の哲学科に入学（翌年二月に国文科に転科、漱石は英文科）し、小説「月の都」も創作するが、幸田露伴に評価されず断念する。松山藩の出身という出自もあり、政治社会的な現実に関わらずに絵画的な写生を旨とした俳句に集中していく。坪内逍遙の『小説神髄』、スペンサーの「Philosophy of Style」などに学んで、短詩ことに俳句を革新する方向を見出していく。それは、変容していく明治の時勢に対して、発句を切り離して文学の一ジャンルとして確立することを提起していくことだった。俳壇全体にも発句独立の雰囲気が醸し出されていった。そして、九一年頃に松尾芭蕉の句風に開眼し、「木枯やあら緒くひこむ菅の笠」など、事実吟詠でありながら絵画的な手法の句を創作するにいたる。後に与謝蕪村の視覚的、絵画的な特性を評価する兆しがすでに表れている。蕪村の句が、人事の複雑さを詠み込み、かつ変化自在な趣に富む点を発展させようとする。更に、「歌は俳句の長き者」（「人々に答ふ」一二『日本』一八九八年）と述べるように俳句でつかんだことを他の分野にも広げようとした。この方向が、後に漱石の創作にも影響をあたえていく。七月下旬に、俳句入門の心得を教える長文の書簡を漱石に送る。年末から『俳句分類』に着手する。

▼**九二**年一月、夜、漱石と共に逍遥しながら連句を作る。七月、学年試験終了後に漱石とともに関西に遊ぶ。漱石より卒業を勧める書簡を受け取るが大学を中退。その書簡に添えた句「鳴くならば満月になけほとゝぎす」。九月二六日、漱石の案内で坪内逍遥宅を訪れて会談し、『早稲田文学』に俳句欄を設けること、それを子規が担当することが決まる。加藤恒忠の友人で新聞『日本』の主筆、陸羯南《くがかつなん》に紹介され、同年、執筆していた「俳句分類」を基にした「獺祭書屋俳話」を同紙に連載。俳句革新の産声をあげた。一一月には、八重・律を東京に迎えた。一二月には日本新聞社に仮入社。

▼九三年、俳句は士族の精神によって革新するべきだと主張し、漱石が俳句を平民的文学と考えたのとはくいちがっていく。『日本』に子規選の俳句欄ができ担当する。三月、俳誌『俳諧』創刊。一一月から翌年一月まで、「芭蕉雑談」を、『日本』に連載。発句の独立を図る。

▼九四（明治二七）年二月一日、下谷区上根岸町八二番地（現・台東区根岸二丁目）に移転し、「子規庵」と称する。同月一一日、『小日本』を発刊し編集責任者となる。中村不折から洋画におけるスケッチの方法を学んで、物に焦点を絞り、空間的な造形を把握する視覚的感覚的な写生俳句を創造していく。この頃、与謝蕪村の俳句を評価し始め、絵画的であることを短詩の表現の中心に考えるようになる。自ら、「刈株に螽《いなご》老い行く日数かな」のような句もつくるようになる。一〇月には、高浜虚子と碧梧桐が仙台第二高等中学校を退学してともに上京する。碧梧桐は子規宅に、虚子は新海非風と同居する。子規の指導の下で、二人は俳句創作を始める。

▼**九五**年、日清戦争従軍のため、渡清、五

月、帰国の途中に肺結核を悪化させ大喀血。県立神戸病院に入院し危篤に陥る。八月、松山に帰省。四月から松山中学の英語教師として赴任していた漱石の下宿（愚陀仏庵）に二七日から同居、一〇月一九日まで五二日間寄宿する。一階を子規、二階を漱石が使い、松山の松風会の会員が来訪する。一〇月六日には、漱石と一緒に道後温泉を吟行している。道中、写生俳句を漱石に手ほどきする。九一年に「俳道発心」と子規に伝え「愚陀仏」と号して俳句仲間に加わった漱石であったが、この年一一月一三日付の子規宛書簡で「小生の写実に拙なるは（中略）天性の然らしむる所も可有之《これあるべく》」と伝えている。熱心に子規が指導していたことをうかがわせる。一〇月一二日、子規の送別会があり、席上で漱石の雅号を詠み込んだ俳句を作っている。「石女《うまずめ》の蕣《あさがお》の花にうがひかな」。別に、「行く我にとゞまる汝に秋二つ」も贈る。帰京途中で奈良に遊び、「柿くへば鐘が鳴るなり法隆寺」（『海南新聞』、一一月八日）を詠む。この句は漱石の「鐘つけば銀杏ちるなり建長寺」（『海南新聞』、九月六日）を無意識にふまえていて、二人の交響によって生まれた。三一日に帰京。その後も、漱石は句稿を子規に送り批評を求めている。同年一一月二二日、「正岡子規へ送りたる句稿　七」六九句中の一句に「愚陀仏は主人の名なり冬籠」がある。一一月から一二月、「俳諧大要」を『日本』に連載。更に蕪村への関心を強めていった。

▼**九六**年一月三日、子規庵で句会が催され漱石・虚子も参加し、第二回に森鷗外*・碧梧桐も参加する。同年の句「いくたびも雪の深さを尋ねけり」。六月九日に結婚式を挙げた漱石に、子規は「蓁々《しんしん》たる桃の若葉や君娶《めと》る」を贈る。

▼**九七**（明治三〇）年、一月に松山で『ほととぎす』創刊。母胎は松風会で中心は柳原極堂。漱石からの四月二三日付書簡で、「教師をやめて単に文学的の生活を送りたきなり換言すれば文学三昧にて消光したきなり」と伝えてくる。叔父加藤恒忠に依頼して外務省の翻訳官などを勧めるが漱石は断る。結核性カリエスの病状が悪化し腰痛も強くなり、起居もままならぬようになる。俳句を短歌化する形で、短歌の革新も始める。

▼**九八**年、日清戦争後のナショナリズムの高まりは子規においても意識され、国粋感情を発揮する一環として短歌を考え、「歌よみに与ふる書」を『日本』に連載。「百中十首」も同誌に掲載するなど短歌革新を実践する。子規は万葉調の歌を推奨するが、中でも、源実朝・橘曙覧・田安宗武・平賀元義の歌を推賞する。「人々に答ふ、一二」（『日本』、同年五月三日）で、「歌は俳句の長き者、俳句は歌の短き者なりと謂ふて何の故障も見ず」に子規の意図がよく表れている。

三月、子規・碧梧桐・虚子などの俳人によって根岸短歌会が発足。十月、『ホトトギス』発行所が東京市神田区錦町一丁目一二番地に移り、第二巻第一号から虚子が発行人、子規が主宰する。同号六〇頁。一五〇〇部刷り、即日五〇〇部再版。

▼**一九〇〇**（明治三三）年三月に阪井久良岐《くらき》に出した書簡の中では、「短歌は俳句と違ひて主観を自在に詠みこなし得ること」と述べ、俳句よりも情緒に注視し主観に重点を置くことに気付いていく。子規庵で歌会も続ける。病臥の床で庭の光景を観察し、「松の葉の葉毎に結ぶ白露の置きてはこぼれこぼれては置く」などの歌を詠む。伊藤左千夫*や長塚節*なども子規の周辺に集まってくる。

一月二九日から三月一二日まで三回にわ

たって、「叙事文」を『ホトトギス』に発表。新しい俳句的な写生文章体（口語写生文）を提唱する。簡潔で平明な即物描写で談話体を取り入れた文体を、虚子他が実践していく。子規の枕頭で「山会」（文章会）を開き、持ち寄った作品を読み上げ、次第に練り上げられていく。子規の没後に漱石の「吾輩は猫である」も山会の席上で読み上げられ、このような機運の中で、子規が提唱した実践の一つとして作品化される。それが『ホトトギス』に掲載され、大きな反響を呼び起こす。

　八月、多量の喀血。同月二六日に、英語研究のため文部省第一回給費留学生として英国留学が決まった漱石が子規庵を訪問、これが別れとなった。子規から「漱石を送る」として「萩すすき来年あはんさりながら」ほか一句の短冊が贈られてくる。

▼〇一（明治三四）年、四月九日・二〇日・二六日付で漱石がロンドンから子規に宛てて書いた書簡を、子規は「倫敦消息」と名付けて『ホトトギス』第四巻第八号（五月）・第九号（六月）に発表、言文一致の最初の作品となる。「墨汁一滴」を『日本』に連載。九月以後は、「仰臥漫録」執筆。病臥の心境と写生とが一体となった「いちはつの花咲きいで、我目には今年ばかりの春行かんとす」や「瓶にさす藤の花ぶさみじかければ、たゝみの上にとゞかざりけり」などの代表作を詠んでいく。

　一一月六日付書簡で、ロンドンに留学している漱石に、「僕ハモーダメニナツテシマツタ、毎日訳モナク号泣シテ居ルヤウナ次第ダ、（中略）イツカヨコシテクレタ君ノ手紙ハ非常ニ面白カツタ。近来僕ヲ喜バセタ者ノ随一ダ。僕ガ昔カラ西洋ヲ見タガツテ居タノハ君モ知ツテルダロー。（中略）君ノ手紙ヲ見テ西洋へ往《イツ》タヤウナ気ニナツテ愉快デタマラヌ。若シ書ケルナラ僕ノ目ノ明イテイル内ニ今一便ヨコシテクレヌカ（無理ナ注文ダガ）（中略）君ニ再会スルコトハ出来ヌト思フ。万一出来タトシテモ其時ハ話モ出来ナクナツテルデアロー。実ハ僕ハ生キテヰルノガ苦シイノダ。（中略）書キタイコトハ多イガ苦シイカラ許シテクレ玉へ。」と書き送る。書簡中の「君ノ手紙」とは前出の漱石の「倫敦消息」である。漱石はこの子規の要請に対して返信（一二月一八日付「欧州より来状」、『ホトトギス』第五巻第五号、〇二年二月）を一応出している。子規生前に届けられた最後の書簡となる。ハイドパークでキリスト教徒が演説するのに対して無神論者が反論する様子などを紹介しているが「倫敦消息」ほどに時間をかけた内容ではなかった。

▼〇二（明治三五）年一月、病状悪化のため、虚子他が介護を輪番制にして、交代で子規宅につめる。「蝸牛の頭もたげしにも似たり」のように静かに自己をみつめる句も作る。モルヒネを飲んで、草花帖と名付けた画帳に草花を描くが、それを、はじめて「拙」を見たと後に漱石は批評する（「子規の画」『東京朝日新聞』一九一一年七月四日）。五月から九月「病牀六尺《びょうしょうろくしゃく》」を『日本』に連載。その最終日の九月一七日に、「俳病の夢見るならんほとゝぎす拷問などに誰がかけたか」と記す。一八日に、辞世句「糸瓜《へちま》咲て痰のつまりし佛かな」「をととひのへちまの水も取らざりき」「痰一斗糸瓜の水も間にあはず」を記す。一九日午前一時に永眠。二一日、葬儀が行われ会葬者一五〇余名。滝野川村字田端の大龍寺（真言宗霊雲寺派。現・北区田端四丁目一八番地）に葬る。三四歳。戒名は子規居士。漱石の妻、*鏡子の依頼で*土屋忠治が代理として参列する。

　子規の訃報を受けた漱石は、ロンドンより虚子宛に追悼句を送る（一九〇二年一二月一日付）。「筒袖や秋の柩にしたがはず」「手向くべき線香もなくて暮の秋」「霧黄なる市に動くや影法師」ほか二句。

▼**一九〇六**年には、漱石宛に子規が発信した先の書簡（**一九〇一**年一一月六日付）を、『吾輩ハ猫デアル』中篇序（**一九〇六**年一一月四日刊）に全文引用して亡き友を追悼するなど、畏友を記念した。文中で、「余は此手紙を見る度に何だか故人に対して済まぬ事をしたやうな気がする。書きたいことは多いが苦しいから許してくれ玉へとある文句は露《つゆ》偽《いつわ》りのない所だが、書きたい事は書きたいが、忙がしいから許してくれ玉へと云ふ余の返事には少々の遁辞が這入つて居る。憐れなる子規は余が通信を待ち暮らしつゝ、待ち暮らした甲斐もなく呼吸《いき》を引き取つたのである。〔中略〕気の毒で堪らない。余は子規に対して此気の毒を晴らさないうちに、とう〳〵彼を殺して仕舞つた。」そして「倫敦消息」の続を書かなかったことを後悔し、その代わりに『吾輩ハ猫デアル』を「地下に寄するのが或は恰好かも知れぬ。季子は剣を墓にかけて、故人の意に酬いたと云ふから、余も亦「猫」を碣頭《けっとう》に献じて、往日の気の毒を五年後の今日に晴さうと思ふ。」と記す。「吾輩は猫である」は、子規没後の山会の席上で読み上げられ、子規周辺の人物達とともに写生文章体の創造を図ったのだから、まさしく「墓にかけ」るのにふさわしかった。互いの作品を批評し合った畏友同士にふさわしい最後の交響であった。また、「猫」と共に併せて「霊前に献上する」と次の二句を記す。「長けれど何の糸瓜とさがりけり」「どつしりと尻を据えたる南瓜《かぼちゃ》かな」。この二句は、十余年前に子規と共に俳句を作った時のもので、子規の忌日を糸瓜忌、子規自身を糸瓜仏と呼んだことになぞらえている。南瓜はどっしりと腰を据えて創作に励む漱石自身をなぞらえたと解説している。

▼**一九〇八**年の「正岡子規」（『ホトトギス』第一一巻第一二号、九月一日）でも子規を回想している。「妙に気位の高かつた男で僕なども一緒に矢張り気位の高い仲間であつた。〔中略〕非常に好き嫌いのあつた人で、滅多に人と交際などはしなかつた。僕だけどういふものか交際した。一つは僕の方がえゝ加減に合はして居つたので、其れも苦痛なら止めたのだが苦痛でもなかつたからまあ出来てゐた。こちらが無暗に自分を立てようとしたら迚《と》ても円滑な交際の出来る男ではなかつた。例へば発句などを作れといふ。其を頭からけなしちやいかない。けなしつゝ作ればよいのだ。策略でするわけでも無いのだが自然とさうなるのであつた。〔中略〕何でも大将にならなけりや承知しない男であつた」。六回忌を前にして、少し冷静にその死を回想できるようになったのか、二人の交友を淡々と振り返っている。

　子規と漱石は漢詩文の素養を基にして創作の友として出発した。俳句創作は子規が先導してその添削を漱石が受けた時期もあり、初期の写生文章体はその研鑽の中から生まれた。英文学を学んだ後の漱石は個人の実体を追究した。

［坂本正博］

〔**参考文献**〕松井利彦『正岡子規の研究』上・下、明治書院、一九七六年五月二五日・六月二五日。／松井利彦『正岡子規』新典社、一九八六年。／大岡信編『子規と漱石』「子規選集」第九巻、増進会出版社、二〇〇二年七月一五日。／『近代文学研究叢書』第六巻「正岡子規」昭和女子大学、一九五七年五月二〇日。

# ■井上　哲次郎

いのうえ・てつじろう

『教育』「余の幼時より今日迄の概観」一九三五年一〇月号。

**一八五五（安政二）年一二月二五日～一九四四（昭和一九）年一二月七日。東洋・西洋哲学者、詩人。東京帝国大学文科大学長。巽軒《そんけん》。漱石の帝大時代の恩師。**

医師の船越（後に富田）俊達、母・よしの三男として筑前国太宰府（現・福岡県太宰府市）に生まれた。一八六二（文久二）年儒者中村徳山について漢籍を学んだ。一八六八（明治元）年博多に出て村上研次郎につき英語を学んだ。七一年一〇月長崎に行き広運館に入学した。七五年一月上京し、二月東京開成学校に入学、七七年七月開成学校卒業。九月東京大学入学、哲学専攻、政治学を修めたが、同級生に岡倉天心がいた。七八年五月、井上鉄英の養子となった。同年八月来日したフェノロサから、デカルトよりヘーゲルまでの哲学史を受講し、大きな影響を受けた。八〇年七月、東京大学哲学政治学科を卒業した。

▼同年一〇月、文部省御用掛を仰せつけられ、編集局兼官立学務局に勤務した。八一年一〇月杉浦重剛らと『東洋学芸雑誌』を発行した。八二年三月東京大学文学部助教授となった。八月外山正一・矢田部良吉と『新体詩抄』を発行、日本近代詩の夜明けを告げる歴史的詩集となった。八三年九月、日本で初めての東洋哲学史の講義を開いた。八四年二月哲学修業のため三年間ドイツ留学を命ぜられた。「巽軒《そんけん》詩鈔」発行。

▼留学中はドイツのハイデルベルグ大学でカント研究、ライプチヒ大学ではヴントの下で勉強、イエーナ大学、コレージュ・ド・フランス、ベルリン大学などで勉学したが、知識を生噛りしてきただけで、西洋的思考法や近代哲学精神を身につけて帰って来たとは言えないという厳しい意見（大島康正）がある。九〇年一〇月帰朝。帝国大学文科大学教授となり東洋哲学ではインド哲学、西洋哲学ではカントやショウーペンハウエルを講じた。井上の哲学的立場は「現象即実在論」であった。

▼**九〇**年九月に漱石は入学したので、在学中に井上の東洋哲学の講義を受講したと思われる。九〇年一〇月「教育勅語」が発布され、その注解を文部大臣から依頼され、九一年九月『勅語衍義《えんぎ》』を発表し、教育勅語の哲学的意味付けをした。九一年八月文学博士となる。九三年一～二月、「教育と宗教との衝突」（『教育時論』）で、孝悌忠信及び共同愛国を中心に日本的倫理学日本主義を賞揚して、キリスト教を反国家的宗教として排斥し、キリスト者から反論を招いた。九七年一一月東京帝国大学文科大学長に任ぜられ、七年間その職にあった。

▼**一九〇三**（明治三六）年三月東京帝国大学文科大学英文学科講師ラフカディオ・ハーン*（小泉八雲）を解雇し、帰朝した夏目金之助（漱石）を後任に決めた。そのため、小山内薫*たち学生らがハーン留任運動を起こしたが、不発に終わった。四月夏目漱石と同時に『帝国文学』評議員に選ばれる。六月夏目漱石英文学科講師の辞任申出に対して慰留した。

▼〇四年三月東京帝国大学文科大学長を辞した。一九二三（大正一二）年三月退官。東京帝国大学名誉教授。二五年三月大東文化学院総長。五月哲学会会長。一〇月貴族院

議員に任ぜられた。二五年九月『我が国体と国民道徳』で「三種の神器の鏡と剣は模造品」と書き、怪文書が流布され、不敬罪に問われる筆禍事件が起こった。この事件のため一〇月大東文化学院総長を辞した。一一月には文政審議会委員・貴族院議員・帝国学士院会員を辞めた。

▼一九二九（昭和四）年二月暴漢に襲われ、右眼重傷を負った。三一年三月上智大学講師。一二月『井上先生喜寿記念文集』を発行。三三年三月ドイツ大使館でゲーテ記念章を授与された。一九三四（昭和九）年五月哲学会会長に七度選ばれる。四一年六月『戦陣訓本義』（中山久四郎と共著）刊行した。四二年一一月『井上哲次郎選集』を潮文閣より発行した。四三年八月『懐旧録』を春秋社より刊行した。東京都小石川区表町の自宅で死去。八九歳。

▼夏目漱石が詠んだ俳句で井上哲次郎を題材にしたものに、「永き日や韋陀《いだ》を講ずる博士あり」（一八九六年二月二三日付『海南新聞』）があり、「井の哲の事」と添え書きがある。帝大学生時代、井上哲次郎の東洋哲学の講義でヴェーダを聴講していた時の体験である。

小宮豊隆の「『三四郎』の材料」（『漱石 寅彦 三重吉』岩波書店、一九四二年一月二五日）によると、井上の講義を聴いた鈴木三重吉が、その様子を漱石に報告したが、漱石は早速「三四郎」の中で、「其教室には約七八十人程の聴講者が居た。従つて先生も演説口調であつた。砲声一発浦賀の夢を破つてと云ふ冒頭であつたから、三四郎は面白がつて聞いてゐると、仕舞には独乙の哲学者の名が沢山出て来て甚だ解しにくゝなつた。」（三）と利用した。その後、漱石門下生の間では、「砲声一発」という言葉が井上哲次郎の代名詞になったという。井上の大時代的な演説口調は鈴木三重吉宛の漱石書簡（一九〇七年七月三〇日付）にも書かれている。

「且アノ日記ハ母子ノ間柄ヲ裏面カラアラハス故甲野サンノ日記云々トカク方ガ切実デアルノデアル（此所巽軒口調ナリ）」とある。

また、古今東西の哲学者の名をギリシャ語、ラテン語、英語、ドイツ語、フランス語でまくし立てて、虚仮威《こけおど》し的に学生たちを煙に巻く演説には、辟易している。小宮豊隆宛の漱石書簡（一九〇七年八月一五日付）では、「英、仏、独、希臘《ギリシア》、羅甸《ラテン》をならべて人を驚かす時代は過ぎたり。巽軒氏は過去の装飾物なり。」と辛辣に批判した。

「過去ヲ顧ミルハ（一）前途ニ望ミナキ故ナリ（二）下リ坂ナルガ故ナリ（三）過去ニ理想アルガ故ナリ（四）エライ先例ガアル故ナリ　明治ノ三十九年ニハ過去ナシ。単ニ過去ナキノミナラズ又現在ナシ、只未来アルノミ。青年ハ之ヲ知ラザル可カラズ子規。樗牛。伊藤博文。井上哲一《ママ》郎。三井。岩崎。」（一九〇六年 断片三五B）とあるが、末尾の六項目に共通なものは何だろうか。子規（故人）を除いて五つは漱石の否定したいマイナス要素である。過去に置いては輝いていた「理想」的な先例であろうか。「明治ノ三十九年」の現在、過去の栄光ある「理想」は衰退「下り坂」で、青年たちに未来の「理想」奮起を促している。井上哲次郎は過去の理想であって、今では遺物化した象徴として見られている。

▼一九〇六年二月、漱石は東大の英語学入学試験委員を嘱託され、多忙を理由に辞退したが、姉崎正治（嘲風）教授から再度頼まれた。漱石は講師の身分であるから、授業以外はする義務はない、従って多忙でできないから断った。姉崎が漱石の立場を心配して忠告したことに対して二度、書簡で自分の考えを書いた。

「君は親切に色々心配してくれるし井上さんもさうだといふから一応僕の考を述べて英断を仰ぐ訳だ。でとにかく今回は御免蒙るよ。此手紙は坪井さんに見せても井上さんに見せても乃至は教授会で朗読してくれても差し支ない。」（一九〇六年二月一五日付）とあくまで自己の立場を主張した。この手紙は坪井九馬三《くめぞう》文科大学長（現在の文学部長）、井上前学長、教授会が文科大学当局の権力の中心であることを示している。教授会、学長は職制上当然として、前学長の井上の名が挙がっていることは、東京帝国大学文科大学内の力関係が表れて面白い。

一方、井上は漱石をどう見ていたのだろうか。晩年の回想に漱石に触れた部分が次のようにある。「英文学の方でも教授の候補として英国に留学中であつた夏目金之助（漱石）を迎へようといふ考であつた。ところで、夏目氏に対してはいろいろの風評があつた。どうも英国で精神に異状を来してゐるのであるからして、到底教授になれないであらう、などといふことであつた。然し夏目氏が帰朝された後、自分が招いて自分の書斎に来て貰つて会談してみたところが、決してさういふ精神病者のやうな態度はなかつた。それで夏目氏には何時間であつたか今はハッキリ覚えてゐないけれども、四時間以上英文学の講義をして貰ふことに約束が出来たのである。」「小泉氏（ラフカディオ・ハーン）を失なつたことは大学に取つて甚だ遺憾であつたけれども、然し夏目氏を迎へたことは甚だ喜ばしいことであつた。然し夏目氏もなかなか難物で、小泉氏に劣らない天才者で、そして常軌を以て律すべからざるところのあつたことは周知の事実である。」（『懐旧録』「九．大学退職」）と、「精神に異状を来してゐる」とか、「常軌を以て律すべからざるところのあつた」ことを半ば肯定していたようにみえる。所詮、二人は肌の合わない異界の人であった。

〔**参考文献**〕井上正勝編『井上哲次郎自伝』井上哲次郎三十年祭記念、富山房、一九七三年一二月二日。／『近代文学研究叢書』第五四巻「井上哲次郎」、昭和女子大学、一九八三年四月一〇日。／井上哲次郎『懐旧録』春秋社松柏館、一九四三年八月二〇日。

〔原武　哲〕

## ■大塚　保治

おおつか・やすじ

『夏目漱石―漱石山房の日々』群馬県立土屋文明記念文学館、二〇〇五年刊。一九三〇年撮影。

**一八六八（明治元）年一二月二〇日〜一九三一（昭和六）三月二日。**

**東京帝国大学文学部教授。美学者。漱石と一高・帝大文科時代の先輩同窓友人。帝大寄宿舎で親しく交流し、*大塚楠緒子の婿養子の候補者同士となったが、結局、保治が選ばれた。英国留学から帰国した漱石は、保治の斡旋で東大英文学の講師になった。**

群馬県南勢多郡木瀬村大字笂井《うつぼい》（現・前橋市笂井町）に父・小屋宇平治と母・ミチの二男として生まれる。小屋家は代々名主を勤めた旧家で、寺子屋を開き、子弟の教育に当っていた。兄・右兵衛は第四代木瀬村村長になった。幼いころから秀才の誉れ高かった保治は、勢多郡木暮村（現・富士見村）

に一八七九（明治一二）年に開校した群馬県中学校（現・前橋高校）の第三回生として八一（明治一四）年に入学し、一年から三年に飛び級して優秀な成績で、八四年卒業した。同年、上京して東京大学予備門文科に入学、八六年四月、同校は第一高等中学校と改称、八八（明治二一）年七月、小屋保治・*藤代禎輔・牧瀬五一郎・小川銀次郎・*立花政樹・*菅虎雄ら六名が文科を卒業し、同年九月、帝国大学文科大学哲学科に入学した。**九〇**年九月、夏目金之助（漱石）が英文学科に入学して来たが、文科大学三学年合わせても三〇名程度の学生だったので、挨拶くらいの顔見知りだっただろう。

▼**一八九一**（明治二四）年七月一〇日、一高以来の前記六名の他、前年入学の藤井宣正、帝大数学科を卒業した理学士*狩野亨吉の八名と共に、恩賜の銀時計を受けて卒業し、引き続いて大学院で美学を専攻した。保治が大学院に在籍、寄宿舎にいる時、漱石も入舎してきて、親しくなった。寄宿舎では漱石と同室になったこともあり、向かいの室にいたこともあったという。

▼漱石は*正岡子規と親しく、俳句を作り、低徊趣味的な態度で、俳味に満ちていた。また漢詩を好み、保治と散歩する時は、途上軽妙な警句や犀利な観察をして、保治をしばしば驚かせたことがあったという。ある時は、

「魂は溟《めい》漠に帰し　魄は泉に帰す
只だ人間《じんかん》に住すること十五年
昨日　僧に施す　裙帯《くんたい》の上
断腸す　猶《な》ほ琵琶の絃を繋《か》くるを」
（朱褒《ほう》「亡妓を悼む」『三体詩』）

を微吟愛唱していた。よく高青邱の詩などを見て、自分でも作っていたという（大塚保治「学生時代の夏目君」『新小説』第二二年第二号、一九一七一月）。

▼九二年大学院で勉学の傍ら、大西祝《はじめ》の推薦で東京専門学校（現・早稲田大学）文学科の講師となり、ハルトマンの美学を講義した。同時に哲学館（現・東洋大学）でも講義をした。このころ、学生服のまま教壇に立ったという。

▼**九三**年七月二六日、漱石は*斎藤阿具宛の手紙で、「小屋君は其後何等の報知も無之同氏宿所は静岡県駿洲興津清見寺と申す寺院に御座候」と書いているが、これは宮城控訴院長の大塚正男が長女・楠緒子の結婚相手（養子）の候補者を「仲人の名人」の誉れ高い*清水彦五郎（帝国大学書記官兼寄宿舎舎監）に紹介してもらったことと関連していると思われる。

つまり小屋保治と大塚楠緒子との見合いが興津清見寺で行なわれた可能性がある。清水彦五郎は大塚楠緒子の花婿候補として第一に小屋保治、第二に夏目金之助を考えていたのだろう。**九三**年七月一〇日、帝国大学英文学科の二人目卒業生となった漱石は、大学院に入学「英国小説一般」を専攻、神田乃武の指導を受ける。夏季休暇で学生の少なくなった帝大寄宿舎で十数人と共に漱石は、同室者の置き去りにして行った蚤を一身に引き受けて、就職難に不安を覚えていた。その時、小屋保治が新しい鞄を買って、翌日から興津に行くと言うので羨ましく思った。保治は興津から帰り、大塚楠緒子に惚れられたと語ったので、漱石はますます羨ましく思ったという。

▼**九四**年七月二五日、漱石は群馬県伊香保温泉に静養に来たが、無聊を慰めようと実家の木瀬村箕井に帰省していた保治を呼び出す手紙を出した。

▼漱石は帝大寄宿舎を出て、松島・湘南・菅虎雄宅を流浪の末、**九四**年一〇月一六日、小石川区表町七三番地の法蔵院に下宿し、正岡子規・狩野亨吉・小屋保治に転居通知を出した。

▼**九五**年三月一六日、保治は大塚楠緒子と結婚、永田町の星岡茶寮で披露宴が開かれ、兄・直矩の羽織と袴を借りた漱石の外、大西祝・藤代禎輔・*立花銑三郎・*米山保三郎・狩野亨吉・菅虎雄・*芳賀矢一・斎藤阿具らが出席した。結婚祝として橋本雅邦の描いた絵画を贈った。小屋保治は大塚正男の養子となり、大塚姓を名乗ることになった。

▼**九五**年四月七日、夏目漱石は松山の愛媛県尋常中学校（現・愛媛県立松山東高等学校）に赴任のため、東京を離れた。同年八月、保治は「審美的批評の標準」を『六合雑誌』に発表した。**九六**年一月四日午後四時、砂場で開かれた保治ヨーロッパ留学歓送の紀元会臨時総会に保治は、漱石・狩野亨吉・立花政樹・立花銑三郎・米山保三郎などと出席した（狩野亨吉日記）。

▼一八九六（明治二九）年三月、美学研究のためドイツ留学を命ぜられ、単身アメリカ経由でヨーロッパに渡った。ドイツではカント・ヘーゲル・シェリングなどの最新の哲学・心理学・社会学を吸収し、美学に応用する方法を学んだ。フランス・イタリアを回り、美学研究の傍ら美術館・絵画展覧会を訪問、美術についての思索を巡らし理解を深めた。この年、長女雪江出生。九九年東京帝国大学文科大学に新設された美学講座の初代教授に就任した。ただし、保治はヨーロッパ留学中につき、ケーベルが臨時に担当していた。

▼**一九〇〇**（明治三三）年七月、ヨーロッパから帰国した。同年八月一五日、大塚保治帰国歓迎会が大塚宅で催され、妻・楠緒子の作った日本料理や西洋菓子に狩野亨吉・菅虎雄・*山川信次郎・中村進午など一同は感嘆した。保治は帝大美学講座の担当教授の職に就いた。同年九月、東京に帰った漱石は、入れ替わってイギリスに留学が決まったので、出発前、保治に会い、ロンドンの下宿などの情報を聞いたらしい。

▼**一九〇〇**年九月八日、漱石は横浜港を出港、ヨーロッパに向かった。一〇月二八日、ロンドンに到着、大塚保治に教えられた日本人下宿ガワー・ストリート七六に一先ず宿所を決めたが、部屋代・食費で一日六円もかかり、年間一八〇〇円の留学費では賄えないので、一一月一二日、下宿代の安いプライオリー・ロード八五のミス・マイルド宅に転居した。

▼**一九〇一**年二月九日、漱石は狩野亨吉・大塚保治・菅虎雄・山川信次郎宛連名で、ロンドン留学生活の近況報告を長い手紙に書き、「大塚君の指輪は到着したかね安達から手紙が行つたらう」と述べた。漱石が送った指輪は保治用の物か、楠緒子用の物か分からない。「安達」は安達峰一郎（一八六九～一九三四）のことで、当時フランス公使館三等書記官で、後にフランス大使になった外交官である。〇一年保治は欧州美学導入の先駆的功績によって文学博士の学位を受けた。

▼保治は葉書と短歌雑誌『こゝろの華』を英国留学中の漱石に贈ったが、**〇一**年七月一二日に受け取ったので、たぶん大塚楠緒子訳の翻訳戯曲「うつせみ」（一）（二）（三）が掲載されている『こゝろの華』（一九〇一年三、四、五月号）であろう。なお、「うつせみ」は（八）（一九〇二年二月）まで続いているが、（四）以後も漱石に送ったかはわからない。

漱石は英国留学から**一九〇三**（明治三六）年一月二四日、東京に着き、岳父の*中根重一宅に落ち着いた。熊本の五高を辞し、東大教授大塚保治の尽力により帝大、狩野校長の推薦で一高に就任、東京の借家探しで金銭的にもかなり逼迫し、保治からも一〇〇円か一五〇円を借金した。菅虎雄の助力で本郷区千駄木町に転居、保治が保証人になった。

▼〇三年四月、東大文科大学雑誌『帝国文学』（代表上田万年）の評議員に大塚保治・夏目金之助・芳賀矢一・藤代禎輔らと共になった。

▼〇三年五月二一日、漱石は菅虎雄に手紙を出し、「大塚の三女病気にて死去夫が為同人よりの借銭返却の為め貧乏なる山川を煩はし候」と書き、保治の借金返済催促に応じて返済した。

▼〇三年七月二二日、菅虎雄の母・貞《てい》が郷里久留米で亡くなり、漱石は藤代禎輔から訃報を聞き、狩野亨吉と大塚保治に連絡し、赴任中の清国南京師範学堂から一時帰国した菅虎雄に香典五円を為替で送った。

▼**一九〇五**（明治三八）年一月一日、漱石は『ホトトギス』一月号に「吾輩は猫である」を発表した。たいへん評判になり、作中「美学者」（後の迷亭）のモデルは大塚保治であるという噂が立った。**〇五**年一月一日、漱石は東大英文科の教え子*野間真綱に、「猫伝中の美学者は無論大塚の事ではない大塚はだれが見てもあんな人ぢやない。」と手紙で書き、美学者をことさら大塚らしくない迷亭として描いた。

同年の年賀状に自筆の猫の絵葉書を送った者が何人もいた。大塚保治も猫の絵を描いて、漱石に出した。これに対して、漱石は「猫の画は中々うまい。あれは妻君の代作だらう。猫の顔や骨格や姿勢はうまいが。色がまづい。頭の周囲にある模様見た様なものも妙だな。僕も画端書をかいて奥さんを驚ろかせやうと思ふがひまがないからやめ」（四月七日付）と保治のお茶目に反応して、楠緒子の代作だろうと茶化した。

▼〇六（明治三九）年に保治は文部大臣・牧野伸顕に官設展覧会設置建議案を提出、文部省美術展覧会（文展）の開設に決定的な役割を果たし、第一回から第三回までの審査員を務めた。

▼**〇七**年三月初め、大塚保治は漱石に東京帝国大学文科大学英文学講座担当教授になってくれないかと相談をした。教授になれば、月給一五〇円支給されるが、文筆活動は控えなければならない。漱石は朝日新聞社入社の件が落着するまで待ってもらうことにして、朝日新聞社が決定して後、東大は辞退した。

▼**〇七**年五月か六月、夜、大塚保治宅で一〇名ばかりの会合があり、漱石も出席する。楠緒子も出席した。漱石は参会者から京都旅行の感想や「吾輩は猫である」の山の芋を盗まれた話などについて質問される。漱石はある匂いを嗅ぐとその匂いを嗅いだ時のことを思い出すこと、英国留学時代に主人役となって客を招待し、肉を配る時、肉の良い部分を自分の皿に取り、客には骨の部分だけを配ったので、客はナイフもフォークも下に置き、手持無沙汰にしていた。漱石は途中で気付いたが、仕方がないのでさっさと片付けてしまったと失敗談を話し、楠緒子や他の客も面白がった。大塚宅（本郷区駒込西片町一〇番地）の客間には、ランプが三つ、四つ置いてあり、高低を自在にすることができる。漱石は保治に、「楠緒子夫人の考案か。」と聴くと、「出来合いだ。」と答えた。

▼**一九〇九**年四月三日、漱石は東大就職で恩義のある保治に『文学評論』（再版）を贈り、「かねて大学在職中にやつた講義ののこりものを又出版したから御覧に入れる。もう是で大学に縁のあるものはなくなつた。大学は君の周旋で這入つた処だから夫が縁故で出来た著書は皆君が間接に書かした様なものだから記念の為め一部机右に御備へ置を願ひたい。中は読んでも読まなくてもい丶が可相成は読んでくれる方がい

ゝ。さうして批評をしてくれゝば猶結構である」と手紙を添える。

同年六月四日、保治は漱石宅を訪問した（漱石日記）。

同年七月八日、漱石は保治宛書簡に、「文学評論を通読して呉れて寔《まこ》とに難有い。其上わざ〳〵批評を書いて貰つて済まない。大変に過重な褒辞を得て少々辟易するが矢張り嬉しい。それから悪い所をもつと色々指摘してもらひたかつた。もつと無遠慮に僕の参考になる様に云つてくれると猶よかつた。がそれは忙がしい君に望むのは僕の方の無理かも知れない。」と書いた。*野上豊一郎が保治の「文学評論」評を『国民新聞』「国民文学」欄に掲載したく原稿依頼に行ったところ、断られたので、保治が漱石に送った「文学評論」読後感の書簡を『国民新聞』に送ることに了承を求めた。「君の所に御産があつた様に聞く。奥さんも赤坊も御壮健ならん事を祈る。」と書いたが、この「赤坊」は長男・弘の事であった。

▼同年七月一三、一四日、『国民新聞』「国民文学」欄に保治の「『文学評論』に就て大塚博士より著者夏目漱石に寄せたる書翰」が発表された。漱石は畔柳都太郎（芥舟）宛の手紙で、「大塚の文学評論評は局部々々に小生の妙に思ふ所有之。然し大塚の様な無精ものが書いてくれた事故大いに感謝の意を表し居候。」と書き、さらに漱石の、注目すべき大塚保治人物評を、「大塚は重箱の如くキチンとしたる頭の男に候。形式家としては整然たるものに候。面白い説を吐く人としては一寸推服致しがたかるべきか。尤も夫程大塚のものを読まぬ故何とも申しがたし。一日も早く此説を正誤致し度考に候。」（一九〇九年七月二六日付）と書いた。保治の几帳面で、実直な性格が出ている。

▼**一九〇九**年八月一四日、菅虎雄の妻・静代が、四男・高重を出産後の経過が悪く、三三歳で死去した。漱石は一六日朝、菅家（小石川区久堅町）に弔問に行く。一八日午後一時、菅静代の葬儀に参列した。「大塚が二十年前のフロツクコートを着て来た。車に乗るのは失礼だと云つて麟祥院迄あるくと云ふ。富坂迄一所につき合つて見たがたまらなくなつて御免蒙つた。」（漱石日記）と、保治は人力車で斎場に乗り付けるのは失礼だと言って、暑い中をフロックコートの喪服を着たまま歩いて行く律義さを示している。

▼**〇九**年一一月二〇日、漱石は大塚宅に門下生の*森田草平を使いにやって、今度『朝日新聞』に「文芸欄」を新設し、漱石が中心に差配し、編集担当に森田草平・*小宮豊隆があたるが、大塚保治にも特別寄稿者となることを承認してほしいと頼んだ。

早速、同年一一月二六日、保治は「朝日文芸欄」に、「美術と文芸（上）」を、二七日に「美術と文芸（下）」を寄稿した。

▼**一九一〇**（明治四三）年三月一六日、漱石は佐々木信綱から竹柏園の講演を依頼されたが、断りの返事を大塚楠緒子に出し、「大塚氏神経衰弱未だ御回復なき由神経衰弱は現代人の一般に罹る普通のもの故御心配なき様冀《こいねがい》候。逢つて話をする男は悉く神経衰弱に候。是は金病とともに只今の流行病に候」と書き、保治の神経衰弱は現代病の一つで心配ないと、楠緒子を慰めた。

同年六月二六日、「朝日文芸欄」に大塚保治談「文芸行政論（上）」が掲載される。

同年八月二四日午後八時三〇分、漱石は修善寺の菊屋旅館で大吐血、三〇分間の人事不省に陥る。二五日、保治は危篤の電報を受け、大磯から駆け付けた。急変はなかった。二九日、漱石の容態次第に良好になり、午前中、保治、菅虎雄、森巻吉らが病室に見舞いにきて、正午、大仁経由で帰京した。一〇月一一日、漱石は修善寺から帰京、そのまま長与胃腸病院（麹町区内幸町）に入院した。

同年一一月九日午後二時三〇分、妻・楠緒子が感冒から肋膜炎を併発、大磯で転地療養中、死去、享年三六歳だった。同月一三日、漱石は新聞で楠緒子の死を知る。保治は楠緒子の死の報知と広告に友人総代として漱石の名を使ってよいかと電話で漱石に聞く。漱石は承諾した。一二月二六日、保治は長与胃腸病院に漱石を見舞った。

▼**一九一一**（明治四四）年二月二〇日、漱石の留守宅（牛込区早稲田南町）に文部省から文学博士号授与の通知が来た。二一日、漱石は専門学務局長福原鐐二郎宛に、「今日迄たゞの夏目なにがしとして世を渡つて参りましたし、是から先も矢張りたゞの夏目なにがしで暮したい希望を持つて居ります。従つて私は博士の学位を頂きたくないのであります。～学位授与の儀は御辞退致したいと思ひます。」と手紙で断った。辞退は了承されず、四月半ばまで文部省と折衝し、物別れとなった。四月一一日上田万年、芳賀矢一が博士問題で説得に来て、福原鐐二郎も来たが、意見は一致しない。保治は「博士号辞退とても、一旦かうして野に下つた以上、従来の経歴から押して行けば当然同君の辞退するのが当然で、仮に同君の位置に吾々がゐるとしても、さうしたであらう。又博士会の方でも、推薦をするのに当人の意志を問ひ合せる必要を認めなかつたから、あんな事になつたゞけで、どちらも正しいと見るのが当然だと思ふ。」（学生時代の夏目君）と感想を述べた。

同年五月二二日晩、保治は帝国劇場に文芸協会*（坪内逍遥顧問）のハムレット劇を観に行き、七時夕食のため、幕間に二階の玄関上で漱石に会った。

▼**一九一二**（大正元）年一〇月六日、漱石は大塚保治を訪問し、一〇月一三日から公開される第六回文部省美術展覧会の批評を保治に執筆依頼（朝日文芸欄）した。「御存じの退嬰主義の男の事」（山本松之助宛書簡）で承諾しなかった。しかし「慎重なる」保治は一三日に文展を観て、書くか、談話筆記にするか決めると答え、漱石も「意見を世に発表する学者の態度」を理解し、「責任を重んじ名誉を重んずる人に対して是より以上強ひる事は無礼なり」と山本文芸部長に諒解を求めた。結局、保治は文展批評の執筆はできないが、談話筆記には応ずることになり、「公設展覧会所感」と題して、上・中は「某博士談話筆記」、下は「大塚文学博士談」で、一〇月三〇日から一一月一日まで三回に分けて発表された。

▼**一九一四**（大正三）年一月六日、漱石は保治から『心の花』新年号の寄贈を受け、保治の談話「大西祝博士を憶ふ」を読み、「君は美学に関する論文でも最近欧洲文芸史でも其一部分でも公けにしたら何うだらう。大学でばかり講義をするよりも広く天下の人に見せる方が僕は賛成だ。どうせ君は学者なのだからいくら著作を軽蔑したつて学者を軽蔑したつて今更始まらない以上学者としての活動をしたらいゝではないか」（大塚保治宛書簡）と、著作を書かない保治に著作を勧めた。

同年三月一七日、漱石は保治と佐々木信綱と打ち合わせて、火曜の午後でよければ砂土原町（大塚養家・義父正男は健在）に出掛けようと、保治の返事を午後五時まで待ち、通知がないので、友人を送って出掛けた留守中に佐々木信綱が打ち合わせのため漱石宅を訪問、恐縮する（佐々木信綱宛漱石書簡）。この問題はおそらく楠緒子死後、保治の女性問題で養家と疎遠になったことの対策であろう。「楠緒子　妾ヲ撃退ス」「楠緒さん」（漱石「断片　六三A」）「大塚夫人　妾撃退」（「断片　六三B」）とあるように保治の女性問題は楠緒子存命中から始まったらしい。楠緒子歿後、大塚養家と紛糾し、小屋姓に復籍するかどうかにまで発展した。

▼**一四**年一一月二九日、大塚保治の件で漱石は、佐々木信綱宅（駒込西片町）を訪問、佐々木と二人で大塚宅を訪ねた。

同年一二月三日、漱石は佐々木信綱に手紙を寄せ、保治のために円満解決を望み、大塚養家との交渉日時を決めたいと相談した。

▼**一九一五**（大正四）年一月四日、漱石は佐々木信綱に手紙を書き、大塚養家では従来の感情を一新するので、保治も態度を一変してほしい、その条件とは「妾放逐の一事」である、とあり、この条件を漱石から直接保治には言わない。同年二月二七日、漱石は佐々木に手紙で、「大塚君は此点に関して思慮分別が欠乏してゐるのではないのだから当人の随意でも構はないかとも考へます、尤も家庭教師としてゐるうちにそれ以上の精神上又は肉体上の関係が起るとは多分ないかと思ひますが、それを想像すれば又問題が違つて参りますがそれは多分ないかと思ひます」と書き、さらに保治の再婚問題にも触れ、自分は交際が狭く持ち合わせがないので、佐々木信綱に世話を頼んでいる。保治の「妾」問題がこの「家庭教師」と関連があるかどうか、わからない。保治・大塚養家問題に関する、漱石と佐々木との書簡交換は、二月二七日付が最後で決着が着いたようだ。詳しいことはわからないが、保治は以後も大塚姓を名乗り、一五年一二月、義父正男の死後、養家の砂土原町に転居し、後に二二歳年下の坂井タキ（新潟県人）と再婚した。

▼**一九一六**（大正五）年一一月二二日、漱石は体調不良で床に横臥し、吐血、九日、危篤となり、保治は知らせを受け駆けつける。漱石は午後六時四五分永眠した。森田草平の発案でデス・マスクを作ることになり、保治は友人新海竹太郎を紹介したので、新海を呼びにやり、一〇日午前一時二〇分デス・マスク原型ができあがった。

▼一九一四（大正一四）年、帝国学士院会員となる。

▼一九二九（昭和四）年、東京帝国大学を停年退官、名誉教授となる。

▼一九三一（昭和六）年三月二日、慢性腹膜狭窄症のため死去、満六二歳。

▼保治は初めヴントの心理学的、自然科学的方法から美学研究を進めたが、後にディルタイの精神科学的方法を取り入れ、現象学的方法も加味し、類型学の美学論に達した。保治は従来のドイツ観念論の系譜をとるヘーゲル、シェリング、ハルトマンなどの哲学的美学が演繹的に走り過ぎ、文芸、美術の具体的現象の説明に有効ではなく、心理的、歴史社会的考察が不十分だと批判した。彼は文藝、美術の材料、事実を広く集め、この中から経験主義的心理主義立場から帰納的に美学の法則性を発見すべきだと主張した。漱石はしきりに保治に論文・著作を促したが、講義に全力を傾け、一冊も著作を発表しなかったが、死の直前、大西克礼ら門下生により『大塚博士還暦記念美学及芸術史研究』（岩波書店、一九三一年一月）が刊行された。大西克礼編『大塚博士講義集』第一巻「美学及芸術論」一九三三年五月、第二巻「文芸思潮論」一九三六年三月（岩波書店）にまとめられた。保治の受業生では、阿部次郎の「大塚保治先生のこと」（『文藝春秋』一九三三年八月。岩波書店『秋窓記』一九三七年一〇月五日収録）、上野直昭の「大塚保治先生」（『心』一九五〇年四月）が勝れた回顧談である。

また大学生時代の芥川龍之介*は「大学の

講義はつまらないけれど名だけきくと面白さうに思はるべく候今きいてゐるのを下にあぐれば、美学概論」（一九一三年九月一七日付山本喜誉司宛書簡）と保治の講義をあげた。また、「講義のつまらないのには閉口です（中略）大塚さんと波多野さんは僕の一番尊敬してゐる先生です」（一四年一一月一四日付原善一郎宛書簡）と保治への尊敬を述べた。

　漱石作品では、『こゝろ』の「K」に保治の影を見るという説もある。

**〔参考文献〕**大塚保治「学生時代の夏目君」（談）『新小説』「文豪夏目漱石」一九一七年一月。／大塚保治「夏目君の文学論」『文章世界』一二巻第二号。／斎藤阿具「大塚博士と楠緒子女史との奇縁」『文藝春秋』一九三四年八月。／松本健次郎「漱石と大塚保治夫妻」『日本医事新報』二四八五号、一九七一年一二月一一日。／小坂晋『漱石の愛と文学』講談社、一九七四年三月。／群馬県立土屋文明記念文学館『夏目漱石——漱石山房の日々』二〇〇五年一〇月一五日。

〔原武　哲〕

## ■狩野　亨吉

かのう・こうきち

『夏目漱石と菅虎雄』菅高重提供、一八九一年七月撮影。

**一八六五**（慶応元）**年七月二八日～一九四二**（昭和一七）**年一二月二二日。**

**京都帝国大学文科大学長。第一高等学校長。哲学者。教育者。考証家。骨董鑑定家。古書収集家。一高・帝大の先輩。五高で教頭、一高で校長として漱石と同勤。漱石が学問・人格で最も尊敬していた人物。**

　出羽国大館比内城三の丸（現・秋田県大館市）で、父・狩野深蔵（良知）、母・千代の二男として生れた。七六（明治九）年四月上京、七八年八月第一番中学校（後の府立一中）変則科に入学、翌七九年三月には夏目漱石が同じ東京府第一中学校と改称した同校正則科第七級乙に入学したが、二人の接触はない。八四（明治一七）年七月、東京大学予備門卒業、八月、東京大学理学部（後に帝国大学理科大学と改称）に入学し、八八年七月、帝国大学理科大学数学科を卒業した。八九年九月、帝国大学文科大学哲学科二年に編入、九一年七月、哲学科を卒業して大学院に入った。九二年七月、第四高等中学校教授として金沢に赴任し、金沢市長町一番町西田幾多郎の持ち家に入る。

▼狩野が漱石に最初に会ったのは、後に五高・一高で同僚になった*山川信次郎（一八九五年七月帝大英文科卒）の紹介であったという（「夏目君と私」「漱石と自分」）。それがいつのことかよくわからないが、漱石が帝大英文学科に入学した**一九九〇**（明治二三）年九月は、狩野が哲学科三年の時であった。当時、文科大学（後の文学部）全体でも本科学生は三学年合わせても三〇名足らずで、専門科目を除けば共通科目が多く、学年・専攻学科の別なく、顔を合わせて受講していた。従って、漱石は狩野の名や顔を知っていただろう。

　「狩野亨吉日記」に夏目金之助の名が最初に出るのは、**九三**年八月六日付であり、漱石書簡で狩野の名が出るのは、**九三**年八月一五日付*立花銑三郎宛書簡であり、狩野宛漱石書簡で最も古いものは**九三**年一〇月二七日付である。ここから考えると、二人の密接な交流が始まったのは、漱石が帝大を卒業した**九三**年七月前後であり、四高教授狩野が金沢から帰京、二人はこの夏、数回会い、新卒漱石の四高赴任を勧誘したが、結局、漱石は四高英語教授の口を断り、学習院就職も失敗してしまった。

▼**一八九四**年三月、第四高等中学校を退職、東京に帰った。帝大卒業以来大学院に入り、本郷の帝大寄宿舎にいた漱石は、「所々流浪の末」小石川区表町の法蔵院に下宿したことを狩野に知らせた。

▼**九五**年四月、漱石は愛媛県尋常中学校嘱託教員となり松山に赴任、**九六**年四月、第五高等学校英語嘱託となり熊本に着任、狩野に高浜虚子*を紹介し、指導交際を依頼している（**九六**年五月三日付狩野宛書簡）。同年六月九日、漱石が中根鏡子*と結婚、狩野に通知披露したが、狩野は結婚祝として山川信次郎・松本文三郎・米山保三郎*らの合同写真を送った。

▼狩野が推薦して五高英語教師として赴任した赤木通弘は、任に堪えず辞職したので、**九七**年一二月七日、漱石は後任として狩野を教頭として五高に招聘しようとした。赤木の辞職に責任を感じていた狩野は、五高赴任を承諾し、**九八**年一月初旬熊本に到着、漱石に当座の金を数回融通してもらった。一月二二日、第五高等学校教授となり、二六日付で教頭を命ぜられた。

「夏目君と自分が一番多く会つてゐたのは熊本時代で、自分が行くより先に彼は行つてゐたのであるが、その時分は毎日のやうに会ふ機会があつたが、大してお話するやうな事柄も記憶にない。」（「漱石と自分」『東京朝日新聞』一九三五年一二月八日）と述懐している。

▼一八九八（明治三一）年一一月二二日、狩野の親友沢柳政太郎が第一高等学校校長から文部省普通学務局長に転出したので、沢柳の推薦であろう、文部大臣より後任の一高校長に奏薦する電報があり、一旦は見合わせを申し入れたが、結局は同月二四日付で発令されてしまう。

漱石は上京した狩野に「大兄御栄転後嘸《さぞ》かし御多忙の事と奉遥察候」「第一の事情は幻気に承知致のみにて当局の大兄には種々意外の内情御発見の事と存候」「学校は因例如例《れいによつてれいのごとく》御転任後転《うた》た寂莫を感じ居候」（**一八九九**年一月一四日付狩野宛漱石書簡）と寂しさを述べている。

三三歳の一高校長狩野は爾来八年間、校務の他、一切外の世界に振り向かず、休日も学校に出勤し、ひたすら一高の生徒、教職員のため献身的に尽瘁した。「岩田の手紙中に第一程学校らしからぬ学校はなく第一の教師程教師らしからぬはなしと有之実際左程に候や随分御骨の折れる事と存候邦家の為御改革可然かと申せば世の中の学校は大概こんなものと御返答あるべければ其辺の事は別段申上まじく候」（**一八九九**年二月五日付狩野宛漱石書簡）とあるように一高が他の地方高校と違って、教師・生徒ともに高踏的、優越的な気風が独自の校風を形成して、学校経営の困難さを気遣っている。九九年、狩野を唯物論者にした安藤昌益の『自然真営道』全百巻九二冊の筆写本を手に入れた。

▼**一八九九**年三月ごろから、漱石が五高に招いた英語科山川信次郎に一高転任の話があり、当初漱石は賛成していなかったが、一高校長狩野は山川の転任交渉を進め、山川本人も希望したので、五高側も了承し、漱石は狩野に山川転任の役職、給与の交渉に当った。九月山川信次郎は第一高等学校に赴任した。

▼その後も五高の人事の問題や卒業生の下宿の世話など漱石は狩野に相談している。

**一九〇〇**（明治三三）年九月、漱石は五高在籍のまま、英国留学のため、横浜を出航した。

狩野は寺田寅彦らと埠頭でプロイセン号に乗った漱石や藤代禎輔・芳賀矢一らを見送った。**一九〇一**年二月九日、漱石はロンドンから狩野亨吉・大塚保治・菅虎雄・山川信次郎四名連記宛の長い手紙を出した。長い手紙で近況を報告するのは、困難であるから連名で御免蒙ると書いて、大学以来の親友に長文（岩波『漱石全集』本で八頁にわたる）の言文一致の会話体で出した。その中で古書収集家の狩野に対して、「僕は少々面白い本を買つた狩野君に見せたいのがある」とある。「どうも仏蘭西語が出来んと不都合だ切角洋行の序にやつて行きたいが四ヶ月か五ヶ月でい丶が留学延期をして仏蘭西に行く事は出来まいか狩野君から上田（万年《かずとし》。当時、文部省学務局長）君に話して貰ひたい」と留学延期とフランス旅行の許可を求めている。「狩野君と山川君と菅君にお願ひ申す僕はもう熊本へ帰るのは御免蒙りたい帰つたら第一で使つてくれないかね未来の事は分らないが物が順にはこぶと見て僕も死なず狩野君も校長をして居るとした処で如何ですかな御安くまけて置きますよ」と狩野校長に帰国後、五高から一高への転任希望を訴えている。

▼**一九〇三**（明治三六）年一月、漱石はロンドンから帰国、狩野亨吉や大塚保治らの計らいで第一高等学校英語嘱託（年俸七百円）と東京帝国大学英文学科講師（年俸八百円）を兼任した。かくて一高に狩野・菅虎雄・藤代禎輔・山川信次郎（〇二年一〇月退官）という帝大以来の仲間がうち揃った。**〇三**年七月二日、清国南京三江師範学堂教習（客員教授）として赴任していた菅虎雄宛の漱石書簡には「狩野ハ狩野サ万古不易ト云フベキ代物ダ然シ熊本時代ヨリモ元気ガアルラシイ」と校長職に専念している精励恪勤ぶりを伝えている。

▼一九〇六（明治三九）年七月五日、京都帝国大学に文科大学（後の文学部）が開設され、倫理学講座担当教授に任ぜられ、初代学長に補せられた。教官の人選において、帝大卒業生でない東洋史の内藤虎次郎（湖南）、国文学の幸田成行（露伴）や選科出身の西田幾多郎を招聘して、特色を出した。

英文学の人材を探していた狩野は漱石に教授の口を声かけた。漱石は、

「大体の上より京都はあまり志望仕らず他に相当の候補者あらば喜んで其人に譲り度と存候　其理由中に小生一身上他人には存在し得べからざる個人的の理由も存し居候　夫は外でも無之東京の千駄木を去るのがいやな事に候。是は千駄木がすきだから去らぬと申す訳には無之反対に千駄木が嫌だから去らぬ事に候。此パラドツクスの意味は他に対しては説明する程の価値も無之候」（**〇六**年七月一〇日付狩野宛漱石書簡）と奇妙な理由付けで一旦は断った。しかし、東京帝大が西洋人を雇い入れる由、自分は出講しなくてもよいようになり、一高も講師の不安定な状態なので、京大の方は熟慮したいと再考の返事（七月一九日付）を出したが、結局、七月三〇日付書簡で申し入れを断った。

▼**〇六**年一〇月二三日、狩野から漱石の夢を見たという手紙を受け取った漱石は、官庁的事務的な手紙しかもらったことがないのに、文学的な手紙で驚き、かつ喜び、長い返事を同日続けて二通も出した。「人はよく平生思つてるものを夢に見ると云ふが僕の考では割合から云ふと思はないものを見る方が多い。昔し僕がある女に惚れて其女の容貌を夢に見たい〳〵と思つて寐たが何晩か丶つても遂に一度も見なかつたのでもわかる。狩野さんも僕の事を思つてたか

ら見たのぢやなからう虚心平気の所へ僕と養母と娘が出現したのだらう」と夢は何も予期しないで行雲流水の趣で見ると愉快だが、拘泥するとぶち壊しになり醜悪な感じになると述べている。京都には遊びに行きたいが、大学の先生として行きたくないと書いた。

二通目は「君の朋友なる夏目といふ人間はこんな男であるといふ事を紹介する」と書いて、松山・熊本・英国に西下したころを回顧し、「余は道義上現在の状態が持続する限りは東京を去る能はざるものである」と長い手紙を締めくくった。

▼一九〇七（明治四〇）年三月一五日、漱石は東京朝日新聞社に入社を決意、二〇日、第一高等学校講師を退職、二五日、東京帝国大学文科大学に講師退職願を提出した。三月二二日付狩野宛書簡で「今月末より来月はじめへかけて京都へ遊びに行かうと思ひ候が大兄御滞京にや」「小生は今度大学も高等学校もやめに致して新聞屋に相成候」と上洛を知らせた。漱石は野上豊一郎*に手紙で、大学辞職の理由を大学や教授の在り方を批判して述べた上で、

「京都には狩野といふ友人有之候。あれは学長なれども学長や教授や博士抔よりも種類の違ふたエライ人に候。あの人に逢ふために候。わざ〳〵京に参り候。」（三月二三日付）と続けた。

漱石は二八日午前八時、新橋駅を出発して、同日午後七時半、京都に到着、狩野と三高教授になっていた菅虎雄の出迎えを受け、下賀茂の狩野宅に滞在した。この時のことを漱石は「京に着ける夕」（『大阪朝日新聞』）と題して発表した。

▼〇七年八月末、内藤虎次郎の教授昇格問題で文部省と軋轢が生じ、体調も不調で、遂に辞意を漏らす。教授たちの説得で一旦は撤回するが、静養のためしばしば上京するので、漱石も「大兄の出京の頻繁なる驚くに堪たり今度はいつ迄御滞京にや」（一〇月二一日付狩野宛書簡）と驚いている。

〇七年一〇月、文部省から文学博士号を与えられるが、漱石のように強硬に文学博士号を拒否することはなかった。漱石の博士号辞退問題で大塚保治が狩野に相談した時、狩野は「文部省の方は正当の手続をとつてやつたのだし、受ける方の夏目はいやだといふのだから、文部省の方はやつたつもりでゐるがいいし、夏目の方は貰はないつもりでゐるがいい。それより他仕方があるまい」（「漱石と自分」）と文部省の形式主義と漱石の頑固な意地っ張りとの中庸をとり、彼自身は博士号を恬淡と受け流して、拒否するでもなく、執着することもなかった。

〇七年一二月五日、東京数学物理学会主催の関孝和二百年忌記念講演会で「記憶すべき関流の数学家」の講話を病気のため代読させて、初めて本多利明を紹介し、数学家、航海術の元祖として開明的な憂国の開国主義者たることを明らかにした。

▼一九〇八（明治四一）年一月、某文学博士談として『内外教育評論』第三号に「大思想家あり」の題で安藤昌益が紹介された。狩野は既に一八九九年に『自然真営道』の原稿本を入手していたが、この某文学博士が狩野であることは確かで、後に岩波講座『世界思潮』第三巻「安藤昌益」（一九二八年五月）にまとめられた。

〇八年一〇月二一日、前年から神経衰弱症の診断書付で提出していた辞任願が認可され、京都帝国大学文科大学長ならびに教授を退官し、東京に帰り、以後二度と官に仕えることはなかった。

その後は定職を持たず、一市井の古書収集家・骨董鑑定家として陋巷に埋もれて、生涯を過ごした。

▼一九一二（大正元）年九月、東北帝国大学図書館に「狩野文庫」として大量（三万円分）の古書籍が寄付され始めた。

帰京後、小石川区竹早町・雑司ヶ谷に住んでいたが、漱石と会う機会は少なくなり、「大兄病気の為めいづれへかゝ《(ママ)》入院中の処先頃御退院の趣実は其後久敷御無沙汰にて一向御近況も知らず失礼をかさね居候ため御見舞にも参らず不本意千万に存候」（一二年一〇月四日付狩野宛漱石書簡）とある。

▼一三年、古物商の鑑札を受けて商売に没頭していた狩野に皇太子（後の昭和天皇）の傅《ふ》育官の職が浜尾新・山川健次郎によってもたらされたが、「自分は危険思想の持ち主だから」と言って固辞した。安藤昌益の唯物史観的思想の影響と言われている。狩野は天皇制を絶対永遠不変のものとして護持すべきものとは考えず、直接労働によって生産に従事する以外の人間は、天皇・将軍・学者・医者でもすべて農民の生産物を搾取する盗人であるという昌益の思想を容認していたという。後年一九三一（昭和六）年、天皇への御進講書始めの講師に選ばれ、宮内省から通達が行くと、狩野は任にあらずと断り、内藤湖南を推薦した。

▼一九一六（大正五）年一二月九日、夏目漱石は死去、一二日、青山斎場にて夏目金之助葬儀が執り行われ、友人総代として狩野が弔辞を読む。

▼一九一七（大正六）年一月九日、漱石歿後一ヶ月の第一回九日会が夏目邸で開かれ、大塚保治・菅虎雄など友人たちと小宮豊隆・*真鍋嘉一郎など教え子など二六名が集まったが、狩野と*芥川龍之介は欠席した。その席で『漱石全集』を編むこと、記念碑を建てることが提案された。同年九月一二日、漱石の教え子で狩野に師事していた岩波書店社長岩波茂雄が、小石川区雑司ヶ谷の狩野宅を訪ね、『漱石全集』表題の揮毫を依頼した。

▼一九二八（昭和三）年七月、『漱石全集』月報　第五号（岩波書店）に「夏目君と私」（談話）を掲載した。

▼三三年四月、大患で倒れたゆかりの静岡県伊豆修善寺に建立された「漱石詩碑」の碑文を典雅な漢文調で撰文し、共通の友人菅虎雄が書した。漱石文学碑としては最初のものである。

▼三五年一二月八日、『東京朝日新聞』に「漱石と私」（談話）を発表した。

▼一九四二年一二月二二日、胃痙攣で日本医科大学病院に入院、他界した。

▼一八九九年、安藤昌益の『自然真営道』全百巻九二冊の筆写本を入手以来、一九二四年暮れ、『自然真営道』写本三冊入手、二五年五月、『統道真伝』を発見、購入して、東北特に秋田、八戸方面に安藤昌益探索旅行を続けた。狩野の安藤昌益論は二八年の岩波講座『世界思潮』第三冊「安藤昌益」にまとめられたが、戦後一九五〇年一月、ハーバート・ノーマン『忘れられた思想家——安藤昌益のこと』上・下（大窪愿二訳・岩波新書）によって、海外・国内知識人に知られるようになった。

▼一九五八年一一月、*安倍能成が狩野の唯一の著者『狩野亨吉遺稿集』（岩波書店）を編んだ。

▼一九七〇年六月、小林勇が『隠者の焔（小説狩野亨吉）』（『文芸春秋』）を発表、独身者狩野の性について小説の形で話題を提供し、狩野崇拝者の憤激を招いた。

▼狩野は菅虎雄と共に漱石が最も心許した稀有のかけがえのない親友であった。

〔**参考文献**〕青江舜二郎『狩野亨吉の生涯』明治書院、一九七四年一一月三〇日。／鈴木正『狩野亨吉の思想』第三文明社、レグルス文庫、一九八一年三月三〇日。

〔原武　哲〕

# ■大塚　楠緒子

おおつか・くすおこ

『夏目漱石―漱石山房の日々』群馬県立土屋文明記念文学館、二〇〇五年刊。

**一八七五（明治八）年八月九日～一九一〇（明治四三）年一一月九日。**

**小説家。歌人。詩人。東大教授*大塚保治の妻。漱石の意中の女性という説もある。**

父・大塚正男と母・ノブ（伸子）の長女として東京市麹町区一番町に生まれた。本名は久壽雄。父は土佐藩士を祖とし、鹿児島裁判所長をはじめとして、名古屋、宮城、東京の各控訴院長を歴任した。父の地方在任中、楠緒子は母と一番町の自宅にあった。

▼一八八一（明治一四）年麹町富士見女子小学校（後の公立富士見小学校）に入学した。受持ち教師に美文を書くことを習った。裕福な家庭だったが、父が単身赴任だったので、父不在の寂しさの上に、文学好きの母の影響を受けて、一〇歳ころから読書を好んだ。

一八八八（明治二一）年、一ツ橋の共立女子職業学校（共立女子大学の前身）に入学した。好きな絵画（四条派）と刺繍を学び、歌や美文を書き始めた。八九年、東京高等女学校（後の東京女子師範学校附属お茶ノ水高等女学校）に転入学した。九〇年竹柏園佐々木弘綱の下に入門、短歌を学んだ。弘綱歿後はその子信綱に師事し終生歌作を怠らなかった。九一年四月、「尋花」を大塚楠緒子の名で『婦女雑誌』に発表。一二月、「秋風」（短歌一首）を『婦女雑誌』に発表。一八九三（明治二六）年、東京高等女学校を首席で卒業した。最初の小説「応募兵」（其一）を『婦女雑誌』に一八九四年一一月、「応募兵」（其の二）を同年一二月に発表した。

▼九三年七月ごろ、父・正男は楠緒子の婿養子の斡旋を帝大書記官兼舎監*清水彦五郎に依頼、帝大法科大学卒業生を希望していたが、文学趣味のある楠緒子は文科大学卒業生を希望し、小屋保治と夏目金之助が候補に挙がっていたが、結局、小屋保治が静岡県興津の清見寺で正男・楠緒子父子に会い、縁談は進んでいった。

▼**一八九五**（明治二八）年三月一六日、午後五時、漱石は星岡茶寮（永田町）で開かれた小屋保治と大塚楠緒子の結婚披露宴に兄・直矩の袴と羽織を借りて出席した。入籍は三月四日である。同年五月、軍歌「泣くな我子」を『太陽』に発表、日清戦争の戦地にあった将校が感激して作曲させたところ、たいへん流行したという。同年一二月、『文藝倶楽部』臨時増刊「閨秀小説号」に樋口一葉らの先輩に交じって、楠緒子は新進の一人として、悲恋に泣く抒情性の濃い「暮れゆく秋」を発表した。

▼九六年春、夫・保治が美学研究のためドイツに留学したが、楠緒子は日本に残り、英語を松野フリーダ嬢に、ピアノを橘糸重子に、絵画を跡見玉枝・橋本雅邦に学んだ。

▼一八九七（明治三〇）年一月、『文藝倶楽部』「第二閨秀小説号」に醜い女按摩の可憐な悲恋を描いた「しのび音」を発表して中央文壇に知られ、一葉歿後寂寥の感があった女流文壇に漸次存在を認められつつあった。九九年一月、「竹柏園選集」佐々木信綱・石榑千亦編『やまとにしき』に短歌一六首収録。

▼**一九〇〇**（明治三三）年夏、夫・保治が欧州留学から帰国、東京帝国大学美学講座の日本人最初の教授となった。同年八月一五日、大塚保治帰国歓迎会を大塚宅で催した。漱石・*狩野亨吉・*菅虎雄・*山川信次郎・中村進午が招かれ、楠緒子の日本料理や西洋菓子に一同感嘆した。

▼一九〇一年二月、『竹柏園集』第一編に「折にふれては」他短歌一二首が収録され、博文館より刊行された。

▼一九〇四（明治三七）年六月、楠緒子は日露戦争開戦直後暴虐非道なロシアを成敗せよという国民的世論に沿った戦意高揚詩「進撃の歌」（進めや進め一斉に　一歩も退くな身の恥ぞ／前に名誉の戦死あり　後に故国の義憤あり／思へ我等が忠勇は　我等が親の績《いさお》にて／我等が妻の誇りにて　我等が子等のほまれぞや）を、『太陽』に発表した。

そのころ、漱石も戦争ブームに乗って、新体詩「従軍行」（吾に讐あり、艨艟《もうどう》吼《ほ》ゆる、讐はゆるすな、男児の意気。吾に讐あり、貔貅《ひきゅう》群がる、讐は逃すな、勇士の胆。色は濃き血か、扶桑の旗は、讐は照さず、殺気をこめて。）（『帝国文学』**一九〇四**年五月）を発表して、東大英文学科学生*野村伝四に葉書を出し、「太陽にある大塚夫人の戦争の新体詩を見よ、無学の老卒が一杯機嫌で作れる阿呆陀羅経の如し女のくせによせばいゝのに、それを思ふと僕の従軍行抔はうまいものだ」（**一九〇四**年六月三日付）と書いて、楠緒子の「進撃の歌」を批判した。漱石の批判が楠緒子の耳に届いたかどうかわからないが、楠緒子は一転して出征兵士を送る家族の情を詠う厭戦詩「お百度詣」（ひとあし踏みて夫《つま》思ひ　ふたあし国を思へども　三足ふたゝび夫おもふ　女心に咎《とが》ありや。）（『太陽』一九〇五年一月）を発表し、与謝野晶子の「君死に給ふこと勿れ」と並び称されるようになった。

▼一九〇六（明治三九）年三月、楠緒子は『早稲田文学』に「客間」を発表した。この作に対して、漱石は「大塚楠緒子作（ママ）　筆が器用に出来て居る。苦る文章を考へたものであります。思ひつきもわるくありません。あの人の作としては上乗であります。三小説のうちの傑作である。」（**一九〇六**年三月三日付野村伝四宛書簡）と、『早稲田文学』第三号掲載の小川未明「人生」、*小栗風葉「老青年」と比較して、一番傑作であると賞讃した。

漱石の「硝子戸の中」二十五によると、千駄木に住んでいたころ（**一九〇三**年三月～**〇六**年一二月）、雨の日、日蔭町の寄席の前で突然一台の幌人力車に出会った。漱石と車の間には隔たりもなかったので、遠くから中に乗っているのは女だと気付いた。漱石の眼には白い顔が美しく映った。芸者だろうと推察した。すると車が漱石の一間前で、突然乗った美しい人が、丁寧な会釈をして通り過ぎた。それから幾日かたって、楠緒子が「此間は失礼しました。」と言った。漱石はありのままを話す気になって、「実は何処の美くしい方かと思つて見てゐました。芸者ぢやないかしらとも考へたのです。」と言った。楠緒子は顔を赤らめることもなく、不愉快な表情も見せず、漱石の言葉をただそのままに受け取った。

▼**一九〇七**（明治四〇）年七月一二日、『朝日新聞』の小説欄を担当していた漱石は楠緒子に、『万朝報』に掲載予定の小説「露」を、岡田八千代の小説が先に掲載されるならば、余ると思うので、楠緒子の作を『朝日新聞』に廻してもらえないかと、頼んだ。しかし、既に「露」は『万朝報』に七月一九日から九月一三日まで掲載することが決定しており、『朝日新聞』に譲ってもらうことはできなかった。漱石も『万朝報』に連載された楠緒子の「露」を読んでおり、東大英文学科の教え子*野間真綱に、

「昨日から大塚さんの小説が万朝に出るから見てゐる。」（〇七年七月二〇日付書簡）と期待を寄せて書いている。

▼〇七年七月一六日、楠緒子の「露」は『万朝報』に載り『朝日新聞』は取り逃がしたので、社会部長の渋川玄耳*は楠緒子の小説を欲しがっていた。漱石は渋川に、「大塚の奥さんにきいて見てもいゝですが其頃に同女子の作が万朝に出ては少しも朝日の特色にならんと思ひますがどうですか。外にたのむ人がなければたのんで見ます。」（〇七年七月一六日付）と書いて、楠緒子に寄稿を聞き合わせたが、『朝日新聞』への連載はすぐには実現しなかった。

金尾文淵堂が楠緒子の『万朝報』に発表した「露」を本にしたいので、漱石に紹介を頼んできた（〇七年七月一九日付楠緒子宛漱石書簡）。しかし、『露』は金尾文淵堂から出版するか、『万朝報』と関係のある昭文堂から出版するか、まだ決まっていなかった。

渋川玄耳から楠緒子の『朝日新聞』連載小説執筆依頼を頼まれていた漱石は、手紙で楠緒子に原稿依頼したところ、来年（〇八年）正月までなら約束してもいいと返事が来た。漱石は渋川に、「何だか奮発してかく様な事を云つて来ました」（〇七年七月二九日付書簡）と知らせた。

▼〇七年九月一四日、漱石は楠緒子の小説「露」（『万朝報』連載中）が文淵堂から出版されるが、楠緒子が画家で版画家の橋口五葉*に表紙の意匠を頼みたいと言っていると、五葉に手紙を出し、装丁を依頼した。しかし、同年一二月二日、漱石は橋口五葉に、「当夏中願上置候大塚楠緒女子著「露」愈出版の運びに至候に就てはかねての通表紙模様御面倒ながら御認め被下度願上度候此手紙持参の人は万朝記者本橋氏にて即ち該書出版者に御座〔候〕へば御面会の上可然御協議被下度候」と手紙を出した。これによると、金尾文淵堂からの出版は、『万朝報』関係の出版社昭文堂に変更になったものと思われる。翌一九〇八年八月一日、大塚楠緒子著『露』は昭文堂（発行者　本橋靖）から刊行された。

▼一九〇八（明治四一）年二月二九日、『朝日新聞』連載小説執筆を楠緒子に頼んでいた漱石は、一月から掲載の予定だったが、事情で延びたので、渋川玄耳と相談し社の者を大塚家に伺わせ、改めて原稿依頼することになった。小説は家庭物か、挿絵は入れるか、一ヶ月でまとまるか、原稿は止めずに継続して書いておくように、と楠緒子に手紙を出した。

▼〇八年四月二七日〜五月三一日、「空薫《そらだき》」が漱石の推薦で全三五回連載された。その間、楠緒子は肺炎で療養を続けながら執筆した。同年五月一一日、漱石は「そらだきは文章に御苦心の様に見受申候趣向は此後如何発展致し可申や御完結の上ならではと存じ凡て差控申候」「さし絵御気に入らぬ由残念に候。然し普通の新聞さし画はまああんなものぢやありませんか。」「一週間に一返手紙をよこせとか毎日よこせとか云つて無花果を半分づゝ食ふ所がありましたね。あすこが面白い。今迄ノウチデ一番ヨカツタ」と、楠緒子の病気を気遣いながら、作品の感想も書き送った。

病気の楠緒子を気遣って、渋川玄耳は「空薫《そらだき》」を前篇で一旦中断させ、健康が回復してから、続篇を書いてはどうか、と漱石に伝えた。同年五月一五日、漱石は渋川の意を楠緒子に知らせ、主筆池辺三山*も無理に執筆して心の通りのものができないならば気の毒であり、そのため病気が障るようなことがあってはすまない、と言っていた。決して心配に及ばないと漱石は楠緒子を慰めた。

漱石は「空薫《そらだき》」の評判をかなり気に懸

け、「大塚さんのそらだきが好評嘖々《さくさく》の由社より報知有之先以て安心致候。池辺主筆曰くあれは中々うまいですねと。池辺主筆すらうまいと云ふ。読者の歓迎するや尤もなり。」（一九〇八年五月一七日付小宮豊隆宛漱石書簡）と好評を喜んだ。「空薫《そらだき》」は同年五月三一日、作者のインフルエンザのため中断された。

▼一九〇九（明治四二）年一月一日から森田*草平の「煤煙」が『朝日新聞』に連載され始めた。漱石は、「煤煙」の原稿料は「空《そら》薫《だき》」と同じでいいかという渋川玄耳の問いに承知と答えた。漱石は一回四円五〇銭と記憶していた。ところが森田が原稿料を社にもらいに行ったら、「煤煙」は一回三円五〇銭だから、もう未払いの金はないと断られたという。漱石は、「空薫《そらだき》」は一回三円五〇銭ならば自分の記憶違いだから、念のため問い合わせた。結局、三円五〇銭が正しく、草平はしめて百円ほどの損となった。

同年五月一八日～六月二六日、楠緒子の「そら炷《だき》」（続篇）の連載が再開された。

▼一九一〇（明治四三）年一月のある日、森*田草平と小宮豊隆主催の新年宴会を漱石山房で開いた。松根東洋城・行徳*俊則・安倍*能成・物集芳子・和子に大塚楠緒子も出席している。安倍は泥酔し、便所で反吐《へど》を吐き、子供たちが入って、「臭い、臭い。」と大騒ぎをした（同年一月一九日付寺田*寅彦宛漱石書簡）。

また「硝子戸の中」二十五によると、ある日、楠緒子が早稲田南町の漱石山房を訪ねた時、漱石は妻・鏡*子と喧嘩をした後だったので、嫌な顔をしたまま、書斎に座っていた。楠緒子は鏡子と十分ばかり話をして帰った。数日後、漱石は駒込西片町の大塚宅に謝りに行った。「実は喧嘩をしてゐたのです。妻も定めて無愛想でしたらう。私は又苦々しい顔を見せるのも失礼だと思つて、わざと引込んでゐたのです。」と詫びた。

漱石は、楠緒子の師佐々木信綱の竹柏会から講演を頼まれていたが、どうしても余裕がなく、一〇年三月一六日、楠緒子に断りの手紙を書いた。そのころ、夫保治は神経衰弱が回復せず難儀していたので、「神経衰弱は現代人の一般に罹る普通のもの故御心配なき様　冀《こいねがい》候。」と慰めた。

このころ楠緒子は『大阪朝日新聞』のため女子大生の生活を描いた長編「雲影」の執*筆に取り掛かった。執筆中インフルエンザに罹り擱筆、高輪病院に入院、一ヶ月で回復したが、七月下旬再発、肋膜炎を併発、大磯「大内館」に転地療養に努めた。

同年一一月三日、見舞いに来た佐々木信綱に、「こもり居は松の風さへうれしきを心づくしの友のおとづれ」と書き贈ったが病勢あらたまり、九日午後二時半、故旧に見守られて瞑目した。満三五。保治との間に雪江、綾子、寿美子、弘の三女一男があった。

一一月一三日、漱石は新聞で楠緒子の死を知った。一九日に東京で葬式、大塚保治から楠緒子の死の報知と広告に友人総代として漱石の名を用いてよいかという照会が電話で来たので、承諾した。修善寺で倒れ、九死に一生を得た漱石は、帰京してすぐ長与胃腸病院に入院していたので、長与称吉院長、ウィリアム・ジェームズ、同病院一等室患者二人、山田美妙の死を身近に感じ、楠緒子の死に愕然とする。

一五日、漱石は病床の中で楠緒子のために手向けの句を作った。

　棺《ひつぎ》には菊抛げ入れよ有らん程
　有る程の菊抛げ入れよ棺《かん》の中

一一月一九日、楠緒子の葬式の日であるが漱石は病床で参列できない。妻鏡子も風邪で行かれなかった。

漱石を巡る恋人には井上眼科で出会った女性、嫂の*登世、楠緒子、日根野れんなど諸説あり、小坂晋の楠緒子説も江藤淳の登世説と共に論争の中心にある。

▼楠緒子の小説は初め*尾崎紅葉や樋口一葉の影響を受け、観念的で実感に乏しかった。

一八九五年一二月の『文藝倶楽部』臨時増刊「閨秀小説号」に三宅花圃、若松賤子、一葉らの先輩に交じって、新進女流作家として、注目されるようになった。夫保治の友人であることから、漱石に師事し、影響を受けるようになった。

**○七**年五月、漱石は朝日新聞社入社第一作の予告文を要求された時、題名に窮していた。前夜、小宮豊隆と森川町を散歩して、草花を二鉢買ったが、植木屋に何という花かと聞くと、虞美人草と言う。予告の時期に遅れると悪いので、いい加減に花の名を拝借して題名にした、と「『虞美人草』予告」(五月二八日)にある。しかし、漱石の意識下には一年前に発表された楠緒子の「虞美人草」(『心の花』○六年七月)があり、虞美人草の鉢植えを見て、突如として意識界に昇ったものであろう。

小坂晋は漱石「薤露行《かいろこう》」のエレーンのランスロットに対する無償の天上の愛を漱石と楠緒子の上に見ている。また漱石「行人」の百合は理想の女性であって、楠緒子を意味していると見る。漱石「虞美人草」と楠緒子「金時計」(『明星』六号)・「嫁入車」(『心の花』○六年四月)との関連についても興味深い。

楠緒子「空薫《そらだき》」「そら炷《だき》」の北内輝一は、ヒロイン松戸雛江の再婚した二五歳年上の政治家北内輝隆の先妻の子で、文科大学学生である。この輝一は、漱石「野分」の中野輝一と同名であるが、人物造型の上で影響があるとは思えないが、作中人物名の命名には、無意識の通底するものがあったと考えられる。

〔**参考文献**〕小坂晋『漱石の愛と文学』講談社、一九七四年三月二八日。／『近代文学研究叢書』第一一巻「大塚楠緒子」昭和女子大学、一九五九年一月五日。／『明治文学全集』第八一巻「明治女流文学集(二)」筑摩書房、一九六六年八月一〇日。／松本健次郎「漱石と大塚楠緒子」『日本医事新報』二四九七号、一九七二年三月四日。／中山和子「漱石と楠緒子」明治大学『文藝研究』二八号、一九七二年一〇月。

〔原武　哲〕

## ■菊池謙二郎

きくち・けんじろう

森田美比『菊池謙二郎』一九七六年刊。

**一八六七**(慶応三)**年一月一九日〜一九四五**(昭和二〇)**年二月三日。**

**教育者・日本歴史家。号は仙湖。一高・帝大時代からの友人。**

常陸国水戸(茨城県水戸市)天王町に父・水戸藩士慎七郎、母・まむの二男として生まれた。一八七三(明治六)年竹原小学校に入学した。八二年四月、茨城中学校に入学し、八四年四月、同校を二年で中退して上京した。

神田淡路町の共立学校に入学して、受験準備、九月、東京大学予備門に入学した。**八六**年四月、東京大学予備門は第一高等中学校と改称、文部省直轄に代わり、予科三年、本科二年となる。*正岡子規・*米山保三郎・塩原金之助(漱石)と親しくなる。**八九**

年九月、第一高等中学校本科一部二年になり、子規・米山・夏目金之助（漱石。実家に復籍）と一緒になる。同月二七日ごろ、子規の許で開かれた「小文学会」に、菊池は漱石と共に参加。菊池は其角から文麟に宛てた義士討ち入りの手紙を読む。子規は初めて知ったが、文章があまりうまくできているので、贋作だと言う。子規は友人たちを、「厳友　菊池謙氏」「畏友　夏目金氏」「剛友　秋山真氏」「賢友　*山川信氏」「高友　米山保氏」と表した（「筆まか勢」第一編「交際」）。

▼九〇年九月、帝国大学法科大学に入学したが、一一月、文科大学国史学科に転科した。**九〇**年九月以降帝国大学在校生を中心に「紀元会」が結成され、*狩野亨吉・米山保三郎・夏目漱石・菊池らが参加した。**九一**年六月三〇日、漱石は菊池と歌舞伎座で福地桜痴「春日の局」を観劇した。**九三**年七月、帝国大学文科大学国史学科を第一回卒業生として卒業した。同月、夏目金之助（漱石）・米山保三郎と数日間日光に遊ぶ。一一月、文部省属となる。専門学務局兼大臣官房図書課勤務となる。杉浦重剛の貞照庵主となる。

▼**一八九四**（明治二七）年一月、山口高等中学校教授兼舎監となる。同年二月初め、漱石は風邪に罹り、咽喉を痛め、細い絹糸のような血が痰に混じって喀血したので、肺病を覚悟して医師の診断を受けたところ、心配ないということだったので、菊池に報告した（同年三月九日付書簡）。同年五月三一日、漱石は病気も回復し、運動に弓道を毎日百本ほど稽古しているが上達しない、と菊池に近況を伝えた。

▼**一八九五**（明治二八）年三月、菊池は漱石に山口高等中学校の招聘の交渉を始めた。しかし、漱石は*菅虎雄から愛媛県尋常中学校へ赴任の話がほぼ決まりかけていたので、**九五**年三月一八日、断りの手紙を出した。菊池の誘った高等中学校は後の旧制高等学校（高校・専門学校）で、さらに新制大学教養部になるもので、尋常中学校は後の旧制中学校（中等学校）で、さらに新制高等学校に当たるものなので、格付けでは高等中学校が一ランク上位である。従って、愛媛県を断って、山口に行くのが普通であるが、紹介者の菅虎雄に対する信頼と親近感が、菊池に対するものと違い、山口を断ったのであろう。しかも山口辞退しながら、松山赴任の場合は準備費用として五〇円の融通を菊池に申し込んでいるのは、厚かましさを感じるが、日光旅行で何かあったものか。

▼**九五**年八月、菊池は二八歳で岡山県津山尋常中学校長に任じられる。松山に赴任した漱石は、津山に転じた菊池から転任の報に接し、近況を伝えた。「結婚の事も漸く落着致候御申越被下候小松崎のは母肺病にて没し候由につき小生には不適当と存じやめ申候矢張東京より貰ふ事に致候」（同年一〇月八日付菊池宛漱石書簡）とあり、小松崎の縁談は菊池が関与しているものか。東京の縁談は*中根鏡子であるかどうか、わからない。

▼**一八九七**（明治三〇）年四月、千葉県尋常中学校長に任じられた。第五高等学校（熊本）に赴任した漱石は、明年四月から同校英語教師一名を招こうと候補者選定に着手した。漱石は、今夏在京中話題になった津山尋常中学校教諭*奥太一郎の情報を前校長だった菊池に問い合わせた。奥の人事が好都合に進んだ時、奥は辞退し、人事は振り出しに戻り、別人が五高に招かれた。しかし、この人物は五高教師に不適格であり、辞任したので、菊池の推薦した奥太一郎が五高に着任した。

　千葉中校長となった菊池は、剛直な性格

の故、知事安藤謙介との確執があり、九八年四月休職、六月依願免職となる。同年七月、第二高等学校（仙台）校長に抜擢される。

▼**九九**年一月一四日、漱石は「仙台にての出来事は如何なる性質のものにや平穏無事は希望する処に候へども菊池氏現今の境界より察すれば多少の難関に遭遇する事却て未来の為め結構かと存候然し是は余慶な御世話に御座候」（狩野亨吉宛漱石書簡）と書いた。仙台で菊池が騒動を起こしたらしいが、多少の難関に遭遇することは、菊池の将来のため、結構なことだ、と漱石は言っている。九月、尊崇する『藤田東湖伝』（金港堂書籍）を刊行した。一九〇〇（明治三三）年四月休職。九月、法律を勉強するため、京都帝国大学法科大学に学生として入学した。

▼**〇一**年四月、傾倒する杉浦重剛の勧めで、清国上海の東亜同文書院教頭兼監督に就任した。〇二年五月、三五歳の菊池は一八歳の木村むらと結婚した。〇三年四月、南京にできた三江師範学堂日本総教習兼両江学務処参議となる。五月、第一高等学校教授だった菅虎雄も三江師範学堂独逸語並びに論理学教習として南京に渡った。しかし、二人とも強情で後に引くことを知らないので、議論口論が絶えない。「君ハ時々菊謙ト議論ヲスル相ダナ両方共剛情ダカラ面白イダラウ」「菊謙ヘヨロシク、アイツ四百元ノ月俸デ大得意ダラウ」（**一九〇三**年七月二日付菅虎雄宛漱石書簡）と二人の衝突について情報をつかんでいた。帝大二年後輩の菊池が直属上司の総教習で月俸四百元、菅は平の教習で月俸三百元であった（原武哲『夏目漱石と菅虎雄』二十二）。

▼**一九〇六**（明治三九）年一月、南京三江師範学堂に教えに行き、清国書家李瑞清に六朝書道の指導を受けていた菅虎雄は、かねて意見が対立していた菊池と並び立つ忍耐に堪えず、辞意を日本の漱石に伝えた。漱石は、狩野亨吉や藤代禎輔*に相談したが、菅が帰国しても東京には就職口がない、できれば見込みが立つまで南京にいるのが得策であると書いた。「菊池の方でやめるなら君は留任してもよいだらうと思ふ。是は僕一人の考ではない狩野も藤代も同意見である。元来喧嘩をして相手が居るのに自分の方が引くのは間違つて居る。是非共相手をやめさせなければならん。もし相手がやめれば自分は辞職する必要はないものと思ふ。」（同年一月三一日付菅虎雄宛漱石書簡）と、漱石・狩野・藤代の旧友はこぞって菅を応援し、菊池の辞職を求めた。菅・菊池の確執の内容は森田美比の『菊池謙二郎』にも書かれていないので、不明である。菅は同年二月二五日、契約期間満了で帰朝、同時に廃官、年内浪々の身となり、翌〇七年一月一九日、やっと第三高等学校教授になり、京都帝国大学文科大学長になった狩野亨吉宅（下賀茂村糺の森）に同居した。

一方、菊池は菅に三ヶ月遅れて、〇六年五月、満期につき帰国し、学究の徒になろうとした。〇八年四月、茨城県立水戸中学校長事務取扱となり、一九一二（大正元）年九月、茨城県立水戸中学校長に任じられる。菊池は綱紀粛正に取りかかり、立身報国、剛毅真摯、恭敬などの徳目を内容とする「生徒心得」を制定し、厳格な指導をしたので、生徒は「菊池校長の頭をたたきゃ、ガンコガンコと音がする」と歌った。

▼**一九一五**（大正四）年九月、先年水戸中学校長の菊池から講演を頼まれて断っていた漱石は、「近頃講演は殆んど遣らぬ事に自然なつて仕舞ました是は小生の無精と時間のないのと夫を知つて頼む人が来なくなつたからです」（**一五**年九月三〇日付菊池謙二郎宛漱石書簡）と今回も断った。漱石の多忙と体

力衰弱もあろうが、漱石と菊池との仲は、菅との確執以来疎遠なものになり、〇八年九月二九日漱石著『草合』を贈呈したのが最後、以後ほとんど交渉がなく、漱石は亡くなった。

▼菊池は名校長として慕われる半面、硬骨漢として内務官僚嫌いで、内務部長守屋源次郎と対立したり、卒業式に来賓を招待しなかったり、全国中学校長会議で文部大臣に内閣の居座りと立憲思想との関係を質問したりした。一九二〇（大正九）年一〇月、教育勅語渙発三〇年講演会で「教育勅語と現代」、二一年一月の「国民道徳と個人道徳」と題する講演（蓄妾蓄男論の是認）が舌禍事件となり、県当局は菊池に質問状を出し、菊池は答弁書を提出したが、辞表に書きかえられ、二一年二月九日、依願免職が発令された。菊池の辞職を知った水戸中生徒八百名は血判を押して、復職を要求して、同盟休校に到った。当局・父兄会・生徒委員と協議し、菊池の指示によって、二一日無条件復校することで決着した。

漱石の「吾輩は猫である」十一に「昔は御上の御威光なら何でも出来た時代です。其次には御上の御威光でも出来ないものが出来てくる時代です。今の世はいかに殿下でも閣下でもある程度以上に個人の人格の上にのしかゝる事が出来ない世の中です。はげしく云へば先方に権力があればある程のしかゝられるものゝ方では不愉快を感じて反抗する世の中です。」と、八木独仙が語っているが、この八木のモデルは菊池であると深作雄太郎（水戸中教え子。茨城県庁農林技師）は言う（森田美比『菊池謙二郎』）。しかし、「御上の御威光云々」は明治三八、九年頃の「断片」に出ており、菊池モデル説は単なる暗合であろう。八木独仙には米山保三郎モデル説もある。

▼一九二四（大正一三）年五月、衆議院議員に当選、無所属議員として単独で法案を提出したり、教育問題で首相に質問したり、治安維持法成立に反対したりした。

▼一九二八（昭和三）年二月、衆議院解散に伴い再び立候補したが、落選。以後、水戸学の歴史家として徳川光圀伝記『義公略伝』、『幽谷全集』『新定東湖全集』『水戸学論藪』などを出版した。終戦半年前、敗戦を知ることなく、東京都小石川区高田老松町の二男揚二宅で七八歳をもって死去した。

▼菊池は生来妥協を知らない一本気な純粋原理主義者、理想主義者だった。従って周囲と衝突すること多く、熱烈な支持者がいる半面、強力な排他性を忌避して反感を持たれることも多かった。漱石は予備門・一高・帝大の学生時代は子規・米山・*斎藤阿具らと共に菊池と親しく交わっていたが、卒業後は菊池の山口招聘や講演依頼など断るなど敬遠しがちであった。南京における菅との軋轢に対しても、菅に好意的であり、菊池に対して冷淡であった。同じ頑固な理論家でも米山は愛されていたが、菊池に親近感を持ち得なかった。愛情に飢えて育った漱石は、菊池の秋霜烈日になじまなくなったのであろう。

〔**参考文献**〕森田美比『菊池謙二郎』耕人社、一九七六年九月一〇日。／森田美比「菊池謙二郎」『日本歴史』第三四四号、一九七七年一月一日。

〔原武　哲〕

# ■斎藤　阿具

さいとう・あぐ

亀井高孝『葦蘆葉の屑籠』一九六九年刊。

**一八六八**（慶応四）**年二月〜一九四二**（昭和一七）**年三月一日。歴史学者・一高教授。一高・帝大時代からの友人。漱石がたまたま借りた千駄木町の借家の家主が旧友の斎藤だった。この家は「吾輩は猫である」のモデルの舞台となった。**

埼玉県北足立郡尾間木村中尾に生まれる。**一八九〇**（明治二三）年七月八日、第一高等中学校第一部文科を夏目金之助（漱石）・菊池寿人・*正岡常規（子規）・*米山保三郎ら共に卒業した。同年九月一〇日、帝国大学文科大学史学科に入学する。大学の寄宿舎にいた頃、斎藤阿具は臀部に腫物ができ、医師に切除してもらったことがある。医師の手を離れてから、自分で膏薬を貼り替えることができないので、困って漱石に頼むと、少しも嫌な顔をせず、取り替えてくれた。九三年七月一〇日、帝国大学文科大学史学科を長谷川貞一郎・本多浅治郎・中沢澄男と共に四人卒業し、大学院に入学した。

大学院に入学しても、大学寄宿舎では斎藤・漱石・*小屋保治（後に大塚）の三人は一年間同室であった。**九三**年七月二六日、寄宿舎にいた漱石は、郷里に帰省していた斎藤阿具に、「大兄大学院許可証は未だ下付不相成是は文部省の貸費一条まだ落着不仕故と書記官の話しに御座候但し右辞令書廻達次第許可証は直ちに交付に相成る事と存候」（斎藤阿具宛漱石書簡）と大学院許可証下付の遅れを知らせ、学友たちの近況を報告した。

同年八月一三日、斎藤は小屋と興津に旅行し、帝大寄宿舎に帰って来た（**九三**年八月一五日付*立花銑三郎宛漱石書簡）。斎藤・小屋二人は東京に帰着し、すぐ寄宿舎に立ち寄ると、漱石が一人いたので、三人昼食を共にして別れた。

同年九月から、帝大生時代から講師をしていた漱石の世話で東京専門学校（後の早稲田大学）に毎週数時間出講することになった（斎藤阿具「教職四十年の回顧」『一高同窓会報』第二三号、一九三三年）。

▼**九三**年一一月、斎藤阿具は漱石と共に団子坂に菊見に出掛けた（「三四郎」四、五に利用）。斎藤・漱石・米山は浅草に行き中国人奇術師張世尊（張世存）の手品――槍を空中に高く投げ上げて、落ちて来るの眼の辺りで受け止めたり、輪を作ってその周囲全体に外から内に向けて沢山の槍を差し込んで、その輪を立てかけて置き、奇術師は数間先から駆け出して、この槍先の中を飛び抜けたりする――を見た（「吾輩は猫である」八に利用）。

▼**九四**年一二月、斎藤阿具は篠原孃と結婚し、千駄木五七番地に住んだ（**九五**年一月九日付斎藤阿具宛漱石書簡）。その後、漱石は松山に赴任するまで三、四ヶ月間、千駄木の斎藤宅を数回訪ねている。

漱石は**九四**年一二月末より鎌倉円覚寺塔頭帰源院に参禅し、*釈宗演の会下に参禅し、一〇日間ばかり座禅したが、「五百生の野狐禅遂に本来の面目を撥出し来らず」（**九五**年一月九日付斎藤阿具宛漱石書簡）**九五**年一月七日、虚しく下山、帰京した。

同年三月一六日、星岡茶寮で開かれた小屋保治と*大塚楠緒子との結婚披露宴に斎藤・漱石・狩野*亨吉・菅*虎雄ら四〇数名招かれる。

同年四月、漱石は菅虎雄の周旋で愛媛県尋常中学校に赴任した。同年七月、斎藤は西洋列強の東洋侵略史と東西洋交流の調査研究のため、長崎方面に出張し、丸山辺りで大いに女性にもてたのであろう、松山に着任した漱石に近況を報告した。漱石は、「大兄研究の御目的を以て崎陽地方へ御出張到る処大もての由結構此事に御座候」（**九五**年七月二五日付斎藤阿具宛漱石書簡）と近況報告をし、自分も九州の山河を跋渉したいが金がなく、近頃女房をもらいたくなった、金をためて洋行の旅費を作りたいが月給は一五日でなくなると返事した。

▼**九六**年二月七日、漱石は講義録を送ってもらった御礼、斎藤の男児出生の祝意を述べ、「近々の内当地を去りたくと存候へども無暗に東京へ帰れば餓死するのみ夫故少々困却致居候」（斎藤阿具宛漱石書簡）と訴えた。

同年六月一〇日、第五高等学校に転任した漱石は、転任の挨拶と、広島県士族中根*重一長女鏡*子と結婚したと報告した。

▼**一八九七**（明治三〇）年六月八日、漱石は仙台の第二高等学校に就任した斎藤阿具に依頼していた歴史講本を送ってもらった御礼、代金送金が遅れたお詫び、二高就任慶賀を述べ、「米山の不幸返す〲気の毒の至に存候文科の一英才を失ひ候事痛恨の極に御座候同人如きは文科大学あつてより文科大学閉づるまでまたとあるまじき大怪物に御座候蟄龍《ちつりょう》未だ雲雨を起さずして逝く碌々の徒或は之を以て撤鮒《てっぷ》に比せん残念」（斎藤阿具宛漱石書簡）と同級生米山保三郎の夭折を悲しんだ。

▼**一九〇〇**（明治三三）年九月八日、漱石は英語研究のため、二年間英国留学を命ぜられ、横浜を出港した。同月二七日、漱石らが乗ったプロイセン号はペナン（英領植民地マレー半島の中心港湾都市。現・マレイシア連邦）とコロンボ（セイロン島の首都。英領インドの一部。現・スリランカ共和国）との間、インド洋上を航海中、仙台の二高に在勤の斎藤阿具に、「マレー人ノ美人一寸御覧ニ入候」と書いた絵葉書を送った。

▼**〇二**年一一月三〇日、斎藤阿具は、大学院で研究した西洋列強の東洋侵略史、東西交流史の成果と、一高で授業の傍ら研究した成果を『西力東侵史』として、金港堂書籍より出版した。同年八月一〇日、斎藤は「史学研究ノタメ満二ヶ年独国蘭国ニ留学ヲ命」ぜられた。

▼**〇三**年一月二四日、漱石は英国留学を終え、東京新橋停車場に帰朝した。一月二四日の同じ日、入れ替わりに斎藤阿具がドイツ・オランダへ向け、横浜港を出港した。漱石は一先ず、妻鏡子の実家、牛込区矢来町の中根重一方に落ち着き、毎日のように菅虎雄と借家探しをした。一旦、牛込区北山伏町の貸家に決めたが、本郷区千駄木町五七番地の斎藤宅を借りていた前住者も洋行し、空き家になったので、漱石がここに入居したのである。保証人は大塚保治であった（斎藤阿具「二文豪其他の名士と私の家」）。因みに、この千駄木の家は、森*鷗外が一八九〇（明治二三）年一〇月上旬から九二年一月末まで住んでいた家である。斎藤も漱石もこの家が鷗外の旧居だったことは知らなかった。今は犬山市の明治村に保存されている。

漱石が千駄木の斎藤宅を借りたことを、既に留学に旅立っていた斎藤は知らず、後に郷里の父からの通信で夏目と言う人が借りたと知った。後年、斎藤が「君はどうして我が家に入ることになったか。」と聞くと、「あの家の前を通った時、貸家になっていた。隣の車屋で聞くと、敷金は要らぬと言うから、借りることにしたのだ。」と漱石は答えた。

▼〇五年斎藤が留学から帰って、二高に帰任し、一年間ほど勤めた。〇六年一一月七日、漱石は千駄木の家の塀が破損し、四方とも痛んでどこからでも這入れる状態だから、家主の斎藤に修繕を頼んだ。水道を設置した代金一八円は寄附するから、塀は直してくれ、と手紙を出した。「僕は君のうちに居りたいから御願をする。居りたくなければだまつて越してしまふ。僕は千駄木に当分居る積りだからどうか手入をしてくれ玉へ」（〇六年一一月七日付斎藤阿具宛漱石書簡）と書いた。斎藤は漱石の要望を容れて、塀の修繕に取り掛かる返事をした。同月九日、漱石は、塀はまだ倒れていないが、嵐が来れば往来と宅地との区別がなくなるほどである、そこで序に南と西の生垣の手入れをお願いしたいと手紙を出した。「小生も動くのがいやに付色々な苦情を申し出し候。」（〇六年一一月九日付斎藤阿具宛漱石書簡）としばらくこの家に住み続けたい希望を持っていた。

▼〇六年一二月五日、一高の原勝郎が京大に栄転するので、斎藤に後任として来ないか、と言う話があった。漱石はそれを聴いて、もし一高に転勤の時は、この家に入居されるか、もしこの家を出なければならぬならば、転任が決まり次第、斎藤の到着前に借家を探したい、「出来るならば此うちを以前の如く借りて居りたし」と斎藤の意思を問い合わせた。

▼〇六年一二月上旬、帰朝後日浅く、恩義があるので、一度は辞退しようとしたが、二高に招いてくれた前校長沢柳政太郎に報告すると、好機を失わぬようにという忠告で、転任を応諾し一高転任が決まった。そこで、転任決定と千駄木転居を漱石に知らせた。

　同月九日、漱石は斎藤の転任が決まったので借家探しに取り掛かるが、適当な家が見当たるまで勘弁願いたい、「千駄木に居りたきは失礼ながら今の家が気に入りて外に移るのがいやになつたと申す訳に無之。他に少々理由有之。もし大兄が東京へ参られぬ以上はいつ迄も御厄介にならんと存候処所有主たる大兄が入れ換つて御住居となれば懇願の余地も無之不得已次第至急立退の用意可仕候。」と千駄木に住みたい理由があると書いた。斎藤は後年漱石が千駄木の家に住み続けたいと欲した理由を、「此家で君の名を高めた作物「猫」を書いたので、此家と深き因縁が生じたから、離れ難かつたのではあるまいか」（斎藤阿具「夏目君と僕と僕の家」）と類推した。

　同月一三日、西片町に空き家を見付け、そこに移転するので、来学期より差支えなく、当家に引き移ることができると報告した。然るに、先便で自弁にて水道を設置し、当分厄介になるつもりで費用一八円寄附すると約束した、所が二、三ヶ月で他に移転することになった、移転先も自弁で水道敷設賃を払わねばならず、しかも今度は敷金も取られ、一時に費用はかさむことになった、先約を取り消すのは厚顔の至りで強いてとは申しかねるが、水道敷設費一八円を実費でお引き受け願えないだろうか、と諒解を求めた。

　同月二三日、漱石は西片町に転宅が決まり、三、四日後に引き移る予定、荷物は直接東京に送った方が便利だろう、ただし、夏目家が引き払わぬ前に到着しては置き所に困る、と手紙を出した。かくて、漱石は同月二七日、本郷区駒込西片町一〇番地ろの七号に転居した。斎藤も日ならずして、仙台市良覚院丁の仮寓から上京し、千駄木の本家に帰った。後日談として、夏目家で飼っていた猫を西片町に連れて行ったのに、再び元の千駄木町の斎藤家に戻って来た。夏目家の女中が来て、猫を籠に入れて、連れ帰ったそうだ。さては主人も猫もこの家に居りたかったのか、自分さえ東京に帰って来なかったなら、漱石も猫もこの家に満足していただろう、と斎藤は感慨無量になった（斎藤阿具「漱石の『猫』とその家」）。

▼一九〇七（明治四〇）年一月、第一高等学校に転任した斎藤阿具は、講師を勤める漱石と三ヶ月間、同じ職場で教えていたが、英語教師ではあるが、「吾輩は猫である」が好評で文学者として名声嘖々たる漱石とは出会う機会は少なかった。

　同年三月二〇日、漱石は第一高等学校を依願退職し、同月二五日東京帝国大学も退職して、四月一日朝日新聞社に入社して、専属作家となる。

▼〇七年九月、『朝日新聞』連載中の「虞美人草」を出版したいという人が、斎藤に仲介を頼んだので、斎藤は漱石に取り次いだ。既に春陽堂から単行本として出版が決まり、校正が来たくらい故、何ともいたし方がない、お断りしたい、と書いた。ある時、斎藤は漱石がいつ千駄木の家に入ったか、と聞いたので、三月ごろだと思う（〇七年九月九日付斎藤阿具宛漱石書簡）と推定した。

　〇七年九月、漱石は斎藤阿具の持ち家千駄木町の借家をモデルとして出世作「吾輩は猫である」を書いて、教員生活の足を洗い、創作家の道に入ることができたので、斎藤に『吾輩ハ猫デアル』上・中・下篇三巻（大倉書店・服部書店）を謹呈した。その上篇の巻頭に、「斎藤学兄　此三巻は僕が君の家を拝借してゐた頃玄関脇の書斎に立籠つて月々寄稿して遂に出来たものである。僕が千駄木を引き払ふと同時に君は僕に代つて又旧居に住を移されたに就ては記念の為め一部を進呈したいと思ふ。御受納下さい。　明治四十年九月」（岩波書店『漱石全集』第二六巻、一九九六年一二月一〇日）という献辞を添えた。

▼一九〇九（明治四二）年七月二五日、斎藤は青木昌吉（ドイツ語）と共に漱石宅を訪問して、夕刻まで語り合う。その時、〇〇〇〇〇〇を糞のごとく罵倒する。畔柳都太郎（芥舟）もこの男が大嫌いであった（畔柳宛漱石書簡）。この男は漱石書簡では人名が明記されていただろうが、全集編集の段階で名誉を慮って、伏せ字になった。おそらく一高関係者だろう。温厚な斎藤が他人の悪口を言うのは珍しいことである。

▼一九一〇年六月、漱石は胃の調子が悪く、長与胃腸病院に入院した。七月三一日退院して、八月六日、転地療養のため、修善寺温泉の菊屋別館に行った。同月二一日、漱石は、「御訪ねを蒙り奉鳴謝候目下落付き居候間機を見て帰京静養の心組に御座候」（斎藤阿具宛漱石書簡）と修善寺から楽観的な礼状を出した。その三日後の二四日、大吐血をして、三〇分の人事不省、危篤状態に陥る。故に斎藤宛礼状は大吐血以前に修善寺から出した唯一の現存漱石書簡である。

　一九一〇年一〇月一一日、漱石は修善寺から東京に帰り、直ちに長与胃腸病院に入院した。入院中に斎藤は、長与胃腸病院に漱石を見舞った。年末には斎藤阿具の夫人が漱石の留守宅に見舞いに来た。漱石は一一年の元日を長与胃腸病院で迎えた。二月二六日、やっと退院、自宅に帰った。三月九日、漱石は斎藤に病中の見舞いの礼状を出した。

▼その後、斎藤阿具は一高内で次第に重きをなし、胃病の漱石も創作活動に忙しく、ある時上野のある絵画展覧会で偶然邂逅した時、斎藤の都合悪しく別れたのが最後で

あった。その後、同窓の友と漱石山房を訪問したが、不在だった。年賀状のやり取りや同窓会の報知くらいの接触になってしまった。**一九一六**（大正五）年一二月九日（土）午後、病気再発を新聞で知り、見舞いに行ったら、電車の中で＊久米正雄と会う。既に危篤状態であった。午後六時四五分、漱石は永眠した。

▼一九一九（大正八）年九月第一高等学校校長瀬戸虎記が病気退職した後、教頭菊池寿人が校長となり、政治性も機略も持たない、親友の斎藤は、懇望されて教頭となった。二四年九月一三日、菊池寿人校長は退職し、杉敏介が校長になっても、斎藤は教頭の劇職から解放されなかった。さらに、一九二九（昭和四）年七月二日、杉敏介校長が退職した時も、辞表を出したが、後任森巻吉校長から強く留任を勧告され、教頭職に留まってしまった。三三年九月、強く辞意を表明し、満一四年間の一高空前絶後の最長教頭在職記録を作って、六五歳で退職した。三八年、名誉教授となった。一九四一年四月四〇日、『西洋文化と日本――日本文化名著選　第二輯』（創元社）を、同年一二月一〇日、訳註『ヅーフ日本回想録　フイッセル参府紀行』（奥川書房）を出版した。太平洋戦争二年目の初春、脳出血のため、満七四歳で瞑目した。

▼亀井高孝の評によると、「精励恪勤にして公平無私しかも小心翼々として思慮周密な先生は教頭として打ってつけであり全教授の信望を一身にあつめ」た（『葦蘆葉《いろは》の屑籠』）。「恬淡で地位に恋々たらず、しかも学者的良心尚さかん」であった。

斎藤の漱石評は、「気品の高く、而して温情の満ちた人である。」「僕等が盛に交際した頃は少しも陰気でも偏屈でもなく、晴やかで、常識の最も発達した、角の取れて触りの滑かな、訳の分つた、寛容で些々たる事を争はぬ人であつた。」「高潔であつたが、決して気骨稜々とか純樸素剛とか言ふ風はなく、其の角立たぬ所、争はれぬ江戸ッ子であつた。」「博く人を容れたが、只軽佻浮薄の小才子や、弁茶羅男は大嫌ひで、彼様な人とは口も交えぬ程であつた。」「善良で表裏なき性格の人でさへあれば、喜んで之と交はり、其の為に親切を尽された」「温容にして冒し難く、親むべくして狎れ難し」という人物であった、と書いている。

温容な斎藤が観た学友の「夏目君」は、後年の文学者、文豪漱石ではない。圭角ある硬骨漢、気難しい癇癪持ちの漱石は、まだ表れていず、常識人としての争わぬ面のみを見ている嫌いがある。結局、「猫」の家の家主として長く語られる、古い学友であった。

〔**参考文献**〕斎藤阿具「夏目君と僕と僕の家」『人文』第三七号、一九一九年一月一日。岩波書店『漱石全集』別巻、一九九六年二月六日に再録。／斎藤阿具「漱石の「猫」とその家」『現代』第一五巻第三号、一九三四年三月一日。／斎藤阿具「二文豪其他の文士と私の家」『文藝春秋』第一三巻第四号、一九三五年四月。／三浦一郎「漱石と斎藤阿具」『図書』第五七号、一九五四年。／亀井高孝「斎藤先生、教頭就任と辞任」『葦蘆葉の屑籠』時事通信社、一九六九年八月一日。

〔原武　哲〕

# ■菅　虎雄

すが・とらお

『夏目漱石と菅虎雄』菅高重提供、一八九一年六月一三日撮影。

**一八六四**（元治元）**年一〇月一八日～一九四三**（昭和一八）**年一一月一三日。旧制高等学校教授**（ドイツ語）**・書家。居士号無為、雅号白雲、陵雲。漱石の帝大の先輩。松山中・五高の教師の口を斡旋したり、墓碑を揮毫したり、終生、漱石の面倒をみた。**

筑後久留米（福岡県）藩有馬家典医（鍼灸医）父・菅京山、母・テイ（貞）の長男（戸籍上）として生まれた。壬申戸籍以前に夭折した兄がいた。一八八一（明治一四）年東京大学医学部予科に入学、文科に転じ、予備門、第一高等中学校を経て、一八九一（明治二四）年七月、帝国大学独逸文学科第一回卒業生となった。

▼菅と漱石との出会いがいつのことであるかは、確かな資料がない。菅が文科に転じた**八六**（明治一九）年ごろから二人は大学内で互いに顔は見知っていたであろう。**九四**年九月、大学院生だった漱石は「この三、四年来沸騰せる脳漿を冷却して尺寸の勉強心を振興せん為」（正岡子規宛漱石書簡）漂泊した末、東京小石川指ヶ谷町八番地の菅宅にしばらく寄寓していたが、突然漢詩の書き置きを残して飛び出した。

この事件について、菅・漱石の共通の友である狩野亨吉（後に一高校長、京大文科大学長）は「夏目君は大学卒業後、伝通院の傍の法蔵院といふのに菅君が前にゐた関係から下宿したが、そこは尼さんが出入りすると言つて、それを恐れてどうも気に入らぬ、それでは俺のところへ来いと、菅君がその頃住つてゐた指ヶ谷町の家へ引つ張つて行つた。そこで最初に菅君を驚かすやうなことがあつたのだが、それは菅君が一番詳しく知つてゐる事で、自分が語るべきではない」（「漱石と自分」）と述べている。この「菅君を驚かすやうなこと」とは一体何だろうか。

▼漱石は**九四**年一二月、菅の紹介で鎌倉円覚寺塔頭帰源院に参禅し、釈宗演の提撕《ていせい》を受けた。菅は帝大在学中の八八年から釈宗演の師今北洪川の会下に参禅し「無為」の居士号を授けられた。宗演と菅とは相弟子であるから、苦悶している漱石に紹介状を書いてやったのである。これは漱石の『門』や『夢十夜』「第二夜」に活かされている。漱石は宗演から与えられた公案に必死に取り組んで呻吟したが、「五百生の野狐禅遂に本来の面目を撥出し来らず」（斎藤阿具宛漱石書簡）翌**九五**年一月、空しく下山した。

菅虎雄はどうしても漱石を見捨てることができなかった。今度は横浜の英字新聞『ジャパン・メール』の記者に紹介してやると、試験として英語で論文を書けと言ってきた。漱石は禅についての英語論文大判十枚を提出したが、黙って突き返されたので、漱石は立腹し「どこがどういけないという、場所と理由を指摘して返すのが礼儀じゃないか。黙って突っ返すとはけしからん。」と叫んで、菅の面前で引き裂いてしまった。

▼**九五**（明治二八）年四月、漱石は愛媛県尋常中学校に校長より一〇円高い月給八〇円で赴任する。この話を菅のところに持って来たのは、愛媛県参事官浅田知定（菅と同郷久留米出身）であった。浅田は高給（一五〇円）の外国人カメロン・ジョンソンの後任

として菅に一流日本人英語教師の推薦を依頼した。菅は早速漱石に行ってみないか、と声をかけると、菅に煩悶を打ち明け何もかも頼る気になっていた漱石は、自己流謫の心境と子規の故郷だったので、松山に行く気になった。かくて『坊っちゃん』が生まれたのである。菅なくんば、『坊っちゃん』なく、作家漱石も別の作家の姿をとったであろう。

▼**九五**（明治二八）年八月、菅虎雄は第五高等学校のドイツ語・論理学の嘱託を受け、一〇月教授となった。間もなく漱石から松山の不平を並べた手紙が盛んに菅にやって来た。菅は自分が周旋しただけに閉口していると、五高の中川元《はじめ》校長が英語教授を探していたので、漱石を推薦した。中根鏡子と見合いをし婚約していた漱石は、**九六**年四月五高に赴任した。熊本市薬園町六二番地の菅の家に落ち着いた漱石は、同年六月、熊本市下通一〇三番地（光琳寺町）の自宅で、前年末帰京中婚約した中根重一長女鏡子とささやかな華燭の典を挙げた。

正岡子規の影響で松山では盛んに俳句を作っていた漱石は、熊本に来てからも熱心に作り、菅にも作句を勧めた。**九六**年九月二六日付子規宛漱石書簡の中に菅虎雄の俳句一〇句を同封して子規の点を乞うたが、「谷川の小石の上の蛍かな」が二重丸を付けて返された。夏目鏡子の『漱石の思ひ出』によると、菅が「桐の葉のドブンと川に落ちにけり」と作ったので、漱石は「蛙じゃあるまいし、ドブンと落ちる木の葉があるものか」と笑った。子規の点が付いた菅の俳句は夏目家に一七句遺されているが、二重丸の句として「先生は姓は菅原梅の花」「破寺や初日さし込む弥陀如来」（角川書店『図説　漱石大観』）がある。

▼**九七**（明治三〇）年三月末、漱石は春季休暇中の菅を久留米に訪ね、高良山に登り耳納《みのう》連山（現・耳納スカイライン）を越え、広漠たる筑後平野の田園に咲き乱れる菜の花を一望のうちに眼下に収め、雲雀《ひばり》の囀《さえず》りに恍惚《こうこつ》となって、発心《ほっしん》（久留米市草野町）の桜を見物した。「菜の花の遥かに黄なり筑後川」などの句ができた。この体験が「草枕」の冒頭「山路を登りながら、かう考へた」となったが、春の「山路」は熊本ではなく、久留米であったのである。

▼一八九七年八月一四日、菅虎雄は肺患のため非職となり漱石から金を借りて帰京、茅ヶ崎で療養した。経過よく、九八年九月、第一高等学校ドイツ語嘱託となる。

▼漱石は**一九〇〇**（明治三三）年五月、文部省給費留学生として、英語研究のため、二ヶ年間の英国留年を命ぜられた。留学準備の経済的余裕なく、菅の帰京時に貸した金の返済を求めた。菅から直ぐに為替で返済された。同年六月二六日付菅虎雄宛の礼状を出し、七月留学準備のため一旦上京、九月英国に出発した。

▼**〇一**年三月八日、菅の父・京山が久留米市呉服町で亡くなった時、その噂はロンドンまで伝わり、「菅の御父さんは病気だつて夫から死んだか又はよくなつたか」と安否を妻に問い合わせている。六月に「菅の家厳の訃音は僕の妻の所から知らせて来た」とベルリン留学中の藤代禎輔に知らせた。**〇二**年九月菅は教授昇進。漱石はロンドンからしばしば熊本に帰りたくない、著述をしたいと菅に訴えていた。

▼**〇二**年九月一二日付鏡子宛漱石書簡では「近頃は神経衰弱にて気分勝れず甚だ困り居候」と精神的異常を訴えた。気分転換のため自転車の稽古を始めた。岡倉由三郎は文部省に「夏目狂セリ」という電報を打ったという（野間真綱による）。

鏡子の『漱石の思ひ出』「一六　白紙の報告書」によると、

「ある時、もうそんな話が十分広まってからのことでせう、その頃一高の教授をしてをられた菅虎雄さんにお会ひしましたので、この間ロンドンから手紙がきて、何だか病気であたまが悪い、一生この頭はなほらないかも知れないなどと書いてありましたと申しますと、菅さんが妙な質問をなさいます。

「さうですか、それ以外どつこも悪いとも書いてきませんか」

しかし私は別に深い存念があらうとは知る筈もないので、

「その外別に何とも書いて参りません」

とお答へしますと、

「その手紙といふのは自分の手で書いたものですか」といふおたづねです。ますます変な質問なのですが、私はなほも平気で、

「ええ、自分の筆蹟《て》でございました」と、怪しみもせず申したものです。と菅さんは独語《ひとりごと》のやうに、

「手紙が自分で書けるくらゐなら大丈夫ですな」

とうなづいて、ほかに体が悪くさへなければよいだの、手紙には変なところがなかつたかとかだの、根掘り葉掘りおたづねになります。後で考へてみれば、菅さんの方ではてつきりキ印になつたのだからといふ頭で、あれこれとだめをおして、遠くにゐる友達の身の上を案じてゐられたのですが、私は知らぬが仏で、その珍妙な質問を変だとさへ思はなかつたのです。」と書いている。

▼一九〇三年一月、ロンドンから帰国した漱石は、菅の長女文子（当時六歳）と二男忠雄（当時三歳）に「いぎりすの御土産　文ちやんと忠ちやんにあげます　夏目のおぢさんより」と署名した絵本（DROLL DOINGS）を菅虎雄宅に持って来た。

漱石は帰国後、妻鏡子の実家中根重一の隠居所に仮寓していたので、家探しに菅と毎日出かけた。「彼は親切な男であつた。同時に自分の物を買ふのか他の物を買ふのか、其区別を弁へてゐないやうに猛烈な男であつた」（『道草』五十八）という古い友達とは菅のことである。

また漱石が五高を辞職するに当たって、神経衰弱の診断書が必要なので、*呉秀三（東大教授。精神科）に書いてくれるようにと菅に依頼した。菅と呉とは東大医学部予科以来の親友だったのである。

▼〇三年四月漱石は東大と一高の講師となり、また菅と同僚となったが、菅は六月に清国の南京三江師範学堂（現・南京大学）教習（教授）として中国に赴任した。漱石は「君ガ居ナクナツテ悪口ヲ闘ハス相手ガ居ナクナツテ甚ダ無聊ヲ感ズルヨ」（六月一日付書簡）と肝胆相照らす仲であったこと示している。菅が南京の師範学堂で旧友の*菊池謙二郎と対立した時、漱石は「元来喧嘩をして相手が居るのに自分の方が引くのは間違つて居る。是非共相手をやめさせなければならん。もし相手がやめれば自分は辞職する必要はないものと思ふ」（〇六年一月三一日付）と菅に加担した。南京で菅は書画の名士、清道人李瑞清《りずいせい》について六朝の書法を学び、学堂の往復以外一歩も家を出ず、ひたすら書の蘊奥《うんおう》を究めんと専念刻苦し、遂にその骨法を会得した。

▼〇五年七月、『吾輩は猫である』を書いてお金が入ったので、前月一五円でパナマ帽を買って得意でかぶっていると、菅が夏休みで南京から一時帰国し、パナマ帽を被って千駄木町の漱石宅を訪ねて来た。自分のパナマ帽より上等なのを見た漱石は、教師のかたわら一枚五〇銭の『猫』を書いていたんじゃ仕方がない、「猫をかくより支那へ出稼ぎをする方が得策だと思つた。」

と憤慨した（〇五年七月一五日付中川芳太郎宛書簡）。

▼〇六年二月菅は任期満了し帰国したが、一高には籍がなかったので、〇七年一月三高に赴任した。三月漱石は大学を辞め朝日新聞社に入社、挨拶のため京都を訪れた。京大文科大学長になっていた狩野亨吉と狩野宅に寄寓していた菅は、漱石を京都七条駅に出迎え、下加茂の狩野宅に連れて来た。この時のことは「京に着ける夕」に描かれている。菅は「居士」「禅居士」として登場する。漱石の京都滞在中、三人は北野、金閣寺、大徳寺、上加茂を観光した。大徳寺で宝物を拝観した時、御物の前に来ると案内の小僧が脱帽を迫ったので、漱石は憤然として怒り、「あの西洋人には何とも言はず、我々にばかり脱帽さする法があるか！そんな差別待遇をするとは怪しからん。そんなものは俺は見ぬ！」と言って、さっさと先へ行ってしまった。この旅行は『虞美人草』の素材となり、菅は宗近一《むねちかはじめ》のモデルとなった。

▼一九〇七（明治四〇）年九月、菅虎雄は第一高等学校教授に復帰し東京に帰った。書はますます磨きがかかり、専門の書家ではないが、方々から揮毫を頼まれた。漱石の終の住み処となった早稲田南町の漱石山房の門札は菅が書いた。生前、漱石は菅に「俺の所の門札は君が書いてくれたが、もし俺がお前より先に死んだら、俺の墓も書いてくれないか。」と言うので、菅は「もし俺が先に死んだら、お前さんが書いてくれ。」と言って、互いに死後の約束をした。

　漱石にとって菅は書のよき指南役であり、相談役であった。同年一一月漱石は古道具屋で篆字の印を買ったが、読めないので、菅に調べてもらうと、「版権免許」だった（〇七年一一月五日付菅宛書簡）。漱石の著書では『文学評論』（春陽堂。〇九年三月）と『社会と自分』（実業之日本社。一三年二月）の扉の文字を書いた。

　また菅は禅においても漱石の相談役であった。「門」の発表中、大燈国師の遺誡と書いたが、あれは夢窓国師だと注意された、塔頭を塔中と書いて注意を受けた、室内という言葉はあるが室中とは聞かないと注意されたが、教えてほしいと尋ねた（一〇年六月一〇日付菅宛書簡）。菅は正解を教えたのであろう、単行本では改められたが、「室中」だけは全集で元に戻っている。

▼胃病の漱石は転地療養のため修善寺に行き、一九一〇年八月二四日、大吐血、人事不省に陥った。菅も見舞いに駆けつけた。危篤から奇跡的に蘇り、「生き返るわれ嬉しさよ菊の秋」の句を日記に記すほど回復した。漱石が帰京できたのは同年一〇月一一日であった。この修善寺に漱石最初の文学碑「仰臥人如唖　黙然看大空　大空雲不動　終日杳相同」が建立された。この碑陰には狩野亨吉の撰文、菅虎雄の書で三三（昭和八）年四月建立された。今も文学碑は修善寺温泉から二、三キロ離れた、富士山を背にした小高い山の中に建っている。

▼一〇年一〇月、菅虎雄は長男重武の脚気療養のため、鎌倉の由井ヶ浜海岸通り小林米珂荘に転居した。

▼一一年九月半ば、大阪から帰った漱石は、痔が悪くなり、佐藤恒祐医師から切開手術をしてもらい、歩けるようになるまで、往診に来てもらい手当てをした。胃は悪く、肛門も悪く、よく奇妙な音を響かせて、放屁する。*中村是公か、菅虎雄が来た時、この奇態な屁を聞き付けて、「まるで破れ障子の風に鳴る音だ。」と言ったので、漱石も「破れ障子は面白い。全くその通りだ。」と言った。早速、落款を「破障子」と彫らせて、得意に自分の書に押していた。

一一年一〇月、漱石は教え子の*松根東洋城から母の戒名を頼まれた。「たのまれて戒名選む鶏頭哉」。ここで選ばれた「霊源院殿」は東洋城も了解したので、揮毫してもらいたいと菅に頼んだ（一一年一〇月二〇日付菅宛書簡）。

▼一二年七月漱石一家が鎌倉に避暑の家を探していた時、菅が紅ヶ谷の別荘を世話する。菅宅の二階で海を見ながら、菅が何紹基の書を見せると、漱石は「何紹基などの書のうま味はわからん。」と言うと菅は「それがわからんとは情けないやつだ。」とやりかえした。漱石は「清人の書は清人の詩のように気格すこぶる劣る」と反論した。

一二年九月漱石の旧友で満鉄総裁中村是公から講師を満洲に招聘したいというので、菅は釈宗演を推薦した。漱石は中村是公を連れて鎌倉東慶寺に釈宗演を訪ね、満洲行きを要請し快諾を得た。漱石は「初秋の一日」で、東慶寺に入る前、是公が立小便をしたので自分も「顰《ひん》に倣《なら》つた」と書いた。現在、東慶寺門前の案内板には、この漱石・中村是公の立小便のことが説明されている。

▼*芥川龍之介が一九一三（大正二）年一一月一六日初めて恩師菅虎雄を訪ねたのは、漱石訪問より二年早い。その日菅は独文学の話は一切せず、専ら書、法帖を語った。清の李瑞清や中林梧竹の話を聞き、芥川は法帖趣味、拓本趣味を植え付けられた。だから、処女出版『羅生門』（一九一七年五月二三日）の背文字・題簽・扉の文字「君看雙眼色　不語似無愁」の揮毫は、菅に頼んだ。菅は『傀儡師』（一九一九年一月一五日）の表紙の文字も書いた。山本有三の『同志の人々』（一九二四年一一月一五日）、『西郷と大久保』（一九二七年一〇月二八日）、*谷崎潤一郎の『文章読本』（一九三四年九月）、阿部知二の『風雪』（一九三九年九月）の表紙も書いた。「直木三十五追悼碑」（多摩霊園）、「第一高等学校」門札（一九三八年三月。駒場）を揮毫した。

▼**一九一六**（大正五）年一二月九日漱石は永眠した。菅は約束通り柩や墓標の字を書いた。今、菅が書いた漱石夫妻の墓は雑司が谷霊園に静かに眠っている。

▼菅はドイツ語教授でありながら、草履で通勤、羽織袴で椅子に正座し黒板にはほとんど書かなかったという。ある学生がハー「h」の大文字のドイツ文字を教えてくださいと言うと、「こうだ」と言いながら、椅子に正座したまま指で空中に書いただけだったという。

高見順の『昭和文学盛衰史』によると、高見が一高のドイツ語試験の時、問題用紙は鉄筆で書く謄写版刷りであるが、角が折れ込んだまま刷ったらしく、折れた部分を開いてみると、文字が消えている。「先生。これ、駄目です」と言って代えてもらおうとしたが、全く受け付けてくれない。「字が消えて、駄目なんです。」と言っても、「分った、分った、想像力を働かせて、書けばよろしい。」「はい。では、想像力で書きましょう。」「そうし給え。その方が、君には好都合だろう。」と図星を指されたと書かれている。

▼一九三三年、ドイツ文学専攻を志望していた三年生の丸山真男は、菅虎雄に進路について相談した。菅の「文学では食えない。法学部に行きなさい。」の一言で丸山は政治学者の道を歩み始めた。

▼菅虎雄が住んでいた鎌倉由井ヶ浜海岸の砂浜には、宋代の青磁器の破片が沢山見出された。鎌倉時代初期に宗の貿易船が鎌倉に直行し、ここで難破船、沈没船の積荷の中、宋代青磁器の粉砕された破片が波打際に打ち上げられていた。菅は由井ヶ浜に住

んでいた頃、散歩のついでに青磁の破片を見付けるのを楽しみにしていた。一九三八（昭和一三）年六月、由井ヶ浜の家から鎌倉町二階堂（現・鎌倉市二階堂一二九番地）に移転した時、菅は青磁の破片を新しい座敷の壁一面に塗り込めた。この収集は陶芸家・美術史家の間でも評判であり、小山富士夫の『支那青磁史稿』（文中堂。一九四三年）にも取り上げられた。二男の菅忠雄（『文藝春秋』編集長）と共に文芸春秋社社員だった作家の永井龍男（一九八一年文化勲章受章者）が、ある時、菅虎雄自慢の青磁の収集を捉えて、「この中には、案外、キンカクシの破片も混ざってるんじゃないですか。」と諧謔の一矢を放ったと伝えている（高見順『昭和文学盛衰史』）。

▼菅は三二年二月、一高教授を退官し、四〇年まで一高講師を勤めた。長年右腕右肩に渾身の力を入れて書を揮毫するので、体力を酷使し、稀有の難病である延髄麻痺症にかかり、言語障害、嚥下困難となり、四三年一一月一三日、右人差指を動かし平仮名で「すんだ」と書き、一高教頭亀井高孝ら、家族にみとられつつ満七九歳で易簀した。葬儀委員長は一高校長*安倍能成、受業生代表は岡田忠彦衆議院議長、近衛文麿元首相・廣田広毅元首相も会葬した。

その教え子は各界に及び、内閣総理大臣は近衛文麿、廣田広毅、岸信介、作家は谷崎潤一郎、芥川龍之介、菊池寛、山本有三、深田久弥、川端康成、大仏次郎、政界では前尾繁三郎、法曹界では田中耕太郎、学界では麻生磯次、宇野精一、丸山真男、財界では大槻文平、宗教界では大谷光照など明治・大正・昭和のリーダー達が綺羅星のごとく燦然と輝いている。一九七二年一一月一三日、歿後三〇年教え子によって『陵雲無為菅虎雄先生遺墨法帖』（一高同窓会）が編まれ、その遺徳が偲ばれた。

▼かつて夏目漱石の門下生で後に文部大臣になった安倍能成は、「漱石が最も心許した友は菅虎雄だった」と述懐した。人間には、生涯の中で運命を大きく左右する決定的瞬間ともいうべき幾つかの曲がり角がある。文豪夏目漱石の生涯にもいくつかの曲がり角があり、その曲がり角で煩悶し、苦渋に呻吟した時、ふと救いの手を差し伸べたのが菅虎雄であった。そして菅虎雄との触れ合いの中で、漱石の運命は大きく幾つか変わった。三歳年上の菅虎雄の淡々とした無私無欲の友情は、淡きこと水のごとく、終生続いた。

▼二〇一三（平成二五）年一〇月、菅虎雄先生顕彰会（久留米市）によって、「漱石句碑・菅虎雄先生顕彰碑」が旧久留米藩主有馬家と菅家の菩提寺梅林寺外苑に建立された。漱石句碑は**一八九六**（明治二九）年九月、新婚の鏡子を連れて福岡旅行の帰途、久留米に立ち寄り、梅林寺で詠んだ「碧巌を提唱す山内《やま》の夜ぞ長き」（正岡子規の評点を受けた俳句）の漱石直筆を彫り込んだものである。二人の友情を象徴したモニュメントを中央に置き、向かって右に菅虎雄先生顕彰碑（原武哲撰文）、左に漱石句碑を配している。

〔**参考文献**〕原武哲『夏目漱石と菅虎雄――布衣禅情を楽しむ心友――』教育出版センター、一九八三年一二月。／原武哲『喪章を着けた千円札の漱石――伝記と考証――』笠間書院、二〇〇三年一〇月二二日。／一高同窓会協賛『陵雲無為菅虎雄先生遺墨法帖』一九七二年一一月一三日。

〔原武　哲〕

# ■釈　宗演

しゃく・そうえん

『釈宗演―郷土の生んだ明治の高僧』高浜町郷土資料館、二〇〇三年刊。

**一八五九（安政六）年一二月一八日〜一九一九（大正八）年一一月一日。臨済宗僧侶・歌人。室号は楞伽窟《りょうがくつ》。道号は洪嶽。学生時代、漱石は釈宗演の会下に参禅。「門」の老師のモデル。中村是公の頼みで宗演を満洲に招聘、満鉄社員に講話する斡旋をする。漱石の葬儀に導師を勤める。**

若狭国（福井県）大飯《おおい》郡高浜村に父・一ノ瀬五右衛門信典と母・和田氏、二男四女の次男として生まれた。幼名を常次郎といった。父は信心堅固で厳格な人柄であり、母は慈悲深かったという。宗演は幼少の頃から小浜常高寺に寄留し、龍田や貫道の薫陶を受けた。

▼一八七〇（明治三）年、満一〇歳で兄・忠太郎の勧めにより親戚である京都妙心寺塔《たっ》頭《ちゅう》天授院住職釈越渓守謙につき出家得度し、連れられて京都に上り越渓の自坊に入った。初め諱《いみな》を祖光といったが、後に宗演と改めた。石礀・東胤につき「碧巌録」の素読を習った。七四年、京都建仁寺内郡玉林の千葉俊崖東佺《とうせん》について修業した。七五年、俊崖の死に会い、悲嘆の中、竹田黙雷の激励を受け、再び越渓の下に帰った。七七年越渓の命で岡山県円山曹源寺の儀山善来について修禅した。一年余服事して京都に帰り、相国寺の独園《おん》承珠、天竜寺の滴水宜牧らに歴参した。七八年三月、儀山示寂し、神奈川県鎌倉円覚寺の今北洪川宗温について参禅、八二年、二二歳で洪川から印可を受け、洪川の法嗣《はっす》となる。八三年秋、洪川は妙心寺に越渓を訪ね、越渓の徒弟宗演を乞うて、洪川の徒弟とした。これにより宗演は妙心寺派から円覚寺派に転派した。

▼一八八四（明治一七）年、鎌倉円覚寺塔頭仏日庵住職となった。時あたかも鹿鳴館時代であり、廃仏毀釈の嵐は漸く静まり、極端な欧化主義と極端な国粋主義が激突する中、科学的実証主義・唯物論・進化論・キリスト教からの批判に対して、理論的に対応する仏教界近代化運動は進展していなかった。宗演は西洋の科学的教養を身に付け、仏教を古い因習迷信から解放し、真の精神を近代に即応して説いていこうと、慶応義塾に入学する決意を師に願った。軽佻浮薄な蟹字学（横文字の学問）の流行を懸念し、禅僧としての大成を願っていた洪川は、洋学勉強と慶応義塾入学に反対したが、師に対して極めて敬虔従順な宗演も、洋学学習についてだけは、遂に妥協せず、八五年五月、慶応義塾別科に入学し、三年間、福沢諭吉に学んだ。八七年三月、山岡鉄舟・福沢諭吉の援助で聖胎長養（悟後の修行）のため、セイロン島（現・スリランカ）に遊学した。その消息は『西遊日記』（井上禅定新訳）として、鎌倉東慶寺に現存する。修行三昧の末、八九年一〇月、鎌倉に帰着した。従って、八八年漱石の親友菅虎雄*が今北洪川に参禅した時、釈宗演はセイロン遊学中で、日本にいなかったので、宗演帰国後、二人は対面したと思われる。帰朝した宗演は洪川の命により横浜永田の宝林寺に住し、師家として教化、島地黙雷らと共に『仏教各宗綱要』（全五巻）を完成させた。

▼一八九二（明治二五）年一月六日、臨済宗円覚寺派管長の今北洪川が遷化したので、

三月宗政により管長に当選、円覚寺派管長となった。時に満三二歳、この若さで大本山に就任したのは、六百年前南禅寺二世南院国師以来と喧伝された。九三年八月、シカゴ万国宗教大会に日本仏教代表として渡米、九月一八日、宗演は「仏教の要旨ならびに因果法」と題して講演した。その『宗教大会一覧』附録である、*鈴木大拙（貞太郎）英訳の「仏教伝通概論」が東慶寺にある。英訳草稿には鉛筆で訂正が施されているが、大拙は晩年、漱石の訂正だと言ったが、これは記憶違いで、渡米の船中で米人の手による加筆であった（井上禅定「宗演と大拙・漱石」『鈴木大拙――人と思想――』岩波書店、一九七一年一二月）。

▼**九三**年夏、帝国大学英文学科を卒業したばかりの夏目漱石が、鎌倉円覚寺に参禅したという不確かな説がある。推定の根拠は①「明治二十六年の猫も軒端に恋する春頃であつた。私も色気が出て態々相州鎌倉の円覚寺迄出掛けた事があるよ。」（談話「色気を去れよ」）②「卒業後一二年の夏、鎌倉へ参禅したのは、私が*釈宗活氏に紹介したのである。」（「学生時代」菅虎雄（談）『文豪夏目漱石』春陽堂、一九一七年一月二日）③「座禅に興味を持つたのも、其頃からであつて、確か学校を卒業する夏だつたと思ふ、鎌倉で一ヶ月ほど参禅した。」（「学生時代」大塚保治（談）『文豪夏目漱石』）④「漱石氏が私の処へ来たのは、よく記憶に存せぬが、何でも今から三十年程も前のことである。大学を卒業したばかりで高等師範に教えに出て居られたとか言つて居たやうである。本統に飄然としてやつて来て、おほよそ半年ほども禅堂の生活をして居た。」（「禅の境地」釈宗演（談）『文豪夏目漱石』）の四つの資料である。多少のずれはあるが、帝大を卒業した**九三**（明治二六）年七月前後に近い暑い頃、一ヶ月から半年ほど参禅したという。いずれも談話筆記なので、談話者と記録者との間に曖昧さと憶測とが見られ、明らかな齟齬があるため、資料として使用に耐えるか、疑問がないことはない。

▼**一八九四**（明治二七）年一二月二三日、漱石は菅虎雄の紹介（「居士参禅名簿」）で、円覚寺塔頭帰源院に参禅した。釈宗活の手引きで釈宗演の提撕《ていせい》を受ける。「父母未生以前本来の面目」の公案をもらう（虚子著『鶏頭』序）。「色気を去れよ」（談）では九三（明治二六）年春、「趙州の無字」の公案を授かったとあるから、春の終わりか、夏に一度行って「趙州の無字」の公案を授かり、冬に「父母未生以前本来の面目」の公案を授かった、二度参禅したという可能性も捨て切れない。ただ宗演は一度の記憶しかないので、八四年冬のことを覚えていたのだろう。

　結局、漱石は宗演から与えられた公案に自力で解脱を求めて懊悩、呻吟したが、妄想のみいたずらに立ち騒ぎ、老師に公案の解答を準備して、「物ヲ離レテ心ナク心ヲ離レテ物ナシ他ニ云フベキコトアルヲ見《けん》ズ」（ノート「超脱生死」『全集』第二一巻）と見解《げ》を呈したけれども、宗演から「ソハ理ノ上ニ於テ云フコトナリ。理ヲ以テ推ス天下ノ学者皆カク云ヒ得ン更ニ茲《こ》ノ電光底ノ物ヲ拈出シ来レ」（「超脱生死」）「もつと、ぎろりとした所を持つて来なければ駄目だ。」「其位な事は少し学問をしたものなら誰でも云へる」（『門』十九の二）と一蹴されてしまう。漱石は「五百生の野狐禅遂に本来の面目を撥出し来たらず」（**九五**年一月九日付*斎藤阿具宛漱石書簡）一月七日、一〇日間の参禅を打ち切り、空しく帰京して法蔵院に戻った。「彼は門を通る人ではなかつた。又門を通らないで済む人でもなかつた。要するに、彼は門の下で立ち竦んで、日の暮れるのを待つべき不幸な人であつた。」（『門』

二十一の二)。漱石の参禅体験は「門」に利用され、事実そのままではないが、漱石は野中宗助、釈宗活は宜道、釈宗演は老師、鈴木大拙は若い居士、菅虎雄は紹介した知人のモデルとして描かれた。漱石も自力による見性成仏といった悟りを求めたが、「彼は依然として無能無力に鎖ざされた扉の前に取り残された。」(「門」二十一の二)。また、参禅体験は「夢十夜」第二夜にも活かされた。

▼一九〇三(明治三六)年七月、建長寺一派より管長兼職を請われ、円覚寺派・建長寺派両派の管長となった。〇四年二月、日露戦争勃発し、第一師団従軍布教師となり、三月出発し、七月帰着した。〇五年五月、建長・円覚両派管長を辞し、鎌倉東慶寺に遷住した。

▼**一九〇九**(明治四二)年三月に歌人であり国文学者佐々木信綱に会見した宗演は、これを機に和歌を学び、嗜み始めた。宗演の歌集は歿後の一九二一(大正一〇)年一一月一日、佐々木信綱編『楞《りょう》伽《が》窟《くつ》歌集』(東慶寺発行)が刊行された。

　同年六月一八日、碧巌会から漱石に案内があり、内幸町の三井集会所で釈宗演の『碧巌録』提唱があるとのことだったが、漱石は今、禅僧の講話を聴きたい了見はない、暇でもできたら、行って見ることを妨げないが、差し当り興味がわかないと思って、行かなかった。

▼**一九一二**(大正元)年八月、漱石は旧友中*村是公満鉄総裁と共に長野・栃木旅行に行き、中村から満鉄で漢学者を招いて講話をしてもらいたいとの相談を受けたので、漱石はいっそ名僧知識でも招聘してはどうかと言うと、禅僧でもいい、誰がよかろうか、と言うので、宗演禅師を挙げた。漱石はその後宗演と音信不通なので、仲介を禅に親しい菅虎雄に頼んだ(同年九月二日付菅虎雄宛漱石書簡)。菅はすぐ東慶寺の宗演に会い、宗演が満鉄の招聘に承諾するという返事を漱石に出した。漱石は中村に宗演応諾を知らせ、宗演に面会して正式要請すべきか、を菅に相談した(九月四日付)。

　九月一一日、中村是公満鉄総裁と犬塚信太郎理事を伴って漱石は、釈宗演を訪ね、満洲巡錫《じゅんしゃく》を依頼するため、鎌倉駅から人力車に乗り東慶寺の山門下で降りた。是公は石段を登る前に、門前の稲田の縁に立って立ち小便をした。漱石もまた是公の傍で顰《ひん》に倣《なら》った。漱石は訪問の日の宗演をこう書いた。「老師に会ふのは約二十年振である。東京からわざ〱会ひに来た自分には、老師の顔を見るや否や、席に着かぬ前から、すぐに夫と解つたが先方では自分を全く忘れて居た。私はと云つて挨拶をした時老師はいや丸で御見逸《おみそ》れ申しましたと、改めて久闊《きゅうかつ》を叙したあとで、久しい事になりますな、もう彼是二十年になりますから抔と云つた。けれども其の二十年後の今、自分の眼の前に現れた小作りな老師は、二十年前と大して変つてはゐなかつた。たゞ心持色が白くなつたのと、年の所為《せゐ》か顔にどこか愛嬌が附いたのが自分の予期と少し異なる丈で、他は昔の儘のS禅師であつた。「私ももう直《ぢき》五十二になります」自分は老師の此の言葉を聞いた時、成程若く見える筈だと合点が行つた。実をいふと今迄腹の中では老師の年歯《とし》を六十位に勘定してゐた。然し今漸く五十一二とすると、昔自分が相見《しょうけん》の礼を執《と》つた頃はまだ三十を超えた許りの壮年だつたのである。夫でも老師は知識であつたから、自分の眼には比較的老けて見えたのだらう。」(漱石「初秋の一日」)。なお、一九九四(平成四)年は漱石が宗演に参禅して百年になるので、東慶寺では連れションをしたと思われる山門石段右下に漱石の「初秋の一日」

を刻んだ記念碑を建立した。

一〇月七日、大船を出発、九日釜山、京城、一一日安東、一三日本渓湖、一四日奉天、大連、一七日旅順、二〇日熊岳城、大石橋、営口、遼陽、奉天、二七日撫順、二九日鉄嶺、三〇日長春より帰途、教場は満鉄沿線二〇ヶ所余り、聴衆は七千人有余の大巡錫であった。

▼一九一四（大正三）年九月、五四歳で妙心寺派に推されて京都臨済宗大学並びに花園学院学長となった。

▼**一九一六**（大正五）年一月二八日から漱石はリューマチ気味で神奈川県湯河原温泉に転地療養して、二月一六日帰京した。帰途、鎌倉に立ち寄り、急性肺炎になった宗演を見舞いに行ったが、会えず、敬俊という僧に会って、見舞いの挨拶をして来た（同年二月一八日付鬼村元成宛漱石書簡）。同年七月、五六歳で臨済宗全派の輿望を容れて円覚寺派管長に再び就任した。

▼**一九一六**年一二月九日、夏目漱石が逝去した。一〇日中村是公が円覚寺に来て、釈宗演に漱石の葬儀の導師を依頼した。一一日、宗演は導師を承諾し、その前に霊前に友人として焼香した。法名を「文献院古道漱石居士」と書いた。一二日、葬儀は青山斎場で行なわれた。導師釈宗演は侍者一二名を従え、回向の後、秉炬香語《ひんここうご》を述べた。

曾斥翰林学士名（かつて翰林学士の名を斥け）
布衣拓落楽禅情（布衣《ふい》拓落、禅情を楽しむ）
即今興尽遽然去（即今興尽きて遽然《きょぜん》として去る）
余得寒燈夜雨声（余し得たり寒燈夜雨の声）

宗演の送行の一句があって大喝一声。「この喝はすばらしかった。今でも耳に残っている」（和辻哲郎）。「小さい私がでんぐり返しもうちかねまじく驚かされた坊さんの喝《かつ》という恐るべき大声も忘れられない。」（夏目伸六『父夏目漱石』）とある。

▼一九一七年九月八日韓国中国旅行に出発、下関から釜山・大邱・京城・平壌・安東・本渓湖・奉天・北京・天津・大連・旅順・青島・済南・曲阜・洛陽・漢口・南京・蘇州・上海を廻り、一一月一五日、長崎に帰港した。この二ケ月以上の海外旅行は著しく健康を損ねた。同年一二月九日、一〇時から漱石一周忌法要が茗荷谷徳雲寺志道庵で行なわれた。釈宗演が導師を勤めた。

▼一九一九（大正八）年一〇月、円覚寺中興開山誠拙に「大用国師」の追諡があり、喜びは一方ならなかった。一一月一日、遷化。円覚寺派は「特住円覚寺中興開山洪岳演和尚大禅師」の尊号を贈った。

▼漱石は菅虎雄の紹介で円覚寺塔頭帰源院の釈宗演に参禅して、公案を透過できず、悶々の中に苦吟していた時、宗演は仰ぎ見る高潔な尊師であった。年齢が八歳しか違わないのに、二七歳の迷える漱石は三五歳になったばかりの老師を大悟徹底した善智識として讃仰した。故に再会した一五年後の**一九一二**（大正元）年、かつてと変わらぬ宗演を六〇歳くらいに勘定していたが、「私ももう直五十二になります」と聞いて驚いた。相見の礼を執った頃はまだ三〇歳をこえたばかりの壮年だったのである。尊崇と畏怖が年齢を老けさせていたのである。

漱石にとっては檀那寺の浄土真宗は堕落したように見え、自力本願を信じる禅道は漱石の自己本位に通ずるところがあったのであろう。**一九一四**（大正三）年四月ごろから文通を始めた祥福寺（神戸市）の若い僧鬼《き》村元成《むらげんじょう》を東京に呼んで自宅に泊め、歓待して小遣いまで施し、「私は日本に一人の知識を拵へたやうなものです。」「此次御目にか丶る時にはもう少し偉い人間になつてゐたいと思ひます。あなたは二十二私は五十歳は二十七程違ひます。然し定力とか道力とかいふものは坐つてゐる丈にあなたの方が沢山あります。」（一六年一一月一〇日付鬼村元成宛漱石書簡）と書き、共に来た友人富沢敬道へは、「私は五十になつて始めて道に志ざす事に気のついた愚物です。其道がいつ手に入るだらうと考へると大変な距離があるやうに思はれて吃驚してゐます。あなた方は私には能く解らない禅の専門家ですが矢張り道の修業に於て骨を折つてゐるのだから五十迄愚図々々してゐた私よりどんなに幸福か知れません、又何んなに殊勝な心掛か分りません。私は貴方方の奇特な心持を深く礼拝してゐます。あなた方は私の宅へくる若い連中よりも遥かに尊とい人達です。」（一六年一一月一五日付富沢敬道宛漱石書簡）と、若い禅僧に深い敬意と憧憬を表わした。漱石の禅への傾倒は若いころの釈宗演から受けた痛棒が、トラウマのように後々までも禅に対する渇仰になったとも考えられる。

〔**参考文献**〕井上禅定『釈宗演伝』禅文化研究所、二〇〇〇年一月二〇日。／北山正迪「釈宗演と漱石」／玉村竹二・井上禅定『円覚寺史』春秋社、一九六四年／『釈宗演――郷土の生んだ明治の高僧――』高浜町郷土資料館、二〇〇三年一〇月一一日。／原武哲『夏目漱石と菅虎雄――布衣禅情を楽しむ心友――』教育出版センター、一九八三年一二月。

〔原武　哲〕

## ■釈　宗活

しゃく・そうかつ

『夏目漱石と帰源院』鎌倉漱石の会、一九六二年刊。

**一八七〇（明治三）年一一月一五日～一九五四（昭和二九）年七月六日。**

**臨済宗僧侶。居士号は石仏居士。号は両忘庵。別号は輟翁《てつおう》。漱石が円覚寺塔頭帰源院に参禅した時、寺を預かる看護として、漱石の身辺を世話した。『門』では一窓庵の宜道として描かれている。**

江戸蘭方医入沢海民の三男として生まれる。若い時、鎌倉に来て、鎌倉彫の徒弟として修業した。

▼一八八八年、鎌倉円覚寺今北洪川の会下に参禅し、石仏居士の名をもらう。

▼一八九二（明治二五）年、釈宗演*について得度を受けて、宗活の名を与えられる。釈宗演の養子となり、釈宗活を名乗る。宗演

の嗣法の一人に数えられる。

　宗活は師宗演について、宗演は宗活が一八九八（明治三一）年嗣法するまでは身を持することすこぶる謹厳、持戒堅固そのものだったという。宗演は「法嗣《はっす》宗活をえた後、ゴロリと豪放闊達の生活に転じた」という。法嗣宗活を得た宗演の喜びは大きく、「下載《あさい》の清風（重荷を下ろした清々しい気分）誰にか付与せん」という解放感からか、不羈《ふき》奔放な、戒律に触れない遊戯《ゆげ》三昧に入った（芳賀幸四郎「釈宗演――仏教の近代化」）。

▼**一八九四**（明治二七）年一二月二三日、漱石が菅虎雄*の紹介状を持って鎌倉円覚寺塔頭帰源院に参禅した時、留守を預かる看護の資格で、寺に起居していたので、漱石の身辺の世話した。漱石は宗活の世話で宗演の提撕《ていせい》を受ける。宗演から「父母未生以前本来の面目とは何ぞや」の公案をもらうが、漱石の見解《けんげ》は通らない。翌**九五**年一月七日、帰源院から下山した。

▼漱石は**一九一〇**年「門」十八で、宗活をモデルに一窓庵の宜道として描いた。宜道は二四、五歳の雲水で、一人で一窓庵の留守番をして、参禅者の世話をしていた。座禅の心得、老師から公案が出て、昼夜かじり続けなければならないことなどを野中宗助に親切に教えてくれるところなどは、宗活そっくりであった。宗助の外にもう一人世話になっている居士がいた。山に来てもう二年になるという彼は、剽軽な羅漢のような顔をしている気楽そうな男であった。これは若き日の鈴木大拙*（貞太郎）がモデルである。

　親切な宜道は「老師が相見になるさうで御座いますから、御都合が宜しければ参りませう」と言って、宗助を五〇格好の老師の前に連れて行った。「父母未生以前本来の面目」の公案を出される。線香を立て、半跏《はんか》に座禅を組み、終日考えた。夜明け方参禅を済ませた宜道は飯を炊きながら、「書物を読むのは極《ごく》悪う御座います。有体に云ふと、読書程修業の妨《さまたげ》になるものは無い様です。」と宗助の考えを排斥した。

　宗助は公案に対して、自分だけの解答を準備して、老師の前で述べた。「もつと、ぎろりとした所を持つて来なければ駄目だ。其位な事は少し学問をしたものなら誰でも云へる」と老師から一蹴され、喪家《そうか》の犬のごとく退室した。

　漱石は宜道を次のように描いた。「此矮小な若僧は、まだ出家をしない前、たゞの俗人として此所へ修業に来た時、七日の間、結跏《けっか》したぎり少しも動かなかつたのである。仕舞には足が痛んで腰が立たなくなつて、厠へ上る折などは、やつとの事壁伝ひに身体を運んだのである。其時分の彼は彫刻家であつた。見性した日に、嬉しさの余り、裏の山へ駆け上つて、草木国土悉皆《しっかい》成仏と大きな声を出して叫んだ。さうして遂に頭を剃つてしまつた。」（「門」二十）と宗活の面影を写している。なかなか悟れない宗助に対して宜道は、「法華の凝《こ》り固まりが夢中に太鼓を叩く様に遣つて御覧なさい。頭の巓辺《てっぺん》から爪先迄が悉《ことごと》く公案で充実したとき、俄然として新天地が現前するので御座います」と元気付けたが、遂に山を去る日が来た。「道は近きにあり、却つて之を遠きに求むといふ言葉があるが実際です。つい鼻の先にあるのですけれども、何《ど》うしても気が付きません」（二一）と宜道は残念がった。

　宗活と宜道との類似性については、「小説『門』に出て来る一窓庵の宜道には、帰源院の宗活が好く描かれているとは、宗活和尚を直接識っていた人の異口同音に認める所である。宗活の謙遜な人柄に接し、親切な配慮と助言を受け、当時不安動揺の裡にあった漱石が何れほど救われる思いをしたかは小説『門』からも想像に難くない。」（内田貢「漱石と宗活」『夏目漱石と帰源院』）と証言している。

▼一八九七（明治三〇）年七月、実父直克死去の報を受けた漱石は、学期末試験が終わるとすぐに帰京した。九月初め、流産して鎌倉に療養中の妻鏡子*を見舞い、序でに円覚寺帰源院に釈宗活を訪ねた。「帰源院即事　仏性は白き桔梗にこそあらめ」「山寺に湯ざめを悔《くゆ》る今朝の秋」「禅僧宗活に対す　其許《そこもと》は案山子に似たる和尚かな」と詠み、第一句目は帰源院に漱石句碑が建立された。二年半ぶりに二人は、懐かしく親愛に満ちて再会を喜び合ったことであろう。

▼一九一〇（明治四三）年四月一八日、漱石は「色気を去れよ」で「典座寮の宗活といふ僧と仲好しになつて、老婆親切に色々教へて貰つた、さあ明日から接心と云つて一週間は精神を抖擻《とそう》し万事を抛つて座禅工夫に従はねばならぬ、其戦さの門出に武者慄ひがつひ出る。其夜宗活さんが遊びに来て、面白いものを聞かしてくれた、白隠和尚の「大道ちよぼくれ」で、大いに振つてゐる、宗活さんは口を尖がらかしていふ。（中略）宗活さんは剽軽な坊さんだと思つた。」（小川煙村・倉光空喝共編『名士禅』柳枝軒書店、一九一〇年四月一八日）と語っている。

帰源院で共に住んでいた鈴木大拙は「スラリと身長の高い、進退挙措《きょそ》の優雅な、若い女も惚々する様な美僧であった」と言う。中年にして鎌倉彫師から入った、外様の僧であったため、円覚寺一門では多少外様扱いにされ、不遇であったという（内田貢「漱石と宗活」）。

▼日露戦争後、一九〇五（明治三八）年を最初（三五歳）として、数回渡米した。「宗演がアメリカに播いた禅の種を、理論的な面で育てたのは鈴木大拙であるが、これを実地に本格的に培養したのは釈宗活である。宗活は宗演の帰国と前後してサンフランシスコに渡り、足かけ四年間布教につとめたが、その後を法嗣の佐々木指月に代理させ、指月の努力で禅がニューヨークに根をおろすようになった。また、同じく宗活の法嗣の大峡《おおはざま》竹堂がドイツ留学中にドイツ語で『禅』という書を著し、これがドイツにおける禅への関心を高揚させる契機となった」（芳賀幸四郎「釈宗演——仏教の近代化」）。一九〇九年帰朝した。

後年、山岡鉄舟が居士のために始めた谷中の択木寮の中絶していたのを復活させ、在俗有志を接待し、形式虚飾の色彩的宗教を避け、伝法度生をもって任とした。さらに両忘庵、両忘協会、両忘禅協会などの名で居士のために道場を提供し、千葉県市川市鴻ノ台や市川市八幡などにも道場を作って禅の一般社会への普及に尽力した。戦後、千葉県八日市場に住み、さらに干潟に移り住んだが、一九五四（昭和二九）年七月六日、ここで永眠した。満八四歳。

▼晩年の宗活は優雅の中にも豪快な風光を具えていたという。細い字を巧みに書き、鎌倉彫師らしく彫刻も巧みで、絵は大和絵風の繊細な画を描き、禅画には向かなかったが、なかなか多芸な才人であったという。

漱石は円覚寺帰源院参禅の折の宗演に対する尊崇の念と共に、宗活からの親切を終生忘れず、『門』や「色気を去れよ」の中に存分に描き込んだ。

〔**参考文献**〕内田貢「漱石座禅の頃」『夏目漱石と帰源院』鎌倉漱石の会、一九六二年一二月九日。／芳賀幸四郎「釈宗演——仏教の近代化」『新版　日本の思想家』中、朝日ジャーナル編、朝日選書45、一九七五年九月二〇日。／『明治人名辞典』下巻、大正元年版、日本図書センター、一九九〇年四月二五日。

〔原武　哲〕

## ■立花　銑三郎

たちばな・せんざぶろう

『立花文学士遺稿』一九〇三年刊。一九〇一年一月二六日ベルリン撮影。

**一八六七（慶応三）年五月一日〜一九〇一（明治三四）年五月一二日。**

**学習院教授。教育学、哲学研究者。漱石の帝大時代の学友。漱石の学習院就職を周旋するも失敗。ドイツ留学から帰国途中、ロンドン留学中の漱石に船中で会うが、立花は既に再起不能。**

筑後三池より国替えになった岩代国（福島県）下手渡《しもてど》で父・立花碩《おおい》（三池藩家老）、母・いえ子の三男として生まれた。一八六九（明治二）年旧領である福岡県筑後国三池町新町一三四番地（現・大牟田市）に帰った。一八八二年一〇月福岡県立橘中学校卒業後、橘中学三等助教諭となったが、学力の不足を痛感、八三年笈《きゅう》を負うて上京、道中のことを「東征漫詠」「東征漫遊」「招傾日記」に記した。▼**一八八四**年九月、東京大学予備門に入学、同年入学した者に塩原金之助（夏目漱石）がいた。**一八八九**年七月第一高等中学校（大学予備門を改名）を卒業、漱石は腹膜炎で落第、翌年卒業している。銑三郎は八九年九月帝国大学文科大学哲学科に入学、西洋哲学史専攻、学生の身分で学習院講師、東京専門学校（後の早稲田大学）講師を兼ねた。九〇年四月には芳賀矢一*と共編で『国文学読本』を出版した。**一八九二**（明治二五）年七月、帝国大学文科大学哲学科を卒業、直ちに大学院に入学、同年同月、立花・漱石・藤代禎輔*らと『哲学雑誌』（『哲学会雑誌』を改名）編集委員となった。学習院初代院長立花種恭《たねゆき》（旧・三池藩主）の推挽で、研究の傍ら学習院嘱託教授となり、心理学・倫理学・美学を講じ、年二四〇円を支給された。また東京専門学校講師となって、社会学・論理学を講じた。▼夏目漱石は**一八九三**年七月、銑三郎に一年遅れて帝国大学英文学科第二期生としてただ一人卒業し、大学院に入学、「英国小説一般」の題目の下に神田乃武《ないぶ》*の指導を受けた。英文学科は二年前に卒業した立花政樹に次いで二人目であった。この年帝大卒業の文学士一五名の就職は困難を極め、七月二六日現在で史学科の一人が決まったのみであった。漱石は日々炎暑に耐え難く呻吟しつつ、帝大寄宿舎で総勢十三、四人と不景気に寂寥を覚えていた。しかし、漱石はただ漫然と職の転がり込むのを拱手傍観して待っていたわけではなかった。あちこちに手を打って就職運動もしていたのである。

▼「私の個人主義」は、**一九一四**（大正三）年一一月二五日、学習院輔仁会の依頼により漱石が、学習院学生に対して講演した時の筆記を補筆して、『輔仁会雑誌』に掲載したものである。この講演で漱石は、自分のような者をよそから連れて来て、講演を聞こうというのは、ちょうど御大名が目黒の秋刀魚《さんま》を賞翫したようなもので、単に珍しいからであろう、もし自分がこの学校の教授だったならば、多数集まって自分の講演を聴くようなことは起こるまい、なぜそんな仮定をするかというと、昔自分は学習院の教師になろうとしたことがあるからである、と帝国大学卒業直後の回想から話し始めた。

夏目漱石は三年先輩の高等師範学校教授磯田良（歴史学）に高師出講を依頼した。さらに立花銑三郎に学習院出講周旋を依頼した。第一高等学校にも先輩教授を通じて運動を働き掛けていた。

「此際断然決意の上学習院の方へ出講致し度因て御迷惑ながら御周旋被下度」という書簡（一八九三年七月一二日付立花銑三郎宛）によると、漱石は、帝大英文学科選科出身で学習院教授村田祐治にも助力を頼んでいた。

漱石の「私の個人主義」によると、昔学習院の教師になろうとして、知人（銑三郎であろう）に推薦してもらい、採用されたような気で、モーニングでなくては教壇に出られぬという知人の言に従って、モーニングを作って待っていると、あにはからんや不採用になった、とある。採用されたのは米国帰りの重見周吉であった。

同年八月一五日付立花銑三郎宛漱石書簡では「小生出講の義につきては種々事情出来余程奇観に御座候何しろ駄目の事とあきらめ居候」と事態の悪化を感じ、断念に傾き、同月二三日、「過日承り候へば茂（「重」の誤）見氏学習院の方へきまり候様にも御座候へば小生方は到底駄目と存じ候」（村田祐治宛漱石書簡）と、漱石は重見採用を誰かの情報によって知っていた。

▼**一八九三**年八月当時漱石・＊菅虎雄の親友四高教授＊狩野亨吉《こうきち》（後に京都帝国大学文科大学長）が金沢から上京、教師獲得に奔走していた。狩野は漱石にも口をかけたが、漱石は英文学研究の未練が残り、東京を離れる決心がつかなかった。

同月二四日午後四時、村田祐治は狩野を訪ね、「学習院教師の位地終に重見に帰し夏目は遂に敗れたり是偏《ひとえ》に工藤の奸計《かんけい》に出つるなり」（狩野亨吉日記）と報告した。

▼しからば漱石に勝った「米国帰りの人」（『私の個人主義』）重見周吉とはいかなる人物であったか。重見周吉は一八六五（慶応元）年一一月二日伊予国（愛媛県）越智郡今治町に生まれた。一八八二（明治一五）年六月今治中学卒業、一八八四年同志社英学校本科を卒業した。一八八四年九月渡米、八八年六月エール大学理学部卒業、九一年六月エール大学医学部を卒業した。

▼一八八九年、二四歳の若さで英文の自伝『日本少年』を出版、アメリカの新聞や日本の『国民之友』で好評を博した。一八九一年一一月帰朝、東京慈恵会医学校で英語を教えた。そして一八九三年九月、学習院教授に任ぜられた。しかし、学習院改革計画から外され、一九〇二年九月非職を命ぜられ、一九〇四年九月学習院を去った。東京日本橋で開業医に専念、一九二八（昭和三）年一月二〇日満六二歳で死去した（菅紀子『「日本少年」重見周吉の世界』創風社出版、二〇〇三年七月二〇日）。

▼では、「工藤の奸計」と言われた工藤一記とはどんな人物だったか。一八五三（嘉永六）年七月、豊後国岡（大分県竹田市）生まれ、大阪師範学校を卒業し、学習院教授、幹事、庶務課を担当する実力者で、宮内省直属で皇室の庇護厚く学習院人事に強い発言力を持っていたと思われる。

夏目漱石はなぜ学習院に採用されなかったのだろうか。当時の英語力は重見周吉の方が上だったと言う説（恒松郁生）がある。もう一つは養子に行った後復籍し、徴兵逃れの北海道移籍など、格式を重んじる学習院にはなじまない複雑な戸籍を持つ漱石が排され、アメリカ帰りの重見を選んだと言う説だ。これは、工藤一記の老獪さであろう。

▼**一八九三**（明治二六）年八月二四日、漱石不採用を狩野亨吉に報告した村田祐治は、漱石採用を楽観視して、塩原温泉に湯治に行っていた立花銑三郎に「ナツメノコトスグカイレ」と電報を打った。村田が立花に

情勢の急変を報知し、善後策を講ずるため、帰京を促したものとみえる。しかしもはや情勢を挽回することはできなかった。あたら漱石のモーニングは無駄となり、重見は九月七日付で学習院教授に任ぜられた。

▼一八九五（明治二八）年一月、立花は曽我祐準子爵の二女遼子と結婚した。一八九六年三月二二日、激務の傍らチャールズ・ダーウィンCharles Darwinの"The Origin of Species"（種の起原）を翻訳、『生物始原一名種源論』（経済雑誌社）として出版した。一九〇五年、東京開成館の『種之起原』、一九一五年、大杉栄『種の起原』（新潮社）に先立ち日本で初めて翻訳出版されたことは、日本科学史上、画期的な意義ある業績であった。

▼**一八九六**（明治二九）年四月、漱石は菅虎雄の斡旋で第五高等学校（現・熊本大学）に招かれ、六月鏡子*と結婚した。人事ではかなり中川元《はじめ》*校長の教員採用の相談にあずかり、力を貸した。**一八九七**年八月六日付漱石書簡では小堀十亀という工学士の人物調査を立花に依頼している。どういう回答が漱石にもたらされたかわからないが、小堀が五高に勤務することはなかった。

▼**一八九七**年九月六日書簡では立花の妻遼子の死（同年八月二二日）を悼んでいる。また**九九**年二月一〇日付書簡では五高退学者を学習院で三年に編入学させてくれないか、と立花に依頼している。五月一九日付書簡でも卒業生が学習院大学部に入学したいと言うので入学の問い合わせをしている。これらをみると漱石は立花を信頼していることがわかると同時に、漱石が校長の信任厚いこと、生徒思いであることがよくわかる。

▼一八九九（明治三二）年八月、立花は中学教育に関する取り調べと教育学研究のため、ドイツおよびイギリスに留学を命ぜられた。漱石より一年早い留学である。翌**一九〇〇**年九月、続いて漱石は英語研究のため、一旦帰京、ロンドンに向かった。

▼**一九〇〇**（明治三三）年一一月一九日、ロンドンから漱石は、ベルリン留学中の立花に大学に講義を聴きに行くのは愚かで家庭教師をとる、時と金がないので交際はしない、書物は高価なので買えない、「いやな天気に候いやな雑踏に候」と早くも人間嫌いを訴えている（『喪章を着けた千円札の漱石』に絵葉書写真所収）。

▼**一九〇一**（明治三四）年一月三日、立花から年賀状をもらったので、時と金がないため旅行もせず、二五シリングの下宿で本を買うのでいつもピーピーしている、学校はいやだから学校見物も一遍ぎり、身体に別条ないからたぶん生きて日本に帰れるだろう、国家のため教育のため君の健康と精励を祝し祈ると新年の挨拶をしている（『喪章を着けた千円札の漱石』に絵葉書写真所収）。

この日、漱石は一緒にプロイセン号で洋行した留学生仲間藤代禎輔（独文学。後に京大教授）と芳賀矢一（国文学。後に東大教授）にも遅ればせの年賀状を出しているが、芳賀には候文、立花にはくだけた調子、酒飲みの藤代には冗談まじりの口調で、人柄に応じて書き分けている。

▼**〇一**年二月五日、漱石はベルリンにいる藤代禎輔に、一と月に一返ぐらい妻に便りをするから奇特だろう、あんなお多福顔でも帰ったら少々大事にしてやろう、まだ一回も地獄（売春婦）などは買わない、大学も御免蒙った、往復と待ち合わせの時間と教師のいうことと合して考えると大学行きは愚かだよ、月謝を払うならそれで書物を買う方がいい、友達がなくて淋しい、ロンドンに遊びに来ないか、立花も病気だってね、かわいそうに、よろしく言ってくれた

まえ、と書いた。

そして同年三月一八日付立花宛書簡で「大兄インフルエンザにて御悩みの由承り嘸《さぞ》かし御不便の事と御察し申上候」「二、三日前芳賀、藤代両君よりの報によれば大兄は御病気の為来る二十四、五日頃当地を経て御帰国の由甚だ驚き入り御気の毒と存候倫敦には定めし暫時御滞留の事と存候が久し振にて拝顔を得度《えたく》御都合相つき候へば小生方へ御滞留如何に御座候や」と、漱石は病気で帰国する途中、ロンドンの下宿に立ち寄るよう立花を誘った。しかし立花の病状は意外に重く、漱石の下宿を訪ねることはできなかった。この書簡が立花にあてた最後の手紙となった。

▼**一九〇一**年一月中旬、立花はオーストリア、ハンガリー旅行に行き、感冒に罹りベルリンに帰ってドイツ人・日本人医師の治療を受けたが、この冬のベルリンは厳寒にて病状悪化、「帰国するが一番いい。」と言う長岡外史など日独の友人の衆議決し、帰国を勧めたが、立花は留学を希望、友人百方諌諭して、三月二二日、ベルリン＝ポッダム駅にて「春雪の降りて心の寒さかな」の一句を残して、ベルリンを離れ、アムステルダムから常陸丸に乗船した。

三月二七日付漱石日記によると、アルバート・ドックの常陸丸より立花の手紙が来て病気帰国途中ロンドンに寄港との由、漱石は直ちに船に立花を訪問し、涙ながらの最後の対面をした。容態は極度に悪かった。同船している医学士望月惇一、渡辺雷をブリティッシュ・ミュージアムおよびナショナル・ギャラリーに案内し、話を聞くと、「立花ノ病気ハダメナリトアリ気の毒限ナシ」（日記）と、悲嘆に暮れる外なかった。立花は、ロンドン停泊中漱石と会見した時のことを芳賀矢一に俳句を付けて書簡を送った。その手紙の中に立花は「戦争で日本負けよと夏目云ひ」という一句があった。日露戦争前のロンドンをうろついている軽薄傲慢な日本留学生の言動に嘔吐を催おしていた漱石が、反戦的な言辞を吐いたものとみえる。これが立花・漱石の永遠の別離となった。四月一九日、漱石はポートサイドからの立花の葉書を受け取った。おそらくこれが漱石の受け取った立花の最後の書簡であろう。五月一二日、上海沖で故国の山を雲煙の間に望みながら満三四歳で瞑目した。船長の好意により遺体は日本まで運ばれ、葬儀は谷中斎場で営まれ、現在、多摩霊園に眠る。

▼一九〇三年一月二七日、正木直彦、芳賀矢一らの学友によって、立花銑三郎の『立花学士遺稿』（秀英舎）が出版された。漱石も遺稿集出版に賛同し、拠金している（一九〇一年八月一日付芳賀宛漱石書簡）。

▼**一九〇九**（明治四二）年「満韓ところどころ」一〇で、漱石は大連で会った立花政樹（東大英文科先輩。大連税関）と同姓の銑三郎を「銑さん」と懐かしく描いた。ただし漱石は二人が同藩と書いたが、政樹は柳川藩で、銑三郎は支藩の三池藩（現・大牟田市）である。

なお、銑三郎の長兄・小一郎は、日露戦争後のポーツマス講和会議随員となり、陸軍大将・男爵で、一九二四年八月福岡市長を歴任、二五年七月貴族院議員となった。

〔**参考文献**〕原武哲『喪章を着けた千円札の漱石——伝記と考証——』「第二章　夏目漱石の学習院就職運動——立花銑三郎宛漱石書簡の紹介——」笠間書院、二〇〇三年一〇月二二日。／宮崎明『漱石と立花銑三郎——その影　熊本・三池・ロンドン——』日本図書刊行会、一九九九年七月一〇日。

〔原武　哲〕

# ■藤代　禎輔

ふじしろ・ていすけ

『夏目漱石と菅虎雄』菅高重提供、一九〇〇年七月撮影。

**一八六八**（慶応四）**年七月二四日～一九二七**（昭和二）**四月一八日。京都帝国大学教授。ドイツ文学者。筆名・素人。一高・帝大時代の同窓。旧制高校教授では初めて文部省官費留学生として漱石と同じ船でヨーロッパに渡航。**

千葉県千葉郡検見川《けみがわ》町検見川四七四番地（現・千葉市花見川区検見川町二丁目四七四番地）で、父・藤代龍造、母・ちかの長男として生れた。一八八一（明治一四）年、一三歳の時、医学を学ぶため、東京に遊学した。一、二年後、東京大学医学部予科に入学し、八六年東京大学予備門三部医科を卒業したが、ドイツ語教師ハウスクネヒトに勧められて、文科に転科するために一年間、*菅虎雄と共に英語講義を聴講、八八年第一高等中学校文科を卒業した。同年九月、帝国大学文科大学に新設された独逸文学科に菅虎雄と共に第一期生として入学した。当時の独逸文学科には日本人教師はおらず、翌年ドイツからカール・フローレンツ（Karl Florenz）が来朝、ドイツ語、ドイツ文学を担当した。日本文学に関心の深い彼は、藤代に万葉集のドイツ語訳の協力を依頼し、藤代は木村正辞の万葉集講義を聴講し、フローレンツに説明しながら、万葉集のドイツ語訳を行なったのである。次いでフローレンツは日本書紀のドイツ語訳を志し、藤代は師からドイツ語ドイツ文学を習う傍ら日本文学を教え、師の期待によく応えた。フローレンツは藤代の将来を嘱望し、「藤代は僕の一の弟子である」と言って全幅の信頼を寄せていた。

▼藤代が三年生になった**九〇**年九月、夏目金之助（漱石）が英文学科に入学した。「夏目は英語が堪能で、〇〇先生とは英語ばかりで話しているそうだ。」という評判だった。そのころ、歴史学のルートヴィヒ・リースというドイツ人教師がいて、英語が下手でわかりにくいということで、悪評嘖々であった。藤代はあるドイツ人に「リース先生の英語はわかりにくくて困る。」と訴えたら、そのドイツ人は「そんなはずはない。リースは日本に来る前二度も英国に留学に行っているから、英語は確かだ。」と言った。しかし、それでも半信半疑でいたが、夏目漱石が「リース先生の英語はドイツ人としては、よほど良い方だ。」と言ったので、藤代たちは自分の耳が至らないのだと悟った。

学生時代、漱石から遊びに来ないかと誘われて、牛込喜久井町の夏目宅に同行した。学生にしては蔵書家で英文学の書物がかなり書架に並んでいた。漱石は「浄瑠璃にもなかなか名文句がある。『啼く蝉よりはなかなかに啼かぬ蛍が身を焦がす』などは面白いじゃないか。」と語った。

▼一八九一（明治二四）年七月、帝国大学文科大学独逸文学科の第一回卒業生となり、大学院に進学し、文学攻究法並びにドイツ文学を専攻した。**九二**年七月、藤代は漱石・*立花銑三郎・*米山保三郎・松本文三郎・大島義脩らと共に『哲学雑誌』の編集委員となる。

▼九二年九月高等師範学校講師嘱託、九四年九月第一高等学校講師嘱託。**九五**年三月、漱石が松山に赴任する時、東京専門学

校（後の早稲田大学）の英語の後任として出講してくれと頼まれた。藤代は英語の力に自信がなかったので一応断ったが、「なあに、君ならきっとやれる。」と言う一言でうかと乗って引き受けた。しかし、藤代の英語講義は散々の不出来で一学期の終わりにこそこそと退散してしまった。後に辞めたことを漱石に話したら、「さようだったそうだなあ。」と言って、苦笑していた。

▼九六年九月第一高等学校教授に任ぜられた。九八年一二月東京帝国大学文科大学講師を嘱託された。

▼高等学校教官の海外留学の道が開かれ、**一九〇〇**（明治三三）年六月一二日、第一高等学校からドイツ留学を命ぜられ、満二年間ドイツ語研究のため、九月八日ドイツ汽船プロイセン号に乗り、横浜港を出帆した。同船の日本人留学生は、高等学校教授の最初の海外留学生として一高から藤代、五高から夏目金之助（漱石）がおり、他に帝大国文学科助教授芳賀矢一*、農学博士稲垣乙丙、医学士戸塚機知の五人であった。ドイツ船を選んだのは藤代の発議であり、「普魯士《プロシア》軍隊式の給仕頭の横暴には、一番多く折衝の局に当つた僕が少からず悩まされた。」（「夏目君の片鱗」）と藤代は書いている。

　藤代らはベルリンに行き、漱石は一行と別れて、ロンドンに行った。同年一一月ベルリン大学に入学し、エーリッヒ・シュミットに就き、翌〇一年ワイマールからイエナ、八月にはスイスへ周遊した。一〇月ライプチッヒ大学に転学、キョーステルに就いて学んだ。

　『漱石全集』「書簡」（岩波書店）にはロンドンの漱石からベルリンの藤代宛の書簡が五通収録されているが、ベルリンは立花銑三郎（哲学）・芳賀矢一（国文学）・藤代禎輔（ドイツ文学）らがいて賑やかであるが、ロンドンの漱石は「独リボツチデ淋イヨ」と孤独をかこっている。また「英語モ中々上手ニハナレナイ第一先方ノ言フ事ガハツキリ分ラナイコトガアルカラナ」（〇〇年一一月二〇日付）と弱音を漏らしている。

　また「二年居つても到底英語は目立つ程上達シナイと思ふから一年分の学費を頂戴して書物を買つて帰りたい書物は欲いのが沢山あるけれど一寸目ぼしいのは三四十円以上だから手のつけ様がない可成衣食を節倹して書物を買［は］ふと思ふ」（〇〇年一二月二六日付）と英会話より食事は「ビスケツトヲカヂツテ昼飯ノ代リニシタ」倹約をしても書物購入費捻出に涙ぐましい努力をしている。下戸の漱石は酒飲みの藤代にしばしば「余リビールヲ飲ンデハイケナイヨ」「余りビールを飲まない様余り美人に近付の出来ぬ様天帝に祈祷して」と忠告している。「僕はまだ一回も地獄（私娼）抔は買はない考ると勿体なくて買た義理ではない芳賀が聞たらケチな奴だと笑ふだらう」「せつぱつまらなければ不品行抔はよすがい、其方が上品でもあり経済でもあり時間も徳であるからね」（〇一年二月五日付）と漱石は藤代に対してかなりあけすけなことを書くほど、くだけた仲間だったのだろう。

▼二年間の留学期限が満ちる一ヶ月前の**一九〇二**年一〇月一〇日ごろ、「夏目ヲ保護シテ帰朝セラルベシ」という電命が、藤代に伝えられた。土井晩翠*は漱石の異常に気付き、岡倉由三郎*に話し、岡倉は文部省に「夏目狂セリ」という電文を打ったと言う。しかし、岡倉由三郎によれば、土井晩翠と同宿の姉崎正治（嘲風）から東京帝国大学井上哲次郎*を経て、文部省に伝わったと言う。いずれにしろ、藤代はそれでなくとも漱石と共に同船して帰国しようと、予め打ち合わせをしておいた。一一月五日、ベルリンからロンドンに来て郵船会社ロンドン

支店に行くと、漱石は予約していた船をキャンセルしたと言う。スコットランド旅行をして、遅れて帰国するつもりらしい。漱石の下宿に葉書を出すと、翌六日、旅行から帰った漱石はホテルに来た。漱石と共にナショナル・ギャレリーを観賞し、昼食をとって漱石の下宿（チェイス Chase）に泊めてもらう。旅行が予定より長逗留になり、帰国の荷物の準備ができないので一緒には乗船できないと言う。そこで荷作りは他人に頼んで、体だけ自分と一緒に帰ったらどうかと再三勧めても応じなかった。留学生としてよくもこんなに買い集めたと思うほど、多くの書物の山に埋もれていた。これを見捨てて他人に後始末を任せることはできそうもない。その日一日見た様子では別段心配するほどのこともないらしい。藤代はこれ以上同船して帰国する無益な勧告を断念した。翌七日、ケンジントン博物館（Kensington Museum）と大英博物館（British Museum）を共に観て、グリルでビフテキを食べ、ジンジャ・エールを飲んだ。「もう船までは送って行かないよ。」と言う漱石の言葉で別れ、日本郵船の貨客船丹波丸で帰国した。漱石は一二月五日、藤代より二船遅れて、日本郵船の博多丸に乗り、〇三年一月二三日神戸に上陸、二四日、東京新橋駅に到着した。

▼藤代は一九〇二（明治三五）年一二月二六日帰朝、〇三年二月七日東京帝国大学文科大学講師となり、恩師フローレンツを助け、ロマンチック文学を講義した。

▼藤代より約一ヶ月遅れて、〇三年一月帰国した漱石は、熊本の五高には帰らず、東京帝国大学、第一高等学校の講師として東京に職を得た。

　ここで藤代と漱石は、講師として東京帝大文科大学の同じ職場で勤務することになった。漱石は清国南京の三江師範学堂に客員教授として赴任していた菅虎雄に、近況報告した書簡に「藤代位学校を欠勤する男は珍しいね。」（〇六年一月十四日付）と書いた。前述したように藤代の飲酒癖は知人間では周知のことで、後述するようにしばしば度を越して酩酊することがあった。そのために欠勤することが多くなったのかもしれない。

　そのころ漱石は、教師生活の不満、経済的不如意、妻・鏡子との不和などにより精神的不安定が続いていた。たまたま高浜*虚子から『ホトトギス』執筆を慫慂され、文章会「山会」で朗読した「吾輩は猫である」を虚子の添削を受け、一回限りの読み切りとして発表した。ところが虚子が面白いから続きを書けと言うので、好評につきだんだん書いている内に長くなり、十一まで達してしまった。

▼一九〇六（明治三九）年五月、藤代は好評の「吾輩は猫である」を揶揄して、『新小説』に「カーテル、ムル口述、素人筆記」という体裁の戯文「猫文士気焔録」を掲載した。「此猫も流石吾輩の同族だけあつて、人間の弱点に向つて中々奇警な観察を下して居る、痛快な批評を加へて居る。但少し気に喰はぬのは、まだ世界文学の知識が足らぬ為めかも知れぬが、文筆を以て世に立つのは同族中己れが元祖だと云はぬばかりの顔附をして、百年も前に吾輩と云ふ大天才が独逸文壇の相場を狂はした事を、おくびにも出さない。若し知て居るのなら、先輩に対して甚だ礼を欠いて居る訳だ。現に吾輩等はチークが紹介してロマンチックの大立物となつた「長靴を履いた猫」を斯道の先祖と仰いで、著書の中で敬意至れり尽せりだ。」と書き、ホフマンの「牡猫ムルの人生観」に触れていないことに不満を漏らしている。

　これを読んだ漱石は、「自分では是程の

見識家はまたとあるまいと思ふて居たが、先達てカーテル、ムルと云ふ見ず知らずの同族が突然大気焔を揚げたので、一寸吃驚した。よく〳〵聞いて見たら、実は百年前に死んだのだが、不図した好奇心から、わざと幽霊になつて、吾輩を驚かせる為に遠い冥土から出張したのださうだ。此猫は母と対面をするとき、挨拶のしるしとして、一匹の肴を啣《くわ》へて出掛た所、途中でとう〳〵我慢がし切れなくなつて、自分で食つて仕舞つたと云ふ程の不孝ものだけあつて、才気も中々人間に負けぬ程で、ある時抔は詩を作つて主人を驚かした事もあるさうだ。こんな豪傑が既に一世紀も前に出現して居るなら、吾輩の様な碌でなしは、とうに御暇を頂戴して無何有郷《むかうのきょう》に帰臥してもいい、筈であつた。」（「吾輩は猫である」十一）と応じて、猫退散の場を設定した。

▼一九〇七年八月、新設の京都帝国大学文科大学教授に任ぜられ、西洋文学講座（ドイツ文学）を担当した。〇八年八月文学博士の学位を授与された。一一年五月文部省文芸委員を仰せつけられ、ドイツ文学の邦訳を担当した。京都帝国大学評議員たること四回に及んだ。

**▼一九一六**（大正五）年一月一八日、藤代は上京、両国国技館の大相撲春場所を見物に行くと、案の定、漱石も来ていた。藤代は「おい、夏目！」と思わず声を掛けた。漱石は驚いた風で、帽子を脱いで、「失敬」と言ったきり、二の句を継がずに目指す席へ足を運んだ。漱石が国技館によく相撲見物に出かけるという新聞記事が出ていたので、藤代はここで漱石に会えるかもしれないことを期待していたのである。しかし、親しく話を交わす暇もなく、生涯の別れとなってしまった。京大文科からかねて漱石に講演を頼んだのであるが、具体的な話を進めようとしていた矢先、同年一二月九日、漱石は他界した。

▼一六年三月京都市立絵画専門学校長、京都市立美術工芸学校長を兼任したが、三年ほどで辞任した。一六年八月から一九年七月まで京都帝国大学文科大学第三代学長として事務的才幹を発揮して活躍した。

▼一九二〇年七月、学術視察のため各国に出張、斯界の発展に貢献した。一九二六年一月、岩波書店から『独逸文学叢書』の刊行が開始、藤代が監修に当たり、一九二八（昭和三）年二月までに一四冊刊行した。またゲーテの『ファウスト』の翻訳を企図したが、遂に完成しなかった。

▼二五年春、痔疾治療のため京都帝国大学医学部附属病院に入院し、胃癌の疑いで切開手術を受けた。手術の結果、癌の兆候はないと知らされたが、やがて癌と診断され、手術後、健康を回復、同年秋から講壇に立ち、翌二六年一一月、再び身体に変調をきたし、一二月直腸癌と診断され、三〇日、京都帝国大学医学部病院で教授鳥潟博士により癌を切除した。経過は良好と思われたが、翌一九二七（昭和二）年四月初旬再び切開手術を行なったが、遂に四月一八日午後一〇時三〇分永眠した。五八歳。

▼東京大学医学部予科時代からの同級だった菅虎雄によると、藤代は若いころから、どこか雅なところが見え、下駄は表付、帯は角帯をしめるという時代もあったという。漱石の俊敏で圭角ある癇癖に対して、ふんわりとした感を与え、極めて温和であった。また、酒を好んで、飲むと別人のようになり、ふだん無口な彼が快弁四隣を驚かすという様子で、平素の不満を爆発させる傾向があったという。自分でも「俺は酒を飲むと、記憶力が非常に出る。過去の忘れていたことがはっきり浮かんでくる。」と言っていた。学生時代、酒を飲んで所嫌わず吐き、フローレンツ宅の美しい絨毯や

神田乃武宅で吐き散らし、後に恐縮していた（菅虎雄「藤代君と漱石の思ひ出」『独逸文学第三輯』）。

一時、ドイツ人のシュピンネルにバイブルの講義を聴きに行っていたが、クリスチャンにはならなかった。

藤代は専門のドイツ文学の評論、紹介、日本文学の海外紹介の他、折にふれて記した文化・芸術・社会問題の評論、音楽・演劇・京都風物・人物の随筆など、多岐にわたり、豊富な趣味と深い造詣をしのばせる。中でも観世流の謡曲は玄人はだしのものであり、研究を『藝文』に連載していた。

また、俳句・川柳をよくした。叡山通をもって任じていた藤代は、ケーブルカーによる霊山の俗化を嘆いて、

我が宝我が手で汚す阿呆ども
資本家の腹を肥やして山は痩せ
資本家に釣られて集ふ山荒らし

文明を皮肉って、

勉強に油が乗れば停電し
蝋燭を探しあてれば点灯し
文明の利器は折々まごつかせ

などの川柳を作った。

主な著書に、『草露集』（大倉書店、一九〇六年九月一〇日）、『文藝と人生』（不老閣書店、一九一四年四月一五日）、『文化境と自然境』（文献書院、一九二二年一〇月二〇日）、『鵝筆餘滴』（弘文堂書房、一九二七年六月一五日）がある。

〔**参考文献**〕「猫文士気焔録」藤代素人『新小説』一九〇六年五月一日。『文藝と人生』不老閣書房、一九一四年四月一五日、に再録。／「夏目君の片鱗」藤代素人『藝文』京都帝国大学文学部　京都文学会、一九一七年二月一日。『文化境と自然境』文献書院、一九二二年一〇月二〇日、『漱石全集月報』岩波書店、一九二八年七月、に再録。／『近代文学研究叢書』第二六巻「藤代素人」昭和女子大学、一九六四年一二月一日。／『藝文』「藤代博士追悼号」京都帝国大学文学部　京都文学会、一九二七年七月一日。／『独逸文学　第三輯』東京帝国大学独逸文学研究室、郁文堂書店、一九二八年六月五日。

〔原武　哲〕

## ■山川　信次郎

やまかわ・しんじろう

＊松岡譲『漱石写真帖』一九二九年刊。富士登山、一八九一年夏撮影。

**一八六七（慶応三）年八月二九日～？。第五高等学校教授。第一高等学校教授。英語教育者。一高・帝大英文学科時代の同窓友人。五高・一高では同勤。学生時代から五高時代までは親しかったが、留学後、疎遠となる。**

武蔵国（埼玉県）入間郡原市場村大字下赤土（現・飯能《はんのう》市原市場）で父・山川達蔵（県令）、母・志乃の三男として生まれた。兄義太郎は東京帝国大学名誉教授（電気学）である。分家して、本籍は北海道に移籍（徴兵逃れのためか）。一八八四（明治一七）年三月、東京市神田区明治英学校に入学。成立学舎に移り東京大学予備門入学準備のため、八五年六月まで在学する。同年七月、東京大学予備門に入学、八六年四月、予備門は文

部省直轄となり、第一高等中学校と改称され、予科三級となる。正岡子規*は『筆まか勢』明治二十二年「交際」で、「賢友　山川信氏」と評した。**九〇**年一月、漱石は「山川は不相変《あいかわらず》学校へは出てこず過日十時頃一寸訪問せしに未だ褥中にありて煙草を吸ひ夫《それ》より起きて月琴を一曲弾て聞かせたりいつも〳〵のん気なるが心は憂鬱病にかゝらんとする最中也」（正岡子規宛書簡）と、当時の山川を描いている。九〇年七月、卒業のはずであったが落第し、「貴意の如く山川を落第させる位なら落第させる人はいくらでもある」（**一八九〇**年七月二〇日付正岡子規宛漱石書簡）と、漱石は憤慨した。九一年七月八日、本科第一部（文科）を卒業した。漱石も一年落第しているので、一年遅れは変わらない。同年夏、山川、漱石、中村是公*の三人で富士山登山記念写真を芝の丸木利陽写真館で撮影した。同年九月、帝国大学文科大学英文学科に入学、三年生はいず、二年生に漱石が一人いた。九五年七月十日、文科大学英文学科を卒業、同年十月三日、大学院入学を許可された。

▼**一八九七**（明治三〇）年四月一〇日、漱石の招きで第五高等学校英語科を嘱託され、報酬一ヶ月八五円を贈与されることとなった。着任当初は漱石の家（熊本市合羽町二三七番地）に寄寓した。同年一〇月五日、第五高等学校教授に任ぜられ、高等官六等に叙せられ、七級俸を下賜された。同年一一月三〇日、正七位に叙せられた。

同年一二月二七日から翌九八年一月四日ころにかけて、山川は一度行ったことのある小天温泉（現・熊本県玉名市天水町）に漱石を誘って、衆議院議員前田覚之助（案山子）の別荘（隠居所）で越年した。途中、金峰山《きんぼうざん》の麓の鳥越峠を通り、「草枕」のモデルにもなった能の「高砂」の姥の面に似た婆さんのいた野出峠の茶屋に立ち寄った。別荘の床の間に伊藤若冲の絵がかけてある部屋に泊まり、案山子の二女卓子《つなこ》（当時は離婚後実家に帰っていた）の接待を受けた。漱石と二人が夜温泉にはいっていると、卓子が入って来た場面は「草枕」に活かされた。漱石はこの時、「小天に春を迎へて　温泉や水滑かに去年《こぞ》の垢」の句を詠んだ。後に前田卓子は当時を回想して、「そんな時よくお話になるのは山川さんで、先生は滅多に口をお利きになりませんでした。」（『漱石全集月報』第一号、昭和一〇年一〇月、岩波書店「『草枕』の女主人公」）と語った。

▼**一八九九**年三月ころより、山川に東京転任の話が一高校長狩野亨吉*からもたらされた。最初乗り気でなかった山川は、六月には転任を希望するようになったので、漱石も依頼を受けて五高校長に折衝して、希望がかなえられるよう狩野に頼んだ。「小生も山川に別れては学校の為には相談相手を失ひ閑友としては話し相手を失ひ当人には何とも申さねど心裡は大に暗然たるもの有之候へども是も浮世故不得已次第と存候」（六月二〇日付狩野宛）と山川の一高転任を応援すると同時に、山川なき後の寂しさを述べ、後任選定を狩野に強く依頼している。七月一二日付狩野宛漱石書簡では、山川の一高転任はほぼ内定し、待遇の話が交された。

▼**九九**年八月二九日から九月二日にかけて、山川東京転任の送別をかねて漱石と二人、阿蘇山登山に行く。戸下《とした》温泉〜温泉湧く谷の底より初嵐　漱石〜に泊まり、馬車で立野を経て、内牧温泉〜囲ひあらで湯槽に逼る狭霧《さぎり》かな　漱石〜に泊まった。阿蘇神社〜朝寒み白木の宮に詣でけり　漱石〜に参詣、中岳に登る。阿蘇山中で道に迷い、終日あらぬ方にさまよう。立野から熊本に帰った。この旅が「二百十日」の材料になった。

同年九月五日、念願の第一高等学校教授に転任した。

▼一九〇〇（明治三三）年九月、漱石は英国留学の命を受け、芳賀矢一*・藤代禎輔*らとヨーロッパに向け横浜を出港した。漱石はロンドンから狩野・大塚・菅・山川連名宛の長い手紙を書き、「山川君世帯を持つたか僕は帰つたらだれかと日本流の旅行がして見たい小天行抔を思ひ出すよ」（一九〇一年二月九日付書簡）と小天温泉旅行を懐かしがった。同年五月八日付夏目鏡子*宛書簡では「山川は先達《せんだつて》家を持つとかいふ端書をよこしたがどうしたかしらあいつは人に手紙をよこせといつて催促をするが自分は一向よこさないけしからん奴だ」と郷愁を漏らしている。また、同年九月二二日付夏目鏡子宛書簡では「山川から先達て手紙が二本来た山川は此次此次といつて書くと短かい手紙だヘタな撃剣使ひが懸声ばかり仰山《ぎょうさん》でちつとも斬り込まないのと同様だ」と山川の軽薄さを早くも見抜いている。

▼一九〇二（明治三五）年三月一八日付夏目鏡子宛書簡では「山川は妻帯をするつて候補者を詮議中ださうだが至極よからうあいつも今年三十六でおれと同じ歳だから少しは世帯じみて見るがよからう」と結婚によって落ち着くことを期待している。

〇二年一〇月一六日から二五日まで『二六新報』は、山川信次郎が住み込みの家事見習い近藤センを籠絡したという私行を暴露して、個人的所業を糾弾した。校長狩野亨吉や同僚菅虎雄*は、「その大半は虚構であり我々友人間に相談があるので、我々に任せてほしい。」と山川を信頼し、真相究明と風聞打消の対策に腐心した（一九一三年『向陵誌』）。結局、このスキャンダル事件によって、山川は一高を同年一〇月二三日付で依願免本官になった。醜聞の真偽は不明で、山川の失脚を狙った陰謀かも知れないが、軽薄で沈着性に欠ける性格から来る油断があったと思われる。

▼一九〇三（明治三六）年一月、漱石は英国留学を終え、東京に帰り、熊本の五高には帰任せず、四月から東京帝国大学文科大学講師と第一高等学校講師を兼ねた。旧友大*塚保治東大教授の三女が亡くなり、大塚からの借金を返済しなければならなくなり、「貧乏なる山川を煩はし候山川は不相替に候」（〇三年五月二一日付菅虎雄宛漱石書簡）と浪人中の山川から金を借りた。同年六月一四日付では清国南京三江師範学堂に赴任中の菅虎雄に「山川不相変デ困ル」と書き、二人の心が少しずつ離れて行ったことを感じさせる。同年七月二日付菅宛では「山川ハドウナルカ僕モ近来面会シナイ」「山川ハ近キ将来ニ於テ気狂ニナルト?ドーダカ分ラナイ」と無沙汰をしていて、微妙な二人の関係をうかがわせる。

▼〇三年七月三〇日、漱石は狩野亨吉宛に「山川君は浄土宗学校へ一週二日八時間丈契約相調候由同君より大兄へ伝言をたのむとの事故一寸申上候」と持参書状を届けているが、元来、元上司の狩野校長に直接報告すべきなのに、散々迷惑をかけた狩野や菅を避けて、留学中不在だった漱石を通じて伝言する非常識さが、友人を次々に失うことになったようだ。九月、専門浄土宗大学宗教大学英語教授の職が決まった。山川は菅にも直接、知らせていないらしく、漱石が「山川は浄土宗の学校へ行く一週八時間程」（〇三年九月一四日付菅虎雄宛書簡）と知らせている。

その後、三年間、漱石書簡から山川の名は消える。

▼一九〇六（明治三九）年一〇月二三日、漱石は京大赴任を打診してきた狩野亨吉（京大文科大学長）に二通の長い手紙を書いたが、二通目の末尾に「余の性行は以上述べる所

に於て山川信次郎氏と絶対的に反対なり。余の攻撃しつゝあるは暗に山川氏の如き人物かも知れず」と断じ、山川的生き方や人生観を否定した。

▼**一九〇七**（明治四〇年）四月、漱石は教師生活を辞めて、作家生活に入った。一方、山川は同年四月一〇日、長崎高等商業学校（現・長崎大学経済学部）の英語講師嘱託となり、年手当千二百円を給与された。翌〇八年二月二〇日には長崎高等商業学校教授に任ぜられ、高等官五等に叙せられ、六級俸を下賜、同校生徒監に補せられた。しかし、同校ではT教授留任運動から隈本有尚*校長排斥運動に発展し、その中心になったのが策士と言われた山川信次郎で、文部省に対し発言力の強い義太郎を実兄に持ち、校長も一目おく主導権を握っていた。結局、学校紛擾《ふんじょう》は喧嘩両成敗で、同年一〇月五日には校長・山川らともに分限休職を命ぜられた（『暁星淡く瞬きて　長崎高等商業学校・長崎大学経済学部七拾年史』）。

▼一九〇九（明治四二）年四月一五日、苦境を見かねた友がいたのか、東京高等師範学校（後の東京文理大学。現・筑波大学）英語学科講師嘱託（年手当四百円乃至八百円）となって、帰京した。一九一〇年八月二日、第五高等学校から一一年ぶりに招聘を受け、第五高等学校教授に任ぜられ、高等官五等に叙せられ、七級俸を下賜された。いろいろ問題はあったとしても、正岡子規や若いころの漱石から愛された、俊敏で行動的な稚気あふれた性行が、不遇に零落した山川を見捨てるに忍びなく、救いの手をのばしてくれたのであろう。一九一二（大正元）年九月九日、高等官四等に陞《しょう》せられ、同年一〇月三〇日、正六位に叙せられ、一三年三月一四日、評議員を命ぜられた。ここまでは順調に進んだが、同年七月二二日、またもや分限休職を命ぜられ、一五年七月二一日、休職満期となり、退官したと思われ、熊本大学保管旧制五高資料履歴書から姿を消す。

▼学生時代（富士山登山）から五高教授時代（『草枕』『二百十日』旅行）、あれほど親密に交友関係を結んだ漱石が、英国留学から帰国後、すっかり冷淡、疎遠になったのは、やはり醜聞事件が影響しているのであろう。才気煥発で慎重さに欠ける山川は、友人を思いやるデリカシーがなく、次第に親友を失っていった。

しかし、狩野亨吉は後年「一高生の狩野亨吉氏訪問記」の中で、「山川は漱石の学生時代からの親友で後に一高の英語の教授をしてゐたんです。もう死にましたが随分立派な人でしたよ。」（鈴木正『狩野亨吉の研究』一九七〇年三月）と山川の軽卒な欠点をよく理解した上で、その潔癖性を評価していたらしい。校長だった狩野が単に部下の不始末を糊塗することばとは受け取られない。

若いころの濃密な交友を考えると、山川宛の漱石書簡は、かなりたくさんあったと想像されるが、岩波書店版『漱石全集』「書簡」では狩野・大塚・菅・山川連名宛の**一九〇一**年二月九日付ロンドンからの書簡わずか一通のみである。晩年の両者の不和を考慮すれば、山川が処分して、『漱石全集』編集部には提出しなかったであろうと推察される。友人宛の漱石書簡三〇通の中に「山川」の名は引用されているので、友人間では話題性のある人物だったと思われる。歿年月日は未詳であるが、一九三〇年前後亡くなったと思われる。

〔**参考文献**〕原武　哲『夏目漱石と菅虎雄――布衣禅情を楽しむ心友――』教育出版センター、一九八三年一二月一〇日。／青江舜二郎『狩野亨吉の生涯』明治書院、一九七四年一一月三〇日。

〔原武　哲〕

# ■米山　保三郎

よねやま・やすさぶろう

大久保純一郎『漱石とその思想』一九〇九年五月複写。

**一八六九**（明治二）**年一月～一八九七**（明治三〇）**年五月二九日。哲学者。漱石の学生時代の友人。天然居士・大愚山人と号す。「吾輩は猫である」では天然居士・曽呂崎のモデルといわれる。**

石川県金沢市本馬町四番地士族父・米山専造（加賀藩算用者の後、二等中士）の三男として生まれた。金沢時代の学校については、審らかでないが、私立金沢育英小学校に通ったかもしれない（大久保純一郎『漱石とその思想』）。一五歳で上京し、一八八五（明治一八）年九月、東京大学予備門予科に入学した。漱石は前年の**八四**年に入学していたが、**八六**年九月、留年したため、米山と同学年になってしまった。八六年四月、東京大学予備門は第一高等中学校の改称していた。

正岡子規*（常規）は、米山との出会いを回想して、「余が猿楽町の下宿に居りし時なれば明治十九年の秋の頃なりけん　金沢の人、米山保三郎始めて余の寓を叩けり」と書き、子規は米山の長所は数学だけで他は子供みたいなものだ、と軽視して高をくくっていたが、談話して見ると、高等数学の微分積分に及んだので一驚した。数理の話は哲理に移り、米山が哲学を知っていようとは意想外のことだったので二驚した。米山は既に哲学書の幾冊かを読み、スペンサーの哲学原論を読んでいたので三驚した。米山の年齢は子規よりも二歳若かったので四驚した。自尊心の強い子規は常に年少者でありながら、周囲を睥睨して自己を中心にして展開していると慢心していたが、米山の話を聞くと、高尚超越のことのみだったので、いまだかつて知らない刺戟を受け、その夜は米山を泊めて、語り明かした（子規「筆まかせ」「悟り」）。

第一高等中学校予科から本科に進学する八八年前半頃であろうか、「真性変物で常に宇宙がどうの、人生がどうのと大きなことばかり言つて居る」米山が、哲学者の名をさんざん聞かせた揚句、「君は何になるか。」と尋ねるから、「僕は建築家になって、ピラミッドのようなものを建てたい。」と言うと、米山は「今の日本でどんなに腕を揮ったって、セント・ポールズ寺院のような建築を天下後世に残すことはできないじゃないか。それよりもまだ文学の方が生命がある。」と大議論を吐いた。漱石の考えは、実際的で食べることを基点にしているが、米山の説は、空々漠々として衣食を眼中に置いていない。漱石は敬服し、自説を撤回し、文学者になることを決意した（「落第」「時機が来てゐたんだ――処女作追懐談」）。

▼**八八**年九月、漱石は米山の言に動かされ、第一高等中学校本科第一部（文科）に進学し、英文学専攻することを決断した。

▼**八九**年五月一三日、漱石は米山と滝口了信と共に本郷区真砂町の常盤会寄宿舎で肺結核療養中の正岡子規を見舞い、帰途主治医山崎元修を訪ね、病状を聞く。漱石は帰宅後、子規を慰める手紙に、山崎元修は不親切だから、第一医院に行くように勧め、俳句を寄せる。

「帰ろふと泣かずに笑へ時鳥
　聞かふとて誰も待たぬに時鳥」

五月二六日、漱石は、子規の『無何有洲《むかうじま》』

七草集』を読んで批評した「『七草集』評」を持参して、米山と一緒に常盤会寄宿舎に子規を訪問した。「『七草集』評」は前後の分別もなく無茶苦茶に難しい漢字を羅列して批評し、最後に七言絶句九首を付けたものだった。長居をして、『七草集』論争を繰り広げ、漱石の七言絶句九首についても批評を仰いだ。漱石が「『七草集』評」の署名で、「漱石」と書かないで、「嫩石」と書いたような気がすると言うと、米山は傍らから「自分の名さえ書けないのに、他人の文章を批評するとは、ても恐ろしい頓馬だなあ。チョンチョンチョン」と言って冷やかした。

▼**八九**年九月、第一高等中学校本科第一部（文科）二年三之組に進級、漱石・米山・子規・菊*池謙二郎と同じ組になった。

**八九**年九月九日、漱石は漢文集『木屑録』（二十四）で米山（大愚山人）を、「大愚山人は、余が同窓の友なり。賦性恬澹《てんたん》、書を読み禅を談ずるの外、他の嗜好無し。一日、書を寄せて曰く、閑居して事無く、禅《ぜん》刹《さつ》に就きて仏書を読み、時に童児と園に遊んで蝉を捉《とら》うるのみ、と。其の高逸なること此《か》くの如し。山人嘗て余に語《つ》げて曰く、深夜結跏《けっか》し、萬籟《ばんらい》尽く死せば、覚えずして身は冥漠《めいばく》に入るなり、と。余、庸俗にして、露地の白牛《びゃくご》を見るに慵《ものう》く、無根の瑞草《ずいそう》を顧みず。之を山人に視《くら》ぶれば、愧《は》ずる有ること多し。」（一海知義訳註『漱石全集』第一八巻）と評した。

**八九**年九月二七日から月末までの間、漱石は子規の許で開かれた「小文学会」に菊池謙二郎と行く。子規は自分の朋友の一部を挙げて、表にした。その中に「厳友　菊池謙氏　畏友　夏目金氏　剛友　秋山真氏　賢友　山川*信氏　高友　米山保氏」とある（子規「筆まかせ」「交際」）。また子規は学校の黒板に落書きしたものを表にして書き残している。「夏目 the Eyes　山川 the Absent　米山 the Hermit　瀧口 the Anxious　正岡 the Cold」と評し、米山は the Hermit「隠遁者・世捨人」と言われ、超然たる世間離れした高踏性・宗教性が友人たちにそう言わしめたのであろう（子規「筆まかせ」「生徒の尊称」）。

▼**一八九〇**（明治二三）年一月、漱石は松山に帰省中の子規に手紙を出し、今年の正月は相変らず雑煮を食って寝て暮らしている、寄席に五、六回行き、かるたは二回取った、ある日、神田の小川亭で鶴蝶という女義太夫を聞き、女子でもこのような掘り出し物があるんだな、と兄直矩と共に大感心した、そこで兄が自分に「芸がよいと顔まで好く見える。」と言った、そして「米山は当時夢中に禅に凝り当休暇中も鎌倉へ修行に罷越したり」（子規「筆任勢」「漱石の書簡第二　附余の返事」）と米山の近況を知らせている。

東慶寺住職だった井上禅定老師が所蔵していた「蒼龍窟（今北洪川）会上居士禅子名刺」（一八八九年一〇月二四日）によると、「石川県金沢区飛梅町七十四番地　小石川区音羽町九丁目十三番地　天然　死去　米山保三郎」とあり、洪川に参禅したのが明治二二年一〇月二四日で、「天然」と居士号が書き加えられ、さらに「死去」と付け加えられていた。「天然居士」の号を授与されたのは、いつかわからない（『夏目漱石と菅虎雄』グラビア）。

**九〇**年七月五日、第一高等中学校本科の及落が発表される。夜、漱石は葉書で帰省中の子規に、子規・漱石は及第、山川信次郎・赤沼金三郎は落第、米山は未定と知らせた。**九〇**年八月九日、漱石は子規に、眼病を患い、本も読めず、昼寝ばかりして、「米山法師の如く蝉こそ捉らね」時々庭に出ていたずらをしていると手紙を出した。

「米山法師（天然居士）のように蝉を獲ることはないが」とは、「木屑録」（漱石）に「時与童児遊園捉蝉」（時に童児と園に遊んで蝉を捉う）とあるように、米山は時々庭で子どもと一緒に蝉取りをして、戯れていたのである。

**九〇**年九月一〇日、漱石は帝国大学文科大学英文学科、米山は哲学科、子規は国文学科に入学した。米山の奇行は多くの人が語っているが、論語を読み出すと、寝室へも、便所にも持って行った。自習室では筆立てのペンやインクを他人の物でも一切構わず無断で使用する。歯磨き・歯ブラシまで他人の物を使って、洗いもしないでそのまま抛り出して置く。街頭の乞食に五〇銭遣って置いて、後から自分に入用ができたと言って、平気でその中のいくらかを取り戻しに行った。焼芋屋に飛び込んで、芋が焼けるのを待っている間に、焼芋を買いに来た子どもにアカンベエをして見せて、一人で喜んでいた。自習室の電燈が消えるまで菊池謙二郎と議論を続けて、「もう一言だけ言うことがある。」と言って、二階の寝室までも押しかけて行った（長谷川貞一郎談）。

*狩野亨吉の談話によると、狩野は米山と仲が良く、時々裕福な米山から金を借りた。一〇円もあれば一ヶ月暮らせた時代に、五円札や一〇円札を鼻紙と一緒に袂に突っ込んで、それを出して貸してくれた。時々その札を鼻紙と共に屑籠に捨ててしまう。すると小使が拾って、「米山さんのだろう。」と言って持って来た。米山は一見しただけでも変っていることが知れた。何しろ大学生で鼻汁を平気でたらしている、と伝えている（『狩野亨吉の生涯』）。

とにかく頭脳は明晰であるが、性格は矛盾だらけであった。他人の蔵書は黙って持ち出して返さないのに、誰かが米山の本を持ち出すと、意地になって非難した。

暇さえあれば図書館に行き、どんな本を読む時も、洋書たると、漢籍たるとを問わず、必ずウエブスター大辞典を借り、かつて座右から離したことがなかった。夏季休暇には家で真っ裸になって、こつこつと数学の研究をしていた。

外山正一の社会学の筆記試験に際し、外山は試験の初め、教室に来て問題を出したまま、直ぐ退出し、学生は教室で答案をしたため、終われば各自教官室に持参し、手渡していた。時間表には時間制限も決まっているが、実際は無視せられ、二時間のものが三時間となっても四時間となっても一向差支えなかった。外山の試験は午後一時から始まったので、学生はほとんど四時から遅くとも五時ごろまでには答案を書き終わり退席したが、米山だけは独り八時まで居残り書き終わった。外山は既に帰宅していたので、当直の事務員に託し、翌日外山に手渡しするよう依頼して帰ったという（松本文三郎「漱石の思ひ出」『漱石全集』月報、一九三七年二月）。

故実研究者森銑三が狩野亨吉から聞いた談話メモによると、箕作《みつくり》佳吉の博物学試験で制限時間に答案を出さず、監督は箕作・助手・小使に引き継がれ、翌日箕作が登校すると米山はまだ答案を書いていた。箕作はあきれてもうよかろうと答案を取り上げると、平然と寄宿舎に戻って行ったという。

▼**九二**年二月、漱石（立姿）と米山（腰掛）二人は中黒写真館（本郷区弓町）で制服姿の写真を撮る。

**九二**年七月、漱石・藤代*禎輔・立花*銑三郎・松本文三郎・大島義脩らは『哲学雑誌』の編集委員となり、米山は書記になった。同年一一月、米山は「ヘーゲルノ弁証法ト東洋哲学」を『哲学雑誌』一一月号に発表し、漱石の「老子の哲学」（文科大学東洋哲学論文）に老子とヘーゲルの差異を論じた点を批判修正した。このころ二人は東西哲学について議論した。

▼**一八九三**（明治二六）年七月一〇日、帝国大学文科大学卒業証書授与式が行われ、英文学科漱石、哲学科米山は卒業し、大学院に入学した。漱石は「英国小説」、米山は「空間論」を研究科目とした。同年七月一三日午前六時、上野駅から漱石・米山・菊池謙二郎三人で日光地方に旅行し、一五日、東京に帰る。漱石・米山らは帝国大学寄宿舎で暮らし、斎藤阿具・幣原坦・小屋保治とよく話す。

▼**九五**年二月一一日、学士会事務所で紀元会（帝大文科を中心として、和漢洋思想を結合させた新日本の黎明を期する親睦研究団体）が催され、漱石・米山・狩野亨吉・菅虎雄・小屋保治・立花銑三郎らが出席した。

同年三月一六日、小屋保治と大塚楠緒子の結婚披露宴が星岡茶寮で開かれ、漱石・米山・藤代禎輔・立花銑三郎・狩野亨吉・菅虎雄・芳賀矢一・斎藤阿具らが出席した。小屋保治は養子となり、大塚姓に改める。

**九五**年四月、漱石は愛媛県尋常中学校嘱託教員として松山に赴任し、一二月、冬期休暇に東京に帰り、中根鏡子と見合いした。**九六**年一月四日午後四時、砂場で開かれた紀元会臨時総会に出席した。漱石・米山・立花政樹・立花銑三郎・大塚保治・狩野亨吉らが集まった。同月七日朝、新橋駅を出発し、松山に向かう。東京を去る時、米山から『陶淵明全集』を貰い、耽読する（**九六**年一月一六日付子規宛漱石書簡）。

▼**一八九六**（明治二九）年四月、愛媛県尋常中学校を辞した漱石は、熊本の第五高等学校に赴任し、六月、中根鏡子と結婚した。漱石は結婚したことを在京の友人らに知らせた。同月一九日、狩野亨吉は米山を訪ね、漱石の結婚祝について相談した。その結果、友人たちの集合写真を贈ろうということになり、六月二八日、午前一〇時、米山・狩野・山川信次郎・松本文三郎は玉翠館で組合せ写真を撮って、漱石に贈ったので、礼状を出した（**九六**年七月一六日付狩野宛漱石書簡）。

▼**一八九七**（明治三〇）年五月二九日午前二時四五分、米山保三郎は急性腹膜炎で死去した。満二八歳の若さだった。直ちにその訃報は熊本在住の漱石・菅虎雄にもたらされた。五月三〇日午後四時、米山の葬儀が駒込区林町の養源寺で行われる。紀元会で弔文を読もうということになり、急遽芳賀矢一が筆をとり、藤代禎輔が読んだ。謙虚な狩野は弔辞の準備をしていたが、自ら買って出ることはなかった（狩野亨吉日記）。

**九七**年六月八日、漱石は、斎藤阿具に手紙で、「米山の不幸返す〲気の毒の至に存候文科の一英才を失ひ候事痛恨の極に御座候同人如きは文科大学あつてより文科大学閉づるまでまたとあるまじき大怪物に御座候蟄龍《ちつりょう》未だ雲雨を起さずして逝く碌々の徒或は之を以て轍鮒《てつぷ》に比せん残念」と米山の死を悼んだ。

米山保三郎の墓は駒込千駄木町の養源寺にある。『坊っちゃん』の「清」が葬られた小日向の養源寺は、主人公「坊っちゃん」の菩提寺であり、親友米山の墓がある千駄木の養源寺をモデルにしている。しかも「坊っちゃん」を執筆していた時、漱石は千駄木に住んでいた。九八年五月、保三郎の一周忌を供養して墓誌が建てられた。恩師の重野安繹《やすつぐ》（元東京帝国大学教授・貴族院議員）の撰、巌谷修の書・篆額で建立された。墓誌には、「保三郎は、剛直にして物に拘らず。而して業を修むるには、気は専らに思ひは深く、寝饋《き》ともに廃す。持するところあり、死すと雖《いえど》も枉《ま》げず。夙《つと》に和漢の学を攻《おさ》め、旁《かたわら》仏典に通ず。その中学に在るや、英文を研鑽し、ついで独仏の学を渉猟し、又算数に精《くわ》し。平素心を倫理道徳に用ゐ、常に魯論を懐《いだ》き、起居動作にも離さず。」「嘗て鎌倉に遊び、洪川和尚の室に参じ、悟るところあり。帰つて母氏に勧め、与《とも》に偕《とも》に禅理を講ず。」「常に語つて曰く、学は須《すべか》らく根本上に向つて力を著《つ》け究《きわ》め去り究め来るべし。最も浮華軽佻を悪《にく》む。今世の学者は、古人の書に就き一句を此に取り、一句を彼に取り、補綴して以て文を成す。而して自己の胸中には一つの得るところなし。」「此の如くば、学ぶも何を以て進まんと。故に空間論を草するや、反復沈潜し、肯《がえんじ》て筆を下さず。四年の久しく、孜々矻々《ししこつこつ》として、疾の体に在るを知らず。親眷《しんけん》は諫止するも聴かず。将に成績を見んとして、一朝にしてたちまち蓐《じょく》し、其の薀《うん》するところを併せて泉壌に埋没す。惜しむに勝《た》う可けんや。」「嗚乎《ああ》、死に抵《いた》るも自ら足れりとせず、学者は宜《よろ》しく是《かく》の如くなるべからざらんや。銘して曰く、嗚乎学士、学は博く守ること篤く、一経を抱いて、群籍に通じ、薀して発せず。発すれば則ち的を破る。嗚乎学士たり、而して学士に止まる。」（大久保純一郎『漱石とその思想』）とあり、米山が学未だ成らざるに夭折したことを愛惜した。

▼**一九〇五**（明治三八）年一月、漱石は「吾輩は猫である」を『ホトトギス』に発表し、一躍文名が挙がった。評判がいいので、「続篇」（二月号）を書き、さらに「三」（四月号）と続き、天然居士を登場させた。苦沙弥先生が旧友天然居士の墓碑銘を思案中で、「さつきから天然居士の事をかゝうと考へて居る」「天然居士は空間を研究し、論語を読み、焼芋を食ひ、鼻《はな》汁を垂らす人である」（三）と書いてみた。モデルは米山であることは、居士号がそのまま使われていることによってもわかる。「鼻汁を垂らす」は酷だから、消そうと棒を引く。「焼芋を食ふ」も蛇足だ、割愛しようと、「天然居士は空間を研究し論語を読む人である」だけになり、面白くも何ともないので、「空間に生れ、空間を究め、空間に死す。空たり間たり天然居士噫《ああ》」と意味不明な語を連ねた。そこに迷亭が入って来る。「だれが天然居士なんて名を付けて済まして居るんだい」「例の曽呂崎の事だ。卒業して大学院に這入つて空間論と云ふ題目で研究して居たが、余り勉強し過ぎて腹膜炎で死んで仕舞つた。曽呂崎はあれでも僕の親友なんだからな」「その曽呂崎を天然居士に変化させたのは一体誰の所作だい」「僕さ、僕がつけてやつたんだ。元来坊主のつける戒名程俗なものは無いからな」と天然居士はよほど雅な名のように自慢する。「此墓銘を沢庵石へ彫り付けて本堂の裏手へ力石の様に抛り出して置くんだね。雅でいゝや、天然居士も浮ばれる訳だ」と米山は曽呂崎となり、天然居士と号されて、超然として脱俗的空間に生きている。

「僕は曽呂崎に一度でいゝから電車へ乗らしてやりたかつた」（四）と苦沙弥が言う。「曽呂崎が電車へ乗つたら、乗るたんびに品川迄行つて仕舞ふは、それより矢つ張り天然居士で沢庵石へ彫り付けられてる方が無事でいゝ」と言われる。「頭は善かつたが、飯を焚く事が一番下手だつたぜ。曽呂崎の当番の時には、僕あいつでも外出をして蕎麦で凌いで居た」「曽呂崎の焚いた飯は焦げくさくつて心《しん》があつて僕も弱つた。御負けに御菜《おかず》に必ず豆腐をなまで食はせるんだから、冷たくて食はれやせん」「苦沙弥はあの時代から曽呂崎の親友で毎晩一所に汁粉を食ひに出たが其祟りで今ぢや慢性胃弱になつて苦しんで居るんだ。実を云ふと苦沙弥の方が汁粉の数が余計食つてるから曽呂崎より先に死んで宜《い》い訳なんだ」と茶化した。

米山の面影は曽呂崎だけではなく、八木独仙の「鼠が出て独仙君の鼻のあたまを齧つてね。」「先生悟つた様な事を云ふけれども命は依然として惜しかつたと見えて、非常に心配するのさ。鼠の毒が総身にまはると大変だ、君どうかしてくれと責めるには閉口したね。」（九）などに表わされている。鼻を鼠が齧《かじ》った話は、子規が「米山の鼻を如何なる鼠がかぢり候やらん小生も時々思ひ出してはをかしく成申候　併し此哲学者も已に此世のものにあらず」（一九〇一年一月一〇日付菊池謙二郎宛子規書簡）と書いたように米山のことで、漱石は天然居士のこととしてではなく、独仙の話として使った。「九年前の大地震を知つてるだらう。あの時寄宿舎の二階から飛び居りて怪我をしたものは独仙君丈なんだからな」「禅の機鋒は峻峭なもので、所謂石火の機となると怖い位早く物に応ずる事が出来る。ほかのものが地震だと云つて狼狽へて居る所を自分丈は二階の窓から飛び下りた所に修業の効があらはれて嬉しいと云つて、跛を引きながらうれしがつて居た。負惜みの強い男だ。一体禅とか仏とか云つて騒ぎ立てる連中程あやしいのはないぜ」など米山らしい。そもそも「八木」は「米」を分解した漢字と考えることができる。

独仙の影響で禅に凝った理野陶然は奇行の果て病死し、天道公平と称した立町老梅は狂人となった。いずれも米山の系統の人物である。

▼**一九〇九**（明治四二）年一月末か、二月初め、米山保三郎の兄熊次郎から漱石宛に手紙が来て、放火で自宅が全焼し、弟保三郎の写真も紛失したので、漱石の手元にあるものを複写して欲しいという。**〇九**年二月三日、漱石は半身の写真があるつもりで探したが、見当たらず、漱石と二人で写ったものがあるので、これでもいいならば、別便で送ると返事した。同年三月二四日、米山熊次郎から手紙が来る。同年四月一日、米山熊次郎が保三郎引き延ばし写真を持って来て、何か俳句を詠んで書いてくれと言う。四月六日正午から米山保三郎の写真を持って、菅虎雄宅（小石川区竹早町）に行くが、不在。狩野亨吉宅（小石川区久堅町）に寄ってみる。菅・狩野ともに米山と親しいので、写真に書く句や文の参考になることはないかと訪ねたのだろう。四月七日、米山保三郎の写真に、「空に消ゆる鐸《すず》の響や春の塔　空間を研究せる天然居士の肖像に題す　己酉《つちのととり》　漱石」と書き、熊次郎に持たしてやる。五月二八日、米山熊次郎は保三郎の写真（漱石の句を書き添えた精製写真）と御礼の菓子折りを持って来た。その節、「鐸」の読み、意味などについて質問を受けたので、「鐸《タク》とあるは宝鐸にて五重塔の軒端などにつるせる風鈴の積りに御座候。寂寞たる孤塔の高き上にて風鈴が独り鳴るに其音は仰ぐ間もなく空裏に消えて春淋しといふ意味」と解説した（**〇九**年五月二八日付熊次郎宛漱石書簡）。

▼後年、哲学科の先輩である狩野亨吉は、『朝日新聞』で語って、「（米山は）自分でまた世界第一といふ意気組を持つてゐて頗る変つた男であつた。この変り者の米山が夏目君のことを「あの男は普段黙つてゐるが、いざといふ時相談すれば必ず事を処理する力を持つてゐる」といつて感心してゐた。」「米山は奇人であるが研究すべき奇人であると思つてゐる。若くて死んでしまつたので、後年友人達が話して、彼の伝記を夏目君が書き、その遺稿は自分が見ることになつてゐたが、伝記は出来ずに終り、手帳の中には世に出す程まとまつたものもな

かった。」（一九三五年一二月八日『東京朝日新聞』）と言ったように、漱石が伝記を執筆する予定であったが、教え子八田三喜から狩野に寄せられた遺稿は、手帖三冊（東大教養学部図書館保管）のみであったという。しかもその内容は数式の書き散らし、粗雑な風景スケッチ、故郷の正月風景を月並み雅文調で書いたものに過ぎなかったので、さすがの漱石も書く意欲を催さなかったのだろう。論文も『哲学雑誌』に発表された「ヘーゲルノ弁証法ト東洋哲学」（六九号）、「国詩ニ就キテ」（七〇号）、「ショッペンハワー氏の女子論」、「シオペンハワー氏充足主義の四根を論ず」（一二五、一二六号）が管見に入ったくらいで、奇行変人ぶりが伝説的に喧伝される割に業績が少なく、未完の大器で終わった。重野の「墓誌」の儀礼的過褒にくらべて、『吾輩は猫である』の揶揄的諷刺性の方が、書かれなかった伝記よりも強烈な印象を読者に与えたことは皮肉なことであった。

〔**参考文献**〕大久保純一郎『漱石とその思想』荒竹出版、一九七四年一二月二〇日。／青江舜二郎『狩野亨吉の生涯』明治書院、一九七四年一一月三〇日。／原武哲『夏目漱石と菅虎雄――布衣禅情を楽しむ心友――』教育出版センター、一九八三年一二月。／大久保純一郎「漱石と米山保三郎――M．アーノルドを接点として――」1～4『英語青年』一九七一年三月～六月。

〔原武　哲〕

## ■芳賀　矢一

はが・やいち

『国語と国文学』「芳賀博士追悼号」一九二二年四月一〇日撮影。

**一八六七（慶応三）年五月一四日～一九二七（昭和二）年二月六日。**

**国語国文学者。東京帝国大学教授。国学院大学長。予備門・一高・帝大時代の学友。ヨーロッパ留学には漱石と共に行く。**

福井県足羽郡佐佳枝上町三二番地（現・福井市）に生まれる。父は真咲、塩竈・多賀・湊川神社の宮司を歴任した。母は斯波迂僊の三女あき。一八七三（明治六）年、福井県川口小学校に入学した。七九年一一月、東京市麹町区番町小学校一級後期を卒業した。八〇年一月、宮城中学校に入学、八三年二月、宮城中学校初等中学科第五級を卒業、上京する。

▼八三年八月、予備校の共立学校（神田区淡

路町）の入学、数学の教師と喧嘩をして退学、**八三**年末か、**八四**年初め、予備校の明治英学校（神田区中猿楽町）に転じた。ここには塩原金之助（後の夏目漱石）・柴野＊（後の中村）是公・瀧口了信らがいた。

▼**八四**年九月、芳賀矢一は漱石・是公・正岡子規＊らと共に東京大学予備門予科に入学した。漱石は「何とか彼《か》んとかして予備門へ入るには入つたが、惰《なま》けて居るのは甚だ好きで少しも勉強なんかしなかつた。水野錬太郎、今美術学校の校長をして居る正木直彦、芳賀矢一なども同じ級《くらす》だつたが、是等は皆な勉強家で、自ら僕等の怠け者の仲間とは違つて居て、其間に懸隔があつたから更に近づいて交際する様なこともなく全然《まるで》離れて居つたので、彼方《むかう》でも僕等の様な怠け者の連中は駄目な奴等だと軽蔑して居たろうと思ふが、此方《こつち》でも亦試験の点許り取りたがつて居る様な連中は共に談ずるに足らずと観じて、僕等は唯遊んで居るのを豪《えら》いことの如く思つて怠けて居たものである。」（「落第」）と語った。また「予科入学当時は、今の芳賀矢一氏などと同じ位のところで、可成《かなり》一所にゐた者であるが、私の方は不勉強の為め、下へ下へと下つてゆく許り。」（「一貫したる不勉強――私の経過した学生時代」）とある。同じようなことが「満韓ところ〴〵」十四にも出てくる。

▼八九年七月、第一高等中学校（八六年四月、東京大学予備門を改称。後に第一高等学校）文科を卒業、九月、帝国大学文科大学国文学科に入学した。九〇年四月、『国文学読本』（上田万年閲、立花銑三郎＊共編）を冨山房より刊行した。**九〇**年九月、芳賀矢一・夏目金之助（漱石）・小屋保治＊・立花銑三郎・正岡常規（子規）・菊池謙二郎＊・斎藤阿具＊・藤代禎輔＊・菅虎雄＊・狩野亨吉＊・米山保三郎＊らと紀元会を組織した。**九一**年七月一二日、漱石は正岡子規の追試験のことで芳賀矢一を訪ね、物集高見と小中村清矩の国文学の追試験を受験できるよう書状を出してもらう。芳賀宅を訪問した時、九月から大学で文学会雑誌を発行する準備が整ったということを聞く（**九一**年七月一六日付子規宛漱石書簡）。大学文科にボート倶楽部ができて、芳賀は下手な姿勢でボートを漕いでいたという（瀧口了信「予備門の頃」）。九二（明治二五）年七月、帝国大学文科大学国文学科を卒業し、大学院に入る。**九三**年春ごろ、文科大学学生で、英文学談話会を始め、上野の三宜亭や韻松亭に集まり、研究発表と座談を行ない、藤代禎輔・芳賀矢一・夏目漱石・岡倉由三郎＊・藤井乙男＊らが集まった。

▼**一八九四**（明治二七）年九月、第一高等学校の国語授業を嘱託された。九五年一月、潮田鋼子《しおたこうこ》と結婚した。**九五**年三月一六日、星岡茶寮で開かれた小屋保治と大塚楠緒＊の結婚披露宴が行われ、夏目漱石・芳賀矢一・藤代禎輔・立花銑三郎・斎藤阿具・菅虎雄・狩野亨吉・米山保三郎らが出席した。九八年東京帝国大学文科大学助教授を兼任、上田万年と博言学講座を担当、九九年五月、文科大学助教授として本官になり、国語学・国文学・国史第四講座担当を命ぜられた。

▼**一九〇〇**（明治三三）年六月、文学史攻究法の研究のため一ヶ年半のドイツ留学を命ぜられ、九月一日、漱石・藤代禎輔が芳賀宅に来て、一緒に横浜に行こうと約束し、鴻池銀行に立ち寄り金を引き出し、一〇時半の汽車に乗って横浜に着き、ロイド社で船のことを問い合わせ、切符を買い、駅のレストランでランチを食し、午後三時半帰宅した。

▼**〇〇**年九月八日、芳賀・夏目漱石・藤代禎輔らはプロイセン号で横浜港を出帆した。船室は一〇三号室に芳賀・藤代・稲垣乙丙（農学）、隣室に漱石と戸塚機知（軍医

学）が同室になった。船が遠州灘に入るころより波が高くなり、船体が動揺し、漱石が最も船酔い激しく夕食も受け付けないが、芳賀は少しも異和感がない。漱石日記によると、長崎から乗船した西洋婦人は皆船に強く、老夫人も若い女性も平気で甲板にいる。特にフランス人家族の六、七歳の子どもが玩具の蒸気船を引っ張って、甲板を駆け回っている。漱石らも平気を装っているが、真に平気なのは、芳賀くらいのもので、他は平気ではない。中でも最も平気でないのが、漱石であった。漱石は俳書を読もうとしたが、周囲が西洋人臭くて、俳句など味わう余地はない。芳賀は漢詩作成のための携帯韻書『詩韻含英』などをひねっているが、何もできないらしい（九月一二日付漱石日記）。芳賀は酒も強く、船酔いにも強かった。

　九月一三日、漱石・芳賀らは上海に上陸し、江海北関（清国の税務庁。芳賀の「留学日誌」では「江北海関」と誤っている。一八九三年、初代の「江海北関」の址に建てられた二代目の英国教会式建築。中間は五層の高さで、四面は時計台になり、外国人はロンドンのBig Benを連想して、「大清鐘」Big Chingと称した。一九二七年、三代目の現在の上海海関が竣工するまで使用された）に立花*政樹（清国税務司。帝大英文学科第一期生）を訪ねる。立花は驚き喜び一行を迎え、長崎人の経営する日本旅館「東和洋行」（一八八六年吉島徳三が鉄馬路〈現・河南北路〉に開業。一八九四年、朝鮮の親日開化党指導者金玉均が射殺された宿）を教えられ、昼食をとる。午後四時半、立花が来る。立花に同行して、止宿するもう一館の日本旅館「旭館」（朝日館とも書く。上海虹口文監師路、現・塘沽路。一九〇〇年夏、孫文が広東恵州での武装蜂起を計った館）でラムネ・ウィスキーを傾けつつ、日本食を饗せられる。

　午後九時一同はPublic Garden（中国名・公家花園・外灘公園。現・黄浦公園）に行く。公園はいわゆる外灘《ワイタン》（英語名・The Bund）と言われる黄浦江と蘇州河の合流点の河畔にあり、一八六八年、外国人居留民のために租界工部局により開園された。芳賀も「留学日誌」に「同園は支那人の入園を禁ずといふ」とあるように、「狗《コウ》与《ウイー》華《ファ》人《レン》不《プ》准《ジュン》入《ルー》内《ネイ》」（犬と中国人入るべからず）Dogs and Chinese are not admitted という看板が掲示されていた。ところで、日本人は白色人種と同等の取り扱いを受けていたかというと、必ずしも同じではなかった。当時の日本人は、出稼ぎ気分が抜けず、浴衣・兵児帯の男性、娼妓など着物をしどけなく着た女性が公園で飲酒して、西洋人から顰蹙《ひんしゅく》を買い、「奇装異服」を着た日本人は公家花園に入れるな、という抗議が来て、一八九〇年、工部局は日本領事館に「日人不准入園、着西服除外」（日本人は西洋服を着用した者以外、公園に入るべからず）と通告した。これら中国人侮蔑の規則は民族意識の高まりと共に、一九二八年七月に撤廃された（羅蘇文『滬濱閑影』二〇〇四年七月一日、上海辞書出版社）。

　ところで、漱石・芳賀らは洋服を着て入園したので、見咎められることはなかったから、多分この日本人の西服除外規則のあることを知らなかったことだろう。もし知っていたならば、漱石は別として、愛国主義者の芳賀は憤慨して、「日誌」に憤懣をぶっつけていただろう。毎夜、九時から音楽隊の演奏があるというので、椅子に腰かけ、一、二曲聴いた後、南京路（現・南京東路）を歩き、左折して四馬路（現・福州路）に到る。漱石は「南京町ノ繁華ナル所ヲ見ル頗ル稀有ナリ」（一三日付日記）と簡単に書いているが、芳賀は「同路は夜店のあるところにして戯場、寄席、酒楼等櫛比し京都京極通の趣あり　一酒楼に芸妓の盛粧して客を待つを見る」「提灯の大さ吉原遊郭の

古図を見るが如し　一書肆に就きて試に梨園叢書の有無を問ふに無しといふ」（一三日付日誌）と精細緻密である。

九月一四日、漱石・芳賀らは南京路を西に二キロばかり行き、左側の張園（一八八二年富豪 張叔和《チャンスホ》が西洋人の別荘を買い取り、一八八五年無料で一般開放。当時上海最大規模の総合庭園。現在「張園大客堂」が総合活動センターとして往時を偲ばせてくれる）に入った。宏壮な西洋料理店や喫茶台などもある。園内は広く蓮池・芝生があり、雑草はキツネノヤリ・野菊等は日本と同じである。日本庭園で欠くことのできない松は全然ない。芳賀の説明は詳しいが、漱石は説明も感想もない。

次に一キロほど行くと愚園（一八八八年寧《ニン》波《ボー》人の張氏が開いた中国式庭園。一般公開。園内の茶館あり。一九一六年廃園。現在愚園路として地名のみ残る）に到る。漱石は「愚園頗ル愚ナリ」と語呂合わせみたいな切り捨て方をしているが、芳賀は「愚園は観覧料として各人十銭を徴す　楼榭《ろうしゃ》相錯綜して全然支那の古画を見るが如し　楼榭の中間には小池あり小橋を架す　室に入れば所所名人の書画を掲げ喫茶台、喫煙台等を置く　皆紫檀の立派なる机なり　一亭には演劇の舞台もあり　番附等も見えたり　支那人の亭長しきりに茶を勧む　阿片を喫して眠れるもありき　廊下壁間等に画ける画の幼稚なる浅草奥山の看板の如し　岩の魁奇《かいき》なるものを喜ぶこと甚しく人工を以て殊更に穴を穿《うが》ちたるもの多し　恰も芝居の巌石の如きものなり　其側に芭蕉の葉の高く聳えたる如何に考へても支那的なり」（九月一四日付日誌）と「阿片」以下は低評価であるが、詳細な描写は漱石の比ではない。

興味深い表現として、「腰以上丸裸にして我国人の車力等が褌《ふんどし》をあらはせるものとは全く上下を異にす　こはむしろ支那人をよしとせんか」と書いていることである。現代でも地方では間々見受ける上半身裸体の風景で、日本人の人力車引きや駕籠《かご》舁きの褌姿と上下逆だと評しているのは面白い。「食後清人来りて筆墨を購《あがな》はんことを勧む　夏目氏余と少許を購ふ」とある。

「別を送りて来りし人々七時頃かへりゆくとて接吻処々におこる　余に取りては一奇観たり」と西洋人の公衆面前でのキスに驚いているが、漱石も「西洋人ハ執濃《しつこ》イコトガスキダ華麗ナコトガスキダ〜夫婦間ノ接吻や抱キ合フノヲ見テモ分ル」（〇一年三月一二日付日記）、「男女ノ対《つい》此処《ここ》彼所《かしこ》ニ bench ニカケタリ草原ニ坐シタリ中ニハ抱合ツテ kiss シタリ妙ナ国柄ナリ」（〇一年五月二二日付日記）、「西洋人ハ往来デ kiss シタリ男女妙な真似をする」（〇二年断片八）と風習は知っていても、眼前に見ては驚きを隠せない。

▼〇〇年九月三〇日、芳賀は「夏目氏は船に最弱かりしが此頃にいたりては大に慣れ候　同氏は不相変無言にて船中を睥睨《へいげい》いたし居候故知合は出来ず船中にて朋友の多きは小生に御座候」（竹村鍛宛芳賀書簡）と漱石に比して交際の広さを自慢している。また「夏目君に似た葡萄牙《ポルトガル》人もあり」、失策は「雪隠に入りて蓋の上に埋（ママ）く糞をやりたる」ことと面白く書いている。

一〇月一九日、ジェノバで上陸し、二一日朝パリに到着、二二日共にパリ万国博覧会を観覧、二五日博覧会・美術館を観て、二六日は漱石・芳賀・藤代で博覧会に行こうとして驟雨《しゅうう》に会い散歩して帰る。二七日三人で博覧会に行き、工芸館で日本陶器・西陣織を観て「尤モ異彩ヲ放ツ」（漱石日記）と書いたが、芳賀の評はない。二八日午前八時、漱石は一行に別れ、パリを離れてロンドンに向かい、芳賀・藤代はベルリンに行った。

▼一九〇一（明治三四）年一月三日、漱石は

ベルリンに留学中の芳賀・藤代・立花銑三郎の三人に年賀の書簡を送ったが、藤代・立花には口語体の「である」「だ」「ます」調であるが、芳賀には文語体の候文である。親疎の違いが歴然と出ている。しかし、内容は日本人とは交際せず、西洋人とも往来せず、書物でも買って帰国後ゆるゆる勉強しようと思うが、金がないので閉口している、と二年間の留学に悲観的になっている。

▼〇一年二月五日、漱石は「僕はまだ一回も地獄（売笑婦）抔は買はない考ると勿体なくて買た義理ではない芳賀が聞たらケチな奴だと笑ふだらう」（藤代禎輔宛書簡）と書いている。

▼〇一年三月一五日ごろ、芳賀・藤代の報で、立花銑三郎が病気で帰国するので、ベルリンからロンドンに滞留するなら、漱石の下宿に来ないかと誘った（三月一八日付立花銑三郎宛漱石書簡）。三月二七日、ロンドン・アルバートドックの常陸丸から立花銑三郎の書簡が来て、病気で帰国するという。直ちに船に立花を訪問、病気は絶望的である。「気の毒限ナシ」（漱石日記）と書く。五月一二日、立花は帰国船中で故国を眼前に沖縄沖で死去した。七月二七日、ドイツの藤代・芳賀より葉書が来た。おそらく立花の訃報であろう。大学生時代、立花と『国文学読本』を共編で刊行した芳賀矢一は、立花の追慕のため、立花の遺稿を編纂出版しようと計画し、同窓知己に呼び掛け、醵金を募った。〇一年八月一日、芳賀から遺稿集購求の依頼を受けた漱石は、醵金に賛成、立花の知人二人の住所を教えた。〇二年三月一七日、立花文庫の寄付金として芳賀は、漱石から送金された一〇マルク二〇ペニヒを受取った（芳賀日誌）。『立花文学士遺稿』（秀英舎）は〇三年一月二七日、芳賀の序を付けて発行された。

▼芳賀は〇二年五月二七日、ベルリンを出発、六月二九日、ロンドンに着き、七月一日、芳賀はクラッパムに漱石を訪ねるが、留守中であった。翌二日漱石は芳賀の宿を訪ねたが不在で会えない。パリから画家浅*井忠が帰朝のついでに漱石の下宿に来ている。芳賀も浅井と同じ船で四日出発帰途に着くという（二日付鏡子*宛漱石書簡）。七月四日、漱石・岡倉・土*井晩翠らはフエンチャーチ駅に芳賀・浅井を見送る。芳賀は夜一〇時出航、八月二四日、横浜港に到着した。

▼〇二年九月一九日、東京帝国大学文科大学教授に任ぜられ、国語学国文学第二講座を担当した。〇三年四月、文学博士の学位を授与された。

▼一方、漱石は〇二年一二月五日、ロンドンを立ち、〇三年一月二四日、帰京した。旧友、大塚保治の奔走もあり、四月一五日、東京帝国大学文科大学講師に任命され、芳賀と東大の同僚になる。〇三年四月一九日、漱石・芳賀矢一・井上哲*次郎・上田万年・大塚保治・藤代禎輔ら一二名が、『帝国文学』の評議員に選ばれた。〇四年一一月、『帝国文学』脚本懸賞募集の審査委員に上田・漱石・芳賀・藤代・大塚・関根正直・藤岡作太郎がなった。〇九年一月一九日夕刻、小松原英太郎文部大臣官邸で開催された文芸奨励発達の懇談会に招待され、森*鷗外・幸田*露伴・上田敏・漱石・芳賀・抱*月らが出席、漱石の隣の小松原が、「近頃学校を出て直ぐ小説家になる者が多いそうだが」と聞くので、漱石は「学校を卒業して後は勿論まだ生徒の時分から小説を書く人が大分いるようです。」と答えた。

▼一九一一（明治四四）年二月一九日、長与胃腸病院に入院中の漱石は『東京朝日新聞』を読み、文学博士会が佐々木信綱・露伴・夏目漱石らを文学博士に推薦する旨を

知る。翌二〇日、留守宅に文部省から文学博士号授与の通知が配達された。二一日午前一〇時で通常服で出席されたいと付記されている。鏡子は電話で入院中の漱石に連絡した。二一日朝、鏡子は文部省に電話して、入院中で学位記授与式に欠席することを告げた。文部省から使者が学位記を持って来た。夜、文部省専門学務局長福原鐐二郎に辞退を申し入れた。文部省は一旦発令したものは、取り消されないと諒承されない。二二日、書生行徳二郎*が文学博士の学位記を病院の漱石の下に持参する。漱石は森田草平*を通じて文部省に返送するよう伝えた。森田は学位記を文部省に返送する。

▼一一年三月八日、漱石は『東京朝日新聞』に博士号拒否問題について、「勅令の解釈が違ふ」ので、博士問題はそれぎりどうにもならない、福原鐐二郎にも芳賀矢一にも会わない、文部大臣は学位を授与した、辞退をした場合は学位令に辞退を許す権能がないという、それでは辞するを得ずと明記していないのに、結果は辞するを得ずと同様になって、不都合である、本人の意思を確かめるのが親切であると反論した。四月一一日午前、上田万年（東大文科大学長）・芳賀矢一（東大文科大学教授）が漱石宅に博士問題の説得に来た。文部省責任者に会いたいと伝えたので、午後、局長福原鐐二郎が来るが、意見は一致しない。翌一二日、福原局長は文部省の正式な辞退に対する返事を送り、「発令済につき今更御辞退の途も無之候」と持論を繰り返し、一三日、漱石も自分の意志を眼中に置くことなく辞退し得ずと定めた大臣に対し不快の念を抱く、博士制度は功少なく弊多きことを信ずと言明し、学位記は返送した。四月一五日付『東京朝日新聞』に「博士問題の成行」を発表、経過を説明し、「上田万年、芳賀矢一二博士から好意的の訪問を受た。」と一方で謝意を表明し、他方文部省の本人の意志に逆らって、お上が意志の屈従を強いることに反発し、「余の博士を辞退したのは徹頭徹尾主義である。」と結んだ。

▼一一年五月一七日、文芸委員制度が交付され、鷗外・上田万年・芳賀・藤代・上田敏・蘇峰・露伴ら一六人が選ばれ、漱石は博士辞退もあり、選ばれない。「文藝委員は何をするか」で反対意見を述べる。一九一二（明治四五）年一月一三日、文芸委員会が開催され、芳賀も出席し、第一回文芸委員会賞の審議が行なわれ、漱石の「門」が推薦作品として予選を通過する。三月三日、文芸委員会が開かれ、漱石の「門」をめぐり討論、芳賀・上田万年は漱石の傑作は「吾輩は猫である」という見解を出す。無記名投票の結果、四分の三以上を占める該当者がいないので、明治四四年度選奨の該当者なしとなり、坪内逍遥*を文芸功労者と決定した。

▼一九一四（大正三）年六月、東京帝国大学文科大学国文学科の卒業論文に、石山徹郎が「最近の小説」として漱石を論じた。大学の卒業論文として漱石を取り上げた最初のものであった。国文学科主任教授芳賀矢一は承認したが、哲学科の一教授が現代作家を論じるのはかんばしくないと主張したので、芳賀が「最近の小説」と改題し石山の承認を求めた。

▼一五年三月、芳賀は満四七歳で学士院会員に推された。一六年七月、欧米教科書調査のため米・英・ノルウエー・スエーデンを経てシベリア経由で帰国した。帰国後、東京帝国大学に復帰、一八年一二月、国学院大学初代学長に就任、二二年三月、東京帝国大学を退任、七月、名誉教授になった。一九二七（昭和二）二月六日、心臓性喘息で逝去、満五九歳であった。

▼芳賀矢一は順調にアカデミズムの道を登

り詰め、国文学界の大御所として、学界や教育界に大きな尊崇と影響力を発揮した。漱石は官学を捨て、江湖の処士として「自己本位」を確立しようと格闘した。共に大学で文学に志したが、学術的な研究に入った芳賀と、小説という創作活動に入った漱石とは、大学予備門以来、欧州留学中、親しく交際していたが、次第に距離が離れていった。狩野亨吉や大塚保治、菅虎雄ほどの親近感はない。

芳賀は、漱石の性行について、「篤学で、寡黙で、身を持することが極めて謹厳であるから、よく君の性質を知らぬ人は、唯君を畏敬する方面ばかりに気を附かうが、元来が江戸ッ子で機警敏捷なところがあり、飄逸奔放なところもありますから、君がユーモアは全くこれから出て来るのだらうとおもひます。」といい、初期の漱石の小説については、「俳句漢詩で養つた修辞洗練の句法と英文学から得来つた思想着想が君の沈着で、しかも機敏な性質と相合して、君の作物を成すのだらうと信じます。君の作物の警句に富み、対話に緩みのないところと、これ迄に例のないユーモアの発現とは我文学史に於て尠くとも一時期を作つたものと思ひます。唯君の文は観察は誠に微細に入つて至らぬ隈の無い、痒い所へ手の届く様な感はあるが、作中の人物に向つての同情熱誠な点は欠けて居る様に思ふ。」（『中央公論』「夏目君」一九〇八年三月）と登場人物に対する同情不足を欠陥として指摘した。後年の漱石作品を観ると、芳賀の期待する方向に必ずしも向いていない所に、両者の文学観の違いが如実に出ている。

〔**参考文献**〕芳賀檀編『芳賀矢一文集』冨山房、一九三七年二月六日。／『近代文学研究叢書』第二六巻「芳賀矢一」昭和女子大学、一九六四年一二月一日。／島村剛一「芳賀先生伝記資料」『国学院雑誌』一九三八年六月〜一九三九年一二月。／岡倉由三郎「朋に異邦に遇ふ」『国漢』「芳賀博士記念号」冨山房、一九三六年一二月。

〔原武　哲〕

## ■藤井　乙男

ふじい・おとお

『近代文学研究叢書』55、「藤井乙男」、一九八三年刊。

**一八六八（慶応四）年七月一五日〜一九四五（昭和二〇）年五月二三日。**

**国文学者。俳人。京都帝国大学教授。文学博士。号・紫影。漱石の帝大時代の学友。俳句を通じて交遊。**

淡路国（兵庫県）津名郡洲本町之内下屋敷町七二番屋敷に父・藤井市郎利義、母・こまの二男として生まれた。父は阿波藩淡路城代稲田家の剣道指南役で、一八七〇年の淡路の乱で自害し、家運衰退の幼少期を過ごした。北海道庁平民（福岡県尋常中学修猷館の履歴書による）。一八八一（明治一四）年三月、兵庫県公立神戸模範中学校に入学した。八四年九月、文部省直轄大坂中学校第三級に入学した。八五年九月、大坂中学校改めて大学分校となり予科第二級に編入された。八六年五月、大学分校改めて第三高等中学校となり、引き続き在学した。九一年七月、第三高等中学校文科を卒業した。

同年九月、藤井は帝国大学文科大学国文学科に入学した。同窓に藤岡作太郎、一級上に＊正岡子規がいた。選科生の＊田岡嶺雲とは特に親しく後年まで交際を続けた。藤井は大学入学当初、漱石を知らないころから、英文学科の秀才であるということは友人から聞いていたので、顔だけはすぐ覚えた。藤井は一年生から大学の寄宿舎に入っていた。寄宿舎は一室三、四人いて、藤井の隣室に金沢出身で一高出、哲学科の＊米山保三郎がいた。非常に頭がよく、一風変わった米山は、学問上の議論が好きで、議論を始めると食事も忘れて、いつまでもやり、夜に消灯になっても暗がりの中でやっていた。漱石は米山とたいへん親密で、藤井の隣室にしばしばやって来て、二人は長時間話し込んでいた。藤井は同年一〇月の遠足会で子規と知り合い、以来根岸の子規庵をしばしば訪れ、文学談、俳句に夜を徹して語り明かし、影響を受けた。新聞『日本』に投句、入選掲載された。

このころ、文科大学学生や卒業生が文学談話会を作って、毎月上野の三宜亭や韻松亭に寄り合っていた。当番を決めて、一人三〇分か一時間研究したことを発表し、後は飲食しながら、座談をした。この会には、＊藤代禎輔・＊芳賀矢一・＊岡倉由三郎・石橋思案・藤井が出席していたが、夏目漱石はいつも出席し、胃病が悪いのか、始終憂鬱な顔をして、あまり口をきかなかった。洋服をきちんと着て、紳士的な態度で真面目にしていた。だから、藤井は顔を合わせても、あまり親しくはなかった。九三年一〇月、北海道日高国浦河郡浦河村八六番地に転籍した。一八九四（明治二七）年七月、帝国大学文科大学国文学科を卒業した。

同年一〇月二〇日、尋常中学修猷館教諭を任ぜられ、月俸七〇円を支給され、福岡県筑紫郡春吉村五九二番地に住んだ。**九六**年四月、愛媛県尋常中学校を辞職した夏目漱石は、熊本の第五高等学校に赴任する瀬戸内海航路の船中で偶然大阪の俳人水落露石と出会った（九六年四月二八日付『日本』露石「西国行脚駄句日記」）。その露石が藤井に、「今度漱石君が九州に行ったから、あなたも俳友ができてさぞ喜んでいるでしょう。私もそのうちまたゆっくり九州へ遊びに出かけたいと思います。」と手紙を寄せた。藤井は英文学科出の夏目金之助を知っており、また漱石という号は時々『日本』新聞の俳壇に俳句が出るので知っていたが、夏目金之助が俳人の漱石であることは一向知らなかった。東京のころ、藤井は子規庵に度々行っていたが、子規は漱石が俳句をやるという話を少しも藤井にしなかった。だから、藤井は漱石が夏目金之助であることは少しも知らなかったが、露石の手紙によって初めて漱石即ち夏目金之助であることを知ったのである。

**▼九六**年九月、中学修猷館教諭の藤井は、五高に来任した漱石に挨拶を兼ねて、もし高等学校に国語科の空きがあれば、高校に転勤したい希望を手紙に書いた。九月一八日、漱石は返事に、「御来書の趣は委細承知致候何れ空位でも有之候はば御口入位は必ず仕るべく候御申越の如く中学と申す処教授以外に種々の面倒なる事有之小生抔も大に閉口致候昔しなら武士は相見互《あいみたがい》と申す処まことに御気の毒に存候」と中学校勤務の煩雑さと研究時間確保の困難性に同情し、高校転勤の斡旋を承知したが、紹介までには至っていない。漱石は藤井の俳句を時々新聞『日本』や雑誌『帝国文学』で読み、二人の間では葉書で俳句のやり取りをしたが、前記九月一八日付藤井宛漱石書簡

一通のみ現存して、俳句の交換をした句稿は現存しない。

▼**九六**年一一月、漱石は子規に俳句二八句「子規へ送りたる句稿二〇」を送ったが、その中の一句「此里や柿渋からず夫子住む」があった。漱石はこの句を福岡の藤井乙男に送ると、那珂川の清流に臨んで眺望のよい春吉（今は繁華街）に住んでいたので、「この里や水清うして夫子住む」と葉書で返信した。ただし、藤井は漱石の句の中七「柿甘うして」と書いているが、藤井の記憶違いか、それとも漱石の初案であろうか。

▼**一八九七**年一一月九日、漱石は佐賀県・福岡県の尋常中学校の英語授業を視察した時、尋常中学修猷館の英語授業を参観した。前日、佐賀中学校を視察し、その夜は春吉の藤井乙男宅に泊った。漱石は「紫影に別る、時　一句　菊の頃なれば帰りの急がれて」（子規へ送りたる句稿　二七　二〇句）と詠んだ。

同年一一月、漱石は、臼井亀太郎（旧姓片岡。漱石の次兄栄之助直則の妻小勝の実弟）が岡山尋常中学校から尋常中学修猷館の雇教員（月俸二五円）として赴任して来たので、同勤の藤井に、自分の親戚だから何分よろしく頼むという手紙を出した（藤井乙男「私の見た漱石とその俳句」）。しかし、臼井は修猷館に馴染めなかったのか、僅か半年余りで九八年八月三一日、依願免職になった。

藤井乙男は修猷館在任四年間、中学教育の傍ら、『帝国大辞典』（草野清良共編、三省堂。一八九六年一〇月）、『新撰帝国小史』（大阪積善館。一八九八年三月）を出版し、九七年四月から後の『諺語大辞典』の資料収集と研究を着手していた。九八年四月一日、藤井は尋常中学修猷館教諭を依願退職した。

▼一八九八年七月、帰京した藤井は、病中の正岡子規を見舞った。同年八月二五日、第四高等学校教授に任ぜられ、金沢に赴いた。四高では国文学主任教授となり、当時学生で、後に漱石の門下生となった森田*米松（草平）が諭旨退学になった時、藤井教授から何かと温情をかけられたという（森田草平「往時茫々」）。金沢では日本派の集まりである北声会を指導し、紫影庵において運座の例会を開いた。藤井の指導で金沢俳壇は飛躍的発展を遂げた。

▼**一九〇一**（明治三四）年三月二一日、金沢の藤井からロンドン留学中の漱石に手紙が来て、書物購入の依頼があった。日本近世文学研究者の藤井が洋書購入の依頼をするのは、どんな書物を買おうとしたのであろうか。「私が金沢にをる頃何か英書を図書館に買入れることについて洋行中の夏目君に頼んでやつたこと」（「私の見た漱石とその俳句」）とあるので、藤井個人の書物ではなく、公用の四高図書館書籍であろう。**〇一**年四月二九日、漱石は藤井の購入希望した書物の有無を手紙で知らせた。購入できたか、否か、不明である。

**〇一**年四月九日、二〇日、二六日、漱石は子規の病気を慰めるため、『倫敦消息』を書き、虚*子に送られ、雑誌『ホトトギス』（**一九〇一**年五月、六月）に発表された。これを読んだ藤井は、漱石を学者風の堅苦しい人と考えていたが、ユーモアに富んだ、とぼけた文章を書く人だと初めて知った。

▼一九〇二年七月の夏季休暇に藤井は上京して、子規庵を訪ねると、九八年七月金沢に赴任する時に立ち寄った頃の元気な面影はないが、思ったより話ができ、「食欲が減って、何の楽しみもないが、ただ麻酔剤をやるばかりが楽しみだ。時に君は何人子供がいるか。どうも女の子専門で困る。虚子も女だ。漱石も女だ。我々仲間には女の子が多いようだ。だいぶん、心丈夫になっ

た。漱石も二、三ヶ月の中には帰るだろう。この模様なら今年中くらいは生きそうだから、また漱石にも会えるだろう。」と子規は漱石との再会を楽しみにしていた（藤井紫影「多くの崇拝者」〈河東碧梧桐『子規言行録』〉）。しかし、正岡子規は漱石の帰りを待たず、同年九月一九日、下谷区上根岸の子規庵で死去した。

＊漱石は河東碧梧桐・高浜虚子からの手紙で子規の臨終の模様を知り、一一月三〇日夜、「倫敦にて子規の訃を聞きて　筒袖や秋の柩にしたがはず　手向くべき線香もなくて暮の秋　霧黄なる市に動くや影法師　きりぎりすの昔を忍び帰るべし　招かざる薄《すすき》に帰り来る人ぞ」（同年一二月一日付高浜虚子宛漱石書簡）と詠んで、一二月五日、ロンドンを出発した。

▼**一九〇三**（明治三六）年一月、漱石は東京に帰朝したが、熊本には帰任しなかった。一方、藤井乙男は金沢の四高で俳句の活動、諺研究、近松門左衛門研究に活発な著作活動を展開した。留学帰朝後の漱石とは、次第に疎遠になり、書簡の交換もしなくなった。

▼**一九〇七**（明治四〇）年四月、漱石はすべての教職を擲って、朝日新聞社に入社して、専属作家となった。藤井ら大学同窓生はその決心に驚いて、「吾輩は猫である」や「坊っちゃん」で文名は揚がっているが、やはり漱石は学者を本職として、余技に小説を書いている方がよいのではないか、と考えた。

〇七年夏、藤井は同級の国文学者藤岡作太郎（東圃）と共に城崎温泉に行った時、入社初の新聞小説「虞美人草」を毎日二人で熱心に読んだ。その文章はいかにも華麗絢爛で、一句一句彫心鏤骨な文章なので、藤井は藤岡に、「こんな骨身を削るような苦心をして、毎日の新聞小説を書いていて、長く続くであろうか。」と心配し合った。当時、友人たちは蔭ながら危惧していたのである。漱石は次第に絢爛を去って、平淡着実な文章になり、遂に大成したので、友人たちも安堵した。

▼一九〇八（明治四一）年七月二〇日、藤井は第八高等学校教授に任ぜられ、名古屋に赴いた。しかし、一年余の在任期間で、〇九年一一月八日、京都帝国大学文科大学国語学国文学科講師に招聘された。一一年九月一日、教授に就任と共に本講座を担当した。一九一二年六月一日、文学博士の学位を授与された。京大にあって日本近世文学の学問的基礎を築いた。就中、『江戸文学研究』、『近松全集』、『西鶴文集』、『名家俳句集』など近世文学は勿論のこと、古代・中古・中世の文学にも研究の幅を広げた。一九二八（昭和三）年八月一八日、停年退官した。一九三三年四月、広島文理大学の非常勤講師を勤め、一時広島に居を移した。『江戸文学叢説』、『西鶴名作集』、『近世小説研究』など多数の業績を残して、四五年、敗戦の報を知らず、腎臓炎、動脈硬化のため、京都市上京区大宮田尻町の自宅で死去した。満七六歳。

▼藤井乙男は関西における近世文学研究者の大御所であり、創作家としては、若いころ小説に筆を染めたが、終生俳人であった。還暦記念詞華集『かきね草』（内外出版、一九二九年二月二五日）が創作家としての藤井を表わしている。

夏目漱石と藤井乙男との接点、交流もまた、正岡子規を仲介として、俳句が媒体になっている。

藤井の「私の見た漱石とその俳句」では、漱石の俳句に対する鋭い批評が書かれている。漱石が俳句を始めたのは、**一八八九**（明治二二）年ころからで、ただ十七字を並べただけで、さっぱりものになっていない。「とぶ蛍柳の枝に一休み」「朝貌《あさがほ》に好かれそうなる竹垣根」というような駄句まで、全集に洗いざらい上げられては、漱石も嬉し悲しで苦笑しているだろうと、辛口批評で同情している。

**一八九五**年松山時代作句が増加し、**九六**年から**一九〇〇**年までの熊本時代は多数の句を作っているが、英国留学中は西洋の風土に合わないのか、ほとんど句はなく、**〇二**年一一月、子規の訃を倫敦で聞いて、漱石の作った「手向くべき線香もなくて暮の秋」の句を藤井は評価した。

藤井が漱石の俳句で評価したのは、**一九一〇**（明治四三）年秋修善寺大患後の「秋風やひゞの入りたる胃の袋」が「死ぬか生きるかといふ目に遭って鍛錬されたものと見えてほかの句に較べると一番優れてをるやうに感じられます。」という。身体が好くなってからの句「骨の上に春滴《したた》るや粥の味」はだんだん回春の勢いがついて来て、毎日すする粥が少しずつ枯れ骨の上に春の生気をもたらしかけるように感ずるというのである。

漱石の俳句は滑稽な句が多く、一茶の影響を受けており、「真夜中は淋しからうに御月様」「明月に今年も旅で逢ひ申す」「明月や拙者も無事で此通り」などは一茶の句「明月やまづはあなたも御安全」に学んだものと思われると言った。

「曼珠沙花あつけらかんと道の端」は一茶の「女郎花あつけらかんと立ちにけり」という句に影響を受けていると見た。

「蟋《こほろぎ》よ秋ぢや鳴かうが鳴くまいが」「亀なるが泳いできては背《せな》を曝《ほ》す」「寐て聞くやぺたり〳〵と餅の音」「竿になれ鉤《かぎ》になれ此処《ここ》へおろせ雁」「某《それがし》は案山子にて候《そろ》雀どの」は一茶の調子を学び、見付けどころも一茶らしいと言っている。

英文学者ではあるが、漢学や禅学の言葉を使った俳句はあるけれども、英文学の影響と思われる句はほとんど見当たらないという。ただ一つ、「菫程な小さき人に生れたし」は、西洋のフェアリー（妖精）のような香りがあると言っている。

「鳴子引くは只退屈で困る故」は傑作とか佳作というほどの句ではないが、漱石らしい話振り、口振りを聞くように感ずるという。漱石は「どういうことはない。ただ退屈だから。」というように、真面目なような、とぼけたようなことを言って、澄ましていた。真面目であって、一方にはユーモアのある人だったという。

漱石が非常に道義心の強い、道徳観念の高い人であり、豊富な学識を利用して小説を書いたために、いつまでも人の心の糧となって、人を薫化する力を持つのであって、漱石は教師を辞めて小説家になったけれども、やはり生涯人生の教師として終始した人であった、と藤井は漱石を評した。

〔**参考文献**〕『近代文学研究叢書』第五五巻「藤井乙男」昭和女子大学、一九八三年一二月一日。／藤井乙男「私の見た漱石とその俳句」『漱石山房』第十一号月報、創芸社。再録『現代のエスプリ』第二六号「夏目漱石」至文堂、一九六七年七月一日。／原武哲『喪章を着けた千円札の夏目漱石――伝記と考証――』「第三章　熊本時代漱石の「佐賀福岡尋常中学校参観報告書」」笠間書院、二〇〇三年一〇月二一日。

〔原武　哲〕

# ■鈴木　大拙
すずき・だいせつ

「松岡山東慶寺」。

一八七〇（明治三）年一〇月一八日～一九六六（昭和四一）年七月一二日。仏教学者。学士院会員。漱石が鎌倉円覚寺塔頭《たっちゅう》帰源院で釈＊宗演の会下に参禅した時、一緒に修行した先行者。『門』の「剽軽な羅漢の様な顔をしてゐる気楽さうな男（居士）」のモデル。

代々医師の家で、父の良準（実名は柔《したがふ》）も金沢藩醫學館役員、母は増。金沢市本多町三番丁七番で、四男一女の四男として生まれる。本名、貞太郎《さだたろう》。臨済宗の瑞光寺が檀那寺だった。七六年（六歳）に父が逝去。

本多町小学校を経て金沢の石川県専門学校附属初等中學科に入学。八七年、西田幾多郎とともに同校が改称した第四高等中学校予科三年に編入学する。今北洪川《こうせん》の下で参禅した数学教師の北条時敬が赴任し、禅への関心を触発されたが、同校本科一年の時に家計の都合で中途退学する。

▼八九（明治二二）年、石川県飯田小学校高等科英語教師となる。九〇年、母増が逝去。美川小学校に移り、富山県の國泰寺《こくたいじ》で参禅する。

▼九一年、上京して東京専門学校専科（現・早稲田大学）に入学。同年七月二七日に、早川千吉郎の紹介で鎌倉円覚寺の今北洪川に二〇歳で入門。洪川に初相見《しょしょうけん》の日、堂々たる体躯の洪川から「北国のものは根気がよい」と言われ、飾り気がなくいかにも誠実そのものの風貌を深く心に銘じたと大拙は振り返っている。円覚寺の「蒼龍窟会上居士禅子名刺」（蒼龍とは円覚寺管長洪川の窟号）には、参禅者名が記され大拙も記されている。「加賀国金沢市鱗町百拾二番地鈴木貞太郎」と終わりの方に記されている。

参禅の動機について、九九年七月三日付の釈宗演宛の手紙で、「『死』の一語は実に吾をして無量の感慨を生ぜしむ。予が嘗て母の死せるに際して受けたる主観上の一大痛撃、今に忘れられず、思ひ一たび此に到れば辣然たるを覚ゆ、敢て死を怖る丶とにあらず、死そのもの丶何でもなきは先頃の病気の時にて、ほゞ知り得ぬ。一死万事休すと云ふ、而かも吾心は決してこれにて休せず、その休せざる所以乃ち吾を駆りて哲学に入らしめ、宗教に入らしめたり。『死』の一語ほど人をして真面目ならしむるはなかるべし」と記している。青年期に発したこの煩悶をゆるがせにせず、生涯の著作を貫いて問い続ける。

▼半年を過ぎた九二年一月一六日に、洪川が円覚寺の隠寮で急逝する場に居合わせ、「忘れられない人」で、「この人からうけた精神的衝動は六十年後の今になお忘れられぬ」と記した。遷化の後、同年四月、宗演が円覚寺管長となり、漱石とは違って、引き続き門の内側で参禅を続け、也風流庵《やふうりゅうあん》大拙居士の居士号を授けられるに至った。

この居士号は小堀南嶺（一九一八～九二、大徳寺龍光院主、元日米第一禅協会主幹）によると、次の頌《しょう》に由来するという。「臨済禅師が師の黄檗に仏法の真意を三度問うて三度とも師から痛棒を喫した。これを臨済三屯の棒と云うが、白雲守端という宋代の偉い禅師が、このいきさつを頌《しょう》して言う――一拳に拳《けん》倒《とう》す黄鶴楼《こうかくろう》、一踢《いちとう》に踢翻《とうほん》す鸚鵡洲《おうむしゅう》、意気《いき》有る時意気を添え、風流ならざる処也《ま》た風流

—と」。也風流とは、霊性が現実の中に主客となり、明暗となり、悲しみとなり、よろこびとなり、人類の悲願となって、どこまでも限りなく続くという意味だとも解説している。また大拙の名は、洪川の更に師にあたる大拙の名をそのまま採って宗演が、愛弟子の鈴木に与えたもの。後に建造された鎌倉の松ヶ岡文庫には「大拙」居士号が額になって懸けられた。九月、帝国大学文科大学哲学科選科に入学。

　次に漱石との出会いについてだが、井上禅定（東慶寺の元住職）の解説がある。東慶寺所蔵の「宗演老師居士名簿」に、二七番目に大拙鈴木貞太郎、二三三番目に文学士夏目金之助の名があるという。漱石は「菅*虎雄氏紹介」となっている。二七歳の漱石が宗演の下で参禅したのは、**九四**年一二月二三日から**翌年**一月七日までであり、大拙の参禅（同寺の正傳庵に一二月八日から翌年三月二〇日頃まで）と重なっている。宗演は漱石の参禅について「禅の境地」で、「静かに自らの生物観を押し進めて行かられた（ママ）やうに覚えて居る」と語っている。

　このように一六日ほど参禅したにすぎない漱石と、先の煩悶をかかえてすでに長期にわたって修行していた大拙が円覚寺塔頭帰源院で同宿することになる。新参者の漱石に大拙はどのように見えたか。禅定は、「門」の次の描写は当時の大拙をモデルにしたものだと解説している。文中で釈宜道（釈*宗活、漱石より三歳下、漱石参禅時は得度したばかりの雲水だったので帰源院で留守を預かる看護—世話係）が、宗助（漱石）に居士（大拙）のことを話す場面。

「目下自分の所に、宗助の外に、まだ一人世話になつてゐる居士のある旨を告げた。此居士は山へ来てもう二年になるとかいふ話であつた。宗助はそれから二三日して、初めて此居士を見たが、彼は剽軽な羅漢の様な顔をしてゐる気楽さうな男であつた。細い大根を三四本ぶら下げて、今日は御馳走を買つて来たと云つて、それを宜道に煮てもらつて食つた。宜道も宗助も其相伴をした。此居士は顔が坊さんらしいので、時々僧堂の衆に交つて、村の御斎《おとき》抔《など》に出掛ける事があるとか云つて宜道が笑つてゐた。」（一八）

　次の場面でも大拙の描写をしている。

「午《ひる》には、宜道から話のあつた居士に会つた。此居士は茶碗を出して、宜道に飯を盛《よそ》つて貰ふとき、憚《はば》かり様とも何とも云はずに、たゞ合掌して礼を述べたり、相図《あいず》をしたりした。此位静かに物事を為《す》るのが法だとか云つた。口を利かず、音を立てないのは、考への邪魔になると云ふ精神からださうであつた。それ程真剣にやるべきものをと、宗助は昨夜からの自分が、何となく恥づかしく思はれた。

　食後三人は囲炉裏の傍《はた》で暫《しばら》く話した。其時居士は、自分が座禅をしながら、何時《いつ》か気が付かずにうと〳〵と眠つて仕舞つてゐて、はつと正気に帰る間際に、おや悟つたなと喜ぶことがあるが、さて愈《いよいよ》眼を開いて見ると、矢っ張り元の通《とほり》の自分なので失望する許《ばかり》だと云つて、宗助を笑はした。斯《か》う云ふ気楽な考《かんがへ》で、参禅してゐる人もあると思ふと、宗助も多少は寛ろいだ」（一八）

　この描写を見る限りでは、初発の表面的な印象にすぎない。宗助が居士から感じ取る人物像は表面的なもので、まだ俗世の感覚を引きずって参禅者を眺めているように設定してある。また、「真剣にやるべきもの」を感じ取る宗助の心理には、参禅の範例を探す視線を感じさせる。俗世の苦悩から免れたいとの中途半端な動機から参禅しているとも対照的に浮かび上がる。その反面で、居士の超脱した「気楽」さによって「寛ろいだ」宗助は、「罪や過失」にまみれた崖の下の家から離れた安らぎも見出している。しかし、自己の呪縛から解き放たれない現状に変わりはない。

一方の大拙は、漱石参禅の印象を一九六二年秋に回顧して「夏目さんは十日ばかり坐ったんではまだだめだったろう。しかし禅に興味はもっていたろう。元来禅心があった。それはたしかだ」（井上禅定「宗演と大拙・漱石」）と語っている。また、宗演がアメリカの雑誌に原稿を依頼され、大拙がその原稿の英語訳をし、漱石がそれを添削したと推測されているが明確でない。以後、接触の形跡はない。欧米文化との交流に果たした二人の事績を振り返ると、ロンドン留学から帰国した後、欧米に出掛けることはなく日本語の小説創作に没頭した漱石に対して、大拙は禅を中心にした著作を英語で書き、欧米で刊行していく。

▼九五（明治二八）年、帝国大学文科大学哲学科選科修了。九七年アメリカに渡り、釈宗演の推薦で、ポール・ケーラスが編集に関わっていたイリノイ州ラサルの「オープン・コート出版社」編集部員となる。一九〇〇年、『大乗起信論』の英訳を刊行。〇八年、ヨーロッパに赴き、ロンドンにおける国際スエデンボルグ大会に日本代表として出席する。

▼〇九年（三九歳）にスエズを経て帰国し、学習院講師を経て、一〇年、教授となる。東京帝国大学文科大学の講師にもなり、鎌倉の宗演の下へ参禅に通う。

▼一一年、アメリカ外交官の娘、ビアトリス・アールスキン・レーン Beatrice Erskine Lane と結婚。二人は英語で日常会話をし、仏教関係の著作を英語で執筆する際も、常々英語で思考して考案したと大拙は語っている。一九一九（大正八）年、師の釈宗演が遷化。

▼二一（大正一〇）年には京都の真宗大谷大学教授となる。二九年（昭和四年）、ビアトリス夫人と共に鎌倉に動物愛護慈悲園を開く。三九年、ビアトリス夫人永眠（六一歳）。

▼四六（昭和二一）年、友人レジナルド・H・ブライス R.H. Blyth の協力により、英文雑誌『カルチュラル・イースト』を松ヶ岡文庫より発刊する。

▼四九年、日本学士院会員となる。同年六月にハワイに渡って以来、ハワイ大学やアメリカ本土の大学で講義を続け、五二年六月に帰国。以後も海外講演を続ける。五五年、朝日新聞社朝日文化賞を受ける。

▼五六年九月一〇日付禅定宛の書簡で、大拙は「『門』はまだ読まぬから知らぬ」と記す。すると、自身が登場人物として取り上げられた事も含めて、世間に生きる煩悶を扱った漱石の小説に大拙は関心をもたなかったことになる。

▼五七年、メキシコ・クェルナヴァカでエーリッヒ・フロム Erich Fromm 主催の「禅と精神分析」会議に参加。禅的な自己省察と深層心理学とは通底すること、また相違点も浮き彫りにした。

▼五九年、ハワイ大学より名誉学位（法学博士）を受ける。

▼六四年、インドのアジア協会より、第一回タゴール生誕百年賞を受ける。

▼六六（昭和四一）年七月一二日、腸閉塞のため東京聖路加病院にて九五歳で急逝。戒名は「也風流庵大拙居士」。遺骨は三分されて、北鎌倉東慶寺の宗演の墓近く、金沢市野田山の鈴木家墓地、高野山奥の院墓地の三ヵ所に、それぞれビアトリス夫人の遺骨と共に眠る。

参禅以後、自己の呪縛を小説で追究した漱石に対して、大拙は世界に開かれた禅を内外に広め深化した。

〔**参考文献**〕『鈴木大拙の人と学問』「也風流庵自伝」春秋社、一九六一年。／『鈴木大拙全集第三〇巻』「私の履歴書」「年譜」岩波書店、一九七〇年。／鈴木大拙『今北洪川』春秋社、一九六三年。／井上禅定『鈴木大拙―人と思想―』「宗演と大拙・漱石」岩波書店、一九七一年一二月二〇日。／小堀南嶺『鈴木大拙とは誰か』「鈴木大拙先生を想う」岩波書店、二〇〇二年。

［坂本正博］

## ■坪内　逍遥

つぼうち・しょうよう

『明治文学全集』16「坪内逍遥集」、一九〇六年頃撮影。

**一八五九（安政六）年五月二二日～一九三五（昭和一〇）年二月二八日。小説家、評論家、劇作家、演劇改良家、国語教育、倫理教育家。漱石は帝大生のころ逍遥の推薦で東京専門学校（後の早稲田大学）に出講した。逍遥のハムレット劇に対しては批判的だった。**

美濃国加茂郡太田村（現・岐阜県美濃加茂市）の代官所役宅で、父・坪内兵右衛門信之、母・ミチの五男として生れた。本名勇蔵のち改め雄蔵。十人兄弟。父は一八六九（明治二）年に帰農し、名古屋郊外上笹島村（現・名古屋市）に住んだ。城下巾下の寺小屋に行く。七一年頃より貸本屋大惣で江戸文学に親しんだ。七二年私立白水学校で漢籍を、名古屋県英語学校で英語を学んだ。翌七三年県立成美学校、七四年官立愛知外国語学校（のち愛知英語学校）で学んだ。

▼一八七六（明治九）年八月、県の選抜生となって上京し兄信益と住み、開成学校普通科（七七年東京大学と改称）に入学し、九月東京大学予備門に編入された。一八七八年九月本科（文学部政治学科）に進み、八〇年には、『春風情話』壱篇を橘顕三名義で翻訳出版した。八一年頃から小説論の研究を始め、また自宅等で初学者に英語を教えた。一八八二年から政治的戯文を新聞に載せ始めた。一八八三年政治学及理財学科を卒業し、九月から生涯の友高田早苗の勧めで前年設立された東京専門学校の講師になった。この間寄宿生を預かり十数名になることもあった。この頃多くの文学論や翻訳、戯文などを発表した。

▼一八八五（明治一八）年六月『一読三歎当世書生気質』、また九月『小説神髄』を刊行開始した。鵜飼センと結婚（十月）。この時期から一八八九（明治二二）年一月に小説「細君」を発表するまでの四、五年間に、多くの小説や文学論それに翻訳を公表したが、一八八九年以降は小説創作からは離れた。一八八七年に読売新聞社客員。『新磨妹と背かゞみ』『内地雑居未来之夢』『諷誡京わらんべ』（八六年）、

『此処やかしこ』（八七年）、『松のうち』「外務大臣」『贋貨つかひ』（八八年）などがこの時期の主な小説である。一八九一（明治二四）年からの森鷗外*との間でなされた没理想論争は、明治期最大の文学論争で約十カ月に及んだ。

▼一八九四（明治二七）年頃からその関心は演劇改良に向かい、演劇改良意見の発表とともに、自らも劇作を始め、「桐一葉」を発表した（『早稲田文学』一一月から連載）。これ以後は自ら主宰する『早稲田文学』（一八九一年創刊）に拠って、劇改良論、劇作、倫理教育論、講義録などを発表し続けた。このような活動はその死まで弛むことなく続けられた。

主な活動は次のようなものである。

▼一八九七（明治三〇）年以降高山樗牛*との歴史劇論争、一八九九（明治三二）年文学博士の学位授与、一九〇〇年尋常小学校用と高等小学校用の『国語読本』刊行。一九〇四年『新曲浦島』『新楽劇論』、〇五年『新曲赫映《かぐや》姫《ひめ》』、また演劇研究所である「文芸協会*」を設立した。〇六年には前年帰国の島村抱月を中心に据え、第二次の『早稲田文学』創刊。〇七年文芸協会第二回公演では逍遙訳の「ハムレット」を上演した。〇九年内*田魯庵との共編で『二葉亭四迷*』（易風社）を刊行し、その印税を四迷の遺族の生活援助に充てた。

▼一九一二（明治四五）年三月、政府の文芸委員会は逍遙を文芸功労者に選び、功労金二千二百円とメダルとを授けたが、このうちの千円を文芸協会に、残りを四迷、美妙、国木田独歩*の遺族に分かち与えた。この処置は、夏目漱石が「文芸委員は何をするか」（一九一一年五月）でなした、政府は貧窮文士を援助すべきだという提案が影響したかもしれない。この年島村抱月と松井須磨子の恋愛問題に苦慮。翌年協会は解散し、抱月は芸術座を創立した。

劇作の筆は衰えず、『沓手鳥《ほととぎす》孤城落月』（一六年）、『役の行者』（一七年）、『名残の星月夜』『義時の最期』（一八年）などを刊行し、また上演した。島村抱月病死（一八年）。一九二六（大正一五）年「役の行者」初演、役の行者の劇化は晩年の最大の関心事であった。『逍遙選集』の印税を演劇博物館設立資金に充てることを決定（一九二八年完成）。一九三三年『柿の蔕《へた》』、『新修シェークスピヤ全集』刊行開始。一九三五年二月二八日没。七五歳。

逍遙は小説創作の世界から**一八八九**（明治二二）年の冒頭には離れているので、この頃まだ学生であった漱石とのいわゆる文壇的な交渉はない。漱石が逍遙について発言し始めるのは、その演劇についてである。一方逍遙は、漱石が小説家として活動し始めた**一九〇五**年頃には、その関心は演劇改良に移っていたので、漱石の小説にはほとんど関心を示していない。

▼**一八九二**（明治二五）年九月二六日に、漱石は正岡子規*とともに逍遙の大久保余丁町の自宅を訪ねているが、これは逍遙が子規に会いたかったからで、子規は『早稲田文学』の「俳句欄」を担当することになった。「夕月に萩ある門を叩きけり」（子規）。

この年漱石はおそらく逍遙の推薦で、東京専門学校の講師になった。そのうちに学生の評判が好くないという噂を聞き、逍遙に「辞職願」を出そうとしたが、思いとどまったりもしている（「子規宛書簡」一二月中旬）。その後熊本に移り、第五高等学校から逍遙に出した、高浜清*（虚子）の紹介状（**一八九六**年五月三日）では、「専門学校以来の御交誼」に礼を述べている。その後しばらくの間は両者の接触はない。漱石が逍遙に関心を示すのは逍遙の『新曲浦島』（**一九〇四**年）が出された頃からである。

『新曲浦島』については、野間真綱*に、「ある部分はうまいある部分はまづい残る部分はうまくもまづくもない」（一二月二一日付漱石書簡）という感想を書いている。この戯曲は逍遙自身がその「序」で、「国劇刷新意見の大要を一箇の実例」に試みたもので、「今の劇場又は楽壇」で上演するには無理があると言っているもので、漱石が批評の対象とするには一考を要するものであった。しかし漱石は「批評家の立場」（『新潮』一九〇五年五月）でもとり挙げている。ただこの文章は批評家はかくあるべしという趣旨で書かれたのであって、逍遙作品の批評というものではない。それは、斎藤信策が『帝国文学』で『新曲浦島』を批評しているように、西洋に手本を置いて「楽劇」のあるべき「標準」を初めに設定して批評すると、「作者に不利益で、作者を誘掖することが少い」し、「脚本は性格を写さなければならぬもの」という基準では、「坪内博士の主義」とは食い違ってくるだろう、というものである。「漱石一夕話」という談話では（『新潮』一九〇七年二月）、演劇は共同作業であるので、小説の創作のような自由な単独の作業とは異なる苦労がある。その意味で座付きの脚本家（「芝居の立作者」）は、うまくいかない点が多く、「脚本家が自分の脚本を思ふやうにやらせるには、坪内さんのやうに芝居の外に立つことがよさそうだ。渦中に這入つてはなか〳〵むづかしかろ。」と、演劇脚本に対する深い理解を示している。

逍遙の文芸協会の演劇上演は当時の話題であったらしく、病気で帰郷していた鈴木*三重吉が故郷で芝居をやるというのに、漱石は「東京でも坪内さんの門下生がやりますよ。」（一九〇六年二月一一日付書簡）と知らせている。また、『三四郎』の中で三四郎が「演芸会」に「ハムレット」を観に行く場面があるが、これは文芸協会の第二回公演（一九〇七年一一月）が素材になっている。その時の三四郎の「文章も立派である。それでゐて、気が乗らない。三四郎はハムレツトがもう少し日本人じみた事を云つて呉れゝば好いと思つた」（十二の一）という感想は、のちの漱石の「坪内博士と『ハムレツト』」の趣旨と一致していて興味深い。

▼この頃一九〇七（明治四〇）年七月頃、逍遙から早稲田大学（一九〇二年改称）への転職を誘われたが断った。漱石は、逍遙のシェークスピア翻訳や演劇改良に対しては、多くの点でその業績を認めながらも、微妙な点では異なる意見を表明し始める。それが明確に現れたのは、「専門的傾向」（『国民新聞』一九〇八年一〇月七日）という談話である。逍遙が「今の小説が専門的《スペシアル》に傾くのはよくない」と発言した「偏狭なる文学」（一〇月三日）に対して、漱石は「小説も読者も段々スペシアライズして行く」のが自然の趨勢だと反論したもので、逍遙の発言は若い人に、幅広く勉強しなさいというほどの意味で指導を行なったもので、採りたてて言うほどのことでもない。しかし漱石はなぜか神経質になっていて、この談話掲載には筆記に誤りがあるとして、『国民新聞』に訂正記事まで要求している。それは逍遙という先輩に礼を失すまいという配慮とともに、自分の意見は主張しようとする態度の現れであるとしても、やや向きになってしまった感じはする。逍遙の態度は大人の態度である。

▼漱石は、一九〇九（明治四二）年五月には、逍遙と内田魯庵の、二葉亭四迷の追悼文集への寄稿の依頼も、『東京朝日新聞』の同僚ではあったが四迷のことはよく知らないからと断っている。結果的には、朝日主筆の池辺*三山に勧められて「長谷川君と余」（六月二日）という短文を寄せることに

なった。

漱石が逍遙に対して明確な批評的態度をとるのは、『ハムレット』の上演に就いてである。一九一一（明治四四）年五月二一日の「日記」には、「晩に帝国劇場へ（文芸協会の案内で）ハムレツト劇を見に行く。」と書き始めて、続けて、上演が失敗だったので、あれだけの労力をかけた「坪内さんは気の毒だ。——坪内さんが人を誤まつたやうな気がする。」とし、「坪内さんがあんなに沙翁にはまり込まないうちに、注意して翻へさせるとよかつた。」とまで書き記した。漱石は途中で帰って来たようだが、あるいは最後まで見るに堪えなかったのかもしれない。ただ「日記」だけでは漱石の評価にも分からないところが多い。それが、「逍遥博士と『ハムレツト』」（『東京朝日新聞』六月五日・六日）では明確に批判されている。

やや長文のこの批評で漱石はまず、「ハムレツト」は三百年も前にしかも英国で書かれたものではあるが、英国人にしろ日本人にしろそれが理解できるのは「年来修養の結果」つまり教育の結果であって、そのまま現在の日常の次元では理解できるものではないので、その「研究」も「批評的・批判的」になるべきであるという。しかし今回の上演者はこの「英国」という「間隔」を理解していなかったのではないか。脚本のとおりに演じれば、現在の日本に受け容れられると考えたのではないか。逍遙に対しては「博士が沙翁に対して余りに忠実ならんと試みられたがため、遂に我等観客に対して不忠実になられたのを深く遺憾に思ふ」といい、「公演を遂行するために、不忠実なる沙翁の翻案者」になってほしかったと批判する。前述の『三四郎』の中での三四郎の感想も、「翻訳者」ではなく「翻案者」であってほしかったという意味である。

これに続けて漱石のシェークスピア論が展開される。それによると、「沙翁は詩人」であり、その世界は「一種独特の詩国」であり、「不自然で突飛な、我々とは尤も人間的交渉の少ない思想が、即ち沙翁の詩想なので、平凡と常套を脱した普通以上の別世界に行はるべき巧みなる表現」だという事実に気づかなければならない。今回の上演は、シェークスピアを「写実の泰斗」のように把握して、日常の次元で演じ、「常識以上の調子で観客を釣り込む魔力と覚悟」とを供えてはいなかった。それだけではなく、「既に音律の整つた原詩」を「声調の上に於てすら再演する事が出来なかつたため」に、「折角の美くしいものを台無しに」してしまったと酷評した。

この批評は、両者の芸術観や演劇観の相違といってしまえばそれまでだが、逍遙は我が国の伝統的な演劇を改良して、西洋の歌劇・オペラに近い形の「楽劇」を構想し、実践する。その演劇世界には、写実的なものもあるが、多くは一種の夢幻劇である。伝統的な素材を再解釈し、俳優のしぐさや発声法を伝統を生かしながらもどのように刷新するか、また、伝統的な歌舞音曲を新しい演劇にいかにしてとり込むかなどの新しい実験的な試みを続けた。やはり芸術としての、新しい改良された演劇の完成を目指した。その結果をいえば、漱石が演劇には共同作業の難しさがあると懸念したとおり、逍遙の試みは、演じる俳優や音響や舞台装置などの面からその限界が見えていき、成功しなかったといわざるをえない。

▼逍遙は一九一六（大正五）年一二月一〇日の『東京朝日新聞』に、漱石への追悼として「まだ若いのに　日本文壇の損失」という談話記事を載せたが、これが漱石に対して言及した最後である。そこで逍遙は、徳

川期の「劇と小説との混合」の傾向から、逍遥の務めたその両者を分離する点において、かえって「夏目氏の文壇に於る功績は偉大なものであつた」と語っている。しかしこの談話は、逍遥自身「十年来一切の小説を手にしないので」と断っているように、追悼談話として当を得たものとは言いがたいものであった。

〔**参考文献**〕逍遥協会編『坪内逍遥事典』平凡社、一九八六年。／石田忠彦『坪内逍遥研究』九州大学出版会、一九八八年。／梅澤宣夫『早稲田田圃の学舎で』早稲田大学出版部、二〇〇六年。

［石田忠彦］

## ■藤野　古白

ふじの・こはく

『明治文学全集』86「明治近代劇集」一九六九年刊。

**一八七一**（明治四）**年八月八日～一八九五**（明治二八）**年四月一二日。**

**俳人。*子規の従弟でピストル自殺した後、漱石がなつかしさを俳句に詠んだ。**

本名潔《きよし》。通称久万夫。伊予国（愛媛県）浮《うけ》穴《な》郡久《く》万《ま》町生まれ。父は藤野漸、母は十重。藤野氏は代々松山藩士。母十重は大原氏、正岡子規の叔母（母八重の妹）。子規は四歳年長の従兄。生後一月足らずで松山に移る。一八七七（明治一〇）年、一家は高松に転居。一八七八（明治一一）年、母死去。この後、漸は、古白の妹、琴の養育のこともあり、京都の士族栗生家から後妻に一四歳年下のいそを迎える（服部嘉香）。松山に転居。この頃、家の庭の花園で悪戯する姿を子規は覚えている。生まれつき神経過敏で、ほとんど外に出ず、家の中で親しい友だちと遊んだ。子規は内気なので、広い庭で傍若無人に振る舞う古白を「剛毅の人」と思って畏敬した。彼が子規の家で、箱庭に植えた梅の苗木を悉く引き抜いたので殴ると、母は子規を叱責した。子規は古白の破壊的な性分と相容れなかったため、距離を置くようになった。

　子規はこういう古白の行状を、後年、漱石に語ったことはなかっただろうか。「坊っちゃん」の冒頭、「おれ」が「人参畠をあらした」り、「田圃の井戸を埋めて」水掛けできなくして怒鳴り込まれたり、という類の悪戯に、同質のものがある。そうなると「おれ」を単なる漱石の自画像の投影と見るわけにいかなくなる。子規が「藤野潔の伝」で「古白の上はわが上」と述懐したように、漱石は古白に己の影を見ることがあったかもしれない。「坊っちゃん」は「東京」と「四国辺」との物語なのだから。漱石の水彩画に、海を見下ろす丘の上の墓を描いた「わが墓」がある。その墓石にKの文字が見える。小日向の養源寺に眠るのは誰か、という問いに単身像は想定しにくく、千駄木の「養源寺」に墓がある*米山保三郎を、その一人に想定したことがあるが、この古白も捨てがたい。後述するように、古白と叔母との禁忌の愛を指摘する証言がある。「おれ」は、血縁が親和や慰撫の保障たりえず、孤立する精神を普遍化した像でもあるのではないか。

▼一八八〇（明治一三）年、一家は東京に転居。一八八三（明治一六）年、赤坂丹後町の須田塾に入る。他の塾生と争いが絶えず、教師はしばしば古白を叱責し、子規にも注意するよう命じた。子規は塾を離れて神田の藤野家に身を寄せる。その後、古白は小石川の同人社少年塾に入る。そこで学生をナイフで傷つけて、塾の監督から帰宅を命じられた。「坊っちゃん」には友だちにナイフを見せて、自分の指を切ってみろと唆されて、傷痕が消えないほど親指の甲を切ってしまうくだりがある。子規は彼の身柄を引き取りに同人社へ足を運ぶ。子規はこの悪戯を悪意でなく無邪気さで、偏狭な性分から他人に親しめず、他人を恐れて喧嘩に及び、口喧嘩でなく腕力に訴えても、腕力は弱く、他人を威圧できない。激情ばかり外に放射される。負けず嫌いなので腕力で及ばないと察知した途端正当防衛として、刃物に訴えることもあるのだろう、と分析する。この判断は古白の死後、子規が熟考した結果で、その当時、このように子規がわかっていたか疑わしい。まして他人の目には古白は不可解な人物（あるいは危険人物）に映っただろう。悪戯の時代が過ぎて、鬱状態の時代に移る間の出来事だった。

▼一八八五、六（明治一八、九）年頃、小説「愉々快々済民奇談」を書いたが、野蛮国の王となる願望を変形した空想だった。南洋旅行を企てて、実行に移せず沈鬱の度を深めた。一八八七（明治二〇）年、夏季休暇中、松山で過ごす。一八八八（明治二一）年、子規は古白に目的を立てて実行に移せ、今一生の計をなさなければ老いて後悔すると説いた。子規は叱るでもなく命ずるでもなく、愉快に話していただけなのに、古白は涙をぽたぽたこぼした。なぜ泣かれるのか見当がつかず、古白がその後も胸中を語らなかったので、死に至るまで誰にも理解できなかった。自殺に至る原因がこの頃萌していたようにも思われる。

　夏季休暇中、向島で過ごす。富士登山を体験する。その後、しばらく横浜で暮す。この頃、商業に志した。一八八九（明治二二）年、夏、子規は帰省した後、上京して古白を麻布に訪ねた。その時、古白の義母が彼の病状を伝えた。そこで病床に近づくと「大哲学者来れり」と叫ぶ。自分を大美術家だと言う。止めどなく喋る。その後、向島の百花園に行った時、通りがかりの人を片っ端から批評する。古白が子規の宿に来た時、鶏が縁に上り畳に上ろうとするのを見て、「鶏も哲学を好むか」と言う。それから数日は空想幻影を追うかのように煩悶しつづけた。秋の初め、神経を病んで巣鴨病院に入院。沈黙状態に入って一語も発しなくなる。病がやや癒えたため、一二月、松山に転地療養する。一八九〇（明治二三）年、古白の号を用いる。その後、湖泊堂、壺伯などの別号も用いた。

▼一八九一（明治二四）年四月、上京。精神は沈静化し、落ち着きを取り戻す。子規はこの頃の古白を次のように評している。「古白の神経質は極めて不規則なる発達を促して、彼は或る一点に老成し他の一点には全く幼稚なるが如きこと少からず、論理的の思考は終始発達せず、文学的の思想は蚤《はや》くより発達せり。彼は天然に文学思想を抱いて生れ出でたる者、其商業に志したるが如きは一時の事情に因て生じたる変態に過ぎずして終に文学に返れり。」古白の文学は俳句和歌からはじまり、俳句はやや上

達したが、和歌はものにならなかった。秋、数十句を作る。子規によれば、「趣向も句法も新しく且つ趣味の深きこと当時に在りては破天荒ともいふべく余等儕輩《せいはい》を驚かせり。」この頃の俳句として子規は次の三句を紹介している。「今朝見れば淋しかりし夜の間の一葉かな／芭蕉破れて先住の発句秋の風／秋海棠朽木の露に咲きにけり」子規はこれを評して「此等の句はたしかに明治俳句界の啓明と目すべき者なり。年少の古白に凌駕せられたる余等はこゝに始めて夢の醒めたるが如く漸く俳句の精神を窺ふを得たりき。俳句界是より進歩し初めたり。」（「藤野潔の伝」）という。

▼一八九二（明治二五）年、東京専門学校に入学し、文学を学ぶ。教師に*坪内逍遥、同級生に*島村抱月がいた。大文学者たらんとし、しかもその期待がすぐ適うように思っていた。南豊島郡戸塚村高田馬場の跡に暮す。一二月、一家は松山に帰郷。一人留まる。一八九三（明治二六）年、夏季休暇中、松山に帰郷。上京の途中、尾張国知多郡洞雲院を訪ね、僧に依頼して髪を剃る。如意棒を持って上京。一八九四（明治二七）年、春、小説「椿説舟底枕」を執筆。子規の「藤野潔の伝」はこの時期の古白を次のように述懐している。九二、九三（明治二五、二六）年、古白の俳句は徐々に進歩して、九四年に月並俳句の些細な穿《うが》ちを愛好して、価値を失った。子規はここに彼の性情の反映を見る。「発達の不規則」の評がそれを端的に語る。古白の過去を回想して、次のように整理する。古白は幼い頃から挙動が乱暴で落ち着きがなかった。本は口先で読み、字が下手で、文章も殴り書きだった。ところが、文学を志すや古書を読むと一字一句をゆるがせにせず、習字に熱中して「蠅頭《ようとう》」のような小さな文字を巧みに書き、わずかなミスも見逃さず推敲する。小説の冒頭の一行を二〇度書き直したほどだ。細部に拘るようになって全体を見る注意力が乏しくなった。子規はここまでその「不規則」を語った後、「とは言へ古白の前途は実に望を属すべき者ありたり。」の一句に収束する。古白は後一年で命尽きるのに、子規は彼の行状を帰納的でなく演繹的に書こうとする。卒業論文「審美論」の構想に難渋し、夏季休暇より少し前に松山に帰郷して構想を練る。論文は完成しなかった。五幕一三場の戯曲「築島由来」を脱稿。子規はその執筆状況を、「一句綴りては気に入らずとて書き直し、一枚書きては又気に入らずとて引き破り、推敲又推敲、稿を改むること三度にして遂に完成す。」と伝える。一一月、周防国大野に無得を訪ねる。

▼一八九五（明治二八）年、「人柱築島由来」を『早稲田文学』（一月〜三月）に連載。同時掲載中の逍遥の「桐一葉」に話題が集中し、反響なく失望を深めた。二月二一日、戯曲「戦争」を五時間で脱稿。「病中」「友と探題して咄嗟作せるもの」。日清戦争に材を採り、功名なきわが子を憤って自害を遺書に認めた父と、功名をとり損ねて自決する子と、その日本兵の攻撃で重傷を負い自殺しようとしたが、父を思う子の思いに打たれて、その敵に瀕死のわが身を差し出す清の総督と、三者三様の自死のあり方を書いた劇。三月三日、古白は日清戦争に従軍する子規のために、宿を訪れて荷造りを手伝う。古白は快活だった。四日、広島へ赴く子規を新橋駅で送る。三月一〇日、遺書二通を書く。「生存にインテレストを抱かずなりたるなり」とある。四月七日、帝国大学第一医院に入院。同月一二日、ピストル自殺を遂げる。遺骸は松山正安寺の母の墓の側に葬る。

『古白遺稿』（一八九七年五月）を刊行した子規は、自殺の原因を次の四つにまとめている。第一は文学上の失望、第二は生計を立てられなかったこと、第三は家族への配慮、第四は熱情を外に発することができなかったため。熱情の最も著しいのは愛で、これには多少の秘密もあるが、道徳的悪意は含まない。

　この第四がわかりにくい。それを服部嘉香が突き止めて公表しているが、当初彼は、「古白氏自殺のよし当地に風聞を聞き驚入候　随分事情のある事と存候へども惜しき極に候」（一八九五年五月二六日付子規宛書簡）程度に理解していた。その後、次のように古白の自殺の原因を語っている。

　古白の父、漸の後妻いその妹、即ち古白の叔母のすみが彼の恋人で、藤野家の縁で、栗生家に出入りするうち、すみに惹かれた。ところが彼女は虚子の初恋の相手だった。姪の藤野（村尾）せつによれば、すみは古白の方が好きだったので、虚子に嫌味を言われた、と話していたという（服部嘉香「古白の自殺の原因」『正岡子規　夏目漱石　柳原極堂　生誕百年祭記録』一九六八年二月）。服部は、叔母と甥のどうにもならぬ関係が古白を自殺に追い込んだと見ている。

　子規は「藤野潔の伝」の末尾に次のように書いている。文学に志した後の古白は子規をライヴァル視して、子規が古白の俳句小説を批判すると失望し、恨んだ。日清戦争へ従軍したことさえ嫉妬の種だったろう。文学において子規たちには劣らないと誇りながら、生存競争に敗れたことが、古白の大いなる恨みとなった。古白は、「願はくは我の死後に拙劣なるわか文章筆蹟などを棄却し給へ」と遺書に書いた。草稿を読めば和歌俳句小説いずれも欠点が多く残すに足らない。完全なのは十数首の俳句だけで、贔屓目に見ても文学者として後世に伝えるほどのものではない。しかし、同学の人に促されたのでこの遺稿を出版する。子規は後に古白を悼んで「春や昔古白と云へる男あり」と詠んだ。

▼漱石は古白の死後、次のような句を詠んだ。「弔古白／御死にたか今少ししたら蓮の花」（**一八九五**年）。同時作に、前年肺病死した漢詩人、中野逍遥を悼む「百年目にも参らうず程蓮の飯」がある。その翌年にも次の三句がある。「思ひ出すは古白と申す春の人」（「湖白堂一週忌追悼句」『海南新聞』**一八九六**年四月九日）、「古白一週忌／君帰らず何処の花を見にいたか」（同前）、「憶古白／古白とは秋につけたる名なるべし（「子規へ送りたる句稿十八」**一八九六**年一〇月）。さらにその翌年、次の一句を詠んだ。「梓彫る春雨多し湖泊堂」（「子規へ送りたる句稿二十三」**一八九七**年二月）。

　なお、『古白遺稿』出版の基金募集に応じた、次の書簡がある。「湖泊堂遺稿出版の為め応分の合力可致御約束致候につき不取敢軽少ながら金弐円郵便為替にて御送付申上候間　御受納被下候ば本懐の至に御座候」（**一八九七**年三月二三日付子規宛書簡）。

　『吾輩ハ猫デアル』中編自序（大倉書店、一九〇六年一一月）には次の子規の書簡が引用されている。「実ハ僕ハ生キテヰルノガ苦シイノダ。僕ノ日記ニハ「古白曰来」ノ四字ガ特書シテアル処ガアル。／書キタイ事ハ多イガ苦シイカラ許シテクレ玉へ。／明治卅四年十一月六日燈火ニ書ス」。

　「僕の昔」（『趣味』**一九〇七**年二月）にはこう書いた。「あの早稲田の学生であつた、子規や僕等の俳友の藤野古白は姿見橋―太田道灌の山吹の里の近所の―辺の素人屋に居た、僕の馬場下の家とは近いものだから折々やつてきて熱烈な議論をやつた、あの男は君も知つてるだらう精神錯乱で自殺して仕舞つたよ」。

▼内田魯庵*は、「私の知つてる内で、真実に世を厭つて死んだのは、恐らく藤野古白

一人位なものだ、古白は自殺論を書いて死んだのだ、大西博士が『自殺論を読んでマサカ論旨のやうに真実に自殺しやうとは思はなかつた、死ぬやうなのなら生前にあの自殺論を弁駁してやつたのに、惜しいことをした』と語つてゐた。此古白などが、真実厭世で死んだのだ、」（「自殺に就いて」『趣味』一九〇八年一一月）と語った。前年に北村透谷、中野逍遥、古白の後に中西梅花と、青年の自殺が相次ぐことと併せて、古白の自殺の原因も、恋愛に特定しがたい同時代の空気が密接にかかわっていると見るべきだろう。

〔**参考文献**〕久保田正文『正岡子規と藤野古白』永田書房、一九八六年八月。／一條孝夫『藤野古白と子規派・早稲田派』和泉書院、二〇〇〇年三月。

［石井和夫］

## ■土井晩翠

どい・ばんすい

「名曲『荒城の月』の作詞土井晩翠の忌日」。

**一八七一**（明治四）**年一〇月二三日〜一九五二**（昭和二七）**年一〇月一九日。詩人・英文学者。日本芸術院会員。英文学研究の先達として漱石に兄事した。**

家は代々、七郎兵衛を名のる旧家で質商を営み、奥州仙台北鍛冶町九〇二番屋敷（現・仙台市北鍛冶町一七番地）に八人兄弟の長男として生まれた。本名、林吉《りんきち》。父・林七は、仙台市内の名家庄司家の七男で、土井家に婿養子として入り、妻・あいと婚姻。挙芳と号して俳句・短歌を作る読書人。幼い頃から『八犬伝』『太閤記』『三国志』などを語って聞かせる。『日本外史』や四書の素読も授けられた。外祖父の庄司惣七（号は甘柿舎）からも薫陶をうける。

▼七八年、培根小学校（現・木町通小学校）に入学。八〇年、一家が大町三丁目に転居。立町小学校に転校。漢学の素養のある佐藤時彦から『十八史略』『元明清史略』等を学び多大な影響を受ける。八四年、高等小学校卒業後も、英語の独学を続け、新聞『自由之燈』に連載されたヴィクトル・ユーゴー Victor Marie Yugo の評伝に感銘する。▼八七年、齋藤秀三郎の仙台英学塾で学ぶ。八八年、第二高等中学校の補充科二年に入学。九三年、「晩翠」の号を使い始める。この頃、漱石の「英国詩人の天地山川に対する観念」（『哲学雑誌』、同年）を読み驚嘆する。▼**九四**年、第二高等中学校卒業。二二歳で帝国大学文科大学英文学科に入学。この頃、漱石の下宿を訪問し、部屋一面の洋書に驚く。九六年、『帝国文学』の編集委員となる。同誌に詩を発表していく。九七年、大学を卒業し大学院に籍をおく。九八年、翻訳書カーライル Carlyle, Thomas『英雄論』（春陽堂）刊。▼九九年、第一詩集『天地有情』（博文館）刊。この詩集と島崎藤村*の『若菜集』（春陽堂、一八九七年）とで新体詩の機運が一気に高まった。藤晩時代と称された。一二月

に、東京音楽学校在学中の高知の人、林八枝と結婚。

▼**一九〇〇**（明治三三）年一月、母校第二高等学校教授となり仙台に帰る。二八歳。八月、漱石の英国留学送別会（学士会館）に出席する。

▼**〇一**年三月、晩翠作詞、滝廉太郎作曲「荒城の月」を収録した『中学唱歌』（東京音楽学校編）を刊。六月、官を辞してヨーロッパへの私費旅行に出発。イギリス、フランス、イタリア、ドイツ等を周遊する。その間に、ホメーロス Homeros に関する文献を収集する。八月一五日に、ロンドンに到着。ヴィクトリア停車場で漱石が出迎えその下宿に行く。晩翠は、鏡子*からの手紙や下着などを持参し渡す。一〇月一三日、漱石とともに南ケンジントン美術館に行く。

▼**〇二**年九月九日に漱石の下宿を再訪すると、「猛烈の神経衰弱」を目撃し、一〇日程滞在する。〇四年一一月、帰国。

▼**〇五**年二月に漱石から自筆水彩画の自画像（二月二日付葉書）を送られる。この葉書には「君は僕の気焔に驚くと云ふが僕は君の健筆に驚ろいて居る。此頃の文芸の雑誌に君の詩が載つて居ない事はない。」と記されている。第二高等学校教授に復職。当初は独語教師だったが、後、英語教師に転任する。第二高等学校校歌を作詞する。〇九年、カーライル『鬼臭先生・衣装哲学』（大日本図書）刊。

▼一九二四（大正一三）年、バイロン百年祭を記念して翻訳書『チャイルド・ハロウドの巡礼』（二松堂書店・金港堂書店）刊。

▼一九三四（昭和九）年、第二高等学校教授を退官。「つちい」の姓を「どい」と誤られるので、今後は「どい」と改めることを宣言する。三五年、新潮文庫『土井晩翠集』刊。四〇年、ギリシャ語原典からの直接訳ホメーロス『イーリアス』（冨山房）刊。四三年、翻訳書ホメーロス『オヂュッセーア』（冨山房）刊。

▼四五年七月一〇日未明、仙台市空襲により住宅と土蔵を焼失。三万の蔵書、家財道具一切を失う。四七年、会津若松鶴ヶ城跡に「荒城の月」詩碑が完成。日本芸術院会員となる。四八年、八枝夫人永眠、天涯孤独の身となる。

▼四九年、仙台市名誉市民になる。市長を会長とする後援会（晩翠会）から旧居跡に建てられた晩翠草堂を贈られる。

▼五二年、仙台青葉城址に「荒城の月」詩碑が完成。一〇月一九日永眠。八〇歳。二四日、市公会堂で市葬を行う。土井家の菩提寺、新寺小路大林寺に葬る。戒名は詩寶院殿希翁晩翠清居士。

▼晩翠は二〇代で漱石の学識に驚嘆し兄事したが、その西欧文学の紹介と作詩は独自の業績である。

〔**参考文献**〕土井晩翠「漱石さんのロンドンにおけるエピソード─夏目夫人にまゐらす─」『雨の降る日は天気が悪い』大雄閣、一九三四年九月。／『明治文学全集』第五八巻「土井晩翠」筑摩書房、一九六七年四月一五日。／『近代文学研究叢書』第七二巻「土井晩翠」昭和女子大学、一九九七年四月一〇日。

〔坂本正博〕

# 第三期●松山時代

一八九五（明治二八）年四月〜一八九六（明治二九）年三月

# ■中根 重一

なかね・しげかず

*松岡譲『漱石写真帖』一九二九年刊。

**一八五一**（嘉永四）**年一〇月二五日～一九〇六**（明治三九）**年九月一六日。医師。貴族院書記官長。行政裁判所評定官。内務省地方局長。漱石の岳父**（妻鏡子の実父）**。『道草』の御住の父のモデル。**

備後福山藩士中根忠治の長男として江戸藩邸に生まれる。貢進生に選ばれ、一八七一（明治四）年上京、下谷の大学東校（後の東京帝国大学医学部）に入学。主にドイツ語を勉強して卒業の一年前に退学した。七五年三月、東京書籍館（後の帝国図書館）並びに博物館雇となる。

▼七七年六月、新潟医学所にドイツ語通訳兼助教として赴任した。オランダ人医師フォックの教場通訳官として勤める傍ら、ドイツ語・ラテン語教師として学生指導に当った。同年七月二一日、重一の長女鏡子*（戸籍名キヨ）が郷里広島県深津郡福山町西町に生まれ、父重一の許に母子で行く。中根重一は七九年四月、蘭人保阿偪（フォック）講述の『眼科提要』（松風堂）を竹山屯と共に訳記し、三国政吉『眼の記念日』によれば、長く東京帝国大学医科大学の教科書として使われた由である。八〇年六月、『虎《コ》列《レ》剌《ラ》病論』を単独で訳述した。八一年七月新潟県を辞職し、上京、医師を捨てて、官吏の道を進む。

▼一八八二（明治一五）年三月、太政官御用掛となり、八五年八月外務省御用掛、八六年三月外務省翻訳官、八七年五月法制局参事官を兼務、八九年一〇月臨時帝国議会事務局書記官、九〇年五月法制局書記官、九〇年六月法制局参事官兼法制局書記官、九四年二月貴族院書記官長と、順調に官僚の出世街道を歩んでいた。「昔の恩給法其他この人の手になつたものが相当あつた」（松岡譲『漱石　人とその文学』）という。

そのころ、中根家は牛込区矢来町に私宅があり、重一の父忠治が楽隠居していた。父の碁敵小宮山が漱石の三兄直矩と牛込郵便局の同僚であり、小宮山が父の部屋から孫娘鏡子の姿を見て、直矩に話し、漱石の話も出た。結婚話は小宮山夫人から簗田《やなだ》（父の実家）の伯母へ、それから重一・カツ夫妻に伝えられる。重一は調査すると、漱石の評判がいいので、見合いの前に写真の交換をすることになる。漱石の写真は九四年三月、鏡子の写真は九五年一二月丸木利陽撮影のものだった。

▼**一八九五**（明治二八）年一二月二八日、フロックコートを着た愛媛県尋常中学校雇教員夏目金之助（漱石）が、麹町区内幸町の貴族院書記官長官舎に一人で見合いに来た。明けて三日、中根家で新年会があり、漱石も招かれ、歌留多取りなど興じたが、漱石は下手でみんなに笑われていた。重一は殊の外満足で、ああいうふうに不器用な方が学者としては望ましいと、褒め、なるべく東京で職を得て、帰京して結婚するように望んだ。重一は直接会って人物が気に入り、将来必ず偉くなると言って、嘱望していた。人間が堅く、派手でないので、暮しも役人よりは危な気がないと、官吏全盛の世の権謀術数の汚濁を見て来た重一には、漱石の清廉さは新鮮に感じられたのであろう。重一は東京に適当な就職口を探したが、なかなかなく、菅*虎雄の周旋で熊本の

第五高等学校に転任することになった。漱石から、知らない遠い土地に来るのが、気が進まないなら、破談にしてもいいという手紙が来た。何も東京でなければならぬと言うのではなし、一生熊本で暮らす訳でもないので、婚約は成立した。

▼**九六**年（明治二九）六月八日、鏡子は重一に連れられて、池田停車場（現・上熊本駅）で漱石の出迎えを受ける。「これから家へいらっしゃいませんか。」と言うので、重一は「いやあ、いろいろ仕事もあるし、今日はまた疲れてもいるから、いずれ改めて。」と旅館研屋《とぎや》に泊った。九日、光琳寺町（現・熊本市下通町）の家の離れで結婚式が執り行われた。三三九度の盃が終わり、無粋な重一は謡一つうなることもできず、あっけなく終わった。重一は「おお暑い、おお暑くて堪らない。」と言って、障子をはずし、上着を脱いで、丸裸になって、漱石の飛白《かすり》の浴衣を借りて着替えた。男二人酒は無調法なので、四方山話をしていた。

同年一〇月、漱石は教師を辞めて上京しようかと考え、重一に相談する。重一は小村寿太郎を通じて、外務省翻訳官に就職を依頼する。**九七**年四月、漱石は重一を介して東京高等商業学校（現・一ツ橋大学）校長小山健三から年俸千円、高等官六等で来ないかと誘われる。重一も金が不足するならば、月々補助するから帰京せよと勧めたけれども、*中川元《はじめ》校長の信任・義理と*山川信次郎を呼ぶ手前、自分が五高を抜けるわけには行かず、辞退する（**九七**年四月二三日付*正岡子規宛漱石書簡）。

▼**九七**年六月二九日、漱石に実父夏目直克死去の電報が兄直矩から届くが、学年末試験のため、すぐには帰京できず、七月八日、熊本を出発、九日、新橋停車場に着き、父の霊前に詣でる。滞京中は妻の実家中根重一の貴族院書記官長官舎（麹町区内幸町）に宿泊した。

▼**九八**年七月、漱石宅に下宿していた*土屋忠治（後の検事・弁護士）は、第五高等学校第一部（法科）を卒業し、東京帝国大学法科大学に入学した。土屋は苦学生だったので、漱石は中根家に書生として紹介し、月々五、六円を土屋に学費援助してやる。

九八年一〇月二九日、大隈重信内閣が総辞職して、貴族院書記官長が政変の度に替わるのはおかしいというのが中根の持論であったが、そのまま在職していると迫害があり、近衛議長から一時退いたらということになり、九八年一一月、辞職した。九九年九月、終身官の行政裁判所評定官に任命され、隠居仕事にはちょうどいいと、中根自身も気に入っていたが、一九〇〇年一〇月、末松謙澄が内務大臣になる時、地方局長になってくれと言われ、以前から世話になっていたので、義理で断り切れず、受諾した。しかし、末松謙澄が辞任した時、〇一年一二月、重一も辞めて、無職となった。その後、相場に手を出し、失敗に失敗を重ね、零落して行った。

▼**一九〇〇**（明治三三）年五月一二日、漱石は英語研究のため、文部省給費留学生として、高等学校教授の初めての海外留学（英国）を命じられた。同年七月一八日ごろ、熊本を引き払い、東京に向かう。在京中は牛込区矢来町の中根家に寄留し、洋行出発の準備に追われた。九月八日、横浜港からドイツ船プロイセン号でヨーロッパへ向け出航した。重一・鏡子・*狩野亨吉・*寺田寅彦らの見送りを受ける。

**〇〇**年九月一〇日、神戸を出て、長崎に向かう途中、船中から重一に見送りの御礼と船中の報告、「此手紙鏡へモ御示シ被下度候」と書き、裏に、留守中区役所その他の用事は五高の教え子湯浅廉孫か土屋忠治に頼んでほしいと妻への気遣いを見せている（中根重一宛漱石書簡）。留学中の漱石はこまめに鏡子に手紙を書いた。**○○**年一二月二六日、「中根父上の方へ借金出来候よし是は少々の事と存候もし少にても（一円でも二円でも）余り候へば其方へ御廻し被下度候」と留守宅の休職手当二五円の鏡子が中根家に借金した困窮に対して、耐乏生活を示唆している。「中根父上地方局長とかに御転任のよし政海の事は我等には分り不申候へども御目出〔度〕き方の転任と存候」（一二月二六日付鏡子宛漱石書簡）と重一の地方局長就任を喜んだ。

▼**○一**年一月二二日、漱石は「産後の経過よろしく丈夫になり候へば入歯をなさい金がなければ御父ツさんから借りてもなさい帰つてから返して上ます」（鏡子宛漱石書簡）と岳父から借金してでも妻の入れ歯を入れてやりたかった。二四日、「小児出産後命名の件承知致候是は中根爺様の御つけ被下《くださ》る事と合認して何とも申し遣はさず打絶申候名前も考へると無づかしきものに候へどもどうせい、加減の記号故簡略にて分りやすく間違のなき様な名をつければよろしく候」（鏡子宛漱石書簡）と命名の基本的態度「簡略、分りやすさ、間違い無さ」を示し、女の場合の例を八つばかり挙げ、「まあ〳〵何でも異議は申し立んから中根のおやぢと御袋に相談してきめるさ」と書いている。**一九〇一**年一月二六日生まれた二女は、漱石のこの手紙に書かれていない恒子と名付けられた。

同年二月二〇日、「御前は子供を産んだらう子供も御前も丈夫かな少々そこが心配だから手紙のくるのを待つて居るが何とも云つてこない中根の御父つさんも御母さんも忙がしいんだらう」「段々日が立つと国の事を色々思ふおれの様な不人情なものでも頻りに御前が恋しい是丈は奇特と云つて褒めて貰はなければならぬ夫から筆の事だの中根の御父つさんや御母さんの事だの」「無暗に考へる」（鏡子宛漱石書簡）と懐郷の念に駆られている。

同年三月八日、「御前は産をしたのか子供は男か女か両方共丈夫なのかどうもさつぱり分らん遠国に居ると中々心配なものだ自分で書けなければ中根の御父さんか誰かに書て貰ふが好い夫が出来なければ土屋でも湯浅でも頼むが好い」（鏡子宛漱石書簡）と妻出産と母子の健康の心配を募らせている。そして、やっと三月一八日、重一の手紙によって、二女恒子出産の報を聞く（漱石日記）。

**○一**年八月一〇日、「中根父上は休職のよし其後は御無沙汰に打過候よろしく其許《そこもと》より御伝被下度候」と、重一が六月地方局長休職になったことが伝えられていた。八月一七日、「中根父上の手紙其許及び梅子どの、手紙拝見致候　父上には目下御休職御閑散のよし結構に存候」（鏡子宛漱石書簡）と、重一の休職を慰撫している。重一の休職は伊藤博文内閣の総辞職で末松謙澄も辞職したので、それに連なる重一も休職になり、やがて辞職になった。

同年八月一五日、漱石へ土井晩翠*（林吉）から電報が来て、本日ヴィクトリア駅に到着する、家族からの預かり物がある、という。早速駅に土井晩翠を迎えに行く。鏡子・重一・梅子（鏡子の妹）より手紙が来ている。妻からは冬に下着二着、ハンケチ二枚、梅子からハンケチ二枚送って来た。

同年九月二二日付で「中根の御父さんも御母さんも御達者だらう」と書き、九月二六日付では「中根の御両人始め其他の諸先生も皆丈夫だ相で結構だ」（鏡子宛漱石書簡）と気遣っている。

▼一九〇二（明治三五）年三月一五日、漱石は前年一二月地方局長を依願免本官になった中根重一に、「御辞職後多少御困難の御

模様も承はり痛心致候政海目下の有様にては官吏程不安全のものは有之《これある》間敷《まじく》且鋭意計画の事業も緒に就かざる内に後任者の為に打壊され候事と存候かくの如くならば只変化のみにて進化は覚束なき事と存候」と政界の不当な暗躍に不信感を表わした。そして重一の著述目的に賛同し、漱石自身の著述計画を、「世界を如何に観るべきやと云ふ論より始め夫より人生を如何に解釈すべきやの問題に移り夫より人生の意義目的及び其活力の変化を論じ次に開化の如何なる者なるやを論じ開化を構造する諸原素を解剖し其聯合して発展する方向よりして文芸の開化に及す影響及其何物なるかを論ず」（中根重一宛漱石書簡）つもりだと構想を披歴した。

〇二年三月一八日、「中根のおとつさんから借りた六十円も其内から返す積り今から中々計画がむづかしい」（鏡子宛漱石書簡）とあるように鏡子が実家中根家から六十円の借金をしていた。官吏を辞職して困窮に陥った中根家から相当強く返済を迫まられていたと想像される。

**▼一九〇三**（明治三六）年一月二四日、漱石は英国留学から帰国、国府津まで出迎えに来た重一・鏡子と共に新橋停車場に到着した。夏目漱石一家は中根重一方（牛込区矢来町三番地中ノ丸）に落ち着いた。同年三月三日、中根家を出て、本郷区千駄木町五七番地の借家（家主は*斎藤阿具）に転居した。

同年六月の梅雨期ごろから漱石の精神状態が不安定になり、七月に入って夜中に無闇と癇癪をおこして物を放り出す。鏡子は悪阻と肋膜後遺症で主治医尼子四郎に相談した。漱石は癇癪をおこして、お手伝いを追い出し、鏡子に頻りに里に帰れと言った。七月一〇日ごろ、鏡子は重一に相談して、一時*筆子・恒子を連れて実家に帰った（『漱石の思ひ出』一九「別居」）。九月一〇日ごろ、鏡子は千駄木町に戻り、別居生活は終わる。九月、一〇月中旬まで、漱石の神経衰弱はやや持ち直した。

同年一〇月下旬、漱石の外出中、重一が数回、漱石宅を訪問した。月末、漱石在宅中に重一が訪ねて、借金借入のため保証人になってほしいと懇願した。漱石は保証人になることを断るが、応分の金策をすることを約束した。一一月、再び神経衰弱がひどくなり、鏡子に当り散らし、実家に帰れと繰り返す。鏡子の妊娠中、漱石は再三重一に、「鏡子を戻すので引き取ってくれ。」と手紙を出すので、重一は「当人はお産で寝ているんだから、床上げがすんだら、本人の意志を聞いて御相談しましょう。」と返事を出した。**〇三**年一一月三日、三女栄子が生まれた。

漱石は鏡子に「お前の親父は不人情だ。おれの言うことを上の空で聞いているが、おれを気狂いだとでも思って相手にしないんだろう。けしからん。」と怒った。しばらくして、重一宛の手紙を書いて、これを里に持って行けと言う。離縁状に違いないと思って、鏡子は実家に帰らなかった。鏡子は引き取りはきっぱりと断ってくださいと父重一に頼んだので、重一は「鏡子は理由がないから離縁は絶対に受けないと言うし、私も同意だ。第一夫婦の離籍問題は双方合意の上でなければ、法律が許さない。どうしても離縁なさろうというなら、正式裁判にかけて黒白を決してもらいましょう。どうしても我を通すなら、裁判所に願いを出してください。」と手紙を出した。漱石は読んだが、鏡子には何も言わず、すましていた（『漱石の思ひ出』二一「離縁の手紙」）。後、重一は安田保善社（安田生命とも）にも勤める。

**▼〇六**（明治三九）年九月一〇日、赤痢で大学病院に入院した栄子を看護している鏡子

の許に実家（麹町区中六番町五七番地）から重一病気の知らせがある。鏡子は漱石に知らせ、実家に泊まり込みで看病する。「今度は妻のおやぢが腎臓炎から脳を冒されたとか何とか申す由世の中も多忙なものに候。」（高浜虚子*宛漱石書簡）と書く。九月一三日夜、鏡子から重一危篤の電報が来る。いつまでもそちらに逗留して看病してあげなさい、金銭上の相談があるならば遠慮なく言いなさい、できるだけのことはしよう、と鏡子に手紙（一四日付）を出した。九月一六日、中根重一が死去した。満五五歳。漱石はその週は忌引で休むが、二〇日の葬儀には参列しない。葬儀の費用が出せないほど落魄していたので、葬儀の費用の一部を引き受けた。

▼鏡子と結婚した当座の漱石は、貴族院書記官長の岳父中根重一に敬意と尊敬を抱いていた。熊本時代教師を辞めたいと重一に相談している。官僚を退いた重一が、やや困難に陥りつつあったけども、漱石はさほど緊迫感を感ぜず、ロンドンから計画中の著書の具体案を述べ、日英同盟・西洋文明・キリスト教・フランス革命・マルクス主義などについても持論を披歴した。重一は相場に手を出し、借金を作り、執達吏や高利貸しに追われ、金策と就職運動に奔走した。管理を任された会社の委託金にも手を出した。「今日父が来ました時、外套がなくつて寒さうでしたから、貴方の古いのを出して遣りました」「あんな汚ならしいもの」「いゝえ。喜んで着て行きました」「そんなに窮《こま》つてゐるのかなあ」（『道草』七十二）は細君の父が訪ねて来た後の健三夫婦の会話である。かつて絹帽《シルクハット》にフロックコートで勇ましく官邸の石門を出て行く重一と、今零落した舅とを比較して、忸怩《じくじ》たる思いに至ったことだろう。「官僚式に出来上つた」岳父から見れば、娘婿は「横着」で「不躾」に「高慢ちき」に見えた。表面丁寧で、礼儀正しく、紳士的な義父は、悲境に遭っても体面を繕っていた。交際範囲が広く政界官界を巧みに遊泳し、政治的経済的力量を重視する重一は、学問や文芸の世界に価値を置く漱石を世間知らずの稚気として軽蔑していた。元来虚栄心の強い重一は、一朝階段を踏み外しても、自尊心を捨てられず、失意を糊塗し、組みしやすい娘婿からなにがしかの実利を得て帰った。果ては金策の法尽き、重一の長男で鏡子の弟倫《ひとし》を代理として、漱石宅に赴かせ、借用証書の保証人に連印を頼みに行かせた。漱石は倫に捺印できない理由を諄々と二、三時間も説いたという。そして、他から借りて、返却のあてのない金を中根家に与えた。

　漱石の唯一の伝記的小説と言われる『道草』は、あくまで小説であって、自伝ではない。「細君の父」は中根重一をモデルにしているが、重一そのものではない。『漱石文学全集』八（集英社）の荒正人は、「解説」で、「御住（細君）の父親をめぐる幾つかの挿話は、それとおなじものか、それにちかいものがあったものと思われる。」と、重一の伝記的事実をそのまま認めようとする小宮豊隆*以来の手法を踏襲している。これに対して、新版『漱石全集』第十巻（岩波書店、一九九四年一〇月七日）の石原千秋は「漱石の伝記的事実に還元せず、できる限り同時代の言説に聞く方法」を採用、自伝的解釈からの脱却を目指した。

　行政事務家として政治的手腕を評価する重一は、自己の論理に敗れて、破綻した。家財を売り、遂に矢来町の自家を売却し、麹町区中六番町の借家で死去した。所詮、体面を保つことに汲々としていた重一と、自己本来をさらけ出して貫こうとした漱石とは、かみ合わない義理の親子と言うべきであろう。

〔**参考文献**〕杉野大澤「夏目漱石と中根重一」一～三『日本医事新報』一七四四～一七四六号、一九五七年九月二八日～一〇月一二日。／安田道義『漱石と越後・新潟——ゆかりの人びと——』新潟日報事業社出版部、一九八八年二月二四日。／夏目鏡子述・*松岡譲筆録『漱石の思ひ出』改造社、一九二八年一一月二三日。

〔原武 哲〕

# ■夏目 鏡子

なつめ・きょうこ

『漱石写真帖』一九二九年刊。一八九五年一二月三日撮影。

**一八七七**（明治一〇）**年七月二一日～一九六三**（昭和三八）**年四月一八日。漱石の妻。戸籍名は「キヨ」。漢字を当てる時は「鏡」。通称は「鏡子」。**

鏡子は父・中根重一*（新潟医学所通訳兼助教）と母・カツの長女として広島県深津郡福山町西町（現・広島県福山市）で生まれた。重一は六月に新潟医学所に単身赴任していたので、母子はしばらくして、任地新潟に追って行ったと思われる。父重一が新潟を去り、東京に戻ったのは、一八八一（明治一四）年六月であった。尋常小学校を卒業してからは、女学校には行かず、全科目の家庭教師を各々付けて、自宅で学んだ。父は鹿鳴館華やかなりし頃に鏡子を舞踏会に出席させたという（半藤末利子『漱石の長襦袢』「中根家の四姉妹」二〇〇九年九月一五日）。

父・中根重一は一八九四（明治二七）年二月、貴族院書記官長に就任し、牛込区矢来町に屋敷を持ち、祖父・忠治が住み、重一親子は官舎（麹町区内幸町虎ノ門）に住んでいた。祖父の碁敵に郵便局に勤めていた小宮山という者がいて、その同僚に夏目直矩（漱石の兄）がいた。小宮山が祖父の部屋に行くと、子供部屋に年頃の娘（鏡子）がいた。小宮山夫人から近所の簗田《やなだ》という婦人を通じて、中根の両親に話があり、重一も調べると、帝大卒業で評判もいいので、乗り気になって、見合い写真を交換した。

**▼九五**年一二月二八日、父の官舎で鏡子は愛媛県尋常中学校嘱託教員夏目金之助と見合い、後であばたのこと、引き出物の鯛の塩焼きを漱石がいきなり食べたことが話題になった。漱石は鏡子が歯並びの悪くても隠さず、平気でいるのが気に入ったと兄たちに言ったという。

婚約は成立したが、漱石は東京に戻ることができず、熊本の第五高等学校に赴任することになり、知らない遠い土地に行くのが、気が進まないなら、破談にしてもいいと手紙を出した。中根家では何も東京でなければならぬというわけでもないので、熊本にやろうということになり、九六年六月九日、熊本市光琳寺町（下通町）で父に連れられた中根鏡子（満一八歳）との珍妙な結婚式を挙げた。新婚早々漱石は鏡子に、「俺は学者で勉強しなければならないから、お前にばかり構っていられない。それを承知してもらいたい。」と宣告した。

お嬢様育ちで、放漫な教育と躾けを受けた鏡子の朝寝には、生涯漱石は悩ませられることになる。夫より早く起きて、朝食の準備をして、学校に送り出すという当時の妻の勤めが果たせず、漱石から、「お前はオタンチンのパレオラガスだよ。」と揶揄されてしまう。

▼**九六**年九月初め、漱石は鏡子を伴い、福岡にいた鏡子の叔父中根与吉*を訪ねて、博多公園・箱崎八幡・香椎宮・天拝山・太宰府天神・観世音寺・都府楼・二日市温泉・梅林寺・船小屋温泉を巡る。鏡子は九州の温泉宿の汚さに懲り懲りして、二度と九州旅行には行かなかった。「内君の病を看護して　枕辺や星別れんとする晨《あした》」と詠む。

▼**九七**年七月下旬、漱石夫妻は実父直克死去の電報で帰京したが、鏡子は妊娠を知らず、長時間遠距離列車に揺られたため、東京に着いて間もなく流産した。中根家では夏鎌倉材木座の大木喬任伯爵の別荘を借りて静養していたので、鏡子を中根家に預け、漱石だけ熊本に帰任した。「月に行く漱石妻を忘れたり」と詠む。

鏡子は熊本に帰ってからも、ヒステリー的症状が現われ、漱石は寝ている間に、妻が家を飛び出さないだろうかと、細い紐で自分の帯と妻の帯とを繋いで寝た（『道草』七十八）。一八九八（明治三一）年六月末か七月初め、早朝、鏡子は梅雨で水量の多い白川の井川淵に投身自殺を企てる。舟に乗って投網をしていた松本直一に救われた。浅*井栄凞《えいき》（元五高英語講師）の奔走で、新聞スキャンダルになることを防いだ（原武哲『喪章を着けた千円札の漱石』「夏目漱石と浅井栄凞―鏡子入水事件に関わった禅の人」）。鏡子にとってこの事件は触れられたくない禁忌であった。入水のことは鏡子述『漱石の思ひ出』に筆録されていない。九月、鏡子の悪阻は重く、ヒステリーに悩まされる。「病妻の閨《ねや》に灯ともし暮るゝ秋」と詠む。

▼九九年五月三一日、鏡子は長女筆子*を産む。鏡子は字が下手なので、字が上手になるように願って筆子と命名した。「安々と海鼠《なまこ》の如き子を生めり」と詠む。

▼**一九〇〇**（明治三三）年五月、漱石は文部省から英国留学を命ぜられ、年額一八〇〇円、留守宅に年額三〇〇円を支給されることになった。七月、鏡子・筆子を伴って、熊本を引揚げ、東京に帰った。漱石・妊娠中の鏡子らは牛込区矢来町の中根重一宅に落ち着き、離れに住む。鏡子は当座の生活費一〇〇円ほどを父から借りる。同年九月八日早朝、新橋停車場を出発、横浜港からプロイセン号でヨーロッパ向け出航した。鏡子は埠頭で見送る。

船中より鏡子に宛てた最初の手紙で、上海・香港・シンガポール・ペナンの様子を描き、「其許《そこもと》ハ歯ヲ抜キテ入歯ヲナサルベク候只今ノ儘ニテハ余リ見苦ク候　頭ノハゲルノモ毎々申通一種ノ病気ニ違ナク候必ズ医者ニ見テ御貰可被成候人ノ言フコトヲ善ヒ加減ニ聞テハイケマセン」（〇〇年九月二七日付鏡子宛漱石書簡）と妻に対する気遣いと愛情を示した。

船中第二便ではセイロンのコロンボが描かれ、やがてアデンに着き、紅海に入り、地中海に出て、そのうちイギリスに到着するだろう、と書き、「留守中とて無暗に寐《ね》坊被成間敷候《ぼうなさるまじくそうろう》」「髪は丸髷銀杏返抔に結ばざる方よろしく洗髪にして御置可被成候」（〇〇年一〇月八日付鏡子宛漱石書簡）と小学生を諭すように鏡子に注意を与えている。

フランスのパリに向かう漱石は、紅海から地中海に入り、ナポリでは博物館を見学、ジェノバで上陸し、汽車でパリに到着、まごまごして途方に暮れる様子を報告し、「其許懐妊中善々身体ヲ大事ニ可被成《なさるべく》候筆モ随分気ヲ付ケテ御養育可被成候妊娠中ハ感情ヲ刺激スル様ナ小説抔ハ御止メ可被成候可成《なるべく》ノンキに御暮シ可被成候　入歯ノ事御実行可被成候丸髷抔ニハ結ハヌガヨロシク候洗髪可然候」と妊娠中の妻や娘の心配をし、刺激の強い小説読書は止めて、呑気に暮らすことを勧め、入歯、丸髷、洗髪など前便でも注意したことを、繰り返している（〇〇年一〇月二三日付鏡子宛漱石書簡）。

漱石は一〇月二八日夜七時頃ロンドンに到着、「其許《そこもと》も筆も定めて丈夫の事と安心致居候可成養生して御安産可被成候」と気遣い、連絡場所を公使館にした（同年一〇月三〇日付）。

同年一二月二六日付の手紙では、深川のような辺鄙な所に転居し、金のないのと病気が心細いと書き、「筆も丈夫に相成候よし何より結構の事に候可成我儘にならぬ様あまへぬ様可愛がりて無暗にあまき物抔やらぬ様無暗にすはらして足部の発達を妨げぬ様御注意可被成候是等は一時に害なき様なれども将来恐るべき弊害を生じ一生の痼疾と相成申候小児の教育程困難なる物は無之精々御心配願上候」と長女筆子の教育に細かく指示を与えている。

▼一九〇一（明治三四）年一月二二日、漱石は鏡子に手紙を書き、「其許も御壮健にて今頃は定めし御安産の事と存候」「小児出産前後は取分け御注意可然と存候」「先年熊本にて筆と御写し被成候写真一枚序《ついで》の節御送り可被下候厚き板紙の間に挟み二枚糸にてくゝり郵便に御投じ可被下候当地は十円位出さねば写真もとる事出来ず候故小生は当分送りがたく候」と妻と娘の写真を欲しがるほど、家族に対する恋慕の情が強くなり、異国に生活する孤独と寂寥が痛切に感じられる。

〇一年一月二四日、鏡子からの手紙（前年一二月二一日付）が到着、新生児命名を依頼されたので、男なら、女ならと候補名を書いて送る。結局、一月二六日に生まれた次女は、漱石の書き送った候補名にないツネ（通称・恒子）と命名された。漱石は「どうせい、加減の記号故」「まあ〳〵何でも異議は申し立んから中根のおやぢと御袋に相談してきめるさ」と我が子の命名や自作の題名・登場人物の命名に対して淡白で、拘りがなかった。

〇一年二月二〇日、漱石は鏡子に、「御前の手紙は二本来た許りだ其後の消息は分らない多分無事だらうと思つて居る御前でも子供でも死んだら電報位は来るだらうと思つて居る夫だから便りのないのは左程心配にはならない然し甚だ淋い」「御前は子供を産んだらう子供も御前も丈夫かな少々そこが心配だから手紙のくるのを待つて居るが何とも云つてこない」「段々日が立つと国の事を色々思ふおれの様な不人情なものでも頻りに御前が恋しい是丈は奇特と云つて褒めて貰はなければならぬ」「日本の人は地獄に金を使ふ人が中々ある惜い事だおれは謹直方正だ安心するが善い」「からだが本復したらちつと手紙をよこすがいゝ」と孤独な寂しさに弱音を吐き、妻恋を告白している唯一のラブレターである。漱石は船中を含めて八通の手紙を出しているが、鏡子は二通しか書いていない。

〇一年三月八日の手紙では、「御前は産をしたのか子供は男か女か両方共丈夫なのかどうもさつぱり分らん遠国に居ると中々心配なものだ自分で書けなければ中根の御父さんか誰かに書て貰ふが好い夫が出来なければ土屋*でも湯浅でもに頼むが好い」と一月二六日に生まれた次女恒子誕生を一ヶ月半経っても知らない。土屋、湯浅は五高卒業の東大生で、土屋は中根家の書生、湯浅は時々御機嫌伺いに来ていた。結局、漱石が鏡子の出産を知ったのは、三月一二日、山川*信次郎の葉書からであった。三月一八日、中根重一から恒子誕生を知らせる手紙が来て、鏡子書簡（二月一〇日付）が着いたのは、二〇日であった。

○一年五月八日の手紙では、五月二日に鏡子と筆子の写真を受取り、ストーブの上に飾っていると、掃除に来た下宿の女将が「可愛い御嬢さんと奥さんですね。」と言ったので、日本ではこんなのはお多福の部類だ、もっと美しい人はたくさんいる、と愛国的気焔を吐いた。善良な淑女を養成するのは母の勧めだから、よく心掛けておらねばならぬ、お前自身が淑女というものに理想を持たねばならぬ、この理想は書物を読んだり、自身で考えたり、高尚な人と接して会得するものだ、子に飯を食わせて、着物を着せて、湯を使わせさえすれば母の勤めは終わったと考えてはいけない、と母親学を講じている。

○一年五月五日、ベルリンから来た池田*菊苗（化学者）が下宿に同宿、世界観・禅・教育・中国文学などについて意見交換したが、二〇日夜、「理想美人ノ description アリ両人共頗ル精シキ説明ヲナシテ両人現在ノ妻ト此理想美人ヲ比較スルニ殆ンド比較スベカラザル程遠カレリ」（漱石日記）と言って大笑いした。

○一年九月二六日、漱石は中根倫《ひとし》（重一の長男。鏡子の弟）の手紙で、筆子が強情になった、と言って寄こしたが、男は強情がなくてはいかんが、女は強情では困る、無暗に押入れに入れてはいかん、仕置も臨機応変にするがいい、子供の性質は六、七歳までが肝要の時機だから、油断してはいかん、素直な正直な人間にしなさい、と鏡子を諭した。

▼一九〇二（明治三五）年二月二日の手紙では、去年二週間に一辺くらい葉書で安否を通信せよと手紙を書いたが読んだか、「それやこれや」で手紙を書くのを忘れたのか、一ヶ月半放置している、それ以前二ケ月音信がないので、前後通じて四ヶ月音信がない、一体朝は何時に起きて、夜は何時に寝ているのか、と腹に据えかねて憤慨している。

三月一〇日の手紙では、表面上の役者的人物になってはいけない、無暗に人を凌いだり、出過ぎたりしてはいけない、性を矯《た》めて真の大丈夫になるのが大主眼である、人のため、世のために働く大志ある人にならなければならない、と義弟の将来にも心を致している。

三月一八日の手紙では、「おれの事を世間で色々に言ふつてどんな事を言つて居るのか、おれも御前の信用してくれる程の君子でもないから何をして居るか実は分らんのさ世間の奴が何かいふなら言はせて置くがよろしい」（鏡子宛漱石書簡）と日本でも漱石発狂の噂は鏡子の耳に入ったのであろう。鏡子からの手紙で、噂が漱石に伝えられた。言いたい奴には言わせて置くがいいと開き直っている。鏡子も「呑気にそれを別に重大に考へるでもなく、深くも気に止めていなかつた」（鏡子『漱石の思ひ出』「一六　白紙の報告書」）。

鏡子の『漱石の思ひ出』「一四　筆の日記」によると、長女筆子の一日一日の行動の記録を就寝前に書きつけていた。叔母さんがどこに連れて行った、泣いた、笑った、歯がどうした、風邪をひいたとか、たわいのない記録をロンドンに送ってやると、漱石は大喜びで、「筆の日記は面白く存候度々御つかはし可被成候」（〇二年四月一三日付）と子煩悩のところを見せている。

四月一七日の手紙では、*中村是公が近頃では四千円くらいなくては、娘を嫁にやれないと言ったが、「筆や恒が大きくなつたらどうして嫁にやらう抔と考へるといやになつて仕舞ふ」（鏡子宛漱石書簡）と将来嫁にやる時の寂寥と出費を心配している。

〇二年五月一四日付の手紙は、大部分を「早起は健康上に必要」という趣旨を四八五字も費やして懇々と説いている。特に「九時か十時迄寐る女は妾か、娼妓か、下等社会の女ばかりと思ふ」「筆などが成人して嫁に行つて矢張九時十時迄寐るとあつては余は未来の婿に対して甚だ申訳なき心地せらる」（鏡子宛漱石書簡）と鏡子の朝寝を再三再四注意を促していたが、一向に善処の兆しが見られず、業を煮やした様子が伺える。

七月二日では、「其許持病起り相のよしよく寐てよく食つてよく運動して小児と遊べばすぐ癒る事と存候」と日頃の鏡子の怠惰な生活をしていれば、持病など癒るはずだと皮肉を言っているようにも聞こえる。

〇二年九月一二日付の手紙は、現存ロンドン最後の書簡であるが、「近頃は神経衰弱にて気分勝れず」「近来何となく気分鬱陶敷《うつとうしく》」（鏡子宛漱石書簡）と帰国を間近に控えて精神的不安定を示している。

▼一九〇三（明治三六）年一月二四日、漱石は英国留学から帰朝した。鏡子は父中根重一と共に国府津まで出迎えた。

熊本に帰りたくなかった漱石は、本郷区千駄木に転居し、旧友*大塚保治や*狩野亨吉の奔走で、東京帝国大学文科大学講師と第一高等学校英語嘱託の辞令を受け、東京に残ることができた。

しかし、学生たちの敬愛するラフカディオ・ハーン（*小泉八雲）の留任運動を始めた*小山内薫らは、俳句を作る田舎高校教授あがりの教師が、高校あたりで使う女 George Eliot の書いた小説 "Silas Marner" をテキストに選ぶとは、我々を馬鹿にしていると反感をもって迎えた。

鏡子は風邪をひいて軽い肋膜炎にかかったので、主治医尼子四郎の診察を受けた時、漱石の病状を話すと、ただの神経衰弱とは思えないので、*呉秀三に見せてはと勧められる。

〇三年七月一〇日ころ、漱石の神経衰弱はますますひどくなり、鏡子は筆子と恒子を連れて、妊娠中の身を抱えて、実家中根重一方に帰った。八月下旬か九月上旬、兄直矩は鏡子が実家に帰っていることを心配して、奔走した。鏡子の母・カツも詫びに来る。

同年九月一〇日ごろ、鏡子は実家から大きな腹を抱えて、漱石宅に戻って来た。漱石は「如何なる美人も孕《はら》むといふ事は甚だ美術的ならぬものに候況《いわ》んや荊《けい》妻に於てをや」（九月一四日付*菅虎雄宛漱石書簡）と自嘲的に笑い飛ばしている。その後一、二ヶ月、漱石の神経衰弱はやや落ち着いていた。一〇月下旬、鏡子の父・中根重一が来て、金策のため保証人になってほしいとのことであったが、漱石は義理もあるが、両家が共倒れでは困ると説き、保証人は断り、応分の金策には応ずる。しかし、一一月ごろ、再び漱石の神経衰弱は重くなり、家族に当り散らし、鏡子を実家に帰そうとする。中根重一に鏡子を引き取るように交渉したけれども、夫婦の離婚は双方の合意がなくては成立しない、裁判にかけぬとだめだという重一の手紙が来て、鏡子はそのまま、夏目家に残る。このころの二人の軋轢については、『道草』に作品化されて、健三・御住として描かれている。〇三年一一月三日早朝、三女・エイ（通称・栄子）が生まれた。

ある日、漱石は学校から帰ると、女中を呼んで、「これを奥さんの所に持って行って、これで沢山小刀細工をなさいと言いなさい。」と言って、錆びついた小刀を渡した。漱石は真正面から逃げ隠れなく堂々と行なうことを好み、陰でこそこそ策略を巡らせて、陰険に行なう小細工を嫌った。鏡子が何かにつけて小刀細工をして、漱石を苦しめている、この小刀で堂々とやってみろ、という皮肉な当て付けと鏡子は受取った（『漱石の思ひ出』二〇「小刀細工」）。漱石は中根重一に鏡子を引き取るよう手紙を何度か出したが、鏡子は動かなかった。

▼**一九〇四**（明治三七）年六、七月ごろ、全身黒ずんだ灰色の中に虎斑のある子猫が、千駄木の家の中に入って来た。猫嫌いの鏡子は外につまみ出すが、すぐ入って時には御飯の御櫃の上に上っている。そこに漱石が出て来て、「この猫はどうしたんだい。」と尋ねるので、「家の中に入って来て仕方がないから、誰かに頼んで、捨てて来てもらおうと思っているのです。」と言うと、漱石は「そんなに入って来るなら、置いてやったらいいじゃないか。」ということで、夏目家に飼われることになった。ある時、按摩に来る老女が猫を抱きあげ、「この猫は全身足の爪まで黒うございますが、これは珍しい福猫でございますよ。飼って御置きになると、きっとお家が繁盛いたします。」と言った。迷信深い鏡子はすっかり信じ込んでしまって、以後、初代の猫は大きな顔で居座って、漱石の出世作のモデルとなった。

▼**一九〇五**（明治三八）年一二月一四日、四女アイ（通称・愛子）出生した。

▼**〇六**年一二月二七日、本郷区西片町に転居する。

▼**〇七**年四月、漱石は東京帝国大学文科大学講師並びに第一高等学校講師を辞職し、朝日新聞社に入社し、専属作家となった。

**〇七**年六月五日、長男純一が誕生。助産婦が「男の子ですよ。」と告げると、漱石は「そうか、そうか。」と大いに喜んだ。

**〇七**年六月二一日、漱石は鈴木三重吉*に、「癇癪が起ると妻君と下女の頭を正宗の名刀でスパリと斬つてやり度い。然し僕が切腹しなければならないからまづ我慢するさうすると胃がわるくなつて便秘して不愉快でたまらない僕の妻は何だか人間の様な心持がしない」（漱石書簡）と女房の頭を名刀でスパリと斬ってやりたいとは、穏やかではない。鏡子の『漱石の思ひ出』とは、正反対の照射で、不幸なすれ違いという思いがする。

**〇七**年九月二九日、牛込区早稲田南町七番地に転居した。

▼**〇八**年五月一七日、漱石は小宮豊隆*に、「妻君未だ臥床困り入り候。いゝ加減に死んで呉れぬかと相談をかけ候処中々死なない由にて直ちに破談に相成候」（漱石書簡）といい加減に死んでくれとは、冗談とは言え、少しどぎつ過ぎる。

**〇八**年九月一三日夜、「吾輩は猫である」のモデルになった猫が死んだ。五歳であった。一四日、漱石は、葉書の周りを黒く塗った猫の死亡通知を、松根東洋城*・鈴木三重吉・小宮豊隆*・野上豊一郎など近くの門下生に出した。物置のヘッツイの上で死んだので、鏡子は埋葬を車屋に頼み、蜜柑箱に詰めて桜の木に埋めた。小さな墓標に漱石は「この下に稲妻起る宵あらん」と句を題し、九月一三日を命日として毎年供養をした。一〇月一八日、猫の三五日忌には、鏡子は鮭の切身一切と鰹節飯一椀を猫の墓前に供えた。

**〇八**年一二月一七日、二男伸六生まれる。

▼**〇九**年四月二〇日、鏡子は栄子の感冒に伝染し、臥床する。翌二一日午前二時、鏡子が漱石の寝床に来て、胸が苦しいと言う。起きて介抱してやる。鏡子は海苔と卵の混じった物を吐く。四時過ぎたら注射でもしたい、と言う。漱石は小林剛栄医師を迎えに行く。小林は大したことないと言う。鏡子の病状はよからず、晩に小林医師を迎えに行く。二二日、病症は子宮内膜炎と決定する。看護婦を呼び寄せ、安静にさせる。漱石は栄子を抱いて寝る。二三日も鏡子の病状はよくない。二七日、やっと病気は経過良好になった。五月一〇日、鏡子は小林医師に坐骨神経痛の注射を尻に受けるので、漱石に傍らにいてくれと頼んだ。漱石は「書斎にいるので、注射の時、咳払いでもしたら、たくさんだろう。」と返事をした。鏡子の心細さや甘えが漱石には理解できなかったのだろう。

**〇九**年六月一七日、鏡子が松屋に行って縞絽の夏羽織を買って来た。漱石は自分が学校を辞めてから、鏡子が町人じみた身なりをするようになったと不満である。教師時代はささやかな収入だったから、贅沢もできなかったが、新聞社専属作家になってから、家計に少し余裕ができて、派手になったことを「町人じみた」と言って、非難しているのだろう。

六月二一日も、『三四郎』初版二千部の印税をもって、鏡子は子どものため、代価四百円で、ピアノを買いたいと言う。漱石は子どもがピアノを弾いたって、面白味も何も分りやしないが、いやいやながら、承諾せざるを得なくなった。鏡子の子どものためという錦の御旗には、抵抗することはできなかった。

**〇九**年七月二三日、鏡子が具合悪い。主治医小林に診てもらうと、妊娠と言う。「無暗に子供が出来るものなり。出来た子を何《ど》うする気にはならねど、願くは好加減に出来ない方に致したきものなり。もし鉅万の富を積まば子供は二十人でも三十人でも多々益《ますます》可なり。尤も細君の産をする時は甚だいやなものなり。」（漱石日記）と鏡子の妊娠を畏怖嫌悪している。

**〇九**年九月二日、漱石は旧友中村是公満鉄総裁の招きで、満韓旅行に出発した。一〇月一七日に帰着するまで一ヶ月半で、誰よりも多い四通の消息文を鏡子に送った。

▼**一九一〇**（明治四三）年三月二日、五女ひな子が出生した。

同年五月ごろから、漱石は絶えず胃病に苦しむ。鏡子は顔を合わせる度に専門医に診察を受けることを勧めるが、聞かない。六月六日、とうとう長与胃腸病院（麹町区内幸町）に行って検査をすると、胃潰瘍と診断され、六月一八日、入院した。一人で静かに療養し、具合が好くなってきたので、七月三一日、退院し、松根東洋城の勧めで、修善寺菊屋別館で静養することになる。胃痙攣を起し調子が悪く、鏡子は修善寺に行こうとするが、来るに及ばずと電報があったので、見合わせていると、八月一九日、漱石吐血、鏡子が到着する。

二四日、鏡子は病床に来て、漱石が余りに変な顔をしていたので、「気持ち悪いですか。」と尋ねると、いきなりすげなく、「あっちへ行ってくれ。」と言うとたん、「ゲエーッ」という不気味な音を発し、鏡子に掴まっておびただしい血を吐いた。鏡子の着物は胸から下一面紅に染まった。午後九時から三〇分間、人事不省に陥った。東京から来ていた長与胃腸病院の副院長杉本東造、森成麟造医員によって、カンフルが打たれる。やがて、意識が戻り、「妻は？」と尋ねるので、鏡子が耳に口許を寄せると、「大丈夫。」と答える。鏡子が隣室で休んでいると、また「妻は？」と聞くので、鏡子は行くと、「何でもないよ。」と妻に言う。八月二四日から九月七日まで、漱石の重態中の日記は、鏡子が記録した。一○月一一日、漱石は修善寺から帰京し、そのまま長与胃腸病院に入院した。鏡子は整理を終えて、帰宅した。

一○月三一日、入院中の漱石は、前日、鏡子から医者の謝礼のことで、不得要領な話を聞かされたので、翌日朝まで不愉快だった。「今のおれに一番薬になるのはからだの安静、心の安静である。」「世の中は煩はしい事ばかりである。一寸首を出してもすぐ又首をちゞめたくなる。」「しばらく休息の出来るのは病気中である。」「おれに取つて難有い大切な病気だ。どうか楽にさせてくれ。」（鏡子宛漱石書簡）と心の平安を求めた。

▼**一九一一**（明治四四）年三月一六日、書生だった行徳二郎*が来て、漱石の痘痕の話になった。鏡子が、「擦れば少しは好くなるでしょう。」と言うと、漱石は、「もうこれでいい。この痘痕《あばた》は女難除けだよ。」と澄ましている。「だって――」と鏡子が不満顔。「痘痕さえなかりせばだ。だからお前見たいな者で、我慢しているんだよ。」と漱石が言うと、鏡子は、「だから禿でたくさんだわねえ。」と他愛のない冗談を言い合う（行徳二郎日記）。

**一一**年八月一一日から義理もあるので朝日新聞社講演会に参加、関西方面に行く。明石・和歌山・堺・大阪で講演を終え、一八日、嘔吐、吐血した。一九日、湯川胃腸病院に入院、二一日、鏡子は大阪に着き、病院に行くと、見舞いの菓子箱を見て、大阪では菓子を病院に入れるのを許すのかと詰問した。漱石は「そう言わんでも好かろう。内を出る時、お前はお守札など隠しに入れてくれたが、それでもこうして病気になったからな。」となだめた（高原操「師匠と前座」『漱石全集』月報第一四号、昭和一一年一二月）。

朝日新聞社で池辺三山*と弓削田精一が対立し、三山は退社したので、漱石も辞表を提出した。三山・弓削田共に辞意を再考するよう、慰留する。**一一**年一一月一八日、鏡子が漱石の机の前に来て、「あなたなぞが朝日新聞に居たって居なくたって、同じことじゃありませんか。」と言う。「仰せのごとくだ。何のためにもならない。」と答えた。鏡子は「ただの看板なのでしょう。」と言った。漱石は「看板にもならないさ。」と答えた。人情か、義理か、利害か、便宜かなのだろう、と思う（漱石日記）。

**一一**年一一月二九日夕刻、漱石は中村蓊（古峡）と対談中、食事をしていた五女ひな子が急死する。一二月二日、浄土真宗本法寺で告別式して、落合の火葬場で火葬にふす。占いに凝っている鏡子は、信頼する天狗（小石川区白山上）を訪ね、納骨の日を占ってもらい、五日、納骨式を行なう。同月八日朝、鏡子は「あなたは何でも世間に反対する、付き合いのできない方です。人が来て、お通夜をすると言えば、それには及ばないから帰せと言うのなどがそれです。」「俺が死んでも、その代りお通夜などしなくてもいいよ。」と言ったら、鏡子は「夜中に鼠が出て来て、鼻の頭でも食うでしょう。」と言うから、漱石は「痛いと言って、生き帰れば、結構だ。」と言い返した（漱石日記）。

▼**一二**年暮れから、漱石の神経衰弱の兆候が著しくなった。鏡子によると、**一三**年正月から六月までがひどかったという（『漱石の思ひ出』「五一　二度目の危機」）。一月八日、鏡子は小宮豊隆に頼みたいことがあるから来てほしいと伝えた。小宮は夏目家に電話をかけ、受話器を取ったのが漱石と知らず、「奥さんを呼んでください。」と言うの

で、腹を立て、「いない。」と言うと、「それじゃ、奥さんに今日は伺えませんから、明日伺います、とお伝えください。」と言った。漱石は鏡子に、「明日来たら、追い返してしまえ。」と厳命する。

　女中とトラブルを起し、解雇し、自分で書斎の廊下に雑巾がけをした。そして、「今すぐ出て行け。」と別居を迫った。しかし、鏡子は「別居なんかいやです。どこへでもあなたのいらした所へついて行きますから。」と鏡子も構えて動じなくなった。
**▼一九一四**（大正三）年一〇月二九日、鏡子の妹時子の夫＊鈴木禎次の父鈴木利亨《りとう》が腎臓病に脳溢血を併発し、死去した。漱石は悔みに行った。一一月七日、鈴木の葬儀の日、禎次の言葉として、鏡子の乗る馬車の席はあるが、漱石は皆と一町ほど歩いて、それから先へ馬車でお寺に行ってくださいと、言われ立腹して知らん顔している。烈火のごとく怒る。
　翌八日の埋葬式でも、鏡子は黙って行こうとしたので、前日のこともあり、癪に障ってまた争う。鏡子に行かなくて宜しいと厳命した。漱石は鏡子の日頃の按摩や朝寝までが癪の種で、鈴木家から鏡子に来た逮夜の御馳走を、わざと旨い旨いと言って、糞でも食えという気でむしゃむしゃ意地になって食べた。子供じみた意地っ張りである。

　**一四**年一〇月三一日から一二月八日までの日記（一二）は漱石にしては異常で、異常心理学の実症例としては興味深いものがある。妻鏡子と女中に対する憎悪で、満ちている。

　「妻は私が黙つてゐると決して向ふから口を利かない女であつた。」「妻は朝寝坊である。小言を云ふと猶起きない、時とすると九時でも十時でも寐てゐる。」「妻君の按摩も驚ろくべき現象の一つである。殆んど毎日のやうに按摩をする。」（**一四**年一一月九日付漱石日記）と鏡子に対する憤懣を爆発させている。
**▼一五**（大正四）年三月一九日、京都に移り住んだ日本画家＊津田青楓の誘いで、朝日新聞社や京都帝大の友人にも知らせず、京都に旅行した。津田の兄西川一草亭の紹介で木屋町御池の北《きた》ノ大嘉《たいが》に落ち着くことになった。祇園の大友《だいとも》の女将で、文学芸者という磯田多佳と知り合ったりしたが、一週間ほど京都を見学して遊覧したが、胃の調子がだんだん悪くなり、四月一日、津田や多佳らが相談して、鏡子を呼ぼうということになったが、漱石は「何も家内なんか呼ぶことはない。止めてくれ。」と反対した。「なぜです?」と聞くと、漱石は「家内がやって来て、またお悪いんですかとか言われると、ぞっとする。」と言ったが、放置できないほど悪いので、津田が電報を打った。翌二日に京都に来ると鏡子から電報があったと、津田が伝える。二日朝、鏡子は京都駅に着き、迎えに来た津田から病状を聞く。漱石は鏡子に会い、羽織や帯のだらしのないのを注意した。鏡子は漱石が思いの外、調子がいいので、津田の案内で名所見物に行き、夕食後、芝居見に行くと言う。漱石は「何!　芝居に行く?。お前は京都へ何しに来たんだ。病人をおっぽり出して、昼間ぶらぶら出歩いて。まだ芝居に行くのか。」と怒った。四月一六日、漱石は鏡子と東京に向かった。
**▼一九一六**（大正五）年四月、漱石は日記に、「○夫婦相せめぐ　外其侮を防ぐ　○喧嘩、不快、リパルジヨンが自然の偉大な力の前に畏縮すると同時に相手は今迄の相違を忘れて抱擁してゐる　○喧嘩。細君の病気を起す。夫の看病。漸々両者の接近。それがactionにあらはる、時、細君はたゞ微笑してカレシングを受く。決して過去に

遡つて難詰せず。夫はそれを愛すると同時に、何時でも又して遣られたといふ感じになる。」（断片七一B手帳⑭）と書く。多分、漱石夫婦の関係解決の常套手段に対する感想であろう。

**一六**年七月ごろ、漱石にだんだん生気がなくなり、背中に汗疹のようなものができ、入浴後、鏡子は粉薬をすり込むように塗ってやるが、背中の肉が日増しに落ちて行く気がする。夏痩せか、糖尿病の食餌療法か、と不安に思ったが、漱石には話さなかった。

**一六**年一一月二一日、辰野隆《ゆたか》と江川久子の結婚披露宴（築地・精養軒）に鏡子と列席した。落花生をつまみ、余興の柳家小さんの落語「うどんや」を聞き、帰宅すると胃の調子が悪い。翌二二日朝、体調不良で起き上がれぬ。便通がないので、鏡子に浣腸をしてもらう。書斎に入り、「明暗」執筆しようとしたが、一字も書けず、机上に突っ伏す。「死ぬなんてことは、何でもないもんだな。俺は今ああして苦しがっていながら、静かに辞世を考えたよ。」と鏡子に語って、横臥する。トーストと牛乳を飲食するが、吐いてしまう。二三日、鏡子は*真鍋嘉一郎を電話で呼び、診察を依頼する。病状は一進一退を続け、好転せず。一二月七日、衰弱加わり、心臓は弱り、脈拍微かになる。鏡子は、たとえどのような結果になろうとも、このような絶食は情において忍びません、どうせ甲斐なく枯れる命ならば、最後まで食事を与えないで逝かせるのは後々までの心残りになるでしょう、と嘆いた（松根東洋城）。一二月九日、鏡子を病床に呼び、「さすってくれ。」と言う。愛子が学校から帰って来て、泣き出す。鏡子は、「泣くんじゃない。」と言うと、漱石は「泣いてもいいよ。」と言ったという。午後六時三〇分過ぎ、漱石は危篤状態に入り、脈搏微弱となり、鏡子は水筆を取り、末期の水を唇に付ける。午後六時四五分永眠した。鏡子の許可でデスマスクが制作される。

一〇日、鏡子の発案で、漱石の遺志を斟酌し、医師への感謝の念から解剖に付してもらいたいと申し出た。旧友中村是公が葬儀委員長となり、葬儀屋を呼んで打ち合わせる。鏡子は費用のことで誤解して、異議を申し立て、義弟の鈴木禎次が葬儀委員長となった。

一二月一二日、青山斎場で葬儀は、導師*釈宗演、喪主長男純一で行なわれた。

▼三九歳で未亡人になった鏡子は、漱石の印税で多大の収入を得て、漱石の死後二年で早稲田南町の漱石山房の借家を買い取り、一九一九年から二〇年にかけて旧家屋を壊し、三百坪ほどの土地に新しい家を建て、ここに暮し、子どもを育てた。太平洋戦争中も疎開せず、焼け残ったが、漱石の著作権が切れ、新大久保、そして上池上に移住し、八五歳で他界した。

▼夏目鏡子の漱石に対する思いは、女婿*松岡譲を通じて、『漱石の思ひ出』に込められているが、通常、漱石を神格化した小宮豊隆の『夏目漱石』（岩波書店）と対比されている。家庭における生の夫金之助は、時として「顔が火照っててかてかして、頭がひどい」狂気の男として描かれた。

ある日、*森田草平が小宮豊隆に会った時、小宮が「もし我等の漱石先生が家庭的な恵まれた、幸福な人であったら、恐らく一生俳句か漢詩でも作って、俳人もしくは詩人として、その仲間に聞こえるくらいで終わったろうよ。」と言ったので、森田はソクラテスの妻クサンテッペを思い出し、愕然としている。鏡子悪妻説は小宮が鏡子の『漱石の思ひ出』への反発から出発していると思われる。森田も、英国留学中の漱石が、妻からの返信を一刻千秋の思いで待望しているのに、弁解がましい言訳しかしない鏡子に対して、「奥さんは大様と言へば大様、いくらか杜漏《ずろう》な、いはば野放図なところがあつた。」「あつさりした、あまりに大まかな精神」の持ち主としている（森田草平『漱石先生と私』）。

漱石に可愛がられた林原*（当時は岡田）耕三は、ある時、鏡子の不興を買ってしまった。病気治療のため、鏡子が催眠剤を漱石に隠して飲ませていたのを諫止したり、漱石が銀行通帳を持たせて耕三に給料を取りに行かせたり、病床の漱石に薬を飲ませる役を勤めた耕三に、鏡子は憤りを爆発させた。書斎出入り禁止の鏡子の処置を、林原耕三は一種のジェラシーから来たものと解した。後に鏡子の気持ちは緩和されたが、耕三の鏡子評は「姐御風であり、陽気なことが好きではあつたが、成金趣味の見栄坊ではなかつた。自分を可愛がつてくれる夫なら泥棒でもいいと言はれたといふ話がある。私は奥さんの切ない表現として同情はするが、所詮は先生の世界の人ではなかつた」（林原耕三「鏡子夫人」『漱石山房の人々』）とある。

津田青楓は「奥さんは先生の神経質とは反対に、神経の太い無頓着な点」があったと評した（『漱石と十弟子』「虎の尻ぽをふむ」）。

晩年の鏡子を知る、漱石の長女筆子の二女松岡陽子マックレインは、晩年の鏡子が「ポジティヴでもあり、さっぱりした気性を持った祖母の性質」と評価し、「本当に面白い人」で、「まったくcharacter（悪気なく一風変わっていて面白い人）という言葉が相応しい人」、「好き放題お金を遣う」「浪費家」で「突拍子もないほど気前がよかった。」という。「小さいことをまったく気にしなかった」し、「誠にgenerousな性格、細かいことなど心配せず、人に対して気前のいい人だったのだろう。」「祖母の気前のよさや親切心や、また寛大さは心に残っている。」と書いている。「賑やかなことが好きで、」「迷信担ぎ」であった（『漱石夫妻　愛のかたち』「祖母鏡子の思い出」）。

「おばあちゃま」と慕う、筆子の四女半藤末利子（一利夫人）は「鏡子は計画性とは無縁な人であり、もともと貯蓄や金の運用などは大の苦手ときている。贅沢三昧に日々を暮らした。」「太っ腹で優しい人なのだが、父や母の微妙な立場を思いやり、周囲を丸く収めようなどと細かい気配りをする人ではなく、祖父亡き後は一種独裁者で人の諫言に耳を傾ける人でもなかった。」と書いている（『漱石夫人は占い好き』）。

〔**参考文献**〕夏目鏡子述・松岡譲筆録『漱石の思ひ出』改造社、一九二八年一一月二三日。／夏目伸六『父　夏目漱石』「母のこと」角川文庫、昭和三六年七月三〇日。／半藤末利子『漱石夫人は占い好き』PHP研究所、二〇〇四年一月一三日。／松岡陽子マックレイン『漱石夫妻　愛のかたち』「祖母鏡子の思い出」朝日新書、二〇〇七年一〇月三〇日。／林原耕三『漱石山房の人々』「鏡子夫人」講談社、昭和四六年九月二八日。

〔原武　哲〕

## ■真鍋嘉一郎

まなべ・かいちろう

「医聖・真鍋嘉一郎」。

**一八七八（明治一一）年八月八日～一九四一（昭和一六）年一二月二九日。医学者。東京帝国大学医学部物療内科教授。松山中学校時代の教え子。漱石の臨終を看取る。**

　愛媛県新居《にい》郡西条町大町大字常心一二四〇番地に父・虎吉、母・ますの長男として生まれた。五歳で父虎吉を亡くし、母ますは嘉一郎と妹ぎんの二人の子を仕立物・洗濯・糸屋など女手一つで育てた。嘉一郎は一八八八（明治二一）年七月一六日、明屋敷尋常小学校を卒業し、西条高等小学校に入学した。九一年四月三〇日最優等をもって西条高等小学校を卒業した。九二年春、愛媛県伊予中学校第四級編入試験を受験して合格、入学し、三年間特待生をもって過された。九三年、愛媛県伊予尋常中学校は愛媛県尋常中学校に改称された。

**▼九五**年四月一〇日、夏目漱石は愛媛県尋常中学校嘱託教員の辞令を受けた。当時生徒は新任教師が赴任して来ると、難解な質問をして、教壇上で返答に窮して立ち往生させるのを喜ぶ「荒肝を取る」風習があった。四年生の真鍋嘉一郎は級長だったので、新米教員の実力の程を試してみようと質問する役を引き受けたのであった。

　前の晩からイーストレーキ（Frank Warrington Eastlake）・棚橋一郎訳『ウェブスター氏新刊大辞書和訳字彙』（三省堂、一八八八年九月）を徹夜で引いて、充分に準備しておいた。教室に臨むと、漱石はワシントン・アービング（Washington Irving）の「スケッチ・ブック」（The Sketch Book）を広げて、悠々と講義を始めた。そのうちイーストレーキ・棚橋一郎訳とは違った訳をした所があった。手ぐすね引いて待ちかまえていた嘉一郎は、いきなり手を挙げて、「先生、違います。」と叫んだ。「何が違うか。」と漱石は目を挙げて、嘉一郎を見た。「先生の訳はイーストレーキ・棚橋一郎の訳と違っています。しかもそれが二個所あります。」と嘉一郎はその違う理由を得意になって説明した。すると、漱石は「ああそうか。一つは辞書の誤植であろうが、一つは明らかに著者の誤解だ。二つとも僕の言ったように直しておけ！」と言ったまま、講義を続けていった。

　辞書ほど完璧なものはないと信じていた嘉一郎は、度肝を抜かれて、「辞書を直しておけ。」と言う漱石にすっかり参ってしまった。翌日、嘉一郎は骨董商「いか銀」の愛松亭に下宿していた漱石に会い、「昨日は失礼しました。靴磨きでも何でもしますから、先生の御宅においてくれませんか。」と頼んだ。「それでは俺の玄関番にしてやろう。」と一旦は承諾したが、漱石は上野方（愚陀仏庵）に転居し、同僚二人と三人で同宿することになったので、嘉一郎は寄宿することができなくなった。

　漱石は英語の先生だというのに、羽織袴で静かに教室に入って、教壇に上ると机に頬杖を突いたまま、右手に持った鉛筆を振り振り、通りのいい静かな落ち着きのある声で、しめやかな、美しい言葉を使って講義した。語義の解釈も微に入り細をうがったもので、接頭辞（prefix）や接尾辞（suffix）まで説明する。文章の解剖をして、構文論（syntax）の説明がやかましい。叙法（mood）

の使い方、この副詞（adverb）はどういうわけでここに置いてあるかなどを訊ねる。一時間に三行か四行しか進まず、一年間で四章しか済まなかった。リーディングもやかましく、「英語は英語らしく、読んでいてその味がわかるようでなければいかん。」と、句読の切り方がやかましく、慣用句（phrase）は一息に読まなければならない、間投詞や疑問符に抑揚を付けよと教えた。会話（conversation）の時間で嘉一郎は初めてボクシング Boxing という言葉を覚えた。発音もやかましく、Goldsmith の〝The Vicar of Wakefield〟をビーカーと読んでいたが、「そんな発音はない。ビカーだ。」と直された。今までの教師は manner をマンナーと教えていたが、「いけない。マナーだ。」と正した。

英作文はいつもセンテンス sentence の題を日本語で出す、英語の教師のくせに作文の課題を与えておいて、自分は教室で懐手して知らん顔で俳句の本を読んでいる。「生徒は教室に教科書しか持って入れないのに、先生は教授するもの以外の俳句の本を持って来ていいのですか。」と生徒が苦情を言うと、「英語の時間に日本語を言って差し支えないだろう。」と切り返した。

「夏目先生が来られるまでは、月謝を払って嘘ばかり教えられていたようなものだ。」と嘉一郎は述懐した。嘉一郎の「微に入り細をうがって、物の究極まで突き留めずにはおかない傾向」は嘉一郎の生来の性癖―教師を質問攻めにする癖―であるが、漱石と遭遇することによってより完成した。

▼一八九六（明治二九）年三月三〇日、愛媛県尋常中学校を品行方正、学業優等の褒状を頂戴して卒業した。同年七月、上京し、第一高等学校三部（医科）に合格、三部合格者だけは独逸協会学校特別科に入って、一年間ドイツ語を専修しなければならなかった。嘉一郎は苦学を覚悟して上京したので、恩師金子元太郎の宿に下宿、労働をしながら、生活費・学費を稼ぎ、有志の援助も受け、第一高等学校三部に入学、寄宿寮に入り、高木兼寛（海軍軍医総監）の経済的援助を受けた。長与又郎の追懐談によれば、地味な鼠色の木綿の着物によれよれの袴を着けて、蒼白い年寄みたいな顔をした猫背の嘉一郎を指して、ある者が「按摩さん」という綽名を呈上した。最初の学期試験で一番となってよくできるので、同窓の尊敬を受けるようになった。ただ困ったことに、早口でしかもお国訛りでやるので、何を言っているのかさっぱりわからない。「早くてわからんけれ。」と漱石に注文を出した本人の言葉の方がよほどわかりにくかった。ある皮肉な男が、「君の言葉はわからないから、ドイツ語で言ってくれ。」と嘉一郎を揶揄した。

▼一九〇〇（明治三三）年七月、第一高等学校三部を首席で卒業し、九月、東京帝国大学医科大学に入学した。一高の頃から文科大学独逸人教師ルートヴィヒ・リース（Ludwig Riess 歴史学）の助手として翻訳・通訳の仕事を助けた。東大に進学してから医科大学教師ベルツ（Erwin von Bälz）の学僕となり、翻訳に従事した。〇二年一一月、医科大学教授弘田長の長女教子と婚約した。〇四年一二月、東京帝国大学医科大学を首席で恩賜の銀時計を拝受して卒業した。〇五年一月、東京帝国大学医科大学副手を嘱託せられ、附属医院青山内科に勤務した。三月陸軍二等軍医に任ぜられた。〇六年四月、婚約していた弘田教子と結婚した。〇七年春、長男良一が生まれた。〇七年三月、青山胤通博士の下で、助手に任ぜられた。

▼〇五年一月、漱石が「吾輩は猫である」

を書いた時、嘉一郎は、「夏目先生はもっと偉い人になるのかと思ったら、文弱な小説書きに堕落してしまった。」と悲観した。漱石に道で会って、「真鍋君、ちょっと遊びに来ないか。」と誘われても行かなかった。嘉一郎の大学卒業後、新橋駅で漱石に会った時、糖尿病の疑いのある漱石は、「医学士になったかね。まだ病人はわからんだろう。俺の小便くらい見てくれ。」と小便医者程度に見られ、時々尿検査をした。その後、嘉一郎が谷干城を診察したという新聞記事を読んだ漱石は、「君も上手になったんだな。谷さんを診るようになったんだから、俺も悪い時には診てくれよ。」と言った。

**▼一一**年二月一九日、入院中の漱石は『東京朝日新聞』によって東京帝国大学文科大学で文学博士会を開き、夏目金之助を文学博士に推薦する旨を知った。二〇日、留守宅に文学博士号授与の通知が来る。二一日、文部省に学位辞退を申し入れる。辞退は諒承されない。二二日、文学博士学位記を文部省に返送するよう森田草平*に依頼する。四月一一日、文部省専門学務局長福原鐐二郎が来たが、一旦授与したものは辞退できないという文部省と貰いたくない者に辞退を認めないのはおかしいと意見は一致しない。世間は真鍋嘉一郎の医学博士拒否を漱石のそれになぞらえて、「医学界の漱石」と言った。先に拒否した嘉一郎は自分が漱石の真似をしたのではなく、漱石が自分の真似をしたのだから、真鍋嘉一郎に特権があると自慢した。

一一年二月、ドイツ留学の途に上り、ミュンヘン大学のミュラー教授に師事した。一二年四月、ウィーン大学のパウリィー教授について医化学研究に従事した。一九一三（大正二）年九月、ウィーンでドイツ自然科学・医学大会があり、嘉一郎は招待され、アメリカ・ロックフェラー研究所から来た野口英世博士と邂逅した。野口の講演は圧倒的な歓迎を受けたのを見て、嘉一郎は日本人として野口を誇らしく思った。一三年一〇月、ベルリンに移り、ブルグシュ教授の下で研究を続けた。帰国の途中、アメリカに渡り、ロックフェラー研究所で野口英世博士と再会し、一四年一二月一五日、横浜に帰着した。

同日付で東京帝国大学医科大学講師を嘱託された。一五年一月九日、東京帝国大学医科大学附属伝染病研究所事務を嘱託され、同年一〇月二九日、同研究所技師を命ぜられた。

帰国後も嘉一郎は漱石とあまり交渉がなかった。漱石は、「真鍋は大学で教授をせねばならん責任者であるから、そう私の病用には使ってはならん。」と考えていたようである。

**▼一九一六**（大正五）年四月、漱石は久し振りに嘉一郎と会い、腕の痛みはリューマチではなく糖尿病であると説明を受け、一九日朝から二〇日朝まで二四時間の尿と別紙に書いた食物表を提出、検査を頼んだ（四月二〇付真鍋宛漱石書簡）。その後も尿、食事表を検査して貰っている（漱石日記）。七月九日、尿の糖分も減少し腕の神経痛も治ったので、御礼をしたいが町医者と同じようなことをしてはならないと思って、下らんものをお目にかけることにしたといって、贈り物をした（真鍋宛漱石書簡）。

検査のため尿を嘉一郎の大学研究室に持って来た漱石は、二時間ばかり話して「君は中学・高校・大学みな一番で、留学までして教授にしない虐待を受けているのは、けしからん。もう少し大学から尊重してもらわんと困るじゃないか。大学など辞めたらいいじゃないか。」と言うので、「どういう訳ですか。」と言うと、「俺も大学の先生をしたが、あんな詰まらんことはない。一時間の講義に三日も用意しているのに、学生は上の空で聞いていたり、居眠りをしたりして、こんなつまらぬことはない。君も折角勉強しても虐待されたんじゃしようがない。辞めたまえ。俺もそれで辞めたんだ。」それで「私はとにかく大学に対する義務もあるし、新しく学科・科目を開かねばならない責任もありますから。」と言うと、「それでは、のるかそるかやって見たまえ。」と激励した。

**一六年**九月七日、『新潮』編集の中村武羅夫が右肩より右手の先にかけて倦怠鈍痛で悩んでいるので、漱石に紹介してもらいたいという。診察して治療法を授けてくれないかと手紙を出した（真鍋宛漱石書簡）。

**一六年**一一月二二日、漱石は朝から体調が不良、「明暗」の執筆は一字も書けず、机上に突っ伏す。鏡子*は不安になり相談すると、「真鍋を呼べ。」と言う。二三日朝、鏡子は嘉一郎の自宅に電話して診察を依頼、直ぐ駆け付ける。診察の結果、意外に重態なるを知る。応急処置をして、薬の処方をして帰る。嘔吐。嘉一郎に電話したが不在。午後七時、嘉一郎は阿部宝作医学士を連れて診察。嘉一郎に、「君は大学があるから忙しくてそうはゆくまいから、誰かいつでも飛んで来られる人を選んで置いてくれ。」と言うので、阿部宝作を依頼する。二五日午後、嘉一郎が来て漱石を診察するが、容態は少しおさまった。二六日、嘉一郎診察する。病状同じ。二七日、嘉一郎診察して、発病以来食物をほとんど摂っていないので、空腹感が激しいことに頭をひねる。二八日夜半、嘉一郎が来た時、漱石の両眼は引きつり脈搏薄弱になる。ゲラティンやカンフル注射をする。嘉一郎は徹夜して一睡もしない。二九日、嘉一郎が病床の傍らに座っていると、鏡子が「真鍋さん、湯を取ってあるから、顔を洗いなさい。」と言うので、嘉一郎は顔を洗いに行った。漱石は鏡子に、「真鍋は帰してしまえ。病人の脈より自分の顔の方を大切に思っている。もう真鍋は帰せ。」と誤解していた。鏡子は「真鍋さんはあなたの脈を徹夜で今まで取っておったんです。」と弁解してくれた。「医者がそんなに徹夜してやるものか。医者が徹夜して病人を見ることはないと思っていたが、そんなに熱心に徹夜しておったのか。」と不審に思った。やっと諒解ができて病室に入ると、「君は何のために徹夜して看護するのか。学問で研究したことを実験して、その結果を見る面白さのために徹夜するんだな。」と言う。漱石に対する親切のために献身的にやったと思ったのに、利己主義でやったと思われたことを寂しく思った。翌日、漱石は嘉一郎が行くと、「随分面白いだろうね。」と言う。「君は大切な職分があるから、講義してくれ。学生の所に行け。夏目風情は構わないでおけ。」と言う。一方、大学で講義に出ると、学生は、「夏目先生はどうですか。講義は休んで夏目先生の所にお帰りください。夏目先生が死んじゃ困るんです。」と、危篤の大山巌元帥は死んでも仕方ないが、というのが、学生の声だった。嘉一郎は容易ならぬ病状を心痛、宮本叔・南大曹を呼ぶ。漱石は嘉一郎に、「洋行までして帰ったのに、後見の医者がいるようでは、医者を辞めたまえ。僕は君一人に生死を託しているのに、何ということか。僕は真鍋一人に診てもらえば充分だ。」と信頼を寄せた。

一二月二日午後三時、嘉一郎が診察、漱石は便意を催し、脈拍を取られながら、看護師の手を借りて便器を使う。嘉一郎は力むのを止めさせようとしたが、「うん。」と力む。内臓出血を起こし、脈搏乱れ、人事不省に陥る。カンフル注射などで意識回復。

晩に三度目の内臓出血がある。この時、嘉一郎に「真鍋君、どうかしてくれ。死ぬと困るから。」と言う。これは鏡子も知っている。後にこの言葉が問題になる。八日、午後一〇時ごろから漱石、昏々と眠る。嘉一郎は絶望を伝える。九日、午前二時ごろ、嘉一郎は最後の宣告を下し、親戚・知人に通知するように言う。七時、子どもたちを学校に行かせていいか迷ったので、嘉一郎に尋ねると、土曜で半日だから、行ってもよいでしょうと言われ、登校する。午後六時四五分、漱石は引きつるような息遣いの下顎呼吸をして、静かに息絶える。嘉一郎は静かに聴診器を心臓に当てる。やがて「お気の毒でございます。御臨終でございます。」と言って、漱石の手を静かにその胸の上に返して、頭を下げた。

一〇日、鏡子と嘉一郎と二人になった時、鏡子は「あなたが三週間も日夜診療してくださってこうなったけれども、あなたが夏目を殺したと言って、世間から非難されると困るから、夏目もそう言っておったので、あなたのために解剖をします。」と言った。鏡子の発案で故人の遺志を斟酌し、医師たちへの感謝の念から解剖に付してもらいたいと嘉一郎に申し出た。立会人に親族の外、門下生総代小宮豊隆*・嘉一郎らが付き添い、東京帝国大学医科大学病理解剖室に赴き、解剖に立ち会う。夕刻、嘉一郎は解剖結果を報告した後、鏡子に謝辞を述べる。一二月二五日、鏡子は東大病院に嘉一郎を訪ね、御礼を述べた。

▼一九一七（大正六）年一月九日、初命日の第一回九日会に友人・教え子らが二六名出席した。席上、大塚保治*から漱石の臨終の言葉について嘉一郎に質問が発せられた。嘉一郎は「真鍋君、どうかしてくれ。死ぬと困るから。」と臨終の言葉を発表した。小宮豊隆からは、まさか漱石先生がそんなことを言うはずがない、というニュアンスの質問があった。漱石神社の神主と呼ばれた小宮は伝記『夏目漱石』（岩波書店）で、この嘉一郎が聞いた臨終の言葉をすっぽり削り取ってしまった。林原耕三*は嘉一郎を「白痴め！」「思想的オンチ」「シンプルヘッデッド」「ハッタリ屋」と罵倒した（『漱石山房の人々』「阿部さんと夏目先生」）。

また、寺田寅彦*は嘉一郎を大層毛嫌いしていたという。ある人が晩年の寅彦に、「一度真鍋さんに健康診断でもしてもらっては。」と時々勧めたけれども、そのつど、寅彦は、「僕は、あんな男は大嫌いだ。」と頑として受け付けなかったそうだ（夏目伸六『続父・漱石とその周辺』「真鍋嘉一郎さんと寺田寅彦さん」芳賀書店、一九七一年一二月二〇日）。

▼青山胤通教授が亡くなり、内科学教授に九州帝国大学教授稲田龍吉が選ばれ、嘉一郎は選ばれなかった。一八年六月一日、青山内科は稲田内科となり、青山内科附属だった物理療法研究所は独立して、医科大学直属となった。しかし、嘉一郎が初代内科物理療法学講座担当の教授になったのは、さらに遅れて一九二六（大正一五）年八月二七日であり、満四八歳になっていた。世間では「苦節十年」と言われた。一九三三（昭和八）年八月、欧米出張を命ぜられ、ドイツの大学の内科物理療法学研究に従事し、三四年八月、帰朝した。

三八年一一月一二日、満六〇歳停年制に反対していたが、規定通り六〇歳で教授を辞し、助教授三沢敬義が後を襲うて教授に昇任した。

▼一九四一年一二月二九日、嘉一郎は生来蒲柳の質であったが、晩年自ら直腸癌と診断して、自分の創った東京帝国大学医学部物療内科病室で弟子たちに看取られて亡くなった。

▼真鍋嘉一郎は真正直で純真、上手に世間

を渡る術を嫌悪して、頑固なところがあり、「硬骨教授」と言われた。松山中学時代の漱石式の微に入り細をうがった教育に目覚めた嘉一郎は、不確実な疑問に対して徹底的に質問、追究した。「帰りがけに生徒の一人が一寸此問題を解釈しておくれんかな、もし、と出来さうもない幾何の問題を持つて逼つたには冷汗を流した。」（『坊っちゃん』三）とある生徒は、自分であると言った。それは時に人を辟易させ、処世上不遇を招く原因となった。しかし、誠実な人間性はやがて人の信頼を獲得した。

　漱石は嘉一郎の勤勉と善良さを充分認めていたが、長い中断の時期をおいて晩年糖尿病の治療を嘉一郎に任せたが、胃潰瘍の治療まで頼む気はなかった。嘉一郎が人間の身体は一元的・総合的に全身の診察をしなければならないと説明しても、「胃腸病は別に専門医がいるからいい、君は妄りに病人を診るものではない、大学で学生を教育する要職にいるのだ、国家の仕事を預かっているのだから、夏目一個人のために時間を費やすのではない。」と言って、全身の診察を拒否した。しかし、主治医須賀保医師（長与胃腸病院）が一六年四月急死したので、胃腸の方も嘉一郎が診ることになったのである。それでも、診察に行くと、「大切な職分があるから、学生の講義に行け。」と言われた。二人とも義理がたく、融通の利かない硬直したところが、小宮のような甘い師弟関係にならなかったのは、互に不幸だったと言える。

**〔参考文献〕**真鍋先生伝記編纂会『真鍋嘉一郎』東京大学医学部物療内科、一九三〇年／真鍋先生伝記編纂会『真鍋嘉一郎』日本温泉気候学会、一九五〇年一二月五日。／真鍋嘉一郎「夏目先生を憶ひ出せし折々」『渋柿』漱石忌記念号、一九一七年一二月。／真鍋嘉一郎「漱石先生の思ひ出」『日本医事新報』一九四〇年六月一五日。／杉野大沢「医人文人あれこれ　夏目漱石と真鍋嘉一郎」1〜4、『日本医事新報』一九五七年一一月一六日〜一二月七日。／天岸太郎「夏目漱石と真鍋嘉一郎」上・下『日本医事新報』一九八六年二月八日〜二月一五日。

〔原武　哲〕

## ■浅田　知定

あさだ・ともさだ

秦郁彦『漱石文学のモデルたち』二〇〇四年刊。

**一八六一（文久元）年一二月二九日〜一九二六（大正一五）年一〇月一六日。内務省官僚。台湾総督府。新高製糖株式会社専務取締役。愛媛県参事官の時、漱石を愛媛県尋常中学校に採用した。**

浅田知定は久留米藩中小姓中奥御勝手役八十石の浅田軍蔵・ソノの長男として筑後国三潴郡荘嶋町（現・久留米市荘島町）三六三番地で生まれた。三潴県立久留米師範学校（現・明善高校）に学び、一八八〇年上京し、済々義会（旧藩主有馬家および有志によって後進の奨学育英振興を目的として組織）の貸費生となって、東京大学予備門に入り、一八八三年同予備門文科を卒業、一八八七（明治二〇）年七月帝国大学法科大学政治学科を卒業、内務省に出仕した。八九年一二月埼玉県埼玉郡岩槻《いわつき》村（現・さいたま市岩槻区）上原温重の長女シホと結婚した。

▼一八九四（明治二七）年浅田知定は愛媛県参事官（年俸千円）内務部第一課長兼第三課長、正七位となり、同県教育行政の中心的要職にあった。九五年文官普通試験委員、小学校教員検定委員、官国幣社神職試験委員長を歴任し、松山市北京町に住んでいた。夏目漱石は**一八九三**（明治二六）年七月帝国大学英文学科を卒業、学習院の就職に失敗したり、恋愛にも苦悶したり、「此三四年来沸騰《ふっとう》せる脳漿《のうしょう》を冷却して尺寸の勉強心を振興せん為」（**九四**年九月四日付子規*宛漱石書簡）漂泊した末、**九四**年九月初旬小石川指ヶ谷《さすがや》町の親友菅虎雄*（後の一高教授）宅に寄寓した。しばらくして漱石は突然漢詩の書き置きを残して菅宅を飛び出した。

一二月二三日から翌**九五**年一月七日まで漱石は菅の紹介で鎌倉円覚寺塔頭《たっちゅう》帰源院に釈宗演*の会下に参禅した。しかし「五百生の野狐禅遂に本来の面目を撥出《はっしゅつ》し来らず」（**九五**年一月九日付斎藤阿具*宛漱石書簡）空しく下山した。

▼**九五**（明治二八）年一月、またも菅虎雄の紹介で漱石は、横浜の英字新聞「ジャパン・メール」の記者を希望し、採用試験として禅に関する英文の論文を提出した。しかしその論文は何の注釈も付けず菅に返されてしまった。

一方、愛媛県ならびに愛媛県尋常中学校住田昇校長は、一五〇円の高給を食《は》む一年契約のお雇い外国人教師カメロン・ジョンソンの後任には、優秀な日本人の人材を得たいと考えていた。愛媛県の教育行政を担当していたのは、県参事官だった浅田知定であった。

**一八九五**年二月、浅田知定は同郷（久留米）の菅虎雄（当時東京美術学校（現・東京芸術大学）教授）に人選の相談をした。英字新聞記者に不採用になり心楽しまぬ漱石を、何とかしなければならないと友情と責任を感じていた菅は、狩野亨吉《こうきち》*（第四高等学校教授を辞職し浪人中）と連絡を取りながら、松山に行くことを漱石に慫慂《しょうよう》した。菅に身を委ねる気になっていた漱石は、菅に一任した。菅は、漱石が松山に赴任することを承知した旨、浅田に伝えた。

愛媛県参事官浅田知定は外国人教師ジョンソンの月給一五〇円の半分近くの八〇円を用意して漱石を招いた。実に住田校長の六〇円よりも高かった。この発想は校長住田昇というよりも参事官浅田の発案であろう。「住田昇日記」には夏目漱石獲得の記載は一切ない。

「狩野亨吉日記」によると、**一八九五**（明治二八）年三月、「十日 夏目来り愛媛県中学校へ招聘《しょうへい》せられんとする談合追々熟すと告ぐ」とあるので、三月一〇日にはかなり実現の可能性が濃厚になっていた。狩野亨吉は「三十日……午後五時岩岡理学士より電報達し夏目文学士送別会を学士会に開きたれば来り会せよと促す即時之に赴」いた。漱石は四月七日新橋駅を出発、九日松山に到着し、一〇日愛媛県尋常中学校嘱託教員となり、「坊っちゃん先生」が誕生した。

夏目漱石を「坊っちゃん先生」にするのに大きな働きをした浅田知定は、菅虎雄と共に一八八〇（明治一三）年二人相携え笈《きゅう》を負うて筑後久留米を後にした仲だった。

浅田は同郷の菅虎雄を通じて夏目金之助（漱石）を愛媛県尋常中学校の英語教員として住田昇校長月俸六〇円以上の八〇円で招聘《しょうへい》した。浅田は自分の責任で漱石を招いた以上、何とか漱石を長く松山に落ち着かせようと思い、あれこれ縁談を持ち込んだ。漱石の妻夏目鏡子*述の『漱石の思ひ出』「一　松山行」によると、「県の参事官の或る方」（浅田知定）宅で若い女と見合いをしたが、待っているとカラカラと玄関で下駄の音がして、「ごめんなさい。」と若い女が入って来た。やがて女が茶を汲んで狎《な》れ狎れしく部屋に入って、しゃあしゃあとして相手をする。そうして他愛のないことに手放しでげらげら笑う。それが当の見合いの相手だったので、慎みのないのに閉口したという話がある。

住田昇校長は一八九三（明治二六）年二月松山に赴任以来二年半になるので、浅田知定参事官に東京近県への転出希望を伝えた。しかしその希望はかなえられなかった。住田は九五年一〇月一六日付で休職を命ぜられ、その後任として横地石太郎（東大理学部卒）が校長事務取扱となり、九六年二月二一日校長を命ぜられた。愛媛中で学士は漱石と横地の二人だけで、月給八〇円である。同中学教員二一名中、一二名が月給二〇円以下の時代であった。

▼**一八九六**（明治二九）年四月、漱石が熊本の第五高等学校に転じた時、浅田知定は岩手県書記官、内務部長、五等、従六位、官報報告主任、文官普通試験委員長となり、盛岡市鷹匠小路二六番戸に住んだ。

熊本に来た漱石は自分の後任候補として九六年七月卒業予定の田村喜作（岡山県出身）の人物学力を愛媛県尋常中学校から尋ねられたが、よく知らないけれども、帝大英文科の卒業生だから不都合がなければ、御詮議になってはいかがと校長横地石太郎に手紙（**一八九六**年五月一六日付）を出した。その手紙の末尾に「浅田は岩手へ参り候よし」と自分を松山に採用してくれた浅田に配慮している。『漱石全集』（岩波書店）の中で漱石が浅田知定に言及したのは、この手紙ただ一回だけである。ただし、田村喜作は採用されず、同じ帝大英文科卒業の玉虫一郎一が漱石の後任になった。

▼一八九八（明治三一）年浅田知定は岩手県書記官を非職になるが、まもなく青森県に転じ、同年五月貴族院書記官に栄転した。

▼一九〇〇（明治三三）年一二月、台湾総督府の勧奨で三井物産の益田孝らによって台湾製糖株式会社が設立されたが、総督府は台湾糖業の振興策を図るため、一九〇二年六月台湾総督府に糖務局を創設した。浅田知定は一九〇一年四月台湾澎湖庁長となり、一九〇二年六月臨時台湾糖務局参事官となった。一九〇三年四月臨時台湾糖務局庶務課長となり、新渡戸稲造局長をよく輔佐した。一九〇五年五月臨時台湾糖務局台南支局長となり、新渡戸の後を襲って、糖務局長に就任、保護奨励による台湾製糖事業の近代化に尽力した。その間、製糖業調査のため南アメリカを巡視して〇七年帰朝し、従五位に叙せられた。

糖務局長を退き、一九〇七（明治四〇）年自らも製糖事業に手を染め、台湾東洋製糖株式会社専務になった。大倉喜八郎らの出資によって一九一〇年ごろ設立された新高製糖株式会社の常務取締役となり、事実上の社長代行として経営の任に当たった。

▼一九一八（大正七）年七月、浅田は寺島村に東京刃物製作所を経営し、＊狩野亨吉《こうきち》（元京大文科大学長）とその教え子山本修三（鳥取県）が設立した鉄鋼・鑢《やすり》製造販売業「東京製鋼製作所」に四五〇〇円投資し、職工の求人まで援助した。

浅田知定は「小手先の利いた事務家で、かつ経済学の素養があった」（『岩手県政物語』）と言われるように官僚としては小手先の利いた能吏の才があり、実業界に入っては貨殖の才もかなりのものを持っていたと思われる。郷里を共に後にした菅虎雄と浅田知定であったが、清廉淡白な菅は利殖に執着する浅田を晩年には嫌っていたという。

侯伯の邸宅にも劣らない宏壮な屋敷を構え、悠々閑雅な生活をしていた浅田は、東京府豊多摩郡落合町大字下落合四七三番地（現・東京都新宿区下落合）の自宅で歿した。満六五歳。「浅田家先祖墓」は今も久留米市本町三丁目の西福寺にあるが、「浅田知定妻　志保　墓」は東京都多磨霊園にある。

▼後半生において浅田が漱石と接触した形跡はない。学生時代から死に至るまで変わらぬ友情と信頼を持ち続けた菅とは、対照的な生き方であった。

**〔参考文献〕** 深谷真三郎「浅田知定のこと」『久留米郷土研究会誌』第一三号、一九八四年七月二〇日。／原武哲「漱石を『坊っちゃん』にした二人――菅虎雄と浅田知定――」『漱石全集』第十三巻【第2次刊行】月報　二〇〇三年四月、岩波書店。／原武哲『夏目漱石と菅虎雄――布衣禅情を楽しむ心友――』「九　松山落ち」教育出版センター、一九八三年一二月。

〔原武　哲〕

## ■村上　霽月

むらかみ・せいげつ

『霽月句文集』一九七八年刊。

**一八六九（明治二）年八月九日～一九四六（昭和二一）年二月一五日。**

**俳人。愛媛銀行頭取。松山に在住し、その位置から漱石の作品を批評した。五高時代の漱石を熊本出張のついでに訪問、句合わせをする。**

父・久太郎、母・ナヲの長男として、愛媛県伊予郡西垣生（通称、今出《いまいず》。現・松山市西垣生町）に生まれる。本名、半太郎。村上家は、祖父・半六の時代に産をなした素封家である。七七年、祖父に連れられて四国遍路に出る。

▼八三年、父隠居のため、家督を相続する。八四年、愛媛県尋常中学校（松山中学校）に入学。

▼八六年七月二〇日、愛媛県第一中学校（松山中学校の後身）初等中学科第四級を修業。第一中学校廃校のため、一二月二日、父とともに上京。同月一九日共立中学に入学。予科第三級に進む。九〇年、本科一部第一年（政治科）に入る。

▼九一（明治二四）年、第一高等中学校を退学。帰郷し家業を継ぐ。今出絣《かすり》株式会社社長に就任。自然に親しみ、俳句を作り始める。

▼九二年、戸田村長代《たけよ》と結婚。九三年、三月八日以後、新聞『日本』文苑欄に投稿し始める。最初の句「空青し海青し白帆ちらほら春の風」。大阪で『蕪村句集』前編上巻を入手。以後、*蕪村を愛好し蕪村調の句を作る。*正岡子規に通底する傾向が初期からあった。

▼**九五**年八月五日、松山中学に赴任していた漱石は、*浅田知定を訪ねた折りに霽月に会う。九月一六・二二日、漱石の下宿先（愚陀仏庵）を霽月が訪問した折に、子規から漱石を紹介される。子規はそこで療養中だった。子規・漱石・柳原極堂とともに運座を催す。一〇月七日、漱石と子規は、今出に霽月を訪ねる。一一月七・九日、上京中の霽月は子規庵を訪ね句会をする。

▼**九六**年三月一日、今出の霽月邸を漱石・高浜虚子*が訪ね、神仙体の俳句を作る。霽月のその折りの句「子規が来て漱石が来て神仙體」。四月一〇日、漱石と虚子を三津浜港で見送る。その際に、漱石は霽月に「逢はで散る花に涙を濺《そそ》げかし」の句を贈り、霽月はこれに応えて「二人まで友を送りて行春や」を贈った。更に、二人に対して贈った句。「春風や羨君東西南北客」。この頃霽月は、「業余俳諧」の語で自己の俳諧観を明らかにしていく。俳句とは、業余（本来の仕事以外のもの）であり、自己の心情を楽しませるためにすべきで、名声を望んだり本業を妨げたりすべきではないと主張した。

▼**九七**年一月一日、漱石は霽月宛葉書で「臣老いぬ白髪を染めて君が春」という句を送る。同月一五日、柳原極堂『ほととぎす』を松山で発刊。霽月は、創刊号から投句、六号以後は、一一号まで選者となる。一〇月、伊予農業銀行を設立して頭取に就任。今出吟社を結成、晩年まで後進の指導にあたる。

▼**九九**年一月三一日、熊本に出張し宿泊していた研屋《とぎや》旅館を漱石が訪ね、深夜まで、生と死の問題について意見をかわす。霽月が、死後をいかに見るかと問うと、漱石は生も死も皆刹那の連続じゃないかというような哲学論を話す。俳句も作る（「漱石君を偲ふ」『渋柿』第三〇号）。

**九九**年一〇月から一一月にかけて三週間の九州旅行をした霽月は、熊本の漱石に会って、句合わせをしたいと手紙を出した。漱石は直ぐ研屋旅館に霽月を訪ねたが、あいにく不在で、名刺の裏に返事を書き置いた。「御手紙拝見致候。今晩又は明日御閑あらば御出被下たし。明日は午後より在宅。大兄の御閑の時刻わからぬ故失礼ながら御足労を煩はし候。」（一〇月三一日）。霽月はその夜、午後七時ごろ、雨蕭々と降る中、内坪井町の漱石宅を訪れ、句合わせをする。霽月は「夜寒み内坪井の家たゝきけり」と詠み、漱石は「見るからに君痩せたりな露時雨」「白菊に酌むべき酒も候はず」と詠み、閑談一一時に至って宿に帰った。霽月の帰りの句「長き夜を半分話して別れけり」「濠端を独帰るや夜半の秋」。

翌一一月一日、霽月は商用で八代に行って、夕方熊本に帰り、夜漱石が研屋に霽月を訪ね、閑談。句合わせをした。「行秋」の題で「抜けば祟る刀を得たり暮の秋　漱石」「行秋を熊本に来て友一人　霽月」と句を合わせた。一夜で一〇対の句合わせをした。最後に漱石は長崎に行く霽月に、「長崎で唐の綿衣をとゝのへよ」の句を送った。後に霽月は「九州めぐり句稿」として、紀行をまとめた。

▼**一九〇二**（明治三五）年一月一二日から、『愛媛新報』付録の「日曜集」の選者となる（翌年一月一六日まで）。

▼**〇六**年四月二九日、河東碧梧桐*が初めて霽月邸を訪ね句会を催す。〇七年、今出産業信用組合を設立して組合長に就任。

▼**〇九**年五月五日創刊の『四国文学』の顧問となり、約二年間俳論などを発表。

▼**一三**（大正二）年一〇月、愛媛県信用組合連合会を設立して会長に就任。漱石は、自ら描いた墨竹画三枚の内、一枚を「君に上げる理由は君があの小さい絵に興味をもつてゐたからでもあるが何といふ事なしに君なら愛玩してくれるだらうといふ気がするから」（同年一〇月九日付霽月宛漱石書簡）と贈呈する。

▼**一五**年、松根東洋城*の『渋柿』に参加。一六年五月、霽月は新潟市からの帰途に漱石宅を訪問するが、これが最後の面会となる。

▼**一七**年、霽月は、前出「漱石君を偲ふ」

で、漱石の小説を「野卑猥褻でなく超然一段高処より社会を見男女を見て批評的に情緒を細説密叙し、而も其見方説き方が俳句的縹緲たる神韻のあることを欣賞して居つた」と高く評価する。漱石の方でも、「時々予の如是漱石小説観を話すと、有り難う兎に角僕の書いたものを面白いと思つて読んで呉れると聞いて悪い感じはしないなど、云つて居つた。」と応じている。そして、この文の末尾に「何時も訪ふを訪はざりし永はの別れ寒む」の追悼句を詠んでいる。

▼二〇年、この頃から、漢詩に俳句を和する「転和吟《てんなぎん》」を創始する。ある時、漱石の漢詩を読んでいると俳句が浮かぶ。霽月は、これを「転和吟」と称し、以後熱心に漢詩の転和に力を入れた。漢詩から得られた発想や感興をもとに俳句を創作するものだった。漢詩の作者は漱石だけでなく子規・良寛*・李白・杜甫などに及んだ。

▼二二年、俳誌『はざくら』に『ふるさと』を統合し、引き続き雑詠選者となる。三月、伊予農業銀行と松山商業銀行を合併、愛媛銀行を設立して頭取に就任。

▼二九（昭和四）年、画から得られた感興を基に俳句を作る「題画吟」を試み始める。何かの範例によらず自らの発想を大切にして、句作を通して精神の鍛錬に励んでいった。

▼三〇年一月、金解禁にともなう混乱で合併契約履行の責任を負い、後に一切の私財を投じた。三一年、『霽月句集、第一巻転和吟』（政教社）を刊行。三三年までに全三巻刊行。三九年六―七月、産業組合中央会の満洲視察団に加わり、移民地等を視察。

▼四六（昭和二一）年二月一五日、永眠。七六歳。戒名は「東韻院光風霽月居士」。

▼霽月は、業余俳諧を旨として創作したが、漱石の作品を愛好し良き批評者だった。

〔**参考文献**〕『村上霽月、第二五回特別企画展図録』松山市立子規記念博物館、一九九二年。／「漱石君を偲ふ」（『渋柿』第三〇号、一九一七年二月）。／『霽月句文集』霽月村上半太郎翁生誕百年祭実行委員会、一九七八年一一月三日。

［坂本正博］

## ■高浜　虚子

たかはま・きょし

『明治文学全集』56「高浜虚子集」一九六七年刊。

**一八七四（明治七）年二月二二日**（臍の緒書き二月二〇日）**〜一九五九**（昭和三四）**年四月一日。**

**俳人・小説家。正岡子規*を通じて漱石と知り合い、『ホトトギス』を主宰する虚子によって「吾輩は猫である」が生まれ、小説家漱石誕生のきっかけをつくった。**

愛媛県松山市長町新丁（湊町四丁目）に父・池内《いけのうち》庄四郎政忠（後、信夫）、母・柳《りう》（山川氏）との間に四男として生まれる。本名、清《きよし》。俳号、放子・興亭・虚子。別に、半壺生・淡路町人・日暮里人など。父は旧藩時代の石高百石。柳生流の剣客で藩の祐筆もつとめた。正岡子規の少年時期の家とは北裏続き。七四年より、松山から三里半北の風早郡別府村大字柳原西の下《げ》（現・北条市）に移住。八歳までの少年の脳裏に刻まれた風早の風光は故郷の印象を刻み、帰省の度に大師堂の巨松の下に佇んだ。一九一七年の句で「此の松の下に佇めば露の我」と詠む。父の謡、特に風光八景の歌の境地を愛し、幾多の小品で描いている。

▼八一（明治一四）年、一家で松山市榎町に帰り、智環学校に入学。『俳諧師』によれば、おとなしい成績の良い子で、他に対しては小心、やわらかな物腰で空想にふけった。人に負けることが大嫌いな子であった。家計は苦しかった。八二年、松山市玉川町八四番地に移転。祖母高浜峯が没し高浜姓を名乗る。八六年、新設の松山高等小学校に入学。

▼八七年、伊予教育義会創設の伊予尋常中学校に入学。同級生に河東*秉《へい》五郎（碧梧桐、一歳年上）がいて、八九年回覧雑誌『同窓学誌』を発行、碧梧桐と親密になる。九〇年、野球のバッティング指導を正岡子規から受けたのが二人の最初の出会いであった。

▼九一年三月二五日、父信夫が逝去。五月二三日に、碧梧桐の兄が子規の友人であった縁で、子規に初めて書簡を出す。この年の夏、松山に帰省した子規から俳句創作の指導を受け始める。子規からの一二月二〇日付の書簡を受けて虚子の号を使い始める。この頃、森鷗外*の『舞姫』他の小説を読んで感銘し、小説創作の夢をふくらます。

**▼九二**年、伊予尋常中学校卒業後に京都の第三高等中学校予科に入学。同年一月二〇日付の子規宛書簡で「小説に対する希望と飯が食へぬといふ処世的な意見」を伝えると、子規は「小説家となれと勧むるに非ず。只其意志を貫け」（一月二三日付）と激励する。また、五月四日付の虚子宛書簡で「僕は小説家になるを欲せず詩人とならんことを欲す」と記す。七月一五日、松山市延齢館に、子規・虚子・碧梧桐集まり句会競吟五題を催し、五回まで続ける。八月一〇日、漱石が松山に来て湊町の子規宅を訪ねた折り、大学の帽子をかぶった漱石と初めて会う。その後、子規から漱石の話をしばしば聞く。

▼九三（明治二六）年、春期休暇を利用して上京し根岸の子規宅に数日滞在、句会にも参加。学制改革のため、一年遅れて三高に入学した碧梧桐と共に九四年に仙台の第二高等中学校に転校。一〇月には退学して、碧梧桐とともに上京する。碧梧桐は子規宅に、虚子は新海《にいのみ》非風《ひふう》と同居する。子規の指導の下で、俳句創作を始める。

▼九五年三月、子規が日清戦争従軍のため渡清するのを見送る。五月、帰国の途中に子規が肺結核を悪化させ大喀血し、神戸病院に入院。駆けつけて看病する。一時期、早稲田専門学校（現・早稲田大学）に籍を置く。一〇月五日より一二月二〇日まで『日本人』に「俳話」を連載。一二月に、子規から後継者となるように依頼されるが断る。学問をしてまで文学者になろうとは思わないが、子規の仕事を継承する気持ちではいた。

**▼九六**（明治二九）年一月三日、子規庵で開かれた句会で漱石と同席する。同年第二回では、鷗外・漱石も同席する。三月一日、松山に帰省した折りに、松山中学に赴任していた漱石の下宿を訪問。それ以後もしばしば訪問し、道後温泉にも同行する。その帰り道に二人で神仙体の俳句を作る。その内の一句、「蛤《はまぐり》や折々見ゆる海の城」（「海の城」は蜃気楼。大蛤が吐く息でできるという風聞を踏まえている）。『国民新聞』の俳句欄を担当。四月一〇日、熊本の五高に赴任する漱石と共に三津浜港を出港し、宮

島で一泊する。同年一二月五日付虚子宛漱石書簡では、「凡て近来の俳句一般に上達巧者に相成候様子に存候読売抔に時々出るのは不相変まづき様覚候まづしと云へば小生先頃自身の旧作を検査致し其まづきことに一驚を喫し候作りし当時は誰しも多少の己惚《うぬぼれ》は免るべからざる事ながら小生の如きは全く俳道に未熟の致す処実に面目なき次第に候」と記している。漱石は自身の句を省みながら、虚子の句を批評した。

▼**九七**年一月、柳原極堂は俳誌『ほとゝぎす』を松山で創刊。子規・虚子も協力する。六月、大畠いとと結婚。この頃、『日本』（同年三月七日）掲載の漱石句「累々と徳孤ならずの蜜柑哉」を、「この句の如きも徳孤ならず、必ず隣有りと云ふ成句と蜜柑とを結び付けて、其真面目な道徳的の言葉と唯だ黄色く密生して居る蜜柑とを同じものの如く観た所に、氏の極く真面目な点から発足して居る一種の滑稽味が出て居る。」と後に虚子は評価した（「漱石氏を憶ふ」『時事新報』、一九一七年一二月七日）。

▼**九八**年一月、万朝報社に入社するが六月には退社。同年一月六日付の漱石からの書簡で、結婚を祝して「初鴉東の方を新枕」との句を贈られる。一〇月、『ほとゝぎす』の発行所を東京市神田区錦町一丁目一二番地に移し、第二巻第一号から虚子を発行人、誌名を『ホトトギス』と改名、子規が主宰して発行するようになる。一一月七日、母、柳逝去。一二月、同区猿楽町二五番地に移転し『ホトトギス』の発行所も移る。

▼**九九**年四月発行の『ホトトギス』第二巻第七号に「英国の文人と新聞雑誌」と題した評論を漱石に執筆してもらう。

　一二月一一日付漱石書簡では、『ホトトギス』の発行について、「天下を相手に呼号する以上は主幹たる人は一日も発行期日を誤らざる事肝要かと存候。」と叱咤し、更に消息欄に記される同人間の消息に対しても「楽屋落の様な事を書かれる事あり」同人誌の時とは違って「天下を相手にする以上は二、三東京の俳友以外には分らず随つて興味なき事は削られては如何加之《しかのみならず》品格が下る様な感じ致候」。俳句の良し悪しを大事にするように苦言する。子規への直言と相まって漱石の位置を伺わせる。

▼**一九〇〇**年九月、子規は写生文を提唱し始めていたが、根岸庵のその枕元で山会（文章会）を始める。九月七日、イギリス留学の漱石を送別する句「二つある花野の道のわかれかな」を贈る。八日、漱石は出国し、香港からを初めてとして海外からの書簡を『ホトトギス』に掲載する。一二月一六日、長男、年尾誕生。同年の句、「遠山に日の当りたる枯野かな」。

▼**〇一**年四月、『ホトトギス』誌上発表、漱石の句、「もう英国も厭になり候。吾妹子を夢みる春の夜となりぬ」（二月二三日）。五月、六月と続けて『ホトトギス』誌上発表の「倫敦消息」を、虚子は「後年の「吾輩は猫である」をどことなく彷彿せしめるところのものがある。」と評している（「漱石氏と私」『子規と漱石と私』）。子規の病状が悪化したので碧梧桐とともに輪番で看護し翌年の逝去まで続ける。九月、『ホトトギス』の発行所と共に麹町区富士見町四丁目八番地に移転する。

▼**〇二**（明治三五）年九月一九日に子規が逝去するのを見送るが、その折りの句、「子規逝くや十七日の月明に」。漱石に子規の死を報じ、戒名を「子規居士」としたこと、漱石の倫敦通信が子規を慰めたことを知らせた（一〇月三日）。子規の絶筆「糸瓜《へちま》咲て痰のつまりし佛哉」「痰一斗糸瓜の水も間にあはず」「をととひのへちまの水も取らざりき」を漱石に知らせ、大龍寺に埋葬

したことも記した。
▼〇三年の句、「秋風や眼中のものみな俳句」。写生俳句の真髄を体現する句である。「眼中のものみな」自然（俳句）ということは、主観をおさえて自然を観察することに集中する作法の提唱である。更に「眼中のもの」は見られたもの、写生によって発見され描写されたものだと深めていく。一月に碧梧桐は日本新聞社に入社。すでに前年から『日本』俳句欄の選者になっていて独自の主張を展開し始めていた。九月に『ホトトギス』に発表した碧梧桐の「温泉百句」を、同誌編集者の虚子は一〇月の「現今の俳句界」（『ホトトギス』）で批判した事から、二人の論争が始まる。その後、碧梧桐の全国行脚と共に新傾向俳句運動が広く浸透していく。一一月一五日、次女、立子誕生。一二月、漱石はすでに帰国しているが、能楽に誘いたびたび能鑑賞などに誘い出す。
▼〇四年、「能は退屈だけれども面白いものだ。」と、漱石の感想を得る。虚子は連句を試みていたが、九月、漱石宅を訪問し*坂本四方太と三人で連句を作る。それを受けて、漱石とともに俳体詩を試み「尼」（『ホトトギス』一一月、一二月）を作る。その後も漱石は、「続いて「冬の夜」「源兵衛」なぞの、今度は氏一人で作った俳体詩ができた。殊に「冬の夜」以下は一七字一四字長短句の連続でなくて、五五の調子の連続であったり、五七の調子の連続であつて、俳体詩といふ名はありながらも最早連句の形を離れた自由な一篇の詩であつた。」（「漱石氏と私」）と、当時の様子を虚子が語っている。この虚子と漱石との合奏以後、虚子は山会（子規の生前からその枕元で文章の朗読会が開かれていた。「文章には山がなくては駄目だ」という子規の言による）での文章の発表を勧める。子規は、印象明瞭な文章を好み、山とは絵画的で明快な形象美を造形することと考えていた。虚子はそれに対し「読み過ごして後に何か心に残るものがある（中略）谷といふ方が適当しているやうな心持」（『俳句の五〇年』、中央公論社、一九四二年）を想定して実作を積み重ねていた。身辺雑記的な作品を通して「諸法実相」に包まれた自己を見つめていた。漱石にも山会に原稿を出すように依頼していたが、一一月末から一二月初旬の発表当日に漱石宅を訪ねると、数十枚の原稿用紙に書かれたものを愉快そうに見せて、虚子に朗読を依頼する。とにかく面白いと推賞するが、削る必要も指摘しその場で直す。その原稿を山会で虚子が朗読すると讃嘆の声があがり、題を冒頭の「吾輩は猫である」に決める。
▼〇五（明治三八）年一月発行の『ホトトギス』第八巻第四号に発表する。その消息を「漱石氏と私」で次のように記している。「漱石氏の機嫌が悪かつたといふことは学校に対する不平が主なものであつたらう。さういふ場合に、連句俳体詩などがその創作熱をあほる口火となつて終に漱石文学を生むやうになつたといふことは不思議の因縁といはねばならぬ。猫を書きはじめて後の漱石氏の書斎には俄かに明るい光がさし込んで来たやうな感じがした。漱石氏はいつも愉快な顔をして私を迎へた」。読者の好評をえて続編を書くことになり、『ホトトギス』の売り上げも伸びたので、虚子の側からも続編を要望する。その第六章（第九巻第一号、同年一〇月発行）に虚子を実名で登場させる。寒月が創作した俳劇で、その設定では、花道から虚子が本舞台に出てくると、「大きな柳があつて、柳の影で白い女が湯を浴びて居る、はつと思つて上を見ると長い柳の枝に烏がとまつて女の行水を見下ろして居る」。虚子は俳味に感動し「行水の女に惚れる烏かな」と大きな声で

一句朗吟する。この句は、一九〇五年八月に『ホトトギス』掲載の虚子の句。虚子はこの一節が気に入ったのか、後に「漱石の俳劇」（『俳諧』第一号、一九三八年）にその一節の本文を紹介している。『帝国文学』『中央公論』などの雑誌からも漱石への原稿依頼が続出し、一躍多忙な作家として登場する。その触媒の役割を果たした虚子も刺激を受け、写生文でなく小説と呼んだ作品を次々に発表していく。

同年九月一七日付の虚子宛書簡で、漱石は「とにかくやめたきは教師、やりたきは創作。創作さへ出来れば夫丈《それだけ》で天に対しても人に対しても義理は立つと存候。自己に対しては無論の事に候。」と、小説創作が生きる方向を転換するきっかけとなったことを告白している。その後は次第に『ホトトギス』への寄稿は減っていき、鈴木三重*吉をはじめとして漱石門下の初期の作品を発表する場になっていく。

▼〇六（明治三九）年、『ホトトギス』四月号附録に「坊っちゃん」を掲載。同年八月七日付の畔柳芥舟宛書簡で、漱石は「吾輩は猫である」を解説し、苦沙弥君などの発言を「彼等の云ふ所は皆真理に候然し只一面の真理に候。決して作者の人世観の全部に無之故其辺は御了知被下度候。あれは総体が諷刺に候現代にあんな諷刺は尤も適切と存じ猫中に収め候。もし小生の個性論を論文としてかけば反対の方面と双方の働らきかける所を議論致し度と存候」と弁護する。更に進めて、一〇月二六日付の三重吉宛書簡で、漱石は自己満足に終わる文学から脱皮する意志を表明し「現実世界は無論さうはゆかぬ。文学世界も亦さう許りではゆくまい。かの俳句連虚子でも四方太でも此点に於ては丸で別世界の人間である。あんなの許りが文学者ではつまらない。といふて普通の小説家はあの通りである。僕は一面に於て俳諧的文学に出入すると同時に一面に於て死ぬか生きるか、命のやりとりをする様な維新の志士の如き烈しい精神で文学をやつて見たい。それでないと何だか難をすてゝ易につき劇を厭ふて閑に走る所謂腰抜文学者の様な気がしてならん」と伝える。虚子の写生文を越えていく、小説家漱石の胎動の一端が分かる。

▼〇七（明治四〇）年四月、『ホトトギス』に「風流懺法」を発表、「斑鳩物語」（五月）。「大内旅宿」（七月）なども同誌に発表。自己の境遇を見つめる写生文的小説を発表していく。

▼〇八（明治四一）年一月一日、これら一〇篇を集めた『鶏頭』（春陽堂）を刊行するが、その序を漱石が書く。小説を「余裕のある小説」と「余裕のない小説」との二種類に分ける。そして前者を「逼《せま》らない小説」「「非常」と云ふ字を避けた小説」、後者を「セッパ詰まつた小説」「息の塞《ふさが》る様な小説」と呼ぶ。虚子の小説は前者に属すとし、それを「低徊趣味」と形容して「一事に即し一物に倒《たふ》して、独特もしくは連想の興味を起して、左から眺めたり右から眺めたりして容易に去り難いと云ふ風な趣味を指すのである。」と紹介する。明らかに当時勃興していた自然主義派を意識した論調である。しかし「人間の運命と云ふ事を主にして見ると、あまり成功して居らん。只大内旅館丈《だけ》はうまく出来てゐる。」と評し、虚子の写生文自体が平面的な描写にとどまっていることも課題として指摘する。長編「俳諧師」を二月一八日から七月二八日まで『国民新聞』に連載。一〇月、『ホトトギス』雑詠の選を始める（〇九年七月まで）。同月、俳友吉野左右衛門の紹介で国民新聞社に入社、文芸部を創設し文芸部部長となる。同年の句、「金亀子《こがねむし》擲《なげう》つ闇の深さかな」。

▼〇九年九月刊の『俳諧師』（民友社）は、モデルを子規やその周辺の俳人に取材し彼らの動静を記した。また、自己の無頼の青春を振り返り宗匠としての自画像も描いている。

▼一〇（明治四三）年八月、転地療養先の修善寺温泉で漱石が病状を悪化させたため、二五日に駆けつける。八月二八日の『国民新聞』に「夏目漱石氏の病状」を発表。九月に国民新聞社を退社し、『ホトトギス』の再建に取り組む。一〇月一一日に、漱石の帰京を新橋停車場に出迎え、漱石は長与胃腸病院に入院。一二月二日、虚子は鎌倉由比ヶ浜同朋町に移転。

▼一一年、虚子は、自身の写生文が小説の水準に高まるために必要なことを、随想「石火矢」（『ホトトギス』一月以降連載）で、「写生文の路の行手に一つの大きな沼がある。此沼には以前度々出喰はしたのだがいつも避けて通つた。今度は避けない。避け無い覚悟で出発したのだ。」と述べるが、根本的な発展は見られない。一二年七月号より『ホトトギス』雑詠選を復活しその挽回を図る。碧梧桐の新傾向俳句の胎動に対処するためであった。

▼一三（大正二）年の句、「一つ根に離れ浮く葉や春の水」を解説して「小さい驚きと喜び」（「其後の句作」、同年二月）と述べるが、自然の非情を客観的な写生で写し取る心境に達している。『ホトトギス』の発行所が牛込区船河原町一二番地に移転。

▼一五年、『大阪毎日新聞』の俳句欄を担当。五月に、『柿二つ』（新橋堂）を刊行する。これは子規をモデルにした写生文であったが、執筆中に数通の書簡を受け取り「子規居士を描いた、といふ事実上の興味に就いて」ふれていて、「『柿二つ』が何人かに愛読されたならば、其は大概此の事実上の興味に因ったものと考へねばならぬ。」とその序で述べている。写生文の力よりもモデルへの興味で読まれるもの、この限界を越えることが写生文でできうるのか、この難題を自ら認めている。

▼一六（大正五）年一二月九日、漱石は午後六時四五分逝去するが、直前に駆けつけ、「僕、高浜虚子ですが」と言うと「有難う」と答える。翌日、『東京朝日新聞』に虚子他の追悼文が掲載される。

▼一七年、『ホトトギス』の第二〇巻第五号二月号より「漱石氏と私」を連載し始め、第二一巻第一号一〇月号で完結。一八年に『漱石氏と私』（アルス）を刊行。

▼二三年、『ホトトギス』の発行所が丸ノ内ビルディング六階六二三区に移転。

▼二七（昭和二）年頃より花鳥諷詠をとなえるようになる。素材としては、四季の変化、それに呼応する日本人の感情を重視。また即物描写が写生の中心で、感情は背後に潜めるのが良いとする。そして趣味的な情感を陶治して、日常の雑念の上に超脱することによって、自然と照応する句が生まれると主張する。二八年一一月の句、「流れ行く大根の葉の早さかな」。

▼三七年、帝国芸術院会員となる。同年の句、「たとふれば独楽のはぢける如くなり」、一月一日に逝去した碧梧桐を追悼した。四〇年、日本俳句作家協会会長。

▼四二年に刊行した『俳句の五〇年』で、「文章と俳句は裏表になり、綯ひ交ぜになり、私の生涯に附きまとつてきてゐるやうに感じます。やはり小説とか文章とかいふものは、老年になつた今日でも心を引くところのものであり（中略）しばらく俳句の方は休んでも、その方に力を尽す時が来ないとも限らない」と、小説への執着を語っている。五月に日本文学報國会俳句部会長となる。

▼四四年九月、信州小諸町野岸三二八八に

疎開。四七年一〇月、鎌倉に戻る。
▼四九年四月の句、「虚子一人銀河と共に西へ行く」。
▼五一年三月、『ホトトギス』雑詠選を長男の年尾に譲り後見する。もう一方で次女立子主宰の『玉藻』にも協力する。
▼五四年一一月、文化勲章受章。
▼五九（昭和三四）年四月八日午後四時、鎌倉市原ノ台の虚子庵で永眠。八五歳。戒名「虚子庵高吟椿寿居士」。
▼子規を媒介にして虚子と漱石は出会う。写生文を目指す虚子は漱石にも勧め、「吾輩は猫である」の創作に導いた。だが、漱石の創作が胎動するにつれて虚子の平面的な描写を指摘するようになった。

〔**参考文献**〕山口誓子・松井利彦・今井文男編『高濱虚子研究』右文書院、一九七四年三月三〇日。／高濱虚子『子規と漱石と私』永田書房、一九八三年七月二五日。／『定本高濱虚子全集』別巻、松井利彦「虚子研究年表」毎日新聞社、一九七五年一一月三〇日。

［坂本正博］

# ■河東 碧梧桐
かわひがし・へきごとう

『明治文学全集』56「河東碧梧桐集」一九六七年刊。

**一八七三（明治六）年二月二六日〜一九三七（昭和一二）年二月一日。俳人、ジャーナリスト。漱石は*正岡子規を仲介して*高浜虚子・碧梧桐を知り、『ホトトギス』や謡を通じて交流した。**

愛媛県松山市千舟町七一番戸に父・河東坤（号は静渓）、母・せいの五男として生まれる。本名、秉五郎《へいごろう》。別号に青桐・女月・桐仙・海紅堂主人など。父は松山藩学明教館の教授、食録百石の士族。廃藩後は、旧藩主久松家の松山詰家扶を勤める。
▼七八年、勝山小学校に入学。父から四書五経の素読を授けられる。子規も同小に在学したが翌年卒業。虚子は四歳。
▼八七年、松山高等小学校から伊予尋常中学校に転じ、虚子と同級生になる。
▼九〇年、三月二三日発句集を作り、初めて子規の添削を受ける。子規から上京して勉強するようにと勧められる。
▼九一年三月、中学を四年で中退し上京して旧藩主久松家の常磐会宿舎に寄宿し、一高受験のため錦城中学五年に入る。この時、虚子を子規に紹介する。七月、試験に落ち帰国して中学に復校する。帰省中の子規をかこんで句作し、碧梧桐の号を使い始める。
▼九二（明治二五）年七月一五日*、松山市延齢館に、子規・虚子・碧梧桐集まり句会競吟五題を催し、五回まで続ける。
▼九三年、新聞『日本』の子規選俳句欄にしばしば入選。六月、中学を卒業。九月、京都の第三高等中学校に入学。
▼九四年、父の静渓が逝去。九月、学制改革のため、虚子と共に九四年に仙台の第二高等中学校に転校。一〇月には退学して、虚子と共に上京する。碧梧桐は子規宅に、虚子は新海非風《にいのみひふう》と同居する。子規の指導の下で、俳句創作を始める。
▼**九五**年、虚子と共に同宿を転々とし、吉原に通ったり、寄席で女義太夫を追ったりして放蕩を重ねる。三月、子規が日清戦争

従軍のため渡清するのを見送る。子規の代わりに『日本俳句』代選の主任を務める。五月、帰国の途中に子規が肺結核を悪化させ大喀血し、神戸病院に入院し危篤に陥る。六月、子規の母を連れて入院中の子規を見舞う。子規は八月に松山に帰省。四月から松山中学の英語教師として赴任していた漱石の下宿（愚陀仏庵）に二七日から同居、一〇月一九日まで五二日間寄宿する。一階を子規、二階を漱石が使い、松山の松風会の会員が来訪する。一〇月六日には、漱石と一緒に道後温泉を吟行している。道中、写生俳句を漱石に手ほどきする。漱石は、九一年に「俳道発心」と子規に伝え「愚陀仏」と号して俳句仲間に加わっていた。漱石が創作で身を立てるようになったのは、この二人の同宿から始まると碧梧桐は考え次のように述べる。「この松山の子規との同棲に胚胎してゐるのだつた。漱石が一七字を並べるやうになつたのもこの時だつた。追ひ〳〵子規派の作者として、ユーモアの濃厚なウイットに富んだ一異彩とも見られるやうになつた。」（「漱石と子規」『子規の回想』）。

八月、帰京して日本新聞社に入社するが、放蕩は続いていて九六年に退社。雑誌『新聲』の俳句欄選者となる。

▼**九六**年一月三日、子規庵で開かれた句会で漱石と同席する。同年第二回では、森*鷗外・漱石も同席する。同年の句、「赤い椿白い椿と落ちにけり」を子規が印象明瞭と評価する。

**九六**年一一月一日付水落露石宛漱石書簡によると、「虚子碧梧両人近頃新調に傾き候やに承はり候何にもせよ頼もしき事に御座候」と虚子・碧梧桐の活躍は熊本まで聞こえている。

**九六**年一一月一五日、漱石は子規に手紙を寄せ、伊底居士（久留米梅林寺や熊本見性寺で修行）に「漾虚碧堂図書」という蔵書石印を彫ってもらった、漾虚碧堂とは虚子と碧梧桐を合わせたような堂号であるが、「春山畳乱青春水漾虚碧」という句から取ったものである、と語呂合わせを面白がっている。

▼**九七**年一月、柳原極堂は俳誌『ほとゝぎす』を松山で創刊。碧梧桐・子規・虚子も協力する。六月頃、北陸に旅して『日本』に「ひとりたびの記」を連載。七月一八日、漱石が上京したので、子規庵臨時小句会に出席する。

▼九八年三月、日本派の第一句集『新俳句』（子規閲、民友社）を刊行。明治の俳句集の最初のもので、碧梧桐の句も収録。子規庵で歌会が始まり参加する。五月。京華日報に入社。一〇月、『ほとゝぎす』の発行所を東京市神田区錦町一丁目一二番地に移し、『ホトトギス』第二巻第一号から虚子を発行人、子規が主宰して発行するようになる。

▼九九年五月、病気の虚子に代わって一時『ホトトギス』編集。

▼**一九〇〇**（明治三三）年、子規庵で山会が始まり参加する。一〇月、青木月斗の妹繁枝と結婚し、東京市神田猿楽町二一番地に新居を構える。

▼〇一年九月、『ホトトギス』編集に加わる。

▼**〇二**年、子規庵に近い上根岸七四番地に移転。ここでも句会を催す。子規の病状が悪化したので、虚子とともに輪番で看護し逝去まで続ける。九月一九日に子規は逝去。同月、子規の後を継いで『日本』俳句欄の選者となる。一一月、子規の逝去をロンドンの漱石に知らせる。

▼〇三年一月に碧梧桐は日本新聞社に入社、同月、虚子と共に湯河原に遊ぶ。七月、足尾銅山見学、磐梯山地方の温泉を巡

る。八月、碧童を連れて浜松・岐阜・名古屋に遊ぶ。すでに前年から『日本』俳句欄の選者として独自の主張を展開し始めていた。九月に『ホトトギス』に発表した碧梧桐の「温泉百句」を、同誌編集者の虚子は一〇月の「現今の俳句界」（『ホトトギス』）で批判した事から、二人の論争が始まる。一一月、「現今の俳句界を読む」（同誌）で、虚子に応酬する。『俳諧漫話』（新聲社）、『俳句評釈』（人文社）刊。一二月、虚子は、「再び現今の俳句界に就て」（同誌）で碧梧桐に応酬する。その後、碧梧桐は東京を発ち、名古屋・京都・大阪を経て全国行脚し帰京する。

▼**〇四**（明治三七）年一月、神戸・大阪・岐阜を経て帰京。新傾向俳句運動が広く浸透していく。九月、大須賀乙字が大学入試のために仙台より上京。碧梧桐門下で俳三昧会に参加する。

▼**〇五**年八月一二日から月末まで、碧童宅で俳三昧会。九月一〇日から一〇月四日まで俳三昧会。その周辺に乙字、荻原愛桜（後の井泉水）などが集まり、新機運を醸成していく。虚子が、漱石にも山会（碧梧桐も出席していた文章会）に原稿を出すように依頼していたが、一一月末から一二月初旬の発表当日に漱石宅を訪ねると、数十枚の原稿用紙に書かれたものを愉快そうに見せて、虚子に朗読を依頼する。とにかく面白いと推賞するが、削る必要も指摘しその場で直す。その原稿を、山会で虚子が朗読すると讃嘆の声があがり、題を冒頭の「吾輩は猫である」に決める。

▼**〇六**（明治三九）年五月一九日、漱石は虚子に手紙を寄せ、「一寸伺ひますが碧梧桐君はもう東京へは来らんですぐ行脚にとりかゝりますか」と尋ね、碧梧桐の全国行脚に関心を寄せている。六月三日付虚子宛漱石書簡でも、「碧梧桐趣味の遺伝を評して冗長魯鈍とか何とか申され候魯鈍には少々応へ申候。大将はいつ頃出発致候やあれは二年間日本中を巡廻する計画の由なれど屹度《きっと》中途でいやになり候。もしやりとげればそれこそ冗長魯鈍に候。」と、碧梧桐の二年間の日本国内行脚をやり遂げたら、冗長魯鈍だと冷やかしている。

　七月から『新聲』の俳句欄選者は碧童に代わる。

　八月初め、碧梧桐の全国行脚出発に先立って送別会が開かれたが、漱石は所用で欠席した（八月三日付虚子宛書簡）。

　八月、全国旅行第一次を始める。碧梧桐の新傾向俳句の源泉である。東京・千葉に始まり、『日本』に「一日一信」を連載しながら旅を続ける。更に水戸・日光・白河・米沢と足をのばし、『懸葵』にも「所在片信」を連載する。

**〇六**年八月二五日頃、漱石宅に*松根東洋城が来たので、漱石は最近の俳句の傾向について、碧梧桐の句などは一向無趣味なものがあると批判した。また、碧梧桐が本願寺の法主句仏に対して「何々し給ふ」などと無暗に高徳の僧のように敬語を使うのはおかしいと批判した。句仏は碧梧桐の門下生で、人物・学問・徳行から見ても、碧梧桐から「何々し給ふ」と言うのは間違っていると言った（八月二八日付虚子宛書簡）。

**〇六**年九月一日『新小説』に「草枕」を発表し、多くから賛辞が送られた。碧梧桐も旅先から葉書で、一応褒めて、後で悪口が付いている。曰く警句が多いがみな川の流れのように同じ傾向であるから警句の用をなしていない、という。説明を聴いていないので、意味がわからないと漱石は*寺田寅彦に手紙を出した（九月二日付）。

　一一月には、仙台に出て一関・釜石を経て盛岡、大晦日には陸奥上北郡澤田村に至る。この旅行をきっかけにして、碧梧桐を軸にして六朝風の書体が流行し始める。

▼〇七年、青森を経て北海道に渡り、二月に根室に至る。更に、釧路・旭川・小樽を経て四月末に函館に到着。五月、青森を経て、十和田・能代・金川・秋田。九月、横手に滞在し、一〇月、山形・鶴岡を経て、一一月、新潟・佐渡に滞在、月末に長岡、ここで郷里の母の病気の知らせを受けて、一二月三日に帰京後、すぐに帰郷する。

▼〇八年二月、乙字「俳句界の新傾向」(『アカネ』)、八月、碧梧桐「俳句の新傾向に就て」(『日本及び日本人』)などが浸透していき、新傾向俳句が影響力を発揮し始める。漱石は、虚子宛の書簡(一九〇六年八月二八日付)で、碧梧桐の新傾向を「近来の句ことに碧梧桐抔の句には一向無趣味なもの」があると評し関心を示さなかった。

▼〇九年三月二四日、漱石は虚子・碧梧桐と「千寿」「俊寛」を謡う(漱石日記)。三月二六日、漱石は、神田の倶楽部へ謡の会に出席、天下にこれほど幼稚な謡会はない。後で宝生新・碧梧桐・虚子・かやのの四人で「蝉丸」を謡う。「碧梧桐うまし」と彼だけを褒める(漱石日記)。

四月、第二次全国旅行に出立し、甲斐・伊那・福島・長野と巡り。「続一日一信」(『日本及び日本人』)を連載しながら旅を続ける。更に金沢・名古屋・鳥取、翌年にかけて、博多・熊本・沖縄、宮崎に帰り松山・岡山。この頃「無中心論」を唱え始める。内面を俳句に映して「個性発揮」することを主張し始める。

▼一〇年、更に「無中心論」も推進していく。それを「写生の意義を没却」せずに、「自然の現象」を捉えていく(「続一日一信」『日本及日本人』、一九一一年一月一五日)と説明する。全国旅行をうけて『三千里』(第一次分、金尾文淵堂)を刊行。

▼一一(明治四四)年、京都を経て、名古屋・富士山麓を巡り、帰京。四月、新傾向俳句運動の機関誌として創刊された『層雲』に参加するが、季題のことなどで井泉水と対立し離脱する。一一月、『文章世界』で文壇各界の人気投票があり、鳴雪についで第二位となった。一一月一八日、漱石は南明倶楽部に謡を謡いに行くと、碧梧桐・虚子・*四方太なども来ていた。久し振りで同吟した(漱石日記)。

▼一九一二(大正元)年一〇月一四日、漱石は知人の井原市次郎(広島の雑貨・清酒販売店主)から、碧梧桐揮毫の短冊一、二葉を頼まれて、依頼の手紙を出す。碧梧桐から短冊が送られて来たので、一一月一七日、碧梧桐の揮毫を同便で井原に送ってやる。文豪漱石は一市井人の短冊揮毫の仲介取り次ぎまでしているのである。

▼一五(大正四)年、俳誌『海紅』を創刊し、しだいに自由律の方向をとり、やがて季題を捨てるに至る。万有すべてに季節感が及ぶと考え万有季題論を唱え、無季自由律の句を作るようになる。

▼一七年四月、上根岸八二番地の能舞台がある家に移転する。

▼一八年の句、「曳かれる牛が辻でずっと見廻した秋空だ」。

▼一九年一〇月、大阪に創立された大正日日新聞の社会部長になり、芦屋に移転。

▼二〇年一二月二五日から二二年一月二一日までヨーロッパ旅行。紀行・観光文を『海紅』『日本及日本人』『大阪毎日新聞』等に発表する。帰国後、東京に戻る。

▼二三(大正一二)年二月、個人誌『碧』を創刊し、自己の作品を短詩と呼ぶようになる。

▼二四年、*蕪村研究会を自宅に置き、蕪村に関する著述を書いていく。

▼二五年三月、『三昧』を創刊し、三〇年に主宰を風間直得に譲り、三三年三月、還

暦祝賀会で俳壇引退を表明する。
▼一九三七（昭和一二）年二月一日に永眠。六三歳。
▼漱石は正岡子規との関係で、碧梧桐を知り、虚子と共に『ホトトギス』を通じて、一九〇六（明治三九）頃に最も濃密に交流したが、碧梧桐が次第に新傾向の俳句革新運動に向かうにつれて、距離を置くようになった。
　碧梧桐は、漱石にとって俳句創作の先導者だったが、自由律俳句の方向へ歩み出すと漱石は関心を示さなかった。
〔**参考文献**〕河東碧梧桐『子規の回想』昭南書房、一九四四年六月一〇日。／『明治文学全集』第五六巻「高濱虚子・河東碧梧桐集」筑摩書房、一九六七年五月一五日。／『近代文学研究叢書』第四一巻「河東碧梧桐」昭和女子大学、一九七五年五月三〇日。

〔坂本正博〕

## ■松根　東洋城
まつね・とうようじょう

「吟行ナビえひめ　偉大な俳人17人の足跡」。

**一八七八（明治一一）年二月二五日～一九六四（昭和三九）年一〇月二八日。本名、豊次郎。俳号は、これをもじったもの。俳人。芸術院会員。松山中学校で漱石から英語を学び、一高に入学した頃から俳句の添削も受けた。漱石門下生。**

　東京市築地生まれ。父・権六は伊予宇和島藩家老松根図書《ずしょ》の長男で裁判官。母・敏子は宇和島藩主伊達宗城の次女。
▼八四年、築地文海学校入学。後に伊予宇和島に転じ、愛媛県大洲小学校を経て愛媛県尋常中学校（後の松山中学校）に入学。五年生の時、赴任して来た漱石から英語を学ぶ。その頃の漱石を東洋城は後に回想して、「松山時代」（『新小説』臨時号「文豪夏目漱石」一九一七年一月二日）で、「いろ〳〵な説明に身振りを伴随させる」「決して高圧的ではない。飽くまで感化的であつた」「態度が極めて気取らぬ」「吾々はその空前絶後の教師らしからぬ態度に敬服したものである。まづ其当時から一種の仙骨を帯びて居られたと云つてよからう」と記す。
▼**九六**年に第一高等学校に入学。五高教授となっていた漱石に俳句の添削を受ける。漱石宛の第一信に「吾輩は俳諧尋常一年生である、まだ名は無い……などと口真似の下手さ加減」と記す（「俳諧尋常一年生」東洋城『渋柿』第一七六号、一九二八年一二月）。「ゆで栗を峠で買ふや二合半」を賞められる。*子規庵やホトトギス例会、*碧梧桐庵会にも通い句作を続ける。漱石が生涯の俳句の師となる。
▼一九〇〇年、東洋城の号を使い始める。
▼**〇三**（明治三六）年に帰国した漱石に師事する。一高俳句会を指導する。入学していた東京帝国大学法科在学中に腸チフスのため郷里に帰る。〇四年、新設の京都帝国大学仏法科に転学。三高俳句会を指導。
▼〇五年京都帝大卒業。〇六年、宮内省に入り、式部官、宮内書記官、帝室会計審査官を歴任。

漱石は高浜虚子*に出した手紙の中で、「東洋城は遠慮のない、い丶男です。あれは不自由なく暮したからあ丶云ふ風に出来上つたのだらう。夫から俳句をやるからあんなになつたのだらう。僕と友達の様に話しをする。さうして矢張りもとの先生の様な心持をもつてゐる。それが全く自然で具合がい丶。」（〇六年八月二八日）と鷹揚な人柄を紹介した。

漱石は東洋城を、「東洋城といふ法学士が来た。此東洋城といふのは昔し僕が松山で教へた生徒で僕のうちへくると先生の俳句はカラ駄目だ、時代後れだと攻撃をする俳諧師である。先達て来て玄関に赤い紙で面会日抔を張り出すのは甚だ不快な感がある。「僕の為めに遊びにくる日を別にこしらへて下さい」と駄々っ子見た様な事をいふから、そんな事を云はないで木曜に来て御覧といつたからとう〳〵我を折つて来たのである。又松茸飯を食はせてやつた。今日此東洋城と大森の方へ遠足をするのである。」（〇六年一〇月二一日付森田草平*宛漱石書簡）と可愛がった。

漱石の面会日が木曜と定められ、一〇月一一日に第一回目。その後この木曜会*で寺田寅彦・小宮豊隆*等と知り合いになる。

鈴木三重吉*宛の手紙でも、「松根はアレデ可愛らしい男ですよ。さうして貴族種だから上品な所がある。然しアタマは余りよくない。さうして直《すぐ》むきになる。そこで四方太*と逢はない。僕は何とも思はない。あれがハイカラならとくにエラクなつて居る。伯爵ノ伯父や叔母や、三井が親類でさうして三十円の月給でキユキユしてゐるから妙だ。さうしてあの男は鷹揚である。人のうちへ来て坐り込んで飯時が来て飯を食ふに、恰も正当の事であるかの如き顔をして食ふ。「今日も時刻をハズシテ御馳走ニナル」とか「どうも難有う御座います」とか云つた事がない。自分のうちで飯をくつた様にしてゐるからい丶。」（〇六年一〇月二六日）と貴公子然としたおおらかな人柄を愛していた。

▼〇六年三月一九日から虚子と「俳諧散心」を始め、非定型の碧梧桐に対抗する。週一回会合を重ね翌年一月二八日まで続ける。『ホトトギス』「国民俳壇」などに俳句を発表。

▼〇七年、漱石宅で謡を共に謡い始める。

▼〇八年、小説に没頭する虚子に代わって『国民新聞』の「国民俳壇」俳句欄の選を引き継ぐ。『新春夏秋冬』（「春之部」、俳書堂）を刊。漱石の序文に挿入した句「青柳の日に緑なり句を撰む」。「夏之部」（〇九年）の「自序」で、「人生は皆俳諧趣味である」と述べる。漱石が序文を寄せ、「東洋城は俳句本位の男である。あらゆる文学を十七字にしたがる許《ばかり》ではない、人世即俳句観を抱いて、道途に呻吟してゐる。時々来ては作りませうと催促する。題を課して遣つてみると頗る遅吟である。君の句には厭味がある抔《など》と云ふと、中々承知しない。あなたのは十八世紀だと云つて、大変新しがつてゐる。」「向ふでは今日でも余を先生々々といふ。余も彼の髭と金縁眼鏡を無視して、昔の腕白小僧として彼を待遇してゐる」と記している。

七月頃、虚子からの書簡で、漱石の妻（鏡子*）の従妹・山田房子を東洋城が好きになり結婚したがっていると知らせてくる。房子は〇七年から〇八年まで夏目家で働いていた。虚子の世話にもかかわらず、この縁談は成立しない。

九月一四日、『吾輩は猫である』のモデルになった猫の死亡通知を漱石は出し、東洋城他の知人が受け取る。東洋城は「先生の猫が死にたる夜寒かな」の句を作り、『朝日新聞』同年九月二二日「萬年筆」に掲載される。
▼**〇九**年、東洋城の下宿「望遠館」（九段中坂）で毎週一回、句会が催され久保田万太郎・飯田蛇笏等が出席し定型の句法を練磨する。
▼**一〇**年八月六日、東洋城が勧めて、漱石は修善寺温泉に転地療養に向かう。東洋城も同行し、一七日に吐血（修善寺の大患）があり、長与胃腸病院の医師・森成麟造が駆けつける。二二日、東洋城は帰京する。
▼**一一**年、築地に一戸を構える。五月一四日付漱石日記に「松根の宅は妾宅の様な所である」と記す。
　東洋城は母の戒名を漱石に相談し、「霊源院殿水月一如大姉」と決まり、一高教授で漱石の旧友*菅虎雄に揮毫を頼む。その折りに漱石は「たのまれて戒名選む鶏頭哉」の句を詠む（一一年一〇月二一日付東洋城宛漱石書簡）。
▼**一二**年六月、東洋城から「壁十句」を送るように求められ、書簡（六月一七日）で送る。「壁隣り秋稍更けしよしみの灯」など、壁の字を詠み込んだ俳句十句。
▼**一五**（大正四）年二月、『渋柿』を創刊し主宰した。漱石が題簽を書いた。「俳句を誠にした偉大な行者、芭蕉の為さんとしたるところに刻明に精進す」を理想として掲げる。その門下から、野村喜舟・久保田万太郎・飯田蛇笏などが輩出する。
▼**一六**年、虚子が俳壇に復帰したため、「国民俳壇」を退く。その経緯をめぐって虚子と対立。「有感　怒る事知つてあれども水温む」の句を記し、虚子と『ホトトギス』ともに絶縁する。十一月から漱石の病状が悪化し、東洋城他の知人が交代で看病に当たる。一二月初め漱石宅の書斎の柱掛けに、漱石の「風に聞け何れか先に散る木の葉」の句を東洋城は掛け替える。この句は修善寺で療養中に仰臥のまま、苦しいのをこらえて巻紙に書いたものだった。東洋城は、「かういふ風にまとめられるといふのは平素永年ずつと磨かれて来てゐるからだ。生き死にの境を越したばかりではいけない」（『漱石俳句研究』）と評価する。その句意通りに同月九日に漱石は永眠する。それを見送った東洋城は、「今将た再び其父を亡ふの思ひに外ならず」（「終焉記」『渋柿』第三〇号、一九一七年二月）と記す。また臨終に際し、「死顔に生顔恋うる冬夜かな」と詠む。
▼**一七**（大正六）年二月の漱石没後に、『渋柿』第三〇号で「漱石先生追悼号」。一一月に『漱石俳句集』（岩波書店）を刊行。一二月八日に、一周忌の逮夜句座を催し「木枯し」と題して句を詠む。東洋城の句、「その折の凩の音や耳に今」。同月『渋柿』第四四号の「漱石記念号」に、これらの東洋城の句他を掲載。
▼**一八**年、奥州に遊び『新奥の細道』を連載。一九年、官を辞して、一時『朝日新聞』の「朝日俳壇」を担当。寅彦等と連句の研究を始め、芭蕉の連句を昭和の俳壇に復興することに貢献した。二一年、寅彦・豊隆と毎月一回、俳句を通しての漱石研究を始め『渋柿』に連載する。二三年、寅彦と連句の研究を始め、豊隆も帰朝後に参加する。二四年、漱石全集編纂。
▼二五年に、寅彦・豊隆と共著の『漱石俳句研究』（岩波書店）を刊行。歌舞伎俳句を『渋柿』と『歌舞伎』に発表。歌舞伎一八番はほとんど俳句に諷詠する。連句新形式「新三つ物」「起承転結」「二枚折」の創案制作を始める。二七年、「添削実相」を掲載し始める。二八年一〇月一六日の『朝日新聞』に「「秋の江に打ち込む杭の響かな」といふ句に示されたやうな静にすみ切つた心境に在りたいために、不断の修養は並々のものではなかつたであらう」と漱石の回

想を発表する。同年一二月の『渋柿』第一七六号に「俳諧尋常一年生」を発表し、「先生と昔と我と時雨けり」を発表。

▼三一年、『渋柿』「二〇〇号記念号」を刊行。三四年、「句作問答」を掲載し始める。『俳句研究』を創刊。三八（昭和一三年）年、『渋柿』の「東洋城先生還暦記念号」を刊行。三九年、『渋柿』「三〇〇号記念号」を刊行。

▼四四年、空襲が烈しくなり、浅間山麓に疎開。四九年まで滞在。四七年、『渋柿』四〇〇号に達する。五二年一月、隠退し『渋柿』の巻頭句の選を門弟の喜舟に譲る。五四年、日本芸術院会員に任命。五五年、『渋柿』「五〇〇号記念号」を刊行。六二年、漱石の句を揮毫して伊予河内町に句碑創立。

▼一九六四年一〇月二八日、東京国立大蔵病院で心不全のため永眠。八六歳。生涯、婚姻しなかった。戒名は、松月院殿東洋城雲居士。

▼俳句創作に導いた漱石を師と仰ぎ、死後は、漱石全集編纂や俳句の顕彰などに貢献した。

〔**参考文献**〕寺田寅彦・松根豊次郎・小宮豊隆『漱石俳句研究』岩波書店、一九二五年七月五日。／『俳句』「松根東洋城追悼特集」、一九六四年一二月。／『渋柿』「松根東洋城追悼号」、一九六五年一月。／『漱石と東洋城』砥部に句碑をたてる会、二〇〇三年一一月一日。

［坂本正博］

## ■久保　より江

くぼ・よりえ

『漱石全集月報』5、一九三六年三月。

**一八八四**（明治一七）**年九月一七日～一九四一**（昭和一六）**年五月一一日。**

歌人・俳人。九州帝国大学教授*久保猪之吉の妻。漱石が松山時代、下宿していた愚陀仏庵の家主上野義方の孫。上京後も夏目家に出入りし、「吾輩は猫である」苦沙弥先生の姪雪江のモデルに擬せられている。

愛媛県松山市大字玉川町一五番地宮本正良の長女として生まれた。旧姓は宮本。戸籍謄本は「ヨリヱ」。漱石は「頼江」と書く。

▼夏目漱石は**一八九五**（明治二八）年四月、愛媛県尋常中学校嘱託教員として、松山に赴任した。六月下旬、同僚の世話で、松山市二番町八番戸の上野義方宅に転居した。

その家主上野義方の二女の娘が宮本より江（後の久保より江）であった。上野義方夫妻と出戻りの長女（より江の伯母）とその連れ子（より江の従姉・上野きみ子）四人が、母屋に住み、離れ家を下宿人に貸していた。漱石はその離れ家（愚陀仏庵と名付ける）を借りたのである。より江の父は東与の鉱山に行っていたので、小学校に通学するため、より江は母方の祖父母のいる二番町に預けられていた。離れ家は母屋から廊下続きで、数え年一二歳のより江は頻繁に離れの漱石の座敷に遊びに行った。

**九五**年八月二五日、須磨保養院にいた正*岡子規が松山に帰ってきて、二七日から漱石の愚陀仏庵に寄寓し、漱石は一階六畳・四畳半を居室にし、子規は二階の六畳・三畳を居室とした。柳原極堂・村上霽月*・寒川鼠骨・近藤我観など子規を慕う俳人たちが、盛んに運座を催した。小学生のより江は「句座のすみにちいさく畏つて短冊に覚束ない筆を動かした夜もあつた。」（『夏目先生のおもひで』『嫁ぬすみ』）。句座が毎日のように開かれるので、漱石は二階に移り、子規が一階に移った。漱石も気が向けば、二階から降りて来て、句座に加わることもあった。

漱石が松山に滞在していた一八九五年四月から一年間、より江の思い出として印象深く残っているのは、照葉狂言であった。照葉狂言の泉助三郎（林祐三郎）一座は泉鏡花の「照葉狂言」と一緒になって、より江の記憶にいつまでも鮮やかなままで残っていた、という。助三郎の妻の淋しい面ざし、小房、薫、松山で生まれた松江などとりどりに懐かしい、という（『夏目先生のおもひで』）。漱石と子規に大街道の芝居小屋「新栄座」へ連れられて、その帰途、漱石の右手により江がすがり、左手に中学校教頭横地石太郎の娘が手を引かれていた。折悪しく芝居小屋が休場で空しく引き返したこともあったという。

その秋、小学校で展覧会があるので、正式の学芸品以外に出品しなければならない時、知恵をしぼってある本の表紙からとった紅葉の下絵に、正岡子規が「行く秋の眺めなりけり龍田川」と俳句を書いた。より江は俄仕立ての枠に張った布に子規の俳句を絹糸で刺繍して、出来上らないうちに、子規は急に上京した。その出立の前、子規は伯母たちの座敷に来て、まだ学校から帰らないより江の刺繍を見て、「割合によくできた。出来上がりを見ないで、出発するのが残念だ、とよりさんに言ってください。」と言った、と伯母は聞かせてくれた。子規は一〇月一九日、松山三津浜から宇品港に向かった。

同年一二月、漱石は冬休みを利用して、見合いするために東京に帰る。二八日、貴族院書記官長中根重一*の長女中根鏡子*と虎ノ門官舎で見合いをして、婚約成立する。

**▼翌一八九六**（明治二九）年一月一〇日、松山に帰る。漱石は見合いの席で、引き出物に出た鯛をむしゃむしゃ食べたと言って、女たちを笑わせた。より江は見合い用の中根鏡子の写真を実物よりも先に漱石から見せてもらっていた。

より江は漱石の部屋にしばしば遊びに行って、いろいろな話を聞かせてもらった。夜分遅くなると、母屋に帰る廊下の途中に竹などが茂って暗かったので、漱石は「赤い毛のお化けが出るよ。」と言って、より江を脅したりした。当時、より江の髪の毛は赤かったので、漱石はより江のことを「赤い毛のお化け」と言っていたのである。

お伽草子「ものくさ太郎」の話は特に印象深く、後に夫の猪之吉に話すと、面白がって京都の古本屋から絵入りの小型の二冊本を取り寄せてくれた。

　漱石は当時和服をあまり持たなかったので、より江の伯母に頼んで一楽の反物を見立てて買い、従姉のきみ子に縫ってもらったことがあった。きみ子は出戻った伯母の連れ子で、漱石の衣食の世話をしていた。

**▼一八九六**（明治二九）年四月九日、漱石は愛媛県尋常中学校嘱託教員を依願退職し、講堂で告別式が行われた。夕刻、絵が好きなより江を連れて、湊町の向井で、呉春・円山応挙・常信の画譜を記念としてより江に買ってやった。

　同年四月一一日朝、漱石は熊本に赴任するため、高浜虚子*と共に三津浜港から出発した。横地石太郎校長・俳人村上霽月・宮本より江らが見送った。より江は漱石から「わかるるや一鳥啼て雲に入る　愚陀仏」という句を書いて送られた。

**▼九九**年、より江は上京、東京府立第三高等女学校に入学した。上京後、初めて再会した時、漱石は「大きくなったね。」と言った後、「よく髪が結えるようになりましたね。」と、そこまで覚えていたのかと、より江はいささか閉口した。

　卒業後、一九〇三年五月、東京帝国大学医科大学耳鼻咽喉科助手久保猪之吉と結婚し、久保より江となる。六月、夫猪之吉は耳鼻咽喉科研究のため、満三年間渡欧し、ドイツのフライブルグに留学、グスタフ・キリアンの下で助手となった。

　夫の留学中、より江は少女のように自由を謳歌、袴や踵の曲がった靴を履いて、女学生姿で過ごした。文学好きのより江は、千駄木の夏目家をしばしば自転車に乗って訪れ、当時の言わば「新しい女」ともいうべきハイカラな女性だった。度々訪ねているうちに、漱石は忙しがったり、機嫌が悪かったり、自然鏡子と親しくなった。

　ある時、より江は夏目家を訪問したが、甚だ漱石の機嫌が悪く、苦虫を噛み潰したような顔をして、さっさと書斎に入ってしまった。鏡子のところに行って、「私が度々お伺いするので、先生は御機嫌が悪いのでしょうかしら。」と心配顔に言った。鏡子は「久保さんの御覧になった不機嫌ぐらいには慣れっこのことですから、また例の病気が出たのですよ。」とすましていた。より江は「そうでしょうか。」と、普段の漱石を知らないので、半信半疑でいた。「なあに、先生は誰にでも気が向かないと、ああなんです。私の親類の者などには、ろくに口もききやあしません。まだあなたなぞは、割合に嫌われない方ですよ。」と言われた。

　そうかと思えば、漱石の機嫌のいい時は、鏡子の部屋により江がいるのに、わざわざ書斎から出て来て、冗談口をたたいたりすることもあった。

「あなたはなぜいつも袴ばかりはいていらっしゃるのです？」

　女学生袴が気になって、漱石が質問をすると、より江も心得て、

「帯がないから、胡麻化しておりますの。」と答えたので、漱石も感心して、

「ああ、そうですか。それじゃ帯の代りですね。」と言った（夏目鏡子『漱石の思ひ出』「二四「猫」の話」）。

　鏡子とより江は、一緒に三越や白木屋の売り出しに買い物に出たり、漱石の子どもたちを遊びに連れて行ったりした。第一高等学校や東京帝国大学の月給を取りに、鏡子のお伴をしたこともあった。よく割り勘で鏡子と一緒に本郷座あたりの芝居見物に行った。漱石から「久保も好きだから連れて行ってやれ。」と言って、招待状を送って来たので、鏡子の姉弟と一緒に、中洲の真砂座で伊井蓉峰の「吾輩は猫である」の芝居を右の二階桟敷二マスで観賞した。例の泥棒が山の芋を盗んで行く場面を演じて

いたが、くぐみ加減に座っている苦沙弥先生を「おや、どこかお兄様（漱石）に似ていてよ。」などと姉弟たちが言い合っていた。「細君」に扮した役者が大きな丸髷に結って、水色の扱帯《しごき》一つで出て来た。より江は、鏡子の丸髷に結った所を一度も見たことがなかったので、すっかり困惑してしまった。

ある時、より江が夏目家を訪ねると、女中が一人もいない。漱石がみんな気に入らないから「帰してしまえ。」と言ったので、鏡子が一人で働いていた。より江は「さぞお困りでしょう。」と言って、掃除の手伝いなどをしたが、鷹揚に鏡子は苦にしていない。「なあに、おかずはもう外から取り寄せるから大丈夫ですよ。御飯は今朝たくさん女中が炊いて行ってくれました。足りなきゃ、パンを食べさせますから。」と、落ち着いたものである。やがて、子どもたちが学校から帰って来る。おかずは近くの仕出し屋から魚の煮付けと卵焼きなどを持って来た。

▼一九〇七（明治四〇）年一月、夫の久保猪之吉がドイツ留学から帰国、京都帝国大学福岡医科大学教授に任ぜられたため、より江も夫と共に福岡市外東公園に転居したので、漱石宅にしばしば訪問することはできなくなったが、年に一度くらいは上京し、夏目家を訪ねた。

同年九月二九日、牛込区早稲田南町七番地に転居した。秋ごろか、より江が上京して夏目家を訪ねた時、鏡子が「この頃は魚屋の払いが月二〇円にもなって困るのよ。」と述懐した。

漱石が土地を購入したという噂をする者がいた。漱石は「いろんなことを言われるけれど、家族が多いから、そうはいかない。」と言い、より江に「あなたなどは溜まったでしょう。」と言う。「こんなに度々東京へ出て来ては、とても駄目です。せっかく溜まりかけても、なくなってしまいます。」と言うと、「それくらいなお金じゃ駄目ですよ。東京に出て来てなくなるくらいじゃ、溜まったとは言われない。」と笑った（「夏目先生のおもひで」）。

同じ夜、漱石は「いい男の写真を見せましょうか。」と言って、昔の弟子の一人の写真を二枚出した。一枚は半身で、一枚は大勢一緒である。「どうです。いい男でしょう。」「そうでしょうか。私にはそんなにきれいだとは、思えませんけれど。ねえ、奥様。」「どうでしょうかねえ。」と鏡子も笑った。「そんな知らない方よりか、先生とか、奥様のを見せてくださいませんか。そして、一枚くださると、なおいいんですけれど。」漱石は自分のや家族のを見せた。「先生のお写真は皆普段より老けていらっしゃいますね。なぜこんなにお爺さんらしく写るのでしょう。」と思った通りを言う。「そんなに気に入らないなら、もらってもらわない。」と御機嫌が悪くなる。でもとうとうもらったが、署名はしてもらえなかった。

▼一九一二（明治四五）年四月、久保より江は久しぶりに福岡から上京、早稲田の漱石山房を訪ねた。『吾輩ハ猫デアル』中篇（一九〇六年一一月四日、大倉書店・服部書店）を所蔵していなかったのであろう、漱石に所望したものか。「其みぎり御約束の猫の中巻本屋より取寄せ小包にて御送り申候御受取願上候」（一二年四月二一日付久保頼江宛漱石書簡）とある。この書簡の九ヶ月前、大倉書店から縮刷本『吾輩ハ猫デアル』（一九一一年七月二日初版発行）が刊行されているが、縮刷本は一冊本であり、「中篇」とあるからは、〇六年一一月四日刊の初版本の「中篇」である。「此間いたゞいた博多織はとうとう半井さんにやりました。福岡はもう

そろ〳〵あつくなるでせう。倹約をして御金を御ためなさい。時々拝借に出ます。」（一二年四月二一日付久保頼江宛漱石書簡）と貯蓄を勧めている。

「あなたはいつもわりに地味なのを着ているからいい。」と漱石に言われて、より江はこれで三度褒められたと嬉しかった。しかし、その次暇乞いで訪れた時、新品ではなかったが、背に三日月を細く出して、薄を銀でわざと下褄にだけ描かせた紺無地の単衣を自分でも少々得意で着て行ったのに、漱石は全然気がつかない。とうとう「先生、どうでしょう。この模様は。」と言うと、「ふむ、見えたり見えなかったりするという洒落ですか。」と至極冷淡な返事でがっかりした。実は四、五年前に褒めてもらった鼠の矢鱈縞が古くなったから染めて、知っている画家に描いてもらったという内幕を話す勇気をなくした。

一二年四月二二日、喉頭結核の疑いのため、漱石の紹介状を持って長塚節*が、九州帝国大学耳鼻咽喉科教授久保猪之吉の診察を受けに福岡に来た。病状は予想より良好との診断だった。五月二五日、久保博士の厚意で東公園の料亭「一方亭」に長塚を招き、より江は「はじめまして」と挨拶したら、長塚は「正岡先生の葬式の時、お目にかかったことがあります。」と言ったが、より江は覚えていなかった。この夜、おしんという芸者の博多節を共に聞いた（より江「長塚さん」『嫁ぬすみ』）。

▼一九一三（大正二）年、上京して漱石山房に寄った時、漱石は「あなたはいくつになりましたか。」とより江に聞いた。「ちょうどです。」「何、ちょうど?早く坂を越えたらどうです。」「来年になったら越えましょう。」とより江は何の気なしに言う。「なぜ女はそうだろう。同じ所にいつまでも止まっているのは、みっともよくないじゃありませんか。」と漱石の言葉は急に冷たくなる。「おや、先生。私は中年ですよ。去年が九で、来年が一で、ちっとも止ってなんかいやしません。」歳を隠したことも、疑われたこともないより江は、むきになって弁解した。「そんなものでしょうよ。千駄木によく見えた時分は、二〇歳そこそこでしたもの。」と鏡子が言葉を添えた。「そんなものかなあ。」と漱石も合点した様子だった。松山の上野家の五歳年上の従姉と混同したのかもしれないと、より江は思った。

▼一九一六年八月、エジプト煙草と葛素麺を漱石に贈った。漱石はエジプト煙草を呑むと、ロンドンや満韓旅行を思い出す、東京では贅沢と思って遠慮していると礼状（同月一八日付）を出した。「小供は大きくなりました長女は十八ですそろ〳〵御嫁にやらなければなりませんが私のやうな交際の狭いものは斯ういふ時に困る丈です。」と娘の父親らしい気遣いを見せている。妻と娘・息子の旅行のこと、写真のことなど、親しい間柄を示す心の通う手紙となっているが、その四ヶ月後、漱石は易簀《えきさく》した。

久保より江は満一一歳の時、母方の祖父上野義方に預けられ、その離れに下宿した愛媛県尋常中学校英語教員夏目漱石に親しんだ。東京に上京した後も、千駄木の夏目家をしばしば訪れ、鏡子とも親しくなり、結婚後、夫久保猪之吉留学中も女学生のように自転車に乗って訪問した。『吾輩は猫である』に珍野苦沙弥先生の姪で、「踵のまがつた靴を履いて、紫色の袴を引きずつて、髪を算盤珠の様にふくらまし」た「十七八の女学生で」、「折々日曜にやつて来て、よく叔父さんと喧嘩をして帰つて行く雪江とか云ふ綺麗な名の御嬢さんである。尤も顔は名前程でもない。一寸表へ出て一二町あるけば必ず逢へる人相である。」（十）

と描かれた雪江は活発な文学少女の面影を残す久保より江をモデルにしたと言われる由縁である。より江自身も、「私はその頃よく出歩いてゐましたので、踵の曲つた靴を穿いてたこともあつたんでせうね。すると、それが直ぐ先生に目附かつて、「女がそんな靴を穿くもんぢやない」と云はれたことがありましたつけ。間もなくそれを又「猫」の中に書いておしまひになつたから驚きましたわ。」「あの中へ出て来る雪江さんといふ、苦沙弥先生の姪に当る女学生は、多分わたくしと奥さんのお妹さんとを一緒にしてお書きになつたものでございませうね。」（久保より江（談）「松山と千駄木」『漱石全集』月報、一九三六年三月）と述懐した。

▼一九三五（昭和一〇）年二月、夫・久保猪之吉が九州帝国大学医学部を退官し、六月、東京聖路加病院顧問に就任したので、より江も福岡から東京市麻布区笄町に転居した。高浜虚子は「初めの間は和歌を作つて居たのが、私が夫人の在住地福岡に遊んだ頃から文章に熱心になり、続いて俳句に指を染めるやうになつた。其文章は曩《さき》に『嫁ぬすみ』なる一編になつて既に公にされたが、今こゝに俳句も一冊にまとめられる事になつた。」（高浜虚子「序」『より江句文集』久保より江）とより江の和歌から俳句への転換を喜んだ。

　春愁やなつかしみ聞く遍路歌

（『より江句文集』）

より江の感化で猪之吉も和歌を捨てて、俳句に精進するようになった。婦唱夫随とでもいうべきか。

上田敏*の序をもつ、女性ばかりの短歌・美文・小品文・日記・写生文を集めた共著（久保より江編）として『瑠璃草』（一九〇四年九月一〇日、伊藤時）を出版、これと全く同一内容の『花情月感　姫の思ひ出（瑠璃草之巻）』（大正堂、一九一二年一一月一五日）が神学士松田天籟の序と池田焦園女史の画を加えて出版された。

　さはいかにひれふす天のさばきの座
　ふとをのゝきを今わが胸に

（『瑠璃草』たゆたひ）

▼一九三九年一一月一二日、夫君久保猪之吉が満六四歳で生涯を去った。一九四〇年一月、可愛がっていた猫が燈明を倒し火事となって全焼、寂しい晩年であったという。中風を患い夫亡き二年後、より江は後を追うように満五六歳で亡くなった。

〔**参考文献**〕久保より江『嫁ぬすみ』政教社、一九二五年八月一〇日。／久保より江『より江句文集』京鹿子、一九二八年五月八日。／久保より江（談）「松山と千駄木」「漱石先生言行録」五、森田草平*編『漱石全集　月報』第五号、一九三六年三月。／塩崎月穂「久保より江夫人（愚陀仏庵の孫娘）」『子規会誌』第五一号、一九九一年一〇月。／『近代文学研究叢書』第四五巻「久保猪之吉」昭和女子大学、一九七七年七月二〇日。

〔原武　哲〕

第四期●

# 熊本時代

一八九六（明治二九）年四月〜一九〇〇（明治三三）年七月

## ■寺田寅彦

てらだ・とらひこ

『寺田寅彦全集』1、五高時代、一八九七年撮影。

**一八七八（明治一一）年一一月二八日～一九三五（昭和一〇）年一二月三一日。物理学者・随筆家・評論家。漱石の五高時代の教え子。門下生の中で最も信頼された、師弟と言うよりむしろ兄弟のような存在。**

父・寺田利正（陸軍会計一等監督）と母・亀の間に長男として、東京市麹町区平河町五丁目に生れる。姉が三人（末姉は夭折）いた。父利正は、宇賀姓で寺田家へ養子に出ていた。文久年間の井口村刃傷事件で、切腹せざるをえない仕儀に至った弟宇賀喜久馬の介錯をつとめた。一八八三（明治一六）年土佐郡江ノ口小学校に入学。父の転任で一八八五（明治一八）年に番町小学校に入学したが、翌年父が予備役となり高知に帰ったため、江ノ口小学校に転校。一八九二（明治二五）年高知県立尋常中学校二学年編入。この頃から、『経国美談』や『レ・ミゼラブル』などの内外の小説を耽読した。**▼一八九六**（明治二九）年第五高等学校入学。習学寮に入り、生涯の師となる夏目漱石（英語）と田丸卓郎（数学・物理）の授業を受ける。翌九七年高知で阪井夏子（一四歳）と結婚する。**九八**年頃から漱石を訪ね、俳句の添削を乞い、やがて正岡子規*との縁で『ホトトギス』や新聞『日本』に掲載されたりするようになる。一八九九（明治三二）年東京帝国大学理科大学物理学科入学。この頃小説の試作が『ホトトギス』に掲載される。一九〇〇年、妻夏子上京、西片町に住む。英国に留学する漱石を横浜に見送る。同年末夏子喀血。〇一年二月夏子高知で療養、五月長女貞子誕生。一九〇二（明治三五）年正岡子規死去、葬儀参列。同年一一月夏子一九歳で死去。**▼一九〇三**（明治三六）年、漱石の帰国を新橋駅に迎える。〇四年、東京帝国大学理科大学講師。高浜虚子*の勧めで『ホトトギス』の文章会（山会）に参加。〇五年「団栗」「龍舌蘭」を『ホトトギス』に発表。浜口寛子《ゆたこ》と再婚。翌**〇六**年頃から、漱石の木曜日の面会日の常連となる。一九〇七（明治四〇）年長男東一誕生。一九〇九（明治四二）年、理科大学助教授。次男正二誕生。ベルリン留学。一一年帰国、本郷区向ヶ岡弥生町に居を定める。一九一二年次女弥生誕生。一九一三（大正二）年父死去。一五年三女雪子誕生。一九一六（大正五）年、理科大学教授。漱石の死に感じて、日記帳の枠外に「歳晩所感　夏目先生を失ふた事は自分の生涯に取つて大きな出来事である」（一二月三一日）と記す。▼一九一七（大正六）年『漱石全集』の編輯委員となる。一〇月一九日妻寛子死去、郷里に埋葬、「出迎ふる人亡くて門の冬の月」（日記一二月二五日）。一八年酒井紳子と再婚。一九年頃から胃潰瘍で入院するなど、心身ともに衰弱し、二〇年には恩師の長岡半太郎教授に辞職願の手紙を出したりする。この年、吉村冬彦の筆名で、随筆や俳句研究などに熱中し、友人の松根東洋城*の『渋柿』（一九一五年創刊）を多く発表の場にする。また欧米の文学に親しむ。『冬彦集』『藪柑子集』（一九二三年）、『万華鏡』（一九二九年）、『漱石俳句研究』（一九二五年）、『続冬彦集』（一九三二年）、『柿の種』『蒸発皿』（一九三三年）などを刊行。その他啓蒙的な自然科学随筆も多数。

▼一九三五（昭和一〇）年、脊椎骨を損傷し、身体各所に疼痛が広がり、十二月三十一日転移性骨腫瘍で死去。五七歳。『橡の実』『寺田寅彦全集「文学篇」・「科学篇」』（一九三六年）が死後刊行された。また「寅彦会」が発足した。

▼寅彦と漱石との関係は、第五高等学校時代から漱石の死に至るまで、まるで家族のように非常に親密なものであった。いわゆる「漱石山脈」といわれる人々のなかでも、漱石は寅彦に一番の信を置いていた。漱石の英国留学期間の約二年半と、寅彦のベルリン留学期間の二年余を除けば、三日にあげずという言葉通りの交流であった。次に、この両者の関係を、日常の交流、文学的指導、漱石小説への素材の提供、漱石の寅彦評価、寅彦の漱石評価ないしは漱石追憶に分けて整理しておく。

▼漱石と寅彦との日常の交流が一段と親密なものになるのは、漱石が英国留学から帰り東京に落ち着いてからである。それまでの関係は、たとえば、「寅彦桂浜の石数十顆を送る　涼しさや石握り見る掌《たなごころ》」（一八九九年）のような漱石の俳句でうかがい知られる、淡い師弟の関係である。また、英国に発つ時には、住所控えに「寺田寅彦」の名前が記されたり（「手帳」②）、また、新橋発の列車の時間を知らせながらも、「御見送御無用」とし、「秋風の一人をふくや海の上」の句を記している（一九〇〇年九月六日付葉書）。

漱石留学期間に二人はかなりの数の手紙のやりとりをする。大体において愚痴の多い漱石であるが、寅彦はロンドン時代の愚痴の聞き役であった。学問をやるなら「コスモポリタンのもの」にかぎる、英文学などつまらない、とか、熊本には帰りたくない、東京に行きたい、とか、フランスに留学したいができそうにないとか（〇一年九月一二日）と愚痴をもらしている。それに、「小生不相変碌々別段国家の為にこれと申す御奉公を出来かねる様で実に申訳がない」（〇一年一二月二〇日）という、漱石の留学時の最大の悩みも寅彦に打ち明けている。勿論これだけではなく、寅彦の妻の病気に対する見舞いの手紙や、*鏡子夫人に対しては寅彦の面倒をみてくれという手紙も出すしで、文字通り家族同士の付き合いをしている。微笑ましいのは、寅彦の留学（一九〇九年から）の「餞別」として鏡子夫人が届けた品のなかに、茶や海苔は分かるとしても、「シヤツ、ヅボン下」が含まれていることである（三月二〇日付漱石日記）。こういう習慣があったのであろうか。寅彦の留守中漱石はオルガンを預かって、子供たちに練習させたりもしている。漱石の四女ひな子の葬式の時も、寅彦は遅くまで漱石の話し相手になっている（一一年一二月二日付漱石日記）。

漱石帰国後の二人の交流は実に頻繁になる。いろいろの音楽会、絵画の展覧会、書画骨董、寄席、謡曲、それに俳句や小説や宗教の話、寅彦からは自然科学の話など、子弟というより仲の良い友人同士の交際というほうが適当である。中には「僕先達て赤坂へ出張して寒月君と芸者をあげました。」（一九〇五年一二月三日付高浜虚子宛書簡）という漱石にしては珍しいのもある。寅彦はベルリン滞在中『三四郎』を贈られて、「読んで居るといつの間にか本郷小石川辺に居る様な気がして早稲田はつい鼻の先の様に思ふ」（〇九年七月五日）という礼状を出している。小説『三四郎』のもつ知的雰囲気は、寅彦には漱石との交流を懐かしむに充分のものであった。寅彦は西洋から、旅行する度に多数の絵葉書などを漱石に送り、そのうちの長文の書簡を漱石は西洋案内として『東京朝日新聞』に掲載した。

二人の親密さを示す象徴的な出来事を挙げてみる。漱石は**一九〇五**（明治三八）年一〇月一二日付鈴木三重吉*への手紙で、来客が多すぎるので当分来てはいけないという手紙を五、六人に出したら、その一人の「寒月君（寅彦）」が翌日やって来たと、不平を漏らしている。どうも寅彦は自分は別格だと思っていたようである。安倍能成*のいわゆる「お客分格」（「寺田さん」一九三六年二月）であった。これは漱石にも責任があって、**〇四**年一一月一八日付寅彦宛手紙では、「寅さん・金公」と呼んでいるし、**〇五**年二月七日の手紙では、漱石の個性と存在価値について、「這般《しやはん》の理を解するものは寅彦先生のみ」などとも書き送っている。**〇四**年二月八日付葉書の、一六歳で「巌頭の感」を残して自殺した藤村操*に関して、女性の作った体裁をもった「水底の感」も、寅彦に対する恋文でであるかのような錯覚を抱かせる。

いよいよ漱石の臨終が近づいた時期は、寅彦自身若年から何かと病気を抱えていて、この時期も病床に伏せり、思うように漱石の見舞いにも行けないでいる。そして漱石の死後、「門人総代として」弔辞を読むことも断っているし（一二月一一日付日記）、翌日の葬儀にも寛子夫人を参列させている。尼子医師から漱石の解剖の所見を聞き、また葬儀の様子などをその「日記」（一二月一〇日）に記した。

小宮豊隆*が「先生の後事」について相談に来て（一九一六年一二月一九日付日記）、「書翰集出版の事」は打ち合わせも簡単に済むが、遺族のその後の生活の事は、「三万三千位」の預金等の管理方法の「立案」を中村是公*にも相談することにする。後日出された中村の意見は、「財産所得全部知人にて保管し月費はあてがひ扶持《ぶち》にするを可とす」というものであった。寅彦はこの案に対して「実行困難ならんか」（「日記」一七年二月四日）という感想を記している。「一年忌の法会」（一二月九日）は、漱石ゆかりの釈宗演*導師のもとに行われるが、病気も回復し、参会している。

このように、寅彦は漱石のみならず、その家族にとっても信頼のできる家族の一人のような存在であった。

▼次に、文学的指導である。

寅彦と漱石との個人的な接触は、寅彦が第五高等学校の第二学年の時、高知出身の進級の難しい同級生のための、「「点を貰う」ための運動委員」に選ばれ、漱石を訪れた時に始まる。「初めて尋ねた先生の家は白川の河畔で、藤崎神社の近くの閑静な町であった」。その時寅彦が「俳句とは一体どんなものですか」と質問すると、漱石は「俳句はレトリックの煎じ詰めたものである。」と答えたという。それ以後は夏休み明けには句稿をもって、遠距離にもかかわらず、「まるで恋人にでも会いに行くような心持」で訪問し、「短評や類句を書入れたり、添削したり」して貰った。それらのうちの一部を漱石は子規に送り、子規もそれらに朱を入れたり、また『日本』の「俳句欄」に載せてくれたりした（「夏目漱石先生の追憶」『俳句講座』一九三二年一二月）。この時の添削の原稿は、『漱石全集』の「雑纂I（寅彦俳句評）」に残っているが、次のようなものである。「亡妻の琴撫して見る秋の雨（〇〇）〔評〕蕪村の句に／身に入《し》むや亡妻の櫛を閨にふむ」、また「垂るゝ柳家鴨集うて小雨降る　雨の家鴨《あひる》柳の下につどひけり（〇）」、また「藪蔭に棄子のさけぶ霜夜哉　〔評〕さけぶとは赤子に用ゐ難し」などなど。俳句を通しての師弟の交わりは深くなり、二人だけで「十分十句」という作句を試みたりもしたという。その時の漱石の句に「橐駄《たくだ》呼んでつくばひ据ゑぬ梅の花」というのがあり、寅彦は「橐駄」（植木職人）とか「つくばひ」（手水鉢《ちょうずばち》）とかの意味が分からなくて、質問したとしているが（「思出草」『東炎』一九三四年一月）、このような形で寅彦が漱石から言葉を学んでいったことは間違いない。

　このような時期（一八九九年五月一九日）の正岡子規宛書簡で、漱石は寅彦を次のように紹介している。それは、漱石の「俳句の趣味」が衰えてきたように感じられるが、熊本の学生の中では「多少流行の気味」があり、なかでも寅彦は「理科生なれど頗る俊勝の才子」なので、上京した際には「御高説を承りに」子規の所へ行かせるので、「よろしく御指導可被下候」というもので、漱石は寅彦の俳句の才能を早くも認めている。子規訪問の様子は「根岸庵を訪う記」（一八九九年九月・未発表）や「明治三十二年頃」（『俳句研究』一九三四年九月）に描かれている。

　俳句を通しての交流は大正に入っても続けられるが、一方寅彦の小説についても、漱石は高浜虚子や門下生たちへの書簡で褒めたり、雑誌に推薦したりしている（「高浜さんと私」『現代日本文学全集』「月報」一九三〇年四月）。

漱石の小説には、寅彦に纏わる逸話がよく使われている。寺田寅彦は「寒月」という言葉や冬の月が好きであったようである。一八九八（明治三一）年一月七日付寅彦日記には「寒月清み渡りたる青空に高く、下駄の音、按摩の笛声、葉もなき柳のゆらめきなどさま〴〵哀れなるは冬の景色なり」などの自然描写が見られるし、一九〇一年二月三日付日記には、「寒月や谷に渦巻く温泉《ゆ》の烟」などの「寒月」を初五とする三句を書きつけたりもしている。このようなことから、寅彦がモデルとされる「吾輩は猫である」の寒月の命名はできあがったのであろう。この他にも「猫」においては、寒川鼠骨が話した、東橋から後向きに跳んで自殺に失敗した新聞記者が「後飛と号した」逸話が、寒月の経験になったり（一九〇五年一月四日付寅彦日記）、伯母の猫の踊の話（『自由画稿』「冬夜の田園詩」一九三五年一月）、龍田山でのヴァイオリンの練習（一八九八年五月二〇日付寅彦日記）、「寒月に腹鼓うつ狸哉」の寅彦俳句（〇一年二月三日付寅彦日記）、椎茸を噛んで前歯を折る（〇五年一月二日付寅彦日記）など、寅彦にまつわる逸話は多く使われている。寅彦への手紙にも「時に続々篇には寒月君に又大役をたのむ積りだよ」（〇五年二月一三日）と断っていたりして、日常の会話でも寅彦はほぼ寒月である。

　「猫」以外でも、一九三三（昭和八）年になって出された寅彦の「銀座アルプス」（『中央公論』二月）には、「寒の雨降る夜中頃に蜜柑箱のやうなものに赤ん坊の亡骸を収めた淋しい御葬ひが来たりした」とあるが、この経験も漱石に話した可能性は大で、これは「琴のそら音」にそのまま活かされたとみられる。それに、「三四郎」の中の「野々宮宗八」も寅彦がモデルであるとみてよいし、「大学運動会」の記録係の件も漱石に尋ねられたと「日記」（〇八年八月二九日）にある。やはり「三四郎」で、「大学にて銃丸の写真の実験をなせる箇所あり。改めて貰ふ。」（〇八年八月一九日付日記）とあるが、これは光線の圧力の実験に変更された。

　寅彦からの小説の素材提供で興味深いのは、「それから」の代助の父長井得の青年時の経験談である。一八六一（文久元）年に土佐で起きた「井口村事件」が下敷きになっているという説がある（山田一郎「寺田寅彦覚書」一九八一年）。この指摘は妥当なものであり、漱石小説への寅彦の提供する素材の豊かさと深さには改めて驚かされる。

▼それでは、漱石は寅彦の小説や随筆や俳句をどのように評価していたのであろうか。

漱石が称賛した小説ではやはり「団栗」(『ホトトギス』一九〇五年四月)である。この小説は、亡妻夏子の生前、二人で植物園を散歩し、妻がドングリを拾ったという経験を、私小説風にあるいは随筆風に描いたもので、哀切極まりない詩情を漂わせている短編小説である。野村伝四*宛(〇五年三月一四日)や森田草平*宛(〇六年一月七日)の書簡などで称賛している。また、「嵐」(『ホトトギス』〇六年九月一〇日)の「結末の五六行は大家に候」(〇六年九月二日付寅彦宛書簡)と書き送り、短編小説の技法について意見を述べている。同趣旨の意見は森田草平宛書簡でも述べ、「短篇でもし長い歴史を感ぜしむる為めにはあゝ云ふ筆法でなければいかぬ。」とし、草平にもし異議があるなら「大に議論がしたい」(一〇月一一日付)とまで書いている。漱石はここで文章(小説)の時間的構成に強い関心を抱いている。

小説「やもり物語」(『ホトトギス』一九〇七年一〇月)については、「此種の大人しくて憐で、しかも気取つてゐなくつて、さうして何となくつやつぽくつて、底にハイカラを含んでゐる感じは外の人に出しにくい。」(〇七年九月八日付寅彦宛書簡)と高く評価し、寅彦小説の本質を的確に指摘している。これらの他にも、「枯菊の影」(〇七年二月)、「伊太利人」(〇八年四月)、「花物語」(〇八年一〇月)などを『ホトトギス』の高浜虚子に推薦した。この時期の漱石は、自身も本格的に小説を書き始めていて、寅彦の小説等を批評することによって、自身の小説作法を確認している気配もうかがわれる。その意味では、寅彦の小説は、漱石の習作を写す鏡であったともいえる。また、いわゆる漱石山房は、「多くのものを弟子にあたえたが、弟子からとるものの方が多かった」という小島信夫の指摘(『私の作家評伝』一九八五年)に従えば、寅彦は森田草平以上にとられる存在であった。

▼最後に寅彦の漱石評価ないしは漱石追悼である。

二人の交流が俳句を通してであったために、寅彦は漱石の文学を俳句的見地からみることが多い。漱石が小説家として自身を意識していない時期の、漱石の創作欲は「漢詩俳句」に発露し、この要素が、のちの「自然観人生観」それに「力強く美しい」文章を形成したとする(「夏目先生の俳句と漢詩」『漱石全集』「月報第三号」一九二八年五月)。その「自然観」については、自然を「完全に人格化《パーソニファイ》」していて「人情味が溢れ切った」たもので、「自然と人間とが直接に抱き合っている」ものだという。そのうえで、このような自然観人生観は「人間を愛し過ぎる心から生れた――淋しさ」ゆえのものだと指摘する(「夏目先生の自然観」『東京朝日新聞』一九二二年一二月九日)。漱石の孤独の指摘は鋭い。それが最もよく現れているのは、「修善寺日記」(『思ひ出す事など』)に「珠玉のごとく鏤《ちりば》められた俳句と漢詩」であると評価するところである(吉村冬彦「備忘録」『思想』一九二七年九月)。

寅彦は漱石への追悼文を多く書き残しているが、珍しく短歌のものも残っている。「講壇の隅にのせおくニッケルの袂時計を貴しと見き」「美しき蔦《つた》の葉蔭の呼鈴の鈕《ぼたん》を押すが嬉しかりしか」「俳句とはかゝるものぞと説かれしより天地開けて我が眼に新」「帽を振り巾振る人の中にたゞ黙して君は舷《ふなばた》に立ちし」「或時は空間論に時間論に生れぬ先の我を論じき」「金縁の老眼鏡をつくらせて初めてかけし其時の顔」「先生と対ひてあれば腹立しき世とも思はず小春の日向」「此の憂誰に語らん語るべき一人の君を失ひし憂」これらは、二十年余に渉る二人の交流と交感とを語って余りある連作である（「思ひ出るま丶」『渋柿』夏目漱石追悼号・一九一七年二月、漱石忌記念号・同年一二月）。

寅彦は、師としての漱石から、「人間の心の中の真なるものと偽なるものとを見分け、そうして真なるものを愛し偽なるものを憎むべき事を教えられた」といい、また、漱石の人間性を次のように懐かしんでいる。「色々な不幸のために心が重くなったときに、先生に会って話をしていると心の重荷がいつの間にか軽くなっていた。不幸や煩悶のために心の暗くなった時に先生と相対していると、そういう心の黒雲が綺麗に吹き払われ、新しい気分で自分の仕事に全力を注ぐことが出来た。」（「夏目漱石先生の追憶」『俳句講座』一九三二年一二月）。

なんとも驚くべき、稠密で希有な師弟の人間関係である。

（寅彦文の引用は、岩波書店版『寺田寅彦全集 第Ⅰ期・第Ⅱ期』によったため、新漢字新かなづかいのままの箇所がある。）

〔**参考文献**〕安倍能成「寺田さん」『安倍能成選集 第三巻』一九九七年。／津田青楓『寅彦と三重吉』万葉出版社、一九四七年。／角川源義「寺田寅彦の自然観」『俳句研究』一九五〇年二月。／安岡章太郎「解説――『団栗』の背景について」『寺田寅彦全集』第一巻、岩波書店、一九九六年。／『近代文学研究叢書』第四〇巻「寺田寅彦」昭和女子大学、一九七四年。

［石田忠彦］

## ■保野 義郎

またの・よしろう

『喪章を着けた千円札の漱石』保野仁一提供、晩年撮影。

**一八七四（明治七）年一二月二七日～一九三五（昭和一〇）年一〇月九日。実業家。大連市会議員。号大観。漱石の五高の教え子。「吾輩は猫である」多々良三平のモデル。**

福岡県久留米市東櫛原町一四九七番地に、父・保野道介、母・ヒサの二男として生まれた。一八九四年福岡県尋常中学明善校（現・福岡県立明善高等学校）を卒業、第五高等学校（現・熊本大学）第一部（法科）に入学、五高教授でドイツ語を教えていた菅虎雄*とは同郷のよしみで、熊本市薬園町の離れの部屋に五高生二人と書生をしていた。**九六**年四月漱石が松山から五高に赴任、下宿がないので、菅の家（薬園町）では書生たちを玄関脇の部屋に移して、漱石が離れの部屋を借りた。
**▼九七**年八月、菅虎雄は病気のため五高非職を命ぜられ、熊本を去った。そのため、俣野義郎は菅の家を出て、漱石が九月から借りた飽託郡大江村の借家（現在、その家屋は水前寺公園裏に移転、保存）に書生として押しかけ、続いて*土屋忠治という五高生を連れて来た。俣野は鯨飲馬食の大食漢で、漱石夫妻より早く朝食をとるが、味噌汁の実のうまいところは俣野が平らげて、漱石が食べる時は汁だけだった。お手伝いのテルといつも喧嘩になり、後には漱石夫妻の味噌汁を先に別の鍋にとり、残りを書生に提供したそうだ。

　また、漱石の弁当は俣野と土屋が毎日交替で五高に持って行っては、持って帰った。ある日、「今日のおかずは、まずくて食えなかったよ。」と漱石が妻の*鏡子に注意すると、妻は怪訝な顔をして、「だってあなた、弁当箱は空になっていましたが。」と反論した。半分以上も食い残したはずの弁当箱が空になるとは、不思議だと思っていたところ、数日後、ほんの一口箸をつけたばかりで、おかずの小言を言うと、妻は「それでも、みんな召し上がっているじゃありませんか。」と言う。よく調べてみると、案の定、犯人は俣野義郎であった。以後、漱石の弁当を俣野が持って行く時は、弁当に封印をすることになったと言う。

　俣野はよく酒を飲んでは夜中一二時ごろ帰宅した。帰って来るなり、鉄瓶の湯をいっぱい飲み尽くして、空のまま火鉢にかけておく無頓着ぶりだった。

　そのころ、鏡子は一個八〇銭もする高級石鹸を使っていた。その石鹸が奇妙に激しく減っていく。調べてみると、やはり俣野であった。「どうしてそれがわかったの？」「そりゃ奥様、俣野の顔にあの石鹸の匂いがぷんぷんしとりますもん。」と女中のテルはご注進に及んだ。俣野は土屋から一個五、六銭の当時、八〇銭もする高級石鹸だと聞いて、一度は申訳ないと恐縮したが、失敗は相変わらず続いた。

「俣野、庭でも掃かんか。」と、漱石に言い付けられて、庭を掃くのはよいが、その掃き方が乱暴なので、かえって前より散らかる。「俣野、そんな荒っぽい掃き方があるか。」と叱られてばかりいた。その後始末はいつも土屋の番だった。
**▼一八九八**（明治三一）年三月、大江村の漱石宅の家主落合東郭が宮内省を辞任して熊本に帰って来るので、家を明け渡さなければならなくなり、井川淵町に転居した。漱石は俣野、土屋の二人を呼び、「今度引っ越す家は狭くて、とうてい君たちを収容しかねる。ついては、君たちは習学寮に入って勉強したまえ。食費は僕が出してやるから。」と宣告した。「私たちはもう三、四ヶ月で卒業しますので、御迷惑でもどうか卒業までぜひ置いてください。どんな狭いところでも結構ですから。」と、涙を浮かべて懇請した。情にもろい漱石は「それでは、昼間は玄関の二畳にいて、夜だけ座敷の八畳に寝ろ。」と言ったが、泣くように頼み込んだ俣野の無頓着は止まなかった。

　土屋は几帳面であるが、俣野は朝寝をするし、横着者で自分の蒲団も土屋に上げさせた。一年中真裸で寝床に潜り込む習慣なので、朝寝の時、漱石に起こされて全裸で飛び起きることもあった。物ぐさで、ずうずうしく人の気も知らず、遠慮会釈のない俣野に鏡子は、随分手を焼いたが、憎めない人のよさがあり、しまいには周囲が根負けして、笑わせられてしまう始末だった。
**▼九八**年七月、俣野と土屋は無事五高を卒業し、東京帝国大学法科大学に入学した。漱石は上京した貧しい土屋忠治のために金銭の心配をしたり、下宿料にも困窮してい

たので、鏡子の実家中根重一*（貴族院書記官長）の書生に世話してやった。

▼一方、保野義郎は東京中根岸に寓居していたが、一九〇〇年六月、学資杜絶し、大蔵次官田尻稲次郎（後に会計検査院長、東京市長）子爵邸に書生として住み込んだ。保野は人を人と思わぬ狷介不羈な性格であったが、田尻も駄洒落が好きで飄逸磊落、辺幅を飾らぬをもって北雷《ほくらい》＝キタナリ（着たなり）と号した。二人の会話はさぞかし痛快なものであっただろうと想像される。

　漱石は一九〇〇年九月、五高教授のまま、英国に留学した。妻の鏡子宛にロンドン行汽船プロイセン号より「湯浅、土屋、保野へ宜敷願上候」（九月一〇日付）と教え子に対する情愛あふれる手紙を出している。その後も「湯浅土屋保野時々参り候よしよく御あしらひ可被成候」（一二月二六日付鏡子宛）「保野湯浅土屋へは無沙汰をして居るよろしく言つて御呉れたまに来たら焼芋でも食はしてやるがいい」（〇一年一月二四日付）と保野たちへの温かい心遣いを示している。異国ロンドンでの孤独な生活の寂寥から、「湯浅だの保野、土屋、抔にも逢ひ度」（〇一年二月二〇日付）と人恋しい気持ちになっている。保野が出した年賀状が半年以上も遅れてロンドンの漱石に着いた。「保野の年始状が九月に着致候には少々喫驚差出人が保野丈に郵便が半年以上道草を食つて居つた事と存じ候」（〇一年九月一二日付）と寺田寅彦*に書き送った。

　夏目漱石の保野宛書簡は、現在一通も残っていない。しかし、漱石の手紙や日記の中に、しばしば保野の名が出てくる。東大に入学した保野のことを心配し、一高講師に内定した親友の菅虎雄に、「保野生過日東上中根岸辺りに寓居のよし手紙を以て報じこし候。参上の節は随分御訓示願上候」（一八九八年九月三日付）と、一高校長となった狩野亨吉*には、「土屋保野などの面々時々御邪魔に参上する事と存候よろしく御教訓可被下候」（一八九九年一月一四日付）と指導を依頼している。

▼保野義郎は一九〇一（明治三四）年七月に東大を卒業の予定であったが、土屋忠治（後に弁護士）、湯浅廉孫（後に神宮皇学館、旧制三高教授）と共に落第した。夏目漱石も落第の経験者であるから、三人を元気付けるよう、「落第のよし気の毒に候　落第なんか恐れる様では仕様がない　落第は良き経験だ　奮発してやる様に御申聞可被成候」（九月二六日付）と妻に書き送っている。

「保野湯浅土屋抔時々参る様子貧乏しても貧乏なりによく御遇あるべく候彼等は余の不在にも関らず訪問致しくれ候は甚だ感心の事に候」（〇二年四月一七日付鏡子宛）と、決して秀才ではなかったが、不在の師の留守宅を慰撫する貧乏書生に感心している。「保野の父死去の由気の毒の至に存候」と保野の父・道介が〇三年五月一〇日死去、死を悼んでいる。「同人今回も亦落第の事と存候」（〇三年五月二一日付菅虎雄宛）と書いている。

　その保野は〇四年、他人の二倍六年間（当時の大学は三年制）かかって東大を卒業した。「保野大観先生卒業彼云ふ訪問は教師の家に限るかうして寝転んで話をして居ても小言を言はれないと」（〇四年七月二〇日付野間真綱*宛）。「大観」は保野の号である。漱石宅を我が家のごとく傍若無人に振る舞っていた。

▼一九〇四年七月、東大英法科を卒業、田尻の世話で三井物産鉱山部の三池炭鉱及び本店に勤めたが、やがて辞めて〇七年八月満洲大連に渡り、南満洲鉄道株式会社に転じた。〇八年二月、ハツヨと結婚、二男仁一は満鉄総裁中村是公*が名付親であり、長女みどりは漱石の命名である。

「吾輩は猫である」五に「筑後の国は久留米の住人多々良三平」という奇妙な豪傑が登場するが、そのモデルが俣野義郎である。この多々良三平は帰省して東京に戻り、かつて書生をしていた時の恩師珍野苦沙彌先生の家に、故郷の土産の山の芋を寄贈した。その夜、泥棒が入り山の芋の入った箱を宝の箱と勘違いして盗んで行った。翌朝、多々良が苦沙彌先生宅を訪ねる。

「久留米の山の芋は東京のと違つてうまかあ」と三平君がお国自慢をする。細君は山の芋をもらった御礼を言い、泥棒に盗まれたことを報告する。「ぬす盗《と》が？馬鹿な奴ですなあ。そげん山の芋の好きな男が居りますか？」と三平君は感心する。「山の芋許《ばか》りなら困りやしませんが、不断着をみんな盗つて行きました。」「此猫が犬ならよかつたに。—猫は駄目ですばい。飯を食ふ許りで、ちつとは鼠でも捕りますか。」「一匹もとつた事はありません。」「早々棄てなさい。私が貰つて行つて煮て食はうか知らん。」「あら、多々良さんは猫を食べるの。」「食ひました。猫は旨《うも》う御座ります。」下等な書生のうちには猫を食うような野蛮人がいると聞いて「吾輩」は「人を見たら猫食いと思え。」と驚いた。

「先生、泥棒に逢ひなさつたさうですな。なんちゆ愚な事です。」「這入る奴が愚なんだ。」「這入る方も愚だばつてんが、取られた方もあまり賢こくはなかごたる。然し一番愚なのは此猫ですばい。—鼠は捕らず泥棒が来ても知らん顔をして居る。—先生、此猫を私に呉んなさらんか。かうして置いたつちや何の役にも立ちませんばい。」「やつても好い。何にするんだ。」「煮て食べます。」苦沙弥先生は猛烈なこの一言を聞いて胃弱性の笑いを洩らした。

多々良三平が再登場するのは、「十一」である。「先生胃病は近来いゝですか。かうやつて、うちに許り居なさるから、いかんたい。」「まだ悪いとも何とも云やしない。」「いはんばつてんが、顔色はよかなかごたる。先生顔色が黄ですばい。」そこで三平君の買って来たビールを先生は、迷亭、独仙、寒月、東風らと飲む。猫の「吾輩」は客の帰った後、勝手に廻って盆の上の飲み残しのビールを舐めてみる。最初は舌の先が針に刺されたようにぴりりとしたが、やがて飲むに従って楽になり、ふらふら、よたよた陶然となり、愉快な気持ちで歩いているうちに、水甕《かめ》の中に落ちた。「吾輩」はもがいていたが、やがて抵抗しないで自然の力に任せることにして、不可思議の大平に入って死ぬ。

漱石が「吾輩は猫である」を書いた時、「筑後の国は久留米の住人多々良三平」という畸人を描いた。当時、俣野義郎は三井鉱山合名会社（「猫」では「六ッ井」ともじっている）の三池炭鉱（大牟田市）に在勤していたが、どういう間違いか、多々良三平は即ち俣野義郎であるという評判がぱっと立った。しまいには俣野を捕まえて、「おい、多々良君。」などと言う者がたくさん出て来たそうである。

そこで俣野は大いに憤慨して、至急親展を漱石に送り、ぜひ取り消してくれと請求した。漱石も気の毒に思ったが、多々良三平の件を削除しては全巻を改版することになるから簡潔明瞭に、「『多々良三平は俣野義郎にあらず』と新聞に広告してはいけないか。」と照会したら、俣野は「いけない。」と断って来た。それから三度も四度も猛烈な抗議文を送った後、次のような条件を出した。

「自分が三平と誤られるのは、双方とも筑後久留米の住人だからである。幸い、肥前唐津に多々良の浜という名所があるから、せめて三平の戸籍だけでもそっちに移してくれ。これだけはぜひお願いする。」とあったので、漱石はとうとう三平の戸籍を肥前（佐賀県）唐津の住人に改めた。従って、『ホトトギス』（一九〇五年七月号）や『吾輩ハ猫デアル』の初版では「久留米の住人」となっているが、六版からは「唐津の住人」に改められた。しかし、一九一一年七月の縮刷版ではまたもとの「久留米の住人」にもどされたが、その事情はよくわからない。漱石は俣野によほど手を焼いたと見えて、弟子の鈴木三重吉*に「当人は人格を傷けられたとか何とか不平をいふて居る。呑気なものである。人身攻撃も文学的滑稽も区別が出来ないで自ら大豪傑を以て任じて居るのは余程気丈の至りだと思ふ」（〇五年一二月三一日付）と手紙を書いた。

▼〇九年九月、漱石は中村是公の誘いで満韓旅行に出掛けた。大連の満鉄本社で思いがけず俣野に再会、彼の案内で大連市内を見物し、「先生、私の宅《うち》へ来なさらんか。八畳の間が空いてゐます。夜具も蒲団もあります。ホテルにゐるより呑気で好いでせう。」（十八）と誘われたので、俣野の家に行き、座敷から座ったまま、海や海の向こうに連なる突兀《とっこつ》極まる山脈を見渡しつつ、久留米出身で同じ明善校二年先輩の村井啓太*郎（後に大連市長、満州銀行総裁）と俣野の細君の作った晩餐を共にした。漱石はこの時のことを紀行文「満韓ところ〴〵」（十一・十八）に書き、「吾輩は猫である」多々良三平の俣野騒動を描いた。

その後、俣野は満鉄を辞し、大連で弁理士を開業し、石炭商を営み、大連海関旬報社長、公益公司出張所長の要職につき、福岡日々新聞特派員、大連在住筑後人会で活躍した。大連では近江町、越後町、播磨町、晩年は丹後町に住み、自邸を俣野公館と称した。大連市会議員となり、二四（大正一三）年、久留米から衆議院議員に打って出るつもりであったが、旧藩主有馬頼寧が出馬したため、「有馬の殿さんが出られるなら、楯突くわけにいかん。」と立候補を断念した。市会議員当時、勝手な放言をしたので、懲罰動議が可決し、罰金三〇銭を課せられたが、払わなかった。後日、妻のハツヨが支払ったという新聞記事が出たそうである。奇矯な挿話も多い。大連ヤマト・ホテルの大広間でズボン下のボタンを開けたまま悠然と座っていた話、三越デパートの女子便所で用を足した話、道路に水を撒いている時、通行人に掛けてしまい大喧嘩をした話、関東大震災の時、上京して破壊された家の中に入って、釜の飯を悠然と食った話など数限りない。

雑誌『福岡県人』編集長の内藤力三は俣野の人となりを「あの無造作で線の大きい、あらけずりの風格の中に、どこか近代人らしい神経質な一面がひそめられてゐるのだ。私が、十四日大連発のうすりい丸で玄海の荒波にいとゞそゝる郷愁に悩まされて眠られぬ夜をかこつてゐる時、『一路平安なる旅を祈る』と打電して貰つたのも俣野氏である。」と書いた。俣野にも繊細な心遣いがあったのである。

「さう〳〵俣野義郎の事は面白く候あの男は多々羅《（ママ）》三平を以て自ら目し而も大不平なので頗る厄介に存候」（〇六年一二月二一日付奥太一郎*宛漱石書簡）と、例の「吾輩は猫である」の多々良三平モデル騒動で、俣野の抗議に閉口している。奥太一郎は漱石が五高に招いたかつての同僚（五高教授。英語）で、俣野の恩師でもある。

俣野は普通の常識的な規矩縄墨では律しきれない人物で、背広でもフロックコートでも、いつも味噌汁で汚れていたという。しかし、多くの師や先輩から愛され、それらの師、先輩に対する情誼はきわめて厚く、漱石に書いてもらった書を高価に買い取ろうという者がいたが、当時、貧窮に陥っていたにも拘らず、これは恩人の遺品であり、金には換えられぬと大切に秘蔵していた。敗戦後の混乱期、応召中の二男仁一の留守を守っていた美枝夫人は大連から帰国する時、生命の危険をも顧みず、再びこの世に出現しない漱石遺墨（掛軸二点。『陽関帖』『新緑帖』サイン帖）を持って帰った。

その俣野義郎も晩年、多額の借財を負いつつ、関東州大連市丹後町二番地（現・中国遼寧省大連市白玉街）の自宅において死去した。満六〇歳。戒名は一誠院用堂良材居士。葬儀は翌一〇日、大連南山麓妙心寺で過去の華やかな社交生活を物語るように盛大に行われた。俣野家の墓は菩提寺の久留米市寺町少林寺に今もある。

▼俣野は世上、奇人として風評が高く、誤解される面なきにしもあらずで、文学とは無縁の人であったが、漱石の文学に陰影を与えた奇人として特異な存在である。

〔**参考文献**〕原武哲『喪章を着けた千円札の漱石——伝記と考証——』「第七章「吾輩は猫である」中の久留米の住人・多々良三平——畸人・俣野義郎のこと——」笠間書院、二〇〇三年一〇月二二日。

〔原武　哲〕

## ■奥　太一郎

おく・たいちろう

『漱石の四年三ヵ月　くまもとの青春』熊本日々新聞社、熊本時代。

**一八七〇（明治三）年五月二三日〜一九二八（昭和三）年一〇月一三日。**

**中学・高等学校・大学教授**（英語学・英文学）。**津山中教諭時代、漱石によって五高の英語教授に引き上げてもらい、終生、恩義を感じていた。**

京都市で父・奥輝太郎（旧名石川数馬。明治維新後、改名）、母・まつ（あるいは美恵）の次男として生れた。父は岩倉具視の家臣で代々京都に暮らし、維新後は岩倉に随伴して東京に出たので、本籍は東京市京橋区松屋町である。兄・亀太郎は同志社を卒業したキリスト教伝道師、商業学校教諭となり、弟・伊庭菊次郎（母の実家の養子）は同志社から高等師範学校（東京）を卒業し、中学校教諭・教頭を経て、梅花女子専門学校長となった。

▼太一郎は父母、兄弟と共に新島襄から洗礼を受け、同志社に入学し、一八八八（明治二一）年六月、英語普通科を卒業した。私立碓氷英学校、新潟市の私立北越学館、仙台市の私立東北学院教授となった。夏目漱石と入れ替わりに九三年九月、帝国大学文科大学撰科生として三年間哲学を修めた。九六年六月、岡山県津山尋常中学校雇教員、七月教諭に任ぜられた。

▼一方、第五高等学校教授夏目金之助（漱石）は**一八九七**（明治三〇）年七月、帰京して五高英語科教員一名採用人選のため、*狩野亨吉、*菊池謙二郎と相談し、奥太一郎も候補の一人に上げられたが、赤木通弘に決定した。しかし、赤木は三ヶ月で退職したので、漱石は英語教師の人選に取り掛かり、奥を候補者として交渉を開始したが、半年前の人事を再度俎上に上げたので、氏名を失念し、「奥泰二郎か」（**一八九七**年一二月一七日付菊池謙二郎宛漱石書簡）と記憶違いを侵している。漱石は津山中学校長菊池を通じ、同校教諭奥の学力・性向・本人の意思確認を求めた。撰科生時代の恩師帝大教授神田乃武の推薦もあり、第一候補に挙げられ、月給六五円、当分嘱託の条件で本人の

諾否を求められた。奥は前任者辞任の経緯も仄聞していたので、九州男児の蛮カラ風剛毅粗野に対して自身の温厚な性格で対処できるか不安を感じたらしい。**九八**年三月八日、已むを得ない事故ができたので転任できないと断った。漱石は奥のみを推挙して文部省に上申するばかりになって、承諾の返電を待っている、ここに至って断られては自分はともかく、校長、教頭の迷惑は当然で、どうか再考願いたいと返電を送った。奥も考え直し、三月末、津山尋常中学校を依願免官になり、四月五高に赴任した。この五高着任における漱石の配慮は、奥の心情に後々まで感謝の念として残った。

▼**一八九九**（明治三二）年一月一日、漱石は元日の屠蘇を酌んで、奥太一郎を誘い念願の耶馬渓探勝に出かけた。博多・小倉を経て、宇佐八幡、羅漢寺に参詣、耶馬渓（「石の山凩に吹かれ裸なり」漱石）を見たが、頼山陽があまり賞讃し過ぎたためであろうか、それほどまで名勝とも思わなかった。豊前国と豊後国との国境大石峠《おしがとう》を下る時、馬に蹴られて雪の中に転んだ（「漸くに又起きあがる吹雪かな」漱石）。日田、吉井を通り、久留米市山川追分で車夫から、「親方、乗って行かんのう」と誘われた（「親方と呼びかけられし毛布哉《ケットかな》」漱石）。追分の体験は後に『坊っちゃん』三に「ケツトを被つて、鎌倉の大仏を見物した時は車屋から親方と云はれた」に利用された。この耶馬渓旅行は漱石・奥の唯一の二人旅で、鏡子*の『漱石の思ひ出』（一〇　長女誕生）に書かれ、漱石は六六句を詠み、馬に蹴られたエピソードを*正岡子規宛書簡・狩野宛書簡に描いているが、奥の存在感が希薄で、語るべき旅のエピソードはなく、俳句は一句も残っていない。漱石のことであるから、奥にも作句を慫慂したと想像されるが、遂に子規に添削を乞うほどの自信作はできなかったのであろう。

　漱石・奥の交流では謡曲が重要な役割を果たした。鏡子の『漱石の思ひ出』一〇では、二人が工学部長・教頭で後の校長になった桜井房記から加賀宝生を習ったことを伝えている。「紅葉狩」を習った時、漱石は桜井から「質《たち》がいい」と褒められ、自分では得意で大きな声を出して唸っていた。妻の鏡子は「桜井さんに褒められたって、そりゃおだてで、なっていないじゃありませんか。」と、いつもの悪口の仇を取る気で言う。すると、「俺の声もそんなに良いと思っているわけではないが、まあ、奥のを聞いてみろ。お湯の中で屁が浮いたようなひょろひょろ声を出すんだから、あれから見れば」と負けてはいない。鏡子は「奥さんは奥さん。あなたはあなた。人がどうあろうと、その声は自慢になりませんよ。」と憎まれ口を叩く。ある日、奥が来て謡の稽古が始まった。鏡子は風呂に入っていて珍妙な謡い声が聞こえ、漱石の尾籠な批評を思い出し、湯の中で手拭を口に当てて、聞こえないように笑っていると、台所でもお手伝いが笑いをこらえて、苦しそうにしていた。

　一八九九年七月、五高舎監だった奥太一郎は、熊本女学校校長竹崎順子（徳冨蘇峰・蘆花の伯母。横井小楠妻津世子の姉）の媒酌で同校舎監だった菅沼きく子と結婚した。二人ともキリスト者であった。

▼**一九〇〇**（明治三三）年七月、夏目漱石は五高教授の身分のまま英国に留学し、二度と熊本に帰ることはなかった。

▼英国留学から帰国後、漱石は**一九〇三**年三月八日付で奥太一郎に、已むを得ざる事情で熊本に帰任せず、東京に留まることになったお詫びと遠山参良英語科主任その他によろしく、ロンドン留学中斡旋の労を取

ったスウィートが好評で安堵した、ファーデルの解雇は気の毒、と書き送った。

同年七月三日、漱石は入学試験で朝七時から出勤、高校、大学の掛け持ちで両方とも碌なことはせず、「勝手好加減主義」でやっている、「大兄などの様な真面目な人」から見れば、堕落の極みであろう、と手紙を書き送った。

▼漱石は、当時第一高等学校講師と東京帝国大学文科大学講師を兼任し、超多忙であった。**一九〇五**（明治三八）年一〇月二〇日、奥太一郎に書簡を寄せ、「熊本も永く居ると存外あきる所に候が大兄の如き人は始終一日の如く御勤めにて敬服の至に不堪」と奥の勤勉と誠実さに感心している。引き換え、自分のごときは教師がいやで生涯悟れない業突《ごうつ》く張《ば》りである、人は大学講師をうらやましく思うそうだが、金と引き換えならいつでも譲りたく思う、と心境を吐露している。奥の娘の誕生に因んで、子どもはなかなか容易に成長しないようであるが、ずんずん伸びて行くには驚くこともある、後から子どもに追いかけられているような気持ちだ、と書いた。

高等学校は楽なものだ、自分は高等学校で食って余暇に自分の好きなことをしたいと思っている。「舎監抔は一日も致すべきものに無之と存候」は、奥が永年舎監や生徒監をやって来たことに対する律儀さに感服しているのであろう。第一高等学校は熊本よりだいぶ気楽で同僚の家に行くこともなく、先方から来ることもない、大学もその点はすこぶるのんきなるものだ、と書いている。思うに、文名が挙がるにつれて、同僚との交際は敬遠されて希薄になり、教え子たちは慕い寄って来るという現象が起きた。「閑窓に適意な書を読んで随所に山水に放浪したら一番人生の愉快かと存候」は教育と創作の二足の草鞋を履いた超多忙の苦痛から脱出して、自然の中で読書三昧に浸る閑適への渇望である。「小生は教育をしに学校へ参らず月給をとりに参り候。自余の諸先生も正に斯の如くに候」は気の置けない謹厳な奥を相手に、いささか誇張して偽悪的に本音を吐露したものと思われる。

▼**一九〇六**（明治三九）年一二月二二日、奥太一郎からの書簡に対して、夏目漱石は返信を出した。「大多忙にて始終齷齪《あくせく》致し居り」と二足の草鞋に悪戦苦闘して、教師稼業からの脱出を模索していた。「学校も何だか〇〇〇〇〇〇〇〇〇〇〇〇と存候右については〇〇〇〇〇〇〇〇〇〇〇〇〇〇〇〇〇〇〇〇〇参り候由先日去る所より承はり候」は五高の近況を奥が報告したものに対して漱石が、別ルートからも聞き意見を述べたものと思われる。五高内の個人の消息や人物評価・毀誉褒貶《きよほうへん》の関するもので、編集委員会の判断で伏せ字にしたと思われる。このような個人の秘密に属するものを共有するほど二人は親密であったということである。

▼**一九〇七**（明治四〇）年三月、東京帝大講師と一高講師を退職し、四月、東京朝日新聞社に専属作家として入社した。奥太一郎は漱石の教育者から小説家への転進について大いなる期待と激励を送り、第五高等学校改革などの近況を報告した。これに対して同年五月二九日、奥に返信を送り、公職退職後は灌花栽培の楽しみもあるそうで、閑適の余事風流羨ましい限りである、自分は大学を退職後、小説家となり、高校の下調べもなくなり、心中大いに愉快である、人生五〇年流転のうちに残喘《ざんぜん》余命を託する身がいつ何時いづこへ転居するかも計りがたく、毎日書斎で読書冥想、昼寝も時々している、早く何事かを成し遂げて生涯を終えたい、一日が四八時間になるか、脳が二

通りできるか、いずれかにしたい、しかし、半生の鴻爪《こうそう》は全く痴夢に等しく、このまま枯れ木となっても苦しからず、そう観念して開き直ると、呑気になる。漱石は教師から作家への人生の一大転機に当たって、大事業を成し遂げるか、このまま「枯木」で終わるか、気の置けない奥を相手に飾らない真情を吐露したものと見える。

▼**一九〇八**（明治四一）年八月、五高教授奥太一郎は五高の英語教師を探しに上京した。夏目漱石に相談するため、早稲田南町の漱石山房を訪問した。五高の教え子だった寺田寅彦*は漱石宅を訪問し、五高が英語教師を探していると聞き、友人藤田貞次が教師の口を探していたので、藤田を奥に推薦しようと奥の宿所を探した。寺田寅彦は宿所大久保に行き、奥太一郎を訪問した。一〇年ぶりに奥に面会し、五高英語教師選考の件で藤田推薦を依頼した。しかし、この人事は成らず、藤田は八代中学校教師となった。

▼**一九一〇**（明治四三）年六月、胃潰瘍の疑いがある漱石は、麹町区内幸町の長与胃腸病院に入院した。七月、奥太一郎が熊本から出京して、長与胃腸病院に漱石を病気見舞いに訪問した。

▼一八九八年四月、津山中学校から五高に着任して以来一六年間精励恪勤した教授奥太一郎は、**一九一四**（大正三）年二月、満四三歳で官学を退き、長崎の私学活水女学校に教頭として迎えられた。奥は活水女学校への転出を夏目漱石に知らせた。漱石から丁重なるお祝いの返信が来た。

「今度愈《いよいよ》御辞任の上長崎の方へ参られる事になりたる由拝承致候大兄の熊本行は実は小生の推薦の由それは御手紙にて漸く思ひ出したる位十六年の昔故それも道理かと存候然し大兄は小生の配慮を恩義の如く感ぜられわざ〳〵の御手紙小生は甚だ恐縮致候小生在熊中こそ種々御世話に相成御蔭にて左《さ》したる公務上の不都合もなく無事に引上げ候段深く感謝致居候大兄も十六年後の今日漸く別方面へ活動の余地をつくる為めの御転任なれば小生はたゞ心中より喜び申候長崎着の上は女子教育の方にて充分の御成効乍蔭《かげながら》切望致候」（**一九一四**年二月八日付奥宛漱石書簡）。

奥は漱石の推薦によって五高に採用されたことを恩義に感じ、終生忘れなかった。今度五高を退職するに当たって、漱石のお蔭で官学に勤務することができた感謝の言葉を書いたものと思われる。漱石は自分の推薦で奥が五高に採用されたことを失念していたのを思い出した。そして、私学の女子教育で新天地を開き、別方面の飛躍を期待し、祝福を送ったのである。

奥太一郎の活水女学校教頭就任は、活水女子専門学校英文科設立のための布石であったのである。同年四月、奥太一郎は活水女学校教頭兼活水女子専門学校教授となった。

漱石との交流は**一九一四**年二月八日付奥太一郎宛書簡が最後であった。

▼一九二〇年九月、奥太一郎は五高同僚（英語）だった遠山参良九州学院長から誘われていたので、九州学院に転任することになった。

▼一九二三（大正一二）年五月、日本女子大学校教授として、東京に赴任した。『日本女子大学英文学科七十年史』では、「せいはお高くはなかったが、一寸外人らしい御容貌で、その御授業には、何となく気楽に寛げる雰囲気があった。Dickensの〝The Cricket on the Hearth〟などをテキストに読解を担当されたが、文法の御説明は大変くわしかった。」とある。ここでも、誠実で生真面目な一面がうかがえる。東京でも日本福音ルーテル教会東京教会に所属して、

平信徒として堅実な信仰を守り、良風を後進に永く遺した。奥は日本女子大学校教授の現職のまま、満五八歳で亡くなった。

▼思うに、奥太一郎は温厚誠実、律儀な性格で、学生生徒にも信頼されていたからであろうか、五高教師たちからは、責任のみ重く、嫌われ、煩瑣で多忙な舎監、生徒監、生徒課主任を永年精勤し、「職務勉励ニ付其賞トシテ金百円下賜」という賞金を一六年間で十回も受けた。その賞金の金額は上昇して一回につき百円から二百五十円にまで達した。一九一〇（明治四三）年四月一五日には一二年間一日も欠勤なく職務に尽瘁《じんすい》し、教員として模範とすべしという賞状を文部大臣から受けた。これらは奥の勤勉さを表しているが、一方、謙遜な態度、義理堅い忠実さは、派手さに欠け存在感の希薄さに通ずる。五高に一六年間在職した割にエピソードに乏しい。

奥太一郎は一中学校教諭に過ぎなかった自分を官学の高等学校教授に引き上げてくれた漱石に終生恩義に感じて兄事した。漱石もまた温厚な奥太一郎を弟分のように鍾愛した。五高で僅か二年四ヶ月という短期間ではあるが、帝大時代からの知友を除けば、思いの外、濃密な交友関係を結んだ。

しかし、漱石作品に地味で温和な奥太一郎を直接描いたと思われる登場人物は、見当たらない。奥太一郎は強烈な個性の持ち主ではなく、むしろ控え目な謙虚な人物だった。漱石から「大兄などの様な真面目な人」や「大兄の如き人は始終一日の如く御勤め」と書かれ、謹厳実直を絵に描いたような人物として受け取られ、小説のモデルにはなりにくい。従って強いて挙げるならば、「坊っちゃん」の中の「うらなり」的な「温良篤厚の士」であろう。しかし、「うらなり」ほど、不当なことと知りつつ、抗議もせず、唯々諾々として長いものに巻かれる「底の知れないお人好し」ではない。

奥は舎監、生徒監として質実剛健の五高生徒と永年渡り合ってきた。放埒無頼の五高生を相手にすることが、いかに難儀なことか、漱石は既に「坊っちゃん」の中で描いている。教師たちから嫌がられる舎監を、漱石は「舎監抔は一日も致すべきものに無之と存候」といい、奥の真面目に感嘆している。舎監や生徒監という教師側の先頭に立って、生徒側と折衝していくことは、教師たちの信頼がなければ、単にお人よしだけでは勤まらない。奥太一郎が永年にわたって舎監の煩瑣な職務を、重責を負って遂行したことは、教師としての使命感や人間としての人間愛があったればこそと言える。それはクリスチャンとして彼の良心の問題であろう。

その点で奥太一郎は五高英語教師の人事にも関与する積極的一面もあり、活水女学校や九州学院では教頭という管理職になり、かくて奥太一郎は、「うらなり」の「底の知れないお人好し」から脱却している。漱石が「坊っちゃん」を執筆したのは、一九〇六年三月一七日ごろから三月末まで、「うらなり」を造型する時、奥の人の好さが念頭に浮かんだかもしれない。主人公「坊っちゃん」の明るさの対極にありながら、「うらなり」の暗さは、送別会において自分を嘲弄愚弄する狸の校長や赤シャツ教頭に恭しくお礼を言う馬鹿馬鹿しいほどの善良さによって、「坊っちゃん」や山嵐のほろ苦い共鳴を呼び起こす役割を担った。漱石もまた営々と舎監の職務に尽瘁する奥太一郎の中に、己にない一途な教育の原点をみる思いを禁じ得なかったであろう。こう考えると、奥も漱石の作品にある彩りを添えた一人の人物といえるのではなかろうか。

〔**参考文献**〕原武哲「夏目漱石と奥太一郎」『近代文学論集』第35号、日本近代文学会九州支部、二〇〇九年一一月三〇日。／夏目鏡子述、*松岡譲筆録『漱石の思ひ出』改造社、一九二八年一一月二三日。／岩波書店『漱石全集』第22〜24巻「書簡　上・中・下」一九九六年三月一九日〜九七年二月二一日。

〔原武　哲〕

## ■浅井　栄凞

あさい・えいき

『熊本日々新聞』「近代肥後異風者伝・浅井栄凞」二〇〇三年一一月二九日付。

**一八五九**（安政六）**年一〇月二八日〜一九三一**（昭和六）**年九月三〇日。熊本藩主細川家家扶。英語教師。漱石の五高時代の同僚。漱石の韓国旅行の折、京城**（ソウル）**で再会。**

父・浅井栄鎮（新九郎と称し禄高百五十石、諱は栄懐。鼎泉・撝謙と号す）、母（旧・寺井氏）の長男として、肥後国熊本安已橋通二丁目に出生した。一八七一（明治四）年三月満一一歳で旧熊本藩細川家儒者国友昌（古照軒）の家塾に入り漢学を修業、七五年熊本県立熊本中学校に入学、普通学を修業した。七八年四月、満一八歳で笈を負うて上京し、箕作秋坪《みつくりしゅうへい》の家塾に入り、英語を修学した。七九年六月、中村敬宇（正直）の同人社に転学、八一年一二月、普通英語学科を卒業した。

▼一八八二（明治一五）年七月七日、二二歳で福井県福井中学校一等助教諭に任ぜられ、英語・地理・歴史の諸学科担当を命ぜられた。同年九月一二日、福井県福井小学師範学校一等助教諭兼福井中学校一等助教諭に任ぜられた。しかし、北陸の厳寒は思いの外苛酷であったのだろう、肺を病んで、八三年五月二日、願いにより本官を免ぜられて熊本に帰った。帰郷後、熊本藩細川家菩提寺泰勝寺邸内で後進のために英語を教授した。当時熊本で英語を教授する者は稀で、時勢はようやく英語の必要に覚醒して門下に教えを乞う者が増加したので、遂に立田口久本寺を教室に当て、さらに専門の教師を招聘し、英語・漢文・数学を教授した。八三年九月、熊本私立済々黌《せいせいこう》英語科教師となり、八六年八月、済々黌英語科教師を辞した。そして、同年九月には私立熊本英語学会主幹となった。

▼一八八七（明治二〇）年一二月二七日、文部属に任ぜられ、判任官七等に叙し総務局詰を命ぜられ、上京した。八九年一〇月二六日、願いにより本官を免ぜられ、同年一〇月三日、臨時帝国議会事務局雇を命ぜられ、月俸三五円を給与せられた。次いで、

九〇年八月二五日、貴族院雇を命ぜられ、月俸三五円を給与せられた。同年九月一一日、貴族院編纂課勤務を命ぜられ、九一年七月二〇日、願いにより貴族院雇を免ぜられ、帰郷した。

▼一八九五（明治二八）年六月二八日、第五高等学校英語科授業の嘱託を受け、報酬一ヶ月二五円を贈与され、学寮係兼務を命ぜられた。同年八月三一日、夏目漱石の友人で、禅の修行をしていた菅虎雄*が、第五高等学校独逸語及び論理学教授の嘱託を受けて来熊した。菅虎雄と浅井栄凞は禅を通じて、たちまち意気投合し、熊本市坪井の見性禅寺の前住職葆岳宗寿や新たな住職宗般玄芳の会下に参禅した。この年、菅は満三〇歳、浅井は満三五歳であった。

▼**九六**年一月九日、浅井は物品検閲委員を、二月二〇日春期修学旅行係を命ぜられた。同年四月一四日、菅虎雄の周旋で愛媛県尋常中学校嘱託教員夏目金之助（漱石）は第五高等学校英語科の教授を嘱託され、報酬一ヶ月金一〇〇円で、熊本にやって来た。かつて菅虎雄から紹介されて鎌倉円覚寺塔頭帰源院の釈宗演*の会下に参禅したことのある漱石は、またも菅の紹介で浅井栄凞を知り、見性寺に行って打座を試みる。ここに禅を通じて、浅井・菅・夏目の三者の深い結び付きができた。

▼一八九七（明治三〇）年一月二〇日、浅井は学寮係主任を命じられたが、同年三月三一日、職員と議の合わない所があって、五高を辞職した。しかし、浅井が第五高等学校長中川元《はじめ》*に提出した辞職願には「坐骨神経痛」を理由にしているが、真の理由は未詳である。浅井は五高退職後、禄を離れた旧士族の共済を図る、殖産興業を目的にして父の鼎泉が起こした第九銀行の無限責任社員の監査役になった。

▼一八九八（明治三一）年六月末か七月初めの払暁、熊本白川の梅雨の濁流の中を若い女が浮きつ沈みつしていた。網打ちをしていた男と居合わせた人々が協力して女を救い出した。女は五高教授夏目金之助の妻鏡子*であった。直接の原因は前年九七年夏の流産から来るヒステリー性のものと思われるが、発作は常に夫婦の関係が緊張している時に起った。**九八**年四月初め、漱石一家は熊本市井川淵町八番地の部屋数の少ない借家に転居して、鏡子は精神の内訌を一層募らせていた。「或時の彼は毎夜細い紐で自分の帯と細君の帯とを繋いで寐た。紐の長さを四尺程にして、寐返りが充分出来るやうに工夫された此用意は、細君の抗議なしに幾晩も繰り返された。」（「道草」七十八）。このようなヒステリー性の緊張の末、鏡子は遂に幻影に招かれて今まで堅く結ばれていたはずの夫婦の紐を振りほどいて、寝床を抜け出し、熊本の払暁の巷を走った。発作が治まったと安心して、つい油断して疲れた身体を横たえ、転た寝を貪っていた漱石が、はっと気付いた時、鏡子の褥《しとね》はもぬけの殻だった。鏡子が入水したと思われる藤崎宮下の水練場付近は梅雨で増水して深かった。漱石の句に「白川　颯と打つ夜網の音や春の川」がある。

助けられた鏡子を家に連れ帰った漱石は、借家やお手伝いなどで世話になった、かつての同僚だった浅井栄凞に相談した。漱石と浅井とは、僅か一年間の同僚関係に過ぎなかったが、禅で繋がっていたため、漱石は既に五高を離れていた浅井を深く信頼していた。地元熊本人である浅井は、早速人力車を走らせ、熊本市議会議員で『九州日々新聞』社長山田珠一の下に駆け付け、熊本の新聞記事でスキャンダルにならないように頼み込んだ。

山田珠一（一八六五～一九三四）は大分県西国東郡草地生れで、一八八三（明治一六）

年、佐々友房（克堂）の人徳を慕い、熊本に来て済々黌に入学した。この時、浅井は済々黌の英語教師だったので、山田を教えたかもしれないが、確証はない。生長（生徒で舎監を兼ねる）に安達謙蔵（後に内務大臣）、山田の同級には狩野直喜（後に京大教授）、一級下には鳥居素川*（大阪朝日新聞主筆。漱石入社に尽力）がいた。山田は八六年卒業と同時に『紫溟新報』に入社、浅井もこの年、済々黌を辞職した。やがて『紫溟新報』は『九州日々新聞』となり、山田は浅山知定社長を助けて社業の発展に尽くし、一八九二年、満二七歳で社長に就任、九六年八月には、社長のまま、国権党常務委員となった。鏡子入水事件のあった九八年には、熊本市議会議員となっていた。浅井と山田とは、済々黌時代の六歳違いの師弟関係になる。山田は市議会議員で熊本第一の大新聞社長である。後年一九三一年、浅井が亡くなった時、熊本市長になった山田珠一は、浅井の葬儀に際して弔辞を捧げている仲だ。浅井が鏡子入水事件もみ消しのため山田に働きかけたという直接資料はないが、山田以外に考えられない。

　ただ、一八九八年七月七日、浅井栄凞の父鼎泉が亡くなっており、ちょうど鏡子入水の前後ごろではないかと思われる。内に臨終間近い病臥の父をかかえ、外に友人漱石夫人自殺未遂のもみ消し運動に奔走して、内憂外患の状態であっただろう。

　鏡子の入水事件について、当の鏡子は『漱石の思ひ出』の中では全く触れていない。娘婿松岡譲*も『漱石先生』（岩波書店、一九三四年一一月）の「漱石のあとを訪ねて」では、入水事件を故意に避けているが、『ああ漱石山房』（朝日新聞社、一九六七年五月）の「漱石のあとを訪ねて」では、「前夜、野々口教授からきいた、悪阻からひどいヒステリーをおこした若い義母が入水しようとしたというのは、大方この家に違いない。彼女にとっても余り思い出のよい家ではなかったに違いない」と挿入された。

　浅井栄凞は五高退職後も土地に不案内な漱石のため、住宅の世話をしたり、気心の知れたお手伝いを世話したりしたという。

▼**九八**年梅雨時の入水事件後、漱石は川の側を避けて、七月熊本市内坪井町七八番地（現・熊本市中央区内坪井町四―一一　現・「夏目漱石内坪井旧居」）に転居した。浅井の紹介であるかどうか未詳であるが、可能性は最も高い。

「浅井氏には時々面会御噂致居候過日御来示の俳句数首日本新聞へ寄送致候処夏季〆切後にて掲載の運びに至らず」「近頃は頓と俳句も作り不申暑中は少々奮発打坐を試み候処些の入処も無之其内運動不足の為め下痢を催ふし夫より昨今に至りては始業間近く相成候為め夫なりに放却致候御憫笑可被下候法語々録の類数種披見致し候が少しの得に御座候へども画餅不充饑《うえをみたさず》依然たる噇酒糟《とうしゅそう》の漢なるには閉口致候」（**一八九八**年九月三日付菅虎雄宛漱石書簡）。

　鏡子入水事件以後、漱石はますます浅井との結び付きが深まった。温厚篤実な浅井の性格は、神経過敏になっている漱石の心を和ませてくれた。父・鼎泉の創設した第九銀行の監査役になった浅井は、余り健康もすぐれず、経営の中枢にはおらず閑職だったので、時間は比較的自由だったのだろう。時々漱石宅を訪問して、前年肺患を患い五高を非職になった菅虎雄の噂話や、禅や俳句の話をした。

▼**九九**年、北坪井町に家を一軒借り、宏済書院と命名して、友人尾関義山（徳島県出身）の助力を得て、子弟一〇人ばかりを集めて、教育していた（「肥後異人談」）。

▼**一九〇〇**（明治三三）年五月一二日、漱石は五高在官のまま、英語研究の目的で、文

部省給費留学生として二ヶ年間英国留学を命じられた。漱石は、でき得れば留学帰国後は東京に勤務したいと思い、家族も一緒に東京に帰し、熊本を離れた。家財道具は懇意にしている者に置き土産として分け与えた。松山時代より持っていた、廻りと足とが竹でできている紫檀の机を浅井に贈った（夏目鏡子『漱石の思ひ出』一三　洋行）。

▼**一九〇九**（明治四二）年九月二日、漱石は、東京大学予備門予科以来の友人、今は南満洲鉄道株式会社総裁の*中村是公《よしこと》から誘われて、満韓旅行に新橋を出発した。大連・奉天（瀋陽）・ハルビン・長春・安東（丹東）の満洲（中国東北）各地を廻り、韓国に入り、平壌（ピョンヤン）・京城（ソウル）で多くの友人知己に再会した。

京城に着いて七日目の一〇月六日、漱石はかつての同僚だった浅井栄凞を訪ねた。

「引き返して太平町の郵便局に浅井栄凞を訪ふ。先生三等郵便局の主人なり。膝を容るゝとは正に是なり。余と陶山さんと這入つたらあとは何うする事も出来ない。浅井さん大いに喜ぶ。其顔を見たのが甚だ愉快であつた。」（**一九〇九**年一〇月六日付漱石日記）。

たぶん、漱石が京城に来たことを新聞で知った浅井は、往時を追懐して懐旧の情黙し難く、電話を掛けて、住居を知らせたのではあるまいか。そして、漱石の来駕を乞うたのであろう。漱石が留学のため上京以来、九年ぶりの再会に二人の喜びがうかがえる。浅井の家は南大門近くの太平町にある韓国家屋で、韓国人相手の質屋を兼ねていたという。表が事務所、裏が住宅であったそうだ。浅井一家が京城を去ったのは、漱石が浅井家訪問から一、二ケ月後の一〇月か一一月ごろであった。

〇九年晩秋、韓国から帰った浅井は、熊本市郊外横手村北岡の細川家家政所（細川家霊廟）に住んでいた。一九一二（大正元）年秋、上京、東京家政所（小石川区老松町）の家扶（華族の実務・会計を掌った者。家令の次席、家従の上席）として細川侯爵家を守り、一六年、細川護立の代には、赤坂新坂町の別邸で家政監督を勤めた。漱石の死まで四年数ヶ月の歳月を共に東京で過ごしているが、晩年の漱石と交遊した痕跡はない。

▼一九三〇（昭和五）年、骸骨を乞うて熊本に帰り、黒髪町小磧橋畔に知足庵を結び、茶を楽しみ風月を友として、安らかな悠々自適の老後を送ろうとしたが、一年余にして脳溢血のため逝去した。満七一歳。法名、一枝軒霊山自哲居士。

▼*小宮豊隆は「浅井は洒脱で自由で、熊本では人々から随分敬愛されてゐたさうである。」（『夏目漱石』「三二　結婚生活」岩波書店）と書いたが、筆者（原武）が取材した三男栄資の、父栄凞に対する印象としては、謹厳実直、温厚篤実、誠実無比な、無口で地味な人だったという。晩年まで禅との関係をもち、細川侯や一条公などと共に京都大徳寺・妙心寺・円福寺に参禅したらしい。家庭でも毎晩就寝前には読経を欠かさず、禅僧のような枯淡の生活をし、禅宗の師家を我が家に招いて供養をしたりしていたので、僧俗の間ではかなり名の通った居士であった。

浅井は無類のお人好しであった。自分の子供は七人もいるのに、親戚縁者の子弟はもとより、昔使用していた男女の子ども、同僚の遺児まで頼まれると、家に引き取って世話をした。東京赤坂の細川侯邸内に住んでいる時は、熊本から上京する新入学生の世話をしていた。

俳句修業したのは、漱石の熊本時代で、漱石が宗匠であり、吟行にも加わったらしい。浅井の俳号はわからないが、句としては、「ともすれば時雨がちなる野点《のだて》かな」

がある。晩年、特に力を入れたのは茶道修業であった。茶会を催して知人を招待する時、浅井は自ら魚河岸に行って魚を買って来て、襷掛けで自分で台所に出て料理をするのが、最大の楽しみであった。分に過ぎるのではないかと息子が苦情を言うと、「金をかけずに、いかに客に喜んでもらうかが、侘び茶の真髄だ。」と笑った。

浅井は若くして、中村敬宇の同人社に学んだが、自助論と浅井の思想との関係は分明ではない。スマイルズの『セルフ・ヘルプ』の英文本を三男栄資に勧めたことがあった。一八八七（明治二〇）年一二月、浅井は友人坂本筒蔵と『孝女美談　砂漠の花』（集成社）と題する訳本を出版している。原著書名は〝Elizabeth on the Exiles of Siberia〟。原著者は仏のリストウ勿陳女史著 Madam Cotton である。

三男栄資の言によれば、浅井栄凞は漱石の作品の中で、「坊っちゃん」の「うらなり」が風貌やイメージともにぴったり一致するという。

「夫から英語の教師に古賀とか云ふ大変顔色の悪るい男が居た。大概顔の蒼い人は痩せてるもんだが此男は蒼くふくれて居る。昔し小学校へ行く時分、浅井の民さんと云ふ子が同級生にあつたが、此浅井のおやぢが矢張り、こんな色つやだつた。浅井は百姓だから、百姓になるとあんな顔になるのかと清に聞いて見たら、さうぢやありません、あの人はうらなりの唐茄子許り食べるから、蒼くふくれるんですと教へて呉れた。それ以来蒼くふくれた人を見れば必ずうらなりの唐茄子を食つた酬だと思ふ。此英語の教師もうらなり許り食つてるに違ない。」（坊っちゃん」二）。

浅井は小柄で、生涯酒も煙草も嗜まず、正座を崩したこともなく、自堕落に寝転んだりしている姿を、子どもに見せたことはなかった。顔色は、若い時の健康状態から、「うらなりの唐茄子」のように青黄色だったそうである。山嵐が送別会の挨拶のことばに、うらなり（古賀教師）を評して、「温良篤厚の士」（九）と言い、坊っちゃんは「うらなり君はどこ迄人が好いんだか、殆んど底が知れない。」（九）と評している。これは晩年の浅井の面影を宿している。浅井の青黄色の顔が、「うらなりの唐茄子」を連想させ、「坊っちゃん」の中の「浅井のおやぢ」となり、英語教師「うらなり」造型に影響したかも知れない。

一九一二年浅井の東京赴任から、一六年漱石死去まで二人は東京で共に過ごしているが、四年間一度も早稲田南町の漱石山房を訪ねたことはない。浅井宛の漱石書簡もない。漱石日記に浅井の名が出たのは、京城の再会記事一度だけであった。万事、控え目に謙虚に生きて来た浅井にとって、文豪漱石はもはや遠い遥かなる人であった。名利を超越していた浅井には、文豪漱石の名声は、無縁の世界であった。

**〔参考文献〕**原武哲『喪章を着けた千円札の夏目漱石――伝記と考証――』「第八章　夏目漱石と浅井栄凞」笠間書院、二〇〇三年一〇月二二日。／黒本植（稼堂）「肥後異人談」下之巻「浅井交翠」『稼堂叢書』一九三二年一〇月一日。／井上智重「近代肥後異風者伝　第三二話　浅井栄凞「坊っちゃん」うらなりのモデル」『熊本日々新聞』二〇〇三年一一月二九日。

〔原武　哲〕

# ■黒本　植

くろもと・しょく

『稼堂叢書』巻一、一九三一年四月刊、晩年撮影。

**一八五八（安政五）年二月一二日～一九三六（昭和一一）年一一月一五日。漢学者。漢詩人。号は稼堂。漱石の五高時代の同僚教授。五高開校記念に漱石が読んだ祝辞は黒本の代筆という説もある。**

銭屋与右衛門（江戸時代末期の加賀の豪商銭屋五兵衛の一族）の第五子として加賀国石川郡宮腰（現・金沢市金石町）に生れる。生後間もなく石川郡専光寺村（現・金沢市専光寺町）黒本八兵衛の養子となる。幼名は栄太郎。一八七四（明治七）年九月一日、藤田維正につき漢学を修業した。同年一一月一日、石川県中学校西校に入学し、漢学・数学を修業する。七五年二月一日、石川県師範学校に入学し、小学授業講習する。同年五月一九日、同校を卒業し、金沢車馬場小学校に在勤し、同年六月一日、訓導補に任ぜられる。同年一二月五日、訓導補を依願免職した。七六年一二月六日、中島外成について英語を修業した。七八年二月一〇日、大阪に遊学、藤沢南岳塾に入り、一年間漢学を修業した。七九年四月一五日、石川県金沢区において塾を開く。八〇年六月四日、東京に遊学、岡松甕谷・川田剛・重野安繹《やすつぐ》について文章を修業、傍ら小中村清矩について和文学を修業した。八一年二月一四日、栃木県第一中学校で月俸一八円の雇教員となる。同年一二月二四日、栃木県第一中学校一等助教諭を任ぜられ、月俸二〇円給与せらる。八二年一一月二〇日、一等助教諭で退職。同年一二月一日、東京弘文学舎担当生徒教授傍ら松尾貞次郎（長崎県）につき英語を講習した。八三年四月四日、石川県尋常師範学校へ三ヶ月間雇手当月一二円で招聘される。高橋富兄について一年間和文学を研究する。八四年一一月五日、私立金沢学校月俸一二円で聘せられ、傍ら家塾で生徒を教授した。八六年石川県甲種医学校に勤務する。

▼八八年四月一日、第四高等中学校に月俸二〇円で雇い申し付けられ、金沢に帰った。九一年五月一八日、第四高等中学校助教授に任ぜられ、月俸二〇円を給与せられる。九二年春、第四高等中学校では、一地方学校ではなく全国規模の学校にも拘らず教授陣が石川県人で占められている、ということで、学識不足のため生徒から更迭要求の騒動が起った。九二年七月一六日、教授陣四名（一名石川県人・非学士）、黒本を含む助教授八名（八名とも石川県人・非学士）が非職を命ぜられ、新たに学士教授が赴任した。一旦、四高校長中川元《はじめ》*によって不本意に非職になった黒本は、中川のたっての頼みで九三年四月一八日、大分県尋常師範学校教諭並びに大分県尋常中学校教諭に任ぜられた。

▼一八九三（明治二六）年一一月五日、第五高等中学校校長になっていた中川元から招聘され、助教授に任ぜられ、和漢混淆文の改良と指導を命じられた。九五年八月三一日、菅*虎雄が五高に赴任した。九六年四月、菅の周旋で夏目漱石が五高に赴任し、**九六**年六月八日、黒本は第五高等学校教授に任ぜられ、同年七月九日、漱石も教授に昇格した。

▼同九六年八月一〇日、黒本は非職を命ぜられたが、その理由は、「その薫陶の篤き

こと誠に追慕に余るもの」があったが、彼の「聡明に従はず、其高旨の背くもの多か」ったことだったらしい。黒本がいくら真摯に指導しても、欧米に目を奪われている一部の学生は、古風な東洋的隠者然とした教育を理解しようとはしなかったのであろう。一株の稚松と「うゑおきし形見の小松色そへて栄ゆく文の花のはやしに」という和歌一首を残して、五高を去り、帰郷した。ところが意外にも八ヶ月後の九七年四月八日、復職を命ぜられた。

▼**九七**年一〇月一〇日、第五高等学校第七回開校記念日で、漱石は教員総代として祝辞を読んだ。「夫れ教育は建国の基礎にして師弟の和熟は育英の大本たり。」という文言は、現在、五高の後身たる熊本大学黒髪キャンパス校庭に記念碑として刻まれ、肖像と共に、大学のシンボルとなっている。ところが、この祝辞に黒本植の代作(合作)・代筆説(鹿子木敏範「漱石の祝辞について――はたして自作自筆か――」『日本病跡学雑誌』一九七九年五月)が提出され、決着がついていない。漱石が黒本に代作を依頼した理由を鹿子木は、畏友米山*保三郎の急死、実父直克の死、妻鏡子*の流産、父の死による上京、開校記念式一ヶ月前の帰任などの多事多忙と、漱石の先輩教授に対する義理立てと黒本の世話好きであろうと推測した。

熊本は江戸時代から能や狂言が盛んで、明治になってからも喜多流・金春流が盛んであった。五高内でも石川県出身の加賀宝生流の桜井房記が師匠格で、漱石・奥太一*郎・黒本植らが習っていた。最初は「熊《ゆ》野《や》」と「紅葉狩」などを稽古したという。

漱石は熊本在任中、五高講師だった浅井*栄凞・親友菅虎雄教授の導きで、黒本植などと共に熊本の臨済宗妙心寺派見性寺に参禅し、住職宗般玄芳の下で提撕《ていせい》を受けて、禅の深い結び付きがあったらしい。黒本は、後に京都の円福寺に出て、大徳寺管長になった宗般を円福寺時代に訪ねて、熊本時代は「入魂《じっこん》」だったと言っている(黒本植「畿内巡杖記」『稼堂叢書』)。

▼九八年八月二三日、第五高等学校舎監を兼任した。「当校の方は過日黒本教授迄舎監兼務に任ぜられ候是は定めて新聞紙上にて御承知の事と存候」(**九八**年九月三日付菅虎雄宛漱石書簡)と、温厚で謹厳実直な「黒本教授迄」が予想外の舎監任命に驚き、気の毒に感じている風である。しかし、舎監となった黒本は、積極的に寮運営に取り組み、「寮生一般への教示」や「食堂清規」を自ら作り、学生に厳しく順守させて、責任を全うしている。

▼**一八九六**年一月、米山*保三郎は、『陶淵明全集』全五巻を松山に帰る漱石に贈った。松山に帰った漱石は、これを読み、「米山より陶淵明全集を得て目下誦読中甚だ愉快なり」(**九六**年一月一六日付正岡*子規宛漱石書簡)と感動した。この『陶淵明全集』を黒本植に贈ったのである。その『陶淵明全集』には「漾虚碧堂図書」という漱石の蔵書印が押してある。「漾虚碧堂図書」の印は、見性寺で参禅していた伊底居士(久留米の梅林寺にもいた)に**九六**年一一月篆刻してもらったものである。この「漾虚碧堂図書」の印を押した『陶淵明全集』が黒本に贈られ、今、金沢市立図書館の「稼堂文庫」に収蔵されているのである。寛永版の木版本で、黒本の筆と思われる頭注が方々に施されていると言う。しかも各巻の見返しには漱石の死亡を報じた新聞記事が張られており、いかに漱石を愛惜したかが、窺える。子規に「愉快なり」と感銘を伝えた米山譲りの『陶淵明全集』を自分の蔵書として秘蔵せず、黒本に贈ったということは、漱石・黒本の深い温情を感ぜずにはいられない。ひょっとすると、「祝辞」の代

筆の謝礼の気持ちの表れかもしれないという想像も湧いてくる。

▼九九年一二月二八日、第五高等学校教授並びに舎監を依願免官になり熊本を去った。**一九〇〇**年一月二九日、漱石は前五高教授黒本植の紹介と五高医科学生行徳俊則（後に東大医学部卒業。医師）に懇願されて、行*徳二郎を下宿させる。行徳俊則・二郎兄弟は黒本を慈父のように敬慕していた。舎監を辞し熊本を去る黒本は、少し剛直過ぎる兄弟を危惧して、信頼する漱石に兄弟の後事を託したのであろう。漱石は**一九〇〇**年七月、英国留学のため帰京し、二度と熊本には帰らなかった。

▼**一九〇一**（明治三四）年四月一日、黒本は、兵庫県龍野中学校の教授嘱託を受ける。同年一〇月五日、大阪陸軍北方幼年学校の教授嘱託を受ける。〇三年九月三一日、願いにより嘱託を解かれる。〇四年三月三一日、京都府師範学校教諭に任ぜられた。

▼**一九一一**（明治四四）年二月、長与胃腸病院に入院していた漱石の下に文部省から文学博士号を授与するので、二一日出席されたいという通知が来る。入院中で授与式に出席できぬと言うと、学位記を持って来た。漱石は辞退を申し入れ、学位記を送り返す。文部省は辞退はできぬと、物別れとなり、社会的反響は大きくなった。同年三月、京都市大徳寺中黄梅院に住んでいた黒本植は、漱石の病気見舞いと学位辞退について賞讃し、「賀漱石辞学位」という七言絶句を添えて手紙を出した。その漢詩は「麟角鳳毛貴茂良　令聞広誉賤文章　感君卓犖抜流俗　蹋却群妖百戯場」（「武辺詩史」『稼堂叢書』）というものだった。夏目家に出入りしている早稲田大学学生で、黒本の五高の教え子行徳二郎（熊本時代、夏目家の下宿生）から近況を聞いていた漱石は、すぐ返事をしたため、「目下洛北に御閑居終日筆硯を友とせらる、由欣羨の至に存候」「学位辞退につき分に過ぎたる御褒詞却つて慚愧の至に候玉詩一首御恵送是亦故人のたまものと深く篋底《きょうてい》に蔵し置可申候」（一一年三月七日付黒本植宛漱石書簡）と閑居を羨み、学位辞退の褒辞と送られた漢詩のお礼を述べた。

一一年五月一七日、東京修学旅行で京都師範学校生徒を引率して来た黒本植が、行徳二郎に連れられて、漱石山房にやって来た。久し振りに黒本に会い、京都の話を聞く。嵯峨に行って瓢箪の酒を飲んでいる時に嵐山小学校の看板がうまくできていたので、筆者を聞いたがわからなかったが、後に鹿王院住持の橋本独山であることがわかった。三〇年前、坊主を救ったら、その法兄が黒本を尋ねていると言うので、訪ねて行ったら、仁和寺の和尚であった。和尚が絵をよく描くと言っていた。良寛*が飴の好きな話をしてくれた。ある時、良寛に飴をやって、その飴を舐める手を捕まえて、「さあ、書を書いてくれ。」と頼んだら、「よし。」と言って、「その手は食はん。」と書いたそうである（漱石日記）。

▼一九一二年三月三一日、京都府第一中学校教諭に任ぜられる。京都一中の教え子にルソー研究で有名な桑原武夫（京都大学教授）がいる。「けっして洋服をまとわず、堂々たる偉丈夫で、古武士の面影があった。」「桑原、おまえの作文、あれはなんだ。女の腐ったような文章じゃないか。今後軟文学を作文に出すことは禁止する。」と怒号されたと言う（桑原武夫「古風な恩師たち」『文藝春秋』一九七〇年二月）。一九一六（大正五）年八月一九日、願いにより京都府第一中学校教諭を免ぜられる。同年九月一日、京都府立第一中学校国語教授を嘱託せらる。一九二二（大正一一）年三月三一日、願いに

より教授嘱託を解かれる。その後、京都紫野中学校講師、朝鮮総督府京城公立中学校講師となり、二五（大正一四）年三月、朝鮮より金沢に帰郷した。同年八月、金沢の自宅（長町七番丁三番地）再建起工、九月、自宅完成した。

▼一九二六（昭和元）年一二月、第五高等学校の歌碑再建。三〇年三月、北條時敬頌徳碑の撰文と書を書く。五月二七日に建碑。同年三月、金沢市立図書館に蔵書六千冊を寄贈する。三一年「稼堂叢書」の刊行が始まる。三三年一一月一六日、銭屋五兵衛銅像建立（モデルは黒本植）した。一九三六年、金沢の自宅で死去した。満七八歳。墓所は金沢市桂岩寺。

▼稼堂黒本植は漢学の研鑽に尽瘁しているうちに、洋学を修める暇がなくなり、終に漢学者となって終った。古風な道学者で、自己にも他者にも厳しく、信ずることは曲げずに主張し、時には激論を戦わし、「非学士」なるが故に、官職において学識や人間性の力量の割に不遇であった。一八九六年、五高では、九歳年上で教授昇任一ヶ月早い黒本が、高等官八等、年俸四八〇円に対して、漱石は高等官六等、年俸一二〇〇円、黒本の二・五倍の収入である。中等学校教諭と高等学校教授を繰り返し、最後は朝鮮の中学校講師までして、妻を亡くしている。「女ト生レテモ黒本ノ妻トナルコト勿レ」「男ト生レテモ黒本ノ身トナルコト勿レ」（「自叙伝」『稼堂先生著作集』中）という世に容れられない自らの不運を自嘲的に慨嘆している。

　漱石「野分」（一九〇七年一月）の主人公・〈白井道也〉は、大学卒業後八年間、越後・九州・中国辺りの中学校英語教師を勤め、同僚教師・保護者・土地有力者らと人間関係が悪くて辞職し、帰京して、雑誌記者と字典編纂の収入で糊口を凌いでいる。妻と兄の信用を失うが、人格の発露を信じ、自負して「人格論」を執筆し、金満家の横行に警鐘を鳴らし、社会は修羅場であり、現代人は維新の志士以上に決死の覚悟をせねばならぬと説く。白井道也の造型には、無我苑に入り読売新聞記者になった河上肇（京都帝国大学教授）が擬せられることがある。黒本植もまた、金沢・九州・京都・朝鮮と遍歴し、上司・生徒や社会的世俗的に相容れられず、『稼堂叢書』執筆の生涯に埋没したが、少数の同僚や教え子はその高潔な人格を敬慕していたことも事実である。その点で〈白井道也〉造型に、黒本稼堂の報われることの少なかった人生（「野分」発表時、黒本は京都師範）が影響を与えている可能性は、否定できないと考える。

〔**参考文献**〕原武哲『喪章を着けた千円札の夏目漱石――伝記と考証――』「第八章　夏目漱石と浅井栄凞」笠間書院、二〇〇三年一〇月二二日。／桑山周一「黒本植（稼堂）と熊本――夏目漱石をめぐって――」『石川郷土史学会々誌』第一二号、一九七九年、一二月一日。／北山正迪「漱石の『祝辞』について――漱石と黒本植――」『文学』岩波書店、一九七九年一一月。／『稼堂叢書』全二四冊、稼堂先生著書刊行会、一九三七年一一月五日。／中川浩一「第四高等中学校長中川元――金沢時代の狩野亨吉をめぐって――」『茨城大学教育学部紀要（人文・社会科学部・芸術）』第三〇号、一九八一年三月。

〔原武　哲〕

# ■中根　與吉

なかね・よきち

**一八六七**（慶応三）**年？〜一九二七**（昭和二）**年一〇月二七日。漱石の妻鏡子*の叔父。熊本時代、漱石が一番親しく付き合っていた親族。**

夏目漱石が、帝国大学以来の親友で久留米出身の菅虎雄*（当時五高教授・独逸語）の斡旋で赴任した松山の愛媛県尋常中学校が嫌になり、不平不満を並べた揚句、またもや菅の周旋で熊本の第五高等学校に赴任したのは、**一八九六**（明治二九）年四月のことであった。その前年、写真を交換して、年末帰省した東京で貴族院書記官長中根重一*の長女鏡子*（本名キヨ）と見合いをし、婚約した上での赴任であった。

同年六月四日、中根鏡子は父重一に連れられて東京新橋駅を出発し、山陽鉄道の終着駅広島に着き、宇品港から瀬戸内海航路の汽船に乗り換え、門司港に入港した。当時、福岡にいた中根與吉という叔父が門司港まで出迎えに来ていた。ところが鏡子たちが汽船に忘れ物をしたことに気づいて大騒動になった。剽軽者の叔父は気軽に艀《はしけ》に乗って取りに行ってくれた。その日は海が荒れて、小さな艀は転覆しそうに揺れた。やっと下関に停泊していた汽船に乗りつけ、忘れ物を取って来た。その時、與吉叔父は、「艀が揺れて、今にもひっくり返りそうだったが、私は生命保険にかかっているので、安心していた。」と言った。すると、父重一が、「それじゃ、お前が死んだら、保険は誰のものになるんだ。」と言ったので、皆で大笑いになったという（『漱石の思ひ出』三）。

同月一〇日、熊本市光琳寺（下通町一〇三番地）の借家でひっそりとした質素な結婚式を挙げた。九月初旬、福岡の中根與吉叔父を訪ねて、一週間ほど新婚旅行めいた福岡方面の旅をした。博多公園「初秋の千本の松動きけり」・箱崎八幡「鹹《しお》はゆき露にぬれたる鳥居哉」・香椎宮「秋立つや千早古る世の杉ありて」・天拝山「見上げたる尾の上に秋の松高し」・太宰府天神「反橋《そりばし》の小さく見ゆる芙蓉哉」・観世音寺「古りけりな道風《とうふう》の額《がく》秋の風」・都府楼「鴫《しぎ》立つや礎《いしずえ》残る事五十」・二日市温泉「温泉《ゆ》の町や踊ると見えてさんざめく」・梅林寺「碧巌《へきがん》を提唱す山内《やま》の夜ぞ長き」・船小屋温泉「ひやひやと雲が来る也温泉《ゆ》の二階」を廻って俳句を作り、正岡子規*に送って、添削を仰いだ。

▼ところで、この叔父中根與吉はたぶん父重一の弟と思われるが、従弟《いとこ》かもしれないし、はっきりしない。福岡でどんな仕事をしていたかも、わからない。『福岡県一円冨豪家一覧表』（土方新太郎編、明治三十三年調査、一九〇一年八月一四日）によると、県内の多額納税者（所得金年額三〇〇円以上）の中に含まれていない。一九〇〇（明治三三）年には既に福岡にいなかったかもしれない。漱石は鏡子の叔父の中で一番親しく付き合って、「お前の與吉叔父はオッチョコチョイだな。」と言っていた。夏目鏡子は、松岡譲筆録『漱石の思ひ出』（二四「猫」の話）で、『吾輩は猫である』の迷亭のモデルに擬して、「のべつにへらず口をたたいて、うまく人と調子を合はせて行くところなどは、前に私が初めて九州へ渡った時に福岡にゐた叔父そつくりです。」「迷亭の話し振りを読むと、私はいつもこの叔父を思ひ出します」と述べている。

しかし、中根與吉は福岡を去った後、「台湾または満洲にも行ったらしい」という文芸評論家荒正人の説がある。そのヒントは、漱石の自伝的小説『道草』十八に出てくる「門司の叔父」という山っ気の多い「油断のならない男」のモデルが、中根與吉ではないかというのである。この男は主人公健三（モデルは漱石）に借金を申し込んできた。銀行の預金を用立てたら、丁寧に印紙を張った証文を送ってきて、「ただし、利子の儀は」と書き添えていたので、健三は律義な人だと感心したが、貸した金は返らなかった。その後、細君が実家に立ち寄った時、またこの叔父が父に会社を興すので金を借りに来ていたと夫健三に報告した。細君は「まだ台湾にいるのかと思つたら、いつの間にか帰つて来ているんですもの」と言って驚いていた。どうやらこの「門司の叔父」は中根與吉をモデルにしたと思われる。荒正人は「與吉はおそらく台湾で遊廓をやっていて、失敗したと思いますよ。」と言ったが、根拠はない。

▼その後、中根與吉は悲劇的な最期を遂げる。鏡子の『漱石の思ひ出』（二四「猫」の話）は伝える。「去年蒲田にもつてる工場の職工のために、六郷川まで誘《おび》き出されて、虐殺されました。」と述べている。一九二七（昭和二）年一〇月二八日と二九日付『東京朝日新聞』に「金が欲しさに　主人を惨殺　多摩川土手被害者の身許　犯人は兇悪な雇人」「主人殺し　犯人　けさ捕縛さる」という二段見出しの記事がある。二七日朝川崎市小向多摩川堤防上で殺害された被害者は東京府下北蒲田三一五材木商中根與吉（六一歳）、加害者は東京府下矢口村生れ当時中根方雇人殺人前科一犯原田辰次（三六歳）とわかった。原田は二六日午後八時ごろ川崎に格安の材木があると中根を呼び出し、多摩川堤防上で短刀を振るって殺害した後、二四円を奪った。その足で主家に引き返し、主人の命だと詐称して妻女から三〇円を受け取って逃走し、二八日朝京浜電車八丁畷停留所で捕縛された。

一九二七年一〇月二八日付『東京朝日新聞』

かくて、一度は漱石も親しくして迷亭にも擬された鏡子の叔父中根與吉は、哀れな最期を遂げたのであるが、加害者が自分の雇っていた従業員であったところに特異性がある。新聞記事は「金欲しさ」のためとあるが、両肺を刺した上、馬乗りになって右腕を切り落とす残忍性と猟奇性があり、陰惨な怨恨が感じられる。そこに台湾時代の遊郭にまつわる、過酷な運命に翻弄された哀れな遊女の縁者による復讐という想像が生れる。しかも、犯人は逮捕一週間後ぐらいに拘置所で自殺したという。

▼何はともあれ、熊本時代、漱石が一番親しく付き合っていた親族であったが、その後、山気の多い叔父與吉は、種々の借金を重ねながらも新規の事業に挑戦し、結局、悲劇的な自滅の道を歩んでしまった。漱石は中根與吉について「道草」以上の悲劇を描くことをしなかった。

〔**参考文献**〕夏目鏡子口述、松岡譲*筆録『漱石の思ひ出』改造社、一九二八年一一月二三日。／原武哲「漱石とその妻鏡子の叔父」『九州学士会会報』第24号、二〇一〇年二月一日。

〔原武　哲〕

# ■徳永朧枝

とくなが・ろうし

『肥後国玉名郡石貫村徳永家の歴史』一九九二年刊。

**一八七〇**（明治三）**年一一月七日〜一九四四**（昭和一九）**年一月二五日。英語教師。俳人。俳号は朧枝。玉名郡石貫村長。漱石の熊本時代の俳弟子。**

本名は徳永右馬七《うましち》。父・広平、母・トシの長男として、熊本県玉名郡石貫村（現・玉名市石貫）に生まれた。徳永家は代々庄屋を勤めた家で、右馬七が生まれた頃は、父の広平は玉名郡内田郷石貫組与長であった。

▼右馬七は一八七八（明治一一）年一月、満七歳で玉名郡第七大区七小区第五十四番小学の下等小学第八級に入学した。一八八〇年一〇月、第十三中学区石貫小学校の下等小学第一級を卒業した。一八八一年四月一〇日、熊本県公立玉名小学校の上等小学第六級を卒業し、同年同月一四日、公立玉名中学校予科入校を許可された。一八八三年一一月一日、熊本県立熊本中学校に転学、一八八七年一〇月三一日、熊本県尋常中学校科第五級修業中退学し、同年一一月一四日、新設で一〇日、開校したばかりの第五高等中学校（後の第五高等学校。現・熊本大学）予科三級に仮入学した。家事困難を理由に一八九二年四月二四日、予科第一級乙組の時、退学した。第五高等中学校校友会雑誌『龍南会雑誌』第七号（一八九二年五月）に武藤彪（虎太）が「文苑」に徳永右馬七送別の漢詩を寄せている。そして、巻末「雑報」に、「徳永右馬七氏　同氏は去日本校を退学し直に上京の途に向へり、文科大学撰科に入るの志願なりと」と報じている。しかし、右馬七は帝国大学文科大学（現・東京大学文学部）撰科（高校中退者や私学専門学校卒業生が受験した）には入学せず、一八九二年一一月一〇日、東京専門学校（現・早稲田大学）文学科二年級に入学した。

▼徳永右馬七が初めて夏目金之助（漱石）と出会ったのは、おそらく東京専門学校二年に編入した九二年一一月から、卒業した九四年七月までの約二年間であろう。

帝国大学文科大学英文学科二年の漱石は、**九二**年五月六日、大西祝《はじめ》の推薦で、東京専門学校講師となり、**九五**年三月まで勤務している。従って、右馬七の在学期間中は、漱石の講師時代と完全に重なり、九二年一一月二年生に編入し、卒業するまでに漱石から英語を習った可能性は、充分にある。

▼**一八九二**年一二月、漱石は受持時間二時間の所を生徒の希望で三時間にしたり、前年受持ちの生徒が出席してもいいかと言って来たりして、評判は悪くないと自惚れていたが、*正岡子規から辞職勧告運動が発生していると伝えられ、意外の感に打たれ、憤慨、衝撃を受ける。学校の委託を受けながら、生徒を満足させることができなければ、責任上、良心上、断然出講を断る決心をしたと返信した（一二月一四日付子規宛漱石書簡）。右馬七は生徒として授業を受けていたと思われるが、多分漱石排斥派ではなかっただろう。右馬七と同期の*藤野潔（古白）は子規の従弟なので、排斥運動を感知し、子規に伝えたのかもしれない。右馬七の一期下の綱島梁川の日記（九二年五月六日、一一日、一三日、六月三日）では、面目躍如たる漱石の授業ぶりを伝えているので、単なる理不尽な悪童たちの新任教師いたぶりであろう。

▼**一八九三**年七月一〇日、漱石は帝国大学文科大学英文学科を卒業し、引き続き東京専門学校講師を九五年三月、愛媛県尋常中学校に赴任するまで続けている。

▼一八九四（明治二七）年七月二〇日、右馬七は満二三歳で東京専門学校文学全科を修め、卒業した。その卒業証書には一四名の講師陣の氏名が記載されているが、その中に夏目金之助の名はない。帝国大学在学中から出講し、**九三**年七月に卒業して、「講師　文学士」の肩書を持つ漱石がなぜか、記載はない。右馬七は二年間、漱石の授業を一度も習わなかったのだろうか。

一八九四年九月、第五高等中学校は第五高等学校と改称された。

右馬七は一八九五年四月一一日、母校の第五高等学校英語科の嘱託教員となり、報酬として一ヶ月二〇円を受けることになった。多分、前任者（九五年三月三一日辞任した英語講師隈部富良）の残り任期だけの五ヶ月の期限付き採用であったのだろう。同年八月三一日、願いにより嘱託を解かれた。同日、漱石の心友である論理学・ドイツ語の*菅虎雄、漱石と親しかった歴史の長谷川貞一郎、右馬七の同級武藤虎太の三人が着任している。翌年**一八九六**年四月には、後に俳句で右馬七と親しくなる夏目金之助が着任した。従って、右馬七は菅・長谷川・武藤・夏目漱石と同僚として五高で共に勤めたことはない。

▼九六年二月一三日、徳永右馬七は熊本県尋常中学済々黌の助教諭心得となり、月俸一八円を支給された。右馬七は、九六年四月五高に赴任した漱石と早稲田時代のこと、英語のこと、俳句のことで交流しただろう。右馬七の俳号は朧枝と言ったが、おそらく帰郷後、漱石と交流したころに命名したと思われる。一説によると、一八六八（明治元）年父・広平が大坂細川藩邸警備に派遣され、六九年二月京都市中警備に当り、琵琶湖畔唐崎に遊び、そこの松の実を拾って、故郷石貫に持ち帰った。種は石貫の庭に播かれ、大樹となり、「袖づての松」と名付けられ、徳永家のシンボルとなった。右馬七は明け暮れ、この松を仰ぎながら成長した。芭蕉の『甲子《かっし》吟行』中の句、「湖水眺望　唐崎の松は花より朧にて」にヒントを得て、この句に因んで「朧枝」と号したという（山崎貞士『新熊本文学散歩』）。

岩波書店『漱石全集』でただ一つ「朧枝」の名を残したのは、**一八九七**（明治三〇）年一二月「子規へ送りたる句稿　二十七　二十句」の「朧枝子来る　淋しくば鳴子をならし聞かせうか」である。**一八九七**年秋、朧枝が訪れた漱石の家は、飽託郡大江村であるが、それ以前の合羽町（九六年九月〜九七年九月居住）のころから出入りしていたという。

夏目家に保存されている正岡子規宛句稿（角川書店『漱石大観』166収録）の中に朧枝の句が残されている。漱石が友人三人の俳句を書き写し、子規に送って、批評を乞うたものである。無為（菅虎雄。五高教授）一一句、枕水（未詳）五句、朧枝（徳永右馬七）二句があり、子規の評点と添削が付いて、漱石に返送された。この句稿は**一八九七**（明治三〇）年四月一八日付の「子規へ送りたる句稿二十四　五十一句」と同封されたものであろう。

女倶して月朧也須磨の水
水温む鷺口をぬらすべく

の二句が子規の二つ丸の評点をもらっている。因みに二つ丸が上、一つ丸は中、無印は下の三段階に評価されている。

ところが、朧枝の句「女倶して月朧也須磨の水」は最初、「朧夜や女の宿の須磨泊り」であったのを、漱石が添削して、「女具して月朧なり須磨の宿」と直したと右馬七は伝えている（山崎貞士『松』「漱石異聞——徳永朧枝との出逢ひ」（五）一九九一年一一月）。下五「須磨の宿」は子規に送られた時、さらに「須磨の水」に変わった。朧枝が漱石に俳句入門したのは、合羽町時代（**一八九六**年九月〜九七年九月）である。

ある時、朧枝が「空濠に落ち込む松の落葉かな」の句を漱石に示したら、「どうもこの句はぼうっとして、全然印象が把握されていない。しかも余韻余情といったものがない。」と評されたと後日語ったという。また、朧枝の「見上ぐれば崖千仭の紅葉かな」を、「見上げたる崖千仭の紅葉かな」と改めた。「見上ぐれば」で休止する形を嫌って、一気に千仭にも及ぶ峭峻な嶮崖に紅葉する仰観を読み込んだものである。また、朧枝の「凩や小町の墓を吹きまはる」を漱石が、「凩や小町の墓を吹いて鳴る」と添削したという。

▼前記「朧枝子来る　淋しくば鳴子をならし聞かせうか」は、**一八九七**年一二月一二日付の「子規へ送りたる句稿　二十七　二十句」の冒頭に置かれているが、「朧枝君に訪ハれて　淋しくば鳴子をならし聞かせうか」という短冊が徳永家に伝えられている。また、徳永家に伝えられた「山門を入れば銀杏の落葉哉　朧枝」という短冊が残っているが、右馬七の二男維一郎によると、この句を得た後、大江村の漱石宅を訪ねると、「朧枝君に訪ハれて　淋しくば鳴子をならし聞かせうか」の短冊を書いてくれたという。もう一説は山崎貞士によると、同年一月二六日、長女が生後二四日で没した。漱石宅を訪れた時、傷心の朧枝は、日頃の憂さを忘れて漱石と歓談し、一句をものした。「新しき畳にすわる寒さかな　朧枝」と詠むと、漱石は朧枝の愛児を亡くした心境を察したのか、「淋しくば鳴子をならし聞かせうか」と短冊に認めて与えたという。何れであるか、不明である。

▼「温厚な」教師だった右馬七はどういう理由かわからないが、一八九九（明治三二）年三月三一日、保守的な国権主義的学風の熊本県尋常中学済々黌を就任三年余りで依願退職し、一ヶ月後の五月五日、佐賀県第三中学校（現・佐賀県立唐津東高等学校）の教諭心得となった。済々黌では助教諭心得だったので、昇格である。給与も済々黌では一八円で採用され、九七年三月には二〇円支給されていた。佐賀三中では三〇円で採用され、一九〇〇年一〇月には三五円に昇給した。やはり、済々黌の校風になじめなかったことと、収入を殖やすために故郷肥後を離れ、他国肥前に落ちたものであろうか。

新しい任地唐津の佐賀県第三中学校に着任した右馬七は、到着後、熊本時代の親炙を謝し、肥前の美観について紹介、新しい教科書の中に jet（黒玉色）という未知の単語が出て来たので、熊本五高在任中の漱石に尋ねたらしい。これに対して漱石が回答した書簡が熊本近代文学館に遺族より寄託されている。

「お尋ねの jet と申す字は black amber と意義より一転して単に黒色と申す義に使用致し候へば此場合にも矢張り黒き色といふ名詞ならんかと愚考致候指頭を黒く染めて居る即ち指爪の間抔に垢や何かがたまつてきたなくなつて居る処をば申したる迄かと存候」（**一八九九**年五月二八日付徳永右馬七宛漱石書簡）と、jet という字は black amber という意味（黒琥珀色）と同じように使用されると答えている。右馬七の素朴な質問に対して懇切丁寧に答えて好感が持てる。後進の英学徒に対する親近感がうかがえて好ましい。

▼その後、漱石・右馬七を結びつける接点はぷっつり途切れてしまった。一九〇一

(明治三四)年一月一一日、右馬七は年度途中に突然病を得て、退任した。そして二度と教職に就くことはなかった。右馬七が熊本に帰った時、漱石は既に熊本を離れ、英国に留学していた。〇三年一月、帰国しても熊本に帰任することはなく、二人は再び相まみえることはなかった。

▼一九〇三年四月、父広平は隠居して、右馬七は満三二歳で家督を相続、戸主となった。徳永家は代々玉名郡石貫村の庄屋を勤めた家柄で、〇九年以降しばしば村長を勤め、二四年から玉名郡出身の衆議院議員大麻唯男を擁立し、生涯後援した。四〇年一〇月、石貫村長を辞任して、二男に村長職を譲った。菊池文書の国宝指定、修理、宝物庫建設、徳冨蘇峰詩碑建立に余生を捧げた。肺炎のため満七三歳で没した。

▼帰郷後、漱石との文通交際は途絶えたが、夏目鏡子*述、松岡譲*筆録『漱石の思ひ出』(改造社、一九二八年一一月)は早くから購入して、書架に蔵していたという。

五高生徒を中心として俳句愛好者が漱石を師として運座を開き紫溟吟社と名付けたが、徳永朧枝の名は、この連中の中にはない。その他の俳句仲間に加入したり、俳誌の同人になったりしたこともない。句集を編んだこともない。漱石と疎遠になってからは、俳句に親しむこともなくなった。父の影響で、見習って「美質」と号して和歌を詠ずることもあったという。

『徳永家の歴史』によると、右馬七は若いころ、坪井の臨済宗見性寺に通って座禅をしていたという。五高に勤務していた黒*本植・浅井栄凞*・菅虎雄・夏目漱石という見性寺の禅仲間との交流が考えられるが、今のところ、具体的証拠はない。晩年になっても、『碧巌録講話』などを座右に備え、時には石貫村の広福寺の佐藤宗俊と禅書の会読をしていたらしい。

▼徳永右馬七は若くして夏目漱石と親しみ、英語や俳句について師事した。特に熊本にあっては俳句を通じて添削を受けたり、漱石を介して子規の評点をもらったりした。しかし、元来、名利に与ろうとする者ではなかった。小事に拘泥しない放胆な性格だった右馬七は、ロンドンから帰国後、大学教師・小説家に転じた漱石に強いて交わりを求めず、夏目家とは全く無音に過ごした。右馬七は子どもたちにも漱石のことを少しも語らなかった。恬淡たる性向のなせるわざであろう。

〔**参考文献**〕原武哲『喪章を着けた千円札の夏目漱石――伝記と考証――』「第六章　夏目漱石と徳永朧枝」笠間書院、二〇〇三年一〇月二二日。／徳永春夫『肥後国玉名郡石貫村　徳永家の歴史』私家版、一九九二年一二月。／山崎貞士『新熊本文学散歩』熊本日々新聞情報文化センター、一九九四年一〇月三日。

〔原武　哲〕

# ■東海　猷禅

とうかい・ゆうぜん

『三生録』一九四一年刊。

**一八四一**（天保一二）**年四月八日～一九一七**（大正六）**年五月一日。僧侶。臨済宗妙心寺派管長。江南山梅林寺住職。諱《いみな》は玄達。室号は三生軒《さんしょうけん》。別号暮雲。漱石は新婚の鏡子*と福岡旅行の帰途、久留米の梅林寺に寄り、住職猷禅の『碧巌録』の提唱を受けた。漱石は、猷禅の書画の評判を聞いて入手したいと望んだ。**

東海猷禅は釈尊降誕の日、大谷泰助の三男として美濃国方県《かたがた》郡洞野《ほらの》村（現・岐阜県）に生れた。一八五二（嘉永五）年一一歳で美濃国武儀《むぎ》郡跡部村（現・岐阜県武儀郡武芸《むげ》川町跡部）の恵利寺の礼源和尚について出家得度、六〇（万延元）年一九歳で笈を負うて東都に遊学、七八（明治一一）年三河国佐脇（現・愛知県宝飯《ほい》郡御津《みと》町）長松寺の寛州老師のもとに大悟徹底その印証を受けた。妙心寺管長無学和尚の推挙を受け、七九年二月、三八歳で久留米の梅林寺第一五世住職として晋山式を挙げた。当時梅林寺は廃仏棄釈の影響で荒廃甚だしく、蔵米僅かに二斗を残すのみであった。雨の時は本堂の中で傘をさして歩いた。久留米の町では、梅林寺の「はねゆか」と言って笑っていた。床の片一方に乗ると、もう一方の端が腐って、撥《は》ね上がり、床下に落ち込んで大怪我をした者もいたという。猷禅は寺門の復興に専念、雲水を指導、布教に情熱を傾けた。

▼**一八九六**（明治二九）年九月初め、第五高等学校教授夏目金之助（漱石）は新婚の妻・鏡子を伴い、鏡子の叔父・中根與吉*を訪ねて、一週間ほど福岡方面に旅行した。福岡、太宰府、二日市、久留米、船小屋などをまわり、俳句を詠んだ。久留米では梅林寺で「碧巌を提唱す山内《やま》の夜ぞ長き」の句を作り、後日正岡子規*に送って、評点を乞い、一重丸をもらっている（「夏目漱石真蹟俳稿」）。漱石は梅林寺で住職東海猷禅の説く『碧巌録』の提唱を受け、一夜を過ごした。漱石が梅林寺を訪れた時、猷禅は五五歳、漱石は二九歳であった。二人の間にどんな会話が交わされたのであろうか。梅林寺の宗務記録「日単」を調査したが、夏目金之助、漱石の名は残されていない。漱石が久留米の梅林寺を訪ねたのは禅の先達である五高同僚の菅虎雄*（久留米出身）の助言によるものであろう。

▼**一九一四**（大正三）年四月、神戸祥福寺の一九歳の僧鬼村元成《きむらげんじょう》は、寺の藪で漱石の『吾輩は猫である』を読んで感銘を受け、その感動を漱石に手紙で綴った。漱石も返事を出し、二人は淡々とした拘らない文通を重ねた。**一六**年八月一四日、漱石は下関の永福寺に移った鬼村に「あなたは久留米の梅林寺の猷禅さんを知りませんか。あの人は墨梅と書がうまいと聞きました。書いて貰はうと思ふがツテがありませんので一寸伺ふのです。」と猷禅の梅の墨絵と書を所望した。鬼村は八方手を尽くして猷禅の書画を入手しようと努力するが、容易に手に入らなかった。漱石は名古屋に来ていた鬼村に「猷禅さんの懸物に就いて御心配は恐れ入ります。そんなに骨を折つて頂くとこつちが恐縮するから好い加減でよろしう御座います。」と尽力に感謝している。漱石の手紙に猷禅の懸物が手に入ったということは、書かれていない。この頃、猷禅は

既に体力が衰え、絵筆を取る状態ではなかったようだ。

その後、鬼村は同寺の富沢敬道とともに雲水の法衣にチビた下駄を履いて東京の漱石宅にやって来た。漱石から小遣いをもらい、東京見物をしたが、昼食に蕎麦屋に行って、一度に八杯食べるのは恥ずかしいので、一杯ずつ注文したと言ったので、夏目家の者はみな大笑いした。レストランで食事に行った時、一人の僧がビフテキを半分テーブルの下に落とした。すると、それはいかにも当たり前だといった平気な顔で拾い上げると、口の中に入れて食べてしまった。飾り気も、偽りもなく、ありのままの単純さで、おおらかな、あっさりしたところが、漱石は痛く気に入った。余りに二人の僧を可愛がるので、門下生たちが嫉妬するほどであった。二人の僧は一週間ほど世話になって帰って行った（夏目鏡子『漱石の思ひ出』五九「二人の雲水」）。雲水の一人富沢敬道（珪堂・不外）は、奇しくもその後、漱石がかつて参禅した鎌倉円覚寺塔頭《たっちゅう》帰源院の住職になった。

献禅は座談に長じ、洒落や諷刺、滑稽皮肉が口をついて飛び出し、天真爛漫、人を敬服せしめた。献禅に絵を依頼した者がいた。いつまでも描いてもらえぬので、ある日、相見《しょうけん》して催促した。献禅は「うん、あの絵か。あれはなあ、絵になるまで、座禅さしてあるわい。」と言った。漱石の書画も座禅させられたままになっていたかもしれない。

K高等女学校H教諭は久しく寄宿舎舎監を兼ねていた。ある日、梅林寺に来て、「私たちは学校の授業だけだと誠に楽ですが、舎監は閉口です。何分たくさんの生徒の日常の起居動作から監督せねばなりませんから、骨が折れます。それでどの教員も舎監をいやがります。」と言う。献禅は、「それはお前さんたちが裏表の使い分けをしようとするから苦労じゃ。生徒の前で勤めて、裏で横着しようとするから骨が折れる。わしらはそれ、一生舎監じゃ。」と言った。

▼一九〇五（明治三八）年四月、献禅六四歳の時、妙心寺派管長に当選、一派の衆望を担って就任し、〇九年四月任終わるまで一派の大権をよく護持し、とみに派勢を揚げた。

▼〇七年夏、献禅は侍者を一人連れて、安芸の宮島に参詣し、旅館「岩惣」に投宿した。ところがどうしても精進料理は引き受けてくれない。そして主人が出て来て「当今はどこの和尚さんでも魚を召し上がります。」と語った。献禅は静かに聞きつつ、「それは途方もない不都合なことだ。昔は東海道の道中でも精進ですると言えば、ありがたがって、宿賃を安くしたものだ。それなのにお前の所で引き受けられぬとは法もだんだん末になったなあ。」と言って、詮方なく「当川」という旅館に引き移ったことがあった。「岩惣」は**一八九六**（明治二九）年四月、松山から熊本の第五高等学校に赴任する夏目漱石と東京に帰る高浜虚子*とが、宮島見物で泊まった老舗の旅館であった。

▼献禅は梅林寺三生軒で愛弟子建仁黙雷に後事を託して遷化《せんげ》した。満七六歳。

▼献禅はおそらく漱石がどういう文学者であるか、小説も読んでいなかったかもしれない。まして会ったことも覚えていなかっただろう。淡々として行雲流水のごとく、時は二人の間を交わることなく、過ぎていったことだろう。

因みに、二〇一三年一〇月二〇日、菅虎雄先生顕彰会によって梅林寺外苑に梅林寺で詠んだ漱石の「碧巌を提唱す山内の夜ぞ長き」の真筆を刻した句碑が建立され、除幕式が挙行された。

〔**参考文献**〕東海裕山編『三生録』梅林寺蔵版、一九四一年九月一日。／久留米人物伝記『先人の面影』「東海猷禅」田中幸夫執筆、一九六一年八月一日。／豊田勝秋他『三生軒猷禅老師五十回忌遺墨展集』梅林寺、一九六五年九月二四日。／『季刊禅画報』「豪放遊麗の墨痕　三生軒猷禅玄達」第一九号、一九九二年三月一日。

〔原武　哲〕

## ■鈴木　禎次

すずき・ていじ

『日本の建築〈明治大正昭和〉8』一九八二年刊。

**一八七〇**（明治三）**年七月六日～一九四一**（昭和一六）**年八月一二日。**

**建築家。漱石の妻鏡子*の妹婿。妻の親族と親しくしなかった漱石が、親しくした数少ない一人。漱石葬儀の総括責任者。漱石夫妻墓の設計者。**

父・鈴木利享《りとう》（元旗本、大蔵省監督局長、帝国商業銀行取締役）、母・すての長男として静岡に生まれる。第一高等学校を卒業し、帝国大学工科大学造家学科に入学、一八九六（明治二九）年七月、帝国大学工科大学造家学科を卒業し、引き続き鉄骨構造の研究に当る。

▼一八九七年、三井銀行建築係に就任し、横河民輔を補佐して三井総本店の設計を分担する。九八年、中根時子（中根重一*の二女。漱石夫人鏡子の次妹）と結婚した。九九年、三井銀行大阪支店設計監理を担当して大阪に赴任した。

▼**一九〇〇**（明治三三）年九月八日、文部省官費留学生夏目漱石（第五高等学校教授）は、英国に向け横浜港を出発した。九日、神戸湾に入り、小汽艇で埠頭に着くが、「神戸ノ時間クルヒタル為メ鈴木君（禎次・時子夫妻）ニ面会ヲ得ズ行違ニテ甚だ残念ニ」（〇〇年九月一〇日付中根重一宛漱石書簡）思う。鈴木時子から万年筆を贈られるが、船中で器械体操の真似をしている時に壊してしまった。

▼**〇一**年五月八日、「鈴木夫婦から手紙をよこした太陽雑誌を送ってやるとかいつてよこした二十円許り絵葉書を買つてよこせと云ふ御注文だ時さんは不相変御大名だよ」（夏目鏡子宛漱石書簡）と金銭感覚に疎く、苦労知らずの妻の妹を揶揄している。雑誌『太陽』は五月二三日受取っている。同年七月一日、漱石は鈴木に美術・工芸・建築雑誌『Studio』の Special number と絵葉書を、七月一一日には Academy Architecture 及び建築雑誌を送ったのは、互いの専門分野の海外情報を交換し合ったものであろう。同年八月一日、鈴木禎次夫妻から日本

銀行を通じて三ポンドばかり金が送られてきた。何のためやらわからない。翌二日、鈴木に金の問い合せであろうか、手紙を出すと、同日、鈴木時子から手紙が着く。多分、送金の趣旨が書かれていたのだろう。

▼〇二年三月一八日、「鈴木の小児の病気は少しも知らなかったそれでもよくなつて結構だ」、同年四月一三日、「鈴木の二女病気のよし気の毒に存候然し最早本復のよし結構に存候」と鈴木の二女多喜子は病気本復のように漱石に伝えられているが、三歳で早世したというから、そのまま亡くなったのかもしれない。

▼〇二年一二月五日、漱石はロンドンを出発し、〇三年一月二四日、東京に到着、牛込区矢来町の舅中根重一方に落ち着く。当座の生活準備のため、鈴木家から一〇〇円ばかり借りた（夏目鏡子『漱石の思ひ出』一八「黒板の似顔」）。

鈴木禎次は〇二年に、文部省より英仏諸国へ留学を命ぜられ、漱石と入れ替えに、一九〇三（明治三六）年一月七日、横浜港を讃岐丸で英国に向け出航した。

漱石は熊本に帰らず、五高を辞任、東大と一高の講師となり、千駄木町に転居したので、入れ替わり、時子夫人も留守宅として矢来町の実家に入った。

禎次は最初英国に滞在、後にフランスに移り、ドイツ・イタリアを廻り、北欧にも足を延ばし、帰路はアメリカを経由して、〇六年六月一一日、帰国した。〇五年二月、禎次は、パリから友人に手紙を送り、フランスには美人が多いので、人々の審美眼が高まり、従って建築も美しいものができるとフランス建築に接した感動を伝え、建築は一向に不勉強、美人の方は金がないから研究不出来と、戯れている。これは「ひとひねりしないと収まらない生来の性癖と、そして義兄漱石の轍を踏まぬよう努めて気楽さを装っていた様子が覗える」（伊藤三千雄『日本の建築』）とある。

▼〇五年八月、「山岸荷葉君の薬屋の若旦那といふ奴を通読したがあの若旦那の言葉は頗る気に入つたね。僕の細君の妹の亭主に工学士が居てね、其工学士先生がまるであの若旦那だから余程僕は愉快によんだ。」（六日付野村伝四*宛漱石書簡）と鈴木禎次との親密ぶりを表わしている。

〇五年九月に開校された名古屋高等工業学校（現・名古屋工業大学）に帰朝後着任、教授・学科長となり、建築科の基礎を築いた。

▼一九〇六（明治三九）年一二月七日、漱石は本郷区西片町に転居した。鈴木禎次の実父利享の家も同じ西片町にあり、禎次は上京の折は父の家に宿泊していたので、夜、ぶらりと訪ねて来て、机上のノートの細字を見て、「どうしてそんな小さい字を書くんです。」と聞くと、「こりゃ八百円の元手だ。今その元手が種切れになるとこなんで、大急ぎで製造中なのさ。」当時大学から年俸八百円しかもらっていず、『文学評論』の草稿を書いていた時だった。禎次が名古屋に赴任した早々、一円五〇銭の名古屋瀬戸の火鉢を漱石に贈った。漱石は気に入って書斎で愛用していた（『漱石の思ひ出』「二八　木曜会」）。

▼〇九年三月三一日、鈴木禎次の母すてが脳溢血で死去した。四月三日、鏡子は通夜に行き、翌日、帰って来て眠いと言ってまた寝る。

二日、漱石は散歩の時、歌麿の描く女のようなちょっと派手な鰹節屋の御上さんの後姿を久し振りに見る。三日、禎次曰く、「夏目は鰹節屋に惚れる位だから屹度長生をする」と。「長生をしなくつても惚れたものは惚れたものである」と日記に書き付ける。五日、鏡子は白襟黒紋付で鈴木すての葬儀に行った。禎次の次弟穆《しずか》（朝鮮総督府初代度支部長）は一五円もする二五本入りマニラ煙草を朝鮮から持ち帰り、土産として漱石はもらってきた。

〇九年九月の満韓旅行では、その紀行文「満韓ところ〴〵」に、出発前禎次が病気見舞いに来たことが、書かれている。「満洲」を周り、一〇月一日、京城に入り、鈴木穆に再会、一三日、京城を立つまで度々会って世話になり、何日も宿泊もしている。

▼**一九一〇**（明治四三）年八月二三日、漱石は修善寺で大吐血。鈴木禎次は毎日、漱石の容態を電報で名古屋に知らせてほしいと言うので、鏡子は実行していた。快方に向かってからは、同じ電文では、つまらないので、「今日はお粥になりました」「今日はご飯を何杯食べました」とか打電した。ある日、「今日は髭そり、頭を刈り、大いに男ぶりを上げました」と書いたので、名電文だと歓迎された（『漱石の思ひ出』「四一 病院生活」）。禎次より見舞金二五円送って来る。その金で羽蒲団を買って、病人に掛けようと鏡子は思う。三一日、禎次が見舞いに来て、一泊して翌九月一日午後から帰った。いろいろ東京へ買い物を頼んだ。九日、禎次からアイスクリーム製造機械を送って来る。同年一〇月一日、名古屋から鈴木禎次が修善寺に見舞いに来た。

一〇月一〇日、修善寺を引き払い、帰京直ちに長与胃腸病院に入院した。その夜、禎次・時子は、「ブジゴキキヨウヲシユクス」と祝電を打った。漱石は誰が打ってくれたのだろうと、差出人の名を見た。「ステト」とあるだけで、要領を得なかった。発信した電話局が名古屋だったので、ようやくわかった。「ステト」というのは、鈴木禎次・時子の頭文字を組み合わせたものだったのである。翌日来るはずの妻に、この話をしようと漱石は思い定めた。

一一月五日、「病院へ入つたら好い花瓶と好い懸物が欲しいと云つてゐたら」「禎次が花瓶をくれるといふ報知をする。人間万事かう思ふ様に行けば難有いものである。」（漱石日記）。七日、禎次から平安万磯堂と蓋に銘した花瓶が届いた。夜、菊を買って来てもらい禎次のくれた花瓶に挿す。

一二月二三日、禎次が見舞いに来る。

▼**一九一一**（明治四四）年四月、鏡子の従妹で家事手伝いに来ていた房子が、鈴木禎次の下で働いていた建築技師と結婚した時、漱石夫妻は親代わりになった。

同年五月九日午後五時、鈴木禎次の妹幸《さち》世《よ》と高石真五郎は、門野重九郎・りよ夫妻の媒酌で結婚し、披露宴が鈴木利享宅（西片町）で挙行され、漱石も禎次も縞の和服を着て出席した。利享が二男穆の妻鈴子に、「お前は夏目さんには初めてだろう。」と紹介すると、鈴子はとぼけて、「初めまして。」と漱石に挨拶をしたので、漱石も、「初めまして。」と調子を合わせて頭を下げた。それだけでは物足りなかったので、「いつもお達者で。」と付け加えておいた。実際は朝鮮京城では穆・鈴子の家に二週間も世話になっていたのである。漱石は利享と書画の話をした。禎次が謡を謡う。謡はしっかりしているが、声がメタリック（金属的）で蓄音機に似たところがあった（漱石日記）。

▼**一九一四**（大正三）年一〇月二九日午前七時、禎次の父・利享が三、四日前から腎臓病に脳溢血を併発し、死去した。漱石は夜、お悔やみに行く。一一月七日、鈴木利享の葬式の日、漱石は参列する馬車のことで、妻鏡子と喧嘩をする。八日、利享の埋葬式に鏡子が、漱石に黙って参列すると言うので、前日の不機嫌を引きずり許さない。妻は毎日按摩をする、早起きをすると

頭が痛いと言っているが、行く約束がある時は早起きして終日外出して帰宅しても、寝足りないので頭痛がすると言った例がない、と怒りを爆発させる。鈴木家から来た逮夜のご馳走を、妻は自分に言わず、知らずに食べる。逮夜で鈴木から妻に来た御馳走と知り、漱石は糞でも食えと言う気でむしゃむしゃ食ってやった、といら立ちを日記に書き付けた。妻が鈴木の葬式の時、羽二重の喪服を自分に言わずに拵えたことも気に入らない。このころの日記には妻や「下女」に対する怒り、立腹が多い。

▼**一九一六**（大正五）年一二月九日、漱石永眠。葬儀の準備の段階になって、中村是公*などが先立って世話をやこうとして金銭的なことまでも心配したので、鏡子は感情的な誤解もあって、友人・門下生だけでは統一がとれないと言って、鈴木禎次を葬儀一切の総括責任者になってもらった。「かうしておけば私ども（夏目家）の意志もとほり、なにかにつけて便宜でもあり、又どしどし進行もするだらうといふ見込みをつけましたので、それを発表しますと、中村さんあたりは少々不平なやうでございましたが、私は鈴木ならこの面倒な中に立つてきつとやり遂げてくれると信任してますので安心してをりました。」（『漱石の思ひ出』「六三 葬儀の前後」）と鏡子は夏目一門で最も信頼していた。

一二日、青山斎場の漱石葬儀では、総括責任者を勤めた。二八日、納骨式。午後一時半、自動車四台来る予定が二台しか来ず、鈴木禎次ら一〇人ほどは三〇分近く待たされ、徒歩で雑司ヶ谷墓地に向かう。一周忌を期して、漱石夫妻の墓碑設計を禎次に委嘱することに決定する。

▼一九一七（大正六）年一二月九日、漱石の一周忌法要が行われ、鈴木禎次設計、菅虎*雄揮毫の「文献院古道漱石居士」「圓明院清操浄鏡大姉」墓碑が雑司ヶ谷墓地に完成した。「西洋の墓でもなし日本の墓でもない」「安楽椅子にでもかけたといつた形の墓」（『漱石の思ひ出』）であった。

▼一九二二（大正一一）年三月、名古屋高等工業学校を退官し、鈴木建築事務所を開設した。一九二七（昭和二）年、アメリカに出張した。一九四〇（昭和一五）年六月、鈴木建築事務所を東京本駒込の自宅に移転したが、心筋梗塞のため工事打ち合わせの席で倒れ、名古屋の宿で不帰の客となった。満七一歳。

▼一九一〇（明治四三）年春の関西府県連合共進会は名古屋市内舞鶴で開かれ、城下町から近代都市に発展する契機になった大博覧会であった。その計画は禎次によって進められ、今も彼の設計になる舞鶴公園の噴水塔は市民に親しまれている。鈴木の代表的設計建築としては、松坂屋いとう呉服店（名古屋初の百貨店建築）、北浜銀行名古屋支店（名古屋初の鉄骨鉄筋コンクリート）、中埜半六別邸（重要文化財）など枚挙に暇がない。

三女富貴子によると、気ままで、一生懸命したつもりでも、思い通り行かないと我慢できず、癇癪を起したらしい。友人は少なく、学生に対しても厳しかった。

▼漱石と禎次との出会いは、**一八九八**年鈴木禎次と中根時子との結婚によって、義兄弟になったことから始まる。当時、漱石は熊本の五高教授であり、九九年には禎次は大阪に赴任、**〇〇**年には漱石が英国留学、〇三年、漱石帰国東京在住、禎次英仏留学、〇六年禎次帰国、名古屋赴任と、二人が同時に同じ土地に暮らしたことがない。しかし、会えば気難しい二人だが相性がよかったのか、親しく付き合っている。特に漱石の英国留学中は、鈴木に建築雑誌、美術雑誌を送り、鈴木からは雑誌『太陽』『読売新聞』を送り、互いの欲する情報を

交換し合って、最も頻繁に文通した。癇癖で神経質な漱石が、中根家関係者とは交際しないと言ったが（『漱石の思ひ出』「二二　小康」）、鈴木家とは例外的に付き合っている。助川徳是も「その人柄を決して嫌ってはいない。寧ろ肝胆相照らすといった趣きすら感じられる。」（『漱石と明治文学』「漱石の義弟鈴木禎次」五）と二人の親近感を認めている。現在、漱石宛禎次書簡も禎次宛漱石書簡も現存しない。『漱石全集』「書簡」上中下には第三者に引用された禎次一一通、時子五通であり、「漱石日記」には禎次は三四回、時子は二回名を出すほど親しい。禎次は東京育ちであるから、名古屋へ来る約束で留学したものの、帰朝後、悄然と名古屋に都落ちしたが、無暗と用にかこつけて、上京しては気晴らしをしていたという。西片町の父の家に泊まり、漱石宅に立ち寄っていた。漱石との交流は、住居が遠隔な割に密であったと思われる。

　では漱石作品に鈴木禎次はどのような影響を与えたであろうか。助川徳是は「三四郎」にのみ絞って論じている。熊本の高等学校を卒業した小川三四郎は、東京帝国大学に入学するため、九州から山陽線に移って、終点名古屋で下車する。漱石は「名古屋へは生れてまだ行つた事がありません」（一九一五年一月二九日付田島道治宛漱石書簡）と書いた通り、生涯名古屋に足を入れていない。では、名古屋駅前の「電気燈の点いてゐる三階作り」（一の三）を通り越して、「淋しい横町の角から二軒目」の旅館に女と入る場面を、どのようにして構想したか。一九〇六年前後、しばしば西片町の漱石宅を訪ねた禎次が、名古屋駅前の情報を伝えたであろうことは想像に難くない。助川徳是は「鈴木禎次を介することによって名古屋駅頭の構想は立ったと推定する。」（「漱石の義弟鈴木禎次」六）。そして、「三四郎」の「一寸好い景色でせう。あの建築《ビルヂング》の角度《アングル》の所丈が少し出てゐる。木の間から。ね。好いでせう。（中略）あの建物は中々旨く出来てゐますよ。工科もよく出来てるが此方が旨いですね」（二の五）は建築家の眼を思わせるが、その出所は禎次であるとは助川も主張しないが、元来建築家志望だった漱石の中の、「建築家の眼」を維持させ、成長させる契機が、禎次にあっただろうと推定している。

〔**参考文献**〕助川徳是「漱石の義弟鈴木禎次」『漱石と明治文学』桜楓社、一九八三年五月二五日。／伊藤三千雄・前野嶤『日本の建築　明治大正昭和　8　様式美の挽歌』三省堂、一九八二年八月一〇日。／夏目鏡子述、松岡譲*筆録『漱石の思ひ出』改造社、一九二八年一一月二三日。

〔原武　哲〕

## ■渋川　玄耳

しぶかわ・げんじ

『渋川玄耳略伝』一九八八年刊。晩年撮影。

**一八七二（明治五）年四月二八日〜一九二六（大正一五）年四月九日。**

**随筆家・評論家・ジャーナリスト。本名は柳次郎。別号・藪野椋十。漱石の五高教授時代、「紫溟吟社」のメンバー。漱石が朝日新聞社時代は、同社社会部長として、小説・「文藝欄」で、漱石と接触。**

佐賀県杵島《きしま》郡西川登《にしかわのぼり》村（現・武雄市西川登町）小田志二三九番地に父・渋川柳左衛門、母・ヤヱの二男として生まれた。小学校に行き、傍ら漢学、四書を習う。少年の頃、住吉村宮野の定林寺に小僧として預けられる。一八八四（明治一七）年、大串という母方の親戚の援助で長崎に出て、外国語学校、長崎商業学校で学ぶ。八八（明治二一）年一二月に長崎商業学校を卒業した。八九年、上京して独逸協会中学から東京法学院（現・中央大学法学部）に学び、併せて国学院で国文学を修めた。その後、司法試験に合格。福島県平区裁判所に判事として奉職した。九四年一〇月二二日、山口県吉敷郡山口町の松村イヨ（トメの二女）と結婚した。九六年、俳句に熱中し、二年間絶えず郵便で正岡子規*に句の添削を乞う。

▼**一八九八**（明治三一）年二月九日、熊本の第六師団法官部に理事試補として任官した。そのころ、熊本には第五高等学校教授として正岡子規の学友夏目金之助（漱石）が、俳句好きの生徒、厨川肇（千江）、蒲生栄（紫川）、平川草江、寺田寅彦*（寅日子）、古橋蓼舟（直）、石川芝峰、白仁三郎*（白楊。後の坂元雪鳥）らを集めて、運座を催していた。

▼**九九**年五月中旬から六月中旬の間、渋川玄耳（柳次郎）は熊本で漱石を二回訪問している。最初あいにく漱石は外出不在であった。こんなこともあろうかと、玄耳は予め名刺に俳句を五句ばかり書いたのを置いて帰った。帰宅した漱石は名刺を見て、「なかなか俳句がうまい。渋川玄耳とはきっと話せる男に違いない。一度会って話して見たいものだ。」と言った。玄耳が二度目に訪問した時、漱石は淡白な態度で、「友人の正岡がやるんで、少し真似てみたが、俳句のことはあまり知らない。」と言って、持って行った句稿「燕の句」を三、四〇句したためたのを見て、朱圏を施した。また読み返して、「これも良い。」とさらに朱圏を加えた。基準を下げたのであろうか、とうとう大部分に朱圏が付いてしまった。玄耳は大喜びで、子規に送ったところ、ただ一句、『日本』新聞に採録されたのには、がっかりさせられた。

**九八**年二月ごろから始めた漱石を中心とする五高俳句連中は、漱石宅を事務所として**九九**年ごろは紫溟吟社と名付けられた。一方、九八年一一月ごろから、熊本では師団司令部法官部の渋川玄耳・川瀬六走（法官部理事）、師団司令部医部の長野蘇南（一等軍医正）、町の池松迂巷（常雄）・広瀬楚雨斎・藤西湨（実業家）らの俳句グループがあったが、**一九〇〇**（明治三三）年ごろ、両者が合流して、新たな「紫溟吟社」が結成され、新派熊本俳壇の気勢は大いに揚がった。

▼**一九〇〇**年七月、漱石が文部省給費留学生として熊本を去り、白仁三郎・厨川千江・蒲生紫川らも五高を卒業し、「紫溟吟

社」の中心は渋川玄耳・池松迂巷・川瀬六走に移った。漱石が去って後、玄耳・迂巷・六走の三人は〇一年六月、月一回の俳誌『銀杏《いてふ》』を発行した。俳句活動と並行して、多種多芸な玄耳は、新興短歌の会「白縫会《しらぬひ》」を主宰し、歌人として「石人」と号し、その運営の中心となった。

▼一九〇四（明治三七）年、日露戦争で遼東半島に渡り、『九州日日新聞』に「俳諧小さ刀」を連載した。朝日新聞記者の弓削田精一と戦地で知り合い、『東京朝日新聞』に「陣屋の二十四時」「陣中生活」「夏の陣屋」などを掲載。後、朝日新聞社入社のきっかけとなった。〇六年北京を経て三月、帰国した。第一師団に転勤。四月、家族と共に上京、麻布区市兵衛町（現・港区六本木）に居を構える。同月、「瞥見せる北京」、五月、「閑耳目」を『東京朝日新聞』に掲載し、弓削田の紹介で朝日新聞入社の話が進む。

▼**〇七**年二月二七日、法官部を退職。同年三月一日、弓削田精一の推薦によって朝日新聞社に正式入社、社会部長に迎えられた。朝日新聞社内で漱石入社のことが検討され、二月二四日、主筆池辺*吉太郎（三山）の意を体して教え子の白仁三郎（坂元雪鳥）を介し、入社交渉を始める。二葉亭四迷*宅で渋川玄耳・弓削田精一は坂元の交渉報告を待つ。坂元の報告はなかなかいい感触だったので、池辺に報告、渋川・弓削田・坂元は成功を祈って祝杯を上げた。三月一五日、池辺主筆と漱石との対面で、漱石は入社を決意した。

　同月一九日、漱石は、有楽町の日本倶楽部で東京朝日新聞社から池辺三山・中村不折*・渋川玄耳らと共に晩餐会に招かれた。漱石と朝日新聞社幹部との初顔合わせであり、渋川にとっては熊本以来の再会であった。朝日新聞社での月俸は、池辺主筆一七〇円、渋川社会部長一二〇円、小説担当漱石二〇〇円だった。

**〇七**年五月二八日、漱石は渋川に、税務署から所得申告しろと督促されたが、朝日新聞社員は所得税に対していかなる態度をとるか、と尋ねた。それに対して渋川は、漱石が歓迎会を欠席したことに不満を述べ、所得税は公明正大に申告すべきことを返事した模様である。漱石はすっかり恐縮してしまって、歓迎会欠席は面会日を励行しようと思う矢先だから、つい面会日を守ろうとして、自分が歓迎される歓迎会は欠席してしまった、お叱り恐れ入りました、と詫びた。所得税は社員並みにずるく構えて、なるべく少ない税を払う目算で訊いたのである、一喝されて正直に届け出る気になったから、ご安心くださいと書いた。漱石ほどの人物でも節税を考えていたとは、面白い。

**一九〇六**年一〇月一五日、松山中学校の教え子で早稲田を中退した高須賀淳平は、佐藤紅緑の書生をしていたが、『新潮』の記者となり、漱石に「人工的感興」という談話をしてもらい『新潮』（第五巻第四号）に筆記として発表した。漱石は事前に校閲し、一〇行追加し、「筆記（談話）」と書き加えた（〇六年九月二九日付高須賀宛漱石書簡）。その高須賀が新潮社を辞めて、朝日新聞社に入社したいということで、**〇七**年六月一二日、漱石は渋川に経済的に惨憺たる高須賀を紹介し、朝日新聞社に採用してほしいと就職斡旋を頼んだ。高須賀は朝日新聞社に採用され、「実は左程早く御採用とは思はず小生も甚だうれしく篤と本人にも勉強する様申聞け候。」「小生も世話のし甲斐ありて甚だ愉快深く大兄の御親切を謝す次第に候」（同月一七日付）と渋川の敏速な対応に感謝している。

社会部長の渋川は文化・文芸も担当する

ので、漱石にとって直接朝日新聞社の窓口になる。

**〇七**年六月二五日、渋川は藪野椋十の名で『東京見物』を金尾文淵堂から出版した。「東京見物」は入社早々の渋川が東京勧業博覧会見物に時期を合わせた東京案内記で、『東京朝日新聞』に一九〇七年三月一七日から四月三〇日まで連載された。これを単行本として纏める時、渋川は漱石に「君程序文の上手な男はない。」「東京見物は頁が足りないから約二三百頁がた君の序文で埋合はせをしたい。」と言って、「序」を乞うた。「東京見物」が『東京朝日新聞』に連載された当時、漱石の入社と前後していたため、且つはその筆致が「吾輩は猫である」に似ているため、掲載当時から漱石作だという評判がやかましかった。『東京見物』は「吾輩は猫である」と兄弟分の間柄であろう、ということで、序文を書いている。

**〇七**年七月二二日、漱石は東大英文学科の教え子だった*小山内薫が目下困っているので、渋川に紹介してくれと春陽堂の高見伝から依頼を受けたが、いかがなものであろうか、と照会した。元来、漱石と小山内薫との間柄はあまりよくないが、依頼を受けて、仲介の労を取っている。

同年八月八日、「虞美人草」十の三で、「もう明けて四ツ、になります」とあるが、あれは困る、と手紙で玄耳に苦情を書いた。漱石は「四《シ》になります」と書いたつもりだ。東京では「四《シ》」と言うが、「四《よ》つ」とは言わない、と校正者のいらざる無用の校正に文句を言っている。〇七年一〇月、渋川の『従軍三年』が春陽堂から刊行された。

**▼一九〇八**（明治四一）年二月一日、漱石は戸川秋骨宛の書簡で、「例の朝日文学（ママ）欄につき玄耳氏と篤と相談致たる処此三四月に至り紙面拡張の意見実行出来れば附録ごとに文学もの入要なれどそれまでは閑文字の入れ所なき由に候　小生も右文学欄の出来るのを待ち居候へども是は単に編輯者の一存故主権者の方ではどうなるやら分らず候もし左様の改革も実行出来候暁には先日御話しの通小生知人に依頼面白きもの書いて頂き度と存じ居候」と既に漱石と渋川との間で『朝日新聞』に「文藝欄」創設の機運が高まっていたが、まだ新聞社上層部は積極的にはなっていなかった。結局、『東京朝日新聞』に「文藝欄」が創設されたのは、翌〇九年一一月二五日であった。『国民新聞』の「国民文学」欄が影響を与えたと言われている。

**〇八**年二月、漱石と渋川玄耳との間で、*大塚楠緒子の小説を『朝日新聞』に連載する相談が進み、最初正月から掲載予定だったが、事情で遅れ、書きかけの原稿は止めずに続けて書いてほしい、と楠緒子に手紙（同年二月二九日付漱石書簡）を出した。楠緒子の「空薫《そらだき》」は〇八年四月二七日から『東京朝日新聞』に連載された。楠緒子は四月中病気で小説を継続できるかどうか危ぶまれたので、漱石は渋川を訪ね、主筆池辺三山とも相談、一応療養して、後日完成させることも検討させたようだ。漱石は渋川と共に楠緒子の「空薫《そらだき》」の評判を気に掛けて、「大塚さんのそらだきが好評嘖々《さくさく》の由社より報知有之先以て安心致候」（同年五月一七日付*小宮豊隆宛漱石書簡）と楠緒子の小説の好評を喜んだ。五月三一日で「空薫《そらだき》」は作者病気療養のため中断し、翌年五月一八日から六月二六日まで「そら炷《だき》（続篇）」として再開、完結した。

〇八年五月一五日、『閑耳目』を春陽堂から、六月『藪野椋十　上方見物』を有楽社から刊行した。

**〇八**年八月、次の小説「三四郎」の題名と予告文を渋川に送った。同年一一月三〇日、森田草平*の塩原逃避行事件を小説化した「煤煙」を『朝日新聞』に連載することについて、漱石は見本を渋川に送り、掲載可否の決定を願った。その結果、掲載されることになり、一九〇九（明治四二）年一月一日から五月一六日まで『東京朝日新聞』に連載された。

▼〇九年三月一日、石川啄木*は東京朝日新聞社の校正係として渋川の社会部に入社した。啄木は渋川玄耳の印象を、「社会部の主任渋川玄耳といふ人は、髯のない青い顔に眼鏡をかけてゐた。」（啄木日記）と書いている。同月二〇日、渋川は新聞社から特派されて、トーマス・クック社主催の「世界一周旅行会」に参加、漱石は午前九時新橋停車場に渋川を見送る。米・英・仏・瑞《スウェーデン》・伊・独・露・清を経て、七月八日帰京した。四月二九日、漱石は『東京朝日新聞』掲載の藪野椋十（渋川玄耳）の「世界見物」第一回を読む。「文達者にしてブルコト多し。強いて才を舞はして田臭を放つ。彼は文に於て遂に悟る能はざるものなり。」（漱石日記）と冷評した。

同年八月二七日、漱石は泉鏡花*の訪問を受け、新作六〇回分を脱稿したので、『朝日新聞』に掲載してほしい希望なので、渋川に紹介、面会して諾否を鏡花に伝えてくれと、手紙を出した。渋川は承知して、鏡花作「白鷺」は『東京朝日新聞』に一〇月一五日から一二月一二日にかけて連載された。

〇九年九月一日、漱石は旧友中村是公*満鉄総裁の招きで満韓旅行に出かけた。清国東北部（旧満洲）から韓国に入り、一〇月二日、仁川《インチョン》で釜山《プサン》から来る渋川玄耳を迎え、車中で渋川に会い、共に京城（現・ソウル）に行った。五日、漱石は渋川と一緒に閔妃《ビンヒ》の墓に詣でている。午後七時から花月で新聞社主唱の漱石・渋川玄耳歓迎招待会が開かれた。一一日晩、漢城師範学校の増戸校長と渋川・山本光三が来て雑談、渋川が平壌で日射病にかかった話をした。漱石は帰国後、紀行文「満韓ところ〴〵」を一〇月二一日から『朝日新聞』に連載したが、記事が輻輳《ふくそう》し、途切れ途切れで中断し、漱石も気が抜けて、渋川の手元に溜まった二、三回分で御免蒙りたいと池辺に申し出た。中断の理由を漱石は「まだ書く事はあるがもう大晦日だから一先やめる」と書いたが、「京城」で出会った渋川が「恐ろしき朝鮮」を『朝日新聞』に一一月五日から二回休載しただけで六面トップに二四回連載を始めた。これは漱石にとって屈辱的な「癪に障る」ことだっただろう（青柳達雄）。

▼一九一〇（明治四三）年九月一五日から『東京朝日新聞』に「朝日歌壇」を設け、渋川は啄木を選者に抜擢した。漱石が修善寺に転地療養に行き、体調不良になり、八月二〇日、渋川は当座の金一五〇円を持参して終列車で修善寺に駆け付け、一泊して翌朝帰京した。二四日大吐血。その後かなり回復したので、九月二一日、渋川は徒然を慰めるため、漱石に『酔古堂剣掃』と『列仙伝』を送った（「思ひ出す事など」六）。一〇月一一日、帰京した漱石は直ちに長与胃腸病院に入院した。一〇月二四日夜、渋川玄耳が同じ病院に入院。胃カタールか何かわからぬ由。「余の病気につき世話をしてくれた男今は余と同じ様に病院の患者となる。うその様なり。」（漱石日記）と奇縁に驚く。一〇月三〇日、病院の中央病室に入院していた漱石（中央亭主人）は、医師の許可を得て、翁飴に添えて俳句一句「いたつきも怠る宵や秋の雨」を東端病室に入院した渋川玄耳（東端堂先生）に献上した。翌三一日、渋川は漱石に小さい菊を届ける。渋川は一二月四日に退院し、漱石は翌一一年二月二六日に退院した。一〇年一二月一

日、石川啄木の歌集『一握の砂』は、藪野椋十（渋川玄耳）の変わった「序」を付して東雲堂より刊行された。
▼**一九一一**（明治四四）年九月一九日、東京朝日新聞社評議会（編集会議）で森田草平「自叙伝」が不道徳であるとの理由で非難を受け、「文藝欄」廃止が論議された。弓削田精一政治部長・渋川玄耳社会部長・松山忠二郎経済部長と池辺三山主筆との間で大激論、一応「文藝欄」存続に決まる。二〇日池辺・弓削田の対立激化し、遂に弓削田は辞表を提出した。二八日、社長村山龍平が上京し、二九日「御前会議」が開かれ、池辺は辞任することになる。三〇日村山社長は池辺の辞表を受理し、客員となった。渋川は池辺を慰留したが、ならなかった。一〇月三日、漱石は池辺の訪問を受け、森田草平の「自叙伝」が原因で弓削田と争い、辞職になったことを初めて知り、大いに驚く。池辺への恩義から辞意を漏らすが、引き留められ、一旦は思い留まる。渋川も池辺・弓削田対立の結果、池辺辞職に至った経緯を漱石に報告した。それを受けて漱石は草平に自重を促し、弓削田には病中で会いに行けないので来駕を乞うた。数日後、弓削田は漱石山房を訪問、「自叙伝」に端を発する紛争について話し合ったが、円満解決には至らなかった。同年一〇月二四日、漱石は病を押して東京朝日新聞社評議会に出席し、「文藝欄」廃止と森田草平解任を提案し承認された。

同年一一月一一日、東京朝日新聞社で評議会が開かれ、上野理一社長、村山龍平監査役、編集部長佐藤真一、社会部長渋川玄耳に決まった。渋川は編集部次長・政治経済部次長・論説選定委員を兼ね、先輩佐藤・松山・楚人冠の力を凌ぐ。弓削田は大阪朝日新聞社に移籍し、東京通信部となった。漱石は池辺辞職後、渋川玄耳の重用に対して不快と不満を抱くようになった。一五日、漱石は手元に留めていた辞表を社長に提出すべきか、池辺に相談した。池辺は慰留し、松山や弓削田の訪問を受け、渋川のことも申し出され、勧告に従って従来通り朝日新聞社に在籍することに決心した（一一月一九日付池辺三山宛漱石書簡）。
▼**一九一二**（明治四五）年六月頃、東京朝日新聞社社会部・政治経済部から渋川を排斥する機運が強くなり、私生活（イヨ夫人と別居、平山訓子《おしえ》との同棲）も問題になり、遂に論説選定委員を辞し、一一月二一日辞表を提出し、二五日受理された。漱石は渋川の退社を広告で初めて知り、寝耳に水で意外に感じた。もっとも渋川の評判については漱石も聞いていたが、そのままになると思っていたが、社長も案外の断行をしたものと驚いた。

一二月一二日、渋川の書生が渋川の息子と牝猫ミーを連れて、漱石山房を訪問、渋川が中国旅行に出掛けるので、牝猫を貰ってほしいと言うので、承諾したが、後に行方不明になる。▼**一九一三**（大正二）年五月、中国旅行から帰った渋川は漱石山房を訪問、行方不明の猫ミーは渋川の旧宅に戻っていると言う。
▼一四年対独宣戦布告されると、渋川は国民新聞社・博文館の特派員として青島《チンタオ》に赴き、戦後の一一月、新聞発行願書を出したが、実現せず、法律事務所を出し軍政署の行政顧問となる。一五年一二月、青島の軍政署顧問を辞し、弁護士などして山東省青島に八年間滞在した。**一六**（大正五）年一一月一六日、一時帰国した渋川は、漱石山房を訪問し、漱石に色紙を書いてもらう。「蜆子和尚の画賛を乞はれた時　網得魚蝦春水清」と前書きして、「煮て食ふかはた焼いてくふか春の魚　漱石」「瓢箪は鳴るか鳴らぬか秋の風　漱石」の色紙を与え

る。これは漱石の絶筆と推定される（荒正人『漱石研究年表』）。

▼一二（大正一一）年一月、紀志嘉実の経営する『大阪新報』の主幹編集局長として迎えられたが、経営者更迭のため、半年で退く。以後、著作と中国珍籍の収集翻訳に専念した。一三年春、上京。関東大震災で住居は無事だったが、青島から持ち帰った本は横浜の書庫で焼失。一〇月、徳冨蘇峰の推挙で後藤新平総裁の復興院嘱託となる。二五年一月、結核で千葉県鴨川に転地療養した。二六年三月中旬、転地先から東京に帰った渋川は、本郷区駒込林町二一三に移転、親友坂元雪鳥の妻医師八千代の病院で亡くなった。満五三歳。

朝日新聞社退社後は中国に流れ、イヨ夫人との離婚訴訟に破れ、病魔に苦しんだ。悲惨な晩年を助けたのは、坂元雪鳥であり、「紫溟吟社」同人だった軍医長野蘇南であり、離婚訴訟で証人になってくれた杉村楚人冠であった。

▼渋川玄耳は趣味が広く、多才に恵まれていたが、着想が奇抜で、果敢にその実現に活動した。結局、一癖ある異風者として朝日新聞社から弾き飛ばされてしまった。漱石は文芸担当の渋川社会部長とは頻繁に文通接触しているが、渋川の文章については、文達者で誇張が多く、才に任せて表現しているが、田舎くさく野暮ったい、と酷評した。「自叙伝」より発した朝日新聞社内抗争では、池辺三山に好意を寄せる漱石は、渋川が池辺辞職後、重視されることに不快を感じた。しかし、やがて渋川も社内で孤立し、追われたことには意外の感を持ち、驚いた。朝日新聞社の窓口担当者として誠実に勤めてくれた渋川に対しては、恩義を感じていたが、池辺に対する恩義には遠く及ばなかった。

渋川の最大の功績は三〇余冊の著作ではなく、漱石の朝日新聞社入社と石川啄木の才能発見であろう。

〔**参考文献**〕蒲池正紀『夏目漱石論』日本談義社、一九六七年一月一日。／谷口雄市『渋川玄耳略伝』武雄市文化会議、一九八八年一一月一〇日。／安田満『玄耳と猫と漱石と』邑書林、一九九三年三月一四日。／森田一雄『野暮たるべきこと――評伝・渋川玄耳――』梓書院、二〇〇六年三月一日。／青柳達雄「漱石と渋川玄耳――『満韓ところどころ』中断の理由――」『漱石研究』第一一号、翰林書房、一九九八年一一月二〇日。

〔原武　哲〕

## ■行徳　二郎

ぎょうとく・じろう

『喪章を着けた千円札の漱石』早稲田大学生時代、行徳家提供。

**一八八二（明治一五）年一月二六日～一九四五（昭和二〇）年一一月二七日。**

**夏目漱石宅の書生。早稲田大学卒業後、商業。佐賀県三田川の地主。**

父・行徳源誠（嘉永五年一一月二七日生、医師）、母・ミカ（安政四年五月七日生）の二男として本籍地福岡県三井郡小郡村大字小郡一三七六番地に生まれた。行徳家は福岡県三井郡立石村井上（現・小郡市）の樋口家より立石村松崎に分家し、同じく樋口を姓としたが、父の源誠が医業を開業するに当たり、行徳姓を名乗った。

▼一八九九（明治三二）年六月、佐賀県神埼郡三田川村に医師がいなかったので、村民は土地家屋を提供し懇請して源誠を小郡より招いた。本籍も佐賀県神埼郡三田川村大

字吉田五五五番地に転籍した。二郎は福岡県久留米尋常中学明善校に在学していたらしいが、明善同窓会名簿に兄の俊則の名はあるが、二郎の名はない。その後、第五高等学校（熊本）に入学したと言われ、乱暴して五高を追われたと伝えられている（林原耕三*『漱石山房の人々』）が、その証拠はない。

▼漱石と二郎との接点は、**一九〇〇**年一月五高教授黒本植*の紹介で兄俊則（五高医科学生）に随伴して、五高教授夏目金之助（漱石）宅（熊本市内坪井町）を訪問、その日から書生として同居した時が始まりである。同年四月、夏目家が北千反畑に転居した際、同行して引き続いて書生をした。鏡子*夫人の『漱石の思ひ出』（一二 犬の話）によると、毎日、漱石の長女筆子*を乳母車に乗せ、犬の綱を引いて、藤崎八幡宮に遊びに行ったとある。同年五月、二郎はチブスに罹り、兄俊則に保護されて三田川村に帰った。漱石もまた英国留学のため、七月には熊本を去った。

その後六年間、二郎の消息は漱石に伝えられなかった。**一九〇六**年一〇月、突然二郎から手紙が来て、鹿児島の第七高等学校造士館に入学したという。早速「君は医学をやる事と存候。多分福岡大学（現・九州大学医学部）へ入学の事と存候」「ユックリと鷹揚に勉強してエライ者になつて、名前を後世に御残しなさい」と激励している。しかし、行徳二郎が第七高等学校造士館を卒業したという記録はない。

兄の行徳俊則は一八七七（明治一〇）年一〇月三一日福岡県小郡村に生まれで、二郎より五歳上であり、九八（明治三一）年福岡県中学明善校を卒業、第五高等学校に入学、剣道部の剛毅朴訥な葉隠れ武士としてならし（『龍南回顧』林常夫、朝倉毎人）、一九〇四年七月医科を卒業し、東京帝国大学医科大学に入学した。**一九〇七**年七月漱石に『朝日新聞』の「医学小話」という医学をわかりやすく書く欄に執筆依頼された。一九〇九年七月東大を卒業した。**一九一〇**年一月森田草平*・小宮豊隆*主催の漱石宅での新年宴会では、俊則は薩摩琵琶を弾いて、漱石から「真面目に七変人の茶番を演じた様なもの」と評された。漱石の英国留学を記念して、**一九〇〇**年六月、漱石、俊則（医科）、湯浅廉孫（文科）、加藤守一（法科）と四人で写真撮影（熊本・重富写真館）した。**一九一〇**年三月二日、東京九段の長谷川武スタジオで漱石（向かって左）は、行徳俊則（中央）とフロック・コートを着て、振り袖を着た長女夏目筆子*（右）と三人で写真撮影している。行徳俊則は東大卒業後、佐賀県立病院に勤務していたが、後に長崎県佐世保市上町一二三番地で行徳病院を開業した。一九六六（昭和四一）年九月三十日東京都世田谷区玉川町で亡くなった。

▼三度目に、行徳二郎が夏目漱石と接点を持つのは、**一九一〇**（明治四三）年四月一九日ごろ、二郎が佐賀県三田川村苔野から漱石宅に苗木を数種送った時である。漱石は幸い来合わせた植木屋に植え付けさせ、同月二二日、苗木を送ってもらったお礼状を二郎に出した。

同年四月三〇日、行徳二郎は早稲田大学に入学するため上京して来た。翌五月一日、一〇年ぶりに漱石を牛込早稲田南町に訪ねた。昼食後で漱石、鏡子、長女筆子に迎えられ、請ぜられて書斎に入り、一別以来の挨拶を交わし談笑尽きることを知らなかった。漱石みずから庭に下り、猫の墓や文鳥の墓を案内した。傍らの一叢の花卉を示し「いつか君が送ってくれたものだ。」と言った。再び座敷に上がって、午後四時頃まで語り、本郷の下宿に帰った。この日以来一九一五（大正四）年一一月まで行徳二郎は克明に日記をつけ、その一部は一九三七（昭和一二）年度版『漱石全集』（岩波書店）月報第一九号に森田草平が編集した「漱石先生言行録」一九に行徳二郎「日記抄」として発表された。いずれその日記は全文収録されると予告されていたが、ついに実現しなかった。

▼行徳二郎は**一九一〇**年早稲田大学に入学後、夏目家の書生のように頻繁に出入りして、小宮豊隆らの木曜会メンバーとは一線を画し、家族の雑用を果たし、鏡子夫人から重宝がられた。ハレー彗星を一緒に見たり、新設の広瀬中佐の銅像を見たり、蠣殻町水天宮の賽銭が年額六万円になる話をしている。またある日、胃病は胃潰瘍らしいこと、荒木又右衛門は肥後からどこに行った、宮本武蔵の墓に行ったことがない、ヴィクトリア女王葬儀に他人の肩車に乗って拝観した話を漱石から聞いた。漱石は同年六月長与胃腸病院に入院、二郎は夏目家と病院との使い走りをしたり、夏目家の留守番役を務めたりした。

**一〇**年八月二四日、漱石は修善寺で大吐血、人事不省に陥る。いわゆる修善寺の大患である。三田川に帰省中の二郎は危篤の報に接し、翌二五日郷里を発し、二八日修善寺の菊屋旅館に到着したが、見舞客多く、会えない。三〇日午前九時半、鏡子に導かれて漱石の枕頭に座し、お見舞いの辞を述べると、漱石は「どうもありがとう。」と意外に元気な声で感謝した。「どうして知ったか。」と問われ、「福日（現・西日本新聞）で見ました。」と答えた。「どう書いてあった？」と言われ「転地先の修善寺で病勢がぶり返ったと書いてありました。」と言った。

**一九一〇**年一〇月一一日、夏目漱石は病気快方に向かったので、修善寺から帰京した。行徳二郎は新橋駅に筆子・恒子・エイを連れて出迎えに行き、漱石の担架を担いで車内から降りた。漱石はそのまま長与胃腸病院に入院した。二郎は漱石留守宅と病院との連絡係を勤める。一二月一〇日の日記によると、病床の漱石は見舞いに来た二郎を顧みて、「頭の毛が薄いね。熊本のチブス以来なのか。」と聞き、「俺もよく毛が抜けるが、白髪てえもんは、意地の悪いものでね。抜けるのは黒いやつばかり。白髪は後に残るよ。」と言った。

▼**一九一一**（明治四四）年二月二二日一二時半、二郎は漱石留守宅に行くと、前日文部省から届いた文学博士の学位記を病院の漱石に持って行ってくれと鏡子から頼まれる。病院に行き漱石に学位記を差し出すと、「実は昨日文部省へ断りの手紙を出したんだよ。森田の所は矢来だから帰りに寄って、学位記を渡して送り返すように頼んでくれたまえ。」と言われた。これが文学博士辞退騒動で、漱石と文部省との間で、やった、受け取れぬの押し問答の末、学位記は宙ぶらりんとなり、結局、文部省が保管することとなった。

同年三月一六日、漱石宅を訪問した時、二男伸六の尻のおできの痕形の話から、漱石の痘痕の話になった。鏡子が「擦れば少しは好くなるでしょう。」と言うと、漱石は「もうこれでいい。この痘痕は女難除けだよ。」と澄ましている。「だって。」と鏡子は不満顔。「痘痕さえなかりせばだ。ははは、だからお前みたいなもので、我慢しているんだよ。」「我慢しなくともよござんすよ。」「痘痕さえなかりせば。」「だから禿でたくさんだわねえ、行徳さん。」若禿の二郎が来ると、夏目家はぱっと花が咲いたように明るくなった。

同年一一月二九日夕刻、漱石が中村蓊（古峡）と小説の件について対談中、五女ひな子は食事中に「ぎゃっ！」と叫んで茶碗を持ったまま倒れ急死した。翌三〇日朝、行徳二郎は牛込区役所に行って、ひな子の死亡届と埋葬許可証などの手続きをする。経帷子を夏目家の人々や小宮豊隆らで縫う。「南無阿弥陀仏」という文字を半紙に大きく書く。同年一二月三日午前九時二〇分、漱石夫妻らと二郎はひな子の骨を拾うため、人力車で落合火葬場に行った。「生きて居る時はひな子がほかの子よりも大切だとは思はなかつた。死んで見るとあれが一番可愛い様に思ふ」と漱石は日記に書いた。

▼**一九一二**（大正元）年九月一九日、二郎は三田川帰省から上京、漱石宅を訪問したが、漱石は不在。やがて帰宅し、「今日撮影したるが、二三に姿勢を変えられ面倒なりし」（旧千円札と同じ肖像写真の裏書）と言う。この二郎の筆になる写真裏書によって、千円札の肖像写真は小川一真写真館で大正元年九月一九日に喪章を着けたまま撮影されたことが確定した。この時同時に中村是*公、犬塚信太郎と四種の写真を撮った。

**一九一二**（大正元）年一〇月六日、行徳二郎は夏目鏡子、筆子、恒子、エイ、純一、岡田耕三（林原）、鈴木千代子と拓殖博覧会見物後、上野池之端の河村第二写真館で集合写真を撮影した。この写真は鏡子によって二郎に送られ、二郎の裏書が残されている。

同年一一月二九日、行徳二郎は漱石夫妻、筆子、エイ、アイ、岡田耕三と共に、人力車に乗って雑司ヶ谷に亡きひな子の墓参に行った。この日の漱石日記には雑司ヶ谷墓地の様子を「依撒伯拉《イサベラ》何々の墓。安得《アンド》烈《レ》何の墓。神僕ロギンの墓。其前に一切衆生、悉有仏性といふ塔婆。」と書かれているが、後に小説「こゝろ」五で、先生と私（青年）が雑司ヶ谷墓地で出会う場面に用いられている。

その後も夏目家に障子の張り替えの手伝いに行ったり、漱石夫妻と豊竹呂昇の浄瑠璃「摂州合邦《がっぽう》が辻」を聴きに行ったり、漱石の娘筆子、エイ、中根壮任《たけとう》と四人で富士登山に行ったり、夏目家の者と写真を撮ったり、親戚のように出入りしている。

一九一〇（明治四三）年四月、早大入学以来五年、行徳二郎が早稲田大学を卒業したという証拠はない。**一九一五**（大正四）年一一月、行徳二郎は小峰に誘われて、ニューギニア領ニューブリテン島ラバウルに行くことになった。その際、出航の費用として漱石から二百円借りた。その借金は兄の行徳俊則（佐世保市で行徳医院開業）によって二百円返済された。漱石は俊則から二郎の借りた二百円が返済されたので、俊則に礼状を出した。ラバウルで二郎は商売（貿易関係か、商事会社か）をしていたという。

▼**一九一六**（大正五）年一二月九日、漱石は永眠した。ラバウルの二郎が漱石の死を知ったのは、翌一七年一月二九日、英船マシーナ号のもたらした俊則の書簡（一六年一二月一二日付）によってであった。一八年六月、行徳二郎は三年ぶりに帰国、漱石の墓に参った。一九二一（大正一〇）年一一月、満三九歳で梅野キクノと結婚した。一女二男をもうけている。

▼一九二八（昭和三）年五月、漱石夫人夏目鏡子と女婿・松岡*譲が漱石遺跡巡歴のため、熊本に来たので、電報を受け熊本に駆けつけた。関係者一行と小天温泉に行き、旧前田邸で「草枕」座談会を開いた。二郎は得意の郷土芸能「目達原《めたばる》の仇討」という講談を披露して、一座を爆笑させた。二日目は熊本市内の漱石旧居を訪ねる。北千反畑の旧居では漱石の長女筆子を乳母車に乗せ、犬を連れて藤崎八幡宮あたりを散歩したことを懐かしく話した（松岡譲『漱石先生』「漱石のあとを訪ねて」岩波書店、一九三四年一一月二〇日）。

▼一九三三年岩波書店『漱石全集』月報第一九号に二郎の「日記抄」（漱石先生言行録一九）を発表、いずれ全文を公開すると予告しながら、未公開である。二郎は終戦間もなく佐賀県三田川で六四歳をもって亡くなった。漱石山脈を形成する木曜会の一員ではないが、家庭内の素顔を知る人物として、漱石の精神面の研究には二郎の「櫨松日記」の全面公開が待たれる。

〔**参考文献**〕原武哲『夏目漱石と菅虎雄――布衣禅情を楽しむ心友――』教育出版センター、一九八三年一二月、「三十五　博士号辞退と行徳二郎」／原武哲『喪章を着けた千円札の漱石――伝記と考証――』「第一章　喪章を着けた千円札の漱石――大正元年九月撮影写真の考証――」笠間書院、二〇〇三年一〇月二二日。／岩波書店『漱石全集』別巻「漱石言行録」〈日記抄〉行徳二郎、一九九六年二月六日（初出は岩波書店『漱石全集』一九三五年版）月報第十九号（一九三七年一〇月一〇日）原文の行徳二郎日記・「櫨松日記」は遺族が保管して未公開。

［原武　哲］

## ■夏目　筆子

なつめ・ふでこ

松岡譲『漱石写真帖』一九二九年刊。一九一五年日比谷大武写真館撮影。

**一八九九**（明治三二）**年五月三一日〜一九八九**（平成元）**年七月七日。漱石の長女**（第一子）。**漱石の門下生*松岡譲の妻。*久米正雄「破船」の冬子のモデル。**

漱石の第五高等学校教授時代、熊本市内坪井町七八番地に長女として、生まれた。漱石は「安々と海鼠《なまこ》の如き子を生めり」と詠む。妻の*鏡子は字が下手だったので、字が上手になるように願って、「筆」と命名した。最初の子であり、結婚三年後にできた子だったので、漱石は自分で抱いて可愛がった。女中のテルの色が黒いので、「子供は抱く者に似るというから、黒いのが伝染されちゃ困る。」と言って、テルに抱かせなかった。しかし、鏡子が子を残して買物に行くと、やがておとなしく眠っていた赤ん坊が眼を覚まし、いくらなだめてもあやしても、火が付いたように泣き出し、さじを投げ出す。そこでテルは大威張りで、「いくら顔が黒くても、私でなけりゃどうにもならんじゃありませんか。」と抱き上げると直ぐに泣き止んだ。テルは大層赤ん坊の筆子を可愛がった。

漱石は赤ん坊の筆子を膝の上にのせて、つくづく顔を見ながら、「もう一七年たつと、これが一八（数え年）になって、俺が五〇になるんだ。」と独り言ともつかず言った。偶然の一致で、筆子が一八歳の時、漱石は五〇歳で亡くなった（夏目鏡子『漱石の思ひ出』一〇　長女誕生）。

内坪井町で犬をもらったが、北千反畑にも連れて行った。漱石もテルもこの犬を可愛がり、書生だった*行徳二郎が筆子を乳母車にのせて、犬の綱を引いて、毎日近所の藤崎八幡宮に遊びに行っていた（夏目鏡子『漱石の思ひ出』一二　犬の話）。

▼**一九〇〇**年三月、筆子の初節句に、*正岡子規から三人官女を贈られる。同年五月、漱石は文部省給費留学生として英国留学を命じられ、七月中旬、父母と共に熊本を去り、母鏡子の実家東京市牛込区矢来町三番

*地中根重一方に落ち着く。九月七日、洋行の前夜一〇時ごろ、漱石は鏡子の弟中根倫《ひとし》の書生部屋に来て、「筆（長女）のことを頼むよ。」と言ったので、倫は「義兄さんは学者ながら、実に優しい所のある人だ。」と感心した（中根倫「義兄としての漱石」『漱石全集』月報、一九三六年六月）。

〇〇年九月八日、漱石は妻鏡子と長女筆子を中根家に預けて、横浜からプロイセンPreussen 号でヨーロッパに向け出発した。船中、妻宛の手紙には、「筆モ達者ト存候」（九月二九日付）、「筆は其後丈夫に相成候や随分御気をつけ可被下候」（一〇月八日付）、パリより「筆モ随分気ヲ付ケテ御養育可被成候」（一〇月二三日付）、ロンドン到着第一報で「筆も定めて丈夫の事と安心致居候」（一〇月三〇日付）と常に娘を気遣っている。

「筆への見やげものに「クリスマス」の「カード」依頼致候筈の処混雑の際失念致候」我がままにならぬように、甘えぬように、可愛がり過ぎて無暗に甘いものをやらぬように、無暗に座らせて足部の発達を妨げてはならぬ、と注意をした。これらは一時は害がないように見えるけれども、将来恐るべき弊害が生じ一生の痼疾となる、子どもの教育ほど困難なものはないので、よくよく気を付けてください（一二月二六日付）、とよき育児パパぶりを発揮している。少し歩くようになると、危険なものであるから、怪我がないように注意してください（〇一年一月二二日付）、と書き送る。

鏡子の出産が迫り、小児の命名を頼まれ、元来、漱石は名前というものは、「どうせい、加減の記号故簡略にて分りやすく間違のなき様な名をつければよろしく候」という考えであった。いくつか候補名を挙げ、「姉が筆だから妹は墨《スミ》としたら理窟ポイかな」（一月二四日付）と書く。結局、生れた娘はこの手紙に上げた名前ではなく、恒子と名付けられた。

▼〇一年五月二日、鏡子の手紙で鏡子と筆子の写真が届いた。「不相変《あいかわらず》御両人とも滑稽な顔をして居る」と言いながら、よほど嬉しかったのであろう、二人の肖像写真をストーブの上に飾った。すると下宿の御上さんと妹が掃除に来て、「たいへん可愛らしいお嬢さんと奥さんですね。」と御世辞を言って褒めたから、「なに、日本じゃ、こんなのは皆お多福の部類に入れて、美しいのはもっとたくさんいますよ。」と言って、つまらないところで愛国的気焔を吐いた。筆子の顔は剽軽なもので、この速度で滑稽的方面に変化されてはたまらないと、おどけた（五月八日付）。

中根倫の手紙によると、筆子はたいへん強情張りの様子だ、男は多少強情がなくてはいかんが、女は無暗に強情では困る、強情を直すために押入れに入れたりしてはいけない、お仕置きも臨機応変にするがいい、ただ厳しくしてはいかん、子どもの性質は遺伝によるのは勿論であるが、大体六、七歳までが最も肝要な時機だから、瞬時も油断してはいけない、素直な正直な人間に育つよう工夫しなさい、と娘の養育に気を配る（〇一年九月二六日付）。

▼〇二年二月二〇日に、鏡子の年始状、筆子の日記、倫の日記が着いた。「筆の日記も面白かつたからひまがあつたら又御つかわし可被成候」（三月一〇日付）と娘の日記で家庭的な孤独を慰めている。帰朝の際、漱石は筆子の日記を全部鞄に入れて持ち帰った。

「お前の顔は非常に太つて驚ろいた恒の目玉の大いにも驚いた筆の顔の変つたのにも驚いた自分の顔も大分変つたらうと思ふ然し自分にはわからない」（三月一八日付）と時の流れと共に人の変貌に驚いている。「筆の日記は面白く存候度々御つかはし可被成候」（四月一三日付）と郷愁は強くなっている。「筆や恒が大きくなつたらどうして嫁にやらう抔と考へるといやになつて仕舞ふ」（四月一七日付）。四、五日前旧友中村*是公が来て、近頃は四千円くらいなくては嫁にやれないと言った、四千円はさて置き百円も覚束ないと言って嫌になった。

鏡子は夜一二時過ぎまで起きていて、朝一〇時ごろまで寝ているという。漱石は鏡子の遅起き宵張りに頭を悩まし、再三注意しているが治らない。「筆などが成人して嫁に行つて矢張《やっぱり》九時十時迄寐るとあつては余は未来の婿に対して甚だ申訳なき心地せらるる」（五月一四日付）と心を痛めているが、鏡子の朝寝は終生治らなかった。

漱石の英国留学も終りに近づき、「筆はインフルに罹り候よし然しすぐ癒り候由にて安心」（七月二日付）、「筆は大分成人致候由恒も少々は口を聞候由丹精して御養育頼み入候」（九月一二日付）と我が子について気遣っている。

**一九〇三**年一月二四日、漱石はロンドンから帰朝、牛込区矢来町の舅中根重一宅に落ち着く。筆子は初めて意識的に見る父を怯えたように避け、恒子はおできだらけで、人見知りして泣く。別れる前色白で可愛らしかった娘が、今汚なく憎たらしい子になって懐かず、漱石は深い孤独を感じ落胆したことだろう。「田舎で生まれた長女は肌理《きめ》の濃やかな美くしい子であつた。」「外国から帰つた時、人に伴れられて彼を新橋に迎へた此娘は、久し振りに父の顔を見て、もつと好い御父さまかと思つたと傍のものに語つた如く、彼女自身の容貌もしばらく見ないうちに悪い方に変化してゐた。」（「道草」八十一）。筆子の方も帰朝した父を見て、「なーんだ、お父様っていうけど大した事ないわね。」とこまっしゃくれた口をきいた。

一月下旬、火鉢の縁に五厘銅貨が置いてあった。それを見付けた漱石は、急に腹を立て、火鉢の向う側に座っていた筆子の頬を殴った。ロンドン時代、町を散歩している時、乞食が金をねだるので、銅貨を手渡した。帰ると、尾行していた下宿の女がこれ見よがしに銅貨を便所の窓に置いて、漱石を試そうとしているように被害妄想になった時を思い出したようであった。

**〇三**年七月一〇日ごろ、漱石は神経衰弱がひどくなり、鏡子は父中根重一と相談して、妊娠中の身で筆子・恒子を連れて、別居、実家に帰った。九月一〇日ごろ、鏡子は二人の子を連れて、本郷区千駄木町の家に戻り、別居生活を終る。

**〇三**年一一月三日、鏡子は三女エイを出産した。筆子は漱石から、生涯「筆」と呼び捨てにされたが、エイは「エイ子さん」と呼ばれていた。「お子さん方の中では一番栄子さんを可愛がつていらしたやうで御座いますね。」とお手伝いをしていた山田房子（鏡子の母方の妹の子）が語っている（岩波書店『漱石全集』月報、一九三五年一二月）。

▼**一九〇五**（明治三八）年一月一日、「吾輩は猫である」が『ホトトギス』（第八巻第四号）に発表され、一躍文名が挙った。文明中学の英語教師珍野苦沙弥の娘、とん子・すん子・めん子は漱石の娘、筆子・恒子・エイをモデルにしている。「御茶の味噌の学校へ行く～とん子の顔は、南蛮鉄の刀の鍔の様な輪郭を有して居る。」（十）と戯画的に描かれた。

▼**一九〇六**年一〇月一五日、熊本の漱石宅で書生として筆子の子守りをしてくれた行徳二郎が、鹿児島の第七高等学校に入学したと報告したので、「筆は大分大きくなり只今は小学の一年生に候。筆のあとに娘が三人生れ候。皆女にて厄介なる事に候。」（行徳宛漱石書簡）と返事を出した。一〇月某

日、筆子を*鈴木三重吉の下宿（本郷区千駄木林町碓井方）に迎えにやり、松茸飯をご馳走する。

▼一九〇七年一二月二〇日ごろ、鈴木三重吉から勧められて飼った文鳥が、餌をやり忘れたため、死んでしまった。裏庭で植木屋と子どもたちが文鳥を埋めるんだと騒いでいる。文鳥を埋めたあたりに小さい公札が立ち、表には「この土手上るべからず」と筆子の手蹟で書いてあった（漱石「文鳥」九）。

▼一九〇八（明治四一）年三月二九日、鏡子は*小宮豊隆を誘い、筆子を連れて、錦輝館（神田区錦町）に活動写真を見に行く。同年四月二五日、鏡子は小宮を訪ね筆子と共に宝亭に行き夕食して神田を散歩、一〇時ごろ帰った。五月二日夜、筆子は小宮に伴われて、幟を買いに行く。五月一〇日午後、*馬場孤蝶・*寺田寅彦・小宮が漱石宅に来て、夜一〇時、小宮は帰る。「筆はあなたがすきなんだから、筆が大きくならないうちに、お嫁をもらつて下さい。さうしないとあの子が可哀想だから、と奥さんが言はれた。」（「小宮豊隆日記」）。五月一五日、筆子は小宮に連れられて、大学病院に診察を受ける。弥生亭（レストラン。本郷区真砂町）で食事をして、夜遅く人力車で小宮に抱かれたまま眠り、帰る。診察の結果は、瘰癧《るいれき》と診断される。「筆はルイレキの由度々御面倒に御座候。うまいものを食はせて夏は海岸へでもやらうかと存候」（〇八年五月一七日付小宮豊隆宛漱石書簡）。六月一八日、小宮が来て、筆子と共に入浴した。当時、筆子は満九歳、小学三年生であったので、性に目覚めるには、少し間があり、人力車で小宮に抱かれたまま眠ったり、小宮と一緒に入浴したりするほど無邪気であった。

五月中旬ごろ、漱石と鏡子との間は険悪となり、七月一八日午後、筆子は小宮に大学病院に連れて行ってもらう。七月二一日、二四日、鏡子は筆子を連れて小宮の下宿を訪ねている。七月三〇日、犀川村に帰郷中の小宮に、「筆はブツブツが出来て貧民の餓鬼の様である。」（漱石書簡）と近況報告をした。九月一一日、筆子は小宮と共に新橋停車場に荷物を受け取りに行く。〇八年一〇月一九日、中島六郎に「筆子ヴイオリン入学」（鈴木三重吉宛漱石書簡）した。同年一二月一〇日、夏目家に泥棒が入り、帯ばかり一〇本も盗られた。正月に締めるはずだった一張羅の丸帯を盗られた筆子は、べそをかいていた。翌年夏、市ヶ谷監獄の看守の妻が鏡子の帯を締めていたので、調べると古着屋で買ったということだった。実は、二、三年後、その看守が泥棒で、妻にやるために犯行に及び、盗品の一つ、二つをやり、後はわからないように売り飛ばしたり、入質したということだった（鏡子『漱石の思ひ出』三五　猫の墓）。

▼一九〇九（明治四二）年一月二四日、筆子は小宮の下宿に遊びに行き、錦輝館に活動写真を観に連れて行ってもらう。〇九年二月一〇日ごろ、筆子は小宮に託して、鈴木三重吉に贈物をする。「女王の送り物も慥かに落手した。筆子嬢が何を思ひ出したものか。何だかいぢらしい。こんな時にはやつぱり先生の娘だとしみじみ思ふ。」（〇九年二月一二日付小宮豊隆宛鈴木三重吉書簡）。三月二三日、筆子にピアノを教えていた中島六郎宅（牛込区市ヶ谷田町）に、筆子は彼岸のおはぎを届ける。五月四日、小宮は、明日帰省するからと、漱石山房に挨拶に来る。筆子は小宮に自分の誕生日（五月二日）までに帰って来て欲しいと頼む。

〇九年六月二一日、中島六郎に勧められて、筆子にピアノを購入すること（代金四百円）にし、三〇日、夜、中島の指揮の下に大騒ぎをして、ピアノを座敷に担ぎ込む。

筆子はピアノ練習を始め、中島は午後六時ごろやっと帰る。同年八月二四日、筆子のためピアノを買う際、世話になったお礼に招待すると約束しながら、「それから」執筆、鏡子の病臥、自分の病気、満韓旅行などのため、延引して申訳ない、旅行から帰ったら必ず履行したいと詫びる。中島は変り者で漱石とはよく気が合い、長耳生の筆名で「朝日文藝欄」に音楽会評を寄稿したが、**一九一六**（大正五）年六月、漱石は陋劣な所業をしたという、覚えのない中島の手紙を受け、筆子のピアノの指導を辞めさせ、絶交する（六月一四日付中島宛漱石書簡）。以後、二度とピアノ教師をつけなかった。

▼**一九一〇**年三月二日、漱石の五女ひな子が生れた日、九段の長谷川写真館で漱石、筆子（満一二歳）、行徳俊則（五高の教え子。行徳二郎の実兄。東大医科卒業）と写真撮影をした。

同年八月六日、修善寺温泉の菊屋に転地療養、二四日、大吐血、人事不省に陥る（修善寺の大患）。翌二五日朝、筆子・恒子・エイたち、親戚、友人・門下生が続々と見舞いに駆けつける。九月一一日、筆子以下三人宛の手紙を書く。二ヶ月後漸く回復し、一〇月一一日午後、新橋駅に筆子たちが、出迎える。

▼**一九一一**年四月一二日、森成麟造帰郷送別会として肝臓会を開き、漱石は松根東洋城*・安倍能成*・野上豊一郎*・豊隆の門下生と鏡子・筆子たちに囲まれ、庭で望月写真館の出張撮影の記念写真を撮る。

同年一一月二九日夕刻、中村古峡と対談中、五女ひな子が食事の最中に急死。三〇日、みんなで経帷子を縫う。筆子・恒子・小宮・行徳は、南無阿弥陀仏と半紙に大きく書く。一二月五日、菩提寺本法寺で納骨式。漱石・鏡子・筆子・恒子ら、親・兄姉・親戚が集って、初七の日の法要を行なう。

▼**一九一二**（明治四五）年三月三一日、筆子は小学校を卒業し、日本女子大学附属高等女学校に入学した。

同年七月二八日、漱石は門下生岡田耕三*（後に林原）に託して、筆子以下子どもたちを鎌倉材木座紅ケ谷《べにがやつ》田山別荘に避暑に出す。岡田から筆子の「性的ひらめき」について、漱石は手紙をもらった。返信で「長女は十四にてそろそろ女になりかける時期故親共も外の腕白ものよりも注意の必要を感じ居候然し親の目から見るとまだほんとの子供としか思はれぬ故君の様な若い人に托したる次第に候。何とぞたゞの頑是ない小児として御取扱願候。」といい、漱石は岡田が使った「性的ひらめき」という言葉に驚き、もう少し精しく教えてもらいたいと書いた。思春期の娘を持つ父親の驚異と戸惑いが表わされている。八月一〇日、漱石は筆子に絵はがきで近況を知らせているが、父が娘に送るものとして丁寧体なしの優しさが出ているが、妹の恒子宛のものは所々「行きます」「しません」「ゐます」と幼い娘への愛おしさが出ている。八月一五日にも筆子と恒子にセントルイスの絵はがきで近況を知らせて、父親ぶりを発揮している。

鏡子の『漱石の思ひ出』（五一　二度目の危機）によると、**一九一三**（大正二）年一月から六月まで、「例の頭がひどくなつて」、鏡子の留守中は子どもを外に遊びに出してはいけないと漱石が厳命した。所が男の子はどこかに遊びに行って、帰ると、激怒して一人を廊下から下に突き落とし、もう一人を門前まで追いかけ、路上の他人が見ている前でポカポカ殴った。お手伝いが怒って、自分たちも何をされるか、わからないと、二人とも辞めてしまった。それを見ていた筆子は、「いくらお父様でもあんまりひど過ぎます。」と悲嘆の涙にくれ、漱石が出て来て、「女中は出て行ったか。けしからん奴だ。」と言うので、筆子は憤然として、「それは出て行きますとも。あんなこと、なさるんですもの。」と言うので、「何だ。この生意気な奴め。父に口答するとは。」とポカッと殴った。鏡子が帰ると、お手伝いはいず、筆子は悔しがって泣いていた。漱石は「あの奴は怪しからぬ奴だ。」と筆子一人を目の敵にして、しきりに憤慨していた。お手伝いを追い出したので、台所の炊事は筆子がした。自分でも心配だと見えて、「今日のおかずは決まったかな。」と言って、時々台所に出て来た。

▼一九一四（大正三）年一二月から鏡子は、筆子のために毎月一五円を貯蓄銀行に預金を始めた。

▼**一五**年六月二六日、熊本時代漱石宅で書生をして、そのころ早稲田大学生だった行徳二郎が来て、筆子、エイ子らを富士登山に連れて行くことの許可を求めたので、漱石は許す。七月二一日、行徳が来て、筆子に約束していた朝顔の地下ろしをする。八月四日、筆子・エイ子・中根壮任《たけとう》（鏡子の弟）・行徳の四人で富士登山に出発した。大月駅で下車。吉田口から富士山に登る。八日、頂上に達し、須走口を降り、御殿場口に泊り、沼津で鏡子たちと落ち合い、一四日、東京に着く。

▼「吾輩は猫である」を読んで感動した富沢敬道と鬼村元成《きむらげんじょう》という若い禅僧が、手紙の上の交流だったが、名物を送ってきたり、漱石の本や哲学の本を送ったりしていた。**一九一六**（大正五）年一〇月二三日、年来の宿願だった東京見物がしたいと言うことで、上京した。二七日、鏡子と筆子は、富沢・鬼村の二人を帝国劇場に活動写真を観に案内した。洋食屋で食事をしたが、一人の僧がビフテキを半分テーブルの下に落としてしまった。すると、それをいかにも当たり前だといった平気な顔をして、拾い上げると何の気なしに食べてしまった。

同年一二月九日正午、漱石は危篤状態に至る。日本女子大学附属高等女学校に通う筆子を迎えに行った人力車は、大隈邸前でひっくり返ったために、筆子は幌を破って這い出し、走って帰った。筆子たちは鏡子に向かって、瀕死の病人の写真を撮ると治ると言うからぜひ撮ってほしいと頼む。鏡子も心を動かされ、東京朝日新聞社写真部員に頼んで、病人に気付かれぬよう、隣の部屋からレンズを向けて撮影した。午後六時三〇分、いよいよ臨終間近になった。鏡子が水筆をとり、末期《まつご》の水を唇に漬《つ》ける。筆子たち子どもが続いた。午後六時四五分、不世出の文豪夏目漱石は遂に永眠した。

▼漱石の死後、門下生たちが、夏目家の後片付けを手伝っているうちに久米正雄は筆子と親しくなり、一九一七（大正六）年三月三日、雛祭りの日、久米が訪れ、鏡子に筆子との結婚の許可を求めた。鏡子は諾否の返事を避けた。尊崇する師の令嬢の結婚の対象が、久米がごとき軽薄な男では許すことはできないというのが、古参の門下生たちの感情であった。やがて、筆子の気持ちは次第に松岡譲に傾いた。一八年四月、松岡に好意を抱いた筆子は、鏡子の祝福の下、松岡と結婚した。失恋した久米正雄は、菊池寛の好意で「蛍草」（『時事新報』一九一八年三〜九月）で己の失恋体験を綴り、好評を博し、「敗者」（一九一八年）、「和霊」（一九二一年）などと書きつがれ、一九二二（大正一一）年一月〜一二月『主婦之友』に、甘美な哀愁を帯びた敗者の悲哀を描いた「破船」で、大衆的流行作家の地位を不動のものとした。一方、恋の勝利となった松岡は、「憂鬱な愛人」（一九二八年一一月。第一

書房）を書いて、久米の「破船」に対抗したが、判官贔屓の大衆性には及ばなかった。

　文学者たらんとする松岡は、太っ腹であるが女帝でもある鏡子の下で、七年間夏目家の女婿として雑務を代行する、雌伏の期間を余儀なくさせられた。筆子は只飯を食う居候のように居づらい夫を支えて、一九二四年、京都に転居し、松岡の『法城を護る人々』執筆を助けた。一九二七年、東京に帰り、戦争中は長岡に疎開、終戦後帰京、一九六九（昭和四四）年七月二二日、夫譲を亡くす。平成最初の年の七夕の日、満九〇歳で他界した。

▼末弟伸六によると、筆子は強情で頭が悪く、「夕食に帰らぬ子供を、わざわざ待っていてやるのだといった思わせぶりの愛情」を見せたり、母（鏡子）がだらしないから、それで男の子も、碌な人間に育たないのだと、散々、母の悪口を吹聴したりしたと、酷評した（『父　夏目漱石』「母のこと」）。

　*森田草平が「先生が鏡子夫人より筆子さんのような人を妻としたらもっと幸福であったかもしれない。」と言ったそうだが、筆子の次女松岡陽子マックレインはこの母娘を比較して、鏡子は剛胆、豪毅で、細かい神経を持たない人だったが、筆子は女らしく、思慮深く、暖かい思いやりのある人だったという。

　弟の伸六は長姉筆子に対して厳しい批判の目を向けているが、松岡陽子マックレインは母筆子に対する暖かい愛情が感じられる。「母の行動から自然と習ったことは、自分より他人を優先して考え行動すること、自己中心的に振る舞わないことである。」と陽子は母筆子の無私の振る舞いを生きる指針とした。

　思うに、人間は精神的成長と共に性格や人生観や人との交わり方も変ることがあるだろう。姉弟の間柄は戦中戦後の混乱期に競争の原理がより強く働き、よりシビアな見方がなされたのかもしれない。それに比して、筆子と陽子との間には、同性として強い信頼感が感じられ、「私の人生で一番影響を受けたのは母」筆子であったことを陽子は公言した。伸六と陽子との言は正反対であるが、両者がある時期の、ある一面をそれぞれ、そう感じていたことは確かであろう。伸六も陽子も、それぞれの自分の母を絶対的な愛の対象として、信じていたことは共通していた。

　松岡陽子マックレインに『漱石の孫のアメリカ』、『孫娘から見た漱石』、『漱石夫妻　愛のかたち』があり、三女半藤末利子に『夏目家の糠みそ』、『漱石夫人は占い好き』、『夏目家の福猫』、『漱石の長襦袢』がある。

〔**参考文献**〕夏目鏡子述、松岡譲筆録『漱石の思ひ出』改造社、一九二八年一一月二三日。／夏目伸六『父　夏目漱石』角川文庫、一九六一年七月三〇日。／松岡筆子「夏目漱石の「猫」の娘」『文藝春秋』一九六六年三月。『漱石全集』別巻、岩波書店、一九九六年二月、（再録）。／松岡陽子マックレイン『漱石夫妻　愛のかたち』朝日新書、二〇〇七年一〇月三〇日。

〔原武　哲〕

# ■土屋　忠治

つちや・ただじ

『日本法曹界人物事典』2、旭川区裁判所検事、一九二一年刊。

**一八七六**（明治九）**年一月二〇日〜一九四一**（昭和一六）**年九月三〇日？ 検事。弁護士。五高時代の漱石の教え子。下宿生。漱石の推薦で東大時代は*中根重一家の書生となる。**

土屋忠治は豊後国日出《ひじ》藩士族の子として大分県速見郡日出町に生まれた。父母についてはよくわからないが、「大分県大分町荷揚町三一番地遠藤勝方に寄留」という履歴書が現存する（福岡県立伝習館高等学校保管）。

▼一八九五（明治二八）年九月、土屋は第五高等学校法科に入学した。**九七**年七月、第五高等学校教授夏目金之助（漱石）は父直克が亡くなったので、妻*鏡子を伴い熊本を出発し東京に帰京した。父死後のことをすませ、九月一〇日帰任、熊本県飽託《ほうたく》郡大江村四〇一番地に移転した。漱石を五高に招いてくれた親友の*菅虎雄は八月に五高を非職（休職）になり上京したので、菅宅に下宿していた五高生徒で「吾輩は猫である」の多々良三平のモデルと言われる*俣野義郎《よしろう》が、菅の依頼で漱石宅に書生として住み込んで来た。

▼三年生の**九八**年一月、貧窮きわまった土屋は俣野に相談すると、俣野は「夏目先生に話してやる。」と言うので、「そりゃいかん。君がお世話になってる上に、僕まで。」と遠慮した。俣野は「黙っとれ。先生はそんな人じゃない。」と漱石に強引に談じ込んで「押し掛け書生」のように土屋も漱石宅に住み込んだ。

九八年二月ごろか、大江村の家の縁側で五高同僚の*山川信次郎が写真を撮影してくれた。左端に土屋忠治、犬の後ろに漱石、火鉢を前にした鏡子、右端の女中トクは猫を抱いている写真である（*松岡譲『漱石写真帖』）。

漱石の昼の弁当は俣野と土屋が、毎日交代で持って行き、持って帰った。ある日、漱石が「今日のおかずは、まずくて食えなかったよ。」と鏡子に注意した。鏡子は怪訝《けげん》な顔をして「だってあなた、弁当箱は空《から》になっていましたが。」と鏡子が反論する。半分以上も食べ残したはずなのに、空になっているとは不思議である。それも俣野の持参日だけが、食べ残しても空になり、土屋の時は問題ない。やがて犯人は俣野であることが判明し、お手伝いのテルと大喧嘩になった。後に俣野が弁当を持って行く日は、弁当に封印をしたそうである。

そのころ、鏡子は一個八〇銭もする高級な石鹸を使っていた。その石鹸がぐんぐんと減っていく。変だと思っているとテルが「シャボンを使うやつがわかりました。俣野ですよ。俣野の顔にあの石鹸の匂いが、ぷんぷんしとりますもん。」と言った。俣野は鏡子からお叱りを受け、平謝りに謝った。ある日、土屋が「俣野、いったい奥さんのシャボンはいくらすると思っているのか。」と詰問した。俣野は「五、六銭、高くても一〇銭くらいだろう。」と言ったので、土屋は「僕はこの間奥さんから頼まれて店に石鹸を買いに行ったんだ。八〇銭のを買って来て下さいと言われたので、一〇個で八〇銭ですかと聞いたら、いいえ、一つ八〇銭ですと言われたので、驚いたよ。気をつけんと先生にすまんぞ。」と俣野をたしなめた。

▼一八九八（明治三一）三月、大江村の漱石宅の家主落合東郭（宮内省皇太子傅育官《ふいくかん》）が辞職し帰郷して、家を明け渡さなくてはならなくなったので、夏目漱石は熊本市井川淵町八番地に転居した。そこで漱石は土屋忠治・俣野義郎を呼び「今度引っ越す家は狭くて、とうてい君たちを収容しかねる。ついては君たちは習学寮（五高寄宿舎）に入って勉強したまえ。食費は僕の方で出してやるから。」と宣告した。二人は目に涙を浮かべ、「そうまでしていただく先生の思召《おぼしめ》しは誠にありがたいのですが、私たちはもう三、四ヶ月もしましたら卒業しますので、御迷惑でもどうかそれまでぜひ置いてください。どんな狭い所でも結構ですから。」と懇願した。情にもろい漱石は、昼間は玄関の二畳に置き、夜だけ八畳の座敷に寝せることにして一同井川淵町に移転した。しかし、泣くようにして頼み込んだ俣野の無頓着は止まなかった。朝寝、菓子のつまみ食い深夜帰りで、真面目な土屋ははらはらし通しだった。

　卒業前のある日、漱石は土屋に「卒業祝に西洋料理を食わしてやるから友人二、三人連れて来い。」と言った。土屋は三浦義信（法）、高橋文六（医）を誘い、漱石に連れられてレストランに入った。「君らは初めてだろうから、僕のようにして食わんと笑われるよ。」と言われて、土屋らは漱石のする通りにして幾皿かを平らげた。勘定になると四円五〇銭もしたので、「洋食はうまいにはうまいが、べらぼうに高いもんだね。」と驚いた。その帰り、東京大相撲が興行中だったので、入場し「一〇枚目あたりに梅ヶ谷、常陸山《ひたちやま》という関取がいる。将来有望な力士だ。」と漱石は聞かせ面白く見物した。

　一八九八年七月、土屋忠治、俣野義郎は第五高等学校法科を卒業した。漱石は東京帝国大学法科大学に入学した貧しい土屋のため、妻鏡子の実家貴族院書記官長中根重一（牛込区矢来町）の書生に世話した。漱石は上京した土屋に「君平素禅を好むも禅は文句にあらず実地の修行なるべし塵労の裡《うち》にあつて常に塵労の為に転ぜらるゝならば禅なきと一般ならん小生不知禅《ぜんをしらず》妄《みだ》りに相似を説く唯君の成功を冀《こいねが》ふが為のみ」（九八年八月二七日付書簡）と学生の心得を記し、東京の大学生の不品行に染まらぬように警告した。

▼九九年四月、土屋の母が亡くなり、その訃《ふ》報が熊本の漱石にも届いたのであろう、東京の土屋に弔詞が来て、学資困難ならば相談するよう激励した。同年一二月、土屋は困窮に落ちたのだろう、ある銀行から奨学金を受けるかわりに卒業後その銀行に入行する話があり、漱石に相談した。漱石は義務年限はどうか、過重な義務ならば自分が月五、六円の送金はできると援助を申し出た。

▼一九〇〇（明治三三）年九月、漱石は英国に留学したが、東大に入学した貧しい土屋・俣野を気遣って、東京で留守を守っていた妻鏡子に彼らの世話をくれぐれも頼んでいる。汽船プロイセン号から出した最初の手紙では、「湯浅、土屋、俣野へ宜敷願上候　留守中区役所其他ノ用事ハ湯浅カ土屋へ御依頼可被成候」（〇〇年九月一〇日付）と、三人によろしくと書きながら、区役所などの用事は湯浅・土屋に頼め、と無精放漫な俣野を外しているのは面白い。ロンドンから鏡子に「たまに来たら焼芋でも食はしてやるがいゝ」（〇一年一月二四日付）とか「湯浅だの俣野、土屋、抔にも逢ひ度《たく》」（〇一年二月二〇日付）、「土屋湯浅俣野とも落第のよし気の毒に候」（〇一年九月二六日付）と手紙で気遣った。土屋は一九〇四年七月東

京帝大法科を卒業し、二十三銀行法律顧問の嘱託をしているので、銀行の奨学金を多少受けたのであろう。

▼〇五年二月福岡県立中学伝習館教員（月俸六〇円）を嘱託せられた。同年一二月司法官試補、佐賀、鹿児島、都城、福岡、延岡、長崎、大阪、大津、旭川などの裁判所検事を務め、退官後、一九二四（大正一三）年二月七日から一九四一（昭和一六）年九月三〇日まで福岡県山門郡城内村本町一六番地（現・柳川市本町）で弁護士を開業した。福岡県弁護士会を退会したのが、一九四一（昭和一六）年九月三〇日であるから、この日が死去の日であろう（『福岡県弁護士会史』〈上〉）。

几帳面で謹厳実直な土屋は、いつも俣野の傍若無人な奔放不羈《ふき》の行状を常に気遣って擁護した。そして、経済的に貧窮に苦しんだ二人を漱石は、暖かく包み込んで支援した。五高の教え子の中でも寺田寅彦*（九九年理科卒業）や内丸最一郎（九九年工科卒業）らのように後の東大教授になった秀才とは、一味違った付き合い方をして、英国留学中も常に暖かい気遣いを見せていた。

〔**参考文献**〕『日本法曹界人物事典』第一・二巻〔司法篇〕ゆまに書房（復刻版）、一九九五年八月二五日。／原武哲『夏目漱石と菅虎雄——布衣禅情を楽しむ心友——』「十一 膠漆の友去る」教育出版センター、一九八三年一二月。／原武哲『喪章を着けた千円札の漱石——伝記と考証——』笠間書院、二〇〇三年一〇月二二日。「第七章『吾輩は猫である』中の久留米の住人・多々良三平——畸人・俣野義郎のこと——」

［原武　哲］

## ■藤村　作

ふじむら・つくる

『国文学者藤村作先生を偲ぶ』東大退官時、一九三六年撮影。

**一八七五（明治八）年五月六日～一九五三（昭和二八）年一二月一日。**

**東京帝国大学国文学科教授。五高時代の漱石の教え子。藤村は漱石の英語授業によって、英語知識と日本語の豊富さを学んだ。**

藤村作は福岡県山門《やまと》郡城内《しろうち》村坂本町（現・柳川市坂本町）に父・藤村順吾、母・とゑの次男として生まれた。藤村家は代々柳河藩主立花家の家老吉田家に仕えた下級武士であった。八〇年、父が亡くなったため、一家離散の憂き目に会い、母は吉田家の女中頭として仕え、作《つくる》は母の実家から士族の通う城下の小学校に通学したが、後に母の働いていた吉田家に引き取られた。

▼一八八六（明治一九）年三月柳川城内小学

校を卒業し、八九年四月私立橘蔭《きついん》学館（現・福岡県立伝習館高等学校）に入学した。一年の時、尊敬していた小学校教師富安保太郎の勧めで徳冨蘇峰の『国民新聞』創刊に際して文筆で身を立てようと上京した。九一年チフスに罹《かか》り健康を損ね、帰郷して療養に努め、四月橘蔭学館二年に編入した。まもなく学校に批判的な友人一〇名と謀って学校革命を決行し、約百名が退学した。地方有志が仲介し全員復学した。騒動を鎮めるため、柳川出身の山口高等中学校教授立花政樹*（帝大英文科第一回卒業生）が館長として招かれ、橘蔭学館は県立伝習館に復帰した。立花は漱石唯一の英文科先輩で、退学者藤村作の誠実さを認め、藤村に文科に進むことを勧め、国文科に行きなさいと言った。藤村は終生立花を恩人として後々まで敬愛した。

▼一八九五（明治二八）年六月、福岡県中学伝習館を卒業、九月第五高等学校文科（熊本）に入学し、酬義社から毎月三円の奨学金を支給され、兄から二円の援助をもらった。**九六**年四月、松山から赴任した夏目金之助から英語を習った。それまでの英語教授は注釈を主にした授業で、解釈は二の次にするので、学生は不満であった。日本の大学出の夏目教授は学生の期待と信頼を受けて迎えられた。教科書はド・クィンシー Thomas De Quincey の「オピアム・イーター Confessions of an English Opium-Eater」で、まず学生を指名して一節一節解釈させ、その後で漱石が質問し、また学生の質問に答えた。学生の解釈の間違いや質問の誤答があると「君はどこから来たんだ」と言う。「〇〇中学です。」と答えると「フン。」と鼻の先で罵《ののし》られ、「君の中学ではそんな訳をするのか。」と辛辣に言う。この程度ならまだいい方で「フン、中学からやり直すんだな。」と冷然と言った。この辛辣さには学生も憤激を感じないではおられなかった。夏目漱石は意地が悪いという評判が立ち、藤村たちのクラスでは、一つとっちめてやろうという相談がまとまり、クラス総がかりで熱心に下調べをして、授業の時質問攻めにして食ってかかることにしたが、結局学生が総負けで夏目教授には歯が立たないということになった。説明は明快至極、よく納得がいったので、学生は敬服の心が起って勉強した。

藤村たちはお願いして毎日授業前一時間課外授業としてシェィクスピア William Shakespeare の「ハムレット Hamlet」「オセロ Othello」を習い、文学に対する興味を豊富にし、高められていった。スーヴェストルの「屋根裏部屋の哲学者 Attic Philosopher」も教室で教えられた。漱石によって得た英語や英文学の知識は甚だ多く、後の藤村の文学研究、文学教育に大きな影響を与えた。藤村は漱石の教室における解釈に日本語表現の豊富さを感じ、一つ一つ日本語解釈の言葉が自分たちの肌にぴたりと適合していることに感動した。

五高では、漱石を五高に斡旋した菅虎雄*からドイツ語を習った。菅の使用した教科書は、英語を母国語にしている者のために作成された「ジャーマンコース」であった。藤村たちは、全然日本語を解しないドイツ人教師から出欠を調べる際、何と言って返事をしたらいいかも知らず、理解できないまま授業を受けていた。菅の授業は一章毎にいくつかのドイツ語単語を書いてその語を組み合わせると、句や章になり、応用問題があるという形で、単語と文法をごく初歩から積み上げて、全体の学力を向上させるシステムであった。いまだ外国語教授法が確立していない明治中期において、菅虎雄の指導法「ジャーマンコース」は、高校生に基礎理解力を付けるのにすこぶる有益、適切であったと藤村は述懐した。なお、藤村は寄宿舎内の蛮風に困惑した後輩のため、特別取り扱いの退寮を菅虎雄舎監に願い出た時、一旦は拒否されたが、藤村が全責任を負うということで、全面的に信頼して藤村に託したことがあった。

▼藤村は一八九八（明治三一）年七月、五高を卒業し、九月、東京帝国大学文科大学国文学科に入学、上田万年・芳賀矢一*・藤岡作太郎らに師事した。特に藤岡の「国文学史　平安朝篇」「堤中納言物語」は藤村たちの渇を癒した。英文学は小泉八雲*のロングフェロー Longfellow 詩集とテニスン Tennyson 詩集、ホイットマン、ブレーク、ロセッティなどの英詩人の評論に啓発された。一九〇一年七月卒業したので、英国留学後の漱石の東大講義は聴講することができなかった。

同年九月、第七高等学校造士館教授となり鹿児島に赴任、〇三年三月、広島高等師範学校教授に転じ、未開拓の近世文学に着目し、井原西鶴、近松門左衛門、滑稽本などの近世文学研究に専念した。

▼一九一〇（明治四三）年三月、藤岡作太郎逝去の後任として、東京帝国大学文科大学国文学科助教授に転じた。一九一九（大正八）年一二月、近世小説研究の論文を提出して、文学博士の学位を授与された。二二年三月、芳賀矢一退官の後を受けて教授に昇任、国語国文学第二講座を担当した。その後教授藤村作文学博士は国文学界の大御所として、研究誌『国語と国文学』、『解釈と鑑賞』を創刊し、至文堂『国文学研究叢書』、岩波講座『日本文学』、新潮社『日本文学大辞典』を編纂《さん》し、国語国文学界全体に眼を配り、日本文学の振興に尽力した。三六年三月東大教授を退官、九月名誉教授の称号をうけた。東洋大学学長、中国北京師範大学名誉教授を歴任、四五年五月、健康上の理由で辞職帰国した。心臓性喘息動脈硬化症のため東京都世田谷区千歳烏山町六九〇番地の自宅で亡くなった。満七八歳。

▼藤村作は五高時代、夏目漱石の英語授業を受け、英文解釈の日本語表現の洗練された美しさに感銘を受けたが、その後、二人の接触、交流がない。ただ、藤村の講義題目を見ると、一九二三（大正一二）年四月から二五年三月まで「明治ノ小説」という講義をしているが、漱石の小説をどう評価していたのか、知りたいものである。

藤村家の墓は東京都多磨霊園にあるが、故郷柳川市の本光寺にも「藤村作之墓」があり、一九八八年六月、「国文学者藤村作先生顕彰碑」が柳川市新外町の白秋道路わきにできた。今も毎年一二月一日、藤村作先生顕彰会によって、「藤村作先生を偲ぶ会」が柳川市「御花」で開かれ、親族・門弟・研究者・関係者の講話がある。

〔**参考文献**〕藤村作『八恩記』藤村作先生顕彰会、一九九五年一二月一日（初版は一九五五年一一月二〇日、角川書店。普及版は角川新書『国文学者の生涯』一九五六年六月五日）。／『近代文学研究叢書』第七四巻、昭和女子大学、一九九八年一〇月七日。／『国語と国文学』「藤村作博士追悼」至文堂、一九五四年二月一日。

〔原武　哲〕

# ■尾崎　紅葉

おざき・こうよう

『明治文学全集』18「尾崎紅葉集」一九六五年刊。一九〇二年撮影。

**旧暦一八六七（慶応三）年一二月一六日（一説に二七日）〜一九〇三（明治三六）年一〇月三〇日。**

**小説家。俳人。漱石の予備門・東大時代の同窓なるも交際少なく、影響関係なきにしもあらず。**

父・尾崎惣蔵と母・庸《よう》の長男として江戸芝中門前町二丁目に生まれた。本名は徳太郎。父は伊勢屋という屋号の商家の出であったが、家業を止めて角彫りに打ち込み、名人谷斎とうたわれていた。その一方で、幇間「赤羽織の谷斎」でも通っていた。

▼一八七二（明治五）年五月一九日母庸が二四歳（数え年）で没し、紅葉は母方の祖父母荒木家で養育された。七三年久我富三郎の経営する梅泉堂（後、私立梅泉小学校と改称）に通った。この頃、後の山田美妙が幼友達であった。七八、九年頃、岡鹿門の漢学塾綏猷堂に入門した。八〇年まで梅泉小学校に通学していた。

▼一八八一（明治一四）年東京府第二中学校（後の府立一中）に入学した。八二年、石川鴻斎の漢学塾崇文館に入塾した。五月、漢詩「柳眼」を『穎才新誌《えいさいしんし》』に発表した。

▼一八八三（明治一六）年三田英学校に入学して、受験勉強に励んだ。九月、東京大学予備門に入学した。八四年九月、美妙が入学し、文学上の刺激を受けた。漱石は「山田美妙斎とは同級だつたが格別心易うもしなかつた」（「僕の昔」）と語っている。八五年二月、美妙らと硯友社を結成した。五月、硯友社から筆写回覧本『我楽多文庫』を創刊した。八六年八月、美妙編の『新体詩選』に「書生歌」を再掲した。九月、学制改革で第一高等中学校英語政治科に編入された。一一月、『我楽多文庫』が活字非売本となった。この頃から紅葉山人と号するようになった。八八年五月、『我楽多文庫』が公売本となった。同誌に「風流京人形」を連載した。九月、帝国大学法科大学に入学した。一〇月、『都の花』が創刊されて、美妙は主筆となり、硯友社を去った。

▼一八八九（明治二二）年三月『我楽多文庫』は『文庫』と改題した。四月、「新著百種」第一号として『二人比丘尼色懺悔』を刊行し、作家としての名声を得た。この頃の紅葉について、漱石は、「上級では川上眉山、石橋思案、尾崎紅葉などがゐた、紅葉はあまり学校の方は出来のよくない男で、交際も自分とはしなかつた、それから暫くすると紅葉の小説が名高くなり出した、僕は其頃は小説を書かうなんどとは夢にも思つてゐなかつたが、なあに己だつてあれ位のものはすぐ書けるよといふ調子だつた。」（「僕の昔」）と回想している。六月、『風雅娘』（合著）を「新著百種」第三号として刊行した。八月、『やまと昭君』を吉岡書籍店から刊行した。九月、帝国大学文科大学国文学科に転科した。『風流京人形』を「新著叢詞」第一号として刊行した。一〇月、『文庫』が廃刊となった。一一月、『紅子戯語』を「新著叢詞」第二号として刊行した。一二月、大学在学のまま、幸田露伴*と共に読売新聞社に入社した。以後、小説は主に『読売新聞』に連載されることになった。『初時雨』を「小説群芳」第一として刊行した。

▼一八九〇（明治二三）年一月『南無阿弥陀仏』を「紅葉叢書」として刊行した。同月、硯友社の文士劇を開催した。二月、『紅懐紙』（合著）を「小説群芳」第二として刊行した。七月、「伽羅枕《きゃらまくら》」を『読売新聞』に連載し始めた。井原西鶴に学んだ文体による前期の代表作である。九月、大学の学年試験に落第し、退学した。『此ぬし』を「新作十二番」第二として刊行した。一〇月、俳句結社むらさき吟社を創立した。一二月、『新桃花扇・巴波川』を「新著百種」号外として刊行した。

▼一八九一（明治二四）年一月『新色懺悔』を「聚芳十種」第二巻として刊行した。二月、西鶴の『本朝若風俗』（男色大鑑）を校訂して刊行した。三月、医師樺島玄周の娘喜久と結婚した。『七十二文命之安売』を「文学世界」第一として刊行した。『二人むく助』を「少年文学」第二編として刊行した。一〇月、『鬼桃太郎』を「幼年文学」第一号として刊行した。また、『伽羅枕』を刊行した。*泉鏡花が入門した。

▼一八九二（明治二五）年二月『二人女』を刊行した。この頃、*小栗風葉が入門した。三月、「三人妻」前篇を『読売新聞』に連載し始めた（後篇は七月）。紅葉の女物語の代表作である。四月、江島其磧の『風流曲三味線』を閲兼詳注として刊行した。五月、『紙きぬた』を刊行した。九月、『夏小袖』を刊行した。一〇月、『裸美人』を刊行した。一二月、『三人妻』を刊行した。

▼一八九三（明治二六）年四月関西へ旅行したのを始めとして、所々に旅行するようになった。五月、『恋の病』を刊行した。六月、『侠黒児』を「少年文学」第一九編として刊行した。一〇月、『をとこ心』を刊行した。

▼一八九四（明治二七）年一月『袖時雨』を刊行した。春、柳川春葉・北田薄氷が入門した。五月、『心の闇』を刊行した。翌月にかけて『西鶴全集』を大橋乙羽と校訂して、「帝国文庫」第二三、二四編として刊行した。六月、『隣の女』を刊行した。七月、「小説百家選」第一一巻に『草紅葉』が収載された。八月、『裸美人』を「短篇小説明治文庫」第一五編に収載した。『紫』（付録付き）を刊行した。一二月、合著『片靨《ゑくぼ》』を刊行した。この年から弟子との合作などが多くなり、批判されるようになった。

▼一八九五（明治二八）年四月、共著『なにがし』を刊行した。六月、『不言不語』を刊行した。*徳田秋声が入門した。七月、編著『四の緒』を刊行した。一〇月、俳句結社秋声会を創立した。一二月、共著『笛吹川』、編著『五調子』を刊行した。

▼一八九六（明治二九）年二月「多情多恨」を『読売新聞』に連載し始めた。「二人女房」で試み出した「である調」言文一致体小説の代表作である。この頃のことであろうか、漱石に、「私は尾崎紅葉氏が小説を書く時分に読売新聞を愛読したもので、其の時分は私ばかりぢやない、うちのものが、みんな読売でなくつちや不可ない様なことを云つてゐました。」という言葉がある（一九〇九年三月七日付相馬由也宛書簡）。四月、『冷熱』を刊行した。九月、『浮木丸』、編著『籠まくら』を刊行した。一〇月、『俳諧名家選』、私小説的作品『青葡萄』を刊行した。一一月、秋声会の機関誌として『俳諧秋の声』を創刊した。

▼一八九七（明治三〇）年一月「金色夜叉」を『読売新聞』に連載し始めた。明治文学で一番の人気作品となった。文体も「多情多恨」の言文一致とは異なり、漢語の多い文体を工夫した。紅葉の文章について、漱石に「文章に骨を折る、即ち色々注意する

ことは、紅葉などが其例で、其人の作を読むと調に余程骨を折ている」という指摘がある（「現時の小説及び文章に付て」）。六月、『春陽文庫』の編集に携わることになった。七月、『多情多恨』を刊行した。一〇月、『俳諧秋の声』が廃刊となった。一一月、『西洋娘形気』を「春陽文庫」第六編として刊行した。

▼一八九八（明治三一）年一月『黄櫨匂』を刊行した。三月、市村座で「金色夜叉」が初めて上演された。七月、『金色夜叉』前編を刊行した。

▼一八九九（明治三二）年一月『金色夜叉』中編を刊行した。三月、胃病で健康が衰え始めた。一二月、読売新聞文学講演会で「東西短慮之刃」を口演した。

▼一九〇〇（明治三三）年一月『金色夜叉』後編を刊行した。一二月、『俳諧類題句集』前編を編纂校訂して「俳諧文庫」第一二編として刊行した。

▼一九〇一（明治三四）年瀬沼夏葉が入門した。一月、合集『青すだれ』を刊行した。二月、共著『寒牡丹』を刊行した。雑誌の発行のことで山田美妙と再会し、交友を復活した。三月、『俳諧類題句集』後編を「俳諧文庫」第一三編として刊行した。六月、合作『仇浪』を刊行した。

▼一九〇二（明治三五）年一月『東西短慮之刃』を刊行した。四月、『金色夜叉』続編を刊行した。五月一一日掲載の「金色夜叉」が連載の最後となり、中絶した。紅葉の作品で最も有名なものであるが、漱石に「金色夜叉の如きは二三十年の後は忘れられて然るべきものなり。」という評がある（一九〇六年四月三日付＊森田草平宛葉書）。夏、読売新聞社を退社した。一〇月、二六新報社に入社した。

▼一九〇三（明治三六）年一月『芝肴』を刊行した。二月、『西鶴文粋』上巻を刊行した。五月、『西鶴文粋』中巻を刊行した（下巻は死後刊行）。『小三金五郎娘節用』を校訂して「名著文庫」巻四として刊行した。六月、『続々金色夜叉』を刊行した。九月、『俳諧新潮』を刊行した。一〇月、鏡花らの編んだ短編集『換菓篇』が刊行された。三〇日午後一一時、自宅で死去した。享年三五。喜久との間に弓之助、藤枝子、弥生子、三千代、夏彦の二男三女があった。一一月、遺著『草茂《も》美《み》地《ぢ》』と生前校訂の「名著文庫」巻一五『世間娘気質』が刊行された。一二月、共訳『鐘楼守』が刊行された。

▼漱石は、前代の代表的作家として紅葉と樋口一葉を挙げていて（「野分」）、「紅葉ノエガケル人間ハ皆頓智アリ日常カヽル人ヲ見ズ然シ若シカヽル人間アリトシテ見ルトキハ彼等ノ会話ハ実ニ realistic ト云ハザルヲ得ズ」（ノート「文芸ノ Psychology」）と、その写実を評価していた。森田草平に早く「坊っちゃん」が「紫」の文章を利用しているという指摘があったが、筆者も「幻影の盾」に『二人比丘尼色懺悔』の、また、『心』に『不言不語』の利用が想定されることを論じた。

〔**参考文献**〕『紅葉全集』岩波書店、一九九三年一〇月二二日〜一九九五年九月二七日。／橋口晋作「夏目漱石の『心』と尾崎紅葉の『不言不語』」『近代文学論集』第二五号、日本近代文学会九州支部、一九九九年一〇月二〇日。／橋口晋作「夏目漱石『幻影の盾』と幸田露伴、尾崎紅葉等の文壇出世作」『近代文学論集』第三一号、日本近代文学会九州支部、二〇〇五年一一月五日。／『近代文学研究叢書』第七巻「尾崎紅葉」昭和女子大学、一九五七年一二月一〇日。

〔橋口晋作〕

# ■橋口　貢

はしぐち・みつぐ

中国、沙市にて。一九一〇年一〇月一〇日撮影。鹿児島市立美術館提供。

**一八七二**（明治五）**年一一月一日〜一九三四**（昭和九）**年一二月三〇日。外交官。漱石の五高時代からの教え子。漱石は英国留学から帰国後、橋口と水彩画絵葉書を盛んに交換し、中国骨董趣味を焚き付けられた。**

本籍は鹿児島県鹿児島市樋之口通町四六番戸。父・兼満、母・ヨシの長男として生まれた。兄弟に弟・半次郎、清*（五葉）、妹・トミがいる。一八九八（明治三一）年、橋口権左衛門（母方の祖父）養子となる。家族は妻セツ、子どもは長男康雄、長女ユキ、次男兼夫の三人。

父は書画骨董を好み、四條派の絵を描いていたといわれる。その父の影響から子どもたちも美術的雰囲気のなかで成長し、長じて版画家として一家をなした末弟五葉だけでなく、貢や半次郎も絵筆をとった。

▼漱石と貢の出会いは第五高等学校時代である。**一八九六**（明治二九）年、漱石が赴任の日、学校で生徒が並んで出迎えた時、人力車に乗って校門を入ってきた漱石は、黒いビロードの襟をつけた背広を着ていた。それが非常にスマートで、印象的であったと、貢が家人によく話していたという。その時、貢は法科の最上級生で、二級下の理科に寺田寅彦*がいた。翌年、貢は同校卒業。

▼**一九〇〇**（明治三三）年、漱石は第五高等学校教授のまま、文部省から満二年の英国留学を命ぜられた。翌年、貢は同郷の川上セツと結婚し所帯を持ち、そこに弟五葉も移転、同居する。一九〇二（明治三五）年、貢は東京帝国大学法科大学政治学科卒業後、大学院で国際公法を専攻。その次の年、帰朝した漱石の歓迎会を第五高等学校の卒業生たちが開く。このとき貢も漱石と再会し、交流が始まったと思われる。

英国留学から帰国した後、公私ともに悩みを抱えて神経衰弱気味だった漱石は、精神を安定させる必要からか、当時流行していた水彩画に自己表現の場を求めて、若い門下生たちとしきりに自筆水彩画絵はがきを交換していた。とりわけ橋口貢宛のものが群を抜いて多かった。岩切信一郎（美術史家・橋口五葉研究家）によると、橋口貢、清（五葉）兄弟宛の漱石自筆（肉筆）水彩による絵はがきは『全集』に未収録だけでも八三点にのぼるという（『漱石全集』岩波書店、一九九三年版での書簡数は貢宛四二点、清宛二五点）。

貢はその頃を回想して次のように語っている。「あれは明治三十六年春、英国留学から帰朝された頃と憶えてゐるが、その頃夏目先生は本職の大学講師の余暇に、盛んに水彩画を画いてをられた。（略）水彩絵葉書などを私のところへ送つてよこされた。当時私も水彩画を画いてゐたので、それに対して、やはり水彩画絵葉書を画いて送り、互ひに交換したものである。」（橋口貢「夏目先生の畫と書」『漱石全集』月報第一一号、一九二九年一月）。

一方、漱石は、「橋口は屡《しばしば》絵端書をくれる中々うまいもので僕の御手際では到底競争が出来ん」（**一九〇四**年七月二〇日付野間真綱*宛）と貢の画才に脱帽の体であった。その四日後、貢宛の絵はがきの水彩画は、西洋人風の人物を画面一杯に大きく描き、「名画なる故　三尺以内に近付くべからず」というユーモラスな文言が付け加えてある。絵のうまい貢に対抗して自称「名画」という自信作を物した漱石は、はやる心で投函してしまったらしい。後で切手を忘れたことに気づく。すぐに翌日、「定めし御迷惑の事と存候然し御覧の通の名画故切手位の事は御勘弁ありたし」という文章に「十銭で名画を得たり時鳥《ほととぎす》」というふるった俳句を添えて、謝りの便りを出している。他にも、切手代不足で貢は代金も何度か取られたという（橋口貢「夏目先生の畫と書」前引『月報』）。そんな失礼なこともあまり気にしないほどの親交を結んでいた。漱石の署名は本名を表す「夏目金」とか「金」一字を丸くペンで囲んであるものがほとんどで、貢との親しく気楽な付き合いぶりが手に取るようにわかる。

　このころの漱石にとって貢との関係は、きわめて深く、その存在は何よりも大きなものがあった。貢とのおびただしい水彩画絵はがきの交換と絵や書画骨董の談義は、漱石の心をどれほど癒し、和ませ、のびやかにしたことか。他の門下生とは違い、漱石は橋口兄弟とは、特別積極的に交流を持とうとしていたようであり、一方、この兄弟の方も普通ではない知遇で接した（「夏目漱石の水彩画絵ハガキ」岩切信一郎『一寸』第九号、二〇〇二年一月三〇日）。

　ことほどさように親しく交際していた橋口兄弟との交遊が、「猫」に投影されていると思われる。

　「猫」（一）では、苦沙弥先生と美学者迷亭の美術談義がかなりの比重で扱われている。当時、親しく交際していた美術関係者としては、まず橋口兄弟が頭に浮かぶ。弟五葉は美校生で絵が専門。兄貢は専門の画家ではないが美学や絵について一家言を持っており、実際に絵筆を取り、水彩画絵はがきの交換に熱心であった。お互いの家を訪問し、膳を囲んで親しく美術論を交わしたことも一度ならずあった。その自由闊達な美術談義の中から「猫」の美術論が生まれたのかもしれない。また、橋口兄弟は二人とも話好き。話題も豊富で座談の名人といわれていたという。おしゃべりでいつまでも雑談をするのが好きだったという逸話が親族の間に残っている。おしゃべりの美学者迷亭は、座談の名人である橋口貢・五葉兄弟と重なるところがある。

▼貢は一九〇五（明治三八）年の一、二月頃、中国（清）の南京領事館に外交官として赴任。このため、二人の間の音信は、しばらく途切れがちとなるが、**一九一〇**（明治四三）年四月頃から交流が復活し、以前にも増して盛んになる。漱石に中国趣味を焚き付けるかのように貢が中国の文物を送ってくれた。香炉、水滴、硯、書、織物、文鎮等々。なかには骨董好きの漱石が依頼したものもあったが、ほとんどは貢からのプレゼントだった。漱石は小説『心』の装丁だけは自分自身でやり、その表紙に中国から貢が届けてくれたばかりの石鼓文の拓本（周の岐陽の石鼓からとった拓本）を応用して使っている。貢からの贈り物を心待ちにしていたり、時には催促したりすることさえもあった。貢は漱石の趣味に関する面で、心を潤す身近な存在として大きな役割を演じているのである。

〔**参考文献**〕岩切信一郎『橋口五葉の装釘本』沖積舎、一九八〇年一二月。／岩切信一郎監修『生誕130年　橋口五葉展』図録、東京新聞、二〇一一年六月。／佐渡谷重信『漱石と世紀末芸術』美術公論社、一九八二年二月。／芳賀徹『絵画の領分』朝日新聞社、一九八四年四月。／紅野敏郎『夏目漱石遺墨集第四巻絵画篇』求龍堂、一九八〇年一月。

〔白坂数男〕

# ■中川 元
なかがわ・はじめ

『中川元先生記念録』一九一八年刊。

**一八五一（嘉永四）年一二月一六日～一九一三（大正二）年九月二八日。**
**教育者。文部省官僚。旧制高校校長。**
**漱石が第五高等学校教授時代の校長。**

信濃国下伊那郡飯田町（現・長野県飯田市）飯田藩士として生まれた。旧名孫一郎。号は槐蔭《かいいん》。幼くして頴悟《えいご》、学芸に秀でていたので、一八七〇（明治三）年、満一八歳で飯田藩の貢進生に挙げられ、東京大学南校に入学してフランス学を修め、七二年五月依願退学し、司法省の明法寮生徒となり、七四年五月退寮して、六月文部省十一等出仕に補せられた。東京外国語学校五等教諭から始まり、七七年八月同校訓導となる。七八（明治一一）年一月文部四等属に任ぜられ、師範学科取調べのため、フランスに派遣され、八一年一一月帰朝した。八二年二月普通学務局勤務、八四年二月文部卿秘書官と普通学務局兼務を申し付けられる。八五年四月文部権少書記官に任ぜられる。八六年三月文部省視学官に任ぜられる。八八年五月文部大臣（森有礼）秘書官を任ぜられる。八九年一一月文部省会計局次長、九〇年六月文部省会計局長と会計主務官を兼任する。九一年二月文部省参事官に任ぜられる。

同年一〇月、満三九歳で第四高等中学校（後の第四高等学校。現・金沢大学）校長に任ぜられた。当時、四高は教職員の指導力不足などに対する生徒の不満が鬱積しており、兵式体操教師への非難を端緒として爆発、教師の勢力争いや石川県人の過多などが加わり、生徒による学力不足教師排斥運動「四高騒動」が起り、中川校長は、九二年七月、石川県人九名、他県人三名を非職とする荒業を断行した。その補充人事の中核教頭として漱石の畏友狩野亨吉*を招いて、騒動の後始末に当らせた。

▼一八九三（明治二六）年一月二五日、中川元は第五高等中学校校長として熊本に来任した。五高には既に外国人教師英語担当のラフカディオ・ハーン*がいた。ハーンは中川を「私に対して実に親切でした。かれは善い人だと私は考へます。して、困難から私を救はうとしてくれました。」（西川千太郎宛書簡）と評し、校長としても「新校長は立派です。――立派なユダヤ人のやうな風采です。――駝鳥のやうな大股であるきます。」（一八九三年四月一七日付チェンバレン宛書簡）と書いた。

▼**九六**（明治二九）年三月ごろ、中川校長は第五高等中学校のドイツ語の教授だった菅虎雄*に五高で英語教師がほしいが、適当な人物はいないかと相談し、前年愛媛県尋常中学校に周旋したが不平を言って寄こしていた夏目金之助（漱石）に誘いをかけると応諾して、四月五高に赴任した。

▼**九七**年四月、漱石は予備門・一高・帝大以来の旧友山川信次郎*を五高に招聘し、漱石宅に寄寓させた。漱石自身も岳父中根重一*を介して東京高等商業学校（現・一橋大学）校長小山健三から年俸千円で招聘があった。中根は月給が足りなければ、補助してもよいと言って来る。東京に帰りたい願望と文学で立ちたい願望が高まるが、五高への義理と中川校長の信頼、山川への信義から断った（**九七**年四月一六日付正岡子規*宛漱石書簡）。中川は漱石に「是非共居つて呉れねば

困ると懇々の依頼なりし故宜しい貴公が夫程小生を信じて居るならば小生も出来る丈の事はすべし又教師として世に立つ以上は先づ当分の処御校の為に尽力すべしと明言したり且此語は校長のみならず山川を呼ぶ時にも明答に及びたる次第目下仮令《たとい》如何なるよき口ありとも自ら進んで求むるの意なく候」（同月二三日付正岡子規宛漱石書簡）と中川校長に対する信頼感が芽生えている。

その後、漱石は中川校長の下、次第に人事に手を染める。**九七**年七月、夏休みを利用して、帰京、英語教師補充のため、狩野亭吉推薦の候補者赤木通弘と面接、五高採用が決まる。九月、赤木は熊本に着任したが、「謙譲の極」「万事控目」「弁論の才には甚だ乏しく」「講義不分明」という評判であったが、神経質と眼病のため辞職の申し出があり、校長も遂に解雇の手続きに至った。

中川元が四高校長の後半、教頭を勤めた狩野亭吉は、その後、東京に帰り、浪々の身であったが、中川から再三、五高に勧誘を受けていた。その狩野亭吉獲得に尽力したのが、漱石であった。赤木の人事失敗後、漱石は狩野を五高に教頭として招聘する交渉をした。狩野も赤木人事では責任を感じ、自ら赴任を決意した。「校長も大喜悦に御座候猶本日校長へ面会の節若し大兄を呼び迎ふる以上は無限の信用を置き万事内相談の上にて共に責任は分ち進退を共にする決心なるや否や確とたしかめ候処小生の希望する如き決答を得候」（**九七**年一二月二二日付狩野宛漱石書簡）と狩野招聘に対する中川校長と進退を共にする決意を校長に迫っている。九八年一月二六日、狩野は無事五高教頭として赴任した。

▼**九八**年三月、津山尋常中学校教諭奥*太一郎を英語教師として採用する交渉をして、一旦承諾したが、文部省上申寸前に断りの電報があり、漱石は「只今に至り御断《おことわり》候にては小生が学校に対する信用の失墜は兎に角校長及び教頭の迷惑は然当の事と存候」（同年三月一八日付書簡）と奥の翻意を促した結果、温厚な奥は考え直して、四月に赴任し、漱石に兄事し、終生恩義を感じた。**九九**年一月の耶馬渓旅行では奥と同行している。

九八年一一月二四日、せっかく招いた狩野亭吉は、第一高等学校長に抜擢されて、熊本を去る。九九年九月、漱石が呼んだ山川信次郎が一高に転任した。

▼**一九〇〇**（明治三三）年二月一二日、五高校長中川元は英語研究を目的とする漱石の留学について文部省に上申するため上京した。高等学校教授にも外国留学の機会が与えられる制度が文部省専門学務局長上田万年によって作られ、五高中川校長推薦の夏目金之助と一高狩野亭吉校長推薦の藤代*禎輔の二人が第一回給費留学生に選ばれた。

第五高等学校校長中川元は四月一三日、第二高等学校校長に転任し、桜井房記教授が五高校長となった。同月二四日、教頭松本源太郎が山口高等学校に転任したので、漱石は教頭心得を命じられる。

同年五月一二日、漱石は英語研究のため、文部省給費留学生として満二ヶ年間のイギリス留学を命じられ、七月一九日ごろ、熊本を立ち、一旦東京に向かう。以後、熊本に帰ることはなかった。

漱石と中川元との直接的接触は以後途絶えてしまうが、年賀状のやり取りは続いていたのだろう。「年礼も賀状も今年は全廃として見たが矢張り中川元さん抔からくるとさうも行かぬ。」（**一九〇六**年一月一四日付菅虎雄宛漱石書簡）とあるように、漱石にとって中川は恩義ある上司だったのである。

▼中川は二高校長にあること一二年、その間、第三臨時教員養成所管理者を命ぜら

れ、仙台高等工業学校長事務取扱を命ぜられた。一九一一年一月二五日、仙台高等工業学校長に任ぜられた。同年秋より疾患があった。一二年四月一月、仙台高等工業学校が東北帝国大学の所管となり同大学工学専門部と改称し、学校長は廃官となるに及んで、官を退いた。病は日を経てようやく重く、一二年五月ごろは病床を離れることが困難となり、一九一三（大正二）年九月二八日、病にわかに革《あらた》まり、死去した。東北大で解剖の結果、病因は胃幽門部癌腫であった。満六一歳。

▼中川元は幼くして鋭敏、古武士的な凛乎たる風格があったが、また温顔優雅なところがあった。元来彼は寡言朴直で、文部大臣森有礼は秘書官中川を「堅忍不抜」と評したという。会議では自ら発言すること少なく、他の意見をよく聴き、納得しないことは容易に裁可しなかったという。

漱石は学校行政家の才があったと、江藤淳（『漱石とその時代』第一部）は書いているが、中川浩一（「第五高等学校長　中川元――熊本時代のハーンと漱石外伝――」）によると、狩野亨吉の五高招聘は必ずしも漱石一人の手柄ではなく、赤木通弘人事の失敗の責任を感じた狩野の「尻ぬぐい」的な就任であったとする。狩野招聘で力み張りきった漱石に対して、中川浩一は「若気の至りだが、夏目も大人気ない奴だと思ったことだろう。」という。四高で大量の教師を辞めさせた中川元は、直接指揮をとっての首切りが反発の強い失敗の前例に学び、五高では若い「漱石を手玉にとってのリモートコントロールであった」と解釈する。「漱石は校長を操っていたつもりでいながら、実は体よくクッションに使われていた」ということになる。

漱石から中川元への評としては、「校長は御存じの通りの長者にて其弊なきにあらねど輔佐の為し様にては随分見込のある学校と存じ候」（一八九七年一二月七日付狩野宛漱石書簡）と述べられているが、二高で一〇数年中川の下にいた三好愛吉は、「寛仁大度なる中川先生が又一方には甚六ヶしい点があつたことは頗る異とすべきである。曰《い》はゞ昔の殿様を見たやうなところがあつた」（追懐の記）『中川元先生記念録』）と書いているが、漱石の書く「長者」と三好の書く「殿様」とは、おっとりとして部下の意見を聴き、泰山巌々として小事に拘泥しない所を言うのだろう。

漱石は中川の長所と短所を知っていた。当時の漱石は、老練な中川の側近になるには若過ぎ、行政的手腕も未熟であった。漱石にとって中川は、五高に採用してくれた校長、英国留学を推薦してくれた恩義ある校長であった。しかし、終生、敬愛する師表とはならなかった。一九一三（大正二）年一一月一六日、中川元追悼会が漱石山房近くの東京帝国大学山上御殿で挙行され、当時の五高関係者桜井房記、武藤虎太は参列したが、漱石が参列した記録はない。八人の子女あり、嗣子孫一中学一年だったので、遺子教育資金が募集され、狩野亨吉は五〇円拠出したが、芳名簿に夏目金之助の名は記されていない（中川浩一「第五高等学校長　中川元」）。

**〔参考文献〕**『中川元先生記念録』故中川先生頌徳謝恩記念資金会、一九一八年三月二六日。／中川浩一「中川元小伝」『旧制高等学校史研究』第七・八・九号、一九七六年一・四・七月。／中川浩一「第五高等学校長　中川元――熊本時代のハーンと漱石外伝――」『茨城大学教育学部紀要（人文・社会科学・芸術）第二九号、一九八〇年三月。／富田仁『フランスに魅せられた人々』カルチャー出版、一九七六年一一月。

〔原武　哲〕

# ■坂元　雪鳥

さかもと・せっちょう

『国学』第八輯、一九三八年七月。

**一八七九**（明治一二）**年四月二五日～一九三八**（昭和一三）**年二月五日。大学教授**（国文学）**、能楽研究者。能評論家。五高教授の漱石に英語を習い、紫溟吟社を結成し、俳句の指導を受ける。東大生のころ、漱石の朝日新聞社入社の交渉係を勤める。修善寺の大患時には、側で看病し、後に「修善寺日記」に記録した。**

坂元雪鳥（旧名、白仁《しらに》三郎）は福岡県山門郡柳河城内《しろうち》村（現・柳川市）に父・白仁成功《しげこと》（旧名作之進）、母・トヨの三男として生まれた。本名、坂元三郎。別号、白楊・天邪鬼。父は柳河藩士。異母兄・*白仁武は関東都督府民政長官の時、旅順で漱石を歓待している。幼少より父から喜多流の謡を習っていた。一八九七（明治三〇）年三月福岡県尋常中学伝習館を卒業、同年九月第五高等学校第一部文科に入学し、五高教授夏目金之助（漱石）に英語を習い、*寺田寅彦（寅日子）、厨川肇（千江）、平川草江、蒲生栄（紫川）ら五高生徒と共に紫溟吟社を結成し、白仁三郎は白楊と号した。紫溟吟社同人たちは夏目漱石を宗匠として仰ぎ、運座を開いた。紫溟吟社には一八九九年から五高以外の*渋川玄耳、川瀬六走、池松迂巷、長野蘇南、広瀬楚雨、藤西溟らが加わった。

**一九〇〇**年七月第五高等学校を卒業し、同年九月東京帝国大学法科大学に入学した。漱石もまた同年七月熊本を去り一旦帰京、九月ロンドンに向け英国留学の途についた。

▼一九〇三年年五月、病気のため休学、柳川に帰った。郷里での療養生活の後、進路の変更を決意、東京帝国大学文科大学国文学科に入学を許可された。その後、漱石の講義も聴講し、熊本の五高の縁で漱石宅（本郷区駒込千駄木町）に出入りして、親しく師事した。

▼**一九〇七**（明治四〇）年二月、まだ東大生で朝日新聞社の仕事を手伝っていた白仁三郎は、『東京朝日新聞』主筆の*池辺三山（吉太郎）の命を受けて、夏目漱石の朝日新聞社専属作家招聘のため、漱石に面会申込みの手紙を出した。朝日新聞社の交渉役となった三郎は、駒込西片町の漱石宅を訪問、入社を要請、最初の交渉を試みる。*二葉亭四迷の家では、渋川玄耳、弓削田精一らが、三郎の交渉結果を今や遅しと待っていた。漱石の入社前向きの交渉報告を三郎から受けて、二葉亭四迷らは大いに喜んだ。

しかし、そのころ漱石は東京帝大から英文学担当教授就任の相談があり、朝日新聞社入社に迷っていた。同年三月、主筆池辺三山と直接会って相談し、待遇、義務、身分の保証などについて条件を確認したいと白仁三郎に手紙で伝えた。三月七日、三郎は漱石宅を訪ね、池辺三山から九ヶ条の質疑応答形式で待遇の具体的回答を携えて来た。同月一一日、白仁三郎宛三度目の手紙を書き、池辺三山に直接会いたい、入社の条件「1、文学的作品は一切朝日新聞に掲載する。2、分量、種類、長短、時日の割合は漱石の随意。3、給料は月二百円。盆暮れの賞与は月給の四倍くらい。4、文学的作品で他誌に掲載の場合は朝日の許可をとる。5、文学的でないもの、二、三頁の端物、学説の論文は自由に書きたい。6、地位の安全を池辺と社主より正式に保証する」を列記した。同月一五日、池辺三山は朝日新聞社を代表して漱石を訪問、入社を正式要請、最終的条件を提示した。漱石は大きな池辺三山を見て、西郷隆盛を連想し、不安を解消、入社を決意した。

**一九〇七**（明治四〇）年四月、夏目漱石は朝日新聞社に入社して専属作家になったが、その交渉役をした白仁三郎（坂元雪鳥）は、まだ朝日新聞に寄稿する東大生に過ぎなかった。同年七月、三郎は東京帝国大学文科大学国文学科を卒業論文「枕草子研究」で首席をもって卒業した。実は卒業式前の七月一日、朝日新聞社では当然のごとく三郎の入社掲示が本人の知らないうちに発表された。三郎は京阪地方を旅行中で、大阪朝日新聞社の鳥居*素川《そせん》から東京本社に出社するようにと言われて、驚いたのであった。

▼一九〇八年、白仁三郎は鹿児島藩医坂元常彦の養子となり、田坂虎之助の長女千代子と結婚した。一九〇九年一二月、坂元三郎（雪鳥）は東京朝日新聞社を退職したが、以後一九三八年二月八日付『朝日新聞』まで引き続き能評は執筆した。

▼**一九一〇**（明治四三）年六月一八日、漱石は胃潰瘍で麹町区内幸町の長与胃腸病院に入院した。やがて小康を得たので、七月三一日一旦退院し、松山中学時代の教え子*松根東洋城（宮内省式部官）の誘いで静岡県修善寺に転地療養に行くことになった。八月六日、漱石は新橋停車場から修善寺に向かった。菊屋本館に移った時から漱石の胃は異常を来し、一七日熊の膽のようなものを吐いた。一八日、松根東洋城は病状を朝日新聞社に知らせた。朝日新聞社は正社員を辞めていたが、教え子であり入社の経緯を知る坂元雪鳥（三郎）を、朝日の代表として当座の費用七〇円を持たせ修善寺に向かわせた。漱石はこの日も少し吐血した。雪鳥は社に病状を電話で知らせた。その日から漱石の病臥に付き添い看病に勤めた。一九日気分がよく、「せっかく来たんだから、そこらへんを見物して来たまえ」と雪鳥に名所旧跡見物を勧めるが、雪鳥は気乗りがしない。午後三時ごろ漱石夫人*鏡子が着いた。その後、一進一退で時々吐血した。

二四日、午前中から漱石の顔色は悪かった。衰弱の色顕著で、口も利かなかった。胃部に膨満感がある。午後四時、長与胃腸病院の杉本東造副院長が来て、診察の結果、病状良好、雪鳥は新聞社に「大いに人意を強うせり」と電報を打った。午後八時半ごろ、鏡子の悲鳴で医師二人と雪鳥が病床に駆けつけると、漱石は鏡子につかまり、「げえーっ」と金盥に寒天状の血塊を五百グラムほど吐く。鏡子の着物は胸から下にかけて鮮血がほとばしり真紅に染まった。漱石は脳貧血を起こし、九時まで三〇分間人事不省に陥った。杉本副院長は「カンフル、カンフル」と言う。雪鳥は漱石の左手首を握り、脈拍を探すと、やがて脈拍が少しずつ戻ってきた。漱石が目覚めた時、「妻は？」と聞いた。鏡子が耳を寄せると、「大丈夫……」とかすかに言った。「大丈夫か。」と妻を気遣っているようでもあるし、「大丈夫だよ。」と慰めているようでもあった。雪鳥は危篤の電報を三〇余通打電した。漱石は奇跡的に危機を脱し徐々に回復していった。雪鳥は独逸協会中学校に勤務、新学期が始まるので、九月七日、三週間の看病を終え東京に帰った。

漱石入院中、雪鳥は「先生は*小宮（豊隆）や*森田（草平）には厳しいことをおしゃるけれども、私にはお叱りになりませんね。」と聞いた。漱石は「君はいつも行儀よくしてるんだから、紳士として遇しているのさ。」と言った。「親しみが薄いわけですね。」「疎んずるという意味でなくやっぱり親しみが薄いとも言われるかね。小宮に言うような失敬なことは君に言わないよ。あいつらは失敬なことを言うから、こちらでも言わなきゃ損だよ。」と笑った。

　後に漱石は小宮豊隆と雪鳥を比較して、「小宮が酒を飲んだとか芸者を挙げたとか云ふ事を臆面もなく僕の前で話すのを僕は可愛い男と思つてゐる、然しあまり相槌は打たない、どころか始終罵倒してゐる、夫で向ふでも平気でゐる、従つて此方でも遠慮なく云へる。」「僕は君の全てを知らない、君は君の全てを僕に語らない、つまり君は僕に遠慮がある、従つて僕も君には遠慮がある、其所に礼儀はあるかも知れぬが打ち解けない所もある、是は君から見ても事実だらう。」（一九一一年二月二四日付雪鳥宛漱石書簡）と二人の性格の違いを率直に言い当てた。

　雪鳥の漱石看病日記は後に「修善寺日記」としてまとめられた。

▼一九三六（昭和一一）年一二月、東北帝国大学教授小宮豊隆が『文学』に「修善寺日記」を発表した。これは小宮が雪鳥から漱石危篤の報を故郷福岡県京都郡犀川村で受け、すぐ修善寺に駆けつけた八月三〇日から九月一七日までの日記である。一九三七年二月、日本大学文科の公開講演会が行われた時、坂元雪鳥研究室を門下生清水福美が訪れ、小宮豊隆の「修善寺日記」が発表された直後だったので、話題が漱石に向いた。すると、雪鳥は「僕の修善寺日記もあるよ。」と言った。清水は驚いて、この日記を発表すべく、雪鳥の指導の下、漱石との関係などの調査をして、清書した。雪鳥の「修善寺日記」は雪鳥没後の一九三八年八月『国学』第八輯「坂元雪鳥先生追悼号」に発表された。これは漱石が筆も取れず、鏡子も到着していない状態の八月一八日から帰京した九月七日までの日記である。だから雪鳥以外だれも描かなかった漱石危篤の二四日の記録が含まれた貴重なものとなった。

　雪鳥は朝日新聞社退社後も能楽評論を執筆し続け、一九一四（大正三）年一〇月、『能楽』第一二巻第一〇号より編集を担当した。雪鳥の能評は『東京朝日新聞』『能楽』『喜多』『大観世』『梅若』などに発表されたが、どちらかと言うと、喜多流びいきであったという。喜多流の喜多実《みのる》とは仲がよかったが、能評に関しては互いに遠慮なく美点を賞賛することよりも、欠点を鋭く追求することが多かったという。しかし、文章に書かれた能評はよほど遠慮勝ちになり、八方美人的に潤色されているという点が、喜多実たちの不満であった。

　漱石は熊本時代宝生流を熱心に稽古したが、一時中断し一九〇七年一一月より宝生新《あらた》に毎週金曜日を稽古日とし謝礼五円で謡曲を習う。雪鳥は度々漱石と一緒に謡った。「蝉丸」「三井寺」「藤戸」「阿漕《あこぎ》」「熊野《ゆや》」「忠度《ただのり》」「善知鳥《うとう》」「弱法師《よろぼうし》」など雪鳥がシテを謡い、漱石がワキを取った。雪鳥によれば、漱石の謡は時々甲高い声が出るのが気になったが、癖のない、聞いて腹の立たない、上手がらない謡いぶりであったという。

▼一九二五（大正一四）年四月、雪鳥は日本大学講師となり、一九二八（昭和三）年四月、日本大学教授国文科主任代理となり、「吾妻鏡」「竹取物語」「御堂関白記」「栄花物語」「建礼門院右京大夫集」「謡曲研究」などを講じた。満五八歳で逝去した。

　著書に『謡曲と狂言』（一九三一年）、『能楽論叢』（一九三四年）、『能楽筆陣』（一九三七年）、『謡曲研究』（一九三九年）・『坂元雪鳥能評全集』上、下二巻（畝傍書房、一九四三年六月）など。

〔**参考文献**〕坂元雪鳥「夏目先生を憶ひて」『能楽』第一五号第二号、一九一七年二月。／坂元雪鳥「依然たる漱石山房の破蕉——毎月の九日会場——」『書斎』一九二六年二月。／『国学』第八輯「坂元雪鳥先生追悼号」一九三八年八月。／『謡曲界』第四八巻第三、四号、一九三八年。／『観世』第九巻第三号「坂元雪鳥氏追悼」観世左近等、一九三八年。

〔原武　哲〕

# 第五期●留学時代

一九〇〇（明治三三）年八月～一九〇三（明治三六）年一月

# ■池田　菊苗

いけだ・きくなえ

『化学史研究』第一三号、林太郎「池田菊苗先生の講義」一九八〇年七月。

**一八六四**（元治元）**年九月八日〜一九三六**（昭和一一）**年五月三日。**

**化学者。東京帝国大学教授。理学博士。「味の素」の発明者。漱石のロンドン時代の留学生仲間。『文学論』執筆の契機をつくる。**

鹿児島藩島津家の京都留守居役池田春苗の次男として、京都室町に生れる。幼名は完二郎。京都府第一尋常中学校、東京大学予備門を経て、一八八九（明治二二）年七月、帝国大学理科大学化学科を卒業した。そのまま、大学院に入学、研究を続ける。九〇年九月、高等師範学校雇を経て、九一年四月、高等師範学校教授となり、九二年、五高校長桜井房記・東大化学科教授桜井錠二の妻の妹、加賀藩士岡田棣《なろう》の三女貞（女子高等師範学校附属女学校第一回卒業）と結婚し、九六年八月、帝国大学理科大学助教授となる。九九年七月一五日、ドイツに留学するため、出発する。ライプチッヒ大学に留学し、ウィルヘルム・オストワルド（Wilhelm Oswald）教授の下で、約一年半化学を研究した。

▼一方、漱石は**一九〇〇**（明治三三）年一〇月二八日、ロンドンに到着した。一九〇一年、池田はイギリス・ロンドンの Royal Institution of Great Britain（イギリス王立研究所）で三ヶ月余研究することになった。そこで、ロンドンの下宿の斡旋をしてくれる人を探した。同じライプチッヒ大学の留学生仲間大幸《おおさか》勇吉（化学。当時・高等師範学校教授）に、ロンドンにいる知人を知らないか、と聞いたらしい。大幸勇吉はかつて大学予備門（後に第一高等中学校）で同期生（漱石は途中で留年して一年遅れて卒業）だった夏目金之助（漱石）を紹介した。五高では、漱石赴任の**一八九六**年四月から大幸離任の同年七月まで約四ヶ月弱、二人は同僚としても接している。池田は漱石にロンドンの下宿斡旋を依頼した模様だ。

▼**一九〇一**年四月一九日、漱石はドイツのライプチッヒ大学に留学中の池田菊苗のロンドン下宿探しに返事の手紙を出した（漱石日記）。多分、ロンドンの下宿探しが何とかめどがたったと思われる。同月二三日、「池田氏へ返事ヲ出ス」（漱石日記）とあるのは、二五日に 6 Flodden Road, Camberwell New Road, London,S. E から 2 Stella Road, Tooting Graveney, Londen S. W.（ロンドンで第四回目の下宿）に下宿の主人 Brett 夫妻と共に転居しているので、転居先の連絡等を知らせたのであろう。

**〇一**年四月二七日、「又移リ度ナツタ兎ニ角池田君ノ来テカラノ事ダ」（漱石日記）と書いているので、Tooting の家は、「聞シニ劣ルイヤナ処デイヤナ家ナリ永ク居ル気ニナラズ」（漱石日記）と、早くも嫌気がさしているが、池田も来ることだし、池田の来るまでは辛抱することにした。五月三日、漱石は同じ下宿に池田も同居させようと準備をして、部屋が出来上った。翌四日、池田の来訪を待ったが、この日は来なかった。バラム（Balham）に赴き、薔薇二輪六ペンス（pence）、百合三輪九ペンスを買う。素敵ではあるが、高い。池田を歓迎する気持ちを表したかった。

五月五日朝、ベルリンから池田がやっと来た。午後は二人で散歩に出かけた。五月六日、池田が研究に携わることになるRoyal Institution of Great Britain（Albemarle Street）に赴く。夜一二時過ぎまで、池田と話し込む。五月七日、火曜なので、英語英文学をクレイグ（Craig）先生（Gloucester Place 55A）宅に習いに行く。漱石は池田から肖像写真をもらった。

五月九日夜、池田と英文学の話をする。化学者でありながら、池田は英文学専攻の漱石と対等に議論するので、その多読振りに驚きを感じている。実は、池田は大学生の時、神田の共立学校で英語を教え、心理学の翻訳をして、生活費を稼いだ。大学卒業後、国学院と青山学院でも英語を教えた。国学院ではシェクスピアの講義を担当した坪内逍遥*が辞めた時、その後を池田が担当した。逍遥は池田が後任と聞き、たいへん喜んだという（水田政吉談）。その頃、ディケンズの小説、バーナード・ショーの作品、マルクスの『資本論』の英訳まで読書範囲であった、と遺族や友人が追憶している。高等師範学校雇の時は、附属小学校で英語を教えた。池田に英語を習った当時の生徒は、後まで「味の素」を発明した化学の大家であるとは知らなかった者が多かった。池田の教養はかように幅広く、多趣味、該博だったのである。

五月一四日、池田と話す。五月一五日、池田と世界観・禅学などの話をする。池田の哲学上の話を聞いて、たいへん興味深かった。一六日夜、池田と教育上の談話をする。また中国文学について話をする。五月二〇日夜、池田と理想美人のdescription（外観・性質・印象などの記述・描写・表現・説明）について話した。二人ともすこぶる精しい説明をして、二人の現在の妻とこの理想美人を比較すると、ほとんど比較することができないほど、疎遠懸隔しているので、大笑いした。五月二一日の漱石日記には、前夜、池田と理想美人についてしきりに髭を捻って議論したので、右の髭の根元にできものができたように痛い、と書いた。

五月二二日晩、漱石と池田はCommon（公有地）に行く。男女のペアがここそこのベンチに腰を掛けたり、草原に寝転んだり、中には抱合ってキスしたりしている。「妙ナ国柄ナリ」と漱石は、風俗習慣の違いに驚異の念を抱いている。池田はどう感じたであろうか。五月は池田がロンドン来訪した五日から二二日まで一八日間、漱石日記に池田のことがほとんど毎日書かれているが、二三日以降どういうわけか、二三日間池田の名が出ない。仲違いしたわけではない。六月一五日、池田の部屋で暖炉に火を焚いた。池田はすこぶる博学で、いろいろな方面に興味を有している人で、すこぶる見識のある立派な品性を有している人物である、しかし一緒にいると始終話ばかりして勉強をしないからいけない、近い内に池田も僕も宿を替ると、藤代禎輔*に近況を報告した（〇一年六月一九日付漱石書簡）。そして、六月二六日、池田は漱石の下宿（ステラ・ロード）を出て、ケンジントン（Kensington）に去った。六月二七日、池田から漱石に葉書が来た。たぶん、移転の通知、新居の情況報告であろう。

七月一二日、池田から葉書が来る。これは下宿に関する情報であろう。すぐ池田に返事を出す。漱石は前一一日、新聞『ディリー・テレグラフ』（Daily Telegraph）に下宿を求める広告を掲載している。早速応募の下宿の手紙が無数に来るが、気に入った物件はない。一三日、池田より返事が来る。The Chase のMiss Leale宅の情報だろう。すぐMiss Lealeと池田に下宿を見たいと手紙を出す。一五日は終日、下宿探しに北の方に行き、昼食も食べそこない、足を棒のようにして探したが、全く気にいるところを見付けることができず、閉口する。翌一六日、Clapham Common の The Chase に行き、Miss Leale に面会し、ここに引っ越すことに決める。一八日、池田宛に『東京日々新聞』が日本から届く。

七月二〇日、午前 Miss Leale 方に引っ越す。午後四時ごろ、書籍を入れた大革鞄が来る。箱が大きくて門に入らず、門前で書籍を出して、三階まで持って上る。たいへんな手間を掛け、耐えがたい暑気で、汗を一斗(?)ばかり掻いた。部屋の中は乱雑極まりなく、膝を入れることもできない。二一日午後、池田が新居に様子を見に来る。晩餐を共にし、一一時に帰って行った。三〇日、クレイグ先生宅に習いに行った帰途、池田の下宿を訪ねたが、不在である。八月一日、池田から手紙が来て、前日留守をして失礼したが、三日なら午前中から都合がよいと書いている。二日、池田へ三日午前中に訪問する旨、手紙を出す。

三日午前、South Kensington の池田を訪ね、そこで昼食後、二人でカーライル博物館(Carlyle's House　24 Cheyne Road, Chelsea)を見物する。入館者名簿の二人の署名は同じ筆跡で、池田説と漱石説がある(私は池田説に加担したい)。漱石は「カーライル博物館」で、「余は倫敦滞留中四たび此家に入り四たび此名簿に余が名を記録した覚えがある。」とあるが、四度行った可能性もあるけれども、サインしたのは最初の第一回目だけで、他に漱石のサインはない。「前の方を繰りひろげて見ると日本人の姓名は一人もない。」とあるが、漱石以前にも大塚*保治その他の数人の日本人が訪問していることが現在ではわかってきた。作品「カーライル博物館」と現実の Carlyle's House 訪問との間に、事実検証で齟齬《そご》が生じたのは、文学創作上の表現の問題であろう。

八月二九日夜、池田が送別の挨拶にやって来た。三〇日、漱石はテムズ河(Thames River)のアルバート・ドック(Albert Dock)で、池田菊苗・呉秀三*・William Edward Laxon Sweet(漱石の推薦で五高英語教師に赴任)らが日本に渡航するのを見送った。一〇月一八日、池田は日本に帰国した。帰国した池田は、順調に東大理科大学の教授に昇任し、理学博士となった。一方漱石は、一高・東大文科大学講師をしながら、「吾輩は猫である」を書き、研究・創作に筆を染め、二人はそれぞれの道を歩み始めた。帰国後の漱石は本郷区千駄木町に居を定め、池田も既に近くの東片町に住み、ほんの一丁くらいしか離れていなかったが、交流することはなかった。

池田は帰国したが、漱石は七月ごろからたいへん不愉快な気持ちが強く、「クダラヌ事ガ気ニカ、ル　神経病カト怪マル、」(〇一年七月一日付漱石日記)状態だった。同年九月一二日、漱石は寺田*寅彦に、この間池田菊苗氏(化学者)が帰国した、同氏とはしばらくロンドンで同居しておった、いろいろ話をしたがすこぶる立派な学者だ、化学者として同氏の造詣は自分には分らないが、偉大なる頭脳の学者であるといふことは確かである、同氏は自分の友人の中で尊敬すべき人の一人と思う、寺田のことをよく話しておいたから、暇があったら、ぜひ訪問して話をしたまえ、寺田の専門上その他に大いに利益があることと信ずる、と手紙に書いた。寺田は漱石の配慮で直ぐに池田を訪ねた形跡はない。『寺田寅彦全集』(岩波書店、一九九九年版)にも池田菊苗の名は出て来ない。ただ、一九三二年一二月三日付寺田寅彦宛池田菊苗書簡が発見されたが、寺田が池田にどんな返事を出したか、わからない(廣田鋼蔵「池田菊苗博士の後半生の活動と思想」『化学史研究』一九八二年No.2)。

「所へ池田菊苗君が独乙《どいつ》から来て、自分の下宿へ留つた。池田君は理学者だけれども話して見ると偉い哲学者であつたには驚ろいた。大分議論をやつて大分やられた事を今に記憶してゐる。倫敦《ろんどん》で池田君に逢つたのは自分には大変な利益であつた。御蔭で幽霊の様な文学をやめて、もつと組織だつたどつしりした研究をやらうと思ひ始めた。」（漱石「時機が来てゐたんだ――処女作追懐談」**一九〇八**年九月一五日）と回顧しているが、「幽霊の様な文学」から脱却し、「組織だつたどつしりした研究」を目指すとは、浮ついた花鳥風月的な詩歌創作から強固な科学的実証的論理的心理学的研究に挑戦しようとしたのである。それが『文学論』の執筆であった。その「序」に「倫敦に住み暮らしたる二年は尤も不愉快の二年なり。余は英国紳士の間にあつて狼群に伍する一匹のむく犬の如く、あはれなる生活を営みたり。」とあるように、不愉快な生活の中で構想を練り、「読者が読み終わった後、何かの問題に逢い、何かの疑義を提供し、または書中に言ったものよりも一歩を進め、二歩を切り開いて、向上に道を示すことが目的である」と考えた。「近頃は文学書は嫌になり候科学上の書物を読み居候当地にて材料を集め帰朝後一巻の著書を致す積り」（**〇一**年九月一二日付夏目鏡子*宛漱石書簡）という漱石の著書とは『文学論』であり、その契機を池田は確かに漱石に与えたのである。池田菊苗は漱石にとって、ロンドン滞在四ヶ月間の濃密な熟成の期間であり、漱石文学の飛躍の端緒を築いた起爆剤であった。

▼一九〇七（明治四〇）年、池田は昆布から「うま味」を取り出す研究を始めた。〇八年四月二四日、グルタミン酸塩を主成分とする、最初「精味」、後に「味の素」と命名された調味料の製造特許を申請した。同年七月二五日、調味料「味の素」の製造の特許を得た。一一月一七日、新調味料を「味の素」として商標登録した。一二月から鈴木三郎助が逗子工場で製造始めた。〇九年五月一日、「味の素」は市場に売り出された。

　池田の長女ふさの追憶によると、ふさが女学校二年生の時、「吾輩は猫である」の抜粋が国語読本に載っていたそうである。たいへん面白かったので、その話を父の菊苗にすると、菊苗は早速、『吾輩ハ猫デアル』を買って来てくれたという。菊苗もその時初めて読んだらしかった。菊苗は何も言わなかったので、菊苗と漱石が相識の間柄であることを、娘は永く知らずにいた。

▼**一九〇八**年九月一日から一二月二九日まで『朝日新聞』に「三四郎」が連載された。その中の理科大学物理学助手の野々宮宗八は、寺田寅彦であるというのが、通説であるが、それだけではなく、池田菊苗のイメージも多分に入っていると、主張する人もいる（渡部英雄「池田菊苗の業績」『英学史研究』第一号）。

▼一九一七（大正六）年、理化学研究所創立の際は化学部長として開設に参画し、二二年から三二年まで主任研究員（池田研究室）として研究を行なった。一九二三年三月、停年二年前に依願退職した。一九二四年三月、ドイツに行き、五年間ライプチッヒ大学に研究室を持ち、甜菜糖廃液からの味の素製造を研究し、一九三一（昭和六）年七月、帰国した。東京市荏原区戸越の自宅に実験室を設け、研究を続けた。

▼三六年五月、腸閉塞のため急逝した。満七一歳。墓地は縁《ゆか》りの夏目漱石と同じ豊島区雑司ヶ谷霊園である。漱石と池田の交流は、僅か四ヶ月間に過ぎなかったが、漱石に与えた影響は甚大なものがあった。しかし、池田が漱石について語った言辞は、意

外にない。

〔**参考文献**〕廣田鋼蔵「漱石と池田博士との交遊資料」『学鐙』岩波書店、一九七八年五月五日。／廣田鋼蔵「池田菊苗博士と漱石との交友」一〜五『蟻塔』一九七八年八月〜八一年二月。／『池田菊苗博士追憶録』同追憶会、一九五六年一〇月一日。／廣田鋼蔵『化学者　池田菊苗　漱石・旨味・ドイツ』東京化学同人、一九九四年五月三一日。／竹村民郎「科学と芸術──池田菊苗と夏目漱石の場合──」『講座　夏目漱石』第一巻「漱石の人と周辺」、有斐閣、一九八一年七月二五日。／上山明博『「うま味」を発見した男─小説・池田菊苗』PHP研究所、二〇一一年六月一七日。

〔原武　哲〕

## ■浅井　忠

あさい・ちゅう

『国史肖像大成』一九四一年刊。

**一八五六（安政三）年（陰暦六月二一日）七月二二日〜一九〇七（明治四〇）年一二月一六日。**

**洋画家・日本画家・図案家。ロンドン留学中の漱石は、浅井と交流し、浅井の図案に対して理解を示した。**

江戸京橋木挽町の佐倉藩邸内で生まれる。幼名忠之丞、その後常保、のち忠。父親の浅井常明は藩校の校長をしたこともあり、藩主堀田正睦の番頭側用人であり、学問所にも関係した。母親は同藩士西山伝六の長女きり。一八六三（文久三）年父急逝のために七歳で家督を継ぎ、佐倉へ帰り将門町に住んだ。藩校成徳書院で四書五経の儒教と武芸とを学んだ。上京するまで、佐倉で藩の教育などに携わった。一三歳頃、佐倉藩の南画家黒沼槐山に花鳥画を学び、槐庭の号を授けられる。後の号は黙語、木魚。

▼一八七三（明治六）年、単身上京し、翌年からは一家で向島に住んだ。上京してから、工部美術学校に入学するまでの間は、初め箕作秋坪《みつくりしゅうへい》に英語を学び、次いで国沢新九郎（一八四七〜一八七七）の彰技堂で洋画を学んだ。一八七六（明治九）年工部省管轄の工部大学校の付属機関であり、国立の美術教育機関である工部美術学校に入学し、イタリア人画家フォンタネージ（Antonio Fontanesi 一八一八〜一八八二）に師事して本格的に洋画を学んだ。なお、国沢は旧土佐藩士で、戊辰戦争や函館戦争に参戦した武人であるが、一八七〇年馬場辰猪らと土佐藩留学生として英国に留学し、法律学や政治学を学んだ。かたわらジョン・エドガー・ウィリアムズ（John Edgar Williams）に洋画を学び、帰国後画塾彰技堂を開いた。また、フォンタネージは、バルビゾン派の影響を受けたロマン主義的印象派の画家で、トリノの王立アルベルティナ美術学校の風景画教師であった。西南戦争後の国家の財政難のため、教育予算が削減されると、それに不満をもったフォンタネージが帰国し

てしまう。その後任フェレッチの無能さに抗議した有志とともに、浅井は一八七八（明治一一）年一一月に十一会を結成し、神田今川小路に研究所を開くとともに、東京師範学校でも教鞭をとった。この頃、新聞画家として中国に派遣された。

▼一八七六年に開設された工部美術学校は、財政難と国粋主義の台頭によって八三年に廃校になる。その後一八八九（明治二二）年に、国立の美術教育機関として東京美術学校が設立された。そこに関係する工部美術学校出身の画家たちなど約八〇名が大同団結し、同年六月一六日に明治美術会が結成され、浅井はその中心的な存在として活躍し、「青畝」（八八年）「収穫」（九〇年）などの作品は高く評価された。明治美術会は、一〇月には第一回の展覧会を開き、毎月の例会と春秋の展覧会を開くなど、明治洋画界の中心的存在となっていった。やがて一八九三（明治二六）年には、黒田清輝も入会するが九六年には脱退し、「白馬会」を結成、印象派風の作品を発表し、「新派（外光派・紫派）」と呼ばれ、浅井は「旧派（脂派《ヤニハ》）」などと呼ばれ、二頭並立の形となった。

▼一八九五（明治二八）年には日清戦争に従軍した。翌年の京都での第四回内国勧業博覧会では、「旅順戦後の捜索」で「妙技二等賞」を得た。

▼やがて一八九八（明治三一）年には、浅井も東京美術学校教授に就任し、黒田清輝と並ぶ、明治期洋画界の巨匠としての地位を築いたが、黒田との確執も表面化し始めた。一九〇〇年から〇二年までは、フランスへ絵画研究のために留学したが、この留学も黒田との確執を避ける意図があったものと推測される。明治美術会は、一九〇一（明治三四）年に解散するが、一部の、特にフランス留学の経験のある鹿子木孟郎や中*村不折、それに石井柏亭などが「太平洋画会」を結成した。その頃の浅井の作品には、「本所風景」「八王子付近の街」「房州白浜」「漁婦」「金州城壁上」「フォンテンブローの夕景」「グレーの秋」「グレーの洗濯場」などがある。

▼浅井は帰国後は東京には帰らず、京都高等工芸学校首席教授に就任するとともに、翌〇三年伊藤快彦らの協力と住友家の援助とを受け、京都岡崎町に聖護院洋画研究所を発足させ、これがのちに、関西美術会や二十日会とともに発展的に解消し、一九〇六（明治三九）年に関西美術院となり、浅井は初代院長となった。安井曾太郎、梅原龍三郎、津*田青楓、黒田重太郎らは、関西美術院の出身である。

浅井の京都での活動には、フランス留学以降の工芸デザインへの興味関心の高まりがあった。漆芸図案研究所である京漆園や陶芸図案研究所である遊陶園などを設置して、工芸に絵画的図案の生かし方を指導した。デザインは当時の用語では図案であるが、『黙語図案集』（一九〇八年・黙語会編）に集約される、アール・ヌーボー様式と琳派の和とが融合した装飾美を図案（デザイン）に生かすことに努力した。その中でも、多くの図案や、「グレー風景」「けしの花」「農家風俗画手塩皿」「大津絵皿」などの陶皿図案には、新奇なだけでなく、画期的な芸術様式の創生がある。近代デザインの開拓者といわれる所以である。

▼一九〇七（明治四〇）年に、京都帝国大学病院で病死した。五一歳。死後、諸家による印象記『木魚遺響』（一九〇九年・芸艸社）が刊行された。

▼浅井忠と夏目漱石との交渉は、浅井が正*岡子規と親しかったことからみて、おそらく子規を通してのものであったと推測される。子規が編集していた家庭向き新聞の

『小日本』の挿絵担当者に、中村不折を子規に推薦したのも浅井であり、子規の『ホトトギス』には、パリ留学時から、表紙、口絵、挿絵を載せつづけている。

漱石関係の資料に浅井が出てくるのは、両者の西欧留学時代の一九〇〇年からである。「漱石日記」（一九〇〇年一〇月二二日・二六日）には、英国留学の途中でパリに立ち寄った時に浅井を訪ねたことが記されているし、「断片六A」の住所等の控えには、「C・Asai」があるので、出国の時から訪ねるつもりであったのだろう。ロンドンからの鏡子夫人宛の手紙（一九〇二年七月二日）には、浅井が帰国する途中で「拙寓へ止宿」している、画の先生で、いろいろと画の話を聞いた、芳賀矢一と一緒に四日に出立するはずだと書いている。おそらくこの時のことのメモだと推測されるが、「ノート」の「Ⅲ-6文芸ノPsychology」の「selection」の具体例として、「浅井氏ト倫敦ヲ行ク・氏ノ天地ハ悉ク色ナリ・是天地ヲ色観スルナリ」と、意識の選択が浅井の場合は色彩に限られることを挙げている。これは、後に「創作家の態度」（一九〇八年二月一五日・東京朝日新聞社主催講演会）の意識の焦点の選択の例としても挙げられ、そこでは「其時浅井先生はどの街へ出ても、どの建物を見ても、あれは好い色だ、これは好い色だ、と、とう〳〵家へ帰る迄色尽しで御仕舞になりました。――先生は色で世界が出来上がつてると考へてるんだな」と理解したと話している。このことは、やがて『文学論』などで中心的に論じられる、意識の焦点とその選択の問題が、ロンドン時代に漱石の問題意識にあったということでもある。

また、「文士と酒、煙草」（『国民新聞』一九〇九年一月九日）には、漱石は下戸なので、ロンドンにいた時浅井忠とビールを飲んで、真っ赤になって、街を歩けなくなって困ったという逸話などを紹介している。

一九〇五（明治三八）年一〇月に『吾輩ハ猫デアル』の上篇を刊行するが、この時の挿絵は中村不折である。しかし、不折の挿絵が気に入らなくなり、中篇（一九〇六年一一月）と下篇（一九〇七年六月）の挿絵は、浅井忠に頼んでいる。この頃、橋口五葉宛書簡（一九〇六年一一月一一日）で、浅井の口絵画の出来具合を尋ねたりもしている。これらの他にも、「三四郎」（一九〇八年）の中の「丹青会」の絵画展は太平洋画会の、第六回展覧会（〇八年六月）がヒントになり、そこに出る「深見さん」（八の九・一〇）は浅井がモデルかとも考えられる。また、「それから」（一九〇九年）の中には、湯呑みの染付に「京都の浅井黙語の模様画」（一一の六）が使われている。それに、絵画の売買の件で渡辺和太郎に宛てた手紙（〇八年一月二〇日）には、「同君帰朝後の事業半途にて遠逝画界のため深く惜むべき事に候」と、浅井の死を惜しんでいる。この場合の「事業半途」とは、おもに、浅井が〇二年以降に手がけた「図案（デザイン）」のことを指すものと考えられる。「漱石日記」（〇九年五月二日）には、小宮豊隆が『黙語図案集』をくれたという記述があるし、翌一〇年の「日記」（九月一八日）には松根東洋城が、「九雲堂の見舞のコップ虞美人草の模様のもの」をくれたとある。九雲堂とは、漱石と交際のあった、祇園の茶屋大友の女将磯田多佳が京都祇園に開いた陶器店で、浅井忠とその一門の絵付陶器を扱っていた。その日記では、修善寺の大患以後、多佳女は旧知の間柄ではあるが、その他地方の知らない人が漱石の病後を心配していろいろと見舞ってくれることに感謝している。

浅井忠の画について漱石が最後に触れたのは、「『不折画集』と『畿内見物』」（『東京朝日新聞』一九一一年八月二四・五日・署名は愚石）である。ここでは「大原女の木版画」を「色彩の見こなしが実に巧い」と称賛している。

　このように、浅井忠もおそらくそうであったものと思われるが、漱石は浅井忠を心から信頼し、その図案画については、いち早い理解者であったものと考えられる。それはおそらく漱石が興味を持っていた俳画の世界と、浅井の晩年の図案の世界、特に絵皿の世界の飄逸さに、似通ったものを感じたからではないか。浅井の、「農家風俗画手塩皿」や「瓢箪鯰」の絵皿、それに大津絵皿の「座頭」などを見ていると、大向こうの享けを狙わない、あくまで自由で自足的な浅井忠晩年の境地が、漱石の俳画それに南画の境地と呼応していることが感じられる。

　これは両者の境地だけの問題でなく、技法的にも、漱石が「俳画はあらゆる画のうちで尤も省略法に富んだもの」（「不折俳画の序」一九一〇年三月）という、その「無理がなく無造作に省略された」技法は、浅井の図案（デザイン）の技法と共通する要素である。また、「とぼけた所が真面目にそれ自身に於て価値を構成してゐる」というのも、両者に共通する美意識である。

　漱石作品についての、浅井の直接的な言及は見受けられないが、絵画を通しての両者の交情は続いていたものと考えられる。

〔**参考文献**〕『黙語図案集』黙語会編、芸艸社《うんそうしゃ》、一九〇八年。／『木魚遺響』芸艸社、一九〇九年。／石井柏亭『浅井忠　画集及評伝』芸艸社、一九二九年。／『浅井忠と関西美術院展』（図録）京都市美術館、二〇〇六年

［石田忠彦］

## ■中村　不折

なかむら・ふせつ

「高遠ぶらり」。

**一八六六（慶応二）年（陰暦七月一〇日）八月一九日～一九四三（昭和一八）年六月六日。洋画家・書家・随筆家。漱石は『吾輩ハ猫デアル』上篇の挿絵を不折に依頼したが、中篇・下篇は別人に頼み、次第に批判的になる。**

　東京京橋江戸八丁堀に、父・源蔵、母・りゅうの間に生まれた。本名鈼《さく》太郎。父は維新で失職し、郷里の高遠に隠居し、不折は生活に困窮し、呉服店に勤めたり、菓子職人の修業をしたりした。初め、一八七七（明治一〇）年真壁雲卿に南画を学び、また漢籍を学んだが、生活に追われ、故郷の高遠で小学校の助教員になり、伊那や飯田で勤務した。一八八八（明治二一）年上京し、

小山正太郎や*浅井忠に洋画を学ぶ（十一会研究所、のち不同舎・小山の画塾名）。この頃高橋是清の屋敷の三畳一間に住む。一八九四（明治二七）年、*正岡子規が、新聞『日本』から、家庭向き絵入り新聞の『小日本』の編集に移ると、浅井忠の推薦で日本新聞社に入社し、そこに日本で初めての新聞の挿絵を描く。この頃の不折は、子規の『墨汁一滴』によれば、顔は恐ろしく、服装は普通の書生が着ているものよりも「遥かにきたなき者を著たり」という、貧書生風であった。『小日本』は半年足らずで廃刊になり、その後『日本』の挿絵を担当する。一八九五年日清戦争に際し『日本』の従軍記者として、正岡子規とともに中国に渡る。終戦後そこで書に興味を抱き、それから約半年の間、中国と朝鮮を巡遊し、書画骨董を鑑賞収集したことが、のちに書家として名をなすことにも役だった。

▼一九〇一（明治三四）年七月から一九〇五（明治三八）年一月までフランスに絵画留学し、ジャン・ポール・ロランス（Jean-Poul Laurens）やラファエル・コラン（Raphael Collin）に師事する。またロダンとの交友もあった。帰国すると、鹿子木孟郎の太平洋画会に所属し、歴史画などを描く。正岡子規の文学論の「写生」の理論は、不折や浅井忠が与えた影響によるものともいわれる。この点に関する漱石の判断は微妙で、その「子規の画」（**一九一一**年七月四日『東京朝日新聞』）には、子規は「絵画に於ける写生の必要を不折などから聞いて」いたが、この方法は、子規が「俳句の上で既に悟入した同一方法」であって、子規はそれを絵画には適用できなかったとしている。写生という方法は、絵画と俳句とでは別物であるという判断である。

▼**一九〇五**（明治三八）年『吾輩ハ猫デアル』などの漱石小説の挿絵を描き、『若菜集』や『野菊の墓』などの挿絵や題字なども手掛けた。また、碌山荻原守衛を仲介し、中村屋の創設者相馬愛蔵・黒光夫妻とも親しく、中村屋の宣伝にも携わった。

▼顔真卿の真蹟といわれる「自書告身帳」の所有者である。一九〇七年文展審査員。東京府主催の勧業博覧会に出された「建国剏業《そうぎょう》」が代表作。一九一二（明治四五）年「龍眠会」を結成した。一九一九年帝国美術院会員。太平洋美術学校校長（一九二九年）。*森鷗外（一九二二年死去）はその遺書に、墓碑銘の書は不折に託すとしている。長野県穂高の荻原碌山の墓碑の揮毫もある。一九三六（昭和一一）年、書に関する資料一万二千余点を収蔵する「書道博物館」を、根岸の屋敷内に開設した（現在台東区で管理）。一九三七年帝国芸術院会員。一九四三年没。七六歳。

『画道一斑』『芸術解剖学』『支那絵画史』『文字八存』『学書三訣』『不折山人丙辰潑墨』など著書は多い。

▼中村不折と夏目漱石との出会いは、**一八九四**（明治二七）年二月頃から約一年の間に、正岡子規を介してのものであったと推測される。その後漱石は、松山・熊本・ロンドンと東京を離れ、不折もパリに留学しているので、二人の交友が再開したのは、不折帰国後の**一九〇五**（明治三八）年の、漱石の『漾虚集』（五月刊）の挿絵を描く頃までの間であったものと推定される。ただ、不折は、パリから子規に宛てて、漱石に会ったら鰹節を一本あげるつもりだという手紙を出しているくらいだから、**一八九四**年の段階でそれなりの交友はあったものと考えられる。

また、漱石はその「ノート」（Ⅵ－21「Chance」の項）に、おそらく子規経由の情報であろうが、不折の留学費の不足や生活の困窮ぶりを例にとり、芸術家の生活難について同情的に考察している。

　二人の交際が頻繁になったのは、漱石が『吾輩ハ猫デアル』（〇五年）、「カーライル博物館」（〇六年）の挿絵を、不折に依頼した頃からである。漱石の「日記」や「書簡」をみても、両宅を互いに訪問したり、食事をしたり、歌舞伎を観に行ったりと、それなりに親しく交際している。
▼ところが、**一九〇六**年の末頃から、不折に対する漱石の評価が変り始める。このことは、『吾輩ハ猫デアル』の上篇（**一九〇五**年一〇月）の挿絵は不折に頼んでいたのを、中篇（**〇六**年一一月）と下篇（**〇七**年五月）は浅井忠に変更していることにも顕著に現れている。
　まず、森田草平*宛書簡で（**一九〇六**年一一月六日）、不折の談話「印象派」（『ホトトギス』〇六年一一月号）に対して、「感興そのものをかくからイムプレツシヨニストだと無学もこゝに至つて極まる。――印象派なる名目の由来を知らないで馬鹿な事をいふ。」と手厳しい批評をしている。一一日には橋口*五葉に宛てて、「不折は無暗に法螺を吹くから近来絵をたのむのがいやになりました。」と書き送っている。この傾向は明治四〇年代に入るとますます激しくなっていく。

　漱石は**一九〇九**年六月一四日付日記に、虚子*と国技館に相撲を見に行ったら、「相撲の筋肉の光沢」が実に美しかった。「中村不折は到底斯《こ》ういふ色が出せない。だから不可《いけ》ないといふのである。」と書いたり、また、八月四日には、按摩が鏡子*夫人の腰を揉んでいたが、その横顔が「羅漢によく似てゐる。不折に見せてやりたい。」とも書いている。やや八つ当たりの感もあるが、さらに寺田寅彦*に宛てては（**〇九**年一一月二八日）、第三回文展に出された「妙義山」に対して、「不折は不相変ギヾイの裸をかいた。虎の皮の犢鼻褌《ふんどし》をしてゐるからえらい。」と茶化している。この不折批判は、戸川秋骨宛の書簡（**一九一二**年五月二六日）になると、ほとんどとどめを刺している。「序故不折の悪口を一寸申候。あの男の画も書も駸々乎《しんしんこ》として邪道に進歩致し候、あゝ恰好ばかり奇抜がつてどうするかと思ひ候」。「邪道」が何を意味するかは記していないが、辛辣極まりない。

　不折については、日記や書簡以外にも、発表した文章でも批判を続けている。**一九一〇**（明治四三）年二月に執筆された「不折俳画の序」（『不折俳画』三月上巻・四月下巻）では、「俳画」に対する漱石の考えを述べてはいるが、不折についてはほとんど触れていない。西洋における「グロテスク」を説明し、「此グロテスクと云ふ趣味を尤も鮮明確的に発揮してゐるものは俳画」であるという。グロテスクはとぼけた味であり、俳画は省略法に富んだものである。それは「単純な昔」に帰った気持にさせ、「一種のなつかしみ」を感じさせるものであるという、俳画論である。

　「太平洋画会」（**一一**年五月二一日・二二日『東京朝日新聞』）では、この展覧会の画家たちは三種類に分けられるという。まず、写真家が写真を撮るように、「画家の眸底《ぼうてい》に映じた事象を――其儘画にして仕舞ふもの」。次に、「自家の独創」を重視するのでもなく、「与へられた自然の奴隷」となって満足するのでもない、「云はゞ半官半民の片付かない徒」であり、不折もこの分類に入る。しかし二点出展したうちの女の裸体画は、色彩の表現がよく「女らしい皮膚」がよく現れている。男の裸体画については酷評している。三つ目は、「自己の頭の働きが確と活動して始めて画を為す」ものであるが、これは非常に少ないと言っている。

「『不折画集』と『畿内見物』（一九一一年八月二四日・二五日『東京朝日新聞』）という「愚石」の筆名で書かれた文章がある。この年の五月に書かれた、原稿の一部が現存している「太平洋画会」という前出の文も、筆名は「愚石」であり、発表紙も同一であることから判断して、これも漱石の不折批評文として見てみると、「太平洋画会」における論調に酷似している。不折の画は、「自然より得たる印象」を「客」とし、「一種の型と作者の筆」とを「主」にしてでき上がっているので、技巧的には面白いが、「現代人の最も欲求して居る生々の感じ」に乏しいと批評する。数年前は、景色を写す場合も「其感じを最も適切に現すこと」に腐心していたが、今は「自分の好む筆法を景色のいかなる場合に用ひんか」という努力をしている。そのために、田舎の風景などを写す場合は今の方が以前に劣っている、という評価である。「何だかこの画は斯うかくもんだといふコンベンシヨナルな一種の型に囚はれて居るやうにも思はれる。」これが、前記の「邪道」の意かとも考えられる。

▼**一九〇六**（明治三九）年末頃以後、漱石が不折から離れて行った理由は、単にその人格的な要素だけではなく、技術的にある程度の完成をみて、それが世間的に受け入れられた画家の陥るマンネリズムに、敏感な漱石がいち早く気づいたからであろう。明治四〇年代以降は時たま、不折に対する、碑文や短冊などの揮毫それに絵画の購入などの、漱石を通じての依頼に、漱石が仲介をしてあげるというくらいの交際が続いただけである。

〔**参考資料**〕台東区根岸二丁目・書道博物館。／森鷗外「遺書」および津和野市永明寺「鷗外墓碑銘」。／『画家・書家　中村不折のすべて』台東区立書道博物館　二〇一三年。

［石田忠彦］

## ■岡倉　由三郎

おかくら・よしさぶろう

『近代文学研究叢書』41、一九七五年刊。

**一八六八**（明治元）**年二月二二日〜一九三六**（昭和一一）**年一〇月三一日。英語学者。漱石のロンドン留学中、岡倉もロンドンに留学しており、二人は交流していた。**

横浜市中区本町一丁目で父・勘右衛門、母・このの三男として生まれ、日本橋で育った。

父は福井藩士で松平家に仕え、藩主の命を受け、開港間もない横浜の商館石川屋で生糸貿易商を営んだ。父には先妻みせとの間に四人の娘がいた。由三郎の実母このは、仏教に深く帰依し、優しい人柄で、七〇年、妹てふ出産の時に亡くなった。父は大野しづ子と再婚した。家業の関係で外国人の出入りが多かったため、幼いころから英語を耳にして育った。フェノロサと親交を結び明治の美術界をリードした岡倉（覚三）天心は、由三郎が終生敬慕し、誇りとしていた兄であった。兄覚三の後を追っては、ジョン・バラー John Ballagh の経営する高田学校に通って、勉学への興味を抱いた。

▼一八七二（明治五）年、生糸の暴落で貿易商石川屋は廃業になり、七三年、一家は東京市日本橋区蛎殻町一丁目に旅館を開業した。七四年、有馬学校に入学した。この前後、浜町の漢学塾に通った。七七年にはドイツ語習得を志して外国語学校に入学したが、過労で退学、七九年には茅場町の英漢学塾に転じた。八二年、一四歳のころ、学問で身を立てようと決心した。神主について皇朝学を学び、ついで共立学校（開成中学校の前身）に入学して、高橋是清・神田乃武などから英学を学び、イギリス人カサリン・サマーズ Catherine Summers の開いた学校の最初の生徒ともなった。このころ既に外国人の話す英語を聴きとり、Uncle Tom's Cabin（アンクルトムの小屋）などを読解することができたという。

▼一八八五（明治一八）年、経済学研究のため、一ツ橋の高等商業学校予科に入学した。しかし、幼少から日本語や日本の古い物語に興味があり、経済学の勉強の傍ら、ドイツ語・フランス語の独習にも尽力した。来日したイーストレーク Eastlake によって比較博言学が紹介されると、言語学に対する関心が高まり、皇典を読みたいという希望もあって、高等商業学校を退学した。

▼一八八七（明治二〇）年七月、帝国大学文科大学撰科に入学した。国文学・英語・フランス語・ドイツ語・中国語・アイヌ語・朝鮮語・琉球語・教育学・比較博言学・審美学・哲学などを学んだ。ここで比較博言学の指導教官であったチェンバレン Basil Hall Chamberlain（一八五〇～一九三五）が由三郎に大きな影響を与えた。チェンバレンは著書『日本語学』の序文に、日本の言語学の二つの花として、上田万年と岡倉由三郎の二人を紹介している。ディクソン James Main Dixon（一八五六～一九三三）は、英語の綴り字と文法教育を厳格に指導した。ドイツ語はフロレンツ Florenz に、日本文典は物集高見に習った。チェンバレンとディクソンの二人のお雇い外国人は、岡倉に伝統的・規範的な視点からの英語教授法を徹底した。夏目漱石も岡倉と共にこのディクソンから英語を学んでいる。漱石に関しては二四歳の時に日本の古典である鴨長明の『方丈記』の英訳をディクソンから依頼されたことはよく知られている。一八九〇（明治二三）年七月、帝国大学文科大学撰科を修了した。

▼岡倉が帝大撰科を修了した九〇年の九月、入れ替わりに漱石が帝国大学文科大学英文学科に入学した。**九三**年ごろ、文学科に属する二〇人足らずの者が文学談話会を作って、毎月上野の三宜亭や韻松亭に寄り合って、当番を決め一人三〇分から一時間、研究発表をして、後は食事を共にして懇談した。この会は学生のみならず卒業した先輩も参加し、学生の漱石・藤井乙男*の外、藤代禎輔*・芳賀矢一*・松井簡治・岡倉由三郎・石橋思案などが顔を出していた（藤井乙男「私の見た漱石とその俳句」創芸社『漱石山房』第一一号月報）。

九〇年八月、私立中学校明治義会夏季講習会国語科担任講師やジャパン・ヘラルド社の邦文翻訳者になった。九一年六月、韓国京城（ソウル）で朝鮮政府が開いた官立の「日本学堂」で日本語を教え、校長になり、外国人に日本語を教えるという視点で日本語教授法を考案した。旧韓末時代（朝鮮末期から日韓合併の頃までの期間）に「日本学堂」における岡倉の日本語教授法はチェンバレンの影響下、「外国語教授においては（母）国語と外国語の両知識を前提にその比較を基礎とする」という視点においてユニークなものであった。これは「オレンドルフの教授法」として「教師が学習者の母国語を十分に理解していること」を前提とした訳読・文法方式の一つであった。

▼九三年帰国して、国学院や城北中学校で英語を教えた。九四年一月、東京府立尋常中学校の英語教師になった。同年九月、琉球語研究の便宜のため、鹿児島高等中学校造士館（後の第七高等学校）に赴任した。九六（明治二九）年九月、高等師範学校（東京）に転じ、国語科・英語科講師を勤め、九七年二月、教授に昇任した。

▼一九〇二（明治三五）年二月、英語学・語学教授法研究のため、文部省留学生として、英・仏・独などヨーロッパ諸国を訪問した。漱石がロンドンにいた時に、岡倉もロンドンに来て二人は互いに交流している。〇二年四月一七日付*鏡子宛手紙に漱石は「日本の留学生にて茨木、岡倉といふ二氏来る二十三日頃當地へ到着の筈なり」と書き記し、岡倉のロンドン到着を告げている。〇二年六月二九日、芳賀矢一はフランスのディエップからイギリスに渡り、岡倉由三郎を訪ね、午後、岡倉は芳賀を大英博物館、ナショナル・ギャラリー、トラファルガー広場に案内した。七月四日漱石は岡倉、*土井晩翠、美濃部俊吉らと共に、イギリスから帰国する芳賀矢一・画家*浅井忠らを見送っている。

荒正人によれば岡倉はロンドンでは二・三度漱石を訪ねており、漱石も九月中旬から一〇月上旬の間に、ハマースミス Hammersmith の岡倉の下宿を自転車に乗って訪ねた。そして漱石は一〇月には在倫敦の岡倉由三郎に向けてスコットランドより「小生は十一月七日の船にて帰国の筈故、…いづれ帰倫の上は一寸御目にかゝり可申と存候」と書き、漱石の帰国間際ではあったが、互いの交流を跡づけている

帰国が近付いてきた一〇月ころ、ロンドンの漱石の精神状態の異常（神経衰弱）が文部省に伝わり、文部省から「夏目ヲ保護シテ帰朝セラルベシ」という電報を受けた岡倉は藤代禎輔に伝えた。藤代は漱石と会い、一緒に帰国するように誘ったが、漱石はスコットランドに旅行するので、帰国準備ができないと言う。漱石の下宿に行くと、部屋には留学生としてよくもこんなに買い集めたと思うほど書籍が多い。藤代は一泊二日行動を共にしたが、漱石に異常は認められなかったので、藤代だけ帰国し、漱石は二た船遅れて帰朝した。「*野間真綱によれば、漱石が病気だと言つて文部省に電報を打つたのは、岡倉由三郎なのださうである。」「然し後になつて発見された、藤代素人（禎輔）に宛てた岡倉由三郎のこの時の手紙によると、岡倉も漱石発狂の旨を文部省に知らせたのは、誰だか分からないと言つてゐる。或は土井晩翠と同宿の姉崎正治（嘲風）から*井上哲次郎を経て、文部省に伝はったのではないかとも言つてゐる。」「一時それは土井晩翠だと言はれたこともあつた。然しこれに就いては晩翠自身が筆をとつて、然らざる所以を弁じてゐる。」（*小宮豊隆『夏目漱石』三七「神経衰弱」）とあり、漱石発狂の報告者は誰か、真相は不明のままである。

▼岡倉由三郎は時代の英学の泰斗として日本の英語教育分野の開拓者となった。

チェンバレンはアーネスト・M・サトウやウィリアム・G・アストンと並んで明治初期の最も有名な日本研究家の一人であるが、お雇い外国人教師として帝国大学で博

言学（言語学）を教えていた。そして彼は一時ラフカディオ・ハーン*（小泉八雲）のもっとも親しい友人でもあった。二人の詳細な往復書簡はよく知られ、両者の研究の上で欠かせない重要な書簡資料となっている。チェンバレンは多才ですでに一八八三（明治一六）年の時点で『英訳古事記』を出版、後に来日してコンパクトな日本百科事典である"Things Japanese"（『日本事物誌』）を著し、アイヌ語、琉球語の研究に優れ、文部省の有力なアドバイザーとなっていた。教え子には岡倉に加えて言語学者上田万年、歌人で国文学者佐々木信綱、歴史学者三上参次などがいた。

　西洋文化との接触の中で岡倉は「言語」の実用性の大切さを確認する。また英国滞在中は夏目漱石との交流も浅からぬものがあった。帰国後は東京高等師範学校の教授を務め、一九〇六（明治三九）年に『外国語最新教授法』を出して英語を教える側の心得を説き、一九一一（明治四四）年には『英語教育』を出して英語教育の教養的側面と実用的側面を論じ、後の日本の高等教育の英語学習法の基礎を作った。

▼一九二一（大正一〇）年には『英語発音練習カード』（研究社）を作成し、一九二六（大正一五）年にはＮＨＫラジオの「ラジオ英語講座初等科」を担当した。

▼一九二五（大正一四）年に立教大学教授となり日本の英語教育の世界に多大な貢献をした。英文学者でエセイストの福原麟太郎は岡倉の教えを受けている。岡倉の著した一九二七年初版『新英和大辞典』（研究社）は「岡倉英和」と呼ばれ英語教育界に一時代を築いた。ここで発音記号はイギリスのジョーンズ式を採用した。英文の『The Japanese Spirit』はイギリスで講演したものにメレディスの序文をつけて出版し、欧米で広く読まれた。また『ラジオ英語講座』にも深く関わり、英語教育における視聴覚教育の魁《さきがけ》として特筆すべきものである。岡倉の実用とは読書力の充実であった。よく読むことが会話作文の基礎となるという考え方である。いわゆる「直読直解」の方式を広く流布させたのが岡倉であった。また市河三喜と共編の『英文学叢書』（研究社）は一九三二年に完成するまでに百巻を数えている。

▼一九二七（昭和二）年には上述の『新英和大辞典』（初版）を編纂し、「岡倉英和」として親しまれた。このように岡倉の英語教授法の開拓への熱心は近代日本における英語教育の普及に大きな役割を果たしたことは忘れられてはならない。晩年には基本語からなる"*Basic English*"に惹かれ、英語教育への応用を模索していたがその最中に、腎臓病に腸チフスを併発して死去した。六八歳。

▼英語教授法に関して岡倉は『英語教育』（一九一一年）の中で外国語の学習に際しては、まず第一に母国語の知識を正確にし、その運用に熟するように指導することが先決であるとして小学校からの英語教育には懐疑的であった。第二に教える側にしても然るべき教師でない者が生半可な教え方をするならば、発達途上にある生徒に対して悪い癖をつけさせるだけであるとして、先生の質の大切さを指摘する。第三に岡倉は「外国人と外国語を用いて交流する必要がある人の便宜のために多数の児童を犠牲として、国民普通の教育の貴重なる時間を英語に割く必要はないと思う」として英語教育の選択制を模索すべきであるという立場を堅持していた。

　かくして岡倉は外国語学習に関しては、「初等教育」では国民皆が受ける「国民教育」においては外国語ではなくまず国語の教授に力点をおき、次に社会の中流に立つ者の教育を目的とする「中等学校」では国語の他に古典語、近世語と並んで外国語（英語）を学ぶことが好ましい、と言っている。このように岡倉の英語教育観は現在にあっても説得力があり、先駆的に響く考え方であることが分かるのである。

『夕鶴』などを手掛けた演出家岡倉士朗は由三郎の三男である。

岡倉由三郎はヨーロッパ留学をある時期、漱石とロンドンで時を共にし、一時は漱石発狂の報告者に擬されるなど不運な面もあったが、それにあまりある日本における英語教育の功績は計り知れない。

〔**参考文献**〕高梨健吉『日本英学史考』東京法令出版、一九九六年。／『近代文学研究叢書』第四一巻、「岡倉由三郎」昭和女子大学、一九七五年五月三〇日。／村松梢風『近代作家伝』下巻、創文社、18、一九五一年一二月二五日。／福原麟太郎『夏目漱石』荒竹出版、一九四三年九月二五日。

［西川盛雄］

## ■呉　秀三
くれ・しゅうぞう

『呉秀三小伝』一九三三年刊。一九一四年撮影。

**一八六五（慶応元）年二月一七日～一九三二（昭和七）年三月二六日。精神医学者・歴史学者。ロンドン留学中の漱石は、ドイツ留学中の呉がロンドンから帰国する時、埠頭に見送る。帰国した漱石は神経衰弱がひどくなり、呉が診察したという。**

広島藩医・呉黄石の三男として江戸青山穏田に生まれる。一八七八（明治一一）年四月、東京外国語学校（ドイツ語）に入学。七九年一二月、東京大学医学部予科に入学した。その頃の友人は鶴見（後の近藤）次繁、土肥慶蔵・菅虎雄、藤代禎輔などであった。八二年六月、医学部予科は予備門に編入、予備門分黌となる。呉は菅と藤代と三人、文科に転科しようと話し合ったが、呉は説得されて、翻意してそのまま医科を続け、菅と藤代二人だけ文科に転科した。八五年一一月、東京大学予備門を卒業、一二月東京大学医学部本科に入学した。八六年三月、東京大学は帝国大学となり、医学部は医科大学となる。九〇（明治二三）年一一月、帝国大学医科大学卒業、一二月大学院（精神病学）入学した。

▼九一年五月、医科大学助手となる。九四年九月～九五年八月、日本初の本格的精神医学教科書『精神病学集要』前・後編を刊行した。九六年四月、医科大学助教授に任ぜられる。九七年二月、精神病学講座担当を命ぜられた。同年七月、精神病学研究のため満三年間ドイツおよびオーストリア留学を命ぜられ、八月、留学へ出発した。ベルリン・ウィーン・イェーナ・ハイデルベルグで研究、一九〇〇年四月、論文を提出し、医学博士の学位を受ける。

▼〇一年八月三〇日、英国ロンドンのアルバート・ドックから帰国する時、ロンドン留学中の夏目漱石が見送りに来た（漱石日記）。共通の友である菅虎雄や藤代禎輔のことなどが話題になったことであろう。

〇一年一〇月一七日、帰朝し、一三日、精

神経病学講座担当を命ぜられ、三一日、東京府巣鴨病院医長を嘱託された。〇二年四月、三浦謹之助らと日本神経学会を創立した。

▼一方、〇三年一月二四日、漱石は東京に帰朝し、五高在籍のまま留学したので、本来熊本に帰任しなければならなかったが、東京に就職することを希望し、旧友の狩野*亨吉*や大塚保治の尽力で、一高と東大の講師の口が決まった。五高を辞職するについては医師の診断書が必要ということで、菅虎雄に、「知人中に医者の知己無之大兄より呉秀三君に小生が神経衰弱なる旨の診断書を書て呉る様依頼して被下間舗候《くださるまじくそうろう》や小生は一度倫敦にて面会致候事あれど君程懇意ならず鳥渡《ちょっと》ぢかにたのみにくし何分よろしく願上候」（〇三年三月九日付漱石書簡）と頼んだ。果して呉が神経衰弱の診断書を書いたか、どうかわからない。まして、辞職のための診断書が保存されているかどうか、もわからない。

帰国後、漱石は一高と東大に勤め始めたものの、東大でジョージ・エリオットの「サイラス・マーナー」を教科書に用いたので、学生たちは、『ホトトギス』寄稿の田舎高校教授上がりの先生が、高校で使う女の小説家の作をテキストに使用するのだから、我々を馬鹿にしていると小泉八雲*のテニスンの詩と比較して憤慨した。

一高では授業中藤村操*に指名すると、「やってきません。」と答える。「なぜやって来ないか。」と聞き返すと、「やりたくないから、やって来ないのです。」と答えた。「この次やってこい。」と言い渡した。一〇日ほど後、藤村は華厳の滝に投身自殺した。漱石は一高の最初の授業で最前列の学生に、「藤村はどうして死んだのだ。」と聞くと、「先生、心配ありません。大丈夫です。」と言うので、「心配ないことがあるものか。死んだんじゃないか。」と言う。漱石は一高の教壇に立って、一ヶ月であり、藤村が予習をして来ないことを二回咎めたので、そのために自殺したのではないかと危惧したのである。東大の小泉八雲留任運動もあり、漱石の心を苛立たせることが多く、六月中旬、神経衰弱が目立ってひどくなった。「高等学校ハスキダ大學ハやメル積ダ」（〇三年六月一四日付菅虎雄宛漱石書簡）と心境を洩らしている。

七月になるとますます悪くなり、夜中に無闇と癇癪を起し、枕と言わず何と言わず、手当たり次第物を投げる。子供が泣いたと言っては怒り出す。気に入らないと言っては、女中を追い出してしまった。妻の鏡子*は漱石の癇癪が腑に落ちず、主治医の尼子四郎（呉と同郷広島県人）に相談して、蔭ながら診察してもらうと、「どうもただの神経衰弱じゃないようだ。」と首を傾ける。さらに聞くと、「精神病の一種じゃあるまいか。自分一人では何とも申し上げ兼ねるので、呉秀三博士に診ていただいては。」と言う話になった。鏡子は妊娠して、悪阻で苦しみ、女中はいず、ふらふらしている鏡子に辛くあたり、「里に帰れ。」と面と向かって叱られる。鏡子は実家の父中根重一*と相談して、一旦実家の中根家に子供を連れて帰った。その間、尼子医師は漱石を呉秀三に診察してもらった。そこで、呉に病気の様子を聞きに行くと、呉は「ああいふ病気は一生なほりきるといふことがないものだ。なほつたと思ふのは一時沈静してゐるばかりで、後でまたきまつて出てくる。」（夏目鏡子述松岡譲*筆録『漱石の思ひ出』一九　別居）と言って、病気の説明を詳しく聞かせてくれた。病気なら病気と決まってみれば、その覚悟で行ける、と腹が決まり、九月、漱石の兄夏目直矩が仲に入り、中根の母がわびを入れて、子供を連れて夏目家に帰った。
漱石が精神病だという呉秀三のカルテは現在発見されていない。文科、医科の違いはあっても同じ東大の教師であり、ロンドンでも会っているので、正式の診察ではなく、カルテは作らず、気軽に相談に応じたものと思われる。

▼〇四年四月一日、東京府より東京府巣鴨病院長を命ぜられた。

▼東京府巣鴨病院は松沢村に移転し、一九一九（大正八）年一〇月三日、東京府より東京府立松沢病院長を命ぜられる。二〇年四月三日、日本精神病医協会が創立され会長に選ばれる。二五年三月三一日、六〇歳で東京帝国大学教授を定年退職する。同年七月二〇日、東京帝国大学名誉教授の名称を授けられた。

▼一九二六（大正一五）年一〇月四日、『シーボルト先生其生涯及功業』を刊行。一九二八（昭和三）年～二九年、訳注『ケンプェル江戸参府紀行』上・下を刊行。三一年、訳注『シーボルト江戸参府紀行』を刊行した。

▼一九三二年三月二六日、六七歳、尿毒症で死去した。多磨霊園に菅虎雄筆の「呉家累代之墓」に眠る。

▼菅虎雄の「呉秀三君を憶ふ」（『呉秀三小伝』）によると、一八八三（明治一六）年、菅は東京大学医学部予科三級に臨時昇級し、呉と同級になり、談話を交わしてから意気投合して、親しく交際するようになった。八三、四年ころ、呉・菅・藤代・磯田良の四人で森川町に部屋を借り、同居していた。予備門になってから、呉は倫理の岡松甕谷《おうこく》の試験答案を常に唯一人漢文で書いていた。菅と旅行する時は、宿に帰ると、必ずその日の日記を書き留めていた。菅・藤代と共に文科に転科しようとしたほど文才があった。医学史家富士川游とは同郷広島県人で親しく、森林太郎*（鷗外）とは弟篤次郎を通じて敬愛し、鷗外ドイツ留学中文通した。呉は鷗外主宰『しがらみ草紙』・『めざまし草』にしばしば投稿し、鷗外の『日記』・『渋江抽斎』・『北條霞亭』にも呉の名は出てくる。〇八年、四三歳にしてしばらく俳句会白人会に通って俳諧修業をするほど、文学を捨てることはできなかった。
呉は晩年まで菅と交わり、互に自宅に訪問し合い、夏に鎌倉の菅宅を訪ねることも多かった。しかし、呉と漱石との間はその後、共通の友菅虎雄・尼子四郎が傍にいるにもかかわらず、これ以上に深まることはなかった。

〔**参考文献**〕『呉秀三小伝』呉博士伝記編纂会、一九三三年三月二六日。／『呉秀三先生没後五〇年記念会誌』呉秀三先生没後五〇年記念会、一九八三年一二月一五日。／岡田靖雄『呉秀三　その生涯と業績』思文閣出版、一九八二年三月二〇日。／岡田靖雄『呉秀三著作集』全二巻、思文閣出版、一九八二年。

〔原武　哲〕

# 第六期●東大・一高時代

一九〇三（明治三六）年二月〜一九〇七（明治四〇）年三月

## ■金子 健二

かねこ・けんじ

*松岡譲『漱石写真帖』一九二九年刊。東大英文科卒業記念、一九〇五年六月三〇日撮影。

**一八八〇**（明治一三）**年一月一三日〜一九六二**（昭和三七）**年一月三日。古代中世英文学者。英語教育者。昭和女子大学初代学長。漱石の東大講師時代の学生。**

新潟県頸城《くびき》郡新井《あらい》町生まれ。一八九九（明治三二）年新潟県高田中学校を経て東京郁文館中学校卒業。九月、第四高等学校一部文科入学。一九〇二（明治三五）年九月十日、東京帝大文科大学英文学科入学。

**▼一九〇三**（明治三六）年四月二〇日、英国留学から帰国し、東京帝国大学文科大学の講師として着任、初めて教壇に立った漱石は、学生たちが絶対的信頼を寄せていたラフカディオ・ハーン*（小泉八雲）と比べ、学生の信頼を全く勝ち得なかった。漱石はGeorge Eliot の Silas Marner（『サイラス・マーナー』一八六一年）を教科書に使い、学生たちは教科書のレベルに不満をもった。当時英文科一年生だった金子は「夏目講師は英語の訳読として『サイラス・マーナー』を一般講義のクラスにテキストとして使用する旨申渡された。これに対して皆不愉快の思ひをした。小泉先生（ハーン）は毎年一般講義に、必ず、テニスンの詩を講じて居られたので、私達は悦んでこれを聴いてゐたのであるが、今度は夏目金之助とかいふ『ホトトギス』寄稿の田舎高等学校教授あがりの先生が、高等学校あたりで用ひられてゐる女の小説家の作をテキストに使用するといふのだから、われわれを馬鹿にしてゐると憤つたのも当然だ。」（金子健二「ヘルン先生留任運動の余燼」『人間漱石』）。

四月二一日、漱石の『サイラス・マーナー』第一講は、授業指導法も学生からは評判がよくなかった。「今日からいよいよ夏目講師の『サイラス・マーナー』の訳読が始められた。そして私達は指名されると席を立つて、中学や高校の生徒のやうにリーディングをして、それから訳をつけさせられるのである。リーディングはかたつぱしから直されるので、当つた者は衆人環視の中で大きな恥辱を与へられる事になつた。私達は大学生から逆転して再び中学生に戻されたやうな屈辱を感じた。」（「ヘルン先生留任運動の余燼」）。学生がした音読の発音を一々直され難句をやかましく詰問する漱石が浮かんでくる。

また英文科に対して行った漱石の『英文学概説』は「たいへん理屈つぽい」講義だったようである。

「今迄理論や批評をぬきにして詩ばかりをヘルン先生から教へられて来た私達であるから、全く異なつた世界へつれて行かれるやうな感じがした。〔中略〕夏目講師の『英文学概説』は日本語で講義されるのであるが、ヘルン先生の英語で講義された時よりも遥かにノートをとるのに骨が折れた。」（「ヘルン先生留任運動の余燼」）。

ただ新学年に入ると漱石の評判もいい方向に変化してきた。

九月二八日「夏目先生の『英文学概説』の今日の講義は面白かった。授業が終つてから私のクラス・メートの数名は皆、私と同様の感じを持つてゐる事を話してゐた。」また一般講義として試みられたマクベス評釈の授業も人気上昇で「立錐の余地が無い程満員札止めの好景気であつた。」原因は漱石の英文解釈の正確さとその批評が一般の文科生に興味が多かったことに加え、シェークスピア劇が新劇でも一般大衆向けになろうとしていたからだ。一〇月六日『マクベス』の人気はたいしたものだ。一般講義で一躍して文科大学第一の人気者になられた夏目先生は『英文学概説』に於ても次第に人気を得られるやうになつた。評判ほど大きな宣伝力を持つてゐるものはないと感じた。〔中略〕これで先生の真価がそろそろ皆の者に認められて来たのかも知れない。」

同月二九日「夏目先生の訳解は正確適切にして一点のあいまいな所なし。先生は非常に緻密な頭を持つて居らるゝやうに思はれた。理論的に文学を観察する事に興味を有ち、随つてそれが又、その方面へと先生をリードしてゐるのだと私は考へてゐる。いづれにもせよ、先生の英文解釈力は文法的に見てすばらしいものがある。しかし『マクベス』の批評はこれ位の所でおやめになるのが花だと考へる。」と学生の金子は漱石の理論づくめの文学批評にやや辟易している。

▼**一九〇四**（明治三七）年一〇月一〇日、東大三年生になった金子は、母を亡くして気落ちして経文ばかり読んで英文学に興味をなくしていたが、漱石の漢籍に対する造詣の深さに心服している。

「十月十三日　私は今日初めて夏目先生が漢文の精通者である事に心から敬意を表した。先生の『英文学概説』はもう相当に聴き飽きたが、今日おはなしになつた『左傳』『史記』等々の名文引用は非常に興味があつた。〔中略〕先生は或る機会に私達に直接お話しになつた言葉の中に『私は英書よりも漢籍の方を沢山読んでゐると思ふ。亦私のほんとうに身についた学問はやつぱり漢籍の方が多いやうに思ふ』といふやうな意味のお言葉があつた事を私は確かに記憶してゐる。」

▼**一九〇四**（明治三七）年一二月一日

講義の内容以外でも漱石の観察眼が鋭いことを、金子は日記の端々に記している。漱石がある時金子の木綿羽織のことを聴いたことがあった。

「『君は大学の制服を着て居た事はないね。それから君のいつも着てゐる羽織の紋は「蜻蛉」だね。珍しい紋だが、あれは君のお好みの心から工夫されたものかね』といふ御質問であつた。私はその時『大学の制服を着ないのは金が無くてつくれないからです。又「蜻蛉」の紋は私の勝手な好みからではなくて、あれは私の家の数百年来の大切な紋所であります。全国の金子姓を名乗る家の中で此の紋を昔から使用してゐた家は二つか三つしかありません。此の紋章は平姓金子族の中の唯だ宗家にのみ使用する事を許してある由緒づきのものです。』とお答へしたので先生は非常に興味をもつてお聴きになつたやうだ。だから夏目先生の観察力は実に畏るべきものがあつた。」

また鋭い眼で学生を具に観察していた漱石のもう一つのエピソードがある。日頃から片手を羽織の袖口から出さない学生に、漱石が講義を中断して『君、手を出し給へ』と二度注意をした。しかし学生は一向にかまわず片手を出さないままだった。講義終了後漱石がたまりかねて傍に寄ってみると、上級生が『この君は実は少年時代に大きな負傷をして気の毒にも片手を失つたのです。』と釈明すると漱石は黙って教室を出たということであった。金子は漱石の講義を三年間聴いた。

▼**一九〇五**（明治三八）年七月一一日、東京帝国大学文科大学英文学科卒業。

金子は漱石から就職の世話（山形県立庄内中学英語教師）の手紙をもらっている。

「庄内中学にて英語教員一名入用の趣にて相談をうけ候月給は六十円のよし御覚召あらば履歴書下名迄御送被下度候（郵便でよろし）」（〇五年七月一五日付漱石書簡）

　中等学校教員免許状の手続きの帰り、洞泉寺の近くで偶然漱石に会う。漱石から手紙のことを聞く。「先生は『今、君の所へ郵便で手紙を出したところだ、山形県の某中学校から英語教員推薦の事を頼まれたので君を推薦しようと思つて手紙で至急君の意向を問ひ合せたのだ。』とのお言葉であつた。」その後漱石は金子の下宿している洞泉寺に立ち寄り、俳句、書画について話す。*荻生徂徠「天狗説」原稿筆跡の掛け軸を見せて、感想をきく。

▼一九〇五（明治三八）年一〇月九日長野県立飯田中学校教諭。

　金子は『人間漱石』の中で漱石の助言に従って人生の方針を決め、悔いなき一生を送ったと述懐している。「先生は私が友人の大多数と同様に研究費も無いくせに東京に留つて大学院に入学し、そのかたはら、文壇に筆を執らうといふ柄にもない野心を抱いてゐたのをお聞きになつて『そんな馬鹿げた夢を棄てるんだよ、学者になるのなら一二年間ひどい山奥の中学校教員となつて、注釈入りの英文学の古典をうんと持つて行つて、東京に当分出てくる事を断念して、それを精読し、其間外国ゆきの旅費でもつくつて将来大きく成長することを考へるんだよ、君の友人は大多数間違つたコースを取らうとしてゐる。君は私の言葉通りやつてみるんだね』私は先生の忠告通り信濃の山奥飯田中学校に赴任した」（「私への忠告」『人間漱石』）。

　就職してからも金子は訪問したり書簡をやりとりして、漱石と交流している。師弟という関係はあるものの、漱石に対して英文学論や小説に対して正直な意見を述べることのできる間柄であったようである。

　「私は大学卒業後一年もたゝなかつた或る年の冬の晩であつたが、先生を本郷のお宅に訪づれた事があつたが其の時私は先生に『誠に失礼な言葉ではありますが先生の小説は小理屈が多過ぎますよ、あれは英国小説家のくせなのですか』と無遠慮に申し上げた事があつたが、そのお答へは『私もその事は意識してゐるがね、別に英国小説家の手法を学んだといふ訳もないよ、まあ理屈を捏ねてみるだけの事さ』といふあつさりとしたお言葉であった。」（「理窟を捏ねてみるだけさ」『人間漱石』）。

▼一九〇七（明治四〇）年三月二九日　金子は留学のため、飯田中学校を依願退職する。「英語及び英文学研究の目的を以て北米合衆国に渡航、バークレー大学英文科大学院其他各地大学の正科生又は聴講生となりて英語及び英文学研究」（松村幹男）。

　渡米の前に漱石宅を訪れ留学の報告をする。「私は先生に私の決心を告げるために渡米前先生を訪問」（『人間漱石』）。

▼一九〇九（明治四二）年七月一八日、アメリカより帰国して漱石に挨拶に行く。

　「松浦一、金子健二来。金子が一昨日亜米利加から帰つたといふ。金子はバークレー大学にて白人の学生に殴打せられたと云ふ評判で一時は大変八釜しかりし男也。よく聞いて見ると子供がいたづらをやりたる由の誤伝也。」（〇九年七月一八日付漱石日記）。

▼一九一二（明治四五）年二月七日、広島高等師範学校教授の金子から漱石に贈り物の蜜柑が到着したので、漱石はお礼の葉書を出す（金子宛漱石書簡）。広島高等師範学校教授（一九一〇〜一九二六年）・文部省督學官（一九二六年）など英語教育の分野でも、活躍した。他に静岡高等学校長、姫路高等学校長（一九三九年）を歴任した。著書に本邦初訳『カンタベリ物語』（東亜堂書房出版。一九一七

年）・『英語基礎学』（興文社。一九一八年）・『英語発達史』（健文社。一九三二年）など。
▼金子は著書『人間漱石』の冒頭で「日本の読者に先生をもつと正しく見ていただき度いからである」（一九五六年版『人間漱石』序）と公平に見たありのままの漱石像を追求し、重ねて最後のページに「私の漱石観は公正妥当だと私は信じてゐる」（「私への忠告」）と時には師弟関係を抜きにした漱石評価をしている。その点で金子は誠実な漱石批評家であると同時にそのことが恩師への感謝の念をあらわしている。漱石から受けた学恩として、英文学者に必要な科学的視点を漱石から学んだと感謝している。「『英文学概説』の講義を拝聴して文学鑑賞への科学的基礎観念を私の若き学徒としての胸裏に植付けられた事を今までも感謝してゐる。」（「私の日記とところどころ」『人間漱石』）。

しかしながら『文学論』は漱石が四〇歳前に成し遂げたものであることを考慮して、金子は師に対して非礼と断りながらもその業績はまだ学問的に未熟であったと率直に述べている。漱石自身も古い発達の歴史の英文学を三〇歳代ではできないと述懐している。金子は漱石の教え子であるとともに漱石を客観的に見ることのできた人物であることが『人間漱石』でわかる。

ただ特筆すべきは『文学論』のもつ科学的分析研究を指摘している点である。また年齢差も一二〜三しかなく、漱石は金子にとって先生というより長兄と呼んでもいい存在と言っている（「文学解剖教室の外科主任」『人間漱石』）。

漱石も「小説に理屈が多すぎる」と評され、金子に対しては「まあ理屈を捏ねてみるだけの事さ」と受け答えするくらい、ある面で対等な関係にもあったようである。

〔**参考文献**〕金子健二『人間漱石』協同出版、一九五六年四月三〇日。／松村幹男「金子健二『英語基礎学（大正7年について）』」『英学史論叢』第三号 27-32（二〇〇〇年五月）。

［隈　慶秀］

## ■小山内　薫

おさない・かおる

『明治文学全集』86「明治近代劇集」一九六九年刊。

**一八八一（明治一四）年七月二六日〜一九二八（昭和三）年一二月二五日。**

**劇作家、演出家、小説家。漱石の東大英文学講師時代の英文学科学生。「ヘルン先生留任運動」の強硬派。**

広島市大手町に、父・健、母・錞の長男として生まれる。父は元津軽藩士で、当時は陸軍軍医として任地広島市に家族と共に住んでいた。森鷗外*の「渋江抽斎」に「小山内玄洋」として登場している。母は江戸の小旗本小栗信の長女であった。薫が五歳の時、父が三八歳で急死したため、母は三人の子（姉の禮子、薫、妹の八千代）を連れて東京に帰り、麹町区富士見町にあった実家に住むようになる。父の残した財産もあり、父の先輩や友人らの支援監督もあって、以後も生活に困ることなく、薫は中学を終え、一八九九（明治三二）年に第一高等学校文科に入る。それは身内周辺には、軍医が多くいて、本人も軍人志願であったが、中学時代に学術と体格で二度不合格となり、また中学時代からの友人武林無想庵の影響があったからでもあった。高等学校二年時に、失恋がきっかけで内村鑑三の門に入り、基督教徒になった。「聖書之研究」の編集助手まで務めたが、一九〇二（明治三五）年に東京帝国大学英文科に入ってから以後は、別な恋愛に失敗して、内村のもとから遠ざかるようになり、芝居に熱中し始めるとともに、生活も頽廃に進んでいった。内村はこのような小山内に対して、安*倍能成や有島武郎は、自分を離れた弟子だけれども安心していられるが、小山内には目を離していられない、「小山内君は弱いんでねえ。」と言ったと伝えられている。（水品春樹「小山内薫」）。

▼大学では小泉八雲*に心酔し、それ以外の教室には出なかったため、落第させられた。小泉退職時の事情と彼の心境については、処女小説ともいうべき「留任運動」（『新声』一九〇三年一一月号）に描かれている。小泉退職の余波は、その後任としてロンドン留学帰国後、教壇に立った漱石にもおよび、小山内らは、最初は漱石の講義にも出なかったようである。漱石が東大でまず行った講義は、**一九〇三**年五月からの「サイラス・マーナー」と「英文学概説」であったが、小山内自身が漱石から受けた講義としてあげているのは、シェークスピア劇講義と一六世紀の英文学史であって、それらは**一九〇三**年の九月二二日から始まっているものである。漱石の東大での人気は、小泉退職の反動の後、次第に高くなって、多くの学生を引きつけたようである。

しかしこの頃の小山内は、森鷗外の編集していた『万年草』に、モーパッサンの短編「墓」を匿名で送り、さらにメーテルリンクの戯曲「群盲」を訳して送って、鷗外の注目を受け、鷗外の自宅観潮楼への集まりにも招かれたり、鷗外の弟三木竹二にも紹介された上、三木から劇作家の伊原青々園、新派の俳優伊井蓉峰を紹介されて、演劇に関心を深めつつあった。特に伊井一座とは深く関わり、真砂座に通い詰めては、伊井の相談相手となって働いた。また東大在学中の一九〇四（明治三七）年一一月には、川田順や武林無想庵らと同人雑誌『七人』を発行したり、『帝国文学』の編集委員にもなっている。一九〇六（明治三九）年に卒業論文「オン・ザ・ムーン」を提出して卒業。

▼一方、伊井一座との経験は、新派劇に対する限界も感じさせ、歌舞伎でもない新派でもない、新しい演劇を求める運動へと彼を駆り立てた。そして一九〇七（明治四〇）年、数井政吉（小山内の小説「大川端」の主人公のモデルで材木屋の主人）の援助によって、『新思潮』を発行し、新しい文学と演劇のための、西欧思潮の紹介や新動向を伝えようとした。それは、同じ年に西欧旅行から帰った友人、二代目市川左団次から聞いた見聞にも刺激されたところがあった。彼等の主張は、一九〇九（明治四二）年に、「自由劇場」設立、「ジョン・ガブリエル・ボルクマン」公演となって結実し、西洋近代劇の導入による新劇運動として、演劇界に大きな反響を与えた。その背景には、蒲原有明に紹介された島崎藤村*や龍土会のメンバーとの交流によって得た新思想、新文学の影響もあって、特に藤村に対しては、『七人』の中心メンバーに迎えようとしたほどであった。やがて龍土会を母体に結成されたイプセン会にも、彼は参加していた。因みに龍土会の初期メンバーでもあっ

た岡田三郎助は、薫の妹八千代の夫でもある。

▼その後一九一二（大正一）年に第一次外遊をして、ロシア、西欧の舞台に触れ、帰国後は市村座の幕内顧問となるが、一九一九（大正八）年、自由劇場が第九回公演を最後にその活動を終えると、翌年松竹キネマに入り、映画「路上の霊魂」の総指揮を執る。一九二三（大正一二）年の関東大震災の時は、六甲にいて難を逃れたが、しばらくそのまま関西にとどまり、土方与志《ひじかたよし》と築地小劇場の案を計画。翌年六月築地小劇場を立ち上げた。これは西洋近代戯曲の日本への移植という点で、演出の重視や近代的俳優の育成など、日本の近代演劇に大きな影響を与えた。一九二七（昭和二）年にソ連で行われた革命十周年記念祭に招かれて参加したが、その翌年の一二月二五日、心臓発作のため死去した。四七歳。

▼小山内薫は、このように近代日本の演劇界を指導する第一人者でもあって、他に小説も書いているが、漱石との影響関係などはあまり見られない。むしろ森鷗外や島崎藤村、そして内村鑑三とのかかわりが注目される。特に内村については、精神的に大きな影響を受けており、たとえば一九二二（大正一一）年四月より『朝日新聞』に連載した最後の長編小説で未完に終わった「背教者」は、小山内が晩年に至るまで、内村の影から離れがたかったことを明らかにしている。結局、漱石とは大学での師弟関係のつながりを超えるものではなかったようである。

それらを漱石の側から眺めてみると、**一九〇六**（明治三九）年九月一日の『文芸界』に発表された談話「文学談」に、「吾輩は猫である」の第一回が出た時、「世間の反響は無論なかつたのです。只小山内君が『七人』で新手の読物だとか云つてほめてくれたのを記憶してゐます。」とあり、これが「猫」の最初の評価だったことが分かる。『七人』を出したときには、小山内は妹の岡田八千代に「夏目先生も読者になつて呉れたよ。」と、目を輝かして言ったそうである。その後小山内の求めもあって、漱石は同年六月号の『七人』に「琴のそら音」を寄せている。

また**〇四**年六月二二日付小山内の友人野*村伝四宛書簡では、「君の答案は存外マズイ此次にはもつとうまくや（ら）なくてはいかんよ　小山内や中川の方が余程よろしい」と述べていて、小山内の学力は評価していたようである。

また小山内の作品については、**〇五**年六月二七日付野村伝四宛書簡で、「文章は苦労すべきものである人の批評は耳を傾くべきものである。たま〱一篇を草して世間庸衆の誉を買つたとて毫も誇るに足らんのみか却つて其人をスポイルして仕舞ふのみだ。小山内の様なのは多少其気味である。小山内があの儘で通したつて立派な文学者にはなれないと思ふ。然しあゝなると到底他人の云ふ事抔は聞く気づかひはない。」と幾分突き放したような言い方をしている。

さらに**一九〇九**（明治四二）年の自由劇場設立公演については、同年一一月二八日付*寺田寅彦宛書簡でも、その事実のみを記し、**一〇**年一月一九日付寺田宛書簡でも触れて、「僕は見に行かなかつた。が訳は森鷗外のもので役者は左団次君以下であるが面白かつたさうである。そこで早稲田文学では小山内君に推賛の辞を呈するとかいふ話である。」とのみ記している。その一方で、**一九一三**（大正二）年一一月末には、左団次らの自由劇場が翻訳物を重んじたのに対し、作劇に力を注いだ尾上菊五郎と長谷川時雨とが狂言座を結成して賛成者になって欲しいと依頼に来たときには、「旧劇は嘘が多くて、ばかばかしいことが多い」といいながらも、署名捺印している（津田青楓「百鬼園のビール代」日記抄十一）。そのあたりに二人の関係も象徴されているようである。

〔**参考文献**〕『小山内薫全集』臨川書店、一九七五年。／岡田八千代『若き日の小山内薫』古今書院、一九四〇年七月。（日本図書センター、一九八七年一〇月）／水品春樹『小山内薫』時事通信社、一九六一年一一月。／『近代文学研究叢書』第三〇巻「小山内薫」昭和女子大学、一九七一年七月二五日。

〔奥野政元〕

## ■小宮 豊隆

こみや・とよたか

『明治文学全集』75「明治反自然派文学集（二）」一九六八年刊。

**一八八四**（明治一七）**年三月七日〜一九六六**（昭和四一）**年五月三日。ドイツ文学者・評論家。俳人。俳号は蓬里雨。歌舞伎研究者。自他共に許す漱石の門下生代表。『漱石全集』**（岩波書店）**編集や漱石研究の基礎的伝記・作品研究の先駆者。**

福岡県京都《みやこ》郡犀川《さいかわ》村久富一九一四番地で福岡農学校教諭小宮弥三郎（東大農学部卒業）の子として生まれた。父が奈良県郡山中学校に転勤したので、郡山に移住し、小学校四年まで在学した。九一年、父が引退し帰郷したので、豊津小学校に転校した。九七年三月、豊津高等小学校卒業し、福岡県立豊津中学校に入学、従兄が五高にいて夏目漱石に俳句を見てもらっていたので、漱石、正岡子規、『ホトトギス』のことを知り、四、五年ころから、俳句を作るようになった。一九〇二（明治三五）年三月、豊津中学校を卒業して、九月、第一高等学校に入学した。同期に安倍能成、中勘助、野上豊一郎らがいた。校長は狩野亨吉、教師に夏目漱石、藤代禎輔、岩元禎らがいた。

▼**一九〇五**年七月第一高等学校卒業。九月東京帝国大学文科大学独文学科入学。漱石ロンドン留学中、知り合った従兄犬塚武夫の紹介で、夏目漱石を訪ね、保証人になってもらう。漱石宅をしばしば訪問し、漱石の人間性に魅かれ、英文学の講義を聴き、独文学科から英文学科に転科しようかとさえ思うが、実行しなかった。

▼**〇六**年一〇月一一日、漱石の面会日木曜会に初めて出席した。高浜虚子、寺田寅彦、森田草平、鈴木三重吉、野上豊一郎らが出席していた。**〇七**年三月、熱心に聴講していた「文学評論」の漱石が東大を辞職したので、フロレンツの独文学の授業を規則正しく出席するようになった。〇八年七月東京帝国大学を卒業し、ギリシャ戯曲研究を志して、大学院に入学した。

▼**〇九**年四月、慶応義塾大学に永井荷風を中心とした文学部が創設され、漱石の周旋

で週二時間のドイツ語非常勤講師となった。『ホトトギス』四月号に「アンドレイエフ」を発表して、漱石に褒められた。一一月漱石主宰の「朝日文芸欄」の下働きをする。**一〇**年八月漱石修善寺で大吐血。結婚を延期して郷里より修善寺に赴き、半月間滞在、「修善寺日記」を書いた。**一一**年一月郷里で結婚。八月『新小説』に「中村吉右衛門論」を発表して、漱石から小言を言われた。しかし世間の評判はよい。

▼**一九一六**（大正五）年一二月九日、漱石死去し、一〇日、遺体を解剖することになり、門下生代表として立会人となる。一二日、青山斎場で*釈宗演を導師として葬儀が行なわれ、小宮は門下生代表として弔辞を読んだ。一七年岩波書店版『漱石全集』の編集を中心的に果たし、校正も引き受ける。二〇年七月海軍大学校嘱託教授となった。二一年*幸田露伴らの芭蕉研究会に毎月参加した。二二年四月法政大学教授となる。*阿部次郎の推薦により東北帝国大学法文学部ドイツ文学講座担当を引き受ける。二三年三月ヨーロッパ留学出発、五月ベルリン到着、八月スカンディナヴィア旅行、一〇月パリに赴く。二四年一月イタリアを経て、五月ウィーン、ドイツ各地を経て、八月ロンドン。九月マルセイユ出発帰国の途につく。

▼二五年四月仙台に移住、七月合著『漱石俳句研究』出版。二六年阿部次郎らと芭蕉俳句研究会を始めた。

▼一九三五（昭和一〇）年五月『漱石襍記』を出版した。三八年七月『夏目漱石』を出版し、漱石伝記の基礎を築いた。四二年一一月『漱石・寅彦・三重吉』を出版した。一二月決定版『漱石全集』の解説を集めた『漱石の芸術』を出版した。四六年東京音楽学校長を引き受け、三月東北帝国大学定年辞職までは兼任した。七月東京に移住した。

▼五〇年四月安倍能成の誘いで学習院大学教授となった。五一年七月『知られざる漱石』を出版した。一〇月学士院会員に加えられた。五三年改訂版『夏目漱石』（一、二、三）を岩波書店から出版した。五四年五月、『夏目漱石』に対して芸術院賞が授与された。五七年三月、学習院大学を退職した。四月東京都教育委員に就任した。五九年九月東京都教育委員を辞任した。

▼肺炎のため、東京都杉並区清水の自宅で死去。満八二歳。

▼「君の手紙は色女が色男へよこす様だ。見ともない。男はあんな愚な事で二十行も三十行もつぶすものぢやない」（**〇七**年七月三日付小宮豊隆宛漱石書簡）

「先達ての論文を出すなら新聞では到底載せ切れまい。雑誌がよろしからう。新らしく書くなら新聞でも差支あるまじ。あんまり僕をたよりにすべからず自分の考を自分で書いて漱石何かあらんと思ふべし」

「而して皆恐露病に罹る連中に外ならず。人品を云へば大抵君より下等なり、理屈を云へば君よりも分らずや多し。生活を云へば君よりも甚しく困難なり。さるが故に君の敢て為し能はざる所云ひ能はざる所を為す。君是等の諸公を相手にして戦ふの勇気ありや。君を此渦中に引き入るるに忍びざるが故に此言あり。」（**〇八**年一二月二〇日付小宮豊隆宛漱石書簡）

「だれと酒を飲んだとか、だれと芸者をあげたとかいふことは一々報知して貰はないでも好い。其末に悲しいとか、済まないとか云ふ事は猶更書いて貰はないで可い」（**一〇**年一二月一三日付小宮豊隆宛漱石書簡）

「一体君は口では徹底とか何とか生意気を云ふが其実を云ふ〔と〕不徹底な男である。さうして不徹底の好所を了解せぬ男である。」（**一一**年二月二三日付小宮豊隆宛漱石書簡）

「小宮が酒を飲んだとか芸者を揚げたとか云ふ事を臆面なく僕の前で話すのを僕は可愛い男と思つてゐる、然しあまり相槌は打たない、どころか始終罵倒してゐる、夫で向ふでも平気でゐる、従つて此方でも遠慮なく云へる、あれがつゝみ隠しをする様になつては隔てが自然出来るからあゝ親しくは行かない、小宮は馬鹿である、（凡ての人がある点に於て馬鹿である如く）、其馬鹿を僕の前で批判を恐れずに曝露してゐる、あれは羞恥心がないと云ふのぢやない弱点を批評せられる未来の不便を犠牲に供して顧みないのである、僕は彼の行為飲酒其他を倫理的に推称しない、けれども敗徳の行為とは認めない、つけ〳〵罵倒するにも拘はらず、不徳義漢とは考へてゐない、あれで可いぢやないか」（一一年二月二四日付坂元*雪鳥宛漱石書簡）。

ここに漱石の小宮に対する愛顧寵愛ぶりが如実に表れている。坂元雪鳥の生真面目な遠慮懸隔と比較して、小宮の甘えを好ましく溺愛しているのである。

「文芸欄は君等の気焔の吐き場所になつてゐたが、君等もあんなものを断片的に書いて大いに得意になつて、朝日新聞は自分の御蔭で出来てゐる抔と思ひ上る様な事が出来たら夫こそ若い人を毒する悪い欄である。君抔にそんな了見はあるまいが、近来君の行為やら述作に徴して見ると僕は何だか心細くなる様な点もある。あれで好いつもりで発展したらどうなるだらうと云ふ気が始終つけまつはつてゐる。」（一一年一〇月二五日付小宮豊隆宛漱石書簡）。

漱石は森田草平の「自叙伝*」問題で朝日新聞社内に内紛が起き、池辺三山*が辞任したので、三山によって入社が決まった漱石としては、義理もあり退社を申し出た。退社願は慰留され撤回された。そして、「文芸欄」が若い者の「気焔の吐き場所」となり、増長慢心の気配を感じて廃止を決心した。しかし、小宮らは思いも寄らず不満であったが、「文芸欄」廃止は決定した。

▼では、第三者は漱石・小宮の関係をどう見ていただろうか。

「いくら吉右衛門のお仕着せだって、浴衣は長じゅばんにはならないよ。ついでだから小宮によくいっておくがね。吉右衛門なんてやつは、やつというと失敬かもしれないが、どうせ商売人なんだから、小宮豊隆なんて男には、浴衣の一反もやっておけば、また、どこかの雑誌でほめてくれるだろうってくらいに考えて、そんな物をよこすんだよ。つまりひいきの芸者やおかみにくれるのと同じさ。それをありがたがって、この寒中に襟をかけて、得々として着て歩くなんて、よっぽどうかしているね。」「小宮豊隆は、もはや一語もいいかえすことが出来なかった。そして、むしろうったえるように、いささかうらみがましい眼の色で、ただ、まじまじと漱石を見つめていた。」（江口渙*「漱石山房夜話」『わが文学半生記』）。

「中にも豊隆子の如きは、先生の中に自己を見出したと云ふよりは、先生によつて初めて自己を造られたと云つた方がいゝかも知れない。つまり先生から生れたやうな男である。」（森田草平「先生と私」『夏目漱石』）。

「誰が一番故先生に愛されてゐたか。言ひ換へれば、誰が一番先生の胸奥に接近してゐたか。それに対して、私は躊躇なく「それは小宮豊隆だ」と答へたい。」（森田草平『夏目漱石』「誰が一番愛されてゐたか」一九四二年九月二〇日）。

「同君は豊後の方の旧家の坊ちゃんだが、自分ではいつぱし世の中の酸いも甘いもなめつくしてゐるつもりだが、根が坊ちやんだから世間学では小学生なんだ。」「漱石にきいてみたら、「豊隆は素裸体になれない男だから、知らぬ奴は反感を起すが悪気はないよ」といふことだつた。」（津田青楓*『漱石と十弟子』「漱石と十弟子」芸艸堂、一九七四年七月二五日）。

「どうもこの連中の考え方には、父のすることは何事によらずすべて自分達の為にのみしているのだと思いたがる妙な自惚が付纏っていた」「小宮さんの自惚れだけには、遥かに他より執拗な一人よがりが目立つのである。」（夏目伸六「父の手紙と森田さん」『父　夏目漱石』）

「豊隆は観察や直観にはすぐれたものを持ち、自分の感受性が捉えた作品の印象を描くことでは成功したし、漱石の人間としての純粋さや暖かさをまともに受けとめ、それを感じる心の純粋さを持っていたが、漱石の思考力や論理性は十分に理解することが出来ず、まして漱石の内部の痛み、時代への痛憤といったものには、全く無縁であったということであろう。」（井上百合子「師と弟子──漱石と豊隆──」『講座　夏目漱石』第一巻「漱石の人と周辺」有斐閣、一九八一年七月二五日）。

▼漱石作品中に小宮的人物（モデル）を探してみると、まず『三四郎』の小川三四郎が挙げられるであろう。『三四郎』の冒頭、三四郎が九州から上京する途中、名古屋の旅館の宿帖に、「福岡県京都郡真崎村 小川三四郎二十三年 学生」と書いたことによって、三四郎は小宮がモデルであることが公認された形になった。もちろん真崎村は現存せず、小宮の郷里は犀川村（現・みやこ町）である。小宮豊隆の『漱石 寅彦 三重吉』（「『三四郎』の材料」）によると、東京の三四郎に郷里の母が送る手紙に、鮎を送らない話、蜂蜜を焼酎に混ぜて飲む話、石塔のよしあしの話、震えの止まる丸薬の話、宮籠りで一晩中酒盛りをする話などは、小宮が郷里から漱石に宛てた手紙が材料になっているという。

「こゝろ」の私（青年）について、森田草平は「作中の先生から遺書を与えられる青年は私なぞはその当時から小宮君だと思つて読んでゐた。おそらく当人自身もさういふ気がしてゐたらう。それほど同君は先生から愛されもすれば、信頼もされてゐたものである。」と書いている（『漱石先生と私』下巻、「『彼岸過迄』と『行人』時代以後」「四　『心』と『道草』」）。

「行人」の二郎もまた門下生の間では、小宮ではないか、という評判があったらしい。「小宮君と奥さんとは、こんなふうに相得た間柄であつたから、『行人』の中の一郎の弟は、あれは小宮君を描いたものぢやないかといふ評判さへ立つた。」（森田草平『漱石先生と私』下巻、「『彼岸過迄』と『行人』時代以後」「二　三度目の神経衰弱」）

▼かくて、漱石門下生の中で小宮豊隆が最も夏目漱石にかわいがられたというのが、自他共に認められた一般的な評価である。だからこそ漱石の死後、多士済済の中から選ばれて小宮が解剖の立会人となり、葬儀の弔辞を読んだのであった。『夏目漱石』は漱石評伝の基礎的原典であり、さらに古典となった。『漱石の芸術』は〈則天去私〉の境地へ向かう理想化された漱石神話構築の最大功績であった。良かれ、悪しかれ、漱石伝記・漱石論は小宮豊隆から始まったと言って過言ではない。「作家漱石の非常に精巧な剥製」（中村光夫『作家の青春──荷風と漱石──』一九五二年一一月。創文社）と評されたり、「上下《かみしも》姿のよそ行漱石」（『父・夏目漱石』一九五六年一一月。文藝春秋新社）と批判されたり、「基礎資料の捜査は不充分であつた」（瀬沼茂樹「小宮豊隆『夏目漱石』」『解釈と鑑賞』一九六四年三月）と不満を述べられたりしているが、「小宮は漱石神社の神主である」という名言は、毀誉褒貶を超越した最

大の評価であろう。
▼そして、もう一つ、小宮の勤務先東北帝国大学附属図書館に「漱石文庫」という漱石研究の原資料を戦災から守るために疎開、収蔵、保管し、調査研究の便に供している功績は、計りしれない。漱石歿後、早稲田南町の漱石山房は女婿松岡譲*らによって様々に保存が検討されたが、功を奏せず、一九四五年の東京大空襲で灰燼に帰してしまった。東北帝国大学には漱石門下生の阿部次郎と小宮豊隆が教授として勤務しており、ロンドンで交流があった土井晩翠*もおり、漱石蔵書の購入計画が進められた。東京帝国大学は分野別の分散管理であるのに対して東北帝国大学の「特殊文庫」方式の蔵書管理が夏目家の意向に添い、一九四三年、岩波茂雄の尽力で東北帝国大学が夏目家から漱石蔵書の購入することが決定、仙台に移送された。漱石山房は烏有に帰したが、蔵書は幸いにも戦火を免れることができた。蔵書ばかりではない。漱石の日記、手帳、ノート断片、原稿草稿、学生時代の試験答案、教師時代の英語試験問題、門下生・友人への貸出本・金銭出納帳、絵画・新聞雑誌切り抜き、書籍購入時の納品書、押し花などの身辺自筆資料類は豊富で多岐に亘っている。最も注目すべきは、漱石蔵書への自筆書き込みである。英文学者として、小説家としての漱石の内奥を知るためにたいへん貴重な資料を後進の人々に遺してくれた小宮の功績を、忘れてはなるまい。

なお、東北大学附属図書館では、インターネット上で、「夏目漱石ライブラリー」「漱石文庫目録データーベース」「漱石文庫関係文献目録データーベース」で、情報を提供している。これも小宮のお蔭である。

〔**参考文献**〕井上百合子「師と弟子――漱石と豊隆――」『講座 夏目漱石』第一巻、有斐閣、一九八一年七月二五日。／中野記偉「郷土の人・小宮豊隆」『漱石研究』第一三号、翰林書房、二〇〇〇年一〇月二〇日。／脇昭子『夏目漱石と小宮豊隆――書簡・日記にみる漱石と豊隆の師弟関係に就いて――』近代文芸社、二〇〇〇年三月二〇日。／江戸東京博物館・東北大学編『文豪・夏目漱石――そのこころとまなざし』朝日新聞社、二〇〇七年九月三〇日)。

〔原武　哲〕

## ■野上豊一郎

のがみ・とよいちろう

『近代文学研究叢書』67「野上臼川」一九九三年刊。

**一八八三**（明治一六）**年九月一四日～一九五〇**（昭和二五）**年二月二三日。英文学者・小説家・文芸評論家・能楽研究者。号は臼川。一高・東大英文学科以来の漱石門下生。**

大分県北海部《あまべ》郡福良《ふくら》村二四六番地（現・臼杵市福良）の雑貨商野上庄三郎と母・チヨの長男として生まれた。一八九〇（明治二三）年臼杵尋常小学校に入学、さらに臼杵尋常高等小学校に入学、九七年三月高等小学校三年を修業、翌四月新設の大分県立臼杵中学校に入学した。中学時代から『中学世界』に新体詩などを投稿してしばしば入選した。一九〇二年三月臼杵中学校を第一期生首席で卒業した。
▼一九〇二（明治三五）年九月第一高等学校

第一部（法文）甲（英語）に入学、同期生に安倍能成・藤村操・小宮豊隆らがいた。上京した豊一郎は、本郷弥生町の叔父小手川豊次郎宅に寄寓していた明治女学校生小手川ヤヱ（後の野上弥生子）に同郷のよしみで英語を教えることになった。**〇三**年五月英国から帰朝した夏目金之助（漱石）から英語の授業を受け始めた。一高二年の中頃から漱石と個人的な関わりを持つようになる。**〇五**年第一高等学校を卒業して、九月東京帝国大学文科大学英文学科に中勘助と共に入学した。漱石の「十八世紀英文学」の講義、シェイクスピアの「オセロ」（小宮豊隆は「テンペスト」という）を受講した。同年一一月のある朝、豊一郎は初めて漱石を本郷区千駄木町に訪問した。豊一郎は自身の将来の勉強に対する方法や文学上の疑問などの助言を求めた。一年のうちに単位をたくさん取って後は好きなことをしようと計画していた豊一郎は、「君は一週何時間出ているかね」と訊かれて、「三十時間出ています」と答えた。漱石は「そんなに出ちゃたまるまいね」と憐れんだように、冷やかしたように言った。一種の妙な圧迫を感じていた豊一郎は、長い間尊敬していた人に会うことのできた喜びで興奮と満足に浸っていた。同年末頃から高浜虚子・森田草平・寺田寅彦・鈴木三重吉・小宮豊隆・野上豊一郎らが漱石宅に参集し、木曜会と称せられた。**〇六**年八月、豊一郎は小手川ヤヱと結婚式を挙げた。同年一二月、漱石は本郷西片町に転居、門下生らと共に豊一郎も引越しの手伝いをする。木曜会に出席した豊一郎は、深夜巣鴨町上駒込の新居に帰宅して、ヤヱに漱石師弟の議論の雰囲気を逐一伝え、ヤヱは日記に記録した。

**▼一九〇八**（明治四一）年七月、東京帝国大学文科大学英文学科を卒業し、同大学院に進んだ。漱石門下の教養的雰囲気に薫染して漱石・虚子・能成・豊隆らと宝生新について謡を稽古した。〇九年秋、一年間在籍後、大学院を修了し、高浜虚子の紹介で国民新聞社に入社、文芸欄の編集を一一年廃刊まで担当した。豊一郎が専攻の英文学よりも熱情の対象となった能楽に誘い込んだのは、虚子が観せた桜間伴馬（後の左陣）の「葵の上」であった。やがて後継者桜間金太郎（弓川）に傾倒して、金春流の保護育成に尽くした。

**▼一九〇九**（明治四二）年九月和仏法律学校法政大学（現・法政大学）予科の英語英文学講師となり、同年九月から一二月にかけて『国民新聞』に「赤門前」を九一回連載した。

**▼一九一二**年三月一二日から四月六日の間、野上は腸チフスに罹り、東大病院三浦内科に入院した。野上弥生子からの便りと宝生新からの知らせで豊一郎の入院を知った漱石は、東大病院に野上を見舞った。

**▼一九一五**（大正四）年四月、万朝報社に入社、以後二〇年七月まで勤めた。

**▼一九一六**年一一月一一日、夏目漱石はフランス文学者辰野隆の結婚披露宴に出席し、胃の不調を訴え、翌日から病臥に伏した。同月三〇日から小宮・森田・鈴木・野上ら門下生が、夜中、交代で泊まり込んだ。一二月二日、診察看病中の真鍋嘉一郎（東大）らの医師は、診断結果をドイツ語で報告し合っていた。当番の野上は寝たふりをして聞き、医師の言葉に希望的観測はなかった。同月五日、野上は当直していた。九日午後六時四五分、漱石はついに永眠した。翌一〇日夜、野上は漱石逝去通知文の発信担当となり、久米正雄らに封筒の宛名書きを手伝ってもらった。一一日午後一〇時過ぎ、野上が来て、芥川龍之介と江口渙のあたっていた火鉢に手をかけながら、漱石の病気の経過や解剖の結果を伝えた。

▼一九一七年一月二日、春陽堂の『新小説』臨時号「文豪夏目漱石」が発行され、野上豊一郎は、「夏目漱石氏の一生」の「大学教授時代」を担当し、大学教師としての夏目金之助（漱石）について「大学の講義を三年して居れば、真面目な人ならきつと神経衰弱になる」と言って、漱石の態度は真摯で、且つ厳格であった、と述懐した。

　一七年六月には西神田倶楽部で清嘯会主催に野上は幹事として安倍能成・坂元雪鳥*らと漱石追善謡曲会を開き、「山姥」を謡った。同年一二月八日、神楽坂の「末よし」で漱石一周忌の逮夜を催し、野上は「硝子戸の外は木枯なり今宵」を詠む。

▼一九二〇（大正九）年、大学令により法政大学が発足、四月には教授となり予科長に就任した。二二年にはフランス文化紹介の功に対し、フランス政府からレジオン・ドヌール勲章を授与された。

▼一九三〇（昭和五）年五月、大学生時代に受講した漱石のシェイクスピア講義のノートに拠る『漱石のオセロ』（鉄塔書院）を出版した。三一年二月、法政大学学長松室致が急逝、野上は理事・学監に就任、高等師範部長・図書館長を兼任した。三二年二月、経済学部の一部教授たちが学内行政改革案を提出、これをきっかけとして、三三年九月、「法政騒動」が持ち上がった。この事件は表面上は野上と同じ漱石門下の同僚森田草平との学内権力闘争の様相を呈した。結局、この騒動は、三三年一二月、野上は理事、学監、予科長解職、教授休職となり、三四（昭和九）年六月、もう一方の責任者森田草平の法政大学教授解職と言うことで一応の決着を見た。

▼その後、野上は東洋文庫に通い、能研究に専念した。三五年一月、中央公論社嶋中雄作の依頼を受けて『解註　謡曲全集』（一九三五年五月〜三六年三月）全六巻の編集に着手した。豊田実の尽力で九州帝国大学講師の職を得て、集中講義に出かけた。三六年五月、仙台宮城女学校で開催された英文学会で「スターンと漱石」の講演を行なった。

▼一九三八（昭和一三）年七月、『能　研究と発見』で文学博士になり、法政大学文学部名誉教授となる。一〇月一日より一年間、外務省より欧米諸大学交換教授として英国に行き、「能の芸術理論を中心として日本文化の特質について」を講義した。三九年一一月無事帰国し、ヨーロッパ旅行の成果を見聞記『西洋見学』（日本評論社、一九四一年九月）にまとめた。一九四一（昭和一六）年三月、法政大学文学部長として再び迎えられ、一九四六（昭和二一）年二月学長を経て、一九四七年三月総長に就任、学園の復興に着手した。

▼四八年一月、法政大学より帰途、身体の不調を覚え、診断の結果、蜘蛛膜下出血と判明、療養生活に入る。四五年夏より、妻弥生子は空襲を避け、北軽井沢の山荘に疎開して、戦後も山荘で執筆活動を続けていたが、成城町の家屋を購入と、豊一郎の病気を機に、一九四八年九月弥生子も山荘生活を切り上げ東京に帰った。一九五〇（昭和二五）年二月二三日、成城町の自宅で先年の蜘蛛膜下出血が再発し、六六歳で逝去した。

▼野上豊一郎の業績は三つに分けることができる。

　第一は小説・評論などの創作家としての仕事であった。『中学世界』の常連投稿青年であった野上は、一八九九（明治三二）年三月「戸次原の古戦場」、同年八月「沈堕瀧」、同年一二月「早吸のながめ」を始め、小説、評論を投稿した。上京後、**一九〇五**年一月「吾輩は猫である」（『ホトトギス』）以後漱石に私淑し、第一高等学校『校友会雑誌』（一九〇五年四月）に「吾輩も猫である」という一文を草した。漱石門下生の一人として『ホトトギス』に登場したのは、一九〇七年一〇月の「自然派観」、同年一一月の「小説短評」などの評論であった。最初の小説「破甕」が『ホトトギス』に掲載されたのは〇九年一月で、妻弥生子の処女作「縁」（『ホトトギス』〇七年二月）よりも二年遅い。「石菖屋の婆さん」（〇九年二月）は漱石から「石菖屋の婆さん拝見あれは破甕よりは数等上等の作、御進境、嬉敷存候。たゞ時々同材料を引つ張りスギテ、クドイ所あり。今少短カク隙間ナクスル方モ考ヘラルベシ。トニカク大体ニ於テ、此調子ハ本物也」（**一九〇九**年一月二一日付野上豊一郎宛漱石書簡）と肯定的な評価を与えている。

『国民新聞』（一九〇九年九月八日～一二月二九日）に連載された半自叙伝的小説「赤門前」は明治末期の東大英文科内の教師・学生間対立や交流を体験的に描いたものである。漱石門下生の余裕派の作品で、低徊趣味を好む、貴族的で写生文派だ、という評があったが、野上は漱石の「三四郎」「それから」との関連で青春小説として考察する見方を示唆した。

「ミナ」（『新文藝』一〇年三月）は、もらったコリー犬ミナが唯一ほえない牛屋の娘お杉に牛乳配達人の男が通うようになり、ミナがほえるようになる。やがてお杉は男と駆け落ちし、ミナの容態も悪くなり入院、死亡する。女の堕落と犬の死が重ね合わせて語られている。漱石は「ミナも拝見あれは面白く候此前の新小説のと共に佳作に候。「赤門前」よりはよろしく候」（**一九一〇**年三月一三日付野上豊一郎宛漱石書簡）と、「ミナ」と「此前の新小説」（「郊外」『新小説』一〇年一月）は、「赤門前」よりも佳作であると批評した。

「崖下の家」（『新文藝』一〇年六月）は崖下の植木屋に下宿する学生を通して先妻の娘お米が轢死に至る悲惨を描いて、漱石の「門」、「三四郎」を髣髴とさせる。漱石は「赤門前御出版の由承知致候あれは如仰《おおせのごとく》小生よく読まざりしものなれど読んだうちに大分不本意の所有之君もいま繰り返したらば定めて色々な欠点に気がつくだらうと思ふ何卒《なにとぞ》其辺に御注意の上よく御訂正あり度切望致候　新文藝に出た崖下の家面白く候今日の万朝の六号につまらないもの丶様にかいてあり候があれは嘘に候　僕は君の短篇の方が却つて赤門前より優れてゐるのがあると思つてゐる。」（**一〇**年六月一〇日付野上豊一郎宛漱石書簡）とあるように、野上の「赤門前」を『国民新聞』全九一回連載中、漱石は必ずしも連続して読んでいたわけではなく、断片的に折に触れて読んでいたらしい。それでも欠点が目に着き、単行本としてまとめる時は、「御訂正あり度」と感じていた。しかし、単行本化の試みはついに成就せず、同類の正宗白鳥*の「何処へ」ほど評判にならず、歴史的に埋没してしまった。漱石は野上の「郊外」「ミナ」「崖下の家」などの短編小説の方が、「赤門前」のような中長編小説よりも優れているといっている。

▼第二の業績は、外国文学の翻訳、研究である。

一九一二年一月、女を題材にした「ミナ」「おらく」「干満」の三編を集めて短編集『巣鴨の女』（現代文芸叢書6、春陽堂）を上梓して以後、次第に小説から遠ざかっていった。本来、野上は大学で英文学を専攻した英文学研究者であり、『中学世界』投稿時代からツルゲーネフ、ポープ、スウィフト、ゴーリキー、スティヴンソン、シェリーなどの外国文学を紹介してきた。単行本としては、『邦訳近代文学』（尚文堂書店。一九一三年三月）、『春の目ざめ』（東亜堂書房。一九一三年六月）は芸術座や築地小劇場で上演され、しばしば改訳され、版を重ねたが、漱石が書簡（一三年八月七日付）で小宮の調査で二十箇所以上誤訳があることを知らせてきたように、誤訳が問題になった。

一九三〇（昭和五）年五月、『漱石のオセロ』（鉄塔書院）を刊行した。野上は大学入学時一九〇五年九月から漱石辞職時〇七年三月までの一年半「オセロ」「テンペスト」「ベニスの商人」「ロミオとジュリエット」などのシェイクスピア講義を聴講していたが、筆記した講義ノートをもとに編集した。「はしがき」で「筆記者はいかに夏目金之助氏の講義を聴いたかを示すものに過ぎないかも知れぬ」と書いているように、講義者漱石のシェイクスピア観を描くよりも、筆記者野上が漱石のシェイクスピア講義をどう聴いたか、という点に重点が移っているのは已むを得ない。

▼第三の業績は能の研究である。野上は日常の淡々とした味わい深い情調を描いた短編創作には秀でた才能を示したが、今一つ突き破る独自の人生観を確立する力に届かなかった。また一方で弥生子が指摘するように、日本人がいくら英語英文学を研究しても、行き着くところは本国人の「後塵を拝するにすぎない」という思いが、英文学研究から日本伝統文化なかんずく能楽研究に彼を転換させた。後半生はもっぱら能楽研究家として能の理論の確立を目指し、著しい業績をあげて能楽界に貢献した。

一九〇九年二月、吉田東伍校訂『世阿弥十六部集』が能楽会から出版され、識者の注目を集め、能楽研究が本格的に始まった。野上も高浜虚子の慫慂で観た桜間左陣の「葵の上」に刺激を受け、激しい傾倒にのめり込む。「囚はれざる能評」を一九一一年一二月『能楽』に発表して以来、能研究を次第に深め、『花伝書』（岩波文庫、一九二七年一一月）、『中楽談義』（岩波文庫、一九二八年五月）、『能作書　覚習条条　指導至花道書』（岩波文庫、一九三一年七月）を校訂出版し能の普及に貢献した。

やがて、世阿弥を中心とした研究、『世阿弥元清』（創元社、一九三八年一二月）、『世阿弥と其の芸術思想』（日本精神叢書、一九四〇年七月）、『観阿弥清次』（要書房、一九四八年五月）を著し、彼の能理論研究は『能　研究と発見』（岩波書店、一九三〇年一一月）、『能の再生』（岩波書店、一九三五年一月）、『能の幽玄と花』（岩波書店、一九四三年一月）に集約された。その理論は曲舞と小歌を基礎にした演戯であり、華麗、簡素、優婉、豪壮の調和の中に表現された象徴主義としての能に着目した。その中核は「能の主役一人主義」である。能楽協会の顧問になり、その功績を記念して一九五二年に「野上記念法政大学能楽研究所」が設立された。

〔**参考文献**〕『近代文学研究叢書』第六七巻「野上臼川」昭和女子大学、一九九三年七月二〇日。／平岡敏夫『日露戦後文学の研究　上』有精堂、一九八五年五月。

〔原武　哲〕

# ■野上　弥生子

のがみ・やえこ

『新潮日本文学アルバム』「野上弥生子」一九一七年七月撮影。

**一八八五**（明治一八）**年五月六日～一九八五**（昭和六〇）**年三月三〇日。小説家。漱石門下生の野上豊一郎＊の妻。豊一郎を通じて漱石の小説修行の指導を受ける。**

大分県北海部《きたあまべ》郡臼杵町五一一に父・古手川角三郎・母・マサの長女として生まれた。本名ヤヱ。初期の号は八重子。家は祖父の代から醸造業であった。一八九九（明治三二）年三月、臼杵尋常高等小学校を卒業した。

▼一九〇〇（明治三三）年上京し、本郷区弥生町の叔父古手川豊次郎方に寄寓、叔父の親しかった島田三郎に会い、木下尚江に連れられて、四月府下巣鴨村庚申塚の明治女学校普通科に入学した。一九〇三（明治三六）年三月、明治女学校普通科を卒業、四月明治女学校高等科入学し、一九〇六（明治三九）年三月、明治女学校高等科を卒業した。同郷で第一高等学校学生の野上豊一郎と交際を始め、卒業後、八月、結婚した。

一一月、東京府下巣鴨町上駒込三八八番地内海方に転居、「木曜会」の漱石山房に出入りする夫豊一郎に励まされて習作「明暗」に着手した。豊一郎は妻の「明暗」を漱石に見せ、批評を乞うた。読んだ漱石は弥生子に巻紙五メートルに及ぶ手紙を送って、詳細に批評した。

「　明暗

一　非常に苦心の作なり。然し此苦心は局部の苦心なり。従つて苦心の割に全体が引き立つ事なし

一　局部に苦心をし過ぎる結果散文中に無暗に詩的な形容を使ふ。然も入らぬ処へ無理矢理に使ふ。スキ間なく象嵌を施したる文机の如し。全体の地は隠れて仕舞ふ。」

「人情ものをかく丈の手腕はなきなり。非人情のものをかく力量は充分あるなり。」

「趣向は全体として別段の事なし。あしく云へばありふれたるものなるべし。只運用の妙一つにて陳を化して新となす。作者は惜しい事に未だ此力量を有せず。」（**一九〇七**年一月一七日付野上弥生子宛漱石書簡）

とかなり厳しく若い弥生子の弱点を鋭く指摘したが、翌一月一七日の木曜会で朗読された弥生子の原稿「縁《えにし》」を高浜虚子＊に紹介して、『ホトトギス』に掲載することを希望した。

「「縁」といふ面白いものを得たからホトヽギスへ差し上げます。「縁」はどこから見ても女の書いたものであります。しかも明治の才媛がいまだ曾て描き出し得なかつた嬉しい情趣をあらはして居ます。「千鳥」をホトヽギスにすゝめた小生は「縁」をにぎりつぶす訳に行きません。ひろく同好の士に読ませたいと思ひます。」「こんななかに「縁」の様な作者の居るのは甚だたのもしい気がします。これをたのもしがつて歓迎するものはホトヽギス丈だらうと思ひます。夫だからホトヽギスへ進上します。」（〇**七**年一月一八日付高浜虚子宛漱石書簡）と前日の本人宛の書簡とは打って変わって高く推奨した。これが『ホトトギス』二月号に掲載されて文壇的デビューを果たした。

▼**一九〇七**年四月、夏目漱石は一切の教師を辞め、「朝日新聞社」に専属作家として入社し、入社挨拶と「虞美人草」取材とを

兼て、京都旅行に行った。弥生子は漱石に「京人形をおみやげに買ってきてくださいまし」と、おねだりの手紙を出した。漱石は京都から帰り、留守中に印材用の唐茄子の蔕《へた》を送られたので、お礼の手紙で「京人形の一寸ほどのものを買ひ求め候」（四月一二日付野上豊一郎宛漱石書簡）と書いてあったので、弥生子は心が躍るばかり喜んだ。次の木曜日、豊一郎が持って帰ったのは、浅草の仲見世にでもあるような、安っぽい小さな人形だったので、始めはがっかりした。後につつましい旅の中、入社第一作の小説構想中に通りの人形屋で思い出して、小さい人形を買った漱石に深い感謝の念を抱いた。

「縁」をきっかけにして、六月「七夕さま」を『ホトトギス』に発表し、「漱石評。大傑作なり」と批評して褒めた。「七夕さまは「縁」よりもずつと傑作と思ふ 読み直して驚ろいた。燈籠を以て着物を見に行く所は非常によい。末段はあれでよろし」（一九〇七年五月四日付野上豊一郎宛漱石書簡）「七夕さまをよんで見ました、あれは大変な傑作です。原稿料を奮発なさい。先達てのは安すぎる。」（一九〇七年五月四日付高浜虚子宛漱石書簡）と書いて、原稿料の奮発を促している。漱石は森田草平*宛書簡（六月二一日付）でも弥生子の「七夕さまへ感服して呉れたのはうれしい。」と、たいへんな肩の入れようである。

「「紫苑」は少々触れ損ひの気味にて出来栄あまりよろしからず。「柿羊羹」の方面白く候。是も非難を申せば吉田さんが不自然の自然《（ママ）》に出来上つて居り候へども、大体の処結構に御座候。」「ただ柿羊羹の方が上等の代物と覚召し御取計可然《しかるべく》候」（一九〇七年一二月九日付野上弥生子宛漱石書簡）、と評し、「紫苑」は『新小説』（〇八年一月）に、「柿羊羹」は『ホトトギス』（同）に掲載された。

▼〇八年一二月「女同士」を『国民新聞』に連載し、野上弥生子の筆名を用い始めた。

「八重子「鳩公の話」といふ小説をよこす。出来よろし。」（一九〇九年三月二〇日漱石日記）

「鳩の話早速拝見。面白く候すぐ虚子の手許へ廻し候来月は附録を出すとか出さぬとか申居候故都合によりては如何と思ひ候へども出来るならば掲載する様願ひ置候」（一九〇九年三月二〇日付野上弥生子宛漱石書簡）

弥生子の「鳩公の話」は夫豊一郎を通じて漱石の下読みを受け、『ホトトギス』附録として、〇九年四月、発表された。

▼一九一一（明治四四）年九月、平塚らいてう*（明子）の女性文学集団「青鞜社」が結成され、弥生子もその社員になった。しかし、一〇月には退社し、寄稿家として協力することにして、小説「京之助の居睡」（一二年九月）、翻訳「近代人の告白」（一二年一〇月～一三年一月）などを発表した。

▼一九一二（明治四五）年三月、夫豊一郎が腸チフスに罹って入院したので、弥生子は漱石に手紙で知らせた。漱石はすぐ返事を出し、「御手紙拝見致しました野上君の御病気は驚ろきました。あなたも嘸御心配でせう。」「御手紙の模様では大した事にもならずに済みさうでまことに結構です、夫に入院さへしてゐれば手当は充分出来るから貴方は安心して寐て入らつしやい。」「あなたは身体のしつかりする迄傍へ寄らない方がい丶、チフスだから感染すると不可ない」と気遣い、東大病院三浦内科に見舞った。

▼一九一三（大正二）年七月一五日翻訳『伝説の時代』（タマス・ブルフィンチ原著）を尚文堂から刊行したが、漱石に序文を頼み、漱石は書簡風な序文で、

「私はあなたが家事の暇を偸んで『伝説の時代』をとう〳〵仕舞迄訳し上げた忍耐

と努力に少からず感服して居ります。」「況《ま》して夫の世話をしたり子供の面倒を見たり弟の出入に気を配つたりする間に遣る家庭的な婦人の仕業としては全くの重荷に相違ありません。あなたは前後八ヶ月の日子を費やして思ひ立つた翻訳を成就したと云つて寧《むし》ろ其長きに驚ろかれるやうだが、私は却つて其迅速なのに感服したいのです。」「恐らく余りに切実な人生に堪へられないで、古い昔の、有つたやうな又無いやうな物語に、疲れ過ぎた現代的の心を遊ばせる積りではなかつたでせうか。」（野上弥生子訳『伝説の時代』序）と家庭婦人の翻訳作業の重荷を慮った。弥生子は序文の御礼として、謡本百八十番を入れる桐箱を持参したが、箱を見ると小さな汗のしみが付いていた。弥生子は驚いて、玄関まで運んでくれた車夫の汗のせいだと釈明したが、漱石は不愉快な顔を露わにした。

▼一九一四（大正三）年八月『東京朝日新聞』に新進作家の短編小説連載が始まり、弥生子も選ばれて、九月二一日から一〇月四日まで一三回「或夜の話」を連載した。最初は「死」という題だったが、第一回の*武者小路実篤の作品も「死」だったので、同じ題が二つも続くのは変だからということで、改題させられたが、後に単行本『新しき命』に収録する際は、「死」に戻した。

▼**一九一五**（大正四）年四月、弥生子の実家小手川武馬（大分県臼杵町）が弥生子の依頼であろうか、漱石に味噌一樽贈り、漱石は小手川に礼状を出した。一六年一一月小説集『新しき命』を岩波書店から刊行した。

漱石歿後、弥生子はますます秀作を発表し、当代を代表する女流作家に成長した。

▼二二年九月「海神丸」（中央公論）を発表した。一九二八（昭和三）年八月「真知子」（改造）の分載始まり、三一年四月長編単行本として『真知子』（鉄塔書院）は刊行された。

▼三八年一〇月、日英交換教授となった豊一郎に同行して渡欧、三九年九月第二次世界大戦に遭い、アメリカを回って、一一月帰国した。

▼戦後は、一九四八年一〇、一二月『迷路』第一、二部を岩波書店から刊行した。五六年一〇月「方船の人」を『迷路』第六部として分載、全六部完結した。五八年二月『迷路』により第九回読売文学賞を受けた。一九六四（昭和三九）年二月『秀吉と利休』を中央公論社から刊行。四月『秀吉と利休』により第三回女流文学賞を受けた。

▼六五年一一月文化勲章を受けた。七一年一一月文化功労者に選ばれ、七二年五月『森』第一章「入学」（新潮）を連載始めた。八一年一月朝日賞を受けた。八四年一月『森』第十五章「春雷」（新潮・未完）発表した。完成を目前にして急性心不全で死去した。満九九歳。

▼野上弥生子の見た夏目漱石は、

「先生のことは、一高の時から教はつてゐた野上にたえず噂を聞いてゐたので、まだ書いたものを見て頂かないまへから、わたしにも先生のやうな気がしてゐた。はじめて見て頂いたのは『縁《えにし》』と云ふ、その頃『ほととぎす』を中心としてはやつてゐた写生文風の短いものであつたが先生はそれを褒めて下すつたので、虚子さんが雑誌に載せてくれた。云はばこれがわたしのささやかな文壇的デビューになつたわけである。しかしわたしには文壇への野心といふやうなものは少かつた。わたしはただその後もなにか出来ると見て頂いてゐた先生から、これでよいと云はれることが最上の名誉であり、満足であつた。同時に世間からどんなに喝采されようとも、先生に否定されるやうなものなら恥かしいと思つた。そんなものは決して書いてはならない。況んや金のために。――わたしは自分でどうしても書きたいと思ふものでなかつたら、一行も書くまいとさへ決心してゐた。今の若い人達は不思議がるかも知れないやうな、この窮屈な潔癖がつねにわたしを支配してゐたのは、読んで頂く人として先生をいつも一番に頭に入れてゐたからであつた。」「なにか新らしいものが出来ると、木曜会の時に野上がもつて行つてくれた。わたしはあれほどいろいろな人を引きつけてゐた木曜の会に一度も行かうとはしなかつた。」「当時の先生は訪問客にはうんざりしてゐられることを知つてゐたので、わたしまで出かけてその上先生を疲らせなくとも、そんな暇に書物の一ペイジも読んだり、子供の世話でもよくしてやれば、先生にはその方がお気に入るのだと信じてゐた。ひとつは野上から木曜会の度に、今夜は誰がどんな話をしてどんな議論が出て、また先生がどう仰しやつたと云ふやうなことまで委しく聞かされたので、行かなくとも大抵の話題や、出来事は知つてゐた。そんな事情で、あれほど長いあひだ親切にして頂いた先生に、わたしは五六度とはお目にかからなかつたやうな気がする。」（「夏目先生の思ひ出―修善寺にて」『文芸』一九三五年五月）という。

夫の豊一郎が木曜会から帰って、出席した面々の発言や漱石の意見を細かく妻に報告したので、弥生子はこまごましたことまで日記に書き留めていたらしい。しかし、残念ながら、その部分の日記は残っていない（「夏目先生の思い出――漱石生誕百年記念講演――」）。

後に能楽研究者になった野上豊一郎は勿論、弥生子も謡は堪能であったが、漱石の謡だけは、「及第点」をあげられないと言って、エピソードを語っている。弥生子が夏目家を訪ねた時、座敷で待っていると、書斎から「清経」の悲しみ嘆く謡の、幽玄で燻銀のような声が聞こえてきた。弥生子は涙ぐましくなるような陶酔で聴き入った。すると、「めえーっ」と山羊の鳴くような、甘っぽい、いかにも素人らしい、間延びした謡が続いた。弥生子は二度びっくりして、きょとんとし、間違いでもしたように赤くなった。弥生子はその晩宝生新の代稽古尾上始太郎《もとたろう》の謡を漱石だと思ったのであった。

▼研究者たちは漱石と野上弥生子との関係をどう見ているだろうか。

篠田一士は「夏目漱石の小説遺産をもっとも正統的に受けつぎ、同時に、現代という時代のなかで、それを生々と実現した作家がだれかということになれば（略）野上弥生子をおいてほかにない」（『日本文学全集』第三五巻、集英社、一九六八年一〇月）と、野上弥生子が最も正統的後継者と見なした。

瀬沼茂樹は「漱石門下といえば、野上弥生子が漱石の風格を継承し、生かした唯一の閨秀作家として地歩を占めてきたといえるであろうか。」「野上弥生子は少女時代から国文学の教養や英文学の見識を身につけていたが、漱石に教えられて、漱石風な写生文に出発したといってよい。自己の身辺の事象や見聞に取材して、写生文としての小品をつづる間におのずから娘らしい物語を孕み、明治の才媛がかつて描出できなかった「嬉しい情趣」をあらわしたと漱石の評したような世界から漱石の見解を超えた小説の世界を拓いていった。」（『野上彌生子の世界』二「写生文」、岩波書店、一九八四年一月二〇日）と評した。

漱石の孫松岡陽子マックレインも「あせらず根気ずくで、牛となって八十年近い作家生活を送ったのは野上氏の他になく、この意味で野上氏こそ真の漱石の一番弟子と言う事が出来るのではないだろうか」（「漱石の一番弟子」『新潮』一九八四年六月）と言っている。

渡辺澄子は「夏目漱石との師弟関係も、漱石直接の弟子とならずに豊一郎経由であったことが結果として幸せだったのではないかと思われる。」（「野上弥生子論」『解釈と鑑賞』一九八五年九月）と、弥生子が漱石の直弟子でないことが、かえって幸いしたとの見解を述べている。

井上百合子は「弥生子が女流にありがちな感情の誇大や、官能の悩みを書くことがなかったのは、資質はもとよりだが、やはり漱石に教えられたものであり、またそこから目を開かれたオースティンやエリオットらイギリスの女流の影響であろう。」（『夏目漱石試論』「野上弥生子」河出書房新社、一九九〇年四月）と、漱石に学んだ英国女流文学者の影響を重視した。

相原和邦は「ディオニソス的な批判精神においては漱石に一歩譲るとしても、その倫理感、社会観、および精緻な観察と知的分析力の多くは漱石に学んだものといえよう。」（「漱石山脈事典」『夏目漱石事典』学燈社、一九九〇年七月）と、漱石に学んだことを指摘した。

飯田祐子は「弥生子の語る師としての漱石は、非常に抽象化されているが、それが容易に可能になったのは、書かれたもののみでの限られた関係だったからではないか。直接議論重ねるような機会があれば、立場や感受性の違いが前景化してしまう事態に陥り易い。」「ことに「女」という特別席を与えられてしまうものにとって、このような間接性を積極的に利用することが、自らの力に対する妨害を除去する可能性を持つ場合もあるのである。弥生子は積極的に間接性を維持していた。野上弥生子をめぐって見えてくるのは、「師」たるものを自分の支えとして作り出した弟子の姿である。漱石山脈にあって、それはたしかに特殊なものであったはずだ。」（「野上弥生子の特殊性—「師」の効用」『漱石研究』第一三号、翰林書房、二〇〇〇年一〇月）と、漱石と野上弥生子との特殊な師弟関係に切り込んだ。

〔**参考文献**〕助川徳是『野上弥生子と大正教養派』桜楓社、一九八四年一月。／渡辺澄子『野上弥生子の文学』桜楓社、一九八四年五月。／瀬沼茂樹『野上弥生子の世界』岩波書店、一九八四年一月二〇日。

〔原武　哲〕

## ■鳥居　素川

とりい・そせん

『明治文学全集』91「明治新聞人文学集」一九七九年刊。

**一八六七（慶応三）年七月四日〜一九二八（昭和三）年三月一〇日。明治・大正期の新聞記者、政治評論家。漱石の「草枕」を読んで感動し、同郷の主筆池辺三山*と協力して、漱石獲得を建策、漱石の朝日新聞社入社を成功させた。**

肥後国（熊本県）、父・熊本藩士鳥居般蔵、母・由子の三男として、熊本本荘町で生れる。号は素川（熊本市内を流れる白川に因む）、名は赫雄《てるお》で、漱石と同年生まれ。一八七三年本山小学校に入学する。一八八二年済々黌に入学、一八八四（明治一七）年に同校を卒業した。上京の後、独逸協会専門学校に入学したが同校を中退、中国に渡り、日清貿易研究所に入る。八八年健康を害し、同研究所を退き帰国。歌人天田愚庵に会うため、母と共に京都に移住。京都の新聞に応募した懸賞論文が一等に当選、愚庵はその文才を認める。一八九〇年上京、新聞社『日本』に入社し、以後新聞記者としての道を歩む。一八九四（明治二七）年九月、日清戦争時に従軍記者として中国大陸に渡り、戦況報告記事により名が知られるようになる。一八九七（明治三〇）年に同じ肥後熊本出身の池辺三山（吉太郎）の推薦で新聞『日本』社から『大阪朝日新聞』の記者となり、後に編集局長を務めた。九八年光永惟斎の長女友子と結婚、大阪に母と三人の新家庭を持つ。

▼一九〇一（明治三四）年には二年間ドイツのハレ大学に留学、その際パリに赴く洋画家*中村不折と同船している。このハレ大学はドイツ啓蒙主義運動の初期の拠点校で、旧来の神学に代わって法学が学問の中心とならなければならない、とする開明的な大学であった。〇三年六月、帰国、『大阪朝日新聞』紙上で内藤湖南・西村天囚と共に論陣を張る。〇四年二月、対露宣戦布告。第一軍従軍記者として派遣される。〇五年、講和条件の内容を不満として活発な主張を『大阪朝日新聞』紙上に掲げる。九月、二回のべ二一日間の発行停止処分を受けた。

▼鳥居は関西にあって『朝日新聞』の将来に対し報道面に加えて文芸面の充実を図ることを考えていたが、折しも「草枕」を読んで感心し、漱石を朝日新聞に招聘することを考えつく。事実**一九〇六**（明治三九）年一二月二日付漱石書簡によれば、旧知の中村不折を介して朝日新聞社への入社を依頼したが、この時漱石は一旦断っている。

▼漱石は日英同盟締結翌年の**一九〇三**（明治三六）年一月にイギリス留学（ロンドン）から帰国。東京帝国大學文科大學英文学科講師となる。**一九〇五**年に「吾輩は猫である」「倫敦塔」などを発表し、翌**〇六**年には「坊っちゃん」「草枕」「二百十日」などを発表して作家としての地歩を固める。漱石はイギリス留学から帰ったものの教育・研究者であることに没頭できず、「辞めたい」という考えをすでに五高時代から持ち、*小泉八雲（ラフカディオ・ハーン）の後釜として帝国大学に入ったものの先任者で評判の高かったハーンと比較され心穏やかならぬものがあった。そして**一九〇七**（明治四〇）年五月に懸案の「文学論」が消化不良の感をぬぐえないままではあったが、春陽堂から上梓された。これは漱石にとっては大きな節目であった。

　これは**一八八八**（明治二一）年七月、漱石が第一高等中学校を卒業するに際し、建築家を志していたところ、友人の*米山保三郎の将来に向けての一言で建築家から文学者に鞍替えし、新たな文学論の構築を目指して英文科に進んだ頃のことに繋がっている。漱石は以後の日本文学の基礎となるべき書物を著わすという「天下の志」を実現すべく、この「文学論」をライフワーク的な意味合いにおいて取り組んでいただけに、**一九〇七**（明治四〇）年のこの出版は、一つの大きな節目であった。この年、漱石はすでに鳥居素川が発想していた朝日新聞社への招聘を受け入れたのであった。

　鳥居素川が漱石に接触をもったのは、友人の*中村不折を通してであった。しかし鳥居の中で漱石を『朝日新聞』に招聘するという発想は彼の中に生きつづけ、やがてこれが実現されていく。かくしてこの企画はやがて漱石の運命を変え、ひいては日本の文学史的にも大きな影響を与えることになる。鳥居は**一九〇七**（明治四〇）年に出た『鶉籠』（春陽堂）の中にある新しいタイプの小説「草枕」に大いに感動し、ここに漱石の並々ならぬ才能を直感し、漱石にぜひ『朝日新聞』に来てもらいたいという思いを抱いたのである。この考えをもって同郷で『東京朝日新聞』にいた池辺三山に図り、社長の村山龍平に漱石の招聘を提案することになった。二月下旬ごろ使者に立ったのは熊本時代に紫溟吟社で俳句を漱石から学び、当時朝日の社会部長になっていた*渋川玄耳と文科大學国文科学生であった*坂元雪鳥であった。

▼**一九〇七**年三月一五日に東京朝日新聞社主筆だった池辺は漱石を訪ね、入社の契約内容について打ち合わせている。朝日新聞専属で新聞連載小説を書き、月給二〇〇円、賞与年二回、社に顔を出すのは月二回であった。同月一九日には日本倶楽部で東京朝日社の池辺三山、中村不折、渋川玄耳らとともに晩餐をとり、二〇日には第一高等学校、二六日には帝国大学の退職願を書く。そして象徴的に興味深いのは、この間二四日に「文学論」の校閲が完了するのであった。このように見てくると、漱石のキャリアの節目と「文学論」構築への思いの節目とが並行している。そして二八日には友人の*狩野亨吉に会うべく京都に向かい、三一日には大阪朝日にいる鳥居素川と直接会い、四月四日には社主村山龍平と会っている。しかもこれらそれぞれの節目は、漱石の朝日新聞社入社のプロセスにとって決定的なものであった。

漱石はここで教壇にあって教育者、十八世紀イギリス文学の研究者・評論家としての軸足をさらに太くし、小説、漢詩、俳句に軸足をおいた表現者として生きていくことになる。そして**一九〇七**（明治四〇）年五月三日には「入社の辞」を『東京朝日新聞』に書いて東京帝国大学を去った。退職して最初の新聞小説は「虞美人草」であったが、この頃、底流には漱石自身の問題として骨の髄まで東洋（日本）人で、大学で一八世紀イギリス文学を学び、西洋のロンドンに留学までした人間が、明治日本にあって旧来の日本（東洋）文化と外（新）来の西洋文化との接触・衝突、混交の中で、日本の新しい時代をどう模索するかという課題を抱えて煩悶していたのである。

▼鳥居素川のその後の軌跡は波乱に満ちている。大阪朝日新聞社編集局を預かり、大正デモクラシーの時代思潮のなかで自由主義・民主主義の立場で政治評論を展開した。時代は第一次世界大戦（一九一四～一九一八）後の日本である。経済（景気）の格差、地方と都市との格差、特に農民の困窮が拡がり、労働争議なども頻発した。一九一八（大正七）年八月の米騒動では鳥居は当時の寺内正毅内閣を攻撃した。そのさ中で生じたのが『大阪朝日新聞』の筆禍、あるいは政府の言論統制の事件、いわゆる白虹事件であった。

▼一九一八年大阪朝日はシベリア出兵や米価暴騰からくる米騒動に関して厳しく寺内内閣を批判した。同年八月二六日の記事に、「来会者は食卓に就いたものの心から楽しめず、我大日本帝国は恐ろしい審判の日に向かってゐる。白虹日を貫けりとも言へる状態で不吉な兆候がある…」といった趣旨の記事を書いたのである。これは秦の始皇帝の暗殺を惹起させるものであった。警察の検閲掛りは回収を迫ったが、すでに一部は出回ってしまった後で、直ちに筆者、編集者、発行人は告発され、検察は『大阪朝日新聞』を発行禁止に追い込もうとしたのである。事態を重く見た大阪朝日新聞社は村山社長が退陣、編集局長だった鳥居素川も他の幹部とともに退社を余儀なくされた。退社した中に社会部長だった長谷川如是閑もいた。この時代は一方で明治以降の日本の殖産興業による資本主義が急

速に発展、他方で労働運動も盛んになり社会の矛盾が噴出した時代であった。自信をつけた日本の政府や支配層はやがて南満州鉄道株式会社設立、大逆事件、韓国併合、シベリア出兵へと突き進んでいくのである。

▼鳥居はもう一仕事しようとした。大阪朝日新聞社を退社した鳥居は、新聞人として新たに『大正日日新聞』を興そうとする。しかしその後経営に失敗してこの新聞は陽の目をみることはなかった。鳥居は骨の髄まで新聞人であったのである。一九二八(昭和三)三月一〇日、肺炎のため死去。六〇歳。

▼漱石にとって、教師を辞めて朝日新聞社に入社して専属作家になることは、人生の一種の賭けであった。しかし、教師として国家の枢要な使命を完遂することよりも、江湖の処士として自由な立場で自由に文芸作品を書き、若い者と自由に語り会いたかった。それは取りもなおさず、「大学屋をやめて新聞屋になる事」(漱石「入社の辞」)であった。漱石に「新聞屋」になるきっかけを作った人物は鳥居素川であった。漱石が「新聞屋」になったため、日本文学が大きく変わった。かくして鳥居は日本文学の変革のきっかけを作った男ということができるであろう。

〔**参考文献**〕富田啓一郎「鳥居素川『ドイツ留学』の意味」『近代の黎明と展開』、熊本近代史研究会、二〇〇〇年。/新妻莞『新聞人・鳥居素川』朝日新聞社、一九六九年四月。/伊豆富人「鳥居素川」『三代言論人』第七巻、時事通信社、一九六二年一〇月。/『明治文学全集』第九一巻「明治新聞人文学集」筑摩書房、一九七九年七月一〇日。/嘉治隆一「三山、素川、漱石」『学鐙』丸善、一九六二年二月。

〔西川盛雄〕

## ■鈴木三重吉

すずき・みえきち

『鈴木三重吉全集』第五巻、岩波書店、一九三八年一二月刊。一九二五年頃。

**一八八二(明治一五)年九月二九日〜一九三六(昭和一一)年六月二七日。小説家。児童雑誌『赤い鳥』主宰者。東大英文学科以来の熱烈な漱石崇拝の門下生。**

広島市猿楽町に父・鈴木悦二、母・ふさの三男として生まれた。鈴木家は代々広島浅野藩士であったが、後に商人となり、竈屋を業としたが、三重吉出生のころ悦二は広島市役所学務課に勤めていた。幼時、ひどい癇癪持ちであった。兄二人と次弟が一〇歳未満で死去したので、甘えっ子で育った。広島市本川尋常小学校四年を経て、真菰橋にあった第一高等小学校二年を終え、広島県立第一中学校(現・県立広島国泰寺高等学校)に入学、怜悧、好学で腕白のリーダーでもあった。『バイロン詩集』を愛読、「バイロン」というニックネームを付けられた。首席を争うクラス第一の秀才であり、長身瀟洒な文学青年で、円転闊達な能弁家であった。

▼一九〇一（明治三四）年三月、広島県立第一中学校を卒業、九月、第三高等学校一部甲類に入学、在学中胃病と神経衰弱に苦しんだが、成績は上席二、四番目ぐらいで、英語を得意とした。三年の時、校友会誌『嶽水会雑誌』の編集に携わり、創作を試みる。

▼**一九〇四**年七月、第三高等学校を卒業、九月、東京帝国大学文科大学英文学科に入学した。漱石の講義を聴いて敬慕の念を深めた。**〇五**年六月一一日、英文学科三年中川芳太郎は、三重吉が漱石を大層尊敬して居ると、漱石に話した。九月、三重吉は中川芳太郎に漱石宛の手紙を託ける。一一日、漱石は三重吉の手紙が長いこと（長さ三間―八畳座敷を縦にぶっこ抜いて六畳座敷を横断した長さ）と漱石を敬慕する文で埋め尽くされていることに驚かされた（中川芳太郎宛書簡）。三重吉は神経衰弱のため一年間休学を決心、敬愛する漱石に相談、漱石は帰郷した三重吉に出京を勧め、「休学中々学の教師といふけれど教師抔をしては神経衰弱が起る許りで決して休学にはなりませんよ。」「（能美）島へ渡つて遊んで居る方がい丶。」と教師をしないで島で静養することを勧め、「小生も大学を一年休講して君と一所に島へでも住んで見たい。」（**〇五**年一〇月一二日付漱石書簡）と激励した。同年一一月九日には、「君は僕の胃病を直してやりたいと仰やる御心《ママ》切は難有いが僕より君の神経痛《ママ》の方が大事ですよ」「僕の胃病はまだ休講をする程ではないですが来年あたりは君と入れ代りに一年間休講がして見たいです。」「僕の理想を云へば学校へは出ないで毎週一回自宅へ平常出入する学生諸君を呼んで御馳走をして冗談を云つて遊びたいのです。」（三重吉宛漱石書簡）と書き、後の木曜会を暗示している。

▼**〇五**年一二月下旬、三重吉は静養先広島県佐伯郡能美町中村の下田方から、自分の影法師を紙に書き写して、「炬燵《こたつ》して或夜の壁の影法師」とだけ書いて、漱石に送った。同月二四日、漱石は、「鈴木子の信書を受取りて　只寒し封を開けば影法師」と返句を返した。

　同月三一日、「君の神経衰弱は段々全快のよし結構小生の胃病も当分生命に別条はなささうです。」（三重吉宛漱石書簡）と三重吉の回復を喜んだ。

▼**一九〇六**（明治三九）年四月一一日、三重吉の実家（広島市江波村築島内）から手紙と「千鳥」の原稿が漱石に送られてきた。漱石は早速読んで、三重吉に「千鳥は傑作である。」（三重吉宛漱石書簡）と断じ、「三重吉君万歳だ。」と快哉を叫んだ。難点をいくつか指摘して、「それを除いては悉くうまい。」「総体が活動して居る。」と褒め、「千鳥を此次のホト、ギスへ出さうと思ふが多分御異存はないだらう。」と言い知らせ、「どうか面白いものをもつと沢山かいて屁《へつ》鉾《ぼこ》文士を驚ろかして呉れ玉へ。」と激励した。同日、漱石は『ホトトギス』の編集者＊高浜虚子に、「僕名作を得たり之をホト、ギスへ献上せんとす」「作者は文科大学生鈴木三重吉君。」「僕の門下生からこんな面白いものをかく人が出るかと思ふと先生は顔色なし。」と賞讃して推薦した。

　同年四月一二日ごろ、高浜虚子から三重吉の「千鳥」に対する意見が漱石に送られて来た。漱石は虚子の意見と自分の意見を比較して、「要するに虚子は写生文としては写生足らず、小説としては結構足らずと主張す。漱石は普通の小説家に是程写生趣味を解したるものなしと主張す。」「君は固より僕に丈の積りだらうが僕以外の人の説も参考に聞く方が将来の作の上に利益があると思ふから一寸報知する。」(同月一四日付三重吉宛漱石書簡)と三重吉の将来に期待をかけた。

〇六年五月、「千鳥」は漱石の推賛の辞と共に、『ホトトギス』に掲載され、三重吉の出世作となった。寺田寅彦*は「千鳥」を褒めて「好男子万歳」と漱石に書いて来た。坂本*四方太は「到底及ばない名文である。傑作である。」と手紙で書いて来た。五月二六日、「人間の価値は何かやつて見ないとどの位あるか分らない。君どうぞ勉強してやつてくれ玉へ。」「君も千鳥のあとは万鳥でも億鳥でも大にかき給はん事を希望する。」(三重吉宛漱石書簡)と文学の不確実性と奮起努力の必要を説いた。

同年六月六日、「君は九月上京の事と思ふ神経衰弱は全快の事なるべく結構に候然し現下の如き愚なる間違つたる世の中には正しき人でありさへすれば必ず神経衰弱になる事と存候。」(三重吉宛漱石書簡)と神経衰弱の全快と復学上京を喜び、神経衰弱に罹らない者は金持ちの愚鈍者か、無教育の無良心の徒か、さらずんば二十世紀の軽薄に満足するひょうろく玉である、と激励した。

同年九月、三重吉は休学していた東京帝国大学文科大学英文学科に復学した。初めて本郷区駒込千駄木町の漱石宅を訪れ、漱石門下生の一人となった。「先日突然一個の青年が来て小説の弟子にしてくれと云つたのには驚いた。」(〇六年九月一八日付畔柳都太郎宛漱石書簡)とある「青年」は、三重吉のことであろう。三重吉と同じ広島県出身で東大英文学科の友人加計《かけ》正文宛に「先達て鈴木が上京して君の所へとまつた話をした何でも山の中の別荘へ立て籠つて掃除をしたとか云ふて居た。鈴木は蛸壺をさげて来てくれた。遠路定めし重い事と察せられる。」(同年一〇月二日付漱石書簡)と上京した三重吉の近況をまだ在郷中の加計に知らせた。

同年一〇月一一日(木曜)、第一回の木曜会が開催された。漱石は訪問客が多くて困ると言ったので、三重吉が面会日を決めたらいい、土曜、日曜は自分のためにとって置き、比較的余裕のあるウィークデーを面会日にしては、と提案した。そこで漱石は面会日を木曜午後三時からに決めたと門下生たちに通知した。玄関格子戸の右上に「面会日は木曜日午後三時から」と赤唐紙で張り出した。弟子たちは木曜会と名付けて、思い思い作品を持ち寄り、朗読し、批評し合う。この木曜会は千駄木から西片町、さらに早稲田南町へ、**一九一六**(大正五)年一一月一六日、漱石が病床に伏す直前まで続いた。

**〇六**年一〇月二六日、漱石は門下生として漱石宅に出入りし始めた三重吉に二通の手紙を出した。一通目は漱石宅に出入りする先輩門下生、寺田寅彦・坂本四方太・松*根東洋城・森田草平*などの寸評を交えて、紹介している。時々漱石は三重吉を叱るので、文句を言ったのであろうか。「君をしかるつて、夫で沢山だ。そんなにほめる程の事もないが叱られる事もなからう。僕は教訓なんて、飛んでもない事だ。」と漱石としては、褒めてもいないが、叱ったつもりもない、だから教訓になるような行動はしていないと言った。二通目は「只一つ君に教訓したき事がある。」と言って、世の中は美しいものばかりではなく、汚いもの、不愉快なもの、嫌なものでも避けずにその中に飛び込まなければ何もできない、三重吉の趣味からいうと「オイラン憂ひ式」つまり、美しい花魁が憂いに沈んでいるような、美しいものばかりを描いていては駄目だ、自分は命のやり取りをする維新の志士の如き烈しい精神で文学をやって見たい、と書いた。しかし、漱石が教えた「維新の志士勤皇家が困苦をなめた様な了見にならなくては駄目」という忠告は三重吉に徹らなくて、漱石が心配したように、三重吉は相変わらず美しいと思うことばかりを書いて、文学者だと澄ましていた。

同年一二月六日の木曜会に、三重吉は「山彦」を持参し、皆の面前で自作を朗読していたが、興奮して声がかすれ、咳払いしても、読み続けることができなくなり、見かねた高浜虚子が虚子一流の読み方と松山方言のアクセントで代読した。読後の批評では、坂本四方太が激賞したのを初め、概して好評であった。すると、漱石は「刺激がのべたらに続くので、聴いてゐてどうも息苦しくなる、まるでかんてんの中を泳いでゐるやうな気がする、」「僕（漱石）には『千鳥』の方が性に合ふやうだ、」（「三重吉の思ひ出」小宮豊隆*）と言ったそうだ。

▼**一九〇七**（明治四〇）年一月、「山彦」を『ホトトギス』に発表した。同年四月一日、第一短編集『千代紙』を漱石序文付きで俳書堂より刊行した。同年六月二一日、教師を辞して新聞社に入社した漱石は三重吉に、「肝癪が起ると妻君と下女の頭を正宗の名刀でスパリと斬つてやり度い。然し僕が切腹をしなければならないからまづ我慢するさうすると胃がわるくなつて便秘して不愉快でたまらない僕の妻は何だか人間の様な心持ちがしない。」という手紙を書いた。妻と下女を名刀でスパリと斬ってやりたい、という穏やかならざることを門下生に手紙に書くほど、三重吉は漱石にとって気が置けない弟子だったのである。

千葉県海上郡高神村犬若（現・銚子市犬若）の犬若館に静養に来ていた三重吉は『朝日新聞』連載の「虞美人草」を読んで、漱石に批判的疑問の手紙を送ったので、**〇七**年七月三〇日、漱石は「甲野さんの日記は毫も不自然ならず。」「「オや御這入」と云ふ句はチツトモ可笑シクハナイ。」と反論した。

**〇七**年八月三日、漱石は「三重吉は洞穴生活の由何をして居る事やら。帰つたら屹度漁師の神さんに惚れられたとか。アマに見染められたとか云ふに違ない。」（小宮豊隆宛書簡）と書いたが、同日、偶然にも三重吉は「先生（漱石）が、黒くなると女が惚れなくなるからい丶加減に養生おしと言つてよこされた。」「昨日は船に生かしてゐる鯛を見に出た。女の面が水に移《（ママ）》つた。いやみの一つもない、奥床しい、すなおな女だ。わしは好きで〳〵ならぬ。」（小宮豊隆宛書簡）と女に惚れやすい性質を表わしている。

**〇七**年九月二九日、漱石は本郷区西片町から牛込区早稲田南町七番地に転居した。三重吉・小宮豊隆・野間真綱*・皆川正禧*らが引越しの手伝いをした。

同年一〇月、「三重吉が来て、鳥を御飼ひなさいと云ふ。飼つてもい丶と答へた。然し念の為だから、何を飼ふのかねと聞いたら、文鳥ですと云ふ返事であつた。文鳥は三重吉の小説に出て来る位だから綺麗な鳥に違なからうと思つて、ぢや買つて呉れ玉へと頼んだ。」（漱石「文鳥」一）。漱石は五円を三重吉に託けて、文鳥と鳥籠を買ってもらうことにする。一〇月一六日夕方、漱石の鳥籠を探しに行った（小宮豊隆宛三重吉書簡）。この年の初冬の晩、三重吉と小宮豊隆が漱石宅に文鳥と鳥籠二つを抱えて来た（「文鳥」二）。漱石は文鳥を見て、昔知っていた美しい女の頸筋を紫の帯上げで撫で回して悪戯をしたことを思い出した。しかし、冬の寒い夜、小説書きで忙しく、家の者が餌と水替えを忘れて死なせてしまった。

○七年一二月二五日、三重吉は「夏目さんの去つた跡の英文科は nothing である。一向面白くない。肝癪ばかり起きる。早く卒業したい。」「木曜木曜に先生の処へいくだけだ。先生の内へは欠がさないでいく。そして近頃は先生とマツヘン談をやる。おれは女房がもちたいもちたいと先生に訴へる。実さい女房がほしくていけない。」（加計正文宛鈴木三重吉書簡）と漱石なき後の東大英文科の空虚感と寂寥の中で、木曜会だけが慰藉であった。

▼**一九〇八**（明治四一）年四月二八日、三重吉は小宮豊隆に「漱石先生曰くおれは只妻をのみ知つて而も愛する事が出来ないから駄目だと」と森田草平の手紙に対して手紙に書く。

同年五月二日、三重吉は「漱石先生が卒業したら銀時計をやるといはれた。学校で時計ヲ貰フ奴ハバカナリ」（加計正文宛書簡）と書き、六月二日には「夏目先生から銀時計を貰ふ筈。大学の時計よりか洒落れてるだらう！」と得意満面である。

○八年七月一〇日、三重吉は野上豊一郎*と共に東京帝国大学文科大学英文学科を、小宮豊隆は同大学独逸文学科を卒業した。同時に父悦二の訃に接し帰郷し、後始末を片づける。

○**八**年七月三〇日、漱石は次の小説「三四郎」の執筆準備に取り掛かり、「君の手紙や小宮の手紙を小説のうちに使はうかと思ふ。近頃は大分ずるくなつて何ぞといふと手近なものを種にしやうと云ふ癖が出来た。」（三重吉宛書簡）と書き送った。

○**八**年九月一四日、漱石は葉書の裏に黒枠を作り、「辱知猫義久く病気の処療養不相叶昨夜何時の間にか裏の物置のヘツツイの上にて逝去致候埋葬の義（ママ）は車屋をたのみ箱詰にて裏の庭先にて執行仕候。但し主人「三四郎」執筆中につき御会葬には及び不申候」（三重吉宛書簡）と弟子たちに猫死亡通知を出した。

○八年一〇月一五日、千葉県成田山経営の私立成田中学校教頭・英語担当に就任した。

「愈《いよいよ》御乗込のよし定めて御地は大賑の事と存候」「随分酒を御飲過にならぬ様願上候」（一〇月一九日付漱石書簡）と三重吉の飲酒癖を心配した。校長葛原運次郎によると、真面目で、過借なく生徒を叱り、規律矯正の目的で喇叭隊を組織したという。目の鋭い、気短かな先生であり、蝶ネクタイでステッキを持ったハイカラな先生であった、と当時の生徒の一人は回想している。

○**八**年九月一日から漱石の「三四郎」が、『東京朝日新聞』『大阪朝日新聞』で連載された。小宮豊隆によると、第十二章で選科学生佐々木与次郎が医科学生を騙《かた》って、ある女と会っていたが、ある時その女から病気だから診察してくれと頼まれ、舌を見て、胸を叩いて、いい加減に胡魔化したが、その次には病院に行くので、見てもらいたいとせつかれて閉口した。それで長崎に出張するから当分来られないと言うと、女は林檎を持って駅に見送りに行くと言い出したので弱った話がある。これは三重吉が自分の直接か、間接かの経験で、三重吉自身漱石に話して聴かせたものである（「『三四郎』の材料」）。

○八年一一月一六日、三重吉は、「三四郎」の与次郎のモデルという風聞があり、類似点もあり自分も秘かに当人をもって任じていたが、与次郎は今日恩師の金で勝手に馬券を購買したことは言語道断、流石の自分も愛想をつかしたので、以後与次郎のモデルを辞退したいので、木曜会で披露願いたい、と漱石庵事務取扱小宮豊隆に手紙を出した。

▼**○九**（明治四二）年一月二四日、漱石は、

「酒を御やめのこと当然と存候、酒をのむならいくら飲んで［も］平生の心を失はぬ様に致したし君の様に一升にも足らぬ酒で組織が変つては如何にも安つぽくつてへら〳〵して不可《いけ》ない。のみならずはたのものが危険不安の念を起す。」（鈴木三重吉宛書簡）と三重吉の飲酒悪癖に再度注意を与えた。

○九年一月一日、三重吉は「黒髪」を『国民新聞』に発表した。しかし、漱石は「黒髪は何だか気乗がしなかつた。君自身あきがきたといふ。夫が正しい所ぢやないかと思ふ。精々勉強して御互に書かなくては不可ない。」（〇九年一月二四日付鈴木三重吉宛書簡）と、「黒髪」の出来悪く、精進を促した。

○九年三月二六日夜、酔漢に襲われ殴られて、目に怪我を負わせられ、千葉の仁山堂病院に入院した。漱石は「眼球の故障の方は心配なき由につき先々安心なれどわるくすると藪睨みの悲運に廻り合ふやも知れぬ由随分精出して御療治可然かと存候。好男子惜むらくは遠近を知らず抔とあつては甚だ心細く候。」（〇九年三月三一日付鈴木三重吉宛漱石書簡）と書き、三重吉が真面目くさって、「私の不徳のいたす所」と言ったので、一同大いに笑った。漱石も「私の不徳のいたす所」は「近来の大出来」と大喜びだった。

〇九年三月二八日朝、小宮が漱石宅に来て、五円もらって千葉に入院中の三重吉に会いに行く。多分広島の家を売る相談のために呼ぶのだろうという。入院費や借金や祖母・叔母呼び寄せの費用で難儀していた。同年四月一一日、三重吉は漱石に五〇円無心したので、二、三日後に小宮に第一銀行から引き出し入院中の三重吉に送らせる。

広島の家は三千円にしか値がつかないので、迷っている。八月、結局、広島の家を売り払い、祖母と叔母を伴って成田町に家を持った。

〇九年一一月二三日、「文学《ママ》欄設置の由、吾党も万歳である。」（小宮豊隆宛三重吉書簡）と漱石主宰『東京朝日新聞』「文芸欄」新設を祝福したが、「秋風落莫、都恋し」と、在京の森田草平・小宮豊隆らと共に活躍できない寂しさを吐露している。「文芸欄」は同月二五日から始まった。

▼一九一〇（明治四三）年一月、従来の狭い創作的境地からやっと一足もがき出た最初の作品「子猫」を『ホトトギス』に発表した。「幸、子猫は好評を博した」（同年一月七日付加計正文宛三重吉書簡）と気をよくし、虚子も「この「子猫」によって一躍文名が揚った。」と語った。

一〇年三月、虚子の依頼で、『国民新聞』に長編小説「小鳥の巣」を一〇月まで連載した。「小鳥の巣」は森田草平の『煤煙』の成功に刺激を受け、三重吉自身「「小鳥の巣」と題してイヒ、ゼルブスト（ich selbst 私自身）をかくのだ。」（一〇年一月二五日付小宮豊隆宛三重吉書簡）と自分の現実生活を赤裸々に描こうとしたものであったが、「どうも甘《ママ》くいかないやうな気がしてはじめから意気消沈だ。」と前途に不安を感じ始めている。漱石は「小鳥の巣は題名の通り小鳥の巣に至つて始めて君の真面目を発揮致し候。あゝいふ事の叙述は今の文壇無之。従つて甚だ興味深く候」（一〇年四月一六日付三重吉宛書簡）「小鳥の巣島へ行く所から大変よろしき様被存候、あの調子で始めから行かなかつたのが甚だ残念に候」（同年七月二一日付漱石書簡）と激励したのちに、「無謀な自己試練で、必死になつて書きこめば書きこむほど、錦繍であるべき織物の裏面の織目ばかりがしどけなく露出した。」（酒井森之介『日本現代文学全集41』講談社）と評された。

五月から九月まで学校を休職し、執筆に

専念、八月二六日、漱石の大患にあい、修善寺に駆け付けた。九月から復職した。三重吉は「小鳥の巣」の単行本出版を漱石に頼んだので、漱石から「「小鳥の巣」の事春陽堂へ申入候何とか返事ある様致し置候参り次第早速御通知可申候然し今から宛《あて》にする事必ず御無用に候」（一〇年一二月二七日三重吉宛漱石書簡）と出版斡旋したが、期待しないようにと釘を刺した。

▼一九一一（明治四四）年一月、三重吉が五年生の英語の点を零点に付けたので、ストライキがおこり、漱石は「新年早々ストライキがあつた由学校の教師をすれば是から同様な事が何度となくおこるものと思はなければなるまい。今は世の中の門口を潜つた許りだ。第一の経験として興味のある事件と思ひ給へ。和尚さんが君を辞職させないのは好い。生徒を罰しないのも好い。君も平気で居れ。」（一一年一月一日付三重吉宛書簡）と書いたが、四月、成田中学校を辞職し、上京して海城中学に勤めつつ、創作活動に行った。五月、つね（ふぢと改名）と結婚、麻布笄《こうがい》町に住む。

▼一九一二（明治四五）年四月、海城中学校と中央大学講師を一九一八（大正七）年まで両校を兼任した。一二（大正元）年一一月、長編小説『小鳥の巣』が春陽堂から*橋口五葉装幀で刊行された。同年一一月一五日、漱石は『大阪朝日新聞』日曜附録に新進作家六、七人一頁程短編を載せるので、三重吉にも執筆するよう誘った。

▼一三（大正二）年一月、三重吉は「温室にて」を『大阪朝日新聞』に発表、同月『ホトトギス』に発表した「簪《かんざし》」と合して、後に「金盞花《きんせんか》」と改題した。七月二五日から一一月一五日まで長編「桑の実」を『国民新聞』に発表、漱石は「尤も三四回にては別段賛辞の呈しやうも無之候があまり際だつた書方をやめて平気に色気少なに進行する処を結構と拝見致し候」（同年七月三〇日付三重吉宛書簡）と書き、面白くないが、欲が少なく淡々と描いた所が結構と弁護した。後に三重吉は「息ぐるしい創作的境域を転換し、表現の上でもこれまでのねちねちした、あくどいかき方をすてゝ、かうした平淡にして、感覚的な、静かに澄んだ表現を創出し得た」（『明治大正文学全集28』鈴木三重吉「私の作篇等について」春陽堂、一九二七年一〇月一五日）と自作を解説した。

漱石は「三重吉のやる事は虚栄心ばかりではなく、其作物に対する信念の欠乏から出てゐるのでせう。だから切抜をもつてゐるものが二十人もあれば自分の声名の保証になるから嬉しいのでせう。気の毒でもあるが致し方がない。僕が何かいふのは残酷である。それから大将僕なんかのいふ事を聞く耳をつけてゐない。天然が彼を療治するのを待つより致し方はない。」（一三年一〇月一六日付小宮豊隆宛書簡）と三重吉の性格を見抜いている。

▼一九一四（大正三）年八月、三重吉は代々木山谷の自宅を編集発行所として『現代名作集』を、「微かな一小作家たる私が、自分一人ですべてを計画し、自分で直接に出版する」（「序」）ことになった。漱石・*森鷗外・長田幹彦・岩野泡鳴・小川未明・*野上弥生子・*田村俊子・*正宗白鳥・*徳田秋声・虚子・*谷崎潤一郎・*田山花袋・*木下杢太郎・草平・*有島生馬・上司小剣など一六名二〇巻を一四年九月から一五年九月までに刊行した。漱石作品では「須永の話」（「彼岸過迄」の一部）、「倫敦塔」「手紙」（「行人」の一部）が収録されたが、自分の作品は採らなかった。

▼一九一五（大正四）年三月、自家出版、袖珍版春陽堂発売の『三重吉全作集』第一巻『瓦』を刊行、背文字は漱石、装幀は*津田青楓による叢書であった。三重吉は青楓に

装幀についてこまごまと注文を付け、苦情を言い、怒りちらし、あまりのしつこさに、青楓も怒り、絶交寸前になる。同年四月、「八の馬鹿」を『中央公論』に発表、以後小説を書かなくなる。

▼**一九一六**（大正五）年六月、長女すゞ出生、娘に対する愛情や小説の行き詰まりや経済的理由から童話にシフトを移し、お伽話の出版を計画する。七月一九日、妻ふぢ死去。二四日、メソジスト銀座教会の三重吉夫人ふぢの葬儀に漱石も会葬する。一一月二二日、漱石は自宅で体調不良になり、横臥、嘔吐。二八日から三重吉・草平・豊一郎・豊隆・百閒ら弟子が二名ずつ順番で漱石宅に待機。一二月五日、三重吉付き添う。一二月九日、三重吉、師漱石の臨終に立ち会い、午後六時四五分永眠。

▼一九一七（大正六）年四月、世界童話集第一篇『黄金鳥』を春陽堂より刊行。以後第二十篇まで刊行した。

▼一九一八（大正七）年一月、後妻に長男珊吉が出生した。同年七月、童話童謡雑誌『赤い鳥』創刊号に北原白秋童謡「りすりす小栗鼠《こりす》」、島崎藤村「二人の兄弟」、芥川龍之介「蜘蛛の糸」をはじめ、泉鏡花・徳田秋声・小島政二郎、小山内薫・小宮豊隆など文壇の作家・評論家が寄稿した。以後、西条八十・三木露風・谷崎潤一郎・小川未明・有島生馬・久保田万太郎・菊池寛・豊島与志雄・佐藤春夫・宇野浩二・坪田譲治など全文壇の作家が寄稿し、日本の児童文学、児童教育の推進に大きな役割を果たした。第一次『赤い鳥』は一九二九（昭和四）年三月まで続き、三重吉はその経営に全力を傾注し、同時に毎月童話の創作にも努力した。

▼一九二八（昭和三）年五月、三重吉は少年少女の情操的・規律的訓練を重視、乗馬を通して精神教育を施す目的で、日本騎道少年団を作り、理事となった。

▼一九三一（昭和六）年一月、第二次『赤い鳥』が復刊した。山田耕作・井伏鱒二・新美南吉なども寄稿した。一九三六年六月二七日、肺臓癌で死去した。満五三歳。『赤い鳥』は同年八月をもって終刊。

小宮豊隆は「三重吉が死んだ時、新聞は口を揃へて三重吉の事を、童話作家・童話作家と言つた。今日三重吉は『赤い鳥』の主幹として、『綴方読本』の著者として、世間に通つてゐる。新聞がさう書くのに無理はない。然し古くから三重吉を知つてゐる私から言ふと、三重吉がただ童話作家とだけで片づけられてしまふのは、三重吉の為に、ひどく寂しい気がする。三重吉は何よりもまづ、詩人だつたからである。」「三重吉の書くものは、すべて無韻の詩であつた。」（『漱石　寅彦　三重吉』「鈴木三重吉」）と書いて、単なる童話作家ではなく、「天成の詩人」として、散文で詩を書く詩人であった。

▼三重吉は文章を推敲することに苦心惨憺し、彫心鏤骨した。三重吉の原稿は真っ黒で訂正、添削、どこから読んでいいか、判らなかったそうだ。しかし、漱石の原稿は消しが少なく、綺麗で、一度、新聞・雑誌に発表してしまうと、ほとんど手を触れなかった。三重吉が過去の自分の作品に何度も手を入れていると聞いて、漱石は「僕ならそんなことをしないで、新しいものを書くんだがなあ。」と言ったという。

三重吉は我が強く、我ままで、酒を飲むと一座に号令をかけて、命令に従わない時は、怒り狂う。酔うと広島弁丸出しで、「屁は所詮風じゃけんのう、屁理窟はよせやい。」と言って、誰かれなく、当たり散らした。しかし、腰を据えて立ち向かうと、急にへたへたとひしゃげてしまい、ぼろぼろ涙をこぼす弱さ、脆さがあった。漱石も、酒を飲むならいくら飲んでも平生心を失わぬようにせよ、一升にも足らぬ酒で組織が変ってはいかにも安っぽく、へらへらしていけない、他の者が危険不安の念を起す、と厳重注意した。

　漱石は、森田草平と同様、毀誉褒貶両面を持つ三重吉を可愛がり、その文学的才能を愛した。

〔**参考文献**〕根本正義『鈴木三重吉の研究』明治書院、一九七八年／小宮豊隆『漱石　寅彦　三重吉』岩波書店、一九四二年一月二五日。／『鈴木三重吉全集』第六巻「書簡」岩波書店、一九八二年六月八日第二刷。／『近代文学研究叢書』第四一巻「鈴木三重吉」昭和女子大学、一九七五年五月三〇日。

〔原武　哲〕

## ■藤村　操

ふじむら・みさお

『画報日本近代の歴史6』一九七九年刊。

**一八八六（明治一九）年七月二〇日～一九〇三（明治三六）年五月二二日。一高生。華厳の滝に投身自殺する直前、英語の予習を怠ったのを漱石に叱責された教え子。**

　東京生れ。父・藤村胖《ゆたか》、母・晴《はる》の第一子。同腹の弟、朗《あきら》、蕃《すすむ》、妹・恭子がある。胖の父は南部藩士。胖は大蔵省主計官から、北海道の屯田銀行頭取へと転進。先妻と離婚後、実弟、那珂通世の紹介で蘆野晴と再婚。晴の父、蘆野壽は長岡藩郡奉行、勘定頭。晴は東京女子師範学校の卒業生で那珂通世は校長を務めたことがあった。操の一高の同級、*安倍能成は操の妹、恭子と結婚する（一九一二年一二月）。能成は恭子の母、晴のことを、「私の遭遇した日本婦人の中では最もすぐれた人物」「真正直で親切であると共に理想的であって愚痴をこぼさず、何か気宇の大きい、女性の欠点を脱した人」（「「巌頭の感」をめぐって」『新潮』一九四九年九月）と述べている。胖は一八九九（明治三二）年、死去するが、その死因を伊藤整は「札幌の丸山公園で自殺」（『日本文壇史』七　講談社、一九六四年六月）、蘆野弘は癌による病死（「藤村操の少年時代」『向陵』一九七七年一〇月）としている。同年九月、操は単身上京して開成中学に通学。一九〇一（明治三四）年四月、京北中学に編入学。一九〇二（明治三五）年九月、一高に入学。同年一〇月中旬から翌一九〇三（明治三六）年五月初旬にかけて京北中学の同級だった南木性海に宛てた一一通の手紙がある。これによると*土井晩翠「松島」（『帝国文学』一九〇二年六月）、*鷗外訳「即興詩人」、「フランクリン自伝」、クセノフォン「ソクラテスの思い出」、デートン注「ハムレット」、饗庭篁村《あえばこうそん》『巣林子撰註』（東京専門学校出版部）、ゴールドスミス「ウェークフィールドの牧師」、*露伴『尾花集』の「血紅星」、『李太白集』の「日出行」、ワーズワース「ティンターン修道院上流数マイルの地で」に触れ、*高山樗牛の影響の大きさをあげて、その死を惜しみ、キリストの「正伝」を日本語で読みたがっている。

▼一九〇三（明治三六）年五月二一日、午前九時上野発の列車で日光に向い、翌二二日、午前五時、旅宿で買ったビールと卵を飲食し、付近の楢の樹を削って、「巌頭之感」を墨書、蝙蝠傘を地に突き刺し、華厳の瀧に投身した。それに先立って、一高の上級、藤原正に「宇宙の原本議　人生の第一議　不肖の僕には到底解きえぬ事と断念《あきら》め候ほどに、敗軍の戦士、本陣に退かんずるにて候」という遺書を書いた（『報知新聞』一九〇三年五月二七日）。「巌頭之感」の全文は以下の通り。

巌頭之感

悠々たる哉天壌　遼々たる哉古今
五尺の小軀を以て此大をはからむとす
ホレーショの哲学竟《つい》に何等のオーソリチイーを価するものぞ　万有の真相は唯だ一言にして悉す　曰く「不可解」　我この恨を懐いて煩悶終《つい》に死を決するに至る　既に巌頭に立つに及んで胸中何等の不安あるなし　始めて知る　大なる悲観は大なる楽観に一致するを

「ハムレット」第一幕第五場の終り、父の亡霊と遭遇した直後、ハムレットがホレーショに言う「There are more things in heaven and earth,Horatio, Than are dreamt of in your philosophy.」（「この天地の間にはな、所謂哲学の思も及ばぬ大事があるわい。」坪内逍遥*訳）の「your philosophy」を、「your」＝「Horatio」と解釈して「ホレーショの哲学」と誤訳した点をあげて、外山滋比古は藤村の英語の学力不足を指摘する（『ホレーショーの哲学』研究社出版、一九八六年八月）。それは徳富蘆花「思出の記」（『国民新聞』一九〇〇年三月〜〇一年三月。単行本は民友社、〇一年五月）の、「ホラシオ、天地の事は卿《おんみ》が理学に説き尽されぬ事もあるものぞ」（五の巻七）も当てはまるし、黒岩涙香が、ホレーショを「今では似而非《えせ》哲学者の代名詞の如く使はる、名前と為れるなり」（「藤村操の死に就て」『天人論』朝報社、一九〇三年五月）と言うのも、誤訳に基づく解釈が当時一般化していたことを窺わせる。しかし、涙香の場合、「your philosophy」の本来の語義は解っていた。その上で藤村を擁護するのは、「世間」＝「君」、「世間」＝「個人」という「思想」（太宰治「人間失格」）の問題があるからで、だからこそ「藤村が此語を用ひたればこそ一切の哲学をば似而非哲学と一言に蹴落して哲学者能く何の真理をか捕へ得んやとの感概が活動して聞ゆるなれ。」と言うのだ。

「ハムレット」の第一幕第四場で、ハムレットは、恐れることはない、生命なぞ惜しくない、と亡霊に近づく。ホレーショは、海中に突き出た絶壁に連れ出され、そこで急に恐ろしい姿を現して狂わされでもしたら、どうなさる。第一あんな高い所から海を見下し怒涛の響きを聞いただけでも正気でいられますまい、と忠告する。この最後の箇所なぞポーが描いた人間の最も根源的な心理——断崖に立つ人間は恐怖に尻込みしつつ跳び下りを考える、その矛盾した天邪鬼の心理——の先駆形が内在している。一方、先の第一幕第五場のつづきにはハムレットが、この先私がどんな気違いじみたことをしようと、意味ありげに私の秘密を知った素振りを見せるな、とホレーショに警告するくだりがある。この二つの場面は亡霊に近づくハムレットと、亡霊から遠ざかるホレーショの対照を、また狂気を厭わぬハムレットと、狂気を忌避するホレーショの違いを対比する。そしてハムレットを諫めるホレーショが、海中の絶壁に立つ局面をクローズアップしている点が目を引く。なぜなら死を覚悟して巌頭に立つ藤村は、エルシノア城で生と死の臨界を超えて高楼の亡霊に近づくハムレットに擬せられるからであり、ホレーショのように死を畏怖し、狂おしい気分になるのを忌避する人間達とは違うからだ。

　ハムレットとホレーショの分岐点は、己の身を「死」の側に置くか、「生」の領域に置くかにあり、死に傾く者の心理が生者には「不可解」に映る。藤村を教えたケーベルが「to be or not to be」の問題だろうと言ったと伝わるのは、これと通じる。「死」を覚悟したハムレットが、周囲の生者には狂気としか思われぬ言動をとることを予告したように、藤村の脳裏にも、瀧への投身が招くであろう死後の憶測、――気でも狂ったのかという類の――はあっただろう。

▼その頃、漱石は一高で英語を教えていて、藤村はその教え子だった。野上豊一郎*は二人の間の出来事を次のように証言している。

「先生は何しろ生徒の下読みをして来ないのを嫌はれたが、藤村は自殺する頃二度ほど怠けた。最初の日先生から訳読を当てられたら、昂然として「やつて来ません」と答へた。先生が「何故やつて来ない」と聞き返すと、「やりたくないからやつて来ないんです」とか何とか答へた。先生は怒つて「此次やつて来い」と云つて其日は済んだが、其次の時間に又彼は下読みをして来なかつた。すると先生は「勉強する気がないなら、もう此教室へ出て来なくともよい」と大変に叱られた。するとその二三日後に藤村の投身のことが新聞に出た。その朝、第一時間目が先生であつたが、先生は教壇へ上るなり前列にゐた学生を捕へて、心配さうな小さな声で、「君、藤村はどうして死んだのだ」と訊ねられた。その男が「先生心配ありません。大丈夫です」と云つたら、「心配ない事があるものか、死んだんぢやないか」と云はれた事があつた。先生の心算では、あの時手ひどく叱つた故彼が自殺をしたのぢやないかと、ふと思つたのだつたさうだ。後年小説の中で、藤村の死に対する先生の理解を示されたが、藤村についてはそんな挿話があつたのである。」（「大学講師時代の夏目先生」『漱石全集月報』第九号、岩波書店、一九二八年一一月）。

　以後、藤村操と華厳の瀧への投身のモチーフは漱石の文章中に次のように言及され、あるいは投影されていく。

　水底の感　　　　藤村操女子

　水の底、水の底。住まば水の底。深き契り、深く沈めて、永く住まん、君と我。黒髪の、長き乱れ。藻屑もつれて、ゆるく漾《ただよ》ふ。夢ならぬ夢の命か。暗からぬ暗きあたり。うれし水底。清き吾等に、譏《そし》り遠く憂透らず。有耶無耶の心ゆらぎて、愛の影ほの見ゆ。

（**一九〇四**年二月八日付寺田寅彦*宛書簡）。

「巌頭之感」を「水底の感」と受け、「操」は男女に通じる名だから「女子」に転じ、「愛の影ほの見ゆ」に失恋説をかすかにとどめながら、むしろ孤独な魂を慰撫するために水底の男女を脚色したのだろう。

「此様子ではいつ迄嘆願をして居ても、到底見込がないと思ひ切つた武右衛門君は突然彼の偉大なる頭蓋骨を畳の上に圧しつけて、無言の裡に暗に訣別の意を表した。主人は「帰るかい」と云つた。武右衛門君は悄然として薩摩下駄を引きずつて門を出た。可愛想に。打ちやつて置くと巌頭の吟でも書いて華厳の瀧から飛び込むかも知れない。」（『吾輩は猫である』十『ホトトギス』**一九〇六**年四月）。

▼藤村操の投身後、華厳の瀧は自殺の名所になり、模倣者が相次いだのを受けている。一九〇三年以後〇七年五月まで、華厳

の瀧における自殺者四〇名、未遂者六七名、途上中止者五二名（『時事新報』一九〇七年八月二五日）。

「昔し巌頭の吟を遺して、五十丈の飛瀑を直下して急湍に赴いた青年がある。余の見る所にては、彼の青年は美の一字の為めに、捨つべからざる命を捨てたるものと思ふ。死其物は洵《まこと》に壮烈である、只其死を促がすの動機に至つては解し難い。去れども死其物の壮烈をだに体し得ざるものが、如何にして藤村子の所作を嗤《わら》ひ得べき。彼等は壮烈の最後を遂ぐるの情趣を味ひ得ざるが故に、たとひ正当の事情のもとにも、到底壮烈の最後を遂げ得べからざる制限ある点に於て、藤村子よりは人格として劣等であるから、嗤《わら》ふ権利がないものと余は主張する。」（「草枕」十二『新小説』**一九〇六**年九月）。

「例へば藤村操氏が身を躍らして華厳の淵に沈み、又は昔時の Empedocles が噴火坑より逆しまに飛び入るが如し。是等の事実は此事実を聞き若しくは此事実を読むの一方に於て頗る壮烈の感を生ずるに関はらず、若し吾人が華厳の傍に立ち又は Etna 頂に座を占め、彼等の死せんとするに会するあらば、吾人はわが壮烈美の満足を得んが為めに拱手して其死を従《しょう》容裏に傍観すべきか、或は狂呼身を駆つて之を救ふべきか。之を救ふとせば彼等は徳義の情に駆られたるなり。徳義の情に駆られたるは壮大、雄俊の情緒を犠牲にして顧みざるなり。即ち直接経験にあつては徳義心を脱却しがたきも間接経験に変ずる途端に之を抽出し去るを得るが故に此差違を生ずるに過ぎず。」（『文学論』第二編「第三章　fに伴ふ幻惑」大倉書店、**一九〇七**年五月）。

「草枕」の引用部にある「美の一字」は、『文学論』にある「壮烈美」のことだろう。文学を真善美壮の四要素に規定する漱石は、藤村操の自殺を美と壮の一致した恰好の例と捉え、その上で、「其死を促がすの動機に至つては解し難い」と言う。これは後年の「こゝろ」の「不可思議」に先行する。

「華厳の瀑《たき》にしても浅間の噴火口にしても道程《みちのり》はまだ大分ある位は知らぬ間に感じてゐたんだらう。行き着いて愈《いよいよ》とならなければ誰がどきんとするものぢやない。」（傍点原文の通り）（「坑夫」二回『東京朝日新聞』『大阪朝日新聞』**一九〇八**年一月二日）。

「自分」は縁談相手の女性と恋愛対象の女性のいずれも選べず悩む（十二回）。ここまでは「草枕」の万葉以来のモチーフを引き継いでいるが、この後、「自分」は自殺しかけてやめ、次に家出して自滅しようとする、それでも駄目なら自殺しようと考える（十三回）。こうして女性問題はいつしか自殺の動機の圏外に追いやられる。この作品はいわば死の「動機」が「解し難」くなる過程そのものを低徊的に書くのが狙いだから、行きつ戻りつする文体を採用している。内容が現実的なのに非現実的に映るのは人間の心理現象が異化されているからだ。

藤村の死を失恋自殺と見る説は当初からあり、菊池大麓の娘（後の美濃部達吉夫人）松子より、華厳の瀧に向う朝、日記と書込みのある『滝口入道』を贈った相手、馬島千代の方が、その状況から考えて有力だろう。一方、黒岩涙香が前掲講演で、藤村の死を「思想の為の自殺」として擁護し、魚住影雄「藤村操君の死を悼みて」（『新人』一九〇三年七月）以下、この見方が定着した。涙香の論の結びに「藤村操は時代に殉じたる者なり」とあるのは、「こゝろ」の「明治の精神に殉死する」と好一対で、「こゝろ」は時代に殉じた死の再燃である。

〔**参考文献**〕土門公記『藤村操の手紙華厳の滝に眠る16歳のメッセージ』下野新聞

社、二〇〇二年七月。／平岩昭三『検証—藤村操　華厳の滝投身自殺事件』不二出版、二〇〇三年五月。

［石井和夫］

## ■皆川　正禧

みなかわ・まさき

『夏目漱石と門下生・皆川正禧』義弟鈴木画、一九一六年作。

**一八七七**（明治一〇）**年二月五日～一九四九**（昭和二四）**年四月二四日。英語教育者、旧制高校教授。漱石の東大英文科時代からの門下生。漱石の東大講義録『英文学形式論』の編者。**

雅号は真拆。本籍は福島県第一五区西村五番戸（現・新潟県東蒲原郡阿賀町津川西二三八三）。父・正勝、母・ツ子《つね》の長男として生まれた。妹におのぶがいる。皆川誕生当時、本籍地は福島県会津に含まれており、会津人として生まれた。家族は妻シケ、長女ユキ、長男正美、次男貞男、三男俊男、次女ヒサ。皆川家は、土地の旧家で総鎮守西村八幡宮の神官を務めていた大地主だったという。一八九一（明治二四）年会津尋常中学校入学、一八九六（明治二九）年同校卒業、同年第二高等学校一部文科に入学する。一九〇〇（明治三三）年同校卒業。同級生には小松武治、若杉三郎らがいる。同年東京帝国大学英文学科入学。神官の父はシルクハットを買ってかぶり喜んだという（野間真綱*の長男真栄談）。そこで皆川は、二年半、小泉八雲*（ラフカディオ・ハーン）の講義を受ける。その講義は学生に絶大な人気を博していた。後任として漱石が赴任し、皆川は最上級生として卒業までの三ヶ月間、講義を受ける。漱石の評判は「『ホトトギス』寄稿の田舎高等学校教授あがりの先生が、高等学校あたりで用ひられてゐる女の小説家の作をテキストに使用するといふのだから、われわれを馬鹿にしてゐる」（金子健二*『人間漱石』）と不評で、漱石の講義中に「或者は頬杖をしたまゝに新しい講義者の講義を聞き流さうとした、或者はペンを執ることさへなくて居眠りに最初の幾時間を過した」（『英文学形式論』はしがき）という状態で「好感を以て迎へた学生は決して多数でなかつた」（前掲書）と皆川は当時を記憶している。

▼皆川を語る時、東京帝国大学英文学科の同級生野間真綱は親友としてまず取り上げるべき人物である。ふたりは義兄弟といわ

れるほどの親友であった。野間は五高時代からの漱石の生徒であるので、皆川を漱石に引き合わせたのは彼であろうと思われる。漱石はふたりの仲をよく知っており、自宅に呼ぶときはふたり一緒に呼んだり、手紙の文面でも皆川宛のものには野間の名が、野間宛のものには皆川の名がよく出てきた。**一九〇四**（明治三七）年七月三日付野間宛漱石書簡に「昨夜皆川氏方へ参る筈の処寺*田生来訪又々新体詩抔の批評にて遂に遅く相成失敬致候」の文面が見られる。同七月二〇日付の書簡でも「皆川君一昨夜来り何か発句をかいてくれと云ふから詩箋に十五葉無茶苦茶にかいてやり候是は近頃習ひたる漢魏六朝の筆法にて凄いものに候一枚十円宛とすれば何でも百五六十円の商買に候」という具合だ。**一九〇五**（明治三八）年一月四日付野間宛漱石書簡には「いづれ八日過になつたら来給へ皆川と三人で雑煮でも食ふかね。」と温かく気配りしている。漱石は二人の仲を俳体詩にも詠んで野間宛に送っている。真拆は皆川の号。

日は落ちかゝり　夕餉となれば
したゝかに　物食ふ真綱
したゝかに　物食ふ真拆
真拆が飯を　真綱が食ひて
真綱が歌を　真拆がよみて
長閑なりける　年のくれかな
うらやまし〱

（**一九〇四**年一二月一三日付）。

▼〇三年七月、皆川は大学卒業後、明治学院高等部に勤務の後、一足先に七高に赴任していた野間からの誘いがあり、一九〇八（明治四一）年九月、七高に移る。一九一九（大正八）年一〇年余の七高勤務の後、依願退職。翌年水戸高校教授。水戸高校一回卒の鈴木秀三によれば、「皆川先生はたんたんとしてさっぱりした人で学生に優しかった。ほっそりした立派なジェントルマン風の先生だった」という。同年法政大学予科教員、翌年辞任。一九二二（大正一一）年イギリス、アメリカへ留学。翌年、帰朝。水戸高校復職。一九二九（昭和四）年水戸高校退職。その後、東京の私立大学等の講師を歴任。一九三二（昭和七）年法政大学高等師範科に勤務。一九四四（昭和一九）年八月郷里新潟に戻る。一九四九（昭和二四）年死去。七二歳。

▼漱石は二年の英国留学から帰国した**一九〇三**（明治三六）年四月、東京帝国大学英文学科講師となり、「英文学概説」の講義を始める。これは、後続の「文学論」のためのウォーミングアップとして行った講義で、文学を形式と内容に分けている。四月から六月までの「形式論」の部分を皆川が編纂した。皆川は同級の野間など数人のノートを借覧し、比較対照してみるとどれも「同じ程度に粗略で同じ程度に解りにく、、同じ程度に誤字脱句の多かつた」（『英文学形式論』はしがき）とか「極めて不完全のものであることを自認する」（同前）などと、この講義録の不備を率直に表明している。これは、皆川により『英文学形式論』と題され、漱石没後八年の一九二四（大正一三）年岩波書店から刊行された。漱石研究において皆川の名はこの講義録の編者としてまず記憶されるだろう。ほかに皆川は「まぜっぱ」（前編）（一九〇三年一二月）『シャグパットの毛剃』など翻訳数篇発表。英訳に謡曲四篇や「勧進帳」などがある。また『ホトトギス』に俳体詩「偶成」（一九〇五年六月）、「散歩」（同七月）を発表している。

漱石が「吾輩は猫である」（**一九〇五**年一月）と同時に『帝国文学』に「倫敦塔」、『学鐙』に「カーライル博物館」を発表すると、皆川は漱石にまず「倫敦塔」を絶賛する便りを出したと思われる。その返書で、「倫敦塔」を書く時、漱石は「多少逆上の気味にて自分でも面白いと思候」が、書き終えて通読したら、「我ながらいやに成つて居たのです。然る所本日奇瓢先生（野間真綱）から手紙をくれて大変ほめてくれたので又少し色気が出た処へ君の端書が来たものだから当人大得意で以前の逆上に戻りさうに成つて来ました。」と興奮気味。皆川は「倫敦塔」を読んだ翌朝、寝過して職場に遅刻したのか手紙の続きは、「『倫敦塔』で君を免職させるのは御気の毒だから当分君を寐過させる様なものはかゝない積りに候。二月のほと丶ぎすには猫の続きが出ます是は健康に害のある程のものではないから読んで下さい。」（一九〇五年一月二〇日付皆川宛漱石書簡）としてあり、ジョーク好きの漱石ならでは。三日後のはがきには「君がほめたから倫敦塔を沢山書いて君を免職させ様と思ふがひまがなくてかけない」という軽口をたたいている漱石がいる。

「猫」の続編が出ると、漱石は野間宛に「皆川君は倫敦塔はほめてくれるが猫は宗旨違ひだからだめだらう」（一九〇五年二月八日付）という手紙を書く。この手紙を皆川は野間から見せてもらったものと思われる。皆川は即座に漱石に「猫」を大絶賛する便りを出したのだろう。その返書で漱石は、「君が大々的賛辞を得て猫も急に鼻息が荒くなつた様に見受候。続篇もかき度抔と申居候。（略）日本文壇の偉観は少々恐縮す［る］から御返却したいと申します。」（二月一三日付）などと調子がよい。自分の作品が好評であることに気をよくしている。

このように、皆川は漱石の小説が発表されるとすぐにその感想を書き送っていた。それに対し漱石は、「拝啓先日は薤露行の批評頂戴難有候」（一九〇五年一一月付皆川宛）とか、「趣味の遺伝御読み被下難有候。」（一九〇六年一月一六日付皆川宛）などと何通も返礼している。漱石の作家的出発の時期に師弟の間で交わされた清新な交流といえよう。

漱石は青年文学者たちとの文章会を通じて刺激されていったらしく、次々と創作を発表する。一九〇五（明治三八）年五月二一日付＊野村伝四宛漱石書簡で、「御ほめに預かつて甚だ難有い。（略）君の小説は出来る。＊寺田の竜舌蘭は出来る。野間皆川の両君も新体詩をつくる。今度の文章会は大分賑かで面白いだらうと楽しんで居る　僕も猫のつゞきが書きたい。昨日は野間と皆川が来て午過から夜迄遊んで行つた。」と書いており、文章会の一端が仄めく。

▼漱石の小説には漱石宅に出入りしていた門下生たちが作品の中で適当に造型されて登場人物となっているところがあるといわれる。皆川は漱石作品のどんなところに登場しているのだろうか。「猫」に出てくる芸術至上主義を信奉する詩人越智東風は門下生の皆川や野間、野村などの合成といわれることがある。「猫」のなかで苦沙弥先生は、「あの男はどこ迄も誠実で軽薄な所がないから好い。」と東風を称える。漱石は書簡（一九一四年二月一八日付＊大谷正信宛）で「皆川といふ人は正直で極めて好い人間です顔を見ると神経質のやうで気性はちつとも神経質ではありません学問も書物はよく読む方だと思ひます」と書いたことと重なるのではないか。『夏目漱石と門下生・皆川正禧』の著者である近藤哲は皆川＝東風説を支持している。近藤哲は同書の中で「心」の先生とKは同級生であり、固い友情で結ばれていたという設定は、皆川と野間の堅固と思われる友情がヒントとなり、漱石の頭にあったのではないか、「心」の人物設定の時、二人の友情を漱石が利用したのではないかと大胆に推理している。小説では「先生」は新潟県人であり、先生の友人が鹿児島人であることだけは明示され

ている。

▼野間は**一九〇七**（明治四〇）年五月末頃、郷里の女性と結婚するが、その時費用を皆川に借りた。それを耳に入れた漱石は、野間に便りを出している。その中で漱石は、「足を棒にして脳を空にするのは二十世紀の常」（**一九〇七**年七月二三日付）とまず生活のために働く意義を述べ、「夫婦は親しきを以て原則とし親しからざるを以て常態とす。」と自身の夫婦観を披瀝し、「結婚の費用を皆川の様な貧乏人に借りるのは不都合である。細君は始めが大事也。」と戒めている。この手紙を出した旬日後、漱石は、野間にさらに次の手紙を送った。「拝啓　為替で十円あげる新婚の御祝に何か買つて上げやうと思ふが二十世紀で金の方が便利だらうと思ふ」とまずお祝いに言及、つぎに「先達皆川と三浦白水君が来た。」と皆川にふれ、続けて「君には毎度御菓子やら何やらもらつてゐる。些少の為替では引き足らん。決して礼を云ふては可《い》けない。此間印税がとれたから上げる許《ばかり》だ。上げなくつてもどうせ使つて仕舞ふ金だ。さう思つてうまいものでも両君で食ひ玉へ」と野間夫婦に温かく気遣っている。

皆川の結婚についていえば、一九〇一（明治三四）年、皆川二四歳、大学一年時のこと、福島県の宮城シケと結婚している。ふたりの子どももできて明治学院勤務のほかに翻訳などの副業に精出しても東京生活は困難だった。**一九〇八**（明治四一）年皆川は七高に赴任。皆川は鹿児島では謡に夢中になる。漱石からの影響で皆川は謡曲を始めたようだ。同年二月一〇日付野間宛漱石書簡で「今度の木曜に来るなら皆川君と来ぬか。（午後より）晩には宝生新が来て謡をうたつてみんなにきかせる」という手紙から察することができる。日記には、「皆川と桜川を謡ふ。（略）驚くべき上達なり。」（**一九〇九**年七月一〇日）とか「細君に俊寛を謡つてきかす。謡つてから難有うと云へと請求したら、あなたこそ難有うと仰やいと云つた」（同年四月六日）などの記載がある。後になって漱石は考えるところがあって謡をやめてしまうが、皆川は生涯続け、謡曲の英訳刊行までしている。

▼漱石と皆川の交流は皆川の大学入学から七高赴任で東京を離れるまでの約八年間が濃密であった。皆川は漱石の初期門下生の一人である。漱石宅に集まる若々しい青年たちから漱石は刺激を受け、創作の世界を広げていったのである。

〔**参考文献**〕夏目漱石述・皆川正禧編『英文學形式論』岩波書店、一九二四年九月一五日。／秦郁彦『漱石文学のモデルたち』講談社、二〇〇四年一二月一〇日。／近藤哲『夏目漱石と門下生・皆川正禧』歴史春秋出版、二〇〇九年七月一一日。

〔白坂数男〕

# ■小林　郁

こばやし・かおる

『小林文庫分類目録』拓殖大学図書館、一九六八年刊。

**一八八一（明治一四）年八月二九日〜一九三三（昭和八）年五月二二日。社会学者。哲学者。拓殖大学教授。漱石の門下生。『吾輩は猫である』「迷亭」のモデルとの一説もある。**

東京市麻布区に、父・小林謙一郎、母・シンの長男として生まれた。次弟に次郎、三弟に俊三（最高裁判所判事）がいる。一八九八（明治三一）年七月、第一高等学校文科を卒業した。同期には尾上八郎（柴舟）、*沼波武夫（瓊音）らがいた。一九〇二年七月、東京帝国大学文科大学哲学科を卒業、大学院に入学して社会学を専攻し、外山正一教授、建部遯吾《とんご》教授の指導を受けた。漱石の愛媛県尋常中学校嘱託教員、第五高等学校教授、ロンドン留学時代に相当するので、漱石帰朝までは漱石・小林の間に直接学校における子弟関係は存在しない。小林は東京帝大時代、一時キリスト教徒であったらしく、東京大学基督教青年会のメンバーであった。青年会の中心的存在であった栗原基とは交遊があり、一九〇三年四月、広島高等師範学校教授になった栗原基が小林を広島高師に招いたのであろう。同じ東京大学基督教青年会の深田康算は、小林と哲学科同期で、ケーベル博士宅に五年間も寄寓して、その薫陶を受けた。漱石も大学院でケーベルの美学の講義を聴いていた。小林の大学院在学中は、漱石の東京帝大講師期間と約一年間重なり合うので、社会学専攻の大学院生小林が、英文学講師の漱石の講義を聴いた可能性は充分考えられる。漱石と小林との間には、ケーベル・深田介在の可能性があると言っていいだろう。

▼**一九〇三**（明治三六）年一〇月一一日、*寺田寅彦は、「十月十一日　日、晴（中略）馬車にて追分迄乗り夏目先生を訪ふ　文学士小林馨君来れり。」（『寺田寅彦全集』第十八巻、岩波書店、一九九八年七月六日）と書いている。もし、「小林馨」が「小林郁」と同一人物であるならば、漱石と小林との文献上初めての接触であり、東大英文学担当講師の家を東大社会学専攻の一大学院生が訪問したことになる。それは偶然漱石宅で寺田と邂逅したものか、寺田の仲介によるものか、どうかわからない。五高・東大理科出身の寺田と一高・東大文科出身の小林との接点は、漱石宅で度々出会うことから始まったものか、よくわからない。

　最も明確な接点は、「*俣野大観先生卒業彼云ふ訪問は教師に限るかうして寐転んで話しをして居ても小言を言はれないと僕家にて寐転ぶもの曰く俣野大観曰く*野村伝四半転びをやるもの曰く寺田寅彦曰く小林郁危座するもの曰く*野間真綱曰く野老山《ところやま》長角」（**一九〇四**年七月二〇日付野間真綱宛漱石書簡）とあることだろう。漱石宅に訪問する東大の教え子たちで、最も無作法に寝転んでしゃべる者は俣野義郎・野村、寛いで半寝転びで話す者は寺田・小林、威儀正して正座で会話する者は野間・野老山と言っている。それぞれの性格や親疎が表れて面白い。

▼一九〇四年四月、小林郁は栗原基の斡旋であろう、広島高等師範学校教授となり、倫理学・社会学・哲学・ドイツ語などを教えた。前記野間宛漱石書簡は、小林が夏季休暇中なので広島から帰京して、教え子た

ちの出入り頻繁な漱石宅に現われ、談論風発、後の木曜会的雰囲気を楽しんでいる様子がうかがえる。

▼一九一〇（明治四三）年六月一八日、漱石は胃潰瘍の疑いで長与胃腸病院に入院した。入院中の七月二八日、夏休み中で帰京中の小林郁は長与病院に漱石を見舞った。「夫から小林郁がくる。……小林がきて承はれば（西の入院患者の御婆さんは）胃がんだとかいふ話でといふ。」（一九一〇年七月二八日付漱石日記）。漱石は長与病院を退院し、八月六日、転地療養のため修善寺に向かい、菊屋別館に入った。転地のかいもなく、漱石の胃の状態は悪く、遂に八月二四日、大吐血して人事不省に陥った。各地に危篤の電報が打たれ、翌日から急を聞いた人々が陸続として見舞いに駆け付けた。八月二八日、在京中の小林郁は、電報を見て修善寺に漱石を見舞いに駆け付けた。「見舞客　小林郁」（一九一〇年八月二八日・二九日付夏目鏡*子日記。『漱石全集』第二十巻「日記・断片　下」岩波書店、一九九六年七月五日）とあり、容態はやや持ち直し、安倍*能成らは漱石と会話を交わしているので、小林も話をすることができただろう。その夜は修善寺に泊り、翌二九日午前中、病室に見舞うと、容態良好でこの分ならば、心配ないと思う、ということで、小林らは安心して東京に帰った。

▼一九一一（明治四四）年春ごろ、小林郁にアメリカ留学の話が来た。小林は留学を決意し、広島高師を辞め、上京した。

同年初春のある日の午後、野村伝四（一九〇六年七月東大英文学科卒業）は千駄木の漱石宅を訪問すると、一人見慣れぬ先客があった。紹介された人は、広島高等師範学校教授の小林郁で、この度アメリカに留学するお別れの挨拶に訪問したのであった。「小林さんは既に先生とも旧知の間柄で、話は至極打とけて、佳境に入つて居た。」（野村伝四「散歩した事」『漱石全集　月報』第一六号、岩波書店、一九三七年二月）。その時、深川に散歩しようということになり、本郷三丁目から電車に乗り、終点の八幡宮で降車し、疎林を抜け、元八幡宮で一拝して、休憩し、道を南にとり、海の見える所に来た。午後四時過ぎだったから、西の方、竹垣の結い回した養魚場を抜けて、洲崎遊郭の中を通って帰ることになった。養魚場の小門を開けて中に入り込み、十間ほど行くと、後ろから番人が怒声を発して、「外に出ろ。」と怒鳴る。「いや、戸が開いたから、通ってもよろしいと思って、つい。」と、誰かが弁解して、番人の前を通り抜けた。漱石も中に紛れて、「ウフフ、ウフフ。」と笑って通った。番人は一同を門外に追い出すと、大きな声で、「あなた方のような教育のあるお方が。」と怒鳴った。漱石・小林・野村たちは、竹垣に沿って小道を伝って、北に行き、道々、「あなた方のような教育のあるお方が。」と口々に繰り返しまねて笑い合った。電停まで歩き、薄暮、電車に乗って帰った。

一一年六月一五日、小林は漱石宅を訪れ、短冊に俳句か何かを書いてもらう（漱石日記）。この日は内田*栄造（百閒）・小林修二郎・関晴瀾（清治）も来て、漱石に揮毫を求めている。小林郁の遺族に尋ねたが、漱石の短冊は小林家に現存しない。

いよいよアメリカ留学が近まり小林郁は、留学通信を『朝日新聞』に連載したいと思い、漱石に周旋を頼んだ。「御申込の事一寸社へ相談致候処月にいくらと極めての通信は到底出来ない様左すれば大兄の方でも甚だご不安にて折角書いたものが没書になるか掲載になるかさへ判然せず、よし掲載になつたとて其時限り一回の通信につき五円乃至十円位の報酬にしかならずつまり割の合はぬ事と可相成《あいなるべく》候」（一一年六月二四日付小林郁宛漱石書簡）と、漱石の斡旋は不成功となった。結局、『朝日新聞』に小林のアメリカ便りが掲載されることはなかった。

前年末腸チフスに罹り、その後回復したが、健康に不安な小林郁は、米国シカゴ大学に行く長途の航海、風土の変化につき心配を抱き、宮本叔《はじめ》医学博士の診察を願い、漱石に紹介を依頼した。幸い、診察の結果は良好だったのであろう、アメリカに渡り、一〇月シカゴ大学に入学し、社会学を専攻した。

▼小林郁の滞米は満九年に及ぼうとするほど長期にわたった。郁の弟・俊三（東大法科卒業。弁護士。最高裁判所判事）によると、俊三が一高二年の末か、三年のころ、シカゴの郁から部厚い手紙が着いて、その中に漱石宛の長い書面が入っていたという。麻布の母から漱石に手紙を届けるように指図があった。多少の興奮を覚えた俊三は、早稲田南町の漱石山房に書状を届けに行った。案内を乞うと、漱石夫人鏡子が出て来て、「小林郁さんの弟さんですか。」と聞いたので、「そうです。」と答えると、鏡子は一旦引き込んで、しばらくして漱石が玄関に出て来た。「どうも御苦労様。あなたは何科にいるのですか。いい体格をしていますね。」と言ったそうである。当時、俊三は柔道部とボート部で鍛えた筋肉隆々たる体躯であった（小林俊三『わが向陵三年の記』実業之日本社、一九七八年八月）。

▼小林郁はシカゴ大学に一九一九年三月までおり、同年九月さらにイリノイ大学に入学、社会学を専攻し、一九二〇（大正九）年四月帰朝した。

『東京朝日新聞』一九二〇年五月二日付第五面に、「『猫』から抜けて丸十年　駄洒落も出ない迷亭さんの正体　お得意の太神楽式煙管も廻さず　巻煙草スパスパと　快弁振ふ小林文学士」という二段見出しで、帰朝報告の記者会見の模様が掲載された。新聞記者が「漱石の『吾輩は猫である』に出て来る美学者迷亭のモデルは先生だというわさがありますが、本当ですか。」と聞くと、小林は「さあ、知りませんなあ。夏目さんも死にましたね。」と、モデル問題は即答を避けた。日米文化の違いについて雄弁に語り、「十年或は老猫におちついたか」と結ばれていた。

▼帰朝後、小林郁は拓殖大学教授に任ぜられ、主事、予科長、図書館長、専門部長、評議員として学内に重きをなした。経書講読、社会学、社会政策、ドイツ語、経済学史を講じ、拓殖大学が専門学校から大学令による大学に昇格した時（一九二二年六月）、主事として尽力した。一九二四年六月、満四二歳で森田むめと結婚し、二男に恵まれたが、東京市小石川区表町において、満五一歳で急逝した。

▼小林郁の拓殖大学教授時代の愛弟子で、助手を勤め、後に学長・総長まで進んだ豊田悌助の『凡人の生きかた』によると、小林はアメリカ帰りなので英語は勿論のこと、ドイツ語・フランス語も堪能で、社会学の講義では英・独・仏語が変幻自在に飛び出して、学生を面食らわせた。一方漢文もまた達者であった。多くの外国学者の説を博引傍証して該博ぶりを発揮し、論理は明快であったという。主な著書に、『社会心理学』（博文館、一九〇九年）・『社会学概論』（巌松堂書店、一九二三年）がある。

小林の人となりは、清廉潔白で、明朗闊達、天真爛漫、小児のごとく邪気がなく、学生からは慈父のように敬慕された。漱石に倣ったのであろうか、毎週木曜の夜を学生の面会日と定め、学問の指導、就職の世話まで面倒を見た。

某会社に卒業生の就職の世話をした時、

会社は「その学生は英語ができますか。」と質問したので、小林は「僕の英語をテストしてみてください。僕が教えて保証するのですから、大丈夫ですよ。」と言って、採用してもらったという（豊田悌助『凡人の生きかた』）。

▼小林郁が「吾輩は猫である」の迷亭のモデルであると言われ始めたのは、いつのことだろう。漱石が英国留学から帰国し、東大講師になった**一九〇三**年四月から、東大哲学科大学院生小林が広島高師に赴任する**〇四**年四月まで、二人は一年間東大文科大学構内で接触の機会があった。小林が広島に去った年の夏六、七月ごろ、生まれて間もない子猫が、夏目家に迷い込んで来た。「吾輩は猫である」のモデルとなった猫である。*高浜虚子に勧められ、「吾輩は猫である」を書き始めたのは、その年一一月中、下旬ごろと推定されている。夏から秋にかけて夏目家に出入りしていた者は、寺田寅彦・野間真綱・高浜虚子・*橋口貢・野村伝四であり、やがて*坂本四方太・*皆川正禧・中川芳太郎などを加えて文章会が開かれているが、小林は既に広島高師に赴任しているので、時間的空間的に迷亭としての役割は甚だ稀薄であろう。少なくとも、漱石が「吾輩は猫である」を執筆中は、小林は大部分広島滞在であって、休暇中しか東京にいない。このように執筆時における接触の稀薄な小林が迷亭に擬されたのは、なぜだろう。

小林郁の弟・俊三によると、「この兄について漱石関係の奇妙な話がある。ある時漱石が猫の「迷亭」について門下の誰かに小林郁の一面に似たところがあると話したらしい。それが広がって迷亭のモデルは小林郁ということに門下間ではなっていたらしい。後年（多分一九二〇年末頃）シカゴから帰国したとき朝日新聞がたしか「迷亭君帰る」という記事を社会面にでかでかと出し、こういうことに生真面目な小心の兄は迷惑したらしい。」「しかし本質は生まじめな人物で、迷亭の機智縦横の饒舌などおよそ似合わないと思う。」「後年今の京橋明治屋の建物のところの上層に少し大きな西洋料理店があった。*岩元禎先生が逝去後一高卒業生の教え子の会がそこで催された。安倍能成さんが居られたので、「私は小林郁という者の弟です」と自己紹介したら、安倍さんは言下に、「ああ、小林郁さんなら古い夏目門下だ。迷亭のモデルの一面があると先生から聞いたことがある。」と言われた。」（『わが向陵三年の記』）とあるのが最初である。安倍をはじめ漱石門下生の中で、「小林郁が迷亭のモデルである」と書いた著書は他にない。小林自身肯定したことは一度もないし、兄弟も否定している。

そもそも美学者迷亭は「いい加減な事を吹き散らして人を担ぐのを唯一の楽にして居る男」（一）で、「心配、遠慮、気兼、苦労、を生れる時どこかへ振り落した男」（三）である。「アンドレア、デル、サルト」の写生論（一）で煙に巻いたり、「トチメンボー」というありもしない料理（二）を注文したり、金田夫人に牧山男爵（三）という居もしない伯父の名を騙って権威迎合主義者の鼻を明かす。そういう人を担ぐ趣味を小林が持っていたとは思われない。小林も饒舌だが、彼のために周囲が席巻され、翻弄され、攪乱されるほど、積極的、攻撃的ではない。

（一）から（六）あたりまでの迷亭は、開放的、楽天的な滑稽家で、カンカン照りの屋根瓦で目玉焼きができるか実験してみたり（六）、苦沙弥の家を訪問した時、勝手に蕎麦を注文して、苦沙弥夫妻の前で蕎麦の味を解する通人の食べ方を披露する（六）。小林に人を煙に巻く奇行があったか、具体例を知らないが、教え子の佐藤勘助（拓殖大学教授）は「小林郁先生も変わった先生だったね。」と述懐しているので、奇行も多かったであろう。

（十一）は（十）を書き上げた段階で、終章にする予定だったらしく、大団円で苦沙弥・迷亭・独仙・寒月・東風らの太平の逸民たちがオール・キャストで総出演する。傍若無人に駄弁を弄し、才気煥発で快活な滑稽家だった迷亭は、苦沙弥を揶揄し、冷笑する評論家だったが、（十一）では苦沙弥と迷亭の差異がきわめて微少になってくる。それだけ楽天性が影を潜め、現代文明に対してペシミスティックで、苦沙弥の側に接近したことになる。迷亭の結婚不可能説と苦沙弥の「タマス、ナッシ」の女性攻撃は非常に近い関係にあり、ある時期の小林郁を彷彿させる。常日頃小林は日本の女性を非難していたというし、満四十二歳まで独身だったことを考慮すると、若いころ、女性蔑視、結婚不信の心情を持っていたのだろう。

畢竟、小林郁は漱石「吾輩は猫である」の迷亭のモデルとしてイメージは稀薄であり、「猫」執筆時のキャラクター造型には役立っていないだろう。小林の天真爛漫で無邪気な稚気は、迷亭の一面と共通するところがあったのだろう。漱石門下生の間からその声が挙ったとしても不思議ではない。漱石もその一面を愛でて、迷亭らしさを肯定したかもしれない。しかし、それはあくまで暗合であったというのが、真相ではなかろうか。

〔**参考文献**〕原武哲『喪章を着けた千円札の漱石――伝記と考証――』「第一一章　もう一人の迷亭――小林郁宛漱石書簡から――」笠間書院、二〇〇三年一〇月二一日。／『小林文庫分類目録』拓殖大学図書館、一九六八年一二月二〇日。／豊田悌助『凡人の生きかた』鳳書房、一九七七年一月一五日。／『拓殖大学七十年外史』一九七〇年一一月三日。／小林俊三『わが向陵三年の記』実業之日本社、一九七八年八月一〇日。

〔原武　哲〕

## ■野間　真綱

のま・まつな

（旧制）弘前高校『弘高40年史』。一九三〇〜三四年頃撮影か。

**一八七八**（明治一一）**年一月二五日〜一九四五**（昭和二〇）**年九月三日。**

**英語教育者。旧制高校教授。雅号は奇瓢。漱石の五高時代からの門下生。**

本籍は鹿児島県姶良《あいら》郡重富村（現・姶良市）平松五三二四番地。京都伏見稲荷の神官だった父の任地京都府紀伊郡福稲村で父・正綱、母・ナヲの長男として生まれた。兄弟は弟辰雄、妹芳、妹ハギ。家族は妻トヨ、長男真栄（親友・＊皆川正禧《まさき》の名前にちなんでの命名）、長女タカ、次男虎男、次女トシ、三女テウ、四女フミがいる。

▼一八九二（明治二五）年一月、鹿児島県立尋常中学造士館入学、一八九七（明治三〇）年同校卒業。同年九月、第五高等学校大学予科一部（文科志望）入学。一九〇〇（明治三

三）年東京帝国大学英文学科入学。一九〇三（明治三六）年同大卒業。卒業後東京に留まり、日比谷中学校、陸軍士官学校、明治学院などで英語教師のかたわら大学時代からやっていた島津家の家庭教師も勤めた。一九〇八（明治四一）年郷里鹿児島の第七高等学校に赴任。一九一五（大正四）年アメリカのシカゴ大学に留学して翌年帰国。一九二三（大正一二）年には新設の高知高校、同二四（大正一三）年姫路高校に移り、一九二九（昭和四）年弘前高校に転任。同校には、当時、若き日の太宰治（津島修治）が三年生として在学していた。同三六（昭和一一）年高血圧で倒れたため同校辞職。四五（昭和二〇）年親友皆川正禧の故郷である疎開先の新潟県東浦原郡揚川村西二三七〇番地にて死去。享年六七。雑誌等への主な発表は「うま酒は棚に」（『ホトトギス』一九〇五年三月）ほか、「米国通信」（『英語青年』一九一六年一〇月）ほか、「漱石先生の試験問題」（同一九二一年六月）ほか、「追想」（『思想』一九三五年一一月）などがある。

▼漱石との出会いは**一八九七**（明治三〇）年野間の五高入学時と思われる。漱石のことを野間は「熊本では非常に厳格な先生で時間内は皆小さくなつて震へて居た」（野間真綱「文学論前後」『漱石全集』月報第九号、岩波書店、一九二八年一一月）と後に回想している。

**一九〇〇**（明治三三）年野間が五高卒業の年、漱石は二年間の英国留学に出発。野間が東大英文学科最上級生のとき漱石は帰国、同大講師として教壇に立つ。「もう先生の授業を受けることはないと思つて居つたのに再び先生の講義を聴くことが出来たので吾等は只有頂天になつて先生の教室に出た。」。すると熊本時代と違って、「洋行後の先生は余程くだけた温和な人がらになつて居られる様で吾等にとつては親しみやすい様な気がした。」（『漱石全集』月報同前）と回顧している。野間は卒業後も漱石を慕い、漱石邸に足しげく通った。漱石は「いつも講義の整理でいそがしいと口ぐせの様に云つて居られながら上ると何時までも雑談の相手になつて帰りかゝると淋しがられることもあつた。」という（『漱石全集』月報同前）。

　野間の俳句的才能を買っていた漱石は、「君の発句は中々面白いうまいものだ（略）虚子*に見せたらほめた」（**一九〇四**年九月二九日野間宛漱石書簡）と創作をどんどんやれと激励する。共同での合作が基本である連句を変化させた俳体詩も作り、俳体詩「寺三題」を漱石、虚子、奇瓢（野間）の三人で詠んでいる。

▼さらに**一九〇五**（明治三八）年四月号の『ホトトギス』に発表された漱石の小説「幻影の盾」のすぐ後に続け連句における付け句のようにして奇瓢の絶妙な「まぼろしの盾のうた」が掲載されている。このなかで漱石と奇瓢は心を通じ合わせ作品を介して対話している。

　漱石は「吾輩は猫である」（**一九〇五**年一月）を『ホトトギス』に発表すると、一躍文名が上がる。この作品にいち早く反応して野間が称賛の便りを出す。漱石はそれへのお礼状に「猫伝をほめてくれて難有いほめられると増長して続篇続々篇抔をかくきになる」（**一九〇五**年一月一日付野間宛）としたためる。さらに漱石は野間から届いた猫の絵入りで「書を読むや踊るやネコの春ひとひ」（旧制『弘前高校新聞』**一九二七**年二月、二〇号）という俳句を添えた年賀状を早速、次号の「猫」二に登場させている。

　「猫」は暦年をほぼ一月遅れで、身辺の事象が作品化されている。連載（五）の執筆について野間がからんでいると考えられる。従来「猫」五の脱稿は**一九〇五**（明治三八）年五月二七日頃とされているが筆者はもう少し後の五月末日頃と考える。その理由はこうである。

野間によれば日露戦争の日本海海戦（五月二七～二八日）での勝利に興奮した彼は、海戦直後に漱石を訪れ、郷里鹿児島の英雄東郷大将の活躍を吹聴した。それを聞いた漱石は、「東郷さんはそんなに偉いかね。僕だってあの位置に置かれたらあれ丈けの仕事は立派にやって除けるね」（野間真綱「追想」『思想』一九三五年一一月）と平然と言ったという。この後漱石は、猫が東郷大将の気持ちになって鼠がどの方面から出てくるか八方に眼を配る「猫」（五）の終末の場面を、慌てて挿入したと推測する。こうして五月の事実を「弥生の空」の季節にはさみこむという時間的ずれが生じたまま漱石は、六月三日の文章会に出て作品を発表したと考えられる。

「猫」では野間がモデルと思われるところが、いくつか指摘できる。越智東風は苦沙弥先生宅に寒月の友人として登場する。寒月のモデルとされる寺田寅彦*は、五高で野間の一級先輩で友人同士であることと符号する。二人は「猫」執筆当時の漱石邸の常連であった。「猫」（六）に小用のためにだけ図書館に立寄る老梅くんが迷亭にからかわれるくだりがある。あれは野間が自分の体験を漱石に語ったことがネタになったと、野間の長男真栄が、生前父（真綱）からよく聞いた話として筆者に教えてくれた。苦沙弥先生から「あの男はどこまでも誠実で軽薄な所がないからよい」といわれ生真面目で融通がきかないところが繰り返し書かれる東風は野間と重なる。東風は芸術至上主義の詩人として設定されている。野間は生来の文学好きで、大学進学の時、法科を勧めた父親と衝突して学資を出してもらえず、島津家の家庭教師などして大学を出たというほどの文学青年だったのである。

「猫」のモデルとなった夏目家の飼い猫が死んだ時、朝日新聞でそのことを知った野間は、鹿児島から「猫がなくなつた事承りあの猫が時々小生の膝に乗つたことを思ひ出し可愛さうなことをしたと思ひ候」という悔やみ状に「萩の枝にビール注いで手向けけり」という句を記して悼んだ。

野間が漱石の周旋で赴任した郷里鹿児島の第七高等学校では、赴任の翌年に『三四郎』が出版されると学生間で「野間先生が三四郎のモデル」との評判がたった。実際、野間は五高から東大に進んでいる。野間の長男真栄曰く「父は三四郎に似て控え目な、気の弱い、遠慮がちな性格」で、漱石に揮毫を求めた数も少なかったという。

▼漱石は無類の手紙好きで「小生は人に手紙をかく事と人から手紙をもらふ事が大すきである」（一九〇六年一月七日付森田米松*宛漱石書簡）と書いている。八〇通を超える野間宛漱石書簡はユーモアにあふれ、親しみを極め、師としての温情あふれるものばかり。大学卒業したての野間が授業時数の多さに耐えかねて中学教師をやめたがると、情ないといってたしなめたり、弱い性格に苦言を呈し、強い心をもてと親身になって気遣っている。暇なときは寝転びに、あるいは下戸で甘党の野間に落雁や果物など持参での来遊を勧めるなど食いしん坊漱石の面目躍如。俳句の指導や批評をしたり自句を手紙の中に添えたりする。病気見舞の手紙では署名を「阿矢仕医学博士」と洒落ている。

野間に西洋料理を奢られた漱石が翌日から下痢になり、「余り食ひなれぬものを食ひし為か将《はた》御馳走しつけぬ人が奮発した為か主治医には分りかね候（略）御礼旁下痢御報迄」（一九〇四年六月二八日付野間宛）とか、真夏に下戸の漱石が「涼しい処で美人の御給仕で甘《うま》い物をたべてそして一日遊んで只で帰りたく候」（一九〇四年七月二〇日付野間宛）と愉快な便りも書いている。

漱石作品が発表されると、真っ先に反応してくる野間に対して漱石は思いっきり自分の内面をさらけ出してみせる。真綱の「倫敦塔」への称賛に対して「君がほめて呉れたので倫敦塔が急にうまくなつた心持ちがする。然し世に稀なる文学者は少々驚いたね」（一九〇五年一月一九日付野間宛）とか「幻影の盾」では「出来上つたら見て批評してもらはう」（一九〇五年二月八日付野間宛）と弟子からの反響に関心を寄せている。

▼漱石はことのほかかわいがった野間とその親友皆川正禧を俳体詩にも詠みこんでいる。それは一九〇四年（明治三七）一二月一三日付の書簡で、「真綱ある日　真拆が家を訪れて　小春の縁に　脊二つほして（略）日は落ちかゝり　夕餉となれば　したゝかに　物食ふ真綱　したゝかに　物食ふ真拆　真拆が飯を　真綱が食ひて　真綱が歌を　真拆がよみて　長閑なりける　年のくれかな　うらやまし〳〵」とある。この詩からは温かいまなざしで愛弟子をみつめる漱石の心があふれている。野間と皆川は義兄弟といわれるほどに親しく莫逆の交わりを結んでいた。漱石もこのことを熟知しており、手紙の中でも両人のことを話題にしたり、二人を一緒に招待し、三人で食事をして文学を語るなどの交遊もあった。

また一九一四（大正三）年一月二四日付の書簡では、郷里鹿児島の七高教授になっていた野間真綱に対し、桜島の大爆発のことを知った漱石は非常に驚き、真綱や皆川、恩師マードックの安否を気遣うが、無事との返事に「先は御喜びまで」と結んで胸をなで下ろしている。肉親に対するような深い愛情が感じられ、漱石の人情味あふれる心根がわかる。

▼野間は七高在職中シカゴに留学するが、その時の旅行鞄を漱石から借りている。その鞄は漱石がロンドン留学に使ったもので、後に寺田寅彦が留学時に借りたもの。漱石からの生涯最後の手紙は、野間がシカゴ留学中に出された（一九一五年六月七日付）。野間が日本を発つとき、漱石は京都旅行中であったが、加えてかねてからの胃病悪化のため見送れなかった。そのお詫びや貸してやった旅行鞄が役立ったことを喜ぶ内容であった。

▼こうして野間と漱石の交流は終生続いた。優れた文芸感覚をもった実直な門下野間と、厚情を注いだ格別な愛弟子に創作意欲をかきたてられてきた師漱石。親密な関係性の中から名作の片鱗が生まれただけでなく、成熟した師弟関係が人間漱石の心を癒し、それがまた副次的に創作の活力となったのではなかろうか。

〔**参考文献**〕加茂章『夏目漱石——創造の夜明——』教育出版センター、一九八五年一二月。／内田道雄『対話する漱石』翰林書房、二〇〇四年一一月。／佐々木亜紀子『漱石　響き合うことば』双文社出版、二〇〇六年一〇月。／野間真綱「文学論前後」『漱石全集』月報第九号、岩波書店、一九二八年一一月。／野間真綱「文学論の生れ出る頃」『漱石全集』月報第七号、岩波書店、一九三六年五月。

〔白坂数男〕

# ■野村　伝四

のむら・でんし

*松岡譲『漱石写真帖』一九二九年刊。森成麟造送別記念、一九一一年四月一二日撮影。

**一八八〇（明治一三）年一〇月二〇日〜一九四八（昭和二三）年七月二六日。**

**英語英文学者、方言学研究者、民俗学者、教育者。旧制中等学校教諭、校長を歴任。漱石の一高、東大英文学科の教え子、門下生。**

本籍は鹿児島県肝属《きもつき》郡高山町（現肝付町）大字前田四七番地。父・伝之助、母・イセの四男として生まれた。父伝之助は漢学者で槍の名人、文武両道に秀でていたといい、母イセは伝四によれば、「母は慈母で有ると共に厳母でもあった。」という。伝四が五歳の時、父は西南戦争の被弾がもとで没したため、長兄伝一郎が若くして家業を継ぐ。彼は県内有数の造林家として家産を築いた篤農で、伝四と次兄伝二の二人のほかに姉まさ、まき、いと、と三兄伝三の七人兄弟である。家族は妻セイ、長男明日香、長女カズ、次女ヨネ、三女ノリ、四女ナリがいる。

▼一八九五（明治二八）年鹿児島県立尋常中学造士館入学、一級上に*橋口清（五葉）がいた。一九〇〇（明治三三）年同校卒業。同年第一高等学校入学。一九〇三（明治三六）年同校卒業、同年東京帝国大学英文学科入学。同級に中川芳太郎、*森田草平、川井田藤助、*栗原古城らがいた。一九〇六（明治三九）年同校卒業。この前後数年、熱心に翻訳、小説、随筆等をものし、『ホトトギス』『帝国文学』『七人』等に発表。多くの中等学校教科書に収められていた秀作「鷹が渡る」はその頃の作である（郷里大隅の秋の風物詩、鷹の壮観な渡りを描いたもの。『ホトトギス』一九〇六年一二月）。また、中学時より和歌に志し、上京してからは鎌田正夫（御歌所寄人）に師事し、折に触れて歌作した。

▼大学卒業後、東京（錦城中）、岡山（関西中）、山口（山口国学院）の私立中学校で教鞭を執る。一九一五（大正四）年佐賀県立鹿島中学校教諭となり、翌年、愛知県立第五中学校、一九一九（大正八）年大阪府立天王寺中学校等で英語科担当。一九二一（大正一〇）年三月第二代奈良県立桜井高等女学校長となり女子教育に七年間従事し、自由教育の先鞭をつけ、他校に先んじて和服を洋服に改め、体育運動奨励に専心した。学校図書館の充実に尽くして自由主義思想の脈動に歩調をそろえたり、野村の発起で同校で漱石記念展を開催したこともある。一九二八（昭和三）年一月奈良県立五條中学校長に転じた。この頃から英文学専攻の野村が方言や民俗学への興味を深めていった。「不要品展覧会」を催して日常の民芸品に価値を見出すべく民俗学的に眺めようとした。一九三四（昭和九）年三月五條中学校長を退職。同年六月から奈良県立図書館長に補せられた。そこで毎月開催されていた奈良読書会で野村は、「漱石、*寅彦と私」というタイトルで講演したこともある。また、柳田国男の勧めで郷里の方言を研究した、『大隅肝属郡方言集《きもつきぐん》』（中央公論社、一九四二年四月二〇日）、『大和の垣内《かいと》』（天理時報社、一九四三年一一月一〇日）、『野村伝四遺稿　薩摩義士』（野村不二発行、一九六五年）などの著作がある。野村は血圧が高く中風になり、一九四八（昭和二三）年奈良市で六八年の生涯を閉じた。

▼野村が一高卒業の一九〇三年四月一〇

日、留学帰りの漱石は一高講師となっているので、二人の出会いはこの頃と考えられる。だが気が置けない交流が始まるのは、**一九〇三**（明治三六）年九月野村が東大英文学科に入ってからだろう。五高時代から漱石の教え子で、一足先に漱石宅に出入りしていた同郷で英文学科の三年先輩にあたる*野間真綱を介してであった（森田草平『漱石先生と私』）と思われる。『漱石全集』に野村の名が出てくるのは、**一九〇四**（明治三七）年二月一四日付の漱石のはがきからである。文面はすでにくだけた調子があり、同年六月三日付では宛名を「野村伝四仁兄大人閣下」とか翌四日付では「野村伝四先生」とふざけて交流を楽しんでいるようだ。同日は野村宛にはがき二枚を出している。二枚とも自筆のペン画で愛弟子野村を相手に絵でユーモアを交えて、自分の心情を伝えようとしており、二人の関係の親密さがよく出ている。漱石は野村を単なる弟子以上の睦まじい昵懇の間柄と考えており、からかったりして楽しんでいる。

全集の日記には「伝四茶の間にて鰻飯を食ふ。（略）伝四と入浴、散歩帰る。」（**一九〇九**年三月一八日付）、「朝野村伝四来る。大島紬を着て居る。大島の学生から学資補助の為に買つたもの、由。」（同四月八日付）。書簡では「一日がゝりにて寐転びに御出掛可相成候。（略）僕の家にて寐転ぶもの曰く*俣野大観曰く野村伝四半転びをやるもの曰く寺田寅彦曰く*小林郁危坐するもの曰く野間真綱」（**一九〇四**年七月二〇日付野間真綱宛）など野村の名は随所に出てくる。右の書簡からも暇さえあれば訪ねていた漱石宅での伝四の遠慮会釈ない所作が目に浮かぶようだ。ほかにも、朝日新聞社まで給料を取りに行ってくれと頼むものや借家探しなど忙しい漱石が信頼している大学生野村に気軽に頼みごとをする文面もよく見られる。図書館での調べごとを頼むとき「是非やつてくれなくてはいけない、いやだ抔といふと卒業論文に零点をつける」（同九月一三日付）とか、野村の答案を見て「伝四先生のパラフレーズはパラフレーズにあらずミスプレースなり」（同六月一七日付）、「ビスケットをかぢりて試験の答案を検査するにビスケットはずん〳〵方付くけれども答案の方は一向進まない」（同六月一八日付）、さらに「君の答案は存外マヅイ此次にはもつとうまくや〔ら〕なくてはいかんよ　*小山内や中川の方が余程よろしい」（同六月二二日付）とユーモアを交えて苦言を呈している。

▼野村は漱石宅であった文章会の常連であった。*虚子や*伊藤左千夫が出席している会で野村の席順は、漱石の隣である（「文章会虚子先生左千夫氏ノ小説野菊の墓ヲ朗読スル図」『日本』一九〇六年二月一一日）。これは興味深いことである。

複雑な漱石が最も愛した好人物といわれる彼は、漱石の作家的出発の時期に最側近の門下生だった。野村は当時盛んに創作に励んでいて、漱石にそれを観てもらっていた。**一九〇五**（明治三八）年八月六日付の書簡で野村の「浴場スケツチ」という文章を評した漱石は、「浴場スケツチは第一第二ともうまいものですあゝ云ふ奴がつゞくと名文が出来ます、あゝ云ふ呼吸を飲み込んだ人は名文家です、従つて君も名文家だらうと思はれます。」（ただしこの作は未発表のまま散佚）と称賛。

▼野村は同級生の小山内薫が創刊した雑誌『七人』の準同人として「〇村〇四」の名で「二階の男」という小説を寄稿。これを読んだ漱石は「サラ〳〵トよくかいてある。（略）中々名作だ。大いにやり玉へ。」（**一九〇五**年二月一六日）と力付ける。「下駄物語」（**一九〇五**年一一月『帝国文学』）では「うまく出来ました。文章が段々上手になつて

くる結構々々。」（一一月一五日付）と持ち上げる。さらに「寒水村《そずむら》*」（一九〇七年一月『帝国文学』）については「君のかいたもので一番小説に近いものである。趣向が面白い。さうして是といふ不自然がない。結構であります。一字一句に苦心するよりあの方が遙かにいゝ、早々萬歳」（一月一二日付）と喝采を送っている。

またある時、野村の作品に虚子が難癖をつけたことに彼は気を悪くしたらしい。それを小耳に挟んだ漱石は、「君の文章に於る智識及び趣味は色々な人の説を参考して啓発すべき時期であつて悪口をいはれて気をわるくする時代ではない。（略）文章は苦労すべきものである人の批評は耳を傾くべきものである。（略）君と虚子の間に立て切つてある障子一枚をあけ放つて見よ。春風は自在に吹かん。」（一九〇五年六月二七日付）と結び、諭している。

▼漱石は自分の作品の初版本を「伝四、伝四」といって愛弟子野村に贈ったり、野村の結婚に際しては「日毎踏む草芳しや二人連」「二人して雛にかしづく楽しさよ」の二句を袱紗に染めて贈り、祝った。漱石が修善寺温泉で胃潰瘍のため大吐血し、一時生死の境をさまよった、いわゆる修善寺の大患の時、肉親も面会謝絶となったが、野村と安倍*能成だけが病床に侍し、夜を徹して看護したという一事だけでも野村がいかに漱石から信頼されていたかを物語っている。

▼野村の教師時代の生徒には画家中川一政、英文学者本多顕彰、元群馬県知事北野重雄らがいる。大阪の天王寺中学校での生徒である北野は、野村のことを「お世話になった最も印象に残る恩師である」という。三高の受験準備のため同級生と、野村に家庭教師を頼むと快諾を得た。早速、束脩《そくしゅう》（入門する時に持参する謝礼）を持って弟子入りしたが納めてもらえず、かつ月謝も受け取ってもらえなかった。彼は北野らを前に次のようなことを話した。「私は漱石先生に大変な世話になった。教えも受け、ごちそうにもなっている。『先輩が後輩を導くのは当然で、君がこれに少しでもお礼したい気持ちをいだくならば君もまたその分だけ後輩に尽くすことだ。世話になって、それをすぐ返すことはまちがっている。』と教えてもらった。君たちも同じことだよ。」というのである（『日本経済新聞』一九七一年五月三一日付「交遊抄」北野重雄（情報処理振興事業協会理事長））。

▼漱石の伝四観がよく表れているのが、他の門下へ書き送っている書簡である。同級生の森田草平には、「野村伝四抔は気楽なものである。」（一九〇六年一月七日付）とか、中川芳太郎には、「奥山（浅草の興行街）をあるいていて平気な伝四は見所のある者に候。（略）大兄は才学は遙かに伝四の上に候然し平気な点は遠く伝四に及ばず。」（一九〇六年一月二四日付）と書き、野村と同郷の三級先輩である野間真綱にも、「野村は気楽らしい。あの男はからだ丈は大丈夫らしい。」（一九〇八年六月一四日付）と書き送っている。このことから推し量ると漱石の眼に野村伝四という人物はのんきな、物事にこだわらない性格というふうに映ったようだ。

愛知五中時代の生徒である英文学者本多顕彰は「野村伝四は漱石が最も愛した弟子だといわれている。彼は朴訥で、接すると春風駘蕩のおもむきがあった。」（「夏目漱石集（三）あとがき」筑摩書房、一九六三年三月）と書いている。

▼漱石の作品は日常に取材源があるといわれている。その初期作品には野村、寅彦、虚子、野間真綱、橋口*貢といった漱石サロン常連たちの性格、気質、風采といったも

のが巧みに組み込まれている。
「三四郎」の冒頭に、三四郎が汽車の中で知り合った女と同宿し、同衾する羽目となる。何事もなく、翌朝駅の改札のところで別れ際、女に「あなたは余つ程度胸のない方ですね」と言われ、びっくりする。このくだりは野村が実際に体験したことを漱石に語ったことがモチーフであるという。野村の孫、宇宿徹が祖母（伝四の妻セイ）からよく聞いた話として、「夏目漱石と野村伝四展」（一九九五年、都近代文学博物館）の図録で紹介している。

▼野村と漱石の交流は、野村の大学入学の頃から漱石の没年まで続いた。漱石にとって伝四は、気負いなく心の中をさらけだして、ふざけることのできる愛すべき身近な存在で、何を言っても受け止めてくれる一服の清涼剤でもあったようだ。

**〔参考文献〕**江副勝、江副茂、小原イセ子、守屋マル子『江副ハギ伝』著者発行、一九九七年一二月。／『大隅』第三一号、大隅史談会、一九八八年三月。／藤井淑禎『不如帰の時代』名古屋大学出版会、一九九〇年三月。／野村伝四「『琴の空音』に就て」『漱石全集』月報第六号、一九二八年八月。「『門』の中の呉服屋」「『二百十日』前後」『漱石全集』月報第十七号、二九年七月。「散歩した事」『漱石全集』月報第十六号、一九三七年二月。「神泉」『漱石全集』月報第十八号、一九三七年四月。

〔白坂数男〕

## ■岩元　禎

いわもと・てい

『写真図説　嗚呼玉杯に花うけて第一高等学校八十年史』一九七二年刊。

**一八六九（明治二）年五月三日～一九四一（昭和一六）年七月一四日。**
**第一高等学校ドイツ語・哲学教授。漱石の一高・東大後輩。一高で同僚。「三四郎」の「偉大なる暗闇」広田萇のモデルと言われる。**

鹿児島県鹿児島市高麗町一三六番戸に鹿児島藩下士（後に牧場業）岩元基の長男として生まれた。次弟禧は沖縄県知事、三弟禄は東京帝国大学建築学科助教授となった。幼少のころより武士としての厳格な士道的人格を形成していった。一八八九（明治二二）年七月、鹿児島高等中学造士館予科を卒業、上京して同年九月、第一高等中学校に入学した。夏目漱石よりも一年遅れて九一年七月、第一高等学校を卒業した。同年九月、帝国大学文科大学哲学科に入学、最上級生であった九三年九月から翌九四年七月まで、帝国大学哲学教師として来日したばかりのラファエル・フォン・ケーベル Raphael von Koeber の講義を聴き、最も忠実な弟子となった。漱石も九三年六月、ケーベルの美学の講義を聴いているので、岩元と同席したかもしれない。岩元はひたすらホメロス・ソクラテス・プラトン・アリストテレスなどギリシャの古典から分け入ろうとした。

▼一八九四（明治二七）年七月、帝国大学文科大学哲学科を卒業、直ちに大学院に入学した。九六年九月より九九年七月まで浄土宗高等学院（現・大正大学）で哲学およびドイツ語の講師を嘱託された。九九年四月一日、高等師範学校（現・筑波大学）哲学講師を嘱託された。同年一一月四日、第一高等学校のドイツ語の授業を嘱し報酬として一ヶ年金三六〇円贈与された。

▼**一九〇三**（明治三六）年一月二四日、第一高等学校教授に任ぜられ、高等官六等に叙せられ、八級俸を下賜せられた。一方、英国留学から帰国した漱石は、同年四月一〇日、第一高等学校英語授業の嘱託の辞令を受け、報酬として一ヶ年金七百円を贈与された。ここで、漱石と岩元とが一高校舎内で出会う機会ができたが、専任教授の岩元に対して漱石は、帝大との兼任で、非常勤の講師であったため、一高内で出会うことは少なかっただろう。

　漱石の岩元禎宛書簡は一通も現存しない。ただ、清国の南京三江師範学堂（現・南京大学）に教習（教授）として赴任していた*菅虎雄に、「岩元は始終不平をいふて支那の生徒を攻撃して居る」（〇六年二月一四日付漱石書簡）と近況を報告して岩元に一度だけ触れている。一八九九年九月、第一高等学校は清国留学生八名を一高聴講生として受け入れた。一九〇三年一二月、清国留学生三一名が一高に入学決定し、翌年一月入寮、二月から授業を受け始めた。ギリシャ哲学を頑固に尊崇する岩元は、清国留学生の文化の違いを理解しようとはせず、「岩元」式の高踏的な独特の教育法を推進したために、日本人一高生ですら多数の落第が出たのに、清国留学生は岩元の要求する学問的水準に達せず、「不平」を言って、彼等を「攻撃」していたのであろう。高橋英夫は「もしかすると中国人留学生は、南京に行っている菅虎雄が選定したのかもしれない」（『偉大なる暗闇――師岩元禎と弟子たち』「Ⅰ偉大なる暗闇」）と推定しているが、既に制度として清国から留学生受け入れが決定している以上、菅の個人的意志が関与することはないだろう。近代化西洋化を急ぐ中国人側と、偏狭とも言える他を寄せ付けぬ秋霜烈日の授業と採点法を強行する岩元との間に埋め難い溝が生ずるのも当然であろう。〇八年四月、一高は清国政府委託留学生のための特設予科を置いた。これは一ヶ年半の予備（日本語）教育後、各高等学校に配当し、帝国大学進学の途を開いたものであった（『向陵』一高百年記念号「第一高等学校年表」藤木邦彦編、一九七四年一〇月、一高同窓会）。しかし、日本政府は安東（現・丹東）・奉天（現・瀋陽）間の狭軌軍用鉄道を南満洲鉄道株式会社により広軌に改築工事を清国に強引に認めさせたため、〇九年八月、憤激した清国留学生は大量に帰国して反日運動に加わっていったのである。

　多くの人から「偉大なる暗闇」と言われた岩元禎は、漱石の「三四郎」の広田萇という高等学校教師のモデルと言われたが、漱石と岩元との関係は互に距離をおいて、むしろ疎遠であった。岩元は「夏目は英語ができるんじゃよ、井上十吉さんがほめておられたが、後でつまらんものを書きおってのう」と語ったと唯一伝えられている（長谷川才次「岩元禎先生」『文藝春秋』一九五八年一〇月）。一方、岩元と文通したことのない漱石は、一度だけ、南京赴任中の共通の知人菅虎雄に前記の清国留学生攻撃の近況報告をした。

▼旧制一高の伝説的名物教授岩元禎*は、己の生き方に忠実に妥協を許さなかった。授業では教科書に書き込みを許さず、自己流の訳読を朗々と響かせ、めったに生徒に訳させることはなかった。天下の秀才一高生たちもひたすら師の片言隻語を洩らさず傾聴して、岩元語の訳語を身に着けようとした。隠れて教科書に筆記していた生徒を見付け、「こらっ！」と大喝するなり、テキストを取り上げ、情け容赦なくびりびりと引き裂いてしまった。恐怖に慄いた生徒に、「代金は後でやる。教官室に取りに来い。」と言ったという。武士がその魂である刀剣に最大の敬意をもって扱ったごとく、神聖な教科書を汚すことを極端に嫌った書物愛執癖と独特の心底に感応する教育観とは、一般に奇人と見られた。古典を読むことに絶対的価値を認め、己の理論を体系づけて著作に表現することには縁遠かった。

没後、受業生三谷隆正・藤田健治が編集した『哲学概論』（近藤書店）のみが唯一の著作である。同書の冒頭の文は、「哲学は吾人の有限を以て宇宙の無限を包括せんとする企画なり。」とあり、没後、総持寺（横浜市鶴見）境内に岩元禎の「哲学碑」が受業生によって建立され、冒頭の一文が刻された。

▼森田*草平が一高三年生の時、岩元禎の宿を訪問して、「ゲーテの『ウィルヘルム・マイスター』を翻訳したいんですが。」と言うと、岩元はきっとなって、「翻訳するのもいいが、やるなら二〇年計画でやれ。」と言われた。手間仕事で、少し野心を起した料簡の草平は、岩元の剣幕にほうほうの体で引き下がった。学問に対してあくまで慎重で、独自の遠大な学問観を持して、変わらぬ生き方を貫いた岩元の言葉は、草平の肝に銘じて忘れえぬ大事件であった。

ある時、草平は漱石に岩元の慎重な態度を語り、「あの時は実に閉口しました。」と言った。漱石は黙って聴いていたが、急に真剣な顔になって、「慎重な態度もいいが、そういう人は一生何事もせずに終るものだよ。自分にどんなことができるか、自分の力はやってみなければ、自分でもわかるものではない。」と言った。だから、やらないということは、その人にそれをする能力がないということになると、草平は漱石の同時代人に対する切実な評言として聞いた（森田草平『漱石先生と私』「『三四郎』の女主人公」）。漱石の周囲に、深遠な学殖を内に蔵しながら、慎重で控え目、自己を韜晦して、書籍を愛しながら、自ら学識を公にしなかった人は、岩元の外に、一高校長・京大文科大学長となった狩野*亨吉、東京帝国大学教授で美学者大塚*保治は生前一冊の著書も出版しなかった。一高教授菅虎雄も専門のドイツ語の研究論文・著書・翻訳書は一冊もない。漱石は、彼らが溢れんばかりの学識を持ちながら、自ら著作に表現しないことに対して遺憾の意を持っていたと思われる。漱石は信頼と敬意を持っていた狩野・大塚・菅とは違って、疎遠であった岩元に対しては、もっと違った批判があったかもしれない。

従って、漱石は「三四郎」執筆時に岩元を念頭において「偉大なる暗闇」広田先生を造型したとは言えないであろう。漱石が岩元の日常の教育活動や現実生活を観察していたとは思われない。帝国大学文科大学の哲学科学生で、漱石と交遊のあった者は、一八九一（明治二四）年卒業の大塚保治・狩野亨吉、九二年卒の立花*銑三郎、九三年卒の松本文三郎・松本亦太郎・*米山保三郎であり、九四年卒の岩元とは、学生時代から親しくない。一高で同僚となった一九〇三年四月から〇七年三月まで四年間、二人は幾度口を聞いたことだろう。互に己の生き方を貫いて、ほとんど没交渉であったと思われる。漱石が岩元を細かく観察していた形跡もない。

「三四郎」（四の六）で佐々木与次郎は広田先生を、「そこが先生の先生たる所で、あれで大変な理論家なんだ。細君を貰つて見ない先から、細君はいかんものと理論で極つてゐるんださうだ。」「万事頭の方が事実より発達してゐるんだから、あゝなるんだね。其代り西洋は写真で研究してゐる。巴《パ》理《リ》の凱旋門だの、倫敦の議事堂だの沢山持つてゐる。あの写真で日本を律するんだから堪らない。」「学校ぢや英語丈しか受持つてゐないがね、あの人間が、自《おのづ》から哲学に出来上つてゐるから面白い」「（著述は）何にもない。時々論文を書く事はあるが、ちつとも反響がない。あれぢや駄目だ。丸で世間が知らないんだから仕様がない。先生、僕の事を丸行燈だといつたが、夫子自身は偉大なる暗闇だ」と評した。

広田萇《ちょう》の抱えた諸々の近代の矛盾は、実は漱石自身の内面の鬱勃とした苦悩であった。広田が若い学生に洩らす時代批判と諷刺は、漱石の警世と厭世そのものであろう。漱石が門下生たちに洩らした該博な知識と辛辣な諧謔とを極端にまで高揚させて、「三四郎」で造型した「偉大なる暗闇」広田萇は、ふと周辺を見渡すと、たまたま岩元禎に類似していた。世の人は「広田先生モデルは岩元禎だ」という伝説が、結果として出来上がったと言うべきであろう。そして、一高関係者から教育界、文学・哲学界の人々に伝播して、明治四〇年代の精神的認識に定着していった。漱石も岩元も世間の人々の「広田先生モデルは岩元禎だ」という伝説を知りつつ、否定も肯定もせず、全く放任等閑視して、無視した。それがまた二人とも、偉大なる暗闇の暗闇たる由縁でもあった。

漱石は、三四郎が大学図書館を出て青木堂に入ると、水密桃の男がいて、「茶を一口飲んでは烟草を一吸《すひ》すつて、大変悠然構へてゐる。今日は白地の浴衣を已めて、背広を着てゐる。」（「三四郎」三の五）と描いているが、現実の岩元禎もしばしば青木堂に行き、いつも同じ椅子に腰かけ、紅茶や菓子を楽しんだ。一高生がいると、ボーイを呼んで、「生徒たちにお茶と菓子を出してやれ。」と言ったという。「青木堂で岩本《ママ》さんにあつたら「人間頭ちふものは大がい際限のあるもんで午前中よりきかんものだ」（一九一四年六月一五日付芥川龍之介書簡）と、岩元と芥川が出会っているが、漱石と岩元が出会った話はない。

▼岩元は抜群の学業優秀な秀才好み、眉目秀麗な美男子好みで、MとQと二人で岩元の宿を訪ねると、美少年のMに向かって機嫌よく、「M君か、よく来た。さあ、上らんかい。」と言い、Qには「Q君、君は帰っていいんじゃ。」と言う。薩摩武士の若衆趣味が影響したものか。生涯、お気に入りの寵児は、『「いき」の構造』の九鬼周造であった。岩元のドイツ語で『古寺巡礼』『風土』の名著を出した*和辻哲郎が五五点の時、九鬼は一〇〇点だった。一つしか間違えていない和辻は、納得がいかなかった。ドイツ語の岩元式訳語は独特の岩元趣味に彩られ「岩元語」でなければならなかった。Dorf は「村」ではなく「鄙《ひな》」、Kirche は「教会」でなく「寺院」、Karikatur は「カリカチュア」「戯画」ではなく「鳥羽絵」でなくてはならなかったという。

岩元禎の信奉者は九鬼の外、天野貞祐、

岩下壮一、児島喜久雄、亀井高孝、吹田順助、*木下杢太郎（太田正雄）、岩崎昶、竹山道雄、三谷隆正など錚々たる各界の一流人物がいる。その反面、岩元の偏執的な理不尽な採点法に苦しみ、落第の憂き目にあった人に山本有三、岩波茂雄、*安倍能成らがいる。貧困の中で苦学して、人より遅れて一高に入学した山本有三が、岩元によって落第させられ、勉学の意欲を失い二年生で退学し、東大には選科で入学し、後に検定で正科生となって卒業したが、生涯その恨みを隠さなかった。

▼一九三二（昭和七）年二月八日、行政改革に際して、岩元は菅虎雄と共に願いにより本官を免ぜられ、同日、第一高等学校から哲学概説及び独逸語講師を嘱託された。三三年三月三一日、哲学概説講師嘱託を解かれ、独逸語のみを教えることとなり、四一年四月一五日、願いにより講師嘱託を解かれ、一切の教職から離れた。

食や嗜好にはエピキュリアンであり、貴族的ですべて最高のものを愛した岩元も、永年の大食、甘党、暴煙、暴酒の不養生のためか、最晩年、ひどく衰弱して、往年の激烈な覇気は影を潜めた。四一年九月、真白な夏服を着た、病臥中の岩元が、かつて落第させた教え子で、一高校長になった安倍能成を校長室に訪れ、丁重に挨拶したという。やがて、青山の小さな借家で、遂に再び立たれなくなった。満七二歳。

青山斎場で行なわれた葬儀で、三谷隆正は弔辞で、「過ちを犯した時に、優しく慰めてくれる人は少なくないが、魂を震撼させて悔い改めさせる人は、暁天の星よりも稀であり、岩元先生は正にそういう人である。」と言った（大和田啓気「思い出――ドイツ語の先生――」）。

岩元が心血を注いで収集した東西の古典籍は、没後、舎弟岩元禧鹿児島市長、実業家田辺健吉、島津家倉庫を経て、鹿児島大学図書館「岩元文庫」として、収蔵された。

〔**参考文献**〕高橋英夫『偉大なる暗闇――師岩元禎と弟子たち――』新潮社、一九八四年四月二五日。／岩元禎『哲学概論』近藤書店、一九四四年四月二〇日。／天野貞祐「よき師よき友」『向陵』一高百年記念、一高同窓会、一九七四年一〇月三一日。／長谷川才次「岩元禎先生語録」『向陵』一高百年記念、一高同窓会、一九七四年一〇月三一日。

〔原武　哲〕

## ■森田　草平
もりた・そうへい

『明治大正文学全集』29
春陽堂、一九二七年刊、
一九二七年頃。

**一八八一（明治一四）年三月一九日～一九四九（昭和二四）年一二月一四日。小説家。英語教師。別号・二十五絃、白楊、緑苹、蒼瓶。東大英文学科の教え子であり、漱石山房の門下生。**

岐阜県稲葉郡鷺山村七拾番戸（現・岐阜市鷺山）に父・亀松、母・とくの長男として出生した。本名は米松。生家は村の庄屋で、菩提寺の門を寄進するほどの名望家であった。一八九五年四月、岐阜市高等小学校を卒業と同時に単身上京し、芝区新銭座攻玉社海軍予備校に入学した。『文藝倶楽部』を愛読し、広津柳浪「黒蜥蜴」「今戸心中」、泉鏡花「夜行巡査」「外科室」、川上眉山「うらおもて」、樋口一葉「にごりえ」「十三夜」などの小説に親しんだ。海軍予備校を退学、日本中学校に編入学した。九九年三月、同校を卒業し、金沢の第四高等学校に一番で入学したが、従姉の森田つねと同棲、彼女の父に訴えられて諭旨退学となる。

▼一九〇〇（明治三三）年五月、再度上京し、文庫派詩人河井酔茗を相知った。九月、第一高等学校に入学、二年生のころ、同級生の生田長江*、栗原古城*らと同人回覧雑誌『夕づつ』を発行、〇二年、与謝野寛、晶子を新詩社に訪ねて知遇を得た。〇三年にはドーデエの「サフォー」に影響されて「旅寝姿」を書き、『文藝倶楽部』に投稿して一等に入選し、賞金二〇円を得た。同年七月、第一高等学校文科を卒業し、九月、東京帝国大学文科大学英文学科に入学し、偶然、本郷区丸山福山町の樋口一葉旧居に住み、将来が約束されたような感慨に有頂天になった。

草平が生涯の師夏目漱石に初めて会したのは、**一九〇五**（明治三八）年一〇月末か一一月初めのことだったらしい。既に東大英文学科で漱石の講筵に列なっており、近く『藝苑』に載るはずの「病葉《わくらば》」の批評を乞うた。

▼草平は馬場孤蝶*・上田敏*の知遇を得て、雑誌第二次『藝苑』の同人となり、創刊号（一九〇六年一月）に「病葉《わくらば》」を発表した。その雑誌は前年末に、書店から寄贈を受けた漱石は、早速、「よく出来て居ます。文章抔は随分骨を折つたものでせう。趣向も面白い。然し美しい愉快な感じがないと思ひます。或は君は既に細君をもつて居る人ではないですか。それでなければ近時の露国小説抔を無暗によんだんでせう。どつちから来たか知らんが書物か、実地かから来たに相違ない。」（**〇五**年一二月三十日付草平宛書簡）と評し、細君がいるのではないかという指摘は下宿屋の娘岩田さくの存在によって証明されるし、ロシア小説の耽読も馬場孤蝶や生田長江の影響による大陸文学への傾倒を鋭く見破られた。「然しあれをもつと適切に感ぜさせるのはあの五六倍かゝないと成程とは思はれないですよ。凡ての因縁ものは因縁がなる程と呑み込める様に長たらしくかゝんと面白くゆかぬ様に思ひますがどうですか。あれで悪いといふのではない。長くしたらもつと面白く見えるだらうと云ふのです。」（**〇五**年一二月三十日付）と書き、「美しい愉快な感じ」の作品として、伊藤左千夫*の「野菊の墓」を推奨した。草平はこの「病葉《わくらば》」の丁寧な批評によって、漱石に対する敬慕の念は一気に高まった。草平は長い手紙を漱石に出した。

**一九〇六**（明治三九）年一月七日、漱石から好意的な手紙が来た。「御世辞にも小生の書翰が君に多少の影響を与へたとあるのは嬉しい。夫程小生の愚存に重きを置かれるのは難有いと云ふ訳です。小生は人に手紙をかく事と人から手紙をもらふ事が大すきである。」と書き、前便で伊藤左千夫の「野菊の墓」を賞讃していたので、草平が読んで批評を漱石に送ったのに対して、再批評した。草平は「野菊の墓」を全体としては好意的な批評であったが、趣向が陳腐で、月並み臭を脱しないなど欠点も指摘した。漱石は「野菊に取るべき所は真率の態度を以て作者が事件を徹頭徹尾描き出して居る点である。」「死に崇高の感を持たせやうとするときは、其方を用ゐるがよいと思ふが、死に可憐の情を持たせるのは、あれでなくてはいかぬ。」と草平のロシア文学的「真」を批判し、「君は文に凝り過ぎて失敗しさうな懸念が僕にある。」「僕は君の文が出る度に読みます。さうして時間の許す限り、心づく限りは愚評を加へる積りです。」と辛口の警告と好意ある激励を与えた。

漱石の長い手紙をもらった草平は、感激してすぐ長い返事を出した。同年一月九日、漱石は大学講義ノート作成の合間を縫って、若い作家志望の学生草平に、まるで恋文を交わすような「頼母しい心持ちで」楽しく読み、長い返事を書いた。「君が人の作を読む態度は甚だよろしいと思ふ。それでなければクリチシズムは出来ない。只人の長所を傷けない丈の公平眼は是非共御互に養成しなければならん。」「君の手紙をよむと君の人間を貫ぬいて見る様な心持ちがします。」と、草平が自己の弱点を含めて赤裸々な暗い出生の秘密や家系意識を宿命として告白する態度を、漱石のみに打ち明けてくれた放胆な特別の待遇として喜んだ。

　同年二月一三日付漱石書簡では、「君は少々病気に相違ない。」「君はあまり感じが強過ぎるので其鋭敏な感じに耽り過ぎた結果今日に至つたのであらう。」「可成方面の違つた人間と話したり丸で趣味の違つた書物を読んだり、若しくは人と喧嘩をしたり。或は借金をして放蕩をして見たり。或は人に手紙を出して鬱気を洩らすがいゝと思ふ。」と弱気になったり、甘えたりする草平を諭した。

　同年二月一五日付漱石書簡では、「自分の作物に対して後悔するのは芸術的良心の鋭敏なので是程結構な事はない。」「君抔も死ぬ迄進歩する積りでやればいゝではないか。作に対したら一生懸命に自分の有らん限りの力をつくしてやればいゝではないか。」「君の文章には君位の年輩の人にしてはと思ふ様な警句が所々ある。夫丈でも君は一種の宝石を有して居る。」「君の批評を見ると普通の雑誌記者抔よりも遥かに見識が見える。」「僕は君に於て以上の長所を認めて居る。何故に委縮するのである。」と、草平の欠点をよく知り、長所を伸ばすべく、ともすれば委縮する彼を激励した。

　同年四月一日、三日付草平宛漱石書簡では、*島崎藤村の「破戒」を買って読み、「人工的な余計な細工」がなく、真面目に人生に触れていて、「明治の小説としては後世に伝ふべき名篇也」「君四月の藝苑に於て大に藤村先生を紹介すべし」と草平をけしかけた。草平は漱石の要請に応えて、『藝苑』(一九〇六年五月)に羚羊子の名で「『破戒』を読む」を書いた。漱石は草平の『破戒』評を読んで、「あの位思い切つてほめてやれば藤村先生も感謝していゝと思ふ。」(〇六年五月五日付)と書いた。

　**一九〇六年**五月、草平は卒業論文「沙翁の前駆者クリストファー・マアロウ」(中判の洋罫紙四八頁の英文)を東京帝国大学文科大学英文学科に提出した。講師夏目金之助はこの論文を査読し、その批評を草平宛書簡で、「君の論文は大に短かい而してよく釣合がとれてよく纏つて居るあれはマーローの脚本が数に於て少ないのと其数の少ない脚本が三とも同種類の主人公で貫いて居る君のかいたのと人のを借りたのとは区別出来る様に思ふが君のかいたと思はれる所が所為《せい》か又は君の手際がうまいのか。文章も中々面白く出来て居る。但し綴字の間違に乱暴なのがあるのは驚ろいた。」(五月一九日付)と、長所、短所を指摘した。一受業生の卒業論文を私信で愛情深く励ます師弟愛は麗しい。五月二〇日、漱石の新短編集『漾虚集』(五月一七日発行。大倉書店・服部書店刊)を贈呈される。西洋の習慣として見返しに署名することを聞いていたが、漱石のサイン入りの著書を初めてもらった。

　草平の卒業口述試験は、惨憺たるものであった。惨憺たる結果を漱石に泣き言を言った。漱石は「学問の出来る中川(芳太郎)と平然たる(野村)*伝四とを外にしては大概は惨憺たるものである。サンタン豈《あに》君のみならんや。」（六月二三日付書簡）と書き慰めた。

**一九〇六**（明治三九）年七月、草平は東京帝国大学文科大学英文学科を卒業した。

同年八月二日夕刻、草平は千駄木の漱石宅を訪問すると、先客に*寺田寅彦がいて、初めて漱石と、寒月よろしく前歯の欠けた寺田との話を傍聴、観察していた。そこへ若い婦人が茶菓を運んで来た。草平は漱石宅に出入りして、一年近くなるが、*鏡子夫人に会ったことがなかった。寺田は茶菓が出されても、首を背後に反らしただけだったので、草平は奥さんではあるまいと判断した。帰ってどうも気になるので、その夜、漱石に手紙を出して、今日出ていらしたのは先生の奥さんですか、奥さんにしては若過ぎる、と書いた。翌日、「君に御辞儀をしたものは正に僕の妻にして年齢は当年三十。二十五六に見えたと申し聞かしても喜びさうもないから話さずに置く。僕の妻にしては若過ぎるとは大に此方を老人視したものだ」（八月三日付草平宛書簡）とおどけた返事を出した。

「い、年をしてこんな事を云ふと笑ふなかれ僕の妻は御覧の如く若きが故に亭主も中々元気がある也」（八月六日付草平宛漱石書簡）と妻を若く見た草平と面白がった。

草平は大学卒業後、就職のことが気懸りで一ヶ月ほど東京に残っていたが、八月中、一旦、郷里鷺山に帰省し、母屋と離座敷を売り、母、子を産ませたつね・亮一母子、下宿の娘さくの処遇など、鬱々として土蔵の二階で暑い夏を送っていた。八月末、「草枕」掲載の『新小説』九月号を岐阜市内で購入して、自宅で貪り読み、打ちのめされたような感動を覚えた。文学への激情が彼を突き動かし、売れ残った六、七反歩の畑地その他を手放す処置を講じて、留守中の母の生活費に当て、九月初め、憑かれたように岐阜を跡にして東京に向かった。

すぐ漱石に「草枕」批評の手紙を出した。折り返し、「草枕を読んで下された由難有い。其上あつと感心してくれた所などは尤も難有い。あれはどうしても君に気に入る場所があると思つた。今日迄草枕に就て方々から批評が飛び込んで来る。来る度に僕は喜こんでよむ。然し言語に絶しちまつたものは君一人だから難有い。」「尤も驚《ママ》も感情的なものは君のである。」（〇六年九月五日付）と喜びの返事が来た。漱石と草平の「人情・非人情論」と「憐れ」の解釈は九月三〇日付書簡に引き継がれた。

このころ、草平は川下江村と生田長江の三人で「はなうづ」という三人家文集を出版しようと計画、漱石に相談した。漱石は『吾輩ハ猫デアル』を出版した服部書店の服部国太郎を紹介し、三人の文章を批評して助言を与えた（〇六年一〇月一日付）。

この日一〇月一一日（木）、第一回木曜会が漱石宅（本郷区駒込千駄木町五七）で*鈴木三重吉の提案によって開催された。大学の講義ノート作成や作品執筆で年々と多忙になる漱石は、仕事の時間を確保するために、木曜日午後三時からを面会日と決め、その他の日は「面会謝絶」と玄関格子戸右上に赤唐紙を張り出した。

一〇月二一日、漱石は「君の所から白い状袋の長い手紙が来ないと森田白楊なるものが死んで仕舞つたかの感がある。今日曜早起きるや否や白状があつたので矢っ張り生きてるなと思つた。」と草平の手紙を待ち焦がれていた。「一体君は評論をして理窟を云ふ方が筋の立つた事を云ふ。又訳の分つた事を云ふ。だから創作が其主義を応用する様に出来てるかと思ふと、さう旨く行つてゐない。」と評論には秀でた理論を表わすが、創作はその主義の通りに実行されていない欠点を指摘した。

同年一〇月二〇日夜中、草平は「父親に関する重大な告白を伝えた手紙」（荒正人『増補改訂　漱石研究年表』）を漱石に書いた。おそらく亡父・亀松のハンセン病の疑いのことであろう。漱石はすぐ「余は満腔の同情を以てあの手紙をよみ満腹の同情を以てサキ棄てた。あの手紙を見たものは手紙の宛名にかいてある夏目金之助丈である。君の目的は達せられて目的以外の事は決して起る気遣はない。安心して余の同情を受けられん事を希望する。」「此一事を余に打ち明くべく余義《ママ》なくさる丶程君の神経の衰弱せるを悲しむ」（〇六年一〇月二一日付書簡）と書いた。このシリアスな手紙を読んだ草平は、涙滂沱と流し、わなわなと顫え、夕日の中、中仙道を北に向かい、浦和まで彷徨した。

漱石は鈴木三重吉に草平評を書いた。「君は森田の事丈は評して来ない。恐らく君に気に入らんのだらう。あの男は松根と正反対である。一挙一動人の批判を恐れてゐる。僕は可成《なるべく》あの男を反対にしやう〳〵と力《つと》めてゐる。近頃は漸くの事あれ丈にした。それでもまだあんなである。然るにあ丶なる迄には深い源因がある。それで始めて逢つた人からは妙だが、僕からはあれが極めて自然であつて、而も大に可愛さう《ママ》である。僕が森田をあんなにした責任は勿論ない。然しあれを少しでももつと鷹揚に無邪気にして幸福にしてやりたいとのみ考へてゐる。」（〇六年一〇月二六日付書簡）は草平に対する思いやりに溢れている。

一一月八日は*松根東洋城・*坂本四方太・*野間真綱・*皆川正禧《まさき》・中川芳太郎・森田草平・*小宮豊隆ら一三、四人が集まった。木曜会の席上では初期のころ、草平は多く沈黙を守り、鈴木三重吉や小宮豊隆は漱石宅を我が家のごとく振る舞ったが、草平は漱石の傍で小さくなって畏まっていた。その代り帰宅すると、手紙を書いた。少しでも認められたい客気に駆られたと同時に、矮小な自己でも砥礪《しれい》したいという欲望があった。漱石は議論を吹っ掛けて来る草平の手紙に対して、待ち兼ねたように懇切な返事を書いた。「君が手紙をかく僕が手紙をかく而して互に連発すれば手紙で疲弊して仕舞ふ。」（〇六年一一月七日付）と書いた。

〇六年一一月一七日、漱石が初めて草平の下宿（本郷区丸山福山町）を訪ね、柳町・菊坂を経て、真砂亭で西洋料理をご馳走し、不忍池を歩いた。上野東照宮の前で草平は、一一歳で死別した父・亀松に対する尊敬と、無教育な母・とくが父を尊敬するように仕向けてくれたことを漱石に告白した。漱石は黙って聞いていたが、「*風葉の青春よりも余程面白」い（一一月一七日付松根東洋城宛漱石書簡）と感じた。そして「昨夜不忍池畔の君の身の上話しをきいた時は只小説的だと思つた。今朝になつて見ると何だか夢の世界に逍遥した様な気がする。」（一一月一八日付草平宛書簡）と書いた。

一二月六日の木曜会に鈴木三重吉が「山彦」の原稿を持参、*高浜虚子らが批評、漱石も二、三ヶ所を非難する。草平は「山彦」評を漱石に手紙で送った。漱石からの返事で、「一々賛成に候然しデカダン派の感じは仮令如何なる文学にも散在せざれば必竟駄目に候。」（〇六年一二月八日付）と、草平のデカダンは結構であるが、真のために美や道徳を犠牲にする一派である。それもよい。三重吉の方が上等だと書いた。草平の批評は漱石を通じて作者三重吉に廻された。三重吉は草平評に対して作者として反論し、漱石を通じて草平に渡された。漱石は「丸で色の取持をしてゐる様なものだ。昔の小説にある女髪結の亜流だと思ふ」（同年一二月一〇日付草平宛書簡）と冗談めかしに書いた。三重吉の「山彦」は虚子が持ち帰り、『ホトトギス』（〇七年一月）に発表された。

▼**一九〇七**（明治四〇）年四月、漱石と松浦一の周旋によって、天台宗中学林の英語教師になり、漱石は一高、東大の講師を辞して、朝日新聞社に入社して専属作家となった。草平は六月、成美女学校（飯田町）に閨秀文学会が開設され、生田長江、与謝野晶*子らと共に講師になった。その聴講生に平塚明子《はるこ》（らいてう）、青山（山川）菊栄らがいた。

夏、草平・生田・川下共著『草雲雀《くさひばり》』（「はなうづ」が最初の書名案）が印刷に付せられた時、草平は在来の白楊の雅号が気に入らず、漱石に「雅号を付けてください。」と頼んだ。漱石は和綴の本から「緑苹破処池光浄」の句を見つけ、「緑苹がよかろう」と言ったので貰うことにした。すると、漱石は「書に書いてやろうか。」と言って、「緑苹破処池光浄」の七字を書き、できたばかりの「漱石山房」の印を捺して渡した。しかし、草平は緑苹の「緑」が斎藤緑雨の緑をもらったようで、気になったので、漱石に「下の一字だけ頂戴したい。そして、苹の字を二つに分けて、草平にしたい。」と言って、許してもらった。

夏、岐阜から生まれて間もない長女を連れてつねが上京、井戸水を飲まされたせいか、腹をこわして、疫痢となり漱石の紹介する医師にかかったが、「森田ノ赤ン坊ガ死ニカヽル。二三日何にもしない由。」（**〇七**年八月三日付小宮豊隆宛漱石書簡）「森田の子が死にかゝつて森田先生毎日僕の所へ病気の経過を報告にくる。可愛らしい男であります。」（八月六日付小宮宛）「先日は御不幸御気の毒の至に不堪実は御悔みに上がらうと思ふがオツカサンや奥さんで却つて御迷惑と思つて控へてゐる。先日生田君の取りに来たものは乍些少香奠として差上るから其積にて御使用下さい。」（八月九日付草平宛）と草平の幼女の病死を悼んだ。

九月から京華中学（本郷区弓町）にも就職した。一二月、学期試験の日を忘れて出校しなかったため天台宗中学林から免職された。

**〇七**年一一月一四日、森田草平・川下江村・生田長江共著『草雲雀』が服部書店より漱石の序文（同年一〇月二六日執筆）を掲げて刊行された。

▼**一九〇八**（明治四一）年一月、草平は「閨秀文学会」の最初の雑誌に、平塚明子が初めて回覧雑誌に発表した短編小説「愛の末日」（〇八年一月）について、長い批評を発表した。これから二人は急速に接近し、草平の言によれば、「相手に対して恋愛を感じてはゐなかつたけれども、恋愛以上のものを求めてゐた。霊と霊との結合——人格と人格との接触による霊の結合を求めてゐた。」（『続夏目漱石』「『煤煙事件』の前後」二『煤煙事件』の真相）。禅による「見性《けんしょう》」を求める平塚明子と霊の結合を求める草平との間で書簡の往来が交され、やがて塩原への逃避行となった。

三月二一日、漱石は草平が田端からしばらく旅に出るという葉書を受け取った。草平は海禅寺（浅草松葉町）で平塚と会い、午後八時ごろの列車で田端から大宮に着き、駅前旅館で一夜を明かす。二二日二人は列車で西那須野に着き、西那須野から人力車で夕刻奥塩原に至り一泊した。二三日、二人は塩原温泉奥の尾花峠に向かい、雪中で夜が明かした。草平の遺書で失踪を知った警察は生田長江に連絡、生田は漱石から旅費を借りて、草平の宿泊先を探し、塩原に救助に向かった。草平・平塚の心中未遂事件は新聞各紙に報道される。二四日未明、二人は宇都宮警察署員に発見され、生田長江・平塚光沢《つや》（明子の母）に引き取られ、下塩原の会津屋に泊った。二七日、生田が漱石宅（牛込区早稲田南町）に草平を連れて来た。その日から草平は一〇日間ばかり漱石宅に引き取られた。

四月初め、生田は平塚家を訪問、漱石と馬場孤蝶に事件の処理を委ねてと語り、「森田がやったことに対しては、平塚家ならびにご両親に十分謝罪させる。その上で時期をみて、平塚家へ令嬢との結婚を申し込ませる。」（平塚らいてう自伝『元始、女性は太陽であった』）と伝言した。明子も両親も意外に感じた。四月一〇日、草平は漱石宅を出て、牛込区筑土《つくど》八幡前町の植木屋方に下宿した。四月中旬、漱石は平塚定二郎（明子の父）宛に「森田は今度の事件で職を失い、ものを書くより外、生きる道をなくした。森田を生かすために今度の事件を小説として書かせることを認めてほしい。貴下の体面を傷つけ、御迷惑を掛けることを自分の責任においてさせないから、曲げて承知してほしい。」との主旨であったが、両親は承知しない。後日、光沢《つや》は定二郎の意を受けて漱石宅を訪問、漱石は草平の事件を小説として発表することに、強いて許可を求め、光沢の説得に努めたが、物別れとなった。

同年五月、漱石は草平の小説を『煤煙』と題名をつけて、春陽堂から出版するよう取り計らった。寺田寅彦は穏やかに反対意見を述べ、草平を失望させた。七月末、草平は植木屋の下宿を引き払い、漱石が紹介した正定院（牛込区横寺町）の裏座敷に移った。八月二日夜、漱石は草平の体調不良に尼子四郎医師に相談するように勧めた。九月一〇日木曜会で草平は「煤煙」発端二〇枚ほどを持参し、朗読した。一同沈黙。漱石はよくないと思われる理由を説明した。

**〇八**年一一月二九日、草平が漱石宅に行って、「煤煙」の原稿を書き直していると言って、帰った。夜、渋川玄耳*が漱石宅に来て、草平の「煤煙」について、『朝日新聞』掲載について相談する。翌三〇日、漱石は渋川玄耳に「煤煙」の見本を送り、読んだ上で、掲載の可否を決めて欲しいと伝える。その結果、「煤煙」掲載が決定した。漱石はすぐ吉報を知らせるため、坂元雪鳥*を連れて、草平の下宿正定院を訪ねるが、二度とも不在。「書き直すひま惜しとて帰りながら二度行つても居らず。何所をあるいて居るにや。あまり呑気にすると向後も屹度好い事なき事受合に候。」（〇八年一一月三〇日付書簡）と業を煮やして憤慨した。一二月一日、『朝日新聞』二千号を記念して草平「煤煙」の予告が出た。十二月上旬、草平は平塚明子に、漱石の紹介で〇九年元旦から「煤煙」が掲載される、と手紙で伝えた。

**▼一九〇九**（明治四二）年一月一日、「煤煙」の連載が始まった。漱石は「煤烟出来栄ヨキ様にて重畳に候」（一月二日付馬場孤蝶宛書簡）と一安心した。一月七日、小宮は草平を訪問して「煤煙」を褒めた（小宮豊隆日記）。一月二四日、「煤煙」が二、三日休載になったので、漱石は「是迄朝日の小説は一回も休載なきを以て特色と致し候に森田草平に至つて此事あるは不審也。」「もし本人の不都合から出たなら僕は責任がある実に困る」（中村古峡宛書簡）と事情報告を求め、困惑した。一月二六日、漱石は「草平今日の煤烟の一句にてあたら好小説を打壊し了せりあれは馬鹿なり。何の芸術家かこれあらん」（小宮豊隆宛書簡）と幻滅、落胆した。二月七日、漱石は手紙で「煤烟世間にて概して評判よき由結構に候。」と書き、一から六まではうまいが、七になって会話が上調子となり、警句が生きていない、作者草平が主人公要吉を客観視して書いていないからである、自己の陋を描きながら自ら陋に安んずることができず、一いち弁解しているのは嫌味ではないか、と欠点を鋭

く指摘した。「今日の所持ち直しの気味なり」と最初と最後は激励のつもりで褒めた。

三月六日、漱石は日記で、「煤烟は劇烈なり。然し尤もと思ふ所なし。この男とこの女のパツシヨンは普通の人間の胸のうちに呼応する声を見出しがたし。たゞ此男と此女が丸で普通の人を遠ざかる故に吾々は好奇心を以て読むなり。しかも其好奇心のうちには一種の気の毒な感あり。彼等が入らざるパツシヨンを燃やして、本気で狂気じみた芝居をしてゐるのを気の毒に思ふなり。」「神聖の愛は文字を離れ言説を離る。ハイカラにして能く味はひ得んや。」（〇九年三月六日付）と厳しい評価をした。四月二七日、「煤煙」に要吉と朋子との接吻の場面がある、と警保局より東京朝日新聞社社会部に注意があった。

漱石は草平の「煤烟」の原稿料を大塚楠緒子*と同等と言うので、一回四円五〇銭だろうと教えたが、草平が新聞社に取りに行って、三円五〇銭の間違いで渡すべき稿料なしと言われ青くなる。漱石の記憶違いで、締めて百円ほどの損、滑稽よりも気の毒になる。草平は漱石宅に来て、「煤煙」が単行本として春陽堂から出そうにないと憤った。「彼は他の書物が発売禁止になつても平気な男也。そこで余かれに告げて曰く。煤烟どころか如何なる傑作が発売禁止にならうと世間は平然たる時代なり。煤烟なんかどうなつたつて構ふものか。」（五月十五日付漱石日記）と手痛く甘さを指摘した。

五月一六日、「煤煙」の連載は全一二七回をもって完結した。

七月、春陽堂で草平単行本『煤煙』を出版することになり、活字を組む直前、警保局長の意見を訊いたところ、発売禁止となり、出版を断念した。**一九一〇**年二月一五日金葉堂・如山堂から『煤煙』第一巻を漱石の序を付けて刊行、第二巻は一〇年八月二〇日、第三巻は一九一三（大正二）年八月三日、第四巻は一三年一一月二四日に刊行された。

漱石は「それから」六の二で「煤烟」を読んだ主人公長井代助に批評を試みさせている。「ダヌンチオの主人公は、みんな金に不自由のない男だから、贅沢の結果あゝ云ふ悪戯をしても無理とは思へないが、「煤烟」の主人公に至つては、そんな余地のない程に貧しい人である。それを彼処迄押して行くには、全く情愛の力でなくちや出来る筈のものでない。所が、要吉といふ人物にも、朋子といふ女にも、誠の愛で、已むなく社会の外に押し流されて行く様子が見えない。彼等を動かす内面の力は何であらうと考へると、代助は不審である。あゝいふ境遇に居て、あゝ云ふ事を断行し得る主人公は、恐らく不安ぢやあるまい。これを断行するに躊躇する自分の方にこそ寧ろ不安の分子があつて然るべき筈だ。代助は独りで考へるたびに、自分は特殊人《オリヂナル》だと思ふ。けれども要吉の特殊人たるに至つては、自分より遥に上手《うはて》であると承認した。」（〇九年七月二四日付『朝日新聞』掲載）と期待して推薦した作品が、期待外れに終わった悔しさを、『朝日新聞』の読者の面前で揚言した。

**一九〇九**年一一月上旬ごろ、漱石は東京朝日新聞社から「文芸欄」を設けたいと打診された。考慮の末、「朝日文芸欄」を主宰する決心をして、友人大塚保治*・作家永井荷風*・音楽家中島六郎など数名に特別寄稿者になってもらい、使者として草平を遣わした。

〇九年一一月二五日、『東京朝日新聞』「文芸欄」が発足し、第一回に漱石の「『煤煙』の序」が掲載された。草平は月給五〇円を受け取り、漱石宅で編集した。毎日、三面の一段か三、四段を埋め、一段六七行一八字詰め雑報欄として「柴漬《ふしづけ》」を添えた。後、草平に任され、草平宅で編集し、週二、三回新聞社に草平が原稿を持参した。漱石としては、草平を朝日新聞社の社員にしたかったが、「社長があ、云ふ人は不可《いけ》ないといふんだから弱つた。」（〇九年一一月二八日付寺田寅彦宛書簡）と残念がった。

▼一九一〇（明治四三）年二月二一日、草平は漱石から朝日新聞の新連載小説の予告と題名を依頼されたので、小宮豊隆と相談、ニーチェの「ツアラツストラ」の中の「門」の語を小宮が選び、朝日に知らせる。

同年三月二日、漱石の五女ひな子出生、草平が名付け親となり、翌日草平が牛込区役所に届けに行った。同月一八日、漱石は『東京朝日新聞』に「草平氏の論文に就て」を発表、草平の言う主義・説が科学の基礎の上に置かれている間は異論がないが、哲学の上に移されると、議論が生ずるという草平の意見に疑問を呈した。

同年七月一七日、草平は生田長江の原稿を持って来て、漱石に読んでもらう。漱石は感心しないと言ったのに、草平は生田に煤煙事件で恩義があるので負い目を感じ、無断で新聞社に持って行って掲載しようとした。翌日、漱石は、事後謝罪で済まそうとした草平の生田原稿処理に立腹激怒した。

一〇年八月二四日、静養先の修善寺菊屋旅館で大吐血、三〇分間人事不省に陥る。翌日、草平は漱石の妻子と共に修善寺に駆け付けた。

同年一〇月一一日、漱石は修善寺を去り、新橋着、家族・新聞社・友人・門下生草平ら出迎える。直ちに長与胃腸病院に入院した。漱石は「朝日文芸欄」について病院から草平に疑問点や苦情をしばしば呈す。「好加減な事ハヨス方ガイ、」（一一年二月一四日付草平宛書簡）と怒っている。一一年二月二六日、漱石は長与胃腸病院を退院した。

同年三月一六日、春陽堂から阿部次郎*・小宮豊隆・安倍能成*・森田草平共著『影と声』が刊行された。

草平は塩原尾花峠の心中未遂事件以後も平塚明子と手紙の往復を続け、二、三回会ってもいた。〇九年夏には平塚が薙刀稽古に行く途中、水道橋で市電を降りた時、草平に会い、二人は三崎町あたりの旅館で『煤煙』・禅・性欲について一夜を語り明かした。一一年四月二七日から七月三一日まで草平は『東京朝日新聞』に「煤煙」の続編ともいうべき「自叙伝」を発表する。その間「朝日文芸欄」は小宮豊隆が担当する。

同年五月一六日午前一一時、生田長江が漱石宅に平塚らいてうの母光沢《つや》を連れて来た。『朝日新聞』連載の草平「自叙伝」を撤回してくれという。事情を聞くと、草平が違約している。生田に草平を迎えに行かせると、新聞社に行ったので、電話で呼び寄せようとしたが、手紙を寄こして、行かぬと断った。漱石は怒って小宮が来ていたので、迎いにやった。夜八時ごろまでかかった（漱石日記。森田草平『続夏目漱石』「五　私の『自叙伝』またお目玉」）。同年六月一〇日、漱石は東京朝日新聞社の評議会に出席すると、連載中の草平「自叙伝」が不評判である。半ば弁護し、半ば同意して帰った（漱石日記）。

▼一一年九月一九日、東京朝日新聞社評議会で草平の「自叙伝」が不道徳であるとの理由で「文芸欄」について廃止派政治部長弓削田精一・渋川玄耳と存続派池辺三山*との間で論議され、一旦「文芸欄」は存続と決まったが、九月三〇日、池辺は辞任した。一〇月三日、池辺が漱石宅を訪問、草平

「自叙伝」が原因で弓削田と争い、辞職したことを漱石は知り大いに驚く。池辺への恩義から辞意を漏らすが引き留められる。一〇月二三日、漱石は病気を押して東京朝日新聞社評議会に出席し、「文芸欄」廃止と森田草平解任を提案し承認された。一二月二〇日、森田草平の『自叙伝』が春陽堂から刊行された。

その後、草平は『中央公論』『新小説』他に短編小説を発表したが、「初恋」（『中央公論』一一年一二月）だけは漱石に褒められた。創作に自信を失った草平は、やがて、翻訳に逃避するようになった。

▼**一九一六**（大正五）年一一月二二日朝、漱石は体調不良で起き上がれない。翌二三日教え子の医師*真鍋嘉一郎が呼ばれ、重態であることがわかる。二八日、人事不省に陥る。草平・三重吉・*野上豊一郎・豊隆・*内田百閒ら交代で夜伽をする。一二月九日午後六時三〇分過ぎ、草平は*久米正雄から危篤の電話を受け、駆け付けて最後に水筆を取って唇を浸した。午後六時四五分、漱石は永眠した。草平は新聞記者係となり、記者たちに応対した。草平の発案でデスマスクを作ることになった。一二日、青山斎場の告別式でも草平は新聞報道係を勤めた。草平は漱石遺作『明暗』の校正、『漱石全集』の編集・校正係に加わったが、小宮豊隆との意見の対立、確執でしばしば悩んだ。

一九一七年一二月八日、一周忌逮夜を催し、「木枯」の題で句座を開き、草平は「死面とりし後歯の白き寒さかな」と詠んだ。

▼一九一九（大正八）年一一月、『文章道と漱石先生』を春陽堂から刊行した。二〇年三月、法政大学英文学教授となったが、漱石同門の野上豊一郎と対立した「法政騒動」で、一九三四（昭和九）年八月、退職した。「これ迄の創作的生活の総勘定」として二三年一〇月から二五年一二月まで「輪廻」を『女性』に連載、二六年一月、新潮社から出版した。

▼一九三五（昭和一〇）年門下生の間に「漱石言行録」出版が計画され、草平が編者として漱石讃美者、批判者に関わらず資料収集に奔走して、三五年一〇月から『漱石全集』月報第一～一九号に発表された。

▼一九四八（昭和二三）年五月、突然共産党に入党し、世間を驚かせた。四九年一月から一〇月まで『日本評論』に「細川ガラシヤ夫人」を連載、歴史小説に新天地を開こうとしたが、未完の絶筆になった。肝硬変のため死去。六八歳。

▼森田草平は還暦を一年超えても、数え年五〇歳で世を去った漱石が年下とはどうしても思われなかった。草平はいつまで経っても年下の「永遠の弟子」であった。小宮豊隆は漱石によって初めて作られた弟子であった。鈴木三重吉は漱石の持っている一面を濃厚に代表していた（森田草平評）。草平は自分が門下生の中で一番よく師を知っていたとは言われない、一番多く師から可愛がられたとはなおさら言われない。しかし、一番深く師に迷惑をかけたことを自覚していた。

小宮豊隆の『夏目漱石』は客観的な資料、科学的な考察で評伝を目指したが、草平の『夏目漱石』『続夏目漱石』は「煤煙事件」や「朝日文芸欄」運営など漱石との私的な関わりを追憶と敬愛をもって、漱石を描くことによって、自己を語っている。「一生弟子として終る人間」による「世にも善い師匠」の物語である。

〔**参考文献**〕森田草平『夏目漱石』甲鳥書林、一九四二年九月二〇日。／森田草平『続夏目漱石』甲鳥書林、一九四三年一一月一〇日。／森田草平『漱石の文学』東西出版社、一九四六年一二月一五日。／根岸正純『森田草平の文学』桜楓社、一九七六年九月一五日。／『近代文学研究叢書』第六七巻「森田草平」昭和女子大学、一九九三年七月二〇日。

［原武　哲］

## ■阿部　次郎

あべ・じろう

『阿部次郎全集』6、一九二〇年、満洲にて撮影。

**一八八三（明治一六）年八月二七日～一九五九（昭和三四）年一〇月二〇日。評論家・哲学者。号・峙樓。別号・痴郎。大学卒業後、漱石山房の門下生。**

山形県飽海《あくみ》郡上郷村大字山寺に、小学校教員阿部富太郎・雪の二男として生まれた。家は半農半商。

▼一八八九（明治二二）年、山寺尋常小学校に入学。一八九五年夏、小学校高等二年を卒業、松嶺尋常小学校高等科三年に転学した。一八九六年九月、鶴岡の荘内中学校に入学した。一八九八年、山形中学校に転校、内村鑑三・＊島崎藤村・樋口一葉などの文学に親しむ。一九〇〇（明治三三）年四月、特待生・級長を勤めた。同年六月、『山形県中学校共同会雑誌』に「中学生の責任を論じて我校の現状を慨す」を書く。同年一二月、加藤忠治校長排斥の首謀者として放校され、年末に上京した。

▼〇一年一月、京北中学校に転校、同年六月、同校を卒業。九月、第一高等学校に入学した。トルストイ・＊上田敏・＊高山樗牛・ケーベル・ダンテなどを読む。〇三年一月、文芸部委員に選ばれ、『校友会雑誌』の編集に携わる。〇四年七月、第一高等学校を卒業した。九月、東京帝国大学文科大学哲学科に入学、ケーベル・＊大塚保治・波多野精一の講義を聴いた。

▼〇六年四月、『帝国文学』編集委員に選ばれ、五月、『帝国文学』に文語文「無題録」を発表、漱石の「坊っちゃん」を批評し、作者の描く人物は無頓着のようで、その実、神経質だ、坊っちゃんも江戸っ子自慢、正直自慢であるが、細心精緻家である、呑気のようで神経質な人物を描き、滑稽のようで真面目な情趣を写すこと漱石の独擅場か、と評した。

一九〇七（明治四〇）年一月、「スピノーザの本体論」の卒業論文を書き、七月一一日、東京帝国大学文科大学哲学科を卒業した。

▼〇九年一一月、『東京朝日新聞』「文藝

欄」が設けられ、夏目漱石の門に入り、森*田草平・小宮豊隆*（現存の豊隆宛次郎書簡の一番初めのものは同年一二月二九日付）らと交わる。同年一一月三〇日、「文藝欄」担当の森田草平から依頼されていた原稿を編集部に送った。森田が不在なので、漱石から初めての御礼の葉書を受け取った。原稿「驚嘆と思慕」は一二月一〇日、阿部峙樓《じろう》の名で掲載された。阿部次郎はかねて漱石に講演の依頼をしていたが、漱石は「文藝欄」、「満韓ところ〴〵」、「元日」など執筆で多忙のため、一二月三日、断りの手紙を出した。

▼一九一〇（明治四三）年一月二日、安倍能*成が漱石山房に来て、「それから」の批評を阿部次郎に書かせるように勧めた。早速その日、次郎に「文藝欄」掲載「それから」批評の依頼の葉書を出した。単行本『それから』（春陽堂）は同年一月一日発行したばかりだった。

同年二月、次郎は「自然主義論争二篇その一」と題して、田山花袋*・岩野泡鳴ら自然主義者を批判した文章を「文藝欄」編集者森田草平に送ったところ、森田が題を筆者の許諾も得ず、「自ら知らざる自然主義者」と変更したので、怒って森田に法律的権利問題まで持ち出して抗議した。漱石は森田に代わって返事で、能成の発意で改題したこと、草平の提案で花袋・泡鳴の件を改めたことに謝罪した。漱石は次郎と「今日迄左《さ》したる交際無之《これなく》」（同年二月三日付次郎宛漱石書簡）原稿を随意にどうするという考えはなく、次郎は草平・能成・豊隆との間柄はこのくらいの自由を敢てしても、気に障らぬ程の円熟した交際と承知していたため、森田の相談に許諾した、自分の粗忽であり、平に御容赦にあずかりたいと謝罪した。花袋・泡鳴の件も改めても本旨に影響ない些末なことと早断してしまったことを御宥恕願いたいと謝った。そして、同日、次郎に依頼した安倍能成にも謝罪の手紙を出した。次郎もこれ以上追及せず、「文藝欄」に「自ら知らざる自然主義者」（二月六日）、「再び自ら知らざる自然主義者（上）」（三月二〇日）、「再び自ら知らざる自然主義者（中）」（三月二一日）、「再び自ら知らざる自然主義者（下）」（三月二三日）は掲載された。

一〇年五月二三日、漱石は次郎の「それから」批評三日分を受取った。依頼があってから、五ヶ月近くが経っていた。さらに掲載されたのは、「『それから』を読む（上）」（六月一八日）、「『それから』を読む（中）」（六月二〇日）、「『それから』を読む（下）」（六月二一日）となった。ここで次郎は、代助が一方で三千代を棄てた当時の意志に性格の不純を認めて罪を悔恨する心がない、一方で処女を愛するような甘さで三年間平岡と共棲した三千代の精神と肉体を愛している。これが不思議である、という。誰が義侠心のために愛人を他に譲るだろうか。痛恨と嫉妬なくして誰が他人の妻を恋するだろうか。この深い恋の苦しさの描写が切り捨てられているのは、遺憾である、と批判した。

同年五月二四日、次郎は『二葉亭全集*』第一巻（同年五月）の批評を書きたいと言ってきたので、漱石はもし暇ならば、『それから』評よりも先に出したいと原稿を依頼した。「『二葉亭全集』第一巻」評は同年六月二日、ＪＡの名で「文藝欄」に発表された。

同年六月二一日、漱石は、次郎の「『それから』を読む」を読んで、特に「中」が見事で、「突然自分が偉大に膨張した様に覚え」「御蔭を以て『それから』も立派な作物と相成候。」と御礼の手紙を出す。

一〇年八月二四日、漱石、修善寺の大

患。九月四日、阿部次郎は帰省先の山形から東京を素通りして、午後四時三〇分ごろ、修善寺に着くが、疲れているので翌五日、漱石を見舞う。漱石は容態次第によく、途中のこと、洪水のことを次郎に尋ねた。雨が止んだ時、次郎と豊隆は梅林に行き、持ち帰った草花を花瓶に活け、病室に飾る。翌六日、次郎は午後一時五五分大仁発で東京に帰った。

**▼一九一一**（明治四四）年一月六日、漱石の「思ひ出す事など」二十『東京朝日新聞』を、次郎が褒めたので、「小生老人を以て自ら居り大兄青年を以て自ら任ず、左《さ》すれば小生の書いたものが一回だ《(ママ)》も君の気に入るは、却《かえ》つて小生の若き所を曝露したるに等し。」（次郎宛漱石書簡）と喜んだ。同年三月一六日、春陽堂から阿部次郎・小宮豊隆・安倍能成・森田草平の文集『影と声』が刊行された。同年四月、『ホトトギス』第一四巻第八号「臨時増刊五人集」で、次郎は処女作「狐火」、豊隆・能成・*鈴木三重吉・草平も短編を発表した。

同年一〇月二四日、『東京朝日新聞』「文藝欄」廃止となり、横山健堂の委嘱で『読売新聞』客員となった。

**▼一九一二**（大正元）年一〇月一二日、漱石は「「門」の一部分が貴方に読まれてさうして貴方を動かしたといふ事を貴方の口から聞くと嬉しい満足が湧いて出ます。」（次郎宛書簡）と「門」の反応がないことに孤独を感じていた時だったので、次郎の批評は素直に嬉しかった。

▼一九一三（大正二）年四月、慶応義塾大学文科美学講師を嘱託される。

**▼一九一四**（大正三）年四月八日、『三太郎の日記』（東雲堂）を出版し、漱石に謹呈する。同月九日、漱石は「三太郎日記御寵贈にあづかり難有御礼申上候あの「三太郎日記」といふ名は小生の好まぬものに候中味は読んだのと読まないのとありいづれ拝見致す心得に候御礼迄」（次郎宛書簡）と書名が好まないことを明言した。「三太郎」という名を忌避したい過去の傷痕があったのだろうか。漱石の礼状を受けて、次郎は「三太郎の日記と云ふ題に賛成してくれたのは今迄唯本屋だけで多くの友人はみないけないいけないと申しますが当人にはまだ何処が悪いのだか本当にのみ込めません。多分私の現在の人格的のくさみをシンボライズしてゐる名なので、私の人格が一段高いところにのぼらなければ、当人にはわからないだらうと存じます。」（一四年四月二〇日漱石宛次郎書簡。未投函。『阿部次郎全集』第一六巻）と書いた。東北人として愚者を示す「三太郎」で自嘲した意味が、漱石先生に理解されない、寂しさ、悲しさが、逡巡した後、次郎に投函させなかったと思われる。

**▼一九一五**（大正四）年一月二一日、木曜会に草平・三重吉・*野上豊一郎・能成・*内田百閒・*江口渙・岡栄一郎らが集まる。その席で漱石は、次郎の『三太郎の日記』が内容で読ませなければいけないのに、文章で読ませてしまうと評した。

**▼一九一六**（大正五）年一月、ストリンドベルヒの翻訳書『赤い部屋』（新潮社）を出版し、漱石に贈呈した。漱石から「赤い部屋ありがたく頂戴しました転地をしてゐたので御挨拶が後れました昨日湯河原から帰りました」（同年二月一七日付次郎宛書簡）が来た。この手紙が漱石から来た最後の手紙である。

同年一一月二三日、結婚して藤沢町鵠沼に転居していた*和辻哲郎は、家族を東京に残して鵠沼に独居していた次郎を無理に誘って、漱石山房の木曜会に来た。漱石は不調で嘔吐、面会謝絶だったが、人手不足で雑用を午後一〇時ごろまで手伝う。一二月三日、漱石山房に見舞う。午後一〇時過ぎまで、病状を交代で見守る。一二月九日、漱石他界。次郎は帰宅中で漱石の死に目に会えない。通夜に参列。

同月一一日、告別式で門下生として弔辞を読むことの可否で議論があった時、次郎は意志を明らかにせず、沈黙を守る。同月一五日、漱石山房に行き、午後一〇時過ぎまで夏目*鏡子と話す。鏡子の話によれば、漱石は次郎の顔を評して、「油壺から出たような男。どことなくさっぱりしない。」と言った由、この言葉は次郎の耳に残った（日記）。

▼一九一七（大正六）年三月、『新小説』に「夏目先生のこと」を発表、漱石が臨終の床で、「早く注射をしてくれ、死ぬと困るから。」と言った最期の言葉の三様の解釈の中で、次郎は「生きてゐて為《し》たかつた仕事がある」「その仕事をしてしまふまで生きてゐたかつた」（『三太郎の日記　第三』収録）と解釈し、漱石は『明暗』を完成し、「則天去私」に立脚した文学論を確立したい願いを持っていた、と考えた。同年五月二五日から日本女子大学校で「文学原理論」を講じ、二一年二月に及ぶ。一七年六月三〇日、『漱石全集』編集会議に出席する。

同年一二月、次郎は『思潮』に「夏目先生の談話」を発表した。「いはゆる門下生の――その実自分はどんな意味でも先生の門下生ではない、先生も門下生とは思つてゐられなかつたであらう、先生はその一生を通じてたゞ自分の畏敬する先輩であつた。」（『北郊雑記』〈改造社、一九二二年五月二三日〉収録）と書いた。

▼一九二一（大正一〇）年一月、「夏目先生の書画」（『北郊雑記』〈改造社、一九二二年五月二三日〉収録）を発表した。

▼一九二二（大正一一）年五月一〇日、文部省在外研究員として美学研究のため、英独伊国への在留を命じられ、ヨーロッパへ渡航する。フランスのリヨン・パリを経てドイツに入り、ベルリンに滞在、ハイデルベルクに移った。スイス・イタリー・エジプト・オーストリア・ドイツ・オランダ・ベルギー・フランス・イギリスなどを周遊する。二三年九月一一日、マルセーユから加茂丸に乗り、インド洋を経て、同年一〇月一八日帰朝、二〇日、帰京した。同月二七日、東北帝国大学教授に任ぜられ、法文学部勤務・美学講座担当を命ぜられる。

▼一九四一（昭和一六）年七月三一日、東北帝国大学法文学部長に補せられる。四二年三月三一日、法文学部長を免ぜられる。四四年二月一二日午後、漱石講演会で「私の接触した夏目先生」を講演した。四五年三月三一日、東北帝国大学教授を定年退職する。四六年三月、東北大学名誉教授の称号を受ける。四七年六月、日本学士院会員となる。同年四月から四八年六月まで、『阿部次郎選集』全六巻が刊行される。

▼一九五九（昭和三四）年六月一〇日、仙台名誉市民に推される。同年一〇月二〇日、脳軟化症により、東北大学附属病院武藤外科で逝去した。享年満七六歳。六〇年一〇月二〇日から六六年二月二〇日まで、『阿部次郎全集』全一七巻が刊行された。

▼漱石が『行人』を出版した後の**一九一四**年某日、次郎は久しぶりに漱石山房を訪ねた。豊隆・津田*青楓・岡田*耕三やその他多くの人がいた。漱石は「年をとるに従つて人は次第に寂しくなるもの」「生きてゐるとは恥をかくこと」「死は生に優ること」だと言った。漱石は具体例として、青楓と岩波は気が張らなくていい、「阿部君に至つては、あるがごとくなきがごとく、どつちだかわからない」と言った。この言葉が漱石と次郎との一生の関係を総括する言葉となってしまった。次郎は「行人」の長野一郎を思い出し、寂しい心持ちで家に帰っ

た（「夏目先生の談話」3）。

『ホトトギス』「臨時増刊五人集」（一九一一年四月）が出た時、漱石はいろいろ批評して、次郎の「狐火」はデモンストラティブでいけないと、評したという。次郎は「拙いには拙いが第一流でなければ書けない小説だ」と気焔を吐いた。小宮豊隆によると、「先生も君の長所を認めてゐるのだ、先生は今の若い者で思想《ゲダンケ》を取り扱ふ資格のある者は次郎位のものだと云つてゐたよ。」と言った。次郎は急に機嫌が直って、変わり目が恥ずかしくなった（「夏目先生の談話」6）。

阿部次郎は小宮豊隆・森田草平・鈴木三重吉のように、開放的で漱石に甘える情緒的な師弟関係ではなく、積極的に気焔を吐くこともなく、一歩距離を引いた理知的で、冷静な観察者であった。豊隆・草平・三重吉のように漱石山房に入り浸っていることもなく、次郎が生涯の間に漱石に会って話をしたのは、多くても五十回にはならないだろうと、「夏目先生の談話」で書いている。たまに次郎が木曜会に顔を出すと「珍しい人が来たね。」と、漱石は喜んで破顔したという。漱石が次郎を称して「思想《ゲダンケ》を取り扱ふ資格のある者」と言ったのは、うべなるかなと思われるのである。

〔**参考文献**〕『阿部次郎全集』全一七巻、角川書店、一九六〇年一〇月二〇日～一九六六年二月二〇日。／『阿部先生の横顔』阿部次郎先生還暦祝賀記念刊行会、一九五一年一二月二五日。／『父阿部次郎　愛と死』大平千枝子、角川書店、一九六一年八月一〇日。／『光と影　ある阿部次郎伝』新関岳雄、三省堂、一九六八年一〇月一五日。／『近代文芸評論史　大正篇』吉田精一、至文堂、一九八〇年一二月二〇日。

〔原武　哲〕

## ■安倍　能成

あべ・よししげ

『我が生ひ立ち』一九五〇年撮影。

**一八八三**（明治一六）**年一二月二三日～一九六六**（昭和四一）**年六月七日。**

**評論家・哲学者・教育者。一高・東大文科の教え子。漱石山房の門下生。**

愛媛県温泉郡小唐人町《ことうじん》（現・松山市大街道）において、父・安倍義任《よしとう》、母・シナの八男として出生した。小学校入学以前から父より漢籍、手習いを課せられた。夏目金之助（漱石）が松山を去った**一八九六**（明治二九）年四月、愛媛県尋常中学校（後の愛媛県立松山中学校、現・松山東高校）に入学、久保勉《まさる》（前東北大学教授）らと親交を結んだ。一九〇一年三月、同校を卒業し、間もなく同校助教諭心得に就任し、英語・国文の授業を担当する。

▼一九〇二（明治三五）年八月、第一高等学

校第一部（文科）甲に入学した。野上豊一郎・小宮豊隆・藤村操・魚住影雄（折蘆《せつろ》）・藤原正・茅野《ちの》儀太郎（蕭々）・中勘助などと相知る。〇三年四月から夏目金之助（漱石）講師の英語の授業を受けた。進級試験問題が、習った知識をことごとく応用し得るように、よくできた問題だったのに驚いた。同年五月二二日、藤村操が「巌頭之感」を遺して日光華厳の瀑に投身し、衝撃を受ける。同年九月、漱石が寮の嚶鳴堂《おうめいどう》の集会室で「外遊の印象」という講演をした時、飄逸で、ユーモラスな話し振りに、魚住は実に不愉快そうな様子をしたので、安倍はいい感じはしなかった。

▼〇四（明治三七）年二月、魚住影雄・茅野儀太郎らと校友会の文芸部委員になり、五月『校友会雑誌』に「我友を憶ふ（藤村操追懐）」を執筆。七月の学年試験に落第し、亀井高孝、田島道治など新しい友ができた。魚住の紹介で綱島梁川に私淑し、しばしばその病床を訪れた。

▼〇六（明治三九）七月、第一高等学校を卒業し、九月、東京帝国大学文科大学哲学科に魚住影雄らと入学した。哲学教師ケーベルのプラトンのイデア論の講義よりもその風格と教養に魅かれた。

安倍は何を見ても興味、感動がなくなったので、大声を張り上げてみようと謡を思い着いた。竹馬の友に相談して、高浜清（虚子）に手ほどきをしてもらい、「鶴亀」「土蜘蛛」を習い、家元に行っていいと許しが出たので、下掛宝生（脇宝生）の宝生新に「七騎落」を習った。〇七年一一月、野上豊一郎に誘われて、早稲田南町の漱石山房で初めて稽古をした。漱石の謡は上掛宝生を習った癖が残って安倍はいやだった。〇八年正月に、虚子の大鼓、漱石のシテ、安倍のワキで「羽衣」を謡った時、安倍は「私は先生の謡は嫌いです。」と言った。すると、漱石は「僕も君の謡は嫌いだよ。」と応酬し、互に緊張して謡った。ある時、漱石は「家内は君の謡を褒めるよ。素人好きがするのだね。」と冷やかした。

▼〇九（明治四二）年三月二六日午後、清嘯会（宝生新）第一回謡会が西神田倶楽部であり、漱石は「清経」のシテ、安倍は「紅葉狩」と「船弁慶」を謡う。「皆々初心。」「天下斯《かく》の如く幼稚なる謡会なし。」（漱石日記）と、自嘲した。

同年五月八日、漱石は「安倍能成宇宙の評をかく由結構に候。あれはどこでも評をせず。不都合に候。」（野上豊一郎宛書簡）と、安倍が三宅雪嶺著『宇宙』（政教社、一九〇九年一月）の批評「『宇宙』を読みたる所感」を『国民新聞』「国民文学」に五月二五日から三回にわたって掲載されることを喜んだ。

五月二八日一三時、清嘯会謡会の仕舞が西神田倶楽部であり、漱石は「桜川」のシテ、安倍はワキを謡う。「諸君皆上手になる。」（漱石日記）。同年六月二四日夜、エリセフ（ロシア人日本語研究留学生）らと漱石山房を訪ね、一〇時過ぎ、漱石、小宮と「清経」を謡う。安倍は東大卒業後の教師の就職口を頼む。

同年七月、安倍は卒業論文「スピノザの本体論と解脱論」を提出し、東京帝国大学文科大学哲学科を卒業し、大学院に進学した。九月、私立日本斉美中学校で教鞭を執った。一一月二五日、『東京朝日新聞』「文藝欄」が新設され、漱石が主宰する。同月二九～三〇日、安倍は朝日「文藝欄」に「空疎なる主観」上・下を発表。

▼一九一〇（明治四三）年一月二日、安倍は漱石山房に来て、『それから』の批評を阿部次郎に書かせるようにと勧めた。漱石は本を一冊送り、「文藝欄」に二、三回以下で書いてもらう葉書を阿部次郎に出した。

阿部次郎は漱石の言を受け、六月一八・二〇・二一日に「『それから』を読む」上・中・下を発表した。能成の次郎に対する友情であろう。

同年一月、*森田草平・小宮豊隆主催の新年宴会が漱石山房であった。*松根東洋城・行徳俊則・*大塚楠緒子・物集《もずめ》和子・芳子・安倍能成らが集まった。「安倍能成が酔つて後架へ這入つて反吐《へど》を沢山はいたあとへ子供が入つて臭い〳〵と云つてゐた。」（同年一月一九日付*寺田寅彦宛漱石書簡）。

一〇年八月二四日、漱石は療養先の修善寺菊屋旅館で大吐血。報を聞いて、安倍は沼津の千本松原の*皆川正禧の許にいたので、最も早く駆け付ける。「この時安倍さんはチフスの後の養生に沼津の海岸に来てられたのですが、二十四日夜の危篤電報をうけとるなり、翌日の一番で修善寺へ乗りつけてくださつたのださうです。」「いの一番にかけつけて下すつたのが、安倍能成、つまりアンバイヨクナルだから、この病気はきつとなほると御幣をかついだものです。それを聞いて安倍さんが、そんなら僕の功労は金鵄勲章に価しますねといつて自慢してられたことがあります。」（*夏目鏡子『漱石の思ひ出』三八「病床日記」）。能成は二十六日から三十日までの手記を残し、鏡子の『漱石の思ひ出』に引用された。

▼一一（明治四四）年三月、森田草平・小宮豊隆・阿部次郎と四人の合著『影と声』を春陽堂より刊行する。四月、『ホトトギス』第一四巻第八号「臨時増刊五人集」に、能成は「東渡生」の名で処女作「長兄」を発表、他に小宮豊隆・阿部次郎・*鈴木三重吉・森田草平らが短編を発表した。四月一二日午後三時から、能成・*坂元雪鳥・東洋城・豊一郎・豊隆・*野村伝四らが集まり、森成麟造医師帰郷送別会として肝臓会を開き、鶏の肝臓を食べ、記念写真を撮り、謡を謡った。

同年七月一〇日午後五時ごろ、漱石は麹町区（現・千代田区）富士見町の安倍能成宅を訪ね、共に神田区（現・千代田区）駿河台鈴木町のケーベル先生宅に赴く。入り口で能成は「久保君、久保君。」と同郷の書生久保勉を呼び、案内されて二階のケーベル先生の書斎に入る。*ハーンの話。ケーベルは一八年間日本にいるが大なる予期を持っていないから失望もしないと言う。蜩《ひぐらし》が好き、蜥蜴《とかげ》が美しい、ポー、ホフマン、チエホフは好きだ。メレジコースキーのアレキザンダーという小説は佳い。嫌なものはブラウニング、ウオヅウオース、アンドレーフと言う。飲料ではコーヒーが好きだと言った。漱石は葡萄酒とビールを飲んだ。「文科大学へ行つて、此所で一番人格の高い教授は誰だと聞いたら、百人の学生が九十人迄は、数ある日本の教授の名を口にする前に、まづフォンケーベルと答へるだらう。」と漱石はケーベルに対して絶大な信頼を抱いていた（「漱石日記」、漱石「ケーベル先生」）。

一方、安倍能成は漱石の「ケーベル先生」に描かれた一一年七月のケーベル訪問を思い出深いものとして、両者の共通点を「人間の純真さ」といい、「人間の心の観察者として勝れて居た。」（「ケーベル先生と夏目先生その他」『漱石全集月報』第三号、一九二八年五月）と認めた。

▼一九一二（大正元）年一一月、私立女子英学塾（現・津田塾大学）講師を委嘱せられる。

同年一二月二二日、能成は波多野精一・泰子夫妻の媒酌で、恭子（藤村操の妹）と結婚、神田区錦町の三河屋で披露宴が催された。漱石をはじめ、阿部次郎・中勘助ら二〇数人の友人が招待された。

▼一三年四月、日蓮宗大学（現・立正大学）講師を委嘱され、哲学史の講義をした。九

月、文集『予の世界』を東亜堂から出版した。

▼**一四**年三月三一日、『読売新聞』は、*徳田秋声・上司小剣・*正宗白鳥・佐藤紅緑らを「文藝欄」の専属として、安倍能成・小宮豊隆・阿部次郎・森田草平を客員とした。同年六月七日、長男の亮《まこと》が生まれた。

同年七月十五日、ケーベル先生が帰国することになり、漱石は送別の晩餐に招かれ、安倍能成と深田康算が相伴し、書生久保勉も食卓を共にした。漱石が「先生は国へお帰りになってもお友達はいらっしゃいますか。」と尋ねると、ケーベルは「南極と北極は別だが、他の所ならどこへ行っても友人はいる。」と答えた。帰りの汽船にも船足の遅い貨物客船をなぜ選んだか、漱石が聞くと、ケーベルは「ベルリンに一日でも早く着くことが、そんなに便利ですか。そう考える人の気持ちが解らない。」と言った。漱石は「ケーベル先生が一番大事にしているものは、人と人を結びつける愛と情けだけである。」と思った。ケーベルは日本を去るに臨んで、朋友、殊に指導した学生に、「さようなら。御機嫌よう。」と言いたいから、朝日新聞に書いてくれ、と漱石に頼んだ。漱石はそのように取り計らった（漱石「ケーベル先生の告別」）。しかし、七月二八日、第一次世界大戦が勃発し、ドイツがロシアに宣戦布告したので、ケーベルはドイツに帰国できなくなった（「戦争から来た行違ひ」）。日本は日英同盟の義理立てからドイツに宣戦布告した。漱石はこの戦争を宗教にも道義にも、人類に共通な根底を有した思想・感情・欲求に動かされたものでない以上、文明的意義はないと考えていた（「点頭録」二　軍国主義（一））。なお、ケーベルはその後も日本に滞在し、一九二三（大正一二）六月一四日、亡くなった。

同年八月、神田南神保町で古本屋をしていた岩波茂雄が、漱石と共同で出版を初め、九月二〇日漱石装幀の『心』を刊行した。

同年一二月二日、安倍能成は中勘助と漱石山房を訪ねた。漱石は下女に「何を持って来てください。」と不自然な言葉遣いをした。安倍はいきなりヒーヒーと奥歯を鳴らした。それを何べんもやるから、漱石は「君は歯が痛いのか。」と聞いた。安倍は「痛いのではありませんが、何だか変な感じです。」と言う。漱石は「私のように年寄になると、歯が長くなるのみか、歯と歯の間がすいて隙間に物が挟まったのを空気の力で取るためにチューチュー言わせる。お客様の前でも失礼な音をさせる。」と言って漱石も歯を鳴らした。すると安倍も止めず、いつまでも不愉快な音を出すので、漱石は「その音は止めろ。」と癇癪を爆発させた。安倍は「はい。止めます。」と答えて、もう一度やり、「いや、これは失礼。」と言って止めた（「断片」）。漱石の精神状況の不安定な時期の被害妄想的な病症である。

▼**一九一五**（大正四）年一〇月、漱石・波多野精一・西田幾多郎・*大塚保治ら七人を顧問として、岩波書店発行の『哲学叢書』一二冊を阿部次郎・上野直昭・安倍能成編集で刊行した。安倍は『西洋古代中世哲学史』（一九一六年六月）・『西洋近世哲学史』（一九一七年四月）書いた。

▼**一九一六**（大正五）年四月より慶応義塾大学予科で教鞭をとることになる。

同年一一月一六日、最後の木曜会の日、午後一〇時過ぎまで安倍能成・森田草平・石原健生（草平の弟子）らが残り、「則天去私」について詳しく漱石の話を聞く。「自分の娘が不意にめつかちになつて自分の眼の前に現はれて来るといふやうなことがあつても、それを「ああ、さうか」と言つて見てゐられる心境を獲得するのが「則天去私」の世界なのだ」（小宮豊隆『知られざる漱石』（アテネ文庫）「木曜会」）とあるが、このめつかちの譬えは一一月九日にあったという説（松岡譲『漱石先生』）もある。安倍が漱石に「先生の収入はどのくらいあるのですか。」と聞くと、漱石は「知らない。子供が多いので、家も大変だろう。」と言う。

**一六**年一一月二一日夕刻、漱石は妻鏡子と築地精養軒での辰野隆《ゆたか》と江川久子の結婚披露宴に列席した。安倍能成も漱石夫妻と同じテーブルで出席した。新婦江川久子の父・江川英武は明治末、漱石山房の新年会で安倍能成と知り合いになり、波多野精一『哲学史要』やリップス『倫理学の根本問題』などを週一度講義してもらったという。その縁で辰野・江川家の披露宴に呼ばれた。この時、漱石が食べた落花生が胃に悪く、翌二二日より体調を崩し、再起不能となる。三〇日夜、豊隆・草平・三重吉・豊一郎・能成・次郎・茂雄・東洋城・*内田百閒・林*原耕三ほか門下生が集まる。一二月九日、午後五時ごろ、能成は漱石山房に来た。六時四五分、漱石永眠。

門下生で弔辞を捧げることで議論になった。鈴木三重吉・松根東洋城は反対、赤木桁平は賛成、森田草平は座を外し、阿部次郎は沈黙、安倍能成は仲裁し、小宮豊隆を門弟有志総代に選んだ。

漱石死後、全集出版の議が起り、岩波書店から刊行することになり、八人の編集委員の中に安倍も選ばれた。

▼一九二〇（大正九）年三月、慶応義塾大学予科講師を辞し、四月、慶応義塾大学文学部講師を委嘱された。同月、法政大学教授に就任し、文学部主任となった。二十一年四月から第一高等学校倫理学講師を嘱託された。

▼二四年四月、法政大学教授を辞職、第一高等学校修身科嘱託を解かれる。九月上旬、官命により哲学・哲学史研究のため満一年四ヶ月間、英・仏・独・伊留学の途に上る。

▼一九二六（大正一五）年、帰朝後、四月、京城帝国大学教授に任ぜられ、法文学部で哲学・哲学史を講じた。

▼一九二八（昭和三）年九月一一日、京城帝国大学法文学部長を命ぜられる。

▼三〇年、京城帝国大学法文学部長を辞す。

▼三八年一〇月一五日、『朝暮抄』（「漱石先生二題」を含む。岩波書店）を出版。

▼四〇年九月四日、京城帝国大学教授より第一高等学校長に転任する。

▼四二年六月二〇日、『自然・人間・書物』（「漱石と石鹸」を含む。岩波書店）を出版。

▼一九四五（昭和二〇）年一二月一九日、貴族院議員に勅選される。

▼四六年一月一三日、文部大臣に任ぜられる。五月二二日、願いにより文部大臣を免ぜられる。八月一五日、帝室博物館総長に補せられる。一〇月一八日、学習院長に補せられる。一二月二四日、女子学習院長に補せられる。

▼四七年三月三〇日、帝室博物館総長・学習院長・女子学習院長の三官、廃官となる。三月三一日、財団法人学習院長及び理事長となる。五月三日、国立博物館長に任ぜられる。四八年六月五日、辞任。

▼四八年四月〜四九年五月、『安倍能成選集』（全五巻）を小山書店より出版。

▼五三年（昭和二八）年四月五日、『昭和文学全集』第一〇巻「安倍能成・天野貞祐・辰野隆集」角川書店を出版。

▼五三年六月三〇日、『現代随想全集』第三巻「安倍能成・和辻*哲郎集」創元社を出版。

▼五七年一二月、『岩波茂雄伝』岩波書店

を出版。
▼五九年一月二五日、『現代知性全集』第一巻「安倍能成集」日本書房を出版。
▼六六年（昭和四一）年六月七日、お茶の水の順天堂病院にて死去。享年満八二歳。

精神的煩悩からの脱却法として謡を始めた安倍能成を野上豊一郎が、夏目漱石宅に連れて行き、その度に謡を謡うことから、木曜会の一人となった。一緒に行く中勘助は内気で遠慮深く、人慣れしない性質に対して、安倍は漱石に対しても、はっきり「先生の声は嫌いです。」とずけずけものを言い、泥酔して便所で嘔吐をまき散らす無作法もした。

小宮豊隆・森田草平・鈴木三重吉らのような絶対的漱石心酔者でもなく、阿部次郎・和辻哲郎のように一歩距離を置いての私淑でもなく、時に甘え、時に辛辣な批判をした。

安倍は好き嫌いが厳然として、曖昧さがなかった。小宮は「安倍の底を流れてゐるものは、無限の人間愛で、安倍はすべての人を抱擁し、すべての人に奉仕したい願ひを懐き、且つそれを実行してゐる。安倍の憎みは、実は相手に自分が愛するに値ひする者になつてもらひたいと祈る心の、変形なのである。」（「安倍のこと」『人のこと自分のこと』）と、安倍の愛憎を好意的に見ていた。

漱石山房に出入りしていた若いころの安倍は、「風采をかまはぬ哲学者で、目は落ちくぼんでほほの下がこけ落ちて、無精ヒゲをかまわぬ所は田舎の小学校の先生とも見えず、垢じみた着物を着ながして、ヘーゲルだの、ベルグソンなどとむつかしい哲学の問題を先生と取りかはしてゐることを耳にすれば、矢張り哲学者とはあんなに陰気くさく、寂しげで、貧乏臭いものなのかといふ印象を受けた。」（津田青楓*「寺田さんと能成君」『漱石と十弟子』）と「陰気な、寂しげで、貧乏臭い」哲学者であった。しかし、第一高等学校長、文部大臣、学習院長を歴任した安倍は、誤解を恐れず、歯に衣着せず、声高に論評し、人の怒りを招いたこともあったという。『我が生ひ立ち』にはかなり思い切った人物批評がなされており、不快を感じた人もいたらしい。

〔**参考文献**〕安倍能成『我が生ひ立ち』岩波書店、一九六六年一一月二八日。／安倍能成「夏目先生の追憶」『山中雑記』岩波書店、一九二四年八月二五日。／安倍能成「漱石と小宮」『草野集』岩波書店、一九三六年九月一〇日。／安倍能成「子規と漱石」「漱石先生と漱石夫人」『涓涓集』岩波書店、一九六八年八月一〇日。／小宮豊隆「安倍のこと」『人のこと自分のこと』角川書店、一九五五年五月二五日。／野上弥生子*「安倍さんのこと　さまざま」『世界』岩波書店、一九六六年八月号。／『安倍能成選集』全五巻、小山書店、一九四八～四九年〈復刻〉日本図書センター。

〔原武　哲〕

# ■内田　魯庵

うちだ・ろあん

『内田魯庵全集』第一〇巻、ゆまに書房、一九八五年六月刊。

**一八六八（慶応四）年（陰暦四月五日）五月二六日〜一九二九（昭和四）年六月二九日。**

**評論家・小説家・随筆家・翻訳家。漱石は、丸善入社後『学鐙』編集者としての魯庵と交際。**

江戸下谷車坂六軒町に、父・鉦《しょう》太《た》郎《ろう》、母・柳《りゅう》の長男として生まれる。幼名は貢太郎、後に貢《みつぎ》。別号不知庵。父は上野東照宮警固御用人組を勤めた幕臣で、維新後は東京府庁に勤めた。一八七二（明治五）年に母が亡くなると、父の生活は荒れ、後には内務省官吏として地方勤務になった。七四年松前小学校入学。一八八一年同人社に入る。八二年立教学校に移り、英語を学んだ。この他に大学予備門や東京専門学校に入るが、いずれも卒業はしていない。一八八五、八六年は、文部省編輯局翻訳掛であった叔父の井上勤の翻訳の下訳や編集を手伝っていた。

▼一八八八（明治二一）年、山田美妙の「武蔵野」（のち『夏木立』所収）を批評した「山田美妙大人の小説」（『女学雑誌』）で文壇にデビューした。これ以後おもに『女学雑誌』によって、批評活動を展開し、*尾崎紅葉らの硯友社を批判し、*幸田露伴などを評価した。八九年には、『罪と罰』を読んで文学の深奥に触れ、また*坪内逍遥や*二葉亭四迷の影響などで批評眼に磨きがかかり、巌本善治を批判した「『小説論略』質疑」を書いて、功利主義文学を批判し、巌本善治との間に論争が起った。その論調は、島田三郎や矢野龍渓の批判ともなり、一八九〇年徳冨蘇峰に招かれて民友社に入社していたが、半年で退社する事態ともなった。批評活動は続け、九一年「詩弁—美妙斎主人に与ふ」「饗庭《あえば》篁村《こうそん》氏」、「現代文学」、翌年『文学一斑』などを発表した。一八九四年には、三文字屋金平の筆名で『文学者となる法』を出して、文壇の俗物性を皮肉った。

▼一八九二（明治二五）年頃からは翻訳家として活躍し、『罪と罰』を初めとして、ヴォルテール、アンデルセン、ディケンズ、デュマ、ゾラ、モーパッサン、シェンキヴィッチ、ワイルドなどを翻訳した。父の死と義母との義絶などを経て、一八九七年友人の布施謙太郎の妹よし（一八七五年生）との結婚生活に入った（届は九八年）。

▼一八九八（明治三一）年の『くれの廿八日』を皮切りに小説にも筆を染めた。小説には、「破島台」「雪ごもり」「破垣」など多数があり、これらは『社会百面相』（一九〇二年）にまとめられた。『文芸小品』（九九年）『国語改良異見』『*荻生徂徠』（一九〇〇年）などもある。

▼一九〇〇（明治三三）年長男巌誕生。翌年、丸善本社に書籍部門顧問として招かれた。『学の燈』（のち、『学燈』、『学鐙』に改題）の編集に努め、みずからも執筆した。一九〇三年ロンドンタイムズ社と共同での、百科事典『ブリタニカ』の販売に尽力した。また、万年筆の輸入販売にも尽力した。この年四月次男健誕生。一九〇七年四月長女百合子誕生。六月には、西園寺公望《さいおんじきんもち》の文士招待会に出席し、一〇月からその流れを汲む雨声会にも参加するようになった。〇八年八月次女田鶴誕生。

▼二葉亭四迷の訃に接しては、新聞に追悼の談話数編を発表し、また坪内逍遥と『二葉亭四迷』（一九〇九年八月）を企画刊行し、翌一〇年『二葉亭全集』（第一巻四月）の編集も行った。二葉亭没後は、文壇の第一線から退く姿勢をみせたが、浩瀚な読書歴に基づいた随筆への読書人たちの期待は衰えなかった。

大正に入ってからは、明治文壇人の回顧録などを手掛け、また随筆も多い。『沈黙の饒舌』（一九一四年）、『きのふけふ』（一九一六年）、『貘《ばく》の舌』（一九二一年）、『バクダン』（一九二二年）、『思ひ出す人々』（一九二五年）、『魯庵随筆　紫煙の人々』（死後一九三五年）などがある。

▼一九二九年に亡くなるが、生前にみずから死亡広告を書き、柳田国男、長谷川如是閑、笹川臨風らによって、無宗教の友人葬が行われた。

▼夏目漱石との交友は、大人同士の風格のあるもので、互いに互いの人格と教養とを尊敬しあうものであった。

親しい交友が始まったのは、雑誌『学鐙』への原稿依頼で漱石を訪問した頃（一九〇四年一二月）からだと推察されるが、同誌〇五年一月号に漱石の「カーライル博物館」が発表された。また二月号には漱石による「カーライル博物館所蔵カーライル蔵書目録」が掲載された。魯庵が連載していた、トルストイの『復活』（『日本』一八九七年四月五日〜一二月二二日）の翻訳を漱石は読んでいるという書簡（〇五年四月一八日）も残っている。また、漱石は魯庵訳を激励したようで、魯庵はそのお礼に、猫の絵葉書二七枚を送っている（〇五年一〇月三〇日付魯庵宛漱石書簡）。漱石のその二度目の礼状には、「一人住んで聞けば雁《かりがね》なき渡る」（〇五年一二月二六日）の句が添えられている。

その後、魯庵の『イワンの馬鹿』献本への礼状（〇六年一月五日付）、漱石の『漾虚集《ようきょしゅう》』献本への礼状、*鈴木三重吉宛漱石書簡では、内田魯庵が「夏目君は金田夫人に談判されて迷惑して居るさうだ」（〇六年二月一一日）と吹聴しているという冗談を交わしたり、*高浜虚子を魯庵に紹介（〇七年一〇月八日・一七日）したり、丸善の火災の見舞状（〇九年一二月一一日）を出したりなど、二人がかなり親しくしていることが漱石書簡などから分かる。

魯庵は、『学鐙』に載せる万年筆の宣伝文を漱石に頼み、漱石は魯庵から贈られたオノト万年筆で、「余と万年筆」という文章を書いた（『万年筆の印象と図解カタログ』丸善、一九一二年六月三〇日）。漱石がこの種の文章を書くのは珍しく、二人の交友の親密さを示すものである。もっともこのオノト万年筆については、後に「別にこれがいゝと思つて使つて居るのでも何でも無い。丸善の内田魯庵君に貰つたから、使つて居るまでゞある。」（「文士の生活」一九一四年三月二二日）と、開き直ったりもしている。これらの他にも魯庵からは、『復活』『イカモノ』『二人画工』『きのふけふ』などの、漱石からは『三四郎』『文学評論』などの献本が行われたことが、この時期の漱石の書簡に記されている。

一九一六（大正五）年一二月九日漱石の死、魯庵は『東京朝日新聞』（一〇日）に追悼文を書き、一七年五月一四日には、大阪朝日新聞社の懸賞小説の審査員を漱石に代わって務めることになる。

▼漱石からの魯庵の作品への直接的な批評は見受けられないが、魯庵訳の『イワンの馬鹿』については、原書を読んでいないが「イワンの様な大馬鹿」に逢ってみたいし、一日でもいいからなってみたいし、「イワンが大変頼母しく」なったと書いている。「イワンの教訓は西洋的にあらず寧ろ東洋

的と存候」（一九〇六年一月五日付漱石書簡）と記すところには、漱石の一面が表れている。

二葉亭四迷の死去に伴う追悼文集への原稿依頼に対しては、坪内逍遥と魯庵とに対して、お悔やみを述べ、また文集の計画に賛同しながらも、自分は四迷をよく知らないので、「いたづらに杜撰の文字を弄して故人を傷けもしくは自己を詐るも何となく不愉快に御座候」（〇九年五月二四日付書簡）と断っている。漱石らしい潔癖さの表れとみてよいが、結果的には池辺*三山に勧められて執筆することになった（「長谷川君と余」）。また、四迷追悼については、「感じのい、人」（『新小説』四二年六月）という談話もある。

▼魯庵からの漱石批評も多くはない。雑誌『新潮』に、個別的な小説家について、複数の作家に項目ごとのアンケートを採って掲載する記事があるが、その漱石の時に（一九一〇年七月）魯庵は次のように応えている。大学を辞め新聞社に入ったことについては、「他人の批評す可き限りではない」と切り捨て、漱石は無愛想という噂があるようだが、「少くも私なぞに対しては何時訪ねて行つても愛相が好い」、門下生に対しては「謂《いわ》ゆる掻ゆい所に手の届く世話振りだ」と応えている。その上で、「技倆は慥に傑出してゐる。文章の才に至つて恐らく当今第一であらう。」と称賛している。

雑誌『新小説』が、漱石の追悼号「文豪夏目漱石」（一九一七年一月）を出した際には、魯庵は「温情の裕かな夏目さん」という追悼文を書いている。記事内容は、断片的で羅列的なものであるが、その中に、漱石の人柄と二人の交友の暖かさとがよく表れている。初対面は『吾輩は猫である』の出た後で、訪ねると漱石は障子の張り替えをしていて、そのまま話したが、百年の知己のように打ち解けた。話し上手で、相手に話させるのも上手であった。他人に頼まれたことは快諾する人。西園寺公の文士会への断りの俳句が面白かった（「時鳥《ほととぎす》厠《かわや》半ばに出かねたり」）。座右の品はほとんどが中国趣味であった。嫌いなものは硝子のインクスタンドとブルーブラックのインク、好きなものはセピアのインク、色彩に敏感であった。原稿は極めて汚かったし、句読点も滅茶苦茶だった。書は上手かった、おそらく文壇随一であろう。魯庵は初期の作品しか読んでいない。「文鳥」「吾輩は猫である」「坊っちゃん」「草枕」「倫敦塔」「カーライル博物館」などが好きである。漱石は西洋の新しい作品はほとんど読んでいないと推測する。そして、次のようにまとめている。

「要するに夏目さんは、感覚の鋭敏な人、駄洒落を決して言はぬ人、談話趣味の高級な人、そして上品なウイットの人なのである」。

〔**参考文献**〕内田魯庵『新編 思い出す人々』岩波文庫、一九九四年。／小田切秀雄『近代日本の作家たち』厚文社、一九五四年。／『近代文学研究叢書』第三一巻「内田魯庵」昭和女子大学、一九六九年。

〔石田忠彦〕

# ■上田 敏

うえだ・びん

『明治文学全集』31「上田敏集」一九一一年撮影。

**一八七四（明治七）年一〇月三〇日～一九一六（大正五）年七月九日。**

**詩人、評論家、英・仏文学者。四年間、東京帝国大学文科大学英文学科講師として漱石と共に講義をし、日本に西欧文学を紹介する草分けとなった。**

初期の号は柳村。東京府第一大区一〇小区（現・東京都中央区）築地二丁目一四番地に長男として生まれる。祖父の上田東作は福沢諭吉らと外国奉行配定役として渡欧。父・絅二《けいじ》は儒学者・乙骨耐軒《おっこつたいけん》の第二子で渡欧後に上田家に入り、母・孝子《こうこ》の婿となり、上田姓を名のる。開拓使に志願して単身北海道に赴くが七六年帰京。

▼八〇（明治一三）年、私立開稚小学校に入学するが、八一年に一家で静岡に移転し、公立小学緝明舎《しゅうめいしゃ》に転学。八六年に静岡尋常中学校に入学後、八七年に父が大蔵省に転任するに伴い上京し、私立東京英語学校に入学。八八年、父が逝去し、八九年九月に第一高等中学校（後の第一高等学校、当時は五年制）に入学。九〇年に『無名会雑誌』を創刊し、九二年からシェリー、バイロンの訳詩を発表。

▼九四（明治二七）年、平田禿木を通じて『文学界』に接近し、以後九七年までしばしば発表する。『文学界』時期の彼の姿は島崎藤村*の小説「春」の中に「福富」として描かれている。七月、第一高等中学校を卒業して、九月、帝国大学文科大学英文学科に入学。一一月、『帝国文学』の発刊にあたり学生の発起人中に名を列ねる。同誌に海外文芸思潮を紹介し後記の著作にまとめていく。同級に土井晩翠*らがいた。

▼九六（明治二九）年三月、『帝国文学』（第二巻第三号）に発表した「ポオル・ヴエルレエヌ Paul Verlaine」は、同年一月に逝去したこの象徴派詩人をわが国に初めて伝えた。九月、小泉八雲*（ラフカディオ・ハーン、Lafcadio Hearn）が赴任する。

▼九七（明治三〇）年、東京帝国大学英文学科卒業。大学院に進みケエベル Raphael von Koeber、八雲らの指導を受ける。彼の英文「William Collins」論に対して八雲は、「英語を以て自己を表現する事のできる一万人中唯一人の日本人学生である」との讃辞を与えた。九八年、『帝国文学』に「仏蘭西詩壇の新声」を発表。わが国に初めてフランス高踏派、象徴派の詩人を紹介する。

九九（明治三二）年九月、高等師範学校教授に二五歳で任じられる。田口卯吉の媒酌で齋藤悦子と結婚。本郷区西片町一〇番地に住む。〇一年『最近海外文学』、『みをつくし』（文友館）、『文藝論集』（春陽堂）、『詩聖ダンテ』（金港堂）刊。最新の海外文芸思潮を紹介するが、『詩聖ダンテ』はわが国にダンテ及び『神曲』を初めて伝えた文献。

▼〇二（明治三五）年七月、森鷗外*らと『藝文』を創刊。

▼〇三（明治三六）年四月、八雲辞任の後を受けて、漱石、アーサー・ロイドと共に東京帝国大学文科大学講師となる。当時は、海外の文芸思潮の紹介などによって上田の方が漱石よりも著名であった。五月一二日に、山上御殿で新任講師の歓迎会が催されたが、漱石は一言も話さなかった。〇四年に同大学英文学科内英文学会編集の『英文

学叢誌』第一号に、上田訳のロバート・ブラウニング Robert Browning「秋の教」と「序詞」、巻頭に漱石訳の「セルマの歌・カリツクスウラの詩」二篇を収録。以後、二人は並記もしくは比較されながら引き合いに出されることが多くなる。九月、『文芸倶楽部』誌上で上田は日露戦争に対して「好戦論者と不好戦論者」と題し、自分の立場は非戦ではなく、不好戦だと述べる。

**▼〇五**（明治三八）年一月二〇日から二三日に『読売新聞』に発表された、XY*（正宗白鳥）の「漱石と柳村（上田）―文科大学学生生活一八」は、当時、二人が大学で行った講義、訳詩や創作を並べて批評していて、興味深い内容となっている。それぞれの発表誌『ホトトギス』（漱石）、『明星』（上田）を舞台にした、それぞれの作品を引き合いに出している。『ホトトギス』（一月）誌上に漱石の俳體詩「童謡」（源兵衛が　手拭でもて　股引の　埃をはたき　臺どこに　腰をおろしてる）。一方、『明星』に新体詩の訳詩「出征」（モゲル過ぎパロスの港船出して、／雄誥（おたけ）ぶ夢ぞ逞ましきあはれ丈夫（ますらお））。これらの表現を例にして正宗は「共に文科大学にてシェークスピア Shakespeare, William を講ぜる人にして、作風にかゝる大なる差あり。エレデイヤとか何とか、殊更に日本にあまり知れ渡らぬ作家を、我ハ顔に吹聴し、作中の固有名詞も、希臘以太利それぞれ原音で読み、決して重訳の疑を容れさせぬハ敏先生特有の手腕。鄙びたる言葉、今様の詞句ハ厭ひ玉ひ、古語を古語をと詮索し、決して「持って来てくれた」とか、「腰をおろしてる」などの語を用うることハない（中略）夏目先生ハ全くこれに反し、平凡の事実を平凡に飾り気なく写つすを喜び、「鳥栖巣だちし兄鷹のごと」などの回りくどい語ハ大嫌いにて、其のホトヽギス誌上の文章を見れば、さながら無学者の筆に成りし如く、時に冷々淡々白湯を呑むが如きことあるも、決して理屈や、ぎやうぎやうしい引例はない（中略）能ある鷹ハ爪を隠くす。知ったか振をする者に真に深く知れるハなし。（中略）先生（漱石）のハムレットの講義、文科第一の聴物にて、其の講義振りハ、ぎやうぎやうしき評論や考証ハなく、如何にも自分の味はつて感じたることを正直に言ひあらわすのみ。（中略）従つて聴者甚だ多く、人望亦柳村の比にあらず」。

漱石は、この正宗の批評に対して、同年一月二三日付皆川正禧*宛書簡で、「僕の事を評するときは誰でも必ず上田君を引合に出す上田君は迷惑なるべし。あまり読売で学者の様に吹聴されると大学の講堂で講義がやりにくゝて困ります。白鳥子は一面識なき人なり先達て尋ねてくれた時は歌舞伎座へ行つて留守であつた。近い身より抔より却つて知らぬ他人の方が時々は買被つてくれるものに候。」と記している。漱石のシエークスピアの講義に関しては、学生の評判が良かったことは他にも証言があり正宗の好評は当たっているようだ。だが、正宗の批評は漱石に対する好意に傾きすぎていて、他の聴講生が漱石の講義は理論的すぎるとか筆記が多すぎるなどの不満をもらしていることを見落としている。また上田の翻訳文体の美文調が、新体詩の隆盛を引き起こす刺激となった事はまちがいなく、その点も軽く見すぎている。一〇月、フランス象徴派の訳詩集『海潮音』（本郷書院）刊。日本の近代詩に大きな影響力を発揮し象徴詩の時代をもたらす。

**▼〇七**（明治四〇）年三月、『文藝講話』（金尾文淵堂）刊。七月一八日、漱石宅を訪れ『文学論』の批評をする。一一月二五日、外遊に出る上田の送別会が催され漱石・鷗外・島崎藤村・馬場孤蝶*なども参加し、五、六〇名が来会。席上、漱石が西洋から

新式の便器を持って帰った話をし、その独特のユーモアに鷗外は感心する。
▼アメリカ、フランス、イギリス、ベルギー、イタリアなどを周遊。途中で文部省留学生を命ぜられる。〇八年に帰国し一一月二〇日、漱石宅に帰朝の挨拶に行く。漱石は、*国木田独歩の作品は自然そのままでなく、こしらえたものだと主張し、上田も同意する。同月、京都帝国大学文科大学講師となり、単身で京都に赴任。
▼**〇九**（明治四二）年五月に教授となる。六月、アンドレイエフ Andreev, Leonid Nikolaevich の小説「心」を含む四篇の訳書『心』（春陽堂）を刊。その三ヶ月前の三月七日から四月九日にかけて漱石は、*小宮豊隆とドイツ語を勉強するテキストに、ドイツ語訳アンドレイエフ「七刑人」を読んでいる。当然、上田訳『心』も読んでいる。
▼一〇（明治四三）年一月初頭から四六回にわたって『国民新聞』に小説「うづまき」を発表。自叙伝とも読める内容で、同時期の*永井荷風の「冷笑」と共に享楽主義的な作風を代表するものと受けとめられた。この小説はブラウニングの詩「騎馬像と胸像」を重要なモチーフとしていて、詳しく内容を紹介している。漱石も小説「三四郎」の中でこの詩のラテン語句「de te fabula、君の話だ。他人事ではない」を、与次郎に「ダーターファブラ」とさかんに連発させている。
　この年に、慶応義塾大学の教師として永井荷風を、森鷗外と共に推薦し、二月一五日に決定し、同大学文科顧問となる。六月、『うづまき』（大倉書店）刊。同月、文学博士となる。
▼一一（明治四四）年、文芸委員制度公布され、文藝調査委員会委員に選ばれる。ダンテ Dante Alighieri『神曲』の翻訳を委嘱される。
▼**一六**（大正五）年七月八日、森鷗外を訪問しようと外出する際に尿毒症を発症し昏睡状態になる。九日、四一歳で永眠。谷中斎場にて仏式で葬儀。同墓地に埋葬。戒名は、森鷗外の命名で含章院敏譽柳邨居士。漱石は七月一五日付の手紙（ニューヨーク在住の*厨川白村宛）で上田の死について「人間は何時死ぬか分りません。人から死ぬ死ぬと思はれてゐる私はまだぴく〳〵してゐます。私の書物なんか亜米利加人に読んでもらふやうなものは一つもありません。」と書き送っている。
▼二〇（大正九）年、遺稿詩集『牧羊神』（金尾文淵堂）刊。
▼二八年（昭和三）年から三一年にかけて『上田敏全集』（富田砕花他編、改造社）八巻及び補巻計九冊が刊。
　上田は、西欧文学の紹介・翻訳で先覚者としての業績を残して夭折した。小説の創作を通して、日本の個人はいかに生きるべきかという根底的な問いを発酵したのは漱石だった。

〔**参考文献**〕X Y（正宗白鳥）「漱石と柳村―文科大学学生生活一八」『読売新聞』、一九〇五年一月二〇日〜二三日。／紅児「柳村と漱石」『新聲』、日露号、一九〇五年一〇月。／『明治文学全集』第三一巻「上田敏集」筑摩書房、一九六六年四月一〇日。／『定本上田敏全集』全一〇巻、教育出版センター、一九八五年。／『近代文学研究叢書』第一六巻「上田敏」昭和女子大学、一九六一年二月二〇日。

〔坂本正博〕

# ■木下 杢太郎

きのした・もくたろう

杉山二郎『木下杢太郎』晩年肖像。

**一八八五（明治一八）年八月一日〜一九四五（昭和二〇）年一〇月一五日。**

**詩人・劇作家・小説家・美術史家・キリシタン研究者・皮膚科医学者。杢太郎の短編小説集『唐草表紙』は、漱石の書簡体の長い序と森*鷗外の簡潔な序との両文豪の二つの序を持つ、珍しい著作である。**

静岡県賀茂郡湯川村（現・伊東市）に父・惣五郎、母・いとの三男、末子として生まれる。本名は太田正雄。別号、きしのあかしや。家は屋号を米惣という素封家で、呉服雑貨商を営んでいた。一八九八（明治三一）年、伊東尋常高等小学校高等科二年を修了、上京して独逸協会中学に入学、長田秀雄らと親交を結ぶ。〇三年三月、同中学卒業、九月、第一高等学校第三部理科に入学し、二、三年の時、**〇四**年九月から**〇五**年七月にかけて、夏目漱石に英語を習う。〇六年、大学進学にあたり独逸文学科を望んだが、家人の反対にあい、九月、東京帝国大学医科大学に入学した。

▼〇七年三月、長田秀雄の紹介で新詩社同人となり、『明星』に投稿、七月、与謝野寛・北原白秋・吉井勇・平野万里と「五足の靴」九州旅行をして、南蛮趣味、吉利支丹事跡に興味をかきたてられた。**〇七**年一一月二五日、上*田敏欧米私費留学送別会が与謝野鉄幹の肝煎りで、上野精養軒にて行なわれ、漱石・鷗外・島*崎藤村・馬*場孤蝶らと共に木下杢太郎も出席した。

▼〇八年、薬物学試験日を間違え、追試験交渉依頼のため、八月末、初めて森鷗外を訪問、観潮楼歌会に出席する。鷗外の取りなしは成功せず、二年に留年。一二月、白秋・石井柏亭らと「パンの会」を興す。

▼〇九年一月、『スバル』創刊、小説「荒布橋」を、二月戯曲「南蛮寺門前」を発表した。

▼**一〇**年六月一八日、漱石は長与胃腸病院に入院、七月一〇日、杢太郎は島村苳三と長与病院に入院中の漱石を見舞った（漱石日記）。八月三日、漱石は島村苳三宛の見舞いのお礼状に、「太田正男（雄）君へは大兄よりよろしく御伝願度候」と書いた。八月、修善寺大患。一〇月一一日、漱石は修善寺から帰京、直ちに長与胃腸病院に入院、杢太郎は見舞ったが、面会謝絶の札が掲げてあったので、会わずに帰る。

▼一一（明治四四）年一二月、東大医科大学を卒業、鷗外の勧めで土肥慶蔵に師事し、衛生学研究生となる。

▼**一九一二**（大正元）年四月一五日、石川啄*木の葬儀が浅草等光寺で催され、漱石・白秋・佐々木信綱・森*田草平らと杢太郎も会葬した。七月、皮膚科教室の土肥慶蔵の下で副手になる。戯曲集『和泉屋染物店』（東雲堂）を刊行した。

**一二**年一〇月四日、杢太郎から『和泉屋染物店』を贈られた漱石は、礼状を出した。「あの装釘は近頃小生の見たる出版物中にて最も趣きあるものとして深く感服仕候」（杢太郎宛漱石書簡）と、画家志望だった美術愛好家杢太郎自身の装釘を激賞した。

▼**一九一四**（大正三）年七月、戯曲集『南蛮寺門前』（春陽堂）を刊行し、漱石に謹呈した。漱石は「此前のと同様に大変好い表装ですなかの挿画も面白う御座います」（**一四**

年七月一六日付杢太郎宛漱石書簡）と礼状を書いた。

▼**一九一五**（大正四）年一月、杢太郎は短編小説集『唐草表紙』の原稿を送り、序文を漱石に頼んだ。漱石は、「玉稿は拝見したあとが出来てゐるならすぐ送つて下さい、途切れ〳〵になると興味の中断と、もに批評の視線も中絶する恐れがありますから」（一五年一月一二日付杢太郎宛漱石書簡）と原稿の続きを請求した。直ちに杢太郎から続きが送られたことだろう。一月一八日、『唐草表紙』の序は、全集本で五頁半、序にしては長い書簡体で、「此冗長な手紙がもし貴方の小説集の序文として御役に立つならば何うぞ御使ひ下さい。」と書いて送った。この「序」は、漱石の木下杢太郎論としてきわめて分析的な勝れた批評となっている。

「特色として第一に私の眼に映つたのは、饒《ゆた》かな情緒を濃《こま》やかにしかも霧か霞のやうに、ぼうつと写し出す御手際です。」「あなたの筆が充分に冴えてゐるに拘はらず、あなたの描く景色なり、小道具なりが、朧月の暈《かさ》のやうに何等か詩的な聯想をフリンジに帯びて、其本体と共に、読者の胸に流れ込むからです。私は特に流れ込むといふ言葉を此所《ここ》に用ひました。もと〳〵淡い影のやうな像ですから、胸を突つくのでも、鋭く刺すのでもない様です。」「此ぼうつとした印象が、美的な快感を損《そこな》はない程度の軽い哀愁として、読者の胸にいつの間にか忍び込む理由を、客観的に翻訳すると色々な物象として排列されます。其内で私は歴史的に読者の過去を蕩遥《とうよう》する、草双紙とか、薄暗い倉とか、古臭い行燈とか、又は旧幕時代から連綿とつゞいてゐる旧家とか、温泉場とかを第一に挙げたいと思ひます。過去はぼんやりしたものです。さうして何処かに懐かしい匂ひを持つてゐます。あなたはそれを巧に使ひこなして居るのでせう。」「単に歴史上の過去ばかりではありません、あなたは自分の幼時の追憶を、今から回顧して忘れられない美くしい夢のやうに叙述してゐます。私は一、二、三、四、と段々読んで行くうちに此種の情調が、私の周囲を蜘蛛の糸の如く取り巻いて、散文的な私を、何時の間にか夢幻の世界に連れ込んで行つたのをよく記憶してゐます。私の心は次第々々に其中に引き込まれて、遂に「珊瑚樹の根付」迄行つて全くあなたの為に擒《とりこ》にされて仕舞つたのです。」「私は此種の筆致を解剖して第二番目に遠くに聞こえる物売の声だの、ハーモニカの節だの、按摩の笛の音だのを挙げたいと思ひます。凡《すべ》て声は聴いてゐるうちにすぐ消えるのが常です。だから其所《そこ》には現在がすぐ過去に変化する無常の観念が潜んでゐます。さうして其過去が過去となりつゝも、猶《なお》意識の端《はじ》に幽霊のやうな朧気な姿となつて佇《たたず》んでゐて、現在と結び付いてゐるのです。声が一種切り捨てられない夢幻的な情調を構成するのは是が為ではないでせうか。新内とか端唄《はうた》とか歌沢《うたざわ》とか浄瑠璃とか、凡てあなたのよく道具に使はれる音楽が、其上に専門的な趣をもつて、読者の心を軽く且つ哀れに動かすのは勿論の事ですから申し上げる必要もないでせう。然しあまり自分の好尚に溺れて遣り過ぎた痕迹を残したのもないとは云はれません。第一編の「硝子問屋」の中にはその筆があまり濃く出過ぎてはゐますまいか。叙景に於てもあなたは矢張り同じ筆法で読者の眼を朦朧と惹《ひ》き付ける事が好《すき》であるやうに見受けました。要するに水でも樹でも、人の顔でも凡てあなたの眼にうつるものは、決して彫刻的にあなたを刺戟してゐないやうに見えます。全く絵画的にあなたの眸を彩《いろ》どるのだらうと思ひます。しかもアンプレシヨニストのそれの如く極めて柔かです。さうして何処かに判然しないチヤームを持つてゐます。」「要するに貴方の小説に有り余る程出てくるのは一種独特のムードでせう。だから夫がまとまらない上に、筋が通らないとか、又は主人公の哲学観などが露骨に出てくると、一方が一方を殺して、少し平生の御手際に似合はない段違ひのものが出来はしまいかと疑はれます。」「あなたの作に就いて情調とか、ムードとか云ふものを挙げて、それを具合好く説明すれば、既に大半の批評は出来上つたやうに考へられるのですが、其ムードを作り上げるために、河岸《かし》の寿司屋とか、通りの丸花とか、乃至《ないし》は坊間の音曲など丈《だけ》が道具になつてゐるといふ意味では決してないのです。あなたの書き下す人間が、人間として一人前に活動しつゝ、同時に其一篇のムードを構成してゐる事は疑もない事実です。」「次にあなたの理解力に就いて一言其特色を述べたいと思ひます。あなたの頭の働らきは全く科学的でありながら、其濃やかな点が、あなたの情緒の描写によく調和して、綿密によく行き渡つてゐます。さうして不思議にもそれが普通のありふれた作物のやうに、くだ〳〵しくならないのです。いくら微細な心的現象の解剖でも、又は外観からくる人間の精密な描写でも、決して干乾《ひから》びてゐません。必ず委曲要領をつくすのみならず、其所にあなた独特の一種の趣が漂つてゐるのです。私の見る所によると其趣はあなたの観察が突飛《とつぴ》に走らない程度で、場合々々に適当な新らしい刺戟を読者に与へ得るからだらうと思ひます。」「要するに貴方の書き方は絹漉《きぬご》し豆腐のやうに、又婦人の餅肌のやうに柔らかなのです。上部《うわべ》ばかり手触りが好いのかと思ふと、中味迄ふく〳〵してゐるのです。線でいふと、外《ほか》の人の文章が直線で出来てゐるのに反して、あなたのは何処も婉曲な曲線の配合で成り立つてゐるやうな気がします。しかも其曲線のカーヴが非常に細かいのです。外の人が一尺で継《つ》ぎ易へる所を、あなたは僅か一寸か二寸の長さで細かに調子よく継ぎ足しては前へ進んで行くとしか形容出来ません。其所にあなたの作物には、他に発見する事の出来ないデリケートな美くしさが伏在してゐるのでせう。もう一つ比喩を改めて云へば、あなたの文章は楷書でなくつて悉く草書です。それも懐《くわい》素《そ》（唐の書家）のやうな奇怪な又は飄逸なものではありません、もつと柔らかに、もつと穏やかに、さうして時々粋な所を仄《ほのめ》かすといつたやうな草書です。」と、細かく解析して、長所と共に短所も指摘し、その具体例を作品の中から挙げた。杢太郎はこの書簡を『唐草表紙』の序としてそのまま使つた。数ある日本近代文学作品の中で、鷗外と漱石の二大文豪の序を持つ本は、杢太郎の『唐草表紙』だけであると言われている。

**一九一五**年二月一〇日、木下杢太郎著『唐草表紙』は正確堂から刊行された。早速、漱石に贈呈されたので、漱石は、「唐草表紙一部御恵贈ありがたく御礼を申上げます例の如く装幀甚だ見事に拝見致しました」と、いつもの装幀の美しさに讃嘆した。

**▼一九一六**（大正五）年九月、南満洲鉄道株式会社から招かれ、南満洲医学堂（後に満洲医科大学。現・中国医科大学）教授兼奉天病院長として奉天（現・遼寧省瀋陽）に赴任した。杢太郎は新任の挨拶状を漱石に送った。漱石は、「満州《ママ》は上海抔とは違ひ支那の本色は如何かと存候へども自ら本地とは異つた面白味可有之ことに大兄の様な東洋趣味もある人には随分愉快な収獲《ママ》も有之ならんと存候絵や骨董は何んなものやら知らねど日本よりも手に入り易くはなきかとも存候

精々滞在の機会を利用して面白味を御吸収時々は雑誌でそれを御発表の程願上候」(一六年一〇月九日付杢太郎宛漱石書簡)と、満洲における東洋美術研究の成果を期待した。

その二ケ月後、漱石は他界した。杢太郎は二〇(大正九)年七月、南満洲医学堂教授を辞任し、東大医学部で研究生活を送り、二一年五月、欧米に自費留学、フィラデルフィア大学で研究、二二年八月、「癜《ハン》風菌の研究」により医学博士となる。二四年九月、帰国。一〇月、愛知医科大学教授(現・名古屋大学)として名古屋に赴任した。二六年一〇月東北帝国大学医学部教授となり、仙台に転任、皮膚梅毒学講座を担当した。三〇(昭和五)年六月より山田孝雄・土居光知・岡崎義恵・*阿部次郎・*小宮豊隆らと西鶴俳諧研究会を組織した。三一年三月、東北帝国大学医学部附属病院長に就任した。三七年五月、東京帝国大学医学部教授に転じ、皮膚科学講座担当となる。四一年日仏印交換教授としてハノイに赴き、安南文化を調査し、六月、フランス政府から、レジオン・ドノール・オフィシェ勲章を贈られる。四五(昭和二〇)年一〇月一五日、胃癌のため、東京帝国大学附属病院柿沼内科で永眠した。

木下杢太郎は「小鷗外」と言われるほど、医学・文学の双頭を巧みに使いこなす森鷗外の正統な嫡出子である。東大医学部の落第を救済嘆願のため、観潮楼を訪問して以来、鷗外に師事、傾倒して、観潮楼歌会の一員となり、鷗外に関する論文を何編も書いた。それに比較すると、漱石との関わりは、『唐草表紙』の序を除けば、実に淡白である。一高で英語の授業を受けているが、多くの言葉を残していない。

▼一九四三年三月、杢太郎は、小宮豊隆の『漱石の芸術』を読み、その書評と同時に夏目漱石論を試みた。「漱石は教養の高い道徳的人格である。」「漱石は、自分の見た自然を唯そのまま、さもさも自然らしく再現しようと欲した作家ではない。漱石は詩人ではあつたが、それは共に思想家であり、心の解剖家であり、又道徳家であつた。自然科学者でもなく、自然の記述者でもなかつた。」「而してそれらは逆に、漱石の心の批判者である。漱石は自分の心を苛酷に解剖した。そして一方に順俗と惰性と回避と、ごまかしと、一方に思考によつて意識する正義との間の距りを測定して自らさいなめる。」「漱石には沢山江戸文化の残渣《さ》が残つてゐる。」「漱石といふものを謂はば試薬にして明治、大正の思想の流を追究し、また再びその流の間に漱石が如何に棹《さおさ》したかといふことを明かにすることは、漱石に関する同君(小宮豊隆)の今までの為事に劣らず、興味多く且つ有益な事であるだらうと思ふ。」(『文学』一九四三年三月。『葱南《そうなん》雑稿』所収)と書いている。

〔**参考文献**〕太田正雄「漱石の芸術」『葱南雑稿』東京出版、一九四六年九月二五日。／杉山二郎『木下杢太郎――ユマニテの系譜――』平凡社、一九七四年一月二八日。中公文庫(一九九五年八月一八日)に収録。／野田宇太郎『木下杢太郎の生涯と藝術』平凡社、一九八〇年三月一九日。／河出書房『文藝』「太田博士追悼号」一九四五年一二月一日。／東京出版『藝林閒歩』創刊号、一九四六年四月一日。

〔原武　哲〕

# ■泉　鏡花

いずみ・きょうか

『明治文学全集』21「泉鏡花集」一九一三年頃撮影。

**一八七三（明治六）年一一月四日〜一九三九（昭和一四）九月七日。小説家。泉鏡花が自作の小説を朝日新聞に掲載して欲しいと周旋を漱石に依頼した時、快く応じた。**

父・泉清次（工名・政光）と母・鈴《すず》の長男として、石川県金沢市下新町二三番地に生れた。本名は鏡太郎。父は加賀藩に関係する彫金師。母は、神田明神下に住む加賀藩の御手役者葛野流大鼓師中田萬三郎豊喜の娘で、明治維新の際（一八六八年）金沢へ一家で移住。五歳の頃から母に草双紙の絵解きをしてもらうなど、いろいろの美的影響を受けた。一八七七（明治一〇）年妹他賀、一八八〇年弟豊春（後の斜汀）誕生。

▼一八八〇（明治一三）四月東馬場養成小学校入学。一八八二年一二月二四日、母次女やゑ出産時の産褥熱で死亡。一八八四年四月金沢高等小学校入学。ポートルという人の経営する真愛学校（のち北陸英和学校と改称）に移った。同年六月、父に連れられて松任の成《なる》にある摩耶祠に参り、以後摩耶夫人信仰を続けた。一八八七年五月北陸英和学校を中退し、金沢専門学校（後の第四高等中学校）の入学を目指すが、病気で断念。この頃『郵便報知新聞』に掲載された森田思軒訳「盲目使者」（ジュール・ヴェルヌ（Jules Verne）著・単行本は『瞽使者《こししゃ》』）を愛読する。一八八八年第四高等中学校を受験するが失敗。貸本屋で『近世説美少年録』『妹と背かがみ』『此処やかしこ』などの小説を耽読した。八九年四月頃尾崎紅葉*の『二人比丘尼色懺悔』を読んで感激し、さらに、九〇年紅葉の『夏痩』を読むに至り、小説創作への意欲に燃え、二、三の習作を試みた。同年一一月二八日紅葉門下になろうと上京するが、気後れがして紅葉宅に近づくこともできない。しばらくの間知人友人の下宿を転々とするうちに、東京での書生生活に馴染んできた。

▼一八九一（明治二四）年一〇月一九日牛込横寺町に尾崎紅葉を訪ね、即刻玄関番として住み込みを許された。この頃『雨月物語』を読んだ。九二年一一月金沢の大火で生家焼失し、一時帰郷した。九三年「冠弥左衛門」「活人形」など数編を発表するが話題にはならなかった。

▼一八九四（明治二七）年一月九日父清次死亡、帰郷。生活困窮し、数編の小説を紅葉に送ったうちの「義血侠血」が、『読売新聞』に掲載されるなどの機会をえた。祖母の激励のもとに単身上京する。一八九五年四月「夜行巡査」六月「外科室」が『文芸倶楽部』に掲載され、新進作家として認められた。この年川上音二郎一座が「義血侠血」を「瀧の白糸」として脚色し、市村座で上演した。

▼一八九五（明治二八）年は田岡嶺雲*による「日本文学に於ける新光彩」が輝いた年で、鏡花は「小説界に一生面を開きたる——実に一個の天品」であるという。その特徴は、鏡花小説は、広津柳浪の「黒蜥蜴」や川上眉山の「うらおもて」などとともに、「悲酸小説」と呼ぶべきもので、「社会裏面の隠微を発かんとする」ものであるとした。しかしこれらの小説はやがて島村*抱月によって「観念小説」と名づけられ、賛美から批判の対象へと変化していく。森*

鷗外も「所謂観念小説は狭き世界観若くは或る世界観の一片を写せる小説なり」と批評する（「鷗翻搔」一八九六年）。やがて自然主義の台頭とともに、島村抱月や片上天弦*などによって、その観念が「日常実用の道徳」に過ぎない点などが批判されて行く。鷗外にしろ抱月にしろ、ドイツ観念論哲学の立場から「観念」を世界の根源的原理としてとらえるが、鏡花がそのように考えたことはなかった。

観念小説批判が独り歩きするなか鏡花は、一八九六（明治二九）年には、「海城発電」や「照葉狂言」などを発表し、また祖母と弟を呼んで小石川区大塚に住み、作家としての安定期に入っていった。

そのような鏡花にとって、一八九九（明治三二）年一月に硯友社の新年宴会の席で、神楽坂の芸妓桃太郎（本名・伊藤すず）に出会ったのは一つの事件であった。作品は、「化鳥」（九七年）、「黒百合」『湯島詣』（九九年）、「高野聖」（一九〇〇年）と名作を残していくが、私生活では一波乱起る。一九〇二（明治三五）年頃には、すずと半同棲の生活にあったようであるが、〇三年友人吉田賢龍の好意で、すずを落籍し牛込神楽坂で同棲した。それが紅葉に知れ、叱責されることになり、すずとは一旦は別居した。ところが紅葉は〇三年一〇月三〇日に亡くなってしまう。それを機に硯友社は瓦解への道を歩むことになるが、鏡花は、神秘主義的浪漫主義作家として評価されていく。私生活ではすずとの新婚生活を営むことができるようにもなったが、父とも慕う紅葉の死が、師の拘束から解き放ち、鏡花には新しい人生を切り開いてくれたという皮肉な展開となった。

自然主義陣営からの鏡花批判に対して鏡花も激しく反論するが、その独自の小説世界が動揺することはなく、天才肌の独特の個性ある作家としての鏡花の評価はここに確立する。「銀短冊」（〇五年）、「婦系図」（〇七年）、『草迷宮』（〇八年）、「白鷺」（〇九年）、「歌行燈」「三味線堀」（一〇年）、『日本橋』（一四年）などの名作を発表し続け、また、「瀧の白糸」を初めとして、「高野聖」「湯島詣」「婦系図」「白鷺」「歌行燈」などは舞台でもくり返し上演された。

その後も「天守物語」（一七年）、「眉かくしの霊」（二四年）、「縷紅新草」（三九年）など、明治大正昭和とほぼ生涯創作の筆は途絶えることがなく、三百余編の小説を残した。一九三七年六月帝国芸術院会員となる。一九三九（昭和一四年）年肺腫瘍の悪化で九月七日死去。六五歳。

▼鏡花の漱石との初対面は、「漱石日記」の記載では、**一九〇九**（明治四二）年八月二七日である。「朝泉鏡花来。月末で脱稿せる六十回ものを朝日へ周旋してくれといふ。池辺*不在故玄耳へ手紙をつけてやる。」翌日の日記には「泉鏡花来訪〔昨〕。昨日の礼を云ふ。」とあるが、これが『白鷺』である。鏡花の「夏目さん」（『新小説』一九一七年一月）によると、「実はね、膝組で少しお願ひしたい事があつて、それが、月末の件ですよ。」つまり月末の支払いに困って、原稿を持ち込んだということである。「江戸児だから長いことを饒舌るには及びません、半分いへば分つてくれる、てきぱきしたもので。――そこが偉い、親みのうちに、おのづから、品があつて、遠慮はないまでも、礼は失はせない。そしてね、相対すると、まるで暑さを忘れましたつけ、涼しい、潔い方でした。」と鏡花は漱石の態度を褒め称えている。この時の渋川*玄耳宛の書簡（紹介状）を見ると、「泉氏は月末にて諸否至急承知相成度旨につき右御含の上何分の御挨拶同君に御伝願はしく候」とあり、確かに鏡花が感心するとおりの、わ

け知りの対応であったことが分かる。直接の面談はおそらくこの時一回きりであったものと推測される。

▼それでは、漱石の方は鏡花をどのように評価していたであろうか。

鏡花の「銀短冊」(一九〇五年四月)のストーリーは、越後山中の旧家大枝家の三兄弟にまつわる恋と没落の物語である。そこに物語を進める小道具として「楚蟹(ズワエガニ)」が効果的に使われている。主人公大枝大太郎と軍人の妻大久保銀との恋がプラトニックに描かれるが、その霊の交感ともいえる恋情は、漱石の『漾虚集』(一九〇六年五月)の世界とも一脈通じるものをもっている。早速漱石は野村伝四*にこの小説の批評を書き送った(四月二日付)。その要点は、「不自然を極め、ヒネくレを尽し、執拗の天才をのこりなく発揮して居る。鏡花が解脱すれば日本一の文学者であるに惜しいものだ。」また、「文章も警句が非常に多いと同時に凝り過ぎだ。変梃な一風のハイカラがつた所が非常に多い。玉だらけ疵だらけな文章だ。」という評価であった。

「銀短冊」については、雑誌『新潮』(五月一五日)の記者による漱石の談話筆記の形をとった「近作短評」でもとり上げられた。「鏡花君の『銀短冊』は草双紙時代の思想と、明治時代の思想を綴ぎ剥ぎしたやうだ——唯綴ぎはぎものでは纏つた興趣が起らない、併し確に天才だ、一句々々の妙はいふべからざるものがある、——若しこの人が解脱したなら恐らく天下の一品だらう。」鏡花の才能を、田岡嶺雲同様に「天才」として認めている点は興味深いが、雑誌記者が、「幻影の盾」の漱石と「銀短冊」の鏡花とを「ある点に於て——同一趣味を有す」としているところも興味深い。この時期の漱石と鏡花とが「同一趣味」とみなされた点は、その神秘性のためである。

この雪中の蟹の件は、「吾輩は猫である(六)」(一〇月一〇日『ホトトギス』)で、苦沙弥たちが、恋の神秘性や霊の交感について語り合う時に、小泉八雲*の神秘性とともに、揶揄的に引かれている。「鏡花の小説にや雪の中から蟹が出てくる」。

しかし、鏡花の「海異記」(〇六年一月)の批評になると、「鏡花の海異記とか云ふものをよんで驚ろいた。どうも馬鹿々々しいと云ふ感より外に起らなかつた。」(一月九日付森田草平*宛書簡)と全く認めていない。「天性の趣味の相違」としか言いようがないと諦めている。「海異記」は、漁師の松五郎の出漁中に、妻のお浪と幼児のお浜が、海坊主に襲われるという、荒唐無稽としか言いようのない小説である。この小説に対する酷評のあとで、漱石は、鏡花に対して「憎悪心も何も有して居らん寧ろ好意を以て迎へよむ」からこそ、残念だと草平に書いている。そのような好意的な批評は、「自然を写す文章」(『新声』〇六年一一月一日)でも明確に示された。「中心点を読者に示して、それで非常に面白味があるといふやうに書くのは、文学者の手際」だと前提して、「鏡花などの作が人に印象を与へる事が深いといふのも矢張りこういふ点だらうとおもふ。」と、鏡花の描写法を認めて評価した。

漱石の鏡花評は要約すると、その天才的な才能を充分に認めたうえで、ストーリーが極端に怪奇的になってしまうあまり、ほとんど荒唐無稽なものができ上がってしまうし、またその文章も、その風景描写においては、まるで鳥羽僧正の水墨画を見るように巧みなものがある、一方では、変にハイカラで気取った嫌味な文章を書くこともあるというものである。

小説の批評とは別に、漱石の「ノート」や蔵書への「書き込み」でも、鏡花は言及されている。「ノート」の「Supernatural（超自然的材料）」（整理番号Ⅳ-26）の項には、*Arnim's Halle und Jerusalem* や Brandes などと並んで鏡花の名が見える。また、学者の項では、学者は真の天才に気づかないという文脈の中で、「円遊ハ天才ナリ、鏡花モ天才ナリ」（整理番号Ⅵ-20）とも記す。それに、天才（Genius）の項でも、「鏡花ハ妖怪的天才ナリ　天才ハ人ノ成シ能ハザル所ノモノヲナス」（整理番号Ⅵ-22）とメモしている。

蔵書への書き込みでもやはり鏡花について触れているところをみると、明治三十年代後半の漱石にとっては、鏡花は気がかりな作家の一人であったのだろう。「野分」（一九〇七年一月）にとりいれられた、メリメ（Mérimée）の『The Venus of Ille』には、「此篇ハ art トシテハ申分ナク発展シテ毫モ手落ガナイ所ガ感心デアル。然シミスチツクナル所ガ余リ想像ニ過ギル様ナリ。」と書き込み、「是ハ末段ノ頂点ニ至ツテ折角〔ノ〕詩趣ヲウチ崩シテ weird ナル ugly ナモノトナス」「思想ハ鏡花ニ似タリ。然シ技巧ハ鏡花ヨリモ十数等上ナリ」と、メリメと鏡花とを比較している。漱石は、神秘的な作風を認めないのではなく、「余リ想像ニ過ギル」つまり文字通りの作りものに堕してしまう点を批判している。また、怪奇的幻想的作家であるゴーチエ（Gautier）の『The Dead Leman』への書き込みでも同様の印象を記し、「平凡ナル者ハ美ナラザルコトアリ、故ニ奇ヲ求ム、奇ヲ求メテ已マザレバ怪ニ陥ル、怪ニ陥レバ美ヲ失ス、詩人ハ此呼吸ヲ知ル、」「鏡花ハ此呼吸ヲ知ラズ」「詩人ノ想ハ詩想デアル、鏡花ノ如キハ狂想デアル」とし、美と奇と怪との微妙な関係に鏡花が気づかない点を指摘している。

初期の鏡花に対してのこれらの批評は実に的確である。これは蔵書の書き込みであるので、それを鏡花が読んだはずはないし、漱石が発表した文章にこれと同趣旨のものは見つからない。にもかかわらず、これ以後の鏡花が、まさしく漱石の指摘に従って創作活動を行ったのではないかと疑いたくなるぐらいに、奇や怪を残しながらも、それを巧みに美に近づけていったことは、鏡花の小説に如実に表れている。

▼漱石と鏡花との具体的で直截的な交渉は限られていたとしても、両者の文学的営為をみれば、興味深い文学的出会いであったことが分かる。

〔**参考文献**〕『明治文学全集』第四三巻「島村抱月　長谷川天溪　片上天弦　相馬御風集」筑摩書房、一九六七年。／『明治文学全集』第八三巻「明治社会主義文学集（一）田岡嶺雲篇」筑摩書房、一九六五年。／村松定孝『泉鏡花研究』冬樹社、一九七四年。／『近代文学研究叢書』第四五巻「泉鏡花」一九七七年。

［石田忠彦］

# ■和辻　哲郎

わつじ・てつろう

『自叙伝の試み』一九五七年撮影。

**一八八九（明治二二）年三月一日〜一九六〇（昭和三五）年一二月二六日。倫理学者、文化史家。一高時代、欠講になった時、漱石の英語授業中の組の窓下で漱石の巻き舌の発音を聞いて以来、漱石敬愛者となる。大学卒業後、門下生となる。**

兵庫県神崎郡砥堀村仁豊野《にぶの》（現・姫路市仁豊野三〇九番地）に、父・瑞太郎、母・政の次男として生まれる。和辻家は代々医師を業として受け継いだ家柄であった。元は辻姓であったが、他の辻姓と区別するため、「大和」の和をとって和辻としたという。この地方には斑鳩という地名があり、斑鳩寺という古い寺もあるように、聖徳太子と縁のあるところであったことによるらしい。祖父見龍は漢方医であったが、父瑞太郎は、西洋医学を丹波篠山の塾で学んだ医師であった。この家はやがて、哲郎の長兄龍太郎が継ぐことになる。和辻の家の門には、祖父によって「貧窮ニ付諸事倹約」「合力無心等一切謝絶」と書かれた二枚の板がかけられてあったという。また父瑞太郎は、伯夷・叔斉を尊敬し、その詩をよく吟じていたといい、同時に「医は仁術なり」を生活態度の標語にしていたという寡黙で誠実な人柄であった。

▼一九〇一（明治三四）年兵庫県立姫路中学校入学。そこで英語を学んだ深澤由次郎から本を借り、バイロン、テニスン、ロセッティを読みふけり、また薄田泣菫や蒲原有明などの長詩を愛した。**一九〇四**（明治三七）年の五月頃、購読していた『帝国文学』に漱石の「従軍行」が載ったが、物足りないものであったのに、**一九〇五**（明治三八）年の「倫敦塔」に接して、漱石の存在がはっきりと映ってきた。この作品は彼に強い恍惚感を経験させ、人生の意義を直接に感得させるところがあった。そしてロシアに対する敵愾心を高く歌った漱石が、その数か月後にどうして「倫敦塔」のような作品を書きえたのかと感じている。その頃「吾輩は猫である」の評判も伝えられていたが、『ホトトギス』が姫路の書店では手に入らず、単行本になるまで読めなかったという。

▼一九〇六（明治三九）年三月末に中学校を卒業して一高受験のため上京。そしてすぐ兄の紹介で魚住影雄に会い、当時の一高校風につき、武士道的籠城主義の標榜を撤廃して、個人主義的自由の気風を樹立する議論を聞かされ、一高受験についての注意を受け、さらに将来の志望学科について聞かれ、英文科と答えたところ、それはだめだ、考え直さなくてはいけない、ときっぱり言い切られた。あらゆる分科にわたっての普遍的な認識の学である哲学を選ぶべきこと、人としての本質を全面的に発展させ、人格を豊かに作り上げていくために一般的教養は人生の意義を自覚する上でも重要で、その一般的教養を与えるのが哲学である。将来の進路を決める上でもそれを学んだことによって後悔することはないだろう、しかも大学ではケーベル先生のような優れた哲学者の教えを受けることができると力説され、強い印象を受けた和辻はその場で哲学志望を決意した。

▼以上は『自叙伝の試み』に記された一高

時代までの、和辻および漱石とのかかわりをまとめたものであるが、それ以後の漱石とのかかわりについては、「漱石に逢うまで」(『新潮』一九五〇年一一月号)、および「漱石の人物」(『新潮』一九五〇年一二月号、『埋もれた日本』新潮社、一九五一年九月に収録)に詳しく書かれている。和辻は一高甲類七八人中の首席で合格し、東寮に入ったが、この年度は漱石が一高講師であった最後の年でもある。心から傾倒していた漱石を、和辻は教室の廊下で見かけては仰ぐばかりで、クラスも受け持ちではなかったため、自分のクラスが欠講になった時などには、漱石が教えているクラスの窓下に立って、彼の巻き舌の発音が聞こえるのに満足しながら、そこを離れなかった。また友人とともに千駄木の漱石の家の周りを見に出かけたりしたが、年末に漱石は西片町に移り、翌年には一高を辞したので、直接会うことはなかった。

▼一九〇九(明治四二)年に和辻が大学に進み、哲学科に入った後も、直接接触していた先輩達から漱石のことを聞き、ひきつけられながらも、会いに行く勇気はなかった。しかし大学を卒業して大学院に進んだ二年目(一九一三年)に、「ニーチェ研究」を出版し、敬慕のしるしに漱石に献じようと手紙を書いて投函したその日に、偶然帝国劇場で漱石に紹介されて、はじめて言葉を交わした。この時の漱石は、一高で見た印象とは別人のようで、円熟した温情にあふれた老紳士に見えたという。それから数日後、漱石からの返事(一九一三年一〇月五日付)が届く。その中に、「あなたの自白するやうな殆んど異性間の恋愛に近い熱度や感じを以て自分を注意してゐるものがあの時の高等学校にゐやうとは今日迄夢にも思ひませんでした。」という句があることに対して、二人の関係についての質問を時折受けることがある、と和辻は述べている。漱石が「こゝろ」を発表するのは、この翌年にあたるが、「私」のモデルとして和辻が想定される要素は、このようなところに胚胎するものであろう。和辻自身もこの言葉に「ヒヤリとした」と言い、そういうセンチメンタルな態度を漱石が厳格に警《いまし》めていると受け止めて、かえって今でも敬服の念を禁じ得ないと述べている。また「私が高等学校にゐた時分は世間全体が癪に障つてたまりませんでした。その為にからだを滅茶苦茶に破壊して仕舞ひました。だれからも好かれて貰ひたく思ひませんでした。私は高等学校で教へてゐる間たゞの一時間も学生から敬愛を受けて然るべき教師の態度を有つてゐたといふ自覚はありませんでした。従つてあなたのやうな人が校内にゐやうとは何うしても思へなかつたのです。」という一文に対して、和辻は一高の廊下で見た漱石の近寄りがたい鋭い顔つきの意味を改めて納得したが、それは漱石の癇癪による偏った感情であって、当時の一高生には、熱心な心酔者が多数いて敬愛の的になっていたと述べている。そして同書簡中にあった一文「私は今道には入らうと心掛けてゐます。」に、彼はもっとも強い感銘を受けたと言い、当時の漱石の創作活動を解く鍵のように思えたとも言っている。

　その翌月に初めて漱石山房を訪ねた和辻は、それから漱石の死ぬまで三年間、たびたび接触することになるが、そのつどこの言葉を常に背後に思い浮かべ、その思いは変わることはなかったと述べている。ここに和辻の漱石像が明確に打ち出されている。それは人格的完成を目指す求道者としての像であり、理想を実現せんとした価値創造の体現者としての姿でもあった。そのことをもっともよく示しているのが、漱石の死後八日目に書かれた「夏目先生の追憶」（『偶像再興』）で、そこには「先生の重んずるのはただ道徳的心情である」とか「先生の芸術はかくのごとき人格の表現である」さらには「利己主義と正義、及びこの両者の争いは先生がもっとも力を入れて取り扱った問題であった」などの言葉が散見される。これは漱石門下生に共通したものであって、自ら描いた理想を漱石に思い重ね、その人とつながる安心感に甘えるような特権的意識もそこには窺える。

　和辻自身にもそれは言えることで、当時三六歳だった漱石夫人鏡子*の印象を、微笑みを浮かべ無口で静かな母親に似ているように覚えたが、後に夫人の『漱石の思ひ出』を読んで違和感を持ったようであるし、またベルリンに留学中に夏目純一に逢って、気違いじみた癇癪持ちとしか父の記憶を持っていないのを知って驚き、その憎悪の原因に、母親の影響があったのではないかと考えているところにも明らかであろう。しかし人格的完成者と、気違いじみた癇癪持ち、あるいは精神病者という家族側の認識とには大きな溝がある。和辻はこれについて、漱石への理解や同情に欠いた夫人や子供と、それを犠牲にせざるを得なかった作家漱石の精神的努力の激しさに言及しながら、そこにこの家庭の不幸も見ているが、精神病とする夫人の考えに責任回避の嫌いがあって、精神病ではなかったと述べていく。

▼また弟子の中でも、森田草平*、鈴木三重吉*、小宮豊隆*らの古い連中の示す漱石への反抗的態度に比して、自分たち新しい連中はそのような気持ちはなかったと断層のあることを述べ、しかしそのために不愉快な感情の起こることはなかったが、より若い芥川*の連中が加わるようになった一九一六（大正五）年ころには、弟子たちの間に感情のこだわりができたようだとも述べている。

▼和辻は一九〇九（明治四二）年に東大哲学科に入学し、一九一二（明治四五）年に卒業、引き続き大学院に進んだので、漱石との出会いは大学院時代ということになるが、ニーチェ、キエルケゴールをはじめとする西洋哲学の研究、あるいは一高時代の『校友会雑誌』、大学での『帝国文学』編集、さらには谷崎潤一郎*らとはじめた第二次『新思潮』の同人などを通して、創作、批評、翻訳活動も多彩に行っていたが、このころから「生意気なすれっ枯しの雑文書き」と別れて、「自分の一生を紀念するような」大きい仕事（その内容は文化史にかかわるものとなろう）に打ち込みたいとする大きな転換期を迎えていた。その一端は一九一八（大正七）年一二月の『偶像再興』にも示されていて、具体的には美の享受者 Aesther から倫理家 Ethiker、あるいは求道者とも呼ぶべき方向への転身がはかられていた。以後一九一九（大正八）年に『古寺巡礼』、翌年の『日本古代文化』の出版へとその成果が現れ始め、一九二五（大正一四）年に京都大学文学部講師となってからも、一九二六（大正一五）年には『日本精神史研究』、『原始基督教の文化史的意義』、翌年の『原始仏教の実践哲学』へと目覚ましい活躍が続く。一九二七（昭和二）年には、道徳思想史研究のためドイツに留学を命じられるが、これは一年半ほどで切り上げて帰国、一九三四（昭和九）年には『人間の学としての倫理学』を出版し、東京大学教授に就任。その後も『続日本精神史研究』、『風土―人間学的考察』『カント実践理性批判』（以上は一九三五年）、さらに『倫理学　上』（一九三六年）と、文化史研究、倫理学研究の道を歩んでいった。その軌跡の原点に、夏目漱石との出会いと影響の後を確かめることができる。

▼一九四九（昭和二四）年に東京大学を定年で辞すると、執筆研究活動に専念し、『鎖国』（一九五〇年）、『日本倫理思想史　上』（一九五二年）、『日本芸術史研究　第一巻』（一九五五年）、『桂離宮―製作過程の考察』（同年）を出版し、同年文化勲章を授与されている。一九六〇（昭和三五）年一二月二六日、心筋梗塞のため死亡。七一歳。

**〔参考文献〕**『和辻哲郎全集』岩波書店、一九七六年一一月。／和辻照編『和辻哲郎の思ひ出』岩波書店、一九六三年三月。／和辻照『和辻哲郎とともに』新潮社、一九六六年一一月。／和辻哲郎「漱石に逢ふまで」『新潮』一九五〇年一一月一日。／和辻哲郎「漱石の人物」『新潮』一九五〇年一二月一日。

〔奥野政元〕

## ■大谷　繞石

おおたに・じょうせき

「島根県環境生活部文化国際課　島根ゆかりの文学者」。

**一八七五（明治八）年三月二二日～一九三三（昭和八）年一一月一七日。英文学者、俳人。ハーンの松江中学以来の教え子。教室の師弟関係はないが、英語と俳句の縁で漱石に対する敬慕を深め、漱石も借家探しや教え子の就職斡旋を依頼するほどの仲になる。**

父・大谷善之助、母・タルの長男として松江市殿町で生まれた。本名は正信。生家は酒造業であったが後に倒産。弟喜雄は後の海軍中将である。一八八七（明治二〇）年秋から島根県尋常中学校（後の松江中学校）に入学。在学中の一八九〇（明治二三）年九月にお雇い外国人の英語教師ラフカディオ・ハーン（*小泉八雲）が松江中学に赴任。来日したばかりのハーンに可愛がられ、『知られぬ日本の面影』の中の「英語教師の日記から」の中でハーンが特に印象に残った生徒の一人としてその名が記されている。

大谷は草木や昆虫が好きで、家には笙、篳篥《ひちりき》など古来の神道の楽器があり、来日してまだ間のないハーンに教えたりしている。ハーンが松江に来てしばらくして雅楽の稽古場に彼を招き、自らも唐樂を吹奏して聞かせている。一八九一（明治二四）年一〇月二九日、ハーンの松江から第五高等中学校（熊本）への赴任に際して、大谷は生徒代表として送辞を述べた。その際記念の品として日本刀一振りがハーンに贈られた。そして大谷は校長を含めた数人の教師とともにハーンを見送るために宍道《しんじ》まで同行した。この間の事情はハーン作品「さようなら」に詳しい。

▼大谷の松江中学卒業は一八九二（明治二五）年七月である。同級生には医師となって後に鼠咬《そこう》病菌スピロヘータや恙虫《ようちゅう》病病菌リケッチャを発見し、東京帝国大学教授・伝染病研究所教授として*森鷗外と親交があった石原喜久太郎がいる。大谷はこの年京都の第三高等中学校予科第一級に入学。ここで*正岡子規の弟子にあたる*高浜虚子、*河東碧梧桐と出会い、両者から俳句の手ほど

きを受けることになる。しかし学制の変更（大学予科の解散）によって途中で三人とも第二高等中学校（仙台）に転じることになる。
▼一八九六（明治二九）年九月から大谷は帝国大学文科大学英文学科に入学。このとき子規庵句会に出て正岡子規と邂逅することになる。写生を軸とした定型俳句ではあるが、後に金沢の四高に行った時は子規派句会「北声会」の指導者になっている。
　この年ハーンは眼の具合が悪化し『神戸クロニクル』社退職の後しばらく神戸にいたが、やがて文科大学々長外山正一の懇願を受けて、帝国大学英文学科外国人講師として赴任。当時松江の実家の家業（酒造業）の倒産を受けて大谷は苦学していたが、ハーンより助手としてテーマを与えられて毎月の報酬を受け、日本文化資料収集の仕事を手伝ったりして学資の足しにし、一八九九（明治三二）年七月に東京帝国大学文科大学英文学科を卒業した。大谷は在学中の一八九七年に郷里の松江に子規派句会の「碧雲会」の結成に尽力、号も繞石と称して島根県の俳人の指導に当たっている。
▼卒業の九九年、大谷は二四歳で東京時代の下宿先大河内家の長女キクと結婚。しばらく真言宗東京高等中学校英語講師などをした後、二六歳の時しばらく淡路島の洲本中学校教諭となり、二七歳の時にここを辞し、真宗大學の教授となった。その間の洲本時代の教え子には経済学・財政学者の大内兵衛がいる。その後英語教師として一九〇五（明治三八）年四月に私立哲学館大學英語講師に就任したが、この頃俳誌『懸葵』の選者となっている。こうしてしばらく旧制の中学・高校で教鞭を取ったが、一九〇八（明治四一）年八月、三三歳の時に英文学者として金沢の第四高等学校に赴任した。同時にこの地金沢の俳句会も指導し、ここからは室生犀星を輩出することになる。俳人としての大谷は正岡子規の影響下、高浜虚子らとの交わりを通して伝統俳句を守り、定型五七五の韻律と季語を大事とする写生を基本とする立場を堅持した。
▼漱石から大谷に対して出された書簡は**一九〇五**（明治三八）年三月一〇日付のものがある。『明星』を送ってもらったお礼の書簡であるが、その中で漱石を敬慕している繞石に「敬慕抔と申すは知らぬ昔に遠方から見た時のみの迷かと存候」「敬慕とは遠慮と評判と未知とが重なり合ふとき発生する化物」と言って、いかにも漱石らしい思いを伝えている。
▼また**一九〇六**（明治三九）年四月四日の書簡では漱石の「坊っちゃん」をめぐって「僕は教育者として適任と見倣さる、狸や赤シャツよりも不適任なる山嵐や坊つちやんを愛し候。」と型にはまらぬ教師への共感を吐露している。事実この一年後には漱石は東大と一高の教師を辞めて東京朝日新聞に入社することになるのである。
▼**一九〇七**（明治四〇）年九月四日の書簡では漱石は繞石に新たな「貸家」の紹介、斡旋を依頼するような関係になっていることは興味深い。文面には「突然ながら曙町でも何でもよろしきが小生の這入る位の貸家は無之や」とあり、その後同月に牛込区早稲田南町の借家に転居している。これが今に伝わる〈漱石山房〉である。また、漱石は教え子の就職の世話を大谷に何度か依頼している。
▼**一九〇九**（明治四二）年九月に大谷は四高赴任中イギリス留学を命ぜられたが、この時大谷はイギリスでの生活について漱石に尋ねている。また明治天皇に拝謁した時には燕尾服を漱石から借りている。一九一二（明治四五）年二月に英国から帰国したが、大谷はこの時の経験を『滞英二年案山子日記』（大日本図書、一九一二年一二月一二日）とし

て出版した。

大谷は松江時代と東京でもハーンの学生として常に身近にあって、ハーンを恩師として慕っていた。そのハーンを強く意識し、因縁浅からぬものがあったのが、夏目漱石であった。大谷はこの夏目漱石に対しては俳句を通し、同じ英文学者として、また住まいも同じ本郷駒込であったこともあって、尊敬と親しみの念をもっていたのである。

▼イギリス留学から帰国した繞石は、留学記念の『滞英二年案山子日記』を漱石に贈呈したので、漱石はその礼状（一九一三年一月一〇日付繞石宛漱石書簡）を出した。繞石のこの書物はラフカディオ・ハーン（小泉八雲）に捧げられた献詞が掲げられてあったが、漱石は、それまでいまだ日本の著書で、偉大な「八雲先生」に捧げられた書物「巻頭の小泉先生へのデヂケーション」はなかったことに触れ、大いに嬉しいことである旨のことが書かれており、ここに大谷繞石を介してハーンと漱石が緊密に結びついていることは興味深いことである。ただし、漱石に贈った本には著者署名が天地逆かさまになっていたのが残念だ、と書いたので、一月一八日、繞石は改めて著者サイン入りの『滞英二年案山子日記』を贈っている。

▼その後も、繞石は金沢名産の干菓子「長生殿」・魚罐入りや翻訳書『智慧と運命』（南北社、一九一三年二月）・『開いた処』（敬文館、一九一四年二月）・『囚徒　他二十二篇』（大日本図書、一九一四年三月）など菓子・魚鳥の贈り物や自著を届けている。また、漱石著作の誤植正誤表を作ったりしている。繞石宛漱石書簡の最後のものは、漱石没二〇日前のもので、「私は貴方の事を忘れてゐるのに貴方は私の事を考へて下さるのみならず時々魚だの鳥だの御菓子だのを頂戴するのは勿体ない事です。尤も忘れるといつても記憶に消されてしまふ訳ではないのだから御容赦を願ひます。」（一九一六年一一月一九日付）とあり、晩年には金沢にいる大谷と会うことも少なくなったのであろう。

▼その後一九二四（大正一三）年三月に大谷は郷里に近い廣島高等学校教授に就任。一九三三（昭和八）年一一月一七日に胃癌のために逝去。五八歳。遺骨は故郷に帰って松江市寺町の恩敬寺にある。遺された句集は『落椿』（一九一八年）があり、他に日記風描写作品として『滞英二年案山子日記』（一九一二年）、随筆集としては『北の国より』（一九二二年）、『己がこと人のこと』（一九三三年）がある。

▼漱石と大谷繞石との間柄は、直接の師弟関係ではなく、英語と俳句という共通項を通じて、繞石から漱石への敬慕が始まり、漱石も借家や教え子の就職を頼むほどの仲になった。**一九〇八**年、文通は漱石死去まで続くが、大谷が金沢に去ってからは、会う機会が物理的に減少したが、漱石への贈り物の礼儀は欠かさなかった。ハーンを通じての親炙であろう。

〔**参考文献**〕日野雅之『松江の俳人　大谷繞石』今井出版、二〇〇九年。／『近代文学研究叢書』第三六巻、昭和女子大学、一九七二年八月一日。／大谷繞石「漱石先生」『英語青年』一九一六年一二月、一七年一月、同年二月。

〔西川盛雄〕

# ■大町　桂月

おおまち・けいげつ

『明治文学全集』41「大町桂月集」一九七一年刊。

**一八六九（明治二）年一月二四日〜一九二五（大正一四）年六月一〇日。詩人。随筆家。紀行文家。評論家。漱石『吾輩は猫である』を批判。漱石も『吾輩は猫である』の中で、桂月を揶揄批判した。**

父・大町通と母・糸の三男二女の末子、三男として高知県高知市北門筋八番屋敷（現・高知市永国寺町四—一〇）に生まれた。本名は芳衛。雅号桂月は高知市の月の名所桂浜にちなむ。父は土佐藩山内家の御馬廻一五〇石の武士。母は二軒西隣の武士の娘。父の失禄に伴い、転居度々、高知市の追手筋小学校、秦泉寺小学校、南街小学校を経て、一八八〇（明治一三）年春上京、母方の叔父多賀宗義（職業軍人）のもとへ。番町小学校卒業後、明治義塾、独逸協会学校などを経て第一高等中学校文科に入学、苦学しながら学ぶ。桂月ははじめ軍人を志すが近視のため断念、次に政治家を志すが生来の吃音のためこれも諦め、再転して文学者の道を志した。称好塾に入り、杉浦重剛の薫陶を受ける。巌谷小波、江見水蔭らと交わる。また、落合直文の浅香社に加わり、塩井雨江、与謝野鉄幹らを知る。一八九三（明治二六）年、帝国大学文科大学国文科に入学、翌年雨江の妹長と結婚。高山*樗牛、武島羽衣、佐々醒雪らは同窓の友。在学中から能文をもって知られ、九五年、樗牛らと『帝国文学』を創刊、編集委員となり、新体詩、美文、評論に健筆を振るう。大学卒業の九六年、詞華集『花紅葉』（雨江、羽衣と共著）を、九八年には『黄菊白菊』を刊行、版を重ねた。美文の創始者桂月の文章は一世を風靡、当時、全国の中学生、女学生の作文が桂月調の美文体に一変したという。

▼一九〇〇年夏、洋行するはずの（病気で中止）樗牛の後任として、日本一の出版社、博文館の論説主幹に三顧の礼をもって迎えられた。同館発行の『太陽』『文芸倶楽部』『太平洋』『中学世界』『女学世界』などに、文芸時評をはじめ各種評論、紀行などを毎号精力的に執筆、硬派の評論家として樗牛と並称された。文業は全盛を極め、『文学小観』『日本文明史』『青年訓』『東京遊行記』『社会訓』『詩及散文』『日本文章史』などを次々と刊行した。〇四、〇五年の日露戦争下に発表された与謝野晶子の厭戦詩「君死にたまふこと勿れ」に対する桂月の激しい論難は大きな波紋を呼んだ。

▼漱石の『吾輩ハ猫デアル』上篇（**一九〇五**年一〇月六日）に対する桂月の批評が、〇五年一二月一日刊の『太陽』の「雑評録」の一節として載った。次はその抄である。

「夏目漱石、猫で売り出して、この頃は、文壇のはやりッ児也、『吾輩は猫である』一篇、文壇の単調を破り、寂寞を破りて、在来未だ曽て見ざる滑稽物なり、（中略）されど、滑稽物としては滑稽足らず、風刺きわめて小也。（中略）詩趣ある代りに稚気《ちき》あるを免れず、（中略）未だ傑作を以て許すべからず。」

好評嘖嘖《さくさく》たる「猫」評の中で、はじめての「貶評」（江藤淳編『夏目漱石』）であった。「猫」が単なる滑稽小説にとどまらず、深刻な風刺小説であることは、二*葉亭四迷の「『猫』は決してユーモリストの作ではない。寧ろ進めて言へばスケプチックの作である。言ひ得可くば深刻悲痛なユーモアである」や田岡嶺雲の「『吾輩は猫である』は満腔の抑鬱と冷峭なる風刺を寓せるものにして、最も俳的軽雋《けいしゅん》簡錬の筆致を発揮せし者也」（「作家ならざる二小説家」）などの同時代評からも裏付けられる。

桂月が「猫」評の中で、作家として大成するために趣味を広めよ、酒も飲め、道楽もせよ、旅行もせよ、社交の場にも出よと述べたのに対し、漱石はその件を、「猫」の「第七」（『ホトトギス』一九〇六年一月一日）に早速書き込んだ。主人の苦沙彌が晩飯の折、いつになく酒杯がすすむ。それを細君が止めにかかる場面である。

「なに苦しくつても是から少し稽古するんだ。大町桂月が飲めと云つた」
「桂月つて何です」さすがの桂月も細君に逢つて一文の価値もない。
「桂月は現今一流の批評家だ。夫が飲めと云ふのだからいゝに極つて居るさ」
「馬鹿を仰しやい。桂月だつて梅月だつて、苦しい思をして酒を飲めなんて、余計な事ですわ」
「酒許りぢやない。交際をして、道楽をして、旅行をしろといつた」

苦沙彌と細君の会話のおかしさはまるで落語である。桂月を「現今一流の批評家」と漱石が書いたのは、勿論、痛烈な皮肉である。

桂月の「猫」評に対して、漱石は友人、門人たち宛書簡の中で歯に衣を着せぬ反撃を繰り返している。高浜虚子宛書簡（一九〇五年一二月三日）では「桂月が猫を評して稚気を免かれず抔と申して居る恰も自分の方が漱石先生より経験のある老成人の様な口調を使ひます。アハヽヽヽ。桂月ほど稚気のある安物をかく者は天下にないぢやありませんか。困つた男だ」、森田草平宛書簡（一九〇六年二月一三日）では「大町なんかは僕の悪口を二度も繰返して居る。（中略）大町桂月の様なのは馬鹿の第一位に位するものだ。」などとある。

当時、文壇・論壇の大御所的存在であつた桂月も漱石にかかると完膚ないが、少し桂月のために弁じておきたい。桂月の「猫」評で、「作家として趣味を広めよ」については類似する評者もいた。漱石とも親しかつた馬場孤蝶に次のような文章がある。

「漱石君は実生活では複雑で変手古な生活をされなかつたが、あゝいふ人だから思想上ではいろいろの生活をせられた。実際当つた生活は割合に狭い。作物の上に肉あり血ありと云ふ部分で十分でないといふことがあるとすれば、それは実生活で触れた点が余り無かつた所に原因することと思ふ。」（「漱石氏に関する感想及び印象」『明治文壇回顧』）。

桂月の文章に対する漱石の「桂月ほど稚気のある安物」云々の酷評については、桂月自身も「文を売るにつけて、自から疚しいと思ふ所多し。文才の大ならざること、一也。学問の狭く、且つ浅きこと、二也。識見足らずして、言ふ所の平凡なること三也」（「操觚《そうこ》雑感」『太陽』一九〇五年一月八日）と謙虚に認めている。一方、桂月の「稚気のある安物」「平凡」の文章をあえて高く評価する文人もいた。次は正宗白鳥の文章である。

「大町桂月は文章を以て立つ人、高遠なる議論をするのでもなく、新思想を呼号するのでもなく、他の大学派の人々とは趣を異にしてゐるが、其処に氏の長所があるので。天真流露、刹那々々の感想を、ぎやうぎやうしい装束を着けずに、露骨に言顕はすのが面白い。稚気あるも衒気《げんき》なく、平凡なるも厭味なく、さながら有馬の炭酸水を飲むが如く、読み終はつて胸のすく気持ちがする。」（「大学派の文章」『文章世界』一九〇六年五月一五日）。

▼漱石と桂月の接点は「猫」以外にもあった。一九〇六（明治三九）年の東京市電の運賃値上げ反対運動に関してである。第一次西園寺内閣（一九〇六年一月七日〜〇八年七月四日）は日本ではじめて社会党を公認した。その社会党が指導した東京市電値上げ反対運動は一定の盛り上がりを見せた。同年三月一五日の日比谷公園での値上げ反対の市民大会後のデモ行進中、投石騒ぎなどで、西川光二郎、大杉栄ら社会党員一〇名が捕まり、凶徒嘯集《しょうしゅう》罪で起訴、有罪になった。値上げは一時阻止されたが、七月に政府が認可。九月五日から数日間、再び騒擾事件が起きて大量の検挙者を出した。

森鷗外*同様、世相の動きに割合敏感だった漱石の初期の作品「野分」（一九〇七年）の時代背景の一つに、この電車事件がある。作者の分身と見られる正義派の主人公白井道也が細君に「社のもので、此間の電車事件を煽動したと云ふ嫌疑で引つ張られたものがある。——所が其家族が非常な惨状に陥つて見るに忍びないから、演説会をして其収入をそちらへ廻してやる計画なんだよ」と語る場面。「電車事件を煽動したと云ふ嫌疑で引つ張られたもの」のモデルは桂月の側近の松本道別である。漱石の「談話」を起こした「大町桂月のこと」（『東京朝日新聞』一九〇七年四月三日）にそれを裏付ける記述がある。次はその全文である。

「何だと、あゝ彼《あ》の事か、何新聞かで、大町桂月と僕とが双方から彼奴は常識が無い男だと蔑《けな》してると云ふ事を書てあつたね。嘘だよあれは、僕は桂月を知らなかつたがね、過般《いつか》松本道別の為に演説を行《やる》から出て呉れといふ様な依頼《たのみ》で、一度先方《むかふ》から来て呉れたのだがね、僕は桂月の文を見ては一向に感心しない、何でも無い事を書いてるとしか思つては居なかつたし、今でも書いてる物には左程敬服はしないがね、逢つてみると感心したよ、と言ふのは桂月は珍らしい善人なんだ。僕は今の世に珍らしい怜悧気《りこうげ》の無い、誠に善い人だと思つたよ、僕は誰にも桂月の事は讃めてるんだがね、新聞屋は悪戯《いたづら》ばかりして欣《よろ》こんでるんだね。」

文中の「過般松本道別の為に演説を行から出て呉れ」云々がそれである。桂月は捕縛、入獄中の道別に終始同情、其の家族の生活救済のため、文芸講演会を企画、長期にわたって奔走、主催した。漱石宅に講演を依頼に行ったのもそのためである。漱石は「談話」にもあるように、桂月の人柄に惚れ、講演を快諾したようで、一九〇六（明治三九）年九月二三日の神田の和強楽堂での第四回文芸講演会で、講師の一人として講演する予告記事が、前日の『読売新聞』の「よみうり抄」に見えている。残念ながらこの時の漱石の講演の題名も内容も不明である。当日の講師陣は他に、巌谷小波・高須梅渓・田村逆水・大町桂月・建部遯吾・田口掬汀ら豪華な顔触れであった。

漱石が深田康算宛書簡（一九〇六年八月一二日）で、「電車の値上げには行列に加らざるも賛成なれば一向差し支無之候。小生もある点に於ては社界《ママ》主義故堺枯川氏と同列に加はりと新聞に出ても毫も驚ろく事無之候」と述べていることはよく知られている。電車事件では、犠牲者道別を介して、桂月・漱石ともに社会主義陣営に与し、反資本の側に立ち、弱者である庶民に味方したことは明白である。桂月が犠牲者の家族のために文芸講演会を企画し、漱石宅を訪ね、講演依頼ということがもしなかったならば、電車事件の犠牲者の「惨状」について、漱石は具体的に知る由もなく、小説「野分」は、あるいは日の目を見なかったかも知れないのである。

▼漱石と桂月の接点としていま一つ、時の権力者・政治家との関係である。**一九〇七**（明治四〇）年六月一七、一八、一九の三夜に分けて、首相陶庵侯西園寺公望が駿河台の私邸に、当代の代表的文士二〇名を招き、交流の宴を催した。同年六月一四日の『読売新聞』の第一面に発表された文士連は次の二〇名である。

小杉天外　小栗風葉*　塚原渋柿園　坪内*逍遥　森鷗外　幸田露伴*　内田不知庵*　広津柳浪　巌谷小波　夏目漱石　大村桂《ママ》月　後藤宙外　泉鏡花*　柳川春葉　徳田*秋声　島崎藤村*　国木田独歩*　田山花袋*　川上眉山　二葉亭四迷*

この二〇名の文士一人ひとりに対し、西園寺から丁重な招待状が出されたが、その招宴を辞退した三名の文士がいて波紋を広げた。坪内逍遙・二葉亭四迷・夏目漱石の三名である。桂月は出席し、漱石は欠席、全く対照的なふたりの挙措であった。

同年六月一五日の『東京朝日新聞』の「首相の文士招待と漱石氏の虞美人草」という見出しの記事で、首相からの招待状全文紹介のあと、「右に就き漱石氏が往訪の記者に語れる処によれば目下一切の来客を謝絶して熱心執筆中なる虞美人草の根に培ひ葉に灌ぐに苦心甚しく、（略）遂に遺憾ながら侯爵へ宛て辞退の返簡を出せりといふ」とある。漱石の招宴欠席の理由については、『朝日』の記事にあるように、『朝日』入社第一作というプレッシャーの中での「虞美人草」執筆による物理的多忙のみならず、博士号辞退や、のちの文芸委員会批判、「文芸委員は何をするか」（『東京朝日新聞』**一九一一**年五月一八、一九、二〇日）ほかに見られる反権威、反特権階級的漱石独特のモラル・バックボーンによるものと考えられる。

一方、出席した桂月は『東京朝日』（一九〇七年六月二〇日）に寄せた「陶庵侯に謁するの記」で、「宰相が、宰相としてならずして、私人として、文芸の為めに、よび給ふ事なり。よばれてゆくに、理屈もへちまも、あつたものに非ず。首相は（略）詩をものにし、俳句をものし、あらゆる芸術の美を解し給ふ也。（略）首相は、久しく仏国にありて、仏国の文学を味はへるより、我が日本の有様をも知らむとす、我が小説家たるものも、親しく侯に接して叩く所あらば、自ら益する所少からざるべし」と述べて、すこぶるさばけた開明的態度で招宴に応じている。

保守派の政権、第二次桂内閣（一九〇八年七月一四日～一一年八月二五日）の小松原文相は、文芸行政――といっても風俗壊乱小説、すなわち当時台頭してきた自然主義小説の駆逐策だが――に関して、従来の強権的発売禁止といった鞭のみでは到底効果あがらずと見て、文芸顕彰のための機関、文芸院（文芸委員会）などという、なんとなく口当たりのよい、飴に相当する制度の設立を、鷗外などの建議もあって、泥縄式に企てた。その第一歩として、西園寺の私的な文士招宴に対抗するかのように文相による公的な文士招待会が、**一九〇九**（明治四二）年一月一九日夜、文相官邸で開かれた。招待を受けた文士は、上田万年　森鷗外　夏目漱石　幸田露伴　巌谷小波　芳賀矢一*　島村抱月*　上田敏*　塚原渋柿園の九名であった。西園寺の会を欠席した逍遙は今回も欠席、筋を通したが、漱石は今回は出席している。

▼西園寺の会と小松原の会との違いは、前者は藤村、秋声、花袋ら自然主義の作家た

ちが多かったのに、後者はこうした新しい文学の旗手たちをことごとく排除している点である。文相による文士招宴に関する小松原文相談（『報知新聞』一九〇九年一月一七日）に、「近来小説の流行頗る盛んに」して「青年の気風品性の上に及ぼす影響は重大」、「健全なる小説を多からしめ」、「不健全の小説は排除すべき」だとその本音が吐露されている。

文相による文士招待会の顔触れの異変に気付き早速、クレームを付けた文士がいた。孤蝶の「文士招待会を評す」（『東京毎日新聞』一九〇九年一月二三、二四日）に、「文士招待会の文士の顔振《ママ》れを見ると何だか文部省が自然主義の文士を排斥したい為めに選んだ役割のやうに思はれる」とある。桂月も「小松原文相に就て」（『中央公論』一九〇九年三月一日）の中で、「文部省は、文芸院の名の下に、毒にならぬ連中を集めて、今の新気風の横溢を取り締まらむとする乎。（略）自然の名の下に勃興せる新文学を鎮圧せむとするなりと言はれても、それは、邪推なりとすましても居られざるべし」と述べて、文相の偏った文士招待会をきびしく批判している。

戦後、東京戦犯裁判のキーナン検事局長が、「日本におけるデモクラシーの最初の指導者は、故西園寺公望公だったと信じている」と述べたという。青年時、フランス留学一〇年、ルソー以来の共和主義思想を学び、内外の文学にも通じていたリベラリスト、西園寺の招宴を漱石は蹴った。鷗外の「ヰタ・セクスアリス」や荷風の「ふらんす物語」などを次々と発禁にした小松原英太郎文相、平田東助内相を、与謝野晶子は「英太郎東助といふ大臣は文学を知らずあはれなるかな」（『東京毎日新聞』一九〇九年一〇月一五日）と名指しで罵倒した。その小松原文相の招宴会に漱石はフロックコートも麗々しく出席している。漱石の心境は頗るわかり辛いといわざるを得ない。

▼酒に溺れ、原稿が滞り、一九〇六（明治三九）年、博文館を追われた桂月はやがて文壇を離れ、貧窮にも屈せず、詩酒の天地を楽しみ、日本全国、朝鮮、中国東北地方を巡遊。「山水開眼の行者」と称され、多くの紀行文を残した。一九二五（大正一四）年六月一〇日、熱愛の地十和田湖畔蔦温泉で没。五六歳。『桂月全集』全一二巻別巻一がある。

**〔参考文献〕**高橋正「桂月と漱石」『日本文学研究』一三号、一九七五年一二月二五日。／高橋正「夏目漱石と西園寺公望―招宴辞退をめぐって―」高大『国語教育』三二号、一九八四年一二月三一日。／高橋正『評伝　大町桂月』高知市民図書館、一九九一年三月三一日。／高橋正『西園寺公望と明治の文人たち』不二出版、二〇〇二年一月三〇日。／高橋正「大逆事件前・後の荒涼たる文壇風景」『日本文学研究』四八号、二〇一一年六月三〇日。

〔高橋　正〕

# ■国木田　独歩

くにきだ・どっぽ

『明治文学全集』66「国木田独歩集」一九〇六年撮影。

**一八七一（明治四）年陰暦七月一五日～一九〇八（明治四一）年六月二三日。小説家・詩人・ジャーナリスト。漱石は独歩の「巡査」などを読んで、写生文的な低徊趣味があるという意味で面白いと評価したが、独歩は漱石を全く別な世界の人として拒絶した。**

父・国木田貞臣（専八）と母・まんの長男として下総国銚子（現・千葉県銚子市）に生まれた（出生について諸説があるが、未解決）。本名は哲夫（幼名亀吉）。父方の祖は淡路国洲本出身、脇坂氏譜代の家臣であった。父は播磨国龍野藩士、一八七五（明治八）年以後司法省官吏として山口・広島地方の裁判所等に勤務（一時判事補）した。父の転勤に伴って、独歩は各地に移住した。

▼一八七四（明治七）年父に呼び寄せられ、銚子から上京した。

▼一八七八（明治一一）年錦見小学校（現・岩国小学校）に入学した。八三年、錦見小学校を退学し、今道小学校（現・白石小学校）に転校する。

▼一八八五（明治一八）年山口中学校に入学した。八七年、山口中学校学制改革のため退学、単身上京し、神田の某法律学校に通学した。

▼一八八八（明治二一）年五月、東京専門学校（現・早稲田大学）英学部（後の英語普通科）に入学した。八九年一二月、『女学雑誌』に論文を発表したのを皮切りに、在学中、『文壇』・『早稲田評論』・『攻文会文集』に論文等を発表した。九〇年九月、英語政治科に入学した。九一年一月麹町区一番町教会（後の富士見教会）で牧師植村正久により受洗した。同月、『文壇』の編集理事となり、寄書部雑録欄を担当した。二月、東京専門学校長更迭運動に関係したが、成功せず、三月退学し、山口県熊毛郡麻郷村に帰郷した。八月、『国民新聞』に初めて「吉田松陰及び長州先輩に関して」を投稿し、以後、時々投稿するようになった。一〇月、隣村田布施《たぶせ》村に波野英学塾を開いた（翌年二月閉鎖）。

▼一八九二（明治二五）年六月弟収二を伴って、再び上京した。七月頃から『青年文学』の編集を手伝い、寄稿もした。一一月から『家庭雑誌』にも投稿し始めた。

▼一八九三（明治二六）年二月、手記「欺かざるの記」を書き始めた（～九七年五月。死後、一九〇八年、〇九年公刊）。同月、自由党の機関紙『自由』の記者となった（～四月）。一〇月、矢野文雄（龍渓）の推薦で鶴谷学館の教員となり、大分県佐伯町（現・佐伯市）に赴任した。後年『独歩小品』に収められる作品もこの年執筆された。

▼一八九四（明治二七）年七月鶴谷学館を退職し、両親の元に帰った。九月、上京し、国民新聞社に入社した。一〇月、日清戦争海軍従軍記者となり、軍艦千代田に乗艦し、通信文を『国民新聞』に載せた（～翌年三月。死後、一九〇八年『愛弟通信』として刊行）。

▼一八九五（明治二八）年四月『国民之友』の編集に従事した。八月、六月に知り合った佐々城《ささき》信子との交際が深まり、新体詩「独歩吟」が詠まれ始めた。九月、北海道移住を考えて、空知川まで行った。一〇月、『国民之友』の編集を止め、少年伝記叢書の執筆を企画した。一一月、佐々城信

子と結婚式を挙げるが、翌年四月、離婚に至った。九六年一月、少年伝記叢書第一巻を刊行し、九七年二月までに五巻三号外を出した。一二月、国民新聞社に再入社して、議会筆記を担当した（翌年三月頃から遠ざかる）。

▼一八九七（明治三〇）年一月～一一月『婦人新報』に遠山雪子の筆名で殆ど毎号寄稿した。四月、宮崎湖処子編合同詩集『抒情詩』に「独歩吟」の総題で新体詩が発表された。一一月の『青葉集』、九八年一月の『山高水長』にも新体詩が収載された。一九〇八年七月一五日、漱石は「新体詩なんかを書いて居た当時、独歩氏の姓名だけは知つて居た」と述べている（「独歩氏の作に低徊趣味あり」『新潮』）。八月、「たき火」を『反省雑誌』に、「源叔父」を『文芸倶楽部』に発表した（以後、折々『反省雑誌』・『文芸倶楽部』に作品を発表）。九八年八月、『国民之友』・『家庭雑誌』が廃刊となった。同月、亡榎本正忠長女治（子）と結婚した。

▼一八九九（明治三二）年春、報知新聞社に入社した（～翌年四月）。九月「無窮」が『萬朝報』の懸賞小説に一等で当選した。一一月、『活文壇』に作品を発表した。この年刊行された美文集『花月天地』・『天空海闊』・『花月集』・『紅葉青山』・『江山烟雲』等に作品が再録された。

▼一九〇〇（明治三三）年二月「驟雨」が『萬朝報』の懸賞小説に一等で当選した。六月、『中学世界』に作品を発表し始めた（～〇三年）。八月、『太平洋』に作品を発表し始めた（～〇二年）。一〇月、『太陽』に作品を発表し始めた（～〇七年）。一二月末、星亭《ほしとおる》の民声新報社に編集長として入社した。

▼一九〇一（明治三四）年一月『民声新報』を発刊した。三月、第一小説集『武蔵野』が刊行された。五月、『新小説』に作品を発表した。六月、星亭が暗殺され、間もなく民声新報社を退社した。九月、『明星』に作品を発表し始めた（～翌年三月）。一一月、『家庭文学』を創刊した（～三号）。『小天地』に作品を発表し始めた（～翌年）。

▼〇二年二月～四月『小柴舟』に作品を発表した。四月、「紅葉山人」を『現代百人豪』に発表した。六月、『やまびこ』に作品を発表した。七月、『教育界』に作品を発表し始めた（～〇四年）。八月、『青年界』に作品を発表し始めた（～翌年）。九月、『女学世界』に作品を発表した。また、『文芸界』に作品を発表し始めた（～翌年）。一一月、『婦人界』に作品を発表し始めた（～〇四年）。一二月、矢野龍渓に招かれ、敬業社に入社した。

▼一九〇三（明治三六）年一～一二月『軍事界』・『山比古』に作品を発表した。三月、敬業社より『東洋画報』を創刊した（編集者独歩）。また、『中等教育』に作品を発表した。八月、『少年界』に作品を発表した。九月、『東洋画報』を『近事画報』と改題した。一〇月、『新著文芸』に作品を発表した。

▼〇四年一月、『新声』に作品を発表し始めた（～〇六年）。五月、『戦争文学』に作品を発表した。〇五年五月近事画報社より『新古文林』を発刊した（編集者独歩）。七月、近事画報社より『婦人画報』を発刊した。同月、第二小説集『独歩集』が刊行された。漱石は、『独歩集』について、寺田寅*彦が非常に褒めるので、読みたいと思って求めたが、入手できず、結局読まずじまいになった、しかし、その後、「雑誌に出たのを時々読ん」だとも述べている（「独歩氏の作に低徊趣味あり」）。九月、近事画報社より『少年知識画報』・『少女知識画報』を発刊した。

▼〇六年一月近事画報社より『美観画報』

を発刊した。二月、近事画報社より『富源案内』・『実業画報』を発刊した。三月、『遊楽雑誌』を発刊した。第三小説集『運命』が刊行された。漱石は早速読んだが、全部読んだのではなく、「其中の三四篇しか読んで居らぬ。」と述べている。その一、「運命論者」は「千人中只一人あるか無いかと云ふやうな、最も珍らしい事件を借り、其事件に依つて、人生の或る物を言ひ現はさうとした」もので、「スチユエーシヨン、即ち主人公の境遇及び所為に、ロマンチツク、エーアを帯びて居る其事が面白い」と評している。次に「巡査」は、「或る一人の巡査を捉へて其巡査の動作行動を描き、巡査なる人は斯う云ふ人であつたと云ふ、其所が面白い。即ち低徊趣味なる意味に於て、『巡査』を面白く読んだ」と評している。「酒中日記」は「人は褒めて居たやうだが」、「不自然な所が多い為めに、読みながら感興が乗らなかつた」と述べている。最後に、「竹の木戸」は「悪いとは思はぬ」が、「あのお源とか云ふ女が、終りに首をくゝるのは不自然だと思ふ。却つて殺さない方が自然である。若し殺すなら、今少し緊張さして殺した方がよからう。（「独歩氏の作に低徊趣味あり」）」、「其死ぬのを読んで見ると世の中が悲惨なものだといふ感じは起るが、それが為め可憫だといふ感じは起らない。（「近作小説二三に就て」）」などと評している。六月、『早稲田文学』・『中央公論』に作品を発表し始め、没年に及んだ。同月、独歩社を興し、近事画報社の諸雑誌の刊行を引きついだ。八月、『文章世界』に作品を発表し、没年に及んだ。一二月、『世界的青年』に作品を発表した。

▼一九〇七（明治四〇）年三月『趣味』に作品を発表し、没後まで及んだ。四月、独歩社が破産した。『新古文林』は廃刊とし、その他の諸雑誌は龍渓に返還した。『ハガキ文学』に作品を発表した。五月、第四小説集『濤声』が刊行された。七～一〇月、新聞『日本』に寄稿した。

▼一九〇八（明治四一）年一月『読売新聞』に寄稿し、没後まで記事が掲載された。二月、神奈川県茅ヶ崎の南湖院に入院した。六月二三日、喀血の後、南湖院で死去した。享年三六。先妻ノブ（佐々城信子）との間にウラ（佐々城浦子）、後妻治との間に貞、虎雄、みどり、ふみ、哲二の二男三女があった。

▼死後七月、『病床録』が刊行された。漱石について、「近頃その近時小説観を読む。泣けざる小説の多きを惜しむもの、如し。然しこれ全然根柢が違ふのなり。余等は這の人生に驚き畏み恐れこそすれ、泣かんとはせじ。又真に一度も泣きたる事なし。或は泣き、或は笑ふ、さまで自己を人生の圏外に外して冷かなる能はず。然らずや。小説に泣くは快し、されど今の世は泣く以上に恐し、畏し。風葉が嘗て漱石を評して、全く別な世界の人と云ひたるは、誠に吾意を得たり。」、「漱石の批評は感情を智の器に盛る。」という評がある。

　漱石は独歩の作品に写生文的な味わいのあるものを見出し、通じるものを認めたようだが、独歩は「全く別な世界の人」としか見ていなかった。

〔**参考文献**〕『定本国木田独歩全集』学習研究社、一九六四年七月一日～一九六七年九月一〇日。／日本近代文学大系『国木田独歩集』角川書店、一九六七年六月一〇日。

〔橋口晋作〕

# ■栗原　古城

くりはら・こじょう

鏡味國彦『古城栗原元吉の足跡：漱石・敏・啄木、及び英国を中心とした西洋の作家との関連について』文化書房博文社。一九六七年ごろ撮影。

**一八八二**（明治一五）**年九月一七日〜一九六九**（昭和四四）**年六月一七日。評論家・翻訳家・英文学者。東京帝国大学で漱石の英文学講義に啓発された教え子。**

埼玉県大宮生まれ。本名、元吉《もときち》。

高等師範学校付属中学校在学中に、当時、付属で教師をしていた平田喜一（禿木）から薫陶を受け、漱石の名前を知らされる。第一高等学校入学後、同級生に*森田草平・*生田長江らがいた。一九〇二（明治三五）年、第一高等学校在学中に新詩社の『明星』一二月号に「世のをはり」と題してツルゲーネフ TypreHeB の短篇訳を発表。古城の雅号を使い、まだ二〇歳だった。

**▼一九〇三**（明治三六）年、東京帝国大学文科大学英文学科入学。赴任していた漱石から在学中に聞いた講義は、「文学論」「シェイクスピア講読」「一八世紀英文学」だった。中でも「文学論」は、漱石のロンドン留学中の研究成果を講義したので、難解を極めた。栗原は、この講義を「漱石先生の思い出」（『英語青年』一九六六年七月）で、次のように回想している。「「文学論」は先生が倫敦《ロンドン》在学中、文学の本体を突きとめる所存で真剣に体当たりされた成果ということで、今日一冊にまとめられたものを拝見すると、首肯すべき卓説高論に満ちているが、私共初年生にはまことに取付き悪く、文学の講義よりはむしろ心理学や哲学の理論をきくようで、それを説く先生も生真面目で、難かしい顔をしながら笑談一つ飛ばさず、何辺まで行っても緻密な議論を醇々とつづけられるので、……熱心な少数の学生はあったけれども、ただ生意気で飛び上り者だった私は、御多分に漏れず、最初の二、三回きりであとは殆んど出席しなかった」。他の受講者も同様のことを回想している。

ただ、「シェイクスピア講読」の方は人気の的で、前掲文によると「その教場は二〇番教室という法文科本館二階の最大の室であったが法科や其他の学生がわんさと押し寄せて来て、少し遅れると最早立錐の地も無く前からノートを置いて占領してある有様で、必修科目になっている吾々英文科の学生も間々入場出来ないほどの大入り満員だった」。栗原の在学中に、多大な関心を呼び起こしたシェイクスピアの作品の中で漱石が取り上げたのは、「マクベス」「リア王」「テンペスト」「ハムレット」の四編だった。その講義の様子を更に「何分聴衆が大勢なので、先生は終始自分で朗読しながら順次口訳をして行き、その間に自分の感想を交えて独特の批評を挟まれ、必要な場合には随分詳密に外人の説を引用したものであるが、それには必ず自家の意見を付することを忘れず、何処までも東洋人、殊に日本人として果してそれをどう見るかということを強調せられた。（中略）夏目先生は声色《こわいろ》めいた口調も身振りも無論なかったし、ただ淡々と平静に述べられるだけだが、その流暢にして上品な、而も、気取らない率直な江戸弁は、時に適切な比喩を挟み、滑稽な皮肉を交えて、快く私共の全幅の注意を捕捉し去ったのである」。

大学では、上田*敏の薫陶も受けた。

**▼〇五**年三月四日付野間真綱宛漱石書簡で

は、「柳村（上田敏）宅で文士会合の節白鳥*来り候よし　栗原古城といふ先生も其席上にありし由白鳥をひやかしたかどうだかあやしきもの也」とあり、漱石の書簡に栗原の名が初めて出る。

**〇五**年一一月一一日、古城（栗原か）と天風（不詳）の二人が漱石宅に来て、「文科大学助教授文学士　小沢平吾」という名刺を振り回して、雑誌『神泉』に関係すると言い、多額の絵を騙《だま》し盗られた話をした。内*田魯庵から、小沢はたいへんな詐欺師だから注意せよ、との情報があった。古城は偽物の絵をだまし盗られたのであろうか。

『明星』に、ツルゲーネフ・モーパッサン Maupassant・ゴリキー Горький などの美文調訳を英語からの重訳で発表。その後も続けて『明星』の「海外詩壇」に連載し、当時の日本で知られていなかった、オスカー・ワイルド Wilde, Oscar、イェイツ Yeats, William Butler などイギリスを中心としたヨーロッパ文学を紹介していった。『明星』を通して與謝野鐵幹・晶子、石川啄木*らとの交友が広がっていった。

▼**一九〇六**（明治三九）年四月、漱石に、政治家末松謙澄著『夏の夢　日本の面影』（*A Fantasy for Japan, or Summer Dialogues*, 1905）の日本語訳文を美文調に訳してもらいたいという仕事が舞い込んで来た。英文科学生に内職として人選を頼まれ、結局、栗原と森田草平*が引き受けることになった（四月二七日付栗原元吉宛漱石書簡）。五月五日付森田草平宛漱石書簡では、「末松さんより上手な文章家を周旋してくれといふなら教へてやると威張つた結果とう〱君と栗原君の所へ持つて行く事になつた。原稿料が高いつて本屋抔に嬉しい顔を見せてはいけない。壱円五十銭ではいやだが夏目からたのまれて仕方がないからやつてやると云ふ様な顔付をして少々本屋を恐れ入らせてやるがいゝと思ふ。」と出版社に対する作戦を伝授している。この書は、日露戦争当時、イギリスで出版され、日本をイギリスに紹介するのに役立ったという。栗原と森田は翻訳の仕事を世話してくれた漱石に謝礼として一〇円を渡そうとしたが、漱石はそれを最後まで受け取らなかった。

**〇六**年七月まで、漱石の講義を直接受け、東京帝大卒業。大学卒業の頃から『芸苑』『帝国文学』等に文学評論を発表。

▼**〇九**（明治四二）年、漱石の「一八世紀英文学」講義ノートは『文學評論』（春陽堂、一九〇九年）にまとめられる。内容は、イギリスの一八世紀文学で、アディスン・ポープ・スウィフト・デフォーを主として扱っている。学生時代の栗原は、これらに関する漱石の講義に深い感銘を受けていた。栗原はこの書の読後感を漱石に書き送るが、同年五月二三日に次の返信を受け取る。「拝啓大兄はわざ〱文學評論を買つて御よみ被下候由感謝致候「三四郎」出来につき一部進呈仕候　草々」。

**〇九**年五月二七日の漱石日記には、「来信　栗原元吉」とあるが、多分、漱石から『三四郎』（春陽堂。五月一六日発行）を贈られた、お礼の手紙であろう。

その後も、栗原は『文學評論』を高く評価し、次の文章を発表している。「夏目先生が最も英文学者としての真骨頭《（ママ）》を世間に示された著述として、私は英国一八世紀の「文學評論」を絶賛し度い。これこそは日本人の頭脳が生んだ真の特色ある名篇で、今後は無論これ以上のものも出るかも知れぬが、今迄のところでは真に空前と称して差支えない傑作である。これもまた私の在学中講義として先生から大部分を承わったものだが、この調子で更に一七世紀に泝《さかのぼ》り、一九世紀に降って英文学の歴史を執筆されたら、さぞかし日本の誇りとして一大名篇を残したろうと思う」（「漱石先生の思い出」『英語青年』一九六六年七月一日）。
栗原は大学卒業後も「あるいは繁げく、あるいは時々、先生の千駄木、西片町、早稲田南町の御宅へ出入りしてお世話に相成って」（同上）と回想している。
▼一〇年七月一九日、胃潰瘍で長与胃腸病院に入院した漱石を見舞いに行った。晩食を一緒に食べて、午後九時ごろまで話した。漱石に平田禿木（高等師範附属中学時代の恩師）の弟が死んだ話をした（漱石日記）。
漱石は同年八月二日付書簡で「病中は御多忙中御見舞難有候漸く軽快にて退院の許可を得候御礼と御報をかねて右不取敢申上候　草々」と返礼している。
一〇年一二月四日も入院中の漱石を見舞った（漱石日記）。
▼一六（大正五）年、翻訳書、メーテルリンク Materlinck, Maurice『死後は如何』（玄黄社）刊。
▼一七年、翻訳書、カーライル Carlyle, Thomas『衣装の哲学』（岩波書店）、『ラスキン叢書全五巻』（同年から七年、玄黄社）刊。
▼二一年、東京女子大学講師。以降、実践女学校専門部、第二次大戦後は、東洋大学、立正大学文学部教授を歴任。大正期以降に翻訳したカーライル・ラスキン・ギッシング・メーテルリンクなどは多くの読者に迎えられた。
▼一九六九（昭和四四）年六月一七日、永眠。八六歳。
英文学の先達である漱石から、栗原が学んだのは、日本人としての文学の理解にたって、イギリス文学を読む方法であった。
〔**参考文献**〕鏡味國彦「古城栗原元吉の足跡」『立正大学文学部研究紀要』第八号、一九九二年三月。

〔坂本正博〕

## ■小泉　八雲

こいずみ・やくも

『国文学　解釈と鑑賞』「熊本時代のハーン」一九九一年一月。

**一八五〇（嘉永三）年六月二七日〜一九〇四（明治三七）年九月二六日。**

**随筆家。批評家。外国人教師。ジャーナリスト。漱石の五高・東大の前任者。漱石は東大英文科のハーン留任運動の余波で複雑な思いを余儀なくさせられていたが、作家・英文学教師としては敬意を感じていた。**

父・チャールズ・ブッシュ・ハーンと母ローザ・アントニオ・カシマチの次男として、ギリシアのサンタ・モウラ島（現・レフカス島）リュカディア（現・レフカダ）に生まれた。命名はパトリキオ・レフカディオス・ハーン。父は英国ノーサンバランド州フォードの城主を遠祖とし、当時ギリシア駐在の第四五ノッティンガム歩兵連隊の軍医補であった。ギリシアの後、英領西インド諸島のドミニカ・グラナダに駐在、英国第一歩兵連隊に配属されてクリミア戦争に参加、ダブリンに帰還後、インドに渡って行った。一八五二年八月、母と共にダブリン市のハーン家に引き取られた。五四（安政二）年初夏、母が実家のあるセリゴ島に帰り、ダブリン郊外ラスマインズの大叔母ブレナンのもとで生活した。五七年、父が母と離婚し、七月、アリシア・ゴスリンと再婚した（母も郷里で再婚）。

▼一八六三（文久三）年、ハーンは最初フランスの学校に送られたという。九月、ダラム市近郊ウショーの聖カスバート校に入学した。聖職教育を目的とした学校であった。六六年、ジャイアンツ・ストライドというゲーム中、飛んで来たロープで左眼を打って、失明した。六七年、大叔母ブレナンが破産し、学期中途で退学した。退学後、フランスの寄宿学校にいた可能性がある。

▼一八六九（明治二）年初夏の頃、イギリスのリバプール港から移民船に乗って、ニューヨークに渡った。ニューヨークでは金無しの生活を味わった。数日後、移民列車でシンシナティに行った。数ヶ月経った頃、印刷屋ヘンリー・ワトキンを知り、下働きの仕事をしながら、公立図書館に通って本を読み、物語を書いて、『ボストン・インベスティゲイター』などに投稿した。七〇年頃、牧師トマス・ヴィカーズの私的秘書としてフランス語の翻訳に従事した。ヴィカーズのスケッチを添えた奔放な散文詩が現存する最初期の未公開原稿である。七一年、印刷所の通信係となった。

▼一八七二（明治五）年初め『シンシナティ・トレイド・リスト』誌の共同所有者兼編集者レオナード・バーニー大尉の編集助手となった。夏頃、ロバート・クラークの経営する出版社の植字工兼校正係となった。一一月、『シンシナティ・インクワイヤラー』紙の主筆ジョン・A・コッカレルを訪ねて、同紙の有力な寄稿者となった。七三年九月以降、不定期的ではあるが、文学の新刊書評、美術の展覧会評を書くようになった。

▼七四年の初め頃インクワイヤラー社の正式社員となり、ロバート・クラークの出版社の校正係を辞めた。また、フランス文学の翻訳に没頭した。三月、有名な挿絵画家H・F・ファーニーとの交際が始まり、六月、ファーニーと週刊雑誌『イ・ジグランプス』を創刊して、そのコラム記事を担当した。一一月、タン・ヤード事件に取材して、センセーションを巻き起こし、記者としての名声を得た。

▼七五年、アルシア・フォリーと同棲生活を始めたが、数ヶ月で破綻した。七月、インクワイヤラー社を退職した。八月、『シンシナティ・コマーシャル』紙に寄稿を始め、一二月から翌年三月までの間に正規の記者になった。担当は日曜版の特集記事が中心であった。

▼七七年、市立商業図書館に籠もって、ゴーチェの物語の翻訳を始めた。一〇月、コマーシャル社を退職して、町を出た。コマーシャル紙の特派員として書簡体記事を送る約束をし、メンフィスを経由して、ニューオリンズに向かった。一一月、『コマーシャル』紙に次々とニューオリンズ便りを送るが、報酬が送られて来ず、生活に窮する。一二月、ワトキンに依頼して報酬を得、漸く安定した生活が営めるようになった。

▼一八七八（明治一一）年ニューオリンズの通信記事、東洋や西欧の物語の翻訳、創作等に励んでいたが、コマーシャル社は財政危機で稿料が遅滞した。四月、コマーシャ

ル紙の通信員を辞めた。六月、ニューオリンズ・アイテム社の副編集者となって、生活の安定と自由な時間を得た。
▼七九年、新聞記事の執筆を通して、文学活動を試みた。スケッチ風の記事によるシリーズが紙面に登場した。読書の連載コラムも設けて、市の文学界の中心的存在になって行った。シンシナティでのフランス文学関係書の収集から始まった奇書収集もここで急速に広まった。八〇年、社会問題に積極的な発言をし、最も政治的な関心をもった年となった。五月以後『アイテム』紙の外に『デモクラット』紙にも投稿を始めた。
▼一八八一（明治一四）年一二月、『タイムズ』紙と『デモクラット』紙が合併して出来た『タイムズ・デモクラット』紙の文芸部長となり、日曜版を中心に執筆することになった。
▼八二年、東洋関係の神話や文学に関心を集中させるようになった。四月上旬、R・ワシントン社からゴーチェの翻訳『クレオパトラの一夜とその他幻想的物語集』を刊行したが、評判は期待したほどではなかった。
▼一八八三（明治一六）年二月『ハーパーズ・マンスリー』誌の取材記事のために、海洋画家J・O・ダヴィッドソンとマレー人の漁村を探訪した。ハーパー社との関係が始まった。
▼一八八四（明治一七）年六月、再話文学集『飛花落葉集』をオズグッド社から刊行した。八月末、グランド島で避暑生活を送った。
▼一八八五（明治一八）年一〜三月、万国産業綿花博覧会の記事をハーパー社のために執筆した。日本館の展示品が興味を引き、医学者高峰譲吉や日本政府派遣員服部一三と知り合った。四〜五月、フロリダに旅行した。四月、コールマン社から『ゴンボ・ゼーブス—クレオール俚諺小辞典』・『クレオールの料理』・『ニューオリンズおよび周辺の歴史スケッチと案内』を出版した。
▼一八八六（明治一九）年七月グランド島で休暇を取り、『チタ』の原稿を書いた。
▼一八八七（明治二〇）年二月ロバーツ兄弟社から再話文学集『中国怪談集』を出版した。五月タイムズ・デモクラット社を退社した。七月、西インド諸島への旅行に出発し、九月、ニューヨークに着いた。以後、執筆活動を続けながら、所々を転々とした。
▼一八八九（明治二二）年アメリカ合衆国に帰国した。九月、小説『チタ—ラスト島の思い出』をハーパー社から出版した。一一月、『ハーパーズ・マンスリー』誌の美術主任記者W・パットンと日本の美術と文学について語り合った。バジル・ホール・チェンバレンの著書に初めて触れた。チェンバレンは来日以後のハーンの大恩人となった。パットンと日本行きを計画した。
▼一八九〇（明治二三）年一月下旬A・フランスの翻訳『シルヴェストル・ボナールの犯罪』をハーパー社から出版した。二月、日本旅行記を『ハーパーズ・マンスリー』に寄稿するという契約をハーパー社と結んだ。三月、『仏領西インドの二年間』をハーパー社から出版した。バンクーバーを出航し、四月横浜に入港した。この月末から五月上旬の間にハーパー社と解約した。五月、ハーパー社から小説『ユーマ』が出版された。七月、島根県尋常中学校及び師範学校の英語教師を務める契約を結んだ。八月、『山陰新聞』にハーンが着任することが掲載され、以後、折々ハーンの動静が報じられた。九月、出雲大社へ旅行した。
▼一八九一（明治二四）年一月下旬から二月上旬の間に小泉セツと同棲を始めた。五

月、『日本旅行案内』（第三版）がマレー社・ケリー・アンド・ウォルシュ社から、また、『日本事物誌』（第二版）がケイガン・ポール社・ケリー・アンド・ウォルシュ社から刊行された。八月、セツと伯耆方面への漫遊旅行をした。一一月、チェンバレンの周旋で熊本の第五高等中学校の英語教師となった。

▼**一八九二**（明治二五）年四月セツと博多に旅行した。七月、セツと博多、京都、隠岐に旅行した。一二月、『日本旅行案内』（第四版）が出版された。

▼**一八九四**（明治二七）年七月単身東京に旅行した。九月、『知られざる日本の面影』がホートン・ミフリン社から刊行された。同書第二巻所収の「女の髪」について、漱石は、「閑があれば十八世紀の鬘と云ふ論文を書いたら可からうと思ふ位出て来る。小泉先生の鬘の研究以上の仕事である。」（『文学評論』）と言及している。一〇月、第五高等学校を辞職し、神戸クロニクル社の新聞記者となり、ほぼ毎日論説を書いた。

▼**一八九五**（明治二八）年一月、神戸クロニクル社を辞職した。三月、『東の国から』をホートン・ミフリン社から刊行した。

▼**一八九六**（明治二九）年二月ハーンが小泉八雲と改名、帰化して、入籍した。三月、『心』がホートン・ミフリン社から刊行された。八月、帝国大学文科大学講師に就任した。漱石は「三四郎」（三の三）で、「死んだ小泉八雲先生は教員控室へ這入るのが嫌で講義が済むといつでも此周囲をぐる〳〵廻つてあるいたんだと、恰も小泉先生に教はつた様な事を云つた。何故控室へ這入らなかつたのだらうかと三四郎が尋ねたら、『そりや当り前ださ。第一彼等の講義を聞いても解るぢやないか。話せるものは一人もゐやしない』と手痛い事を平気で云つたには三四郎も驚ろいた。」と、文科大学講師時代の逸話を描き込んでいる。

▼**一八九七**（明治三〇）年九月、『仏の畑の落穂』をホートン・ミフリン社から刊行した。一八九八（明治三一）年一二月、『異国風物と回想』をリトル・ブラウン社から刊行した。一八九九（明治三二）年四月、ゴーチエの翻訳『クラリモンド』をブレンターノ社から刊行した。九月、『霊の日本』をリトル・ブラウン社から刊行した。

▼**一九〇〇**（明治三三）年七月、『明暗』をリトル・ブラウン社から刊行した。一九〇一（明治三四）年一〇月、『日本雑記』をリトル・ブラウン社から刊行した。一九〇二（明治三五）年一〇月、『骨董』をマクミラン社から刊行した。

▼**一九〇三**（明治三六）年一月文科大学長*井上哲次郎名で解雇通知が届けられた。二～三月、英文科の学生が留任運動を起こして、大学と対立した。三月三一日、東京大学講師を辞任した。四月から漱石がその後任の講師となった。八雲は帝国大学講師に就任する時、学長外山正一に「学究的方法で英文学を教えることはできない。私は進化論的工夫によって、歴史的に、感情的に教えることとならできましょう。」と言ったと伝えられ（濱川博『風狂の詩人小泉八雲』所載「小泉八雲年譜」渡辺沢身作成）、詩情豊かな講義であったそうだが、漱石の「英文学概説」などは対照的に語学に厳密で、理論的な内容のため、学生に不人気であった。「とにかく二代目小泉にもなれさうもないスキフトにもなれさうにない」（〇四年一二月一九日付*野間真綱宛葉書）と、後々まで前任者のことが気になり続けた。

▼**一九〇四**（明治三七）年四月『怪談』がホートン・ミフリン社から刊行された。漱石は、年末、野間真綱に渡すように言って預けられた洋書で通読した（〇五年一月一日付野間宛書簡）。漱石の「吾輩は猫である」六に

迷亭が「僕のも大分神秘的で、故小泉八雲先生に話したら非常に受けるのだが、惜い事に先生は永眠されたから、実の所話す張合もないんだが、折角だから打ち開けるよ。」と前置きして、彼の蛇飯を食べさせられた宿の高島田の娘への失恋が語られている。五月、早稲田大学の講師となる。九月、『日本──一つの試論』をマクミラン社から刊行した。一九日、心臓の発作が起こり、遺書を記した。二六日午後八時、再び心臓発作が起こり、間もなく永眠した。享年五四。セツとの間に一雄、巌、清、寿々子の三男一女があった。

死後も一九〇五（明治三八）年一〇月、ホートン・ミフリン社から刊行された『天の川綺譚その他』を始めとして遺著が刊行された。

『知られざる日本の面影』「怪談」の言葉と「夢十夜」第三夜（一九〇八年七月二八日、『東京・大阪朝日新聞』）の最後にある「『御前がおれを殺したのは今から丁度百年前だね』自分は此の言葉を聞くや否や、今から百年前文化五年の辰年のこんな闇の晩に、此の杉の根で、一人の盲目を殺したと云ふ自覚が、忽然として頭の中に起つた。」とが類似し、八雲の影響が考えられている。

▼**一九一三**（大正二）年一月、前月刊行された大谷繞石*の『滞英二年案山子日記』を寄贈された漱石は、そこに「此書を恩師故小泉八雲（ラフカヂオ、ヘルン）先生の霊に捧ぐ」という献辞があるのを見て、「巻頭の小泉先生へのデヂケーションは甚だ結構に候いまだ日本の著書にて八雲先生に捧げたものは一つも無之大いに嬉しく存候。」（一〇日付書簡）と讃えている。漱石は、「散文の大家として有名な人」として小泉八雲を挙げて（「テニソンに就て」）、英文学教師としても、作家としても八雲を高く評価していたとみられる。

〔**参考文献**〕『ラフカディオ・ハーン著作集』恒文社、一九八〇年七月一〇日〜一九八八年九月三〇日。／『近代文学研究叢書』第七巻「小泉八雲」昭和女子大学、一九五七年一二月一〇日。

〔橋口晋作〕

## ■幸田 露伴

こうだ・ろはん

『明治文学の世界・鏡像としての新世紀』柏書房、二〇〇一年刊。

**一八六七**（慶応三）**年七月二三日**（一説に二六日）**〜一九四七**（昭和二二）**年七月三〇日。**

**小説家。児童文学者。考証家。随筆家。直接的交渉はないが、漱石の「幻影の盾」は露伴の「風流仏」の結末部を踏まえ、西欧中世化したものと考えられる。**

父・幸田成延と母・猷《ゆう》の第四子として江戸下谷三枚橋横町に生まれた。本名は成行。父は代々幕臣でお坊主衆の家であったが、明治維新後、大蔵省の下級官吏となった。

▼一八七五（明治八）年東京師範学校の下等小学（後の東京高等師範学校附属小学校）に入学した。**七九**年、東京府第一中学校（後の府立

一中、現・東京都立日比谷高等学校）に入学した。正則科に三月、漱石が入学したが、互いに言及はない。八〇年、府第一中学校を退学した。湯島の東京図書館に通い、淡島寒月を知った。八一年七月、銀座の東京英学校（後の青山学院）に入学したが、翌年、退学した。

▼一八八三（明治一六）年八月電信修技学校に給費生として入学し、翌年卒業、築地の中央電信局で実務に就いた。八五年七月、北海道後志国余市の電信分局に赴任した。

▼一八八七（明治二〇）年八月、三年間の分局勤務の義務を放棄して余市を脱出し、九月帰京した。淡島寒月に井原西鶴の著作を借り、筆写した。八八年、寒月を介して、*尾崎紅葉と知り合った。八九年一月、『君子と淑女』に寄稿し始めた。二～八月、「露団々」を『都の花』に連載し、以後、同誌に作品を発表した。六月、『読売新聞』に寄稿し始めた。七月～一〇月、「一刹那」を『文庫』に連載した。九月、『風流仏』を『新著百種』第五号として刊行し、出世作となった。一一月、寒月との合作を『小文学』に連載した（～一二月）。一二月、紅葉と共に読売新聞社に入り、翌年にかけて『読売新聞』に盛んに寄稿した。

▼一八九〇（明治二三）年一月『日本之文華』・『少年園』に作品を発表し始めた。三月、『江湖新聞』に寄稿し始めた。五月、『国民之友』・『大阪朝日新聞』に寄稿し始めた。六月、『小説葉末集』を春陽堂から刊行した。八月、「一口剣」を『国民之友』に発表し、『しがらみ草紙』にも寄稿し始めた。九月、『国民新聞』に寄稿し始めた。一一月、『心のかゝみ』に寄稿し始めた。この月、国会新聞社に入社し、以後、『国会』を中心に活動した。一二月、『露団々』を金港堂から刊行した。

▼一八九一（明治二四）年一月「真言秘密聖天様」を『新著百種』第一二号（合著）として刊行した。二月、『辻浄瑠璃』を『国会』に連載した。五～一一月、「いさなとり」を『国会』に連載した。六月、『民権新聞』にも連載を始めた。一〇月、『小説新葉末集』、『七変化』を春陽堂から刊行した。また、『二宮尊徳翁』を博文館から刊行した。一一月～九二年四月、「五重塔」を『国会』に連載した。『いさなとり』を青木嵩山堂から刊行し始めた。

▼九二年一月、『小国民』に寄稿し始めた。五月、『城南評論』に寄稿し始めた。七月、学齢館の少年読物を刊行し始めた。一〇月、『小説尾花集』を青木嵩山堂から刊行した。一二月、『庚寅新誌』に寄稿し始めた。

▼九三年一月～九五年四月、「風流微塵蔵」を『国会』に連載した。この月、『活文字』に論を収めた。三月、楽々会（根岸党）の機関誌『狂言綺語』を編集した。五月、『少年雅賞』に作品を寄せた。九月、翻訳『大氷海』、紀行文集『枕頭山水』を博文館から刊行した。

▼九四年一～二月、『幼年雑誌』に作品を連載した。二月、『幼年立志編』に寄稿した。『日蓮上人』を博文館から刊行した。六月、『有福詩人』を春陽堂から刊行した。八月、『明治文庫』に作品を収めた。九五年一月、『太陽』に寄稿し始めた。一二月、『風流微塵蔵』を青木嵩山堂から刊行し始めた。『国会』が廃刊となった。

▼一八九六（明治二九）年一月『めさまし草』に寄稿し始めた。三月～九八年九月、『めさまし草』の合評「三人冗語」・「雲中語」に参加した。七月、創刊された『新小説』の編集に当たり、寄稿も始めた。一一月、『智徳会雑誌』に寄稿し始めた。一二月、『ひげ男』を博文館から刊行した。

▼九七年一月、『僥倖』を博文館から刊行した。二月、『世界之日本』に寄稿し始め

た。八月、『少年世界』に寄稿し始めた。一二月、『新小説』の編集を辞任した。

▼一八九八（明治三一）年一月『少国民』に寄稿し始めた。二月、博文館の『明治小説文庫』に作品を収めた。三月、『新羽衣物語』を青木嵩山堂から刊行した。六月、『東京日日新聞』に寄稿し始めた。七月、『文芸倶楽部』に寄稿し始めた。八月、『反省雑誌』（九九年、『中央公論』と改題）に寄稿し始めた。九月、『中学世界』に寄稿し始めた。

▼九九年一月、『小萩集』を春陽堂から刊行した。五月、『はるさめ』に作品を収めた。八月、『伊能忠敬』を博文館から刊行した。〇〇年六月、『今世少年』に寄稿し始めた。

▼〇一年一月、合作『三保物語』を青木嵩山堂から、また、合作『雪紛々』を春陽堂から刊行した。九〜一二月、『図書世界』に連載した。随筆集『讕言《らんげん》』を春陽堂から刊行した。一一月、『教育界』に寄稿し始めた。随筆集『長語』を春陽堂から刊行した。

▼〇二年二月、合著『風流微塵蔵後編もつれ糸』を青木嵩山堂から刊行した。三月、『文芸界』に寄稿し始めた。六月、『露伴叢書』が博文館から刊行された。十月、『成功』に寄稿し始めた。

▼〇三年一月、『女学世界』に寄稿し始めた。二月から〇五年にかけて紅葉と共編の『西鶴文粋』を刊行した。三月、『女鑑』に寄稿し始めた。四月、冨山房刊の袖珍名著文庫校訂本を刊行し始めた。六〜一〇月、校訂本『狂言全集』を博文館から刊行した。七月、校訂本『黒韃事略』を国光社から刊行した。九月〜〇五年五月、「天うつ浪」が『読売新聞』に断続連載された。

▼一九〇四（明治三七）年一月『帝国文学』に講演速記が掲載された。三月、『手紙雑誌』に寄稿し始めた。〇五年一月、日本新聞社客員となり、『日本』を中心に活動することになった。『心の花』に寄稿し始めた。長詩『心のあと出廬』を春陽堂から刊行した。九月、『日本農業雑誌』に寄稿し始めた。

▼**〇六**年一月、『天うつ浪』を春陽堂から刊行し始めた。漱石は、「『天うつ浪』の「お龍」「お彤《とう》」なぞの会話は決して自然だとはいはんが、あの階級に丁度適した詞付だ、そうして其階級以外に渉らない処がうまい。」と評している（「近作短評」）。三月、小品随筆集『潮待ち草』を東亜堂書房から刊行した。四月、『卯杖』に寄稿し始めた。五月、『新群書類従』を編集して、刊行し始めた。六月、『探険世界』・『東亜之光』・『趣味』に寄稿し始めた。

▼一九〇七（明治四〇）年一月『文章世界』に寄稿し始めた。四月、『女子文壇』に寄稿し始めた。五月、短篇集『はるさめ集』を東亜堂書房から刊行した。一一月、『女学世界』に寄稿し始めた。随筆集『蝸牛庵夜譚』を春陽堂から刊行した。

▼**〇八**年一月、短篇集『玉かつら』を春陽堂から刊行した。三月、高浜虚子*から借覧を申し込まれた漱石は「玉かづらは最初より無之候。」（一九日付書簡）と返事しているので、購入しなかったと考えられる。この月、『実業少年』に寄稿し始めた。四月、『日本及日本人』に寄稿し始めた。六月、講演の依頼を辞退した漱石は、露伴を加える案を提案した（七日付中村古峡宛書簡）。この月、『小品十種』を成功雑誌社から刊行した。九月、京都帝国大学文科大学講師に就任した。史論『頼朝』を東亜堂書房から刊行した。一〇月、『普通文章論』を博文館から刊行した。

▼〇九年五月、東京音楽学校編『中等唱歌』に作品を収めた。八月、『二葉亭四迷*』

に寄稿した。九月、京都帝国大学講師を辞任するため、京都から帰京した。

▼一九一〇（明治四三）年一月『グラヒック』・『原田先生記念帳』に寄稿した。三月、『俳味』に寄稿し始めた。六月、『新論語』に注を寄せた。

▼一一年一月、『露伴集』を春陽堂から刊行し始めた。二月、『馬琴日記鈔』・『日本文芸叢書』の刊行事業に参加した。文学博士の学位を授与された。漱石も同時に授与の通知があったが、辞退を申し出た。三月、『実業界』に寄稿し始めた。四月、『新日本』に寄稿し始めた。『南総里見八犬伝』を校訂して刊行した。五月、『日の出公論』に寄稿し始め、『織田信長』にも寄稿した。文芸委員会委員を委嘱された。六月、『海の世界』に寄稿し始めた。

▼一二年六月、『実業之世界』に寄稿し始めた。七月、『努力論』を東亜堂書房から刊行した。一一月、『向上』に寄稿し始めた。博文館の『文芸叢書』校訂本を刊行し始めた。一二月、『新婦人』に寄稿し始めた。

▼一三年三月、伝記『日本精英』を聚精堂から刊行した。四月、『新修養』に寄稿し始めた。

▼一四年四月、『修省論』を東亜堂書房から刊行した。五月、『東亜芸術』に寄稿し始めた。七月、『洗心録』を至誠堂書店から刊行した。一二月、『立志立功』を東亜堂書房から刊行した。

▼一九一五（大正四）年七月、『悦楽』を至誠堂書店から刊行した。八月、『淑女画報』に寄稿し始めた。

▼一六年一月、『女の世界』・『をとめ』に寄稿し始めた。四月、『みなおもしろ』に寄稿し始めた。五月、『白露紅露』を春陽堂から刊行した。九月、『同人』に寄稿し始めた。一二月、漱石が死去した。

その後の露伴には、「運命」（一九一九年四月）を最高峰とする史伝、『幻談』（一九四一年八月）に収められた小説、それに一九二〇（大正九）年一〇月から一九四七（昭和二二）年三月までかかった「芭蕉七部集評釈」などがある。

▼露伴が死去したのは一九四七（昭和二二）年七月三〇日であった。享年八〇。先妻幾美子との間に歌、文、成豊の一男二女があり、後妻照子（八代子）との間に子はなかった。

露伴は森鷗外とは親しかったが、漱石との交流はほとんどなく、作家活動の方向も異なっていた。ただ、漱石の初期の作品「幻影の盾」の結末部は、露伴の『風流仏』の結末部を踏まえ、それを西欧中世化したものではないかと考えられる。

〔**参考文献**〕『露伴全集』岩波書店、一九七八年五月一八日〜一九八〇年三月二八日。／橋口晋作「夏目漱石『幻影の盾』と幸田露伴、尾崎紅葉等の文壇出世作」『近代文学論集』第三一号、日本近代文学会九州支部、二〇〇五年一一月五日。／『近代文学研究叢書』第六一巻「幸田露伴」昭和女子大学、一九八八年一〇月五日。

〔橋口晋作〕

# ■坂本　四方太

さかもと・しほうだ

『明治文学全集』57「明治俳人集」一九七五年刊。

**一八七三（明治六）年二月四日〜一九一七（大正六）年五月一六日。俳人、写生文作家。留学帰国後の漱石と『ホトトギス』を通じて、俳句・写生文で交流、四方太は俳句から始めて写生文を創作したが、漱石はその範囲にとどまらなかった。**

父・坂本熊太郎は鳥取藩祐筆。鳥取県岩井郡大谷村（現・岩美町大谷）にその長男として生まれる。本名、四方太《よもた》。俳号は、文泉子、角山人、虎穴生。

▼一八八〇（明治一三）年鳥取市醇風小学校に入学。県立鳥取尋常中学校を経て八八年九月、京都の第三高等中学校補充科入学。学制改革のため九四年九月、仙台の第二高等学校大学予科に入学。三高から第二高等中学校に転校していた*高浜虚子・*河東碧梧桐と出会い、俳句の手ほどきを受ける。この頃のことを四方太は「思ひ出づるまゝ」（*子規追悼集」『ホトトギス』第六巻第四号、一九〇二年一二月）で、「両君の仙台雑吟を読んでひどく感じた。仙台客舎の秋の趣味が頭にジーンと染渡つた。（中略）遂に我心を打明けて教を乞ふ事になつた。両君が巧みに煽《おだ》てるものだから、僕は夢中になつて作る、すると両君はこれは振つとる早速東京の子規に見せようといふて、二三句書抜いては東京へ送つて呉れる。五六日経つと『日本』の俳句欄に僕の句が諸大家の句と並んで出て居るちう事になつた。嬉しいの有難いのといふ段でない。頓と逆上して仕舞うて仕事が手に付かぬといふ有様だ」と回想している。

▼九六年七月二高卒業。秋に上京し、帝国大学文科大学に入学し国文学を専攻。子規の指導を受けるようになり、子規庵での*蕪村句集の輪講にも出席する。

▼九八年四月の『ホトトギス』第一六号から選者に起用される。夏に、郷里の鳥取で静枝子と結婚。一二月、『反省雑誌』の俳壇選者も担当。

▼九九年七月、東京帝国大学国文学科卒業。

▼一九〇〇（明治三三）年一月、明治学院専任。五月、東京帝国大学文科大学助手、附属図書館兼務に任命される。子規庵で開かれた文章練磨の会「山会」には、九九年一一月の第一回から出席し、写生文に強く関心を持ち、積極的に参加した。そして多くの写生文を『ホトトギス』に発表していく。〇一年、写生文集『寒玉集』（俳書堂）刊。

その写生文を子規がどのように批評したか。前出「子規追悼集」の「写生文の事」（四方太）で、「僕の聞いた処では面白いと思ふ事の外は決して書くなといふのが根本の法則である。只だこれ丈けでは当前の事の様に聞えるが実地の写生になると何でもかでも書くといふのが随分少くない。」と子規がさとしている。〇三年、英国留学から帰国した漱石が、『ホトトギス』に復帰した。〇三年、『写生文集』（子規・漱石他と共著、俳書堂）刊。

▼〇四年七月、漱石は四方太を訪ね、四方太は桃を食い、漱石はサイホンを飲み、互に愚痴をこぼし、「俳体詩はまだできないか。」と聞くと、漱石が「四方太は月給足らず夏に籠り　新発明の蚊いぶしを焚く」

という俳体詩「無題」を詠んだ（〇四年七月、高浜虚子宛漱石書簡）。

〇四年九月、漱石宅を訪問し虚子・四方太と三人で連句を作る。一一月末から一二月初旬に、「山会」の席上で虚子が「吾輩は猫である」を読み上げた際に、四方太も同席する。

▼〇五年一月三日、漱石は虚子・四方太・*橋口貢・*五葉兄弟を招待して、猪の雑煮を食わせた。*野村伝四はもう二回食っているので呼ばなかった。虚子・四方太に野村の文章を見せると、四方太が「これは写生文ではない。三七年一二月三一日の雑録だ。」と言った。漱石は四方太に、「伝四君にそう伝えてやりたまえ。」と言った。四方太の「写生文ではない」と言う一言に辟易して、『ホトトギス』に出せとも言えなかった。

漱石宅で文章会を開き、各自文章を持ち寄り批評し合うが四方太も参加する。

〇五年三月一四日、漱石は野村伝四に手紙で、『ホトトギス』（〇五年三月）の感想を書き、「四方太の稲毛をもう一返よんで御覧何の奇もないが嫌味がない」と四方太の写生文「稲毛の浜」を褒めた。

漱石は一高・東大で一人前の授業をして、明治大学で三分の一人前のことをして、文士としても一人前のことをしようとすると、晩には*寺田寅彦先生・四方太大人・伝四君・奇瓢（*野間真綱）・真拆（*皆川正禧）両文豪も来る、片や仕事を邪魔されて迷惑がっていながら、片や若い者と談話を楽しんでいる。四方太は其先輩格として「大人《うし》」と敬称で呼ばれている（〇五年七月十五日付中川芳太郎宛漱石書簡）。

〇五年九月三日、漱石は四方太と上野の日月会を見て*中村不折の家に行って、晩は若竹（寄席）に朝太郎を聴きに行っている。

▼〇六（明治三九）年一月二六日、漱石は虚子宛書簡で『ホトトギス』の将来について、「十年一日の如くつゞけて行つては立ち行かないと思ふ。俳句に文章にもつと英気を鼓舞して刷新をしなければいかない」とマンネリズムに陥る危惧を直言している。その解決法として「巻頭に毎号世人の注意をひくに足る作物を一つ宛のせる事」を提案している。具体的に「君（虚子）は毎号俳話をかいて、四方太は毎号文話でもかいたらどうです。四方太は原稿料が出ないと云つてこぼして居るがあの男はいくら原稿料を出しても今の倍以上働くかどうか危しいものだ。」と、『ホトトギス』を活気づけようと提言している。漱石は四方太をその一翼を担う人物として見込んでいるのである。

同年二月二〇日、野村伝四の苦心の作「一昔」を四方太は失敗作だと言い、*小山内薫は傑作だと言うので、伝四は惑って、漱石に判断を仰いだ。評価は人によって違うので、とにかく拝見するから送りたまえと言い、「四方太は倫敦塔幻影の盾は面白いといふが薤露行はわからぬといふ人だ。」と書いた。送られた「一昔」を読んだ漱石は、四方太評に賛成、つまり失敗作であるが、他の出来のいい諸編より、或は同等より少し下位程度のものだ、と評した。四方太評に賛成であるが、失敗作の程度は高くしなければならない、と野村伝四を慰めた。

〇六年五月三日、*鈴木三重吉の「千鳥」（『ホトトギス』五月号）が漱石の推薦（「千鳥は傑作」「三重吉君万歳」）で発表され、寅彦は「好男子万歳」と書き、「四方太が手紙をよこして四方太抔は到底及ばない名文である傑作であると申して来た。」と三重吉宛書簡で好評を共に喜んだ。

四方太は『ホトトギス』（〇六年七月号）に「文章談」を発表した。早速漱石は虚子に感想を寄せた中に、「四方太先生愈々文章論をかき出しましたね。あれを何号もつゞけたらよからう。尤も文章論と申す程な筋の通つたものではない全く文話といふ位なものですな。」（〇六年七月二日付書簡）と書いている。

**〇六**年九月二二日、漱石は虚子に、「三重吉が来て四方太の文をほめて居た。御互に惚れたものでせう」と手紙に書いているが、三重吉の「千鳥」を四方太が褒め、今度は四方太の文を三重吉が褒めたので、揶揄したのだろう。

**〇六**年一〇月二六日付鈴木三重吉宛書簡で、漱石は自己満足に終わる文学から脱皮する意志を表明し、「現実世界は無論さうはゆかぬ。文学世界も亦さう許りではゆくまい。かの俳句連虚子でも四方太でも此点に於ては丸で別世界の人間である。あんなの許りが文学者ではつまらない。といふて普通の小説家はあの通りである。僕は一面に於て俳諧的文学に出入すると同時に一面に於て死ぬか生きるか、命のやりとりをする様な維新の志士の如き烈しい精神で文学をやつて見たい。それでないと何だか難をすて、易につき劇を厭ふて閑に走る所謂腰抜文学者の様な気がしてならん」と伝える。虚子や四方太の写生文を越えていく、小説家漱石の胎動の一端が分かる。

同じ日、漱石は東洋城*にも手紙を出して、「四方太が来たら、つらまへて「あなたはわたしの事を馬鹿だと、おつしやいましたさうですね」と聞いて御覧。すると四方太が「へ、、どうして」とか何とか云ふから、さうしたら「先生からきゝ、ました」と云ひ玉へ。すると四方太が「ハ、、、あれを見せたんですか」と云ふ。「見せた」と僕がいふ。「馬鹿は少々ひどすぎる」と君が四方太に云ふ。すると四方太が「――」何と云ふか知らない。それで馬鹿といふものも云はれたものも平気で帰るのだ。」と仲があまり良くない東洋城と四方太の馬鹿論争を漱石は持て余して、仲介の労を取ろうとしている。

**〇六**年一一月七日付森田草平*宛漱石書簡では、「サボテンの元勲四方太がアン火を賞めたから面白い。大方自分に出来ないからだらう。」と書いた。「サボテンの元勲」というのは「草枕」の覇王樹を愛でるような非人情の随縁放曠の世界に共感する仲間の頭領に、四方太が擬せられているが、佐藤紅緑の「行火」のような老人の性を扱ったモーパッサン的な作品を褒めたので、意外に感じたのであろう。

生田長江*が四方太の所に行ったら、彼は大気焔で、「漱石も『一夜』を書いてゐるうちはよかったが、近頃はだんだん堕落する」と言ったそうだ。漱石は「四方太はこんな元気はない人だ」と思っていたという。四方太の「秋二題〈秋晴・秋曇〉」（『ホトトギス』同年一一月号）は堕落的傾向がないかもしれないが、漱石には分からない。白紙のままと同じだ、と書いた（**〇六**年一一月一一日付虚子宛漱石書簡）。

同日二通目の虚子宛書簡では、「四方太は白紙文学、僕は堕落文学、君（虚子）はサボテン文学、三重吉はオイラン憂ひ式」それぞれ勝手にやればいいと言っている。

〇六年、『写生文集　帆立貝』（虚子と共著、俳書堂）では編集も担当。

▼〇七年、『続写生文集』（俳書堂）は単独で刊行。代表作「夢の如し」（自叙伝的小説、〇七年二月、〇九年四月）を『ホトトギス』に断続連載する。

▼〇八年七月、東京帝国大学文科大学助教授兼司書官に任命。

▼**〇九**（明治四二）年四月六日、漱石は九段の御能に立ち寄り、『国民新聞』の席で、梅若六郎・宝生新の「鉢の木」を観る。そ

こに四方太・*野上豊一郎・*安倍能成も来ていた（漱石日記）。

五月一一日、高浜虚子が漱石宅に来て、「明日、明治座に芝居を観に行かないか。」と言う。「どんな連中が行くのか。」と聞くと、「中村不折・坂本四方太・鼓打の川崎・『国民新聞』演芸記者永井鳳仙・篠原温亭」などが行くという。「まあ、行って見よう。」と約束して、翌一二日、雨を冒して虚子の家から明治座に行く。丸橋忠弥があったり、踊りは面白かったが、後は愚にもつかぬもので、日本の名誉に関係するほど遠い過去の幼稚な気持ちになる。漱石は「野蛮人の芸術なり。」と酷評した。四方太は何と評したか、わからない。後に漱石は「明治座の所感を虚子君に問れて」を『国民新聞』に書き、演劇観を披露した。

九月、『夢の如し』（民友社）刊行。その自序で、この作品について、正確な自叙伝でもなく小説でもない。断片的な事実と想像を組み合わせて少年時代を回想した文章だと告白している。漱石は、「『夢の如し』を読む」（『国民新聞』「国民文学」、同年一一月九日）で、「近来にない一種の趣を把持しつゝ、長い夜を燈火に親しみ尽す事を得た。心意雑乱の際はからずも「夢の如し」に逢着して、此境地に住する事を得たのは余の深く四方太君に感謝する所である。」と述べ、その良いところを「故意《わざ》とらしい所が丸でないと答へたい。普通の文学者の回想録とか追憶記といふものは、みんな、己《おれ》は文学者だぞといふ覚悟で書きに掛る。〔中略〕四方太君の「夢の如し」は毫も此厭味を帯びてゐない。たゞ昔しの幼少の時の事が其通り、衒《てら》はず、慢《たかぶ》らず、ぶらず、がらず、平々淡々と書いてある。だから其空気が如何にも質実で、単純で、可憐で結構である。」と賞賛している。もう一方で、四方太の「長靴」その続編を読んだ折の失望感を添えながらその反動として、「夢の如し」をうまいと感じるのだと賞賛した。

▼一二（大正元）年夏頃より肋膜を病む。一五年一月、その大患当時を描いた「一命」を『日本及日本人』に発表。

▼一七年春より衰弱し五月一六日に永眠する。四四歳。

漱石が「吾輩は猫である」を発表し、沈滞気味であった写生文が、「写生文の小説化」として世に持て囃されたが、四方太は子規の唱えた写生文の堕落と捉えて、漱石から「サボテンの元勲」と言われながら、子規流の写生文を墨守することに努めた。

四方太は子規の周辺で写生文を追究したが、小説家漱石が胎動していくと、自己満足からの脱皮を指摘するようになった。

〔**参考文献**〕『ホトトギス』「坂本四方太追悼号」、一九一七年六月。／『近代文学研究叢書』第一六巻「坂本四方太」昭和女子大学、一九六一年二月二〇日。

〔坂本正博〕

# ■田岡　嶺雲

たおか・れいうん

『日本近代文学大系』50「近代社会文学集」一九七三年刊。

**一八七〇**（明治三）**年一一月二一日～一九一二**（大正元）**年九月七日。**
**思想家・文芸評論家・中国文学者。「作家ならざる二小説家」で漱石を好意的に評価。**

高知県土佐郡石立村赤石（現・高知市）に、土佐藩士田岡典臣の三男として生まれる。本名、左代治《さよじ》。別号に、れいうむ、栩々生《くくせい》、夜鬼窟王、金馬山人、小湘庵（主人）。俳号に、爛腸。

▼七六年、士族に秩禄公債が与えられ、千円弱の公債と数町の田地を所有。子の学資が必要なため、典臣は質屋まがいのことで収入を得た。

▼一八七七（明治一〇）年、小学校に入学。漢籍を習得し後の素養を築く。八〇年、自由民権運動系の『高知新聞』を購読。板垣退助らの政談演説を聴いた。八一年、自由民権の「社」に参加する。八二年、小学校を退校して立志社経営の高知共立学校に入る。

▼八三（明治一六）年、大阪へ出て官立中学（三高の前身）に入学。在学中、森有札による学制改革にともなって中学校教育が軍隊化したことに反抗して、八六年、寄宿舎内に監禁される。胃病になり、退学して帰郷し、以後病床に臥した。九〇年一月、上京して水産伝習所（現・東京海洋大学）に入学し、魚類解剖の教師内村鑑三の薫陶を受ける。内村の「偽君子たるな」の一語を胸に刻む。九一年、帝国大学文科大学漢文学科選科に入学し、九四年、帝国大学を二四歳で修了した。

▼九五年、雑誌『青年文』を創刊。誌上で文芸批評を行い、樋口一葉や泉鏡花*などをいち早く評価した。作家に、下層の民に眼を向けることや金権の悪徳に対決することなどを求めた。同時に収入の道を求めて、九六年六月、岡山県津山中学校（現・津山高校）の漢文教師となる。一一月、笹川臨風らと雑誌『江湖文学』を創刊し、嶺雲は漱石に「トリストラム、シャンデー」の執筆を依頼する。翌年一〇月、失恋して退職し上京する。一一月、『萬朝報』の記者となり、幸徳秋水*らを知る。誌上で、西欧帝国主義からのアジアの解放を主張する。対内的には、藩閥と富閥を倒す第二の維新が必要だと主張し、そのために労働者のストライキも有効だと述べた。九八年には退社。

▼九九（明治三二）年、第一評論集『嶺雲揺曳』（新声社）を刊行し、発行部数二万部を数えた。同年に、『第二嶺雲揺曳』（新声社）も刊。同年五月、中国上海の羅振玉《ルオズンユー》経営の日本人学校で日本語を教え始める。一年程の滞在期間に、康有為《カンヨウウェイ》派の唐才常らと交わり、それまで一種の国粋主義に感染していたことを内省するようになり、世界の人類の視点で自国の未来を考えるようになる。一九〇〇年、福岡の『九州日報』記者として北清事変に従軍。八月、『中国民報』の主筆として岡山に赴任。〇一年、新聞で教科書収賄事件について県知事を糾弾したところ、官吏侮辱罪で起訴される。一二月、重禁固二ヶ月の判決があり、岡山監獄に収監され、〇二年二月、出獄。〇四年一一月、『中国民報』を辞して上京。

▼〇五（明治三八）年、三四歳で雑誌『天鼓』を、臨風らと創刊。四月、岡山時代の評論を集めた『壺中観《こちゅうかん》』（小林蒿山房）を刊行

しようとするが発禁処分を受け、以後、主要な著作は同様の処分を受け、第二次大戦後まで埋もれた思想家となる。

五月、『天鼓』第四号に「作家ならざる二小説家」を発表。「文壇の新傾向を指導する先達」として木下尚江と並べて夏目漱石を高く評価する。「吾輩は猫である」「倫《ろん》敦塔《どんとう》」「幻影の盾」を挙げて、「是れ畢竟するに氏が此を以て他の如く名利を釣らず、又虚名を売ることを敢てせざりしが為めにして、氏が人物の仰ぐべき所亦此に存する也、氏の筆致は一種俳文的の雋味《しゅんみ》を有し、之に加ふるに欧文的精緻を以てして、而して氏が為人《ひととなり》を表現せる一種沈鬱なる想を遣《や》れる者、吾人は其文によつて氏が三様の才を見る、一は俳人としての氏也、一は英文学者としての氏也、一は多病多恨の人としての氏也」。この評価は、高揚していた自然主義文学への批判が根底にある。続けて「氏の文は即ち精緻にして而かも含蓄あり。（中略）殊に其幽渺窈冥《ゆうびょうようめい》の景象を描く処鏡花に似て、而して鏡花の妙は其着筆軼宕《てっとう》飄逸なるを以て勝れど、氏は其森厳深刻なるを以て勝る也」。樋口一葉や泉鏡花を世に紹介したのに続いて、自然主義の限界に早くから気付き、漱石の真骨頂を見抜いて卓識を示した。

九月、中国蘇州の江蘇師範学堂の教習として赴任した。

▼〇六年三月、評論集『壺中我観』（小林蒿山房）を刊。〇七年五月、病気のためいったん帰国し上京する。一〇月には、上京して臨風らと『東亜新報』を発刊。〇八年には脊髄病の症状が進み歩行もできなくなる。

▼〇九年二月、田岡は、世界主義と自然主義克服を旗印に掲げた個人雑誌『黒白』を創刊したが、明治大学の藤沢がこの『黒白』を漱石の所に持って来た（四月八日付漱石日記）。一〇月、自由党左派の決起事件を記録した『明治叛臣伝』（日高有倫堂）を刊。

▼一〇年、『和訳漢文叢書』（玄黄社）を刊行し始め、一二年までに一二冊を刊行。五月、転地療養のために湯河原温泉天野屋に滞在するが、同宿に幸徳秋水が執筆のために来ていたので、隣室に宿をとる。大逆事件の検挙が始まり、六月一日、秋水も逮捕される。嶺雲も駐在所に同行を求められ、部屋の捜索もされる。嶺雲は帰宿を許されるが、くしくも秋水と巷で会った最後の友人となる。嶺雲は、獄中の秋水に自著『和訳荀子』を贈り秋水は感謝する。

一一年二月に秋水の遺著『基督抹殺論』（丙午出版社）が刊行される際に、嶺雲は「最後の別れを懐ふ」という跋文を寄せ、「病臥既に三年、僕の余命も幾何もあるまい、願くは地獄で会はう」の語で結ぶ。しかし、警保局の検閲によって削除され、当時の読者の目に触れることはなかった。一一年六月から翌年三月まで、『中央公論』に自叙伝「数奇伝《さつきでん》」を連載。

▼**一九一二**（大正元）年、『数奇伝《さつきでん》』（玄黄社）を刊。九月七日、転地療養先の日光大谷で永眠。四一歳。谷中斎場で葬儀が行われた。一〇日の告別式に漱石は参列している。

明治末に、強い自主性と個性を獲得した嶺雲が、漱石を高く評価したのは、西欧文化の真髄を把握しつつ日本の個人を追究する独自の姿に共鳴したからだった。

〔**参考文献**〕家永三郎『数奇なる思想家の生涯』岩波書店、一九七六年。／『明治文学全集』第八三巻「明治社会主義文学集㈠」筑摩書房、一九六五年七月一〇日。／『近代文学研究叢書』第一三巻「田岡嶺雲」昭和女子大学、一九五九年七月二八日。

〔坂本正博〕

# ■高山　樗牛

たかやま・ちょぎゅう

『樗牛全集』第一巻、一九二五年一一月刊。

**一八七一**（明治四）**年一月一〇日～一九〇二**（明治三五）**年一二月二四日。評論家。漱石が「高山の林公」呼ばわりして、ライヴァル視した。**

羽前（山形県）西田川郡高畑町（現・鶴岡市）生れ。庄内酒井侯の藩士、斎藤親信、芳の次男。本名林次郎。斎藤信策（野の人）は実弟。父は庄内藩士、高山久平の弟。斎藤親良の養子となった。一八七二（明治五）年、高山家の養子となる。一八七七（明治一〇）年、紙漉町の本鏡学校（日蓮宗の本鏡寺本堂が教室）に入学。養父の山形県庁赴任により、山形の香澄学校に転校。翌七八（明治一一）年、師範学校附属小学校に転校。畔柳《くろやなぎ》都《くに》太郎と同窓。八一（明治一四）年七月、養父、酒田郡役所転任、酒田の啄成学校に転校。明治天皇が北海道・東北巡回の途中、啄成学校に立寄った際、代表者として「奉祝巡幸」の作文を読む。八二（明治一五）年、養父、福島県庁へ転任、四月、福島小学校中等小学第二級に転校。八三（明治一六）年、『文章軌範』『日本外史』『十八史略』、及び『頴才新誌』を愛読。八四（明治一七）年七月、福島小学校高等科第二級を卒業。九月、福島中学校へ入学。八五（明治一八）年、自筆の新聞を発行。『西遊記』『三国志』『平家物語』『太平記』『源平盛衰記』、江戸戯作、『世路日記』『佳人之奇遇』などを愛読。毎夜芝居に通う。八六（明治一九）年、小説「春日芳草之夢」を創作。一〇月、養父、東京警視庁へ転任、上京し本所茅場町の旧藩主酒井伯爵の屋敷の内に転居。一一月、高等中学校受験準備に神田錦町の東京英語学校第五級へ入学。講師に志賀重昂がいた。八七（明治二〇）年七月、一高受験不合格。一二月、仙台の二高補欠入学試験受験、代数の成績不良で仮入学。ここまでの前半生のうち、養父の転勤に伴い転居をくり返さざるを得なかったことと、首席の座を譲らず、優等生と目されることに慣れた後、二度にわたって志望校に不合格になった経験が及ぼした影響は小さくないだろう。漱石が何度かの引越しの経験から環境の変化と自分の性情の関係を考えたり（「居移気説」第一高等中学校本科一部（文科）一年　作文、**一八八九**年六月三日）、大学予備門時代、「落第を機としていろんな改革をして勉強した」「此落第は非常に薬になつた」（「落第」『中学文芸』**一九〇六**年六月）というのとは違うものを感じさせる。

▼漱石が大学卒業時を回顧して、樗牛にふれた、二つの文章がある。その一つは談話「僕の昔」（『趣味』**一九〇七**年二月）で、「僕が大学を出たのが明治廿六年だ、元来大学の文科出の連中にも時期によつて大分変つてゐる。高山が出た時代からぐつと風潮が変つてきた*上田敏君も此期に属してゐる、この期には中々やり手が沢山ある、僕等はその以前の所謂沈滞時代に属するのだ。」とある。樗牛は年齢は漱石の四歳下だから、ちょうど入れ替わりに東大へ入学した計算になる。もう一つが談話「時機が来てゐたんだ―処女作追懐談」（『文章世界』**一九〇八**年九月）で、「卒業したときには是でも学士かと思ふ様な馬鹿が出来上つた。それでも点数がよかつたので人は存外信用してくれた。自分も世間へ対しては多少得意であつた。たゞ自分が自分に対すると甚だ気の毒

であつた。」「其癖世間へ対しては甚だ気焔が高い。何の高山の林公抔と思つてゐた。」というぐあいに、漱石が樗牛を「高山の林公」呼ばわりした文章として、よく知られる。

▼谷崎*は樗牛を次のように酷評している。「高山樗牛の「わが袖の記」、「平家雑感」、「美的生活論」など、云ふ中学生の美文のやうなものが大きな顔をしてノサバツてゐた時代、（中略）「瀧口入道」は「平家物語」の一節を焼き直して文章までも剽窃したもの、「釈迦」も同じくお経の文句をそのまゝ仮名交り文に引き伸ばしたやうなもの、「美的生活」はニイチエを読みかじつてニイチエの深みもなく、浅薄な議論をしたもの、その他、何一つとして独創性の認められるものはないではないか。（中略）「吾人は須く現代を超越せざるべからず」など、云ふ勿体らしい文句も、空疎で何の意味もなく、気障さ加減が鼻持がならない。」「樗牛が得意で物を書いてゐた時代に、漱石先生は田舎廻りの英語教師か何かしながら、「高山の林公が何を云つてやがるんだい」と空嘯いてゐたと云ふが、漱石先生などの眼からは、樗牛の空威張りが嘸や馬鹿げて見えたであらう。」（『青春物語』中央公論社、一九三三年八月）。

芥川*は「あの名文から甚よくない印象を受けた。」「どうも樗牛は嘘つきだと云ふ気がした」「「わが袖の記」や何かの美しい文章が、如何にも空々しく感ぜられた」（「樗牛の事」『人文』一九一九年一月）、と違和感を語っている。彼等はいずれも東京人だ。垢抜けないと映るのだろう。それが反感の正体かも知れない。

　一方、漱石門下の安倍能成*は次のように樗牛の感化を回顧している。樗牛の晩年は日本の文壇の浪漫主義の時代だった。それをこけ威し、浅薄、誇張、粗笨《ほん》、アンビシャスな所が抜けてない等々、難癖をつけるけれど、多大な影響を与えられたことは否定できない。物足らないのは時代の推移による。主観的な感情的な個人主義的な思想、「我」というものを教えられ、「我」を自覚させられた（「自己の問題として見たる自然主義的思想」『ホトトギス』一九一〇年一月）。

　漱石の個人主義は相対的（客観的）、理性的性質を帯びていて、主観的、感情的な樗牛のそれと対照的だが。漱石の好悪の感情は別にして、樗牛の個人主義思想は、漱石のそれと対比して評価する価値はあるだろう。問題があるとすれば、個人主義を超えて、「我」が肥大化した局面だろうが、漱石はそれを「行人」の一郎を通して書いてみせた。そこに谷崎や芥川との違いがある。

▼一八八八（明治二一）年一月、二高予科に入学。同級に畔《くろ》柳都《くに》太郎、井上準之助がいた。七月、本入学生になる。仲間と回覧雑誌『山形県共同会議』第一号を発行。一八九一（明治二四）年『山形日報』に「淮亭郎《エルテル》の悲哀」（ゲーテの「若きウェルテルの悩み」の翻訳）を連載（七月〜九月）。九二（明治二五）年、『文学界雑誌』を発行して、「厭世論」（一二月）「戯曲に於ける悲哀の快感を論ず」（一二月）を発表。九三（明治二六）年七月、二高卒業。同年九月、帝国大学哲学科へ入学。

　同年一〇月、『読売新聞』が歴史小説・歴史脚本募集を社告。審査員、尾崎紅葉*、依田学海、高田半峰、坪内逍遥*。一等百円。二等金時計。これに樗牛は年末の二〇日を費して脱稿した「瀧口入道」で応募。九四（明治二七）年四月一五日、審査結果発表。「瀧口入道」は二等入選。樗牛の文壇処女作（一等は小説、脚本とも該当者なし）。樗牛は応募原稿に氏名、住所を記載せず、やむなく入選を「無名氏」として発表。樗牛は賞品の金時計に代り五〇円を受取る。一七日、「帝国大学学生某氏が届け出たが、修学中の本人の希望によつて氏名は披露しない」と報じた。「瀧口入道」は四月一六日から五月三〇日にかけて連載。平重盛の配下、瀧口の武士斎藤時頼と建礼門院付きの横笛の悲恋を描いて好評を博した。「悲哀」の効果は、感傷性が両刃の刃となる。ゲーテのウェルテルは前半の観念的夢想性が後半の現実的客観性で冷まされる構造をもつ。樗牛にはその後半の要素が稀薄で、それが彼のアキレス腱になる。たとえば*「田山花袋の『わすれ水』」（『太陽』一八九六年九月）の、「涙滂沱として吾が面を沾ほし、われは巻を掩ひて暫く仰ぎ見ること能はざりき。」という批評以前の直情的な修辞は、花袋の感傷に感染した危うさを感じさせる。

同年六月、「老子の哲学」を脱稿。漱石は二年前、東大二学年のレポートとして「老子の哲学」（一八九二年六月一一日）を書いている。当時東大では老子の哲学がレポートの課題の定番だったのだろう。樗牛は老子の無為を有為と捉えて論理を跨ぎ越して現実家の孔子と比較し、論理の整合にこだわった漱石は、無為と有為の関係が解読不可能である点に老子の矛盾を衝き、両者の論調は対照的だ。谷崎は先の回想で樗牛を「案外俗才があり、世渡りが巧かつた」と書いている。

▼九五（明治二八）年一月、創刊した『帝国文学』編集委員となり、『哲学雑誌』に「道徳の理想を論ず」（六月～九月）を発表する一方、同郷の大橋乙羽を介して博文館発行の『太陽』に時評を掲載する。また「鷗外に問ふ」（『太陽』一八九六年六月）「美的生活を論ず」（『太陽』一九〇一年八月）などによ*る鷗外との論争、「春の家が『桐一葉』を読みて」（『太陽』一八九六年九月）、「逍遥が史劇に就ての疑ひ」（『太陽』一八九七年八月）、「歴史画の本領及び題目」（『太陽』一八九九年二月）などによる逍遥との論争、「姉崎嘲風に与ふる書」（『太陽』一九〇一年六月）による嘲風との論争等々、彼の短い生涯のほとんどが論争の連続だった。

「美的生活を論ず」にはニーチェの語が皆無なのに、登張竹風が「美的生活論とニイチエ」（『帝国文学』一九〇一年九月）でこの論文にはニーチェの哲学が根本にあると指摘し、また鷗外が「続心頭語」（『二六新報』一九〇一年一〇月一四日）で「爪なく牙なきニイチエ」と揶揄したことによって、それが自明のようになったが、依然として疑問が残る。逍遥はニーチェ信奉が普及することを懸念して、戯文を駆使した「馬骨人言」（『読売新聞』一九〇一年一〇月一二日～一一月七日）を連載し、ニーチェ及びその信奉者を批判した。これが樗牛の「ニイチエの批難者」（『太陽』一九〇一年一一月）「ニイチエの歎美者」（同前）の反論を引出し、さらに登張竹風の「馬骨人言を難ず」（『帝国文学』一九〇一年一二月）、「馬骨先生に答ふ」（『帝国文学』一九〇二年二月）が加わり、ニーチェ論争に発展した。逍遥の「馬骨人言」の戯文は、ブラックユーモアの味わいがあり、ニーチェに対する強烈な批判をこの文体に託した観がある。なお、樗牛はコラムの「無題録」（『太陽』一九〇二年四月）でも軽くニーチェに言及している。

▼「草枕」（『新小説』一九〇六年九月）は漱石にとって一世一代の実験的小説だが、その中に「あの女は家のなかで、常住芝居をして居る。しかも芝居をして居るとは気がつかん。自然天然に芝居をして居る。あんなのを美的生活とでも云ふのだらう。あの女の御蔭で画の修業が大分出来た。」（十二）というくだりがある。樗牛は過剰な自意識を「時代精神の痼疾」として排撃する逍遥に

対して、むしろ「幸する」ものと主張したが（「坪内氏の自意識論」『太陽』明治三五年五月）、漱石は我を張り通して自意識の休まる暇のない、閉塞された精神世界を生きる人間を、那美というヒロインに託して俎上に乗せた。樗牛の「美的生活を論ず」がここで問題になるのは、その「序言」にいう、「身体の為に何を衣《つ》むと思ひ労《わずら》ふ勿れ。」「身体は衣よりも優りたるものならずやと。」「美的生活とは何ぞやと問はゞ、吾人答へて曰はむ、糧と衣よりも優りたる生命と身体とに事ふるもの、是也と。」ということを批評的に絵画化してみせようと、正しく衣より優る身体を裸にして、「漲ぎり渡る湯烟りの、やはらかな光線を一分子毎に含んで、薄紅の暖かに見える奥に、漾《ただよ》はす黒髪を雲とながして、あらん限りの脊丈を、すらりと伸した女の姿を見た時は、礼儀の、作法の、風紀のと云ふ感じは悉く、わが脳裏を去つて、只ひたすらに、うつくしい画題を見出し得たとのみ思つた。（中略）肉を蔽へば、うつくしきものが隠れる。かくさねば卑しくなる。今の世の裸体画と云ふは只かくさぬと云ふ卑しさに、技巧を留めて居らぬ。（中略）うつくしきものを、弥《いや》が上に、うつくしくせんと焦《あ》せるとき、うつくしきものは却つて其度を減ずるが例である。」（「草枕」七）と書いた。しかも、自然主義の「露骨なる描写」に逆らって、湯煙のヴェール越しに裸体を描いている。

▼「樗牛なにものぞ。豎子只覇気を弄して一時の名を貪るのみ。後世もし樗牛の名を記憶するものあらば仙台人の一部ならん。」（**一九〇七**年八月一五日付*小宮豊隆宛漱石書簡）とは恐らく、われ樗牛に及ばず、と弱音を吐く門下生を鼓舞した言葉だろう。「永日小品」の「モナリサ」には、「西洋の画は此の古道具屋に似合はない。たゞ其の色具合が、とくに現代を超越して、上昔《そのかみ》の空気の中に黒く埋つてゐる。」とあり、これは「夢十夜」第六夜の運慶の仁王が木の中に埋まっているモチーフの変形だから、後述する樗牛の「無題録」中の言葉が文脈を離れて、一般化した姿だろう。「行人」の「塵労」（四四）の、「根本義は死んでも生きても同じ事にならなければ、何うしても安心は得られない。すべからく現代を超越すべしといった才人は兎に角、僕は是非共生死を超越しなければ駄目だと思ふ」は、「此の世の真相を知らむと欲せば、吾人は須らく現代を超越せざるべからず。」（高山樗牛「無題録」『太陽』一九〇二年十月）の投影だが、「無題録」のこの前後に、「山に入りて山を見ず。」と、「斯くて一切の学者と道徳とを離れ、生れながらの小児の心を以て一切を観察せざるべからず。」があり、さらに「人を脱して神となる、己れの小さきを悟る所以である。人のまゝにして神となる、己れの大なるを信ずる所以である。」（高山樗牛「雑談」『太陽』一九〇二年一一月）を加えると、一郎の言動全般に樗牛の影というより、その裏に漱石が想定したニーチェの投影があることが類推されるが、「ツアラツストラ」の永劫回帰を含めて、ニーチェの思想は東洋の仏教哲学が根にあり、漱石はそれに反応しているのだろう。

〔**参考文献**〕長谷川義記『樗牛―青春無残評伝高山林次郎』暁書房、一九八二年一一月。

［石井和夫］

# ■島村　抱月

しまむら・ほうげつ

『抱月全集』第一巻、一九一九年六月刊。一九一七年撮影。

**一八七一（明治四）年一月一〇日～一九一八（大正七）年一一月五日。**
**評論演劇指導者。漱石との直接的接触がほとんどなく、漱石門下の安倍能成*と自然主義をめぐって論争した。**

本名瀧太郎。島根県那賀郡久佐村生れ。佐々山一平、大谷チセの長男。父は砂鉄業。佐々山家の工場で製造した品は馬の背に積んで浜田港に運ばれ、自家用船で下関を経て大阪の市場に運搬された。幼年期をこういう空気の中で過ごす。沈思黙考型で他人と騒ぐことを好まない性向は、家業の喧騒に起因するか。小学校を首席で卒業した後、家業が破産したため薬局生として貧しい独り暮らしを余儀なくされ、その後、裁判所の給仕を務めるかたわら、毎夜私塾に通い、漢文、英語、数学などを修める。漢文は『日本外史』『史記』『文章軌範』に精通し、英語は中学上級レベルの読書力を習得した。裁判所の検事、島村文耕が抱月の非凡に目を留め、東京遊学を勧めて毎月五円の学費支給を約束する。九〇（明治二三）年、上京。郷里を同じくする森鷗外*を訪問。修学を相談し、東京物理学校、日本英学院、私立商業学校などで英語、数学、理科等を学び、東京専門学校の政治科へ入学。九一（明治二四）年、父の合意の上、島村家に養子入籍。一〇月、文学科に再入学。風采あがらず同級生の注意を引き、中島半次郎と共に「蔽袴先生二幅対」と呼ばれた。在学中、文学を逍遙*、哲学を大西祝に学ぶ。上級の金子馬治、同級の後藤宙外、下級の綱島梁川、五十嵐力らと哲学会を結成。九四（明治二七）年、卒業論文「覚の性質を概論して美覚の要状に及ぶ」は九五点、「審美的意識の性質を論ず」と改題の上、『早稲田文学』（一八九四年九月～一二月）に掲載。

斎藤緑雨はこの論文の、同じく抱月の「西鶴論」（『早稲田文学』一八九五年一月）との取り合わせを揶揄して、「抱月子なるもの西鶴の理想を論じ揚句が通の粋のといふ、国民記者が所謂歯が浮くとハ此事なり或人曰くおそろしきものハ『早稲田文学』の審美論と、実《げ》にもこれらの講義百遍きかんよりハ銘酒屋に一盃の麦酒ハ腹に浸みるだけでも徳なり」（「思ひ寄れるまゝ」『二六新報』一八九五年二月一四日～三月五日）と評した。これに抱月が「正太夫氏へ」（『二六新報』一八九五年三月七日）で反論し、さらに緑雨が次のように応じた。「君が折角の審美論を麦酒よりまづしと孰れか言ひし、一本を一息に飲むことの難きが如く、「実と仮と、現象と実在と、形と想と、自然美と芸術美と、写実的と理想的と」を一息に読むことの難きより見れバ、ひよつとすると麦酒の如き物かも知れずいづれにも予ハ其味ひを申したるにあらず、効果のほどを申したるなり、腹に浸みるだけでも徳とあるをもて知るべし、いかさま味ひを申すの段に於てハ、妙法さまのお水とも、胃散宝丹さふらんとも、さてハどぶろく中汲とも、人おの〳〵の口に由るべし、予の構つたことにあらず、予ハ予が『おもひ寄れるまゝ』を申したるに過ぎず、人々斯く思へとハ申さゞりしなり。」（「抱月氏へ」『二六新報』一八九五年三月九日）。

卒業時の同窓紀念録に抱月は次のように

記す。平生愛読するものは陶淵明の採菊詩、帰去来辞、蘇東坡の赤壁賦、方丈記、雨月物語、新古今集恋の部、平家物語、ゴールドスミスの荒村詩、エマルソン文集。学者として哲学、特に美学を研究し著述家として評論的日本文学史をまとめたい。この年、島村文耕の姪、イチ子と結婚。九七（明治三〇）年四月、宙外、伊原青々園、小杉天外らと『新著月刊』を創刊。翌九八（明治三一）年、文学科の講師に就任、美辞学等を講じる。同時に『読売新聞』に入り「月曜附録」を担当。一九〇〇（明治三三）年四月、宙外、青々園との合著『風雲集』（春陽堂）を刊行。〇二（明治三五）年三月、海外留学生としてオックスフォード大学、二年後、ベルリン大学で美学、心理学などを学んだ。〇五（明治三八）年九月、帰国。翌〇六（明治三九）年一月、『早稲田文学』復刊に際し、「囚はれたる文芸」を掲載。留学体験を反映させ、演劇的趣向を採用し、『神曲』のダンテを先導するウェルギリウスのように、ダンテが案内人となり、目前に登場する古代のプラトン、アリストテレス、及びそれ以後の哲学者やルネッサンス期の芸術家を紹介し、自然主義の知的工夫を超える、超自然的な、情緒的、宗教的感情によって、囚われた文芸を克服せよ、と訴える。たとえばトルストイもキリスト教的に囚われた文芸であり、イプセンも囚われる危機に瀕した文芸であり、それを超えよと訴える。これ以後、抱月は自身担当する復刊した第二次『早稲田文学』を舞台に、「今の文壇と新自然主義」（一九〇七年六月）、「文芸上の自然主義」（一九〇八年一月）、「自然主義の価値」（一九〇八年五月）など一連の自然主義擁護の論陣を張る。実は緑雨が揶揄した抱月の審美論稿と西鶴論の相剋は彼の急所を衝いていたのであり、それは「囚はれたる文芸」の主張と自然主義擁護の矛盾として再燃している。その矛盾が片*上天弦の批評に継承され、その反動が天弦の後半の無産階級論を要した。

▼抱月が帰国した直後、彼の発案で文芸協会が結成され、大隈重信を会頭、坪内逍遥を顧問に据え、第二次『早稲田文学』の復刊と同時にこれを機関誌とし、文学、美術、演劇の革新を志したが、実際は演劇が中心になり、第一回演芸会は歌舞伎座で「桐一葉」「ベニスの商人」を上演。翌一九〇七（明治四〇）年一一月、第二回演芸会は本郷座で、「大極殿」（杉谷代水）「ハムレット」を上演。漱石は第二回演芸会の際、「廿二日入場の文芸協会の演芸会の特等の招待券をもらひ」「あなたはもらひませんか。もし行くなら一所に行きませう。一人ならそんなに行き度もない。」（一九〇七年一一月一八日付*高浜虚子宛書簡）と虚子を誘ったが、一一月二二日、虚子に招待券が来てないとのことでこの時は行かなかった、と荒正人は記している（『増補改訂漱石研究年表』）。しかし、公演四日の、別の日に観劇したであろうことは、翌年の「三四郎」（十二）から類推できる。漱石は、三四郎の感想を通して、次のように批評した。ハムレットのセリフは抑揚があり、節奏もあり、流暢で、文章も立派だが、「気が乗らない。」「御母さん、それぢや御父さんに済まないぢやありませんかと云ひさうな所で、急にアポロ抔を引合に出して、呑気に遣つて仕舞ふ。それでゐて顔付は親子とも泣き出しさうである。」「ハムレットの様なものに結婚が出来るか。—成程本で読むと左《さ》うらしい。けれども、芝居では結婚しても好ささうである。」「尼寺へ行けとの云ひ方が悪いのだらう。其証拠には尼寺へ行けと云はれたオフェリヤが些《ちつ》とも気の毒にならない。」

この頃、抱月は談話筆記「三人の作物」*（『国民新聞』一九〇八年一〇月一五日）で、藤村の「壁」（『早稲田文学』一九〇八年一〇月）の「新奇」さを傑作としてあげ、「描写法に於ても出来るだけ、膩《あぶら》や艶を抜いて了つて、肝心な急所ばかりを現はしてゐる。従つて深《ディプ》だ。」「欲をいへば、作者の覘つた点をば今少しく明かにしてほしかつた。上から覗いてみると、何となく深い暗い物凄い底に、或物が潜んでゐる、しかし読者は其の或物を較遠く離れて観るの嫌がある。どうか其の或物をば今少しく明かに、今少しく近くして貰ひたいものだ。」と語った。藤村の「壁」は、生活能力のない男の面倒を見ている肉親が、経済的負担からもてあまし、その男を次のように書いている。「冷い壁に対つて静かに病躯を横へ乍ら、食せて呉れば食ふし、食はせて呉れなければ其迄と言つたやうなのが吉さんの生涯である。四十歳の今日まで吉さんは世間のことに眼を瞑つて、暗い壁の影に住むものゝやうに生きて来た。吉さんのことを考へると、必と弟の眼前には一緒に成つてその壁が出て来る。壁は吉さんの一生だとも思へる。そして吉さんのやうな人も斯世の中に居るか、と考へると、何となく弟には自分の齷齪《あくせく》奔走するのが可笑しくなる。」題意はここに出ている。だが、吉さんの胸中が書かれていない。それは「何となく深い暗い物凄い底に、或物が潜んでゐる」印象を与える。それを具体的に書くべきだというのだ。藤村はこれに対して、「あの作を書く前から、よく世間では弱肉強食といふが、考へて見ると、自然は却て弱い者を擁護して強い者を働かすものらしい、と、恁ういふ考へを持つてゐましたので、『壁』の中にも、さういふ私の考を書き現はしてゐるつもりです。吉さんといふ廃人を取り囲んで、多勢の兄弟達が齷齪とたち働く、その癖吉さんは格別有難くも何とも思つてゐぬらしい―そこを書いたつもりなんです。」（「『壁』に就いて」『国民新聞』一九〇八年一〇月二九日）と応えた。抱月の期待に反して、吉さんの胸中を書くことは藤村の狙いではなく、弱者のために齷齪と働かされる周囲の人間を書き、そこに弱肉強食が転倒した主題を提示したことになる。藤村の狙いは作品から読みとりにくく、一方、抱月の期待もまた深読みの無い物ねだりの感がある。抱月は藤村の解説を受けて、「脚色論、壁論」（『国民新聞』一九〇八年一一月二〇日）を書いた。「此頃プロット論がやかましい様だが、僕にはプロット論そのものとしては一向に興味を引かない、さほど緊切な問題とも思はぬ。」と書きはじめ、「此作の中心はやはり壁の一結に至つて生きるべき組織になつてゐる。」「あの作で一番強く響くのは終りの壁に向ひ合つてゐるといふ一節である。」「壁といふ字が全体封じ目といふ風に浮き上つてゐるのが、あの作の結構である。」と結ぶ。漱石は「壁」を批評した*森田草平に、抱月のこの文章を読むことを勧めて、次のように書いた。「今二十日の国民文学（『国民新聞』の「国民文学欄」のこと）抱月君の談話を御覧下さい。君はプロツトを排斥してゐる。さうして「壁」に就ての自説を弁護してゐる。其弁護を煎じつめるとつまりプロツトが好いからと云ふ事に帰着しさうだ。どうぞ御覧下さい。ロジカル先生閣下」（一九〇八年一一月二〇日付森田草平宛書簡）つまり、プロットを否定して「壁」のプロットを評価する抱月の実例を示して、森田の矛盾を論したのである。

▼「序に代へて人生観上の自然主義を論ず」以下、四編の自然主義論を含む『近代文芸之研究』（早稲田大学出版部、一九〇九年六月）が刊行され、これを安倍能成は「「近代文芸之研究」を読む」（『ホトトギス』一九〇九年八月）「自己の問題として見たる自然主義的思想」（『ホトトギス』一九一〇年一月）で批

評して、早稲田派の論客を交えて論争となる。

▼漱石が死去した際、感想を求められて抱月は次のように応えた。個人的に会ったことは二三度だから、人としての漱石は知らない。最近の作品は読んでいない。漱石はイギリスのそれもアイルランドの味わいがある。創作も評論も同じ味わいがあって、低徊趣味というより逆説的な発想で、屈んで股の間から景色を見るように尋常なものを逆様に見るところに特徴が出ている。それが人の眼を牽《ひ》いた。世の中には二種類の人間があり、西洋には固定した生活をしながら徹底する人と、初めから終わりまで動揺をつづけながら徹底した生活をする人がある。だが日本人は違う。終始一貫して動揺している者と、固定している者に二分される。日本人は固定すれば徹底し、動揺をつづければ固定しない。現代作家の場合もこの二種類がはっきりしていて、それでも動揺から固定に移ろうとしている中間の人もある。漱石は初めから固定した人生観に腰を据えた人の印象がある。もっともそれは年を取ってから文壇に登場したので、そういう感じがするのかもしれない（「初めから固定して居た人」『新小説』一九一七年一月）。「オシアン」の部分訳や初期の評論「トリストラム、シャンデー」、『文学評論』「第四篇 スヰフトと厭世文学」における長文のジョナサン・スウィフト論をはじめ、漱石のアイルランド文学を対象とする翻訳や批評はあるのに、抱月のように、それを漱石のアイルランドの味わいとして指摘した評者はない。これは重要な観点かもしれない。日本に対する漱石の意識がイングランドに対するアイルランドの位相に相通じるものがあるのかもしれない。

▼**一九一一**（明治四四）年一一月二八日、漱石は松井須磨子主演の「人形の家」を観劇する。その感想を日記に次のように書いた。「すま子とかいふ女のノラは女主人公であるが顔が甚だ洋服と釣り合はない、もう一人出てくる女も御白粉をめちや塗りにしてゐる上に眼鼻立が丸で洋服にはうつらない。ノラの仕草は芝居としてはどうだかしらんが、あの思ひ入れやジエスチユアーや表情は強ひて一種の刺激を観客に塗り付けやうとするのでいやな所が沢山あつた。東儀とか土肥とかいふ人は普通の人間らしくて此厭味が少しもないから心持がよかつた。」「普通の人間らしく」ない違和感が漱石は堪えがたいのである。

▼一九一四（大正三）年、芸術座結成、抱月は松井須磨子と全国ツアーで一九五箇所廻ったという。翌年三月二六日、帝国劇場で、「復活」上演、劇中歌「カチューシャの歌」（中山晋平作曲 相馬御風・島村抱月作詞）が二万枚の大ヒット。漱石は子供がこれを歌うと叱ったというが、子供らしくないからだろう。

〔**参考文献**〕岩町功『評伝島村抱月』全二冊、石見文化研究所、二〇〇九年六月。／岩佐壮四朗『抱月のベル・エポック 明治文学者と新世紀ヨーロッパ』大修館書店、一九九八年四月。／『明治文学全集』第四三号「島村抱月」筑摩書房、一九六七年一一月一五日。／『近代文学研究叢書』第一八巻、昭和女子大学、一九六二年三月一日。／『抱月全集』全八巻、天佑社、一九一九〜二〇年〈復刻〉日本図書センター。

〔石井和夫〕

郵便はがき

料金受取人払郵便

神田局
承認

1330

差出有効期間
平成28年6月
5日まで

101-8791

504

東京都千代田区猿楽町2-2-3

笠間書院 営業部 行

■ 注文書 ■

◎お近くに書店がない場合はこのハガキをご利用下さい。送料380円にてお送りいたします。

書名　　　　　　冊数

書名　　　　　　冊数

書名　　　　　　冊数

お名前

ご住所　〒

お電話

# 読者はがき

●これからのより良い本作りのためにご感想・ご希望などお聞かせ下さい。
●また小社刊行物の資料請求にお使い下さい。

**この本の書名**＿＿＿＿＿＿＿＿＿＿＿＿＿＿＿＿＿＿＿＿

……………………………………………………………………

……………………………………………………………………

……………………………………………………………………

……………………………………………………………………

……………………………………………………………………

……………………………………………………………………

……………………………………………………………………

ぶきのご感想は、お名前をのぞき新聞広告や帯などでご紹介させていただくことがあります。ご了承ください。

**本書を何でお知りになりましたか（複数回答可）**

店で見て　2. 広告を見て（媒体名　　　　　　　　　　）
誌で見て（媒体名　　　　　　　　　　）
ンターネットで見て（サイト名　　　　　　　　　　）
社目録等で見て　6. 知人から聞いて　7. その他（　　　　　　　　　　）

**小社 PR 誌『リポート笠間』（年 2 回刊・無料）をお送りしますか**

はい　・　いいえ

上記にはいとお答えいただいた方のみご記入下さい。

名前

……………………………………………………………………

住所　〒

……………………………………………………………………

電話

提供いただいた情報は、個人情報を含まない統計的な資料を作成するためにのみ利用させていただきます。個人情報はその目的以外では利用いたしません。

# ■中　勘助

なか・かんすけ

『中勘助全集』14、岩波書店、中野自宅にて。

**一八八五（明治一八）年五月二二日〜一九六五（昭和四〇）年五月三日。小説家・詩人・随筆家。漱石の一高・東大時代の教え子、門下生。中の「銀の匙」を認め『東京朝日新聞』連載を世話したのは漱石だった。**

父・勘弥は岐阜の今尾藩士で、明治維新後、神田区東松下町の藩邸に移り家令を勤める。母は鐘《しょう》で、その藩邸で五男として生まれる。八九（明治二二）年、四歳の時に母と勘助の健康を考えて、小石川区小日向水道町の新築の家に、身寄りのない信心深い伯母（母の長姉）と一緒に移る。九七年、黒田尋常小学校を卒業し、城北中学校（後の東京府立四中、現・都立戸山高校）に進む。「銀の匙」には、幼少期以来、中学時代までの姿が、養育した伯母と共に鮮明に描かれている。

▼一九〇二（明治三五）年九月に第一高等学校第一部に入学。同級に江木定男・安倍能成・小宮豊隆・野上豊一郎・藤村操などがいた。〇三年、イギリス留学から帰国して一高に赴任した夏目漱石の講義を聞き始める。

▼〇五（明治三八）年に東京帝国大学文科大学英文学科に入学。同英文科講師を兼任していた漱石の講義を引き続き聞く。同級に鈴木三重吉がいた。漱石の講義を回想して「その特色のある発音を忘れはしない。それは所謂恐ろしく気取つた――それだけ正確な――発音のしかたで、少し鼻へぬける金色がかつた金属性の声だつた。（中略）講義は十八世紀の英文学の評論とテムペストだつた。」（「夏目先生と私」）が、筆記もしなかったので「書かなくちやいけない」と注意されたという。シェークスピアShakespeare, William の講義は「面白み、をかしみ沢山」だった。

「吾輩は猫である」が評判になり、まねをする者が現れると「独創がなくてはいけないといふことを度たびいつた」。後に「銀の匙」を高く評価する際の視点をすでに講義の中で話していた。〇七年に漱石は東大を辞任し朝日新聞社に入社するが、中も国文学科に転科する。漱石の作品に対して「『草枕』を非常に面白く読んだ。そしてなんでもその文章、ことに語彙の豊富な点に最も心をひかれた。」が、「耳を無視することに対してはいつも不満だつた。」という。しかし、朝日新聞に連載された小説は「時どき気まぐれに拾ひ読みするほかには全く先生のものを読んだことがない、近頃は別としてこれまでも私にとつては詩歌は殆んど唯一のもので、散文はよほど詩的なものでないかぎりあまり読む気にならなかつた」といい、詩歌に熱中していたことが分かる。そして「吾輩は猫である」の諧謔・滑稽に嫌悪を感じ、表題からして顔をそむけたとも語っている。また、他の学友が漱石に心酔したのに対して、中は「和洋折衷の寺子屋めいた先生の部屋に集まつた弟子たちの（中略）末席を汚す」（「黒幕」以下同）者で、「学校での師弟の関係に於ても（中略）一高の一年から大学の二年ごろ先生が辞職されるまで私はまあ直系の生徒、学生のひとりだつたけれど（中略）唯一の悪い学生だつた」と語っている。

▼〇九年の卒業直前に、父勘弥の死に続い

て京都帝国大学福岡医科大学（後の九州帝国大学）教授であった兄・金一が脳出血で倒れる。その後、廃人となった兄の世話をやく兄嫁末子と共に、親戚をまきこんだ家庭内の紛糾に苛まれる。その重苦に耐えられず、一〇年一二月に一年志願兵として近衛歩兵連隊に入隊。四ヵ月後には入院し、一一年六月に除隊となる。しかし、家には戻らず信州野尻湖畔の安養寺に身を寄せ、世間からの隠遁、仏教的な静謐を求めていく。秋には、湖の弁天島にこもる。この経験は、後に随筆の題材となる。初冬に帰京して、千駄ヶ谷に一時住む。

**▼一二**（大正元）年、夏から秋にかけて野尻湖畔に滞在し「銀の匙」前篇を執筆し、漱石に送り閲読を乞う。すると「先生と私の師弟としての関係は三十幾年前私が一高の一年の時からだが、個人的関係は大学を卒業後二、三年して「銀の匙」を書いた時から始まる。それは先生の御盡力で朝日新聞へのることになつた。（中略）なんだかよほど好意的、同情的に感じられた」（「黒幕」）という結果を生み出す。「ありやいいよ」（「夏目先生と私」**一九一二**年一〇月上旬頃に漱石宅を訪問した折の談話）と漱石はほめた。「落ちついた書き方だといつた。大変口調がいいといつた。私は文章が時に稚気を帯びてやしまいかと思ふといつたら寧ろその反対を考へてるらしい口吻をもらした。先生はまた正直に書いてあるといつてそのあとで『ああいふ意気地のないことを……』といひかけたが遠慮するやうな風にちよつと言葉をきつた。（中略）私の文章に源氏物語のやうなところがあるといつたのには少し非難の意味があつたかと思ふ。（中略）平面的だといつて、廻り燈籠みたいにいろんな事件人物が出てくる間に自然に主人公の性格がわかるやうになつてるんだねといふやうなことをいつた」。しかし、「ありやいいよ」を連発し、朝日に紹介するにあたって、原稿が汚いこと、仮名が多すぎることなどを注意したという。

**▼一三**年四月から六月、漱石の「行人」の後に「銀の匙」は、『東京朝日新聞』に連載（五七章）される。そして、「そのあひだに私は友人から先生が『銀の匙』に対する人びとの非難に対して一人で弁護してるといふことをきいた。そして、ひよつとすると先生は私自身があるよりも『銀の匙』が好きなのかもしれないと思つた」。更に漱石は「ああいふのはセンチメンタルつていふんぢやない」とも評したという。単行本にして出版することも勧めている。

**▼一四**（大正三）年に、比叡山横川へ再び転地し、「銀の匙」後篇「つむじまがり」を執筆。漱石に送ると、手紙でほめ「同情と尊敬を払ひたい」（一〇月二七日付）とまで書き添える。「自分にとつては『銀の匙』よりも全体として一層気に入らないものだったので『銀の匙』の時よりも寧ろ深くなつたように見えるこの賞讃は私にとつて反つて案外なものであつた。そして私の作物に対する私たちの態度がどこかであべこべになつてることに気がついた」という。

漱石は、同年一一月二五日に学習院の輔仁会の依頼で講演「私の個人主義」をし、中の「つむじまがり」に記された兄と弟のエピソードと同じ出来事を話す。概略は、釣りの好きな兄が、家に引き込んで書物を読むのが好きな弟を、無理矢理釣りに引っ張り出して厭世的な性格を直そうとする。弟はそれが不愉快でますます釣りが嫌いになっていく。この例をあげて漱石は、寄宿舎で軍隊生活を主位に置く実態や、世間に出た後の学習院の生徒が威圧的な態度で個性を尊重しなくなることなどに警告を発している。漱石が「銀の匙」を評価した一端が表れている。

▼一五（大正四）年四月から六月に、「銀の匙」後篇「つむじまがり」は、また漱石の推薦で『東京朝日新聞』に連載（四七篇）される。「銀の匙」の評価をめぐって、この二人の資質の違いが顕在化したと中は語る。漱石が「後篇の方が文章の彫琢が少いだけいい、前篇のやうに彫琢に苦労する必要がない」という意味のことを言った。中は「後篇に彫琢が少いのは内容が彫琢を要する場合が少いからだらう」と答える。更に「寧ろ前篇の方が書きがひもあつたし、好きでもある、なぜといへば、前篇の方が全体として詩的だから」と記す。これらのやりとりをふまえてなお漱石は「子供の時のことを書いたものといへばトム　ブラウンやバッド　ボーイがあるが書いてある方面がちがふ。*谷崎氏の『少年』はああいふもので『銀の匙』とは少したちがちがふし『銀の匙』のやうなものは見たことがない」と言った。先生は「綺麗だ」と言った。「細い描写」と言った。また「独創がある」と言った。そして「『銀の匙』の中に出てくる私の自然に対する感情をとても自分には分らない、こしらへものかと思ふくらゐだ」と言った。

　このような違いは生活感にも表れた。中が、閑静な住居を望むために寺院を選びその掟を守って質素な生活で不摂生に近い粗食にあまんじることにも愉快があると漱石に言うと、「それはさうだらうけれどよした方がいい」と答えたと言う。中は一時的には寺院に滞在したが、望むような静かな住居は得られなかったという。

　このように作品に関しては高く評価してくれた漱石に対して、「先生は人間嫌ひな私にとつて最も好きな部類に属する人間の一人だつた。そして先生は私の人間にではなく、創作の態度、作物そのものに対して最も同情あり好意ある人の一人であつた」と中は述懐している。

　この間、漱石宅を面会日以外に訪問することに対してすまないと申し出たところ、漱石は「君は人にあふのが嫌なんだらう。」と言い、許したという。また、中が「三円あれば二十日たべられる」と言い、文壇と没交渉で生き「全然孤独……世間と没交渉といつた」ことに対して、漱石は「寧ろ滑稽を感ずるぐらゐだ」と言ったという。中はそれを聞いて「さうだ、先生はとても私のやうな孤独は守れない」と思う。また「二三の人に見せるために筆をとる」と中が言ったことに、漱石が「見せるつて誰に見せるんだね」と問いかけたのに、「眼識はなくとも私にとつて大切な人に見せます」と中は答えたという。詩を好む中の孤高の資質が表れたやりとりだといえよう。このような中の資質に対して「先生は私と向かいあつてるとまつ黒な幕が垂れてるやうでいちばんいけないといはれたとかきいた」（「黒幕」）と中は回顧している。後で、この黒幕は中のことではなく別の一字姓の変わった人を指して言ったのだと、中は訂正している（渡辺外喜三郎『中勘助の文学』）。だが、私にもそのようなところがあったことには変わりはないとも言っている。漱石は中の作品には讃辞を与えたが、その人物には疑問を残して他界したことになる。

　漱石が孤高の中を受け入れたことについて、松本清張が中江兆民を論じた「火の虚舟」（『文藝春秋』一九六七年一月）で取り上げている。清張は、孤高の中について小説を書こうと思いたったと日記（一九八一年三月二一日）に記している。

▼一六（大正五）年に漱石は逝去。翌年、「夏目先生と私」を『三田文学』に発表。

　中は、一〇年一一月に軍隊に入隊した後、四ヵ月後には入院し、その折に漱石から届けられた見舞の手紙を、後年読み返す。そして「今それを読み返してみればその後数十年の波瀾重畳の歳月と生活の堆積の下から新な感謝と思慕がこんこんとして湧き出るのをおぼえる」（「先生の手紙と『銀の匙』の前後」、一九五一年）と述懐している。
▼二一（大正一〇）年、小説「提婆達多《デーバダツタ》」（新潮社）刊。二六年に『銀の匙』（岩波書店）刊。
▼三五（昭和一〇）年、『琅玕《ろうかん》』以下八冊の詩集を刊。短歌や俳句も創作するようになる。四二（昭和一七）年、島田正武の娘、和子と結婚。結婚式の当日に兄金一逝去。四五年以後の晩年は静かな生活を送ることができた。
▼六〇（昭和三五）年、『中勘助全集』（全一一巻、後一巻増巻、一九六五年完。没後更に一巻増補、角川書店）刊。
▼一九六五（昭和四〇）年、六四年度朝日文化賞を受賞。四月二八日、発病、入院し五月三日、蜘蛛膜下出血のため永眠。七九歳。南青山玉窓寺にて葬儀。葬儀委員長は安倍能成。青山墓地に葬られた。戒名は「慈恩院明恵勘真居士」。
▼辰野隆は、「漱石門下の三羽烏」として*寺田寅彦、鈴木三重吉、中勘助をあげた（「吉村冬彦論」『あ・ら・かると』白水社、一九三六年）。杉森久英は、「随筆文学　中勘助」（『現代文学総説Ⅱ』学燈社、一九五二年）で、漱石の精神を真に継承しているのは*志賀直哉と中勘助だと指摘している。また、漱石の苦悩は中に受け継がれたと考えて検証しているのが渡辺外喜三郎『中勘助の文学』である。

〔**参考文献**〕渡辺外喜三郎『中勘助の文学』桜楓社、一九七一年一〇月二〇日。／中勘助「夏目先生と私」『三田文学』、一九一七年一一月。／中勘助「黒幕」『思想』第一六二号、一九三五年一一月。／『中勘助全集』全一三巻、角川書店、一九六〇年〜六五年。／『中勘助全集』全一七巻、岩波書店、一九八九年九月〜一九九一年三月二七日。

〔坂本正博〕

## ■橋口五葉

はしぐち・ごよう

一九一一年、三越懸賞ポスター一等入選時、記念撮影。鹿児島市立美術館提供。

**一八八〇（明治一三）年一二月二一日〜一九二一（大正一〇）年二月二四日。**

**版画家・装丁家・装飾美術家・浮世絵研究家。漱石著作の装丁に携わる。**

本名は清。本籍は鹿児島県鹿児島市樋之口町百番地。父・橋口兼満、母・ヨシの三男として生まれた。兄弟は、長兄・*貢《みつぐ》、次兄・半次郎、妹・トミがいる。

父に絵の趣味があったことから子どもたちも絵に興味を持ち、五葉は幼少のころから馬の絵を好んで描いていたといわれ、少年期には狩野派の手ほどきを受けていたと伝えられている。数学に卓抜した秀才の家系で、二人の兄たちは第五高等学校から東京帝国大学を出ている。
▼一八九九（明治三二）年、五葉は鹿児島県

立鹿児島尋常中学造士館を卒業すると、兄たちを頼って上京、本郷団子坂付近にある長兄貢の家に身を寄せる。まず橋本雅邦に日本画を学んだが、郷土の大先輩で親類にあたる黒田清輝に勧められ、白馬会研究所に通って西洋画を学んだ。翌年九月、東京美術学校予備課程に入学、次の年、同西洋画科本科に進み、一九〇五（明治三八）年七月、同科卒業。この後、五葉は研究科に三年間在籍。当時、同校には青木繁、熊谷守一、和田三造らも学んでおり、教授陣に黒田清輝、藤島武二、久米桂一郎らがいた。その頃アールヌーボー様式が流行し始めており、五葉は同校の図書館でヨーロッパで発行された雑誌を観て、アールヌーボーの図案模様を熱心に写して研究し、先天的にもっていた図案家の素質を伸ばそうとしていた。そうして五葉は東西双方の美術の融合を考えて、新しいわが国の装飾美術を模索していった。

▼五葉と漱石を結びつけたのは、五葉の長兄貢だった。漱石が五高教師時代、貢は漱石の教え子にあたる。**一九〇三**（明治三六）年、貢は英国留学後の漱石に再会し、二人に交流が始まる。互いに趣味の自筆水彩画絵はがきをしきりに交換するようになる。貢の絵を見て感心した高浜虚子からの依頼があり、漱石は貢に『ホトトギス』に「廻り燈篭の様な影法師の行列」（**一九〇四**年八月二七日付）を描いてくれと頼む。自分の替りに貢は、無名の美校生である弟五葉を引き立ててくれるようにと推薦する。漱石も喜んで五葉に託する。以後、五葉は漱石邸に出入りするようになり、漱石が英国から持ち帰った雑誌『ステューディオ』などアールヌーボー様式の資料を自由に観ることができた。こうして漱石と五葉の交流が始まる。

▼**一九〇四**（明治三七）年一二月一九日、漱石は橋口兄弟を訪問し、そこで雁の羹を食べてそのうまさに舌を巻く。生まれて初めて食べたその美味が忘れられなかったらしく、同二二日にはお礼状で鵞鳥の絵を描き、今度はこんな奴を一匹食いたいとユーモラスに述べる。二一日付野間真綱宛の便りには「雁の羹は橋口の家に限る」と書き添えているほど。さらに後の「猫」（八）では、迷亭に雁が食いたいと言って夢の中で雁鍋を所望するくだりがある。これは、橋口家での忘れ難い料理の味を思い出し、食いしん坊の漱石が作品の中に挿入させたのではないかと思われる。

▼**一九〇五**（明治三八）年一月三日には虚子・四方太・橋口兄弟らを漱石が招待して、野間真綱からもらった猪肉を入れた雑煮でもてなす、など親交を結んだ。吾輩（猫）が雑煮を食べて餅が歯から離れずにもがいて踊っているところを家人に笑われるくだりは、この日の出来事をモチーフにしたと思われる（夏目鏡子『漱石の思ひ出』二四）。

漱石は『ホトトギス』（**一九〇五**年一月号）に「吾輩は猫である」（以下「猫」と略）を発表し、一躍、文名があがる。評判に気をよくして続編を書くが、五葉の卓越した才能に着目した漱石は、挿絵を五葉に描かせる。それが大変気に入り、漱石はお礼状で「ホト、ギスの挿絵はうまいものに候御蔭で猫も面目を施こし候。バルザツク、トチメンボー皆一癖ある画と存候。（略）僕の文もうまいが橋口君の画の方がうまい様だ」（同一月二一日付橋口清宛自筆水彩絵はがき）と絶賛。新鮮で個性的な五葉の絵に満足した漱石の喜びがユーモラスに書かれている。

二人の呼吸が一致して、『吾輩ハ猫デアル』上梓の折には装丁を五葉に任せる。隠れた造本美術家でもあった漱石は、「表紙の義は矢張り玉子色のとりの子紙の厚きものに朱と金にて何か御工夫願度」（同八月九日付橋口清宛はがき）と細かく注文をつけている。五葉はこれに忠実に応えている。

漱石は同書（上篇）序で、「橋口五葉氏は、表紙其他の模様を意匠してくれた。（略）文章以外に一種の趣味を添へ得たのは余の深く徳とする所」と丁寧に謝意を表明している。さらに中篇の装丁について漱石は、「今度の表紙の模様は上巻のより上出来と思ひます。あの左右にある朱字は無難に出来て古い雅味がある。（上巻の金字は悪口で失礼だが無暗にギザ〳〵して印とは思へない。）総体が淋しいが落ち付いてゐると思ひます。扉の朱字も上巻に比すれば数等よいと思ひます。ワクの中はうまく嵌ってゐる様に思はれます。」（一九〇六年一一月一一日付橋口清宛）というふうに漱石は五葉の仕事に満足の意を示した。

『猫』は小説家漱石、装丁家五葉、それぞれの処女作となった。ブックデザインの画期的な絢爛豪華さに出版界は驚嘆の声をあげ、五葉の名は天下に轟く。五葉は、日本におけるグラフィックデザイナーの嚆矢となった。アンカット、天金という珍奇な『猫』に始まり、以後、漱石著五葉意匠のコンビで名作が次々と出されていく。英国世紀末芸術の影響を顕著に示していて豪華な絵本を思わせる『漾虚集』、工芸的な美しさをもつ『鶉籠』や『草合』、モダンデザインの『それから』や『四篇』など一七点、これらは五葉が装丁した「漱石本」と呼ばれる美術工芸品ともいうべき、近代の最も華麗で贅沢な造本として知られている。

▼漱石もの以外にもデザイナー五葉による装丁は、*泉鏡花や*森鷗外など多くの近代文学の名作にわたり、文壇を五葉調で飾った。

装丁以外でも五葉は、漱石の専用原稿用紙やインク壺のデザインなども手がけている。

▼漱石は日常の身辺における諸事件を巧みに創作に取り入れている。その作品中には五葉がモデルとなっていると思われる登場人物や、五葉との交流がモチーフになっていると推測される場面がある。「猫」（二）の冒頭では、執筆当時の絵はがきブームを反映して、画家の友人から苦沙弥先生に絵はがきの年始状がくるくだりがあるが、これは五葉からの年始状がヒントになっているかもしれない。また、五葉は話好きで、いつまでも絵のことや冗談など面白い話を次々にしてみんなを笑わせていたというのが、親族の間では語り草になっている。この点でも五葉は、おしゃべりで冗談やホラ話でまわりを煙にまいてしまう、苦沙弥先生の友人、美学者迷亭と重なる。

さらに「猫」では、美術に関する描写が少なからず重要な位置を占めている。漱石が同書執筆中に交流があった美術関係者としてすぐ思い浮かぶのが、五葉とその長兄貢だろう。貢は専門の画家ではないが、自筆水彩絵はがきの交換では群を抜いて漱石と親密であった。また五葉の次兄半次郎も漱石と面識があり、文人画風の絵を描いていた。貢、半次郎、五葉の三兄弟は成人してからも仲良しで、兄弟が集まると書画や古美術の話に熱中し、他人は容喙できなかったという逸話が残されている。橋口兄弟は、美術に関して、見ること、談ずることに多大の関心を寄せ、さらに絵筆を持つことにも長じていたのである。「猫」の中で開陳される芸術観は、このような橋口兄弟との交流を通じて交わされた自由闊達な美術論議の中から得られたものと思われる。

漱石作品には五葉を暗示させる画家が登場するものがある。なかでも「三四郎」の画家原口さんの風貌は、短髪で口髭を生やし、ヘビースモーカーであることなど五葉を彷彿とさせる。また、アトリエは丸ごと五葉の画室とそっくりの感じであると小宮豊隆が証言している（「『三四郎』の材料」全集月報八号、一九三一年六月）。原口さんの芸術論は、浮世絵や東西画論について精通していることがわかる。これほどの知識をもつ画家は漱石の周辺では五葉以外には見出せない。

漱石と五葉の親しい交遊は、お互い自身に影響をもたらしている。漱石と出会い、画才を認められ、漱石本の装丁をするようになったことが後の装丁家、版画家としての五葉の方向づけに決定的な影響を与えている。漱石にとって五葉を含めた橋口兄弟の存在は、漱石の心を癒す美術の領域と深い関わりをもっている。漱石と美術のことを考える時、橋口兄弟との関係は忘れることができない。

また漱石は、『朝日新聞』「文芸欄」に「現今の日本画」（一九一〇年一月一八日（上）一九日（下））と題して五葉に書かせたり、ともに美術展に出かけたりもしている。同年夏、五葉は、胃潰瘍で入院した漱石をグロキシニアの花をもって見舞う。一方、漱石も、脚気の持病をもっていた五葉を見舞うこともあった。

さらに五葉の名を高めるのが、一九一一（明治四四）年、三越の一千円懸賞ポスター一等賞入選である。このポスターの美人画こそが、五葉を美人画浮世絵へ向かわせる転機となった画期的作品であった。その後、五葉は浮世絵研究に打ち込む。一九一五（大正四）年、版画を始め、美人画に取り組み、女性美を追究する。版画の作品には「浴場の女」「髪梳ける女」など十数点あるが、我が国よりむしろアメリカなど海外で人気が高いといわれる。

▼生涯、娶ることなく、一九二一（大正一〇）年二月二四日、中耳炎をこじらせた五葉は、四〇歳の若さで没した。

〔**参考文献**〕岩切信一郎『橋口五葉の装釘本』沖積舎、一九八〇年一二月。／岩切信一郎監修『生誕130年　橋口五葉展』図録、東京新聞、二〇一一年六月。／佐渡谷重信『漱石と世紀末芸術』美術公論社、一九八二年二月。／芳賀徹『絵画の領分』朝日新聞社、一九八四年四月。

［白坂数男］

## ■荻生徂徠

おぎゅう・そらい

『先哲像伝　近世畸人傳　百家琦行傳』一九一四年刊。

**一六六六（寛文六）年二月一六日～一七二八（享保一三）年一月一九日。江戸中期の儒学者。古文辞学者。漱石は徂徠一派の力強い、雄勁な文章を好んだ。**

江戸生まれ、茂卿《しげのり》（もけい）、通称惣右衛門。物部氏の流れを汲むとして、中国風に物《ぶつ》徂徠と号することもある。一六七二（寛文一二）年幼くして林家の門（春斎・鳳岡）で学ぶ。一六七九（延宝七）年、徳川綱吉の侍医であった父・方庵（景明）が、主君の咎めを受けて、上総国長柄郡二宮庄（現・千葉県茂原市）に流罪になったため、一六九二（元禄五）年父が赦免になるまで、当地で暮らした。これが徂徠には幸いし、独学で一三年間和漢の書や仏典を耽読し、後の学問の基礎を築いた。江戸帰国後、徂徠は芝増上寺前に居を定めて、儒学を講じた。この頃その生活は困窮を極め、隣家の豆腐屋に食べ物を恵んでもらって暮らしたという逸話が残り、後に落語「徂徠豆腐」の素材になった。

▼一六九六（元禄九）年父方庵は小普請に召し抱えられ、徂徠は柳沢保明（吉保）に十五人扶持で抱えられる。将軍綱吉に経学などの侍講を行う。三宅休と結婚。一七〇三（元禄一六）年、柳沢吉保が藩学文武教場を創立し、徂徠を教授とする。一七〇四（宝永元）年、父方庵が隠居し、弟の観（北渓・儒者のち侍医）が相続する。翌年、妻死去。一七〇六（宝永三）年『勅賜護法常応録』や「峡中紀行」を完成させる。

▼一七〇九（宝永六）年日本橋茅場町に私宅を構える。「蘐園《けんえん》」のゆかりの地である。近隣に俳人の宝井其角が住み、「梅が香や隣りは荻生物右衛門」と詠んだという俗説が残っている。おそらく漱石もこの句に拠ったものと考えられるが、「徂徠其角並んで住めり梅の花」という句を作っている（「＊子規へ送りたる句稿三十三　梅花百五句」・一八九九年）。

▼一七一一（正徳元）年『訳文筌蹄《せんてい》』刊行。一七一三（正徳三）年、再婚。一七一四（正徳四）年、牛込へ転居。『憲廟実録』完成。『蘐園随筆』刊行。一七一七（享保二）年頃、『弁道』『弁名』『学則』成る。一七一八（享保三）年、肺結核嵩じる、翌年快方へ向かう。一七二〇（享保五）年、赤城へ転居、娘を亡くす。兄の春竹の子を養子にする（荻生金石、物金石とも）。一七二一（享保六）年、火災に遭い、市ヶ谷大住町へ転居。『六諭《りくゆ》衍義《えんぎ》』の訓点を命ぜられる。一七二四（享保九）年『芥子園画伝』を吉宗に献上。一七二七（享保一二）年、吉宗に謁見。『三五中略』の校正を命ぜられる。この頃『政談』成る。『学則』『答問書』刊行。

▼一七二八（享保一三）年一月一九日死去。六一歳。

▼荻生徂徠の業績については、吉川幸次郎の「徂徠学案」（『日本思想大系』第三六巻「荻生徂徠」）が詳細を極めているので、次にそれを要約して示す。

第一期（四〇歳頃迄。元禄〜宝永）私塾の教師・柳沢吉保の家臣・五代将軍綱吉の侍講・朱子学の儒学者・宋の文学の尊重・語学者として活動。

第二期（五〇歳位迄。宝永〜正徳）綱吉の死と吉保の失脚・柳沢の家臣のまま町住みの儒者・将軍家宣家継の輔佐者であった新井白石と対立・古文辞の高唱・なお朱子学を守る・文学の実作者として活動。

第三期（六〇歳位迄。享保）儒学説文学説ともに伝統を脱却・古文辞の文学の盛況・吉宗の厚遇庇護により哲学者として活動・多くの弟子を抱え（安藤東野・山縣周南・服部南郭・平野金華・太宰春台）、「蘐園学派」を形成し、江戸中期以降、朱子学に対抗する一大勢力となった。いわゆる「徂徠学派」は主としてこの第三期とその後継者達をいう。

▼漱石が、思想的に徂徠の影響を受けたとは早急には断定できない。漱石が徂徠について触れているのは、そのほとんどが骨董品としての徂徠の書についてである。例えば、一九一〇、一一（明治四三、四）年頃の「断片五三D」には、「京伝画、桜ノ下ニ花魁トカムロ、二円五十銭」などのメモに続けて、「夜店、日蓮上人、物茂卿、親鸞上人、弘法大師」とあり、これはおそらく夜店で徂徠の書を見つけた時のメモであろう。また、勝又和三郎宛漱石書簡（一九一三年八月二二日）では、「物茂卿千字文御鑑定」の鑑定者依頼に対して、「此辺の消息に通ずるものなく」と断っている。「草枕」八（一九〇六年）で、画工と観海寺

の和尚と宿の主人とが会し、歓談する時、床の間の掛け軸に、和尚が「徂徠かな」と問い、主人が「徂徠もあまり、御好きでないかも知れんが、山陽よりは善からうと思ふて」と答える場面がある。この時の和尚の評価は、「それは徂徠の方が遥かにいゝ。享保頃の学者の字はまづくても、何処ぞに品がある」という、美的判断である。画工の評価も「物徂徠の大幅」の「装禎の工夫」や「底光りのある古錦襴（と）紙の色（との）調和」といった美的判断である。

徂徠の漢文については、「余が文章に裨益せし書籍」（『文章世界』一九〇六年三月一五日）で、『源氏物語』や馬琴*、近松、『雨月物語』などの、「和文のやうな、柔かいだらく〱したもの」は嫌いだ。「漢文のやうな強い力のある、即ち雄勁なものが好きだ。」その漢文では、「享保時代の徂徠一派の文章が好きだ。簡潔で句が締つてゐる」という。また、「思ひ出す事など（六）」（一九一一年）でも触れている。いわゆる修善寺の大患で宿の布団に縛りつけられたような状態の時に、渋川玄耳*が『酔古堂剣掃』と『列仙伝』を見舞いに送ってくれた。この『列仙伝』を読んだという記述の中に徂徠のことが出てくる。のちにこの時の「日記」（一九一〇年九月二一日付）を見てみると、この『列仙伝』の一節を書き写している。それを見たら、子供の時に「聖堂の図書館」で「徂徠の蘐《けん》園十筆を無暗に写し取つた昔を、生涯にたゞ一度繰り返し得た様な心持」が起ってきた。「昔の余の所作が単に写すといふ以外には全く無意味であつた如く、病後の余の所作も亦殆んど同様に無意味である。」と記している。しかし、この書写は「無意味である」が、そこに「一種の価値」があると喜んではいても、子供の時に徂徠の文章の影響を受けたとは言っていない。それに、徂徠の五一、二歳の頃に書かれた『蘐園十筆』は、覚書的な傾向の強い随想集で、一貫した意図に基づくものではない。十章（筆）からなり、内容も多岐に渉る全く自由な随想の集成である。ただ文章は確かに雄勁な印象の強いものなので、思想的にはともかく、文章の歯切れのよさは記憶に残ったかもしれない。

雄勁な漢文調の文章を好み、簡潔で句が締まっている享保時代の徂徠一派の文章が好きだということは、『文学論』などの漱石の文章を見ても首肯できるが、徂徠の思想性の影響は、漱石の直接的な文言からはうかがい知ることはできない。しかし、漱石の人間認識、大きくは世界認識の或る特徴的な傾向が、徂徠の思想性によって照射されうる点には注意しておく必要がある。それは徂徠の「活物《かつぶつ》」の思想である。

吉川幸次郎によると、徂徠は、存在は運動をその属性とする。存在は絶えず運動し続けるので、時間的にも空間的にも同一の存在はありえない。そのように運動を続け無限に分裂した個が「活物」であり、この活物は同一の存在になることはない。そしてこの存在の運動を生むのは天の意志（天命）によるという。その「天」への尊敬こそが人間の思考と実践の基礎である、とする。

このような「活物」の思想と、漱石があらゆる事象を変化・変容としてとらえる傾向との近似性は興味深い。『文学論』（一九〇七年）でいう「意識の波」、すなわち「意識の任意の瞬間には種々の心的状態絶えず現はれ、やがては消え、かくの如くして寸刻と雖も其内容一所に滞ることなし」（第一編第一章）というのは、L・モルガンの引用だとしても、この意識の推移によって個人の人生や社会の歴史をみるのは、充分に漱石のものである。また、「不思議に運行する浩蕩《こうとう》たる過去の歴史」に対して、「各自に活動すると共に一団に活動」するのは、そこに「所謂天命の二字」（第五編第二章）をもって説明するしかないという。このような活動を天命でもって説明するのも興味深い。

しかしながら、このように活動を天命とはいいながらも漱石は、初期文学理論では、意識の推移には天命よりも個人の意思的な要因の方を肯定している。「文芸の哲学的基礎」（『東京朝日新聞』**一九〇七**年五〜六月）では、まず「吾々の生命は意識の連続」とし、その連続つまり生命活動は、「理想」の方向へと「選択」することによって行なわれる、としている。その選択には個人の意思的動因を認めざるをえない。

ところが、小説では、「それから」（**一九〇九**年）のあたりから、「天」や「自然」が頻出してくる。それ以降の漱石の小説の重要な底流は、生命活動を、理想へ向かう個人の選択という意識の推移として把握するか、それともそこに天命を容認するかの、相拮抗であったとも把握できる。そして最後の小説「明暗」（**一九一六**年）の「変」に至る。「明暗」では冒頭（二）から、「此肉体はいつ何時《なんどき》どんな変に会はないとも限らない。――さうして自分は全く知らずにゐる。恐ろしい事だ」と、「変」に慄く津田の心理から書きだされる。「精神界も全く同じ事だ。何時《いつ》どう変るか分らない。さうして其変る所を己は見たのだ」というように、「変」を認識してしまった津田は動揺し、全く動きがとれずにいる、その精神状態が描かれていく。「明暗」を書き続けながら、漱石が「則天去私」の揮毫を残しているのは意味深い。理想に向かって選択する個人の意識か、それとも、超意識的に変を支配する天命か。

▼漱石の人間認識や世界観に、徂徠の「活物」や「天命」を早急に結びつけるのは危険であるが、これらを漱石理解の補助線として引くのは、むしろ有効である。

漱石は、日本橋の書店青木嵩山堂の名前は、「書物が高いからといふて徂徠がつけてやつた」（**一九〇五**年四月一三日付森巻吉宛書簡）ということだとか、「炒豆を喫して古人を罵るは天下の快事」と物徂徠は言ったというが、自分は「ビスケットをかぢつて学生を罵るは天下の不愉快」（**一九〇四**年六月一八日付*野村伝四宛葉書）だとか、手紙に書いたりしている。これらは、儒者に纏わる逸話が現在では考えられないくらい、明治においては広くかつ深く人口に膾炙していたからで、儒学そのものに対する評価は一往措いても、近世においては唯一の公認の学問であった儒学の明治の小説家達への影響は、このような逸話からその思想性に至るまで、看過できないものがある。民族の記憶というのは大袈裟だとしても、徂徠学派の漢文に惹かれていた漱石は、当然それらを読んでいたわけで、無意識の記憶として、漱石に徂徠が影響した可能性は否定できない。

〔**参考文献**〕野口武彦『荻生徂徠　江戸のドン・キホーテ』中公新書、一九九三年。／『日本思想大系』第三六巻「荻生徂徠」岩波書店、一九七三年。

〔石田忠彦〕

# ■与謝　蕪村

よさ・ぶそん

呉春作。

**一七一六**（享保元）**年〜一七八三**（天明三）**年一二月二五日。**

**江戸中期の俳諧師・画家。正岡子規*が蕪村を愛好したことに先導されて、漱石もその句を愛好した。**

大阪にほど近い摂津国東成《ひがしなり》郡《ごおり》毛馬《けま》村《むら》（現・大阪市都島区毛馬町）の生まれ。姓は谷口あるいは谷。号は蕪村。名は、信章、通称は寅《えん》。蕪村の号は、中国の詩人、陶淵明の漢詩「帰去来辞」に由来する。俳号は蕪村以外に、宰鳥（宰町）、夜半亭（二世）があり、画号は春星、謝寅《しゃいん》などがある。

父・谷吉兵衛は庄屋の家の当主で、母・げんは下働きをしていたが、吉兵衛との間に男の子が誕生する。それが蕪村である。母は年若くして逝去し、吉兵衛も逝去する。孤児となった蕪村は二〇歳の頃、師事し俳諧を学んでいた早野巴人《はやのはじん》（夜半亭宋阿《やはんていそうあ》）と共に江戸に出て、日本橋石町「時の鐘」辺りの寓居に住んだ。この頃は宰鳥（宰町）と号していた。

▼一七四二（寛保二）年、師が逝去した後、下総国結城（現・茨城県結城市）の砂岡雁宕《いさおかがんとう》に身を寄せながら、約一〇年間、松尾芭蕉に憧れて、その足跡を辿り東北地方の旅に出る。その際の手記を『歳旦帳（宇都宮歳旦帳）』に編集し、初めて蕪村の号を使った。その後、母の郷里だった丹後や讃岐地方を旅する。四二歳の頃、京都に移り居を定める。この頃、谷という姓を母方の「与謝《よさ》」に改める。四五歳頃に結婚し、島原（嶋原）角屋《すみや》で俳諧を教える。妻は「とも」、娘は「くの」といった。

▼七〇（明和七）年、「夜半亭二世」に推戴されている。

▼八三（天明三）年一二月二五日、現在の京都市下京区仏光寺通烏丸西入ルの居宅で六七歳の生涯を終える。辞世の句は「しら梅に明《あく》る夜ばかりとなりにけり」。墓所は、京都市左京区一乗寺の金福寺《きんぷくじ》。その寺には、蕪村らが再興した芭蕉庵があり、その横の芭蕉碑のかたわらに墓はある。死後にその傍らに葬られたいとの願いをこめた一句。「我も死して碑に辺《ほとり》せむ枯尾花」。

▼正岡子規に添削まで受けながら俳句を創作し始めた漱石は、子規が蕪村調の俳句を規範とみなしたことに先導された。その選句や添削の傾向に刺激を受けて「蕪村調」を身につけている。漱石の俳句の中で、「寂として椽に銕と牡丹哉」（新聞『日本』、**一八九八**年六月二四日）は、蕪村の次の句をふまえている。「寂《せき》として客の絶間《たえま》のぼたん哉」、「牡丹切《き》つて気のおとろひしゆふべ哉」の二句の牡丹剪定《せんてい》前後の瞬間、その後の寂しさに着想を借りている。

だが、漱石の俳句は「落ち合ひて新酒に名乗る医者易者」（『ほとゝぎす』、**一八九九**年九月）に見られるように、蕪村の「秋風《しうふう》や酒肆《しゅし》に詩うたふ漁者樵者《ぎよしやせうしや》」をふまえて、明治期の医者易者を配合し、時代遅れの彼らが昔ながらに新酒を楽しむ風情を描いたところに滑稽味が出ている。その奇抜な発想や滑稽味に特徴がある。子規は、この特質を指摘する点でも卓抜な批評眼を発揮した。

**一九〇〇**（明治三三）年に漱石がロンドンに出航した「プロイセン号」にも、蕪村の高弟の『几董集』や『召波集』を持参した。

また、小説にも蕪村の句が投影してい

る。「草枕」の各所にその跡を確認できるが、画家が那古井の宿で自分の画境を思いめぐらす場面で「ある点迄此流派に指を染め得たるものを挙ぐれば、（中略）蕪村の人物である。」（六）と記す。画家が自分の心境をそのまま絵にできている例として挙げている。

　更に、「夢十夜」の第二夜では、侍が参禅するがなかなか悟れず、和尚から「人間の屑ぢや。」と言われ自分の部屋に戻る。行燈の灯心をかき立てると襖の絵が目に入る。蕪村の絵である。「黒い柳を濃く薄く、遠近《をちこち》とかいて、寒むさうな漁夫が笠を傾けて土手の上を通る。」と描いている。

　「虞美人草」一二では、「貧乏を十七字に標榜して、馬の糞、馬の尿《いばり》を得意気に詠ずる発句と云ふがある」との一節がある。「馬の糞」とは、蕪村の句「紅梅の落花燃《もゆ》らむ馬の糞」を指す。「虞美人草」は更に「芭蕉が古池に蛙を飛び込ますと、蕪村が傘《からかさ》を担《かつ》いで紅葉を見に行く」と続く。「傘を担いで」とは、蕪村の句「紅葉《もみぢ》見や用意かしこき傘二本」を指す。また、蕪村の句「ゆく春や重たき琵琶の抱心《だきごころ》」も引用している。

▼一九〇八（明治四一）年二月の漱石の講演「創作家の態度」では、蕪村の「ほと、ぎす平安城を筋違《すじかひ》に」を引用している。人間の意識の流れを一瞬せきとめて、心に残るイメージを象徴化して描き出す創作家を漱石は称揚している。この句は、ほととぎすが一瞬飛び去った「瞬間の働きをさも永久の状態の如く、保存に便にする様に纏めて置きます。」と、永遠の形相として評価している。

▼一九一四（大正三）年、漱石は蕪村の画を購入する。その書簡に「私は蕪村の画を買ひました（十二円で）私は好い画だと思つて毎日眺めてゐます」（六月二日付橋口貢＊宛）。

▼一五（大正四）年、四月九日の日記に、蕪村の「馬提灯《うまぢょうちん》の画讃」を写し取ったことに触れている。その文章だけでなく絵までを稚拙に写し取っている。画讃で、雨の日に馬提灯（長い柄にぶらさげた馬上用の丸い提灯）を持ってくれれば消えずにすんだと嘆く蕪村に、俳諧仲間の太祇が、何がよいやら何一つ分からないと言い、磊落な心境で暮らしている。漱石はこの磊落さに惹かれたと思われる。

　同年の書簡では蕪村の句にふれている。京都に行った折のことにふれながら自作の句を披露し「『宝寺の隣に住んで桜哉』／蕪村の句に「つと立ちて雉追ふ犬や宝寺」（「むくと起て雉追ふ犬や宝でら」筆者注、正しい本文）とかいふ句があつたやうに夢のやうに記憶してゐますが御承知はありませんか」（四月一八日付加賀正太郎宛）。

▼他にも蕪村の句を模倣もしくはふまえた句が多くあると、森本哲郎は『月は東に』で指摘しているが、先の書簡もあわせて考えると蕪村の句への偏愛が長じて、発想法までが似ていったことを確認できる。例えば、蕪村の「骨拾《こつ》ふ人にしたしき菫かな」に対して、漱石の「骸骨を叩いて見たる菫かな」というふうに。だが俳句そのものが、先行句をふまえた類型をいかに駆使するかという方法によって成り立つともいえるから、似た表現を取り出して模倣だと断定できない。

　森本は、蕪村の「春雨や暮《くれ》なんとしてけふも有《あり》」に対して漱石の「春色や暮れなんとして水深み」。蕪村の「きのふ暮《くれ》けふ又くれてゆく春や」に対して、漱石の「昨日しぐれ今日又しぐれ行く木曽路」を対照させている。

　また、「佶倔《きつくつ》な梅を画くや謝春星」の句を漱石は作っているが、「春星」は蕪村の画号で「謝春星」と落款した作品があることをふまえた句である。

蕪村の句を愛好した漱石は、奇抜な発想や滑稽味を更に洗練して俳句を創作した。

〔**参考文献**〕森本哲郎『月は東に―蕪村の夢　漱石の幻』新潮社、一九九二年六月一五日。／尾形仂他編『蕪村全集』全九巻、講談社、一九九二～二〇〇九年。／藤田真一『蕪村』岩波書店、二〇〇〇年。／青木亮人「明治の蕪村調、その実態―俳人漱石の可能性について」『日本近代文学』第八四集、二〇一一年五月一五日。

［坂本正博］

## ■正宗　白鳥

まさむね・はくちょう

『日本近代文学大系』22「正宗白鳥集」一九七四年刊。

**一八七九**（明治一二）**年三月三日～一九六二**（昭和三七）**年一〇月二八日。**

**小説家・劇作家・批評家。新聞記者・評論家として漱石を批評。**

岡山県和気郡伊里村穂浪（現・備前市穂浪）に、父・浦二、母・美禰の長男として生まれる。本名忠夫。正宗家は二百余年続いた旧家であったが、忠夫の曾祖父雅敦の代から二代続いて子がなく、雅敦の妹の子安田雅廣を養子にし、雅廣の後は雅敦の弟直胤の子浦二を養子にし、その浦二の長男として忠夫が生まれた。待ち望まれた長男誕生に一家の鍾愛を受け、特に祖母得に可愛がられた。忠夫の後に弟妹は九人生まれた。そのうち次弟敦夫は歌人で国文学者、三弟得三郎は洋画家、六弟巌敬は植物学者となった。父浦二は小学校の教師もしたことがあったが、村長を務め、和気銀行の取締役にも任じられるなど、地方でも名士の大地主であり資産家でもあった。一方雅敦の代から受け継いだ風流文人の気質も豊かに見られる。

▼一八九二（明治二五）年地元の小学校を卒業し、藩校閑谷黌《しずたにこう》に入学。『国民之友』を愛読し、はじめてキリスト教を知る。幼児より病弱で特に胃腸が弱く、キリスト教への傾斜には、死の恐怖からの救いを求める衝動もあった。一八九四（明治二七）年治療のため岡山市に寄宿し、病院から通う傍ら、米人宣教師の経営する薇陽学院に入学して英語を学び、孤児院長石井十次について聖書も学ぶ。八月『国民之友』に発表された内村鑑三の「流竄録」を読み、内村への傾倒が始まる。翌年学院が閉鎖されたので故郷に帰り、内村の著作を耽読。一八九六（明治二九）年、キリスト教と英語を学ぶことと、観劇を望んで上京、東京専門学校（早稲田大学の前身）英語専修科に入学。市ヶ谷の基督教講義所に通い、植村正久の説教を聞く。夏、帰省途中、興津で開かれた基督教青年会主催の夏期学校に参加し、内村鑑三の連続講演を聞く。一八九七（明治三

○）年、植村正久によって洗礼を受ける。しかし一九〇一（明治三四）年東京専門学校を卒業し、母校の出版部編集員となった頃からキリスト教を離れ、市川團十郎、尾上菊五郎の歌舞伎鑑賞に通い、批評や翻訳作品を発表し始める。そして一九〇三（明治三六）年に読売新聞社に入社して、美術、文芸、教育分野の担当になり、記者として著名人を訪問したり、批評や劇評を書き、翌年には最初の小説「寂寞」を発表して、自然主義派の中心的作家批評家としても活躍していく。

以上のことを白鳥自身の筆によってまとめてみると、次のようになる。「三代続いての嗣子なかりし寂しき家庭なりし故、予の誕生は祖母曾祖母はじめ一家の異常の歓迎を受く。そのため極めて我儘に育てられたり。癇症にて一家を悩ます。幼児より不眠症の苦痛を知る。（中略）二九年二月下旬上京。（中略）上京早々徳冨氏の演説を聴き三崎座の女芝居『傾城《けいせい》鏡山』を立見したり。植村正久氏に道を聴き氏によって洗礼を受く。（中略）三六年六月石橋思案氏の紹介にて読売新聞社記者となり、美術と教育とを担当。（中略）しかし脳と胃との衰弱甚しく、数年を遊惰に過し前途の目的など考ふることもなかりき。」（「齢不惑に近く」『早稲田文学』一九一七年一月一日）。

漱石が英国から帰国して文筆活動を始める頃と、白鳥の読売新聞記者としての活動とが、ほぼこのようにして重なることになる。漱石と白鳥との関わりは、まず白鳥が「文科大学学生々活」（『読売新聞』**一九〇四**年一二月二三日より**〇五**年二月二七日、五〇回連載）で、当時「大学の教授や講師の人物評見たいな事を、粗暴な態度で書いた」ことからはじまる。それは高等学校教師であった畔《くろ》柳芥舟《やなぎかいしゅう》から直接聞いたことに基づくものであった。六歌仙に見立てた漱石評として、「小野小町は詮方なくば夏目漱石か、あはれなるやうにて強からず、知つたか振りや出しや張りの今様学者気質と異なつて、凡て控へ目なるは女性にも似通ふならん。予等友人の持て囃するも道理」と述べている。また「漱石と柳村」と題して、「厚化粧の美文」と「百方社会に知らるゝを勉め」る*上田敏に対して、「粉飾なき散文」と「俳句或ひは俳体詩」に示される超然とした態度の漱石を持ち上げた。「吾輩は猫である」の第一回が発表されたのは『ホトトギス』同年の一月号であったから、白鳥はこの時まだ漱石について、何ほども知らなかったのであろう。おそらく『明星』派の代表として、対抗させた『ホトトギス』派をとりあげ、上田を揶揄したものであったろう。そしてこの一月中に、白鳥が漱石を訪ねているが、歌舞伎座に行って留守であったことが、一月二三日付漱石の*皆川正禧宛書簡によって知られる。しかし「漱石と私」（『文芸首都』一九四八年七月一日）によると、白鳥にはその記憶はなく、「若し訪ねて行つて面会してゐたなら、私はそれを機会に、頻繁に訪問して親しくなつてゐたかも知れなかつた。自然主義がまだ出かゝつてもゐなかつた時分で、漱石派と自然派との対立なんか全然なかつたのだから、分け隔てなく漱石に接し、淡泊にその教へをうけるやうなことがあつたかも知れなかつた。」と述べている。この文言は、漱石と白鳥との関係を白鳥の側からよく表現し得ている。つまり漱石の文名があがり、自然派と対立するようになって、白鳥は漱石をほとんど否定する評価を行うことになったが、一方では惹かれ続けていたのでもあって、特に漱石の死後には、評価する面も多かった。

▼白鳥が漱石を訪問したのは、留守で会えなかった**一九〇五**（明治三八）年一月を含め

て三回であるが、**一九〇六**年一〇月と、**一九〇七**年一月との二回は、直接会っていて、「夏目氏について」（一九一七年一月『新小説』）では、「二度氏におめに掛つた」と述べているが、「漱石と私」（前掲書）では、「空前絶後唯一回の漱石訪問」と述べたりしている。その用件は読売新聞主筆の竹越三叉の命による原稿依頼であった。しかしこの時期は竹越が漱石を読売新聞に招こうとして交渉したようで、一度はその命を受けての訪問でもあったようだ。このはじめての訪問は、白鳥に強い印象を与えたようで、「部屋の様子も、主人の態度も話し振りも、陰鬱で冴えなかつた」「名声嘖々たる時であつたに関はらず、得意の色は見えなかつた。」（「夏目漱石論」『中央公論』一九二八年六月）と述べている。結局その直後に、漱石は朝日新聞社に入社することになり、白鳥を驚かせた。読売では不安だが、朝日ならと乗り出した漱石の行為について、「人は、処世上の利害の打算によつてどうにでも動くものである」そこに「彼の人生観察の目の動きが見られる」と皮肉も述べている（同上）。この夏目漱石論は、白鳥の漱石観を最も総合的に示したもので、「虞美人草」については、「近代無比の名文家」であることは認めながら、「才に任せて、詰まらないことを喋舌り散らして」おり、「近代化した*馬琴と云つたやうな物知り振りと、どのページにも頑張つてゐる理屈に、私はうんざりした」と述べ、「三四郎」についても、「一篇の筋立てさへ心に残つてゐない」と切り捨て、「倫敦塔」や「草枕」などが、漱石の天分と修養とをよく発揮した作品であり、「坊っちやん」も万人向きのいい通俗小説であると述べる。そしてむしろ「十八世紀文学論」のスヰフト論に注目して、漱石の心の動きが複雑であることに興味を覚えだしたという。「それから」については、作者の意図と努力にかかわらず、「事相が私には空々しく思はれて、胸を抉られるやうな感じがしない」「へまなところがなさ過ぎるので窮屈である」といい、「門」については、その前半の平坦な筆致のうちに詩味と親しみを感じてついて行かれたのに、後半の深刻性に驚かされて遂に激しい嫌悪を覚え、特に「鎌倉の禅寺へ行くなんか少し巫山戯《ふざけ》てゐる」とまで述べる。この他「彼岸過迄」「行人」「心」「道草」「明暗」と続く後期漱石については、嫉妬、財産に関する暗闘、親類縁者の反目、孤独感などが、強く描かれているといい、「道草」は高く評価している（「『道草』を読んで」『読売新聞』一九二七年六月二七日）。そして修善寺大患後の漱石の転機についても、*小宮豊隆のいうような悟りの契機を認めず、むしろ「漱石晩年の作品に、私は、彼の心の惑ひを見、暗さを見、悩みをこそ見るが、超越した悟性の光が輝いてゐるとは思はない。」と一篇を締めくくっている。

白鳥が、漱石あるいはその作品をとりあげて題名にあげた評論随筆は、一〇点に及ぶが、それ以外にも「自然主義盛衰史」（『風雪』一九四八年三月一日〜一二月一日まで一〇回連載）を代表として、何度も言及し、中には、たとえば「道草」評価などで、変化も見られ、揺れているところもある。その原因となった背景には、「自然主義盛衰史」に記された彼の見解が抜きがたくあった。つまり「自然主義文学から見ると、漱石の文学は一敵国の観があった。自然主義の思想は当然起こるべくして起こつたので、共鳴者も多かったのだが、この派の作家の作品に優秀なものが少なかったゝめか、小説の売れ行きは、誰れのも漱石に及ばなかつた。」と言うのである。そしてその原因は、漱石や*森鷗外が官学出身であるのに、*独歩、*藤村、*花袋などは官学出身の学者でもなく、この点で官学と私学の価値の軽重についての世間人の感じは、動かすべからざるものであったと言っている。
▼これらに対して、漱石自身の白鳥に対する印象は、当然良くない。**一九〇六**（明治三九）年十一月六日付*森田草平宛書簡では、「白鳥はチヨツカイを出す事を家業にしてゐる。云ふ事は二三行だ。夫で人を馬鹿にして自分がエラサウな事ばかり云ふ。厄介な男だ。」と述べているし、**一九〇八**（明治四一年）一二月二〇日付*小宮豊隆宛書簡では、自然派と文壇上で対立競争することに関して、彼等は人品下等、分からずや、生活困難者であるが故に、それを相手に戦う勇気があるかと反問している。
▼白鳥は漱石よりも早く、一九〇四（明治三七）年に「寂寞」を発表して文壇に名を成し始め、一九〇七年の「塵埃」、〇八年の「何処へ」、一〇年「徒労」など、表題が示すような人生の虚無と幻滅を描き続けて、自然主義の標榜する無理想、無解決の主張を代表する作家と目された。しかし関東大震災後は、主に戯曲と評論を多く書き、第二次大戦後も息の長い文筆活動を続け、一九六二（昭和三七）年に、一度は離れたキリスト教の信仰を、改めて告白して死去した。八三歳。

〔**参考文献**〕『正宗白鳥全集』福武書店、一九八三年四月。／後藤亮『正宗白鳥―文学と生涯』思潮社、一九七〇年四月。／武田友寿『「冬」の黙示録―正宗白鳥の肖像』日本ＹＭＣＡ同盟出版部、一九八四年九月。／高橋英夫『異境に死す―正宗白鳥論』福武書店、一九八六年一〇月。

〔奥野政元〕

## ■厨川　白村
くりやがわ・はくそん

『厨川白村全集』第五巻、一九二九年四月刊、晩年撮影。

**一八八〇**（明治一三）**年一一月一九日～一九二三**（大正一二）**年九月二日。**
**英文学者。漱石が東大で英文学を指導した学生。**

京都市柳馬場押小路生れ。本名辰夫。父・磊三は中津藩士。一八八六（明治一九）年四月、大阪市掛川尋常小学校入学、八九（明治二二）年三月、同校卒業。四月、同市盈《えい》進高等小学校入学、九一年三月、同校高等科二年修了。一八九二（明治二五）年四月、大阪府第一尋常中学校入学、九七年三月、同校四年修了。四月、京都府第一尋常中学校に転校、九八年四月、同校修了。九月、第三高等学校へ入学、**一九〇一**（明治三四）年七月、同校大学予科第一部卒業。九月、東京帝国大学英文科へ入学、*小泉八

雲、*上田敏、夏目漱石の教えを受く。〇四（明治三七）年、同校卒業、優等につき恩賜銀時計を受け、大学院に進み、漱石の指導で、研究テーマは「詩文に現れたる恋愛の研究」。

この頃、「先日厨川が来てペーターの本を借せと云ふて持つて返つた。」（一九〇五年八月一一日付中川芳太郎宛）という漱石書簡がある。九月、五高教授になる。一九〇六（明治三九）年、福地蝶子と結婚。翌〇七年九月、三高教授になる。同年四月、漱石が教職を辞して朝日新聞社に入社し、六月から「虞美人草」を連載しはじめる。その作中人物、小野清三のモデルが白村だという噂が立ち、漱石がこの報道にふれた、「御紙面拝見　京都へ御転任の事はかねて聞及候　御地は熊本より万事好都合の事と存候　先々《まずまず》結構に候　小野さんのモデル事件は小生も新聞にて読み候。勝手な事を申すやからに候。定めし御迷惑の事と存候。勝手な事を勝手な連中が申す事故　小生も手のつけ様なく候」（〇七年一一月二日付厨川辰夫宛）という書簡がある。

▼一九〇九（明治四二）年一一月二五日、漱石主宰の朝日文芸欄が創設され、漱石はその開設初日に、自ら「『煤煙』の序」を発表し、以後、桐生悠々「進化論より観たる自然主義」（一月三日）や、発禁処分になった*森鷗外の「ヰタ・セクスアリス」を評した*内田魯庵「VITA SEXUALIS」（一月六、八日）など物議を醸す論調が形成された。その上、この欄はほぼ連日文芸記事で埋めなくてはならず、これを懸念したらしい書簡を白村は漱石に送り、それに漱石は次の返事を書いた。「拝啓　朝日文芸欄に御同情被下《くだされ》　玉稿わざ〳〵御寄送被下　難有御礼申上候　小包は只今到着いまだ拝見不仕《つかまつらず》候へども　慥かに落手致候。旧冬中よりの原稿少々たまり候上　前日掲載ものゝ反駁やら何やら参り且つ其間に起る時事に就て少々は意見を発表する必要も刻々起り候故　出来る丈早く掲載の積には候へども多少の時日を要し候事故　其辺はあしからず御含置願度候　又雑誌の原稿も同時に着是も出来る丈早く御希望の通に取計ふ所存に御座候　中央公論が不可《いけ》なければ外の雑誌をも聞き合せ可申《もうすべく》　其節は今一度御問合可致候　『それから』御ほめにあづかり難有候」（一九一〇年一月一四日付厨川辰夫宛）。漱石が前段で述べた白村の原稿はおそらく翌月初旬この欄に載った「近代文学と古文学」（二月七日）のことだろう。

漱石は同年の暮、次の書簡を白村に送った。「御書面拝見致候　夏中より御病気の由にて御臥床の由嘸《さぞ》かし御困却の事と存候　小生も御承知の通大病に罹り一時は危篤に候ひしも幸ひに回復　只今猶表記の病院にて静養中に御座候間　乍憚《はばかりながら》御休神可被下候　時下追々寒気相募り候折柄　折角御自愛可然《しかるべく》候　先は御挨拶迄」（一九一〇年一二月七日付厨川辰夫宛）。

▼一九一二（明治四五）年三月、『近代文学十講』（大日本図書）刊行。この書について、漱石は「拝啓　厨川氏の著書評する事もなき由承知致候。然し折角読んでやつたものだから、読んでやつたしるし迄に十行でも二十行でも思つた通りの事を書いてやつては如何《いかが》。」（一九一二年五月一日付*小宮豊隆宛書簡）と気を遣っている。白村はその「第七講　自然派作物の特色」の「二醜なる獣性の描写」の項で、作者が描こうとする人物事件に対する態度は三つに分類でき、その一つが「自分が作中の人物事件と同一位に立つて、friendly を、親しみや同情を持つた態度である。これが極端になれば前に述べたブリュヌティエエルが所謂 personage sympathique で、即ち作中の或人物が作者その人の思想感情を代表してゐる場合となる

のだ。先づディケンズだの、ジョルヂュ　サンドだの、或は稍《やや》趣は違ふが我が国の漱石氏など、これが適例であらう。」と、漱石に言及している。

▼漱石は翌年、「拝復御手紙難有存候　病気は漸く本復又しばらく人間界の御厄介に相成る事と相成候　行人御高覧にあづかり感謝　あとは単行本につけるか新聞に載せるか未定に候　大して長くなければ新聞に出すまでもなくと存候　近頃は如何なる方面御研究にや　先達《せんだつ》ての御高著好評にて何版もかさね結構慶賀至極に候」（一九一三年六月三日付厨川辰夫宛）という書簡で、この書の好評を祝している。ほとんどの新聞が書評で取り上げ、独創的ではないが、英米独仏の西洋近代文学を自分なりに噛み砕いて、平易な文章で述べた点を、好意的に紹介している。これは本書がベストセラーになった理由でもある。

　これに対して戸川秋骨は各新聞の書評以上に高尚で、これまで日本には類書がなかった（「新刊通読」『国民新聞』一九一三年六月一九日）と賞讃した。社会の推移が哲学や科学にいかに反映し、文学がその哲学や科学とどのように連動して成立したかを講じて、特に自然主義に一〇分の三を費やし、それ以後の「非物質主義の文芸」に一〇分の二を割いて、直近の時代に比重を置いているのは、現代を強く意識した結果だろう。自然主義は科学の推移が招いた必然であるという通説を紹介し、その象徴として「人生の断片」をクローズアップする。それは後年、ブラウニング『指環と書物』中の「ポンピリア」に焦点を当てた『英詩選釈』「第一巻」（アルス、一九二二年三月）、『最近英詩概論』「第三章 新時代の代表的詩人 第二節 ブラウニング」（福永書店、一九二六年七月）や「かの一瞬を（ブラウニング『ポオフィリアの恋人』）」（「近代の恋愛観」（『大阪朝日新聞』一九二一年九月三〇日～一〇月二九日）（改造社、一九二二年一〇月））と対照をなす。こちらは人生から選ばれた輝ける瞬間であり、*芥川龍之介の「藪の中」（『新潮』一九二二年一月）の題材・モチーフと一致し、白村はこちらにより関心を寄せている。

▼一九一三（大正二）年九月、京都帝国大学講師嘱託になる。一四年四月、『文芸思潮論』を大日本図書より刊行。一五（大正四）年二月、英語学英文学及び同教授法研究のため一年間、アメリカ留学を命ぜられる。同年三月、左足を負傷し、黴菌に感染して、四月四日、左脚を切断。後にこれを「左脚切断」（一九一五年一二月　東京にて）（『印象記』積善館、一九一八年五月）にしたため、大燈国師が座禅を組むため故障する脚を自ら折った故事を紹介しながら、二本脚の凡庸の徒でなくなった喜びと誇りを語っている。同年一二月、短篇翻訳集『狂犬』（大日本図書）刊行。一六（大正五）年一月、渡米。七月、父磊三死去。一七（大正六）年一月、チャールズ・H・シェルリ『新モンロオ主義』（警醒社書店）刊行。五月、京都帝国大学助教授になる。『英語青年』（一九一七年五月）に「漱石先生のこと」を発表。

①「それから」「彼岸過迄」の頃にディケンズの「デビッド・カッパーフィールド」に似ているものがあった。

②「自転車日記」を漱石は「気障で」と言っていた。

③上田敏が死んだ時、人はいつ死ぬかわからない、死ぬと思われている自分が死なずにいる、と漱石から手紙（一九一六年七月一五日付）が来て、それが最後のものだった。

④一九〇四（明治三七）年頃、漱石が日本の現代小説を読んでいるのを、不思議に思っていたら、間もなく小説を発表しはじめた。

⑤鏡花の作品には真似できないものがある、と漱石が言っていた。

というような証言が見える。

七月、帰国。九月下旬から一一月上旬にかけて、「北米印象記」を書き、その「十四ジャップ」の中に「読者は夏目さんの『色鳥』の巻頭『倫敦消息』の一文中に、自分が街を歩いてゐると、あちらで誰かがA handsome Jap と評したのが耳に入つたといふ一節を想ひ起されるだらう。」と書き、一八（大正七）年五月、その『印象記』（積善館）を刊行。

▼一九（大正八）年二月、『小泉先生そのほか』（積善館）を刊行。その中に収録した「小泉先生（近刊の講義集を読む）七 専門家」（一九一八年一月）に、「漱石先生は小説家として余りに偉かつたために、英文学に於ける素養に就いて兎角の評をする者があることを私は聞いた。そしてまたかと思つた。さういふ人は、試に遺著のうち『十八世紀文学評論』の第五編ポオプを論じた一章を通読せられよ。外国文学に対してあれだけ手際好く独創的の論断を下し得た人を、寡聞なる私は日本に於て未だ一人だも見たことは無いのである。」とある。

同年六月、京都帝国大学教授に昇格。七月、文学博士号を授与される。二〇（大正九）年六月、『象牙の塔を出て』（福永書店）を刊行。「象牙の塔を出て 三 エッセイと新聞雑誌」で日本のエッセイにふれて、「日本の新聞雑誌には割合に此種の文字が振はない。近年のでは夏目さんの小品や、杉村楚人冠氏、*内田魯庵氏、与謝野夫人のには面白いものがあつたが、その外には余り記憶に残る程のものはなかつたやうだ。」とあり、また、「芸術としての漫画 二 漫画式の表現」には、「誇張には必ず滑稽を伴ふもので、文学の場合でいへば、夏目漱石氏の小説『坊ッちやん』の如きでも、皆画筆に代ふるに言語を以てした漫画的の文学作品に他ならないのである。」「大いなる笑ひの蔭には大いなる悲しみがある。大に泣く人でなければ大に笑ふ事も出来ない。だから滑稽をゑがく作者や画家には甚だしい苦悶憂愁の人があり、世を憤り生を呪ふやうな人が昔から少くない。『吾輩は猫である』を書き、『坊ッちやん』を草した頃の漱石氏は極めて沈鬱な神経衰弱風の人であつた。」とある。

▼二二（大正一一）年三月、『英詩選釈』第一巻（アルス）刊行。同年一〇月、『近代の恋愛観』（改造社）刊行。二三（大正一二）年一月、『十字街頭を往く』（福永書店）刊行。七月、軽井沢夏期大学出講。同年八月、鎌倉町乱橋材木座の別荘、白日村舎に入る。九月一日、午前八時五八分四五秒、関東南部を震度八の地震が襲い、流出家屋一一三戸、火災全焼四四三戸、死傷者七五三人。白村夫婦は避難する途中、津波に遭い、二日、白村は気管に泥水が入ったため死去する（厨川蝶子「悲しき追懐」『女性』）。

▼二四（大正一三）年二月、遺稿『苦悶の象徴』（改造社）を刊行。その「第三 文芸の根本問題に関する考察 三 短篇『頸かざり』」の項に、「平素は非常に陰気な憎人的《ミザンスロピック》な人に滑稽作家が多く、例へば夏目漱石氏の様な生真面目な陰鬱な人が『坊ちやん』や『吾輩は猫である』を書くユウモリストであり、ジョナサン・スヰフトのやうな男が『桶物語《テエル・オブ・タブ》』を書き、また最近の研究によれば『膝栗毛』の作者十返舎一九が、極めて陰気な人であつたと云ふ如き、みな私はまたこの人格分裂説を以て解釈し得ると信ずる。平素は抑圧せられて無意識の圏内に伏在してゐるあるものが、純粋創造の文芸創作の場合にのみは、それが表面へ躍り出して、自己意識に結び付くからでは無からうか。精神分析派の人には皮肉《シニシズム》などをもこれ

で解釈してゐる学者がある。」とある。同月、母誠子逝去。三月、遺稿『英詩選釈』第二巻（アルス）刊行。一二月、『厨川白村集』（全七巻 別巻一 厨川白村集刊行会）刊行（一九二五年四月完結）。一九二六（大正一五）年七月、『最近英詩概論』（福永書店）刊行。

『近代文学十講』『近代の恋愛観』『象牙の塔を出て』などがベストセラーとなり、倉田百三や漱石門下、白樺派などいわゆる大正教養派の一翼を担って迎えられたが、戦後、急速に退潮に向った。

▼中国では一九二〇年代から三〇年代にかけて『近代文学十講』『文芸思潮論』『象牙の塔を出て』『苦悶の象徴』『十字街頭を往く』『小泉先生そのほか』『近代の恋愛観』『最近英詩概論』などが相次いで翻訳、刊行された。魯迅は一九二四（大正一三）年一〇月、『苦悶の象徴』を訳し終え（翌年三月、刊行）、翌二五（大正一四）年二月、『象牙の塔を出て』を訳了、一二月、跋を書いて刊行。弟の周作人にも厨川白村の影響がある。

▼白村は、文芸が苦悶の象徴となる機微を解明するために、精神分析学者の夢の説明が必要と考え、フロイトの学説、とりわけ夢分析の方法を導入する。それが『苦悶の象徴』の特徴で、それは「病的性欲と文学」（一九一五年一月）「文芸と性欲」にも一貫する。フロイトの導入は漱石の文学論との決定的な違いである。

〔**参考文献**〕『近代作家追悼文集成』第九巻、ゆまに書房、一九八七年一月。／工藤貴正『中国語圏における厨川白村現象』思文閣出版、二〇一〇年三月。／藤田昌志『明治・大正の日中文化論』三重大学出版会、二〇一一年三月。／黒川創「橋」『新潮』二〇一二年三月。『いつかこの世界で、起っていたこと』新潮社、二〇一二年五月。

〔石井和夫〕

## ■片上 天弦

かたがみ・てんげん

『明治文学全集』43「片上天弦集」一九六七年刊。

**一八八四（明治一七）年二月二〇日～一九二八（昭和三）年三月五日。本名伸《のぶる》。はじめ天絃と号した。評論家。ロシア文学者。漱石を早期に評論の対象にした一人で、漱石が好意的に評価した。**

愛媛県越智郡波止浜《はしはま》村生まれ。父・良、母・節の長男。片上家は代々地主で庄屋。一八九五（明治二八）年、愛媛県尋常中学校に入学。奇しくも漱石の赴任時と一致するが、教えを受けずおわった。一九〇〇（明治三三）年、東京専門学校予科（早稲田大学の前身）に入学。脚気に罹り休学して帰省。多度小学校で教える。当時、天絃の筆名で『新声』に詩を投稿。〇二（明治三五）年、早稲田大学（この年東京専門学校を改称）に改めて入学し*坪内逍遥の指導を受ける一方、相馬御風らと文学研究会を結成。一九〇五（明治三八）年、『テニソンの詩』（隆文館）を刊行。一九〇六（明治三九）年、卒業と同時に*島村抱月の勧めで、この年復刊した『早稲田文学』の記者となる。「夏目漱石氏文学談」（『早稲田文学』一九〇六年八月）は別の用で天弦が漱石を訪ねた時の聞き書きで、『破戒』は修飾の少ない新しい文章の、西洋風の小説で、圧縮すべき所もあるが、明治文壇の傑作だ。*独歩の『運命』では、殆ど起り得ない「酒中日記」より、「何といふことはない」「巡査」の方が「面白」く、ドーデーの写生文の味わいがある、などの意見を引き出した。これについて漱石は「両度の御高来の節　何か勝手に申述候雑談を　わざ〳〵早稲田紙上御掲載相成度由にて　原稿御廻付相成候には一寸閉口致候　本来なら御断りを致したき筈なれども　折角の御労力を無にするも失礼と存じ貴意の通に可仕候　尤も貴稿は一応拝見不穏当と思ふ所など訂正致し候間　右あしからず御海恕被下度候」（**一九〇六**年七月二〇日付片上伸宛漱石書簡）と書いている。

▼「『草枕』を読む」（『東京日日新聞』一九〇六年九月二四日）では文明と個人の葛藤を指摘し、「非人情の中に人情あり、出世間の心に世間の心はこもる。」と評した。これは漱石が*森田草平宛書簡（**一九〇六**年九月三〇日付）の末尾で、「たとひ全く非人情で押し通せなくても尤も非人情に近い人情（能を見るときの如き）で人間を見やうといふのである。」と応えた一文と符合する。だが、「非人情」と「人情」の関係を漱石が整合できていれば、この書簡で結末の「憐れ」が「非人情」に見得る根拠を弁解する必要もなかっただろう。森田が羚羊子の筆名で発表した「『草枕』を読む」（『芸苑』一九〇六年一〇月）の終りで、「『草枕』は人情から離れて非人情の境地に入り、再び人情の世界に戻つて来た。それに依て全体に落附を生じて居る。」「『草枕』が非人情の世界へ下らうとして居るのに、自分は人情の世界へ下らうとするのでは無いかとも思はれる。」と評した一節に、結末への疑問が仄見えるが、漱石を師とする立場上、抑え目に書いたのだろう。

天弦の「草枕」評は同時期の家巣「夏目漱石の『草枕』」（『国民新聞』一九〇六年九月二〇日）や高田梨雨「『草枕』を読む」（『報知新聞』一九〇六年九月二一日～二四日）のかい撫での評に比べれば核心に迫っている。その後、天弦が『早稲田文学』「彙報」欄の「小説界」（一九〇六年一〇月）で同時代評を展望しつつ『吾輩は猫である』『漾虚集』「坊っちゃん」を批評した長編の文章に対して、漱石は「今迄出た日本の批評のうちで尤も精細な真面目な系統のある。労力の入つたもの」で「批評家の態度として堂々として然も落ち付いて居て奥床しい上に余程ヒマが懸つて居る」と「感謝」した（**一九〇六**年一〇月一三日付天弦宛漱石書簡）。

▼次いで『早稲田文学』「小説月評」（一九〇七年二月）に銀漢子の筆名で「茶番的の印象を与へるに止まるのは、作者が自己の特色を正当に現はす方法を誤つたからである。」と評した「漱石氏の『野分』」に対しても、「野分の評面白く拝見致候。わる口の処大分異存有之候へども批評として例の如く体を得たる点に於て大にうれしく存候」（**一九〇七**年二月一三日付天弦宛漱石書簡）と応えている。

▼〇七（明治四〇）年、早大予科講師となる。この頃、自然主義と比べて、漱石と写生文派を批評した「事象当対の感味と俳諧派の新領域」（『早稲田文学』一九〇七年七月）は、「大人対小児」や「技巧」の語を用いた文章から、漱石の談話「文章一口話」

（『ホトトギス』**一九〇六**年一一月）や「写生文」（『読売新聞』**一九〇七**年一月二〇日）を読んだ形跡を窺わせる。自然派、俳諧派「孰れも人生に対する主観の興味の発動の一面を現せる者に外ならぬ」が、「自然派が意義本位の芸術ならば、俳諧派は直ちに技巧本位の芸術で」、写生文は「技巧上の新運動」だとしても、「技巧のために極めて狭隘に制限せられ」、それが「感じ」「それ自からをも固定せしめ、自由清新の気を失ふに至ること」に「弊」があるという批評は、漱石の写生文批判の論調と軌を一にする。

「文壇最近の趨勢」（『ホトトギス』一九〇八年一月）では当時の文壇と漱石を次のように評した。一方に『破戒』や『運命』、他方に『吾輩は猫である』『漾虚集』がそれぞれ新機軸を出し、自然主義は人生の醜悪淫猥な事実を直写し、漱石は人生の真相を観察しながら、距離を設けてユーモアとロマンを漂わせる。両者は人生の裏表を観察し尽そうとする「意気込み」が共通し、自然主義が醜悪淫猥な現実を直写するあまり道徳上不快の感をひき起こすが、「真生命を捉へてこれを如実に表現する」のが「美化の真意義である」という。この後半部に天弦の色調がある。

「七作家最近の印象」（『趣味』一九〇八年一〇月）は漱石の談話「『坑夫』の作意と自然派伝奇派の交渉」（『文章世界』**一九〇八**年四月）を視野に入れて、同時代評の少ない「坑夫」について、「変形せる低徊趣味」「説話の巧の面白み」「種々の暗示」「自己分析其もの」の「面白み」を指摘した点は注目に値する。

▼そのほか「小説界」（『早稲田文学』一九〇八年一一月）は「文鳥」を、「一羽の鳥の物語りを友人の妹か何かの身の上とかすかに通はせてある所に云ひやうのないデリケートな味ひを生ずる。」と評した短文。『国民新聞』の「評論」（一九〇九年八月二二日）は「それから」の前半が掲載された段階の批評で、「代助といふ主人公の内心の解剖」や「近代人の生活に対する作者の了解」を指摘したにとどまるが、「一歩を退いて人を教へ訓すといふ諄々の態度」を、「善き意味に於ける教者《ティーチャー》といふ風がある。」という評には、後年、彼自身の『文芸教育論』（文教書院、一九二二年九月）に結晶する資質が垣間見える。漱石は総じて自作への天弦の批評に好意的だが、「帝文に内田夕闇（下村湖人）といふ人有之あの人の方が天弦より理窟の云へる様に御座候。」（**一九〇九**年五月八日付*野上豊一郎宛漱石書簡）という文面には、論理の構築力に飽き足りなさを感じていた様子が窺える。「無解決の文学」（一九〇七年一九月）、「人生観上の自然主義」（一九〇七年一二月）以下、「田山*花袋氏の自然主義」（一九〇八年四月）、「国木田独歩論」（一九一〇年一月）など『早稲田文学』誌上で自然主義擁護の論陣を張った。「排自然主義論一班」一・二（『ホトトギス』一九〇八年三、七月）は、ゾラを「色情狂」「変質者」呼ばわりするマックス・ノルドーを批判の対象にしたもので、漱石がノルドーを文明批評のツールとして効果的に用いた（「倫敦塔」）のに比べて、片上の場合、ノルドーの紹介にこだわるあまり失敗している。一方、「文壇現在の思潮」（『ホトトギス』一九〇九年一〇月）は、客観描写を説く田山花袋の「感傷的、小主観的」資質をあげ、「主観の尊重」を訴え、この主張を発展させた「自然主義の主観的要素」（『早稲田文学』一九一〇年四月）は、安*倍能成に、客観を旨とする自然主義の主観を説く矛盾を衝かれた（「自然主義に於ける主観の位置」『ホトトギス』一九一〇年五月）。その後、「幻滅の真の悲哀」（『早稲田文学』一九一一年九月）、「生の要求と芸術」（『太陽』一九一二年三月）、「現実を愛する心」（『文章世界』一

九一三年一月）など、「生命の躍動」を肯定する批評が顕著になり、「階級芸術の問題」（『新潮』一九二二年二月）、一連の「露西亜文学評論」（『新潮』一九二三年七月〜一一月）、あるいは「現実観の成長」（『改造』一九二四年二月）などを経て、「無産階級的文学評論」（『中央公論』一九二六年三月）に至り、プロレタリア文学理論の礎を築いた。代表的著作に『生の要求と文学』（南北社、一九一三年五月）、『片上伸論集』（新潮社、一九一五年三月）、『思想の解剖』（天佑社、一九一九年五月）、『露西亜文学研究』（第一書房、一九二八年五月）などがあり、特に読者論として先駆的な「作者と読者」（『新潮』一九二六年三月）、「文学の読者の問題」（『改造』一九二六年四月）や、一連の無産階級論を含む『文学評論　主として文学と社会との交渉についての考察』（新潮社、一九二六年一月）は、注目される。

**〔参考文献〕**丹尾安典『男色の景色―いはねばこそあれ―』新潮社、二〇〇八年一二月。／『片上伸全集』全三巻、砂子屋書房、一九三八〜三九年〈復刻〉日本図書センター。

［石井和夫］

## ■小栗　風葉

おぐり・ふうよう

『明治文学全集』65「小栗風葉集」一九六八年刊。

**一八七五（明治八）年二月三日〜一九二六（大正一五）年一月一五日。小説家。「深川女房」を称賛し、「虞美人草」に「青春」の大森行きの着想を援用した。**

愛知県知多郡半田村（現・半田市）生まれ。父・小栗半左衛門、母・きぬの長男。本名磯平（幼名）、のち磯夫。父はもと沢田忠次、小栗家の一人娘、きぬの婿養子になり、薬屋「美濃半」を経営した。祖父母、甚六、まさがあり、風葉は祖父に寵愛された。貸本屋で読本や草双紙、人情本を愛読。八八（明治二一）年、高等小学校時代、英語教師、野島金八郎により文学に目覚め、『新小説』『都の花』を読み、『少年園』に投稿した。同校を卒業して、九〇（明治二三）年三月、上京、家業を継ぐために済生学舎に入り、のち商業学校に移ったが、これも退学して、*坪内逍遥が講師を務める錦城中学に入学。同校別科で森田思軒などの講義を聴き、創立間もない青年文学会に出席。

翌九一（明治二四）年、*尾崎紅葉が主宰する『千紫万紅』に投稿して処女作「水の流」を掲載。同年夏、高等中学の入試に失敗、秋、紅葉を訪問し入門。

のち帰郷して九二（明治二五）年二月、再び上京。「色是魔」「放れ駒」などを発表。

翌九三（明治二六）年一〇月、紅葉の用命を帯びて九州に赴き、帰る途中、馬関海峡で台風に遭遇、下関に滞在すること一か月。日清戦争直前の軍事的要所で生活したことになる。紅葉との合作「片靨《えくぼ》」（『読売新聞』一八九四年二月二二日〜四月二二日）の「馬関一覧」前後に旅の体験を投影。その後、徴兵検査で帰郷。家業を継ぐことに背いた生活が咎められ、廃嫡された。

九五（明治二八）年七月、上京して紅葉の玄関番を務める。八月、擬似コレラに罹り入院する。紅葉はこれを題材に「青葡萄」（『読売新聞』一八九五年九月一六日〜一一月一日）を創作。紅葉の『黄櫨匂《はじにほひ》』（春陽堂、一八九八年一月）の巻末広告文に「著者身上の厄難を一種独創の記録体に綴るものなり人其妙を稱すれば恍として身其境を践むが如し」とあり、深刻さを飄逸の筆致に包んで、後年、漱石が提唱する写生文家の創作態度を髣髴させる。コレラは紅葉が補筆した「世話女房」(『読売新聞』一八九六年一月二五日〜二月一八日)にも舅の病として採用され、貧困からわが子を捨てる女の心情が、当時流行した深刻小説(悲惨小説)の傾向を帯びている。

これ以後、兄妹のインセストを描いて発禁になった「寝白粉」(『文芸倶楽部』一八九六年五月)をはじめ、題材の異常性が顕著になる。「亀甲鶴」(『新小説』一八九六年一二月)はその代表作。当時この作品を『新小説』(一八九七年二月)が特集して七人の作家・批評家の評を掲載した。その紅葉の評によれば「亀甲鶴」は二年前の九月に脱稿した作品で、風葉は一年前から作風が変った。紅葉から見れば、「亀甲鶴」は「彼の前の調子」だという。深刻小説と呼ばれる大方の作品が出現する前から、風葉にはその傾向があったことになる。「亀甲鶴」について紅葉以外の評は次の通り。広津柳浪*の「河内屋」に匹敵し(忍月、露伴)、露伴の「一口剣」に似て(忍月、逍遙)、観念小説の趣あり(逍遙)、造酒の蘊蓄は調査が十分だが、造酒の風景描写が過剰で逆効果(思軒、露伴)、役人批判に諷刺があり(学海)、愚直な主人公が大酒樽に身を投げる結末は現実感がない(逍遙)。特集を組まれ、忍月に「新小説以来の大傑作」、露伴に「佳作」と評されれば申し分なかろう。

▼漱石は「近作短評」(『新潮』**一九〇五**年五月)で、「深川女房」(『新小説』一九〇五年三月)をとりあげ、「風葉君の『深川女房』は如何にも深川女房らしい、牛込女房や、麻布女房ぢやない、第一「深川」といふ名がい、、それに会話が自然だ、一二ヶ所変だなと心付いた処はあつたが。」と称賛してる。一方、野村伝四*宛書簡(**一九〇五**年六月二七日)に、「然し世の中が鏡花をほめ風葉をほめ其他の小説家をちやほや云ふのに彼等が振り向いても見ないのは彼等が全然没趣味か又は一見識あるかに相違ない。是を探究するのも自作の上に多大な影響を生ずるに極つて居る。」と、漱石が最も独創性を認める鏡花と共に名をあげたのは、風葉を相応に評価するからだろう。もう一通の野村伝四宛書簡(**一九〇五**年八月六日)の方は「風葉先生は此前もツルゲネーフか何かを済して自作の如く御吹聴に相成つたのだから今回の荒野のリヤも御驚きになる事はない。」と揶揄している。もっとも漱石のこの風葉評は他人事ではなかった。風葉の「青春」(『読売新聞』一九〇五年三月五日〜一一月一二日)がツルゲーネフの「ルージン」から想を得たことは定説で、漱石の方も英訳「ルージン」に次の書込みを残している。「此二三頁ヲ読ンデ余ノ『虞美人草』ガコ、カラアルhintヲ得タ様ニ思フ人ガアルカモ知レヌト感ジタ。驚イタ。『虞美人草』ヲカク前ニRudinヲ読メバヨカツタ。コンナ嫌疑ノ起ラヌ様ニカイタモノヲ。LガRヲ批評スル言葉ハ少ナクトモ宗近サンヲ見ル眼ト同ジデアル」。「青春」の小野繁が大森で関欽哉と密会して妊娠するくだりが、「虞美人草」(『東京朝日新聞』**一九〇七**年六月二三日〜一〇月二九日。『大阪朝日新聞』**一九〇七**年六月二三日〜一〇月二八日)の藤尾の大森行きの着想を生んだことは平岡敏夫が指摘している(「漱石研究」一六 二〇〇三年一〇月)。

▼小栗風葉は「予等と路の異れる漱石氏」(『中央公論』一九〇八年三月)で、漱石を次のように語っている。

「予等は(中略)作家自身が作中の人間と一緒に藻掻いてゐると云つたやうな、極めて余裕の無い物を痛切がつて喜んでゐる。

つまり作家が一段高い所に居て、人間を批判したり冷笑したり揶揄したりするまでに、予等は自分と云ふものが未だ出来てゐない、若いのである。随つて氏の「吾輩は猫である」を見ても警句や皮肉が面白いとは思つても、主人公を始め、出て来る人間も人間も、予等とは全然思想も感情も乃至生活も没交渉の人達であつて、唯結構な御身分である結構なお世界の人達であると思ふだけだ。苦沙弥先生が発狂でもし、迷亭大人が自殺でもし、金田夫人が駆落でもしてくれねば予等は飽足らない」。この最後の挑発など際物好みの風葉の面目躍如といったところだ。「我ながら浅ましいほど執着深い、名聞好きな、非俳味的の態度である。〔中略〕氏は余りに術と云ふ事に拘泥し過ぎる。随つて何れの作品の主人公を始め出て来る人間でも、如何にも面白く、如何にも作中の人物らしく拵へられ過ぎてゐる。どうかすると一篇の筋の為めに動いてゐる人間―一度誤まると、作家の或る概念に操られてゐるやうな、つまり類性的の人間ばかり出て来るやうな事になる。筋の上から云つても「虞美人草」などは殊に作為の勝つた、術の上の巧過ぎる痕があつたやうに思ふ。文章の上には仍更《なおさら》術が勝つてゐる。」。この種の批判を漱石が自認していたことは「坑夫」以後の作品がおのずから物語る。「例へば針山に針の刺してあるのを、赤い何やらに銀の雨が降つてゐると云ふ風に言つてあつては、余りに形容が過ぎて実感が浮ばぬ。実感と云ふ事は氏等の第一に好まれぬ所であらうが、其所が予等と路の異なる所なら仕方が無い。それから「倫敦塔」とか、「幻影の盾」とか云つたやうな作、あれはつまり氏の智識の上の作品で、空想も理路を逐つた空想、あれを以て氏を詩人的空想の勝つた人と言ふ事は出来ない」。これに最も近い漱石観は標題までそっくりな田山花袋*の「歩いた道が異つて居た」(『新小説』一九一七年一月)だろう。

▼漱石は「近作小説二三に就て」(『新小説』一九〇八年六月)では、「私が読んだ十ばかりの物は、孰《ど》れも面白かつた。例之《たとへば》、小栗風葉君の『ぐうたら女』」と風葉の作品をあげる一方、そのどれもが「陰鬱なもの厭世的のもの」で、「世の中は悲惨なものだといふ感じは起るが」、「可憫《あはれ》だといふ感じは起らない。」「読者からいへば情操を満足せしめない」。そこに違和感を表明した。これは谷崎*や武者小路*のような次世代の青年が感じていた自然主義への反撥に通じるもので、漱石が彼らに支持された理由がここにある。「ぐうたら女」(『中央公論』一九〇八年四月)は二葉亭の「平凡」(『東京朝日新聞』一九〇七年一〇月三〇日〜一二月三一日)の書きぶりを、ヒロインのお雪の造型と共に頭に置いて書かれた作品だが、その標題に反して作中のお雪は、一向にぐうたらな感じがせず、あるいは「平凡」の「愚にも附かぬ事を」「だら〱と、牛の涎《よだれ》のやうに書く」(二)という修辞の余韻かも知れない。この頃、『中央公論』(一九〇八年九月)が「小栗風葉論」の標題を掲げて、「文章が旨《うま》い」が「流行に重きを置き過ぎ」(小杉天外)、「消極的」な「公平無私」(相馬御風)、「感動を与へられたことな」い「遊戯的作物」(正宗白鳥)などの評と共に、御風が「何事に対してもその事一つに凝り固まつて底の底までも究める事の出来ない人間」で「人生の上つ面だけ通つて来た」という風葉の感想を紹介している。この自己評価は鴎外の「妄想」の翁の述懐に近い。「ぐうたら女」の後に書かれた「耽溺」(『中央公論』一九〇九年一月)には、「『這麼所《こんな》に?私は又飽き〱した。蠣殻町に居た時は忙しかつたから、未だしも張合が有つたけれど……あ、〱這麼所《こんな》に這麼事して居て、私は何《ど》うなるん

だらう。』と言つて、女は又生欠《なまあくび》をした。／生の倦怠！生の廓寥！次いで来るものは生の壊敗だ。」という箇所があり、ここに描かれた女の方がぐうたらだ。この「耽溺」に漱石が関心を寄せていたことは**一九〇九**年六月一七日の日記の「風葉の耽溺した所を濤蔭に教へてもらふ」という記述から想像できる。そしてこの時、漱石の脳裏に一〇日後、連載がはじまる「それから」（**一九〇九**年六月二七日〜一〇月一四日）があったかも知れない。というのは、「それから」に、次のようなくだりがあるからだ。「彼は其晩を赤坂のある待合で暮らした。其所で面白い話を聞いた。ある若くて美くしい女が、去る男と関係して、其種を宿した所が、愈子を生む段になつて、涙を零して悲しがつた。後から其訳を聞いたら、こんな年で子供を生ませられるのは情ないからだと答へた。此女は愛を専らにする時機が余り短か過ぎて、親子の関係が容赦もなく、若い頭の上を襲つて来たのに、一種の無定を感じたのであつた。それは無論堅気の女ではなかつた。代助は肉の美と、霊の愛にのみ己れを捧げて、其他を顧みぬ女の心理状体として、此話を甚だ興味あるものと思つた」（「それから」十三の二）。風葉の「耽溺」の「飽き〳〵した」と「生欠《なまあくび》」する「生の倦怠」は、正宗白鳥*の「玉突屋」（『太陽』一九〇八年一月）や「何処へ」（『早稲田文学』一九〇八年一月〜四月）にも通有し、漱石はこの時代の空気に鋭敏に反応し、くすんだ「生の倦怠」をアールヌーヴォー風に変容して、代助の病理的な「倦怠《アンニュイ》」「nil admirari《ニル アドミラリ》」に表象化した。

▼「世間師」（『中央公論』一九〇八年一〇月）について、一五年前、紅葉の用命を帯びて九州に赴き、馬関海峡で台風に遭遇した体験が題材として指摘されるが（岡保生「「世間師」の成立」『国文学研究』三〇、一九六四年一〇月）、固有の地名を無名化し、題材のインパクトが弱まった分、筆致の印象が浮上して、文章が巧いという定評に結びついた。しかし漱石は風葉のモチーフの弱さを見逃さなかった。

風葉が森田草平*に伴われて漱石と面会したエピソードを、森田が伝えている（森田草平『続夏目漱石』甲鳥書林、一九四三年一一月）。その時、風葉は酩酊していた。一方、漱石は「行人」を執筆中で、機嫌が悪かった。風葉が「天下に語るに足るものは乃公《だいこう》と余あるのみ」という類の言葉をかけた途端、漱石は「馬鹿ッ！」と一喝した。鏡子夫人*は「帰れ」という漱石の声を記憶している（『漱石の思ひ出』）。森田は出入り禁止になりかけ、鈴木三重吉*がとりなして、一生それを恩に着せた（『続夏目漱石』）。

**〔参考文献〕**岡保生『評伝小栗風葉』桜楓社、一九七一年六月。／近藤恒次『小栗風葉書誌』一九七五年一二月。

〔石井和夫〕

# ■池辺　三山

いけべ・さんざん

『三山遺芳』上、一九二八年刊。

**一八六四（元治元）年二月五日～一九一二（明治四五）年二月二八日。ジャーナリスト。東京朝日新聞主筆。本名は吉太郎。別号は鉄崑崙。漱石から信頼され、大学教師を辞して朝日新聞社入社を決意させ、小説家漱石を完成させた功労者。**

肥後国熊本（熊本市）京町宇土小路に熊本藩細川家二百石譜代藩士池辺重章（吉十郎）、母・世喜《せき》の長男として生まれた。七七（明治一〇）年一〇月、父・吉十郎は西南戦争で西郷軍熊本隊長として熊本城攻撃に参加、官軍に捕えられて長崎で刑死した。国友古照軒の私塾に入り、漢学を学ぶ。八一年一月、上京し、中村敬宇の同人社に入り、その後、慶応義塾に転じた。八三年夏、学資続かず慶応義塾を退学し、佐賀県学務課の属となった。

▼一八八四（明治一七）年五月佐賀県属を辞し上京。細川家が熊本出身者のために作った有斐学舎の舎監となった。政治家を目指し条約改正反対運動に参加した。八七年九月から『山梨日々新聞』に論説を掲載した。八八年一〇月東海散士柴四朗の依頼により下阪、『経世評論』編集長となった。八九年『経世評論』休刊、陸羯南《くがかつなん》の新聞『日本』に寄稿。九〇年一月帰京、陸羯南の下に身を寄せ、ナショナリズムの立場で交信会を組織した。

▼九二年五月旧藩主細川護久の懇望でパリ留学中の世子護成の輔佐役となり、横浜発、七月パリ到着、在住する。ヴォルテールを研究し、フランス語を学んだ。九三年七月護成のイギリス・オランダ旅行に随行。九四年八月護成と独・北欧・露・土・墺・伊を歴遊。同年一〇月以降、新聞『日本』に「巴里通信」を送信した。

▼九五年一一月パリから帰国した。九六年一二月『大阪朝日新聞』主筆となった。九七年一二月『東京朝日新聞』主筆を兼任。『大阪朝日新聞』に鳥居素川*を推薦入社させ上京。九八年八月『東京朝日新聞』主筆専任となる。一九〇一（明治三四）年九月朝鮮・中国視察。〇三年九月山県有朋に対露開戦決断を促す。日露関係情報確保に活動。〇四年三月二葉亭四迷*を『大阪朝日新聞』に入社させる。〇五年八月ポーツマス講和会議に対して強硬論を主張した。〇七年二月漱石の教え子坂元雪鳥*を遣わして夏目漱石の朝日新聞社入社を打診した。三月一五日、漱石を西片町の自宅に訪ねた。渋川玄耳*を『東京朝日新聞』に入社させ社会面を改革した。四月、漱石入社が社告で発表され、六月から「虞美人草」が連載された。一一年九月森田草平*の小説「自叙伝」で弓削田精一と激論退社、客員となった。

▼一二年一月二一日母世喜長逝。三山は死を哭して、三十八日後、心臓麻痺で逝去した。誕生日だから、満四八歳になったばかりであった。

▼夏目漱石は自分を朝日新聞社に招聘してくれた池辺三山にたいへん恩義を感じていた。しかし、入社前から、既に三山の文を読んで愛読していたのである。

「明治の文章では、もう余程以前のことであるが、『日本新聞』に載つた、鉄崑崙といふ人の「巴里通信」を大変面白いと思つた。其の頃ひどく愛読したものである。

因に云ふが、鉄崑崙は今の『東京朝日』の池辺氏であつたさうだ。」（「余が文章に裨益せし書籍」『文章世界』**一九〇六**年三月一五日）。

その一年後、その鉄崑崙、すなわち池辺三山から朝日新聞社に招かれようとは夢にも思わなかったであろう。大学教師から作家への転機を与えた人との出会いがここにあったのである。

▼**一九〇七**年二月、坂元雪鳥に依頼して漱石に面会を申し込む手紙を出させ、坂元は漱石宅を訪問、朝日新聞社入社の予備交渉を始めた。西片町の二葉亭四迷宅で渋川玄耳・弓削田精一が待って、坂元の吉報を聴き、喜んだ。漱石は教師を辞めるについてまだ不安を感じ、三山に面会し確約を求めた。

「小生の地位の安全を池辺氏及び社主より正式に保証せられ度事。」「池辺君は固より紳士なる故間違なきは勿論なれども万一同君が退社せらるゝ時は社主より外に条件満足に履行してくれ［る］ものなく又当方より履行を要求する宛も無之につき池辺君のみならず社主との契約を希望致し候。」（三月一一日付坂元雪鳥宛漱石書簡）。

三月一五日、主筆池辺三山は社を代表して漱石宅を訪問した。

「余が朝日新聞に入社の際、仲に立つものが数次往復の労を重ねた末、ほゞ相談が纏まりかけた機を見て、池辺君は先を越して向ふから余の家を訪問した。」「池辺君の名は其前から承知して知つてゐたが、顔を見るのは其時が始《ママ》めてなので、何《ど》んな風采の何んな恰好の人か丸で心得なかつたが、出て面接して見ると大変に偉大な男であつた。」「話をしてゐるうちに、何ういふ訳だか、余は自分の前にゐる彼と西郷隆盛とを連想し始めた。」「是迄話が着々進行して略《ほぼ》纏まる段になつたにはなつたが、何だか不安心な所が何処かに残つてゐた。然るに今日初めて池辺に会つたら其不安心が全く消えた。西郷隆盛に会つたやうな心持がする。」「池辺君が余の事を始終念頭に置いて、余の地位のために進退を賭する覚悟でゐたといふ話はつい此間池辺君と関係の深いある人の口を通して余に伝へられたから、初対面の時彼の人格に就いて余の胸に映じた此画像は全くの幻影ではなかつたのである。」（「池辺君の史論に就て」池辺吉太郎『明治維新三大政治家』再版序）。

漱石は三山の人柄に触れ入社を決意、正式入社の契約を結んだ。

▼**一九一〇**（明治四三）年八月二四日、修善寺菊屋旅館に転地療養していた漱石は、大吐血して三〇分間の人事不省に陥るが、奇跡的に快復し、一〇月二九日、修善寺大患から生還した思いを「思ひ出す事など」と題して『朝日新聞』に書いた。病後のぶり返しを気遣って三山は原稿を書く漱石を本気で叱った。

「其中で一番苦い顔をしたのは池辺三山君であつた。余が原稿を書いたと聞くや否や、忽ち余計な事だと叱り付けた。しかも其声は尤も無愛想な声であつた。医者の許可を得たのだから、普通の人の退屈凌ぎ位な所と見たらよからうと余は弁解した。医者の許可も去る事だが、友人の許可を得なければ不可んと云ふのが三山君の挨拶であつた。それから二三日して三山君が宮本博士に会つて此話をすると、博士は、成程退屈をすると胃に酸が湧く恐れがあるから却つて悪いだらうと調停して呉れたので、余は漸く助かつた。

其時余は三山君に、

遺却新詩無処尋。嗒然隔牖対遥林。
斜陽満径照僧遠。黄葉一村蔵寺深。
懸偈壁間焚仏意。見雲天上抱琴心。
人間至楽江湖老。犬吠鶏鳴共好音。

と云ふ詩を遺《おく》つた。」（「思ひ出す事など」四

『東京朝日新聞』一九一〇年一一月一三日）。

漱石の「遺却新詩無処尋」の漢詩は、「思ひ出す事など」（四）が一一月一三日『東京朝日新聞』に発表される前に三山に贈られていたと思われる。三山は漱石から贈られた漢詩を読み、一三日夜、漱石宛の手紙に次の漢詩を添えた。

「遠処随時相問尋。雲帰幽壑鳥還林。
寒花晩節傲秋老。落月空明欺夜深。
多恨多情太多事。無酸無苦到無心。
妙文何日復警世。待聴檐頭喜鵲音。」
（『三山遺芳』上、「四五　夏目漱石氏宛手簡」三山会編、一九二八年一二月二五日）。

また、長谷川如是閑から続きものを書けと言われた時、三山は「病後暑中の執筆はよくあるまい」（一一年七月七日付長谷川如是閑宛漱石書簡）と漱石の身体を心配して、小説掲載を二ヶ月ほど繰り下げる配慮をしている。

▼一一年九月一九日、東京朝日新聞社評議会で森田草平の「自叙伝」が不道徳であるとの理由で弓削田精一政治部長が非難し、池辺三山主筆は「文芸欄」存続で論争となる。結局、九月三〇日三山は辞任し、客員になった。一〇月三日、三山の訪問を受けて、森田の「自叙伝」が原因で弓削田と争い、辞職したことを初めて知った漱石は、愕然となった。三山への恩義から辞意を申し出たが、引き留められ思い留まった。しかし、「文芸欄」は廃止に決定した。

池辺三山が朝日新聞社を辞職して、百十日後、一二年一月二一日、三山の母世喜子が死去した。三山は一切の肉食を絶ち、毎朝墓参、五十日間の喪に服したが、忌明け前二月二八日、亡くなった。寒い真夜中、寝ているところを車夫に起こされ、三山の訃報が伝えられた。すぐこの車に乗って来いという。漱石は最後の挨拶をするために枕辺に寄り、「血の漲ぎらない両頬の蒼褪めた色が、冷たさうな無常の感じ」の死に顔に別れを告げた（『三山居士』一二年三月一日）。

▼三山は政治・外交に通暁しているばかりでなく、文学の鑑識にも鋭敏な感覚を持っていた。

「所がある時此間亡くなつた池辺君に会つて偶然話頭が小説に及んだ折、池辺君は何故「土」は出版にならないのだらうと云つて、大分長塚君の作を褒めてゐた。池辺君は其当時「朝日」の主筆だつたので「土」は始から仕舞迄眼を通したのである。其上池辺君は自分で文学を知らないと云ひながら、其実摯実な批評眼をもつて「土」を根気よく読み通したのである。」（『土』に就て——長塚節『土』序」一九一二年五月）。

三山が母の跡を追うようにして逝き、遺作『明治維新 三大政治家』再版（新潮社 一九一二年五月一八日）が出版の運びとなり、漱石は序文を頼まれ、評論、推薦文というより愛情深い回想を書いた。

「去年の秋池辺君の大久保利通論が中央公論に出たとき、余はそれを秋期附録中の最も興味ある一篇として、楽しく通読した。」「池辺君は又年来坐つてゐた東京朝日新聞主筆の地位を棄てた。」「余は池辺君に向つて、先達ての大久保論は大変面白かつたと余の実際に感じた通りを告げた。」「すると池辺君は、さうか夫は好かつたと云つて左《さ》も嬉しさうな顔をした。余も腹の中で、褒め栄《ばえ》があつてまあ好かつたと思つたせゐか、何となく愉快を感じた。」「夫から半年も経たないうちに池辺君は突然死んで仕舞つたので、余の希望は、単に岩倉、大久保、伊藤の三政治家に於て実現された丈に過ぎなかつた。しかし其三篇を重ねると優に一巻の頁を埋めるに充分な程あるので、当時池辺君の話を筆記した滝田君が来て、余に序文様のものを書けといふ注文を出した。」「もし池辺君が長く生きてゐたら、或は莫逆の交りが二人の間に成立し得たかも知れなかつた。不幸にして其交りが熟し切らないうちに彼は死んだ。死んだけれども、余は未だに彼の朋友として存在するのである」（「池辺君の史論に就て――池辺吉太郎『明治維新 三大政治家』再版序」**一九一二**年五月）

▼漱石が生きた三山を最後に見たのは、母の葬儀の日（一月二五日）だったという。

「柩《ひつぎ》の門を出やうとする間際に駈け付けた余が、門側に佇《たたず》んで、葬列の通過を待つべく余儀なくされた時、余と池辺君とは端なく目礼を取り換《か》はしたのである。其時池辺君が帽を被らずに、草履《ぞうり》の侭《まま》質素な服装《なり》をして柩の後に続いた姿を今見る様に覚えてゐる。余は生きた池辺君の最後の記念として其姿を永久に深く頭の奥に仕舞つて置かなければならなくなつたかと思ふと、其時言葉を交はさなかつたのが、甚だ名残惜しくてならない。池辺君は其時から既に血色が大変悪かつた。けれども其時なら口を利《き》く事が充分出来たのである。」（「三山居士」『東京朝日新聞』**一九一二**年三月一日）

この「三山居士」は池辺三山の追悼文として『東京朝日新聞』に掲載されたもので、漱石の亡き三山に対する悲傷が惻々《そくそく》として伝わる。

▼漱石は三山から頼まれていた「門」以後の小説が修善寺の大患のため、延び延びになって、**一一**年一一月二九日、五女ひな子が急死して衝撃を受ける。構想に苦吟した「彼岸過迄」は**一九一二**（明治四五）年一月一日からはじまり、四月二九日完結した。そして、同じ年改元された**一二**年（大正元）年九月一五日、『彼岸過迄』は単行本として、春陽堂から出版された。その「献辞」として、亡き愛娘ひな子と信頼していた池辺三山の名が記されている。三山の死が愛娘の死に匹敵するくらい悲痛であったことを示している。

「此書を
亡児雛子と
亡友三山の
霊に捧ぐ」（『彼岸過迄』献辞）

〔**参考文献**〕池辺一郎・富永健一『池辺三山 ジャーナリストの誕生』（改訂版）中公文庫、一九九四年三月二五日。／『三山遺芳』三山会編、一九二八年一二月二五日。／『池辺三山の生涯』朝日新聞社史編修室（清水三郎）一九六九年／『明治文学全集』第九一巻「明治新聞人文学集」筑摩書房、一九七九年七月一〇日。／「漱石と池辺三山――その邂逅と惜別――」中島国彦『国文学解釈と鑑賞』一九八二年一一月一日。／『日本近代文学館叢書 第二』「文学者の日記 池辺三山1～2」日本近代文学館編、博文館新社、二〇〇一～二年。

〔原武 哲〕

# 第七期●作家時代

一九〇七（明治四〇）年四月〜一九一六（大正五）年一二月九日

## ■伊藤　左千夫

いとう・さちお

『日本近代文学大系』44「伊藤左千夫集」一九七二年刊。

**一八六四（元治元）年（陰暦八月一八日）九月一八日〜一九一三（大正二）年七月三〇日。**

**歌人・小説家・牧畜業。漱石が「野菊之墓」を激賞。**

上総国武射郡殿台村（現・千葉県山武《さんぶ》郡成《なる》東《とう》町）生まれ。父・伊藤良作、母・なつの四男。本名は幸次（治）郎。伊藤家はもと酒井氏の家臣で、中流の上ほどの農家。

▼一八七三（明治六）年、嶋小学校入学。法華宗の寺院で漢学の教育も受ける。一八七六（明治九）年、卒業後農業に従事するとともに、佐瀬春圃の私塾で漢籍を学ぶ。一八七九（明治一二）年、川嶋房次郎方に養子に入る。一八八一（明治一四）年、元老院に富国強兵の「建白書」を出す。政治的活動を志し、上京し、明治法律学校に学ぶが、眼病が悪化したため、断念し帰郷。一八八四（明治一七）年、川嶋家を離縁になり、伊藤姓に戻る。

▼一八八五（明治一八）年、神田の豊功舎牧場に勤めるが、九月、本郷森川町の東北開墾社第一支社に移る。翌八六年、神奈川県の菅生牧場、八七年、新宿区の津田牧場、八九年、九段の回陽舎などに勤め、林熊吉と茅場町に「乳牛改良社茅の舎」を設立する。この年伊藤重左衛門の長女とく（一八七二年生まれ）と結婚する。一八九〇（明治二三）年長男剛太郎誕生。一八九三年、長女妙誕生。

この頃から同業者の伊藤並根と交友を深め、その影響で短歌に興味をもつ。一八九五年次女梅路誕生。この頃伊藤並根との詠草が多い。一八九七（明治三〇）年、日本橋の桐の舎（関澄桂子主催）の月次歌会に出て、岡麓と知り合う。「牛飼」の歌が好評。三女蒼生《たみ》誕生。一八九八年、「非新自讃歌論」「小隠子にこたふ」などの歌論や短歌を『日本』に発表。一八九九年四女千種《あき》誕生。

▼一九〇〇（明治三三）年、*正岡子規の根岸短歌会に出席し、*長塚節に会う。この頃から歌人としての活躍が始まる。「牛飼が歌詠む時に世の中のあらたしき歌大いに起る」という、短歌というより一種の宣言が話題になる。一九〇一年二男次郎が誕生するが夭折。『日本』『心の花』『仏教』『白虹』などに投稿する。一九〇二（明治三五）年、正岡子規の死に遭い、「讃正岡先生歌幷短歌」「正岡子規君」「師を失ひたる吾々」「霖雨雑詠」などを発表する。翌〇三年、『馬酔木』（根岸短歌会機関誌）創刊される。写生文「浅草詣」を『心の花』に発表し、以後散文にも手を染める。〇一年頃から正岡子規が始めた山会という文章会を、子規死後*高浜虚子が続けていたが、〇四年末頃から、左千夫も参加する。五女由伎生まれる。小説「野菊之墓」を書き始め、〇六年一月『ホトトギス』に掲載し、四月俳書堂から出版される。子規論である「絶対的人格」を『馬酔木』に発表する。斎藤茂吉が左千夫のところへ入門。六女由布子誕生。

▼一九〇七（明治四〇）年、*森鷗外の観潮楼歌会に出席。『日本』『趣味』の短歌欄の選者になる。七女奈々枝誕生（のち事故死）。一九〇八（明治四一）年から多くの写生文（小説）を発表する。「隣の嫁」「春の潮」「紅黄録」「胡頽子」「廢める」「老獣医」「陽炎」

「奈々子」「蛭子」「深き感謝」「箸」など。八女鈴子誕生。一〇年九女文誕生。「真面目な妻」「去年」「古代之少女」、翌一一年、「提灯の絵をかく娘」「分家」「女と男」「合歓木」「雲」などの小説を発表する。

▼一九一二（明治四五）年、三男究一郎誕生したが夭折。牛舎を亀戸に移す。「守の家」「弱い女」などの小説や短歌「ほろびの光」を発表。一九一三（大正二）年、斎藤茂吉や島木赤彦などの門人が左千夫の歌風から離反していく。小説「落穂」。七月三〇日脳溢血で倒れ、その夕、逝去。四八歳。八月一〇日四男幸三郎が生まれるが、二週間後に夭折する。

▼伊藤左千夫と漱石との直接的な交渉はほとんどなく、正岡子規ないしは高浜虚子を介しての知人といったくらいの関係である。*森田草平宛書簡（一九〇六年一月七日）でも、「二三度会したぎり交際もない人」とし、九日の書簡では、「牛乳屋の主人の方が大学の講師よりも気韻があると思ふ。顔も頗る雅な顔ですよ。」と知らせている。

▼唯一、漱石が左千夫を強く意識したのは、「野菊之墓」が発表された時であった。この頃、写生文からの発展として、虚子なども小説に力を入れ始めていたし、漱石の「吾輩は猫である」（『ホトトギス』）の好評は、『ホトトギス』に関係する文学者の間に、小説熱を起こしていた。俳句や短歌より小説の方が収入になるという経済的な事情があったにしろ、短詩形文学が曲がり角に差し掛っていたという事情もあった。左千夫の「野菊之墓」もこのような流れのなかで発表された。それを漱石は激賞した。

伊藤左千夫宛書簡（一九〇五年一二月二九日）で、「野菊の墓は名品です。自然で、淡泊で、可哀想で、美しくて、野趣があつて結構です。あんな小説なら何百篇読んでもよろしい。」と称賛し、自分の「趣味の遺伝」も、「亡人の墓に白菊を手向けるといふ点」で少し似ているから、「自然も野趣」もないかもしれないが、読んでみてくれと書き送っている。このような賞賛は、*鈴木三重吉宛書簡（一九〇五年一二月三一日）や、森田草平宛書簡（一九〇五年一二月三〇日・〇六年一月七日・九日）でも繰り返され、「うつくしい愉快な感じ」を評価している。そのうちの草平宛書簡（七日）には、「野菊之墓」は、*寺田寅彦の「団栗」に比べると「技倆上の価値」は劣るが、「真率の態度を以て作者が事件を徹頭徹尾描き出して居る点」は評価すべきとし、具体的な表現の箇所を挙げて、「月並臭くないからい〻」と評価している。また、死を崇高に描くべきという森田草平の意見に対しては、死は一つだが描き方はいろいろあり、「死に可憐の情を持たせる」には、左千夫の描き方でなくてはならないと、自分の考えを伝えている。

これらの他に漱石が、「野菊之墓」を読んで興味をもったのは、会話文の書き方についてであったものと推測される。その「ノート」の「Affectation」の項目の「Taste」のところには、「華族ノ若殿ガ（三太夫己ラ大根が食ひてーや）と云ッたら」誰でも驚くが、「中流以上ノ者ノ使ふ（大根が食ひたい）ト云フ語」は「不快ノ感ヲ」持たせないのは何故かという疑問を呈している。それは「sound 其物」が「disagreeable ニ耳ヲ strike スル」ためだろうか。「（デー）と（ダイ）（テー）と（タイ）の差に過ぎない」のにという疑問である。それに続けて「（ダンベー）は田舎者の言語である然し classical な（なるべし）より一転せるものなり（ヘイ）（ハイ）—（かな）（かも）—伊藤左千夫・皆 association ナリ」というメモを残している。「野菊之墓」の会話文が極端な方言で書かれているというわけではないが、この小説の野趣や雅の情調や自然の感じなどの効果が、どういう書き方から生じているのかを分析しようとしたものと推測される。

いずれにしろ「野菊之墓」は、この時期の漱石には気に入った小説であった。しかし、それでは伊藤左千夫の文学活動全般を評価していたかというと、必ずしもそうではない。やはり森田草平宛書簡（**一九〇六**年五月五日）では、「元来左千夫なんて歌論抔の出来る男ではない。只子規許り難有がつて自ら愚なうたを大事さうに作つて居る。」と、否定的な感想を述べている。また、長塚節への追悼談話「釣鐘の好きな人」（『俳味』**一九一五**年三月）には、「死んだ伊藤左千夫が親友であつた」と紹介している程度である。

伊藤左千夫が、漱石の「吾輩は猫である」に刺激されたということは否定できないし、漱石が、「野菊之墓」の抒情性を高く評価したことも事実であるが、二人の関係はその点に限られたものであった。

〔**参考文献**〕伊藤左千夫『野菊の墓』俳書堂、一九〇六年。／斎藤茂吉『伊藤左千夫』中央公論社、一九四二年。／『近代文学研究叢書』第一四巻「伊藤左千夫」昭和女子大学、一九五九年。／永塚功『伊藤左千夫の研究』桜楓社、一九九一年。

［石田忠彦］

## ■二葉亭四迷

ふたばてい・しめい

『明治文学全集』17「二葉亭四迷集」一九七一年刊。

**旧暦一八六四**（元治元）**年二月二十八日**（三日という説もある。自筆履歴書に一八六二（文久二）年一〇月八日）**〜一九〇九**（明治四二）**年五月一〇日。小説家。翻訳家。朝日新聞社員。朝日新聞社では漱石と時々会う程度で、「親密になる機会」がなかった「遠い朋友」。**

父・長谷川吉数と母・志津の長男として江戸市ヶ谷（現・新宿区）合羽坂の尾張藩上屋敷に生まれた。本名は辰之助。祖父も尾張藩士で、父は御鷹場吟味役、東京御留守居調役を務めた。明治になって愛知県（名古屋県）、島根県、福島県の公務員となった。

▼一八七一（明治四）年八月名古屋藩学校（洋学校）に入学した。七五年、島根県松江

に転居し、内村鱸香の家塾相長舎に入り、漢学を学んだ。七六年三月、変則中学校（翌年、松江中学）に入学した。
▼一八七八（明治一一）年、相長舎及び松江中学を退いて、三月帰京した。森川塾に入り、陸軍士官学校の入学試験を受けたが、不合格であった。七九年、高谷龍洲の済美黌に入り、漢学を修めた。また、成義塾に通って、再び陸軍士官学校を受験したが、不合格であった。龍洲と衝突して、済美黌を退塾した。八〇年、再度森川塾に通う傍ら、弘道学社で漢学を、仏学舎で西洋史を聴講した。三度陸軍士官学校を受験したが、入学できなかった。
▼一八八一（明治一四）年五月東京外国語学校露語科に入学、給費生となった。八四年、ロシア人教師アンドレイ・コーレンコが帰国し、ニコライ・グレーが赴任して来た。グレーは朗読が巧みで、彼の読むロシアの名作の世界に引き込まれた。八五年九月、東京外国語学校が廃止され、東京商業学校付属語学部露語科に編入された。
▼一八八六（明治一九）年一月、東京商業学校を退学した。同月、同郷の坪内逍遙*を訪ね、芸術論を戦わせたりして、親交を結んだ。三月、ツルゲーネフ『父と子』の言文一致体訳「通俗虚無党形気」が予告文まで出たが、出版はされなかった。四月、冷々亭主人の名で「小説総論」を『中央学術雑誌』に発表した。ベリーンスキーなどに学んだ二葉亭の小説論を簡潔にまとめたもので、写実主義の理論としての評価は高い。
▼一八八七（明治二〇）年六月、『新編浮雲』第一篇を金港堂から刊行した。初めて二葉亭四迷と号した。第二篇は、翌年二月に同じく単行本の形で出版された。しかし、第三篇は雑誌『都の花』に連載発表された（八九年七〜八月）。『新編浮雲』は、言文一致体の写実主義小説として高く評価されたが、二葉亭自身は、当初の意図を達成したという境地に至らなかった。
▼一八八八（明治二一）年四月、パーヴロフの論文の翻訳「学術と美術との差別」を『国民之友』に発表。逍遙との議論や『新編浮雲』の執筆などと共に、芸術論・文学論の探求も進んで行った。一二月、『日本演芸矯風会雑誌』に「『アリストーテリ』悲壮体院劇論解説」を訳載。翌年四、五月には、また『国民之友』にドブロリューボフ「文学の本色及び平民と文学との関係」を載せている。この外、九〇年五、六月『出版月評』に訳載したパトリック「偏見心理論」もある。
　これらより前、一八八八年七、八月の『国民之友』にツルゲーネフの「あひゞき」を訳載した。原文に忠実を期した、その言文一致体の自然描写は国木田独歩*など多くの文学者に強い感銘を与えた。一〇月から翌年一月の『都の花』には同じ作者の「めぐりあひ」を言文一致体で翻訳、発表した。
▼一八八九（明治二二）年、両親を扶養するのが困難となったため、外国語学校の旧師古川常一郎の周旋を受け入れて、八月、内閣官報局の雇員となった。
▼一八九六（明治二九）年一一月、ツルゲーネフの翻訳小説集『かた恋』を春陽堂から刊行した。九三年一月、福井つねと結婚して、翌月には長男玄太郎、翌年一二月には更に長女せつが生まれるなど家族も増えて、生活費に困窮し出した。また、つねとは九六年二月に離婚届を出したものの、ごたごたが続いた。そのようなことの費用を稼ぐために、翻訳を中心に文学活動が再開した。『かた恋』は好評であった。九七年一月〜二月の『太陽』にゴーゴリの「肖像画」を訳載した。四月には『文芸倶楽部』にツルゲーネフの「夢かたり」を訳載し

た。五月〜一二月、再び『太陽』にツルーゲネフの「うき草」を訳載した。一二月、旧師古川も去ったりして、既に居心地の悪くなっていた内閣官報局を辞職した。

▼一八九八（明治三一）年一月、『国民之友』にツルゲーネフの「猶太人」を訳載した。三月、陸軍大学校露語科教授嘱託となったが、四月辞職した。七月、翻訳「親こゝろ」を『文芸倶楽部』に載せた。一一月、海軍編修書記となった。前月入院した父吉数が死去した。

▼一八九九（明治三二）年一月、『文芸倶楽部』に翻訳「酒袋」を載せた。七月頃不本意であった海軍編修書記を辞職した。九月、新たに設立された東京外国語学校ロシア語科教授に就任した。教授振りは熱心で、学生に強い感銘を与えたという。

▼一九〇二（明治三五）年五月、東京外国語学校教授を依願免官。徳永商店のハルピン支店顧問となる約束で大陸に渡った。しかし、ハルピンでの生活も徳永商店も見込み違いで、旧外国語学校清語科の出身で北京にいた川島浪速を頼ることになった。漱石の「満韓ところぐ〜」三十九に「案内者は清林館と云ふ宿の主人である。かつて二葉亭と一所に北の方を旅行して、露西亜人に苛い目に逢つたと話した。」という記述がある。一〇月、川島が監督を務める北京の京師警務学堂の提調代理となった。

▼一九〇三（明治三六）年七月、京師警務学堂提調を辞職し、帰国の途に就いた。

▼一九〇四（明治三七）年一月、イェレーツの「黒竜江畔の勇婦」を『女学世界』に訳載した。帰国後の生活費を稼ぐために、翻訳を中心に文学活動が又始まった。二月、ポターペンコの「四人共産団」を『文芸界』に訳載した。三月、内藤湖南を介して大阪朝日新聞社に入社し、東京出張員となった。前月始まった日露戦争がロシア通を必要としたのである。七月、ガールシンの「四日間」を〈苅心〉の署名で『新小説』に訳載した。また、金港堂からトルストイの翻訳『軍事小説つゝを枕』を刊行した。

▼一九〇五（明治三八）年一月、ツルゲーネフの「行丈揃はぬ借着とぁつてよろけて縞もわからずや」を〈鶴翁〉の署名で『文芸界』に訳載した。また、ガールシンの「露助の妻」を〈苅心〉の署名で『新小説』に訳載した。二月〜三月の『太陽』にゴーリキーの「猶太人の浮世」を訳載した。三月頃、大阪朝日新聞社から退職を促されたが、東京朝日新聞社の*池辺三山が間に入り、東京朝日新聞社が預かることになった。

▼一九〇六（明治三九）年一月から三月の『新小説』にゴーリキーの「ふさぎの虫」を訳載した。二月、ガールシンの「根無し草」を〈苅心〉の署名で『東京朝日新聞』に訳載した。また、創作「小按摩」を『東京朝日新聞』に掲載した。四月、ゴーリキーの「灰色人」を『東京朝日新聞』に訳載した。五月、ゴーゴリの「むかしの人」を『早稲田文学』に訳載した。七月、教科書独習用『世界語（エスペラント）』を彩雲閣から刊行した。八月、引き続き、ザメンホフ著の注訳『世界語読本』を彩雲閣から刊行した。一〇月一〇日〜一二月三一日、『東京朝日新聞』に「其面影」が七七回にわたって連載された。当初「其面影」は、日露戦争によって大量に発生した戦争未亡人を社会問題として扱う作品（「茶筅髪」）として構想されていたが、さまざまな問題から社会問題色が薄れ、人生の展望を切り開けない中年知識人の愛欲を描く作品になってしまった。

**▼一九〇七**（明治四〇）年二月〜八月の『世界婦人』にポリワーノフの「志士の末期」を訳載した。二月二四日、夏目漱石を東京朝日新聞社に招聘する予備交渉がおこなわ

れた。二葉亭宅に待機していた関係者の元に合意が伝えられ、二葉亭も喜んだという。三月、ゴーリキーの「二狂人」を『新小説』に訳載した。三月～五月の『趣味』にゴーゴリの「狂人日記」を訳載した。四月～六月の間に、漱石と新聞社の主立った社員の顔合わせがあった。この頃について、漱石に「私も以前は本郷西片町に居たし、長谷川君も同じ所に居たのだから、入社後に、訪ねて往て、大に語らうと思つて居た事があるが、恰度この時分長谷川君は頭が悪いので、近頃は誰にも会はないといふ事だから、遠慮して訪ねもしないで居たのだが、その後暫らくして、銭湯で会つた事があつたので、頭の方は何うかねと聞いて見たら、まだ悪いといふ事だし、それでは訪ねてもよくない事と思つてそれぎりにしてしまつて、私は此方（早稲田）へ引つ越した者だから、遂々、真面目に話合つた事もなし、それぎりになつてしまつた。それでも数寄屋橋中の日本倶楽部で会つた事があるが、この時は私のすぐ傍に居たのでなく、朝日の池辺君と、頻りに露西亜の政治の事に就て語つて居たので、私には政治の事は解らないしするから、その時もそのまゝになつてしまつた、」（「感じのいゝ人」『新小説』〇九年六月）という回想がある。

七月、ゴーリキーの「乞食」を『趣味』に訳載した。漱石は吉峰竟也に、「虞美人草」の小夜子の名前は「其面影」と同じだと指摘され、未だ「其面影」を読んでいなかったと釈明した（八月一七日付葉書）。八月、春陽堂から刊行された『其面影』を早速講読した漱石は、見舞いの気持ちも込めて、二葉亭に賛辞を贈った。二葉亭からは簡単な返事が来ただけであった。『其面影』について、漱石は「只客観的に存在してゐるものを忠実に写したものでなく頭で拵へて頭でデヴェロープさせて行ったもの」に類すると言い、「男女の間で層層累々と関係が密接になり逼迫して行く風に書いてある。而かも同じインテレストを繰り返し繰り返ししてゐながら彼れ丈に飽き無いものにしたのはレペティシヨンでなくしてアクセレートしたからであつて、その点が大変の手際だと思ふ。」と評している（「文学雑話」）。連載中の漱石の「虞美人草」について二葉亭は「比叡山に登る処などの文章は巧いやうだね。」と語っている（「小説家の好む小説」）。一〇月三〇日～一二月三一日、『東京朝日新聞』に「平凡」を連載した。ポチの部分を「一生の中には十分に書いて見たかつたのだが、つひ彼麼処へ使つて了つ」たと悔やんだ（「『平凡』物語」）。漱石は早く「四迷先生の短かいもの」と聞いていた（七月一二日*大塚楠緒子宛持参状）。連載中の「平凡」について、漱石は「今日の平凡の御糸さんはうまいね。あゝは中々かけないよ。」と評している（一二月二四日付*小宮豊隆宛葉書）。「平凡」が終了した時、漱石は、「*島崎君のが出るまで私が合ひの楔《くさび》に書かなきやならん事になつた」。そこで、急遽執筆されたのが漱石の「坑夫」であった（談話「『坑夫』の作意と自然派伝奇派の交渉」）。

**▼一九〇八**（明治四一）年一月の『趣味』にアンドレーエフの「血笑記」前編、断篇第一を訳載する（七月に改めて全体が易風社から刊行された）。三月、ネモエーフスキの「愛」を、四月にはプルースの「椋のミハイロ」を『世界婦人』に訳載した。五月頃、朝日新聞露都特派員としてペテルブルグに赴くことが内定した。大阪から上京した*鳥居素川と漱石の三人で会食した。漱石によると、二葉亭は「満洲へ旅行した話」・「露西亜人に捕まつて牢へ打ち込まれた話」・「現今の露西亜文壇の趨勢の断えず変つてゐる有様」・「知名の文学者の名」・「日本の小説の売れない事」・「露西亜へ行つたら、日本

人の短篇を露語に訳して見たいといふ希望」等を話した。また、ダーンチェンコ歓迎会への出席を乞い、物集姉妹を託した（「長谷川君と余」）。六月、出立の数日前、暇乞いに漱石宅を初めて訪れた。翌日、漱石が答礼に来たが、留守であった（「長谷川君と余」）。一二日、新橋駅を出発してペテルブルグに向かった。七月一五日、ペテルブルグに着いた。滞在中、「弱い話だが此方の寒さには敵はない」と書いた葉書を漱石に送った（「長谷川君と余」）。

▼**一九〇九**（明治四二）年三月二〇日の漱石日記に「二葉亭露西亜で結核になる。帰国の承諾を得た所経過宜しからず入院の由を聞く。気の毒千万也。」とある。四月五日、ペテルブルグより帰国の途につく。五月一〇日、ベンガル湾上にて死去。享年四五。先妻つねとの間に玄太郎、せつ、後妻里うとの間に冨継、健三の三男一女があった。一三日、シンガポール郊外パセパンジャンの丘で火葬に付した。三〇日、遺骨が新橋駅に到着。同日の漱石日記に「午後二葉亭の遺族を訪ふ。細君と御母さんに逢つて弔詞を述べる。霊前に香奠を備へ一拝して帰る。」とある。六月二日、染井信照庵で神式により告別式が行われ、漱石も列席した。

▼漱石が「長谷川君は余を了解せず、余は長谷川君を了解しないで死んで仕舞つた。」（「長谷川君と余」）と記しているように、東京朝日新聞社に留まるために小説を書かざるを得なかった二葉亭と東京帝国大学の教員よりも小説家を選んだ漱石とは方向が逆であった。朝日新聞連載小説の相方として強く意識していた以上の文学上の接点は特にない。

〔**参考文献**〕『二葉亭四迷全集』全七巻・別巻一、筑摩書房、一九八四年一一月三〇日～一九九三年九月二五日。／『日本近代文学大系』『二葉亭四迷集』角川書店、一九七一年三月一〇日。／『近代文学研究叢書』第一〇巻「二葉亭四迷」昭和女子大学、一九五八年一〇月一五日。

〔橋口晋作〕

## ■隈本　繁吉
くまもと・しげきち

『隈本繁吉先生の想い出』一九九一年刊。

**一八七三**（明治六）**年一月六日～一九五二**（昭和二七）**年八月二九日。歴史学者。文部省官僚。旧制専門学校長。旧制高等学校長。明治大学の非常勤講師をしていた漱石は、明大主幹をしていた隈本から講演を頼まれた。満韓旅行のソウルで漱石は隈本に再会、教育施設などを案内してもらう。**

隈本繁吉は福岡県八女郡水田村（現・筑後市水田）尾嶋に父・堤喜十郎、母・セツの三男として生まれた。七八（明治一一）年福島高等小学校を第一回生として卒業した。八七年九月八女郡八幡村新庄小字福一（現・八女市新庄）の地主隈本伍平の養子となる。八女郡福島の塾に通い、教師の勧めで久留米の中学明善校に入学、福岡の中学修献館に転じて、九一年九月第五高等中学校（現・熊本大学）第二部文科に入学、校長嘉納治五郎、教授秋月悌次郎（胤永《かずひさ》）にかわいがられ、九四年七月卒業した。同年九月帝国大学文科大学史学科に入学、九七年七月東京帝国大学文科大学史学科を卒業した。五高、東大共に漱石、隈本との接点はない。

隈本繁吉は帝大を卒業するとすぐに国学院講師になったが、やがて文部省から教科書調査を嘱託され、九八年六月文部省に入省、図書審査官、視学官を歴任し、一九〇二（明治三五）年一〇月、哲学館（現・東洋大学）事件に巻き込まれた。

この哲学館事件とは、倫理学講師の中島徳蔵が英人ムイアヘッド原著、桑木厳翼訳の教科書を使って講義をしていたが、文部省から視察に来た視学官隈本有尚*と隈本繁吉が「動機が善ならば悪い行為も許されるか」という試験問題を国体上危険視して、哲学館から中学校師範学校教員無試験検定認可を取り消した事件である。二人の視学官は同姓で共に筑後人であるが、有尚が一三歳年長であるため、有尚の方が主導的役割を果たしたと思われる。隈本繁吉が哲学館制裁にどの程度関与したか、不明である。

哲学館の検定認可取り消しが問題になっていたちょうどそのころ隈本繁吉は教科書収賄事件の嫌疑が掛かり、警視庁に拘引された。この事件も真相がどんなものであったか、隈本繁吉は一切弁明せず沈黙を守り、まだ解明されていない。松本清張の『小説　東京帝国大学』で哲学館事件は隈本有尚・井上哲次郎*ラインの謀略説をにおわせている。

とにかく隈本繁吉は教科書収賄事件で〇二年一二月分限休職となり、〇三年五月懲戒処分として二ヶ月四分の一減俸となり、一旦明治大学予科主幹兼講師を嘱託せられた。

▼**一九〇五**（明治三八）年三月、一高、東大講師で明治大学講師も務めていた夏目漱石は、明治大学主幹の隈本繁吉の招きで明大において「倫敦のアミユーズメント」と題して講演した。

「諸君私が夏目先生です（笑声起る）、一体私は斯ふいふ所で話をしたことがないのですけれども隈本さんが無理にしろと云ふので、ツイ引受けたものですから何かやらなければならぬことになつて仕舞ました」と聴衆を笑わせて英国留学に因んだロンドンのアミューズメント、娯楽、興行物、見世物について、話し始めた。

現存する資料から類推すると、この明治大学の講演が、漱石と隈本繁吉との最初の接点である。漱石はまだ教師と作家の二足のわらじをはいていたし、隈本は教科書収賄事件の後遺症から立ち直っていなかった。

〇五年一一月休職満期により文部省を退官したが、直ちに福井県立福井中学校長に任ぜられたところをみると、教科書収賄事件の汚名は払拭され、名誉回復して復権を果たしている。〇八年三月東京高等師範学校（現・筑波大学）教授となり、同日韓国学部書記官となり京城（現・ソウル）に赴いた。学務局第一、二課長と官立漢城外国語学校長を兼務し、日韓併合前後の植民地教育のシナリオである「秘　教化意見書」を書いた。この「意見書」は朝鮮総督府の植民地教育の基幹となって採用された。

▼漱石と隈本が再会したのは、満韓旅行の時であった。**一九〇九**（明治四二）年九月から一〇月にかけて、夏目漱石は東京大学予備門時代の旧友中村是公《よしこと》*（当時、南満洲鉄道株式会社総裁）の誘いを受けて、満洲（現・中国東北）、韓国（現・朝鮮人民共和国と大韓民国）

旅行に出かけた。大連、旅順、営口、熊岳城、奉天（現・瀋陽）、撫順、ハルピン、長春、安東（現・丹東）、平壌（ピョンヤン）を経て、京城（現・ソウル）の南大門駅に着いたのは、九月三〇日であった。

一〇月五日、漱石は関帝廟、閔妃《びんび》墓、漢江を見て、夜、花月という料亭で新聞記者主催の宴会に招かれた。五〇名ほど集まったが、その中に韓国学部書記官兼漢城外国語学校長の隈本繁吉がいた。誰かが絹を毛氈《もうせん》の上に延べて書を求めたので大騒ぎになる。「ぜひ書かなければならないならば宿に届けてくれ。」と言うと「いや、ぜひここでなければならないそうで。」と言う。隈本繁吉は傍で「度し難いな。」と苦笑していた。漱石はいい加減なところで切り上げ、宿に帰った。四人ほどが付いて来た。五高の教え子だった矢野は「ここで成功した者（悪徳日本人）は、贋造白銅と泥棒と〇〇だ」「韓国人に期限を切って金を貸し、期日に返済しようとすると居留守を使って、翌日抵当を取り上げる。千円の手付けに千円の証文を書かして訴訟する。取り上げた金で自分の宅地をむやみに増して、勢力を広げている。」と言った。漱石は「韓国人は気の毒だ。」と言った。隈本繁吉も賛成した。

一〇月九日、夏目漱石は学校参観を勧められ、隈本繁吉に電話をかけ学校参観のことを依頼した。あいにく官立漢城高等女学校は休みで、官立漢城師範学校を見に行った。三年生は日本語で代数を習い、一年生は通訳付きで地理を習っていた。漢文はお経のように教えていた。習字は欧陽詢《じゅん》を中国人の模写したものであった。

一一日、京城から東京まで釜山経由で通し切符四一円九八銭、南大門駅には隈本繁吉も見送りに来た。東京に帰着したのは一〇月一七日で、一ヶ月半の満韓旅行であった。その紀行文が「満韓ところ〴〵」であるが、半分にも満たない九月二一日の撫順で中断しているので、隈本繁吉に会ったことは、漱石日記でしか知ることができない。

漱石がハルピンを去って一ヶ月後、初代韓国統監伊藤博文が日韓併合に反対する韓国人安重根にハルピン駅頭で暗殺された。

▼一九一一（明治四四）年二月、隈本繁吉は台湾総督府国語学校長兼視学官となって、再び植民地教育の前線指揮官となった。台湾総督府民政部内務局学務課長を命ぜられ、台湾教育の基本となる「台湾教育令」制定に向けて精励した。その間の経緯は隈本自筆の「台湾教育令制定由来」に詳しいが、その他に隈本は「部務ニ関スル日誌」や個人日記など膨大な隈本文書を残している。それらの調査は始まり、徐々に全貌が明らかになりつつある。

隈本繁吉は台湾においても能吏としての実力を発揮して、一九一三（大正二）年九月民政部学務部長、一四年八月図書館長、一九年四月台北師範学校長、一九年六月高等商業学校長となり、一九二〇（大正九）年五月まで植民地教育に尽力したが、その評価はなかなか難しく功罪をここでは問うまい。

▼一九二〇年一二月、隈本繁吉は明治大学に再び教務を嘱託されたが、二三年一二月高松高等商業学校（現・香川大学経済学部）初代校長に任じられ草創期の学校施設建築や制度制定に奔走した。二七年八月突然大阪高等学校（現・大阪大学）長に転任し、父兄会を組織して運動部の充実を計り、施設を一新した。三五年八月第六高等学校（現・岡山大学）長に転任して実績をあげ、一九三八（昭和一三）年四月校長を辞し、公職から一切身を引いた。居を東京の下北沢に構え、悠々自適の生活を送っていたが、太平

洋戦争勃発し戦禍ますます激しくなったので、八女に帰郷し、郷土の青年を集めて啓蒙活動を行った。

元来、隈本繁吉は天皇崇拝主義者であって、官吏としては仕事のできる行政官であり、教育者としては施設建設、父兄会・同窓会設立に優れた力を発揮した学校経営者であったが、少なくとも強権主義者ではない。終戦の時、「誰か期せん挙国俘《ふ》囚に似るを。方《まさ》に是《こ》れ慟《どう》天哭《こく》地の秋《とき》。さもあればあれ詔書承くれば必ず慎む。誓って万世太平の洲《くに》を開かん。」という漢詩をつくって思いを述べ、一切弁明せず、旧知のアメリカ人との接触も強く避けた。名利に恬《てん》淡として古武士を髣髴させる風格があったという。「世は変じ頭《こうべ》を回《めぐ》らせば、渾《す》べて夢に似たり。田に帰り自ら愚を守る」という漢詩を高松高商の教え子に託した。八女郡八幡村新庄（現・八女市新庄）で七九歳をもって瞑目した。

▼夏目漱石と隈本繁吉との交流は明治大学と京城（現・ソウル）との二点に過ぎず、その交わりは途絶えてしまった。漱石が哲学館事件、教科書収賄事件、隈本の策定した植民地教育をどう評価したか、泉下の漱石に聞いてみたいものである。

〔**参考文献**〕又信会『隈本繁吉先生の想い出』香川大学経済学部、一九九一年九月二〇日。

〔原武　哲〕

## ■林原　耕三

はやしばら・こうぞう

『河野晴也の写真集』松山高校教授時代か。

**一八八七**（明治二〇）**年一二月六日〜一九七五**（昭和五〇）**年四月二三日。**

**英文学者。俳人。旧姓・岡田。俳号・耒井《らいせい》**（名の「耕」を二字に分解したもの）**。一高入学前からの漱石門下生。漱石夫妻は身体虚弱で経済的不遇だった耕三をかわいがったが、耕三は鏡子*の不興を買い、筆子*との縁も杜絶した。**

福井県丸岡町に生まれる。小樽に移住した両親の手許を離れ、特待生で福井中学校を卒業後、神経衰弱のため一年間親許で浪人し、翌年上京して二、三ヶ月間神田の正則英語学校に通い、東京高等商業学校（現・一ツ橋大学）を受験、一次の英語は合格したが、二次の身体検査で不合格になった。正則予備学校の夜学に通い、翌年も受験、また二次ではねられた。試験官の軍医が「この身体では何度受けても駄目だ。病院で受診して転地するがいい。」と教えてくれたので、橋田医院で診てもらうと、肺尖カタールと言われたから、小田原早川村の清光館で療養した。一九〇七（明治四〇）年一二月中、下旬ころか、清光館の隣室にいた高須賀淳平（松山中学の漱石の教え子で、当時「新潮」編集長）が「君は漱石先生が死ぬなと言ったら、死なぬ気になれるか。」と言うから、「そういう気になれるかも知れません。」と言うと、「おれが先生に紹介する。」ということで、人生の悩みや病弱の苦しみの手紙を漱石に送ったものと思われる。最初の耕三宛漱石書簡は**〇七**年一二月一八日付で、小田原にて胸部疾患と神経衰弱で転地療養している耕三を書簡で見舞い、もし手紙を出す気分でも出たら暇な時送りなさいと、元気付けたものである。

**▼一九〇八**（明治四一）年二月一〇日、過日、耕三は漱石山房を訪問したが留守で、肺部は異常ない旨、家人に伝えて帰ったので、漱石は精々療養して早く帰京してほしいと手紙で激励した。**〇八**年五月一八日、漱石は一七日（日曜）掲載のつもりで耕三に予告していた『大阪朝日新聞』「日曜附録」の「文鳥」が掲載されなかったので、次回回しだろうと断りの葉書を出した。**〇八**年一一月六日、過日、耕三は漱石山房を訪問、遠慮して面会せず、お土産だけを置いて帰ったので、漱石は御礼の手紙を出した。

**▼一九〇九**（明治四二）年一月一七日、耕三は暮れから病気がよくなく、漱石は見舞いの葉書を出す。毎日人が来て、仕事ができず閉口、「胃痛よろしからず、南方に旅寐して梅花を見たし」と書く。**〇九**年四月三日、耕三は小田原の塩辛を漱石に送り、明四日転地から東京に帰る、森田草平*の「煤煙」に厭きたと手紙を出す。同月二三日、出京して本郷菊坂町雄集館にいた耕三は、漱石に面会申し込みの手紙を出し、翌二四日、漱石は急用ならばいつでもよろし、急がないならば、木曜日にお出でと返事する。四月二九日の木曜会に耕三は出席した。たぶん、この時が二人の最初の対面であろう。気の弱い耕三は初めての木曜会出席に気後れしてほとんど発言しなかっただろう。

**〇九**年八月五日、耕三は漱石山房を訪問、第一高等学校文科仏文学志望の試験を学科で及第したが、体格があやしいと言って落胆していた。同月七日、新聞を見ると、首席で及第していた。「定めて嬉しからう。」（漱石日記）と漱石も共に喜んだ。三〇年後、耕三はこの漱石日記を『全集』で初めて読み、合格して「よかったね。」と喜んでくれた漱石の温情を初めて知り、声を上げて泣いたという。九月、耕三は第一高等学校文科に入学した。**〇九**年一二月二二日、「試験を休んだ由どうして休んだのか、無暗に欠席をしては不可《いけ》ない。あとから受けられるのかね。」（耕三宛漱石書簡）とあり、父親のような気遣いを見せている。

**▼一〇**（明治四三）年一月三日、漱石は修善寺に静養に行っていた耕三に年賀状の返事を出し、「「それから」は一部上げる積で居たのに惜しい事をした」と年始に来なかったので、『それから』の残部がなくなり、進呈することができなくなり、残念がった。**一〇**年三月二日、耕三が第一高等学校三月記念祭の招待状を漱石の子どもたちのために送ったが、学校に行っているので、一高に行く暇がなく残念、新聞で会の盛況は知ったと、お詫びの手紙を出した。同年三月一三日、耕三が手紙で指が痛くて筆が持てないと訴えたので、漱石は何の病気か、医者にかかっているか、筆が持てなく

ては学生はできない、養生しなくてはいけない、人生観や世界観は変わるものだが、その時は確固たるものをもってほしいと父親のように諭した。同年六月二八日、耕三は北海道小樽に帰省し、近況を報告したので、漱石は返事を出した。七月二九日、長与胃腸病院に入院中の漱石は、胃潰瘍は一段落、やがて退院許可が出るだろう、君の病気は涼しい所だからいいだろう、手の痺れが気になる、療治の必要がある、と気遣った。右手の書痙という字を書こうとすると痛み・痙攣が起り、書けなくなる症状になって悩んでいた。

**一〇**年八月六日、漱石は修善寺に転地療養、二四日、大吐血、三〇分間人事不省に陥る。回復に向かった九月二四日夜、特別列車で観光団に加わって見舞いに来た一高教授畔柳都太郎、学生岡田耕三は、翌二五日午前一一時ごろ、帰京すると言って挨拶に来る。

**▼一九一一**（明治四四）年五月二〇日、漱石は「若いうちから君の様に弱くつては駄目だ。からだの弱い人は弱いなりに人一倍用心をして比例を保たなくてはならない、人並にしては弱る丈だ。精々注意して身を殺さないやうにし玉へ。僕は小樽の火事で内々心配してゐたが君の手紙には何ともないからまあ無難なのだらうと思つてゐる。」（耕三宛書簡）と、耕三の弱気、おそらく、厭世的な死生観を気遣ったものと思われる。

一一年六月ごろ、鏡子は*小宮豊隆の案内で、一高の制帽をかぶった耕三も連れて、吉原遊郭の見物に行く。引き手茶屋の桐佐で昼食の雑炊を食べ、桐佐を出て、呉服屋に入り、小宮は藍の浴衣地を鏡子にねだって買ってもらい、耕三に、「あなたは何？」と言われたけれども、遠慮した。

**一一**年六月ごろか、北海道小樽にいる耕三の父が、事業に失敗して学資が途絶えたので、漱石の著書の校正をして校正料を貰っていた。

耕三が一高三年の時というから、**一一**年後半か、**一二**年前半かのことである。客間に漱石夫妻と耕三がいた時、鏡子は耕三に、「あんた、体も丈夫でないのに、そんな無理をして、学校へも出ないでいるなんて、つまらないでしょう。うちの子に貰ってあげるわよ。」と言って、ちらっと漱石を見た。漱石は、「突然こんな大きな息子ができたら、薄気味悪かろうな。」と穏やかな調子で言った。耕三はどぎまぎしてしまった。

一一年一一月二九日、五女ひな子が急死した。一二月二日、ひな子の告別式。七日夜、耕三はひな子のために葉牡丹と菊と水仙を持って行く。二七《ふたなぬ》日《か》（一二月一二日）に墓参したいと言う。線香をあげて帰る。

**▼一九一二**（明治四五）年五月二二日、鏡子が耕三を能に誘ったが、人数が多過ぎて席が足りないようだから、あまり能に興味もなさそうな耕三に見合わせてくれ、と漱石は葉書を出した。

**一二**年六月四日、鏡子から明五日漱石宅で長女筆子と長男純一の誕生会をするから、勉強の暇があったら、夕方御飯を食べに来てください、と招待の手紙が来たが、行ったかどうかわからない。

同年六月一七日、耕三は試験に落第と決まったが、漱石は落第よりも健康と頭の具合の方を心配して、手紙を書くと、苦しくて書けないとか、悲惨な小説か戯曲を読むみたいで、薄気味悪くなる、いけなければ途中で試験を抛ってもよろしいし、あまり苦にしない方がよかろうと思う、退却も停止も勇進も、よく自分の心と相談して自分に無理のないよう人道を尽くしなさい、それが神を胸に持つ人間の行為です、と耕三の今後の生き方に指針となる助言を与えた。同月二五日、鏡子の指示で漱石宅に寄り、印鑑を預かり、朝日新聞社で漱石の給料を受け取りに行く。

**一二**年六月、耕三は欠席日数限度超過で落第と決定、六月三〇日付で、退学届を提出した。同年七月一〇日、鏡子から病気見舞いの手紙と一緒に漱石の子（筆子・恒子・栄子）の手紙を添えて、早く治って鎌倉に海水浴に連れて行ってください、とあった。

**一二**年七月二一日、夏目家家族は鎌倉材木座紅ヶ谷《べにがやつ》の田山別荘に避暑に行く。漱石は一泊で帰京するが、耕三は子どもの家庭教師兼監督として同伴する。同月二六日、漱石は鎌倉の耕三に春陽堂の『彼岸過迄』の校正を頼んでいたので、その打ち合わせと、「子供の監督上電光石火の危険を感ずる」という耕三の感覚を「大袈裟に候へども君の様な神経家より云へば事実かも知らず」気の毒だと書き、耕三の「電光石火の危険」が何ものか、はっきり把握していない。同月二八日、漱石は校正の打ち合わせと、数え年一四歳の女になりかけた筆子は親から見ると、ほんの子供としか思えない、「たゞの頑是なき小児として御取扱願候」「親は馬鹿なものに候」「性的のひらめきの意味をもう少し精しく御教被下度候」（**一二**年七月二八日付）と娘の性的成長を気遣った。

一二年七月三〇日、明治天皇崩御。大正天皇践祚の式。**一九一二**（大正元）年八月二日、漱石は鎌倉に避暑中の家族の下に、二泊三日で行く。「夜は夜具が足りないのを工夫して二つの蚊帳に子供六人我等夫婦岡田とみね（看護婦か）と寐る。」（漱石日記）。

**一二**年九月二日、『彼岸過迄』の校正を春陽堂や印刷所の手落ちでやり直さなければならなくなったと、耕三から知らせて来たので、「僕は出版の遅速などは左程苦にならないが、君がいやな校正を二度やるのを想像すると実に済まない心持がする。」「若し試験に差支へるなら断然やめても構はない。」（耕三宛漱石書簡）と慰めた。

一高を卒業できず退学した耕三は、東京帝国大学文科大学仏文学選科に入学した。翌一三年一高で卒業検定を受け、合格した。

**一二**年一一月二九日午前一〇時過ぎ、五女ひな子の一周忌なので、雑司ヶ谷墓地に人力車で墓参に行く。鏡子・筆子・栄子・愛子に行徳二郎*（佐賀県出身。早大学生。夏目家学僕）・耕三も伴う（漱石日記）。漱石が墓地で見た光景や寂寥感は、後に「こゝろ」五に活かされた。

同年一一月、漱石は自作の「山水の画」に自作の漢詩七言絶句を付けた（『漱石書画集』）。寺田寅彦*は「きたなくて見るのが厭になる」と言い、小宮豊隆は褒め、岡田耕三もほめる（**一二**年一二月二日付津田青楓*宛漱石書簡）。

**一二**年一二月二七日、鏡子から、明二八日午前中、障子の張り替えの加勢に来てほしい、行徳も来るという手紙を受け取る。翌二八日、耕三・行徳は障子の張り替えの手伝いに行く。

このころの漱石の耕三宛書簡は、概ね漱石の『社会と自分』の校正に関するものである。漱石の精神状態は不安定を極め、孤独感に深めていた。

▼**一九一三**（大正二）年二月一一日、鏡子は耕三の下宿を訪れ、「今度の木曜日にまたせんだっての薬を買って持って来てください。」という置手紙をする。耕三の言によると、漱石の神経衰弱が嵩じたので、鏡子が困り果て、漱石に密かに睡眠剤ヴェロナールを胃病薬のように一週間も毎晩飲ませた。知らなかった耕三は、愕いて中止するよう諌止し、薬の入手の依頼に応じないよ

うにした。漱石が病床に伏している時、鏡子は耕三に薬を飲ませる役を命じていた。漱石は素直に口を開けて散薬を受取り、耕三の差し出す吸い飲みから水を飲んだ。四月ごろか、漱石の耕三に対する偏愛が鏡子の憤りを爆発させた。鏡子は「先生の看護には看護婦も私もいます。あなたのお世話には及びません。」と怒声が耕三の頭上に落ちた。神経過敏な病人が隣室に臥していたので、一言も弁明できず、わなわなと震えていた。鏡子から可愛がられていた耕三は、突然鏡子の不興を買い、奥への出入りを禁ぜられた。耕三は鏡子の名は出さず、漱石に弁明の手紙を書いた。耕三はこの経緯を鏡子のジェラシーと解釈している。飼い犬に手を咬まれた怒りと解した。しかし、木曜会の出入りは黙認されていた。耕三は伊豆大島に逃れた。

**一三**年三月八日、漱石は、東京帝国大学文科大学から来た耕三の授業料未納に付き教室出入り差し止めの通達を同封し、もし在籍もしくは出席必要ならば、一時立て替えてもよい、と援助を申し出た。耕三は兄に工面を申し込んだが、兄に余裕はなく、養子口を紹介した。同月一七日、漱石は希望の所ならば養子を勧める、しかし、夏目家に寄寓と嘘を吐く必要はない、朝晩出入りするくらいの事実通りに言いなさい、金に困っている様子百円くらいで難関が切り抜けられるなら差し上げてもよい、それでは焼石に水ならば差し上げぬが双方の便宜、と助言した（耕三宛漱石書簡）。耕三は地方旧家の林原の養女房子と結婚、養子となったが、養家は倒産していて、半年後には騙されて養父母へ毎月仕送りをしなければならない苦境に陥った。

伊豆大島に渡った耕三は、兄の援助が困難なことを漱石に訴えた。同年五月三〇日、漱石は、「君から手紙がくる度に又何か始まつたのだらうと思ふ果して何か始めてゐる。一体兄キから九月迄居る丈の金がくるのかい随分厄介な話ぢやないか小学校の教師位するが好い」と子供と遊んでおればいい、とゆっくり静養を勧めている。

**一三**年九月一七日、漱石は『行人』を大倉書店から出版することにしたから、耕三が検定で多忙のようであるが、校正する都合はどうか、と聞いた。この「検定」とは、東大選科から本科生になるために、一高卒業検定試験に合格しなければならない。耕三は三六人中ただ一人合格して、本科生になることができた。

**一三**年一一月三〇日、耕三の保証人である漱石は、授業料未納で処分の期限が迫って、耕三が心配しているようであるから、来年四月まで無収入ならば、毎月二〇円、計八〇円貸すのではなく、出してやってもよい、小宮から耕三に通じてください、と書いた（小宮豊隆宛漱石書簡）。

漱石は学資支弁困難に陥った耕三のために、宏徳会（会頭渡辺銀行頭取渡辺勝三郎）という育英会から奨学金を支給できるよう、ロンドンで交友のあった渡辺和太郎に頼んだ。自分方に出入りしている仏文科学生岡田耕三は頭脳明瞭で中途廃学は気の毒、どうか来年一月から給費生として採用してくれるよう、勝三郎に口添えを依頼した（一三年一二月一日付渡辺和太郎宛漱石書簡）。和太郎の紹介で耕三は無事一月から宏徳会の奨学金をもらうことができた。漱石が渡辺和太郎に手紙を出していたことを耕三は、後年『漱石全集』「書簡集」で読むまで知らず、宏徳会員の一高先輩の紹介だけだと思っていた。四月から支給の規則を一月からに例外繰り上げ支給に計ってくれた漱石の温情に、耕三は目頭が熱くなった。

**▼一九一四**（大正三）年一月一日、年賀状に「岡田の事本年より学資をうける事になり

候御配慮難有存候」（渡辺和太郎宛漱石書簡）とあるように、耕三は宏徳会の奨学金を一四年一月から受けることができるようになったので、漱石は渡辺に御礼を述べた。また、一月一三日、「宏徳会の件其後同会より岡田耕三を本年一月から会員にしてやるといふ手紙が来ました是で本人も安心して勉強が出来ます御骨折に就ては私から感謝致します」（渡辺和太郎宛漱石書簡）と宏徳会会員になり、耕三の学資支弁が確保できて、漱石も安心した。

**一四**年一月三〇日、漱石は耕三に「あたまがわるくてまた学校を休んでゐるさうぢやないか、夜寐られなけ［れ］ば眠薬を買ふ金位どうでもするから学校へは成るべく出る様にしたいと思ふ。」と書き、縮刷本『三四郎　それから　門』（春陽堂）合本の校正をする人が必要だができるか、*安倍能成もしたいと言っているが、金が必要なら全部耕三に譲ってもいいと書いた。耕三は事情が困難だが、経済がなお困難だったので、校正を引き受けた。二月二日、漱石は校正が足しになるならやってくれ、春陽堂から言って来るだろうと返事した。

**一四**年四月三〇日夜、耕三は東大英文科の*江口渙《きよし》を初めて連れて、漱石の木曜会に出席した。玄関で案内を乞うた後、耕三は新参の江口を連れて来たことを漱石に告げるために先に上った。許しが出て、耕三は玄関に戻り、江口を応接間に導いた。先客が四、五人いた。江口は残された、漱石の真正面の席に座った。耕三が簡単に江口を紹介し、漱石は簡単に受けた。江口は黙ってお辞儀をした。六、七年来、近代日本文学の最高峰の文学者に会いたいと念願して漱石を、目のあたりに見て、江口の心は名状しがたい興奮と緊張をもって、漱石の顔ばかり見て、一語も発しなかった（江口渙「漱石山房夜話」）。

**一四**年一一月一二日の木曜会は、漱石の死生観が語られた点で、重大な問題を含んでいた。耕三は漱石の死生観を聞いて、自分の考えに近いと考え、漱石に手紙を出した。漱石の返事には、「私が生より死を択ぶといふのを二度もつゞけて聞かせる積ではなかつたけれどもつい時の拍子であんな事を云つたのです」「死んだら皆に柩の前で万歳を唱へてもらひたいと本当に思つてゐる」「死んでも自分［は］ある、しかも本来の自分には死んで始めて還れるのだと考へてゐる私は今の所自殺を好まない恐らく生きる丈生きてゐるだらうさうして其生きてゐるうちは普通の人間の如く私の持つて生れた弱点を発揮するだらうと思ふ、私は夫が生だと考へるからである私は生の苦痛を厭ふと同時に無理に生から死に移る甚しき苦痛を一番厭ふ、だから自殺はやり度ない夫から私の死を択ぶのは悲観ではない厭世観なのである」「君は私と同じやうに死を人間の帰着する最も幸福な状態だと合点してゐるなら気の毒でもなく悲しくもない却つて喜ばしいのです」（**一四**年一一月一三日付耕三宛漱石書簡）と書き、耕三の手紙を読んだ漱石は、近い考えに悲しみを感じ、気の毒になったが、「死を人間の帰着する最も幸福な状態」とする考えには喜びを感じた。松浦嘉一の「木曜会の思ひ出」（『漱石全集月報』第一三号、一九二八年三月）にも、一四年一一月一二日の木曜会で、漱石の厭世観が同じように記録されている。

▼**一九一五**（大正四）年一〇月、漱石は『道草』の新聞広告の文案を耕三に依頼した。耕三は期日までに間に合いそうもないので、赤木桁平に代わってもらう。赤木は直ぐに書いて送ったが、漱石は気に入らない。耕三に電話して、「どうして君が書かなかったのか。書けよ。」と勧めたが、気後れしているらしいので、漱石は仕方ない

とあきらめ、電話を切った。その後、漱石は赤木の文学観を信用できなくなる。

**一五**年一一月一八日(関口安義説)、耕三は仏文学科から英文学科に転科して同科になった芥川龍之介・久米正雄を、漱石山房に初めて連れて行った。芥川はその夜のことを、「漱石山房の冬」(『サンデー毎日』一九二三年一月七日)で、耕三を「O君は綿抜瓢一郎と云ふ筆名のある大学生であつた。……これはO君が今夜先生に紹介したのである。」と描いた。

**一五**年一二月二九日、漱石は、江口渙《きよし》に、「岡田も結婚君も結婚さうして学校へ出席して卒業さへすれば此上はないと思ひます」と手紙を出している。耕三が林原姓を名乗ったのは一九一五(大正四)年からであろう。正式に結婚したのは、いつかわからないが、一五年八月二日付鈴木三重吉葉書が林原耕三宛になった書簡の最も古いものであるから、このころ養子、結婚したものか(『漱石山房の人々』)。

**一五**年一二月三〇日、耕三はふらりと漱石山房を訪れた。誰も来ておらず、絵を描いていた漱石は、「水仙やわせだの師走三十日」と短冊に書き、耕三に与えた(林原耕三「先生と水仙」『漱石山房の人々』)。

**▼一九一六**(大正五)年一一月二二日、漱石は書斎で一字も書けず、机上に突っ伏す。三〇日、衰弱がひどく、絶食状態。小宮・草平・三重吉・野上豊一郎・能成・阿部次郎・岩波・松根東洋城・内田百閒・耕三らが集まり、夜中は当番を決めて交代で泊まり込む。一二月六日昼、耕三は当番で病床に付き添う。九日、小宮豊隆からの危篤の電報を受けた耕三は、漱石山房に駆け付け、水筆で末期の水を臨終の漱石の唇に付けた。性急な久米正雄は耕三がそうしているなら、大抵の人は済んだと早合点して、無遠慮に前の人を押しのけて進み、唇を湿した。後から漱石の友人大塚保治・菅虎雄など多くの旧師・先輩が水を供した。久米は自分の無作法を悔いた。一〇日、耕三・赤木・久米・松岡譲らは弔問客の応接をした。その夜は耕三・久米は漱石山房に泊まる。一二日、葬儀では鏡子に連れられた二男伸六が焼香をして、すぐその場を飛び出し、追いかけた耕三にしがみついて泣き出す。

小宮豊隆は漱石の死後すぐに夏目漱石の全集を刊行し、伝記を纏めることを決意し、親しい友人たちに語ったらしい。

**▼一九一七**(大正六)年一月九日、第一回九日会が木曜会の変形として開かれ、耕三も出席した。『漱石全集』は春陽堂、岩波書店のどちらかから刊行すること、編集委員の人選などが話し合われた。一月二六日、四十九日忌の法要が行われ、夜、岩波書店で漱石遺稿編集について相談会を開き、岩波書店から刊行することになった。三月一八日、百ヶ日法要が徳雲寺で行われ、耕三も出席した。『漱石全集』の校正は、森田草平・石原健生・林原耕三・内田百閒が当ったが、後、小宮豊隆が加わった。編集にかかると、いろいろな文字の使い方をしているので、基準を作ろうということで耕三が「漱石文法」を作った。そこに安倍能成が「岡田(耕三)は全集のために働くより、さっさと大学を卒業することが肝心だ。先生も何ぼうその方を喜ばれるか知れない。」と言って、耕三を編集から排除し、耕三が妻と共に作った「漱石文法」の提出を求めた。耕三は一旦断ったが、安倍から「出し惜しみするのか！」と言われ、うんざりして提出した。編集委員から排斥され、自分が作成した「漱石文法」まで取り上げられた耕三には、小宮から一六通の校正上の問い合わせ、質問が寄せられた。森田や内田からも書状や電話で問い合わせがあり、修

正されたが、委員を外された耕三は、不満や怒りが残り、一九七四年二月「漱石文法稿本」を『漱石山房回顧・その他』（桜楓社）に纏めた。

一七年一二月八日、神楽坂「末よし」で漱石一周忌逮夜に、「木枯」と題して霊前に俳句を供える。「日月を切落とし天地を粉齏す　木枯のきこゑずなりぬ甕《かめ》の底　林原耕三」

▼一八（大正七）年七月、耕三はコンラッドの卒業論文で東京帝国大学英文学科を卒業した。文部省に勤める。二〇年、松山高等学校英語教師として赴任した。二五年、台湾の台北高等学校に転じた。一九二八（昭和三）年より二年間、台湾総督府在外研究員としてヨーロッパ留学を経て、法政大学、三二年、明治大学、明治大学人文科学研究所長、専修大学、東京理科大学教授を歴任した。

▼松山高校教師時代、臼田亜浪を師として、俳句を始め、『石楠《しゃくなげ》』同人となった。句集に『蜩《ひぐらし》』（一九五八年）、『梅雨の虹』（一九六四年）、『蘭鋳《らんちゅう》』（一九六八年）、『一朶《だ》の藤』（一九七一年）、俳論に『俳句形式論』（一九六四年）、『芭蕉を越ゆるもの』（一九七二年）があり、現代俳句協会名誉会員になった。

▼漱石は身体虚弱で神経衰弱、家庭的経済的に恵まれない耕三を憐れみ、可愛がった。耕三もまた漱石を文学者として尊敬していたが、それ以上に人間として、「父性」としての漱石を敬愛していた。「私は一度も先生から叱られたことがなかつた。それで私は先生を怖いと思つたことはなかつた。」と述懐している。小宮豊隆、森田草平、鈴木三重吉は漱石にわがままを言い、鏡子に甘え、お金をもらったり、借りたりしたが、耕三は生来の遠慮とはにかみから自由闊達な振舞いができなかった。生涯漱石の優しさ、純粋な素直さをいじらしく、痛々しく思っていた。耕三は漱石に文学談を持ちかけたことはただの一度もなかったと言う。その点からも漱石は耕三の文学の師ではなく、気の弱い、可愛そうな耕三の「慈父」であった。

しかし、漱石が信頼して、家族の鎌倉避暑に耕三を家庭教師兼監督として付き添わせたが、結局、鏡子以下家族の信頼を勝ち得て居ない。鏡子は冗談のように、「うちの子に貰ってあげるわよ。」と言ったこともあったが、長い間、不興を買った。筆子の婿に擬せられたと信じていた耕三を、筆子は「林原さんは嘘ばかりおつきになって。」とはっきり否定したという（関口安義）。

▼一高・東大仏文科と通じて親しい友人であった豊島与志雄が、最後まで漱石に近づかなかったことは、耕三にとって寂しいことであった。

▼漱石山房に出入りする所謂門下生の中でも、安倍能成は極端に耕三を嫌い、「まず大学を卒業するのが先だ。」と言って、『漱石全集』の編集委員から締め出し、排斥した。漱石が金に困った耕三に内職として作品の校正をしばしば頼み、安倍が校正をしたいと漱石に希望を出しても、耕三が手放さなかったことが影響しているかもしれない。

江口渙を漱石に紹介した耕三は、漱石から、「江口と喧嘩をしたら仲直りをしたら好いでせう、仲直りの出来ないやうな深い喧嘩なら仕方がない　江口はそんなに仲直りの出来ない程感じのわるい人とは思はない」と手紙（一四年一一月一四日付）をもらい、仲直りしようとしたが、江口は謝ろうとせず、耕三の御殿女中のような態度を嫌い、漱石山房から足が遠のいた。耕三の神経質で内向的性格が、門下生仲間から茶坊主的な人間と誤解された面があったのは、不幸なことであった。

〔**参考文献**〕林原耕三『漱石山房の人々』講談社、一九七一年九月二八日。／林原耕三『漱石山房回顧・その他』桜楓社、一九七四年二月五日。

〔原武　哲〕

## ■島崎　藤村
しまざき・とうそん

『昭和文学全集』第二巻、一九八八年一月刊。一九二二年八月『飯倉だより』初版口絵写真。

**一八七二**（明治五）**年二月一七日～一九四三**（昭和一八）**年八月二二日。**

**小説家・詩人。藤村の「破戒」完成に傾注したエネルギーは、漱石を大いに刺激し、新しいタイプの作家の登場を漱石の脳裏に刻印した。**

筑摩県第八大区五小区馬籠村（木曽路が街道であった時代の馬籠駅）に父・正樹、母・ぬいの四男三女の末子として生まれる。本名春樹。島崎家は徳川時代には木曽街道の馬籠駅の本陣、問屋、庄屋を務めた旧家であった。父正樹は一七代目であり、平田派の国学を信奉したが、明治維新で世襲の職を失い、家産を傾け、晩年は家督を譲った後、座敷牢で狂死した（一八八六年一一月二九日）。「夜明け前」の青山半蔵のモデル。

▼一八八一（明治一四）年（九歳）、父の勧めで三兄友弥とともに東京に遊学し、京橋鎗屋町の姉園の嫁ぎ先高瀬家から京橋区泰明小学校に通う。生まれて初めて郷里を発つ時の様子は「夜明け前」第二部第十三章に「この弟の方は殊に幼くて、街道を通る旅の商人からお民が買つてあがつた玩具の鞄に金平糖を入れ、それを提げるのを楽しみにして行つたほどの年頃であつた」と書かれている。八二年、銀座の、高瀬家と同郷の吉村忠道方に移る。英語を学び始める。

▼八七（明治二〇）年（一五歳）、ミッション・スクール明治学院が開校し、普通学部本科に入学する。勝本清一郎「春を解く鍵」によれば、八六年と八七年に、藤村は第一高等学校を受験して落ちている。明治学院で、後の『文学界』同人となる戸川秋骨、*馬場孤蝶を知る。わずか九歳で郷里を遠く離れ、他人の中で育つことの人知れぬ苦労が、藤村の、内に秘めがちな姿勢を作ったとしばしば言われる。しかし少年藤村は、東京で新時代の文化、空気に触れ、政治や文学に心を寄せていく。明治学院時代の初期には、派手な服装をして同じミッション・スクール頌栄女学校の子女とも交わ

り政治家になる夢を描いていたが、級友の陰口から一転して、文学に耽溺し内面に沈潜する少年になる（一八八九年九月頃）。馬場孤蝶はこの急激な変化の隠れた理由を、一高―東大のコースから落伍した挫折感によるもの、と見ている（「若かりし日の島崎藤村君」）。藤村は吉村家が銀座にいた頃からほぼ一〇年あまり、明治学院卒業までの自我形成期のほとんどを吉村家の書生として過ごす。書生を愛する吉村忠道は善意の人であり藤村を可愛がったが、玄関の三畳に起居する書生としての勤めを通じて、藤村特有の故郷の旧家への思いや忍耐強さが育まれたことは疑い得ない。八八年、高輪台町教会の牧師木村熊二から洗礼を受ける。

▼一八九一（明治二四）年（一九歳）、明治学院卒業。木村熊二の紹介で明治女学校を主宰する巌本善治の『女学雑誌』の編集を手伝う。翻訳が同誌に載るようになる。

▼一八九二（明治二五）年二月の『女学雑誌』に発表された北村透谷の「厭世詩家と女性」（三〇三・三〇五号）に感動する。五月、北村透谷を訪れ、以後深い影響を受ける。九月、『女学雑誌』の仕事を戸川秋骨に譲り、星野天知の推挙によって明治女学校高等科の英語教師に採用され、ようやく自活の方途を得る。就任後間もなく教え子の佐藤輔子に恋をする。しかし輔子には既に婚約者がおり、藤村はその苦しみから逃れるため、後任を透谷に託し、九三年一月、明治女学校を辞し、教会からも籍を抜き、創刊されたばかりの『文学界』を懐に関西へ漂泊の旅に出る。この旅には、明治学院時代から心を捉えられた西行・芭蕉の跡を慕うという意味もあった。この創刊号に藤村は「古藤庵」の名で「悲曲・琵琶法師」「バイロンをあはれみて」を載せている。一一月生活にも恋にも行きづまり、海岸で入水自殺をしようとするが果たさず、国府津の透谷の家にたどり着き、長兄秀雄のとりなしで吉村家に戻る。

▼一八九四（明治二七）年、二二歳、再び明治女学校教師となる。二月『文学界』に発表した「野末ものがたり」で初めて「藤村」の号を用いる。五月北村透谷が自宅の庭で縊死し、衝撃を受ける。「透谷の文学的生涯は彼の早い結婚と共に開けた。人として彼が歩いた路は近代の生活を考へるのに取つていろいろな暗示を与へる。彼には天才の誠実があつた。その誠実が彼を導いて短く傷ましくはあるがしかし意味の深い生涯を送らせたと思ふ。」（「北村透谷二十七回忌に」）。長兄秀雄が水道鉄管不正事件に関与して収監されるなど、一族の経済的負担が藤村に重くかかる。佐藤輔子が、九五年八月、つわりのため死去し、九月、馬籠大火によって旧本陣が焼失するなど、心の動揺が続く。

▼九六（明治二九）年、東北学院の教師の職が決まり、九月仙台に赴任する。見送る人もなく一人新しい任地に発つこの時の感慨は、後に「春」最終章で「あゝ、自分のやうなものでも、どうかして生きたい」と表現された。

▼九七（明治三〇）年、『文学界』に毎月詩を発表し、八月、第一詩集『若菜集』を春陽堂より出版する。九八年六月、第二詩文集『一葉舟』を、一二月、第三詩集『夏草』を同じく春陽堂から出版する。

▼九九（明治三二）年、（二七歳）、四月、小諸義塾に赴任する。同月、巌本善治の媒酌により明治女学校の卒業生、秦冬子と神田明神境内開花楼で結婚式を挙げる。最後の詩集である『落梅集』は小諸で書かれた。小諸で「千曲川のスケッチ」などの散文の習作を書き始め、一九〇二（明治三五）年、「旧主人」（発売禁止）「藁草履」「水彩画家」（一九〇四年）などの短編小説を発表する。隣

家の伊東嘉知から、長野の師範学校に奉職していた大江磯吉が、優秀な教師でありながら部落出身者であるゆえに、教職を追われた話を聞き、「破戒」の着想を得る。

▼一九〇四（明治三七）年二月、執筆中の「破戒」を自費出版したいと考え、同年七月、津軽海峡を渡り函館の妻冬子の父、実業家の秦慶治に出版費用を頼みに行き、翌年には北佐久の素封家神津猛（当時二三歳）に「破戒」出版までの親子五人の生活費を依頼し、背水の陣の覚悟をもって着々と上京の準備を進める。

▼一九〇五（明治三八）年四月二九日、早朝、一家五人は七年間住み暮らした小諸を出発し西大久保の新居に入る。〇六年三月、『緑陰叢書』第一編として『破戒』出版、好評を得、早くも四月には再版予定となる。しかし前年に、三女縫子、四月に次女孝子、六月に長女みどりが相次いで亡くなる。「芽生は枯れた、親木も一緒に枯れかかつて来た……斯う私は思ふやうに成つた。」（「芽生」）。漱石は早々と、四月一日の*高浜虚子宛書簡に「島村《ママ》の破戒と云ふ小説をかつて来ました。今三分一程よみかけた。風変りで文句抔を飾つて居ない所と真面目で脂粉の気がない所が気に入りました。」と書き、三日には*森田草平に宛てて「破戒読了。明治の小説として後世に伝ふべき名篇也。金色夜叉の如きは二三十年の後は忘れられて然るべきものなり。破戒は然らず。（略）明治の代に小説らしき小説が出たとすれば破戒ならんと思ふ。」と激賞し「夏目漱石氏文学談」でも「読んで了つたあとでは何となく実のあるものを読んだ様な気がしました。（略）書かれる作者は随分骨を折つて苦心したものでせう。（略）文章の上からいつても新らしい。僕は何となく西洋の小説を読んだやうな気がした。」（『早稲田文学』一九〇六年八月）と高く評価している。漱石は『破戒』評も丹念に見ている。「実は破戒が出ても精細な評が出ないから気の毒に思つて居たが君のを見ると同時に太陽のも早稲田文学のも読売には前後して三回も出たのを見た。かう続々出ればもう沢山だと思ふ。藤村先生瞑して可なり。」（〇六年五月五日森田草平宛）。この時期、*島村抱月、*大塚楠緒子、与謝野晶子、近松秋江、柳田国男らが、懇切な破戒評を書いている。しかし漱石の「Sudermann」の「Dame Care」の書き込みには、「何ダカ job ノ様ナ misfortune ヲ重ネル所ガイヤニナル。其虚勢的ナル破戒の丑松ニ似タリ。何トナク馬鹿ラシクテウソラシイ」という辛辣な破戒評も見ることができる。これは柳田國男の「新平民と普通の平民との間の闘争が余り劇し過ぎるやうに思ふ」（『早稲田文学』〇六年五月）という評とも通い合うものであろう。

▼一九〇八（明治四一）年、三六歳、四月七日から、漱石「坑夫」の後をうけて「春」を『東京朝日新聞』に連載する（〜八月一九日まで。挿絵は名取春仙）。漱石は大塚楠緒子に「藤村氏のかき方は丸で文字を苦にせぬ様な行き方に候あれも面白く候。何となく小説家じみて居らぬ所妙に候然しある人は其代り藤村じみて居ると申候」（一九〇八年五月一一日）と藤村の個性に関心を寄せているが、「春」に対しては「「春」今日結了最後の五六行は名文に候。作者は知らぬ事ながら小生一人が感心致候。序を以て大兄へ御通知に及び候。あの五六行が百三十五回にひろがつたら大したものなるべくと藤村先生の為めに惜しみ候」（一九〇八年八月一九日高浜虚子宛）という厳しいものであった。この時、漱石は九月から連載の「三四郎」を執筆中であり、その緊張と昂揚感が言わせた言葉であろう。同年一〇月、『緑陰叢書』第二篇『春』を自費出版。

▼一九一〇（明治四三）年、三八歳。一月一日より*正宗白鳥の推薦によって「家」を『読売新聞』に連載する（〜五月四日まで一一二回）。「家」前篇の掲載が終わって間もなく、六月九日、姉高瀬園（「家」のお種のモデル）の長男親夫が死去。このことは「家」後編の最終章に生かされている。八月八日、妻冬子が四女柳子を出産したが産後の出血のため死去した。「実に彼女の生涯も艱難多き一生にて候ひき。」（八月二三日付中澤べん宛）。

▼一一（明治四四）年一月、四月の『中央公論』に「家」の続編「犠牲」を発表。六月、姪久子が結婚し、こま子だけが手伝いとして残ることとなる。一二年四月、短編集『食後』を刊行。漱石は痔の切開手術の入院中に『食後』を読んでいる。「岡田がくる。藤村の食後と澪といふものを買つて来てもらふ。」（**一九一二**年九月二七日付漱石日記）。

▼一三（大正二）年、四一歳。こま子が藤村の子を懐妊する。こま子との関係を清算するために四月一三日、エルネスト・シモン号にてフランスに発つ。乗船してからこま子とのことを次兄広助に打ち明け後事を託す。一六（大正五）年、四月二九日帰国の途につき、七月八日東京着。

▼一八（大正七）年、五月一日より『東京朝日新聞』にこま子との関係を告白した「新生」の連載が始まる。広助と義絶する。こま子は台湾の長兄秀雄のもとにやられる。

▼二二（大正一一）年、五〇歳。四月、女性の啓蒙のための『処女地』を創刊。「長いこと婦人は繊細な趣味に隠れた。知らず識らずの間に好い野性を失つたやうに見える。何よりも先ず今の婦人は失はれた野性を回復しなければ成るまい。（略）婦人の覚醒を伴はないやうな時代の革新は根本的なものとはなり得ない。」（「婦人の眼ざめ」）。

▼二六（大正一五・昭和元）年、五四歳。九月「嵐」を『改造』に発表。この頃「夜明け前」の準備を始める。二八年、五六歳。一一月、加藤静子と結婚。静子は藤村より二四歳年下で、『処女地』の編集に従事したが終刊後も藤村に師事し、仕事の協力者であった。西丸四方に「こま子（「新生」の節子）と、後妻の静子は多くの点で非常によく似た性質の人であった。」（『島崎藤村の秘密』）という見解がある。

▼二九（昭和四）年、五七歳。四月「夜明け前」を『中央公論』に発表。三〇（昭和五）年、五月一三日*田山花袋死去。臨終が近い田山花袋に死に赴く気持ちを尋ねたといわれ話題になる。

▼一九三五（昭和一〇）年、六三歳。一一月、『定本藤村文庫』第一篇・第二篇として『夜明け前』第一部・第二部を新潮社より刊行。日本ペンクラブが結成され会長に推挙される。三六年一月『夜明け前』によって朝日文化賞を受賞。七月、第一四回国際ペンクラブ大会に出席。三七年三月、島崎こま子が生活に困窮し板橋の市立養育院に収容されたことがマスメディアに報道され大きな話題となる。

▼四三（昭和一八）年一月、「東方の門」を『中央公論』に連載し始めるが、八月二二日、大磯の自宅で脳溢血のため死去する。七一歳。

▼藤村は、同時代の文学の開拓者としての漱石に共感を示しているが、漱石の作品については全くと言ってよいほど触れていない。「*逍遥、*鷗外をはじめ、*紅葉にしろ、*二葉亭、漱石、*独歩、花袋等先代の文学者は、いづれも自らの芸術で自らの途を開拓してきたものであります。」（「芸術院のこと」）。小説家として目指すものが漱石とは異なっているとの認識があったのかもしれないが、「私は自然主義以前、もしくは自

然主義以後といふ風に自分等の通つて来た時代を限りたくない。明治三十七八年以前、もしくは以後、それで沢山ではないかと思ふ。（略）明治三十八年以前—あの頃は批評の精神がまだ樹立しなかつた時代だ。故尾崎氏の後を受けて、広津氏、小杉氏なぞが写実的な傾向の作を出して行つた。当時のレアリズムは、まだそれほど、批評の精神に堅く結び着いたものではなかつた。」（「明治三十八年以前」）、つまり自分たちの時代から文学が批評精神を抱懐するものとなったのだ、という自負があった。一方漱石には、藤村を新しい文学者として評価しつつも、知られるとおり「今の自然派とは自然の二字に意味なき団体なり。花袋、藤村、白鳥の作を難有がる団体を云ふに外ならず。而して皆恐露病に罹る連中に外ならず。」（**〇八**年一二月二二日*小宮豊隆宛）という〈自然派〉に対する醒めた眼差しがあった。しかしこれは自らを徹底的に客観視し得る漱石の、〈自然派〉そのものに対してではなく、文壇という声高な集団に対する違和を示すものであろう。

〔**参考文献**〕『藤村全集』全一七巻別巻一、筑摩書房、一九六六年九月〜一九七一年五月。／西丸四方『島崎藤村の秘密』有信堂、一九六六年七月。／島崎静子『ひとすじのみち　藤村とともに』明治書院、一九六九年六月。／『藤村研究「風雪」』全一二冊、教育出版センター、一九七三年九月。／関良一『考証と試論　島崎藤村』教育出版センター、一九八四年一一月。／森本貞子『冬の家　島崎藤村夫人・冬子』文芸春秋社、一九八七年九月。

〔関谷由美子〕

## ■志賀　直哉

しが・なおや

『志賀直哉全集』第二巻、岩波書店、一九九九年一月刊。一九〇八年頃撮影、東大英文科学生時代。

**一八八三**（明治一六）**年二月二〇日〜一九七一**（昭和四六）**年一〇月二一日。**

**小説家。漱石が「留女」を評価、『朝日新聞』に連載を依頼するも、一旦承諾しながら、どうしても書けず、悩んだ末断る。**

宮城県牡鹿郡石巻町（現・石巻市）に、父・直温《なおはる》、母・ぎん（銀）の次男として生まれる。兄直行は二年八ヶ月で夭折したため、長男扱いで育った。一八八五年、父は第一銀行石巻支店を辞職し、麹町区内幸町の祖父母の家へ。祖父直道は旧相馬藩士、祖母留女、直哉は留女に溺愛された。

▼一八八六（明治一九）年、芝麻布有志共立幼稚園入園。八九（明治二二）年、学習院初等科入学。一八九五（明治二八）年、母ぎん

悪阻の悪化で死亡（八月三〇日）。九月、中等科へ。父、高橋こう（浩）と再婚。一八九七（明治三〇）年、麻布三河台町へ転居。英《ふさ》子《こ》誕生、以後、直三、淑子、隆子、昌子、禄子の異母弟妹誕生。一九〇一（明治三四）年七月、書生末永馨に誘われて内村鑑三の夏期懇談会へ、以後七年間キリスト教の影響を受ける。一一月足尾銅山鉱毒問題の講演会を聞き、鉱毒地視察を計画するが、父の反対で断念、父との不和の一因となる。一九〇三（明治三六）年九月、二度の留年の後学習院高等科進学。この頃から、近松、西鶴、尾崎紅葉*、泉鏡花*、イプセン、モーパッサン、トルストイなどを濫読し、多数の短文を書いた。この時期に夏目漱石の「倫敦塔」も読んだ。一九〇六（明治三九）、高等科卒業、東京帝国大学文科大学英文学科入学。翌**〇七**年武者小路実篤*らと「十四日会」を作る。この回覧雑誌が『暴矢』であり、後に『望野』となり、さらに他誌と合併して『白樺』となった。四月二〇日、東京美術学校文学会の講演で、漱石の「文芸の哲学的基礎」を聴いた。漱石の「十八世紀英文学」を受講した。この頃自家の女中と結婚の約束をしたが、父に反対され、これも不和の一因になる。内外の小説の濫読は続いた。また、朝日講演会で漱石の「創作家の態度」（**〇八**年二月一五日）を聴いた。内村鑑三のもとを去ったり、国文科へ転科したり（一〇月一二日退学）と心境に変化をきたすが、小説の試作は盛んに試みた。漱石『それから』を読んだ（一〇年一月一七～一九日）。

▼一九一〇（明治四三）年四月『白樺』が創刊されると、後に『留女』にまとめられる短編を中心に多くの小説を発表した。一二年の『中央公論』（九月号）に「大津順吉」を発表し、初めての原稿料百円を得た。またこの年、父から呼ばれ、志賀家の財産の問題や直哉の生活の問題などについて話しあったが、妥協点は見いだせず、さらに、『留女』の出版費用五百円の援助も断られ、父との不和はいよいよ深まった。十月末に自活を決意し、三河台の家を出て下宿に移った。この後、尾道、松江、京都、鎌倉、赤城山大洞などと東京とを行き来する生活を続け、**一九一五**（大正四）年九月我孫子に落ち着く迄各地を転々とした。その間、初めての著書『留女』刊行（一三年一月）、山手線での電車事故、漱石から『東京朝日新聞』への小説連載依頼（断る結果になる）、漱石『心』を読む、勘解由小路《かでのこうじ》康子《さだこ》と結婚、父の反対にあい、父の家から離籍し一家を創設するなどのことが起る。一九一六年長女慧子《さとこ》誕生したが、一月余で夭折。子供は、次女留女子、長男直康（一月余で夭折）、三女壽々子、四女萬亀子、次男直吉、五女田鶴子、六女貴美子がいる。

▼一九一七（大正六）年には、永年の父との不和が解消され（八月三〇日）、その経緯を基にした「和解」（『黒潮』一〇月）も書かれた。また、「佐々木の場合」（四月）は亡き漱石に捧げられた。世評の高い「城の崎にて」はこの年の発表である。この時期から白樺派の代表的な作家として地位を確立させ、いよいよ大作『暗夜行路』の執筆にとりかかる。漱石の連載依頼を断ってから、実に七年間が経過していた。

▼一九二一（大正一〇）年一月「暗夜行路」（前篇）が『改造』に連載が開始され、単行本は翌年七月新潮社から刊行。「後篇」も一月から連載が始まるが、その完成には紆余曲折があった（一九三七年四月号『改造』で完結）。大正末の京都、奈良移住を経て、昭和十年代からは東京に定住した。一九七一（昭和四六）年一〇月二一日、関東中央病院で肺炎と全身衰弱のために逝去。八八歳。

▼作品は決して多作ではなく、ほとんどが

短編小説であり、単行本も同一小説がくり返し収録されている。おもなものは、『留女』（一三年）『大津順吉』（一七年）『或る朝』（一八年）『和解』（一九年）『壽々』『暗夜行路前篇』（二二年）『雨蛙』（二五年）『網走まで他七篇』（二六年）『山科の記憶』（二七年）『萬暦赤絵』（三六年）『矢島柳堂』（四六年）『奈良』（五〇年）『山鳩』（五一年）『朝顔』（五四年）『八手の花』（五八年）『枇杷の花』（六九年）などである。

▼志賀直哉と夏目漱石との交渉は何期かに分けて考えられるが、最初は学生と教師という関係である。直哉の「日記」の一九〇七（明治四〇）年一月二九日に、「午前八夏目さんの十八世紀」とある。漱石が「十八世紀英文学」を講義したのは、**一九〇五**年六月から**〇七**年三月までである。直哉が英文科に入ったのは一九〇六年九月であり、すぐこの講義を受講したとすると、後に『文学評論』としてまとめられたものから判断して、「ポープと所謂人工派の詩」と「ダニエル、デフォーと小説の組立」のあたりの講義だったのではないかと推測される。漱石の講演については、「文芸の哲学的基礎」と「作家の態度」の二回を聴講している。前者については「日記」（一九〇七年四月二〇日）に「夏目さんのは一貫してゐてカタのコルやうな話であるにかゝはらず大に得た所があつた」と記す。後者については、「夏目さん最も面白く有益なりき」（一九〇八年二月一五日）として、学生時代の直哉は漱石に影響されだしている。

　漱石の小説「野分」についてもその印象を「日記」（一九〇七年一月三日）に記している。「野分は、二つの見方を一時にするを要す、部分々々の論旨大に味深かく、此議論が集まつて又一つの小説とも議論ともなつて居るのだ。」とあり、部分的な面白さと総合されたものの面白さという、両者を味読すべきだという興味深い「野分」批評である。「行人」については、「日記」（一九一三年九月二七日）に、「「行人」の続きを少し読むで見た。夏目さんのものとしていゝ物と思ふ。漾つてゐる或気分に合はぬものがあるが、筆つきのリッチな点は迚も及ばぬ。」と書き、その豊かな表現力を素直に評価している。

　しかしながら後年になって直哉は、文学的な影響は漱石からあまり受けなかったと言っている（「稲村雑談」一九四八年八月）。「夏目さんの影響は前にもいつたやうに、文学の上の影響とは云へないものだ。夏目さんの作に現はれてゐる一種のモラールから来るもので、寧ろ実生活の方に影響を受けたと云つていいかもしれない。」おそらくこの「一種のモラール」とは、近代人の自我の拡張とその克服に関する倫理性であろう。

▼次に、漱石からの連載依頼を、直哉が一旦引き受けながらも反古にしたという小事件を巡っての、両者の対応の仕方は興味深い。

　**一九一二**（大正元）年一一月一五日付鈴木*三重吉宛書簡では、漱石は直哉を「新進作家」として認めている。依頼の時点で漱石は、直哉の短編小説集『留女』に好印象をもっていた。『時事新報』の**一九一三**年七月二日からの連載アンケート「書物と風景と色と？」に対して、「志賀直哉氏の『留女』を読み感心致して、其時は作物が旨いと思ふ念より作者がえらいといふ気が多分に起り候。斯ういふ気持は作物に対してあまり起らぬものに候故わざ／＼御質問に応じ申候。」（七日）と応じていた。直哉は「実生活の方に影響を受けた」といい、漱石は「作者がえらいといふ気」が起ったという、この呼応が興味を惹く。

　連載を断る経緯は、漱石は『心』の後

に、直哉に連載をしてほしい旨を武者小路実篤を通じて依頼し、直哉はそれを受ける。一九一三年一二月三一日付直哉宛漱石書簡では、直哉の訪問の打ち合わせをしている。次に一四年二月二日には、朝日新聞社との間で、漱石は四月から連載し、それが終わったら直哉だという「順序」だけは「しつかり極めて」きた、という手紙を出した。また四月二九日には、直哉の小説を「あらかじめ拝見する必要」はないという手紙を出し、直哉をすっかり信用していた。ところが直哉は「段々不安になつて来た」。この頃直哉は松江に居たが、「若し断るなら切羽詰らぬ内と考へ」上京して漱石を牛込に尋ねた。漱石は再考を促し、直哉は留保したが、やはり翌日断りの手紙を出した（以上「続創作余談」一九五五年六月『世界』）。それに対して漱石は、どうしても書けないなら已むを得ない、新聞社には自分から連絡する、後は何とかなるだろうといい、「御心配には及びません」と直哉を慰めている（七月一三日付書簡）。後に直哉は「さうしたら夏目さんから、書けた時には必ず朝日新聞に出すやうにといふ大変懇篤なる手紙が来た。ありがたく思つた。」と「続創作余談」に書いている。このこともあって直哉は、それから約四年間小説が書けなくなってしまった。

直哉は後に「続創作余談」で、漱石に「新聞の読物故豆腐のぶつ切れは困る」と言われ、努力したが、『白樺』に「何の拘束もなしに」書いてきたので、「一回毎に多少の山とか謎とかを持たせるやうな書き方」はできなかったと、連載を断った理由を書いている。しかし、このことも理由であろうが、漱石が「文壇のこのごろ」（『大阪朝日新聞』一九一五年一〇月一一日）で、「范の犯罪」は他の人には書けないものだと認めたうえで、直哉が連載を断ったのは「自分はどうしても主観と客観の間に立つて迷つて居るどちらかに突き抜けなければ書けなくなつた」ためだという理由を紹介している。この「主観と客観の間」の問題点は、直哉の膨大な『暗夜行路』に関する「未定稿」（『志賀直哉全集』第六巻 岩波書店 一九八三年）を見てみると明らかで、「時任謙作」を「所謂私小説」として書くか（「続創作余談」）、それとも客観小説として書くかの「態度」が決まっていなかったことが最大の理由であったと考えられる。

この件について漱石は『朝日』の担当者の山本笑月に、「志賀の断り方は道徳上不都合で小生も全く面喰ひましたが芸術上の立場からいふと至極尤もです。」と書き送っている（一九一四年七月一五日）。また翌一五年の一一月八日にはやはり山本に「*秋声君の後に間に合ふかも知れません」とまだ諦めてはいない。

この問題で漱石に会った時の印象を直哉は「個人として会つた感じは此方が尊敬してゐた故もあり、夏目さんの方でも僕に好意を持つてゐられたから大変気持がよかつた。」と後に「稲村雑談」に書いている。

▼後日談めくが、一九一六年末に漱石が亡くなると、直哉は「私の此気持は自然解放された」つまり漱石の呪縛が解けたようなものだった、と書いている。やっと発表できた「佐々木の場合」（『黒潮』一九一七年一月号）に「亡き夏目先生に捧ぐ」という献辞をつけ、「自分の止むを得なかつた不義理を謝した」（「続創作余談」）という。ただこの小説は単に献辞の件だけで漱石との関係をみるべきではないものをもっている。

この小説は新聞記事で見かけた、子守りの献身という美談に触発されて書いたと、直哉はいうが、そこに直哉自身の「女中」との問題が投影されていることは否定できない。それとともに、漱石の「行人」の中の「女景清」の挿話の影響も無視できない。この三者に共通するものは、前途ある青年が自家の「女中」と関係し、それを裏切ってしまうという結果である。しかし裏切って数年が経ってからの青年の態度は、「佐々木の場合」と「行人」とでは明らかに異なり、前者は倫理的であり、一郎が非難するように「行人」の後味の悪さはない。そこに直哉の漱石に対する対抗意識をみるのも、興味深い見方である。

漱石の没後の両者の関係は、岩波版『漱石全集』の宣伝リーフレットに直哉が「推薦文」を載せたことしか見当たらない。一九二八（昭和三）年版と一九六五（昭和四〇）年版とにほぼ同文が載せられている。漱石の作品には、「我」あるいは「道念」というものが「気持よく滲み出してゐる。それが読む者を惹きつける。」と評価した上で、しかしそれらは芸術にとって「必ずしも一番大切なものではない」といい、続けて、作者自身がそれらが「強く現れる事に厭きて来る」ともいう。それは「我」というものが「結局小さい感じがして来るから」だと理由を挙げ、漱石が「則天去私」を言いだしたのは、その年齢からいって「最も自然な要求」だったと思えると結んでいる。漱石が生涯をかけて苦悩した、いわゆる近代的自我の克服を、「厭きて来る」という気分で片付けてしまうところなど、いかにも直哉らしく、漱石を推薦するというよりも、直哉がむしろ自分を語ったような文章である。としても、直哉の漱石に対する尊敬の念は生涯変らなかった。

〔**参考文献**〕大正文学研究会編『志賀直哉研究』河出書房、一九四四年／須藤松雄『増補版　志賀直哉の文学』桜楓社、一九七六年／重友毅『志賀直哉研究』笠間書院、一九七九年／安岡章太郎『志賀直哉私論』講談社文庫、一九八三年。

［石田忠彦］

## ■樋口　銅牛

ひぐち・どうぎゅう

『俳諧新研究』中村不折*画、一九〇九年刊。

**一八六五（慶応元）年一二月二〇日～一九三二（昭和七）年一月一五日。漢学者、俳人、書家。『朝日新聞』俳句選者。早稲田大、法政大、国学院大講師。漱石は銅牛の『俳諧新研究』の序を書く。**

樋口銅牛は、久留米藩祐筆樋口源深の長男として筑後国御原郡井上村（後に福岡県三井郡立石村大字井上一三三八番地。現・小郡市井上）に生まれた。本名は勇夫、別号を得川、東涯、金同迂人《うじん》。幼い時から穎悟《えいご》、神童の誉れ高く、父源深や八女の碩学で伯父の樋口真幸の薫陶を受け、家学の漢学国文を修めた。やや長じて樋口真幸が校長をしている八女郡の山内変則中学校に入学しては、数学の答案を漢文で書くほど、その俊才を発揮した。
▼一八八五（明治一八）年東京大学和漢文学科を志して上京したが、叔父の友で東京大学教授文学博士の島田重礼《ちょうれい》（篁村《こうそん》。森鷗外＊の「渋江抽斎」六三に出てくる漢学者）に保証人になってもらおうと訪ねると、「大学三年くらいで大学者になろうなんて言うのは不心得も甚だしい。書物さえ読めば大学者になれる。君は家も豊かだし、自由に学問のできる身の上じゃないか。」と戒められて入学を辞めた。一旦帰郷し、独力で読書、研鑽を積み、徳冨蘇峰の営む熊本の大江義塾に入り、八六年一〇月蘇峰出京まで笈《きゅう》をとめて勉学に務めた。
▼一八九〇（明治二三）年の国会開設以来、帝政党（後の国民党）に属し、第一期衆議院議員に出馬した佐々木正蔵（福岡県三井郡味坂村）の選挙参謀となり当選させた。以来、政治活動に奔走、福岡県政界に名を馳せた。その後、九州日報社（後に福岡日々新聞社と合併。現・西日本新聞社）に入社し、独特の筆をもって異彩を放った。
しかし、感ずる所あって政党関係を断絶し、教育者として鹿児島県立第二中学校（川内）、大分中学校で教鞭を執り、熊本陸軍幼年学校で七年間教壇に立った。再び九州日報社に戻り、久留米支局主任となった。
▼一九〇八（明治四一）年一月東京朝日新聞社会部に入社、漢詩部を担当した。俳諧もよくし、一〇年頃から約五年間、朝日俳句会の選者を務めた。
▼**一九〇九**年のある日、東京朝日新聞社社会部記者で朝日俳壇選者である樋口銅牛は同じ朝日新聞社社員の専属作家夏目漱石を訪ね、自著『俳諧新研究』（隆文館、一九〇九年一一月二五日）の序文を書いてくれと頼んだ。口絵に中村不折＊描くところの銅牛尊者像と、漱石序文の「銅《あかがね》の牛の口より野分《のわき》哉《かな》」の句が、上梓に花を添えた。
出版するにあたって、夏目漱石は次のごとく序文を書いた。

「近頃は句作にも遠ざかつたが、古俳書になるともとから研究した事がない。銅牛君の様な篤学者があつて、俳諧新研究でも公けにして呉れないと生涯みなし栗の読み方さへ知らずに済んで仕舞ふかも知れない所であつた。此瞎漢《このかつかん》に向つて序を書けと云はれる銅牛君は、余程《よほど》物数奇《ものずき》であるが、それを平気で書くのは、自分が斯道《しどう》に造詣があるといふ意味ではない。銅牛君の研究心に感服したからである。

銅牛君は無口な男で、其無口な所が、甚だ銅牛然としてゐるが、其容貌も亦《また》決して銅牛を去る遠き距離とは思へない。先達《せんだつ》て一時間程対座して俳談をやつた時につくづくと其眼口を眺めて、成程《なるほど》銅牛とはよく付けたものだと思つた。不折君が巻頭に銅牛尊者の像を描くといふ話であるが、定めし銅牛らしい顔が出来る事であらう。

此無口な銅牛君が俳諧新研究を著したと聞いた時には、突然石女《せきにょ》舞ひ木人語ると云ふ禅語を憶ひ出した。是《これ》は不言不語の銅牛が忽《たちま》ち鳴いたからである。

銅《あかがね》の牛の口より野分哉《のわきかな》
己酉《つちのととり》（明治四二年）十月
夏目漱石」

夏目漱石が樋口銅牛の『俳諧新研究』序文を書いたのは、同じ朝日新聞社員だったからである。漱石は**一九〇七**（明治四〇）年四月に入社し、朝日新聞に連載小説を掲載すると同時に「文芸欄」を担当した。銅牛は〇八年一月に入社し、『漢字雑話』など漢学・書・金石学・篆刻などの研究と同時に「朝日俳壇」選者を担当していた。だから漱石の担当する「文芸欄」にも銅牛は関係していたらしく、その縁で俳句創作も続けていた漱石に『俳諧新研究』の序文を乞うたのであろう。

　巻頭に中村不折が銅牛尊者像を描いている。内容は「俳諧橡麪棒《とちめんぼう》」「早向人間喚一声」「俳諧神馬藻」「美濃派と伊勢派」「樗庵《ちょあん》麦水とは何人?」「俳諧自在鍵」「俳諧随見記」「貞門の俳風」「元禄の加賀俳句」「漢語調及連句」などが論ぜられている。
▼石川啄木*が朝日新聞社に月給二五円の校正係で入社したのが一九〇九（明治四二）年三月、翌一〇年九月一五日より「朝日歌壇」が設けられ啄木は選者に抜擢された。一方、樋口銅牛は、一一年一〇月ころから朝日俳句会の選者を務めている。従って半年ほどずれて『朝日新聞』紙上において啄木が短歌、銅牛が俳句で活躍していたのである。
▼夏目漱石は修善寺の大患から帰京後、直ちに長与胃腸病院に入院した。**一九一〇**（明治四三）年一一月一四日の漱石日記によると、樋口銅牛は菅虎雄*と共に長与胃腸病院に入院中の漱石を見舞っている。銅牛と菅は共に久留米藩士の子で、文通したこともある旧知の仲であるから、連れ立って一緒に見舞いに行ったものと思われる。
　一〇年一二月に出版した銅牛の『俳諧阪に車』には、原稿用紙に書かれた漱石直筆の「白菊と黄菊と咲いて日本哉」の句が写真版で巻頭を飾った。
▼**一九一一**年四月一六日、漱石は『朝日新聞』文芸欄の編集を担当させている小宮豊隆*に手紙を出し、掲載の順序は戸川秋骨、樋口銅牛、今日の音楽評、四郎にする、と指示した。銅牛は同月二一日付同紙に「宗拓戯魚堂帖」を金同迂《う》人の署名で書いた。銅を金と同に分け、牛を迂人としたのであろう。
▼一九一二（大正元）年八月、樋口銅牛は旧久留米藩主有馬伯爵家の委嘱により「伯爵有馬家修史所」（後の伯爵有馬家家史編纂部）編纂主任となって、旧藩関係の古文書を精力的に収集・複写した。一三年八月に『久留米同郷会誌』第一号が同修史所を本拠として発行されたが、銅牛はその編集人となり、同誌の大半を同修史所所蔵史料で埋め、第二・三・四号までその体裁を踏襲した。しかし、有馬家修史所は二九年九月突然閉鎖されて、銅牛は参修員嘱託を解除され、浪々の身となった。修史所が閉鎖されたのは、経済的に維持困難になっただけでなく、有馬家家令で衆議院議員（政友会）だった有馬秀雄（一八六九～一九五四）との個人的感情の確執があったらしい。結局、銅牛は有馬家を退職し、日本橋区江戸橋にあった泰東書道院の総務部長になった。
　その間、銅牛は早稲田大学・法政大学・国学院大学・東方文化学院の講義を担当して、中国印譜・医道・金石文などに造詣深く、漢詩人としても令名が高かった。東京府豊多摩郡渋谷町上智一〇番地（現・東京都新宿区渋谷）で歿した。満六六歳。墓は多磨霊園に祀る。

　著書に『漢字雑話』（郁文舎、一九一〇年一〇月一二日）、『俳諧阪に車』（楽山堂書房、一九一〇年一二月一五日）、『雄風草堂印談』（一九一四年）、『碑碣《ひけつ》法学書邇言《じげん》疏《そ》釈』（西東書房、一九二六年一一月一〇日）、『古碑釈文』、『碑帖の研究』（一九三〇年）、『孫過庭書譜釈文』、『晉唐名法帖』、『書譜衍《えん》釈』、『書論及書法』（『書道講座』一八巻、雄山閣、一九三一年五月一五日）、『碑碪《ちん》法帖』、『文字の変遷』、『袖珍淳化閣帖10巻釈文一巻』（西東書房、一九五一年）、『久留米方言考』（一九七六年三月三一日、久留米郷土研究会）などがある。

〔**参考文献**〕樋口銅牛『俳諧新研究』隆文館、一九〇九年一一月二五日。／原武哲『夏目漱石と菅虎雄――布衣禅情を楽しむ心友――』「三十四　重武の死」教育出版センタ

1、一九八三年一二月。

［原武　哲］

## ■坂本　繁二郎

さかもと・はんじろう

『九州歴史愛好会』。

**一八八二（明治一五）年三月二日～一九六九（昭和四四）年七月一四日。画家。文化勲章受章者。第六回文展出品の「うすれ日」を漱石が評価、それに励まされて精進。**

坂本繁二郎は久留米藩士一五〇石御馬廻り組坂本金三郎の二男として福岡県久留米市京町（旧名・京隈小路《きょうのくまこうじ》小松原小路）に生れた。九一年両替小学校（現・久留米市立篠山小学校）卒業、九二年久留米高等小学校に入学、青木繁*と同級になり、森三美《みよし》につき洋画を学んだ。九五年久留米高等小学校を卒業し、一九〇〇（明治三三）年久留米高等小学校図画代用教員となった。一九〇二年八月代用教員を辞し、青木繁と上京、小山正太郎の不同舎に入門した。〇七年東京府勧業博覧会に「大島の一部」を出品、三等首席となる。同年第一回文展に「北茂安村の一部」を出品、入選した。

**▼一九一二**（大正元）年第六回文展に「うすれ日」を出品、夏目漱石は次のように評した。「同じ奥行を有《も》つた画の一として自分は最後に坂本繁二郎氏の「うすれ日」を挙げたい。「うすれ日」は小幅である。牛が一疋《ぴき》立つてゐる丈《だけ》である。自分は元来牛の油画を好まない。其《その》上此《この》牛は自分の嫌な黒と白の斑《ぶち》である。其傍《そば》には松の枯木か何か見すぼらしいものが一本立つてゐる丈である。地面には色の悪い青草が、しかも漸《やつ》との思で、少しばかり生えてゐる丈である。其他は砂地である。此荒涼たる背景に対して、自分は何の詩興をも催さない事を断言する。それでも此画には奥行があるのである。さうして其奥行は凡《すべ》て此一疋の牛の、寂寞《じゃくまく》として野原の中に立つてゐる態度から出るのである。牛は沈んでゐる。もつと鋭どく云へば、何か考へてゐる。「うすれ日」の前に佇《たたず》んで少時《しばらく》此変な牛を眺めてゐると、自分もいつか此動物に釣り込まれる。さうして考へたくなる。若《も》し考へないで永く此画の前に立つてゐるものがあつたら、夫《それ》は牛の気分に感じないものである。

電気のか丶らない人間のやうなものである。」（「文展と芸術」十二『朝日新聞』一九一二年一〇月）。

▼坂本繁二郎は文集『私の絵 私のこころ』（一九六九年）の中で、「大正と改元されたその秋の第六回文展に出品しました「うすれ日」と題した牛の絵に、その目標の一端を盛り込むことに苦心しました。しかし、ここでうれしかったのは夏目漱石の評文を新聞で見たことです。切り抜きを保存しているのですが、「…引用文略…」という意味の文章でした。私は自分の苦しみがわかってもらえたことで十分でした。漱石は人を介して私に会いたいと言われたようです。当代一の作家に作品を通じて会っていただけるなど、感激しましたが、何か自分がずばり見抜かれた感じで、会うのがこわくてためらううちに機会を逸しました。牛は好きな動物です。自然のままでおり、動物の中でいちばん人間を感じさせません。大正時代の私は、まるで牛のように、牛を描き続けたものです。それにしても漱石のような大家が、気軽に新進の画家の作品について語りかけるということは、どんなにはげましになるかわかりません。いい時代だったと思います」と回想している。

千葉県夷隅《いすみ》郡御宿《おんじゅく》に写生旅行した坂本は、荒涼とした太平洋岸で放し飼いされた牛を沈思黙考して、来る日も来る日も描いて「うすれ日」で完成したのであった。

　結局、漱石と坂本とは会いまみえることはなかった。しかし、漱石の好評によって坂本は自信を持つことができた。

▼一九一四年（大正三）年、二科会創設に石井柏亭・津田*青楓らと参画、西洋画の印象派を超克する道を模索して苦闘、二〇年二科展出品の銀灰調の「牛」に至って、光明をつかんだ。

▼一九二一年七月から二四年七月まで三年間フランスで絵画修業し、帰国後、久留米市櫛原に仮寓、一九三一（昭和六）年七月より八女市稲富に住んだ。五四年一月毎日美術賞、五六年一一月七四歳で文化勲章を受章した。老衰のため八女市稲富の自宅で死去した。八七歳。

　主な作品は「立石谷」、「帽子を持てる女」、「放牧三馬」、「能面と鼓の胴」など。

▼坂本繁二郎生家（久留米市京町二二四―一）は、久留米市が二〇〇三（平成一五）年久留米市に残る唯一の武家屋敷として久留米市指定有形文化財（建造物）として指定した。二〇〇六年から保存整備にあたり、木造、茅葺・瓦葺結合した一部二階建ての建物が復元され、現在公開されている。

〔**参考資料**〕坂本繁二郎『私の絵 私のこころ』日本経済新聞社、一九六九年一〇月。／谷口治達『青木繁　坂本繁二郎』西日本新聞社、一九九五年二月一〇日。

〔原武　哲〕

# ■長塚　節

ながつか・たかし

石塚弥左衛門編著『長塚節・横瀬夜雨――その生涯と文学碑――新修版』明治書院、一九九五年刊。三二歳ごろ撮影。節の母が「節の面影がよくしのばれる」と語った。

**一八七九（明治一二）年四月三日〜一九一五（大正四）年二月八日。**
**歌人・小説家。親友*正岡子規を介した漱石の若い友人。写生文「山会」の同人。漱石の推挽で『東京朝日新聞』に「土」が連載される。**

父・長塚源次郎と母・たかの長男として茨城県岡田郡国生《こっしょう》村三十番屋敷に生まれる。弟二人、妹二人の五人兄弟。父母ともに養子。長塚家の先祖は、約千年ほど前に京都から国府の役人か随員として来てこの地に住み着いた、と考えられる（伊藤昌治『長塚節　謎めく九州の旅・追跡記』）。長塚家は近隣に聞こえた豪農であるが、その資産は、幕末、商業資本家として活躍した祖父久右衛門時代の土地集積によるものであった。久右衛門が没した一八八五（明治一八）年には田五町九反歩、畑五八町歩、宅地一町四反歩、山林一八〇町歩、小作人一五〇人という、地方屈指の大地主であった。父・源次郎は筑波郡上菅間村の豪農青木新平の次男で、一八七八（明治一一）年、二〇歳の時長塚家に婿入りした。一八九〇（明治二三）年三〇歳の若さで改進党から県議選に出馬して当選、それ以後七回も当選し、県会議長も務めた人望のある地方政治家であった。しかし、家業の一切を妻に任せきりの源次郎の代に長塚家の産は減じた。母・たかは、代々蚕種製造業を営む渡辺家の生まれで、三歳の時、養女として母の実家である長塚家に入り、漢学を学んだ美貌の才媛であった。七八年二月、一九歳で源次郎と結婚、頭脳明晰で情け深く「山久のおかみさん」として親しまれたという。眉目秀麗で几帳面な節は母の血を受け継いでいる。

▼一八七九年四月三日、節の誕生に際しては、巨額の費用が投じられ、村中に大盤振舞が行われた。一八八一（明治一四）年、二歳で「小倉百人一首」の一〇首を暗唱した、と言われる。九三（明治二六）年四月一四歳、茨城県水戸尋常中学校に首席で入学。九六（明治二九）年一七歳、神経衰弱のため四年で中退、この頃短歌を作り始める。塩原温泉で療養中に正岡子規の俳論を読み心惹かれ、子規への敬慕を募らせる。

　一九〇〇（明治三三）年三月二七日（二一歳）、上京し根岸の子規庵を訪ね入門する。この時からわずか二年後の一九〇二（明治三五）年九月、子規が亡くなるまで、二人は強い師弟の情で結ばれ、節は子規に導かれ子規歌風の正統の後継者として芸術に生きる道を見出していくことになる。三日後二度目の訪問の時、子規は線香に火を点じ、この線香の燃え尽きる間に実景を詠めと節に命じた。この時詠んだ一〇首は、節の誕生日でもある四月三日の新聞『日本』に掲載された。「歌人の竹の里人おとなへばやまひの床に絵を描きてあり」（「竹の里人を訪ひて」一〇首）。入門と同時に、子規の勧めに従って万葉集の研究も始めている。この年、新聞『日本』『国力』『心の花』などに短歌一二五首が掲載されるという活躍ぶりであった。また、毎月のように病床の子規を慰めるため、柿、栗、タラの芽、鴫など郷里の産物を贈り続けた。子規は節の人柄と才能を愛し養子に、と望んだとも言われている。子規は〇二（明治三五）年九月一九日永眠する（三五歳）。節の最後の訪問は九月一三日で、*高浜虚子、*河東碧梧桐、寒川鼠骨、*伊藤左千夫らの門弟たちと苦悶する子規を見守った。子規への挽歌一四首が新聞『日本』に掲載される（吾心はたも悲しもともずりの黍の秋風やむ時なしに）。

子規没後、節は散文の試作を始める。子規が「叙事文」によって文章における写実を主張したのは一九〇〇（明治三三）年一月から三月にかけてであるが、九月頃から子規の主唱によって、『ホトトギス』同人が毎月文章を持ち寄って朗読批評し合う「山会」が始まった。節も『ホトトギス』の募集に触発され、〇三（明治三六）年三月頃から写生文を書き始め、「山会」に作品を送り、散文執筆熱が高まる。

▼一九〇三（明治三六）年六月、子規没後の根岸短歌会の存続に心を砕いていた伊藤左千夫、岡麓らによって『馬酔木』が創刊される。節も左千夫、香取秀真、蕨真らとともに、九人の編集委員の中に名を連ねている。節はこの創刊号に万葉研究「万葉集巻の十四」を発表している。この年万葉の歌枕を訪ねる旅をし、「まつがさ集（三）」の成果を得る（ひた丘に桃の木しげる桃山はたかつの宮のそのあとどころ）。また『馬酔木』に次々に万葉論、写生文を発表している。『馬酔木』という研鑽の場を持つことによって、節の歌も散文もさまざまな試みがなされ、後の小説執筆への道も拓かれていったのである。

▼節の旅行好きは知られているが、一九〇五（明治三八）年二六歳、節は房州と、木曽路を旅した。房州行きは、炭焼き見学が目的であった。前年の秋ごろから節は家計再建の一助として炭焼きの研究を始めた。「炭焼き事業は青年男子として経済的自立の手段を持たない自責に対する一方法」（大戸三千枝『長塚節の研究』）でもあった。房州行は、短歌四八首（『馬酔木』〇六年七月）と、写生文「炭焼きのむすめ」（同）に結実した。子規は一八九一（明治二四）年、木曽路を歩き「かけはしの記」を書いた。〇五年の節の木曽路行きは子規の足跡を辿るもので、また各地の歌友を訪問する目的でもあった。この二か月間の旅（房州、甲斐、信州、岐阜を経て近畿各地を歩く）は、「羈旅雑咏」一三六首となって、〇五（明治三八）年一一月刊行の『馬酔木』に一括発表された（冷やかに竹藪めぐる樫の木の木の間に青き秋の空かも）。この年は、「羈旅雑咏」を始めとして生涯を通じて発表歌数の最も多い年であった。

〇五年一二月の、子規旧居で開かれた「山会」で、高浜虚子が漱石の「吾輩は猫である（第一回）」（この時まだ題名は決まっていない）を朗読する。節も、伊藤左千夫、寒川鼠骨、*坂本四方太、河東碧梧桐らと臨席している。

▼〇七（明治四〇）年二八歳、七月井上子爵家の次女艶子との縁談が起こり、節は非常に乗り気であったが、まとまらず落胆する。一〇月、父源次郎が県会議員選挙に立候補して当選し、臨時県議会において議長に選出される。前年の夏の佐渡の旅の成果である「佐渡が島」を『ホトトギス』（一一月）に発表。漱石は後、「長塚節氏の小説『土』」（『東京朝日新聞』一九一〇年六月九日）で「一二年前節氏の佐渡記（ママ）行を読んで感服した事がある。記行文であつたけれども普通の小説よりも面白いと思つた。」と述べており、この「佐渡が島」が、『朝日新聞』連載の「土」への道を拓いたことを示している。

▼一九〇八（明治四一）年二月、『馬酔木』は『アカネ』と誌名を変更し、三井甲之を編集兼発行人として根岸短歌会出版部より発行される。子規の足跡を辿った「羈旅雑咏」、節の最高峰と言われる「初秋

の歌」（馬追虫の髭のそよろに来る秋はまなこを閉ぢて想ひみるべし）が発表されたのも『馬酔木』であった。『アカネ』創刊号に節は「晩秋雑咏」を発表する。以後、写生文「白甜瓜」「松虫草」、短歌「暮春の歌」「手紙の歌」などを発表した。〇八年一〇月、『阿羅ら木』が旧馬酔木同人蕨真一郎によって発刊され、根岸短歌会に二つの雑誌が並立する事態となったが、『アカネ』は、一九〇九（明治四二）年七月、通算一八冊を刊行して廃刊となる。

一九〇八年三月、短編小説「芋掘り」を『ホトトギス』に発表。四月、桜見物を目的とした旅で京都、吉野に赴き、島原太夫の道中見物、祇園などで遊ぶ。この頃から写生文、短編小説に力を注ぐ。「芋掘り」は、長らく暖めていた作品である。こうした農村の世界こそ自分が書くためにもっとも適した素材であると節が認識していたことは「田舎者は到底田舎のことを書くより外は無之候」（一九〇七年一一月岡麓宛）という言葉からも窺うことができる。「芋掘り」は、ほとんど事実そのままであったため、後に岩波文庫として『炭焼の娘』（一九三九年七月）が刊行された際に長塚家の希望によって削除された。

▼節の短編小説二作目は「開業医」で、一九〇九（明治四二）年一月の『ホトトギス』に掲載された。その後、「おふさ」（〇九年九月『ホトトギス』）、「教師」（〇九年一〇月『ホトトギス』）、「隣室の客」（一〇年一月）、「太十と其犬」（一〇年二月『ホトトギス』）と、たて続けに六編の短編小説を発表している。この中で「隣室の客」は、節自身の経験なのか虚構なのかがどうかが取りざたされた作品としても知られる。〈品行方正な私の情史を語る〉という前置きで、婚家を出て「私」の家に預けられた「おいよさん」という女性を二度も懐胎させ悲しい目に会わせた罪を、「おいよさん」の後始末を母に任せて逃避した常陸の海岸で知り合った、同宿の、複雑な事情のあるらしい隣室の女との淡い関係と絡めて告白し、「女は到底解けない謎である」という感懐で結ばれる。この小説のモデルと思われる女性から節に宛てた書簡が現存しており、「隣室の客」の「私」のモデルは、節自身であることが判明している。

▼節の畢生の大作「土」は、**一九一〇**（明治四三）年六月一三日から一一月一七日まで一五一回、六か月にわたって『朝日新聞』に連載された。節の紀行文「佐渡の娘」に感心した漱石が森田草平を通じて節に依頼したことが、漱石の四月二九日付節宛書簡によって知られる。快諾してくれた感謝と、自分の小説（「門」）が現在六〇回であるから、「今より御起草被下候へば小生も安心」と執筆を促している。また掲載に先立つ六月九日、『朝日新聞』に推薦者漱石による紹介文が「長塚節氏の小説『土』」と題して掲載された。「氏はまだ若い人である。しかも若い人に似合はず落ち付き払つて、行くべき路を行つて、少しも時好を追はない。（略）氏には本来芸術的な一片の性情があつて、氏はたゞ其性情に従ふの外、他を顧みる暇を有《も》たないのである。余は其態度を床しく思つた」。

「土」に心血を注いだ節は、その無理がたたって寿命を縮めたかもしれないが、農民文学の最高峰というにとどまらず、一九世紀ドストエフスキイ、ツルゲーネフの小説にも匹敵すべき、近代日本文学に一際高く聳える名作は、こうして漱石の慧眼によって出現した。「土」は、節の故郷岡田村を舞台に、貧しい勘次一家（勘次、妻お品、娘おつぎ、弟輿吉、祖父卯平）の八年間に及ぶ生活とそこに起こるドラマを四季折々の大自然のドラマと共に描いている。人間は、大自然の中に滅形している。お品の、堕胎による悲惨な死の後、お品そっくりに成長するおつぎ。このお品・おつぎの二重像にこそ、土を媒介にしてすべての生命が循環する「土」の再生的生命観が主題化されている。「源氏」の光君が、母に生き写しと言われた父帝の妃藤壺女御を愛してしまったように、勘次も〈由縁の女〉を愛したのだった。

『土』は、一九一二（明治四五）年五月一五日、漱石の序文を付して春陽堂より出版された。「余の誰も及ばないといふのは、作物中に書いてある事件なり天然なりが、まだ長塚君以外の人の研究に上つてゐないといふ意味なのである。（略）先祖以来茨城の結城郡に居を移した地方の豪族として、多数の小作人を使用する長塚君は、彼等の獣類に近き、恐るべく困憊を極めた生活状態を、一から十迄誠実に此「土」の中に収め尽したのである。（略）普通の悲劇のうちには悲しい以外に何かの償ひがあるので、読者は涙の犠牲を喜こぶのである。が、「土」に至つては涙さへ出されない苦しさである。雨の降らない代りに生涯照りつこない天気と同じ苦痛である。たゞ「土」の下へ心が沈む丈で、人情から云つても道義心から云つても、殆んど此圧迫の賠償として何物も与へられてゐない。たゞ、土を掘り下げて暗い中へ落ちて行く丈である」（「土」に就て）。この厚意ある序文に対して節は「小生も何もかもうれしく存申候。漱石先生の序文は小生感謝の外無之、もう十遍以上も反復して読み申候が、どうも何と挨拶の手紙を書き候て宜しきか殆んど困申候。」（一九一二年五月二〇日小泉千樫宛）と喜びを表している。この漱石の序文が初めての「土」論であり、その後の「土」研究に大きな影響を与えている。

▼『土』出版の前年、一九一一（明治四四）年四月、節（三三歳）に縁談が持ち上がり婚約が成立した。結城郡山川村の医師黒田貞三郎の長女てる子で、一一年日本女子大教育学部を卒業し、当時二二歳であった。しかし節は八月頃より咽喉に痛みを覚え、一一月上京し医師の診断を受けた結果、喉頭結核と宣告された。節は弟順次郎を通じて破談を申し入れる。一二月、東京の根岸養生院に入院。この月、てる子は節を見舞うが、あいにく節は柳沢健と本郷座へ「小公子」観劇のため不在で会えず、手縫いの寝巻と手紙を置いて帰った。

▼一九一二（明治四五）年、節はてる子との復縁を図るが、それはてる子の実家の反対によって叶わなかった。節はてる子への思いを次のように詠っている。「四十雀なにさはいそぐここにある松が枝にはしばしだにゐよ」「いまにして人はすべなし鴨跖草《つゆぐさ》の夕さく花を求むるが如」。三月一七日、漱石を訪ねて九州帝国大学*久保猪之吉博士への紹介状をもらう。

「小生知人に長塚節と申す歌人有之故子規と根岸短歌会抔にて研究致し（略）東京朝日紙上に「土」と申す長編小説を載せ候男に候此人不幸にして喉頭結核を患ひ（略）小生も知人の事とて甚だ気の毒に存じ未だ御懇談も致したる事なき学兄に対し失礼とは存じ候へども思ひ切つて引受此書面を認むる事と致し候」。

一九日東京を発って、四月二二日に博多着、二四日久保博士の診察を受けて病状良好とのことで、熊本、開聞岳に登る。その前、三月二五日、京都帝国大学耳鼻咽喉科の和辻春次博士の執刀で手術を受けた。

一九一三（大正二）年、三四歳、七月に伊藤左千夫が脳溢血で急逝、葬儀に参列する。一二月、神田の金沢病院にて再発した喉頭結核の手術を受ける。

▼一九一四（大正三）年三月、神田の橋田医

院に入院、五月、黒田てる子が来院、黒田家からてる子との交際を拒否される。その時の悲しみを節は次のように詠っている。「小夜ふけてあいろもわかず悶ゆれば明日は疲れて復た眠るらむ」「すべもなく髪をさすればさら〳〵と響きて耳は冴えにけるかも」（「鍼の如く其二」）。五月三〇日、退院して帰郷する。六月「鍼の如く」（其一）を『アララギ』に発表する（九月まで連載　其一・四七首、其二・四〇首、其三・三六首、其四・三九首、其五・七〇首（其五は、翌一九一五年一月発表）、合計二三二首）。六月七日博多に向かい、二〇日九大病院に入院、八月一四日退院。宮崎に滞在、別府を経て九月福岡に戻る。一二月中旬病状悪化する。翌一九一五年一月四日、九大病院に再度入院する。入院から約一か月後、二月八日午前一〇時、節は三五歳一〇か月の生涯を閉じた。臨終には父源次郎と弟順次郎が立ち会った。

遺骨は一一日東京に着き、弟順次郎宅で通夜が営まれた。翌一二日郷里岡田村国生の実家に戻り、一四日葬儀が行われ、村の共同墓地の祖父母の墓のそばに葬られた。

▼節の畢生の大作「土」の成立過程は、漱石の、若い才能を見出す目の確かさの証左と言える。

**〔参考文献〕**橋田東聲『土の人長塚節』春陽堂、一九二六年二月。／伊藤昌治『長塚節　謎めく九州の旅・追跡記』日月書店、一九七九年五月。／大戸三千枝『土の歌人長塚節』新典社、一九八三年九月。／大戸三千枝『長塚節の研究』おうふう、一九九四年一二月。／長塚節研究会編『長塚節の文学』筑波書林、一九九五年九月。／『近代文学研究叢書』第一五巻「長塚節」昭和女子大学、一九六〇年六月五日。

〔関谷由美子〕

## ■内田　百閒

うちだ・ひゃっけん

『別冊太陽』「内田百閒」二〇〇八年九月刊。鳥籠を眺める百閒。一九五六年撮影。

**一八八九（明治二二）年五月二九日〜一九七一（昭和四六）年四月二〇日。**

**小説家・随筆家。中学生時代から漱石に私淑し、傾倒して門下生となる。**

父・久吉、母・峯の長男として岡山市大字古京町一四五番地に生まれた。生家は岡山市の素封家、酒造業「志保屋」。祖父栄造の名を継いで栄造と命名され、裕福な家庭のひとり子として、祖母、父母、婆やらの愛情を一身に受けて育つ。

▼一八九九（明治三二）年、岡山高等小学校入学。受持ちの森谷金峯先生に書を習い、上野の日本選書奨励会に「天清鶴能高」が出品され入賞する。森谷先生の紹介で磯山天香に書を学ぶ。三年生になる時、森谷先生が県立岡山女学校に転任し、その後に受

持ちとなった森作太先生から勉強に対する自信と意欲を得、一九〇二（明治三五）年、高等小学校三年（一三歳）で県立岡山中学校を受験し合格する（私の教わった間はたった一年きりである。しかしその一年間に親炙した先生の面影は一生忘れる事が出来ないのである。「郷夢散録」）。栄造の中学校時代に家産は傾き「志保屋」の看板を下ろすことになる。

▼〇三（明治三六）年（一四歳）、塩見筆之都（勾当《こうとう》）に師事し琴にのめり込む。

▼一九〇五（明治三八）年八月、父久吉が脚気のため、療養中の仏心寺で亡くなる。父の臨終にまつわる記憶は「たらちおの記」（『中央公論』一九三七年一月）に印象深く捉えられている。

〇五（明治三八）年一〇月（十六歳）、『吾輩ハ猫デアル』上篇が刊行され、中篇が〇六年一一月、下篇が〇七年五月に出て、栄造はいずれも初版を購入している。同時に夏目漱石に傾倒する。

▼一九〇六（明治三九）年三月、博文館から創刊された『文章世界』に、散文「乞食」（『続百鬼園随筆』）を投稿し田山花袋*によって最高位に当選する。続けて「按摩」「靴直し」などの文章が入選する。『文章世界』の頃、漱石を真似て「内田流石」名で投稿する。五月『漾虚集』が出ると「漾虚集を読む」と題して、「雪隠」名で『山陽新報』に投稿し掲載される。（要するに此書は著者が滑稽以外真面目な叙事叙情にも長じて居る事を證するに充分であると思ふ。特に「薤露行」などは此種の専門家にもをさをさ劣らぬと思ふ）。

▼〇七年三月（一八歳）、岡山中学校卒業。九月、第六高等学校（岡山）第一部丙類に入学。岡山中学校時代からの親友堀野寛の脚気による死を悼む「鶏蘇仏」（『続百鬼園随筆』）は、「陽気の所為で神も気違いになる、と云う句が趣味の遺伝の初めに書いてあった、（略）呪文の中から犬が出て来て、肉を屠り、血を啜り、骨をしゃぶった。」と始まっていて漱石への傾倒を示している。堀野寛の妹清子が後の百閒夫人である。**〇八**（明治四一）年、『六高校友会誌』に発表した「老猫物語」（ひゃッけん生の筆名）を漱石に送り、「辱中早速「老猫」を拝見致候筆ツキ真面目にて何の衒ふ処なくよろしく候。又自然の風物の叙し方も面白く思はれ候。たゞ一篇として通読するに左程の興味を促がす事無之は事実に候。今少し御工夫可然か。尤も着筆の態度、観察其他はあれにて結構に御座候へば其点は御心配御無用に候。（略）猶御奮励御述作の程希望致候」（一**九〇九**年八月二四日）という返書を貰う。この時に初めて崇拝する漱石との縁ができたことになる。この前年、漱石が中村是公*の案内で満洲旅行をすると新聞で知り、漱石が大阪まで来たものの胃病のため旅行を中止したことを知らず、友人の太宰施門と共に一日一本しかない岡山を通過する急行列車を待って入場券でホームに入り写真で知った漱石の顔を探したこともあった（「漱石先生臨終記」）。

六高時代、志田義秀（素琴）が国語教師として赴任し俳諧一夜会などの句会をつくる。素琴先生の影響で俳句を作るようになり、故郷百間川にちなんで俳号を百間（後に百閒と改める）とする。一九一〇（明治四三）年（二一歳）、七月、第六高等学校を卒業。九月、東京帝国大学文科大学に入学。独逸文学を専攻する。

▼一一年（明治四四）年二月二二日、東京内幸町胃腸病院に療養中の漱石をはじめて訪ねる。「私が余り固くなつてゐたので、漱石先生の方から色色話しかけて下さつた様である。しかし私は、ろくろく口も利けないし、田舎から出て間のない時で、もう帰りたいと思つても、切り上げる潮時が解らないのである。」（「漱石先生臨終記」）。漱石

は、三月二四日付で礼状を出している。「先日病院へ御光来被下候時は臥床中とて甚だ失礼申候（略）偖御恵投のインベの茶器一組正に到着難有御礼申上候わざ〳〵小生の為に御求め御国元より御持参被下候趣一層嬉しく候」。百閒が漱石を病院へ訪問する二日前二月二十日、漱石の留守宅に、文部省から文学博士号授与の通知が来る。二一日に辞退を申し出るが諒承されず文部省との折衝が続く、という時期であった。百閒はこの後漱石の木曜会に出席するようになり、小宮豊隆、*安倍能成、*鈴木三重吉、*寺田寅彦、*森田草平、*津田青楓を知る。

四月には漱石が小宮豊隆と共に本郷の百閒の下宿を訪ねたこともあった（佐藤聖『別冊太陽　内田百閒』二〇〇八年九月）。六月、漱石にたびたび書や短冊を書いてもらう「内田栄造がきて短冊をかいてくれといふ。書いてやる。先生私の耳は動きますといふ。成程動く。左右同時に同様に動く。」（一九一一年六月一五日付漱石日記）。

同年八月初旬、漱石は大阪朝日新聞社から講演を依頼される。八月一二日明石衝濤館に着く。帰省していた百閒は、講演を聴きに行くことを漱石に書き送るが、聴いて貰ひたくもないからわざわざ出かけて来るに及ばない、と返書（一一年八月八日付）が来る。しかし「この機逸すべからず」という意気込みの百閒は衝濤館でこの地の紳士たちに接待されている漱石を訪ね、その後講演会場へ赴き「道楽と職業」を聴く。「漱石先生が演壇に起たれた時の感激は、二十年後の今日思ひ出しても、まだ胸が微かに轟くやうです。（略）段段話が進んで行つて、先生の子供の時分に、変な男が旗を担いで往来を歩きながら、「いたづら者はゐないかな」と云つて来るので、自分達を買ひに来たのではないかと心配したと云ふ様な話をせられました。」（「明石の漱石先生」）。講演の後、明石を発つ漱石を駅に見送った時の記憶を百閒は次のように書いている。「丁度私の起つてゐた前の二等車に、例の紋付の人が既に幾人か乗つてゐました。さうして、まだ歩廊に起つてゐられる先生に、中から頻りに「どうぞ、どうぞ」と招じてゐた様子でした。しかし先生は中中乗られませんでした。その内に、先生は一人でつかつかと歩き出して、二三台先の一等車の中に這入つてしまひました。」（同）。

**▼一二**（明治四五・大正元）年（二三歳）、堀野清子と大恋愛の末、東大二年の九月、堀野家の反対を説得し、岡山の内田百閒の自宅で結婚式を挙げる。百閒が清子に送ったおびただしい恋文（一九〇六年五月～一二年七月まで）が『恋文・恋日記』としてまとめられている。郷里での結婚を漱石に報告に行くと、小さな七宝焼の一輪挿しとマジョリカ皿をお祝いとしてくれる。「それを下さる時、先生は、しかしね、この一輪挿は少し水が漏るのだよ。水も漏らさぬと云ふわけには行かない様だ、と云はれた。」（「漱石遺毛その後」）。その他、百閒は漱石の着古したフロックコート、愛用したオノトの万年筆、書き損じた小説の原稿、置き場所に困っていた贈呈本などを貰っている。表札を書いてもらったこともあった。「その時先生が書いてゐられたのは「道草」であつた。（略）毎日書いてゐられて稿が進むにつれ、黒檀の机の横に重ねた書き潰し原稿が堆高く積もつてゐた。それを貰つてきたのである。（略）毎日の新聞に載る「道草」をその毎回に読んでゐたが、書き潰し原稿に残つてゐる表現が、いかに改められたかを目のあたりに見て、推敲と云ふ事の厳しさを教へられた。」（「漱石遺毛その後」）。翌一三（大正二）年、長男久吉誕生。

**▼一九一三**（大正二）年から、漱石の著作の

校正を担当することになる。

▼**一四**（大正三）一月、漱石に「春の発句よき短冊に書いてやりぬ」という句を貰う。

**一四**年一〇月二六日漱石から「彼岸過迄と四編（『彼岸過迄　四編』。四編とは「文鳥」「夢十夜」「永日小品」「満韓ところ〴〵」）の縮刷を校正する時間と意思がありますか折返し御返事願ひます」という葉書を貰っている。

▼一九一七（大正六）年、漱石全集が岩波書店から刊行された時も、森田草平、石原健生、*林原耕三と共に編纂校閲に従事する。その際「漱石全集校正文法」を作成する。「これより先数年、先生のまだ在世せられた当時、既に、先生の新著及びその頃盛に翻刻された縮刷版の校正にあたつて、私の手にかけた数は、恐らく十冊に及んだらうと思ふ。／校正をする際、一ばん苦しんだのは語尾の取扱ひ方であつた。（略）その時原稿として与へられるのは、新聞の切抜である。新聞社のルビ附活字で都合よく植えられた語尾は、全然信用することは出来ない。ルビ附活字は初めから附いてゐるルビを語幹として、その余りを勝手に語尾に出すのである。原作者の原文の語尾は何の関係もない。（略）／さうして、先生はさう云ふ問題には、割合に無頓着であつた。／さう云ふ観察によつて知り得た先生の癖は、大体、／聞こえる／恐ろしい／と云ふ風な書き方であつた」（「動詞の不変化語尾に就いて」）。

▼**一四**（大正三）七月（二五歳）、大学は卒業したが勤め先が決まらない。祖母、母が上京し、小石川高田老松町に転居。この頃、自ら「阿呆の鳥飼ひ」と言うほど小鳥を飼うことに熱中し、鳥籠が四〇以上もあったので、老松町の近隣の人々に小鳥屋かと思われる。木曜会でよく馴れた小鳥を飼っていることを言うが信じてもらえず、次の木曜会に手乗り文鳥を伴い、手から直に餌を食べさせたり肩や膝に止まらせるなどの芸をして、漱石に感心される。「「（略）今の世にこんな事（指から直に小鳥に餌を食べさせる―注関谷）の出来るものが居るかどうだか甚だ疑はしい。恐らく古代の聖徒の仕事だらう。三重吉は嘘を吐いたに違ない」とある仕舞の方のところを思ひ出して、その席で先生に向かひ、古代の聖徒でなくても、今の世の僕にも出来ますと云つて自慢した」（「漱石山房の夜の文鳥」）。漱石は京都の津田青楓にこの日のことを「みんなゐます、君が帰つて来たら喜ぶでせう、内田君は鳥を四十羽以上飼つてゐます早く御帰りなさい」（**一五**年六月二八日）と書き送っている。

▼**一五**年（大正四）九月初旬、漱石が何の予告もなく来訪する。高田老松町の二階の書斎には、漱石の手になる大きな岩の絵や、土左衛門の賛「雨が降ったら濡れるだろ、霜が下りたら冷たいかろ（略）」、「草枕」冒頭の「智に働けば角が立つ、情に掉させば流される（略）」など漱石の書画ばかりが飾られていた。数日して漱石から「先達は失礼あの時見た掛物と額のまずいにはあきれました何うかして書き直すか破りすてたいと思ひますが君も銭をかけて表装したものだから只破る訳に行くまいから不得已書き直しませう」（九月七日）という手紙が来て、大事にしていたものを破り捨てられるのが惜しくて漱石にお願いに行ったが許されず、改めて持参して漱石自身の手で破かせ、新しいのを書いてもらった。「その代りに書いて貰つた額は非常にいい出来で、今でも私の手許に残つてゐるが、しかし餅の様な岩の絵や、草枕の文句の軸の事を思ひ出すと残念である」（「漱石先生の来訪」）。

▼**一六**（大正五）年一月（二七歳）、陸軍士官学校独逸語学教授に任官する。一二月年俸六〇〇円。職は得たものの家族が多く暮らし向きは楽ではなかった。それで百間は漱

石にしばしば金を借りている。「お金がなくなつてしまつて困つてゐます」というと漱石が五円札をくれたこともあった。「何か月か経つて質物の期限が来た。ほつておけば流される。（略）非常に困つて当惑して煩悶した。夜の目も寝られない。思ひ余つて到頭漱石先生に訴へた。「馬鹿だね、君は」と先生が云つた。「利上げをすれば流しはしないよ。知らないのか」「利子の計算をして来なさい。拂つて上げるから」安心してさうして非常に難有かつた。」（「質屋の暖簾」）。こうした記憶を回想する百閒の脳裏には、漱石の「硝子戸の中」の、三二章、子供の時分、大金を使い込んでしまって返す当てがないという悪夢に襲われた時、「心配しないでも好いよ。御母さんがいくらでも御金を出してあげるから」と云って母が深い安堵を与えてくれた、というエピソードが甦っているであろう。この年一月二八日、漱石は*中村是公の逗留する湯河原の天野屋にリューマチ治療のため転地する。ここに百閒は金策のため漱石を訪ね、二五〇円という大金の借金を申し込む。漱石はすぐ承諾してくれ、東京の自宅で自分が云ったと云って金を貰え、と云う。百閒は一晩泊めてもらい帰りの汽車賃まで貰って、漱石が手配してくれたらしい人力車に乗って帰る。「朝になつて，自分の支度を済ましてから先生の部屋へ行つて見た。一こと外から声を掛けると、いいと云ふので襖を開けて中へ這入つたら、実に非常に驚いた事に、先生は真つ裸でゐる。／庭の中へ突き出した様なお部屋で、お天気がいいから障子一ぱいに日が射し、目がぱちぱちする。（略）目のやり場所がなくて、もぢもぢ困つてゐると、「いいんだよ」と先生が云ふ。「お湯から上がつて帰つたところだよ」（略）先生は、人無きが如く、つまり私には全然お構ひなく、股や腰に何だか薬を塗り込んだ」（「普天の下」）。一二月九日漱石は永眠する。「泣いてゐる人は一人もなかつた。私もそんな気持ではなかつた。ただ自分の坐つてゐる座の廻りが、非常に遠い様な気がした」（「漱石先生臨終記」六）。

▼一九一七（大正六）年、（二八歳）、森田草平、林原耕三らと岩波書店の第一次『漱石全集』全一三巻の編纂校閲の作業のため築地活版印刷所に通う。「漱石全集校正文法」を作成する。七月から日記を書き始める（一九三五年『百鬼園日記帖』、一九三六年『続百鬼園日記帖』刊行）。

▼一九一八（大正七）年（二九歳）、*芥川龍之介の推輓によって海軍機関学校独逸語学兼務教官を嘱託される。

▼一九二〇（大正九）年、法政大学独逸語部教授となる。宮城道雄に箏を師事する。一九五六（昭和三一）年六月、宮城道雄が東海道刈谷駅にて事故のため急逝するまで続く。

▼一九二二（大正一一）年（三三歳）、二月、前年『新小説』『東亜之光』などに発表した一八篇の短編を集めた初めての著作集『冥途』を稲門堂書店より刊行する。

▼一九二五（大正一四）年、陸軍士官学校教授を辞任。家を出て早稲田ホテルに住む。

▼一九二九（昭和四）年（四〇歳）、春、早稲田ホテルを出て、市ヶ谷合羽坂付近の佐藤こひ（清子夫人の死後、一九六五年に入籍）方に同居。この後旺盛な創作の時期となる。『百鬼園随筆』（一九三三年）、第二創作集『旅順入城式』（一九三四年）、『続百鬼園随筆』（一九三四年）、『鶴』（一九三五年）、『凸凹道』（同年）などの名品が次々に生まれた。

『冥途』『旅順入城式』から始まる百閒文学は、漱石の「夢十夜」の影響下に新しい怪異文学を樹立した。

▼一九三四（昭和九）年（四五歳）、法政騒動

によって法政大学教授を辞任、一切の教職と無縁になる。一九三六（昭和一一）年三月一七日、長男久吉没（享年二三歳）。その顛末を「相克記」として『中央公論』に発表。同年七月、『有頂天』に「蜻蛉眠る」（「相克記」改題）を収録。

▼一九三九（昭和一四）年（五〇歳）、四月、辰野隆の推輓によって日本郵船株式会社の嘱託となる。

▼一九四一（昭和一六）年、『漱石山房の記』、『大貧帳』などを刊行。

▼一九四五（昭和二〇）年五月、東京空襲にて麹町の居宅が全焼し、隣地の掘立小屋に住む。

▼一九四八（昭和二三）年まで小屋暮しが続く。

▼一九四九（昭和二四）年、「贋作吾輩は猫である」を『小説新潮』に連載する。

▼一九五〇（昭和二五）年（六一歳）、第一回摩阿陀会（誕生日の祝宴）開催される。九月、「実説艸平記」を『小説新潮』に発表。一九五二（昭和二七）年二月『鬼園の琴』、六月『阿房列車』を刊行。一九五五（昭和三〇）年、『東京焼盡』を刊行。一九五七（昭和三二）年、愛猫ノラが失踪し、「ノラや」「ノラやノラや」「ノラに降る村しぐれ」を『小説新潮』に発表。

▼一九六一（昭和三六）年（七二歳）、『つわぶきの花』刊行。

▼一九六七（昭和四二）年（七八歳）、芸術院会員に推挙されるが辞退する。その際、法政大学時代の学生多田基に芸術院院長に伝えてほしいと渡した辞退のためのメモは「ナゼイヤカ／気ガ進マナイカラ／ナゼ気ガ進マナイカ／イヤダカラ」というもので、要するに「イヤダカライヤダ」というのであった。

▼一九七一（昭和四六）年四月二〇日、麹町六番町に八一歳で永眠するまで、『いささ村竹』（一九五六年）、『東海道刈谷駅』（一九六〇年）、『私の「漱石」と「龍之介」』（一九六五年）、『新稿御馳走帖』（一九六八年）、『残夢三昧』（一九六九年）、『日没閉門』（一九七一年）など、多くの名品を旺盛に書き続ける。

二八歳の時、一九一七（大正六）年一二月七日、漱石が亡くなった丁度一年後の日記（「百鬼園日記帖」）に百間は「先生が死んだのは嘘の様な気もする。もう一年過ぎた。私は先生の弟子であつた思ひ出を粗末にすまい」と書いた。少年の頃から、文章を通じて漱石の大きなシルエットに包まれていた百間の生涯は、その熱い思いで貫かれていたと言えよう。

〔**参考文献**〕『内田百閒全集』全一〇巻、講談社、一九七一年一〇月〜一九七三年四月。／『新輯内田百閒全集』全三三巻、福武書店、一九八六年一一月一五日〜一九八九年一〇月一六日。／平山三郎『詩琴酒の人 百鬼園物語』小澤書店、一九七九年三月。／別冊『太陽 内田百閒』平凡社、二〇〇八年九月。／内田道雄『内田百閒『冥途』の周辺』翰林書房、一九九七年一〇月。

［関谷由美子］

## ■芥川　龍之介
あくたがわ・りゅうのすけ

『群像　日本の作家』「芥川龍之介」東大英文科二年、一九一六年二月撮影。

**一八九二**（明治二五）**年三月一日〜一九二七**（昭和二）**年七月二四日。小説家。漱石の最も期待した晩年の門下生。**

父・新原《にいはら》敏三と母・ふくの長男として、東京府東京市京橋区入船町（現・中央区明石町）に生まれた。新原敏三は牧場を持ち、牛乳の製造販売をする耕牧舎を経営していた。出生の年の秋に実母ふくが精神を病んだため、ふくの実家である芥川家（本所区小泉町。現・墨田区両国）に引き取られて養育された。義父芥川道章はふくの兄で当時は東京府の土木課長であり、養母儔《とも》は幕末の大通人と言われた細木香以《さいきこうい》の姪に当たり、芥川家は代々江戸城の数寄屋《すきや》坊主を勤めた旧家であり、江戸趣味、江戸情緒が色濃く継承されていた。一八九八（明治三一）年四月、江東尋常小学校に入学。一九〇二（明治三五）年、高等科に進学、友人達と回覧雑誌『日の出界』を始め、渓水、龍雨などの筆名を用いる。一一月、実母ふくが新原家で死去した。一九〇四（明治三七）年二月、日露戦争勃発。五月に推定家督相続人廃除の判決を受け、八月には新原家から除籍され、芥川家の養嗣子となった。一九〇五（明治三八）年四月、東京府立第三中学校（現・都立両国高校）に入学、友人らとここでも回覧雑誌を始め、編集発行人となる。一九〇八（明治四一）年から翌年にかけて、高野山、浅間山・軽井沢、奈良・京都、千葉、静岡、槍ヶ岳登山、日光への修学旅行など、多くの旅行をしている。一九一〇（明治四三）年九月、新しく適用された無試験入学制で第一高等学校に入学。同級に菊池寛、*久米正雄、*松岡譲、成瀬正一、井川（恒藤）恭、佐野文夫、山本有三、土屋文明がいた。帝国図書館にまで広げて多くの書物を渉猟し、丸善から洋書を購入し旺盛な読書欲を充たしていた。一九一三（大正二）年四月頃、吉江喬松を中心とするアイルランド文学研究会に参加し、日夏耿之介、西条八十らを知る。七月に二番の成績で一高卒業。九月、東京帝国大学文科大学英吉利《イギリス》文学科に入学、最も親しかった井川恭が京都帝国大学法科大学に移ったので、久米正雄達と親しくなり観劇、音楽会などを広く楽しみ、旅行にもしばしば出かけている。一九一四（大正三）年二月、第三次『新思潮』創刊。「バルタザアル」などの翻訳の他、「老年」（第一巻第一号、一九一四年五月）、「戯曲　青年と死」（第八号、九月）を発表した。一〇月には新築中だった家が完成し、義父母、伯母ふきと入居した（府下豊島郡滝野川町田端。現・北区田端）。当時田端には美術家が多く住まっていた。**一九一五**（大正四）年春、吉田弥生との〈初恋〉が家族の反対にあって破綻した。八月、井川恭の郷里松江を訪れ、二週間余り滞在し、松江の新聞『松陽新報』に「芥川龍之介と署名して書いた第一の文章」（一九二四年一二月二九日付増田渉宛書簡）という「松江印象記」が発表された。一一月一八日、夏目漱石の門下生の一人*岡田耕三（後に林原）に紹介してもらい、初めて漱石の「木曜会」に参加、その時の印象を後年次のように記している。「十一月の或夜である。この書斎に客が三人あつた。客の一人はO君である。O君は綿抜瓢一郎と云ふ筆名のある大学生であつた。あとの二人も大学生である。しかしこれはＯ君が今夜先生に紹介したのである。その一人は袴《はかま》をはき、他の一人は制服を着てゐる。（中略）制服を着た大学生は膝の辺りの寒い為に、始終ぶるぶる震へてゐた。それが当時のわたしだつた。」（「漱石山房の冬」『サンデー毎日』一九二三年一月七日号）。「始めて行つた時は、僕はすつかり固くなつてしまつた。今でもまだ全くその精神硬化症から自由になつちやゐない。（中略）人格的なマグネテイズムとでも云ふかな。兎に角さう云ふ危険のあるものが、あの人の体からは何時でも放射してゐるんだ」（「あの頃の自分の事」『中央公論』一九一九年一月号）。

▼**一九一六**（大正五）年二月、第四次『新思潮』創刊、「鼻」を発表。漱石の「落着があつて巫山戯《ふざけ》てゐなくつて自然其儘の可笑味がおつとり出てゐる所に上品な趣があります夫《それ》から材料が非常に新らしいのが眼につきます文章が要領を得て能く整つてゐます敬服しました、あゝいふものを是から二三十並べて御覧なさい文壇で類のない作家になれます」（二月一九日付芥川宛漱石書簡）という好意的批評に接し自信を得た。その後も『新思潮』に発表した「猿」（一九一六年九月）や「芋粥」（『新小説』九月）などについて、賞められるとともに適切な忠告を漱石から受けていた。四月末には難航していた卒業論文（「ウィリアム・モリス研究」）を書き上げ、文科優等生として七月に東京帝国大学英吉利文学科を卒業し、一応大学院に籍をおいた。

八月一七日から九月二日まで、久米と千葉県一宮に滞在し、原稿を書いたり、読書、水泳に日々を送り、漱石と書簡を交わした（久米と連名で宛てたものを含めて漱石から四通の来簡）。塚本文へ求婚の手紙も出している。九月、「芋粥」が『新小説』に発表される。文芸誌への初めての掲載であり、翌一〇月に「手巾」を『中央公論』に発表したことと併せて、「文壇へ入籍届だけは出せた」（二四日付原善一郎宛）と言うことができた。一高時代の恩師畔柳《くろやなぎ》都太郎（芥舟）の紹介で、横須賀の海軍機関学校へ「英語学教授嘱託」として就職が決まり、一二月一日より就任（給与月額六〇円）した。鎌倉に下宿し、週末に田端に帰る生活となる。翌々年には内田百閒*（独語）、豊島与志雄（仏語）も着任している。五日に授業を始めたばかりの、九日に夏目漱石が急逝した。「キトク」の電報を受け取っていたが、自身の歓迎会が予定されていて帰京できず、一一日の午後になって夏目家に着き、通夜に参列し、翌日の葬儀には受付をした。その体験は「何だか、みんなの心もちに、どこか穴の明いてゐる所でもあるやうな気がして、仕方がない」（「葬儀記」『新思潮』漱石先生追慕号、一九一七年三月）と書かれ、書簡中にも「僕はまだこんなやりきれなく悲しい目にあつた事はありません今でも思ひ出すとたまらなくなります始めて僕の書く物を認めて下すつたのが先生なんですからさうしてそれ以来始終僕を鞭撻して下すつたのが先生なんですから　かうやつて手紙を書いてゐても先生の事ばかり思ひ出してしまつていけません」（一九一六年一二月一三日付塚本文宛書簡）と深い嘆きがもらされている。一二月、塚本文との縁談契約書が交わされた。大学院の方は授業料未納で除籍処分となった。

▼**一九一七**（大正六）年一月には、『新潮』と『文章世界』の二誌に作品（「尾形了斎覚え書」・「運」）を発表し、早くも新年号を飾る作家の一人となった。三月、第四次『新思潮』は「漱石先生追慕号」として発行されたが、これで終刊となった。五月、第一創作集『羅生門』（阿蘭陀書房）刊行。七月二七日には佐藤春夫などにより出版記念会がも

たれ、日夏耿之介、瀧田樗陰、和辻哲郎、小宮豊隆、谷崎潤一郎、鈴木三重吉などの先輩を始め文壇若手が二三名参集した。

九月には横須賀市に下宿を移した。一〇月、初めての新聞連載小説「戯作三昧」(『大阪毎日新聞』)を一一月四日まで一五回連載。この頃、久米正雄と松岡譲との漱石長女筆子を巡る、いわゆる「破船」事件が起こり、筆子の結婚相手が松岡と決まり、失意の中郷里に帰った久米に同情する。一一月、第二創作集『煙草と悪魔』(新潮社)刊。一二月九日、漱石の一周忌に参列。

▼一九一八(大正七)年二月二日、塚本文と結婚。漱石夫人鏡子から机を贈られる。三月、鎌倉町の新居に文、伯母ふき(四月中旬まで)との生活を始める。五月、「地獄変」(『大阪毎日新聞』)連載。月末、広島県江田島兵学校参観のため出張、帰途奈良、京都、大阪を回る。一〇月「邪宗門」(『大阪毎日新聞』)を連載したが、一一月一三日(三二回)で中絶した。一一月、スペイン風邪で衰弱し、一週間程床に就く。一九一九(大正八)年一月、「あの頃の自分の事」(『中央公論』)を発表、『新思潮』時代の回想記で、私小説的なものとして注目された。一五日、第三短編集『傀儡師』(新潮社)刊行、前期のまとめともいうべき充実した一巻である。三月、大阪毎日新聞社社友(報酬月額一三〇円、原稿料は別払い)となり、海軍機関学校は三月末で退職した。

三月一六日、実父新原敏三がスペイン風邪で死去。四月二八日、鎌倉から田端の自宅に戻り、書斎に「我鬼窟」の扁額(恩師菅虎雄揮毫)を掲げ、日曜日を面会日とし、創作中心の生活に入る。小島政二郎、佐佐木茂索、南部修太郎、滝井孝作などが集まる。五月、菊池と長崎旅行。長崎の名家を継ぐ永見徳太郎の世話になり、大浦天主堂などを参観し、南蛮切支丹趣味を募らせた。当時、長崎県立病院精神科部長だった斎藤茂吉とも面会している。九月一〇日、岩野泡鳴夫人を中心にした文学者の集まり「十日会」に出席、そこで出会った秀しげ子との関係が一二日、一五日、二五日と重ねて進められ、後年苦悩する問題になった。一一月八日、菊池寛とともに、東京日日新聞社主催の文芸講演会で講演。二三日、画家小穴隆一が滝井孝作と来訪、以後著作集の表紙画を描いてもらうなど、終生親交を続ける。

▼一九二〇(大正九)年一月、新年号に「舞踏会」、「尾生の信」とともに「漱石山房の秋」を発表、漱石山房を細かく描出した上で「何処か獅子を想はせる、背の低い半白の老人が、或は手紙の筆を走らせたり、或は唐本の詩集を翻したりしながら、端然と独り坐つてゐる。……漱石山房の秋の夜は、かう云ふ蕭然たるものであつた」と回顧している。二八日、第四創作集『影燈籠』(春陽堂)刊行。三月三〇日、「素戔嗚尊」(『大阪日日新聞』)連載開始。四月一〇日、長男比呂志誕生(菊池寛の名より命名)。八月には宮城県の青根温泉に避暑を兼ねて滞在、執筆に努める。この頃、宇野浩二と識り合う。一〇月九日、慶応義塾大学で「文芸雑感」と題して講演。一一月、久米、菊池、宇野、直木三十五、佐佐木茂索と関西に講演旅行をし、主潮社主催の公開講座で「偶感」と題して講演(大阪中之島公会堂)。文楽を鑑賞したり、京都で恒藤(井川)恭と会ったりした後、宇野に誘われて木曽、諏訪に遊んで、二八日に帰京した。

▼一九二一(大正一〇)年二月五日、東京帝国大学英文学会で「短篇作家としてのポオ」と題して講演。三月一四日、第五短編集『夜来の花』(新潮社)刊行。大阪毎日新聞社の中国特派員として中国へ行くため、一九日夕方東京を発ったが、感冒にかかり

大阪で静養を余儀なくされ、二八日にやっと門司から上海に向け出港した。三〇日上海に着いたが乾性肋膜炎を発病し、四月二三日まで里見病院に入院生活を送ることになった。その間、二〇巻の英書を読破したという。四月中は上海で見物したり人々と会ったりしていたが、五月二日上海を発ち、杭州に行き西湖見物、一旦上海に戻った後、八日に上海を出て蘇州から揚州、南京に着く（一二日）。その後、漢口、蕪湖、九江、廬山、長沙、洛陽、北京、天津を周り、奉天、釜山を経て、七月一二日に門司港着で帰国した。帰路大阪に寄り、二〇日頃田端に帰った。その後、体調が回復せず、一ヶ月余り寝たり起きたりの生活で、当初は旅行中に書き送り新聞に連載される約束だった「旅行記」の執筆に難渋し、その後「上海游記」「江南游記」「長江」と新聞に発表したが、結局予定の半分位しか書きあげられず、一九二五（大正一四）年に『支那游記』として刊行された。

▼一九二二（大正一一）年三月末、書斎を「我鬼窟」から「澄江堂」と改めた。四月一三日、英国皇太子来朝記念英文学講演会で「ロビン・ホッド」と題して講演。その後、途中京都で遊んだりしながら長崎再遊（四月二五日から六月一日まで）。永見徳太郎、渡辺庫輔、蒲原春夫などと遊興し、この折にマリア観音像を入手している。七月九日、*森鷗外死去。二七日、小穴と共に、初めて我孫子に*志賀直哉を訪ねる。九月六日、小穴が描いた芥川の肖像画「白衣」が二科展に出展されており、それを観に行った。九月中旬、長崎の渡辺、蒲原が文学修業のために上京、芥川家の近くに下宿し師事した。一一月八日、次男多加志誕生、小穴隆一の「隆」より命名。一二月二八日小穴の右足切断手術に立ち会う。

▼一九二三（大正一二）年一月、菊池寛が『文藝春秋』を創刊、「侏儒の言葉」を毎号寄稿した。五月、第六短編集『春服』（春陽堂）刊行。七月八日、有島武郎と波多野秋子の心中を知り、「死んじやあ、敗北だよ。」と感想をもらした。九月一日、関東大震災に遭遇したが、芥川家の被害は微々たるもので、その日から食料の買い込みや被災した親族、知人の見舞いなどで忙しい時間を過ごす中、吉原に惨状を見に行ったりしている。一二月、新年号用の原稿を脱稿した後、京都、大阪方面への旅に出、志賀直哉や恒藤恭、滝井孝作、直木三十五等に会っているが、体調は優れなかった。

▼一九二四（大正一三）年二月、新年号に発表していた「一塊の土」（『新潮』）についての*正宗白鳥の批評に接し、「十年前夏目先生に褒められた時以来最も嬉しく感じました」と正宗に書簡（二月一二日付）を出している。五月一四日、金沢から京都を巡る旅行に出発。金沢では室生犀星の世話で兼六園の三芳庵の茶屋に滞在し、大阪では直木三十五、京都では志賀直哉と会い、二五日に帰宅するという過密なスケジュールの旅行だった。

　七月一八日、第七短編集『黄雀風』（新潮社）刊行。二二日より軽井沢に滞在し、山本有三、片山広子（松村みね子）、室生犀星、堀辰雄と会う。片山広子への「愁心」を「もう一度廿五才になつたやうに興奮してゐる」（八月一九日付小穴隆一宛書簡）と書いている。軽井沢滞在中は短編「十円札」（『改造』九月号）一つしか書けなかったが、社会主義関係書を含む多くの本を読んでいる。九月一七日、新潮社の感想小品叢書第八篇として『百艸』を刊行。漱石に関する「漱石山房の冬」を含む。一〇月二五日、而立社から歴史物語傑作選集二として『報恩記』を刊行。この年、叔父竹内顕二の死去（一〇月二〇日）、妻文の弟塚本八洲の吐血など身辺が慌ただしかった。一二月末に増築中の書斎が完成した。

▼一九二五（大正一四）年一月、「大導寺信輔の半生」（『中央公論』）を発表。媒酌をした岡栄一郎夫婦が不仲になったり、義弟八洲の吐血、旧友清水昌彦が結核で死亡する（四月一三日頃）などで気忙しい日々を送る。「生きて面白い世の中とも思はないが、死んで面白い世の中とも思はない。僕も生きられるだけ生きる。君も一日も長く生きろ。」（二月二一日付清水宛書簡）と生前の清水に書き送っている。四月一日、新潮社から『現代小説全集第一巻』として『芥川龍之介集』が刊行された。それに付した「自筆年譜」で養子の事実を明かした。四月一〇日、病気療養のため修善寺温泉に行き、五月三日まで滞在。七月一二日三男也寸志誕生（恒藤恭より命名）。八月二〇日、軽井沢へ行き九月八日まで滞在する間、室生犀星、堀辰雄、萩原朔太郎、片山広子、小穴隆一、佐佐木茂索などと交遊する。九月四日には長男比呂志が蒲原春夫に連れられて来ており、七日に比呂志と帰京。一〇月二七日、滝田樗陰死去、室生犀星とともに弔問する。一九二三（大正一二）年九月に編集を依頼されていた『近代日本文芸読本・全五集』（興文社）が八日に一挙に刊行された。この企画をめぐって、後日、作品の無断収録、印税分配問題が収録作家たちとの間に出来し、苦しまされることになった。

▼一九二六（大正一五）年、不眠症、胃腸の不調、神経症などに苦しみ、一月一五日より湯河原に出かけるが、下島勲（田端の開業医）に胃薬を、斎藤茂吉（青山脳病院長）に精神安定剤を調剤して貰い服用を続けている。二月五日、内科医神保孝太郎に「神経衰弱、胃酸過多症、胃アトニイ」と診断される。不眠に対しアダリンや睡眠薬（アロナアル・ロッシュ）を服用するようになっている。四月二二日、義弟塚本八洲が療養のため義母と移り住んでいた鵠沼に妻文、三男也寸志と行き、東屋旅館に逗留した。翌年一月頃まで、鵠沼に生活の拠点を移して静養しつつ執筆する予定だったが、鵠沼での日々も来客が多く、下痢や痔疾に悩まされ、静養も思うようにはならず、時には幻覚を見たりした。九月には「多事、多難、多憂、蛇のやうに冬眠したい。」（一六日付佐佐木茂索宛書簡）ともらすようになっている。

一〇月に発表した「点鬼簿」（『中央公論』）に「僕の母は狂人だつた」と記す。精神状態が不安定になり、精神鑑定をしてもらおうかと思うようになる。一一月二八日、宇野浩二が来訪したが、要領を得ないことを言って帰る。一二月は「玄鶴山房」の執筆に全力を尽くすが、結局完成出来ず、翌年の新年号には冒頭部だけを発表した。睡眠薬を常用し、アヘン・エキス、下剤、痔の座薬など、「満身創痍」の状態であった。一二五日、第三随筆集『梅・馬・鶯』（新潮社）刊行。

▼一九二七（昭和二）年一月二日、義兄の弁護士西川豊の自宅が全焼し、直前に多額の保険がかけられていたことから、問題になっている渦中に西川が自殺してしまい、その後始末のために奔走せざるを得なくなる。そうした中で、「玄鶴山房」の続稿、「蜃気楼」（『婦人公論』三月号）、「河童」（『改造』三月号）、「文芸的な、余りに文芸的な」（『改造』三月号から六月号、八月号）などを執筆した。

二月二七日から改造社の〈円本全集〉宣伝講演会に参加し大阪へゆき、二八日に「舌頭小説」と題して講演（大阪中之島公会堂）、その後谷崎潤一郎や佐藤春夫と会食。三月一日は谷崎、佐藤両夫婦と文楽を鑑賞し、その後、谷崎と文学論を闘わしているが、谷崎とは「文芸的な、余りに文芸的な」論争を始めていた最中であった。二八日斎藤茂吉宛書簡に「或は尊台の病院の中に半生を了ることと相成るべき乎。」と書き送る。その頃の状況を写した「歯車」（『文藝春秋』一九二七年九月号）を執筆中の四月七日、平松麻素子と帝国ホテルで心中する予定だったが、麻素子が翻意して未遂に終わった。中旬には菊池寛や小穴隆一宛の遺書が書かれた。

　五月一三日、改造社の『現代日本文学全集』宣伝講演会に参加し、仙台、盛岡（演題は「夏目先生の事」）、函館、札幌（二回講演したが、二回目の演題は「夏目先生の事ども」）、旭川、小樽、青森（「漱石先生の話」）と、道内五泊のうち車中二泊という強行軍であった。その後、一人で新潟に回り、三中時代の恩師八田三喜（新潟高等学校長）の学校で講演をし座談会にも出席した。

　月末、平松麻素子と再び心中をしようとしたが、麻素子の知らせで妻文が知るところとなり、昏睡状態に陥っていたが手当を受けて覚醒した。三〇日、『文藝春秋』の座談会に菊池寛と出席した。この頃、宇野浩二が、〈発狂〉し、広津和郎とともにそれに対応し、斎藤茂吉に診断をしてもらい、いやがる宇野を王子脳病院に入院させた。六月二〇日、「或阿呆の一生」（『改造』一〇月号）を脱稿し、「ではさやうなら」の一文を含む久米正雄に託す文章を書き添えていた。七月七日、「西方の人」（『改造』八月号）を脱稿。一四日、キリスト教信者の知人室賀文武と信仰をめぐって話し込む。この頃から、文に金時計を買い与えたり、永見徳太郎に「河童」の原稿を与えたり、周囲の人々との別れを意識した行動が続けられる。二三日深夜、「続西方の人」（『改造』九月号）を脱稿。二四日午前一時頃、伯母に下島勲に渡す短冊（「自嘲　水洟や鼻の先だけ暮れ残る」）を手渡す。二時頃、致死量の睡眠薬を服用して寝床に就いた。六時頃、文が夫の異常に気付き、下島医師を呼んだが、七時過ぎに死亡が確認された。

　午後九時に久米正雄によって遺書「或旧友へ送る手記」が発表された。二四日は日曜日で夕刊が休みだったため、二五日の朝刊各紙に遺書全文も掲載されて大きく報じられた。二七日の葬儀には文壇関係者七百数十名を含む、千五百余名の弔問者が集まり、先輩総代泉鏡花*、友人総代菊池寛、後輩代表小島政二郎、文芸家協会代表里見弴から弔辞が読み上げられた。

▼遺稿の「闇中問答」（『文芸春秋』一九二七年九月）には「僕は勿論夏目先生の弟子だ。お前は文墨に親しんだ漱石先生を知つてゐるかも知れない。しかしあの気違ひじみた天才の夏目先生を知らないだらう」と最後の漱石に関する想いが記されていた。

**〔参考文献〕**久米正雄『二階堂放話』新英社、一九三五年一二月。／久米正雄『風と月と』鎌倉文庫、一九四七年四月。／松岡譲「第四次　新思潮」『新思潮　解説』〈『複製版「新思潮」第一次〜第四次　別冊』〉臨川書店、一九六七年一二月。／石井和夫『漱石と次代の青年』「芥川龍之介の小説の型の問題」有朋堂、一九九三年一〇月。／関口安義『芥川龍之介とその時代』筑摩書房、一九九九年三月。／石割透「〈漱石・芥川〉神話の形成─一枚の『新思潮』同人の〈写真〉から」『漱石研究』第一三号、翰林書房、二〇〇〇年一〇月二〇日。

〔海老井英次〕

# ■久米　正雄

くめ・まさお

『群像　日本の作家』「芥川龍之介」東大英文科二年、一九一六年二月撮影。

**一八九一（明治二四）年一一月二三日〜一九五二（昭和二七）年三月一日。俳人・小説家、劇作家。漱石晩年の門下生。漱石の長女・*筆子を同じ門下の*松岡譲と争って失恋した。**

長野県上田生れ。由太郎、幸子の次男。父は東京府士族で高等師範の前身を出た教育家。母は米沢藩士、立川一郎の娘。一八九八（明治三一）年三月、父が校長を務める小学校で出火し、父は責任とって割腹自殺する。後年、「父の死」（『新思潮』一九一六年二月）に、その死がもたらした妙な幸福と、偉大なるものの死の伝える感動を描いた。その後、「不肖の子」（『野依雑誌』一九二一年七月）では、父を立派な人間と思う反面、死に方に*N（乃木）将軍と同じ「武士的虚栄」を感じて、不審の念を抱く私が、真相を確かめるべく当地を訪ね、教育方針の違う反対派に追い詰められた末の自殺でもあることを知る経緯を書いている。二編を共に『現代小説全集』第五巻「久米正雄集」（新潮社、一九二六年四月）に収録したところに、この出来事が彼の半生に落した影の深さが伝わる。父の死後、一家は母の実家、福島県安積郡桑野村開成山（現・郡山市）に転居。四月、同村の小学校に入学。七月、姉死去。この頃の文学的感化はこの姉と祖母・よのに負うところが多かった。一九〇二（明治三五）年四月、郡山の高等小学校、金透学校に入学。一九〇五（明治三八）年四月、福島県立安積中学校へ入学。二年生の頃から叔父・助三郎が与えた「水彩画階梯」を読んで、絵画に熱中。四年生の頃から同級生と俳句を作り、五年生後半、作句に打ち込む。同校の教頭、西村雪人の指導で、当時の俳壇で麒麟児と目された。俳号三汀。作風は新傾向で*河東碧梧桐を師と仰いだ。一九〇九（明治四二）年初秋、大須賀乙字の運座に連なったのを機に句作を本格化し、同年一〇月、『日本俳句』に投稿、常連となる。一九一〇（明治四三）年、安積中学校卒業後、六月に上京し東京俳句会で荻原井泉水らと交わる（「牧唄を上梓するまで」『牧唄　久米三汀句集』柳屋書店、一九一四年八月）。一九一一（明治四四）年六月、俳句の新勢力を集めて朱鞘社を結成し『朱鞘』を創刊するが、仲間と摩擦を生じた（「牧唄を上梓するまで」）。

▼一九一〇（明治四三）年四月、一高英文科に入学。同級に*芥川龍之介、菊池寛、成瀬正一、松岡譲、山本有三、土屋文明がいた。一と教室違いの独文科に倉田百三、藤森成吉がいた。仏文科に豊島与志雄がいた。この頃、東京俳句会に入り、一題百句を越え、碧梧桐門下の日本派俳人として有望視され、大須賀乙字、荻原井泉水の後を追う俳人たらんとする。この句作の歳月が「微苦笑」に象徴される、芥川も一目置く独創的な造語感覚をもたらす。二年生の頃から新劇に熱中して劇作家を志し、俳句を廃する。

▼一九一三（大正二）年九月、東京帝国大学英文科に入学。翌一九一四（大正三）年二月、第三次『新思潮』創刊に同人として加わり、三月、第二号に戯曲「牛乳屋の兄弟」（後に「牧場の兄弟」と改題）を発表。牧場を経営する東北の兄弟の話。炭疽病の流行で牛乳の売買が禁じられる中、密売する兄を、弟は咎め、産後の妻が死ぬ不幸も重な

って兄はついに納屋に火を放つ。新時代劇協会の桝本清に認められ、同年九月、有楽座で上演され、好評を博した。

▼**一九一五**（大正四）年一二月、林原耕三＊の紹介で芥川と漱石の門に入る。同門の先輩と相識り、赤木桁平らと友人になる。

▼**一九一六**（大正五）年二月、芥川、菊池、松岡、成瀬と第四次『新思潮』創刊、「父の死」を発表。これを寄贈された漱石は、「久米君のも面白かつた　ことに事実といふ話を聴いてゐたから猶の事興味がありました　然し書き方や其他の点になるとあなたの方（芥川の「鼻」）が申分なく行つてゐると思ひます」（一九一六年二月十九日付芥川龍之介宛書簡）と批評した。

　四月、「手品師」、六月、「競漕」を『新思潮』に発表。漱石との交流が密になり、「明暗」創作の心理と、漢詩制作の日課、「明暗双双三万字」を含む七言絶句に加え、「無暗にあせつては不可ません。たゞ牛のやうに図々しく進んで行くのが大事です。」（一九一六年八月二一日付久米正雄・芥川龍之介宛漱石書簡）と書いた手紙が来た。さらに次の書簡もある。「芥川君の俳句は月並ぢやありません。もつとも久米君のやうな立体俳句を作る人から見たら何うか知りませんが。」「久米君の絵のうまいには驚ろいた。」「僕にいつか書いて呉れませんか。」「君方は能く本を読むから感心です。」「僕思ふに日露戦争で軍人が露西亜に勝つた以上、文人も何時迄恐露病に罹つてうん〳〵蒼い顔をしてゐるべき次第のものぢやない。」「本を読んで面白いのがあつたら教へて下さい。さうして後で僕に借して呉れ玉へ。」「久米君の方は好いものを書く代りに時としては、どつかり落ちないとも限らないやうに思へますが」「牛になる事はどうしても必要です。吾々はとかく馬にはなりたがるが、牛には中々なり切れないです。僕のやうな老猾なものでも、只今牛と馬とつがつて孕める事ある相《あい》の子位な程度のものです。あせつては不可《いけま》せん。頭を悪くしては不可せん。根気づくでお出でなさい。世の中は根気の前に頭を下げる事を知つてゐますが、火花の前には一瞬の記憶しか与へて呉れません。うん〳〵死ぬ迄押すのです。」（一九一六年八月二四日付芥川龍之介・久米正雄宛書簡）。「立体俳句」は虚子＊に将来を嘱望されたホトトギス派の長谷川零余子が提唱したもの。物を平面で捉える写生句に対して、立体から成る宇宙を立体で捉えた句でなければならぬとする。漱石は新傾向俳句一般の意で用いている。漱石が「本を読んで面白いのがあつたら教へて下さい。さうして後で僕に借して呉れ玉へ。」と求めるのに応えて、たとえば芥川は、「今日、チエホフの新しく英訳された短篇をよんだのですが、あれは容易に軽蔑出来ません。あの位になるのも、一生の仕事なんでせう。ソログウブを私が大に軽蔑したやうに、久米は書きましたが、そんなに軽蔑はしてゐません。ずゐぶん頭の下るやうな、パッセエヂも、たくさんあります。唯、ウエルスの短篇だけは、軽蔑しました。あんな俗小説家が声名があるのなら、英国の文壇よりも、日本の文壇の方が進歩してゐさうな気がします。」（八月二八日付漱石宛芥川書簡）と書き送っている。このチエホフ、ソログーブ、H・G・ウエルズは最新版漱石全集の総索引にない名前で、芥川が提供した新情報だろう。漱石がこういう風に新しい血を吸収していたことがよくわかる。この二通の書簡を通して、同じ相手に「あせつては不可せん」と、同じ「牛」の比喩を繰返す箇所に、大岡昇平が「明暗」の文体から観取した弛緩が感じられる。

　九月、『新思潮』に「艶書」を発表。この号を贈られた漱石は、「思ひ付といふと、芥川君の（「猿」）にも久米君の（「艶書」）にも前二氏（松岡「揺れ地蔵」、菊池「投身救助業」）と同様のポイントがあります。さうして前の二君のが「真」であるのに対して君方のが両方共一種の倫理観であるのも面白い。さうして其倫理観は何方もい丶心持のするものです。」「今度の艶書も見ました。」「艶書を見られた人の特色（見る方の心理及び其転換はあの通りで好いから）がもつと出ると充分だと思ひます。あれはあ丶云ふ人だと云ふ事丈分ります。然しあれ丈分つたのでは聊《いささ》か喰ひ足りません。同じ平面でも好いからもつと深く切り下げられるか、或は他の断面に移つて彼の性格上に変化を与へるとか何とかもう少し工夫が出来るやうに考へられます。（「競漕」はあれ以上行けないのです。又あれ以上行く必要がないのです。）」（一九一六年九月一日付芥川龍之介・久米正雄宛書簡）と批評した。佐治宛の艶書を盗み読みする山口と僕の罪障感は、Kを裏切る私の良心の呵責に、また艶書を盗み見たことを告げられて「平気だ」と応じる佐治は、出し抜かれたことを知りながら動じないKに重なるけれど、「こゝろ」はその後に、仕切りの襖を半開きにしたKが遺書を残して自決する結末がある。「艶書」はその静と動の対照がないために、「Point は面白い、叙述もうまい」のに、盛上りを欠いて、「淡いうちにもう少し何かあつて欲しい気がします。」と漱石は言わざるを得ない。なお、漱石がこの手紙で「久米君は高等学校生活のスケツチを書く目的でゐる」と言ったものが、後に「競漕」や「艶書」を含む一一の短編を収録した『学生時代』（新潮社、一九一八年五月）に結実する。一一月二日、久米は漱石邸の木曜会で赤木桁平、芥川、松岡と同席した。その時、漱石が「『私』のない芸術、箇を空うすることによつて全に達すると云ふ人生観、禅で所謂禅定、三昧の境地」を語り、「一二年後にはその世界観に基いた文学概論を大学で講義してもいいと云ふ意を洩ら」した（「生活と芸術と（日記から）」『文章倶楽部』一九一六年一二月）。その二週間後、漱石は成瀬正一に宛てた手紙に、「芥川君は売ッ子になりました。久米君もすぐ名が出るでせう。二人とも始終来ます。」（一六日）と書いた。

漱石が芥川に宛てて「啓只今芋粥を読みました」ではじまる九月二日付の書簡を送る直前、その「芋粥」を掲載した『新小説』にふれた漱石宛の久米正雄書簡がある（『文豪名家書簡集』新潮社、一九一八年七月）。芥川が漱石に送った書簡の日付が八月二八日で、久米の漱石宛書簡はその内容に言及しているから、久米の書簡もこの頃のものと判断できる。その終りに次のように書いている。「昨日、春陽堂から芥川の所へ新小説が届きました。二人とも心配だつたから、早速読んで他と比べて見ました、芥川も安心してゐます。只田山*さんが可也り充実した、手固い、淡彩の山水画を見るやうな味に、勁敵を見出したと云へるでせう。期待してゐた谷崎*さんのは、少し落胆しました幹彦君のに至つては、申すのも野暮ですけれど、よくもあ丶破廉恥な材料を、無反省で書けたものだと思ひます。」この『新小説』は、芥川「芋粥」、田山花袋「出水」、谷崎潤一郎「亡友」、長田幹彦「霜月の頃」を掲載し、谷崎の伏字だらけの作品により、間もなく発禁になった一九一六（大正五）年九月号である。久米が芥川の「芋粥」について、わがことのように心配している様子が如実にあらわれた気持のいい書簡だ。「芋粥」にふれた漱石の芥川宛書簡は、こういう久米の便りを目にして書いたかも知れない。久米がこの書簡の前半で、千葉の一宮館に芥川と逗留中、海水浴に出かけて、遭遇した女性のことにふれて。「此前の手紙では、芥川が吾々の近況を非常にうまく（うま過ぎる位うまく）叙述して呉れました。」と書いたように、すでに芥川の八月二八日の書簡に書かれたことでもあった。芥川はこう書いていた。「一昨日、我々がはいつてゐた時でした。私が少し泳いで、それから背の立つ所へ来て見ると、どうしたのだかゐる筈の久米の姿が見えません、多分先へ上つたのだらうと思つて、砂浜の方へ来て見ますと、果してそこにねころんでゐました。が、いやな顔色をして、両手で面をおさへながら、うんうん云つてゐるのです。久米は心臓の悪い男ですから、どうしたのかと思つて、心配しながら訊いて見ますと、実は、無理に遠くまで泳いで行つた為にくたびれて帰れなくなつた所へ、何度も頭から波をかぶつたので、大へん苦しんだのださうです、さうして、あまり鹹い水をのんだので、もうこれは駄目かなと思つたのださうです。では又、何故そんなに遠くへ行つたのだと云ひますと、女でさへ泳いでゐるのに、男が泳げなくちや外聞がわるいと思つて、奮発したのだと云ふ事でした。つまらない見えをしたものです。事によると、この女なるものが、尋常一様の女ではなくつて、久米のほれてゐる女だつたかもしれません。」これに対して、久米は次のように書いた。「惜しい、その二人の女性、僕等より以上に顔を黒くして波濤を背にうけてゐる女性は、月が変り、潮が冷たくなると共に浴場に姿を見せなくなりました。僕たるもの、落胆は云ふ迄もありません。而して表面僕のために落胆してゐる如く見せかけ乍ら、其実自分のためにも可也り落胆をしてゐる芥川のより大いなる落胆は、心あるものにはすぐ解ります。自分の惚れてゐる女を友人が惚れてゐる如く表白すると云ふことはよくある心理でございませう。此間の機微は敢て今更先生には贅せずともとは思ひますけれど。」芥川、久米と漱石の年齢差は二五歳と五〇歳、ちょうど倍ほど違う。その相隔たる世代間で、戯言めいた書簡が通用するのは、身辺のスケッチが文章の芸になっているからだ。彼らはその書簡のやりとりを楽しんでいる。

「漱石先生とその書画」（『中央美術』一九二〇年一一月）には、この頃のこととして、「僕が芥川と二人で一の宮海岸へ行つたときに、何んでも僕が鳥渡した水彩画を二枚と、芥川がラルブル（フランス語で樹木といふ）と題した、謂はゞ大人の自画像みたいなものとを先生に送つて、その時はお讃めに預かつた」とある。この回想には、漱石の書斎の正面に、安井曽太郎の画（赤い家が緑の丘の上に隠見するフランス郊外を描いた画）が掛かり、そのほか横山大観の柳の軸、孫文の「文章報告」の字があることなどが紹介されている。久米は「先生の書画は、詮じ詰めると気品だけのもの」で、「織巧に過ぎる嫌ひがあつた」「*良寛を張つたつもりであつたらしいが、一向良寛に見るやうな呑気な奔放なところは見出せない」「芥川なぞも、六朝まがひの文字を書いたり、最近南画みたいな画を描いたりしてゐるが、彼は先生直接の伝統を享けてゐる」「それも江戸趣味の一面として鳥渡面白くないでもないと思ふけれども、どうかすると厭味にならぬとも限らない。が、それも流石は先生には厭味はなかつたが。」と評している。

一一月、『新潮』に「銀貨」を発表。はじめて商業誌に執筆し、原稿料を得た。学生と縁結びになった十銭銀貨を、客の挑発に乗せられ、約束を破って遊妓が消費した直後、彼が訪ねて来て、女を試したことを打明け、訣別する。当時反響がなかったというが、軍人と盗賊の親和を象徴する*鷗外の「金貨」を連想させる佳品である。

一二月九日、漱石死去。『新思潮』特集「漱石先生追慕号」（一九一七年三月）に、久米は三八ページに及ぶ「臨終記」を執筆。これはのちに「夏目先生の死（記録）」（『人間』一九二〇年十一月）と改題して再録された。一一月一六日の最後の木曜会の席上、*森田・*安倍たちの前で「又々「則天去私」の文学観に就て一層詳しいお話があつたさうである。」ここに「又々」とあるのは、先の「一一月二日」と対応する。「又々「則天去私」の文学観」という程、相変らず話題に上って、抵抗なく同じ話をする心理現象に違和感を抱かないのは、漱石神話の呪縛だろう。久米は『黒潮』の原稿のため早く帰ったのを悔やんでいる。芥川、赤木、松岡も同様に聞き損った。次の木曜日の一一月二三日、久米は自分の誕生日だから、洋酒を携えて七時頃訪問した。ところが、漱石は嘔吐した翌日で面会謝絶だった。主治医の*真鍋嘉一郎の車が待っていた。その次の木曜日は一、二の雑誌に依頼された新年号の原稿があって訪問できず、鎌倉の芥川を訪問すると、松岡も前日から行っていた。その時、漱石の話が出たが、皆、死を予想しなかった。久米は先に訪問して会えずに返された時、緊迫感を感じていなかったわけだ。それどころか、前月、ある職を得てすぐ廃めた事実を記録的に書き綴ったものを、漱石に読んでもらうつもりでいた。久米が前に事実を報告した時、漱石は「そいつを書くと露西亜物になるね」と嘲笑と同情とで微笑した生生しい記憶があった。

久米の自筆年譜（『現代日本文学全集』第三二巻、改造社、一九二八年四月）に、「十二月、漱石先生を失つた。以後、暫く此の恩師の家の知遇を受けて居たが、翌年の十月頃、事があつて出入を止められ、一旦郷里へ帰つた」とある。*阿部次郎の「大正六年一一月一一日（日）」の記述に、「久米正雄破談の報をきく」とある。『新潮』一一月号に久米の「一挿話」が掲載され、その中に、久米と筆子が婚約したかのような表現があり、*鏡子夫人の逆鱗に触れ、「出入を止められ」た。芥川はこの小説の読後感を次のように松岡譲に書き送っている。「久米のあれを発表したと云ふ事は周囲とかフイアンセとかに対する眼があいてゐないと云ふ愚によるのだが、周囲は存外わかつてゐたかも知れない」「あいつがあんなものを書くのは実際以上に幸福な自分を書いて慰めてゐると云ふ事もありさうな気がする」「何か変動が起るかも知れないし又起りさうだがその原因はやつぱり自然に背いた罰だと思ふ　どうもあの事を考へるとへんに不安になつていけない」（一九一七年一一月一日）。この芥川の予感と不安は的中したわけだ。さらに芥川は同じく松岡に宛てて、「あれはああなるのが自然の意志だと云ふ気がする」（一九一七年一一月一三日）「僕は今度の事件で或は一番深い経験をしてゐるのは久米君よりも寧君ぢやないかと思つてゐる」（一九一七年一一月二一日）と書いた。「自然に背いた罰」「自然の意志」とは、筆子と松岡が恋愛関係なのに久米が横車を押して絶縁されことを指す。翌年四月、松岡と筆子は結婚する。

以後、久米は「破船」（『主婦之友』一九二二年一月〜一二月）や「墓参」（『改造』一九二五年一月）にこの題材を書き、「破船」はベストセラーになる。なお、「「私」小説と「心境」小説」（『文芸講座』文芸春秋社、一九二五年一月、二月）は、「戦争と平和」も「罪と罰」も「ボヴァリー夫人」も偉大な通俗小説だと論じて標題の論議に一石を投じた。

〔**参考文献**〕小谷野敦『久米正雄伝――微苦笑の人』中央公論新社、二〇一一年五月。

〔石井和夫〕

# ■松岡 譲

まつおか・ゆずる

『群像 日本の作家』「芥川龍之介」東大英文科二年、一九一六年二月撮影。

**一八九一（明治二四）年九月二八日〜一九六九（昭和四四）年七月二二日。小説家、哲学者。漱石の門下生。漱石死後に長女筆子の夫となる。**

父・善淵と母・ルヱの長男として、新潟県古志郡石坂村大字村松（現・長岡市村松町）に生まれた。善譲と命名されたが、のち一九一七（大正六）年、『新思潮』時代から用いたペンネーム「松岡譲」に自ら改名した。生家は真宗大谷派の寺であり、六男六女の子宝に恵まれた家だった。石坂尋常小学校には父の意向で学齢の一年前に入学、六年後に高等科を卒業し、中学への願書を出したが学齢未満で受理されず、さらに高等科に一年在学し、一九〇四（明治三七）年、新潟県立長岡中学校に入った。同学年には堀口大學がいた。長男である善譲に僧侶となって寺を継ぐことを期待していた父親の意に反して、長岡中学時代から読書やスポーツに興じ、生家の職業を嫌い、僧侶の資格試験をめぐって父と激しく対立し、跡を継がないことを宣言し、深刻な立場に自らを追い詰めた。一九一〇（明治四三）年七月、一年遅れで第一高等学校に入学、芥川龍之介、久米正雄、菊池寛、倉田百三と同学年であり、一学年上には豊島与志雄などがいた。菊池や久米らと「放縦な生活」に浸かり、当時の高等学校生活特有の自由な世界を知るに及んで、ますます家や父との関係に嫌悪を覚え、一九一三（大正二）年二月頃から強度の神経衰弱に陥り、死を思うようにさえなり、五月には一高を休学し帰郷したものの、父との対立は激しくなるばかりだった。母ルヱの愛情に支えられて窮地を脱し、九月に復学し図書館通いに精を出し、ロシヤ文学や社会主義関係の本もかなり読み上げた。一九一四（大正三）年には同人誌第三次『新思潮』の創刊に加わった。他の同人達はすでに東京帝国大学文科大学の学生であったが、松岡は落第して未だ一高生だった。**一九一五**（大正四）年に一年遅れで文科大学に入学し哲学を専攻した。同年一二月、芥川や久米に誘われて、夏目漱石が毎週木曜日に設けていた面会日（木曜会）に初めて出席し、漱石の学識と人格に魅せられ以降出席し続け、漱石から「越後の哲学者」とニックネームを付けられた。**一九一六**（大正五）年二月、芥川、久米、菊池、成瀬正一と「漱石を第一の読者」とした同人誌、第四次『新思潮』を創刊した。「仏説鴦崛摩経」に取材した戯曲「罪の彼方へ」を発表したが、同号掲載の芥川「鼻」と久米「父の死」に漱石の評価があったのに対して、戯曲であったこともあり漱石に無視された。その後発表した小説「河豚和尚」（『新思潮』四月号）について、漱石が木曜会で「作の骨組みもガッチリしていて本格的」だと認めはしたものの「執拗く屢々累々と残酷さを積みかさねて行く」書き方は、「効果は逆効果」であり「無用の深刻振りは百害あつて一利なしだ」と指摘し、「器用な短篇より長篇の方に向くかもわからない」と言ったと後年明らかにしている（「人間漱石」『正岡子規 夏目漱石 柳原極堂』生誕百年祭実行委員会、一九六八年二月）。後年の言であり、それなりの脚色が加えられていることには注意しなければならないが、その後の松岡の作家活動の指針にもなった言葉といえよう。「砲兵中尉」（『新思潮』六月号）なども漱石の評価は得られなかった。八月には『新思潮』の編輯兼発行人を引き受けたが、当時の熱心な松岡の姿は、芥川の「あの頃の自分の事」（『中央公論』一九一九年一月）に印象深く書き留められている。一一月初旬に漱石と「宗教的問答」を交わしたことを後年（「漱石山房の一夜—宗教的問答」『現代仏教』一九三三年一月）懐かしんでいるが、それが漱石の晩年を象徴する「則天去私」神話の原点になり、その後の漱石論に大きな影響を与え、その一核を成し続けていることは認められる。

▼一九一六（大正五）年一二月九日に漱石の急逝に遭遇した。漱石山房に詰めていたにもかかわらず、新聞記者として取材に来ていた菊池寛の相手をしていて、臨終の席を外れていたことを後悔することになった。翌年三月に『新思潮』は〈漱石先生追慕号〉として特別号を出したが、松岡は「其後の山房」と題して、「お骨上げ」（一二月一三日）から翌年の元旦までの漱石山房の情景を報告している。「お骨上げ」に際して「いつか、飛び切つてひしと胸にせまる悲しみに打突るであらうといふ予期の下に、始終平静—陰鬱な平静の状態を続けてゐる」と自己を傍観している。アメリカにいた成瀬正一が熱心に継続を望んだにも係わらず、『新思潮』はこの号が最終号となった。七月、東京帝国大学文科大学東洋哲学専修を卒業（論文は「プラグマチズムについて」）し、一時郷里に帰ったが父との対立状態は解けず、再び上京し*漱石夫人鏡子の好意により、夏目家に子供達の家庭教師として身を寄せ、鏡子の相談相手となって、漱石没後の諸事の処理に当たった。その間に、漱石長女筆子に思いを寄せて結婚を強く願望し、自作戯曲「回る春」の有楽座上演（五月）に母娘を招待するなど結婚への道を積極的に進めていた久米正雄と心ならずも対抗する立場になり、遂には久米と絶交するに至る一騒動（「破船」事件）となった。先輩達の反対もあって破談となった久米に代わって鏡子の信を得た松岡が、翌一九一八（大正七）年四月二五日筆子と結婚した。

夏目家への出入りを禁じられた久米は郷里の福島に帰り、松岡との交際を断ったので、松岡も一時創作の筆を折ることになって、文壇とは距離を置くことになった。久米は一九一八（大正七）年初頭に再上京し、演劇活動を含めた文壇活動に復帰し、〈「破船」事件〉に取材した「失恋物」を発表し続け、通俗小説家として人気を博すに至った。その「失恋物」の中で「仇敵」化されて描かれた松岡は、文壇のみならず社会的にも抹消された形になり、二年ばかりの間ひたすら漱石山房の膨大な蔵書を読むことに努めることを余儀なくされた。

▼一九二一（大正一〇）年六月に「遺言状」（『新小説』）を発表して文壇復帰、「モナリザ」（『新小説』一一月）を発表。翌年は第一創作集『九官鳥』（春陽堂、七月）、第二創作集として旧作を集めた『地獄の門』（玄文社、一〇月）を刊行、長編「法城を護る人々」の執筆にとりかかるなど創作活動を本格的に再開した。一二月一五日、生家本覚寺の本堂と庫裏が不審火で全焼し、末妹ヤヱが焼死した。一九二三（大正一二）年六月、『法城を護る人々』上巻（第一書房）を刊行、仏教界の因習や腐敗を正面から取り上げた作品だった。第一書房は同郷の友人長谷川巳之吉が興した出版社で、『法城を護る人々』が出版界に打って出る出版だったので大々的な宣伝を行い、それが効をそうしてベストセラーとなる（一九二五年一二月刊行本の奥付は五二版）。以後、長篇を執筆し、それを第一書房から出版するという形で作家活動を展開した。月々の雑誌に短篇小説を発表

して原稿料を得て作家生活を持続する作家達と雑誌ジャーナリズムが結託して構成していた文壇の外に身を置く小説家だった。それは「長篇に向いている」との漱石の指針に沿うものであり、師の弟子の才能を見抜く力のあったことを明かすとともに、師の言に忠実だった弟子松岡の作家としての生き方を語るものでもあろう。

九月一日に関東大震火災に遭遇したが、自宅も漱石山房も無事だった。一九二四（大正一三）年、夏目家から独立し京都鹿ケ谷に移り住み、『法城を護る人々』続編の執筆に集中し、翌年六月『法城を護る人々』中巻（第一書房）を刊行、さらに一九二六（大正一五）年五月に下巻を刊行して全三巻で完結した。

▼一九二七（昭和二）年一月から長編小説「憂鬱な愛人」の連載（『婦人倶楽部』）を始める。漱石長女筆子をめぐる久米正雄との確執を描く作品として評判を呼んだ。同じ事件を扱って久米正雄はすでに失恋小説「和霊《にぎたま》」（『改造』一九二二年四月）、「破船」（『主婦之友』一九二二年一～一二月）他を発表して話題になっており、そこで「仇敵」として描かれていたにも関わらず頑なに沈黙を守っていた松岡が、「実話小説・モデル小説」を書くとして出版社が派手な宣伝をしたこともあって、社会的関心が高まったが、余りに度を超して妻筆子の写真まで使われるに至って、五月には連載を中断し「執筆拒否問題」としてジャーナリズムを騒がせた。七月二七日の芥川龍之介の自殺には大きな衝撃を受けた。八月には栃木県日光町中禅寺湖畔に避暑中の鏡子を訪ね、漱石の思い出を聞き取り、『改造』（一〇月～一九二八年一二月）に「漱石の思ひ出」として連載を開始し、「憂鬱な愛人」の連載も別誌（『婦人公論』一〇月～一九二八年一二月）に再開した。

▼一九二八（昭和三）年三月から配本され始めた、岩波書店刊『漱石全集』の「月報」に漱石に関する小文を一〇回書き続けた。五月、鏡子と熊本・松山など漱石ゆかりの地を訪ねる。九月短編集『田園の英雄』（第一書房）を刊行。一一月『憂鬱な愛人』上巻（第一書房）刊。さらに同月、夏目鏡子述、松岡譲筆録『漱石の思ひ出』（改造社）が刊行された。「家庭に於ける先生の生活記録」と松岡は言うが、漱石研究の一級資料として、今日まで珍重されている。一九二九（昭和四）年一月、『漱石写真帖』（第一書房）刊行。原因不明の腸の障害に前年より苦しめられていたが、七、八月は群馬県の法師温泉に滞在し静養した。一一月、小品集『日中出現』（第一書房）刊。医師に勧められて静養のかたわらテニスを始めた甲斐があって、病状は翌年には快方に向かった。一九三一（昭和六）年一〇月『憂鬱な愛人』下巻（第一書房）刊行。一九一六（大正五）年一二月の漱石の死去から一年半の時間に、鏡子未亡人と家族と松岡達『新思潮』同人達の精神的にも濃密な関わりが描かれており、思索的な松岡らしい取り組み方が誠実に表現された作品になっている。〈「破船」事件〉に関する松岡側からの総括であり、久米の失恋物については批判的であるとともに、「自分の気持ちを解剖」する自省的な書き方で貫かれている。

▼一九三二（昭和七）年、随筆集『文化的野蛮人』（第一書房　八月）、随筆集『宗教戦士』（大雄閣、一一月）を刊行するとともに、高楠順次郎主催『現代仏教』の編輯主幹として招かれ編集に「全くの奉仕」で携わる。一〇月にはスポーツ月刊誌『テニス・ファン』の創刊に加わり編集人となり、テニス界についての啓蒙批評活動を始め、今田喜智三とのコンビで「庭球大衆化」に尽力するところ大きかった。一九三四（昭和九）年

一一月には東京田園調布にテニス・クラブ「田園倶楽部」を創設した。一一月二九日、父善淵死去。寺務は弟の善毅が引き継いでいた。松岡が推挙した友松圓諦の著書『法句経講義』（第一書房　一九三四年四月）がベストセラーになる。一一月『漱石先生』（岩波書店）刊行。

▼一九三六（昭和一一）年四月一五日、一高以来の友人成瀬正一が急逝、六月二七日には漱石門下の先輩鈴木三重吉*が死去した。四月解説を執筆した『文芸読本　夏目漱石　春夏の巻』（第一書房）、九月には『文芸読本　夏目漱石　秋冬の巻』（第一書房）を刊行。一九三七（昭和一二）年七月、盧溝橋事件を契機に日中戦争が始まる。八月、長編小説「素顔」（『真理』）の連載を始める。一九四一（昭和一六）年一二月八日、太平洋戦争始まる。一九四二（昭和一七）年六月『漱石・人とその文学』（潮文閣）刊行。「則天去私」に至るという「求道者漱石」像を論じた。一二月、当時、日本文学報国会の事務局長をしていた久米正雄と会い、漱石山房移転保存のことで相談する。一九四三（昭和一八）年一月、『敦煌物語』（日下部書店）刊行。シルクロードの要衝としての敦煌に関する東西の書籍を読み込んで、該博な知識を基に敦煌論を形成したもので、「文化史的小説」と自称し、小説の形式をとっているが、文化史的ドキュメンタリーの魅力に充ちた好著で、初版一〇〇〇〇部即日売り切れとなったが、戦時下で出版用紙の割り当てを受けられず増刷できなかった。

▼一九四三年二月から四ヶ月にわたる瀬戸内海の孤島御手洗島滞在中は、漱石の漢詩に親しみ、書や画讃にしたりした。一九四四（昭和一九）年二月、長谷川巳之吉が第一書房を廃業した。著書の多くを同書房から刊行していたために経済的損失は大きかった。米軍による東京空襲が始まるに至り、郷里の長岡市郊外宮内町に疎開した。一九四五（昭和二〇）年四月二四日の夜間大空襲で、東京早稲田南町の漱石山房は全焼した。心掛けていながら山房の永久保存ができなかったことは痛恨の極みだった。八月一日には長岡も空襲に曝され、旧市街は焦土と化した。同一五日敗戦。食糧難やインフレ、生活苦に襲われる。

戦時下の松岡は小説執筆から離れて、師であり岳父であった夏目漱石の「人と文学」についての文章を書くことに力を入れていた。漱石の漢詩の全体像理解の嚆矢となった『漱石の漢詩』（十字屋書店、一九四六年九月）。

▼一九四六（昭和二一）年六月「鎌倉文庫」の宣伝講演に長岡を訪れた久米正雄と酒席を共にし、その折に和解の話が出て、翌四七（昭和二二）年五月、京都大丸デパートでの「漱石没後三十年記念、松岡譲・久米正雄二人展」の開催となった。さらに夕刊京都新聞社主催の「夏目漱石を偲ぶ文芸講演会」（六月二〇日）に於いて久米が「師弟について」、松岡が「漱石と女性」と題して講演し、翌日夜の宴席において久米が謝罪し、三〇年来の確執が和解に至った（岡田正三「松岡・久米両氏の和解」『土田杏村とその時代』第一四・一五合併号、一九七一年四月）。八月、東西両本願寺合同の夏期大学の講師として北海道各地で講演し、札幌、旭川では書画の個展も開催した。

▼一九四八（昭和二三）年三月、菊池寛没。『新思潮』の三人が久米と松岡を残して鬼籍に入ったことになる。そして一九五二（昭和二七）年三月にはその久米も鎌倉で没し、松岡が最後の一人となった。「久米正雄と私」（『朝日新聞』一九五二年三月二日）を発表。〈「破船」事件〉以来「失恋物」を売りに人気作家となり、菊池や芥川とともに文壇に重きを成していた久米との確執は、松

岡の作家としての生き方を著しく制限していたが、その結果「非文壇作家」として、第一書房の長谷川巳之吉の理解もあって、書きたいものを書いて出版するという作家生活を送れたことは満足すべきことだったようだ。神社の社務所に居を定めた疎開生活だったが、母ルヱの近くにいてその援護を受けながらの生活でそれなりの幸せを見出してもいたが、その母が一九五〇（昭和二五）年二月に死去した。

▼一九五〇年六月、夏目鏡子の話を筆録した「漱石をめぐる人々」を『文芸』に、「岳父を語る」を『新潟日報』（一〇月八日）に発表。一九五三（昭和二八）年三月、戦中に発表していた『漱石・人とその文学』（潮文閣、一九四二年六月）を大幅に改訂した『夏目漱石』（河出書房・市民文庫）を刊行。八月には江戸後期の名著『北越雪譜』（鈴木牧之）の成立に関する話を解説した『雪譜物語』（長岡積雪科学館）を出版した。一九五四（昭和二九）年三月から郷里新潟・長岡に係わる人物の史伝「越後あの人この人」を『新潟日報』に連載した。一九五五（昭和三〇）年八月、漱石の印税についてふれた「漱石の印税帖」や「宗教的問答」「『明暗』の頃」など「則天去私」神話にかかわる随筆を含んだ『漱石の印税帖』（朝日新聞社）を刊行、文豪漱石の生活の経済的側面を明らかにしたものとして、漱石研究に大いに資するものとなった。一九五六年、三女陽子がアメリカ人ロバート・マックレインと結婚したが、その後オレゴン大学で比較文学を教え、名誉教授になり、祖父漱石に関する著書『孫娘から見た漱石』（新潮社、一九九五年二月）、『漱石夫妻　愛のかたち』（朝日新聞社、二〇〇〇年一〇月）を刊行している。

▼一九五五（昭和三〇）年には高血圧に悩まされるようになり、一九六〇（昭和三五）年からは糖尿病も加わり、九月には病状が悪化し、一時危機的状態になったが、秋には持ち直し回復に向かった。一二月からは『敦煌物語』の補訂にかかり、翌年三月に『世界教養全集18』（平凡社）に収められて出版された。「ノン・フィクションとフィクションの中間をゆく独自の創作態度」（同書解説）を高く評価された。同時に「篤信の仏教徒」としての松岡が認められている。四月には日本文芸家協会懇親会で、宇野浩二、米川正夫らとともに古稀の祝賀会に招かれた。一九六二（昭和三七）年春、「御山の山荘」と称した終の棲家となった家に転居した（「御山の山荘」現存。中野信吉『作家・松岡譲への旅』林道舎、二〇〇四年五月）。一九六三（昭和三八）年四月一八日、義母夏目鏡子が没した。

書に優れ、画をたしなんだ松岡は、漱石や*良寛の漢詩を書いたものを各地に残している。一九六六（昭和四一）年、漱石生誕百年に当たり、一月に「漱石生誕百年記念遺墨展」（朝日新聞社主催、東京銀座松坂屋）、九月には記念講演会（朝日新聞社主催、松山市民会館）に招かれ、松山では「人間漱石」の演題で講演した。一九六七（昭和四二）年五月刊行の『ああ漱石山房』（朝日新聞社）はそれまでに発表した随筆に「最後の改造」を加え、戦災で焼失した漱石山房についての詳細を記した「ああ漱石山房」等の新稿を含む、漱石に関する文章類の決定版ともいうべき一巻であった。師と仰ぐとともに、岳父としての漱石の生前の姿を鏡子などの話を中心に記録に留めた功績は記憶されて良い。一九六八（昭和四三）年一二月、長岡市のデパートで喜寿記念書画展を開く。一九六九（昭和四四）年七月二二日、脳出血で倒れ死去。七七歳。戒名無量寿院釈善譲。

〔**参考文献**〕関口安義『評伝　松岡譲』小沢書店、一九九一年一月。／中野信吉『作家・松岡譲への旅』林道舎、二〇〇四年五月。／松岡譲「第四次　新思潮」『新思潮解説』〈『複製版「新思潮」第一次〜第四次別冊』〉臨川書店、一九六七年一二月。／半藤一利「貴重な問答—夏目漱石と松岡譲」『山梨県立文学館　館報』第四四号、一九八九年一一月。／福田裕子「漱石山脈の傍流—松岡譲論」『目白近代文学』第一一号、一九九四年九月。

［海老井英次］

## ■青木　繁

あおき・しげる

『新潮日本美術文庫32「青木繁」』一九〇六年撮影。

**一八八二（明治一五）年七月一三日〜一九一一（明治四四）年三月二五日。画家。漱石は青木の「わだつみのいろこの宮」を見た時の感動を、「それから」の中に海の底の落ち付いた情調として書き込んだ。**

青木繁は父・青木廉吾（久留米藩士）、母・マサヨの長男として久留米市荘島町に生れた。一八九一年三月久留米荘島小学校を卒業し、四月久留米高等小学校に入学、同級生に坂本繁二郎*がいた。九五年三月、久留米高等小学校を卒業し、四月福岡県久留米中学明善校（現・福岡県立明善高等学校）に入学した。九六年、森三美《みよし》について洋画を習う。九九年明善校を中途退学、五月画家を志して上京し、小山正太郎の不同舎に入門した。一九〇〇年四月、東京美術学校西洋科選科に入学し、〇四年七月同校を卒業した。この夏、青木は坂本繁二郎らと千葉県布良《めら》に行き、情熱的な女画学生福田たねとの恋を得た。彼はその作「海の幸」の中に愛人たねの顔を描き込んだ。

▼一九〇七（明治四〇）年一月、青木は栃木県水橋村の福田家の親戚・黒崎家で『古事記』の「海幸彦・山幸彦」神話に取材した「わだつみのいろこの宮」の制作に取り組む。山幸彦《やまさちひこ》にたねの弟・栄吉、見上げる奴婢に神保ゆう、豊玉姫《とよたまひめ》にたねがモデルになった。「わだつみのいろこの宮」は東京府勧業博覧会に出品され、三月の鑑査は白馬会系と太平洋画会系の新旧両派の絡みで紛糾、賞の審査は延々六月にまで及んだ。七月六日、褒賞授与式が行なわれ、洋画部門では、一等七人、二等六人、三等一〇人の中、青木は三等賞末席となり、事実上序列二三位の屈辱的なものだった。同郷のライバル坂本繁二郎の「大島の一部」は三等賞首席だった。「私の作が青木君の絵を上回っていたとは思いません。」と坂本も当時の審査の異常ぶりを認めた。彫刻部門では、賞を逃した者が、審査の不公正を怒って出品作を会場で破砕したという。青木は

大いに憤慨、「今日の大家と為るには資格を要す、六七年の留学の看板は最有力にして、法螺《ほら》達者にして技術拙劣なるべし。」「大家は退化なり、……貯財せずば大家になれず」と黒田清輝らの審査員を皮肉にして痛烈に批判した。

東京府勧業博覧会は上野公園で三月二〇日から始まり、七月三一日に終了したが、漱石は四月末から五月初めにかけて、連日、服装を変えて博覧会を観に行った。しかし、美術の褒賞授与式は七月だから、「わだつみのいろこの宮」が展示してあったかどうかわからない。やはり、漱石が初めて「わだつみのいろこの宮」を観たのは、授与式後の七月であろう。ただし、漱石が博覧会中、この画を観て感動を伝えた日記・書簡はない。

▼にもかかわらず、漱石は**〇九**年七月一八日付『朝日新聞』の小説「それから」で青木の代表作「わだつみのいろこの宮」を取り上げたのである。

青木繁の「わだつみのいろこの宮」を見た夏目漱石は、初期三部作の第二作「それから」の中で次のように評した。「いつかの展覧会に青木と云《い》ふ人が海の底に立つてゐる背の高い女を画《か》いた。代助は多くの出品のうちで、あれ丈《だけ》が好《い》い気持に出来てゐると思つた。つまり、自分もああ云《い》ふ沈んだ落ち付いた情調に居《お》りたかつたからである」（五の一）と作品に取り込んだ。先見の明というべきであろう。漱石が「それから」で「わだつみのいろこの宮」を取り上げて褒めたことを、青木は知っていたかどうかわからない。少くとも当代一流の作家に褒められて自信を付けたということはなかった。

以後、青木は九州各地を放浪し、福岡市で満二八歳をもって死去した。久留米市日吉町の順光寺に墓がある。法名「称讃院釈繁教居士」。

▼**一九一二**（明治四五）年三月一七日、漱石は門下生の画家津田青楓*《せいふう》の展覧会を観て、二点ほど購入しようと思った。同時に開催されていた一周忌に因む「青木繁遺作展覧会」（正宗得三郎などによる）を観て津田青楓宛の手紙で「青木君の絵を久し振に見ましたあの人は天才と思ひます。あの室の中に立つて自《おの》づから故人を惜《お》しいと思ふ気が致しました。」（一九一二年三月一七日付）と死を悼んだ。

▼青木の没後、漱石は「文展と芸術」十で次のように評した。「自分はかつて故青木氏の遺作展覧会を見に行つた事がある。其《その》時自分は場《じょう》の中央に立つて一種変な心持になつた。さうして其心持は自分を取り囲む氏の画面から自《おの》づと出る霊妙なる空気の所為《せい》だと知つた。自分は氏の描《か》いた海底の女と男の下に佇《たたず》んだ。自分は其絵を欲しいとも何とも思はなかつた。けれども夫《それ》を仰ぎ見た時、いくら下から仰ぎ見ても恥づかしくないといふ自覚があつた。斯《こ》んなものを仰ぎ見ては、自分の人格に関《かか》はるといふ気はちつとも起らなかつた。自分は其後所謂《いわゆる》大家の手になつたもので、これと同じ程度の品位を有《も》つべき筈の画題に三四度出会つた。けれども自分は決してそれを仰ぎ見る気にならなかつた。青木氏は是《これ》等の大家より技倆《りょう》の点に於《おい》ては劣つてゐるかも知れない。或《ある》人は自分に、彼はまだ画を仕上げる力がないとさへ告げた。それですら彼の製作は纏《まと》まつた一種の気分を漲《みなぎ》らして自分を襲つたのである。して見ると手腕以外にも画に就て云《い》ふべき事は沢山あるのだらうと思ふ。たゞ鈍感な自分にして果してそれを道《い》ひ得るかが問題な丈である。」（『朝日新聞』**一九一二年**一〇月）と、大家の絵にはない「仰ぎ見る」ような「纏まった一種の気分」を直感的に感じている。

▼一九〇八（明治四一）年八月上・中旬ごろ「三四郎」を起稿した漱石は、既に前年七月に「わだつみのいろこの宮」を観ていた。強く印象づけられていたので、三四郎と美禰子が初めて出会う大学の心字池の場面の構図が、「わだつみのいろこの宮」の構図と類似しているという（『夏目漱石事典』「青木繁」奥野政元）。池の面を見詰めている三四郎と池の上の岡上に美禰子と白衣を着た看護婦が立っている。香樹《ゆずかつら》に登っている山幸彦と水を汲みに来た豊玉姫・侍女の場面とは構図の上下関係が正反対になっている。しかし、三四郎が見詰める池の面には美禰子たち二人が海の底のように青い空や大きな木の中で漂って見えただろう。
▼代表作は「海景（布良の海）」、「海の幸」、「大穴牟知命」、「紅海のモーゼ」、「日本武尊」、「幸彦像」、「漁夫晩帰」、「月下滞船図」など。
　久留米市荘島町四三一番地に「青木繁旧居」が公開されている。
〔**参考文献**〕河北倫明『青木繁』「講談社版日本近代絵画全集」第四巻、一九六七年七月一〇日。／谷口治達『青木繁・坂本繁二郎』「西日本人物誌」第四巻、西日本新聞社、一九九五年二月一〇日。／阿部信雄『青木繁』「新潮日本美術文庫」32、一九九七年六月一〇日。

〔原武　哲〕

## ■平塚　らいてう

ひらつか・らいちょう

『平塚らいてう――近代と神秘――』一九一一年『青鞜』創刊のころ。

**一八八六（明治一九）年二月一〇日～一九七一（昭和四六）年五月二四日。**
**女性解放運動家。平和運動家。雑誌『青鞜』編集者。森田草平*と塩原逃避行をした時、漱石は森田を引き取り保護し、森田の「煤煙」・「自叙伝」発表で平塚家と対立した。**

　平塚らいてうは元和歌山藩士平塚定二郎（後に会計検査院長）と母・光沢《つや》の三女として東京市麹町区三番町に生まれた。本名・明《はる》。明子《はるこ》。雷鳥。東京女子高等師範学校付属高等女学校を経て、一九〇三年四月、日本女子大学校家政科に入学し、父との葛藤、良妻賢母教育への反発、日露戦争期のナショナリズムなどに疑問を抱き、観念の彷徨の末、釈宗活*について参禅、見性し慧薫の安名を授かり自己探求に没頭した。〇六年三月、日本女子大家政科を卒業、女子英学塾、二松学舎に通い、成美女子英語学校に転じた。

**▼〇七**年六月、成美女子英語学校に、生田*長江の肝煎りで閨秀文学会が生まれ入会した。回覧雑誌を作り、「愛の末日」を発表した。〇八年一月末、閨秀文学会で講師をしていた森田草平から「愛の末日」の批評を受け、交際が急速に深まった。

三月二一日夜、明は家を出て、草平と田端駅から大宮駅下車、駅前の旅館で一夜を明かす。二二日、西那須野駅で下車、人力車で夕刻塩原に至り、奥塩原の宿で一泊した。二三日、奥塩原温泉から尾花峠に向かうも、二四日捕えられて宇都宮署に保護され、下塩原の会津屋へ生田長江・母光沢と共に迎えられ生田と母に連れ戻された。生田は草平を漱石宅に連れてきた。漱石は草平を自宅に引き取った。

森田草平は塩原への逃避行に対して、「僕は意気地のない人間なのだ、人を殺すことなどできない、あなたなら殺せるかと思つたんだけれど、だめだ。」と言ったという。草平・明《はる》の失踪事件について漱石は、「狂言と云ふ噂もあるが、それは信ぜられぬ、……あんな深山へ這入つた点から見ると矢張死ぬ気があつたやうだ。」（『東京朝日新聞』**一九〇八**年三月二六日）と語った。漱石は馬場孤蝶*と相談し事件の解決策として、「森田のやったことに対しては、平塚家並びに両親に十分謝罪させる。その上で時期を見て平塚家へ令嬢との結婚を申し込ませる。」（平塚らいてう自伝『元始、女性は太陽であった』）と、生田長江に伝言させた。平塚家は意外に感じ、明はきっぱりと拒否した。

漱石は寄寓していた草平に塩原逃避行事件の執筆を勧めた。春陽堂から出版するよう話を進め、『東京朝日新聞』に掲載できるように交渉した。

四月中旬のある日、漱石は明の父・平塚定二郎宛の親展の手紙を出した。「森田は今度の事件で、職を失った。あの男はものを書くより外生きる道を失くした。あの男を生かすために、今度の事件を小説として書かせることを認めてほしい。貴家の体面を傷つけ、御迷惑をかけるようなことは自分の責任においてさせないから曲げて承知してほしい。」という主旨であったが、平塚定二郎・光沢は承知しなかった（平塚らいてう『元始、女性は太陽であった』大月書店）。この手紙は岩波書店版『漱石全集』「書簡」に収録されてない。

その後、母の平塚光沢は定二郎の意を受けて漱石宅を訪問した。漱石は森田草平の事件を小説として発表することに対して、強いて許可を求め、光沢を説得したが、折り合いは付かなかった。

**▼**それでも森田草平は**一九〇九**年一月一日から五月一六日まで「煤煙」を『東京朝日新聞』『大阪朝日新聞』に発表した。

一月二日、漱石は馬場孤蝶宛書簡で「煤烟出来栄《ばえ》ヨキ様にて重畳に候」と出だしの好評を喜んだ。一月二四日、朝日新聞社員中村古峡宛の漱石書簡で、「煤煙が二三日出ない様に候がどんな事情に候や。」と、二三、二四日の休載を心配した。一月二六日、小宮豊隆*宛書簡では、「草平今日の煤烟の最後の一句にてあたら好小説を打壊し了せりあれは馬鹿なり。何の芸術家かこれあらん」と、不満を爆発させてしまった。三月六日付漱石日記でも「煤烟は劇烈なり。然し尤もと思ふ所なし。この男とこの女のパツシヨンは普通の人間の胸のうちに呼応する声を見出しがたし。」と人物が描かれていないことに不平を漏らした。

四月一一日では、鈴木三重吉*宛書簡で

「森田のも世間では大分もて、居る由」と世間の評判快復にやや安堵した。

森田の「煤煙」が完結した後、漱石は世間が「『煤煙』は懺悔・告白の文学として、漱石以上であるとさへも称せられた」（小宮豊隆『漱石 寅彦 三重吉』「鈴木三重吉」）過褒に不満もあった。自作の「それから」六で、書生の門野が「煤煙」を「現代的な不安」が出ていると言って面白がっているのに対して、主人公代助に「要吉といふ人物にも、朋子といふ女にも、誠の愛で、已むなく社会の外に押し流されて行く様子が見えない。」と批判させている。

漱石は『東京朝日新聞』に「文芸欄」（〇九年一一月二五日）を新設、主宰して、「『煤煙』の序」として、「煤煙の前半、即ち要吉が郷里に帰つて東京に出て来る迄の間」が、「肝心の後編より却て出来が好い様に思はれる。」「煤煙の後編はどうもケレンが多くつて不可ない。非常に痛切なことを道楽半分人に見せる為に書いてゐる様な気がする」「事件が是程充実してゐる割に性格が出ていないのが不思議である。」と、その欠陥を指摘した。

▼後年、らいてう（明）は森田の「煤煙」に対して、「小説が進むにつれて、わたくしにもいろいろな不満や疑問が出てきました。もともと「死の勝利」を下敷にしたともいえるこの小説が、自分の実感によるものでないのは仕方がないとしても、あれほど自分の趣味や嗜好で、また自分よがりの勝手な解釈で作り上げないでもよさそうなものだと思われるのでした。しかし、いずれにしてもはじめて全力を傾倒し、ほんとうに「一生懸命」に書いた苦心の作であることだけは、はっきり感じられます。その点はほんとうに賞讃し、評価してあげたい気持をもっていました」（『平塚らいてう自伝 元始、女性は太陽であった』上「塩原事件。そののち」七一年八月二〇日）と反応している。

そして、事件の事後処理に当った漱石についてらいてうは、「文壇の人たちとの接触で私の驚いたことは、口にされることはたいへん進歩的で新思想のもち主のようでも一たび実際問題にぶつかると、実に古い、（中略）森田先生と山に行き、山から帰つてきたときなども、新しい思想、新しい文学を論じていられる文壇の先生たちの中から出された解決策が何はともあれ、結婚させてしまえであつたのにはあきれました。子供でしたからほんとにびつくりしましたね、腹も立ちました。それが平塚家に対してだとか、世間に対する責任のようなことをいわれるのですから、全く女の気持など無視されて、……。（中略）馬場（孤蝶）先生のような方でさえそうです。夏目先生などはいつそう封建的な方だと思いましたね。新しい女への理解など全くなかつたでしょうね。」（「『青鞜社』のころ」『世界』一九五六年二月）と仮面を被った進歩的文化人の封建性を辛辣に批判し、その一番に漱石を槍玉に上げた。

▼一方、漱石作品の中にらいてうを意識したと思われる影響が表れた。

「ああいふのをみづから識らざる《アンコンシアス》偽善者《ヒポクリット》といふのだ。ここにいふヒポクリットとはいふところの偽善者ではない。さういふ意味に取られては困るがつまりみづから識らざる間に別の人になつて行動するといふ意味だね。みづから識らずして行動するんだから、その行動には責任がない。朋子もさういふ女だとすれば、それで解釈ができないこともない」「どうだ、君が書かなければ、僕がさういふ女を書いてみせやうか」（森田草平『続夏目漱石』「『三四郎』の女主人公」）と漱石は森田を挑発して語ったと言う。そして、「三四郎」（一九〇八年九月一日〜一二月二九日『東京朝日新聞』）の里見美禰子の造型ということになる。
▼森田の「煤煙」連載が完了して、漱石の「それから」の連載が始まった。漱石は小説「それから」の中に、一ヶ月余り前に終わったばかりの現実の「煤煙」を登場させた。

「何《ど》うも『煤烟』は大変な事になりましたな」「現代的の不安が出てゐる様ぢやありませんか」「さうして、肉の臭ひがしやしないか」（六）

「代助は門野の賞めた『煤烟』を読んでゐる。」「あゝいふ境遇に居て、あゝ云ふ事を断行し得る主人公は、恐らく不安ぢやあるまい。これを断行するに躊躇する自分の方にこそ寧ろ不安の分子があつて然るべき筈だ。代助は独りで考へるたびに、自分は特殊人《オリヂナル》だと思ふ。けれども要吉の特殊人《オリヂナル》たるに至つては、自分より遥に上手《うはて》であると承認した。それで此間迄は好奇心に駆られて『煤烟』を読んでゐたが、昨今になつて、あまりに、自分と要吉の間に懸隔がある様に思はれ出したので、眼を通さない事がよくある。」（六）（「それから」**一九〇九**年六月二七日～一〇月一四日『東京朝日新聞』）

　代助の「煤煙」観はほぼ漱石の「煤煙」観と一致しているだろう。主人公要吉の特殊性は代助の特殊性を凌駕し、漱石には異常にすら感じられたのだろう。

▼一九〇九（明治四二）年夏、薙刀の稽古に行く途中の平塚らいてうは、水道橋の乗換えで市電を降りた時、森田草平と会った。もう切れたはずの二人は、三崎町あたりの旅館で一夜を明かし、「煤煙」・禅・性欲について話す。翌朝、生田長江は平塚光沢に頼まれ迎えに行った。

　〇九年一二月下旬、らいてうは、臨済宗妙心寺派海清寺（兵庫県西宮市）の「臘八接心」に赴き、公案の「無字」、「隻手の声」ほかいくつかが通り、見性を果たす。

▼一〇年三月、らいてうは、坐禅・英語・図書館通いのあい間に、馬場孤蝶の家で「閨秀文学」の流れの会を開き、青山（山川）菊栄・大貫（岡本）かの子らと共に参加した。

　一〇年四月、生田長江の話では、森田草平が匿名で平塚らいてうに手紙を出し、会って清算したいと書いたという。らいてうは留守で母光沢が開封し、生田に相談に行き、放置することにした。続けて草平の三通の手紙が届き、直接面会したいと生田を訪ねて来たという。

▼**一一**年四月二七日、漱石の推薦で、草平の「自叙伝」（「煤煙」後篇）が『東京朝日新聞』に、連載される（七月三一日完結）。五月一六日一一時ごろ、漱石宅に平塚光沢が生田に連れられて来た。草平の「自叙伝」を撤回して欲しいと申し入れた。事情を聞くと、草平が完全に違約しているというので、生田に人力車で草平を迎えにやると、東京朝日新聞社に行って留守という。電話で呼び寄せると、「手紙を寄こして行かぬからといふ事であつた。」（漱石日記）。小宮豊隆が来ていたので、人力車で東京朝日新聞社に迎えに行ってもらい、午後八時ころまでかかった。結局、もの別れに終った。この「自叙伝」騒動は、漱石の信頼する*池辺三山の辞任に発展、漱石の主宰する「文芸欄」は廃止され、草平は解任された。

▼一九一一年九月、らいてうは生田長江の勧めで女性だけの文芸雑誌『青鞜』を創刊した。創刊号に「元始女性は太陽であつた――青鞜発刊に際して」を発表し、「新しい女」の象徴的存在になった。しばしば発売禁止処分を受けながら、果敢に女性解放を訴えたが、『青鞜』は一六年二月無期休刊となった。その後、婦人参政権運動を起こした。戦後は平和運動に輪を広げ、非武装化、ベトナム戦争反対、日本国憲法擁護の

立場を貫き、八五歳で死去した。

〔**参考資料**〕平塚らいてう自伝『元始、女性は太陽であった』上・下・続・完、大月書店、一九七一年八月二日～七三年一一月。／佐々木英昭『「新しい女」の到来――平塚らいてうと漱石――』名古屋大学出版会、一九九四年一〇月二〇日。

〔原武　哲〕

## ■生田　長江

いくた・ちょうこう

『日本近代文学大系』58「近代評論集Ⅱ」一九七二年刊。

**一八八二（明治一五）年三月二一日～一九三六（昭和一一）年一月一一日。評論家。漱石門下の森田草平*の友人で、「煤煙」事件以後、漱石との間が疎隔になり、漱石は生田の漱石論を認めなかった。**

鳥取県日野郡根雨村大字貝原村生まれ。生田喜平次、かつの三男。本名弘治。大阪桃山学院、青山学院中学部を経て、一高文科に入学。この間ユニバサリスト教会で受洗。徳冨蘇峰、内村鑑三の著作を愛読。一九〇一（明治三四）年、一高在学中、森田草平らと回覧雑誌『夕づつ』を発行、第四号に星郊の号でアンデルセンの翻訳「花物語」を掲載。一九〇二（明治三五）年、馬場孤蝶*を訪問、以後師事する。同時期、森田草平を介して与謝野鉄幹、晶子と交わり、星郊の筆名で『明星』に評論や翻訳を発表。一九〇三（明治三六）年、東大哲学科に入学。『明星』（三月）にドーデーの翻訳「あだなみ」を掲載。**一九〇五**（明治三八）年、漱石を訪問。同年、「花物語」を『明星』に転載。一九〇六（明治三九）年東大哲学科卒業。卒業論文は高山樗牛*の影響をとどめた「悲壮美論」。一月、馬場孤蝶、上田敏*の『芸苑』に森田草平と共に同人として参加。七月、同誌に掲載した「小栗風葉論*」により文壇に登場。この時、上田敏の勧めで筆名を長江に改める。上田万年を介して佐々木醒雪の『家庭文芸』を手伝う。

▼**一九〇六**（明治三九）年一一月一二日、長江は、漱石を訪問して、家庭に入れられる読物、入れられない読物という課題をその場で自ら設定し、それに応えた漱石の談話を筆記して、翌〇七（明治四〇）年一一月、『家庭文芸』に「家庭と文学」の標題で掲載する。その中に、「草枕」の裸体描写の創作意図にふれた次の話がある。「裸体のやうなものでも、かきやうに依つては、随分奇麗に嫌な感じを起させないやうに書くことが出来る、強《あなが》ち出来ないものではないと云ふ、その一例として、あれを書いて見

たのである。」。

▼〇七年四月、亀田藤尾と結婚。ユニバサリスト教会付属の成美女学校の教師となる。女性の文学の教養を高め、女性作家を育成するために閨秀文学会を結成。講師は与謝野晶子をはじめとする新詩社系の人間、および馬場孤蝶、森田草平ら。聴講者に*平塚らいてう、山川菊栄らがいた。らいてうは後に長江に勧められ、『青鞜』を創刊（誌名は長江の発案による）。同年六月、漱石が森田草平に宛てた書簡に、「生田先生は正に二十円を拉し去る。言訳に曰く飲んだんではありませんと。」（二一日）とあり、漱石が長江に金を貸して、笑い話にするようなつき合いがわかる。

　この頃、生田長江・森田草平の合著『草《くさ》雲雀《ひばり》』（服部書店、**一九〇七**年一一月）と、長江の単著『文学入門』（新潮社、**〇七**年一一月）を刊行し、「序文」を漱石が書いている。『草雲雀』に収録した長江の作品は「軒昂《けんこう》」の標題の下に、短編「水平動」「臨終」「死ぬと思ふに」「弟」、翻訳「あだなみ」（ドオデエ）「花物語」（アンデルセン）、エッセイ風短文「詩歌のわづらひ」「友に」から成る。

▼一九〇八（明治四一）年三月、『中央公論』に、短文の「夏目漱石論」を発表。漱石への敬愛の念が目立ち、漱石を「近代的のものでない」「悲劇の書けない」「ユウモリスト」とする論調に個性がない。これ以後、長江には「夏目漱石氏と*森鷗外氏」（『新潮』一九一〇年一二月）と三七ページを費した「夏目漱石を論ず」（『新小説』論壇、一九一二年二月）がある。後者について漱石は、赤木桁平の「夏目漱石論」（『ホトトギス』一九一四年一月）が出た時、「生田長江氏のかいた漱石論もブライアンの毛の生へたものに過ぎません」（**一九一四**年一月五日付赤木桁平宛書簡）と酷評した。ブライアンのは作品を読まず、聞きかじりで書いた「空虚」なものと漱石は言う。長江の場合、漱石の小説の批評性とユーモアはスウィフトの諷刺を欠き、真善美壮の新と旧の対立、矛盾に思い至らない等、聞くべき意見は少なくない。漱石の人生の真を味あわせない慰藉は慰藉として低級だ、という類の物言いが神経を逆撫でしたのだろう。赤木の批評に対しても「真面目」さと漱石への「好意」に言及したにとどまるから、将来ある新人を励ますために、身近な長江の漱石論を貶《おとし》めて見せたのだろう。長江の批評に漱石の点数が辛いのは、「「お目出度き人」と云ふ小説だか脚本だかをまだ読んでゐない。」「読んでゐないでも」、「所謂白樺派の文芸及び思潮が、本当にオメデタイものであることを言明し得られる」（「自然主義前派の跳梁」『新小説』**一九一六年**一一月）というような態度を気配として感じとっていたからだろう。一方、「自然主義論」（『趣味』一九〇八年三月）の、自然主義と写実主義、象徴主義との相違、ヨーロッパと日本の自然主義の違いを論じるのは一般的だが、自然主義が目指す理想と現実の違いを、「実際」「印象」「習俗」「特性」「獣性」「厳粛」の六項から対照し解析する方法は、抽象論を避け具体性を示して注目される。

　同月、森田草平がらいてうと塩原尾花峠で心中未遂、二一日、発見されて下山、迎えに来た長江は漱石を頼れと勧める。漱石に引取られた翌日、長江は飯田町の教会で講演し、「友人のために弁ず」の題で熱弁を揮う。その話を森田から聞いた漱石は真の友人なら講演で弁護するより、漱石の許へ連れて来る前に、自分が引取り世話するのが当然だと言った（森田草平『続夏目漱石』甲鳥書林、一九四三年一一月）。

▼**一九〇九**（明治四二）年、春、成美女学校の閉校に伴って教職を辞す。

　同年七月一一日、漱石の日記に、「晩、

生田長江来。ザラツストラの翻訳の件につき。不明な所を相談。」とある。同年八月、与謝野鉄幹、石井柏亭らと旅行した和歌山の講演会で、当時新宮中学生だった佐藤春夫と出会う。佐藤は講師が体調を崩した間つなぎに、「偽らざる告白」の題で自然主義を講じ、その中で無政府主義にふれ、教育に疑義を呈したために、無期停学処分が下され、生徒側がその撤回を要求する騒ぎになった。

**一九〇九**（明治四二）年二月、漱石は本多嘯月（直次郎）に宛てた書簡に、「生田長江氏今般ニイチエの代表的作物ザラツストラ全部の翻訳を思ひ立ち候に就ては右出版の件につき貴堂を煩はし度旨依頼有之候につき御紹介申上候。どうぞ御面会の上御相談被下度候。此間の御話では翻訳ものはちと御迷惑の様なりしもザラツストラは少部分竹風君によつて翻訳せられたるのみにてまだ何人も手を着けて居らぬ様子故如何かと存じ一寸申上候」と書いた。長江訳フリイドリッヒ・ニイチェ『ツァラトゥストラ』（新潮社、一九一一年一月）は鷗外の「沈黙の塔（訳本ツァラトゥストラの序に代ふ）」を序文に掲げて刊行された。同年春、佐藤春夫、生田春月が長江に入門。

▼**一〇**年七月一八日、漱石は日記に、「森田が昨日生田の原稿を持つて来たのをいけないと云つたら、無断でそれを社へ廻して仕舞つた。癪に障るから自分で書いてひる迄に社へ持たしてやつた。」と書いた。森田はこの一件を次のように書いている。『煤煙』事件以来妙に私と感情が疎隔するやうな工合ひになつてゐたから、私が文芸欄の仕事をしながら、仲間に入れようともしないで、知らぬ顔をしてゐるのが私には辛かつた。」「半年も経つて文芸欄もそろそろ固まつて来たから、もう可からうと思つて、『君もその内に原稿を書いて見ないか』と勧めて見た。早速生田君の送つて寄越した原稿が、何うもそれ程好くない。」案の定漱石に許諾されなかったが、「それに代るべき原稿がない。」そこでその原稿を編集部に回すと、漱石はその代りに「文芸とヒロイツク」（七月一九日）、「艇長の遺書と中佐の詩」（二〇日）、「鑑賞の統一と独立」（二一日）、「イズムの功過」（二三日）を立続けに執筆した（『続夏目漱石』）。漱石は六月一三日、胃の不調を訴えて長与又郎の診察を受け、六月一八日からその胃腸病院に入院中で、これが修善寺の大吐血の引金になったのだから、万一のことがあれば、その後の森田の人生は無事では済まなかった。それは長江も変らない。漱石の生還を二人は周囲と全く別の感情で迎えたに違いない。

▼長江の名前は漱石の日記、書簡にしばしば登場し、森田が「自叙伝」を連載中の**一九一一**（明治四四）年五月一七日の日記もその一つ。「昨日は大変な御客が来た。十一時頃生田が平塚明子の御母さんを連れて来た。朝日に出てゐる自叙伝を撤回してくれと云ふのである。段々事情を聞くと森田が全然違約してゐる。生田に車で森田の処へ迎ひに行つてもらふ。社へ出てゐるからとて電話をかけて呼び寄せる事にしたら、手紙を寄こして行かぬからといふ事であつた。小宮が来てゐたので又車で迎にやる。夜八時頃迄かゝる。」と書いている。

**一九一一**年の「断片」（五四A）に二年前の回想を交えて、この日記の件が次のように記述されている。「〇一昨年四十二年秋（八九月の頃）森田と明子さんが電車で偶然出会。三崎町のある宿屋で「煤煙」の事実の有無の議論あり。翌日帰宅。其時森田よりの先方への手紙にて奥様に面会を申し込み生田君を立会はせんと云ふ。〇平塚氏宅へ生田森田両氏奥さんと明子さんとの会見。煤煙の事実の有無に就て談合。森田は事実と云ひ明子さんは事実でないと云ふ。夫では煤煙を取り消すと云ふ。然し世間から忘れられてゐるものを復活させる恐ある故其儘にしたし。且其後も此件につき一切書かれざらん事を希望する旨を述べて森田承諾す（明子さんに関する事）又当人同志直接の文通もすまじき旨の約束もと丶のふ。〇半年あまりして（去年の四月）森田より突然明子さんの処へ出す。（匿名にて。）是非御目にか丶つて（白山の電車停留所へ何時何分）清算したいと云ふ。明子さん留守。奥さん開封の上生田氏へ行く。放つて置くがよからうと云ふ意見で其儘にして置く。〇同日に三通奥さんの所へ来る。再三の事故平塚さんの耳に入る。夫ではとて平塚氏自身面会の旨を告げて、翌日奥さんが生田方へ行かる。生田君余の所へ来る。二人で夕飯を神楽坂で食つて話す。生田はそんな事をしては困ると云ふ。森田の答は別になし。其時平塚の手紙を注意されて見て、そんなら行くから一所に行つて呉れと云ふ。〇その二三日後森田と生田と同道して平塚氏迄出向く。森田より問題を提供すべき筈の処一向其景色なきより平塚氏より「此問題はこれぎりにして頂きたい」と云ふ依頼あり。「娘が雑誌記者に話したからと森田が八かましく云ふが、家族も親戚もそんな事は喜んでゐない。だから森田氏にも世人の記憶を回復する様な事は書いてくれるな」と頼み、森田は決《ママ》局承諾す。（たゞし立会人として生田氏の考によると、問題外に渉っての話多かりしは事実なり）／其以後事件なし／自叙伝出てより以来生田は責任を感じつ丶も感情の離隔などありて、其事に対して何も云はず／そこへ明子さんが生田の宅へ来て自分の想像として父は困るだらうと云はれた。奥さんは神戸で東京の朝日を見て、平塚さんに相談をされた。」

　長江が森田とらいてう及び平塚家の間で苦労している様が察せられる。森田は漱石には生田を生理的に受けつけないところがある、と見ていて、その要因として樗牛のように「宏言卓辞を好み」「大上段から振り下ろすやうな言説」をあげている。ところが、このメモで漱石は、「感情の離隔」は長江の方からだと書いている。半年後、漱石は森田に宛てて「われ等は新らしきもの丶味方に候。故に「新潮」式の古臭き文字を好まず候。草平氏と生田氏はどこ迄行つても似たる所甚だ古く候。我等は新らしきもの丶味方故敢て苦言を呈し候。朝日文芸欄にはあ丶云ふ種類のもの不似合かと存候」（一九一一年一月三日）と書き、それに納得しない森田に、二信で「小言を予期して書かれてはたまらない。あんな書方は「新潮」式だから「新潮」式と申すにて古臭き故に古臭きに候」（五日）と返した。長江にふれたのは文芸欄の一件があるからだろう。漱石には森田と長江がジャーナリズム感覚の古さにおいて一蓮托生と映っている。

▼漱石と森鷗外、泉鏡花*の他、自然主義の田山花袋*、島崎藤村*、徳田秋声*、青果を論じた六編から成る袖珍版の評論集『最近の小説家』（春陽堂、一九一二年二月）を刊行。一九一四（大正三）年四月、森田草平と文芸雑誌『反響』を創刊。

▼大正期に入って佐藤春夫や島田清次郎、高群逸枝を世に送り出し、ダヌンツィオ『死の勝利』（新潮社、一九一三年一月）、『ニイチエ全集』全一〇巻（新潮社、一九一六年一〇月〜二九年一月）、マルクス『資本論』第一分冊（緑葉社、一九一九年一二月）などの翻訳、『ブルジョアは幸福であるか』（南天堂、一九二三年一〇月）、『超近代派宣言』（至上社、一九二五年一二月）を刊行。死後、佐藤春夫編集による『東洋人の時代』（道統社、一九四一年八月）が出た。

〔**参考文献**〕荒波力『知の巨人　評伝生田長江』白水社、二〇一三年。

〔石井和夫〕

## ■石川　啄木
いしかわ・たくぼく

『明治文学全集』52「石川啄木集」一九〇八年頃撮影。

**一八八六（明治一九）年二月二〇日〜一九一二（明治四五）年四月一三日。歌人・詩人・小説家。啄木が小説を書き始めた頃、すでに漱石は範例となる作家だった。**

父・石川一禎は、岩手県南岩手郡日戸《ひのと》村曹洞宗日照山常光寺の住職。母・かつは南部藩士工藤條作常房の末娘。長男として生まれる。本名は一《はじめ》。別号に、啄木、白蘋、翠江。八七年に一禎が、北岩手郡渋民村の宝徳寺住職に転出したので転住。この地で養育される。

▼九五（明治二八）年、岩手郡渋民尋常小学校卒業。首席の成績であったという。盛岡市立高等小学校に入学。市内に寄寓。

▼九八（明治三一）年、岩手県盛岡尋常中学校に入学。九九年に長姉の結婚先である田村家に下宿。近隣に住んでいた堀合節子（届名セツ）と知り合う。

▼一九〇一（明治三四）年、校名が岩手県立盛岡中学校と改称されるが、この年のはじめより、校内刷新の気風が生徒間に高まり授業ボイコットによるストライキが起こる。その後、啄木は「ユニオン会」を組織し、それ以来、回覧雑誌を出し翠江の筆名で短歌を発表する。堀合節子との恋愛も進展する。

▼〇二（明治三五）年。前年に、栃木県選出の前代議士田中正造が、貴族院から還幸の明治天皇へ、足尾鉱毒事件について直訴していた。この年、災害民への義捐の風潮が高まり、啄木ら「ユニオン会」も義捐金をつのり災害民に送る。三月の学年末試験で「試験中不都合ノ所為アリタル」故をもって譴責処分にふせられる。七月の学期末の数学の試験でも不正行為を行い、二度目の譴責処分を受ける。保証人田村叶が召喚される。一〇月二七日、「家事上の或都合」を理由に退学し、上京する。

　新詩社の会合に出席し始め、与謝野鉄幹・晶子夫妻とも会う。白蘋の署名で『明星』に短歌を発表し始める。

▼〇三（明治三六）年、東京新詩社同人に推挙される。

▼〇四年、父が宗費滞納のゆえで住職罷免の処分を受け、一家の没落の端緒となる。

▼〇五年五月、節子との結婚届を出す。同月、詩集『あこがれ』（*上田敏序詩、与謝野鉄幹跋、小田島書房）を刊。九月、文芸雑誌『小天地』（主幹・編集人、石川一）を発行し、自らも長詩・長歌・短歌などを発表する。意欲的に創作するが、一家扶養の重みに耐えかねていく。

▼〇六年、二〇歳となった四月一一日、故郷の渋民尋常高等小学校の代用教員に採用され勤務。六月、農繁休暇を利用して上京し、「吾輩は猫である」を読む。渋民村に戻った七月から夏目漱石らの小説に刺激を受け小説を書き始め、小説「雲は天才である」を執筆。題の類似や一首のユーモアに漱石の影響が表れる。同月に書いた日記「八十日間の記」に、「近刊の小説類も大抵読んだ。夏目漱石、*島崎藤村二氏だけ、学殖ある新作家だから注目に値する。アトは皆駄目。夏目氏は驚くべき文才を持つて居る。しかし『偉大』がない」と記す。

▼〇七（明治四〇）年三月、父は渋民村の宝徳寺再住を断念し家出する。四月、辞表を提出後に、高等科の生徒を引率して校長排斥のストライキを指示する。紛糾の末、免職となる。北海道に行き、函館を経て札幌に移住。新聞記者などをして各地を転々とし、巷の人々と接触する。

▼〇八年四月、単身上京して小説を書くが売り込みに失敗し生活は困窮する。漱石の「虞美人草」を読んで、「一ヶ月で書ける」と日記に記す。この頃、「東海の小島の…」等の秀作短歌を創作する。『明星』の同人*栗原古城の紹介により、一一月一日から年末にかけて『東京毎日新聞』に小説「鳥《ちょう》影《えい》」を六〇回連載する。

▼〇九年一月二一日、啄木は盛岡出身の東京朝日新聞社編集部長佐藤真一（北江）に就職を依頼、三月一日、東京朝日新聞社の校正係として入社する。啄木が月給二五円で朝日新聞社に入社した時、既に漱石は月給二〇〇円・賞与年二回の特別待遇の社員だった。六月、家族を東京に迎えるが、母と妻の不和確執に苦しむ。一〇月、妻節子が書置きを残して長女を伴い、盛岡の実家に帰る。この事は、啄木に衝撃を与える。同月三〇日から、『東京毎日新聞』に評論「弓町より（食ふべき詩）」を連載。同月の「断片」に「私は漱石氏の『それから』を毎日社にゐて校正しながら、同じ人の他の作を読んだ時よりも、もつと熱心にあの作に取り扱はれてゐるある事柄の成行に注意するやうな経験を持つてゐた」。更に「そして私は、『三四郎』を読んだ時にも時々頭を煩はされたやうな、わざとらしい叙述の少なくなつてゐることを喜んでゐた。やがて結末に近づいた。私は色々の理由から『それから』の完結を惜しむ情があつた。」と記す。「ある事柄の成行」には、啄木自身の家族の問題での苦しみが投影しているし、「それから」の代助が自己の自然にそって生きる場、分岐点も重なる。

▼一〇（明治四三）年二月一三日から、評論「性急なる思想」を『東京毎日新聞』に連載。四月七日、『*二葉亭全集』（発行所朝日新聞社、第二巻以降、発売元博文館）の事務引き継ぎを*池辺三山主筆から命じられ始める。六月、*幸徳秋水等の「大逆事件」の報道に接し、大きな衝撃を受ける。同月の日記に「幸徳秋水等陰謀事件発覚し、予の思想に一大変革ありたり」と記す。その後、社会主義関係の書籍を愛読して深い関心を示す。この事件は、啄木の思想上の大きな転機をもたらす。

七月一日、啄木は長与胃腸病院に入院中

の漱石を見舞う。『二葉亭全集』の編集・校正中だった啄木と、『二葉亭全集』の話になり、ツルゲーネフТургеневの短篇「けむり」（ガーネット訳『ツルゲーネフ全集』第五巻）を漱石が所持していたので、第五巻を自宅から取り寄せて啄木に貸す約束をする。五日、啄木は、『ツルゲーネフ全集』第五巻を借りるため、再び、漱石を長与胃腸病院に訪ね、森田草平*の持参した第五巻を借用する。

　八月下旬、魚住折蘆に反論して、評論「時代閉塞の現状」を執筆し、日本自然主義文学を批判する。『東京朝日新聞』に掲載を依頼したが実現しない。九月一五日から、『東京朝日新聞』「朝日歌壇」が設けられ選者となる。社会部長渋川玄耳*の好意による。啄木選歌の「朝日歌壇」は一一年二月二八日まで続く。一一月、啄木は「所謂今度の事」を執筆し、匿名で『東京朝日新聞』に掲載を依頼したが実現しない。一二月一〇日、大審院で「大逆事件」の第一回公判が開かれる。歌集『一握の砂』（東雲堂）を刊。一首を三行として在来の格調を変えた。この年、西川光二郎等の社会主義者とも交友を始め、関係文献を更に読み進める。日記に文学的交友者を挙げ、「夏目氏を知りたる」と記す。

▼一一（明治四四）年一月、幸徳秋水が獄中より担当弁護士に送った陳弁書を書き写す。二四日には、「日本無政府主義者陰謀事件経過及び付帯現象」をまとめる。六月、「はてしなき議論の後」九篇の長詩を作る。それらを詩集『呼子と口笛』にまとめる計画をたてる。七月四日、高熱を発し病床で呻吟することが多くなる。七月一一日、森田草平は帝大病院に啄木を訪ね、幸徳秋水事件（大逆事件）の真相について聞かされ、午後一一時半、帰宅した。そのため、疲れた啄木は翌一二日から発熱四〇度三分に達し、一週間食欲が全くなくなった。

▼一九一二（明治四五）年一月二二日朝、森田草平は啄木から母かつの結核治療の窮状を訴えられ、原稿を書いて返済すると、金策を依頼する手紙を受け取る。午後、森田草平は鏡子*夫人から預かった一〇円と草平からの見舞いの征露丸一五〇錠を持参し、千駄木にいる知人の医師を紹介する。翌二三日早朝、草平から啄木に手紙が届き、紹介した医師は眼科医だったので、知人に相談して下谷の柿本医師に頼み、本日午後往診してもらうように頼んだと書いていた。啄木は待ち切れなくなって、近所の三浦医師に使いをやると、代診が来て、母かつを診察し、老人性結核という診断である。代診が帰り、妻節子が薬をもらいに行って帰ると、柿本医師が来て、診察の結果は同じである。一、二月を越えることはできぬだろうと言われる。啄木は現在の自分の家を包む不幸の原因（結核）が分かり、絶望の底に突き落とされたような暗澹たる気持ちになる。三月七日、母かつの病勢にわかに改まり死去した。四月一三日、啄木も肺結核のため永眠。二六歳。法名は啄木居士。一五日、浅草松清町等光寺で葬儀が行われた。漱石のほか、佐々木信綱・北原白秋・相馬御風・木下杢太郎*など、朝日新聞社員数一〇名が会葬した。六月に第二歌集『悲しき玩具』（東雲堂）を出版した。書名は土岐哀果の命名による。

▼翌一九一三（大正二）年三月、函館の立待岬に一族の墓地を定めて葬る。五月五日、妻節子も函館で肺結核のため、死去した。

　漱石の「それから」が『東京朝日新聞』に連載された時、その校正に携わりながら、啄木は自らの「ある事柄」も問いつめていた。

　啄木は漱石を恐るべき文才を持つ、学殖

ある作家として評価したが、「偉大さ」がない、と言った。漱石は生活者啄木に同情はしたが、「朝日歌壇」選者・歌人の啄木を評した言葉はない。

〔**参考文献**〕『明治文学全集』第五二巻「石川啄木集」筑摩書房、一九七〇年三月二〇日。／伊豆利彦『漱石と天皇制』有精堂、一九八九年九月一〇日。／伊豆利彦「漱石と啄木」「日本近代文学会東北支部講演」二〇〇一年一二月。／『近代文学研究叢書』第一三巻「石川啄木」昭和女子大学、一九五九年七月二八日。

〔坂本正博〕

## ■江口　渙

えぐち・かん

『日本近代文学大系』60「近代文学回想集」一九七三年刊。

**一八八七（明治二〇）年七月二〇日～一九七五（昭和五〇）年一月一八日。小説家・評論家・児童文学者・歌人・俳人・社会運動家。本名は渙「きよし」、筆名は渙「かん」。晩年の漱石門下生。**

東京市麹町区（現・千代田区）富士見町一丁目（小山内薫の持ち家）で、父・襄《のぼる》、母・甲子《きね》の長男として生まれた。二姉があった。父は栃木県烏山町出身で、東京大学医学部では森*鷗外の同期生で、陸軍軍医となり、鷗外の『雁』のモデルの一人と言われている。母は徳島県出身の海軍大佐江川一郎の妹であった。

渙《きよし》は大阪偕行社附属尋常高等小学校に入学、卒業（上級生に山中峯太郎、下級生に宇野浩二・桜田常久・間宮茂輔）後、東京府立第一中学校に入学、三重県立第四中学校に編入学し、一九〇五（明治三九）年三月同校を卒業した。中学時代は野球・短艇の選手として活躍、回覧雑誌に短歌・詩・俳句・小説を発表し、文学にも熱中する。同年九月、金沢の第四高等学校文科に入学、四高俳句会に出席、水郷と号した。〇六年五月、四高を退学し北海道を放浪、〇八年九月、熊本の第五高等学校文科に再入学、五高俳句会に参加、*河東碧梧桐を阿蘇山に案内したが、失望決別。一二年六月五高卒業。一二（大正元）年九月、東京帝国大学文科大学英文学科に入学した。同年一二月、『スバル』に処女作短編小説「かがり舟」を発表した。

▼**一四**（大正三）年四月末のある木曜の夜、*岡田（後に林原）耕三に連れられて、初めて夏目漱石の門をくぐり、漱石山房の木曜会に列した。初対面の漱石はどこか疲れて見え、言葉数も少なく無愛想でさえあった。江口は終わりまでほとんど口をきかず、全身の注意を眼と耳に集めて、漱石の顔や体のどんな動きをも見落とすまいとして、言葉の片言隻語もことごとく耳の奥に掬いこもうとした。「吾輩は猫である」や「倫敦

塔」以来、並々ならぬ深い尊敬の念をもって眺めて来たその人、近代日本文学史上、偉大なる業績を上げて来た文豪を、親しく眼前に見て、会話を交わすということは、文学青年にとって、全身が燃え立つほどの興奮と緊張を呼び起こす激情の中にあった。二、三度と行くうちに隔たりはとれ、自分の意見を述べたり、愚論を吹っ掛けたり、することもできるようになった。

ある晩、漱石と江口との間に、次のような会話があった。「先生。近頃、胃の具合はいかがですか。」と訊くと、漱石は「誠に汚い話だが、この間も青いウンコが出たよ。」「胃が痛む時にはよほど苦しいものですか。」と聞くと「天地がひっくりかえるようだね。この現実の世界は、ウソの世界で、外にもう一つの、別な世界があって、それが本当の世界じゃないかとさえ思うね。つまり、こんなひどい苦痛を我慢してまで生きていかなければならない現実の世界はウソの世界で、本当はこんな苦しい思いをしないでも、いくらでも楽に生きていける世界が、もっと他にあるんじゃないかとさえも考えたくなるんだね。事実、それほどまでに苦しいんだよ。」と言う。江口が「そういう時、一層一思いに死にたいとはお思いになりませんか。」と言うと、漱石は「別に死にたいとは思わないが、もしこのまま苦痛が続くのなら、無理に生きていたいとも思わないね。無論、死んで一向差支えがないのなら、あるいは死にたいと思うかもしれないが、今、死ぬと、いろいろ差支えがあるんで、死にたいと思ったことなんか一度だってないがね。しかし自然に死んでいくのなら問題は自ずから別だね。」（江口渙『わが文学半生記』「漱石山房夜話」二）と落ち着いた寂しさの内に言った。

同年九月三日、夏休み、伊豆大島元村で岡田耕三と暮らしていたが、帰京し漱石山房を訪ねた。

同年一一月一二日（あるいは二六日）、江口渙は同じ大学生の岡栄一郎と漱石山房を訪ね、「一路万松図」と題する南画を見せられて、「どうだい。なかなか面白いだろう。」と言って、賛同を求められたが、うまくないので、褒めないでいたら、「自分で描いて自分で感心していりゃ世話がないがね。しかし何遍見ても、面白いものは面白いね。」と言う。「それは自画自賛ですか。」と言うと、漱石は「これが本当の自画自賛だよ。」と言って皆で大笑いした。

同年一一月一三日、漱石は岡田耕三に「私は生の苦痛を厭ふと同時に無理に生から死に移る甚しき苦痛を一番厭ふ、だから自殺はやり度《たく》ない夫から私の死を択ぶのは悲観ではない厭世観なのである」「江口と喧嘩をしたら仲直りをしたら好いでせう、仲直りの出来ないやうな深い喧嘩なら仕方がない江口はそんなに仲直りの出来ない程感じのわるい人とは思はない」と手紙を書いた。漱石の江口渙評が表われている。江口渙の側から岡田に謝った節はない。江口は岡田の御殿女中のような態度を嫌い、次第に付き合いを辞め、疎遠になった。

▼**一九一五**（大正四）年一二月二九日、漱石は江口渙（栃木県那須郡烏山町屋敷町）に結婚祝いの手紙を出し、「学校へ出席して卒業さへすれば此上ないと思ひます」と祝った。

しかし、江口渙は相変わらず、大学の授業には出ず、籍だけ置く留年学生で、童話作家北川千代とは下谷区谷中清水町（現・台東区池之端四丁目）に同棲生活で、結婚届はまだ出さず、遂に、一九一六（大正五）年、東大英文学科を中途退学してしまった。

▼**一九一六**年一二月九日、夏目漱石は胃潰瘍で永眠した。江口が漱石の死を知ったのは、一二月一〇日朝、『朝日新聞』の「文

豪夏目漱石逝く」という記事からであった。江口はこの二年近く足が遠のいているうちに、学校で習った先生以外、後にも先にも先生と呼ぶことのできた唯一人の人が永遠にいなくなったことに衝撃を受け、漱石からもっと学びとり、教えられればよかったと、後悔した。愛惜思慕の心が胸を打った。その日は校正でお悔やみに行けず、一一日正午近くに悔みに出掛けた。書斎の祭壇に焼香し、受付係の仲間に入った。その夜は江口と芥川*他一〇名ばかりで通夜をした。一二日一番電車で帰宅し、紋付き袴に着替えて漱石山房に引き返す。津田青楓*・岡栄一郎・江口は山房の受付になり、皆は青山斎場に行った。山房受付で留守に回された岡は憤慨していたが、馬車が一台余っていたので、乗って斎場に行き、受付の手伝いをした。滝田樗蔭・村山龍平・森鷗外らが会葬に来た。江口は感動をもって迎えていた。会葬者は焼香をすませ、思い思いに感に堪えないように涙を流す者もいる。江口は、漱石の死によって最も悲しみに打たれたのは、弟子の中の誰よりも芥川ではないか、と思った。

▼一七年一月九日、第一回九日会に出席、漱石の臨終の言葉、記念碑建立、『漱石全集』刊行、編集委員の選出などが話し合われた。

同年一二月八日、漱石一周忌の逮夜を神楽坂「末よし」で午後四時から催し、江口も出席し、「木枯し」と題して、運座を開く。江口渙の詠んだ句。

この忌日庭の木賊《とくさ》の枯色も　　江口渙

一七年春、東京日日新聞社社会部記者となり、同年六月、芥川龍之介『羅生門』の書評を『東京日日新聞』に発表、最初の高い評価を与え、出版記念会を主催した。東京日日新聞社を退社、『帝国文学』編集委員となり、「子を殺す話」（『帝国文学』一七年一一月）、「蛇と雉」（『中央文学』一八年一月）などによって文壇に認められた。一九一九年六月、芥川の世話で処女短編集『赤い矢帆』（新潮社）によって新進作家としての地位を確立した。『労働者誘拐』（一九一九年一〇月）、最初の評論集『新芸術と新人』（一九一九年四月）を刊行した。作風は耽美主義から自然主義・現実主義の傾向を強め、大正中期から社会主義化した。二〇年七、八月『東日』に「性格破産者」を発表二〇年一二月、日本社会主義同盟結成大会に参加、中央執行委員として活躍、文学を捨て、実践運動に進んだ。二四年、福田雅太郎陸軍大将襲撃失敗で検挙され、一〇日間拘置釈放、テロリズムに否定的になり、虚無感を脱して自己救済の再出発を図る。

▼一九二七（昭和二）年五月、小川未明らのアナーキズム系の日本無産派文芸連盟を設立。二八年三月、日本左翼文芸家総連合創立総会に参加、全日本無産者芸術連盟（ナップ）に加盟、アナーキズムからマルクス・レーニン主義へ移行した。二九年二月、日本プロレタリア作家同盟（ナルプ）を結成、中央委員となり、三〇年四月、第二回大会で中央委員長に就任、三三年六月第六回大会まで続いた。三六年一月、治安維持法違反で検挙・投獄され、三七年一一月保釈出獄、三八年三月執行猶予となる。

▼一九四七（昭和二二）年一一月日本共産党に入党した。同年一二月、新日本文学会を結成、中央委員となった。五五年一月、第七回大会で幹事会副議長に選ばれた。日本共産党及び日本民主主義文学同盟議長。五二年七月から五三年四月まで「わが文学半生記」「続わが文学半生記」（『新日本文学』）に漱石との思い出などを発表した。六四年文学運動方針上の意見相違を理由として新日本文学会より規約を無視して除名され

た。歌集『わけしいのちの歌』（七〇年六月、新日本出版社）で第二回多喜二・百合子賞を受賞した。六五年一月から六七年まで「たたかいの作家同盟」（『文化評論』）を連載した。『江口渙自選作品集』全三巻（七二年八月〜七三年。新日本出版社）がある。栃木県那須郡烏山町の自宅で逝去。享年満八七歳。

▼江口渙は漱石門下生としては異色の存在で、芥川龍之介・*久米正雄らと同世代の漱石最晩年の弟子で、木曜会出席も二年半、それほど熱心に通い詰めたわけではない。岡田耕三の紹介で漱石山房に来て、その夜はこちこちに緊張と興奮で、一言も発し得なかったが、以前から交際のあった*小宮豊隆・*森田草平・*鈴木三重吉などが来ている時は、漱石に近付きやすい感じをもった。やがて臆面もなく自分の意見を述べたり、あえて愚論を吹っ掛けたりして、漱石を手こずらせたこともあった。

「先生の『心』の主人公はおしまいに自殺しますが、あの場合、自殺したって何にもならないと思いますけれど、どうでしょうか。」「どうしてだい。」「いやしくも一旦犯した以上、罪というものは、いくら死んだって生きたって、永久に消えませんよ。」「そうかな。」と漱石は微笑する。すると、森田草平が「科学的《サイエンティフィク》には消えないが、心理的《サイコロジカル》には消えるよ。」と漱石の肩を持つ。漱石は説得調に「消えないかもしれないが、許されはするだろう。生命を断ち切って謝罪するんだから。」と言った。江口は「いいえ。死なずにいて、一生、そのために苦しむ方が、遥かに許されますよ。」と言うと、「そりゃ、あんまり残酷だよ。」「自殺するなんて、卑怯ですよ。生きていてもっと苦しまなけりゃ。あの場合自殺そのものが不自然ですね。」と江口は攻めたが、漱石は「卑怯かね。不自然かね。」と困った様子はなく、軽い微笑のままだった。漱石の倫理観と江口の形而下的解釈の違いが出ている問答である。

〔**参考文献**〕『わが文学半生記』江口渙、青木書店、一九五三年七月一五日。／江口渙「噫漱石先生」『星座』一九一七年一月。／江口渙「漱石先生私議」『新思潮』一九一七年三月。

〔原武　哲〕

## ■久保　猪之吉

くぼ・いのきち

『近代文学研究叢書』45、一九七七年七月刊。久保記念館蔵。

一八七四（明治七）年一二月二六日〜一九三九（昭和一四）年一一月一二日。

歌人・耳鼻咽喉科医学者・俳人。松山時代、下宿していた主人の孫娘*より江の縁で、漱石は喉頭結核の疑いのある歌人・小説家*長塚節を久保猪之吉に紹介し、治療を依頼した。久保を信頼した長塚の願いもむなしく不帰の客となる。

福島県安達郡本宮町鍛治免八番地に旧二本松藩士父・常保、母・こうの長男として生まれた。一八八一（明治一四）年四月、福島県須賀川町立尋常小学校に入学した。八七年三月、同小学校卒業し、四月、福島県立尋常中学校に入学した。九一年三月、安積中学校（校名変更）を卒業し、同年七月、第一高等中学校に入学、落合直文の浅香社に参加し、和歌への関心を持つようになる。九六年、上野の韻松亭で開かれた浅香社の会で初めて佐々木信綱を知った。九六年七月、第一高等学校を卒業した。

▼一八九六（明治二九）年九月、帝国大学医科大学に入学し、医学を学ぶ傍ら、和歌への関心を強め、九八年七月『読売新聞』に「魂祭（一七首）」、一〇月、「両親在（一六首）」などを発表、落合直文の『ことばの泉』の編纂を手伝った。同年六月、落合直文門を脱退し、猪之吉は服部躬治・尾上柴舟らと「いかづち会」を結成した。一八九八年一二月の作、

見じといひてはこにをさめし恋人の文なつかしくなりにけるかな

▼一九〇〇（明治三三）年一二月二六日、東京帝国大学医科大学を卒業、〇一年一月、耳鼻咽喉科教室の岡田和一郎教授の下で副手、七月助手に任ぜられた。〇三年五月、松山市宮本より江（戸籍謄本はヨリヱ）と結婚した。同年六月、耳鼻咽喉学研究のため、満三年間ドイツのフライブルグに留学を命ぜられ、近世耳鼻咽喉科の鼻祖といわれたグスタフ・キリアンの下で助手となった。

▼〇七年一月、ドイツ留学から帰国し、京都帝国大学福岡医科大学（現・九州大学医学部）教授に任ぜられ、福岡市外東公園に転居した。二月、同大学に耳鼻咽喉科教室を開設、診療を開始した。八月、医学博士の学位を授けられた。日本最初の上気管支鏡的遺物抽出を行なった。専門の医学が多忙になって、歌壇から離れるようになったが、歌作はその後も続けられた。

▼一〇年四月、京都帝国大学福岡医科大学は九州帝国大学医科大学と改称し、同大学教授に任ぜられた。

▼**一九一二**（明治四五）年三月、漱石の世話で「土」を『朝日新聞』に発表した、歌人・小説家の長塚節が、漱石宅を訪ねた。長塚は喉頭結核のため、九州旅行中、福岡に立ち寄り、歌人で耳鼻咽喉科の権威者九大教授久保猪之吉の診察を希望、漱石は久保の妻より江を松山時代に知っていたので、長塚を久保に紹介、診察を依頼した（一二年三月一七日付久保猪之吉宛漱石書簡）。

長塚は同月一九日、東京を立ち、京都に着き、四月二〇日京都を立ち、二二日福岡に到着した。久保の外来診察日の二四日、長塚は初めて久保の診察を受けた（九大久保記念館蔵長塚節カルテ）。診断は慢性咽喉炎及び結核性喉頭炎であった。長塚は病ながら二五日から鹿児島、熊本、長崎、太宰府を回り、福岡に帰り、五月八日、久保の診察を受けた。五月一三日から電気焼灼の治療を四回始めた。

五月二五日、久保猪之吉・より江夫妻は博多東公園の一方亭という老舗の料亭に長塚を招待し、芸者の博多節を聴いた。その後、八回長塚は久保の診察を受け、七月五日博多を出発し、耶馬渓・別府から四国を見物して関西を廻って東京に帰った。

長塚が再び福岡に来たのは、一九一三（大正二）年三月一九日で、翌二〇日久保の診察を受けた。長塚は日本耳鼻咽喉科の第一人者久保博士から喉頭結核は治癒して何の疑いもないと診断され、大喜びで知人に報告している（三月二八日付平福百穂・岡麓宛書簡。三月三一日付斎藤茂吉宛書簡）。一六泊の内、四回だけ久保の診察を受け、後は神社仏閣の古美術を訪ね廻った。四月三日、上機嫌の長塚は久保邸へ挨拶に出掛けた。猪之吉博士は京都の学会に出張中で留守だったので、より江夫人と夫人の妹喜久子を相手に、日本一長い妙な名を唱えたり、夜中に便所に起きないまじないを教えたり、例のない程陽気で楽しそうだった（「長塚さん」『嫁ぬすみ』）。翌四日、福岡を立ち、宮島・

関西・出雲の旅を続け帰京した。

▼**一九一四**（大正三）年一月三一日、久保猪之吉から『鼻科学』下巻を贈られた漱石は、礼状を送った。「頼江さんは昨年暮から御病気で入院なさつたさうですが一向存じませんでした御病症も解りませんが不日退院といふ御書面故大した事もないのだらうと存じて居ります」（久保猪之吉宛漱石書簡）と書いた。

三度目の福岡行きは一九一四年六月一〇日、博多に着き、その日久保の診察を受けた。結核菌は陽性に転じ、病状は悪化していた。久保の好意で個室に官費で入院し、歌人の伊藤あき子（柳原白蓮）も中耳炎の手術で入院中、二人は出会っている。長塚の病室は短歌を書いた赤い短冊が壁一面に貼り付けてあった。三回の手術をし、しばらく様子を見ることになり、一四年八月一四日退院し、久保の困惑を押して一六日、転地療養の日向青島への旅に出た。

長塚は病状を悪化させ、同年九月二二日、疲労困憊して博多に帰り、病院前の平野旅館に入った。二三日、右披裂部発赤し、喉頭後壁凸面に腫脹し、一〇・一一・一二月の三回手術をした。長塚の破滅的な日向旅行は、縮めた命と引き換えに「鍼の如く」のような不朽の名歌を残した。長塚は平野旅館に宿を決め、絶対の信頼を寄せる久保の所に通院し、手術を懇願した。一一月二三日、最後の太宰府観世音寺の詣でを試みた。一二月二六日を最後にもう通院することができなくなった。宿で高熱に耐え、心配した久保は助手を見に遣らせる。

▼**一九一五**（大正四）年一月四日、長塚は悪寒と不眠と四〇度の高熱とで苦しい息遣いを見て、助手は久保に相談して、入院させた。八日、長塚の病床日記は最後となり、三一日、長塚は久保に水薬は咽《む》せて飲めないので、白湯を充分飲めるようにしてください、と懇願の手紙を書いたのが、絶筆となった。同年二月八日、午前一〇時、他界した。

九州大学医学部構内に長塚節「しろがねのはり打つごとき　きりぎりす幾夜はへなばすゞしかるらむ」の歌碑（一九五八年二月八日）が建立された。

長塚節の訃報は即日久保猪之吉から電報で漱石に知らされた。久保は歌仲間の斎藤茂吉にも知らせたのであろう、茂吉から漱石に知らせがあった。漱石も「生前別に同君の為に何も致しませんのを世話をしたやうに思つてゐられるのでせうか。」（**一九一五**年二月九日付斎藤茂吉宛書簡）と返信した。長塚節の実弟小布施《おぶせ》順二郎に弔意を表した。

▼その後、久保猪之吉と漱石との交流は途絶えたかに見えるが、より江との交流は続いていた。翌**一六**年一二月九日、漱石は死去した。

▼久保猪之吉はベルリン喉頭科学会通信会員に推薦されたり、英国王室医学会より喉頭科部の名誉通信会員に選挙されたり、ドイツ帝国自然科学学士院会員に選挙されたり、フランス政府からレジオン・ドヌール勲章を受けたり、国際的にも活躍した。久保式ゴニオメーテル・久保式回転椅子など久保独特の発明になる医療機器は数多い。倉田百三・斎藤茂吉などは久保を頼って、診察を受けた。趣味も広く、ベゴニア収集、蝶類研究、写真などに熱中した。一九二一（大正一〇）年一月、九州帝国大学医学部附属病院長に任ぜられた。二六年一一月、耳鼻咽喉科教室満二〇年記念「久保記念館」上棟式、二七（昭和二）年四月、「久保記念館」は完成した。一九三五年二月、停年退官し、五月、九州帝国大学名誉教授の称号を授けられた。六月、東京聖路加病院顧問に就任した。一九三九年一一月一二日、東京市麻布区笄町の自宅で満六四歳の

生涯を閉じた。青山霊園の久保夫妻の墓・「久保博士碑」は漱石の親友*菅虎雄の揮毫である。

久保の文学活動は一高時代の落合直文の指導に始まり、専ら短歌で主情的な浪漫性を帯び、近代的な西欧詩的雰囲気を醸し出していた。当時の御歌所歌人の新派和歌の行き詰まりを批判して、浅香社を脱退、服部躬治・尾上柴舟らと「いかづち会」を結成した。「いもうとは軒の葡萄を指さして熟せむ日までとどまれといふ」は与謝野晶子も絶賛した歌である。『心の花』『明星』を中心に、一八九八年から一九〇一年ごろまで活躍したが、次第に寡作となったが、晩年まで作歌は続けられた。漱石と文学的交流はほとんどない。歌集はなかったが、妻より江の影響により一九二二（大正一一）年上京の折、*高浜虚子の耳に入り、二五年三月入門した。

　　落椿客去にし卓に拾はせつ

　　　　（一九二七年六月作）

一九三二（昭和七）年五月、唯一の句集『春潮集』（京鹿子）がある。一九六〇（昭和三五）年五月一五日、九州大学「久保記念館」近くに久保猪之吉胸像、「霧ふかき南独逸の朝の窓　おぼろにうつれ故郷の山」の歌碑がある。

▼結局、漱石と久保との関係は妻より江を通じてであって、漱石が長塚節を久保に紹介したことに尽きる。漱石の小説や文学論は久保の短歌や俳句に大きな影響を与えることはなかった。

〔**参考文献**〕『近代文学研究叢書』第四五巻「久保猪之吉」、昭和女子大学、一九七七年七月二〇日。／杉野大沢「医人文人あれこれ　長塚節と久保猪之吉」一〜二二、『日本医事新報』一八四二号〜一八六三号、一九五九年八月一五日〜一九六〇年一月九日。／伊藤昌治『長塚節――謎めく九州の旅・追跡記』日月書店、一九七九年五月一五日。

［原武　哲］

## ■白仁　武

しらに・たけし

『南満洲写真大観』関東都督府民政長官、一九一一年刊。

**一八六三（文久三）年一〇月一八日〜一九四一（昭和一六）年四月二〇日。内務省・文部省官僚、八幡製鉄所長官、日本郵船株式会社社長。漱石の満韓旅行では関東都督府民政長官として旅順で漱石を歓待している。**

白仁武は、筑後国山門郡城内《しろうち》村（現・福岡県柳川市）で、父・成功《しげこと》（旧名作之進。一七〇石御近習）と母・みね（旧姓桜井）の長男として生まれた。漱石の第五高等学校以来の教え子*坂元雪鳥（白仁三郎）の異母兄であった。一八七二（明治五）年、藩校廃校後有志が興した啓蒙社に九歳で入学、七三年伝習小学校に入学、菊池武信より英語を学び、立花氏につき漢籍を修業した。七九年立花寛治伯爵の学友に選ばれ柳河中学（現・福岡県立伝習館高等学校）に入学し、八一（明治一四）年に卒業した。八二年青雲の志を抱いて上京し、神田淡路町の共立学校（現・開成高校）に入学、八三年六月東京大学予備門（後の第一高等学校）に入学し、一二月父成功隠居により家督相続、戸主となる。八七年七月第一高等中学校（予備門改名）卒業、九月帝国大学法科大学に入学、九〇（明治二三）年七月大学卒業と同時に内務省（後に自治省。現・総務省）に入省した。

▼一八九一（明治二四）年八月、北海道庁参事官となったが、当時の北海道はまだ未踏の地が多く、鉄道のない地方では熊や無頼漢の襲撃の危険に曝されながら、白仁は鳥打帽と草履姿で管内をくまなく巡視したという。そしてアイヌ語の地名に漢字を当てる仕事をした。例えば「管のような所を流れ出る所」の意である「クッシャンイ」から出た「クッシャニ」（尻別川支流、倶登山《くとさん》川の旧名）に「倶知安《クッチャン》」の漢字を当てた。

▼白仁は内務省に帰任後関わってきた「北海道旧土人保護法」を第一三回帝国議会に提出し、一八九九（明治三二）年四月公布された。この法律は旧土人（アイヌ民族）で農業に従事する者には一戸につき土地一五〇〇〇坪以内に限り無償で下付するという、和人（大和民族）からの土地・財産搾取を保護することを骨子としていた。しかし、その背景に優勝劣敗論、アイヌ滅亡不可避論がなかったとは言えない。「北海道旧土人保護法」はその後百年近く生き続け、アイヌ新法が施行されたのは、一九九七（平成九）年七月であった。

▼一八九五年一一月、白仁は文部書記官兼文部省参事官となった。その仕事として『北海道用尋常小学読本』編纂がある。当時、高橋熊太郎編『普通読本』が使用されていたが、北海道には不適当な教材が多く、批判を浴びていたので、文部省は北海道用の教科書編纂を検討した。九六年四月、拓殖務書記官兼文部書記官の白仁が主任となり、『北海道用尋常小学読本』は同年七月下旬には大体において脱稿、九七年四月から一九〇五年三月まで使用された。

▼一八九六（明治二九）年、白仁武は男爵川崎祐名（鹿児島出身）の長女マサと結婚した。武三三歳、マサ一六歳の若さだった。一九〇四年一月、日露戦争開戦直前に白仁は栃木県知事に任命された。我が国公害事件第一号足尾銅山鉱毒事件の収拾がその使命であった。知事在任中に打ち出した谷中村買収・遊水池化案を巡って、政府国策の立場をとる白仁知事と村民擁護の立場を貫く衆議院議員田中正造と対立する。同年一二月、谷中村買収案は栃木県議会を通過、〇五年一一月谷中村移住が始まり、一七（大正六）年二月最後の一六戸が埋立地に移住で終わった。一九一三（大正二）年九月、田中正造が七二歳で病没した。白仁は田中を憐れみ、三〇円の香典を包み、一六年県民田中の霊を築地本願寺に追善した時、白仁は七〇円を投じて、その遺徳を偲んだ。田中の遺僕島田宗三から田中正造立像、遺愛の硯、短刀を贈られた。恩讐を超越した心の通いがあったのか。一九九七（平成九）年二月、白仁家に遺された谷中村買収関係資料が発見され、遺族の見識により田中正造大学に寄贈され、「白仁家文書が語る谷中村滅亡秘話」特別展に遺族が招かれ挨拶した。百年を隔てて敵味方の遺族が恩讐を超えて一堂に会することを得たのである。

▼一九〇六（明治三九）年八月、文部省普通学務局長となる。〇八年五月、旅順に移された関東都督府民政長官となった。**一九〇九**年九月、夏目漱石は満鉄総裁中村是公《よしこと》*の招きで満韓旅行に出かけ、六日、大連に到着した。九日、「旅順から電話が掛つて此方《こつち》へは何時《いつ》来るかといふ問合はせ」（漱石

「満韓ところ〴〵」二十二）があった。民政署（関東都督府民政部の誤り）からだと言う。「是《これ》が白仁長官の好意から出た聞き合せであった事は旅順に着いて後始めて知つた」。一〇日午前一〇時、旅順に到着、白仁長官の命で渡辺秘書が出迎えに来て、ヤマトホテルに連れて行かれた。漱石は日本流の旅館を希望したが、渡辺秘書は「御泊まりになられる様な日本の宿屋は一軒もありませんから、矢つ張り大和ホテルに為さつた方が好いでせう。」と忠告した。旅順ヤマトホテル（現・桜花城大酒店。旅順市文化街三〇号）は旅順駅から西に三キロ、新市街にあった。漱石は民政部に行って、白仁民政長官に面会し、挨拶した。たぶんこれが漱石と白仁武との最初の対面であろう。弟の坂元雪鳥から白仁に漱石の満韓旅行のことが告げられていただろう。漱石もまた坂元を通じて白仁のことは知っていただろう。当然坂元のことが漱石・白仁の話題に上ったことであろう。その夜、白仁民政長官主催の正餐（歓迎会）に招待された。民政部の高等官たちはカーキ色の制服を厳めしく着用して列席していた。

一一日朝、漱石は旅順滞在中お世話になった白仁民政長官官邸（旅順市新市街御雪《みさき》町）に暇乞いに行った。余りに壮麗なので、漱石が「結構な御住居《おすまゐ》だが、もとは誰の居た所ですか。」と聞くと「何でもある大佐の家ださうです」と答えた。「斯う云ふ家に住んで、斯ういふ景色を眼の下に見れば、内地を離れる賠償には充分なりますね。」と言うと、白仁は「日本ぢや到底《とても》這《は》入れません。」と笑った。白仁から五加皮酒（中国薬酒）をご馳走になり別れた。

▼関東都督府民政長官として白仁武《しらにたけし》の最大の業績は、旅順工科学堂（後の旅順工科大学）を設立し、一九〇九（明治四二）年六月初代学長を兼任し、翌一〇年開学、自ら修身の講座を週一回担当し、直接学生と接したことである。白仁の民政長官在任は九年に及び、一七（大正六）年七月、拓殖局長官となった。

▼鉄材払い下げの疑獄事件が発生して伏魔《ふくま》殿《でん》と言われた官制の八幡製鉄所は、立て直しを迫られ、一八年二月清廉潔白な白仁に白羽の矢を立てた。白仁は第五代長官となり、先ず綱紀の粛正を行なった。従来の指定販売を入札公売に改め、派手な宴会も一切禁止、奢侈な服装を改め、幹部全員詰め襟の制服を着用することにした。人事相談所を開設して悩みを解決する態度を示した。第一次世界大戦が終結し、反動の恐慌が到来した。二〇年二月、自主労働組合「日本労友会」は普通選挙促進デモを行ない、労働時間短縮、賃上げ、住宅料要求などの嘆願書を提出した。白仁は要求を拒絶、六名を解雇したので、労働者一万七千余り、職場放棄、工場は暴動化し、「溶鉱炉の火は消えたり」と言われた。警察、憲兵が出動し、労友会幹部は全員拘束された。白仁長官は衆議院で予算通過すれば賃上げ実行、労働時間短縮は官設工場一致の方針、宿舎は増設すると全員に告げた。しかし行き違いから決裂、ロックアウトとなる。弾圧、糧道を断たれ、労働者側の完全敗北に終わった。しかし、白仁は「此際彼等ノ要求ヲ容ルルハ官衙《かんが》ノ威信ヲ失墜スルノ感アルモ、之ハ自今我慢スルヲ要ス」と指令した。「益なき時は虫をも殺さず、義ありと見れば親をも滅す」これは旅順で卒業生に与えた書であった。その後、職工規則が改正され、一〇時間二交代制は八時間三交代制に、割増奨励金を変更して実質賃上げ、一千戸住宅建設など画期的な待遇改善が実施された。宿老制、技術員養成所を設置したり、職員・職工をドイツに派遣し技術を習得させた。

▼二四（大正一三）年一〇月、新社屋竣工や関東大震災の被害で経営困難となった日本郵船は人事問題で紛糾、同交会事件が起き、伊東米治郎社長は辞表を提出、一一月白仁武は官僚から民間企業の日本郵船第五代社長になった。白仁は海陸社員の人事抗争を収拾し、不振の東洋汽船を合併させ、米英に比較して数では対抗できるが、質で劣るので、快速優秀船の建造に踏み切った。二九（昭和四）年一〇月浅間丸が、三〇年四月龍田丸・秩父丸がアメリカへ処女航海した。照国丸・靖国丸・平洋丸・氷川丸・日枝丸・平安丸が次々と建造されたのである。社内抗争を収拾し優秀船も完工して自分の役割を果たしたと考えた白仁は、二九年五月健康を理由に社長の座を各務鎌吉に譲った。

▼官民から引退後、早稲田鶴巻町に隠棲し、一九四一（昭和一六）年四月二〇日死去した。満七八歳だった。官僚として公益を規範とし、時には民衆の益に反して苛酷な政策をとったこともあったが、個人的には清廉潔癖、心の温かい人で、晩年の夏目漱石と二度と交流することはなかった。

〔**参考文献**〕白仁成文編『二本のけやき――白仁武・マサの想い出――』創林社、二〇〇一年一二月二〇日。

［原武　哲］

## ■津田　青楓

つだ・せいふう

『春秋九十五年』自画像、一九七四年刊。©Mari Suzuki 2014/JAA1300249

一八八〇（明治一三）年九月一三日〜一九七八（昭和五三）年八月三一日。洋画家・日本画家・書家・随筆家・歌人・＊良寛研究家。漱石の『虞美人草』・『道草』・『明暗』などの装幀を担当。漱石門下生の一人。

本名津田亀治郎、津田は母方（津田治兵衛・もと醤油業）の姓である。京都市押小路麩屋町橋町に生まれる。父・西川源兵衛は花屋で、元禄時代から続く華道去風流の家元西川一葉。兄の一草亭西川源治郎も去風流の家元となる。商家に嫁した長女うたがいた。

▼一八八六（明治一九）年京都市柳池尋常小学校入学、卒業頃津田家の養子になる。初め四条派の竹川友広に日本画を学ぶ。一八

九三年頃中京あたりの商家に奉公に出されるが、やがて逃げだし放浪する。一八九六(明治二九)年京都市立染織学校に入学。また歴史画家谷口香嶠に日本画を学ぶ。『ホトトギス』『明星』に親しむ。一八九九年関西美術院に入学し、浅井忠*や鹿子木孟郎に師事する。一九〇〇(明治三三)年から三年間兵役。この頃『ホトトギス』に行軍日記などを投稿。一九〇三年兵役除隊後、京都高島屋図案部に勤務。〇四年日露戦争に従軍、八月二〇日旅順の総攻撃を体験。帰国後関西美術院や香嶠塾などで学ぶ。

▼一九〇七(明治四〇)年山脇敏子と結婚。この年農商務省海外実業実習生として、安井曾太郎と共にパリに留学し、アカデミー・ジュリアンでジャン・ポール・ローランスに師事する。この頃、有島生馬*や荻原守衛を知る。また、留学生仲間の斎藤与里と荻原が、「吾輩は猫である」などの『ホトトギス』掲載の漱石作品を昼食時のレストランで朗読するのを聞き、漱石に親しみを感じる。『ホトトギス』に「掃除女」などを投稿し掲載される。アール・ヌーボーの影響を受ける。一九一〇年帰国。河上肇の雑誌『無我愛』を愛読し、他の著作(「社会主義評論」「人生の帰趣」『貧乏物語』)などにも親しむようになる。一九一一(明治四四)年長女あやめ誕生。第二回文部省美術展覧会(通称「文展」)に「インクラインの五月」を出品した。

▼**一九一一**(明治四四)年四月頃から、小宮*豊隆の紹介で漱石のところに出入りし、漱石の紹介で『東京朝日新聞』に挿絵を描くようになる。講演で関西に来ていた漱石の入院を知り、大阪に見舞う。**一九一二**年頃から漱石に水彩画の手ほどきをする。新帰朝洋画家美術展に四四点を陳列し、また、神田の瑯玕《ろうかん》洞で小品画展を開き、三越の油絵小品画展にも出品する。この頃相馬御風編集の『早稲田文学』の画評や表紙画を担当する。森田草平*の『十字路』の装幀は始めての装幀の仕事であり、『三重吉全作品』*(一九一五年)などの漱石門下生の本の装幀も手がけ、やがて漱石の『鶉籠・虞美人草』『道草』『明暗』などの装幀も行うことになる。

▼一九一二(大正元)年には、斎藤与里、高村光太郎、柳啓助・岸田劉生らとヒュウザン会(木炭画の意)を起こし、展覧会の開催と『ヒュウザン』を創刊する。翌二年、大阪三越で個展を開いたり、太平洋画会展に六曲屏風を出品したり、青楓図案社を設立したり、画家として本格的な活動を始める。長男の安丸誕生(漱石命名)。漱石が油絵に興味をもち、指導するが、漱石は面倒臭がって放棄。漱石南画に興味をもつ。

▼一九一三(大正二)年、石井柏亭、有島生馬、小杉未醒、坂本繁二郎*、梅原龍三郎らの文展洋画部への第二科設置の建議を文部省が拒否するということが起り、一部の画家が文展と袂を分かち、一四年、二科会が創立される。青楓もこれに参加し、一九三三年二科会を脱会するまで、「籐椅子の裸婦」「修善寺教会図」「水車場の桃」「あぢさゐ」などを出品した。

▼**一九一五**(大正四)年伏見大亀谷に移る。漱石が京都を訪問し、木屋町の北大嘉に泊まる。京都案内の途中で漱石は病んでしまう。鏡子*夫人も京都へ。次女ふよう誕生。**一九一六**年農商務省の工芸展覧会に屏風「描更紗柘榴」を出品。安丸疫痢で死去。一二月漱石逝去。一九一八(大正七)年、俳画展に二曲屏風半双「漱石と十弟子」を出品する。この頃から寺田寅彦*と親しくなる。寺田寅彦「津田青楓君の画と南画の芸術的価値」(『中央公論』一九一八年八月)を発表。一九二一年三女ひかる誕生(一九三二年夭折)。一九二二年、妻敏子洋裁手芸の研究

のためフランスへ（一九二四年帰国）。翌年河上肇を京都吉田で初めて訪問。この頃から山科に居を構えた志賀直哉とも交流する。一九二六年四女万里子誕生。京都東山区霊山町にのちの津田青楓画塾に発展する画塾を開く。年末に協議離婚（山脇敏子は、一九二九年現在の山脇美術専門学校の前身山脇洋裁学校を創設し、また洋裁店アザレを開店した。一九四七年には、山脇服飾美術学院も創設した。一九六〇年死去）。

▼この頃、河上肇の影響でプロレタリア芸術運動に近づく。一九二九（昭和四）年五女礼子誕生。三〇年、河上肇労農党から立候補、その応援に立つ。一九三一（昭和六）年第八回二科会に「ブルジョワ議会と民衆の生活」の出品を予定するが、警察により「新議会」と改題させられる。一九三三（昭和八）年、小林多喜二を題材に「犠牲者（拷問）」を描いている時に、左翼勢力への資金援助の嫌疑で検挙される。釈放を機に二科会を離れる。

それ以後は、日本画や良寛研究に転じた。戦後も、随想の執筆や書画の制作を続けた。特に、漱石関係の回顧談は得がたい資料であり、なかでも木曜会の模様を伝える俳画や文章は、漱石をとり巻くその時代の雰囲気を生き生きと伝えている。

▼漱石の子息たちとの交友も続き、NHKで夏目純一と「漱石の思い出話」（一九五二年）、NHKの朝の茶の間で「良寛と漱石の話」の談話（一九五七年）、毎年の漱石忌九日会への出席や、夏目伸六『猫の墓』（一九六〇年）の出版記念会への出席など、最晩年まで夏目漱石の業績の顕彰に努めた。一九七八（昭和五三）年、九七歳の齢を全うした。

▼作品には「暮れゆく橋」（一九一〇年）「海辺の村」（一二年）「婦人と金絲雀《カナリア》鳥」（二〇年）「出雲崎の女」（二三年）「婦」（二五年）「黒きまんとう」（二六年）「裏町」（三一年）などがあり、一九七四年に、知人の小池唯則によって一宮町に津田青楓美術館が建てられたが、現在は笛吹市立美術館に移管されている。

著書に、『画家の生活日記』（一九二四年）『雑炊』（三四年）『寅彦と三重吉』（四七年）『漱石と十弟子』（四九年）『老画家の一生』（六三年）『春秋九十五年』（七四年）などがある。

▼津田青楓の夏目漱石との関わりは、**一九一一**（明治四四）年四月頃、小宮豊隆の紹介で漱石を訪ねたことに始まり、それ以降木曜会の常連の一人になる。漱石は、東京朝日新聞社の渋川玄耳に頼んで、青楓に挿絵を『東京朝日新聞』に描かせようとしたりの世話もしている（六月二四日付漱石書簡）。漱石が大阪朝日新聞社の講演会で関西を訪れた時（**一九一一**年八月一一日から一八日まで各地で四回講演）、大阪での講演の直後胃潰瘍が再発し、大阪の湯川胃腸病院に九月一四日まで入院してしまい、それを知った青楓が見舞いに行くなど交際は深まっていく。この頃、中村不折とも橋口五葉とも心理的にも芸術的にも距離をもち始めていたこともあって、絵画の好きな漱石が、津田に関心をもったものと考えられる。これ以後期間にしては五、六年の間であるが、二人の親密な交際が始まる。

上京した頃の青楓は、高田老松町の家賃六円なにがしの陋屋に妻子と住んでいたが、偶然そこを訪れた漱石が森田草平たちに「津田君はひどい所に住んでゐるよ」と言ったらしい（津田「人間漱石」）。これは蔑して言ったのではなく、日頃、日本における芸術家の不遇に同情的だった漱石の衷心からの感想で、青楓が瑯玕洞で個展を開いた時なども二点の画を購入してあげたり、また、知人に青楓の画の購入を勧めたりするなど、心憎いばかりの思いやりを示している（一九一二年三月一七日・一八日付漱石書簡）。こういう漱石の不遇の若い画家に対する庇護の態度は、小説『明暗』のなかの小林と青年画家との交渉の場面を連想させるものがある。

　青楓は木曜会に足繁く通っているが、そこに集まる青年たちが、恵まれた生活のなかで好きな分野でそれぞれ活躍している姿には、違和感を抱いていた。しかし、彼らの屈託のなさ、とくに漱石の独特の包容力によって、青楓の人格が形成されていったことは否定できない。漱石とは文展や二科会などの美術展に頻繁に同行していて、そのような時の漱石の絵画に対する鑑賞眼は青楓に多くのものを示唆していった（一九一三年三月一九日・九月二六日などの津田宛書簡その他）。漱石が実際に画を描く時の指導は青楓が行っている。漱石も絵画に関しては青楓に頼り、自分の絵の評価を頻繁に青楓に頼んでいる（一九一二年一一月一八日付漱石書簡など）。また、漱石は娘ひな子が急死（一九一一年一一月二九日）した際、その墓碑の意匠を青楓に頼むほど気を許している（一九一三年三月一九日付漱石書簡）。

　**一九一五**（大正四）年一〇月の『美術新報』は、「津田青楓氏」の総題の下に小宮豊隆、西川一草亭、坂井犀水らの諸論を掲載し、漱石（題はない）も寄稿している。この批評文は、漱石自身の南画論でもあるが、何故漱石が青楓を高く評価するかが如実に表れているものである。青楓の画には、技巧がなく人の意を迎えたり世に媚びたりする態度は全くない。「一直線に自分の芸術的良心に命令された」通りに動いて行くだけのものである。その画は「ぢゞむさい蓬頭垢面といつた」風があるが、そこに「偽はらざる天真の発現」が伴っている。「利害の念だの、野心だの、毀誉褒貶の苦痛だのといふ、一切の塵労俗累が混入してゐないのです。」というように、最大級の賛辞を述べている。

▼漱石と青楓との絵画に関する交渉については興味深いものがある。始め漱石は水彩画を描いていたが、青楓に油彩を教えてくれと頼み、その道具の購入なども依頼する（一九一二年九月頃）。しかし、油彩は手続きが面倒だといって途中で止めてしまう。そして南画に熱中していく。この推移に対する青楓の意見は、漱石を知るうえでも貴重である。

　まず水彩画については、漱石は、手法が洋画的で材料は「日本的もしくは俳味的」であって、それなりの「清新」なところがあったが、写実が幼稚で色使いも古くさいものであった。次に、油絵が性に合わなかったのは、油絵はまず事物の写生が基本であるが、漱石はその写生が苦手だった。漱石の仕事は「すべてが主観的で、現実そのものを軽蔑」する傾向にあった。その意味で「リアリスト」ではなく、「南画的なロマンチックな画題のもの」に興味をもった（津田「漱石先生の書画道」）。

　それではなぜ南画が好きになったかというと、青楓が、南画は写実に根拠がない、でたらめを描くからつまらない、と非難したのに対して、漱石は「出たらめが描けるのでいいぢやないか」と反論したという（津田「漱石の書画道楽」）。木曜会の人たちも、南画は勝手な景色を「自由に捏造」できるから、漱石にとって面白いのだろうと認めていたようで、漱石は「現実よりも空想の世界の方」が好きであったが、「小説では現実を取扱はなければならない」ので、「人里はなれた別荘」にでも行く気で南画を描いていたと考えていた（津田「女の話」『漱石と十弟子』所収）。

　このような画に対する漱石の態度は、書

においても同様で、漱石の書は「書道的に見て傑れた字」ではなかった、と青楓は言う。しかし「書によつて表示される古人のこころの深さに傾倒することができる」ものであった。良寛のような極端な「玄人嫌ひ」ではなかったが、「玄人の法則に拘泥した仕事が嫌ひ」で、書は良寛、明月、隠元、即非などが好きであった（津田「漱石の書画道」）。また、漱石は「守拙」という言葉が好きで、文人墨客の床の間を飾るのは書画の巧拙よりも気韻や品格が大切だと考えていた（津田「人間漱石」）、というのが青楓の漱石観である。

漱石は門下生達に、「鰹節のやうな不折の画」（津田「アンデパンダン」）とか「頭が単純で己惚れの強い男」で「不折は馬鹿だよ」（津田「百鬼園のビール代」）などと、不折を非難したようだが、これは、青楓のいう「玄人の法則に拘泥した仕事が嫌ひ」という漱石の判断基準で不折を評価したのであろう。

「則天去私」についての青楓の意見も興味深い。青楓はそれを悟りの境地といったような静的なものではなく、「小我を去って大我に生きようとする意欲」と、指向性という動的なものとして理解している。そしてその「大我」の境地は、仏教の「自然法爾」や、老子の「人は地に法り、地は天に法り、天は道に法り、道は自然に法る」や、良寛詩の「昨日の是とする所　今日亦復非なり／是非に定端無く　得失預め期し難し」の境地だとしている。しかし、漱石の心境は良寛ほどには至っていない、とやはり動的な「意欲」の段階で理解しながらも（津田「漱石の宗教観」）、小説家がこういう境地に到達したらどうにもならないだろうとも断っている。

▼夏目漱石は、津田青楓の芸術家ぶらない、いつまでも努力を続ける人柄と、その俳味溢れる書画を愛した。青楓は漱石の臨終に臨んで、死に水をとる時、涙が出て止まらず号泣したと自ら語っている。「親に別れる以上に悲しかつた」（「人間漱石」）。

最晩年に漱石が青楓に残した言葉も、相手が青楓ならではのものだと感じられる。「世の中にすきな人は段々なくなります、さうして天と地と草と木が美しく見えてきます、ことに此頃の春の光は甚だ好いのです、私は夫《それ》をたよりに生きてゐます」（**一九一四**年三月二九日付漱石書簡）（津田「春の光をたよりに」に引用）

〔**参考文献**〕寺田寅彦「津田青楓君の画と南画の芸術的価値」『中央公論』一九一八年八月。／津田青楓『春秋九十五年』「自撰年譜」求龍堂、一九七四年。／津田青楓『漱石と十弟子』芸艸堂、一九七四年、再版。／山田俊幸「橋口五葉と津田青楓の漱石本　アール・ヌーヴォからプリミティズムへ」『漱石研究』№13 翰林書房、二〇〇〇年。

［石田忠彦］

# ■幸徳　秋水

こうとく・しゅうすい

『日本近代文学大系』50「近代社会文学集」一九七三年刊。

**一八七一（明治四）年九月二二日～一九一一（明治四四）年一月二四日。思想家・評論家。漱石は「それから」で幸徳秋水のことを取り上げる。幸徳秋水を死刑にした権力に対して、漱石は批判的だった。**

高知県幡多《はた》郡中村町一一三屋敷（現・中村市京町二丁目）に、父・篤明、母・多治子の末子三男として生まれる。本名、傳次郎《でんじろう》。別号に、秋水（師中江兆民の命名）。幸徳家は町老役の家柄で、酒造業と薬種業を営んだ。

▼一八七六（明治九）年、中村小学校下等級第八級に入学。八一（明治一四）年、中村中学（高知中学中村分校）に入学。八六年、一五歳の時、中村町の自由亭であった板垣退助の歓迎会で祝辞を読む。

▼八七年、上京して林有造の書生となり、林包明の英学館に通学。一二月、地租軽減・条約改正・言論集会の自由などの建白・伊藤内閣打倒の運動に対して、保安条令を公布。中江兆民・林有造らが東京より三里外に退去を命ぜられる。幸徳も令状を執行され、東海道を徒歩で西に向かった。八八年中村町に帰る。退去令解除の後、一一月、大阪で中江兆民の学僕となる。八九年、中江家の家族と共に上京し、九一年、国民英学会に通学。九二年、同学会正科を卒業。九三年、板垣退助が主宰していた『自由新聞』に入社し、英字新聞の翻訳を担当。

▼九八（明治三一）年、黒岩涙香の主宰する『萬朝報』に入社。社会主義文献を読みその輪郭をつかみ始める。片山潜らによって結成された社会主義研究会にも入会する。

▼一九〇一（明治三四）年四月、『二〇世紀之怪物帝国主義』（警醒社書店）を刊。五月、安部磯雄、片山潜、木下尚江、西川光二郎、河上清らと社会民主党を組織するが解散を命ぜられる。一二月九日、足尾鉱毒事件に関して、田中正造のために直訴文を起草。

▼〇三年、『社会主義神髄』（萬朝報社、東京堂）を刊。一〇月一〇日、これまで日露非戦論を唱えていた『萬朝報』が開戦論に転じたので、開戦論に反対して堺利彦、内村鑑三とともに萬朝報社を退社。一一月、堺と共に平民社を創立し、週刊『平民新聞』を創刊。〇四年、紙上に「吾人は飽くまで戦争を非認す」を発表し非戦運動を進めるが、後に発売禁止となり、〇五年に終刊する。一一月に、渡米しアナルコ・サンジカリズムの影響を受ける。翌年六月、帰国。

▼〇七年一月、日刊『平民新聞』を発刊するが、四月廃刊。二月の日本社会党大会で直接行動論を主張し論争する。二二日、同党は結社禁止となる。

▼〇九（明治四二）年一月、クロポトキンKропоткинの『麺麭の略取』訳本（平民社訳）を刊行するが即日発禁。五月、管野《かんの》須賀子らと『自由思想』第一号を発行、発禁。第二号も発禁。この件で、総計四〇〇円の罰金を課せられ控訴を申し立てた。

六月七―八日、『東京朝日新聞』に幸徳の知人、杉村楚人冠（廣太郎）の署名記事「幸徳秋水を襲ふ」が三面に掲載される。千駄ヶ谷九〇三番地に所在した平民社を官憲が監視する様子を描いている。平民社の建物と街道を隔てた畑の中に天幕がたっていて紅白だんだらの幕が下がっている。そこが巡査の詰め所で昼夜の別なく四人で、幸徳の一挙一動を見張っている。巡査は、訪問者の姓名を聞きただす。同志を尾行する。『皇室に危害を加へる恐れがあるとでも思つているのだらうが誰がそんな馬鹿な真似をするもんか』と秋水君は笑つた」と記事は語る。一年後に大逆罪で検挙されることを、幸徳は予測できずにいたことになる。

▼漱石は、この訪問記をふまえた描写を「それから」（一九〇九年六月二七〜一〇月一四日、『東京朝日新聞』『大阪朝日新聞』）の一節（一三の六）に書いている。「平岡はそれから、幸徳秋水と云ふ社会主義の人を、政府がどんなに恐れてゐるかと云ふ事を話した」と切り出して、先の杉村の記事と重なる監視状態を代助に話して聞かせる。「是も代助の耳には、真面目な響を与へなかつた。『矢っ張り現代的滑稽の標本ぢやないか』と平岡は先刻の批評を繰り返しながら、代助を挑んだ。代助はさうさと笑つた」。このような形で「実社会」の「現代的滑稽の標本」を取り上げた漱石の意図、関心のありかたを次の例で探ることができる。

▼一四（大正三）年の講演「私の個人主義」（学習院）で次のように表現している。自己の個性の発展と同時に他人の個性も尊重するのが私の個人主義だと述べた上で、権力の使用にあたってはそれに付随する義務を心得ねばならないと強調する。その濫用の例として次の一節を挙げている。「たとへば私が何も不都合を働らかないのに、単に政府に気に入らないからと云つて、警視総監が巡査に私の家を取り巻かせたら何んなものでせう。（中略）徳義はさういふ権力の使用を彼に許さないのであります」。続いて豪商が金力を使って個人を圧迫することも問題にする。総じて、権力や金力をほしいままに使う者が、自己の利害に反する者を無法に圧迫することを問題視している。漱石の個人主義には、事実にそって事の真偽を主体的に考え抜く思考が根本にある。この点をふまえると、石川啄木*が大逆事件後に裁判資料を読み込んで覚醒していったことに通ずるものがあり、この面からも漱石文学を読み直す試みが必要だろう。

▼一〇年三月、『通俗日本戦国史』執筆のため、家財を処分して管野と共に、湯河原温泉天野屋に滞在。四月、控訴を取り下げ、五月、管野は『自由思想』の換金刑に服するために下獄する。同月二五日、大逆事件の検挙が始まり、六月一日に幸徳も湯河原で逮捕される。起訴され、一一月九日、予審終結。一二月一〇日から公判が始まり、ただちに一五日、全員に死刑を求刑。一八日、獄中で弁護士宛ての陳弁書を書き、無政府主義に関する正しい知識、事実に基づいた調査や理解が、裁判において欠けていることを指摘した。先の石川啄木が読んだ裁判資料とは、この陳弁書である。

▼一一（明治四四）年一月一八日、刑法第七三条により、幸徳以下二四名に死刑を宣告（うち一二名は無期懲役に減刑）され、二名に有期刑の判決がなされた。同月二四日、死刑を執行。絶筆として、獄中で書いた未定稿「死刑の前」を残した。三九歳。遺体は、郷里中村町の正福寺に葬られた。一一月に『基督抹殺論』（丙午出版社）刊。

漱石は、事の真偽を主体的に考え抜き他人の個性を尊重する態度を貫き、権力の濫用に対して批判的だった。

〔**参考文献**〕『明治文学全集』第八四巻「明治社会主義文学集二」筑摩書房、一九六五年一一月一〇日。／伊豆利彦『漱石と天皇制』有精堂、一九八九年九月一〇日。

〔坂本正博〕

# ■谷崎　潤一郎

たにざき・じゅんいちろう

『新潮日本文学アルバム』「谷崎潤一郎集」

一八八六（明治一九）年七月二四日～一九六五（昭和四〇）年七月三〇日。小説家。随筆家。漱石は谷崎を評価して『東京朝日新聞』に「金色の死」「鬼の面」を発表してもらった。しかし、谷崎は「『門』を評す」「芸術一家言」「雪後庵夜話」において、谷崎の美を直截的に感得する芸術観の立場から、『門』『道草』『明暗』などの理知的傾向を批判した。

東京市日本橋区蠣殻町二丁目一四番地（現・東京都中央区日本橋人形町一の七の一〇）に、父・倉五郎、母・関の間に次男として生まれた。長男は夭折していたために、実質的には長男であったが、母は家事や育児を行わなかったために、乳母みよに育てられた。弟に小説家・英文学者となった谷崎精二（一八九〇年生）がいる。兄弟は多い。

▼一八九一（明治二四）年、小岸幼稚園に通う。九二年九月、坂本尋常高等小学校入学。九四年偕楽園の息子の笹沼源之助と仲良くなり、生涯の友となる。九七年四月、高等科進級。この頃から少年向きの雑誌等を濫読。一九〇一（明治三四）年四月、府立第一中学校に入学し、辰野隆、吉井勇、大貫雪之助らを知る。〇二年父の事業が苦境に陥り、退学の危機に遭うが、築地精養軒の経営者北村家の住み込み家庭教師となり、学業を続けた。一九〇五（明治三八）年九月、第一高等学校英法科入学。〇七年、北村家の小間使いとの恋愛が知られ、北村家を出され、一高朶寮に移った。一九〇八（明治四一）年九月、東京帝国大学文科大学国文科入学。一〇年九月、第二次『新思潮』創刊。「刺青」「麒麟」その他の好短編を数多く『新思潮』に発表する。一一年七月、大学は授業料滞納のために退学になる。同年一一月、『三田文学』で、*永井荷風に激賞され、文壇的地位が確立した。同年一二月、短編小説集『刺青』を刊行した。以後、数度の神経衰弱症やスランプの時期に見舞われるが、大正昭和そして戦後と衰えない筆力で独特の小説世界を展開し続けた。

▼一九一五（大正四）年五月、石川千代子と結婚。一六年三月一四日、長女鮎子誕生。一七年頃から佐藤春夫との交友が始まる。この年、神奈川県の小田原に転居。一九二〇（大正九）年五月、大正活映株式会社の脚本部顧問となり、「アマチユア倶楽部」を映画化し、千代子夫人の妹の葉山三千代（本名せい）を主演女優とした。この頃から、夫人との不仲が生じ、佐藤春夫と夫人との交情が始まる。一九二一年九月から横浜市に住む。一九二三（大正一二）年九月一日、箱根で執筆中に関東大地震に遭う。関西経由で東京に戻り、家族を連れて関西に避難し、転々とし、兵庫県六甲苦楽園に居を定めたが、翌年再び転居し、関西定住が始まった。一九三〇（昭和五）年八月一七日、妻千代子と離婚し、千代子は佐藤春夫と再婚した。三一年四月、古川丁未子《とみこ》と結婚。この年、根津清太郎の夙川にあった別荘の離れで暮らしたが、その夫人松子とは四、五年前からの知り合いであった。一九三二（昭和七年）に転居した家の隣に、根津松子も転居し、二人の仲は急速に深まり、谷崎は松子に求婚する事態となった。三三年丁

末子夫人と別居し、さらに翌三四年には離婚した。一九三五（昭和一〇）年一月根津松子と結婚。
▼一九三七（昭和一二）年、帝国芸術院会員。四二年五月、日本文学報国会小説部会名誉会員。四三年「細雪」が陸軍省報道部から掲載禁止に。四四、四五年は戦時疎開で各地を転々とし、四六年一一月に京都南禅寺下に転居した。四九年一月、『細雪』で朝日文化賞受賞。一一月、文化勲章受賞。五〇年二月から熱海の別邸（雪後庵）で夏と冬とを過ごした。五一年、文化功労者。六四年七月、湯河原に湘碧山房を新築して移り、ここが終の棲家となる。一九六五（昭和四〇）年七月三〇日、腎不全から心不全を併発し逝去。七九歳。
▼主な作品には次のようなものがある。『羹』『悪魔』（一三年）『お艶殺し』（一五年）『人魚の嘆き』『異端者の悲しみ』（一七年）『二人の稚児』（一八年）『小さな王国』（一九年）『恐怖時代』（二〇年）『愛すればこそ』（二二年）『肉塊』『無明と愛染』（二四年）『痴人の愛』（二五年）『鮫人』（二六年）『饒舌録』『蓼喰ふ虫』（二九年）『卍』（三一年）『青春物語』『春琴抄』（三三年）『武州公秘話』（三五年）『盲目物語』『吉野葛』『猫と庄造と二人のをんな』（三七年）『陰翳礼讃』『潤一郎訳源氏物語』（三九年・以下数次に渉る）『乱菊物語』『細雪　全』（四九年）『少将滋幹の母』（五〇年）『過酸化マンガン水の夢』『鍵』（五六年）『幼少時代』（五七年）『夢の浮橋』（六〇年）『台所太平記』（六三年）。
▼谷崎は、後年文学上の師について、「私は殆ど芸術や学問上の教へを仰いだ親しい先輩と云ふものを持つてゐない」という（『雪後庵夜話』）。このことは漱石との関係についても同様であって、両者間に文学的な影響関係は認めにくい。ただ、漱石は若い谷崎の存在を認めていて、『東京朝日新聞』にその小説を掲載することについては、むしろ積極的であった。
　二人の関係はまず先生と生徒の関係であった。谷崎によれば、漱石が一高の語学教師時代には「二部（理工科）の英語の教師」であって、谷崎の「一部（法科文科）を受け持つて」はいなかったので、「残念ながら謦咳に接する折がなかつた」という。しかしもし受け持ってもらっていたとしても、授業中に指名されれば「応ずるくらゐなこと」はしたかもしれないが、安倍や小宮や芥川や久米たちのように、「接近」しようとはしなかったであろう。それでも、「廊下や校庭」で挨拶をすると、「丁寧に会釈を返して下さる」のが「嬉しくはあつた」とも言っている。（「文壇昔ばなし」一九五九年一一月・『雪後庵夜話』）。

　谷崎が大学に入った頃に見かけた漱石の印象については次のようにも語っている（同右）。電車が本郷三丁目の角の「かねやす」までしか通っていなかったので、漱石はそこから人力車に乗るのだが、「リユウとした対の大嶋の和服で、青木堂の前で俥を止めて葉巻などを買つてゐた姿が、今も私の眼底にある」といい、「大学の先生にしては贅沢なものだ」という印象をもったという。

　『漱石研究年表』（「増補改訂」版）によると、**一九〇五**年九月から**〇六**年九月の間に、漱石は『クオ・ヴァディス』について一高で講演を行ない、「谷崎潤一郎・辰野隆《ゆたか》などは感動する」という記述があるが、その記述の根拠が示されていない。漱石と『クオ・ヴァディス』については、その蔵書の中に「英語版（１９０１）」があり、「ノート」（Ⅳ-13）の［Taste ト　Works of Art］の項には「顔ト心」の関係を描く例として挙げてあり、また「蔵書」の「書込み」にも、Merejkowski の『The Death of the Gods』

（１９０４）を『Quo Vadis』と比較している。『文学論』の「第二章第二編」にも触れられていることなどから考えて、その時期からみても、この頃漱石が『クオ・ヴァディス』の講演を行なった可能性は高い。しかし、それを谷崎が聞いたか、また「感動」したかは断定できない。

▼一九一二（大正元）年一一月一五日付鈴木*三重吉宛書簡で漱石は、『大阪朝日新聞』で短編小説の連載を計画しているから、三重吉も準備したらどうかと勧めている。そこに谷崎も候補に挙がっていると知らせている。ただこの短編がどのようになったかは不明である。今度は、『東京朝日新聞』が同じような短編の企画を行ない、そこには谷崎の「金色の死」が掲載された（一九一四年一二月四日から一七日）。また、同年七月一五日の『朝日』文化部の山本笑月宛書簡では、『心』の後の『朝日』の連載候補に谷崎の名前も出している。この件は、徳田秋*声の『奔流』（一九一五年九月一六日から翌一月一四日）の後に、谷崎が「鬼の面」を連載することになった（一九一六年一月一五日から五月二五日）。

　このように、漱石の谷崎に対する評価は、その連載等に関する推薦からみても低かったとは考えられない。しかし、反対に谷崎の漱石評価は一貫して必ずしも高いものではない。谷崎の漱石小説評価は、「『門』を評す」（一九一〇年九月）、「芸術一家言」（一九二〇年四・五・七・一〇月）、「雪後庵夜話」（一九六三年六～九月・六四年一月）の三種類のエッセイが残されている。

▼「『門』を評す」は、谷崎自身も発起人である『新思潮』の創刊号（一九一〇年九月）に載せられた。この時谷崎はまだ学生であり、一方漱石は既に世評の定まった作家であった。まず、漱石は「当代にズバ抜けたる頭脳と技倆とを持つた作家」であるにもかかわらず、世間の評判は「其の実力と相伴はざる恨」があったと挨拶している。『門』評の趣旨は、この小説は「多くのうそ」が描かれていて、その「うそ」は「我々には縁の遠い理想」であり、「先生の老獪なる技巧」であるので、「其のうそを指摘して」みたいというものである。

　まず、姦通を犯したこの夫婦に、世間が「かほど迄に厳粛な制裁」を加えた点は疑問だという。世間は「もつと複雑な、アイロニカルな事実に富むで居る筈」で、漱石はそういう世間に対して「甘い見方」しかしていないところが、「読者の胸に痛切な響」を与えない理由であるという。つぎに、こういう「夫婦の愛情」が「前後六年の間――青春時代の甘い恋の夢から覚めずに居た」というのは信じられないともいう。終りに、信仰や道徳が失墜し荒廃した現実に生きる我々の幸福に生きる唯一の道は、「まことの恋によつて永劫に結合した夫婦間の愛情の中に第一義の生活を営むにある」というのが、『門』の「教ふる所」である。しかしそれは「今日の青年」は憧れはするが「空想にすぎない」といい、「恋は斯くあり」ということを示さないで、「恋は斯くあるべし」ということを教えた「拵へ物」の小説であると結論づける。

▼『雪後庵夜話』が書かれたのは戦後であるが、その素材は明治末から大正初頭の漱石への印象である。漱石は、午前中に一回分の小説を書き終えると、午後は「琴棋書画の楽しみ」に耽っていると聞いたが、谷崎は「遅筆」なので漱石のような「筆の速力」だけは真似したいといい、しかし、「先生のやうな高級な余技に耽りたいとは思はない」し、自分には若さからくる「いろ〳〵の制御し難い物慾に燃えて」いたと、漱石との距離を示していて興味深い。

　谷崎は、一九二三（大正一二）年九月の関

東大震災以後、関西に移住し、それまでの西欧に憧れるいわゆる国籍不明の小説世界から、伝統回帰ともいえる後期の独自の創作へと移行していった。「芸術一家言」が書かれたのはこの直前の時期で、後期の独特の物語世界はまだ成立していない。このエッセイにはその迷いが現れている。この時期の谷崎は「日本の文学は明治以後どのくらゐ進歩したか」とか、「われ〳〵は結局小説戯曲を以て西洋のに劣らない芸術を作り出せるか」とかを考えるために、明治以来の小説を読み返している。そうして、漱石の『道草』には、最後迄読み果せないくらい「非道く失望し」、『明暗』にも「可なり失望させられた」という。それはこれらの小説は「芸術的感激」が稀薄であるからであって、『吾輩ハ猫デアル』「坊っちゃん」「草枕」『虞美人草』『それから』にはそれがあったという。

▼このような前提に立って『明暗』を酷評する。まず、『明暗』の構成について、それは「うその組み立て」であって、「作者の巧慧なる理智の働き」があるだけである。「学者」であるからそれは当然だともいえるが、「恰も息切れのする老人の歩調のやうに、よろ〳〵した、力のない、見るも気の毒なもの」だと極めつける。それは「全身に行きわたる生命」がなくなった「造り物」だからである。「総べてがトゲトゲしく堅苦しい理智に依つて進行し動作して居て」、事件や人物が「生き〳〵とした感銘」を与えないと批評する。

津田の性格造形については、「漱石氏自身をモデル」にしたのではないかと「憶測」されるが、「津田が煮え切らない如く、作者の態度も甚だ煮え切らない」と指摘し、「寸毫も仮借する所なき自己解剖」がなかったので、この小説を「気の抜けたビールの如くに」してしまい、「普通の通俗小説と何の択ぶ所もない――極めてダラシのない低級な作品」になってしまったと酷評する。

そして漱石は「飽く迄も東洋芸術の精神に傾倒する詩人であつて、新しい意味に於ける近代の小説家ではない」とするが、東洋と西洋とを二分して、そのどちらかに物事を位置づけて評価するのは、谷崎の癖みたいなものである。しかしここでは、谷崎の「理智」に対する反発の方が興味深い。「金色の死」においてすでに、芸術において「意味」を追求する傾向に極端に反発し、芸術は美を直截的に感得するもの（「最も理想的な芸術と言へば、眼で見た美しさを成る可く音楽的な方法で描写する事」）と主張していた。漱石の後期の小説をその理知性ゆえに、「うそ・造り物・拵へ物・理想・技巧」などと非難する根拠はここにある。谷崎のいう「新しい意味に於ける近代の小説」というものが、どういうものをいうのか分かりにくいが、二〇世紀のいわゆる近代小説において「理知」や「意味」は無視できない要素である。その意味で、漱石と谷崎は絶対に交わることのない二本の線であった。

〔**参考文献**〕中村光夫『谷崎潤一郎論』河出書房、一九五二年。／伊藤整『谷崎潤一郎の文学』中央公論社、一九六〇年。／野口武彦『谷崎潤一郎論』中央公論社、一九七三年。／野村尚吾『改訂新版　伝記谷崎潤一郎』六興出版、一九七四年。／河野多恵子『谷崎文学と肯定の欲望』中公文庫・中央公論新社、一九八〇年。

〔石田忠彦〕

# ■永井荷風
ながい・かふう

『荷風全集』第三巻、岩波全集、一九九三年三月刊。一九〇三年撮影。

**一八七九（明治一二）年一二月三日～一九五九（昭和三四）四月三〇日。小説家。漱石は荷風に『東京朝日新聞』連載小説執筆を依頼、「冷笑」が発表された。**

東京市小石川区金富町四五番地（現・東京都文京区春日二丁目）に、父・久一郎、母・恒《つね》の長男として誕生。名は壮吉。久一郎は漢詩人としても著名であり、禾原《かげん》と号した。恒は尾張藩主の侍講鷲津毅堂の次女。一八八三（明治一六）年弟貞二郎誕生、壮吉は鷲津家に預けられ祖母美代に育てられた。八四年東京女子師範学校附属幼稚園に通う。一八八六（明治一九）年父母の下に戻り、黒田小学校初等科第六級生として入学。八七年弟威三郎誕生。八九年東京府尋常師範学校附属小学校高等科入学。九一年東京高等師範学校附属尋常中学科第二学年編入学。九五年身体を壊し、逗子の別荘で静養した。この頃、『水滸伝』『西遊記』『南総里見八犬伝』『東海道中膝栗毛』などを読み、また、俳句にも親しんだ。

▼一八九七（明治三〇）年九月父の転勤のため家族で上海へ。一一月父を残して帰国し、高等商業学校附属外国語学校清語科（現・東京外国語大学中国語科）に入学。九九年朝寝坊むらくの弟子となり、三遊亭夢之助と名乗って噺家修業をした。一九〇〇年、巌谷小波の木曜会に入った。福地桜痴の門に入り、歌舞伎座で修業した。〇一年、桜痴が『日出国《やまと》新聞』の主筆になったので、雑報欄記者として入社。この年、暁星学校の夜学でフランス語を学んだ。

▼一九〇三（明治三六）年九月二二日、父の勧めで横浜から渡米、一〇月七日シアトル着。古屋商店タコマ支店山本一郎支配人宅に寄寓した。この頃から、創作欲が起り、ゴオチエのような伝奇小説に憧れ、E・A・ポーの詩集、ゾラ、モーパッサン、バルザックなどを濫読した。一九〇四（明治三七）年一一月から、カラマッズウ大学の聴講生となり、英文学とフランス語を学んだ。〇五年七月からワシントン日本公使館に雇われた。九月イデス・ジラードと知り合った。一二月から正金銀行ニューヨーク支店勤務。〇六年「春と秋」と「長髪」（五月）とを巌谷小波に送ったり、また「雪のやどり」を『太陽』に送ったりした。歌劇見物をくり返し、フランス渡航の願望が強まった。一九〇七（明治四〇）年七月父の計らいで正金銀行リヨン支店に転勤。『あめりか物語』の原稿を小波に送り出版を頼んだ。〇八年三月銀行を辞職し、パリに移り、芸術鑑賞三昧の日々を送り、上田敏*とも会い、数ヵ月後に帰国した（七月一五日神戸着）。この頃、柳橋芸者小勝（鈴木かつ）や蔵田よしと親しんだ。

**▼一九〇九**（明治四二）年三月二五日『ふらんす物語』刊行、発売禁止処分となる。この頃、新橋新翁家の芸妓富松（吉野コウ）との交情が深まった。九月二〇日『歓楽』を刊行したが発売禁止処分。夏目漱石の依頼で「冷笑」（『東京朝日新聞』〇九年一二月一三日から一〇年二月二八日まで）を連載する件について、秋頃漱石を訪問した。一九一〇（明治四三）年二月、慶応義塾大学教授に就任した。英文学仏文学と修辞学の講座担当。五月『三田文学』創刊。六月頃から新橋巴家

八重次（藤蔭静枝）と親しんだ。「パンの会」に出席、*谷崎潤一郎はこの時初めて荷風に会う。

▼一九一二（大正元）年九月二八日斎藤ヨネと結婚した。一三年父久一郎死去、家督を相続し、また、ヨネとは離婚した。一九一四（大正三）年八月三〇日藤蔭静枝（旧・八重次）と結婚したが、翌年二月二三日には離婚した。一五年一月『夏すがた』が発売禁止処分になった。五月頃から八重次との交渉は復活した。年末に新橋芸者米田みよを見受けし、八重次とは縁を切った。

▼一九一六（大正五）年二月慶応義塾大学を退職した。余丁町の自宅を改築し、六畳一間を「断腸亭」と名づけ、そこで生活した。これ以後は職業には就かず、自由ないわゆる文士生活を送った。また多くの女性との交渉は続けたが、結婚することはなかった。一八年築地の新居に移り、二〇年麻布市兵衛町に転居（ペンキ塗りのため「偏奇館」）。二六年カフェー・タイガー通いが始まり、そこで一九二七（昭和二）年従弟大島一雄（五叟）に会う。三八年から浅草公園のオペラ館通いを続ける。四四年大島一雄の次男永光を養子にする。一九四五年偏奇館が空襲で焼失し、菅原明朗宅に移るが、ここでも空襲に遇い、菅原と岡山に疎開するが、三度目の空襲に遇う。熱海に疎開中の五叟と合流し、四六年市川市菅野の借家に住む。四八年ロック座などの楽屋通いが始まり、この年近くの市川市菅野一一二四番地に転居した。五二年文化勲章受賞、五四年日本芸術院会員。五七年三月市川市八幡町に転居し、ここが終の棲家となった。

▼一九五九（昭和三四）年四月三〇日朝、手伝いの福田トヨが遺体を発見、胃潰瘍の吐血による心臓麻痺死であった。七九歳。

▼主な作品は次のものである。『地獄の花』（〇二年）『女優ナナ』（〇三年）『あめりか物語』（〇八年）『ふらんす物語』『歓楽』（〇九年）『冷笑』（一〇年）『すみだ川』（一一年）『新橋夜話』（一二年）『珊瑚集』（一三年）『散柳窓夕栄』（一四年）『夏姿』『日和下駄』（一五年）『腕くらべ』（一八年）『おかめ笹』（二〇年）『秋の別れ』『雨瀟瀟』（二二年）『麻布襍記』（二四年）『下谷叢話』（二六年）『つゆのあとさき』（三一年）『荷風随筆』（三三年）『濹東綺譚』（三七年）『おもかげ』（三八年）『冬の蠅』（四五年）『問はずがたり』『来訪者』『ひかげの花』（四六年）『罹災日録』『浮沈』『勲章』『荷風日歴』（四七年）『葛飾土産』（五〇年）『裸体』（五四年）『吾妻橋』（五七年）。

▼永井荷風は、*森鷗外に対しては生涯尊崇の念をもちつづけたが、夏目漱石との交渉はそれほど深いものではなく、またお互いの文学が顕著な影響を与えあったということもない。

荷風の日記『断腸亭日乗』は、その詳細さと量の多さとにおいて、個人の日記の次元を越えて、時代や社会の歴史的記録としても珍重されているものであるが、その一九二七（昭和二）年九月二二日に、次のような記載がある。この部分は、漱石の妻*夏目鏡子の口述をその娘婿の*松岡譲が筆記して公にした『漱石の思ひ出』に対する批評文の体裁をとったものであるが、この点については後記する。

それによると、荷風は漱石に一度だけ会ったという。「余漱石先生のことにつきては多く知る所なし、明治四十二年の秋余は朝日新聞掲載小説のことにつき、早稲田南町なる邸宅を訪ひ二時間あまりも談話したることありき」。漱石は「それから」の次に、『東京朝日新聞』に、*泉鏡花や荷風に連載させようとしていた。その小説が「冷笑」である。連載についての経緯は次のようなものである。

まず、その頃漱石の秘書のような役割をもっていた森田草平*に、荷風に連載の件を依頼させ、了承を得た。そのために漱石はその件について荷風にお礼の手紙を出した（一九〇九年一一月二〇日付）。「今回は森田草平を通じて御無理御願申上候処早速御引受被下深謝の至に不堪候――御完成の日を待ち拝顔の栄を楽み居候」とある。この手紙の後、荷風はおそらく「冷笑」の原稿を持って漱石宅を訪ねたものと推測される。「冷笑」は、一九〇九年一二月一三日から翌年二月二八日まで掲載された。

荷風と会った時に、漱石は、小宮豊隆*の慶応義塾大学講師の件を荷風に頼んだようである。荷風はこの時慶応義塾大学の文学部の教授になる予定であった。これには、慶応義塾の石田新太郎が文学部刷新を鷗外に相談し、鷗外は漱石を推薦したが、断られ、さらに上田敏にも断られ、結局荷風に落ち着いたという事情があった。次に、**一九一〇**（明治四三）年三月一八日になって荷風は、小宮豊隆の件で漱石に書簡を送っている。「先日は御多忙中長座致し失礼仕り候」と挨拶し、慶応義塾の方では「近代独逸文学の講師」として「招聘」したい意向なので、小宮に伝えてくれという文面である。漱石は早速同日に小宮に手紙を出して、条件次第で引き受けるかどうか、「小生より返事するか又は君が直接に荷風氏と交渉するか何れでもよろしく候」と知らせている。しかしこのやりとりは、文学とは無関係のいわば就職の世話である。このような経緯があったので、漱石は**一九一四**（大正三）年になって『東京朝日新聞』の記者が、荷風に会いたがっているが、荷風は記者嫌いなので、小宮から仲をとりもってくれという手紙を出したりもしている（三月四日付）。

▼やや文学に関係する両者の関係としては、文部省が文芸委員会賞を設けた時に（一九一二年一月）、その候補作に漱石の『門』、荷風の『すみだ川』、谷崎潤一郎の『刺青』などが挙がっていた。結果は該当作なしということになったが、漱石は荷風、潤一郎という若い世代と同次元で扱われたことを知れば、どういう感想を抱いたであろうか。文芸委員会の設置そのものに反対であった漱石は、選ばれてもおそらくその賞を受けなかったであろうし、文部省の関係者の中にも、博士号の学位を拒否したぐらいの漱石だから、この賞も受けないだろうという意見があったようである。ただ、この時点で、荷風が一定の文学的評価を受け始めていたことは否定できない。

それでは、連載を依頼したほどだから、漱石は荷風の文学をどのように評価していたであろうか。残念ながらこのことに関する漱石の発言は残されていない。連載依頼の頃に漱石が読んだ可能性がある荷風の小説は、『あめりか物語』「監獄署の裏」「帰朝者の日記」のあたりであろうか。あくまで推測にすぎないが、これらの中の欧米での生活を素材としたものを、「倫敦塔」「カーライル博物館」「幻影の盾」「薤露行」などと似た雰囲気のものとして、好んだかもしれない。また、明治社会への批判者としての、「新帰朝者」の仲間意識は当然あったことだろう。

「冷笑」は、実業、文学、絵画、演劇、肉親関係などへの、五人の人物のそれぞれの「悲観（と）反抗（と）冷笑」とが、明治末の日本社会への文明批評として表現された小説であり、この頃明治の日本の社会に対してくりかえし批判していた漱石の精神構造からみても、意に適った小説であり、おそらく漱石は満足したのではないか。

▼これらとは別に後年になって、荷風らしさが、ある意味では漱石への思いやりが、

よく現れているのは先に引いた『断腸亭日乗』の一節である。「漱石の思ひ出」は、雑誌『改造』に昭和二年一〇月号から連載された。荷風の「日記」には、「九月廿二日　終日雨霏々たり、無聊の余近日発行せし改造十月号を開き見るに、漱石翁に関する夏目未亡人の談話を其女壻松岡某なる者の筆記したる一章あり」と書きだされている。その談話には、漱石は「精神病の患者」とか、若い時に失恋したとかいうことが書いてあり、その文章を読んで荷風は「不快の念」に堪えなかった、と書き記す。この第一回には、かつてよく引かれた、駿河台の井上眼科で見かけた「背のすらつとした細面の美しい女」とか、下宿先の尼さんたちとの悶着や、縁談についての兄弟間での猜疑からの口論などの、以前は漱石を語る時に必ずといってよいほど引かれた挿話が語られている。鏡子夫人の結論は、「精神病学の呉*さん」の診断で「精神病の一種」だということを、漱石の行動を見て来た自分としては信じている、というものであった。荷風の怒りは漱石の病理の虚実についてではない。夫人と松岡の倫理性についてである。

　荷風は漱石に一度しか会ったことがないが、「先生は世の新聞雑誌等にそが身辺及一家の事なぞ兎や角と噂せらるゝことを甚しく厭はれたるが如し」という印象をもった。それを「未亡人の身として」、世間の人に知られていない「良人の秘密」を公表するとは、「何たる心得違ひ」かと憤慨している。そしてこのように夫の好まなかったことをその死後に暴露するのは、「噫何等の大罪、何等の不貞ぞや」と極めつけている。

　このように鏡子夫人と松岡譲を非難した日記の結びが人を喰っている。「余は家に一人の妻妾なきを慶賀せずんばあらざるなり」と結んでいる。竹盛天雄の詳細な荷風「年譜」(『荷風全集』第二九巻)から拾い出すと、荷風が関係した女性は十指に余る程であり、その中には妻も妾もいた。よくも「一人の妻妾なき」といえたものだと、どこまでが本気なのかと疑いたくもなる。しかし、たとえ何人の女性と交渉をもっても、荷風は結局は「家に一人の妻妾なき」という心理状態であったであろうし、またそれが生活信条でもあったであろうし、女嫌いで女を信用しなかった荷風らしさがよく現れているともいえる。個人の尊厳を守って生きていくためには、如何なる孤独にも耐えていくという、フランス知識人風の個人主義に生きようとした荷風の、面目躍如たるものが現れているともいえる記述である。

　夫や恩師の秘密を、妻や娘婿が何の恥じらいもためらいもなく公表するという行為は、すでに小説「冷笑」において、成り下がった時代の空気を冷笑するという批判精神を表現していた荷風にとっては、まさしく冷笑すべきものであった。その意味でも荷風は一貫した生き方をしたといえる。

〔**参考文献**〕小門勝二『永井荷風の生涯』冬樹社、一九七二年。／野口冨士男『わが荷風』集英社、一九七五年。／磯田光一『永井荷風』講談社、一九七九年。／秋庭太郎『考証　永井荷風』(上・下)岩波現代文庫・岩波書店、二〇一〇年。

〔石田忠彦〕

# ■沼波 瓊音

ぬなみ・けいおん

『写真図説　嗚呼玉杯に花うけて第一高等学校八十年史』一九七二年刊。

一八七七（明治一〇）年一〇月一日～一九二七年（昭和二）年七月一九日。

国文学者、俳人。漱石宅に「坑夫」の材料を売り込みに来た荒井伴男が、万朝報社の瓊音を訪ね、漱石は新聞の連載で儲けているのに自分には一文もくれない卑劣な奴だと、悪く書くよう依頼してきたので、断った瓊音は漱石にも気を付けるよう忠告した。その後俳句を通じた交流が続いた。

父・沼波鉞之助と母・すぎの長男、名古屋の玉屋町一丁目（名古屋市中区丸の内）で出生。本名は武夫。沼波桃仲に医を学び婿養子となった父の影響で、瓊音も幼にして和歌や俳句を好む。父の遺稿集に瓊音編『居敬集』（朝風編輯所、一九二四年二月）がある。

▼一八八九（明治二二）年、愛知県尋常中学校入学、国文教授に鈴木忠孝がいた。二年進級時の落第組として吉澤義則（国文学者）や塚本清彦（金剛流の大家）と親しむ。大物（貸本屋）に出入りし、斎藤緑雨、村上浪六、幸田露伴などを愛読。九五年九月、第一高等学校に入学。芳賀矢一の講義に感銘を受ける。翠風会（句会）に参加、「古事記」の「瓊響瑲々」の句と生地（玉屋町）に因み瓊音と号す。別号に瑲々子、天野真名井。西鶴や万葉集を耽読した。

▼一八九八（明治三一）年九月、東京帝国大学文科大学国文学科入学。大野洒竹、佐々醒雪などの筑波会に入会、翌年、和歌革新を掲げ八杉貞利や三輪田元道などとわか菜会を結成。

▼一九〇〇（明治三三）年、芳賀の校閲で『俳諧音調論』（新声社、八月）刊行、俳句関係の多くの著作の魁となる。転居先の東雲館に同居した洒竹の指導を受ける。

▼一九〇一（明治三四）年七月、大学卒業。一〇月、伊賀上野の三重県立第三中学校の教師となり、蓑虫庵に住す。〇二年二月、同地の村田たきと結婚。一一月、教頭職を辞し上京。〇三年一月、文部省嘱託となる。五月、長男勇夫出生。〇五年、芭蕉と門人たちを列伝体で記した『蕉風』（金港堂、五月）刊行、以後、俳文学関連の著作多し。詩歌文集『さへづり』（南江堂書店・青年堂、九月）刊行。一〇月、『独歩集』（近時画報社、一九〇五年七月）を求める。一二月、長女小枝子出生。〇六年、「独歩論」（『中央公論』五月）発表、国木田独歩に書簡を送り、知人となる。独歩編輯の『新古文林』（一一月）に、漱石「草枕」（『新小説』九月）の評「「草枕」評」を発表。一二月、文部省を辞す。

▼一九〇七（明治四〇）年一月、万朝報社の記者となる。田山花袋、小栗風葉、小杉未醒と東海道を旅行し、顧問役の修文館から『東海道線旅行図会』（七月）刊行。八月に国木田北斗と淡路に、九月に遅塚麗水や栗原古城と北海道に旅行。年末からの胃病は長く宿痾となる。

▼**一九〇八**（明治四一）年、四月、次女美代子出生。「故沼波武夫君略歴」（『国語と国文学』一九二七年一〇月）には「四月偶然夏目漱石来訪、近づきとなる」とある。ただし、夏目鏡子『漱石の思ひ出』（岩波書店、一九二九年一〇月）には、同年一月一日から四月六日にかけて『東京朝日新聞』に掲載された「坑夫」のモデルで夏目家に寄宿していた荒井伴男が、万朝報社を訪れ、新聞の連載

で「どつさり金を取つてる癖に、自分には一文も呉れない。全く卑劣な奴だから、うんと悪く書いて」くれと依頼し、それを断った瓊音が漱石にも「気をつけないといけませんよ。」と忠告し、漱石から咎められた荒井は翌日に家を出たと語られている。二つの記述には若干の齟齬があるが、荒井問題を機縁に漱石と瓊音の仲が深まった可能性は高い。六月二三日、尊敬する独歩の死去で訃報紙面の作成に従事する。八月、漱石の序がある『古今名流俳句談』（内外出版協会）刊行、これに先立つ六月、瓊音の共編者の天生目一治が病妻の「薬餌の料」にするからと漱石に序を依頼していた。

▼**一九〇九**（明治四二）年、六月二一日、瓊音書簡を漱石が落手、その翌日に漱石は朝日新聞の山本笑月に「別紙万朝の召波《ママ》たまね君より参りました。御一覧の上差支がなければ都合の好い時に御載せ下さい」と掲載依頼の書簡を出した。

▼**一九一〇**（明治四三）年、三月、二年前の山形行と前年の秋田行と伊勢行を『三紀行』（文成社）として刊行。前年創刊で編輯を担当する『日本青年』の発行元の文成社から俳句誌『俳味』を創刊。六月、午前は袖珍文庫の発行元の三教書院に出社、午後は万朝報社、夜は洒竹の病院で俳書調査と多忙になる。九月、三女安芸子を出産した妻が盲腸炎で死に瀕し、自身も胃病と神経衰弱に悩まされる。一一年、三月、万朝報社退社、『日本青年』の編輯も辞す。八月、三女死亡。洒竹と共編で『芭蕉句選年考（上・下）』（九月、一二月、文成社）刊行。一〇月、『独歩遺文』（日高有倫堂）刊行、同書は「未亡人の委嘱」（緒言）により瓊音が編輯した。

▼**一九一二**（明治四五・大正元）年、三月、神経衰弱が続き伊東温泉で静養後、名古屋に帰省、五月に再上京。一一月二五日、漱石が瓊音への返信で、瓊音の文章（脚本「箇人惟然坊」か）を読んだこと、*野上臼川（豊一郎）もいたので自分の「つまらない画」を見せてしまい恐縮だったことなどを認める。一二月二六日、瓊音が手紙で江連なる人物の作品を朝日新聞に周旋するよう依頼したのに対し、漱石は、すでに本人にも修正の必要を通知し、刊行費用は出せないが、瓊音の推挙でもあるので相談には応じる旨の手紙を書いた。

▼**一九一三**（大正二）年、一月一〇日、漱石が、前日に瓊音の弟（守）が入用の本を返却しに来てくれ、著書『三紀行』も頂いたことへの礼状を出す。三月、年頭より臼川とともに準備してきた自由講座を開講。芸術や人生問題を自由に講じる講座で、宗教や自身の人生経験を語った瓊音の講義は『初めて確信し得たる全実在』（東亜堂書房、七月）として刊行。扉には「この書を国木田独歩君の霊に献ぐ」とある。なお、弟の沼波守の追憶（「亡き兄」）によれば、講義時の瓊音は「非常に喜悦して」「夏目さんの門で、宗介《ママ》が裏山に駆登つて、山川草木悉皆成仏と叫んだ時の心持は、こんなだらう」と語ったという。「門」で上記のように叫ぶのは宗助ではなく、若僧の釈宜道であるが、瓊音の感想は、人生上の苦悩や煩悶を抱える漱石作中の人物が、現実の人間と通底するリアルさや切実さを有していたことを示唆するとともに、求道的な人生態度が両者の接点になっていることを伝える。「門」作中の釈宜道のモデルとなったのは*釈宗活であるが、漱石は、自分への病気見舞いと贈り物に対する五月二〇日の礼状で、作中の宗助さながらの瓊音に対し、宗活との面会には両忘庵に行くといいと勧めている。宗活を紹介する手紙は七月一二日にも出されるが、この時期の瓊音は、病苦や生活苦に加え、人生の問題に懊悩し、

露伴や高安月郊などにも教えを求めていた。なお、「故沼波武夫君略歴」には、同年七月の事項として「谷中両忘庵に釈宗演*に会す」とある。

七月、短文の感想小品文集『大疑の前』（東亜堂書房）刊行。同書は、「夏目先生曰く、世は傑作一《ひとつ》を出だしたる人より、凡作五十を出だしたる人を偉とす。」（「世評」全文）、「如何なる態度を以て文芸を作すべき。夏目先生曰く、私が貴君に会ふ前に貴君には斯う云待遇をしやうと予め心に定めて、貴君に面会するとしたら、貴君は不快でせう。たゞ斯う貴君と対座して居る間に自ら私の貴君に対する待遇法が現はれ来る。これが客たる貴君に対して愉快なことであらう。作する時はこの態度なるべし。無主義無目的無気分、唯書きたさに書き行く。而して成りたるものに自らにして何物か孕まれてあらむ。」（「無主義」全文）と漱石の発言を記す。漱石の発言に対する瓊音の関心が窺われるが、「厳格なる意味」で「余を教へし人」を数え上げた文章（「教へし人」）では、父、鈴木忠孝、独歩、風葉、未醒、露伴のみで漱石の名はない。同書において、漱石と瓊音との本質的な接点や関係を考える上では、むしろ「二途」などが注目されよう。瓊音は、「馬鹿々々しきまでの西洋崇拝か、馬鹿々々しきまでの国粋保存か、日本人はこの二途の外に歩む路を発見せざるか。両つながら馬鹿々々しきなり。時にこの両者を妥協せしむる者あり。妥協は更に馬鹿々々し、馬鹿の骨頂なり」と述べている。西洋近代の受容の不可避を十分に知りつつ、その受容の苦さと不幸とを見てしまうジレンマを抱え込む点において、「中学改良策」（**一八九二**年）から「現代日本の開化」（**一九一一**年）などに至る文明批評家としての漱石の苦渋に通じている。

瓊音は、後年に日本精神を主張するが、その胚芽は漱石の苦渋とも無縁ではなかった。八月八日、『大疑の前』への漱石の礼状に「両忘庵には毎日御出掛ですか」とあり、瓊音の両忘庵通いをそれとなく気遣う漱石の配慮が窺われる。八月二四日、中島清の著書発行の周旋を安倍能成*と瓊音に依頼していたところ、両人とも東亜堂書房を勧めたことを中島に書き送る。九月一日、漱石が『初めて確信し得たる全実在』の礼状で「何より先に」瓊音の「意気」と「心持とに感服」したと記す。

一〇月一二日、洒竹死去。同月、『芭蕉の臨終』（敬文館）刊行、同書の巻首には「この書を夏目漱石先生に献ぐ」という献辞がある。同書を贈られた漱石は、同月三一日に礼状を書き、献辞について「全く意外」で驚いたとし、併録されている脚本「箇人惟然坊」について、「珍品」で「芸術座の連中を招待して見せたら何んなものでせう」と述べている。この脚本は、漱石も会員である無名会が、翌**一四**年五月四日から一〇日にかけて有楽座で上演した。上演直前の四月二九日、漱石は野上臼川宛書簡で、上演に際して自分の名前を出すかどうかは、瓊音の希望次第でいいという意向を記している。

▼一三年一一月、出家と離婚とを考え、一二月、伊勢栄で独居するも、一九日に四女雪子が出生、年末に帰宅。一四年一月、洒竹文庫（現・東京大学蔵）の整理開始。一〇月、長野県に一茶の遺蹟を探訪。

▼**一九一五**（大正四）年、一月一〇日朝、漱石を訪ね、長塚節*の死去後に遺稿出版など何か行うのなら自分も加わりたいと伝える。二月一七日、漱石は、瓊音の意向を書簡で斎藤茂吉に伝える。三月、大平良平「未来の世界教」（『早稲田文学』三月号）に感動し、新興宗教に傾斜する。同一〇日、五女節子出生。同一四日、長塚節の故郷（茨

城県岡田郡國生村）での埋葬に平福百穂や香取秀真などと列する。五月、半生の回想記『乳のぬくみ・思ひ出の記』（平和出版社）刊行。一六年一月、栗原古城訳のメーテルリンク「死」や天理教教祖関係の資料に接し心霊学や新興宗教への傾斜が深まる。二月四日、新興宗教の巣鴨の至誠殿に一家で入信する。三月、『俳味』廃刊。翌一七年にかけて布教活動で静岡県や兵庫県を転々とする。同年一二月の漱石の死去は、この間のことであった。一七年三月、帰京前後に至誠殿との関係に不具合が生じる。「芭蕉といふ人」（『早稲田文学』七月）発表を契機に筆を執る生活に復す。一二月、高等小学校唱歌教科書編纂委員嘱託となる。

▼一九一八（大正七）年一月、俳書解題・索引の調査に着手。一二月、六女澄子出生。一九年四月、『帝国文学』編輯を委嘱される。六月に拓殖局嘱託となり、七月に朝鮮と満洲に行き、二年後に『朝鮮の歌と満洲の歌』（拓殖局）刊行。二〇年一月、『俳味』の後継誌『旅日記』創刊。四月、法政大学、東京女子大学、東洋大学の講師となる。二一年四月、法政大学講師を辞し、第一高等学校、東京帝国大学の講師となる。八月、七女まり子出生。一二月、『芭蕉全集』（岩波書店）刊行。二二年三月、父死去。二三年一一月、雑誌『朝風』創刊。一二月二七日、難波大助事件発生、瓊音が日本精神の研究と鼓吹に傾斜する一因となる。二四年七月、六女澄子死去、九月、追悼として『ミカヅキサマ』（自版）刊行。日本精神と国史の研究団体「国の会」設立。二五年、講義で日本精神を講じる。一一月、東洋大学を辞す。二六年二月、一高に日本精神の研究会・瑞穂会を組織し、『朝風』を一八号から機関誌にする。三月、東京帝国大学を辞す。六月、東京女子大学を辞す。九月、高等官四等、一〇月、正六位となる。右の胸部に痛みを感じ、病床に就く。一二月、『護法の神・児島惟謙』（修文館）と『大津事件の烈女・畠山勇子』（斯文書院）とを刊行する。

▼一九二七（昭和二）年四月、第一高等学校休職、一時小康を得るが、七月一九日午後五時、瑞穂会会議室で死去。満四九歳。葬儀は同二三日に神式で行われ、音羽護国寺の共葬墓地に埋葬。「瓊音沼波武夫の墓」の文字は、第一高等学校の同僚で漱石の親友でもあった菅虎雄*の筆。遺骨は故郷名古屋の阿弥陀寺の沼波家の墓にも分骨されている。

〔**参考文献**〕『國語と國文學（瓊音沼波武夫君追悼録・日本精神研究十月特別号）』一九二七年一月。／『噫　瓊音沼波武夫先生』瑞穂会、一九二八年二月。／『近代文学研究叢書』第二七巻「沼波瓊音」昭和女子大学、一九六七年八月。

［松本常彦］

# ■乃木　希典

のぎ・まれすけ

『南満洲写真大観』一九一二年刊。

**一八四九（嘉永二）年十二月二五日（陰暦一一月一一日）～一九一二（大正元）年九月一三日。**

**軍人・教育家。乃木大将の殉死に対して漱石は『心』で、死をもって物事を処する生き方を「明治の精神」に殉ずるというかたちで提示した。**

長州藩支藩長府藩士乃木十郎希次の三男として江戸の上屋敷に生まれる。母は土浦藩士長谷川金太夫の長女寿子。帰郷後、萩の叔父玉木文之進の塾で学ぶ。一八六六（慶応二）年山縣有朋に従い小倉戦争で幕府軍と戦う。一八六八年、伏見御親兵として入営し、フランス式訓練法を学んだ。奇兵隊脱退騒動に際しては鎮撫として派遣された。

▼一八七一（明治四）年陸軍少佐。一八七六年の秋月の乱で鎮撫にあたる。一八七七（明治一〇）年の西南戦争に際しては、久留米から第一四連隊とともに出兵するが、植木の戦で部下の河原林雄太が薩摩軍に討たれ連隊旗を奪われる。その責任をとって山縣有朋に「待罪書」を出し、自決しようとするが、明治天皇の判断で思い止まる。この経験は生涯の禍根として残る。翌七八年元薩摩藩藩医湯地定之の娘静子（一八五九年生・安政六年）と結婚する。静子は兄定基（根室県令など歴任）の勧めで東京に居住していた。乃木との結婚を勧めたのは薩摩出身の伊地知幸介であった。乃木との間に四児をもうけるが一男一女は夭折。この頃「乃木の豪遊」と噂される遊興生活を送る。その後、川上操六とドイツに留学し、軍制および戦術を研究し、ベルリンでは、森鷗外*と交友を結ぶ。この時の鷗外の「独逸日記」（一八八七年四月一八日）には、川上は「形体枯痩、能く談ず」とあり、乃木については「長身巨頭沈黙厳格の人」とある。「其深く軍医部の事情に通ずること尤も驚く可し」と評価し、「余は両君の如き者数十人を得んことを欲するのみ」という印象を記している。

▼帰国後「復命書」を大山巖に提出し、軍人の綱紀粛正、軍人教育の重要性、軍人は徳義を本分とすることなどを提言した。自らも日常も軍服着用の質実な生活を送るようになる。私行に醜聞の絶えなかった桂太郎を批判して確執深まる。一八九二（明治二五）年一時休職となり、那須野で農耕生活を送る。一八九四（明治二七）年、日清戦争に歩兵第一旅団長として出征した。旅順陥落、凱旋し、中将、男爵となる。一八九五（明治二八）年台湾征討（乙未《いつび》戦争）に出兵し、翌年第三代台湾総督となるが、九八年辞任した。この時の乃木は、日本人や島民の徳義教育に努めたが、その行政手腕は劣るとして非難された。帰国後一時休職。

▼一九〇四（明治三七）年日露戦争には、第三軍司令官として出征し、旅順攻略を指揮したが、二〇三高地の要塞は容易には陥落せず、指揮官交代の検討までなされた。一九〇五年水師営でステッセルと会見し戦後処理を行う。この敗将に対する処遇が世界的に高く評価された。一九〇六年新橋駅に凱旋帰国した。大将に昇格し、伯爵に叙される。この戦争で、勝典と保典の二児が戦死し、子供は四人とも亡くなるという不幸に見舞われる。静子夫人の落胆は著しく、

この頃から盆栽だけが楽しみの無気力な生活が続いたといわれる。戦後、軍事参議官を経て、一九〇七（明治四〇）年学習院院長になる。精神主義による教育が評判になるが、厳しいだけでなく、その慈愛の態度は学生たちに慕われた。

▼一九一二（大正元）年明治天皇の御大葬の時、妻静子とともに自決した。世間では、「悲劇の主人公」とか「軍神乃木」とかと喧伝され、各地に乃木神社が建立された。

▼自決（九月一三日）後、十ヶ条からなる「遺言条々」が公表された（十六日）。『国民新聞』号外によると、その第一条に「自分此度御跡を追ひ奉り自殺候」とあるところから、殉死したものということが分かる。遺書には、第一条に軍旗の件について述べ、その他、二児の戦死、乃木家の断絶、資産分与、私邸を市に寄付、死体の医学解剖などが記されていた。これらは、その殉死に対する毀誉褒貶の材料ともなり、国内外を問わず、世間の耳目を引いた。また、遺書の宛先の四名の中には妻静子の名前も含まれていた。遺書が記された十二日の夜までは、一人で自決するつもりであったものと推測される。

　乃木の殉死は文学者の中にもいろいろの話題を呼んだ。興味深いのはその評価が世代間で明確に異なるということである。当時二十歳代のいわゆる若い世代はおおむね否定的な評価である。*志賀直哉の「日記」（九月一四日）には、「乃木さんが自殺したといふのを英子からきいた時、「馬鹿な奴だ」といふ気が、丁度下女かなにかゞ無考へに何かした時感ずる心持と同じやうな感じ方で感じられた」とあり、全く同情の余地はないという感想である。この時志賀二九歳。一方、*内田魯庵の『気紛れ日記』（一九三六年刊）には、『スバル』『三田文学』などには一切の記事がないことについて「何となく外国の雑誌でも見るやうな気がした――腹もたたないが変な気持がした」とあり、日本人なのに乃木の殉死に関心を持たないこと自体を不思議がっている。

▼一九二一（大正十）年末に書かれた*芥川龍之介の小説「将軍」は、殉死に対する親子の世代間の評価の違いを、むしろ子の立場から否定的に描いている。この時芥川三〇歳。これと対照的なのは、殉死の直後に書かれた森鷗外の小説「興津彌五右衛門の遺書」である。鷗外の「日記」には、「十八日　午後乃木大将希典の葬を送りて青山斎場に至る。興津與（彌）五右衛門を艸して中央公論に寄る《よせ》」とあり、鷗外がこの事件に強く影響されたことが分かる。興津が遺書にいう、「主命大切と心得候為めとは申ながら、御役に立つべき侍一人討ち果たし候段、恐れ入り候へば、切腹被仰附度と申候」という、その罪を死をもって雪《すす》ぐという倫理観の小説化が鷗外の意図するところであった。

▼漱石と乃木との間の交点については、鷗外の場合のような直接の交渉はない。乃木は漢詩をよくしたが、文学とくに漱石に関心があったかは不明である。乃木に対する漱石の態度はその殉死の前と後とでは、変化している。

▼殉死前の**一九〇六**年二月六日付*野村伝四宛書簡では、友人の西洋人が乃木の伝記を書くために、吉田松陰の著書を探しているので、図書館で調べてくれと頼んでいるが、特別乃木に興味を持っているようではない。また「趣味の遺伝」（**一九〇六**年）は、乃木と考えられる凱旋将軍に新橋の駅頭で語り手が遭遇するところから始まる。この小説では、語り手の友人の「浩さん」が日露戦争の時に「二龍山」の塹壕で戦死するが、「日露の講和が成就して乃木将軍が目出度凱旋しても」、浩さんが塹壕から生き

て上がることはできないと、乃木に対しては軽い意味でしかとり挙げていない。また、**一九一二**年の六月頃の「日記」と推測されるが、「行啓能」を見に行ったら、「山縣松方の元老乃木さん抔《など》」が来ていた。「陛下殿下の態度謹慎にして最も敬愛に価す」のに対して、「陪賢の臣民共はまことに無識無礼なり」とむしろ批判している。このような殉死前の乃木に対する態度は、漱石のものでもあるが、同時に世間一般のものでもあるとみてよい。

　世間一般に通行していた乃木像は、「道草」のなかでも描かれている。「道草」は漱石最晩年の**一九一五**（大正四年）に発表されたが、その小説の時間は**一九〇五**年頃のことである。そのうえ、健三の義父が乃木について批評するのは、「一時台湾総督になつて間もなくそれを已めた時」（七七）つまり**一八九七**年頃のことである。健三の義父は「個人としての乃木さんは義に堅く情に篤く実に立派なもの」だが、「総督としての乃木さん」は適任ではないという。それは「個人の徳」は身近な者にはよく及ぶが、「遠く離れた被治者」には充分利益を与えられないものだからだという理屈である。「道草」は「心」（**一九一四**年）の翌年に発表されていて、この両者における乃木像の描き方に相違はあるが、「道草」はあくまで**一八九七**年頃の乃木像であり、それも義父の乃木観である。

▼乃木の殉死に関しては、**一九一二**年頃の断片的な日記に「乃木大将の事。同乃木夫人の事。」などのメモが見え始めて、殉死が漱石の意識を掠り始める。また、痔の手術の報告をする小宮豊隆*宛の手紙（**一九一二**年九月二八日）に、「僕の手術は乃木大将の自殺と同じ位の苦しみあるものと御承知ありて崇高なる御同情を賜はり度候」のような軽口を叩いているのもあるが、第一高等学校校友会での講演「模倣と独立」（一九一三（大正二年）十二月十二日。引用は『漱石全集』第二十六巻所収の本文による。）をみると、殉死がある精神的な深さをもって漱石に影響を及ぼしていることが分かる。講演の趣旨は題名のとおり、模倣の人生ではなく、独立の人生をというものであるが、独立の人生には「深い背景」がなくては成功しない。乃木の殉死以後「夫を真似して死ぬ奴が大変出た」がこれらは何の深い背景も意味もない「形式の死」つまり「模倣」に過ぎないという。このような立場で漱石は、「乃木さんの行為の至誠であると云ふことはあなた方を感動せしめる」、そのことが「インデペンデント」（独立）な生き方であり、「成功」であると評価する。この講演とほぼ同時期に執筆された「心」において、「先生」の自殺と乃木の殉死とが関係づけられた意味もここにある。

　「心」という小説はいろいろの要素が混じり込んでいるので、乃木殉死の一点だけで解釈するのは難しい。しかしここでは乃木殉死が漱石の小説に与えた影響のみに絞る。まず語り手の「私」の父親の、殉死への反応は当時の一般的な庶民の反応である。「乃木大将に済まない。実に面目次第がない。いへ私もすぐ御後から」というのは、乃木に対してよりも、明治天皇に殉じたいという気持ちの現れである。これとは違って、明治天皇の崩御を「明治が永久に去つた」と受け取る「先生」の感受は、一つの時代精神の終焉を感じ取るという意味で、ある程度の知識階級のものである。「明治の精神に殉死する積」だと「先生」がいうのも同様である。そこで「明治の精神」とは何かということが問題になるが、それは、乃木希典も興津彌五右衛門もそうであったように、自分の罪を自死によって雪ぐという「古い不要な言葉に新しい意義を盛り得た」ということであり、「先生」も同様の行動をとる。さらに、乃木夫人静子の自死が、どのような事情からかは知るべくもないが、道連れの印象を残したことも、「先生」が自分の自死の理由を静夫人にだけは知らせたくないし、「妻に血の色を見せないで死ぬ積」という、小説のプロットに影響を与えている。贅言すれば、漱石は乃木夫人の自死には賛成しがたかったものと考えられる。

▼いずれにしろ、乃木の殉死は、「深い背景」をもつ「独立」した生き方、つまり死をもって物事を処する生き方が、人々に「感銘」を与えるという、「明治の精神」について、漱石に考察する機会を与えることになった。

**〔参考文献〕**森鷗外「興津彌五右衛門の遺書」一九一二年・『阿部一族』一九一三年。／渡辺淳一『静寂の声　乃木希典夫妻の生涯』文春文庫、一九九一年。

〔石田忠彦〕

## ■滝沢　馬琴

たきざわ・ばきん

歌川国貞筆、『鑑賞日本古典文学』35、「秋成・馬琴」一九七七年刊。

**一七六七（明和四）年六月九日〜一八四八（嘉永元）年一一月六日。黄表紙・合巻・読本などの小説家。漱石は自分の意見の展開上、馬琴をしばしば利用したが、馬琴の儒教倫理に基づく勧善懲悪や理想主義的な臭味に好感が持てず、反面教師的に考察した。**

江戸深川の旗本松平信成邸で生まれる。本名興邦。父・興義はその用人であった。母の門は細川家の家臣吉屋門左衛門の娘。五男二女をもうけ、馬琴（佐五郎）は第五子。父は俳号を可蝶といい、また母は浄瑠璃や草双紙を好んだ。父死後長男の興旨が家督を相続したが、やがて家を去ったために、替って馬琴が相続した。一四歳で主家松平家を去り、兄興旨が仕えていた旗本戸田氏に仕える。四、五年後、放浪生活に入る。

その後、二、三の旗本家に仕えるが、永続きせず、『俳諧古文庫』（一七八七年・天明七）を出すが成功せず、宗仙と名乗って医者修業、儒学や書道の勉強もしたが、いずれも永続きしなかった。

▼一七九〇（寛政二）年、戯作者を志して山東京伝に弟子入りする。壬生狂言の台本などを書き、黄表紙の処女作は『廿日余四十両尽用而二分狂言』（一七九一年・寛政三）である。京伝の手伝いをしたり、書肆蔦屋重三郎に奉公したりしていたが、一七九三（寛政五）年、下駄商会田家に婿入りし、清右衛門の名跡を継いだ。妻お百。義母の死を機に、下駄商をやめ、滝沢姓に戻り（一七九五年・寛政七）、手習いの師匠をしたが、それも一八〇六（文化三）年にはやめた。

▼読本の第一作『高尾船字文』（一七九六・寛政八）を出したが評判にはならなかった。一八二四（文政七）年に長女おさきに婿を取り、清右衛門の名跡を継がせた。長男興継が宗伯と名乗って一八一八（文政元）年から医業に就いていた、神田明神坂下同朋町東新町の住居に転居した。宗伯は病弱で松前侯松平家への出仕も思うようにならなかっ

た。
▼宗伯が一八三五（天保六）年、一男二女を残して病没すると、家計の負担は馬琴一人にかかった。馬琴は前年右眼を失明し、翌三六年には左眼も悪化した。孫の太郎の行く末を案じて、蔵書を売却し、また、書画会を催し、二百両を都合して、鉄砲組同心の御家人株を百五十両で購入し、四谷信濃坂に移った。太郎は一三歳で鉄砲組同心として出仕した。一八四〇（天保一一）年に失明すると、嫁のおみちの代筆で『南総里見八犬伝』の完成を急いだ。四一年妻お百死去、同年に『八犬伝』は完成し、四二年刊行を終えた。
▼一八四八（嘉永元）年一一月六日、馬琴逝去、満八一歳。
▼六〇年間の著述生活は、黄表紙、合巻、読本、俳諧、洒落本、滑稽本、随筆、擬古文など多岐に渉り、その数も膨大であるが、その名を不朽なものとしたのは読本である。代表作を挙げると、『椿説弓張月』（一八〇七・文化四～一八一一・文化八）『皿皿郷談』（一八一三・文化一〇）『南総里見八犬伝』（一八四〇・文化一一～一八四二・天保一三）『近世説美少年録』（一八二八・文政一一～一八三四・天保五）などである。その思想性は、一貫して儒教倫理に基づく勧善懲悪主義であった。

幕末から明治にかけて、その読本とくに『南総里見八犬伝』は広く愛読された。一方では、*坪内逍遙の『小説神髄』（一八八五～八六年）におけるように、小説の写実性の立場から、その勧善懲悪主義やストーリーの非現実的なところなどが批判された。しかし、明治初期の文学青年たちの愛読の一冊であったことは否定できず、その波瀾万丈の物語の展開に、小説のもつ魅力を感じていた小説家は多い。なお、明治になって『南総里見八犬伝』は、東京稗史出版社（一八八二～八五年）と成文社（一八八五～八六年）などから出版された。
▼漱石の馬琴受容は、反面教師的な摂取の仕方である。

まず馬琴文体についてであるが、談話「文章の混乱時代」（『文章世界』一九〇六年八月）では、明治初年以来の「文体の変遷」の大概について、「馬琴調の余焔が凄じかつた」時期、「西鶴張」が流行った時期、「雅俗折衷文」の時期と経緯を語り、現在ではこれらを真似る小説家はいなくなり、「通俗文――日常の言語に接近した文体」が勢力を得たのは、「時代といふ物と言語との関係上」また「文章発達の上」からも当然のこととしている。その馬琴調の好例として、*正岡子規の小説「銀世界」の、次のような女性の会話を挙げている。「卒爾ながら御尋ね申さん、君は此あたりには見なれぬ御方なり、いづ方より来給へるにや、」（「雑纂Ｉ」〔『銀世界』評〕）。また、「吾輩は猫である」（三）（一九〇五年）での苦沙彌夫人と迷亭との「月並」問答では、「年は二八か二九からぬ」「言はず語らず物思ひ」「一瓢を携へて墨堤に遊ぶ」などを「月並」の例として挙げ、さらにこのような月並みになるには、「馬琴の胴へメジヨオ、ペンデニスの首をつけて一二年欧洲の空気で包んで置くんですね」と迷亭に言わせている。馬琴調の文体を「月並」として挙げるのは、漱石は「みだりに調子のある「馬琴もの」」を「好まない」（「余が文章に裨益せし書籍」『文章世界』一九〇六年三月）ためである。同様に、講義『英文学形式論』（一九〇三年三～六月）では、ジェームズ・オリファントがスコットの小説中の会話は、「形式的《フォーマル》」で「竹馬式文体（stilted form）」だと批判したのを挙げて、日本でいえば馬琴の「喃某主《なにがしぬし》」といった文体のようなものだとしている。

次に、馬琴を漢学者としてとらえる当時の風潮を小説の中で描いている。「道草」（二十五）（一九一五年）の中で、健三に対して義兄の比田は、『常山紀談』の作者湯浅常山について、学者として「曲亭馬琴と何方《どっち》でせう。」と問いかけ、自分は「馬琴の八犬伝」を持っているという。その本は、「日本紙へ活版で刷つた予約の八犬伝」だったとされている。明治三〇年代になっても、『八犬伝』は広く流布していたものとみられる。ただ、漱石の、学者としての馬琴評価は微妙である。「ノート」の「[Ⅵ—20] 学者」には次のようにメモしている。馬琴は「当時ノ戯作者ニテ尤モ漢学ノ素養アリタル人ナリ」と認めた上で、しかし現在馬琴を読んだ人は、「其学者臭味ノ多キヲ厭フナルベシ」と批判的である。これは馬琴が「其漢学ヲ無暗ニ振廻ス」からである。それは「漢学ノ尚バレタル当時」にあっては、「重キヲ為ス」に足りていたが、漢学が衰退した現在では「孔雀ノ羽ヲ借リタル烏ノ如キ観」があるという。このメモは、馬琴は一例として挙げただけであって、主意は当時の西洋文学を専門とする学者批判である。

　その学者批判は、現在西欧の文学が尚ばれているのは、馬琴時代に漢学が尚ばれていたのと同じである。「吾等泰西文学ヲ専攻スル者」は「馬琴ノ弊」に一番陥りやすい。それは、「真ノ孔雀カ烏ノ孔雀カ真贋ヲ区別スル人」が少ないためである。われわれが馬琴を「高慢ナル愚作者ナリ」と批評するように、後世の人はわれわれ西欧文学専門の学者を、「厭味ニテ読ムニ堪ザル（ハイカラ）ナリ」と批評する人も出てくるにちがいない、というのが漱石の馬琴を例に出しての趣旨である。

▼このように、漱石は自分の意見を展開していく過程で、馬琴をよく引用している。これは小説でも同じで、「吾輩は猫である」（十）（一九〇六年）で、恋文事件の学生古井武右衛門に苦沙彌が、「正直」以上の美徳を求めるなら、『八犬伝』の犬塚信乃や犬田小文吾が、近くに引っ越して来ないかぎり無理だと諭している場面にも使われている。小説のこの場面自体は大きな意味をもたないが、漱石は自分のいろいろな文学的論理を展開するにあたっての、一つの座標軸である、理想主義と写実主義の二項対比において、理想主義の好例として、絶えず馬琴を意識していた。それは次のような形で現れる。

「ノート [Ⅱ—2] 東西の開化」では、我が国では「理想世界ト理想ノ人間」を作って、それを「現実ナル者」として考える。そのために、勧善懲悪の小説で写実的でないから悪いと現在では批判するが、それは間違いであって、それを作った人たちにとってはそれは「写実」つまり現実であった。その論理の上に立って、馬琴は「理想的人物」を描いたので、それは世の中にありえないと批判しても、「馬琴ハ世ニアリ得ルト信ジ」ているからどうにもならない。これは西洋の神と違って、「吾人ハ孔子ヲ神トセズ人間トシ——学ンデ達スベキモノ」とするからだとメモしている。「ノート[Ⅵ—7]Realism and Idealism (Illusion)」では、馬琴の造形した「hero」は、「天保時代ニハ目障ニナラヌ程ノ ideal character モ今ハ如何　殆ンド読ムニ堪エズ」と認めていない。この他にも、西洋の「god」という大理想を探せば「馬琴の仁義礼智信と同一」のもの（「断片八」一九〇一年）としたり、表現において感覚的なものを通しての道徳性（理想とみられる）に馬琴の例を挙げたりしている（「断片四二」一九〇七年頃）。しかし、このように馬琴を理想主義的人物の造形の例に挙げたとしても、それらを肯定しているわけではない。

「創作家の態度」の講演（一九〇八年二月）では、叙述の「客観的態度」について、まず、「客観・主知」の態度は「真」を、「主観・主感」の態度は「情操（美・善・壮）」を目的とすると前提する。その上で小説家は、「真」を写すといっても「純粋なる真」のみを写すわけにもいかないし、「情緒に訴へる」といっても「全く真を離れての叙述」はできない。ところが、馬琴のような小説の場合「主観的分子」はいくらでもあるにも関わらず、「融通が利かないから」一途に「真」で突き進み、現在では「遂に読む事が出来なくなる」と低く評価している。

▼馬琴小説とくに『南総里見八犬伝』は、坪内逍遙にしろ夏目漱石にしろ、明治期に、文学とくに小説について本格的に検討を加えようとするに際して、たとえ否定的な媒介であったとしても、無視できない存在であった。

〔**参考文献**〕『曲亭　馬琴日記』一〜四・別巻、中央公論新社、二〇〇九〜一〇年。／*芥川龍之介「戯作三昧」一九一七年。

［石田忠彦］

## ■馬場　孤蝶

ばば・こちょう

『明治文学全集』第六〇巻「明治詩人集」（一）、筑摩書房、一九七二年刊。

**一八六九**（明治二）**年一一月一〇日**（陰暦一一月八日）**〜一九四〇**（昭和一五）**年六月二二日。**

**詩人・小説家・随筆家・翻訳家。漱石は*森田草平を通じて知り合う。**

高知市中島町に生まれる。父は旧土佐藩士で来八、母は寅子。本名は勝弥、仲兄に自由民権運動の思想家馬場辰猪がいる。一八七八（明治一一）年、辰猪の英国留学からの帰国を機に、一家は上京。翌七九年、下谷区茅町の忍ヶ岡小学校入学。一八八四（明治一七）年、神田の共立学校（開成中学校の前身）に入学し、英語を学ぶ。平田禿木と同窓になる。一八八八（明治二一）年、兄辰猪が米国で肺結核のため客死する。八九年、明治学院普通部本科二年に入学。*島崎藤村や戸川秋骨と同級になる。一八九一（明治二四）年、明治学院普通部を卒業後、高知市私立共立学校の英語教師になる。

▼一八九三（明治二六）年上京し、日本中学校に勤める。一月創立『文学界』の同人になる。詩「酒匂川」「想海漫渉」を発表。翌九四年樋口一葉を訪ねる。「片羽のをしどり」「流水日記」「みをつくし」、それに詩「破三味線」「孤雁」などを『文学界』に発表。九五年杉浦重剛の推薦で滋賀県彦根中学校の英語教師になる。「かれ野」詩「すりごろも―別れ路」「蝶を葬むるの辞」などを『文学界』に発表する。

▼一八九七（明治三〇）年、埼玉県第一尋常中学校に赴任するが、年末には日本銀行に入社。翌九八年、「雪の朝」詩「みちしば・磯屋のけぶり」を『文学界』終刊号に発表。九九年源子と結婚。一九〇〇年長女照子誕生。「絵すがた」（『文芸倶楽部』）、〇一年「湖畔の秋」「秋のゆふべ」「浦光巒《らん》影」短歌「湖山秋風」、〇二年「浦分衣」詩「友を悼む歌」をそれぞれ『明星』に発表。次女晴子誕生。蒲原有明の推薦で、文集『野守草』を新声社から刊行する。〇三年「浴泉日記」「書牘《とく》一則」「冬の旅」などを『明星』に発表。長男昂太郎誕生。〇五年、

詩「夜風」「山火」「もの、音」「うきくさ」「夜半の街」「夏野」「『春鳥集』合評」（明星』）などを発表し、文集『連翹《ぎょう》』も刊行した。

▼一九〇六（明治三九）年、上田敏*『芸苑』（第二次）創刊に際し、生田長江*、森田草平らと参加した。九月慶応義塾大学文学部教授に就任し、欧州大陸文学の講義を担当した。また詩集『春駒』を刊行した。**一九〇七**年六月、生田長江主催の「閨秀文学会」の講師になる。七月『泰西名著集』刊行。一一月二五日上田敏の送別会に出る。漱石も出席。**〇八**年四月頃から、いわゆる「煤煙事件」の後始末を、漱石とともに生田長江から頼まれる。一九一〇年三月頃、平塚*雷鳥らと孤蝶宅で文学研究会を開く。以後、翻訳や評論、文学史に関する随筆などが多くなる。「明治学院及び文学界時代」「事実と『春』」「作物とモデル」などを発表する。『東京日々新聞』客員となる。一一年、博文館『一葉全集』の校訂を行う。一九一二年三月三日、安成貞雄主催で有楽座において「文芸活動写真会」（レールモントフ「悪魔」、シェークスピア「リア王」）が開催され、生田長江とともに、その解説にあたった。

▼大正に入ると、翻訳『戦争と平和』『イリアッド』などの労作を発表し、また、雑誌『青鞜』のグループや、大杉栄や荒畑寒村らが創刊した『近代思想』（一九一二年一〇月）のグループの講演会の講師をつとめたりして、それぞれのグループの同調者ないしは顧問的な役割を果たした。またこの頃から、日本著作家協会や著作家組合の結成に努力したりもした。孤蝶像についてはややもすると、『文学界』時代のやや星菫派的なイメージで一括しそうになるが、それとは異なり、兄辰猪とは方法は異なるとしても、「人物改造、社会改革」を標榜する改革家的な共通点を示す活動を続けた。一九一四（大正三）年『近代文芸の解剖』『葉巻のけむり』を出した。一九一五年一月二一日の第一二回衆議院議員選挙に、生田長江、森田草平、安成貞雄、西成二郎、堺利彦に推されて立候補した。

▼一九一六（大正五）年一二月一〇日漱石の弔問に行く。一七年三月刊行の『漱石警句集』に序文を書く。一八年「樋口一葉君略伝」「一葉著作年表『真筆版たけくらべ』」などの一葉関係資料の整理をした。これらの他にも、樋口一葉の文学資料の発掘整理保管などについては、孤蝶の業績は看過できない。二四年『孤蝶随筆』、二五年『紫煙』を刊行。

▼一九三〇（昭和五）年、慶応義塾大学辞職。三三年『野客漫言』、三六年『明治文壇回顧』、死後の四二年に、『明治文壇回顧』を再編集した『明治文壇の人々』などが刊行された。

▼一九四〇（昭和一五）年六月二二日、肝臓癌、腹膜炎で渋谷区松濤町の自宅で逝去。七〇歳。墓所は谷中霊園で、兄辰猪の墓と並んで建てられている。

▼馬場孤蝶は、**一九〇七**（明治四〇）年一月頃森田草平の家で夏目漱石と初めて会ったという。おもに『文学界』や『明星』を発表の舞台にしていた孤蝶には、漱石に会う機会はそれほど多くはなかったであろう。

それでも漱石が大学を辞めたことを、白雲子なる匿名子が『読売新聞』で批判したことを、「燈火漫録（三）」（『趣味』〇八年三月）で弁護している。その内容は、「通例の帰朝後のお礼奉公」も漱石に関してはそれほど厳格なものではなかっただろうし、国家の費用で留学したのだから、「民間の事業」を含めて国家のために何かをすればよいだけで、「忘恩」といった次元で非難すべきではない。それに漱石の辞職は、「若い講師などの待遇に、や、善い変化」をもたらしたはずだと言っている。この後で、漱石の自宅に、英語を教えてくれといきなり飛び込んできた苦学生に、漱石が親切に教えてやった逸話を紹介している。この白雲子の件は、漱石自身、「（白雲子は）人から馬鹿にされて死んで仕舞ふ　穴賢」」と不快感を示している（〇七年一一月一八日付小宮*豊隆宛・同日付松根*東洋城宛漱石書簡）。

また、一九〇八（明治四一）年三月号の『中央公論』の「夏目漱石論」の特集号には「漱石先生」を寄せているので、日頃関心はもっていたものと考えられる。この漱石論は編集者の瀧田樗陰に無理やりに書かされたものだという韜晦が目立ち、内容としてそれほどとるべきものはない。それは偏に孤蝶が「先生の著作を余り多く読ま無いから」である。「漱石先生は明治文界の巨人である。縦横自在なる筆力、該博なる学識、徹底する観察眼、溢るゝ如き頓才に於て、少くとも、現今の文壇に独歩の観がある。」というように、きわめて抽象的な褒め言葉の羅列に終わっている。辛うじて漱石の文学の本質に触れているのは、他の多くの作家が西欧小説の物真似に終わっているのに対して、漱石の作品には「先生の見られた人生、先生の描かれた人物」に、独創性があると評価している点である。しかし、孤蝶の好みからいうと、漱石自身が「モデレエシヨンのある人で、盲動せられぬ」ので、「盲動するやうな人物」を描くのが得意ではない。そのため、漱石の作品を味わうためには「作者の理性の働、学殖の該博、沈着なる観察」などの理解が必要であるとして、初期の作品の愛読者たちが漱石作品から離れだしていることを指摘している。また当時の日本自然主義文学との関係にも少しは触れているが、舌足らずに終わっている。そのほかには、大学のウード教師に帝国ホテルに呼ばれたとき、ウードに「錠前直し」と間違えられた逸話を入念に紹介したり、本郷の若竹座で他人に間違われたり、よく人違いされるところがあったなどの逸話にも触れている。

その後、漱石の「日記」（一九〇九年五月二六日）には、孤蝶が来て、慶応義塾を辞めたことと、新聞社に入り、慶応での講義は週二回だけになったと話したと記しているので、この段階ではそれなりの親しい交友が行われていたであろう。一九一〇（明治四三）年七月には『新潮』の、十ヵ条の質問項目を設けて諸家の談話を記事にする「夏目漱石論」では、漱石について次のように語っている。漱石は自分自身をよく知っているので、自家の特徴を十分に生かすことができている。「感情の人」であり「思索の力」の人でもある。交際上手であり、かつ、よく世話の行き届く人で、人の心持のよくわかる人である。金銭に余裕のあるはずはないが、「質素《じみ》な贅沢」をしている。文学的には「思索力と、想像力と描写の筆力とが、確かに非凡」である。しかし、「物に向ふ見ずに熱して了ふことが出来ない」ので、「最う少し整はない所が見せて貰ひたい」と、前引の「漱石先生」と同様のことを希望している。

両者の間には、それからも、賀状のやり取りやお互いの献本とそれに対する礼状などの交友はあったようだが、特別に親しい関係であったとは考えられない。二人の文学活動に相互の影響関係があった気配も見受けられない。ただ、馬場孤蝶が、総選挙に立候補するに際して、選挙資金の調達のために、『孤蝶馬場勝弥氏立候補後援　現代文集』（一九一五年三月）が出され、漱石は、学習院の輔仁会での講演（一九一四年一一月二五日）「私の個人主義」を収録している。この講演は『輔仁会雑誌』（一九一五年三月）に掲載されたのち、漱石の『金剛草』（一九一五年一一月）に収録された。孤蝶は落選してしまったが、漱石のこのような政治的参加は非常に珍しい。孤蝶は、兄辰猪の影響もあってか、「飽くまで公明正大で、横着なところがなく、思ふことはずばずば云つて退け、少しも包みかくしがなく、まるで竹を割つたやうな気象」（平田禿木『禿木／遺響　文学界前後』一九四三年九月）であったところが、漱石の肌に合ったのかもしれない。

▼漱石の死の直後、雑誌『新小説』は「文豪夏目漱石」特集号（一九一七年一月）を出し、「漱石氏に関する感想及び印象」の欄を設けるが、馬場孤蝶は「追想の断片」という文章を寄せている。これは表題通りの「断片」であるが、漱石の個性をよく言い当てている。初対面は一九〇七（明治四〇）年冬、丸山福山町の樋口一葉の旧居に住んでいた森田草平宅においてであった。その時「ウイツトとしての風趣、即ち何処か飄逸とでも云つて宜いやうな趣」に感心したが、これは漱石の講演を聞いた人なら誰でも気づく「到（当）意即妙の頓才」である。孤蝶に小説を書けと一番勧めてくれたのは漱石であった。漱石は、人物から見ても、作品から見ても「全く特別な上等品」であって、もう少し若い時分から「作者生活」を始めなかったことが孤蝶にとって残念であった。その作品については、「複雑な変手古な生活」を経験したことがなかったので、作品に「肉あり血ありと云ふ部分で十分でない」ところがあると評価した。しかし、近頃の作品をみると、「注意力の広く精密に油断なく働いてゐる」のには感心させられてしまうという。この他に、やはり前引のウードの逸話や、帝大の教師時代に、片手を懐手のまま講義を受ける学生を叱ったら、他の学生から怪我で片手がないことを教えられ、自分は「無い学問を出して講義を為し」ているのだから、「無い手位出して呉れても宜いのに」と答えたという話も紹介している。

▼孤蝶の漱石像の紹介には重複が多く、漱石の人間像と文学的才能については、親愛の情と高い評価を置いていたことは否定できないとしても、明治四〇年代以降においては、孤蝶の関心は別のところにあったというべきであろう。ただ漱石の方は、そのような社会改革家的な孤蝶を必ずしも拒否していなかったことは、総選挙立候補の時の後援文集の件を見ても明らかである。

〔**参考文献**〕馬場孤蝶『明治文壇の人々』三田文学出版部、一九四二年。／笹淵友一『「文学界」とその時代（上下）』明治書院、一九五九年・六〇年。

〔石田忠彦〕

# ■徳田　秋声

とくだ・しゅうせい

『日本近代文学大系』21「徳田秋声集」一九四二年頃。

**一八七一（明治四）年一二月二三日〜一九四三（昭和一八）年一一月一八日。**

**小説家。漱石は秋声の小説に描かれた真を高く評価しつつ、動機の稀薄さ、哲学のなさに違和感を表明した。**

金沢市横山町生れ。雲平、タケの三男。父は加賀藩家老、横山三左衛門の家人、徳田十右衛門の長子。母は前田家直臣津田采女の三女、三度目の妻。父と最初の妻との間に生れた長姉しづ、第二の妻との間に生れた長兄直松、次兄順太郎、次姉きんの四人の異腹の兄姉と、同腹の三姉かをりがある。維新後家運傾いた貧困家庭と、複雑な家庭環境の中に生れた自分に、影の薄い生を享けた宿命を感じた。本名末雄。一八七九（明治一二）年、養成小学校入学。姉に伴われて通学。姉への密着から女児とばかり遊ぶ。母に連れられ、芝居小屋に通うがなじめず、小学校に一人で通学できるようになって、芝居になじみ唯一の楽しみになる。一八八四（明治一七）年、金沢小学校へ入学。『頴才新誌』に惹かれる。一八八六（明治一九）年一月、石川県専門学校に入学。九二（明治二五）年、学友桐生悠々と上京、*尾崎紅葉の門を叩くが入れられず、九五（明治二八）年、博文館に勤め、*泉鏡花を介して紅葉門下に入る。後年、「光を追うて」（『婦人之友』一九三八年一月〜一二月）に当時のことを回顧。「藪かうじ」（『文芸倶楽部』一八九六年八月）で世に出る。「雲のゆくへ」（『読売新聞』一九〇〇年八月二八日〜一一月三〇日）が出世作となる。紅葉門下の時代から、日清日露戦争前後の時代にかけて、硯友社周辺の作家の作風、たとえば悲惨小説、深刻小説の偏奇性や派手さと縁遠く、個性が発揮されなかった。しかし、紅葉から吸収した女性を描く筆致が後年、開花する。*高浜虚子の勧めで「新世帯」（『国民新聞』一九〇八年一〇月一六日〜一二月六日）を発表。自然主義の作風を発揮した。以後「黴」（『東京朝日新聞』一九一一年八月一日〜一一月三日）、「あらくれ」（『読売新聞』一九一五年一月一二日〜七月二四日）、「仮装人物」（『経済往来』一九三五年七月〜一三年一二月）、「縮図」（『都新聞』一九四一年六月二八日〜九月一五日。未完）がある。未完に終った「縮図」は過去と現在を行き来する時間を実験的に描いて、秋声を敬愛した川端康成の「みづうみ」の先駆的性質がある。

▼漱石の談話「近作小説二三に就て」（『新小説』一九〇八年六月）は『中央公論』『早稲田文学』に掲載された作品群に共通する傾向を批評したもの。*小栗風葉「ぐうたら女」、*田山花袋「祖父母」、徳田秋声「二老婆」、真山青果「家鴨飼」のうち、花袋の「祖父母」を除き、涙を流すものが一つもない。みな一様に陰鬱な厭世的なもので、面白いが圧迫を感じる。小説を読めばどこかで期待している、快感が得られない、と批評した。秋声の「二老婆」は冒頭の、「ア、厭だ〱、此様なことをして生きてる位なら早く死んだ方が可い。」というセリフからはじまる。樋口一葉の「にごりえ」のように、いきなりセリフからはじまる小説のスタイルだが、「にごりえ」のセリフはその後の展開や主題を示唆しない。ところが「二老婆」の一行はすべてを統括し、結末の「お栄婆さんは、天窓の縄に垂

下つて死んでゐた。寒さうな朝日影が、蒼白い其死相を、上から照してゐる。」と照応する構造になっている。漱石のいう、「首を縊つて死ぬ」は明らかに「二老婆」の結末を評したものである。二老婆の一人は自殺しそこなって、人に命を取り留められ もう一人がこの老婆の騒動を目の当たりにした翌日自殺を遂げる。冒頭の一行はお幾婆さんのセリフで、彼女も実際、井戸へ投身しようとして死に損ない、お栄婆さんの方が死ぬ。これはずらしの手法で、言葉を発した当人がその通りに死ねば嘘くさくなるからだ。漱石はこれら一連の作品を、「このあひだ中出た国*木田独歩君の『竹の木戸』」と比べて、「竹の木戸」も「然うである。植木屋の女房が首を縊つて死ぬ」と指摘する。それでは「竹の木戸」と「二老婆」の同じ傾向がなぜ問題になるのか、漱石は次のように説明する。これ等の作品は読後、物足らず、圧迫を感じた。それを解析すると、情操の満足を少しも得られないことに起因する。人間は時々泣かずに居なくては居られない、泣いて情操の満足を求めたがるもので、泣くというと苦しいように聞えるが、これは一種の快感の符帳である。道徳は畢竟時世に伴わねばならず、社会の情況に応じて思索の道徳を情操の道徳と変化する必要があり、特に今日のような過渡時代にはその必要がある。

▼秋声の「あらくれ」は『読売新聞』に一九一五年一月一二日から、七月二四日まで連載された。その途中、六月三日から漱石は「道草」（『東京朝日新聞』『大阪朝日新聞』）を連載しはじめ、同年九月一四日に完結する。完結した一か月後、漱石は談話「文壇のこのごろ」（『大阪朝日新聞』一九一五年一〇月一一日）で、「あらくれ」の感想を述べた。この作品は、世の中は随分なものだという意味で嘘らしくなく、秋声の特色がよく出ているが、「お藤様で」という有難味がない。読後の感激や高尚な向上の道に向わせられるとか、何か慰藉を与えられるものがない。しかし人生はそこで尽きているかという疑いが生じる。秋声の作品は書きっぱなしの感がある。つまりなぜこの小説を書いたのかという動機が稀薄で、フィロソフィーがなく、そういうアイデアが欠けている。先の「二老婆」を含む作品群の読後感とほとんど変化がない。「道草」は「あらくれ」の直後に発表された。「あらくれ」は実家と養家の間に生きる女の半生を書いた、その題材が「道草」の健三と一致する。たとえば、「野獣のやうな彼女の体に抑へることが出来ない狂暴の血が焦けたゞれたやうに渦を巻いてゐた。」（「あらくれ」百八）という箇所は、「道草」の次の箇所の修辞と同一性が認められる。「今の彼は其教育の力で何うする事も出来ない野生的な自分の存在を明かに認めた。」（六七）「彼は血に餓えた。しかも他を屠る事が出来ないので已むを得ず、自分の血を啜つて満足した。（中略）彼は獣と同じやうな声を揚げた」（百一）。

そこで、漱石の「あらくれ」評を視野に入れて、「道草」が「あらくれ」と異質な箇所（秋声が書きそうもない内容・表現）を摘出すれば、次のようになる。「さうして、若し其神が神の眼で自分の一生を通して見たならば、此強欲な老人の一生と大して変りはないかも知れないといふ気が強くした。」（四八）、「斯ういふ場合に彼の何時でも用ひる陳腐で簡略でしかもぞんざいな此言葉のうちには（中略）跪《ひざ》まづいて天に禱《いの》る時の誠と願もあつた。」（五〇）、「長時間彼女の傍に坐つて、心配さうに其顔を見詰めてゐる健三に、何よりも有難い其眠が、静かに彼女の瞼の上に落ちた時、彼は天から降る甘露をまのあたり見るやうな気が常にした。」

（五一）、「今よりずつと単純であつた昔、（中略）発作の起るたびに、神の前に己を懺悔する人の誠を以て、彼の細君の膝下に跪まづいた。」（五四）、「金の力で支配出来ない真に偉大なものが彼の眼に這入つて来るにはまだ大分間があつた。」（五七）。

　これは漱石の作品群の中でもきわめて異質なキリスト教を連想させる修辞を用いた箇所で、秋声ならまずあり得ない。漱石は、「偉大なものが彼の眼に這入つて来る」ような特別な人間を、他と「平等」のように書こうとしている。心から平等だと思っていると嘘をつけない。見ようによってそれがあざとく映る。奥野健男が同時代評を調査して、「道草」が自然主義の作家に評価されていないことを指摘したが、これを見れば当然だろう。しかし、漱石の作品になじんだ読者でさえ違和感を抱くこれらの表現は、「あらくれ」のような自然主義の作品に共通する、感激や向上や慰藉とは無縁な、ただそれだけの人生を書いただけのもの、とは違う。自然主義の作家にはそれが認めがたい。読者に読後の快感を与えることは甘さとして退けられる。しかし、感激や慰藉を含まぬ人生の苦さを書くのはそれが快楽だからであり、それに快楽を覚える読者もある。漱石はモーパッサンの作品は「首飾り」の結末に代表されるように、皆救いがなく、それが嫌だという（蔵書への書込み）。

▼「道草」が完結した後の連載小説を書く作家を決めなければならず、漱石は秋声に白羽の矢を立てた。それを示す書簡がある。

「拝啓岡君を通じて私のつぎに朝日へ載せる小説の御執筆を御願致した処早速御引受下さいまして有難う存じます右につき先達て岡君が参られある娼妓の一代記といふやうなものを書きたいと思ふが何《ど》うだらうとあなたからの御相談のやうに申されましたから、私一個としては異存はないが社の方の都合もある事だから一応問合せて見やうと申ましたら岡君はぢやもう一遍徳田に訊いて御返事をするといつたぎり音沙汰がありません、思ふに岡君は帰阪したのでせう。私は昨日電話で社と相談して見ましたが社の方では御存じの通りの穏健主義ですから女郎の一代記といふやうなものはあまり歓迎はしないやうです。然したとひ娼妓だつて芸者だつて人間ですから人間として意味のある叙述をするならば却つて華族や上流を種にして下劣な事を書くより立派だらうと考へますので其通りを社へ申しましたら社でも其意を諒としてもしあなたが社の方針やら一般俗社界に対する信用の上に立つ営業機関であるといふ事を御承知の上筆を執つて下されば差支なからうといふ事になりました。／私は右を御報知旁御注意を致すために此手紙を差上げるのです。私は他人の意志を束縛して芸術上の作物を出してくれといふ馬鹿な事はしたくありませんから万一余程の程度に御趣向を御曲げにならなければ前申した女の一代記が書きにくい様なら「かび」の続篇でも何でも外のものを御書きにならん事を希望致すのです。若し又社の所謂露骨な描写なしに娼妓の伝が何の窮屈なしに書けるなら無論それで結構だらうと思ひます。／私はそんな腕のある女の生涯などを知りません、又書かうと思つても書けません、人間を知るといふ上に於てさうした作物は私の参考になるんだから喜んで拝見したいのでありますけれども右の事状故其辺はどうぞ御含みの上御執筆下さるやうあらかじめ願つて置きます。」（一九一五年八月九日付秋声宛書簡）。

　この後、「奔流」（『東京朝日新聞』一九一五年九月一日～一六年一月一四日）が連載される。

▼漱石が直接秋声に送った書簡は少ない

が、他人宛の手紙で頻繁に秋声に言及している。「黴」と「あらくれ」をめぐるもののほか、秋声の代作者にふれて、文筆業者の生活不如意への想像力が働いていることがわかる。

▼漱石について、秋声は「書斎の人」（『新小説』臨時号「文豪夏目漱石一九一七年一月）で、次のように語っている。ほとんど交際はなかったが、一二回会ったことがあるだけだから、人柄は知らない。朝日新聞に小説を書くため二三度手紙を貰った。漱石の作品はよく読んでいない。「彼岸過迄」の空想家の主人公が南洋にゴム栽培に出かけ大成功して王者のような生き方をするのを空想して喜ぶが、ゴム林が育って儲けられるようになるのは自分の死後になってしまうと気がついて失望する、というような高尚なユーモアが面白い。「明暗」も最初の五六回だけ読んだだけだが、婦人の性格がヘッダ・ガブラーに似ている。プロットも似通っている。イプセンのような激しいところはない。文章がうまく江戸っ子的に気が利いているので、釣り込まれるが、綿密過ぎて書かなくていいところまで書いていて、説明が多い。独歩と比べて書斎の人の感が深い。ただ漱石は文芸の品位を高めて、インテリ層に歓迎された。婦女子にもてた紅葉と違った意味で社会に影響を及ぼした。漱石の作品には、血なまぐさい現実が描かれない。彼は上の人に強く下の人に弱いところが、紅葉に似ている。潔白で義理堅く常識の発達した人、社交的な紳士だが、ただ社交的な美徳と人道的徳義は別で、この二つを混同してはならない。

　秋声は意外にも自然主義の作家にしては漱石に好意的で、それは紅葉の評価に通じるところがあり、花袋と正反対だ。

〔**参考文献**〕野口富士男『徳田秋声伝』筑摩書房、一九六五年。／野口富士男『徳田秋声の文学』筑摩書房、一九七九年。

〔石井和夫〕

## ■武者小路　実篤
むしゃのこうじ・さねあつ

『武者小路実篤全集』第五巻、新潮社、一九五五年二月刊。一九三四年撮影、吉祥寺鶴山小路の自宅にて。

**一八八五**（明治一八）**年五月一二日～一九七六**（昭和五一）**年四月九日。小説家。劇作家。随想家。詩人。画家。若いころの実篤は漱石を尊崇していたが、実篤の演劇の辛口批評から漱石への文通を避けるようになった。一方、漱石はある意味を書いている実篤を評価期待していた。**

父・武者小路実世《さねよ》と母・秋子《なるこ》の四男として東京市麹町区元園町に生まれた。父は歌道で朝廷に仕える公家であったが、明治になって、浦和裁判所判事、参事院議官補などを勤め、一八八七（明治二〇）年、実篤二歳の時に病没した。

▼一八九一（明治二四）年九月学習院初等科に入学した。九七年九月、中等科に進学し

た。〇三年九月、高等科第一部に入学した。〇六年四月、『ホトヽギス』四月号を読んで、感想を日記に記した。「『坊ちやん』を読んだ。痛快。」（一九〇六年の日記四月一七日）。「『吾輩は猫である』（今月のホトヽギス）を読んだ。やつぱり面白い。奇抜で警句に富んでゐるからであらう。筋はごく簡単なもの。」（同月一八日）。七月、高等科を卒業し、九月、東京帝国大学文科大学哲学科社会学専修に入学した。一一月、新体詩「女」を書き、以後、『荒野』所収の諸作品が作られていった。〇七年一月、『ホトヽギス』一月号の「野分」を読み、志賀*直哉に感想を「実に痛快で痛切だねしかし野分のやうな小説は藤村*風の文の方がいゝと思ふ少こしくどい処があるやうだ」「両人の富める男女を善人とは甘く云つたと感心した」「しかし余りに都合よくゆきすぎてる気がした、終りの処で高柳が百円の金を持てゐなかつたらどうなるだろうと思ふと草枕や二百十日の『結まく』の方が遙かにいゝと思ふ、まさか、鉄哉は変節もしまいが、しかし皆よく生きている中野文学士がハイカラすぎやしないかとは思ふが。しかし気持がよかつたほんとによかつた、」と、書き送った（七日付葉書）。四月、志賀、木下利玄、正親町公和《おおぎまちきんかず》と四人で創作を朗読し、批評する会（後の十四日会）を開いた。七月、志賀に「『吾輩は猫である』の下巻を昨夜と今朝で読む、上中程面白くなかつた。」と書き送った（一六日付葉書）。八月、東京帝国大学を退学した。志賀に「子規*の書簡の下に『夏目に東京へ出るやうにすゝめ候へども今の学校への義理ありとて東京のよき口まで断り候由義理堅き男に候』七〇五頁面白く読んだ、」と、漱石への親近感を書き送った（八月一〇日付葉書）。

▼一九〇八（明治四一）年四月創作感想集『荒野』を自費出版した。七月、十四日会から回覧雑誌『暴矢』（八月から『望野』と改題）を創刊した。〇九年四月、里見弴らの回覧雑誌『麦』に寄稿し始めた。七月、志賀に「境遇と人間の心が一致しないやうな処があるから仕方がない。夏目さんはこれを巧く一致させてゐる。」と、漱石の作風を評価している（二一日付葉書）。二八日、「今木のから借りて来た夏目さんの『それから』を読んださすがにうまい、感心した。」と記している（志賀宛葉書）ことからすれば、二一日の評は『三四郎』辺りであろうか。九月頃、回覧雑誌『望野』は『白樺』と改題されたらしい。

▼一九一〇（明治四三）年三月、回覧雑誌『白樺』・『麦』等三雑誌の同人が参集して、月刊雑誌『白樺』が創刊された。漱石が「不当の悪評を受けてゐる」と、同人に勧められて、巻頭の「『それから』に就て」という評論を発表した。評中で「野分」・「虞美人草」にも言及して、「『野分』の終り方のやうな無理に安心させるやうな不安な終り方より遙かに進んだ終り方と思ふ。」、「筆とる前に出来るだけ注意されないと我慢の出来ない方らしい。虞美人草に於て殊にこの特色が発揮されてゐたやうに思ふ。」などと述べた。漱石に創刊号を送り、漱石から礼状をもらった。漱石は「御批評の内容は未だ熟読を経ざる事故何とも申上かね候へども所々肯綮に当り候所も多き様に存候。中にも『それから』が運河だと云ふのは恐らく尤も妙なる譬喩ならんと存候。『それから』のとめ方の御弁護もあの通りの愚見にて候ひし。」などと、述べた（三月三〇日付葉書）。実篤たちは「夏目さんがよろこんでくれた」と喜んだ（「夏目さんの手紙」）。四月、漱石の依頼を受けて「代助と良平」という評論を書き、『東京朝日新聞』の文芸欄に掲載された（初めて原稿料をもらった）。以後、七月まで毎月同様の文

章を寄稿した。七月、長与胃腸病院に入院中の漱石を見舞った。「心おきなき、よき方」という初印象であった（「夏目さんの手紙」）。

▼**一九一一**（明治四四）年二月創作集『おめでたき人』を刊行した。漱石は、小宮豊隆*に「恋の進行を明らさまに書いたものである。今の作家の恋を打ち明けたの（ママ）ものは大概世にすれからした万事を心得顔（ことに女性を）の主人公か又は堕落生と同程度の徳義心を持つた主人公である。然るに是は若い女を知らない、相当の考のある、純粋な人の恋を其儘書いたものである其所に価価（ママ）がある。」（一七日付書簡）と推奨し、「武者小路のは不徹底ぢやない、あれ程徹底する事は君にや出来ない、只内気で乱暴を働かない丈である。そこに初心《うぶ》の可愛らしい処があるのである。」（二三日付書簡）と弁護してもいる。**一二**年一一月小説『世間知らず』を刊行した。この月、漱石から『大阪朝日新聞』日曜付録の新進作家短篇小説の企画に参加するよう依頼があった（一五日付書簡）。

▼**一九一三**（大正二）年九月〜**一四**年三月、『白樺』の編集事務を担当した。一一月、戯曲集『心と心』、感想集『生長』を刊行した。漱石から「『心と心』についで『生長』が参りました、最初にある『それから』の当時の御批評は私にはいゝ記念であります、御礼を申します」という礼状が届いた（二九日付葉書）。この数日前、漱石から志賀への寄稿依頼を取り次いでいる。「夏目さんからの手紙に君の都合のいゝ時朝日新聞の小説をかいてもらうやうにたのんでくれと丁寧にかいてあつた。くわしくはあつた時に話すけれど、『今度機会があつたらどうぞ私の希望を志賀君に通じておいて下さい』とかいてある。自分もすゝめたい気がしてゐる。」と書き送った（二七日付葉書）。承諾の旨、漱石に伝えた志賀に、漱石は三一日付で書簡を送っている。

▼**一九一四**（大正三）年一月『中央公論』に戯曲「わしも知らない」を発表し、初めて商業雑誌に登壇した。五月頃、漱石と会った。「此間武者小路にあつたらあなたの話をしてゐました」（六月二日付橋口貢*宛書簡）。七月、『中央公論』「臨時増刊新脚本号」に「或る日の事」を発表した。漱石は「及落の中間　いつもより悪いかも知れず」と見た（二八日付小宮宛書簡）。この月、漱石から『東京朝日新聞』に小説寄稿の依頼があり、以後、発表・掲載まで調整が続いた。「私は武者小路に頼みましたまだ返事がありません」（一八日付鈴木三重吉*宛書簡）・「武者小路（八月五日乃至十日）」（二二日付三重吉宛書簡）・「武者小路君は清書をしない丈で書き終つたと云つて来ました、それを一回に廻すやうに交渉しました、多分承諾と思ひます」（三一日付三重吉宛書簡）・「武者小路君の今書いてゐるのが都合で死といふ名に改まりました、」（八月一二日付野上弥生子*宛書簡）。こうして、八月一二〜二五日、「死」が連載された。九月、東京朝日新聞社内で実篤に又短篇小説を依頼したらという話が漱石にあったが、漱石が折衝役を断った。「つぎに出すのを武者小路か高浜*との御注文でしたが私はまだ双方とも懸合ません、武者小路君はすでに出たし長いものをかく種があるか分らないからです」（九月四日付山本笑月宛書簡）。一二月、脚本・感想集『わしも知らない』、小説集『死』を刊行した。

▼**一九一五**（大正四）年二月小説・戯曲集『彼が三十の時』を刊行し、漱石に寄贈した。三月戯曲「その妹」を『白樺』に発表し、文壇出世作となった。六月、「わしも知らない」が文芸座で上演されたので、漱石を招待した。礼状の中で漱石は、「小宮に会つたらあなたのものを面白いと云つて

ほめてゐました。竹の里人のやうな評が出るのでどこかへ何か書かうかと云つてゐましたから書けとすゝめて置きました」と伝えている（七月二日付書簡）。ところで、実篤は、『東京朝日新聞』に掲載された、その上演案内記事を取り消してもらおうと、漱石に手紙を出した（「夏目さんの手紙」）。漱石からは、その手紙を新聞社の社会部長に届けるということと「気に入らない事、癪に障る事、憤慨すべき事は塵芥の如く沢山あります。それを清める事は人間の力で出来ません。それと戦ふよりもそれをゆるす事が人間として立派なものならば、出来る丈そちらの方の修養をお互にしたいと思ひますがどうでせう。」といったことが返事として来た（六月一五日付書簡）。九月、戯曲集『向日葵』を刊行し、小宮の分と二冊を漱石に送った（一四日付武者小路宛葉書）。

▼**一九一六**（大正五）年三月感想集『後ちに来る者に』を刊行した。四月、戯曲・小説集『小さき世界』を刊行した。七月、三〇歳までの作品を収めた『小さき泉』を刊行した。一〇月『新潮』に武者小路実篤論が小特集された。一一月、戯曲・小説集『小さき運命』を刊行した。一二月九日、漱石が死去し、実篤は一二日の漱石の葬儀に参列した。

▼漱石没後、実篤は、『新しき村の生活』（一九一八年八月）、『友情』（二〇年四月）、『人間万歳他二篇』（二三年四月）、『自撰　詩百篇』（二五年九月）、『愛と死』（三九年九月）などを刊行した。

▼実篤が死去したのは一九七六（昭和五一）年四月九日である。享年九〇歳。後妻安子との間に新子、妙子、辰子の三女、先妻房子との間に養女の喜久子があった。

▼実篤は、「わしも知らない」の上演に関する漱石の書簡（一五年七月二日付）から不快感を抱き、「夏目さんとの文通らしい文通をたつた」（「夏目さんの手紙」）とのことだが、漱石の方は、その後も、「武者小路氏は若い人で、世間に対しては智識も乏しいし、自然に書けば狭い範囲より出ないし、拡げれば不自然になるかも知れぬが、然し徳田氏に見る事の出来ぬやうな、或る意味を書いて居る」（「文壇のこのごろ」）と評価し、期待していた。

〔**参考文献**〕『武者小路実篤全集』小学館、一九八七年一二月一〇日～一九九一年四月一〇日

〔橋口晋作〕

## ■森　鷗外

もり・おうがい

『新潮日本文学アルバム』「森鷗外」一九一二年頃撮影。

**一八六二**（文久二）**年**（陰暦一月一九日）**二月一七日～一九二二**（大正一一）**年七月九日。**

**陸軍軍医。小説の他に、翻訳、評論、戯曲、医学論文、考証などの多彩な仕事を残した。漱石は先行する年長の文学者鷗外に敬意を払うが、親近感を抱くに至らない、互いを意識するよい意味でのライバル関係。**

石見国鹿足《かのあし》郡津和野字横堀一二番（現・島根県津和野市）に、父・静男、母・峰子の長男として生れた。本名林太郎。森家は津和野藩亀井家の典医で、父は一三代目。一八六七（慶応三）年九月、弟篤次郎、一八七〇（明治三）年一一月妹喜美子、一八七九（明治一二）年四月弟潤三郎誕生。

幼少の時から漢学と蘭語とを学び、上京後はドイツ語を学ぶ。一八七四（明治七）年一月東京医学校予科入学。一八七七（明治一〇）年医学校は東京大学医学部と改称され、その本科生となる。一八八一（明治一四）年七月卒業。前年父は千住に橘井堂医院を開業していたので、その診察を手伝った。一二月陸軍省に入り東京陸軍病院に勤務した。

▼一八八四（明治一七）年六月七日、陸軍省から「衛生制度調査及び軍隊衛生学研究」のため、ドイツ留学を命じられた。八月二三日発、一〇月一一日ベルリン着。ライプツィヒ、ドレスデン、ミュンヘン、ベルリンで研究を続けた。「航西日記」と「独逸日記」を残す。一八八八（明治二一）年九月八日帰国。「還東日乗」を残す。一八八九年三月九日赤松登志子と結婚、下谷上野花園町の赤松家の持家に弟達とともに移る。一八九〇年九月一三日、長男於菟誕生、登志子と離婚。十月本郷駒込千駄木町の斎藤阿具*の借家に移った。

▼一八八九（明治二二）年十月から『文学評論しがらみ草紙』を出す（九〇年八月まで）。「舞姫」（九〇年一月）「うたかたの記」（八月）「文づかひ」（九一年一月）のいわゆる留学三部作を発表した。一八九二（明治二五）年まで坪内逍遥*との「没理想論争」を続けた。千駄木の家に移り千朶山房と名づけ観潮楼を増築した。日清戦争（一八九四〜九五年）、台湾への軍務（九五年）と多忙のなか、『めさまし草』（九六年）を発刊する。一八九九（明治三二）年六月、第一二師団軍医部長として小倉へ赴任し、熊本へも出張した。この頃、漱石は熊本の第五高等学校に赴任していたが、特別の出会いはない。一九〇二（明治三五）年一月四日荒木茂子と再婚、三月一四日第一師団軍医部長として東京へ帰った。この年『めさまし草』は『藝文』と変り、さらに『萬年艸』として創刊された。一九〇三年一月七日、長女茉莉誕生。日露戦争に従軍（一九〇四・五・六年）。

▼一九〇六（明治三九）年六月、山縣有朋邸での「常磐会」に参加。一九〇七年三月から観潮楼歌会を開き、与謝野寛、伊藤左千夫*、佐々木信綱らが集った。この年の一一月、陸軍軍医総監・陸軍省医務局長となる。八月四日次男不律が生れたが、翌年二月五日百日咳で夭折。

▼一九〇八（明治四一）年一一月五日、「小説家に対する政府の処置」を文部次官に提出し、芸術院ないしは文芸院の設立を建議した。一九〇九年一月『スバル（昴）』が創刊されたのを機に、「椋鳥通信」を連載する。同年五月二七日次女杏奴誕生。七月二七日文学博士の学位授与。七月「キタ・セクスアリス」掲載の『スバル』が発売禁止処分になった。この時期以降の約十年間に多くの小説等を発表していく。その間、明治天皇崩御に伴う乃木希典*の自死という事件に触発されて、歴史小説の世界へと転身するという画期的な出来事も起った。

▼現代小説としては、「半日」「金毘羅」（〇九年）、「普請中」「食堂」（一〇年）、「カズイスチカ」「妄想」「雁」「灰燼」（一一年）、「かのやうに」（一二年）。歴史小説としては、「興津彌五右衛門の遺書」（一二年）、「阿部一族」（一三年）、「大塩平八郎」「堺事件」「安井夫人」（一四年）、「山椒大夫」（一五年）、「高瀬舟」（一六年）。史伝といわれるものには、「渋江抽斎」「伊沢蘭軒」（一六年）、「北条霞亭」（一七年）などがある。

▼夏目漱石との関係は、着かず離れずではあるが、お互いの才能とその仕事に敬意を払いながら、良き意味でのライバル関係を保ち、漱石は、鷗外に対する年長者への礼を失することはなかった。

▼二人が直接会ったのは、正岡子規*が開いた**一八九六**（明治二九）年一月三日の「発句

始」の句会の席が、おそらく初めてであろう。そこでは三回の運座が催され、鷗外は三回目に「おもひきつて出で立つ門の霰《あられ》哉《かな》」の一句を、漱石は三回にわたって「時鳥《ほととぎす》馬追ひ込むや梺川《ふもとがわ》」などの句を作っている（子規「俳句會稿」）。その後、**一八九六**（明治二九）年と翌年の『めさまし草』に、漱石が併せて一八句の俳句を投稿した。その最初の「春の夜の琵琶聞えけり天女の祠《し》」などの十句には漱石は「神仙體」という名をつけている。これは子規と二人で仙人のような境地の句という意味でつけたものである。

▼次の因縁は、**一九〇三**（明治三六）年三月に漱石が越した千駄木町の斎藤阿具の借家は、かつて（一八九〇年一〇月から九二年一月まで）森鷗外が借りていたことのある家であった。また、漱石は「吾輩は猫である」を書き始めた時期に、島村抱月*が第二次の『早稲田文学』を創刊し、上田敏*も『藝苑』を出したので、文壇の趨勢が気がかりになり、「鷗外も何かするだらう」と意識している（**一九〇五**年一二月三一日付鈴木三重吉*宛書簡）。

▼洋行する上田敏の壮行会には二人とも出席している（**一九〇七**年一一月二五日）。この会は青楊会と名づけられてその後も続けられ、その第三回の会でも二人は出会った。これは「鷗外日記」によると**一九〇八**（明治四一）年四月一八日のことで、その時の「穴のなき銭を袂に暮る、春（漱石）」「行春を只べた〳〵と印を押す（鷗外）」の句が残されている。この六月には、中村蓊という知人が徴兵検査のことで鷗外の指導を受けたいと頼んできたのに、漱石は紹介状を書いている（「鷗外日記」六月一一日）。面倒見のよい漱石の一面が窺われる。慶応義塾大学文学部刷新について相談を受けた鷗外は、漱石を推薦したが、漱石は断った（**一九一〇**年一月）。

雑誌『新潮』の記者が「人物月旦」取材のために鷗外を訪れ（七月一日）、その記事は七月号に掲載されたが、のちに「夏目漱石論」としてまとめられている。これは記者の質問が低次元であるので、鷗外の談話も通り一遍のものだが、そこでは、「二度ばかり逢つたばかりであるが、立派な紳士」であったということ、少ししか読んでいないが「立派な伎倆だと認める」、「長所が澤山目に附いて、短所と云ふ程なものは目に附かない」などと話している。

▼**一〇**年漱石は、いわゆる修善寺の大患で数カ月の闘病生活を余儀なくされたが、鷗外は部下の矢島柳太郎を修善寺まで見舞いに行かせた（九月一八日）。漱石は、この時のお礼に森田草平*を鷗外の所へ伺わせ、その時『門』を献呈した（**一一**年一月一日）。

▼**一九一五**（大正四）年一〇月に漱石は大阪朝日新聞の記者の取材に応じ、鷗外の歴史小説についても言及している。それは「文壇のこのごろ」として掲載された（一一日）。そこで、『栗山大膳』や『堺事件』を世間では「高等講談」などというが、「私は面白いもの」だと考えると話し、「物其物が面白いのみならず、目先が替つて居る丈けでも面白い。」と評価した。

▼**一九一六**（大正五）年七月一三日には、上田敏の谷中斎場での葬儀の席で二人は顔を合わせたであろう。この年の一二月九日に漱石は没する。一二日の「鷗外日記」には、「晴。泥濘。夏目金之助の葬に青山斎場に会す。」とある。「鷗外日記」の特徴ではあるが、全く感想らしいものを挿んではいない。

二人の間での献本のやりとりは次のものが記録されている。鷗外から、『涓滴《けんてき》』『烟塵』『我一幕物』『かのやうに』『沙羅の木』『雁』（あるいは『ギヨツン』）『青年』、漱石からは、『門』『硝子戸の中』『彼岸過迄』『社会と自分』である。

▼文学的立場における両者の関係が分かる交渉について挙げてみる。

　まず、鷗外のいわゆる「留学三部作」に対して、漱石が正岡子規と交わした文学論（一八九一年八月三日付子規宛書簡）についてであるが、その「二短篇を見た」が「当世の文人中にては先づ一角ある者」と褒めている。それは「結構を泰西に得思想を其学問に得行文は漢文に胚胎して和俗を混淆したる者」で、これらの「諸分子相聚つて小子の目には一種沈鬱奇雅の特色ある様に」思われるからだという。前便で鷗外を褒めた事が子規の「怒りを惹き」起こしたと、やや大袈裟に謝りながらも自説を詳述している。おそらく子規は「自国の文学の価値」も知らずに、「洋書に心酔」していると非難したのであろう。漱石は、鷗外の小説を高く評価するだけでなく、「人の嗜好」は同じような教育を受けても微妙に異なるものだと、文学の評価の基準の難しさを説明している。ここで興味深いのは、鷗外の小説の、構成を西洋にとり、思想性の裏付けには学問があり、和漢混交の文章で、独特の雰囲気を醸し出しているという評価である。『漾虚集』にはまだ時間があるが、漱石の初期の文学観が鷗外という鏡によって図らずも写し出されている。ドイツ好きの鷗外とは別の意味で、「洋文学の隊長」への願望はあったものと考えられる。

　次に、鷗外の「青年」（一九一〇～一一年）と漱石の「三四郎」（一九〇八年）との関係である。前者は後者の影響のもとに書かれたという、根拠のないいわば定説が通行していて、それは鷗外の『ヰタ・セクスアリス』の「そのうちに夏目金之助君が小説を書き出した。金井君は非常な興味を以て読んだ。そして技癢を感じた」とあることから判断して、一種の対抗意識から書かれたという見方である。しかし、ここでいう漱石の小説は「吾輩は猫である」のことである。それではこの二者は無関係かというと、必ずしもそうとばかりはいえない。「青年」は「三四郎」のパロディーとみるのが適当であろう。与次郎らしき瀬戸、美禰子らしき中沢雪、挿話も、旅館の一つ部屋での見知らぬ女との同宿、菊細工見物など、かなりの頻度で「三四郎」を戯画化している。それに蘆花らしき路花、鷗外らしき鷗村に、漱石らしき掛石などと文壇の戯画でもある。

　このように鷗外が底の割れた構成にしたのは、むしろ「三四郎」との違いを際立たせるためではないか。この両者の明確な相違点は、小泉純一の半年足らずの生活が彼の性衝動を中心に書かれている点である。「恋愛もなければ、係愛《あこがれ》もない」が、「官能欲」と「嫉妬」だけがあり、それに翻弄されながらも、自己を確立していこうとする青年が描かれている。おそらく「青年」は、その前年に発売禁止処分を受けた「ヰタ・セクスアリス」の続編とみるのが適当であろう。両主人公の年齢がほぼ継続していることも興味深い。鷗外が「三四郎」に物足りなさを感じたのは、その性的側面を通しての人間的成長と、その思想性の欠如の側面であったであろう。その意味では、「青年」は対抗意識で書かれた小説といえないこともないが、自分ならこのように書くという自信の現れであろう。小説で性をどのようにとり扱うかは、「青年」の中でも触れられているように、自然主義絡みでこの時期の文壇的な課題であった。

　興味深いのは、漱石はこの年「行人」（単行本は一九一四年）において、二郎の嫂お直に対する恋愛のない性的衝動を描いていることである。二郎と純一とは同年代の青年でもある。
▼また、文芸院や文芸委員会に対する両者の立場の違いも興味深い。漱石の「野分」の演説会の場面で、黒田東陽という人物が「文士保護」に反対の演説を行なう。この演説の内容と同趣旨の「メモ」が一九〇六（明治三九）年に残されていることから判断すると、これはおそらく長谷川天渓の、国家の文士保護を主張する「文芸院の設立を望む」（『太陽』一九〇六年六月）を意識しての発言だと考えられる。この時期自然主義文学は「情欲文学」とされ、「風俗壊乱的小説」をどのように取り締まるかということが、政府の課題であり、文学者の間でも問題視されていた。
▼翌〇七年一一月になると、「国家の風教を維持し――文芸保護の一助」にするために「文芸院」を設置するという文部省の構想が報道される（『国民新聞』）。〇八年七月に交替した桂内閣は「新聞紙条例」を「新聞紙法」に改正し、言論弾圧の方針を強めて行く。一一月五日、鷗外は「小説家に対する政府の処置」という提言を、おそらく求められてのことだと推測されるが、文部次官に提出したらしい。それを新聞が報道する。報道から推測されるのは、小説家をいたずらに「強圧」するよりも、「芸術院または文芸院」を設立して「自重を促した」方がよい、という意見であったらしい。
▼〇九年一月中旬には、文部省の専門学務局長から漱石にも、文部省主宰の懇談会や文芸院の設立についての打診があった。丁度この時漱石が『東京朝日新聞』の「文芸院夢物語」という記事の取材に応じたものが、一月一九日に掲載される。漱石の趣旨は、具体的な提案がないので、「賛成とも反対とも」言いかねる。国家の権威で「国立文芸院」という「一個の審判機関」を置いて、作品や作家の「価値を審判されては心持が好く無い。」というものであった。この日は文部大臣の官邸で「文芸の奨励発達についての懇談会」が開かれる日でもあり、漱石は電報で呼ばれて出席している。鷗外も出席している。ここで鷗外と漱石がどういう発言をしたかは興味をそそられるが不明である。ただ、両者の事前の発言から判断すると、二人の意見が一致することはなかったであろう。体制の内部で執拗に自己主張しながら体制を変えていこうとする鷗外の態度と、体制から出て外からそれを批判し続けようとする漱石の態度とは、明らかな違いを見せたことであろう。
▼この後、一九一一（明治四四）年五月一七日に「文芸委員官制」が公布され、鷗外、徳冨蘇峰、*幸田露伴、島村抱月らの一六人が選ばれ、逍遥らは断り、恐らく漱石には声が掛らなかったのではないか。この委員会は文部次官を委員長として、「文芸ニ関スル事項ヲ調査審議」する機関であり、検閲制度への布石を敷いたものだといえる。
　漱石は、『東京朝日新聞』に一九一一年五月一八、一九、二〇日に渉って「文芸委員は何をするか」という文章を発表したが、これには「文芸委員顔触の発表せざる前に」書かれたものだという「編者」の断りがついている。この一文は国家の権威で設置した「文芸院」（実際は文芸委員会）に対する痛烈な皮肉であり、批判であり、同時に漱石の文学者と国家の関係に関する意見が如実に表れた抗議文である。

　まず、文芸委員は「普通文士の格を離れて、突然国家を代表すべき文芸家」にならないといけないので、「定めて大いなる苦痛」であろうと、皮肉を言っている。次に、文芸の発達には「文芸を歓迎し得る程度の社会の存在」が必要なので、そのような社会をつくる「学校教育」が政府の「最急政策」であると批判する。続けて、「観賞力のある文士」は「政府の威信」を借りなくても、文芸を正しく評価することができるので、政府の威信を借りるのは「文芸の堕落」以外のなにものでもないと、「文芸院の設置に反対」する。おそらく政府は「干渉のみ」で「保護」はしないであろうから、漱石は保護の必要性は認めるという。そこで画期的な文士保護政策の提案を行なう。現在の文士の生活の困窮は目に余るものがあり、「文壇の不振」とは「米櫃の不振」であるから、文学者に一短編につき三十円から五十円位の「保護金・奨励金」を出すのが良策である。そしてその奨励金の審査は、政府ではなくて、「文芸組合又は作家団」に任せればよいという提案である。幅広い「芸術的小説の向上」には、このような政策が必要であるという意見である。

　このような批判の心理的背景には、この年の二月一九日の新聞報道以来文部省との関係がこじれにこじれていた、博士号辞退問題があったかもしれない。第一回の文芸委員会の選奨作品に該当作がなかったことに対して、「やつと安心」という談話を出している（『読売新聞』一九一二年三月四日）。その理由を、漱石が貰うとしたら、文部省は文学博士として与えるだろうから、学位を辞退した自分としては困る、とまだ拘っている。

▼鷗外と漱石との文学的思想的関係をみるには、明治天皇崩御、その大葬の日の乃木希典夫妻の自死が与えた両者への影響も、決して軽視できない。鷗外は直ちに「興津彌五右衛門の遺書」を公表し、漱石は二年後に「心」を発表する。自己の行為を死をもって贖い、その死によって永遠化された人生の意味を、歴史概念に位置づけるというところは両者の立場は共通している。これを「明治の精神」と呼べないことはない。しかし、鷗外は小説の素材を過去に求め、そこに普遍的な倫理と理想をみようとしたのに対して、漱石は素材を現代にとり、そこで表現された人生をむしろ予言的に将来に投影させようとしたところは、両者は明らかに異なる。

〔**参考文献**〕中野重治『鷗外――その側面』増補版・筑摩書房、一九七二年。／磯貝英夫『森鷗外――明治二十年代を中心に』明治書院、一九七九年。／尾形仂『森鷗外の歴史小説　史料と方法』筑摩書房、一九七九年。／竹盛天雄『鷗外　その紋様』小沢書店、一九八四年。

［石田忠彦］

# ■良寛

りょうかん

安田靫彦画。

**一七五八（宝暦八）年〜一八三一（天保二）年一月六日。**

**禅宗僧侶。歌人。漢詩人。書家。良寛は自然とともに呼吸し、澄んだ境地を漢詩や遺墨に表現したが、漱石はそれに憧れた。**

幼名は栄蔵、字は曲。号は大愚。江戸時代中後期の僧で乞食《こつじき》として無為の生活を送った。母・おのぶは、越後出雲崎橘屋山本家（名主兼神職）へ養女となる。姓（屋号）は橘、苗字（氏）を山本と名乗っていた。橘屋は廻船問屋で名主でもあった。また、奈良時代に起源する石井神社の神職も兼ねていた。おのぶは与坂（三島郡よいた、現・新潟県長岡市）からきた養子新之介（後の以南）と再婚。良寛が生まれた頃、金銀輸送の船着き場が尼瀬に移り、橘屋は没落しつつあった。そして、以南は俳諧にのめりこみ家業は衰退していった。

▼一七七〇（明和七）年、大森子陽漢学塾で学ぶ。

▼一七七五（安永四）年、子陽漢学塾を退塾し名を文孝《ふみたか》と改め、名主見習役となるが、難事を切り回すことにむかない性格であった。後の歌で、「ひとり遊びぞ　吾はまされる」と、他人と交渉したり、うちとけようとする意欲がない自己を歌っている。七月一七日、家業を嫌って、家を出る。

▼諸国行脚の後、一七七九年頃、尼瀬の禅宗光照寺で、巡錫《じゅんしゃく》に来た備中玉島円通寺の国仙和尚と出会い、門弟となることを許されて剃髪し出家して大愚良寛の法号を授けられる。

▼一七八五（天明五）年、亡母三回忌で帰郷した折りに、越後紫雲寺に宗竜（曹洞宗の僧侶）を訪ねた。そして、僧のあるべき生活は托鉢による乞食行だと示唆を受け、生涯それを貫いた。

▼一七九〇（寛政二）年、師の国仙より印可の偈を授けられる。九一年、国仙が逝去。

▼一七九六（寛政八）年に帰郷し、寺泊郷本の空庵、五合庵、密蔵院、野積の西生寺に仮寓。

▼一八〇五（文化二）年、五合庵に居を定める。良寛が最も信奉した教典は『遺教経《ゆいきょうぎょう》』で、「仏説　遺教経」の遺墨がある。和歌では『万葉集』、漢詩では寒山、書では懐素を愛好した。「兀々《ごつごつ》」、山のごとき泰然不動の座禅の姿勢によって、身に備わる「優游《ゆうゆう》」という恵みの心境をえる。その心境を表現した「生涯懶立身／騰騰任天真／嚢中三升米／炉辺一束薪／誰問迷悟跡／何知名利塵／夜雨草庵裡／双脚等間伸」には、乞食行の恵みによってのみ生きる無一物の生き方で一日を終え、夜になって雨があたりをうるおし、その静かな雨音につつまれて双脚を伸ばす至上の時を表現している。「瀟灑《しょうしゃ》」、きれいさっぱり何もないの語句を含んだ漢詩には「一衲与一鉢／瀟灑此生涯」の二句があり、自然に帰郷し一体となって、心はきれいさっぱり無を感じ取って充足した心境が歌い上げられている。

▼一八二六（文政九）年、六八歳となった良寛は島崎の能登屋木村家に移住し余生を過ごす。三〇年夏より病臥。三一（天保二）年一月六日、七三歳で永眠。生涯、乞食行脚を貫いた。

▼心身が一体となった境地を淡々と表現す

る良寛の漢詩や遺墨を、漱石がいつから読み始めその創作と生き方にいかに関係付けたか。

**一九一〇**（明治四三）年六月、胃潰瘍がこうじて長与胃腸病院に入院し、八月に伊豆修善寺温泉に転地療養したが人事不省となる。その後一応の小康状態となるが、この大患は、若き日の禅体験を思い起こさせ、晩年の生き方に根本的な転機をもたらすことになる。そして、「良寛をしきりに習ひ、細い字を書いた」（夏目鏡子*述『漱石の思ひ出』四三　良寛の書など）というように良寛に傾倒していく。前述した「兀々」から「優游」、そして、「瀟灑」といったような良寛の心境に憧れることになる。

その経過をたどる。漱石は、**一四**年一月に『僧良寛詩集』（小林二郎編、精華堂、一九一一年第四版）を通して良寛の漢詩を読んだ。東大英文学科での教え子山崎良平からこの書を贈られた。この書には山崎の「大愚良寛」（『一高校友会誌』一三〇号、一九〇三年一月）と良寛遺墨の写真三葉も収録されていた。**一四**年一月一七日付山崎宛漱石の礼状には、「上人の詩はまことに高きものにて古来の詩人中其匹《たぐい》少なきものと被存候へども平仄などは丸で頓着なきやにも被存候が如何にや〔中略〕上人の書は御地にても珍らしかるべく時々市場に出ても小生等には如何とも致しがたかるべきかとも存候へども若し相当の大さの軸物でも有之自分に適当な代価なら買ひ求め度と存候間御心掛願度候」と記している。良寛遺墨にもふれその書を入手することを依頼している。

▼また漱石は、同年一月七日から一二日に『朝日新聞』に評論「素人と黒人《くろうと》」を発表している。「良寛上人は嫌いなもの、うちに詩人の詩と書家の書を平生から数へてゐた。詩人の詩、書家の書といへば、本職といふ意味から見て、是程立派なものはない筈である。それを嫌ふ上人の見地は、黒人の臭《にほひ》を悪《にく》む純粋でナイーブな素人の品格から出てゐる。心の純なるところ、〔中略〕そこに摺れ枯らしにならない素人の尊さが潜んでゐる」。『僧良寛詩集』を読んだ感想とこの評論とを合わせてみると、「兀々」から「優游」、そして「瀟灑」という良寛の良質に感銘したことが分かる。

▼遺墨については、津田青楓*が「漱石が書の上で悟入したのは博物館で良寛の行書の屏風を見られて以来のことだ。〔中略〕博物館に特別陳列としての良寛遺墨の展観を見られてから、ひどく感嘆され『あれこそ頭が下る』といふ言葉で言ひ表はされた。〔中略〕先生は感心すると自分ですぐに真似がしてみたくなる。先生はまことに器用な人だ。〔中略〕現に良寛の字を見てから後と、以前にかかれたものとには大分ひらきがある。」（『漱石と十弟子』「漱石先生の書」）と語っている。「展観」とは、良寛の八〇年忌である一一年頃の遺墨展か、一四年に上野の博物館であった遺墨展だろう。津田は同書で、**一二**年九月の漱石の書「風吹碧落」と、良寛に感銘した直後の一四年の書「酒渇愛江清」とを並べて、同じ人の字とは思えぬ程開きが歴然としていたと記している。その書風も高雅なものになっていった。

また、良寛には「子供らと手毬つきつつこの里に遊ぶ春日は暮れずともよし」などの子供と遊ぶ歌が多いが、漱石も「良寛に手まりつかせん日永哉」の句を短冊に書いている。

こうして良寛への愛着はつのり、修善寺温泉に転地療養した折りに治療した森成麟造医師宛に手紙を出している。「良寛はしきりに欲いのですとても手には入りませんか」（**一九一四**年一一月四日付）。翌年一一月七日にも催促の手紙を森成に出している。

一六年に森成は良寛遺墨の書軸を手に入れ、漱石は次の礼状を出している。「良寛は世間にても珍重致し候が小生のはたゞ書家ならといふ意味にてはなく寧ろ良寛ならではといふ執心」（一九一六年三月一六日付）と強い言葉で愛着心を記している。四月上旬にこの書軸を漱石に届けると「（漱石が）喜ブコト限リナシ」との箱書き（森成記す）を記した漱石の書「風流人未死」を代金の代わりに受け取っている。良寛の書は「芳草連天春将暮／桃花乱点水悠々／我亦従来忘機者／悩乱光風殊未休」という大幅だった。漱石は、この書のできが良くないと感じて、更に良い書を欲しがり和歌軸を森成は手に入れる。同年四月一二日付の森成宛の書簡では代金一五円と記している。それは「わがやどをたづねてきませあしびきのやまのもみぢをたをりがてらに」という一首だった。漱石はこれは気に入る。

一〇月一八日付森円月宛手紙では「良寛はあれ（明月上人の書）に比べると数等旨い、旨いといふより高いのでせうか」と高い評価をしている。漱石の漢詩創作は晩年に多く、全詩の内、一六年作が七〇数篇をしめる。飯田利行『漱石詩集訳』は、漱石が漢詩の規範とした先行詩人一五名の中で良寛は四番目に位置すると指摘する。

▼良寛の遺墨も含めて、前出の「優游」「瀟灑」の境地は、晩年の漱石が「則天去私」と語った心境に通底し、何らかの示唆を良寛から受けたことはまちがいない。

〔**参考文献**〕安田未知夫『漱石と良寛』考古堂書店、二〇〇六年八月一〇日。／安田未知夫『良寛の生き方と晩年の漱石』幻冬舎ルネッサンス、二〇〇八年。／飯田利行『漱石詩集訳』国書刊行会、一九七六年。／津田青楓『漱石と十弟子』芸艸堂、一九七四年七月二五日。／中野孝次『風の良寛』集英社、二〇〇〇年。

〔坂本正博〕

## ■田山 花袋

たやま・かたい

『定本 花袋全集』第一五巻、一九〇八年撮影。

**一八七一（明治四）年一二月一三日〜一九三〇（昭和五）年五月一三日。**

**小説家。小説は拵えるものか否か漱石と論争した自然主義作家。**

栃木県（現・群馬県）邑楽《おうら》郡館林生れ。田山鍋十郎、てつの第五子、次男。代々秋元藩士。本名録弥《ろくや》。一八七四（明治七）年、父警視庁邏卒《らそつ》となり、七六（明治九）年、父が家族を東京に呼び寄せ根岸に住む。翌七七（明治一〇）年二月、西南戦争が勃発、下旬、父は警視庁別働隊として戦地に向い、四月、戦死。八月頃、一家は東京を引揚げ館林の祖父母の家に戻る。花袋は館林東校初等六級に入学。母は長兄実弥登以下四人の子（長姉いつは前年他家に嫁す）を抱え、困窮生活を送る。一八八〇（明治一三）年、兄実弥登は小学校を卒業して上京。本郷の漢学者、中村峰南の「包荒義塾」に入る。八一（明治一四）年、花袋は足利の薬屋で下働き、祖父穂弥太に伴われて上京し京橋区南伝馬町の有隣堂で下働き。翌年秋、兄実弥登と帰郷。この頃から兄が塾頭を務めた藩儒、吉田陋軒の漢学塾「休々塾」で漢詩を学ぶ。八五（明治一八）年、それまで作った漢詩を抜粋して漢詩集『城沼四時雑詠』を自ら編む。汲古の号で『頴才新誌』に漢詩を投稿しはじめ、和歌も作り、以後、漢詩、和歌の投稿がつづく（一八九一年頃迄）。八六（明治一九）年四月、館林学校高等四級退学、学校令改正に基づき高等小学校に入学。

同年七月、一家をあげて上京、牛込区市ケ谷の元会津藩下屋敷内の家を借りる。市ケ谷台には陸軍士官学校があり（一八七四年一二月創設）、花袋は受験のため麹町の速成学館に通った（「重右衛門の最後」二）。このあたり秋元藩士の血脈、警視庁邏卒で西南戦争に死んだ父が偲ばれ、後年、日露戦争に記者として従軍する道筋に続いていく（「第二軍従征日記」の標題の脇に「西南の役に戦死せる父君の霊前に献ず」とある）。この頃知り合った野島金八郎（旧館林藩士の息子で大学予備門の学生）に英語を学んだ（『東京の三十年』「再び東京へ」）。

▼一八八七（明治二〇）年七月下旬、館林に帰省し、「館林紀行」を執筆。漢詩に次いで紀行文に手を染めたことは留意すべきで、晩年、『花袋紀行集』全三集（博文館、一九二二年一〇月、二三年一月、同六月）に主要紀行文を集成した後、なお『耶馬溪紀行』（実業之日本社、一九二七年六月）、『古人之遊跡』（博文館、一九二七年八月）、『水郷日田・附博多久留米』（日田商工会、一九二七年一二月）、『温泉周遊』（博文館、一九二八年七月）がある。肉眼で捉えた物を記録するのは花袋の生得の嗜好だったのだろう。

▼八八（明治二一）年四月、陸軍士官学校を受験して不合格になるが、神田の日本英学館で英語を学び西洋文学に熱中し、*二葉亭四迷の「あひびき」に眼を開かれた。この年、兄実弥登が叔父横田良太の娘登美と結婚し、祖父母が相次いで死去。八九（明治二二）年頃、桂園派の歌人、松浦辰男から和歌を本格的に学ぶ。後年、袖珍版『花袋歌集』（春陽堂、一九一八年七月）の序文に、松浦は、「歌についての眼を開い」た人物で、「歌は日記」、「生活」であり、「作るものではなくてよむもの」という「生活即歌である松浦先生の教は今日でも私の歌乃至芸術に大きな影響を齎して来てゐる。」と書いている。この「作るものではなく」は後年の自然主義は拵えないという主張に尾を引いている。歌集の巻頭二首「世にすめは世を離れたる山水の音こそことにきかまほしけれ」「来るやかてすかすかしくもなりにけり羨ましきは山にすむ人」は、漱石の山水画への憧憬を、巻末の一首「雨ふれば人もとひ来す菅の根の長き春日をねて暮しけり」は、漱石の「永日」への嗜好を思わせるが、花袋は和歌、漱石は俳句の世界の住人で抒情の質が基本的に違う。

▼九一（明治二四）年、*尾崎紅葉を訪問し、「千紫万紅」の庶務を担当した江見水蔭を紹介され、その発行元、成春社の社員となる。一〇月、古桐軒主人の筆名で処女作小説「瓜畑」（『千紫万紅』第五号）を発表。以後、硯友社系の新聞、雑誌に、少年詩人の失恋小説「小詩人」（『小桜縅』第五号、一八九三年七月）ほかを掲載。「わすれ水」（『国民之友』一八九六年八月）は、相愛の男女が互いの胸中を秘してすれ違う、紅葉の「拈華微笑」（『国民之友』一八九〇年一月）を思わせる作品。*高山樗牛は美しい自然を背景に美しい自然の子の恋の、人生における運命の果敢なさを描いた「無律の抒情詩」として絶讃した

（「田山花袋の『わすれ水』」『太陽』一八九六年九月）。

▼一八九七（明治三〇）年四月、*国木田独歩、松岡国男、宮崎湖処子、太田玉茗、嵯峨之屋御室との合著『抒情詩』（民友社）を刊行し、花袋は四〇編の詩からなる「わが影」を収めた。一八九九（明治三二）年二月、太田玉茗の妹リサと結婚。八月、母死去。一〇年前にも兄の結婚と、祖父、祖母の死が相次いだ。一度ならず二度までも肉親及び自分の結婚と肉親の死が踵を接して起ったことは、花袋の死生観、運命観を刺激しただろう。九月、博文館へ入社。

▼一九〇一（明治三四）年六月、帰省した青年の失恋小説『野の花』（新声社）を刊行。序文でモーパッサンの「ベラミ」、フローベルの「感情教育」に「大自然の面影」と「人生の帰趣」を指摘して、善悪美醜を超える「自然」と、「想界の自然」としての「小説」を説いた小杉天外の『はやり唄』（春陽堂、一九〇二年一月）の序文に先行する。*大町桂月は「優にやさしき筆づかひ、自からこれ花袋独特の境地」「花袋の筆の清婉にして可憐なるを愛す。」「単調にして千篇一律」「其小説は大抵妙齢の男女の失恋」（『太平洋』明治三四年七月一日）と花袋の画一性を衝いた。また*正宗白鳥は大自然が作品では矮小化されていることを揶揄し（『読売新聞』七月一日）、花袋は個人の好みを離れて、自然の摂理に適うように書くのが作家の努めだと応えた（「作家の主観」『新声』八月）。

この論争は、実は後年花袋が紅葉を論じた「尾崎紅葉と其作品」（『毒と薬』耕文社、一九一八年一一月）の核心にあるものと遠く呼応する。花袋は紅葉の作品を総括して、「作者の主観」は、「弱い者」、「美しく脆いもの」、「犠牲になつたもの」の「為めに泣く、普通の人間の同情の涙に近い」。「それから作者は一歩も踏出してゐない。」「作者の好む」のは、「完全に理想化を施された」、「優しい、女らしい、犠牲に富んだ女」で、それでは現代の自覚したノラは書けない、という。

▼一九〇二（明治三五）年五月、『重右衛門の最後』を新声社より刊行。柳田国男はこれをほめたが、「蒲団」はほとんど唾棄されている（「花袋君の作と生き方」『東京朝日新聞』一九三〇年五月一九～二一日。『故郷七十年』「田山花袋の功罪」のじぎく文庫、一九五九年一一月）。花袋は紅葉の「普通の人間の同情の涙」を排撃するが、その種の感傷は花袋にもあり、「体の先天的不備」と「性質」に根ざした「罪悪史」、あるいは「人間は完全に自然を発展すれば」、「現世の義理人情に触着」して「悲劇に終る」（『重右衛門の最後』）などと劇化された修辞は、感傷に傾く危うさを孕んでいる。

▼一九〇六（明治三九）年三月、*島崎藤村が自費出版した『破戒』が文壇に注目される。「蒲団」（『新小説』一九〇七年九月）はこのタイミングで世に出た。〇七年一一月九日、兄実弥登が肺結核のため四二歳で死去する。彼は地震史材料蒐集嘱託員から、東京帝国大学文科大学史料編纂助員になり、のち同編纂員に昇格、一〇年を費やして『大日本地震史料』甲乙二巻を集輯。この間、『舘林藩国事鞅掌録』『大日本古文書』一・二を編集。ところが、岡谷繁実が『皇朝編年史』を刊行した際、それが『大日本編年史』の盗作であると歴史学者から告発され、実弥登が稿本を持ち出して岡谷に貸した嫌疑がかかり、免職に追い込まれる。以後、肺を病んで死ぬまで定職がなかった。

死後、遺稿『埋れ木　一名岡谷瑳磨介事蹟』が出る。花袋はこの長兄に、資質と実績が相応にありながら、報われぬ死を迎える人間の原型を見た。代用教員が失意と挫折の後、日露戦争祝勝の提灯行列が通る一隅で病死する生涯を活写した『田舎教師』（左久良書房、一九〇九年一〇月）にもその影があり、それは実弥登を含む肉親を題材にして、平面描写を実践した「生」（『読売新聞』一九〇八年四月一三日～七月一九日）、漱石の「明暗」に拮抗し得ると評される（平野謙『芸術と実生活』）『時は過ぎゆく』（新潮社、一九一六年九月）にも認められる。

▼「蒲団」を発表した翌年、花袋は「評論の評論」（『趣味』一九〇八年一一月）で、漱石の「三四郎」に言及し、これに漱石が「田山花袋君に答ふ」（『国民新聞』**一九〇八**年一一月七日）で反論した。その発端は実は*内田不知庵の「性格描写と事件」（『文章世界』一九〇八年一〇月）である。不知庵は「蒲団」の主人公の性格に発展性がなく、そこに「無技巧無脚色」の自然主義共通の欠陥があると書いたのに、花袋は反論する。「技巧的の作意」は「近代文芸の一大特色」だが、「古き殻」で、それを「破つて新しき界に出た」のに、「旧の殻に逆戻りして、腐つた空気を呼吸する必要」はない。「只虚偽を語らない」のを「快しとする」。

一方、漱石は「文学雑話」（『早稲田文学』**一九〇八**年一〇月）に、ズーデルマンの「消えぬ過去」のフェリシタスの性格を「無意識の偽善」と評して、それを「三四郎」の女に書いてみようか、と*森田草平に言った、とある。花袋はこれに対して、ズーデルマンの作品は「拵へ者」で、独歩も「那麽作為物《あんなこしらへもの》は駄目だ。」と「言下に罵倒」した、という。漱石は次のように応じた。独歩の「巡査」以外の作品は皆「拵へもの」で、花袋の「蒲団」も「拵へもの」、「生」は「蒲団」程「拵へて居られない」。しかし、「拵へものを苦にせらるゝよりも、活きて居るとしか思へぬ人間や、自然としか思へぬ脚色を拵へる方を苦心したら、どうだらう。」（傍点原文の通り）。

漱石は**一九〇七、〇八**（明治四〇、四一）年頃の断片（四七〇）で、自然主義は肉欲性欲を単に真として書くだけで、挑発も排斥もせず、褒貶の外に超然として批評しない、そうしなければ矛盾する。花袋の「蒲団」はこの点で自然派の態度に適っていて、あれを読んでこんな人間がいるという事実を教わるだけで、主人公の真似をして蒲団を嗅ごうとする者はない。自然派は人生とはこんなものだというだけで、こうしなければならないからこうした方がいいという批評は含まない。情報を提供するだけで、美醜善悪を選ばない、と書いている。漱石は文学には作者の価値判断が反映するから、おのずから一種の勧善懲悪性を帯びると考えていた。人生はこんなものだというだけでは済まさない。

一方、花袋は「文壇一夕話」（『文章世界』一九〇九年一一月）で次のように言う。「坑夫」が鉱山に到着する径路を書いて肝心なことを書かない傾向が、「それから」にもある。心理描写に説明的学究的な弊害があり、読者に余情と印象を残さない。肝要な直前で筆を止める、その狙いが技巧的で、最後の赤い色に見える所も取ってつけた厭な感じがする。この学究的な心理の説明が冗漫な印象を残すのは、漱石の批評が加えられるからで、花袋にはそれが余計なのだ。

彼が「明治の作品研究」（『文章世界』一九一一年四月）の「漱石の『それから』」の項で、内容と文章が一致しない箇所があるが、それは作中人物の個性でなく、作者自身の心理になっているからだ。説明でなく状態だけ描けば、読者は自由に解釈できるのに、作者の解釈を加えられると、その範囲内に制限されて、感じが全く小さくなってしまう。「それから」は漱石の作中最もすぐれたもので、心理描写も才と学才がよく発揮されているが、理屈っぽく説明的で、描写を中心にすれば、半分の長さになる、というのはそれを指している。

　花袋はさらに「門」を次のように評している。宗助とお米の生活が細かい気分も見せず二百ページもつづく。想像と嗜好が中心で、現象からつかんだ生き生きした気分が人物事件にない。拵えた作品という感じがどの作品にもある。世間の批評家は「門」が自然主義に近づいたというが、そう思わない。漱石一流の軽い見方からできた作品だ。ここに拵えた作品への批判があるが、もはや永遠の平行線と見るしかない。

　「描写論」（『早稲田文学』一九一一年四月）は同じ時期の文章で、その中に漱石を論じた次のくだりがある。漱石の描く人物は類型にとどまって、深い個性に入らない。「門」のお米と宗助は生活の様子はわかるが、パーソナリティーが出ていない。生きたモデルがあり、作者がその真相を描こうとすれば、あれだけでは済まない。漱石の作品は作中人物の心理を「揣摩して書いてある。」それが作者の想像した一般的類型的の心理で、作中人物の箇々の心理でないことがよくある。状態描写――そこからおのずから作中人物の心理が出て来るのに――には力を注いでいない、と批判した。

　「歩いた道が異つて居た」（『新小説』「臨時号文豪夏目漱石」一九一七年一月）には、漱石とは一度も会ったことがない、作品はその都度通読したが、どこがいいかわからなかった。英文学の影響が遺憾なく発揮された典型で、「それから」の三千代の心理描写と「門」の前半が印象に残っている、「明暗」は評価しない、細かい心理描写が、説明が過ぎて物足りなさを覚える、とある。

　このほか『近代の小説』（近代文明社、一九二三年二月）でも漱石に二章を割いて「一義的」でなく、印象に残るシーンがないと総括した。

〔**参考文献**〕小林一郎『田山花袋研究』全一〇巻、桜楓社、一九七六年〜一九八五年。／宮内俊介『田山花袋書誌』一九八九年三月。

〔石井和夫〕

## ■田村　俊子

たむら・としこ

『国文学解釈と鑑賞』別冊「今という時代の田村俊子」二〇〇五年七月、表紙。

**一八八四**（明治一七）**年四月二五日〜一九四五**（昭和二〇）**年四月一三日。**

**小説家。漱石の意向で『東京朝日新聞』に短編小説「山茶花」を発表。漱石と関わった数少ない女性作家の一人。**

　母・佐藤きぬ、父・了賢の長女として、きぬ一六歳の時、東京市浅草区蔵前町（原籍は、足立区中居町四三番地）に生まれる。佐藤家は米穀商で、維新前は札差であったという説もある。本名と志。父・了賢は、茨城県北相馬郡大郷村、真言宗東本願寺の末流である来応寺第一二世住職真穂皓全、母・みちの五男として生まれる。佐藤家の婿養子となる。母きぬは、佐藤家の一人娘で、踊り、長唄、常磐津、清元、義太夫などの遊芸を身に着け、役者狂いをするなど、俊子は、退廃的な幕末江戸文化の残る環境に育つ。

「私の家は、私のちいさい時には芸妓だの落語家だのたいこもちだのと云ふやうなものが始終出たり入つたりしてゐました。そうして毎日お花をひいたり、歌つたりして騒いでゐたのです。私はどう云ふものか然う云ふことが大嫌ひで、誰れにも馴染まなかつたのです。いつも土蔵の中にはいつて、絵を彩つたり、古る新聞の綴ぢたのを出してきて読んだりしてゐたのです。それが私の九才ぐらゐの時なのです。」（「昔ばなし・七」『新日本』一九一四年一月号）。俊子はしたがって、生まれた当時は裕福であったのに、母きぬの遊蕩的性格のために、少女時代には家の暮らし向きはすっかり傾いていた。きぬをモデルにしたと思われる小説に「海坊主」があり、たとえ零落しても放埒な暮らしぶりを改めようとせず財産を蕩尽してゆく、ある女性のタイプが描かれている。

「富裕に生まれて、一人娘で栄耀に育つた私の母はとしごろになると、養子を嫌つて、継母といつしよになつて役者狂ひをした。（略）母は自分の放埒が一人子の私を貧乏な中に育てなければならなくなつた事を、いつも悔やんでゐた。」（「海坊主」『新潮』一九一三年一〇月号）という小説中の記述は、俊子自身の環境でもあった。夫婦仲は悪く、父の存在感は総じて希薄である。実母きぬのこうした性格が俊子の、生涯を通じての華美な生活感覚に大きな影響を持ったことは確実である。また、〈父〉の存在感の希薄な、〈家〉意識からも自由な、そして経済的に楽ではなかった生い立ちが、ジェンダーの闘争を描き続けた俊子の、同時代の女性作家たちに突出した自由奔放な文学的自我を形成したことは確かなことに思われる。「私が母の傍におかれる間は唯玩弄にされてる時間だけで、私は母に抱かれて涙ぐまれるやうな慈愛の頬ずりなどをされたことは一度もなかった。父には猶更可愛がられなかつた。」（「匂い」『新日本』一九一一年一二月号）。

▼一八九〇（明治二三）年四月、府下瑞光小学校に入学、一八九三（明治二六）年四月、浅草小学校に転入、翌年一二月下谷根岸小学校に転入、さらに転居のため妹茂子と共に再び浅草小学校に転入、とわずかの間に四度も小学校を変わっている。この頃黒岩涙香を愛読。一八九六（明治二九）年、一二歳の時お茶の水女子高等師範付属女学校に入学、一学期で退学し、東京府高等女学校（後の府立第一高等女学校・現白鷗高校）に転学。この頃*尾崎紅葉を愛読、文学に興味を持ち始める。一九〇〇（明治三三）年三月、東京府高等女学校卒業（一一五名中の二一番）。一九〇一（明治三四）年四月（創立初年度）、一七歳。日本女子大学国文科に入学するが、徒歩通学のため心臓を悪くし、一学期で退学する。

女子大ではミス・グリーンという英語教師を慕い「青葉日記」と題してミス・グリーンへの思慕を綴っている。こうしたたびたびの転学、退学について、福田はるかは「入学をはたしながら一学期で退学するという異様なくりかえしは、家庭の暮らし向きからくる事情であったと思われる。」（田村俊子　谷中天王寺町の日々」『図書新聞』二〇〇三年四月）と、俊子の生家の零落ぶりを示唆しているが、「規則づくめの女学校教育に束縛されることを潔しとしないで」（樋口かつみ子「半生の経歴と其の性格」『新潮』一九一三年三月号）退学した、という説もあり、これはいかにも俊子らしい。ともあれ母きぬが、逼迫する生活の中で、俊子に、当時にあって最高の教育を、と願ったこともまた確かなことなのであった。

▼一九〇二（明治三五）年四月、満一八歳の時、小説家を志し、*幸田露伴の門に入る。その人柄にひかれてという理由であった。「露英」の名を与えられる。後に夫となる、同門の兄弟子田村松魚を知る。俊子は、代表作である「木乃伊《ミイラ》の口紅」（『中央公論』一九一三年四月）や田村松魚との結婚生活の破綻を描いた「破壊する前」（『大観』一九一八年九月）などに、明らかに露伴と判る人物への少女時代の熱い思慕を回想している。

「唯一人の人へ対する堅い信念に繋がれて傍目もふらなかつた幼ない昔を、世間といふものから常に打ち叩かれてゐる様なこの頃のみのるの心に、恋ひしく思ひ出さない日と云つてはないくらいであつた。」（「木乃伊の口紅」六）。八月、妹茂子病没。

▼露伴は俊子に新しい雑誌の類ではなく古典を熟読させ、樋口一葉を目標にするよう指導した。〇三（明治三六）年二月（一九歳）、処女作「露分衣」を『文芸倶楽部』に発表。一葉ばりの擬古典文体で、この後三年余り、〇七（明治四〇）年、一一月『新小説』発表の「その暁」まではこの文体の作品が続くが、次第にこの文体に窮屈を感じ、「た」「ある」止めの言文一致を工夫していく。〇六（明治三九）年五月号『文章世界』で「言文一致につきて」という特集も組まれ、露伴、*芳賀矢一、*島崎藤村、上田万年、徳冨蘇峰、*二葉亭四迷、下田歌子らが寄稿しており、露伴以外の大勢は言文一致に傾きつつあった。俊子は師露伴と離反するが、その主な理由は、自分の周囲に巻き起こっている言文一致体による新しい文学への意欲であった。「師匠の慈愛が、自分のほんたうに生きようとする心の活《はたら》きを一時でも麻痺《しび》らしてゐた事にあさましい呪ひを持つやうな時さへ来た。」（「木乃伊の口紅」六）。

▼〇三（明治三六）年、一九歳。俊子は、当時新進作家であった田村松魚と恋愛関係になり将来を約束する。松魚はこの年の夏、アメリカへ発つ。俊子は只一人、松魚を見送る。松魚の渡米の始めの頃の足取りははっきり分からないが、サンフランシスコの邦字新聞社の記者になったりインディアナ大学のクラブのウエイターになるなど経済的に苦しいものであった。ニューヨークで、プリンストン大学に留学中の中村春雨（後の吉蔵）創刊の邦字雑誌『大西洋』（一九〇七年六月創刊）を手伝ったこともあった。松魚の帰国は、六年後の、〇九（明治四二）年五月である。

▼〇五（明治三八）年、二一歳。この年春頃から母きぬと共に浅草区高原町の曹洞宗東陽寺の離れに住む。〇六（明治三九）年二月、『文芸界』に「濁酒」を発表。この頃、東陽寺の住職との仲を疑われ寺を出る。師露伴の文学修業の方法に不満を覚え、文学以外の道を探るべく、毎日文士劇の女優になる。舞台名、佐藤露英。たびたび舞台出演するかたわら、女役者市川久米八のもとで踊りを習う。市川華紅を名乗る。〇八（明治四一）年、春、川上貞奴が帝国女優養成所を設立。俊子は森律子、村田喜久子らとともに第一期生となるが、演劇への熱は衰え再び文学への意欲が高まる。

▼〇九（明治四二）年、二五歳。四月、『文芸倶楽部』に「老」（口語体）を発表。五月、アメリカから帰国した田村松魚（『万朝報』に入社）と、下谷区谷中天王寺町一七番地で結婚生活に入る（入籍はしていない）。この頃、読書の傍らダヌンチオの「死の勝利」の英訳を辞書と首っ引きで読み、旅芸人になってでもイタリアへ行ってみたいと思うほど感動する。「発熱の初期みたいにぞくぞく身体ぢうが震へたり、絶息しさうになつたりしたところもありました」（「読んだもの二

種」（『新潮』一三年三月）。始め松魚が生活を支えたが、松魚は次第に時代に取り残され原稿が売れなくなったため経済的に逼迫し、夫婦の諍いも多くなる。

▼一〇（明治四三）年、夏、松魚に強制され、『大阪朝日新聞』の懸賞小説に町田とし子名で「あきらめ」を応募する。作品を書き上げはしたものの、自分の文才に自信をなくし、女優募集の広告を新聞に見つけ応募する。一〇月、中村吉蔵（春雨）主催の新社会劇団の「波」（中村吉蔵作）に、舞台名花房露子として主役のピアニスト、老嬢花井豊子を演じ好評を得る。「今度の新社会劇中で第一の成功はこの女優だと思ふ。」（「上場されたる「波」」『歌舞伎』一〇月）。「波」に主演した事実は、代表作「木乃伊の口紅」（前出）に取り入れられている。「その女主人公は音楽家の老嬢であつた。それが不図恋を感じてから、今まで冷めたく自分を取巻いてゐた芸術境から脱けて出てその恋人と温い家庭を持たうとした。その時にその恋人の夫人であつた女から嫉妬半分の家庭観を聞いて、又淋しくもとの芸術の世界に一人して住み終らうと決心する。と云ふのであつた」（十）。芝居は好評であったが、容貌のコンプレックスから演劇を断念する。

夫に強制され仕方なく書いた「あきらめ」は一位なしの二位当選となり文壇進出の機会が訪れる（賞金千円）。選考委員は幸田露伴、島村抱月*、夏目漱石（病気のため森*田草平が代理）の三人。漱石はこの年三月一日より六月一二日まで「門」を『朝日新聞』に連載。六月一八日、胃潰瘍にて内幸町長与胃腸病院に入院、七月三一日退院。八月六日、修善寺温泉菊屋本店に転地療養するが、同月二四日大吐血、一時危篤に陥る（修善寺の大患）。

一一月一二日『大阪朝日新聞』に「懸賞当選者田村とし子女史の略伝」が写真入りで掲載された。「（略）全く隠れたる女流小説家たり。其の所説を聴けば文章の自信あり紅葉、漱石、露伴に私淑し新思想を描ける文壇に打つて出づるの希望ありしも未だ之を果すの機会無かりきと（略）到底当選覚束なしと一度は断念せしも更に勇を鼓して漸く締切間際になり選に応ぜしものなりしを、女史は当選と聞きて全く望み足れり今夜死んでも構はんと真摯なる悦喜その面に現はれぬ。芳紀二七未来ある女作家なり」。「あきらめ」は翌一一（明治四四）年一月一日から三月二一日まで『大阪朝日新聞』に連載される。この時から一九一六年頃までが俊子の作家としてのピークとなる。七月、『あきらめ』を金尾文淵堂から出版。九月、「青鞜社」創立。俊子は賛助員となり、『青鞜』創刊号に「生血」を発表する。

▼一二（明治四五・大正元）年、二八歳。「誓言」（『新潮』）、「離魂」（『中央公論』）、「微弱な権力」（『青鞜』）、「嘲弄」（『中央公論』）、「私の考へた一葉女史」（『新潮』）など。一三（大正二）年四月『新潮』が田村俊子論を特集する。「遊女」（後に「女作者」と改題。『新潮』）、「同性の恋」（『中央公論』）、「木乃伊の口紅」（『中央公論』）、「海坊主」（『新潮』）、「憂鬱な匂い」（『中央公論』）など。一四（大正三）年、八月『中央公論』が田村俊子論を特集する。「ぬるい涙」（『早稲田文学』）、「炮烙の刑」（『中央公論』）、「春の晩」（『新潮』）、「紛失」（一一月『新潮』）「山茶花」（一一月一〇日〜一二日『東京朝日新聞』）などを発表。

▼一四年、三〇歳。七月『中央公論』「臨時増刊新脚本号」に「奴隷」を書く。小宮*豊隆が『時事新報』に七月二四日〜二八日まで「「新脚本号」を評す」を掲載。漱石はそれに対して七月二八日小宮豊隆宛書簡で「大体の上賛成」と述べた上で俊子の

「奴隷」に対して「田村俊子落第、あんなものは芝居にならぬのみか男子が屈辱を感ずるやうなもの」と酷評している。他の執筆者は正宗白鳥、*秋田雨雀、吉井勇、*徳田秋声、中村吉蔵、長田秀雄、*木下杢太郎、島村抱月など一三名。白鳥、雨雀、吉井勇、秋声以外は「落第」とつけられている。同七月、漱石は「こゝろ」の後に、『東京朝日新聞』に一〇回から一二回程度の短編小説シリーズを企画し、*鈴木三重吉に相談して選んだ作家たちに依頼する。執筆メンバーは一一名、*武者小路実篤、長田幹彦、小川未明、田村俊子、里見弴、久保田万太郎、青木健作、*谷崎潤一郎、*野上弥生子、後藤末雄、鈴木三重吉（森田草平に代わる）。漱石は俊子に八月二三日に原稿を受け取った旨の礼状を出している。「啓玉稿十七の娘只今頂だい致しました御暑い所を御急《おせ》き立て申して済みません稿料は二三日中に社から届けさせる事に取計ひます（略）掲載の順序はどうぞ私に御任せを願ひたいと思ひます（略）」。しかし俊子が送ったこの最初の「十七の娘」の原稿が朝日新聞社で盗難に遭い、社員が谷中天王子町の俊子宅を訪れその旨を伝える。俊子は新たに稿を起こすことを約束するがすっかり落胆してしまい、漱石に盗難の事実とその失意とを速達で書き送る。漱石からは九月七日付で非常に驚いていること、もう一遍書くのならば無論稿料を取るように、さらに朝日新聞社はあやまったかどうかを訊ね「あやまらなければ私の所へ云つてきて下さい。責任者か〈ら〉一応の挨拶を致させるやうにします」と返信した。この手紙を読んで俊子は漱石宅を訪問する。その折の漱石の誠実な人柄や座談の巧さが小説「紛失」（一一月『新潮』）に印象深く書き留められている。漱石は、帝劇や二葉亭四迷の葬儀などで俊子の顔を見知っていたが俊子は漱石とそのように接近したことがあったのを知らず、この時が二人の初対面であった。（略）「N先生はなつかしやかな人であつた。（略）N先生には何でも好きな事が云へるやうな気がした。相手のものを誰でも哆哆子にさせるやうな、大まかな親しみをN先生は持つていた。絹子は少し図に乗つてきた。N先生に種々な事を云つた。「まあ。諦めるより仕方がない。戦争に行つて無意味な死をするのと同じことだ」N先生は、どこかに重たく考へを繰りながら、軽く云はれた」。荒正人『増補改訂漱石研究年表』（集英社）に俊子訪問の記事はなく「九月八日（火）（推定）、四度めの胃潰瘍で約一か月病臥」とあるので、俊子訪問は九月七日か八日であったと思われる。「紛失」には、絹子（俊子）が辞す時、「N先生」が暑い日差しに手をかざして避けながら門の外まで見送ってくれ「破れるやうな声で」車屋を呼んでくれたと書かれている。『東京朝日新聞』の短編シリーズに載ったのは、新しく書かれた「山茶花」であった。

漱石が俊子に宛てた九月七日付書簡はその後五〇年を経て吉屋信子のものになった。事情は、一九三六（昭和一一）年、カナダから帰国した俊子は吉屋信子から五〇〇円の大金を借りたが、返すことなく、その後中国に渡りその地で亡くなってしまったので、戦後創立された「俊子会」が、借金返済の代わりにこの書簡を吉屋信子に贈呈したのだという（吉屋信子「田村俊子」）。

▼一五（大正四）年、三一歳。「母の出発」（一月『文章世界』）、「夜着」（四月『新公論』）、「彼女の生活」（七月『中央公論』）などの力作を発表するが、創作の衰えを感じ始める。一六（大正五）年、松魚と別居状態となる。年末から翌年早春まで湯浅芳子が同居する。一七（大正六）年、五月、『新潮』が「田村俊子の印象」を特集。朝日新聞社会

部、二歳年下の鈴木悦との恋愛が生ずる。創作力は衰え経済的にも行き詰る。秋以降、鈴木悦と青山に同棲する。

▼一八（大正七）年、三四歳。四月、鈴木悦は朝日新聞社を退社、バンクーバーの邦字新聞『大陸日報』の招聘に応じてカナダへ発つ。九月「破壊する前」を『大観』に発表。一〇月一一日、鈴木悦の後を追ってメキシコ丸で横浜を出発、一〇月二六日ヴィクトリア着。バンクーバー東カドヴァ街、大陸日報社三階の悦の部屋に暮らし始める。「鳥の子」のペンネームで『大陸日報』、婦人向け邦字月刊誌『家庭』などに、主にカナダの日本人女性の啓蒙の目的で記事を書く。俊子が帰国したのは、一八年後の一九三六（昭和一一）年、三月であった。

▼鈴木悦は、『大陸日報』で働く一方、低賃金で働かされている日本人労働者のために二〇（大正九）年七月、「加奈陀日本人労働組合」を設立し、二四（大正一三）年に民衆社を発足させる。俊子は悦の仕事を支えた。悦は、一九三二（昭和七）年、故郷（愛知県渥美郡老津村）の父に促され一旦帰国する。カナダに戻るつもりであったが生活のため明治大学と上智大学に講師として出講する。三三（昭和八）年九月、鈴木悦は盲腸炎を悪化させ急死する。

▼三六年（昭和一一）年三月、五二歳。失意の俊子は長谷川時雨、岡田八千代らに出迎えられて横浜港に降り立った。俊子は、窪川稲子、宮本百合子、窪川鶴次郎、丸岡秀子などと積極的に交流し、再び文壇に復帰するつもりであったが、一八年間のブランクは大きく、往年の溢れるような才能は遂に戻らなかった。三八（昭和一三）年、一一月、窪川稲子の夫鶴次郎との恋愛を「山道」（『中央公論』）に発表する。同年一二月、中央公論社の特派員として上海から南京に赴く。一、二か月の予定が、各地で軍の首脳部に厚遇され滞在が長引く。

▼四二（昭和一七）年、五八歳。上海で日本大使館嘱託となり、五月一五日、軍部の援助のもとに月刊婦人雑誌『女声』を創刊。左翼作家関露の協力のもと、編集長として毎号「左俊芝」の名で巻頭言、婦人のための啓蒙的な記事を執筆する。『女声』の内容は、各地の女性の生活状況のルポ、文学、芸術、映画、演劇に関する評論、育児相談、読者投稿欄など、充実した内容であり発行部数は一万部以上に達した時期もあったが、戦局が悪化するにつれて経営が困難となり一九四五年七月、日本の敗戦によって廃刊となる。一九四五（昭和二〇）年、四月一三日、黄包車での帰路、四川路上で昏倒し、意識不明のまま一六日永眠する。脳溢血であった。享年六〇歳。

▼田村俊子は漱石が鈴木三重吉と相談して、『東京朝日新聞』の企画した短編小説シリーズ一一人の中に選ばれ、「十七の娘」を書いて、新聞社に提出したが、社内で盗難に遭ってしまった。それを聴いた漱石は、『朝日』に詫びさせ、田村に再度の執筆を促し、その時は前の原稿料も支払うように取り計らって、善意を示した。直接漱石を訪問した田村は、漱石の好意に感謝して改めて「山茶花」を書き、漱石の善意に報いた。漱石を敬愛し、木曜会にも何度か出ている。漱石の俊子への対応を見ると、漱石が台頭するフェミニズムに対して、敬しつつも距離を置こうとする態度が判り興味深い。

〔**参考文献**〕瀬戸内晴美『田村俊子　この女の一生』角川書店、一九六四年二月。／丸岡秀子『田村俊子とわたし』ドメス出版、一九七七年七月。／工藤美代子　S・フィリップス『晩香派の愛　田村俊子と鈴木悦』ドメス出版、一九八二年七月。／福田はるか『田村俊子　谷中天王寺町の

日々』図書新聞、二〇〇三年四月。／『近代文学研究叢書』第五五巻「田村俊子」昭和女子大学、一九六〇年五月。

［関谷由美子］

## ■有島 生馬
ありしま・いくま

調布市*武者小路実篤記念館蔵、一九一二年一月白樺新年会撮影。

**一八八二（明治一五）年一一月二六日～一九七四（昭和四九）年九月一五日。洋画家。小説家。漱石が絵画、小説を評価。**

本名は壬生馬《みぶま》。父・武、母・幸の次男。のち生馬と通称。号は雨東、十月亭など。父・武が横浜税関長に就任した年に横浜市月岡町（現・横浜市西区老松町）の官舎で出生。父は薩摩島津氏の一支族北郷家の家臣有島宇兵衛の長男で、維新後大蔵省に出仕、母は陸中国盛岡の南部藩、江戸留守居役山内七五郎の三女。兄有島武郎、弟里見弴とともに有島芸術三兄弟として知られる。他に姉愛、妹シマ、弟隆三、行郎の七人兄弟である。家族に妻信子、長女暁子がいる。学習院初等科、中等科で学ぶ。この頃、*志賀直哉を知り、睦友会などを組織し回覧雑誌をつくる。*島崎藤村の詩集を耽読、その影響から新体詩をもっぱら寄稿。一九〇〇（明治三三）年三月、肋膜炎にかかる。五月、鎌倉に転地。近松門左衛門、*国木田独歩、井原西鶴などの著作に親しむ。翌年、父の故郷鹿児島県川内、平佐村に静養。同地の日本人カトリック僧に会い、イタリア芸術の話などを聞き、イタリア語が天使の言葉なるを聞くに及び、イタリアに興味を持ち始めた。七月、東京外国語学校（現・東京外国語大学）伊太利語科に受験入学。一九〇三（明治三六）年八月、兄武郎渡米。晩秋、小諸に島崎藤村を訪問。翌年、同校卒業試験終了時に洋画を学ぶ決心をする。同年七月同校卒業、即日藤島武二に入門、画塾に寄寓。一九〇五年四月、同画塾を去る。同五月一三日、イタリア留学に出発。夏、『蝙蝠の如く』の主人公のモデル増井清次郎とともにロッカ・ディ・パーパに滞在。その後、主としてイタリア、フランスで絵画、彫刻を学んだ。一九〇六（明治三九）年、米国留学の帰途、来欧した兄武郎とともに欧州各地を歴訪。パリ留学を決心。セザンヌ回顧展を見て、感銘を受ける。一九一〇年二月帰国。東京麹町下六番町に居住。四月、志賀直哉、*武者小路実篤らが中心になって刊行した文学・美術雑誌『白樺』が創刊され、同人となる。第一巻一号に「羅馬にて」（新体詩）を発表。五月、六月「ポール・セザンヌ」七月「モンマルトルの友に」を発表。七月、上野竹之台にて白樺社主催「有島壬生馬・南薫造　滞欧作品展」を開催（志賀直哉が「有島壬生馬兄足下」を目録に執筆）。一一月「ロダン　製作と人」を『白樺』ロダン第七〇回誕生記念号に発表。一一月一一日、原田豊吉次女信子と結婚。一九一一年八月「獣人」を『白樺』に発表。八月二二日長女暁子誕生。**一九一一**（明治四四）年一一月から一二年一二月まで、断続的に「蝙蝠の如く」を『白樺』に発表。

一一月一二日、エミル・ベルナールのセザンヌ回想記の翻訳「回想のセザンヌ」を『白樺』に発表。一〇月、第二科美術展覧会（二科展）を同志らと創設、この年から壬生馬を生馬と通称。

この頃、夏目漱石が生馬文学に好感を持つ。一九一四年、二科展に「鬼」出品。一九一八年一月、島崎藤村が有島の印象「南国にうまれた熱血児」を『*新潮』に発表。一九二八年渡欧。仏政府からレジオン・ドヌールを叙勲さる。一九三五年二科会脱会。日本ペンクラブ副会長に就任。三六年一水会（洋画）創立。一九三九年イタリア政府から叙勲さる。一九四五年長野県南佐久郡に東郷青児らと疎開、「佐久の農民」制作。一九四七年日本芸術院会員。一九五五年イタリア文学会創立、会長に就任。一九五六年から翌年にかけて回顧展を鎌倉、東京、鹿児島、熊本、大阪にて開催。一九五八年社団法人日展創立、理事となる。一九六四年一一月、文化功労者。一九六五年七月から翌年三月まで「思い出の我」を『中央公論』に発表。一九六九年鹿児島県川内市（現・薩摩川内市）にて有島生馬展開催。弴、行郎とともに同地を訪れる。一九七四年九月一五日永眠。九一歳。

▼近代洋画の先駆者で最期まで画壇の重鎮として活躍した彼が、若き日、小説家として名を成したことはほとんど忘れられている。昭和初年の文学全集には、兄武郎と彼の作品が一巻を占めていた。一九三二、三三年には改造社から『有島生馬全集』全三巻が出された。

▼漱石の有島への言及は、**一九一三**（大正二）年三月一九日付*津田青楓宛書簡に「光風会」展を見た感想の中で、「有島君の静物と花は面白う御座いました。」と書いているのが最も早いものである。漱石は白樺派の若い文学者たちが当時の文壇で敬意を払った唯一の作家だった。

有島の処女作で代表作でもある「蝙蝠の如く」は、彼がイタリア留学した年の初夏、主人公のモデル増井清次郎とローマ近郊のモンテ・カーヴォ山の中腹にあるロッカ・ディ・パーパという避暑地に赴いたときのことを小説にした。『白樺』でこれを読んだ漱石は、**一九一三**年七月七日に時事新報社の質問に答えた書簡で「有島氏の『蝙蝠の如く』も面白いから本になつたのを読まうと思つてつい読まずに仕舞ひ申候」（「書籍と風景と色と？」）とまだ纏めて本としては読んでいない。文豪のこの言葉に感激した彼は、早速、自分の第一創作集『蝙蝠の如く』（白樺叢書の一冊（自装本）、島崎藤村序。洛陽堂、一三年一月二三日）を添えて漱石に便りを出す。漱石は、「あなたの御名前は津田（青楓）君よりかねてから伺つて居りますあなたの画も展覧会で時々拝見して居ります「蝙蝠の如く」は白樺で拝読しました」「御手紙を賜はりかつ『蝙蝠の如く』を御恵投被下ました御好意を深く感謝致します只今やりかけた仕事のためすぐ拝見する事は出来ませんが少し手がすいたらゆつくり拝読致す積です」（一三年七月二一日付生馬宛漱石書簡）と礼状を送った。

そして漱石は同九月一日付で生馬宛に次のように書く。「通読の際尠からざる興味をもち又其興味が読了の後今ゆたかにつゞきつゝある事を申上たいのであります私は御恵与の好意に対してさう云ふ事を衷心から云ひ得るのを甚だ満足に且愉快に思ふのであります蝙蝠の如くは御好意に対してばかりでなく私の愛読書の一つとして永く書架に蔵して置きます」と褒め、「あの装幀丈は不服であります。もう少し内容と釣り合つた面白いものにしたらばといふ気がしてなりません。」と不満も書いた。

その後当時、新聞に連載していた自著の『行人』が単行本になると、漱石は一冊の初版本の見返しに毛筆で「呈有島生馬様　夏目金之助」と署名して有島に返礼として贈った。

**一九一五**（大正四）年一〇月一一日、漱石は、訪ねて来た『大阪朝日新聞』新聞記者のインタビューで、「有島生馬氏は特色のある作家である。『蝙蝠の如く』などは私の愛読した一つである。此作などは、誰でも書けると云ふやうな種類の物ではない。有島氏でなくては出来ぬ物である。」（漱石談話「文壇のこのごろ」）と有島の文才を高く評価している。果たしてこの短編は一般にもかなりの好評を博した。実際、有島の小説は画家らしく色彩感覚に富んだ、エキゾチックなロマンを含んでいる。後に、この頃のことを有島は「當時私の書き散らした小説を夏目先生が推賞して下さった相だ。さうした関係もあったか、*鈴木三重吉君がしきりと私に迫って小説を書かせた。」と回想している。

**一九一六**（大正五）年六月、有島は創作集『南欧の日』（新潮社、一六年六月一五日）を出版すると、すぐ漱石に恵贈する。漱石はそれへのお礼状に、「貴方のものは大抵読んだ積で居りますがあの中には或はまだ未読のものもあるかも知れません故閑を得て拝見する積で居ります」（**一九一六**年六月一四日付生馬宛漱石書簡）と書く。ただこの『南欧の日』はその中に収められた「鳩飼ふ娘」のために発売禁止になってしまった。

▼漱石が没した翌々年の一九一八年、鈴木三重吉は児童雑誌『赤い鳥』を始めると、*森鷗外、島崎藤村、*芥川龍之介、北原白秋らと共に現代名作家として当時の文壇の主要作家のなかに有島の名をあげて、彼にも童話を盛んに書かせている。翌一九年、児童雑誌『金の船』が創刊されると、有島はつとに傾倒していた島崎藤村と共にその雑誌の監修者に名を連ねる。児童文学の分野でも彼は権威とみなされるまでになっていたのである。

また、美術にも並々ならぬ関心を抱いていた漱石は、有島の絵にも興味をもっていたらしいことが、津田青楓宛書簡等にうかがうことができる。

文豪漱石に認められ、画家であり、書家でもあった有島生馬は、一九三五年、日本ペンクラブが創立されると、初代の副会長として、会長島崎藤村を補佐し、一九三〇年代までは文壇の大家としても活躍したのである。

有島の一人娘暁子によると、父生馬は夏目漱石先生が自分を認めてくださったのに、その期待に応えられなくて残念だったと晩年よく語っていたという。神尾行三（有島武郎三男で「小さき者へ」のモデルのひとり。母方の神尾家を継いだ）によれば「有島三兄弟は文才にも画才にも恵まれていた。生馬の画は穏やかで親しみやすいが器用とは言い難い。武郎は滞欧スケッチなどいいものがある。武郎が絵をやり生馬が文学をやるべきだったという意見もある」。武郎は学者風、生馬はハイカラで殿様風、弴は明るく気さくで庶民的だったという。

〔**参考文献**〕有島生馬『有島生馬選集』實川美術、一九六九年一一月。／有島生馬『有島生馬展図録』日本美術館企画協議会、一九七七年九月。／有島生馬『蝙蝠の如く』愛宕書房、一九四二年四月。／『有島生馬全集』全三巻、改造社、一九三二〜三三年〈復刻〉日本図書センター。

［白坂数男］

## ■村井　啓太郎

むらい・けいたろう

『筑後名鑑　久留米市之巻』一九二二年刊。

**一八七五**（明治八）**年一二月一日〜一九五一**（昭和二六）**年一一月一七日。新聞記者、満鉄社員、大連市長、満洲銀行頭取、実業家。漱石は満韓旅行で会う。**

村井啓太郎は旧久留米藩士村井林次（竹之間組二十人扶持 御銀奉行）と母・ツネの長男として福岡県久留米市京町一三〇番地に生まれた。一八八七年四月、福岡県立久留米中学校は県財政不足のため廃校となったが、明善学会が有馬頼萬伯爵を会長として設立され、県立中学校復活の運動が展開され、八八（明治二一）年三月私立として認可された。村井は私立のころ明善校に入学したと思われる。早くから頭脳明敏秀才をもって嘱望されていたが、彼の令名をいやが上にも挙げたのは、修猷館と豊津中学との三校連合対抗運動会が三井郡松崎（現・小郡市松崎）で行われ、修猷館と明善校との間に争闘を引き起こした時であった。村井は一隊を隊長として号令指揮し、活発な行動力、勇気凜々たる態度は、時の総指揮官として来ていた鬼少将の名を得ていた第二四連隊長佐藤正少将の激賞しておくあたわざりしところであった（『筑後名鑑』「久留米市之巻」）。

▼八八（明治二一）年五月二三日、家督を相続した。一八九二年七月、県立に復活した福岡県立久留米尋常中学明善校を卒業、同年九月、第五高等中学校第一部法科に入学した。一八九五年七月、第五高等学校（九四年九月改名）を卒業、同年九月、帝国大学法科大学政治学科に入学、その間相次いで父母を失い次第に家運傾き、弟（真澄・清）のやさしさを励ましとして苦学力行特待生となり、一八九八年七月、銀時計を戴いて卒業した。長ずるに従い温厚篤実、冷静にして理性に富む人物に成長した。

卒業後直ちに東京朝日新聞社に見習記者として月給三五円で入社した。半年後月給五〇円の正規記者となった。

▼一九〇〇（明治三三）年、日清戦争後の列

強による中国分割競争が激化、農民は没落し、労働者は失業が続出した。ここに義和団が勃興、貧農の間に勢力を広げ、山東省から河北省に拡大、破壊、焼き討ちの排外反帝闘争を展開、北京・天津を制圧し、乱は中国全土に広がった。北京在留外国人は各国公使館に籠城して義和団と戦い、日・英・米・仏・露・独・伊・オーストリア連合軍は救援のため出兵した（北清事変）。七月、日本は列国中最大の軍隊を派遣、連合軍は北京に入城、義和団を鎮圧した。

この時、朝日新聞記者村井啓太郎は、北京特置通信員として義和団の乱起きるや各国公使と共に日本公使館に避難し、包囲攻撃を受け、外部から遮断された籠城五〇余日、「筑紫二郎」の名で死と飢渇に耐えて綴られた「北京籠城日記」は、朝日新聞はもちろん外国新聞にも連日掲載され、勇敢にして機敏なる行動と臨場感溢れる健筆は国際的に高く評価され、文名を謳われ、内外に深い感動を与えた。一九〇二年欧米を視察している。

▼一九〇二年一二月、東京市牛込区若宮町の首藤諒二女すみと結婚した。子どもはなかったようである。

▼一九〇七年村井は社会の木鐸を擲って南満洲鉄道株式会社に入社した。**一九〇九**（明治四二）年九月から一〇月にかけての夏目漱石の「満韓ところ〲」旅行では、たくさんの旧友知己と再会していて、満韓の自然風物を描写することよりも、旧友知己との再会の交歓に重点が置かれている。地理的に近いからであろうか、その旧友知己の中に筑後人が意外に多い。

▼夏目漱石は**〇九**年九月六日、鉄嶺丸で大連港に到着、南満洲鉄道株式会社総裁中村*是公《よしこと》（漱石の東京大学予備門時代の友人）の世話で大連市内を見物した。七日、熊本の第五高等学校（現・熊本大学）時代漱石宅に下宿していた教え子俣野*義郎が現われ、旧交を暖める。九日、漱石は俣野の案内で俣野の家（近江町）に行った。小山の上に建てられた、長い棟のはずれの二階家であった。岡の下から見ると、まるで英国の避暑地に行ったようだとある西洋人が評したほど、外部は厚い壁で洋式にできているが、中は日本の香《にお》いがするきれいな畳が敷いてある。見ると、大連市街が見え、海、山も見え、景色がよい。漱石はここで村井啓太郎（俣野とは明善校・五高・帝大の先輩）に会って、俣野の妻・ハツヨのもてなしで三人にて会食した。

▼**〇九**年九月の夏目漱石満韓旅行で村井が漱石・俣野と会食した時は、満鉄工務課・運輸課兼務課員だった。調査役を経て一九一四（大正三）年地方課長に任ぜられたが、一九二〇年満鉄を辞し、同年一二月、大連市会から推薦され、関東都督より大連市長に選任され、東洋のナポリ大連興隆に尽瘁、幾多の功績を残して、一九二四年九月、辞任した。大連商工会議所会頭にも担がれた。同年一〇月、中村光吉の後任として、満洲銀行頭取となった。一時、世間から畑違いだと言って前途を危ぶまれたが、無経験なるにもかかわらず、万事きわめて手際よく、銀行屋も及ばぬ手腕を示し、以後四期勤め、満洲興業銀行創立を置き土産として後進に道を譲った。その間、満洲法政学院院長、大連取引所信託会社取締役、南満鉱業取締役、湯崗子《タンガンズ》温泉株式会社監査役などを歴任した。

▼実業界を引退した後は、帰国、鎌倉に隠棲した。東京都港区麻布笄町《こうがいちょう》で亡くなった。満七五歳。菩提寺は久留米市京町の臨済宗妙心寺派大龍山法泉寺であるが、今は納骨堂に納められ、弔う子孫もいない。

▼夏目漱石が**一八九六**（明治二九）年四月、五高に赴任した時、村井は既に前年九五年

七月卒業していた。漱石が東大に講義を担当した一九〇三年四月、村井は五年前に卒業していた。漱石が朝日新聞社に入社した一九〇七年四月に、村井は入れ替えに退職した。つまり漱石と村井とは同じ学校・職場に関係しながら、同じ時期にいたことはなかった。大連の俣野宅で会食したこと(「満韓ところ〴〵」十八、「漱石日記」一九〇九年九月九日)が、ただ一つの接点であった。

〔**参考文献**〕『筑後名鑑』「久留米市之巻」久留米印刷、一九二二年一一月一五日。／『満洲紳士縉商録』日清興信所、一九二七年四月二五日。／原武哲『夏目漱石と菅虎雄——布衣禅情を楽しむ心友——』「三十一『満韓ところ〴〵』の中の筑後人」教育出版センター、一九八三年一二月。

〔原武　哲〕

# ●夏目漱石略年譜

＊年齢は数え年ではなく、満年齢。
＊ゴシック体の名前は、本文において独立した項目を立てているもの。

| | | |
|---|---|---|
| **一八六七年**（慶応三） | | 陰暦一月五日（陽暦二月九日）、江戸牛込馬場下横町（現・新宿区喜久井町）で、父・夏目小兵衛直克（五〇歳）、母・**千枝**（四一歳）の五男三女の末子として生まれる。本名、金之助。生家は十一ヶ町を支配する町方名主で、格式もあり豊かだったが、明治以降、次第に衰退していく。母・**千枝**は後妻で四谷大番町の質商鍵屋の三女。兄弟姉妹には、長女佐和、次女ふさ（ともに異母姉）、長兄大助（大一）、次兄直則（栄之助）、三男直矩《なおかた》（和三郎）がいる（四男久吉・三女ちかは金之助が生まれる前に亡くなっている）。父母高齢の子としてその出生は喜ばれず、生後間もなく四谷の古道具屋（一説には源兵衛村の八百屋）に里子に出されるが、「其道具屋の我楽多と一所に、小さい笊の中に入れられて、毎晩四谷の大通りの夜店に曝されてゐた」（「硝子戸の中」二九）のを見かけた姉の手によって連れ戻される。 |
| **一八六八年**（慶応四・明治元） | **一歳** | 一一月、内藤新宿北町裏の門前名主、塩原昌之助（二九歳）、やす（二九歳）夫婦の養子となる（明治二年説と四年説がある）。夫婦には子どもがなかった。昌之助は小兵衛（直克）の後見により、亡父の跡を継ぎ名主となる。 |
| **一八七〇年**（明治三） | **三歳** | 五月に種痘令が布告される。夏に受けた種痘が原因で疱瘡に罹り、痘痕が残った。 |
| **一八七二年**（明治五） | **五歳** | 三月、養父塩原昌之助は、養子金之助を実子の長男として届出。 |
| **一八七三年**（明治六） | **六歳** | 三月、昌之助、浅草の戸長になる。諏訪町に転居。 |
| **一八七四年**（明治七） | **七歳** | この年の始め頃、昌之助が旧旗本の未亡人日根野（日根里という説もあり）かつと通じ、家庭不和が生じる。金之助はやすとともに一時夏目家に引き取られたが、一二月頃、かつや連れ子のれんが同居する。浅草寿町の塩原の家に戻る。 |
| **一八七五年**（明治八） | **八歳** | この頃、戸田学校下等小学第八級に一年遅れて入学。以後、半年度に二級ずつ進級（飛び級）する。四月に養父母の離婚が成立。一二月末〜翌年の初めまでに、塩原家在籍のまま夏目家に引き取られる。実父五八歳、実母四九歳。異母姉佐和とふさはすでに嫁ぎ、兄の大助、直則、直矩が居た。大助は東京開成学校（後の東京大学）学生であり、金之助の面倒も見た。一一月、戸田学校下等小学第五級卒業。 |
| **一八七六年**（明治九） | **九歳** | 二月、昌之助が戸長を免職になるが、後に警視庁に出仕する。六月頃、市ヶ谷学校に転校、一〇月同校 |

**一八七八年**（明治一一）　**一一歳**
下等小学第三級を修了する。
二月、友人との回覧雑誌に「正成論」を書く。五月頃、神田猿楽町の錦華学校尋常科第二級に転校、一〇月に修了。

**一八七九年**（明治一二）　**一二歳**
三月、神田一ツ橋の東京府第一中学校正則科に入学する。上級に**狩野亨吉**（変則科）がいた。正則科は普通科目中心で英語がないため、大学予備門に入るには不利であり、不満を抱いていた。

**一八八一年**（明治一四）　**一四歳**
一月、母**千枝**が死去（五五歳）。春までには（一説には明治一三年暮れ）東京府第一中学校を中退、麹町の漢学塾二松学舎に入学し、漢籍を学ぶ。同級に**安東真人**、**小城齊**がいた。

**一八八二年**（明治一五）　**一五歳**
春、または夏ごろ二松学舎をやめる。この頃、文学を志望するが、兄大助から文学は職業にはならないと止められる。

**一八八三年**（明治一六）　**一六歳**
七月頃、大学予備門受験のため、神田駿河台の成立学舎に入学し、英語を学ぶ。同級に、**橋本左五郎**・太田達人・中川小十郎・**佐藤友熊**・斎藤英夫（真水）・上井軍平・白浜重敬・**小城齊**。先輩に、**隈本有尚**・日高真実・植村俊平・新渡戸稲造・本多光太郎・井上準之助らがいた。
九月頃、小石川の新福寺の二階に下宿し、石原謙三・**橋本左五郎**・奥山・蜂谷と自炊しながら、大学予備門入学の準備をする。時期は不明だが、神田の明治英学校に入り、英語を勉強した。明治英学校から成立学舎に転じたのか、同時に二校に在籍していたのかは不明。同級に、龍口了信・**芳賀矢一**・**柴野（中村）是公**・斎藤英夫・**山川信次郎**らがいた。

**一八八四年**（明治一七）　**一七歳**
一月、長兄大助が家督を相続する。
九月、東京大学予備門予科に入学する。
同級に**芳賀矢一**・南方熊楠・正木政吉（直彦）・福原鐐二郎・水野錬太郎・松波仁一郎・平岡定太郎・**小城齊**・和達陽太郎・龍口了信・山田美妙斎（武太郎）らが、上級には**尾崎紅葉**がいた。
神田区猿楽町の末富座に下宿し通学する。**橋本左五郎**・**柴野（中村）是公**・太田達人・**佐藤友熊**・中川小十郎・斎藤英夫・**小城齊**・白濱重敬らと「十人会」を組織し、ボートを漕いでいた。

**一八八五年**（明治一八）　**一八歳**
五月、十人会の仲間と会費一〇銭で、神奈川県江の島に徒歩遠足をする。案内役の**柴野（中村）是公**が渡る所をわからなくなり、疲れ切って、赤毛布にくるまり、海岸で野宿する。金之助のみ人夫に背負われて、江の島に渡る。島を一周して片瀬・鎌倉・川崎まで来たが、金之助は足が痛くなり、川崎から汽

| | | |
|---|---|---|
| | | 車に乗り、新橋で下車、下宿に帰る。 |
| **一八八六年**（明治一九） | **一九歳** | 四月、大学予備門が第一高等中学校と改称、金之助は同校予科二級に編入する。<br>七月、腹膜炎にかかり、予科一級への進級試験を受けられず、追試験を受けるも留年する。これ以降、勉学に励み、卒業まで首席を通す。留年した級に、**米山保三郎**がいた。<br>九月、自活のため、**柴野（中村）是公**とともに、内職で本所の江東義塾の教師となり、塾舎に寄宿して、第一高等中学校に通学。 |
| **一八八七年**（明治二〇） | **二〇歳** | 三月、長兄大助（陸軍省に出仕）が肺結核で亡くなる（三一歳）。<br>六月、次兄直則（電信中央局に出仕）が肺結核で亡くなる（二八歳）。<br>七月、三男直矩が家督を相続する。<br>七月〜八月頃、**柴野（中村）是公**らと江ノ島に遊び、富士山に登る。<br>九月頃、急性トラホームに罹り、実家に戻る。以後、しばしば眼病に悩まされる。<br>夏から冬にかけて、父直克は、金之助の籍を塩原家から夏目家に戻す交渉をする。 |
| **一八八八年**（明治二一） | **二一歳** | 一月、夏目家に復籍し、「夏目金之助」となる。塩原家には養育費二四〇円を支払い、「互に不実不人情に相成らざる様致度存候也」の一札を入れる。その後、直克は塩原昌之助とかつに、今後の付き合いを断る証書を入れる。<br>四月、直矩、**水田登世**と再婚する。<br>七月、第一高等中学校予科を卒業、建築家を志していたが、友人の**米山保三郎**の「建築より文学のほうが生命がある」の言葉に動かされ、英文学を志す。<br>九月、第一高等中学校本科第一部（文科）に進学する。英文学を専攻したのはただ一人であった。 |
| **一八八九年**（明治二二） | **二二歳** | 一月頃から同窓の**正岡子規**と次第に親しくなる。<br>五月、**正岡子規**が和漢詩文集「七艸集」を書く。金之助は批評を書き、絶賛する。このとき初めて「漱石」の号を用いる。**子規**は喀血、肺結核と診断される。<br>八月、川関・井原ら学友と房州・上総・下総に旅行する。<br>九月、この体験を漢文詩集「木屑録」にする。これは、他人に見せるために書いた最初の文章で、後に、松山で療養中の**子規**に送る。**子規**からは文才を認められる評をもらう。 |

**一八九〇年**（明治二三）　**二三歳**

第一高等中学校本科一部二年に進級する。**子規・米山保三郎・菊池謙二郎**らと一緒であった。

また、この年から（四月か九月）マードック（James Murdock）が第一高等中学校に移る。

七月、第一高等中学校本科を卒業する。

九月、帝国大学文科大学英文科に入学する。金之助（漱石）はただ一人の、そして二人目の専攻生で、英文科は二学年上に**立花政樹**がいるだけだった（他に三名の撰科生がいた）。文部省貸費学生となり、年額八五円を支給される。在学中は**井上哲次郎**（東洋哲学）・フローレンツ（ドイツ文学）・ブッセ（哲学）・リース（史学）・神田乃武（ラテン語）の講義を受講。英文科主任教師はディクソン（James Main Dixon）。

九月、**狩野亨吉・米山保三郎**と親密になり、**小屋（大塚）保治・立花銑三郎**・松本亦太郎・松本文三郎・**正岡常規（子規）・菊池謙二郎（仙湖）・斎藤阿具・藤代禎輔（素人）・菅虎雄**ら加わり、「紀元会」を組織する。

**一八九一年**（明治二四）　**二四歳**

七月、通院していた井上眼科病院で「銀杏返しに竹なはをかけ」た細面の美しい娘に突然会って驚く。

七月、兄直矩の妻**登世**、妊娠中毒症のため亡くなる（二四歳）。

下旬、**正岡子規**から俳句入門の心得を教える長文の書簡が届く（九月には直接「俳句分類」の計画を聞かされる）。

七月あるいは八月、**中村是公・山川信次郎**と富士山に登り、丸木利陽写真館で写真を撮る。

八月、**正岡子規**宛の手紙に嫂**登世**の「悼亡」の句一三句を送る。

一二月、ディクソンの依頼で『方丈記』を英語訳する（一八九二年、ディクソンはこの訳をもとにして講演をする）。

**一八九二年**（明治二五）　**二五歳**

四月、分家し、北海道後志《しりべし》国岩内《いわない》郡吹上町に本籍を移し、北海道平民として一戸を創立する。これは直克の配慮によるもので、徴兵を避けるためとの説がある（塩原家では養家との紛争を避けるためと見ている）。

五月、大西祝《はじめ》（操山）の推薦により、東京専門学校（現・早稲田大学）の講師となる。学費補充のためであり、同じく**小屋（大塚）保治**も推薦された。

六月、東洋哲学の論文「老子の哲学」を書く。

| | | |
|---|---|---|
| **一八九二年**（明治二五） | **二五歳** | 七月、松山に帰る**正岡子規**とともに関西旅行に向かう。**藤代禎輔（素人）**・**立花銑三郎**・**米山保三郎**・松本文三郎・大島義脩らとともに『哲学雑誌』（『哲学会雑誌』を改名）の編集委員となる。<br>八月、松山の**子規**を訪ねる。このとき中学生の**高浜虚子**・**河東碧梧桐**と出会う。<br>九月、**子規**とともに**坪内逍遥**を訪ねる（この後、『早稲田文学』に俳壇が設けられる）。<br>一〇月、『哲学雑誌』に「文壇に於ける平等主義の代表者『ウオルト、ホイツトマン』Walt Whitmanの詩について」を発表する。この論文は**逍遥**に賞賛される（『早稲田文学』一八九二年一〇月一五日）。<br>一二月、教育論文「中學改良策」を書く。 |
| **一八九三年**（明治二六） | **二六歳** | 一月、帝国大学英文学談話会で「英国詩人の天地山川に対する観念」を講演し、注目を浴びる。<br>三月～六月にかけて『哲学雑誌』に連載する。<br>この頃、文科大学の学生で英文学談話会を始め、研究発表と座談会を行う。**藤代禎輔（素人）**・**芳賀矢一**・**岡倉由三郎**・**藤井乙男**らが集まる。<br>四月、実家から出て本郷台町に下宿する。<br>七月、帝国大学文科大学英文科を卒業する。卒業生は金之助ただ一人であり、英文科専攻の卒業生としては**立花政樹**に次いで二人目であった。同期の卒業生に、**中村是公**（法科）・**米山保三郎**（哲学）・**菊池謙二郎**（国史）・**斎藤阿具**（史学）らがいた。<br>帝国大学大学院に入学、「英国小説一般」をテーマに神田乃《ない》武《ぶ》の指導を受ける。<br>同月、**立花銑三郎**に学習院へ出向したいと依頼する。また、卒業後に出会った**狩野亨吉**からは第四高等中学校の赴任を勧誘されるが、断る。<br>七月下旬の日光旅行（**菊池謙二郎**・**米山保三郎**と一緒）の後、帝国大学寄宿舎に移り、十数人とともに暮らす。宿舎には、**米山保三郎**・**斎藤阿具**・**藤井乙男**・**小屋（大塚）保治**らがいた。<br>八月、学習院の就職は叶わなかったものの、十月、第一高等中学校と高等師範学校（東京）からほとんど同時に就職の話がくる。結局、帝国大学文科大学学長外山正一の推薦を受け、高等師範学校英語嘱託になる。 |
| **一八九四年**（明治二七） | **二七歳** | 明治二七年～二八年にかけて、神経衰弱が悪化し、幻想や妄想に襲われる。 |

## 一八九五年（明治二八）　二八歳

二月、血痰が出、初期の肺結核と診断される。体力をつけるため弓の稽古に励み、摂生する。五月末、結核と思われた症状は消え、回復する。

七月、伊香保、八月、松島に旅行する。松島では瑞巌寺での座禅を思うも、やめる。

九月、**正岡子規**宛の手紙に「沸騰せる脳漿」と書き、心の悩みを訴える。小石川区指ヶ谷町の**菅虎雄**の新居に寄宿するも、まもなく、突然漢詩の書置きを残し、飛び出す。

一〇月、**菅**の紹介で、小石川伝通院脇の別院法蔵院に下宿する。この頃、**狩野亨吉**がしばしば訪ねて来てくれていた。

一二月、**菅虎雄**・**狩野亨吉**とともに**立花銑三郎**の結婚式に出る。

年末から翌年一月まで、**菅虎雄**の紹介で、鎌倉の円覚寺塔頭帰源院に**釈宗活**を訪ね、管長**釈宗演**を導師として参禅する。「父母未生以前本来の面目とは何ぞや」という公案を与えられるが、見解は通らず、むなしく下山する。

一月、**菅虎雄**の紹介で、英字新聞『ジャパン・メール』（The Japan Mail）の記者を志望するが、不採用となる。

三月、愛媛県参事官**浅田知定**より人選を相談された**菅虎雄**から、愛媛県尋常中学校（後の松山中学校）の嘱託講師を紹介される。外国人教師並の待遇（月給八〇円）で受諾。高等師範学校と東京専門学校を辞し、東京専門学校の後任に、**藤代禎輔（素人）**を推薦する。また、**菊池謙二郎**からは山口高等学校に招聘されるが、断る。

同月、**小屋（大塚）保治**と**大塚楠緒子**の結婚披露宴に出る。大西祝《はじめ》・**藤代禎輔（素人）**・**立花銑三郎**・**米山保三郎**・**狩野亨吉**・**菅虎雄**・**芳賀矢一**・**斎藤阿具**他、帝国大学の卒業生・学生が出席する。

四月、松山に赴任する。担当は英語。愛媛県尋常中学校は、校長が住田昇、教頭が横地石太郎（**中根鏡子**の縁続き）、生徒に、**真鍋嘉一郎**・**松根豊次郎（東洋城）**らがいた。

四月、帝国大学書記官**清水彦五郎**宛に帝大在学中の貸与金（月額七円）月賦返済を二、三ヶ月待ってほしいと手紙を出す。

赴任した当初は城戸屋（旅館）に泊まり、その後、骨董商津田方の愛松亭に下宿する。**真鍋嘉一郎**は漱石を慕い、同宿させて欲しいと願うものの、同僚の高瀬半哉（画学）と同宿することになり、断わられる。

## 一八九五年（明治二八）　二八歳

六月、二番町の上野義方宅に転居する。二階建ての離れを借り、愚陀仏庵と名づける。上野義方宅には、孫の**宮本（後の久保）より江**が住んでおり、親しくする。

八月、日清戦争に記者として従軍していた**正岡子規**が喀血のため、松山に帰郷。愚陀仏庵に寄宿する。**子規**は俳句指導や運座を行い、漱石も参加。**村上霽月**とも出会う。秋頃から俳句に一層熱心になり、松山の俳句会松風会に参加する。

一〇月、**子規**と道後温泉に遊ぶ。その後、**子規**は上京する。

この頃、貴族院書記官長**中根重一**の娘、**中根鏡子**（キヨ）と見合い写真を交換する。

一二月、上京し、虎の門の貴族院書記官長官舎にて**鏡子**と見合いし、婚約が成立する。

## 一八九六年（明治二九）　二九歳

一月、**子規**庵の句会で**森鷗外**と初めて会う。その後、松山へ戻る。

三月頃、五高教授**菅虎雄**の斡旋で第五高等学校への転任が内定する。

四月、横地石太郎（校長）・**村上霽月**・**宮本（久保）より江**に見送られ、**高浜虚子**とともに松山三津浜港を出立する。**虚子**と宮島の厳島神社を参拝、広島で別れる。宇品より門司に向かう船中で水落露石に出会い、福岡・太宰府・久留米を経て**菅虎雄**に出迎えられ、熊本に到着。最初は熊本市の**菅**の家（薬園町）に寄宿した。第五高等学校教授（嘱託）。担当は英語。校長は**中川元**《はじめ》、同僚に**浅井栄凞**《えいき》・**黒本植**《しょく》、教え子に、**寺田寅彦**・**俣野義郎**・**土屋忠治**・**藤村作**・**橋口貢**・**白仁三郎（後の坂元雪鳥）**・**野間真綱**らがいる。

五月、熊本市光琳寺町（下通町）に一戸を構える。

六月、東京からやって来た**中根重一**と**鏡子**を迎え、九日、自宅の離れで結婚式をする。

七月、教授に昇格する。

九月始め、**鏡子**とともに、**鏡子**の叔父**中根與吉**を訪ねて、約一週間、北部九州を旅行する。博多・太宰府などを訪れ、久留米の江南山梅林寺では住職**東海猷禅**から「碧巌録」の提唱を受ける。

同月、熊本市合羽町に転居する。

一〇月頃、教師をやめて上京することを、**中根重一**に相談する。

## 一八九七年（明治三〇）　三〇歳

二月、**田岡嶺雲**の依頼で「トリストラム、シャンデー」を脱稿。『江湖文学』三月号に発表する。

三月末～四月始めの春休み、郷里の久留米に帰省していた**菅虎雄**に会い、高良山に登り、耳納《みのう》連山の山路を歩き、（「草枕」冒頭部「山路」の原体験）発心の桜を見物する。久留米の古書店と古道具屋に立ち寄り、俳人の軸を買う。

四月、**中根重一**を介して、高等商業学校（現・一橋大学）から年俸千円、高等官六等の招聘があるが、第五高等学校への義理と**山川信次郎**への信義から断る。この頃、教師をやめて「文学的の生活」を願う。同月、**山川信次郎**が第五高等学校に赴任する。一時、漱石の家に寄宿する。

五月、**米山保三郎**、急性腹膜炎で亡くなる（二八歳）。

六月、実父直克が亡くなる（八〇歳）。

七月、**鏡子**とともに上京。間もなく**鏡子**は流産する。

九月、一人で熊本に帰る。同月、飽託《ほうたく》郡大江村に転居する。**山川信次郎**は他へ移り、**俣野義郎**、翌年に**土屋忠治**が書生として住み込む。この頃から**寺田寅彦**らに俳句を教え、運座を開くようになる。

一〇月一〇日、第五高等学校第七回開校記念日で、教員総代として祝辞「夫れ教育は建国の基礎にして師弟の和熟は育英の大本たり」を読む。

一一月、中学校英語授業視察のため、佐賀中学校・福岡修猷館・久留米明善校・柳川伝習館の授業参観をする。博多では**藤井乙男**の家に泊まる。

年末～翌年一月三、四日頃にかけて、**山川信次郎**と玉名郡小天村に旅行する。前田覚之助（案山子《かがし》）の別荘に逗留、年越しをする。覚之助の娘前田卓子《つなこ》が接待をする（「草枕」の素材）。

## **一八九八年**（明治三一）　**三一歳**

一月、**狩野亨吉**、第五高等学校教授・教頭として熊本に赴任。

三月、熊本市井川淵町に転居する。**俣野義郎**・**土屋忠治**は引き続き寄宿。

この頃、**鏡子**にヒステリー症状が出る。四月、**山川信次郎**らの小天温泉行きには同行せず。

五月、**狩野亨吉**・**山川信次郎**・**奥太一郎**らと小天温泉に行き、前田案山子・卓子と会う。

六月末か七月初め、**鏡子**が白川に投身自殺を図るも、未遂に終わる。**浅井栄凞**の奔走により、醜聞は広がらなかった。

七月、熊本市内坪井町に転居する（**狩野亨吉**が住んでいた家。現・「夏目漱石内坪井旧居」）。

九月、**鏡子**、悪阻が重く、ヒステリー症状が出る。

一〇月、この頃、「紫溟吟社」を第五高等学校の学生たちと結成する。

一一月、**狩野亨吉**は、文部大臣から第一高等学校校長に推薦され、熊本を去る。

**一八九九年**（明治三二）　**三二歳**

一月、**奥太一郎**と共に、博多・小倉を経て、宇佐八幡宮・羅漢寺・耶馬渓・日田・吉井・久留米追分を旅行する。

五月、長女**筆子**が誕生。「安々と海鼠《なまこ》の如き子を生めり」と詠む。

五月〜六月頃、**渋川柳次郎**（**玄耳**）が俳句を持参する。**渋川**らの俳句グループとは、一九〇〇年頃に合流、新たな「紫溟吟社」が結成され、新派熊本俳壇は大いに盛り上がる。

六月、英語科主任になる。

八月、この頃から胃病がいくらか快方に向かう。

一高に転任する**山川信次郎**と共に阿蘇送別旅行に行く（「二百十日」の原体験）。

一〇月末〜一一月初め、**村上霽月**が熊本を訪れる。

**一九〇〇年**（明治三三）　**三三歳**

一月、**黒木植**の紹介により、**行徳二郎**が寄宿する（五月まで）。

三月、熊本市北千反畑旧文学精舎跡に転居する。

四月、教頭心得となる。

五月、英語研究のため、文部省第一回給費留学生として、満二年間のイギリス留学を命じられる。現職のままで、年俸千八百円の留学費を、留守宅には休職手当てとして年額三百円が支給される。

七月、**鏡子**・**筆子**を連れて、熊本を去り、上京。牛込区矢来町の**中根重一**方の離れに住む。留学中、**鏡子**母子は矢来町に住むことになる。

九月、ドイツ汽船プロイセン号にて横浜港を出航。同船の日本人留学生は、一高から**藤代禎輔**（**素人**）・帝大国文科助教授**芳賀矢一**・農学博士稲垣乙丙・医学士戸塚機知の五人であった。船酔い・下痢・暑熱に苦しむ。ジェノバで上陸、パリへ行き、万国博覧会を見学する。

一〇月、ロンドンに到着する。ガワー・ストリート（Gower Street）の下宿に入る。

一一月、ケンブリッジに赴くも入学を断念する。ロンドン大学のユニバーシティ・カレッジの聴講生となり、ケア教授（William Paton Ker）の授業を一一月まで受講する。

一一月、プライオリー・ロード（Priory Road）のミス・マイルド（Miss Milde）の家に移る。シェイクスピア学者のクレイグ博士（William James Craig）に会い、個人教授を受ける。

一二月、フロッドン・ロード（Flodden Road）のブレット（Brett）家に移転する。

**一九〇一年**（明治三四）　**三四歳**

一月、東京の留守宅で次女恒子誕生。

四月、**正岡子規**に身辺報告の手紙を送る。五月「倫敦消息」として『ホトトギス』に掲載される。ブレット家のトゥーティング（Tooting）転居に伴う。

五月、**池田菊苗**が同宿する。約二ヶ月、さまざまな論議を交わし、多くの刺激を受ける。

七月、クラッパム・コモン（Clapham Common）のミス・リール（Miss Leale）宅に移る。

八月、**池田菊苗**とカーライル博物館を訪れる。**土井晩翠**が来る。

**一九〇二年**（明治三五）　**三五歳**

三月、**中根重一**宛てに文学論の構想について書く。

六月、**浅井忠**が来る。

九月、気分転換に自転車の練習を始める。この頃から神経衰弱が悪化する。**正岡子規**死去。

一〇月、スコットランドに行く。日本では「夏目狂セリ」の噂が流れる。**藤代禎輔**に文部省から「夏目精神ニ異常アリ…保護シテ帰朝セラルベシ」との命令が届き、漱石のもとを訪れるが、異常を認めず、**藤代**のみ帰国。

一一月、**虚子**からの手紙で**子規**の訃報を知る。

一二月、ロンドンから博多丸に乗り、帰国の途に着く。

**一九〇三年**（明治三六）　**三六歳**

一月、帰国。矢来町の**中根**家に落ち着く。漱石が留学している間に、**中根重一**は経済的に苦しくなり、妻子はひどい有様だった。三月、**菅虎雄**宛に、五高辞職と決まり、ついては**呉秀三**に神経衰弱との診断書を依頼してくれ、と手紙を出す。

三月、五高（熊本）を依願免本官（辞職）。本郷区千駄木（家主は**斎藤阿具**）に転居。ここは、かつて**森鷗外**が住んだ家でもあった。

四月、**狩野亨吉**と**大塚保治**らの尽力で、第一高等学校（年俸七百円）と東京帝国大学（年俸八百円）の嘱託講師となる。**小泉八雲（ラフカディオ・ハーン）**の後任として、英文科講師となる。**上田敏**とともに文科大学英文科初の日本人講師。学生の中に**皆川正禧・野間真綱・金子健二・野村伝四・森田草平・栗原古城・小山内薫**らがいた。「英文学概説」（「英文字形式論」）や「サイラス・マーナー」などを講義。余りに理論的であり、前任の**小泉八雲**の詩情あふれる講義とは異なる印象を学生に与えた。大学院の学生には**厨川白村**がいた。

**一九〇三年**（明治三六）　**三六歳**

一高は、校長が**狩野亨吉**、同僚に**菅虎雄**・**岩元禎**・**藤代禎輔**ら。学生の中に**阿部次郎**・**野上豊一郎**・**藤村操**・**安倍能成**・**小宮豊隆**・**中勘助**・**木下杢太郎**らがいた。

五月、この頃、帰国後の生活は楽ではなく、教職に専念するか文学に没頭するか悩む。五月二二日、一高生**藤村操**が華厳の滝で投身自殺。一高の最初の授業で、最前列の生徒に「**藤村**はどうして死んだんだ」と聞くと、「先生、心配ありません。大丈夫です」というので、「心配ないことがあるものか。死んだんじゃないか」という。

六〜七月頃東京帝国大学文科大学長**井上哲次郎**に大学退職を述べたが、止められる。

六月、「自転車日記」を『ホトトギス』に発表する。この頃、神経衰弱が悪化する。

七月、神経衰弱が一層悪化する。九月上旬まで妊娠中の**鏡子**、**筆子**、恒子と別居。**呉秀三**の診察を受ける。

九月、「マクベス」などのシェイクスピアの講義が始まり、人気が出る。

一一月、三女エイ生まれる。

**一九〇四年**（明治三七）　**三七歳**

二月、**寺田寅彦**宛の葉書に「藤村操女子」と署名して、新体詩「水底の感」を書く。水彩画に凝り、**橋口貢**宛に多数の絵手紙を出す。神経衰弱に苦しむ。

七月頃、**橋口五葉**との交流が始まる。

九月、明治大学予科の講師となる。週四時間（月俸三〇円）。

一一月、**高浜虚子**主催の〈山会〉で朗読する文章（「吾輩は猫である」の草稿）を書く。一一月末か一二月初め、「山会」で**高浜虚子**が朗読。好評で数ヶ所欠点を改める。

一二月頃、**内田魯庵**と交友する。

**一九〇五年**（明治三八）　**三八歳**

一月、「吾輩は猫である」を『ホトトギス』に発表。好評につき、翌年の八月まで書き継ぐ。

三月、**隈本繁吉**の招きで明治大学で「倫敦のアミユーズメント」と題して講演する。

六月、「十八世紀英文学」を講義する（後に『文学評論』）。

一〇月、『吾輩ハ猫デアル』上篇（大倉書店・服部書店）刊行。

この頃から**森田草平**・**鈴木三重吉**・**小宮豊隆**・**野上豊一郎**・**阿部次郎**らが門下に加わる。

滝田樗陰・**伊藤左千夫**・**内田魯庵**らと交友。

**一九〇六年**（明治三九）　**三九歳**

一二月、四女愛子生まれる。

四月、『ホトトギス』に「坊っちゃん」発表。

五月、『**漾虚集**』（大倉書店・服部書店）刊行。

春から夏にかけて、**久保より江**が訪れ、**鏡子**とも親しくなる。

七月、**狩野亨吉**から京都帝国大学に新設される文科大学の英文学講座担当を依頼されるが辞退する。

八月、三女エイ入院。

九月、義父**中根重一**亡くなる。『新小説』に「草枕」発表。東京帝国大学英文科に入った**志賀直哉**は**武者小路実篤**に勧められ、漱石の講義を聴講する。

一〇月、木曜会第一回開催される。これ以降、毎週午後三時以降が面会日となる。『中央公論』に「二百十日」を発表する。

一一月、『読売新聞』に「『文学論　序』」が掲載される。竹越与三郎、滝田樗陰を通して『読売新聞』執筆の依頼があるが辞退する。

一二月、本郷区西片町に転居する。

**一九〇七年**（明治四〇）　**四〇歳**

一月、『ホトトギス』に「野分」発表。『鶉籠』（春陽堂）刊行。

二月、**小宮豊隆**宛葉書に漱石山房の印を押す（漱石山房の印を押したのはこの時が初めて）。

二月、**鳥居素川**、漱石を朝日新聞社に招きたい旨を**池辺三山**に図り、**白仁三郎（坂元雪鳥）**が使者に立つ。

三月、**池辺三山**、漱石を訪ねる。漱石は**池辺**の人物を信頼し、朝日新聞社入社を決意する。

三月、**大塚保治**から教授になってはどうかと言われるが、二月から進めていた朝日新聞社入社を決めたので、断る。東京帝国大学と一高を辞職。明治大学も辞職。

三月末、京都に遊ぶ。京都駅で**狩野亨吉**・**菅虎雄**の出迎えを受け、下賀茂村の狩野の家に宿泊（「京に着ける夕」）。**狩野**と**菅**と共に比叡山に登る。奈良へ向かう途中の**高浜虚子**が**狩野**宅に来て、平八茶屋や万屋に誘われる。

四月、東京朝日新聞社に入社。同僚に**二葉亭四迷**。五月には「入社の辞」を載せる。

五月～六月『東京朝日新聞』に「文芸の哲学的基礎」連載。

五月、『文学論』（大倉書店）刊行。

## 一九〇七年（明治四〇）　四〇歳

六月「虞美人草」連載（～一〇月）。カットは**橋口五葉**。前人気が高く、三越呉服店は虞美人草浴衣、玉宝堂は虞美人草指輪を売り出す。五日、長男純一誕生。この頃、**坪内逍遥**から早稲田大学に誘われるが断る。西園寺公望首相の文士招待会（雨声会）を断り、「時鳥《ほととぎす》厠《かわや》半《なか》ばに出かねたり」と一句を添える。

七月、**白仁三郎（坂元雪鳥）**、高須賀淳平（漱石の推薦）、朝日新聞に正式入社する。

九月、**菅虎雄・野村伝四・大谷繞石**に借家の斡旋を依頼する。牛込区早稲田南町に転居（漱石山房）。

一一月、宝生新から謡曲を習い始める。

一二月、**高浜虚子**著『鶏頭』「序」を『東京朝日新聞』に発表。**鈴木三重吉**に勧められて、文鳥を飼うが、死なせてしまう（「文鳥」）。

## 一九〇八年（明治四一）　四一歳

一月、春陽堂より『虞美人草』刊。荒井伴男に話を聞き、「坑夫」連載。

二月、東京基督教青年会館で「創作家の態度」を講演、四月『ホトトギス』に発表。

三月、長谷川天渓から「余裕派」と呼ばれる。同月末、**森田草平**、**平塚明子《はるこ》（雷鳥・らいてう）**と塩原温泉尾花峠で心中未遂を起こす（煤煙事件）。しばらく**森田**を引き取り、面倒を見る。

四月、「**森田**は今度の事件で職を失い、ものを書くよりほか生きる道がない。**森田**を生かすために今度の事件を小説に書くことを認めてほしい」と**平塚**家に申し入れたが、両親は承知しない。

この頃、**沼波瓊音**と親しくなる。

六月、京都帝国大学での講義を依頼されるが断る。『大阪朝日新聞』に「文鳥」発表。

七月、『大阪朝日新聞』に「夢十夜」を発表。

七月、『大阪朝日新聞』の**鳥居素川**より執筆をすすめられる。

九月、東京帝国大学総長浜尾新から東大復帰をもちかけられるが断る。

九月、「三四郎」連載（～一二月）。「吾輩は猫である」のモデルになった猫の死亡通知を、**松根東洋城**・**鈴木三重吉**・**小宮豊隆**・**野上豊一郎**らの門下生に送る。

一〇月、**高浜虚子**が『国民新聞』に「文芸欄」を新設。**狩野亨吉**、京都帝国大学文科大学学長を辞職。

一二月、自宅に窃盗が入る。一二月一六日、次男伸六が誕生。

## 一九〇九年（明治四二）　四二歳

一月一日、漱石の推薦によって**森田草平**の「煤煙」、『東京朝日新聞』に連載が始まり、五月一六日終る。

一月、「永日小品」連載（〜三月）。小松原英太郎文部大臣官邸で催された文芸の奨励発達についての懇親会に出席する。**森鷗外**・**幸田露伴**・巌谷小波・**上田敏**・上田万年・**芳賀矢一**・**島村抱月**らが出席。

三月、『文学評論』（春陽堂）刊行。**寺田寅彦**がドイツに留学する。

この頃、養父塩原昌之助が代理人を通して金の無心に来る。

五月、**二葉亭四迷**、客死。「**長谷川**君と余」発表。

六月、「それから」連載（〜一〇月）。

八月、胃カタル起こす。急性胃カタルは今回が初めて。

九月〜一〇月、満鉄総裁**中村是公**の招待で満韓旅行に行く（大連・旅順・熊岳城・営口・湯崗子・奉天・撫順・ハルピン・長春・安東・平壌・京城）。大連で**立花政樹**・**橋本左五郎**らと会う。大連の**俣野義郎**宅で**村井啓太郎**と会食する。旅順で旧友**佐藤友熊**と会い、**白仁武**に歓迎会を催される。平壌では旧友**小城齊**と会う。京城（ソウル）で**隈本繁吉**・**渋川玄耳**・**浅井栄凞**・鈴木穆と再会する。

一〇月、「満韓ところ〴〵」連載（〜一二月）。

一一月、『東京朝日新聞』に「文芸欄」が創設され、主宰する（〜四四年一〇月一二日まで）。担当は**森田草平**。

一一月、塩原家養父と断絶の誓約書を入れ、百円支払う。

一一月、**樋口銅牛**の『俳諧新研究』（隆文館）の序を書く。

一二月、**永井荷風**に依頼していた小説「冷笑」、『東京朝日新聞』に連載始まる。

**一九一〇年**（明治四三）　**四三歳**

三月（〜六月）、「門」連載。

三月、五女ひな子生まれる。名付け親は**森田草平**。

六月、胃病が悪化し、長与胃腸病院に入院する。入院中は、**行徳二郎**・**中村是公**・**森田草平**・**野上豊一郎**・夏目直矩・**小宮豊隆**・**安倍能成**・**渋川玄耳**・**坂元雪鳥**・**石川啄木**・**野村伝四**・**鈴木三重吉**・**皆川正禧**・**菅虎雄**・**樋口銅牛**・**木下杢太郎**・**武者小路実篤**・**阿部次郎**・**橋本左五郎**・**小林郁**・**奥太一郎**・**栗原古城**・**橋口五葉**らがお見舞いに来る。

七月、退院。

八月、転地療養のため、修善寺温泉の菊屋旅館に行く（**松根東洋城**が勧め、同行する）。病状が悪化し、

**一九一〇年**（明治四三）　**四三歳**

二四日、大量に吐血し、三〇分の人事不省に陥る（修善寺の大患）。杉本東造副院長、森成麟造医師、**鏡子**と**坂元雪鳥**が夜を徹して看病。翌二五日、**野村伝四**と**安倍能成**が交代で病床に持し、看病した。**高浜虚子・森田草平・野上豊一郎・池辺三山・大塚保治・鈴木三重吉・菅虎雄・小宮豊隆・行徳二郎・小林郁・野間真綱**ら続々と見舞いに来る。

一〇月、帰京し、長与胃腸病院に再入院する。「思ひ出す事など」連載（～一一年四月）。

一一月、**大塚楠緒子**亡くなる。「棺には菊抛げ入れよ有らん程」を詠む。

**一九一一年**（明治四四）　**四四歳**

二月、文学博士に推挙されるが辞退する。同月二六日、退院する。

四月、「博士問題の成行」発表。

六月、長野、高田、諏訪に講演旅行。**鏡子**が同行する。

七月、「ケーベル先生」発表。

八月、『大阪朝日新聞』主催の関西講演旅行に行く。梅田（大阪）駅に着く。長谷川如是閑、高原操が迎える。明石では「道楽と職業」、和歌山では「現代日本の開化」と題して講演を行なう。堺へ行き、大阪での講演「文芸と道徳」後、胃病が再発し、湯川胃腸病院に入院する。**鏡子**もかけつける。**松根東洋城・小宮豊隆・津田青楓**・湯浅廉孫・水落露石・岩野泡鳴らが見舞う。

九月、帰京。**池辺三山**、**森田草平**の「自叙伝」が原因で弓削田精一政治部長と対立、辞職する。**池辺**への恩義から辞意をもらす。

一〇月、「文芸欄」が廃止され、**森田**も解任となる。

一一月、痔の治療のため、佐藤診療所に通う。この頃、**松根東洋城**のもとで開かれた謡の会に参加する。『東京朝日新聞』に辞表を提出するも引き留められる。文芸協会の『人形の家』を見る。「いやな所が沢山あつた」と酷評した。二九日、五女ひな子が急死。「生きて居るときはひな子がほかの子よりも大切だとも思はなかつた。死んで見るとあれが一番可愛い様に思ふ。」（日記）。

**一九一二年**（明治四五・大正元）　**四五歳**

一月、「彼岸過迄」連載（～四月）。

二月、**池辺三山**急死。青山斎場で行なわれた**池辺**の葬儀に出席。

三月、美術新報主催の**津田青楓**らの展覧会に行く。同時に開催されていた**青木繁**の遺作展を見る。**長塚節**が訪れ、喉頭結核の疑いのため、福岡医科大学（現・九州大学）教授**久保猪之吉**の紹介を頼まれる。

四月、**石川啄木**亡くなる。葬儀に出る。

五月、**長塚節**『土』の序文として「『土』について」を書く。この頃文人画を描き始める。

七月、鎌倉材木座紅《べに》ヶ谷《がやつ》に別荘を借り、子供を行かせる。**林原耕三**を家庭教師件監督として向かわせる。

三〇日、明治天皇崩御。大正に改元。

八月、**中村是公**と塩原に旅行する。

九月一一日、**中村是公**・犬塚信太郎と共に鎌倉東慶寺に**釈宗演**を訪ね、満洲巡錫を依頼し承諾を得る（「初秋の一日」）。九月一三日、明治天皇葬儀。**乃木希典**殉死する。

九月、佐藤診療所に入院、痔の手術をする。この頃、**津田**に油絵水彩画を習うがすぐに飽き、南画風の絵を描き始める。

一〇月、**中勘助**、**野上豊一郎**と来る。書斎で**中勘助**の「銀の匙」の原稿を読み感心する。文部省美術展覧会を見る。**坂本繁二郎**の「うすれ日」を評する。「文展と芸術」発表。

一二月、「行人」連載開始。

**一九一三年**（大正二）　**四六歳**

一月初旬、**菅虎雄**に『社会と自分』の扉文字を頼み、揮毫してもらう。

三月、三度目の胃潰瘍。須賀保医師の診察を受ける。

四月、「行人」を休載する（〜七月）。代わりに**中勘助**の「銀の匙」が連載される（〜六月）。

六月、太平洋画会などの展覧会に行く。

七月一五日、**野上弥生子**はバルフィンチ著・**野上八重子**（**弥生子**）訳『伝説の時代』序を漱石に書いてもらったので、お礼として謡本百八十番を入れた桐箱を贈呈する。

七月、**有島生馬**から『蝙蝠の如く』（洛陽社）を送られる。

九月、「行人」の連載を再開する（〜一一月）。

一二月、**武者小路実篤**を介して**志賀直哉**に『東京朝日新聞』の連載を依頼する。**志賀**はこのとき承諾するも、翌年七月に執筆を断る。

この頃、**有島生馬**と交流。

**一九一四年**（大正三）　**四七歳**

一月、『行人』（大倉書店）刊行。

## 一九一四年（大正三）　四七歳

三月二九日、**津田青楓**宛書簡に「世の中にすきな人は段々なくなります、さうして天と地と草と木が美しく見えてきます、ことに此頃の春の光は甚だ好いのです、私は夫《それ》をたよりに生きてゐます」と書く。

四月、「心　先生の遺書」を連載する（～八月）。

六月、本籍を北海道岩内郡岩内町大字鷹台町から東京市牛込区早稲田南町へ移す。

七月、ケーベルの晩餐会に招待され、**安倍能成**と一緒に行く。

八月、『東京朝日新聞』で新進作家の短編小説が連載される（七月に漱石が企画した）。メンバーは、**武者小路実篤**・**野上弥生子**・**田村俊子**・**谷崎潤一郎**・**小宮豊隆**・**鈴木三重吉**ら（のち、**森田草平**）。

九月、四度目の胃潰瘍。自宅で約一ヶ月臥せる。神経衰弱もひどくなる。

九月二〇日、『心（こゝろ）』（岩波書店）刊行。装丁は自ら考案した。

一一月四日、森成麟造宛書簡に、「**良寛**はしきりに欲いのですとても手には入りませんか」と書く。

一一月一三日、**岡田（林原）耕三**宛書簡に、「私が生より死を択ぶ」と言ったけれども「自殺を好まない」「生の苦痛を厭ふと同時に無理に生から死に移る甚しき苦痛を一番厭ふ」「私の死を択ぶのは悲観ではない厭世観なのである」と書く。

一一月、学習院にて「私の個人主義」を講演する。

**蕪村**の画を購入する。

春頃**江口渙**が、秋頃**松岡譲**が木曜会に出席する。

## 一九一五年（大正四）　四八歳

一月、「硝子戸の中」連載（～二月）。

二月、**長塚節**が九州帝国大学附属病院（福岡）で亡くなり、**久保猪之吉**と斎藤茂吉から訃報が来る。

三月、**馬場孤蝶**の代議士立候補推薦状の筆頭に名を出す。

京都に旅行する。**津田青楓**、西川一草亭（津田の兄）、磯田多佳と交遊する。胃痛のため静養、**津田**や多佳の世話になる。**鏡子**が京都に来て、四月一七日、一緒に帰京する。

六月、「道草」連載（～九月）。

六月一五日、**武者小路実篤**宛書簡に、「気に入らない事、癪に障る事、憤慨すべき事は塵芥の如く沢山あります。それを清める事は人間の力で出来ません。それと戦ふよりもそれをゆるす事が人間として立派なものならば、出来る丈そちらの方の修養をお互にしたいと思ひますがどうでせう。」と書く。

| | | |
|---|---|---|
| **一九一六年**（大正五） | **四九歳** | 秋頃から、木曜会に**芥川龍之介**・**久米正雄**・**松岡譲**・**和辻哲郎**・**江口渙**・**内田百閒**らが集う。<br>一一月、**中村是公**らと湯河原に行く。<br>一月、「点頭録」発表。リューマチ治療のため、**中村是公**らと湯河原の天野屋に転地する。<br>二月、**芥川龍之介**が「鼻」（『新思潮』）を発表、漱石は**芥川**宛の手紙でこれを激賞する。<br>四月、**真鍋嘉一郎**による診察でリューマチと思っていた痛みは糖尿病だと分かり、約三ヶ月間、治療を受ける。**良寛**の絵を手に入れる。<br>五月、「明暗」を連載する（〜一二月、未完）。<br>七月、**上田敏**が亡くなる。葬儀に参列する。<br>八月二四日、**芥川**・**久米**宛書簡に、「君等の若々しい青春の気が、老人の僕を若返らせたのです」「牛になる事はどうしても必要です」「根気づくでお出でなさい。世の中は根気の前に頭を下げる事を知つてゐますが、火花の前には一瞬の記憶しか与へて呉れません」「牛は超然として押して行くのです。何を押すかと聞くなら申します。人間を押すのです。文士を押すのではありません」と書く。<br>一一月、訪ねてきた**芥川**・**久米**・**松岡**に「悟り」の境地について語る。木曜会で「則天去私」について語る。一六日、最後の木曜会となる。**芥川龍之介**・**久米正雄**・**松岡譲**・**安倍能成**・**森田草平**らが参加。<br>二一日、辰野隆の結婚式に出席し、その後体調不良となる。二三日、**真鍋嘉一郎**の診察を受け、重態であると診断される。二八日、人事不省に陥り、絶対安静、面会謝絶となる。<br>一二月二日、危篤状態になり、九日、永眠。**狩野亨吉**・**大塚保治**・**菅虎雄**・**森田草平**・**林原耕三**・**久米正雄**・**津田青楓**・**中村是公**・**高浜虚子**・**小宮豊隆**らが臨終に際した。**森田草平**の発案でデスマスクが取られる。**鈴木禎次**が葬儀委員長となる。<br>一〇日、**鏡子**の発案により、遺体は長与又郎の執刀で解剖される。門下生総代**小宮豊隆**が立会人になった。**津田青楓**、柩の蓋を開けてスケッチをする。一二日、青山斎場にて葬儀が行われる。友人代表として**狩野**が弔辞を読む。導師は**釈宗演**、戒名は「文献院古道漱石居士」。二八日、雑司ケ谷墓地に埋葬される。 |

**＊この「夏目漱石略年譜」作成に当たっては、荒正人『増補改訂　漱石研究年表』（集英社）と新版『漱石全集』第二七巻（岩波書店、一九九七年一二月）「年譜」に多大の恩恵を蒙った。深謝して厚く御礼申し上げる。**

［略年譜作成　桐生直代・原武　哲］

# 執筆者紹介（五十音順）

**石井　和夫**（いしい・かずお）
福岡女子大学名誉教授。主著に『漱石と次代の青年』有朋堂、一九九三年一〇月。

**石田　忠彦**（いしだ・ただひこ）**〈編者〉**
鹿児島大学名誉教授。主著に『坪内逍遥研究——附・文学論初出資料』九州大学出版会、一九八八年二月。『愛を追う漱石』双文社出版、二〇一一年一二月。

**海老井　英次**（えびい・えいじ）**〈編者〉**
九州大学名誉教授。主著に『芥川龍之介論攷——自己覚醒から解体へ』桜楓社、一九八八年二月。『開化・恋愛・東京——漱石・龍之介』おうふう、二〇〇一年三月。

**奥野　政元**（おくの・まさもと）
梅光学院大学特任教授。主著に『中島敦論考』桜楓社、一九八五年一月。『芥川龍之介論』翰林書房、一九九三年九月。

**桐生　直代**（きりゅう・なおよ）
九州産業大学非常勤講師。主論文に「岡本かの子の〈日本回帰〉」『解釈』第53巻第1・2号、解釈学会、二〇〇七年一・二月。「岡本かの子『花は勁し』における〈身体感覚〉」『解釈』第57巻第7・8号、解釈学会、二〇一一年七・八月。

**隈　慶秀**（くま・よしひで）
福岡県立明善高等学校教諭。日本英語教育史学会会員・日本英学史学会会員。主論文に「明治31年の尋常中学校英語科教授法案について——尋常中学校英語科教授細目と関連して——」『英学史論叢』（日本英学史学会中国・四国支部研究紀要）第13号、二〇一〇年五月。「昭和24年の英語科教員再教育講習会——Virginia Geiger女史のもたらしたもの——」『英学史論叢』（日本英学史学会中国・四国支部研究紀要）第14号、二〇一一年五月。

**坂本　正博**（さかもと・まさひろ）
日本近代文学会会員。主著に『帰郷の瞬間——金井直『昆虫詩集』まで——』国文社、二〇〇六年一一月。『金子光晴「寂しさの歌」の継承——金井直・阿部謹也への系譜——』国文社、二〇一三年二月。

**白坂　数男**（しらさか・かずお）
日本英学史学会会員。主著に『新英語教育講座』第一一巻（共著）「教材と読みとり」三友社出版、一九八八年二月。『人間を育てる英語教育』（共著）「新英研50年のあゆみ」新英語教育研究会編「新英研のあゆみ」三友社出版、二〇〇九年八月。

**関谷　由美子**（せきや・ゆみこ）
文教大学他非常勤講師。主著に『漱石・藤村〈主人公〉の影』愛育社、一九九八年五月。『〈磁場〉の漱石　時計はいつも狂っている』翰林書房、二〇一三年三月。

**高橋　正**（たかはし・ただし）
高知工業高等専門学校名誉教授。主著に『評伝　大町桂月』高知市民図書館、一九九一年三月。『西園寺公望と明治の文人たち』不二出版、二〇〇二年一月。

**中村　青史**（なかむら・せいし）
熊本大学元教授。ＮＰＯ法人くまもと文化振興会理事長。主著に『民友社の文学』三一書房、一九九五年一二月。小説『窮死した歌人の肖像——宗不旱外伝——』二〇一三年一二月。

**西川　盛雄**（にしかわ・もりお）
熊本大学客員・名誉教授。主著に編著『ハーン曼荼羅』北星堂、二〇〇八年一一月。共著『ラフカディオ・ハーンの英作文教育』弦書房、二〇一一年四月。

**橋口　晋作**（はしぐち・しんさく）
鹿児島県立短期大学名誉教授。主著に『樋口一葉——丸山福山町時代の小説小論』私家版、一九九四年三月。「初版『若菜集』の構成とその世界」『近代文学論集』第三〇号、二〇〇四年一一月。

**原武　哲**（はらたけ・さとる）**〈編者代表〉**
福岡女学院大学名誉教授。主著に『夏目漱石と菅虎雄——布衣禅情を楽しむ心友——』教育出版センター、一九八三年一二月。『喪章を着けた千円札の漱石——伝記と考証——』笠間書院、二〇〇三年一〇月。

**松本　常彦**（まつもと・つねひこ）
九州大学大学院比較社会文化研究院教授。主著に共編著『九州という思想』花書院、二〇〇七年五月。共編著『新日本古典文学大系〈明治編〉13・明治実録集』岩波書店、二〇〇七年三月。

書名――夏目漱石周辺人物事典
Biographical Dictionary of Natsume Soseki and His Circle

編者――原武　哲（はらたけ・さとる）代表
石田忠彦（いしだ・ただひこ）
海老井英次（えびい・えいじ）

2014（平成26）年7月25日　初版第1刷発行
2014（平成26）年8月31日　初版第2刷発行
2015（平成27）年5月31日　再版第1刷発行
ISBN978-4-305-70722-2

発行所――笠間書院
発行者――池田圭子
装　幀――笠間書院装幀室
印刷・製本――シナノ印刷

〒101-0064 東京都千代田区猿楽町2-2-3
笠間書院
電話 03-3295-1331
Fax 03-3294-0996
web :http://kasamashoin.jp/
mail:info@kasamashoin.co.jp

# 人名索引

○この人名索引は本文（2～560頁）の人名を50音順に配列したもので、「目次」「はじめに」「凡例」「執筆者紹介」「夏目漱石略年譜」「奥付」は含まれていない。
○「夏目漱石（金之助）」は頻出するので、除外した。
○カタカナ書きの人名は各音の末尾に集めた。
○数字は本文の頁数である。
○作品中の人名（架空人物名）も含めているが、［　］内の作品名は適宜略称で入れていることもある。
作品名略称「吾輩は猫である」→「猫」、「坊っちゃん」→「坊」
○見出し項目でゴシック体になっている人名は、本文で独立項目として立てられているものである。
○当該項目でゴシック体の頁数は、その項目が独立して取り上げられている人物項目の頁である。
○当該項目の中に同一人物名が何度も出て来ても、初出の頁数のみ示して、当該項目内では2回目以上を省略した。

〔索引作成　桐生直代・原武 哲〕

## ■あ

## ■い

## ■う



## ■え

## ■お

## ■か

## ■き



## ■く

## ■け



## ■こ

## ■さ

## ■し

## ■す



## ■せ

## ■そ



## ■た

## ■ち



## ■つ



## ■て

## ■と



## ■な

## ■に



## ■ぬ

## ■ね



## ■の



## ■は

## ■ひ



## ■ふ

## ■へ



## ■ほ



## ■ま

## ■み

## ■む



## ■め



## ■も



## ■や

## ■れ



## ■ろ



## ■わ